Arthur Conan Doyle
Sherlock Holmes

Arthur Conan Doyle
SHERLOCK HOLMES

Gesammelte Werke

Aus dem Englischen
von Adolf Gleiner, Margarete Jacobi,
Louis Ottmann und Rudolf Lautenbach

Anaconda

Die Deutsche Nationalbibliothek verzeichnet diese Publikation
in der Deutschen Nationalbibliografie; detaillierte bibliografische Daten
sind im Internet unter http://dnb.d-nb.de abrufbar.

© 2012 Anaconda Verlag GmbH, Köln
Alle Rechte vorbehalten.
Umschlagmotiv: © sdmix – Fotolia.com
Umschlaggestaltung: Druckfrei. Dagmar Herrmann, Köln
Satz und Layout: Andreas Paqué, www.paque.de
Printed in Germany 2014
ISBN 978-3-86647-850-3
www.anacondaverlag.de
info@anacondaverlag.de

Inhalt

- 7 Eine Skandalgeschichte im Fürstentum O.
- 29 Der Bund der Rothaarigen
- 51 Ein Fall geschickter Täuschung
- 68 Der geheimnisvolle Mord im Tal von Boscombe
- 91 Fünf Apfelsinenkerne
- 109 Der Mann mit der Schramme
- 133 Die Geschichte des blauen Karfunkels
- 154 Das getupfte Band
- 180 Der Daumen des Ingenieurs
- 199 Die verschwundene Braut
- 221 Die Geschichte des Beryll-Kopfschmuckes
- 246 Das Landhaus in Hampshire
- 271 Silberstrahl
- 297 Das gelbe Gesicht
- 315 Eine sonderbare Anstellung
- 333 Holmes' erstes Abenteuer
- 353 Der Katechismus der Familie Musgrave
- 372 Die Gutsherren von Reigate
- 391 Der Krüppel
- 408 Der Doktor und sein Patient
- 427 Der griechische Dolmetscher

446	Der Marinevertrag
478	Das letzte Problem
497	Der Hund der Baskervilles
655	Im leeren Haus
676	Der Baumeister von Norwood
700	Die tanzenden Männchen
726	Die einsame Radfahrerin
746	Die Entführung aus der Klosterschule
777	Der schwarze Peter
798	Sherlock Holmes als Einbrecher
816	Die sechs Napoleonbüsten
837	Die drei Studenten
858	Der goldene Klemmer
881	Der vermisste Fußballspieler
903	Der Mord in Abbey Grange
927	Der zweite Blutflecken
953	Die gestohlenen Unterseebootszeichnungen
984	Der sterbende Sherlock Holmes
1001	Quellenverzeichnis

Eine Skandalgeschichte im Fürstentum O.

I.

Ich hatte mich vor Kurzem verheiratet und daher in letzter Zeit nur wenig von meinem Freund Sherlock Holmes gesehen. Mein eigenes Glück und meine häuslichen Interessen nahmen mich völlig gefangen, wie es wohl jedem Mann ergehen wird, der sich ein eigenes Heim gegründet hat, während Holmes, seiner Zigeunernatur entsprechend, jeder Art von Geselligkeit aus dem Weg ging. Er wohnte noch immer in unserem alten Logis in der Baker Street, begrub sich unter seinen alten Büchern und wechselte zwischen Kokain und Ehrgeiz, zwischen künstlicher Erschlaffung und der aufflammenden Energie seiner scharfsinnigen Natur. Noch immer wandte er dem Verbrecherstudium sein ganzes Interesse zu, und seine bedeutenden Fähigkeiten sowie seine ungewöhnliche Beobachtungsgabe ließen ihn den Schlüssel zu Geheimnissen finden, welche die Polizei längst als hoffnungslos aufgegeben hatte. Von Zeit zu Zeit drang irgendein unbestimmtes Gerücht über seine Tätigkeit zu mir. Ich hörte von seiner Berufung nach Odessa wegen der Mordaffäre Trepoff, von seiner Aufklärung der einzig dastehenden Tragödie der Gebrüder Atkinson in Trimonale und schließlich von der Mission, die er im Auftrag des holländischen Herrscherhauses so taktvoll und erfolgreich zu Ende geführt hatte. Sonst wusste ich von meinem alten Freund und Gefährten wenig mehr als alle Leser der täglichen Zeitungen.

Eines Abends, es war am 20. März 1888, führte mich mein Weg durch die Baker Street; ich kam gerade von einer Konsultation zurück, da ich wieder meine Privatpraxis aufgenommen hatte. Als ich mich der wohlbekannten Tür näherte, ergriff mich der unwiderstehliche Drang, Holmes aufzusuchen, um zu erfahren, welcher Angelegenheit er augenblicklich sein außergewöhnliches Talent widmete. Seine Zimmer waren glänzend erleuchtet, und beim Hinaufsehen gewahrte ich den Schatten seiner großen, mageren Gestalt. Den Kopf auf die Brust gesenkt und die Hände auf dem Rücken, durchmaß er schnell und eifrig das Zimmer. Ich kannte seine Stimmungen und Angewohnheiten viel zu genau, um nicht sofort zu wissen, dass er wieder in voller Tätigkeit war. Er hatte sich aus seinen künstlich erzeugten Träumen emporgerafft und war nun einem neuen Rätsel auf der Spur. Ich zog die Glocke und wurde in das Zimmer geführt, das ich früher mit ihm geteilt hatte.

Sein Benehmen war nicht übermäßig herzlich zu nennen. Das war bei ihm überhaupt selten der Fall, und doch hatte ich das Gefühl, dass er sich freute, mich zu sehen. Er sprach kaum ein Wort, aber nötigte mich mit freundlichem Gesicht in einen Lehnstuhl, reichte mir seinen Zigarrenkasten herüber und zeigte auf ein Likörschränkchen in der Ecke. Dann stellte er sich vor das Feuer und betrachtete mich in seiner sonderbar forschenden Manier.

»Die Ehe bekommt Ihnen, Watson«, bemerkte er. »Ich glaube, Sie haben siebeneinhalb Pfund zugenommen, seit ich Sie zuletzt sah.«

»Sieben«, antwortete ich.

»Wirklich? Ich hätte es für etwas mehr gehalten. Nur eine Kleinigkeit mehr, Watson. Und Sie praktizieren wieder, wie ich bemerke; Sie erzählten mir nichts von Ihrer Absicht, wieder ins Joch gehen zu wollen.«

»Woher wissen Sie es denn?«

»Ich sehe es, ich folgere es eben. Ich weiß auch, dass Sie kürzlich in einem tüchtigen Unwetter draußen gewesen sind und dass Sie ein sehr ungeschicktes, nachlässiges Dienstmädchen haben müssen.«

»Mein lieber Holmes«, sagte ich, »nun hören Sie auf; vor einigen Jahrhunderten würden sie Sie wahrscheinlich verbrannt haben. Ich habe allerdings am vorigen Donnerstag eine Landtour gemacht und kam furchtbar durchnässt und beschmutzt nach Hause, aber woraus Sie das schließen wollen, weiß ich doch nicht, da ich ja sofort meine Kleider wechselte. Und Marie Johanne ist wirklich unverbesserlich, meine Frau hat ihr schon den Dienst gekündigt, aber um alles in der Welt, wie können Sie das wissen?«

Er lachte in sich hinein und rieb seine schmalen, nervösen Hände.

»Das ist doch so einfach«, meinte er, »meine Augen sehen deutlich, dass auf der Innenseite Ihres linken Stiefels, die gerade jetzt vom Licht erhellt wird, das Leder durch sechs nebeneinanderlaufende Schnitte beschädigt ist. Das kann nur jemand getan haben, der sehr achtlos den getrockneten Schmutz von den Rändern der Sohle abkratzen wollte. Daher meine doppelte Vermutung, dass Sie erstens bei schlechtem Wetter ausgegangen sind und zweitens ein besonders nichtswürdiges, stiefelaufschlitzendes [...] der Londoner Dienstbotenwelt haben. Und was nun Ihre Praxis [...] müsste ich doch wirklich schwachköpfig sein, wenn ich einen Herrn, d[...] nach Jodoform riecht, auf dessen rechtem Zeigefinger ein schwarzer Fleck von Höllenstein prangt, während die Erhöhung seiner linken Brusttasche deutlich das Versteck seines Stethoskops verrät, nicht auf der Stelle für einen praktischen Arzt halten würde.«

Ich musste lachen, mit welcher Leichtigkeit er diese Folgerungen entwickelte. »Wenn ich Ihre logischen Schlüsse anhöre, erscheint mir die Sache lächerlich einfach, und ich glaube es ebenso gut zu können«, bemerkte ich. »Und doch überrascht mich jeder Beweis Ihres Scharfsinns aufs Neue, bis Sie mir den ganzen Vorgang erklärt haben. Nichtsdestoweniger sehe ich genauso gut wie Sie.«

»Sehr richtig«, entgegnete er, steckte sich eine Zigarette an und warf sich in den Lehnstuhl. »Sie sehen wohl, aber Sie beobachten nicht. Der Unterschied ist ganz klar. Sie haben z. B. häufig die Stufen gesehen, die vom Flur in dies Zimmer hinaufführen.«

»Sehr häufig.«

»Wie oft?«

»Nun, sicher einige Hundert Mal.«

»Dann werden Sie mir auch wohl sagen können, wie viele es sind?«

»Wie viele? Nein, davon hab ich keine Ahnung.«

»Sehen Sie wohl, Sie haben zwar gesehen, aber nicht beobachtet. Das meine ich ja eben. Ich weiß ganz genau, dass die Treppe siebzehn Stufen hat, weil ich nicht nur gesehen, sondern auch beobachtet habe. – A propos, da ich Ihr Interesse für meine kleinen Kriminalfälle kenne – Sie hatten sogar die Güte, eine oder zwei meiner geringen Erfahrungen aufzuzeichnen –, wird Sie vermutlich auch dies interessieren.« Er reichte mir einen Bogen dicken, rosenfarbenen Briefpapiers, der geöffnet auf dem Tisch lag. »Dies Schreiben kam mit der letzten Post an, bitte lesen Sie vor.«

Der Brief, der weder Datum noch Unterschrift und Adresse trug, lautete:

»Ein Herr, der Sie in einer sehr bedeutungsvollen Angelegenheit zu sprechen wünscht, wird Sie heute Abend um drei Viertel acht aufsuchen. Die Dienste, die Sie unlängst einem regierenden europäischen Haus erwiesen, geben den Beweis, dass man Ihnen Dinge von allerhöchster Wichtigkeit anvertrauen kann. Dies Urteil wurde uns von allen Seiten bestätigt. Bitte also zur bezeichneten Zeit zu Hause zu sein und es nicht falsch zu deuten, wenn Ihr Besucher eine Maske trägt.«

»Dahinter steckt ein Geheimnis«, bemerkte ich. »Können Sie sich das erklären?«

»Bis jetzt habe ich noch keine Anhaltspunkte. Es ist aber ein Hauptfehler, ohne dieselben Vermutungen aufzustellen. Unmerklich kommt man so der Theorie zuliebe zum Konstruieren von Tatsachen, statt es umgekehrt zu machen. Doch was schließen Sie aus dem Brief selbst?«

Ich prüfte sorgfältig Schrift und Papier.

»Der Schreiber lebt augenscheinlich in guten Verhältnissen«, meinte ich, bemüht, das Verfahren meines Freundes so getreu als möglich zu kopieren. »Das Papier ist sicher kostspielig, es ist ganz besonders stark und steif.«

»Ganz richtig bemerkt«, sagte Holmes. »Auf keinen Fall ist es englisches Fabrikat. Halten Sie es mal gegen das Licht.«

Ich tat es und sah links als Wasserzeichen ein großes E und C und auf der rechten Seite ein fremdartig aussehendes Wappen in das Papier gestempelt. »Nun, was schließen Sie daraus?«, fragte Holmes.

»Links ist der Namenszug des Fabrikanten.«

»Gut, aber rechts?«

»Ein Wappen als Fabrikzeichen, ich kenne es jedenfalls nicht«, antwortete ich.

»Dank meiner heraldischen Liebhaberei kann ich es Ihnen verraten«, sagte Holmes. »Es ist das Wappen des Fürstentums O...«

»Dann ist der Fabrikant vielleicht Hoflieferant«, meinte ich.

»So ist's. Doch der Schreiber dieses Briefes ist ein Deutscher. Fiel Ihnen nicht der eigentümliche Satzbau auf? ›This account of you we have from all quarters received.‹ Ein Franzose oder Russe kann das nicht geschrieben haben, nur der Deutsche ist so unhöflich gegen seine Verben. Haha, mein Junge, was sagen Sie dazu?«

Seine Augen funkelten, und aus seiner Zigarette blies er große blaue Triumphwolken.

»Nun müssen wir noch herausfinden, was dieser Deutsche wünscht, der auf diesem fremdartigen Papier schreibt und es vorzieht, sich unter der Maske vorzustellen. Wenn ich nicht irre, kommt er jetzt selbst, um den Schleier des Geheimnisses zu lüften.«

Der scharfe Ton von Pferdehufen und das knirschende Geräusch von Rädern ließ sich hören, dann wurde stark an der Glocke gezogen.

Holmes pfiff. »Das klingt ja, als wären es zwei Pferde«, sagte er. Er blickte aus dem Fenster. »Ja«, fuhr er fort, »ein hübscher Brougham und ein Paar Prachtgäule, jeder mindestens seine hundertundfünfzig Guineen wert. Na, Watson, wenn auch sonst nichts an der Sache ist, jedenfalls ist da Geld zu holen.«

»Ich glaube, es ist wohl besser, ich gehe jetzt.«

»Auf keinen Fall, Doktor, Sie bleiben, wo Sie sind; was sollte ich wohl ohne Sie anfangen? Außerdem verspricht die Geschichte interessant zu werden, und warum wollen Sie sich das entgehen lassen?«

»Aber Ihr Klient?«

»Darüber machen Sie sich keine Skrupel. Vielleicht brauchen wir beide wirklich Ihre Hilfe. Er kommt jetzt. Setzen Sie sich ruhig in den Lehnstuhl und passen auf.«

Ein langsamer, schwerer Tritt, den man auf der Treppe und dem Gang gehört hatte, hielt plötzlich vor der Tür an. Gleich darauf wurde laut und energisch geklopft.

»Herein!«, sagte Holmes.

Ein Mann trat ins Zimmer, dessen Größe wohl sechs Fuß sechs Zoll betragen mochte, er hatte die Brust und die Glieder eines Herkules. Seine Kleidung war auffallend reich, aber kein feiner Engländer hätte sie für geschmackvoll gehalten. Breite Streifen von Astrachan schmückten die Ärmel und den Kragen seines doppelreihigen Rockes, der tiefblaue Mantel, den er über die Schultern geworfen hatte, war mit flammend roter Seide gefüttert und wurde am Hals durch einen funkelnden Beryll zusammengehalten. Seine Stiefel reichten bis zur halben Wade und waren oben mit reichem braunem Pelzwerk besetzt; sie vervollständigten den Eindruck fremdartiger Pracht, den seine ganze Erscheinung hervorbrachte. Er trug einen breitkrempigen Hut in der Hand; die schwarze Halbmaske, die den oberen Teil seines Gesichts bedeckte, musste wohl eben erst angelegt sein, denn seine Hand hielt sie noch beim Eintritt gefasst. Die starke, etwas vorstehende Unterlippe und das lange, gerade Kinn sprachen von Entschlossenheit, wenn nicht Eigensinn.

»Sie haben meinen Brief erhalten?«, fragte er mit tiefer, rauer Stimme und ausgeprägt deutschem Akzent. »Ich habe Sie auf mein Erscheinen vorbereitet« – er blickte ungewiss von einem zum andern.

»Bitte nehmen Sie Platz«, sagte Holmes. »Dies ist mein Freund und Kollege Dr. Watson, der die Güte hat, mir gelegentlich bei schwierigen Fällen zu helfen. Mit wem habe ich die Ehre?«

»Nennen Sie mich Graf von Kramm – aus X. Ich nehme an, dass ich in Ihrem Freund einen Mann von Ehre und Diskretion vor mir habe, dem ich eine Sache von höchster Wichtigkeit anvertrauen darf. Sonst würde ich es vorziehen, mit Ihnen allein zu verhandeln.«

Ich erhob mich sofort, um das Zimmer zu verlassen, doch Holmes ergriff mich am Handgelenk und drückte mich auf meinen Sitz nieder. »Entweder beide oder keiner«, erklärte er fest. »Was Sie mir zu sagen haben, darf dieser Herr ebenso gut anhören.«

Der Graf zuckte seine breiten Schultern. »Dann muss ich Sie beide auf zwei Jahre zu absolutem Schweigen verpflichten. Später hat die Sache bis auf meinen Namen keine Bedeutung mehr. Es ist aber nicht zu viel gesagt, wenn ich behaupte, dass augenblicklich die betreffende Angelegenheit imstande wäre, einen Einfluss auf die europäische Geschichte auszuüben.«

»Ich verpflichte mich, zu schweigen«, sagte Holmes.

»Ich ebenfalls.«

»Sie entschuldigen diese Maske«, fuhr unser seltsamer Besucher fort, »doch ist es der Wunsch der hohen Persönlichkeit, in deren Auftrag ich handle, dass sein Agent Ihnen unbekannt bleibe. Gleichzeitig muss ich bekennen, dass ich mich unter falschem Namen eingeführt habe.«

»Das wusste ich«, sagte Holmes trocken.

»Die Umstände erfordern das äußerste Zartgefühl. Ein großer Skandal muss unter allen Umständen von einem fürstlichen Haus abgewendet werden, der es ernstlich kompromittieren könnte. Offen gestanden, die Angelegenheit betrifft das erlauchte Geschlecht der … das regierende Haus in O…«

Holmes lehnte sich bequem in den Lehnstuhl zurück und schloss die Augen. »Das wusste ich auch schon«, murmelte er.

Anscheinend überrascht blickte der Fremde auf die lässig hingestreckte Gestalt des geschicktesten und tatkräftigsten Polizeiagenten Europas. Holmes hob langsam die Lider und sah ungeduldig zu seinem hünenhaften Klienten auf.

»Wenn Eure Hoheit nur geruhen wollten, mir den Fall zu erzählen«, bemerkte er, »ich wäre dann viel besser imstande, einen Rat zu erteilen.«

Der Mann sprang von seinem Stuhl auf und schritt erregt im Zimmer auf und ab. Zuletzt riss er mit einer Gebärde der Verzweiflung die Maske vom Gesicht und warf sie zu Boden. »Sie haben recht«, rief er. »Ich bin der Fürst. Warum soll ich es zu verbergen suchen?«

»Ja, warum eigentlich?«, murmelte Holmes. »Bevor Eure Hoheit ein Wort äußerten, wusste ich, mit wem ich die Ehre hatte zu unterhandeln.«

Unser sonderbarer Besucher nahm wieder Platz und strich mit der Hand über seine hohe, weiße Stirn. »Aber Sie verstehen, Sie müssen verstehen, dass ich es nicht gewohnt bin, mich persönlich mit solchen Dingen zu befassen. Und doch konnte ich diese delikate Angelegenheit keinem Vermittler anvertrauen, ohne mich gänzlich in seine Hand zu geben. In der Hoffnung auf Ihren Rat bin ich inkognito nach London gekommen.«

»Dann bitte sprechen Eure Hoheit«, sagte Holmes, wieder die Augen schließend.

»Die Tatsachen sind in Kürze folgende: Vor fünf Jahren machte ich während eines längeren Aufenthalts in Warschau die Bekanntschaft einer wohlbekannten Abenteurerin: Irene Adler. Der Name wird Ihnen wahrscheinlich nicht fremd sein.«

»Seien Sie doch so gut, Doktor, und schlagen Sie in meinem Verzeichnis nach«, sagte Holmes, ohne die Augen zu öffnen. Schon vor Jahren hatte er angefangen, alles ihm wichtig Erscheinende, mochte es nun Menschen oder Dinge betreffen, systematisch einzutragen, sodass man kaum eine Person oder Sache erwähnen konnte, von der er nichts Näheres zu berichten wusste. Diesmal fand ich die gesuchte Biografie zwischen der eines hebräischen Rabbiners und der eines Contre-Admirals, des Verfassers einer Abhandlung über die Tiefseefische.

»Nun wollen mir mal sehen«, meinte Holmes. »Hm! Geboren in New Jersey im Jahr 1858. Altstimme, hm. La Scala, hm! Primadonna an der kaiserlichen Oper in Warschau – ja! Von der Bühne zurückgetreten – aha. Lebt in London – ganz recht! Eure Hoheit knüpften nun mit dieser jungen Person Beziehungen an und schrieben ihr einige kompromittierende Briefe, deren Rückgabe jetzt wünschenswert wäre. Ist es nicht so?«

»Ganz genau so – aber wie …«

»Hat eine heimliche Ehe stattgefunden?«

»Nein.«

»Es existieren auch keine Verträge oder Abmachungen?«

»Keine.«

»Dann begreife ich Eure Hoheit nicht recht. Wenn diese junge Person die fraglichen Briefe behufs Erpressung oder zu anderen Zwecken benutzen wollte, wie vermöchte sie dann deren Echtheit zu beweisen?«

»Aber die Handschrift?«

»Pah! Fälschung!«
»Doch mein besonderes Briefpapier?«
»Ist gestohlen.«
»Mein Siegel?«
»Nachgeahmt.«
»Meine Fotografie?«
»Gekauft.«
»Aber wir sind ja beide zusammen auf dem Bild.«
»O weh! Das ist sehr böse. Damit haben Hoheit allerdings eine Unvorsichtigkeit begangen.«
»Ich war verrückt – von Sinnen.«
»Euer Hoheit haben sich ernstlich kompromittiert.«
»Ich war damals noch sehr jung und nicht an der Regierung. Ich zähle jetzt erst dreißig.«
»Das Bild muss wieder herbeigeschafft werden.«
»Bis jetzt war alles vergebens.«
»Haben Sie es mit Geld versucht?«
»Sie gibt es um keinen Preis her.«
»Na, dann wird es gestohlen.«
»Das ist schon fünf Mal versucht worden. Zweimal ließ ich in ihrer Wohnung einbrechen, einmal wurde ihr Gepäck auf einer Reise durchstöbert. Zweimal wurde sie überfallen. Alles umsonst.«
»Keine Spur davon?«
»Nicht die geringste.«
Holmes lachte. »Die kleine Geschichte ist ja recht nett.«
»Aber für mich ist sie verteufelt ernst«, meinte der Fürst vorwurfsvoll.
»Das stimmt. Was beabsichtigt sie nur mit der Fotografie?«
»Sie will mich ins Unglück stürzen.«
»Wie das?«
»Ich stehe im Begriff, mich zu verheiraten.«
»Ich hörte davon.«
»Und zwar mit Klothilde, der zweiten Tochter des Königs von ... Sie kennen wahrscheinlich die starren Grundsätze dieser Familie, die Prinzessin selbst ist die personifizierte Empfindsamkeit. Fiele der leiseste Schatten auf mich, würde man den Plan sofort aufgeben.«
»Und Irene Adler?«
»Droht, ihnen das Bild zu schicken. Sie tut es auch, ich weiß, dass sie es tut; Sie kennen ihren eisernen Willen nicht. Ach, ihr liebliches Madonnen-

antlitz verrät ja leider nichts davon. Es gibt nichts, dessen sie nicht fähig wäre, um diese Heirat zu verhindern, absolut nichts!«

»Es ist gewiss, dass sich das Bild noch in ihrem Besitz befindet?«

»Sicher.«

»Woher wissen Sie das?«

»Sie hat geschworen, es erst am Tag der Bekanntmachung der Verlobung abzuschicken. Der ist am nächsten Montag.«

»Oh, dann haben wir noch drei Tage vor uns«, sagte Holmes gemütlich. »Das trifft sich ja sehr glücklich, denn jetzt muss ich mich noch ein oder zwei wichtigen Angelegenheiten widmen. Hoheit bleiben doch fürs Erste in London?«

»Gewiss. Sie finden mich bei Langham unter dem Namen des Grafen von Kramm.«

»Dann werde ich also dorthin über unseren Erfolg berichten.«

»Ich bitte darum. Sie können sich meine Aufregung vorstellen.«

»Nun bleibt noch die Geldfrage zu erledigen.«

»Sie haben *carte blanche*.«

»Vollständig?«

»Eines meiner Schlösser wäre mir nicht zu viel für das Bild.«

»Und die augenblicklichen Ausgaben?«

Der Fürst zog ein dickes Portefeuille unter dem Mantel hervor und legte es auf den Tisch.

»Hier sind dreihundert Pfund in Gold und siebenhundert in Papier«, sagte er.

Holmes kritzelte eine Empfangsbescheinigung auf ein Blatt seines Notizbuchs und überreichte es ihm.

»Die Adresse der Dame?«

»Ist Briony Lodge, Serpentine Avenue, St. Johns Wood.«

Holmes notierte sie sich. »Noch eine andere Frage: War es ein Kabinettbild?«

»Allerdings.«

»Nun gute Nacht, Hoheit, und ich darf wohl die Hoffnung aussprechen, bald günstige Nachrichten senden zu können. – Gute Nacht auch, Watson«, fügte er hinzu, als die Räder des fürstlichen Wagens die Straße hinabrollten. »Ich würde mich sehr freuen, wenn Sie mich morgen Nachmittag um drei Uhr aufsuchen würden, ich möchte gern mit Ihnen über die Sache plaudern.«

II.

Pünktlich um drei Uhr erschien ich in der Baker Street, aber Holmes war noch nicht heimgekehrt. Die Wirtin erzählte mir, er wäre kurz vor acht Uhr morgens fortgegangen. Ich setzte mich mit der festen Absicht an den Kamin, ihn unter allen Umständen zu erwarten. Der vorliegende Fall erregte mein höchstes Interesse, und wenn er auch nicht den schrecklichen, seltsamen Charakter trug wie die beiden Verbrechen, die ich schon früher aufzeichnete, gaben ihm doch die Natur der Sache und die erlauchte Persönlichkeit des Klienten ein ganz eigenartiges Gepräge. Nebenbei gewährte es mir stets aufs Neue ein Vergnügen, die klare, schlagende Logik meines Freundes zu beobachten und den meisterhaften Griff, mit dem er eine Situation erfasste. Ich war an das beständige Gelingen seiner Aufgaben so gewöhnt, dass mir die Möglichkeit eines Misserfolgs überhaupt nie in den Sinn kam. Kurz vor vier Uhr wurde die Tür von einem angetrunken aussehenden Reitknecht mit schlecht gekämmtem Haar und Backenbart geöffnet, das gerötete Gesicht und die nachlässige Kleidung machten entschieden einen heruntergekommenen Eindruck. Trotzdem ich die auffallende Geschicklichkeit meines Freundes in Verkleidungen kannte, dauerte es doch geraume Zeit, bis ich sicher war, ihn vor mir zu haben. Mit einem leichten Kopfnicken verschwand er im Schlafzimmer und erschien nach fünf Minuten elegant gekleidet und tadellos wie immer. Die Hände in den Taschen, streckte er sich behaglich vor dem Kamin aus und fing herzlich an zu lachen.

»Das ist wirklich gut!«, rief er und brach wieder in sein anhaltendes Lachen aus, bis er atemlos und erschöpft innehalten musste.

»Was ist denn los?«

»Es ist zu komisch. Sie erraten sicher nicht, womit ich mich heute beschäftigt habe und wie ich meine Tätigkeit beschloss.«

»Keine Ahnung. Vermutlich haben Sie Haus und Gewohnheiten von Miss Irene beobachtet?«

»Ganz recht, und ich habe allerlei Merkwürdiges erlebt. Lassen Sie sich erzählen. Ich verließ also als stellenloser Groom heute früh meine Wohnung. Ich sage Ihnen, unter diesen Pferdemenschen herrscht eine wunderbare Kameradschaft, ein wahres Freimaurertum. Gehört man zu ihnen, erfährt man alles, was man wissen will. Ich fand denn auch bald die Wohnung. Die zweistöckige Villa ist wirklich ein *bijou*, hinten dehnt sich ein Garten aus, während die Vorderseite des Hauses bis dicht an die Straße grenzt. Rechter Hand befindet sich ein geräumiges, schön ausgestattetes

Wohnzimmer, mit großen, fast zum Boden reichenden Fenstern und jenem dummen englischen Fensterverschluss, den jedes Kind öffnen kann. Sonst war nichts Bemerkenswertes zu entdecken, höchstens die Möglichkeit, vom Dach des Kutscherhauses in das Flurfenster zu gelangen. Ich schlenderte die Straße hinab und fand richtig meine Erwartungen nicht getäuscht; in einem Gässchen, das sich an einer der Gartenmauern entlangzog, lag ein Pferdestall. Ich half den Stallknechten beim Abreiben ihrer Pferde und verdiente damit ein Trinkgeld, ein Glas Bier und so viel Auskunft über Miss Adler, als ich nur wünschte. Natürlich musste ich dafür die Biografien von mindestens zwölf Leuten aus der Nachbarschaft, die mich nicht im Geringsten interessierten, mit in Kauf nehmen.«

»Nun, und Irene Adler?«, fragte ich.

»Oh, sie hat allen Männern im ganzen Stadtteil die Köpfe verdreht. Sie ist das entzückendste Geschöpf unter der Sonne, darüber herrscht nur *eine* Stimme in den Pferdeställen der Serpentine Avenue. Sie lebt sehr zurückgezogen, singt in Konzerten und fährt täglich um fünf Uhr aus, um sieben kehrt sie dann zum Essen zurück. Zu anderer Tageszeit verlässt sie selten das Haus. Sie empfängt nur die häufigen Besuche eines brünetten und auffallend hübschen Herrn. Er kommt täglich ein, ja auch zwei Mal und ist ein Mr Godfroy Norton aus dem ›Inner Temple‹. Da sehen Sie, welch einen Vorteil es bringt, Kutscher zu Vertrauten zu haben! Sie hatten ihn mindestens ein Dutzend Mal nach Hause gefahren und waren genau über ihn orientiert. Als ihr Redefluss versiegt war, wanderte ich langsam in der Nähe auf und ab und entwarf meinen Feldzugsplan.

Dieser Mr Norton war entschieden ein nicht zu unterschätzender Faktor in dieser Angelegenheit. Er war Jurist, das klang fatal. Welche Beziehungen bestanden zwischen diesen beiden, und welchen Grund hatte er für seine häufigen Besuche? War sie seine Klientin, Freundin oder seine Geliebte? Im ersteren Fall hatte sie ihm wahrscheinlich das Bild in Verwahrsam gegeben, im letzteren war das weniger zu befürchten. Hiervon hing es aber doch ab, ob ich in der Villa meine Nachforschungen fortsetzen oder das Feld meiner Tätigkeit in die Wohnung des Herrn verlegen musste. Das war ein sehr kniffliger Punkt und machte die ganze Sache weit verwickelter. Ich fürchte, diese Details langweilen Sie, aber zum weiteren Verständnis der Situation sind sie durchaus notwendig.«

»Ich folge Ihnen sehr aufmerksam«, antwortete ich.

»Ich war mit der Geschichte noch nicht im Klaren, als eine Droschke sich näherte und vor der Villa hielt. Ein auffallend hübscher Mann, mit einer Adlernase in seinem bärtigen Gesicht, sprang heraus, zweifellos derselbe, der mir beschrieben wurde. Er schien große Eile zu haben, befahl dem Kutscher zu warten und eilte an dem öffnenden Mädchen mit der Miene eines Mannes vorüber, der sich völlig zu Hause fühlt. Sein Aufenthalt dauerte ungefähr eine halbe Stunde; ich konnte ihn zuweilen durch das Fenster des Wohnzimmers erblicken, in dem er erregt sprechend und lebhaft gestikulierend auf und nieder schritt. Von ihr war keine Spur zu entdecken. Plötzlich kam er in verstärkter Aufregung wieder heraus. Bevor er einstieg, warf er einen Blick auf seine Uhr. ›Fahren Sie wie der Teufel‹, befahl er. ›Zuerst zu Gross und Hankey in der Regent Street und dann zur St. Monica's Church in Edgeware Road. Eine halbe Guinee, wenn die Fahrt nur zwanzig Minuten dauert!‹

Fort ging es, und ich überlegte eben, ob ich ihnen nicht folgen sollte, als ich einen hübschen kleinen Landauer das Gässchen heraufkommen sah. Der Kutscher hatte kaum vor der Tür gehalten und war noch nicht damit fertig, die Knöpfe seines Rocks zu schließen, als sie schon eilig aus der Haustür schlüpfte und selbst den Schlag aufriss. ›Nach der St. Monica's Church, John‹, rief sie. ›Und einen halben Sovereign, wenn du in zwanzig Minuten dort bist.‹

Ich sah sie nur ganz flüchtig, doch es genügte, um jede Torheit eines Mannes begreiflich zu finden. – Die Gelegenheit durfte ich mir nicht entgehen lassen, Watson. Glücklicherweise fand ich eine Droschke in der Nähe, die mich aller Zweifel enthob, auf welche Weise ich dasselbe Ziel erreichen konnte. Der Kutscher wusste nicht recht, was er aus seinem schäbigen Fahrgast machen sollte, aber ehe er noch Zeit zu irgendwelchen Einwendungen fand, saß ich schon im Wagen. ›Ein halber Sovereign, wenn Sie die St. Monica's Church in zwanzig Minuten erreichen!‹ Es fehlten noch fünfundzwanzig Minuten an zwölf Uhr, und es lag klar auf der Hand, was vor sich gehen sollte. Mein Wagen fuhr sehr rasch, aber sie waren doch früher zur Stelle. Als ich ankam, hielten die beiden Wagen mit ihren dampfenden Pferden schon vor der Kirchtür. Ich bezahlte meinen Kutscher und ging schnell hinein. Außer den beiden Gesuchten und einem sehr bestürzt aussehenden Geistlichen, der eifrig auf sie einsprach, war keine Seele weiter dort zu sehen. Alle drei standen in einer dichten Gruppe vor dem Altar. Ich schlenderte mit der Miene eines Müßiggängers, der zufällig in eine Kirche geraten ist, durch das Seitenschiff. Zu meiner großen Überraschung richteten plötzlich die drei ihre Aufmerksamkeit auf mich, und Godfroy Norton schritt rasch auf mich zu.

›Gott sei Dank!‹, rief er. ›Sie können uns einen sehr großen Dienst erweisen. Kommen Sie schnell, schnell!‹

›Was soll ich denn?‹, fragte ich.

›Kommen Sie nur, kommen Sie nur, es fehlen nur noch drei Minuten, sonst ist die Sache ungültig.‹

Ich wurde halb zum Altar geschleppt, und bevor ich recht wusste, was geschah, hörte ich mich Antworten murmeln, die in mein Ohr geflüstert wurden, und Dinge bezeugen, von denen ich keine Ahnung hatte, kurzum: Ich assistierte bei der feierlichen Verbindung von Jungfrau Irene Adler mit dem Junggesellen Godfroy Norton. Im Augenblick war alles vorüber, und dann dankte mir ein Herr rechts und eine Dame links, während mir der Prediger von vorn seine Zufriedenheit ausdrückte. Ich sage Ihnen, ich habe mich nie in einer alberneren Lage befunden, und es war die Erinnerung daran, die mich vorhin so zum Lachen brachte. Mit dem Trauschein hatte es sicher einen Haken, und der Geistliche weigerte sich außerdem ganz entschieden, die Zeremonie ohne Zeugen vorzunehmen. Wäre ich nicht zufällig dort gewesen, hätte sich der Bräutigam seinen Trauzeugen von der Straße holen müssen. Die Braut schenkte mir einen Sovereign, den ich zum Andenken an meiner Uhrkette tragen werde.«

»Das ist ja eine sehr unerwartete Wendung«, sagte ich. »Was nun?«

»Ja, mein Vorhaben wurde jetzt ernstlich bedroht. Es hatte den Anschein, als wollte das Paar sofort abreisen, und da galt es meinerseits die schnellsten und energischsten Maßregeln zu treffen. Doch an der Kirchentür trennten sie sich, er fuhr zum ›Temple‹ und sie zu ihrer Wohnung. ›Um fünf Uhr fahre ich wie gewöhnlich in den Park‹, rief sie ihm zu. Mehr hörte ich nicht. Sie entfernten sich in verschiedene Richtungen, und ich machte mich auf den Weg, um mich meinen eigenen Angelegenheiten zu widmen.«

»Und die sind?«

»Etwas kaltes Roastbeef und ein Glas Bier dazu«, antwortete er, indem er klingelte. »Ich habe bis jetzt keine Zeit gehabt, an Essen und Trinken zu denken, und der Abend wird mir wahrscheinlich noch mehr Arbeit bringen. Ich möchte übrigens um Ihre Unterstützung bitten, Doktor.«

»Mit Vergnügen.«

»Sie haben doch keine Angst, einen Verstoß gegen das Gesetz zu begehen?«

»Nicht im Geringsten.«

»Ebenso wenig fürchten Sie sich, gegebenenfalls eingesteckt zu werden?«

»Für eine gute Sache nie.«

»Oh, die Sache ist vortrefflich.«

»Also bestimmen Sie über mich.«

»Ich wusste, dass ich mich auf Sie verlassen könnte.«

»Was haben Sie denn vor?«

»Wenn Mrs Turner alles hereingebracht hat, will ich's Ihnen erzählen. Verzeihen Sie«, sagte er, sich hungrig dem einfachen Mahl zuwendend, das unsere Wirtin bereitgehalten hatte. »Ich muss schon während des Essens meinen Vortrag halten, mir bleibt nur wenig Zeit übrig. In zwei Stunden müssen wir uns auf dem Schauplatz unserer Tätigkeit befinden, denn Miss oder vielmehr Mrs Irene kehrt um sieben von ihrem Ausflug zurück. Wenn wir sie treffen wollen, müssen wir deshalb nach Briony Lodge.«

»Und dann?«

»Alles Weitere überlassen Sie mir. Ich habe schon alle Vorkehrungen getroffen. Doch auf etwas muss ich bestehen: Was auch immer kommen mag, Sie dürfen sich in keiner Weise einmischen. Verstanden?«

»Ich soll also neutral bleiben?«

»Vollständig. Wahrscheinlich wird es zu einigen Misshelligkeiten kommen; kümmern Sie sich nicht darum. Wenn ich, was die Hauptsache ist, ins Haus geschafft werde, hört jeder Streit auf. Vier bis fünf Minuten später wird das Fenster des Wohnzimmers geöffnet werden. Sie müssen sich in der Nähe dieses offenen Fensters halten.«

»Ja.«

»Sie können mich von draußen sehen und dürfen mich nicht aus den Augen lassen.«

»Ja.«

»Sobald ich nun meine Hand erhebe, werfen Sie den Gegenstand ins Zimmer, den ich Ihnen geben werde, und schreien zur selben Zeit: ›Feuer!‹ Merken Sie sich auch alles?«

»Aufs Genaueste.«

»Es ist nichts Gefährliches«, sagte er und zog eine lange, zigarrenförmige Rolle aus der Tasche. »Es ist nur eine gewöhnliche Rauchrakete, wie sie die Bleiarbeiter bei uns gebrauchen, an beiden Enden mit Zündhütchen versehen, welche die Selbstentzündung verursachen. Darauf beschränkt sich Ihre ganze Aufgabe. Ihr Feuerruf wird rasch verbreitet werden. Sie gehen dann ruhig die Straße hinunter, und in ungefähr zehn Minuten bin ich wahrscheinlich bei Ihnen. Hoffentlich habe ich mich deutlich ausgedrückt?«

»Ich muss neutral bleiben, mich dem Fenster nähern, Sie beobachten, auf Ihr Zeichen dies hineinwerfen, dann ›Feuer!‹ schreien und Sie an der Straßenecke erwarten?«

»Ganz richtig.«

»Sie können sich völlig auf mich verlassen.«

»Vortrefflich. Doch nun ist es wohl Zeit, mich auf meine Rolle vorzubereiten.«

Er begab sich in sein Schlafzimmer und kehrte nach wenigen Minuten als ein liebenswürdiger, schlicht aussehender Methodisten-Prediger zurück. Sein breiter schwarzer Hut, seine weiten Beinkleider, die weiße Perücke, das milde Lächeln und der eigentümliche, stets damit verbundene Ausdruck im Verein mit wohlwollender Neugier konnten kaum treffender dargestellt werden. Aber Holmes wechselte nicht nur seinen Anzug. Seine Züge, sein Benehmen, ja sein ganzes Wesen schien ebenfalls mit jeder neuen Rolle zu wechseln.

Zehn Minuten vor sieben waren wir in der Serpentine Avenue. Es war schon dämmerig, und die Laternen wurden eben angesteckt; wir wanderten vor der Villa auf und ab, um ihre Bewohnerin zu erwarten. Das Haus war genau so, wie ich es mir nach Holmes' kurzer Beschreibung vorgestellt hatte, doch die Gegend hatte ich mir viel einsamer gedacht. Sie erschien mir für eine kleine Straße in ruhiger Nachbarschaft sogar sehr belebt. In einer Ecke plauderte eine Gruppe fröhlicher, rauchender Müßiggänger, drüben hielt ein Scherenschleifer mit seinem Rad, und in der Nähe schäkerten zwei Soldaten mit einem Kindermädchen. Mehrere gutgekleidete junge Leute schlenderten, die Zigarre im Mund, langsam auf und ab.

»Sehen Sie«, bemerkte Holmes, »diese Heirat vereinfacht die Sache außerordentlich. Jetzt ist die Fotografie ein zweischneidiges Schwert geworden. Ich glaube nicht, dass ihr viel daran liegt, sie Mr Norton zu zeigen, ebenso wenig wie unser Klient sie von seiner Prinzessin bewundert sehen möchte. Die Frage ist nur, wo finden wir das Bild?«

»Ja, wo?«

»Es ist höchst unwahrscheinlich, dass sie es stets mit sich herumträgt. Ein Bild in Kabinettformat ist viel zu groß, um es leicht in einem Frauenkleid zu verbergen. Vermutlich hat sie es daher nicht bei sich.«

»Wo mag es dann stecken?«

»Vielleicht bei ihrem Bankier oder ihrem Rechtsanwalt. Beide Möglichkeiten sind nicht ausgeschlossen, aber unwahrscheinlich. Warum sollte sie es einem anderen übergeben? Auf sich selbst konnte sie sich verlassen, aber sie wusste nicht, ob auch ein Geschäftsmann jedem politischen oder indirekten Einfluss widerstehen würde. Bedenke außerdem, dass sie entschlossen ist, es in den nächsten Tagen zu gebrauchen, es muss ihr deshalb stets zur Hand sein. Folglich kann sie es nur in ihrer eigenen Wohnung haben.«

»Hat man dort nicht schon zweimal eingebrochen?«

»Pah! Sie verstanden eben nicht zu suchen.«

»Und wie wollen Sie das anfangen?«

»Ich werde gar nicht suchen.«

»Was denn?«

»Sie soll es mir selbst zeigen.«

»Sie wird sich sicher weigern.«

»Dazu gebe ich ihr keine Möglichkeit. Horchen Sie, der Wagen kommt! Nun befolgen Sie ganz genau meine Vorschrift!«

Der Schein der Wagenlaterne wurde sichtbar, und ein eleganter kleiner Landauer rollte auf die Villa zu. Er hielt kaum, als schon einer der herumlungernden Leute herbeistürzte, um für das Öffnen des Schlags ein Trinkgeld zu erlangen. Ein anderer hegte dieselbe Absicht und stieß ihn beiseite. Ein heftiger Streit brach aus, die beiden Soldaten mischten sich hinein und nahmen für den ersten Partei, während der Scherenschleifer sich auf die Seite des anderen schlug. Es kam zu einer förmlichen Schlägerei, und im Augenblick war die aus dem Wagen gestiegene Dame der Mittelpunkt einer Gruppe aufgeregter, zankender Menschen, die mit Fäusten und Stöcken aufeinander losgingen. Holmes stürzte sich zum Schutz der Dame mitten ins Gewühl, aber er hatte sie noch nicht erreicht, als er einen Schrei ausstieß und mit blutüberströmtem Gesicht zu Boden fiel. Dieser Anblick veranlasste die ganze Bande, nach verschiedenen Seiten Reißaus zu nehmen, nur einige Personen aus dem bessergekleideten Publikum, die teilnahmslose Zuschauer der Szene geblieben waren, beeilten sich, der Dame und dem Verletzten zu Hilfe zu kommen. Irene Adler war die Stufen emporgeeilt, auf der Schwelle blieb sie zögernd stehen und blickte auf die Straße zurück, wobei sich ihre prachtvolle Figur vom erleuchteten Hintergrund scharf abhob.

»Ist der arme Herr schwer verletzt?«, fragte sie.

»Er ist tot«, schrien mehrere Stimmen.

»Nein, noch ist Leben in ihm«, meinte ein anderer. »Aber ehe er ins Hospital kommt, ist's aus mit ihm.«

»Das ist 'n braver Mensch«, sagte eine Frau. »Wär er nicht dazugekommen, hätten sie der Dame Uhr und Kette weggerissen. Das war 'ne böse Sorte. Da, er rührt sich noch!«

»Hier kann er nicht länger liegen bleiben – dürfen wir ihn hineintragen, Madamchen?«

»Gewiss, bringen Sie ihn ins Wohnzimmer, da ist ein bequemes Sofa. Bitte hier.«

Langsam und feierlich wurde er ins Haus getragen und im besten Zimmer niedergelegt; vom Fenster aus konnte ich den ganzen Vorgang genau beobachten. Ich sah Holmes auf dem Sofa liegen, da die Vorhänge hinter den erleuchteten Scheiben noch nicht zugezogen waren. Verursachte ihm sein falsches Spiel in diesem Augenblick nicht doch Gewissensbisse? Jedenfalls fühlte ich mich tief beschämt, gegen diese schöne Frau Ränke zu schmieden, die mit so entzückender Freundlichkeit und Grazie für den Verwundeten sorgte. Und doch, jetzt konnte und durfte er nicht mehr zurück, und darum versuchte auch ich jedes Reuegefühl abzuschütteln und zog die Rauchrakete aus meinem Überrock. Ich beruhigte mich damit, dass ihr selbst ja kein Leid geschehen sollte und wir sie nur daran hindern wollten, anderen zu schaden. Holmes hatte sich aufgerichtet, er machte eine Bewegung, als wenn er ersticken müsste.

Ein Dienstmädchen beeilte sich, das Fenster zu öffnen. Im selben Moment sah ich ihn die Hand erheben, warf meine Rakete ins Zimmer und schrie aus Leibeskräften: »Feuer!« Mit Windesschnelle verbreitete sich der Ruf weiter und lockte eine Menge Menschen herbei. Dicke Rauchwolken ballten sich im Zimmer und zogen aus dem geöffneten Fenster. Ich sah undeutlich die Schatten von hin und her laufenden Menschen und hörte gleich darauf die Stimme Holmes' von innen versichern, es sei nur ein falscher Alarm gewesen. Ich drückte mich aus dem lärmenden Haufen und hatte noch nicht zehn Minuten an der Ecke gewartet, als Holmes seinen Arm in den meinigen schob und wir erleichtert und befriedigt den Heimweg antraten. Einige Minuten ging er rasch und schweigend neben mir, bis wir in die ruhigen Straßen von Edgeware Road einbogen.

»Sie haben es sehr geschickt gemacht, Doktor«, bemerkte er. »Besser konnte es gar nicht gehen. Nun ist alles in Ordnung.«

»Sie haben also die Fotografie?«

»Das nicht, aber ich weiß, wo sie ist.«

»Wie haben Sie das nur herausbekommen?«

»Sie hat's mir gezeigt – wie ich Ihnen voraussagte.«

»Das ist mir noch unklar.«

»Nun, ein Geheimnis will ich nicht daraus machen«, sagte er lachend. »Die ganze Geschichte ist höchst einfach. Sie werden natürlich erraten haben, dass auf der Straße alle im Einverständnis waren. Sie waren alle für den Abend engagiert.«

»Ich hab es mir fast gedacht.«

»Als nun der Skandal losging, hielt ich etwas feuchten roten Farbstoff in meiner Handfläche. Beim Hinstürzen schlug ich sie mir vors Gesicht und sah nun natürlich zum Erbarmen aus. Das ist ein alter Kniff.«

»Das ahnte ich auch.«

»Man trug mich hinein. Was konnte sie dagegen machen? Und gerade in ihr Wohnzimmer, auf welches ich mein Hauptaugenmerk hatte. Es stößt an ihr Schlafzimmer, mir konnte also nichts entgehen. Sie legten mich nieder, ich schnappte nach Luft, das Fenster wurde geöffnet, und Sie kamen an die Reihe.«

»Was konnte Ihnen das helfen?«

»Oh, sehr viel. Wenn eine Frau glaubt, ihr Haus brenne, wird sie instinktmäßig auf den Gegenstand losstürzen, der ihr am teuersten ist. Das ist vollständig naturgemäß, und ich habe es mehr als einmal zu meinem Vorteil ausgebeutet. Eine verheiratete Frau und Mutter greift nach ihrem Kind, eine unverheiratete Frau nimmt ihren Schmuckkasten. Für mich stand es fest, dass für unsere Dame das wertvollste Gut ebender infrage kommende Gegenstand sein musste. Sie würde alles aufbieten, ihn in Sicherheit zu bringen. Der Feuerlärm wurde großartig ausgeführt. Der Rauch und das Geschrei hätten selbst Nerven von Stahl erschüttert. Sie reagierte denn auch vortrefflich darauf. Die Fotografie befindet sich in einer Nische hinter einer verschiebbaren Wandfüllung, gerade über dem Glockenzug. Mrs Irene war sofort zur Stelle, und ich überzeugte mich mit einem raschen Seitenblick, dass sie wirklich ein Bild erfasst hatte. Als ich dann rief, es wäre alles nur ein falscher Lärm gewesen, legte sie es wieder zurück, besah sich die Rakete und eilte aus dem Zimmer. Nachher habe ich sie nicht wieder gesehen. Ich stand auf und machte mich mit vielen Entschuldigungen aus dem Staub. Ich zögerte allerdings, ob ich nicht schnell die Fotografie in meinen Besitz bringen sollte, doch der Kutscher war hereingekommen und ließ mich nicht aus den Augen. So hielt ich es denn für besser, zu warten, da eine kleine Überstürzung alles verderben konnte.«

»Und jetzt?«, fragte ich.

»Ja, eigentlich bleibt kaum noch etwas zu tun. Morgen früh statte ich mit dem Fürsten einen Besuch ab, und falls Sie Lust haben, können Sie uns begleiten. Wir werden dann ersucht werden, im Wohnzimmer auf die Dame zu warten, aber ob sie uns oder die Fotografie bei ihrem Erscheinen noch vorfindet, ist fraglich. Vielleicht bereitet es Seiner Hoheit eine besondere Genugtuung, das Bild mit eigener Hand wiederzugewinnen.«

»Wann soll der Besuch stattfinden?«

»Morgens acht Uhr. Dann wird die Dame noch nicht aufgestanden sein, und wir haben freie Bahn. Wir müssen natürlich pünktlich sein, da man nicht wissen kann, welche Veränderungen diese Heirat in ihrem Leben und ihren Gewohnheiten hervorruft. Ich werde sofort den Fürsten benachrichtigen.«

Während unseres Gesprächs hatten wir die Baker Street erreicht und standen vor der Haustür. Er suchte in der Tasche nach dem Schlüssel, als ihm ein Vorübergehender zurief: »Gute Nacht, Mr Holmes!« Das Trottoir war um diese Zeit ziemlich belebt, doch der Gruß schien von einem jungen Menschen in einem faltigen Überrock herzurühren, der eilig vorwärtsschritt.

»Die Stimme habe ich schon irgendwo gehört«, sagte Holmes, die schwach erleuchtete Straße hinunterblickend. »Wer, zum Teufel, mag das gewesen sein?«

III.

Ich schlief diese Nacht in der Baker Street, und wir nahmen am anderen Morgen eben unser Frühstück ein, als der Fürst hereinstürmte. »Sie haben es wirklich?«, rief er, Holmes bei den Schultern packend und ihm gespannt ins Gesicht sehend.

»Bis jetzt noch nicht.«

»Aber Sie haben doch Hoffnung?«

»Die habe ich.«

»Dann, bitte, kommen Sie – ich vergehe vor Ungeduld.«

»Wir müssen erst einen Wagen holen lassen.«

»Mein Brougham hält vor der Tür.«

»Umso besser.« Wir stiegen ein, und fort ging es nach Briony Lodge.

»Irene Adler ist verheiratet«, bemerkte Holmes.

»Verheiratet? Seit wann?«

»Seit gestern.«

»Und mit wem?«

»Mit einem englischen Rechtsanwalt namens Norton.«

»Wirklich? Nun, lieben kann sie ihn jedenfalls nicht.«

»Und doch wäre das im Interesse Eurer Hoheit nur zu wünschen.«

»Aber aus welchem Grund?«

»Weil das Euer Hoheit vor jeder späteren Unannehmlichkeit sichern würde. Falls die Dame ihren Gatten liebt, liebt sie nicht Euer Hoheit. Und liebt sie Euer Hoheit nicht, warum sollte sie dann Dero Zukunftspläne zerstören wollen?«

»Sehr richtig! Und dennoch – ach, ich wünschte, sie wäre mir ebenbürtig –, welch eine Fürstin wäre sie gewesen!« Er versank in nachdenkliches Schweigen, das auch bis zu unserem Ziel nicht unterbrochen wurde. Die Haustür von Briony Lodge war weit geöffnet, auf der Schwelle stand eine ältliche Frau. Sie verfolgte unser Aussteigen mit wahrhaft sardonischem Lächeln.

»Mr Sherlock Holmes, nicht wahr?«, fragte sie.

Mein Freund warf ihr einen fragenden, ja bestürzten Blick zu. »Allerdings, ich bin Mr Holmes.«

»Wirklich! Meine Herrin hat mich schon auf Ihr wahrscheinliches Kommen vorbereitet. Sie ist heute früh in Begleitung ihres Gatten mit dem 5.15-Uhr-Zug von Charing Cross in Richtung Kontinent abgereist.«

»Was?« Bleich bis in die Lippen fuhr Sherlock Holmes zurück. »Wollen Sie damit sagen, dass sie England verlassen hat?«

»Ja, für immer.«

»Und die Papiere?«, fragte der Fürst heiser. »Also alles verloren?«

»Wir müssen zusehen.« Er schob die Dienerin zur Seite und eilte ins Zimmer, der Fürst und ich folgten ihm auf dem Fuß. Die Möbel standen verschoben und unordentlich im Zimmer umher, die offenstehenden Schränke und Schubladen schienen vor der plötzlichen Abreise noch schnell durchwühlt und teilweise geleert zu sein. Holmes flog zum Glockenzug, schob ein kleines Türchen in der Täfelung zurück und zog eine Fotografie und einen Brief aus der Öffnung. Das Bild zeigte Irene Adler in Gesellschaftstoilette, der Brief war an Mr Sherlock Holmes adressiert. Mein Freund riss das Couvert auf, und wir lasen ihn alle drei gleichzeitig. Er war um Mitternacht des vorigen Tages geschrieben und lautete folgendermaßen:

»Mein lieber Mr Holmes!

Sie führten Ihre Rolle wirklich bewunderungswürdig durch, und es gelang Ihnen vollständig, mein Vertrauen zu gewinnen. Bis der Feuerlärm vorüber war, hegte ich nicht den geringsten Argwohn, doch dann sah ich ein, dass ich mich verraten hatte, und wurde nachdenklich. Vor Monaten wurde ich schon vor Ihnen gewarnt und Sie mir als der Einzige bezeichnet, den der Fürst als Agenten verwenden würde. Ihre Adresse erfuhr ich ebenfalls. Doch dies alles bringt mich auf Ihren Wunsch zurück. Anfangs schämte ich mich meines Misstrauens gegen einen so liebenswürdigen alten Prediger, aber Sie wissen, ich bin selbst Schauspielerin gewesen und verstehe mich daher auf eine gute Maske. Ich habe sogar oft genug selbst von Verkleidungen Gebrauch gemacht. Ich schickte meinen Kutscher John als Aufpasser ins Zimmer und warf mich oben in meinen ›Wanderanzug‹, wie ich ihn nenne. Ich wurde noch rechtzeitig fertig, um Ihnen bis zu Ihrer Haustür folgen zu können und mich selbst zu überzeugen, dass ich für den berühmten Mr Holmes ein Gegenstand des Interesses sei. Unvorsichtig wünschte ich Ihnen sogar ›Gute Nacht‹ und beeilte mich, meinen Gatten aufzusuchen. Wir hielten es beide für das Beste, uns einem so furchtbaren Gegner durch die Flucht zu entziehen. Sie werden daher morgen nur ein leeres Nest vorfinden. Wegen des Bildes mag Ihr Klient völlig beruhigt sein. Ich liebe und werde von einem viel edleren Mann, als er ist, geliebt. Der Fürst mag völlig nach seinem Belieben handeln, ich werde ihm, trotz seiner schweren Schuld gegen mich, nicht mehr in den Weg treten. Das Bild behalte ich in meiner sicheren Hut, es soll mich nur gegen spätere Angriffe schützen. Ich hinterlasse eine Fotografie, auf deren Besitz der Fürst vielleicht Wert legt, und verbleibe, lieber Mr Sherlock Holmes, für immer Ihre ergebene

Irene Norton, geb. Adler.«

»Welch eine Frau – nein, welch eine Frau!«, rief der Fürst, als wir das Schriftstück beendet hatten. »Sagte ich Ihnen nicht, wie schnell und entschlossen sie handelt? Würde sie nicht eine großartige Fürstin geworden sein? Es ist ein Jammer, dass sie nicht mit mir auf gleicher Höhe steht!«

»Nach dem, was ich von ihr gesehen habe, scheint sie mir allerdings einen ganz anderen Standpunkt einzunehmen als Euer Hoheit«, äußerte Holmes kühl. »Ich bedaure nur, die Angelegenheit nicht zu einem besseren Abschluss gebracht zu haben.«

»Im Gegenteil, mein lieber Herr«, rief der Fürst lebhaft, »einen besseren Erfolg kann ich mir gar nicht wünschen. Ihr Wort steht felsenfest. Die Fotografie ist jetzt ebenso sicher, als wäre sie ins Feuer geworfen.«

»Die Worte Eurer Hoheit machen mich sehr glücklich.«

»Ich bin tief in Ihrer Schuld. Bitte sagen Sie mir, womit ich Ihnen danken kann. Dieser Ring ...« Er zog einen Smaragdreif vom Finger und hielt ihn Holmes auf der offenen Hand hin.

»Hoheit besitzen etwas, das viel höheren Wert für mich hätte.«

»Bitte nennen Sie es nur.«

»Diese Fotografie.«

Der Fürst sah ihn erstaunt an. »Irenes Fotografie? Aber natürlich, wenn Sie sie haben wollen.«

»Besten Dank, Hoheit. In der Sache lässt sich nun nichts mehr tun. Ich habe die Ehre, Guten Morgen zu wünschen.« Er verbeugte sich und ging, ohne die ausgestreckte Hand des Fürsten zu bemerken.

Auf diese Weise wurde der drohende Skandal im Fürstentum O... glücklich verhütet und die scharfsinnigsten Pläne Sherlock Holmes' durch die Schlauheit einer Frau vereitelt. Sonst hatte er sich stets über die Weiberschlauheit lustig gemacht, später habe ich nie mehr ein spöttisches Wort darüber von ihm gehört.

Der Bund der Rothaarigen

Als ich im vorigen Herbst eines Tages meinen Freund Sherlock Holmes aufsuchte, traf ich ihn in eifrigem Gespräch mit einem dicken, blühend aussehenden, älteren Herrn, der feuerrotes Haar hatte. Schon wollte ich mich mit einer Entschuldigung wieder entfernen, als mich Holmes rasch in das Zimmer zog und die Tür hinter mir schloss.

»Gelegener konnten Sie nicht kommen, lieber Watson«, sagte er herzlich.

»Ich fürchtete, Sie seien beschäftigt«, entgegnete ich.

»Das bin ich – und zwar sehr.«

»So will ich im Nebenzimmer warten.«

»Nein, nein, bleiben Sie nur hier – Doktor Watson«, sagte er, mich dem Fremden vorstellend, »hat mir vielfach in meinen wichtigsten Fällen mit Rat und Tat zur Seite gestanden, und ich bezweifle nicht, dass er mir auch in Ihrer Angelegenheit, Mr Wilson, von großem Nutzen sein wird.«

Der dicke Herr erhob sich halb von seinem Sitz und nickte grüßend, indem er aus seinen kleinen, von Fettpolstern umgebenen Augen schnell einen forschenden Blick auf mich warf.

»Nehmen Sie Platz«, bat Holmes, in seinen Lehnstuhl zurücksinkend, und legte die Fingerspitzen aneinander, wie er es in kritischer Stimmung zu tun pflegte. »Ich weiß, lieber Watson, dass Sie meine Vorliebe für alles Absonderliche teilen, für alles, was nicht zum ledernen Einerlei des Alltagslebens gehört. Sie haben das durch die Wärme bewiesen, mit welcher Sie einige meiner eigenen, unbedeutenden Erlebnisse wiedergegeben, ja – entschuldigen Sie – gewissermaßen ausgeschmückt haben.«

»Allerdings interessierten mich Ihre Fälle stets ganz besonders«, erwiderte ich.

»Sie werden sich erinnern, dass ich neulich, als wir es mit Miss Mary Sutherlands einfacher Angelegenheit zu tun hatten, die Bemerkung machte, wie die sonderbarsten Vorfälle und die merkwürdigsten Verwicklungen im Leben selbst zu finden sind. Die Wirklichkeit bringt weit Überraschenderes hervor als die lebhafteste Einbildungskraft.«

»Eine Behauptung, die ich mir anzuzweifeln getraute.«

»Das taten Sie, und dennoch werden Sie sich zu meiner Ansicht bekehren müssen, sonst häufe ich Beweise auf Beweise, bis Sie überführt sind und mir Recht geben. Mr Jabez Wilson hier war so freundlich, mich heute Morgen aufzusuchen, um mir etwas zu erzählen, was man nicht alle Tage zu hören bekommt. Ich sagte schon früher, dass ungewöhnliche Dinge häufiger bei kleinen als bei großen Verbrechen vorkommen, ja in Fällen, bei denen es zuweilen sogar zweifelhaft ist, ob überhaupt ein Verbrechen vorliegt. Vielleicht handelt es sich auch im vorliegenden Fall um kein Verbrechen – so viel ist aber gewiss, dass er höchst merkwürdig ist. Hätten Sie wohl die große Gefälligkeit, noch einmal von vorn anzufangen, Mr Wilson? Ich bitte nicht allein darum, weil mein Freund den ersten Teil nicht gehört hat, sondern weil mir daran liegt, jede in Betracht kommende Einzelheit möglichst genau zu vernehmen. Gewöhnlich vermag ich mir schon bei oberflächlicher Angabe der Begebenheiten ein Bild vom Ganzen zu machen durch den Vergleich mit den zahllosen ähnlichen Fällen, deren ich mich entsinne. Hier aber lässt mich jegliche Mutmaßung im Stich.«

Mit einem gewissen Stolz warf sich der behäbige Klient in die Brust und zog ein schmutziges, zerknittertes Zeitungsblatt aus der Rocktasche. Während er vorgebeugt den Anzeigenteil des Blattes durchsah, das er auf seinen Knien ausbreitete, hatte ich Zeit, den Mann ruhig zu betrachten und nach Art meines Freundes zu versuchen, ob ich aus seinem Äußeren gewisse Anhaltspunkte gewinnen könnte, um mir ein Urteil über ihn zu bilden. Viel kam dabei jedoch nicht heraus.

Unserem Besucher war der Stempel eines ganz gewöhnlichen Durchschnittsmenschen aufgeprägt; sein wohlgenährtes, schwerfälliges und bedächtiges Aussehen bestätigte das – vermutlich gehörte er dem Kaufmannsstand an. Er trug sehr weite graukarierte Beinkleider, einen nicht allzu sauberen schwarzen Rock, der nicht zugeknöpft war, eine hellgraue Tuchweste und eine schwere vernickelte Uhrkette, an deren Ende ein viereckiges Metallstück als Verzierung baumelte. Ein abgeschabter Zylinder und ein ebensolcher Überzieher mit runzeligem Samtkragen lagen auf dem Stuhl neben ihm. So gespannt ich den Mann auch betrachtete, fand ich an ihm weiter nichts Bemerkenswertes als sein feuerrotes Haar und einen Ausdruck von Verdruss und Missmut in seinen Zügen.

Sherlock Holmes' geübtem Auge entging mein Versuch nicht, und lächelnd schüttelte er den Kopf über meine forschenden Blicke. Dann sagte er: »Dass Mr Wilson eine Zeit lang Handwerker war, dass er schnupft, dass er Freimaurer ist, dass er in China war und kürzlich sehr viel geschrieben hat, sind Dinge, die klar auf der Hand liegen – weiter kann ich ihm aber nichts ansehen.«

Jabez Wilson schrak auf seinem Stuhl zusammen; den Zeigefinger auf der Zeitung, starrte er zu meinem Freund hin.

»Woher in aller Welt wissen Sie das alles, Mr Holmes?«, fragte er. »Woher wissen Sie zum Beispiel, dass ich Handwerker war? Richtig ist's, weiß Gott! Ich fing als Schiffszimmermann an.«

»Das sehe ich Ihren Händen an, mein werter Herr; die rechte Hand ist weit größer als die linke. Da Sie mit jener arbeiteten, hat sich deren Muskulatur viel kräftiger entwickelt.«

»Gut – aber das Schnupfen und die Freimaurerei?«

»Ich traue Ihnen so viel Scharfsinn zu, Mr Wilson, dass Sie erraten, woraus ich das entnehme – besonders, weil Sie, wohl etwas gegen die strengen Statuten Ihres Ordens, Bogen und Kompass als Busennadel tragen.«

»Ja, allerdings, das hatte ich vergessen. Und die Schreiberei?«

»Auf was lässt sonst hier rechts diese fünf Zoll lange, durchgeriebene Falte schließen und der glänzende Fleck am Ellenbogen – da wo der Arm auf dem Pult ruht?«

»Auch gut – aber China?«

»Nur in China konnte der Fisch dort über Ihrem rechten Handgelenk eingeätzt werden. Ich beschäftigte mich etwas mit tätowierten Zeichen, bereicherte sogar die Literatur hierüber; weiß also, dass die Kunst, die Fischschuppen so zart rötlich zu färben, speziell chinesisch ist. Sehe ich obendrein eine chinesische Münze an Ihrer Uhrkette, so ist die Sache noch einfacher.«

Jabez Wilson lachte laut: »Alle Wetter!«, rief er aus. »Erst glaubte ich, Sie verstünden Wunder was – jetzt sehe ich, dass schließlich blutwenig daran ist.«

»Allmählich komme ich dahinter, Watson, dass ich ein Tor bin mit meinen Erklärungen. Du weißt: ›Omne ignotum pro magnifico‹ und mein bisschen Ruf geht in die Brüche, wenn ich zu aufrichtig bin. – Sie können wohl die Anzeige nicht finden, Mr Wilson?«

»Ja, jetzt habe ich sie«, erwiderte der Gefragte und legte seinen dicken, roten Finger mitten auf die Spalte. »Da steht's – damit fing die ganze Geschichte an. Lesen Sie bitte selbst, Herr Doktor.«

Ich nahm das Blatt und las folgendes:

»An den Bund der Rothaarigen. Zufolge des Vermächtnisses des verstorbenen Ezekiah Hopkins von Libanon, Pennsylvania, ist wieder eine Stelle zu besetzen, die ein Mitglied des Bundes zu einer Einnahme von vier Pfund wöchentlich berechtigt gegen rein nominelle Leistungen. Alle an Leib und Seele gesunden Rothaarigen, die das einundzwanzigste Jahr zurückgelegt haben, können sich bewerben – Persönliche Anmeldung Montag um 11 Uhr bei Duncan Ross, im Bundeslokal, Popes Court, 7 Fleet Street.«

»Was in aller Welt soll das heißen?«, rief ich aus, nachdem ich die sonderbare Anzeige zweimal durchgelesen hatte.

Holmes wälzte sich förmlich vor Lachen auf seinem Stuhl, wie er es immer tat, wenn er guter Laune war.

»Nicht wahr, das ist absonderlich?«, rief er. »Und nun, Mr Wilson, legen Sie los und erzählen Sie uns von sich, Ihrem Haushalt und von der Wirkung dieser Zeilen auf Ihr Lebensglück. – Sie, Doktor, notieren bitte Namen und Nummer der Zeitung.«

»Es ist der ›Morning Chronicle‹ vom 27. April 1890. Das Blatt erschien genau vor zwei Monaten.«

»Gut. Bitte, fangen Sie an, Mr Wilson.«

»Also«, sprach Jabez Wilson, sich die Stirn trocknend, »wie ich Ihnen schon sagte, Mr Holmes – ich bin Inhaber einer kleinen Trödelbude am Coburg Square, unweit der City. Ein sehr bedeutendes Geschäft ist's nicht, und in den letzten Jahren warf es nur so viel ab wie ich zum Leben brauchte. Früher konnte ich zwei Gehilfen halten, jetzt aber habe ich nur einen, und es würde mir sauer werden, den zu bezahlen, wenn er nicht freiwillig für halben Lohn arbeitete, weil er das Geschäft erlernen will.«

»Wie heißt dieser gefällige Jüngling?«, fragte Holmes.

»Er heißt Vincent Spaulding und ist gerade kein Jüngling mehr. Sein Alter lässt sich schwer bestimmen. Einen gewandteren Gehilfen kann ich mir gar nicht wünschen, Mr Holmes. Ich weiß wohl, dass er leicht eine bessere Stellung finden und doppelt so viel verdienen könnte als ich ihm gebe. Da er aber zufrieden ist, weshalb sollte ich ihm einen Floh ins Ohr setzen?«

»Ja, allerdings weshalb? Sie können sich glücklich schätzen, einen Angestellten mit geringen Ansprüchen zu haben. Heutzutage kommt das im Geschäftsleben nicht oft vor. Mir scheint Ihr Gehilfe kaum weniger absonderlich zu sein als Ihre Anzeige.«

»Nun, er hat auch seine Fehler«, meinte Wilson. »Er ist ganz versessen auf das Fotografieren. Auf einmal geht er mit seinem Apparat davon, lässt die Arbeit im Stich und verkriecht sich im Keller wie ein Karnickel in seinem Loch, um die Aufnahmen zu entwickeln. Das ist sein Hauptfehler, sonst ist er ein tüchtiger Arbeiter; ich kann nicht über ihn klagen.«

»Ich setze voraus, dass er noch bei Ihnen ist?«

»Ja, Mr Holmes. Er und ein vierzehnjähriges Mädchen, das etwas kochen kann und das Reinmachen besorgt – ist mein ganzes Personal im Haus. Wissen Sie, ich bin kinderloser Witwer. Wir drei leben ruhig beieinander, und wenn wir es auch nicht weit bringen, so haben wir doch unser Auskommen und machen keine Schulden. – Alles ging glatt, bis die Anzeige erschien. Gerade heute vor acht Wochen tritt Spaulding mit diesem Blatt in der Hand ins Geschäft und spricht:

›Wollte Gott, Mr Wilson, ich hätte rote Haare!‹

›Weshalb?‹, frage ich.

›Weshalb?‹, gibt er zurück. ›Weil hier wieder eine Freistelle im Bund der Rothaarigen ausgeschrieben ist. Für den, der sie kriegt, ist's wirklich ein kleines Vermögen, und wie ich sehe, gibt es mehr freie Stellen als Bewerber, sodass die Verwaltung nicht mehr weiß, wohin mit dem Geld. Ließe sich doch mein Haar umfärben – in dies behagliche Nestchen setzte ich mich gern.‹

›Nanu, wie verhält sich denn die Sache?‹, fragte ich. Sehen Sie, Mr Holmes, ich bin eine richtige Hausunke, und da ich des Geschäfts wegen nicht auszugehen brauche, setze ich den Fuß oft wochenlang nicht über die Schwelle. Auf diese Weise erfahre ich wenig von dem, was draußen vor sich geht, und freue mich daher immer, etwas Neues zu hören.

›Wissen Sie gar nichts vom Bund der Rothaarigen?‹, fragte er und riss die Augen auf.

›Gar nichts.‹

›Wirklich nicht? Das nimmt mich wunder, denn Sie selbst könnten Ansprüche auf eine Stelle erheben.‹

›Und was wirft sie denn ab?‹, fragte ich.

›Mehr nicht als ein paar hundert im Jahr, doch ist die Arbeit gering, und man kann dabei auch seinen sonstigen Beschäftigungen nachgehen.‹

Da können Sie sich wohl denken, Mr Holmes, dass ich die Ohren spitzte, denn in den letzten Jahren ging das Geschäft nicht brillant, und so ein paar hundert nebenbei wären mir gerade gelegen gekommen.

›Erzählen Sie mir Näheres davon‹, bat ich.

›Sie sehen ja selbst‹, sagte Spaulding und wies auf die Anzeige, ›dass eine Vakanz des Bundes ausgeschrieben ist, und hier ist die Adresse, an die man sich zu wenden hat. Soviel ich in Erfahrung bringen konnte, wurde der Verein durch einen amerikanischen Millionär, Ezekiah Hopkins, gegründet, der ein rechter Sonderling gewesen sein muss. Bei seinem Tod fand sich ein Testament, in welchem er sein enormes Vermögen zur Errichtung einer Stiftung für Rothaarige bestimmte. Die Zinsen des Kapitals sollten dazu verwendet werden, solchen Leuten eine bequeme und auskömmliche Existenz zu verschaffen.‹

›Da werden sich wohl Millionen Rothaarige melden?‹, warf ich ein.

›Keineswegs‹, erwiderte er. ›Die Stiftung beschränkt sich auf die Londoner und auf erwachsene Männer. Der Amerikaner hatte seine Jugend in London verlebt und wollte der alten Heimat eine Wohltat erweisen. Ferner hörte ich, es sei ganz nutzlos sich zu melden, wenn das Haar nur rotblond oder rotbraun ist; auf ein grelles, brennendes Rot kommt es an. Sollten Sie Lust haben, sich zu melden, ist Ihnen die Stelle sicher; vielleicht aber lohnt es sich kaum für Sie, sich wegen ein paar hundert Pfund zu bemühen.‹ –

Wie Sie sich selbst überzeugen können, meine Herren, ist meine Haarfarbe wirklich so feurig und lebhaft, dass ich mir als Bewerber Erfolg versprechen konnte, so gut wie jeder andere. Spaulding schien von der Sache so viel zu wissen, dass ich dachte, er könne mir behilflich sein; ich hieß ihn daher den Laden schließen und gleich mit mir gehen. Der freie Tag kam ihm gerade recht, wir machten die Bude zu und begaben uns zu der im Blatt angegebenen Adresse.

Das war ein Anblick, Mr Holmes! Von Nord und Süd, von Ost und West war alles herbeigelaufen, was nur einen rötlichen Schimmer auf dem Kopf aufzuweisen hatte! In Fleet Street wimmelte es von Rothaarigen. Ich hätte nicht für möglich gehalten, dass es so viele rote Köpfe in London gebe, wie sie allein diese Anzeige zusammenführte. Jede Schattierung war vertreten – stroh-, zitronen-, orangegelb, ziegel-, leber-, lehmrot, doch hatten, wie Spaulding erklärte, nur wenige leuchtendes, flammendes Rot aufzuweisen. Als ich die Zahl der Bewerber sah, wäre ich am liebsten gleich wieder umgekehrt, davon aber wollte Spaulding nichts hören. Wie er es fertig brachte, begreife ich jetzt noch nicht, aber er stieß, puffte und knuffte nach allen Seiten, bis er mich durch die Menge hatte. Auf der Treppe flutete es hin und her, hoffnungsvoll stiegen die einen empor, enttäuscht kamen die anderen herab; wir schlugen uns durch, so gut es ging, und kamen glücklich ins Büro.«

»Das ist ja eine recht heitere Geschichte«, bemerkte Holmes, als der Klient sich unterbrach, um sein Gedächtnis durch eine gewaltige Prise zu stärken. »Bitte, fahren Sie fort.«

»Im Büro standen nur ein paar hölzerne Stühle und ein Tisch aus Tannenholz, an dem ein kleiner Mann saß, dessen Haar noch roter war als das meinige. An jeden Kandidaten, der hereintrat, richtete er ein paar Fragen, und fand dann an jedem etwas auszusetzen, das ihn für die Anwartschaft ungeeignet erwies. Die Freistelle zu erlangen, schien schließlich nicht so ganz leicht zu sein. Als aber endlich die Reihe an uns kam, zeigte sich der kleine Mann mir gewogener als allen übrigen; er schloss die Tür, um mit uns ein Wort allein zu reden.

›Das ist Mr Jabez Wilson‹, sagte mein Gehilfe, ›er ist geneigt, die freie Stelle zu übernehmen.‹

›Er scheint sich trefflich dazu zu eignen‹, erwiderte der kleine Mann, ›und erfüllt alle Bedingungen. Ich erinnere mich nicht, je so feines Haar gesehen zu haben.‹ Er trat einen Schritt zurück, legte den Kopf auf die Seite und starrte mein Haar an, bis ich selbst rot wurde. Dann neigte er sich plötzlich vorwärts, schüttelte mir die Hand und gratulierte mir warm zu meinem Erfolg.

›Jedes Bedenken wäre eine Ungerechtigkeit‹, sagte er. ›Doch werden Sie gewiss eine nötige Vorsichtsmaßregel entschuldigen.‹ Hierbei griff er mit beiden Händen in mein Haar und zauste es, bis ich vor Schmerzen aufschrie. ›Ihre Augen tränen‹, sagte er, mich loslassend, ›dieser Beweis genügt. Wir müssen vorsichtig sein, denn zweimal wurden wir hintergangen, einmal durch eine Perücke, ein andermal durch künstliche Färbung. Von Mixturen könnte ich Ihnen Geschichten erzählen, bei denen einem die Menschheit zum Ekel wird.‹ Er trat ans Fenster und schrie aus Leibeskräften hinaus, dass die ausgeschriebene Stelle besetzt sei. Ein Stöhnen der Enttäuschung drang herauf, die Menge verlief sich in die verschiedensten Richtungen, und bald war bis auf meinen Rotschopf und den des Beamten kein anderer mehr zu sehen.

›Ich heiße Duncan Ross‹, sagte er, ›und bin selbst ein Pfründner des Kapitals, das uns unser edler Wohltäter hinterließ. Sind Sie verehelicht, Mr Wilson? Haben Sie Familie?‹

Ich erwiderte, dass ich keine besitze.

Er nahm eine bedenkliche Miene an.

›Oh je!‹, sprach er bedauernd. ›Das ist freilich sehr misslich! Schade, schade! Wissen Sie, das Kapital sollte nämlich ebenso sehr zur Vermehrung und

Verbreitung der Rothaarigen als zu ihrer Erhaltung dienen. Es trifft sich sehr unglücklich, dass Sie Junggeselle sind.‹

Bei seinen Worten machte ich ein langes Gesicht, Mr Holmes, denn ich fürchtete, schließlich die Stelle doch nicht zu erhalten; er überlegte noch eine Weile und meinte dann, es werde sich schon machen.

›Handelte es sich um einen anderen‹, sagte er, so würde dieser Umstand ein entschiedenes Hindernis sein, aber wer einen Kopf voll solcher Haare aufzuweisen hat wie Sie, bei dem darf man es nicht so genau nehmen. Wann würden Sie Ihren neuen Posten antreten können?‹

›Nun, so einfach ist die Sache nicht, denn ich habe schon ein Geschäft.‹

›Da machen Sie sich keine Sorgen, Mr Wilson!‹, sagte Spaulding. ›Das kann ich statt Ihrer schon besorgen.‹

›Welche Stunden wären einzuhalten?‹, fragte ich.

›Von zehn bis zwei.‹

Das Pfandleihgeschäft geht abends am flottesten, Mr Holmes, besonders Donnerstag- und Freitagabend, vor dem Zahltag; es war mir also ganz angenehm, in den Vormittagsstunden etwas zu verdienen. Auch konnte ich mich auf meinen Gehilfen verlassen. Ich sagte daher: ›Das passt mir sehr gut! Und wie ist die Bezahlung?‹

›Vier Pfund wöchentlich.‹

›Und die Arbeit?‹

›Ist kaum der Rede wert.‹

›Was nennen Sie ‚kaum der Rede wert'?‹

›Sie müssen die ganze Zeit über im Kontor oder wenigstens hier im Haus sein. Verlassen Sie es, setzen Sie Ihre ganze Stellung aufs Spiel. Über diesen Punkt ist die letztwillige Verfügung sehr bestimmt.‹

›Es sind ja nur vier Stunden am Tag, und es fiele mir gar nicht ein, wegzugehen.‹

›Entschuldigungen würden auch absolut nicht angenommen‹, versicherte Mr Ross, ›mag nun die Ursache Krankheit, ein Geschäft, oder sonst etwas sein. Sie müssen an Ort und Stelle bleiben – oder Sie verlieren Ihr Anrecht.‹

›Und die Arbeit?‹

›Besteht im Abschreiben der Encyclopaedia Britannica. Hier in diesem Schrank liegt der erste Band. Für Tinte, Federn und Papier haben Sie zu sorgen, wir liefern nur Tisch und Stuhl. Können Sie morgen anfangen?‹

›Gewiss‹, antwortete ich.

›So leben Sie wohl, Mr Wilson, und erlauben Sie mir, Ihnen nochmals zu der Stellung zu gratulieren, die Sie, vom Glück begünstigt, gewonnen haben.‹ Grüßend begleitete er mich bis an die Tür; ich ging heim mit meinem Gehilfen und wusste kaum, was ich denken oder sagen sollte, so vergnügt war ich über die glückliche Wendung meines Geschicks.

Den ganzen Tag überlegte ich die Geschichte hin und her, und als der Abend kam, war ich wieder kleinlaut geworden, denn am Ende lief die ganze Sache vielleicht nur auf einen schlechten Spaß oder einen Betrug hinaus, obwohl ich mir den Zweck desselben nicht zu erklären vermochte. Es schien fast unglaublich, dass jemand solche letztwillige Verfügung treffen könne oder dass eine derartige Rente für eine so einfache Sache gezahlt werde wie die Abschrift der Encyclopaedia Britannica. Spaulding tat zwar, was er vermochte, um meinen Mut zu heben, als ich aber zu Bett ging, hatte ich in Gedanken die ganze Geschichte an den Nagel gehängt. Indessen am anderen Morgen beschloss ich, dennoch einen Blick in das Kontor zu werfen. Ich kaufte ein Fläschchen Tinte und begab mich mit einer Gänsefeder und sieben Bogen Konzeptpapier zu Popes Court.

Zu meinem Staunen und zu meiner Freude fand ich alles ganz in Ordnung. Der Tisch stand bereit, und Duncan Ross war da, um mich in die Arbeit einzuführen. Er ließ mich beim Buchstaben A anfangen und entfernte sich mit dem Versprechen, dann und wann nach mir zu sehen. Um zwei Uhr verabschiedete er mich, lobte meinen Fleiß und schloss die Kontortür hinter mir ab.

So ging es Tag für Tag weiter, Mr Holmes, und am Sonnabend erschien der Beamte und legte mir vier Goldstücke als Wochenlohn hin. Acht Tage später war es wieder so und auch die Woche darauf. Jeden Morgen erschien ich um zehn auf meinem Posten und verließ ihn um zwei. Allmählich kam Mr Ross nur einmal täglich, und später kam er gar nicht mehr. Dennoch wagte ich es selbstverständlich nicht, die Stube auch nur für Augenblicke zu verlassen, war ich doch nie sicher, ob er kommen würde oder nicht. Die Anstellung war so günstig und passte mir so gut, dass ich sie nicht aufs Spiel setzen wollte. So verstrichen acht Wochen, ich hatte von A ... bis Attika geschrieben und hoffte, durch Fleiß bald an das B zu gelangen. Es kostete mich viel Konzeptpapier, und meine Schreiberei füllte beinahe ein Fach aus. Da plötzlich nahm das ganze Geschäft ein Ende.«

»Ein Ende?«

»Ja, Mr Holmes. Und zwar heute Morgen. Wie sonst erscheine ich um zehn Uhr zur Arbeit, aber die Tür ist verschlossen, und mitten darauf ist mit einem Stift eine Karte angeheftet. Da ist sie, lesen Sie selbst.«

Er zog eine Karte in der Größe eines kleinen Briefbogens hervor; darauf stand geschrieben:

»Der Bund der Rothaarigen ist aufgelöst. 9. Oktober 1890.«

Sherlock Holmes und ich betrachteten diese kurze Ankündigung und dazu das klägliche Gesicht des Pfandverleihers, bis die Sache uns so komisch vorkam, dass wir, jede andere Rücksicht außer acht lassend, in lautes Gelächter ausbrachen.

»Ich kann gar nichts so Lächerliches dabei finden«, rief unser Klient, und das Blut stieg ihm zu Kopf bis in die Wurzeln seines brandroten Haares. »Wenn Sie nichts Besseres wissen als mich auszulachen, kann ich woanders hingehen!«

»Nein, nein«, rief Holmes und drückte ihn wieder auf den Stuhl zurück, aus dem er sich halb erhoben hatte. »Um keinen Preis möchte ich Ihren Fall aufgeben. So etwas ganz Ungewöhnliches tut ja Leib und Seele wohl; aber, verzeihen Sie, die Sache hat etwas sehr Komisches. Bitte, welche Schritte taten Sie, als Sie die Notiz an der Tür fanden?«

»Ich war verblüfft, Mr Holmes. Ich wusste nicht, was ich tun sollte. In den Geschäften der Nachbarschaft, wo ich anfragte, schien niemand etwas zu wissen. Endlich ging ich zum Hauswirt, einem Buchhalter, der im Parterre wohnt, und erkundigte mich bei ihm, was aus dem Bund der Rothaarigen geworden sei. Er erklärte mir, von einer solchen Körperschaft nie etwas gehört zu haben. Dann fragte ich ihn, wer Mr Duncan Ross sei. Aber der Name war ihm fremd.

›Ich meine den Herrn auf Nr. 4.‹

›Was, den rothaarigen Mann?‹

›Ja.‹

›Der heißt William Morris. Er ist Anwalt und benutzte mein Zimmer nur vorübergehend, bis sein neues Lokal fertig wurde. Er ist gestern umgezogen.‹

›Wo kann ich ihn finden?‹

›In seinem neuen Büro.‹ – Er gab mir die Adresse: King Edward Street 17, bei St. Paul.

Ich machte mich rasch auf den Weg, Mr Holmes; als ich dort ankam, fand ich eine Fabrik von Gummistrümpfen, und kein Mensch hatte je etwas von William Morris oder von Duncan Ross gehört.«

»Was taten Sie dann?«, fragte Holmes.

»Ich ging nach Hause und fragte meinen Gehilfen um Rat. Doch vermochte der mir in keiner Weise zu helfen. Er meinte nur, wenn ich warte, würde ich gewiss brieflich etwas erfahren. Das genügte mir aber nicht,

Mr Holmes. Solch eine Stelle wollte ich nicht so ohne Weiteres verlieren, und da ich erfuhr, dass Sie so freundlich sind, armen Leuten in der Not Rat zu erteilen, kam ich geradewegs zu Ihnen.«

»Daran taten Sie recht. Ihre Geschichte ist ganz merkwürdig, und ich will sie mit dem größten Vergnügen zu enträtseln suchen. Ihren Mitteilungen entnehme ich, dass die Sache ernstere Folgen haben kann als auf den ersten Blick erscheinen mag.«

»Ernst genug!«, sagte Wilson. »Ich habe ja vier Pfund wöchentlich verloren.«

»Was Sie persönlich betrifft«, bemerkte Holmes, »so haben Sie nicht gerade viel Grund zur Unzufriedenheit mit diesem seltsamen Bund. Irre ich nicht, sind Sie um etwa dreißig Pfund reicher geworden, ganz abgesehen von der eingehenden Kenntnis, die Sie von allem, was mit dem Buchstaben A beginnt, erlangten. Verloren haben Sie also nichts durch die Leute.«

»Nein, Mr Holmes. Aber ich will dahinterkommen, will wissen, wer die Leute sind und weshalb sie mir diese Posse gespielt haben – wenn es eine Posse ist. Ihnen kam der Spaß ziemlich teuer zu stehen, zweiunddreißig bare Pfund hat er sie gekostet.«

»Wir werden uns Mühe geben, diese Punkte für Sie aufzuklären. Vorerst einige Fragen, Mr Wilson: Wie lange war der Gehilfe, der zuerst Ihre Aufmerksamkeit auf die Anzeige lenkte, damals schon bei Ihnen?«

»Damals ungefähr einen Monat.«

»Wie kam er zu Ihnen?«

»Durch ein Inserat in der Zeitung.«

»War er der einzige, der sich meldete?«

»Nein, ich hatte ein Dutzend Anmeldungen.«

»Warum wählten Sie gerade ihn?«

»Weil er geschickt war und billige Anforderungen stellte.«

»Für halben Lohn – nicht wahr?«

»Ja.«

»Wie sieht er aus, dieser Vincent Spaulding?«

»Er ist klein, untersetzt, sehr gelenkig und trägt keinen Bart, obwohl er vielleicht nahe an dreißig ist. Auf der Stirn hat er eine weiße Narbe.«

Ganz aufgeregt fuhr Holmes in die Höhe. »Dacht ich's doch«, sagte er. »Haben Sie je bemerkt, dass seine Ohren durchstochen sind zum Einhängen von Ohrringen?«

»Ja. Er sagte mir, eine Zigeunerin habe ihm die Ohrlöcher gestochen, als er ein Knabe war.«

»Hm«, meinte Holmes und versank in tiefes Nachdenken. »Ist er noch bei Ihnen?«

»Jawohl; eben erst verließ ich ihn.«

»Wurden Ihre Geschäfte während Ihrer Abwesenheit ordentlich besorgt?«

»Darüber lässt sich nicht klagen, am Morgen ist nie sehr viel zu tun.«

»Das genügt, Mr Wilson. Hoffentlich vermag ich Ihnen schon in den allernächsten Tagen meine Ansicht über die Sache mitzuteilen. Heute ist Sonnabend, vielleicht können wir am Montag zu einem Ergebnis gelangen.«

»Nun, Watson, was denken Sie von der Geschichte?«, fragte Holmes, als uns der Mann verlassen hatte.

»Ich denke gar nichts«, erwiderte ich offen. »Das ist eine ganz dunkle Geschichte.«

»Je wunderlicher die Fälle, umso weniger dunkel sind sie meist«, versetzte Holmes. »Die ganz alltäglichen Verbrechen ohne besondere Merkmale lassen sich am schwersten durchschauen, genau wie sich ein alltägliches Gesicht am schwersten wiedererkennen lässt. In dieser Angelegenheit tut aber Eile not.«

»Was wollen Sie denn anfangen?«, fragte ich.

»Rauchen«, gab er zurück. »Der Fall verlangt drei volle Pfeifen, und ich bitte Sie, fünfzig Minuten lang nicht mit mir zu sprechen.« Er kauerte sich in dem Lehnstuhl zusammen, zog die Knie fast herauf bis an seine Habichtsnase und schloss die Augen, während seine schwarze Tonpfeife wie der Schnabel eines seltsamen Vogels in die Luft ragte. Ich glaubte, er sei eingeschlafen, und nickte selbst ein bisschen, da sprang er plötzlich auf, wie jemand, der zu einem Entschluss gekommen ist, und legte seine Pfeife auf den Kaminsims. »Heute Nachmittag spielt Sarasate in der St. James Hall«, bemerkte er. »Was meinen Sie, Watson? Lassen Ihnen Ihre Patienten einige freie Stunden?«

»Ich habe heute nichts zu tun. Meine Praxis nimmt mich selten viel in Anspruch.«

»So setzen Sie Ihren Hut auf und kommen mit. Wir gehen erst durch die City und frühstücken. Wie ich sehe, verspricht der Zettel viel deutsche Musik, die ist mir lieber als die französische und italienische; sie ist tiefer und Vertiefung, das brauche ich gerade. Kommen Sie, Freund!«

Wir benutzten die unterirdische Bahn bis Aldersgate, von wo uns ein kurzer Gang zum Saxe Coburg Square führte, dem Schauplatz der merkwürdigen Begebenheit, die wir am Morgen vernommen hatten. Es war ein kleiner, düsterer Platz, der einst bessere Tage gesehen haben mochte; auf allen vier Seiten umgaben ihn dunkle zweistöckige Häuser, und in der Mitte lag ein eingezäunter Grasplatz, auf dem mehrere Lorbeerbüsche im Kampf mit der rauchgeschwängerten, nebligen Luft ein kümmerliches Dasein führten. Drei vergoldete Kugeln und ein braunes Schild mit ›Jabez Wilson‹ in weißen Buchstaben an einem Eckhaus wiesen uns die Stelle, wo unser rothaariger Klient sein Geschäft betrieb. Sherlock Holmes blieb vor dem Haus stehen, neigte den Kopf zur Seite und betrachtete es von oben bis unten mit lebhaft zwinkernden Augen. Dann ging er langsam die Straße hinauf und wieder herab bis an die Ecke, immer forschend auf die Häuser blickend. Endlich kehrte er zum Pfandverleiher zurück, stieß seinen Stock mehrmals fest auf das Pflaster und klopfte dann an die Tür. Sie wurde von einem glatt rasierten jungen Mann mit aufgeweckten Zügen geöffnet, der ihn bat einzutreten.

»Danke«, sagte Holmes, »ich wollte nur bitten, mir zu sagen, wie man von hier zum Strand gelangt.«

»Dritte Straße rechts, vierte links«, antwortete der Gehilfe schnell und schloss die Tür.

»Schneidiger Kerl«, bemerkte Holmes, als wir weiter schritten. »Ich kenne in London wenig durchtriebenere Kerle als ihn, und was Keckheit betrifft, so steht er obenan. Von dem habe ich schon früher gehört.«

»Offenbar«, meinte ich, »spielt dieser Gehilfe des Mr Wilson keine geringe Rolle im Geheimnis des Bundes der Rothaarigen. Sie haben wohl lediglich nach dem Weg gefragt, um ihn zu sehen.«

»Nicht ihn!«

»Was sonst?«

»Seine Hosenknie.«

»Und was haben Sie gesehen?«

»Was ich erwartete.«

»Weshalb schlugen Sie auf das Pflaster?«

»Mein lieber Doktor, jetzt gilt es zu beobachten, nicht zu schwatzen. Wir sind Spione im feindlichen Lager. Wir kennen nun einigermaßen Saxe Coburg Square. Nun gilt es, die dahinterliegenden Teile zu ergründen.« Als wir um die Ecke des stillen Platzes bogen, bot sich uns ein völlig anderer Anblick dar. Wir befanden uns in einer der Hauptadern des geschäftlichen Lebens. Auf dem Fahrweg flutete der Verkehr in einer doppelten Strömung hin und her, und auf den Seitenwegen wimmelte das eilige Heer der Fußgänger wie die Ameisen.

»Warten Sie ein wenig«, sagte Holmes, an der Ecke stehen bleibend, und sah an den Häusern entlang, »ich möchte mir die Reihenfolge der Häuser hier einprägen. Ist's doch mein Steckenpferd, London durch und durch zu kennen. Also: Mortimer, Tabakhändler, der kleine Zeitungsladen, die Filiale der City- und Vorstadtbank, das vegetarische Gasthaus und McFarlanes Wagenbau-Geschäft. Von da beginnt ein anderes Häuserviertel. Und nun sind wir fertig, Watson, nun kommt die Zeit der Erholung. Ein belegtes Brot und eine Tasse Kaffee und dann – fort ins Land der Saiten und Klänge, wo alles sanft, zart und harmonisch ist, wo es keine rothaarigen Klienten gibt, die uns mit ihren Rätselfragen den Kopf toll machen.«

Mein Freund war ein Musik-Enthusiast, der ausgezeichnet spielte und dessen Kompositionen sich weit über das Gewöhnliche erhoben. In völliger Glückseligkeit saß er den ganzen Nachmittag auf seinem Sperrsitz und bewegte die langen, schmalen Finger im Takt. Niemand hätte glauben können, dass dies sanft lächelnde Gesicht, diese schmachtend träumerischen Augen Sherlock Holmes gehörten, dem rastlosen, spitzfindigen, stets bereiten Kriminalagenten. In seinem sonderbaren Charakter machte sich die Doppelnatur abwechselnd geltend. Häufig fragte ich mich, ob nicht sein Scharfblick, seine außerordentliche Treffsicherheit ihre naturgemäße Ausgleichung in den beschaulichen und poetischen Stimmungen fänden, die von Zeit zu Zeit bei ihm die Oberhand hatten. Seine elastische Natur befähigte ihn, sich schnell wieder aus der äußersten Schlaffheit zur äußersten Energie emporzuschwingen, und ich wusste wohl, dass er sich nie gewaltiger zeigte, als wenn er tagelang in seinem Lehnstuhl gelegen und sich ganz seinen Improvisationen hingegeben oder in seine alten Druckwerke vertieft hatte. Dann kam plötzlich der Jagdtrieb über ihn, und seine glänzenden Vernunftschlüsse wurden zu förmlichen Eingebungen. Wer sein Wesen, seine Art und Weise nicht kannte, musste ihn dann fast mit scheuem Staunen anblicken, wie einen Menschen, der mehr weiß als die übrigen Sterblichen.

Als ich Holmes an dem Nachmittag in St. James so völlig in die Musik versunken sah, da dachte ich, es komme eine schlimme Zeit für diejenigen, auf die er es abgesehen hatte.

»Sie möchten gewiss nach Hause, Doktor«, meinte er, als wir hinausgingen.

»Ja, es wäre mir recht.«

»Und ich habe ein Geschäft vor, das mich einige Stunden in Anspruch nehmen wird. Die Geschichte in Coburg Square ist ernst.«

»Warum ernst?«

»Ein schweres Verbrechen ist dort im Gang. Ich habe jedoch guten Grund zu der Annahme, dass wir es noch rechtzeitig verhindern können. Dass heute Sonnabend ist, macht die Sache schwieriger. Heute Abend bedarf ich Ihrer Hilfe.«

»Um wie viel Uhr?«

»Um zehn ist's früh genug.«

»Um zehn bin ich in der Baker Street.«

»Gut. Und bitte stecken Sie Ihren Revolver ein, vielleicht ist die Sache nicht ganz ohne Gefahr.« Er winkte mir zu, wandte sich um und verschwand sofort in der Menge.

Ich glaube nicht, dass ich mehr auf den Kopf gefallen bin als ein anderer, aber Sherlock Holmes gegenüber drückt mich stets das Bewusstsein meiner eigenen Dummheit. Auch diesmal hatte ich genau dasselbe gehört und gesehen wie er, und seine Worte bewiesen klar, dass er nicht nur alles, was geschehen war, deutlich durchschaute, sondern auch was kommen würde, während mir die Sachlage immer noch verworren und abenteuerlich erschien. Auf der Heimfahrt nach Kensington überlegte ich noch einmal alles, von der sonderbaren Geschichte des rothaarigen Kopisten an bis zu unserem Besuch am Saxe Coburg Square und bis auf die bedeutungsvollen Worte, mit denen Holmes von mir gegangen war. Wozu diese nächtliche Expedition? Weshalb sollte ich bewaffnet sein? Wohin würden wir gehen, und was hatten wir vor? Holmes hatte mir einen Wink gegeben, dieser glattrasierte Gehilfe sei ein furchtbarer Mensch – ein Mensch, der vielleicht einen verwegenen Streich plante. Ich sann hin und her, verzweifelte aber daran und ließ die Sache endlich ruhen, bis die Nacht mir Klarheit bringen würde.

Es war Viertel nach neun, als ich zu Hause aufbrach und mich durch den Park und die Oxford Street zur Baker Street begab. Zwei Droschken standen vor der Tür, und als ich in den Flur trat, hörte ich Stimmen oben. Ich fand Holmes in lebhaftem Gespräch mit zwei Männern; in dem einen erkannte ich Peter Jones, den Polizeibeamten, der andere war ein langer, magerer, trübselig blickender Herr in schwarzem Rock und Hut von tadelloser Beschaffenheit.

»Ha! Nun sind wir vollzählig!«, sagte Holmes, knöpfte seine bequeme Jacke zu und nahm seinen Hirschfänger vom Nagel. »Ich denke, Watson, Mr Jones von Scotland Yard ist Ihnen bekannt. Erlauben Sie mir, Sie Mr Merryweather vorzustellen, der an unserem nächtlichen Vorhaben teilnehmen wird.«

»Wir jagen wieder paarweise, Doktor«, meinte Jones in seiner praktischen Art. »Unser Freund hier, der versteht's, das Wild aufzuspüren. Er braucht weiter nichts als einen alten Hund, der ihm beim Hetzen hilft.«

»Hoffentlich jagen wir etwas anderes auf als eine ›Ente‹«, bemerkte Mr Merryweather mürrisch.

»Vertrauen Sie nur ruhig Mr Holmes«, erwiderte der Polizeiagent überlegen. »Er hat seine eigenen kleinen Griffe und Kniffe, die, wenn er es mir nicht übel nimmt, vielleicht etwas zu theoretisch und fantastisch sind, aber in ihm steckt ein wahrer Detektiv. Es lässt sich nicht leugnen, dass er ein- oder zweimal der Wahrheit näher gekommen ist als die Polizei, zum Beispiel in Sachen des Scholtomordes und des Agraschatzes.«

»Nun, wenn Sie mir diese Versicherung geben, Mr Jones, dann bin ich beruhigt«, sagte Merryweather. »Ich gestehe indessen, dass mir meine Partie Sechsundsechzig schon lieber wäre. Es ist seit siebenundzwanzig Jahren der erste Samstagabend, wo ich mein Spielchen nicht mache.«

»Mich dünkt«, sprach Sherlock Holmes, »Sie werden selbst bald erkennen, dass Sie heute um höheren Einsatz spielen als je bisher, auch wird das Spiel aufregender sein. Für Sie, Mr Merryweather, handelt es sich um etliche dreißigtausend Pfund, und für Sie, Jones, um den Mann, den Sie gern beim Kragen kriegen möchten.«

»Ja, ja, dieser John Clay«, fiel ihm der Polizeiagent ins Wort, »ein Mörder, Dieb, Falschmünzer, Schriftfälscher und dabei noch ein junger Mann, versteht sein Geschäft gründlich. Keinem Spitzbuben Londons legte ich die Handschellen lieber an als ihm. Ein merkwürdiger Mensch ist dieser junge John Clay. Sein Großvater war ein Herzog, und er selbst studierte in Eton und Oxford. Er hat einen klugen Kopf und geschickte Hände; alle Augenblicke begegnen wir seinen Spuren, dem Mann selbst aber niemals. Seit Jahren bin ich ihm auf der Fährte, habe ihn aber noch nie zu sehen bekommen.«

»Ich hoffe, das Vergnügen zu haben, Ihnen den Schurken heute Nacht vorzustellen«, versicherte jetzt Holmes. »Auch ich habe bereits mit John Clay ein Hühnchen gerupft und stimme mit Ihnen überein: Der Mann versteht sein Geschäft. Doch es ist zehn vorüber und die höchste Zeit aufzubrechen. Wollen Sie beide den ersten Wagen benutzen, so folgen Watson und ich im zweiten.«

Mein Freund zeigte sich nicht sehr mitteilsam während der langen Fahrt; er lag zurückgelehnt im Wagen und summte die Melodien, die er am Nachmittag gehört hatte. Wir rasselten durch ein endloses Labyrinth hell erleuchteter Straßen, bis wir zur Farringdon Street gelangten.

»Jetzt sind wir ganz in der Nähe«, bemerkte mein Freund. »Merryweather ist Bankdirektor und hat ein persönliches Interesse an der Sache. Ich hielt es für gut, auch Jones dabei zu haben. Er ist ein ordentlicher Mensch, in seinem Beruf aber ein richtiger Dummkopf. Eine entschiedene Tugend besitzt er: Der Kerl ist mutig wie ein Bullenbeißer und hält fest wie ein Hummer, wenn er einen zwischen die Scheren kriegt. Wir sind jetzt da, und sie erwarten uns bereits.«

Wir befanden uns jetzt in derselben belebten Querstraße, wo wir am Morgen gewesen waren. Unsere Wagen wurden fortgeschickt; Merryweathers Führung folgend, gingen wir einen schmalen Gang hinab und durch eine Seitentür, die er uns öffnete. Hinter derselben lag ein kleiner Korridor, der auf ein schweres, eisernes Tor mündete. Auch dieses wurde geöffnet, und man gelangte von da über eine steinerne Wendeltreppe abermals vor ein starkes Tor. Merryweather blieb stehen, um seine Laterne anzustecken; dann führte er uns hinab durch einen dunklen, mit Erdgeruch erfüllten Gang, öffnete eine dritte Tür, durch welche wir in ein weites Gewölbe, eine Art Keller, eintraten. Ringsumher waren hier große Körbe und schwere Kisten aufgetürmt.

»Von oben her sind sie ja ziemlich geschützt«, bemerkte Holmes, als er die Laterne aufhob und um sich blickte.

»Von unten nicht weniger«, versetzte Merryweather und schlug mit dem Stock auf die Fliesen am Boden. »Ei was! Das klingt ja ganz hohl!«, bemerkte er, erstaunt aufblickend.

»Ich muss Sie ernstlich bitten, sich etwas ruhiger zu verhalten«, sagte Holmes streng. »Sie haben bereits den ganzen Erfolg unserer Expedition gefährdet. Darf ich Sie bitten, sich gefälligst auf eine dieser Kisten zu setzen und sich nicht weiter zu mucksen.«

Mit sehr gekränktem Ausdruck schwang sich der stattliche Mr Merryweather auf einen Korb, während Holmes am Boden niederkniete und anfing, mit der Laterne und einem Vergrößerungsglas die Sprünge zwischen den Steinen zu untersuchen. Wenige Sekunden genügten ihm, dann sprang er auf und steckte sein Glas in die Tasche.

»Wir haben wenigstens eine Stunde vor uns«, bemerkte er, »denn sie können doch kaum irgendetwas unternehmen, ehe der gute Trödler glücklich im Bett liegt. Dann werden sie keine Minute verlieren, denn je früher sie die Arbeit beginnen, umso mehr Zeit bleibt ihnen zum Entkommen. Wir befinden uns jetzt, wie Sie wohl längst erraten haben, Watson, im Keller des City-Zweiggeschäftes einer Hauptbank Londons. Mr Merryweather ist Vorsitzender des Direktoriums und wird Ihnen gern erklären, aus welchen Gründen die kecksten Einbrecher von London eben jetzt ein bedeutendes Interesse an diesem Keller haben.«

»Wegen unseres französischen Goldes«, flüsterte der Direktor. »Wir wurden mehrfach gewarnt, es sei ein Anschlag darauf im Gang.«

»Ihr französisches Gold?«

»Ja. Wir hatten vor einigen Monaten Veranlassung, unseren Barvorrat zu erhöhen, und liehen zu diesem Zweck dreißigtausend Napoleons von der Bank von Frankreich. Es ist bekannt geworden, dass wir nachher nicht nötig hatten, das Geld auszupacken, und dass es noch immer in unserem Keller ruht. Der Korb, auf dem ich sitze, enthält zweitausend Napoleons, die zwischen Stanniolpapier liegen. Unser Vorrat an ungemünztem Geld ist augenblicklich weit größer als er sonst auf einer einzelnen Filiale aufbewahrt wird, und den Direktoren war nicht mehr recht wohl bei der Sache.«

»Was freilich sehr begreiflich ist«, bemerkte Holmes. »Doch nun ist's Zeit, unsere kleinen Rollen zu verteilen. Ich erwarte, dass sich die Dinge innerhalb der nächsten Stunde abspielen. Inzwischen, Mr Merryweather, müssen wir den Verschluss über die Blendlaterne ziehen.«

»Und im Dunkeln sitzen?«

»Ich fürchte ja. Ich habe ein Spiel Karten in die Tasche gesteckt, weil ich dachte, da wir zu viert sind, könnten Sie schließlich doch zu Ihrem Spielchen kommen. Aber ich sehe leider, dass die Vorbereitungen des Feindes bereits so weit gediehen sind, dass wir nicht wagen dürfen, Licht zu zeigen. Vor allem gilt es, unsere Stellungen zu wählen. Wir haben es mit waghalsigen Leuten zu tun, und packen wir sie auch in einer für sie nachteiligen Lage, könnten sie uns doch gefährlich werden, wenn wir nicht vorsichtig sind. Ich stelle mich hinter diesen Korb, verbergen Sie sich hinter jenem. Wenn ich dann den Lichtstrahl auf den Feind werfe, greifen Sie schnell ein; geben Sie Feuer, und auch Sie, Watson, machen Sie sich kein Gewissen daraus, sie niederzuschießen.«

Ich legte meinen Revolver mit gezogenem Hahn oben auf die Holzkiste, hinter die ich kroch. Holmes zog den Schieber der Laterne herunter, und es wurde stockfinster – eine so totale Finsternis habe ich nie zuvor erlebt. Der Geruch des heißen Metalls allein überzeugte uns, dass noch Licht da sei und im rechten Augenblick erscheinen konnte. Meine Nerven waren durch die Erwartung so aufgeregt, dass mich das plötzliche Dunkel und die kalte, feuchte Kellerluft förmlich niederdrückten und beängstigten.

»Es bleibt den Gaunern nur ein Ausweg«, flüsterte Holmes; »nämlich zurück durch das Haus im Saxe Coburg Square. Hoffentlich haben Sie getan, um was ich Sie bat, Jones.«

»Ich habe einen Inspektor und zwei Offiziere an die Haupttür postiert.«

»So sind denn alle Löcher verstopft. Und nun gilt es zu schweigen und zu warten.«

Welche Ewigkeit! Nachher zeigte es sich, dass wir nur fünf viertel Stunden gewartet hatten, und doch schien es mir, die Nacht müsse ziemlich vorüber sein und die Dämmerung über uns anbrechen. Meine Glieder waren steif und müde: Ich wagte es nicht, mich zu rühren, meine Nerven spannten sich mehr und mehr an, mein Gehör schärfte sich so, dass ich nicht allein das ruhige Atmen meiner Gefährten vernahm, sondern sogar die tieferen, schweren Atemzüge des dicken Jones von dem leisen Gestöhn des Bankdirektors zu unterscheiden vermochte. Von meinem Platz aus konnte ich über die Kiste hinweg auf die Steine am Boden sehen. Plötzlich gewahrte ich einen winzigen Lichtstreifen.

Erst zeigte sich nur ein fahler Schein auf den Steinfliesen; bald verlängerte sich dieser zu einem gelben Streifen, und ohne jeglichen Laut oder sonstiges Vorzeichen öffnete sich ein Spalt. Eine Hand erschien – eine zarte, weiße Hand, fast eine Frauenhand, die im Zentrum des kleinen Lichtkreises umhertastete. Etwa eine Minute lang ragte die Hand mit den suchenden Fingern aus dem Boden hervor. Dann verschwand sie plötzlich, wie sie erschienen, und es wurde wieder finster bis auf den einzigen fahlen Streifen, der die Spalte zwischen den Steinen verriet. Einen Moment war alles still. Jetzt erfolgte ein harter Stoß, eine Steinplatte hob sich und kippte um, und aus dem gähnenden Loch im Boden strömte das Licht einer Laterne. Ein scharfgeschnittenes, knabenhaftes Gesicht erschien in der Öffnung und blickte spähend umher; dann fassten zwei Hände an den Rand der Öffnung, herauf schwang sich ein Oberkörper, und im Nu kniete eine Gestalt am Boden. Rasch richtete sich der Mann auf und zog einen Gefährten nach – schmal und schmächtig wie er selber, mit einem blassen Gesicht und einer Fülle roten Haares.

»Alles klar«, flüsterte der erste. »Hast du den Meißel und die Säcke? – Himmel und Hölle! Lauf Archie, lauf – ich lass mich an deiner Stelle hängen!«

Sherlock Holmes war hervorgesprungen und hatte den Einbrecher am Kragen gepackt. Der andere verschwand im Loch; Jones erwischte gerade noch seinen Rockschoß, von dem ihm ein Fetzen in der Hand blieb. Das Licht schien in diesem Augenblick auf den Lauf eines Revolvers, aber

Holmes' Hirschfänger traf des Mannes Handgelenk, sodass die Waffe klirrend auf den Steinboden fiel.

»Es hilft alles nichts, John Clay«, sagte Holmes schmeichelnd, »Sie kommen nicht durch.«

»Das merke ich«, erwiderte der andere mit völliger Gelassenheit. »Aber wie mir scheint, kommt mein Gefährte glücklich davon, obwohl Sie, wie ich sehe, seinen Rockschoß haben.«

»Drei Männer erwarten ihn an der Tür.«

»Ah, wirklich! Sie scheinen die Sache recht gründlich gemacht zu haben. Ich muss Ihnen gratulieren.«

»Und ich Ihnen«, erwiderte Holmes. »Ihr Einfall war neu und sehr wirksam.«

»Sie werden Ihren Helfershelfer sogleich wiedersehen«, meinte Jones. »Der kriecht schneller durch die Löcher als ich es vermag. Warten Sie, ich lege Ihnen gleich die Fesseln an.«

»Ich bitte, mich nicht mit Ihren schmutzigen Händen zu berühren«, bemerkte unser Gefangener, als die Handschellen an seinen Gelenken rasselten. »Vielleicht wissen Sie nicht, dass fürstliches Blut in meinen Adern fließt. Haben Sie die Güte, mich ›Herr‹ zu nennen und ›bitte‹ zu sagen, wenn Sie mit mir reden.«

»Ganz recht«, versetzte Jones und kicherte verdutzt. »So bitte ich den Herrn, sich gefälligst hinaufzubegeben, wo wir einen Wagen nehmen können, um Eure Hoheit nach der Polizei zu geleiten.«

»Das klingt besser«, meinte John Clay zufrieden. Er verneigte sich höflich vor uns dreien und schritt gelassen unter der Führung des Polizeibeamten davon.

»Mr Holmes«, rief Merryweather, als wir den beiden aus dem Keller folgten, »ich weiß wirklich nicht, wie Ihnen die Bank das danken und vergelten soll. Sie haben ohne Zweifel den frechsten Bankeinbruch, der je geplant wurde, auf wunderbare Weise entdeckt und vereitelt.«

»Ich hatte noch von früher her einiges mit John Clay abzurechnen«, erwiderte Holmes. »Mehrere kleine Ausgaben, die mir durch diese Angelegenheit erwachsen sind, wird die Bank wohl tragen, sonst aber finde ich reichliche Entschädigung in der gemachten Erfahrung, die in vieler Hinsicht einzig dasteht, sowie in meinem Vergnügen an der ergötzlichen Erzählung vom Bund der Rothaarigen.«

»Sehen Sie, Watson«, erklärte er mir, als wir in früher Morgenstunde in seiner Wohnung bei einem Glas Whisky und Sodawasser saßen, »es war vom ersten Moment an vollkommen klar, dass diese etwas tolle Geschichte mit der Anzeige des Bundes und dem Abschreiben der Enzyklopädie keinen anderen Zweck haben konnte, als den nicht sehr hellen Trödler täglich für einige Stunden aus dem Weg zu schaffen. Das Mittel, dies zu erreichen, war sonderbar, aber ein besseres ließe sich schwerlich ersinnen. Ohne Zweifel kam John Clays erfinderischer Geist durch die Haarfarbe seines Mitschuldigen auf den Einfall. Die vier Pfund wöchentlich waren der Köder, und was lag an diesem Betrag, wo es sich um Tausende handelte. Sie rücken die Anzeige ein; der eine Taugenichts führt das zeitweilige Geschäft, der andere Taugenichts veranlasst den Mann, sich um die Stelle zu bewerben, und zusammen sorgen sie dafür, dass er jeden Morgen in der Woche abwesend ist. Sobald ich erfuhr, der Gehilfe arbeite für halben Lohn, war es mir zweifellos, dass für ihn ernste Gründe vorlagen, sich die Stellung zu wahren.«

»Aber wie konnten Sie seine Beweggründe erraten?«

»Wären Frauen im Haus gewesen, hätte ich einfach eine alltägliche Intrige vermutet. Doch stand eine solche außer Frage. Das Geschäft des Mannes war bescheiden, und nichts im Haus vermochte solche abgefeimten Vorbereitungen und Auslagen zu rechtfertigen. Also musste es sich um etwas außerhalb des Hauses handeln. Aber um was? Ich dachte an des Gehilfen Liebhaberei für das Fotografieren, an seine Vorliebe, im Keller zu verschwinden. Der Keller! Da lag die Lösung des Rätsels. – Ich zog Erkundigungen ein über diesen geheimnisvollen Gehilfen, und bald war mir klar, dass ich es mit einem der kecksten und verschmitztesten Verbrecher Londons zu tun hatte. Er machte sich im Keller zu schaffen – und zwar mit etwas, das für Monate täglich viele Stunden erforderte. Was mochte das nur sein? Ich konnte mir nichts anderes denken, als dass er einen Gang zu einem anderen Gebäude grub.

So weit war ich gekommen, als wir die Örtlichkeiten besuchten. Sie staunten, als ich mit dem Stock auf das Pflaster schlug; ich wollte dadurch herausfinden, ob sich der Keller nach vorn oder nach hinten erstreckte. Nach vorn war es nicht. Dann klingelte ich, und wie ich gehofft, erschien der Gehilfe. Obwohl sich unsere Wege schon einige Male gekreuzt, hatten wir einander doch noch nie gesehen. Ich blickte kaum auf sein Gesicht. Nur seine Knie interessierten mich. Sie sprachen deutlich von jenem stundenlangen Graben. Nun fragte es sich nur noch, wonach gegraben wurde. Ich ging um die Ecke, fand, dass die City- und Vorstadtbank an das Grundstück unseres Freundes stieß, und wusste, dass ich des Pudels Kern gefunden hatte. Als Sie nach dem Konzert heimfuhren, begab ich mich nach Scotland Yard und suchte dann die Direktoren der Bank auf – mit welchem Erfolg haben Sie gesehen.«

»Wie konnten Sie voraussetzen, dass sie heute Nacht ihren Anschlag ausführen würden?«, fragte ich.

»Nun, dass sie das Kontor ihres Bundes schlossen, bewies, dass sie Mr Wilsons Gegenwart nicht mehr fürchteten; mit anderen Worten: Ihr Tunnel war vollendet. Sie hatten allen Grund, denselben schnell zu benutzen, da er entdeckt oder der Schatz fortgeschafft werden konnte. Der Sonnabend musste ihnen günstiger sein als jeder andere Tag, weil er ihnen zwei Tage zur Flucht gewährte. Aus all diesen Gründen erwartete ich sie heute Nacht.«

»Das haben Sie prachtvoll ausgetüftelt«, rief ich, voll aufrichtiger Bewunderung. »Die Kette ist lang, und doch schließt jedes Glied.«

»Mich rettet dieser Zeitvertreib vor Langeweile«, erwiderte er gähnend. »Ach! Ich fühle schon, wie sie mich beschleicht. Mein Leben ist eine fortdauernde Anstrengung, mich dem Alltäglichen zu entziehen. Diese kleinen Probleme verhelfen mir dazu.«

»Und Sie werden damit zum Wohltäter der Menschheit«, sagte ich.

Er zuckte die Achseln. »Nun ja, vielleicht ist's schließlich doch ein klein wenig nützlich«, bemerkte er. »›L'homme, ce n'est rien – l'œuvre c'est tout‹, wie Gustave Flaubert an George Sand schrieb.«

Ein Fall geschickter Täuschung

»Lieber Freund«, sagte Sherlock Holmes, als wir behaglich beisammen an seinem Kamin in der Baker Street saßen, »das Leben selbst bringt weit Merkwürdigeres hervor als alles, was der menschliche Geist zu erfinden vermag. Könnten wir jetzt Hand in Hand aus diesem Fenster fliegen und, über der Riesenstadt schwebend, die Dächer abheben, um zu beobachten, was sich in den Häusern zuträgt, wir würden staunen über all die Pläne, die seltsamen Vorfälle, die Verkettung von Umständen, die sich durch Generationen hinzieht und zu den wunderbarsten Ergebnissen führt. Jegliche Dichtung mit ihren althergebrachten Formen, ihrem leicht vorauszusehenden Ausgang müsste uns schal und wertlos erscheinen.«

»Und doch bin ich hiervon nicht ganz überzeugt«, erwiderte ich. »Die Fälle, welche die Zeitungen bringen, sind meist trocken und alltäglich genug. In unseren Polizeiberichten ist der Realismus auf die Spitze getrieben, und doch ist der Eindruck, den sie machen – das lässt sich nicht leugnen – weder spannend noch künstlerisch.«

»Um eine realistische Wirkung zu erzielen«, bemerkte Holmes, »bedarf es einer gewissen Auswahl und Umsicht; hieran gebricht es den polizeilichen Berichten, die vielleicht auf die seichte Darstellung des Beamten mehr Wert legen als auf die interessanten Nebenumstände, in denen der ernstere Beobachter die Beweggründe zu erblicken versteht, welche die Tat herbeiführten. Glauben Sie mir, nichts ist so außernatürlich wie das Alltägliche.«

Ich lächelte ungläubig. »Mich wundert nicht, dass Sie so denken«, sagte ich, »weil Sie, als außerordentlicher Helfer und Berater aller Ratlosen in drei Weltteilen, nur mit Ungewöhnlichem und Seltsamem in Berührung kommen. Lassen Sie mich«, bat ich, die Zeitung vom Boden aufhebend, »meine Behauptung praktisch beweisen. Ich nehme die erste beste Notiz: ›Grausamkeit eines Gatten gegen seine Frau‹.

Die Geschichte füllt eine halbe Druckspalte, und ich kann sie ungelesen erzählen. Unbedingt ist eine andere Frau im Spiel, im Übrigen entwickelt sich die Geschichte wie folgt: Trunkenheit, rohe Behandlung, Gewalttat, Verwundung, Erscheinen der hilfreichen Schwester oder Wirtin. Der gewöhnlichste Schriftsteller könnte nichts Gewöhnlicheres erfinden.«

»Fehlgeschossen, Ihr Beispiel passt auf Ihre Behauptung wie die Faust aufs Auge«, meinte Holmes, das Blatt überfliegend. »Es handelt sich hier um die Ehescheidung der Dundas, und zufällig hatte ich einige Punkte dabei aufzuklären. Der Mann ist *teetotaler*, ein Mensch, der geistigen Getränken entsagt; eine andere Frau ist nicht im Spiel. Die Anklage lautet: Der Mann habe sich angewöhnt, stets die Mahlzeit damit zu beschließen, dass er sein falsches Gebiss herausnahm und es seiner Frau an den Kopf warf, ein Gebaren, das – Sie werden mir das zugeben – nicht so leicht dem ersten besten Schriftsteller einfallen wird. Nehmen Sie eine Prise, Doktor, und geben Sie zu, dass Ihr Beispiel nicht stichhaltig ist.«

Er hielt mir seine Dose hin; sie war aus altem Gold, und ein großer Amethyst schmückte den Deckel. Das Kleinod passte wenig zu Holmes' sonstiger Umgebung und einfacher Lebensweise; ich konnte nicht umhin, eine Bemerkung darüber zu machen.

»Ja, so«, sagte er, »ich vergaß, dass ich Sie seit einigen Wochen nicht gesehen habe. Das verehrte mir der Fürst von O... als kleines Andenken für meine Bemühungen um die Papiere der Irene Adler.«

»Und dieser Ring?«, fragte ich und blickte auf einen auffallend schönen Diamanten, der an seinem Finger glänzte.

»Den erhielt ich von einem Mitglied des holländischen Königshauses; doch die Sache, mit der ich betraut war, ist so subtiler Art, dass ich sie nicht einmal Ihnen anvertrauen kann, da Sie so freundlich gewesen sind, einige meiner kleinen Erlebnisse niederzuschreiben.«

»Ist wieder etwas im Werk?«, fragte ich begierig.

»Wohl zehn bis zwölf verschiedene Fälle, doch ist keiner besonders interessant, wenn sie auch wichtig genug sind. Geringfügige Angelegenheiten bieten meist ein weites Feld für die Beobachtung und die rasche Ergründung von Ursache und Wirkung, welche einer Untersuchung den Hauptreiz verleiht. Große Verbrechen spielen sich meist einfach ab, denn je größer das Verbrechen, umso klarer ist der Regel nach der Beweggrund dazu. Unter meinen jetzigen Fällen ist, bis auf eine dunkle Geschichte, die mir von Marseille aus vorgelegt wurde, keiner erwähnenswert. Vielleicht aber bringen uns die nächsten Minuten das Gewünschte, denn irre ich nicht, kommt da drüben eine Klientin für mich.«

Holmes hatte sich von seinem Stuhl erhoben; er stand am Fenster und blickte auf die düstere, graue Straße hinab. Ich trat hinter ihn und sah auf der anderen Seite der Straße eine große Frau mit einer schweren Pelzboa um den Hals und einer großen roten Schwungfeder auf der breiten Krempe ihres Huts, der ihr kokett auf einem Ohr saß. Unter diesem breiten Dach blickte sie unruhig und unschlüssig zu unseren Fenstern herauf; sie schien zu schwanken, ob sie vor- oder rückwärtsgehen sollte, und ihre Finger zupften nervös an den Handschuhknöpfen. Plötzlich eilte sie rasch über die Straße, wie der Schwimmer, der vom Ufer abstößt, und laut ertönte der schrille Klang der Hausglocke.

»Diese Symptome kenne ich«, sagte Holmes und warf seine Zigarre ins Feuer. »Unentschlossenheit an der Türschwelle – weist stets auf eine Liebesgeschichte hin. Sie möchte sich Rat holen, doch schwankt sie noch, ob nicht die Angelegenheit zu zart für einen Dritten ist. Aber selbst dabei lässt sich manches unterscheiden. Ist einer Frau von einem Mann schweres Unrecht geschehen, dann ist sie entschlossen, sie reißt an der Klingel, ja sie zerreißt sie. Hier haben wir es mit einer Herzensangelegenheit zu tun, und die Dame ist sichtlich weniger aufgebracht als ratlos und bekümmert. Ah, da kommt sie ja schon und kann unsere Zweifel lösen.«

Als Holmes noch sprach, klopfte es an die Tür; der kleine Diener trat ein, um Miss Mary Sutherland anzumelden, welche hinter seiner dünnen schwarzen Gestalt auftauchte wie ein Kauffahrteischiff mit aufgespannten Segeln hinter einem zierlichen Kutter. Sherlock Holmes begrüßte die Fremde mit der ihm eigenen Gewandtheit, schloss die Tür, bot ihr einen Lehnsessel an und musterte sie auf seine gewohnte, durchdringende und scheinbar zerstreute Art.

»Finden Sie nicht, mein Fräulein«, fragte er, »dass das viele Maschinenschreiben Sie bei Ihrer Kurzsichtigkeit ein wenig angreift?«

»Allerdings war das im Anfang der Fall«, erwiderte sie. »Jetzt aber weiß ich, wo die Buchstaben sind, ohne hinzusehen.« Plötzlich wurde ihr die ganze Tragweite seiner Worte klar, sie erschrak heftig, und Angst und Staunen malten sich auf ihrem breiten, gutmütigen Gesicht. »Sie haben schon von mir gehört, Mr Holmes«, rief sie aus. »Wie könnten Sie das sonst wissen?«

»Lassen Sie es gut sein«, rief Holmes lachend, »das gehört zu meinem Geschäft. Ich lege es darauf an, manches zu sehen, was anderen entgeht. Wäre dem nicht so, weshalb kämen Sie zu mir, um sich Rat zu holen?«

»Ich kam zu Ihnen, Mr Holmes, weil Mrs Etherege mir von Ihnen erzählte; Sie fanden ihren Mann so leicht auf, während die Polizei und alle Welt ihn schon für tot hielt. Ach, Mr Holmes, könnten Sie doch auch für mich ein Gleiches tun! Ich bin nicht reich, habe jedoch ein Jahreseinkommen von hundert Pfund außer dem, was ich durch meine Arbeit verdiene. – Alles gäbe ich gern hin, um zu erfahren, was aus Mr Hosmer Angel geworden ist.«

»Warum hatten Sie es plötzlich so furchtbar eilig, zu mir zu kommen?«, fragte Sherlock Holmes, legte die Fingerspitzen aneinander und blickte zur Decke hinauf.

Wieder zeigte sich Staunen und Befremdung auf dem sonst ziemlich nichtssagenden Gesicht der jungen Dame.

»Ja, ich stürzte von zu Hause fort«, sagte sie, »denn ich ärgerte mich über die Gleichgültigkeit, mit welcher Mr Windibank – mein Vater – die ganze Sache aufnahm. Er wollte nicht auf die Polizei, wollte nicht zu Ihnen, und da er gar nichts tat und dabei blieb, die Sache habe wenig auf sich, wurde ich schließlich böse, nahm Hut und Mantel und kam geradewegs zu Ihnen.«

»Ihr Vater?«, fragte Holmes. »Gewiss Ihr Stiefvater – da Sie nicht seinen Namen tragen.«

»Ja, mein Stiefvater. Ich nenne ihn Vater, und doch klingt das komisch, denn er ist nur fünf Jahre und zwei Monate älter als ich.«

»Lebt Ihre Mutter?«

»Die Mutter lebt und ist wohlauf. Sehr entzückt war ich nicht, Mr Holmes, als sie so bald nach Vaters Tod wieder heiratete, und zwar einen Mann, der fast fünfzehn Jahre jünger ist als sie selbst. Mein Vater war Flaschner in Tottenham Court Road und hinterließ ein hübsches Geschäft, das die Mutter mit Mr Hardy, dem ersten Gehilfen, fortführte. Als aber Mr Windibank kam, musste sie das Geschäft verkaufen, denn als Weinreisender stand er auf einer höheren Gesellschaftsstufe. Sie bekamen viertausendsiebenhundert Pfund Sterling für die Firma; mein Vater hätte bei Lebzeiten weit mehr bekommen.«

Statt dass Sherlock Holmes, wie ich erwartete, bei dieser breiten, abschweifenden Erzählung ungeduldig wurde, hörte er mit der größten Aufmerksamkeit zu.

»Stammt Ihr kleines Einkommen aus dem Geschäft?«, fragte er.

»O nein, ich erbte es von meinem Onkel Ned in Auckland. Es sind Neuseeländer Aktien, die viereinhalb Prozent tragen. Die Hinterlassenschaft betrug zweitausendfünfhundert Pfund, aber ich habe nur die Zinsen davon.«

»Bitte erzählen Sie weiter«, meinte Holmes. »Da Sie die hübsche Summe von hundert Pfund einnehmen und noch etwas dazuverdienen, reisen Sie gewiss manchmal zum Vergnügen und genießen Ihr Leben. Mir scheint, eine Dame kann mit einem Einkommen von sechzig Pfund ganz gut leben.«

»Ich käme mit weit weniger aus, Mr Holmes, doch begreifen Sie wohl, dass ich, solange ich zu Hause bin, den Eltern nicht zur Last fallen möchte, und so haben sie die Verfügung über mein Geld, bis ich einmal von ihnen fortkomme. Selbstverständlich nur bis dahin. Mr Windibank zieht meine Zinsen vierteljährlich ein und gibt der Mutter das Geld, denn ich komme mit dem, was ich an der Schreibmaschine verdiene, ganz bequem aus. Ich erhalte zwei Pence für die Seite und bringe meist fünfzehn bis zwanzig Seiten am Tag fertig.«

»Sie haben mir Ihre Lage sehr klar dargelegt«, sagte Holmes. »Dieser Herr ist mein Freund, Dr. Watson, vor dem Sie offen reden können wie vor mir selbst. Bitte erzählen Sie uns von Ihrer Bekanntschaft mit Mr Hosmer Angel.«

Miss Sutherland errötete und zupfte erregt an den Fransen ihrer Jacke. »Ich sah ihn zuerst auf dem Ball der Gastechniker«, sagte sie. »Bei Lebzeiten des Vaters schickten sie uns Karten dazu, und auch nach seinem Tod luden sie uns ein. Mr Windibank wollte uns nicht auf den Ball gehen lassen; er lässt uns nie gern in Gesellschaft gehen. Ganz wütend kann er sich ärgern, wenn ich auch nur einen Ausflug der Sonntagsschule mitmachen möchte. Diesmal aber setzte ich mir in den Kopf, auf den Ball zu gehen; was hatte er denn für ein Recht, mir das zu verbieten? Er erklärte, die Gesellschaft passe nicht für uns, obgleich wir nur Freunde meines Vaters dort trafen. Weiter behauptete er, ich habe nichts anzuziehen, und doch ist mein lila Plüschkleid noch kaum aus dem Schrank gekommen. Aus der Sache wäre nichts geworden, wenn mein Stiefvater nicht plötzlich eine Geschäftsreise nach Frankreich hätte machen müssen. Nun gingen wir, Mutter und ich, mit Mr Hardy, unserem früheren Obergesellen, auf den Ball, und dort war es, wo ich Mr Hosmer Angel traf.«

»Vermutlich zeigte sich Mr Windibank bei seiner Rückkehr aus Frankreich sehr ungehalten?«

»Durchaus nicht, er war gar nicht böse. Er lachte, zuckte die Achseln und meinte, es sei ganz unnütz, Frauen etwas abzuschlagen, denn – sie täten doch, was sie wollten.«

»So, so. Sie trafen also auf dem Ball der Gastechniker einen Herrn namens Hosmer Angel, wenn ich recht verstehe.«

»So ist's. Ich lernte ihn an jenem Abend kennen, und er besuchte uns am folgenden Tag, um sich nach unserem Befinden zu erkundigen, und hernach trafen wir ihn – das heißt, Mr Holmes, ich traf ihn zweimal –, um mit ihm spazieren zu gehen; dann aber kam der Vater zurück, und Mr Angel konnte nicht mehr zu uns ins Haus kommen.«

»Nicht?«

»Ja, wissen Sie, Vater liebt dergleichen nicht. Ginge es nach ihm, würde er nie Gäste empfangen; er behauptet, eine Frau müsse mit ihrer engsten Familie zufrieden sein. Auch ich gebe das zu und sagte schon oft meiner Mutter, dass mir ebendiese engste Familie noch fehle.«

»Was wurde nun mit Mr Hosmer Angel? Versuchte er nicht, Sie wiederzusehen?«

»Der Vater sollte acht Tage später abermals nach Frankreich reisen, und so schrieb Hosmer, es sei wohl am besten, wenn wir bis dahin einander fernblieben. Das Schreiben stand uns ja inzwischen frei, und er schrieb täglich. Ich nahm die Briefe am Morgen in Empfang, sodass der Vater nichts davon erfuhr.«

»Waren Sie zu der Zeit mit dem Herrn verlobt?«

»Jawohl, Mr Holmes, wir verlobten uns auf unserem ersten Spaziergang. Hosmer – Mr Angel – war Kassierer eines Geschäfts in Leadenhall Street – und …«

»In welchem Geschäft?«

»Leider weiß ich das nicht.«

»Wo wohnte er denn?«

»Er schlief im Geschäftshaus.«

»Und Sie haben seine Adresse nicht?«

»Nein – ich weiß nur, dass er in Leadenhall Street wohnte.«

»Wohin adressierten Sie Ihre Briefe?«

»Postlagernd Postamt Leadenhall Street. Ins Geschäft sollte ich nicht adressieren, weil er behauptete, die anderen Angestellten würden ihn hänseln, dass er Briefe von einer Dame erhalte. Ich wollte ihm mit der Maschine schreiben, wie er es selbst tat, doch mochte er nichts davon wissen und erklärte, geschriebene Briefe seien ihm lieber, sie kämen ihm viel natürlicher vor, während er bei den anderen das Gefühl habe, als träte eine Maschine zwischen uns. Sie sehen daraus, wie sehr er mich liebte und wie feinfühlig er selbst in Kleinigkeiten war.«

»Ja, es lässt tief blicken«, meinte Holmes. »Ich lege von jeher besonderen Wert auf solche kleinen Umstände. Erinnern Sie sich vielleicht anderer geringfügiger Merkmale bei Mr Hosmer Angel?«

»Er war sehr schüchtern und ging lieber abends als am Tag mit mir aus, weil er es nicht leiden konnte, beobachtet zu werden. Er benahm sich sehr wohlerzogen und zurückhaltend; seine Stimme war schwach, und er erzählte mir, er habe als Kind an geschwollenen Mandeln gelitten, wovon ihm eine Schwäche in den Stimmbändern zurückgeblieben sei. Auf seine Kleidung hielt er viel und sah stets nett und sauber aus; er hatte, wie ich, schwache Augen und trug dunkle Gläser zum Schutz.«

»Und was geschah, als Ihr Stiefvater, Mr Windibank, abermals nach Frankreich reiste?«

»Da kam Hosmer wieder ins Haus und schlug mir vor, noch vor Vaters Rückkehr zu heiraten. Er nahm die Sache sehr ernst, legte meine Hände auf das Testament und ließ mich schwören, ihm treu zu sein, komme, was da wolle. Meine Mutter meinte, er könne diesen Schwur mit Recht verlangen, es sei nur ein Beweis seiner heißen Liebe. Der Mutter hat er es gleich bei der ersten Begegnung angetan, sie mochte ihn fast noch lieber als ich. Als die beiden von der nahe bevorstehenden Hochzeit zu sprechen anfingen, meinte ich, wir sollten damit auf den Vater warten. Doch sie erklärten, wir brauchten uns nicht um ihn zu kümmern, er werde alles noch früh genug erfahren, und die Mutter versprach, die Angelegenheit mit ihm ins Reine zu bringen. Mir gefiel das nicht sonderlich, Mr Holmes. Es kam mir freilich komisch vor, um die Einwilligung meines Stiefvaters bitten zu müssen, da er ja nur wenige Jahre älter ist als ich; aber da ich keine Heimlichkeiten leiden mag, schrieb ich an ihn nach Bordeaux und adressierte den Brief an die französische Firma – doch erhielt ich dieses Schreiben am Hochzeitsmorgen zurück.«

»Demnach kam es nicht in seine Hände?«

»Nein, denn er war schon wieder nach England abgereist.«

»Das traf sich allerdings höchst ungeschickt! Wurden Sie in der Kirche getraut?«

»Ja, in aller Stille. Die Trauung sollte in der St. Saviour's Church stattfinden und das Frühstück danach im St. Pancras Hotel. Hosmer holte uns im Wagen ab und ließ Mutter und mich einsteigen; er selbst setzte sich in eine Droschke, die einzige, die gerade zur Hand war. Wir langten zuerst an der Kirche an und warteten auf Hosmers Droschke, die bald vorfuhr. Doch – niemand stieg aus, und als der Kutscher vom Bock herabkam und den Schlag öffnete, saß niemand im Wagen! Der Kutscher begriff nicht, was aus dem Fahrgast geworden war, da er ihn selbst hatte einsteigen sehen. Das alles geschah vorigen Freitag, Mr Holmes, und seitdem habe ich keine Ahnung, was aus meinem Bräutigam geworden ist.«

»Mir scheint, mein Fräulein, Ihnen wurde übel mitgespielt.«

»Ach, nein! Hosmer meinte es viel zu gut mit mir, um mich so verlassen zu können. Noch am Hochzeitsmorgen bat er mich, ihm immer treu zu bleiben, und sollte uns auch ein ganz unerwartetes Schicksal trennen, dürfe ich nicht vergessen, dass ich ihm mein Wort gegeben habe; früher oder später würde er seine Rechte geltend machen. Das klang recht sonderbar am Hochzeitstag, aber durch das Vorgefallene erhalten Hosmers Worte eine ganz besondere Bedeutung.«

»Allerdings. Ihrer Meinung nach muss ihn irgendein Unfall betroffen haben?«

»Ja, Mr Holmes. Er muss wohl irgendeine Gefahr geahnt haben, sonst hätte er nicht so gesprochen. Seine Ahnung ist wirklich eingetroffen.«

»Sie haben wohl keine Vorstellung, was er befürchtete?«

»Gar keine.«

»Noch eine Frage. Wie nahm Ihre Mutter die Sache auf?«

»Sie war ärgerlich und meinte, ich solle von der ganzen Geschichte schweigen.«

»Sprachen Sie mit Ihrem Vater davon?«

»Ja, und er schien meiner Ansicht zu sein, dass Hosmer etwas zugestoßen sein müsse und ich wieder von ihm hören würde. Was könnte ein Mann für ein Interesse daran haben, meinte er, mich bis an die Kirchtür zur Trauung zu locken, um mich dann zu verlassen? Hätte er mir Geld abgeborgt oder beim Ehekontrakt mein Vermögen auf sich übertragen lassen, dann wäre vielleicht darin ein Grund zu suchen gewesen; Hosmer aber zeigte sich gar nicht interessiert, nicht einen Heller wollte er von mir haben. Was mag nur geschehen sein? Warum schrieb er nicht ein einziges Wort? Ich werde noch verrückt! Nachts schließe ich kein Auge!« Sie zog ein kleines Taschentuch aus dem Muff und schluchzte heftig hinein.

»Ich werde die Sache näher ins Auge fassen«, sagte Holmes, sich erhebend, »und bezweifle nicht, dass wir sie ergründen. Verlassen Sie sich auf mich, mein Fräulein, und grübeln Sie nicht weiter. Versuchen Sie vor allem, Mr Hosmer Angel zu vergessen, wie er scheinbar auch Sie vergessen hat.«

»Demnach glauben Sie nicht, dass ich ihn wiedersehen werde?«

»Ich bezweifle es.«

»Was mag ihm denn zugestoßen sein?«

»Erlassen Sie mir die Antwort. Am liebsten hätte ich eine genaue Personalbeschreibung von ihm und alle Briefe, die Sie mir anvertrauen können.«

»Ich habe bereits am vorigen Sonnabend eine Anzeige im ›Chronicle‹ eingerückt«, erwiderte sie. »Hier ist das Blatt, und hier sind vier Briefe von ihm.«

»Danke. Und nun bitte Ihre Adresse.«

»Lyon Place 31, Camberwell.«

»Wenn ich recht verstehe, sagten Sie, dass Sie Mr Angels Adresse nie besessen haben. Wo ist das Geschäft Ihres Vaters?«

»Er reist für Westhouse & Marbank, das große Wein-Importgeschäft in Fenchurch Street.«

»Ich danke Ihnen. Sie haben mir die Sache sehr klar auseinandergesetzt. Lassen Sie die Papiere hier und beherzigen Sie meinen Rat. Betrachten Sie die ganze Begebenheit wie ein versiegeltes Buch, und lassen Sie sich nicht länger davon anfechten.«

»Sie meinen es gut mit mir, Mr Holmes, das aber kann ich nicht versprechen, Hosmer bleibe ich treu, und er soll mich bereit finden, wenn er zurückkehrt.«

Trotz des lächerlichen Huts und ihres Puppengesichts verlieh dieser kindliche Glaube dem Wesen unserer Besucherin einen gewissen Adel, welcher Achtung heischte.

Sie legte ihr Päckchen Papiere auf den Tisch und entfernte sich mit dem Versprechen, wiederzukommen, sobald sie gewünscht würde.

Still in sich gekehrt saß Sherlock Holmes eine Weile da, streckte die Beine aus, legte die Fingerspitzen aneinander und blickte hinauf an die Decke. Dann nahm er die alte Tonpfeife, seine treue Ratgeberin, wie er sie nannte, vom Gesims, stopfte sie und lag bald, von dichten Rauchwolken umgeben, mit dem Ausdruck unendlicher Müdigkeit und Schlaffheit in seinem Stuhl.

»Interessante Studie, das Mädchen«, bemerkte er. »Sie selbst ist interessanter als ihr Erlebnis, das, nebenbei gesagt, ein ziemlich abgedroschenes ist. Sie finden ähnliche Fälle in meinen Verzeichnissen vom Jahr 1877 in Andover, und etwas Gleichartiges trug sich im vorigen Jahr im Haag zu. Ist auch der Grundgedanke nicht neu, so waren es doch ein paar Nebenumstände. Aber das Mädchen selbst ist eine Studie.«

»Sie müssen wieder vieles an ihr wahrgenommen haben, was für mich unsichtbar blieb«, bemerkte ich.

»Sagen Sie lieber, was Sie nicht beachtet haben! Sie haben eben nicht hingesehen, wo Sie sollten. Bringt man Sie denn nie dahin, die Wichtigkeit der Ärmel zu würdigen oder die vielsagende Beschaffenheit der Fingernägel oder wichtige Schlüsse aus einem Stiefelknopf zu ziehen? Sagen Sie mir einmal, was haben Sie an der äußeren Erscheinung dieses Mädchens wahrgenommen?«

»Nun, sie trug einen schiefergrauen großen Hut mit einer ziegelroten Feder. Ihre schwarze Jacke war mit Perlen benäht und hatte einen schmalen Pelzbesatz. Das Kleid war von dunkler Kaffeefarbe, und purpurroter Sammet verzierte Hals und Ärmel. Ihre grauen Handschuhe waren am rechten Zeigefinger zerrissen. Die Stiefel habe ich nicht angesehen. Sie trug kleine, runde und herabhängende Ohrringe und machte im Allgemeinen den Eindruck einer anständigen und wohlhabenden Person des gewöhnlichen Mittelstands.«

Sherlock Holmes klatschte leise in die Hände und schüttelte sich vor Lachen.

»Auf Ehre, Watson, Sie machen brillante Fortschritte! Gut – sehr gut. Das Wichtigste haben Sie freilich übersehen, haben aber Methode bewiesen und einen scharfen Blick für Farben gezeigt. Trauen Sie nur nie allgemeinen Eindrücken, mein Junge, auf die Einzelheiten muss man achten. Mein erster Blick gilt stets dem Ärmel einer Frau. Bei dem Mann kommt es vielleicht noch mehr auf die Knie der Hose an. Wie du bemerktest, hatte das Mädchen Sammet an den Ärmeln, in Bezug auf Eindrücke und Spuren ein höchst nützliches Material. Die doppelte Linie über dem Handgelenk, wo die Maschinenschreiberin gegen den Tisch drückt, trat prächtig hervor. Die Handnähmaschine hinterlässt ähnliche Streifen, aber nur am linken Arm und auf der Seite, während sich diese gerade über den breitesten Teil hinzogen. Dann blickte ich in ihr Gesicht, und da ich den Druck eines Klemmers zu beiden Seiten ihrer Nase wahrnahm, wagte ich eine Bemerkung über Kurzsichtigkeit in Verbindung mit Maschinenschreiben, welche sie sichtlich überraschte.«

»Mich nicht minder.«

»Die Sache lag doch klar auf der Hand. Sodann fiel mir auf, dass sie zwei verschiedene Stiefel trug; der eine hatte eine verzierte Kappe, der andere nicht. An dem einen hatte sie von fünf Knöpfen nur die zwei untersten zugeknöpft, beim anderen nur den ersten, dritten und fünften. Verlässt eine sonst sorgsam gekleidete junge Dame das Haus mit zweierlei nur halb zugeknöpften Stiefeln, gehört nicht viel dazu, um den Schluss zu ziehen, dass sie eilig fortgegangen ist.«

»Und was noch?«, fragte ich so gespannt wie immer, wenn mein Freund seine scharfen Beobachtungen aussprach.

»Ferner bemerkte ich, dass sie, bereits fertig angezogen, noch geschrieben hatte, ehe sie das Haus verließ. Sie haben zwar bemerkt, dass ihr rechter Handschuh am Mittelfinger zerrissen war, haben aber offenbar einen lila Tintenfleck an Handschuh und Finger übersehen. Sie hatte in der Eile geschrieben und die Feder zu tief eingetaucht – und zwar heute Morgen, sonst wäre der Fleck am Finger nicht so deutlich gewesen. Ja, ja, das alles ist spaßig, wenn auch einfach genug. Jetzt aber muss ich an die Arbeit, Watson. Tun Sie mir den Gefallen und lesen Sie mir die Personalbeschreibung des gesuchten Hosmer Angel vor.«

Ich hielt den Zeitungsausschnitt an das Licht:

»Vermisst seit dem 14. morgens ein Herr namens Hosmer Angel. Derselbe ist groß, kräftig gebaut, blass, hat schwarzes Haar, eine kahle Stelle auf dem Kopf, starken, dunklen Backen- und Schnurrbart; er trägt eine dunkle Brille und hat einen kleinen Sprechfehler. Seine Kleidung bestand, als er zuletzt gesehen wurde, aus einem schwarzen, mit Seide eingefassten Rock, schwarzer Weste mit goldener Kette, grauem Beinkleid und braunen Gamaschen über den Stiefeln mit Gummizügen. Der Vermisste arbeitete in einem Geschäft in Leadenhall Street; wer über ihn irgendwelche Angaben usw.«

»Das genügt«, sagte Holmes, und nachdem er die Briefe überflogen, meinte er: »Höchst alltäglich; Mr Angel zitiert Balzac, das ist das einzig Bemerkenswerte. Und doch wird auch Ihnen ein Umstand auffallen.«

»Dass die Briefe mit der Maschine geschrieben sind«, erwiderte ich.

»Nicht allein das, sondern auch die Unterschrift ist Typenschrift. Sieh, wie sauber hier unten das ›Hosmer Angel‹ steht. Hier ist ein Datum, aber keine genaue Ortsangabe, denn ›Leadenhall Street‹ allein kann nicht genügen. Diese Unterschrift lässt auf vieles schließen – ja sie ist maßgebend.«

»Wofür?«

»Sehen Sie wirklich nicht ein, wie schwer das ins Gewicht fällt, alter Junge?«

»Ehrlich gesagt, nein, es sei denn, der Schreiber hoffte, auf diese Weise seiner Unterschrift abschwören zu können, falls er wegen Bruchs des Eheversprechens zur Rechenschaft gezogen würde.«

»Nein, das hatte er schwerlich im Auge. Indessen will ich zur Aufklärung des Sachverhalts zwei Briefe schreiben, den einen an eine Firma in der City, den anderen an Mr Windibank, den Stiefvater der jungen Dame; Letzteren will ich bitten, morgen Abend um sechs Uhr bei mir vorzusprechen. Es ist geratener, die Sache mit dem männlichen Teil der Familie zu verhandeln. Bis die Antworten auf diese Briefe da sind, ist weiter nichts zu tun, Doktor, und so wollen wir die Sache bis dahin auf sich beruhen lassen.«

Ich kannte meinen Freund durch und durch; bei dem Scharfsinn und der Energie, womit er alles betrieb, wusste ich, dass er bereits in der Lage war, das merkwürdige Geheimnis, das ihm anvertraut worden, klar und sicher zu durchschauen. Nur ein einziges Mal erinnere ich mich – es war mit der Fotografie der Irene Adler –, dass er fehlging, sonst hatte er jederzeit Licht und Klarheit in die denkbar verwickeltsten Fälle gebracht.

So verließ ich denn Sherlock Holmes, der noch immer aus seiner Tonpfeife paffte, mit der Überzeugung, er werde bereits am nächsten Abend Miss Mary Sutherlands verschollenen Bräutigam aufgefunden und identifiziert haben.

Ein schwerkranker Patient nahm mich zurzeit völlig in Anspruch, und ich konnte am nächsten Abend erst gegen sechs Uhr zur Baker Street fahren; schon fürchtete ich zu spät zu kommen, um der Aufklärung des Rätsels noch beizuwohnen. Ich fand aber Sherlock Holmes allein; er lag halb schlafend im Lehnstuhl. Ein ganzes Regiment von Flaschen, Röhren und Tiegeln und der scharfe Geruch von allerhand Säuren wiesen darauf hin, dass er sich eifrig mit chemischen Untersuchungen abgegeben hatte, was eine Liebhaberei von ihm war.

»Haben Sie die Lösung gefunden?«, fragte ich eintretend.

»Ja. Es war schwefelsaurer Baryt.«

»Nein, nein – ich meine das Rätsel!«

»Ach so! Das! Ich dachte nur an das analysierte Salz. Rätselhaft ist in der Sache gar nichts, wenn ich auch gestern einige Einzelheiten interessant nannte. Es ist nur bedauerlich, dass wohl kein Gericht dem Spitzbuben etwas anhaben kann.«

»Wer ist es denn, und was bezweckte er, indem er Miss Sutherland sitzenließ?«

Ich hatte kaum ausgesprochen und Holmes noch nicht geantwortet, als sich auf dem Flur ein schwerer Tritt vernehmen ließ und an die Tür geklopft wurde.

»Das ist Windibank, der Stiefvater«, sagte Holmes. »Er schrieb mir, er würde sich um sechs Uhr bei mir einfinden. Herein!«

Der Eintretende, ein handfester, mittelgroßer Mann von etwa dreißig Jahren, war glatt rasiert, hatte eine gelbliche Gesichtsfarbe und ein paar auffallend lebendige, durchbohrende graue Augen; sein Wesen war verbindlich, fast untertänig. Er warf einen fragenden Blick auf uns, stellte seinen glänzenden Seidenhut auf den Nebentisch und nahm mit einer leichten Verbeugung auf dem nächsten Stuhl Platz.

»Guten Abend, Mr Windibank«, empfing ihn Holmes. »Ich setze voraus, dass dieser mit der Maschine geschriebene Brief, wodurch Sie sich auf sechs Uhr anmelden, von Ihnen stammt.«

»Ganz recht. Fast fürchte ich, mich etwas verspätet zu haben, doch bin ich nicht ganz Herr meiner Zeit. Ich bedaure, dass Miss Sutherland Sie mit dieser Kleinigkeit belästigt hat – schmutzige Wäsche wäscht man am besten zu Hause. Sie kam gegen meinen Wunsch und Willen; Sie haben wohl bemerkt, dass das junge Mädchen etwas aufgeregter, leidenschaftlicher Natur ist und durchsetzt, was sie einmal will. Da Sie keine amtliche Gerichtsperson sind, hat es weniger auf sich, dass Sie eingeweiht wurden – aber jedenfalls ist es höchst unangenehm, wenn ein derartiges unglückliches Familienereignis weiter verbreitet wird; nebenbei macht es nur unnötige Kosten, denn wie sollten Sie diesen Hosmer Angel auftreiben können?«

»Im Gegenteil«, versetzte Holmes gelassen, »ich habe die beste Aussicht, den Herrn entdecken zu können.«

Windibank erschrak sichtlich und ließ seine Handschuhe fallen. »Wirklich! Das freut mich sehr«, sagte er.

»Es ist doch merkwürdig«, warf Holmes ein, »dass die Maschinenschrift so gut ihre Eigenart hat wie die Handschrift eines Menschen. Sobald die Maschinen nicht mehr ganz neu sind, schreiben nicht zwei vollkommen gleich. Manche Buchstaben wetzen sich schneller ab als andere, einzelne auch nur auf einer Seite. Sehen Sie selbst, Mr Windibank, hier in Ihrem Briefchen ist das ›e‹ nie ganz rein, und auch am ›r‹ fehlt etwas. Noch vierzehn andere Merkmale sind vorhanden, doch treten diese beiden am deutlichsten hervor.«

»Wir bedienen uns dieser Maschine für unsere ganze Korrespondenz im Geschäft, und so ist sie selbstverständlich etwas abgenutzt«, erwiderte Windibank und richtete seine lebhaften kleinen Augen forschend auf Holmes.

»Und nun will ich Ihnen eine recht interessante Wahrnehmung mitteilen«, fuhr mein Freund fort. »Ich gedenke, dieser Tage eine kleine Arbeit über die Maschinenschrift in ihren Beziehungen zum Verbrechen herauszugeben, nachdem ich mich mit diesem Gegenstand in letzter Zeit etwas beschäftigt habe. Hier sind vier Briefe, die von dem Vermissten stammen sollen. Alle vier sind mit der Schreibmaschine geschrieben. In jedem dieser

Briefe ist nicht allein das ›e‹ defekt und das ›r‹ ohne Abschluss, sondern Sie werden, wenn Sie meine Lupe gefälligst zu Hilfe nehmen wollen, auch sehen, dass sich darin die anderen vierzehn Merkmale wiederfinden, von denen ich sprach.«

Hastig sprang Windibank auf und griff nach seinem Hut. »An derartige Beobachtungen und Unterhaltungen kann ich meine Zeit unmöglich verschwenden, Mr Holmes. Können Sie den Mann fangen, tun Sie es, und benachrichtigen Sie mich, wenn es geschehen ist.«

»Gewiss«, versetzte Holmes, ging zur Tür und schloss sie ab. »So teile ich Ihnen denn mit, dass ich ihn habe.«

»Was! Wo?«, stieß Windibank hervor, wurde kreideweiß und drehte sich nach allen Seiten, wie eine Ratte in der Falle.

»Lassen Sie es nur gut sein, es hilft alles nichts«, meinte Holmes freundlich und gelassen. »Sie kommen nicht durch, Mr Windibank. Die Sache liegt gar zu klar, und Sie machen mir ein schlechtes Kompliment mit der Behauptung, dass ich unmöglich ein so einfaches Rätsel lösen könne. Setzen Sie sich nur gefälligst und lassen Sie uns das Weitere besprechen.«

Wie gebrochen sank unser Besucher in seinen Sessel zurück, der Angstschweiß perlte ihm auf der Stirn. »Man kann mir nichts anhaben!«, stieß er mühsam hervor.

»Leider nicht. Aber, Mr Windibank, unter uns gesagt, ein solch herzloser, grausamer, selbstsüchtiger Streich hat mir kaum jemals vorgelegen. Lassen Sie mich kurz den Tatbestand erörtern, und belehren Sie mich, wenn ich fehlgehe.«

Völlig geknickt saß der Mann da und senkte den Kopf tief herab auf die Brust. Holmes streckte die Beine weit von sich, lehnte sich zurück, versenkte seine Hände in die Rocktaschen und fing an, mehr mit sich selbst als mit uns zu sprechen.

»Der Mann heiratet eine Frau, die weit älter ist als er, um des Geldes willen«, sagte er, »und vom Geld der Tochter hat er die Nutznießung, solange sie im elterlichen Haus bleibt. Für Leute in ihrer Lage war die Summe bedeutend, und ihr Ausfall hätte sich sehr fühlbar gemacht. Die Tochter, ein gutes, freundliches Wesen, bedurfte mit ihrem warmen Herzen der Liebe, und so stand zu erwarten, dass sie bei ihren persönlichen Reizen und ihrem kleinen Einkommen nicht lange unbegehrt bleiben würde. Da nun ihre Heirat für den Stiefvater den Verlust einer jährlichen Einnahme von hundert Pfund bedeutete, entschloss sich dieser, eine solche zu verhindern. Wodurch? Vorerst will er sie ans Haus fesseln und verbietet ihr, die Gesellschaft von jungen Leuten aufzusuchen. Bald aber sieht er ein, dass sich das unmöglich durchführen lässt. Das Mädchen widersetzt sich, beharrt auf ihren Rechten und erklärt kurz und bündig, einen bestimmten Ball besuchen zu wollen. Was tut da der geschickte Stiefvater? Es fällt ihm ein Auskunftsmittel ein, das seinem Kopf mehr zur Ehre gereicht als seinem Herzen: Im Einverständnis mit seiner Frau und mit deren Hilfe verkleidet er sich, verbirgt seine zu lebhaften Augen hinter dunklen Gläsern, legt einen falschen Schnurr- und Backenbart an, dämpft seine klare Stimme und flüstert nur leise; er baut getrost auf die Kurzsichtigkeit des Mädchens, erscheint als Mr Hosmer Angel und verscheucht die Kurmacher, indem er selbst die Kur schneidet.«

»Erst war es nur ein Spaß«, seufzte unser Besucher. »Wir ahnten nicht, dass sie gleich Feuer fangen würde.«

»Das mag wohl sein. Nichtsdestoweniger fiel das junge Mädchen gründlich hinein, und da sie fest glaubte, ihr Stiefvater sei in Frankreich, dachte sie nicht daran, Argwohn zu schöpfen. Die Artigkeiten des jungen Mannes schmeichelten ihr, und die Lobeserhebungen der Mutter machten sie noch eindrucksvoller. Dann machte Mr Angel seinen Besuch, denn die Kurmacherei musste bis zu einem gewissen Punkt getrieben werden, sollte sie einen wirklichen Erfolg haben. Es folgten Zusammenkünfte und eine Verlobung, die schließlich die Neigung der jungen Dame von jeder anderen Persönlichkeit ablenken sollte. Auf die Dauer ließ sich die Täuschung nicht aufrechterhalten. Die vorgespiegelten Reisen nach Frankreich wurden unbequem. Der einzige Ausweg war, eine tragische Lösung herbeizuführen, die auf das junge Mädchen einen so tiefen, bleibenden Eindruck machen musste, dass ihr auf längere Zeit hinaus alle Heiratsgedanken vergingen. Darum jener Schwur der Treue auf die Bibel, darum die Andeutungen auf ein mögliches Hindernis noch am Hochzeitsmorgen. James Windibank wünschte, Miss Sutherland so fest an Hosmer Angel zu binden und sie über dessen Los so in Unsicherheit zu lassen, dass sie unbedingt in den nächsten zehn Jahren keinen anderen Mann erhören sollte. Bis an die Kirchentür hat er sie gebracht, und da er nicht weiter gehen durfte, verduftete er im richtigen Augenblick; er bediente sich des alten Kniffs, zu einer Wagentür hinein-, zur anderen herauszuspringen. In dieser Weise, glaube ich, dass die Ereignisse etwa aufeinandergefolgt sind.«

Windibank hatte, während Holmes sprach, etwas von seiner Sicherheit wiedererlangt; jetzt stand er auf, es lag kalter Hohn auf seinen blassen Zügen.

»Das alles mag sein, mag aber auch nicht sein, Mr Holmes«, sagte er. »Wenn Sie aber gar so klug sind, sollten Sie auch wissen, dass Sie jetzt wider das Gesetz handeln – ich aber nicht. Ich habe vom ersten Anfang an nichts Gesetzwidriges getan; solange Sie aber diese Tür verschlossen halten, machen Sie sich der Vergewaltigung und der Freiheitsberaubung gegen mich schuldig.«

»Das Gesetz kann Sie nicht fassen, Sie haben recht«, erwiderte Holmes, schloss die Tür auf und öffnete sie weit, »und doch hat nie ein Mann die Strafe mehr verdient als Sie. Besitzt die junge Dame einen Bruder oder einen Freund, sollte der die Reitgerte auf Ihren Schultern tanzen lassen. Wahrhaftig!«, fügte er, rot vor Zorn, hinzu, als er das höhnische Lachen des anderen wahrnahm. »Zu meinen Pflichten gegen meine Klienten gehört das nicht – hier aber hängt eine Hetzpeitsche, und ich muss mir selbst …« Er wollte die Peitsche holen, doch ehe er sie gefasst hatte, stürmten Männerschritte die Treppe hinab, laut schlug die Haustür zu, und vom Fenster aus sahen wir Mr James Windibank, so schnell ihn die Füße nur tragen konnten, die Straße entlangeilen.

»Ein kaltblütiger Schuft!«, meinte Holmes, als er sich lachend wieder in seinen Lehnstuhl warf. »Verbrechen auf Verbrechen wird der Kerl verüben, bis er etwas tut, das ihn ins Zuchthaus bringt. In mancher Hinsicht war der Fall nicht ohne Interesse.«

»Ich begreife die ganze Entwicklung Ihrer Folgerungen immer noch nicht«, bemerkte ich.

»Vom ersten Augenblick an stand außer Frage, dass dieser Mr Hosmer Angel einen wichtigen Grund für sein sonderbares Benehmen haben musste, und es lag ebenso klar auf der Hand, dass der einzige Mensch, der einen Vorteil aus der Sache zog, der Stiefvater war. Dann gab der Umstand, dass die beiden Männer nie zusammentrafen, sondern stets einer in Abwesenheit des anderen erschien, Anlass zu Vermutungen. Mit den dunklen Augengläsern, der sonderbaren Stimme und dem starken Bart ging es ebenso. Mein Verdacht wurde dadurch vollends bestätigt, dass er mit der Schreibmaschine unterzeichnete, denn das ließ vermuten, dass ihr seine Schrift ganz genau bekannt war. Nun sehen Sie wohl, wie all diese Einzelheiten mit noch anderen geringfügigeren auf ein und dasselbe Ziel deuten.«

»Und wie gelang es Ihnen, die Belege dafür zu finden?«

»Einmal dem Mann auf der Spur, hatte ich gewonnenes Spiel. Ich wusste, wo er arbeitet. Nachdem ich die gedruckte Personalbeschreibung gelesen, strich ich alles, was von einer Verkleidung herrühren konnte – den

Schnurrbart, die Brille, die Stimme –, schickte in das Geschäft und bat, mich wissen zu lassen, ob die Angaben auf einen der Geschäftsreisenden passen. Da ich einige besondere Merkmale der Schreibmaschine, mit welcher die Briefe an Miss Sutherland geschrieben waren, wahrgenommen hatte, bat ich den Stiefvater brieflich, zu mir zu kommen, und adressierte den Brief in das Geschäft. Wie ich erwartet hatte, antwortete er mit der Maschine, und die Schrift zeigte genau dieselben kleinen Fehler wie die Hosmer Angels. Mit derselben Post zeigten mir Westhouse & Marbank aus Fenchurch Street an, die Personalbeschreibung passe genau auf ihren Angestellten – James Windibank. Sehen Sie, so kam's heraus!«

»Und Miss Sutherland?«

»Sage ich ihr die Wahrheit, wird sie mir nicht glauben. Gedenken Sie des alten persischen Spruchs: ›Hüte dich, dem Tiger sein Junges zu entreißen – hüte dich, dem Weib seinen Wahn zu rauben.‹ Klugheit und Menschenkenntnis besaßen Hafis und Horaz im gleichen Maße.«

Der geheimnisvolle Mord im Tal von Boscombe

Wir saßen eines Morgens beim Frühstück, meine Frau und ich, als uns das Dienstmädchen eine Depesche hereinbrachte. Sherlock Holmes telegrafierte folgendes:

»Haben Sie zwei Tage frei? Werde soeben telegrafisch nach Westengland gerufen wegen des Mordes im Tal von Boscombe. Freute mich, wenn Sie mitkämen. Luft und Gegend köstlich. Ab Paddington 11 Uhr 15.«

»Was meinst du, lieber Mann, fährst du mit?«, fragte meine Frau, zu mir herüberblickend.

»Ich weiß wirklich nicht, was ich sagen soll; meine Krankenliste ist eben jetzt ziemlich lang.«

»Ach was, Anstruther wird dich vertreten. Du siehst in letzter Zeit etwas angegriffen aus, und ein Ausspannen tut dir gut; überdies interessieren dich ja Sherlock Holmes' Fälle stets ganz besonders.«

»Wie sollten sie auch nicht, da ich ja einem derselben deine Bekanntschaft verdanke. Soll ich aber wirklich mit, muss ich mich beeilen, es bleibt mir ja nur eine halbe Stunde.«

Das Lagerleben in Afghanistan hatte wenigstens den Vorteil gehabt, aus mir einen jederzeit fix und fertigen Reisenden zu machen. Ich brauchte nicht viel unterwegs, saß deshalb bald mit meiner Reisetasche im Wagen und rollte dem Bahnhof von Paddington zu. Sherlock Holmes schritt bereits dort auf und ab; seine hohe, hagere Gestalt erschien im langen, grauen Reisemantel und in der knappen Tuchmütze noch größer und abgemagerter als sonst.

»Das ist wirklich hübsch von Ihnen, dass Sie kommen, Watson«, sagte er. »Für mich ist's ein großer Vorteil, einen ganz zuverlässigen Begleiter bei mir zu haben. Hilfe am Ort ist stets entweder wertlos oder parteiisch. Wollen Sie zwei Eckplätze belegen, dann hole ich die Fahrkarten.«

Wir blieben allein im Wagen mit einem ganzen Stoß Zeitungen und Papieren, die Holmes mitgebracht hatte.

Bis zur Station Reading blätterte er hin und her, las, schrieb Notizen auf und dachte dazwischen nach. Dann raffte er plötzlich alles zusammen und warf es oben in das Gepäcknetz.

»Haben Sie schon von dem Fall gehört?«, fragte er.

»Kein Wort; ich las in den letzten Tagen keine Zeitung.«

»Die Londoner Presse brachte wenig ausführliche Berichte. Ich sah soeben die neuesten Zeitungen durch, um die Einzelheiten zu überblicken. Wie mir scheint, ist es einer jener ganz einfachen Fälle, die so außerordentlich schwierig sind.«

»Das lautet etwas widersprüchlich.«

»Und doch liegt tiefe Wahrheit darin. Je weniger absonderlich, je gewöhnlicher ein Verbrechen ist, desto schwieriger lässt es sich entdecken. In diesem Fall liegt eine schwere Anklage gegen den Sohn des Ermordeten vor.«

»Also handelt es sich um einen Mord?«

»Wenigstens nimmt man einen solchen an. Ich aber nehme nichts an, ehe ich nicht die Sache persönlich geprüft habe. Ich will Ihnen in aller Kürze den Tatbestand mitteilen, soweit ich ihn selbst zu erkennen vermag.

Das Tal von Boscombe ist ein Landbezirk, nicht gar weit von Ross in Herefordshire gelegen. Der größte Landbesitzer dort ist ein Mr John Turner, der in Australien reich wurde und vor Jahren in die alte Heimat zurückkehrte. Eines seiner Güter, es heißt Hatherley, war an Mr Charles McCarthy verpachtet – gleichfalls ein ehemaliger Australier. Die beiden Männer hatten sich in den Kolonien kennengelernt, und so war es begreiflich, dass sie sich möglichst nahe beisammen niederließen. Turner war offenbar der reichere von beiden, deshalb wurde McCarthy sein Pächter, was ihn jedoch nicht abgehalten zu haben scheint, auf völlig gleichem Fuß mit jenem zu verkehren. McCarthy hatte einen Sohn von achtzehn Jahren, Turner eine Tochter in gleichem Alter, und beide waren Witwer. Sie scheinen jeden Verkehr mit den englischen Familien der Umgegend gemieden zu haben und lebten sehr zurückgezogen, obwohl Vater und Sohn McCarthy den Sport liebten und sich oft bei den Pferderennen der Nachbarschaft einfanden. McCarthy hielt zwei Dienstboten, einen Diener und eine Köchin, während Turner deren weit mehr, wenigstens ein halbes Dutzend, im Haus hatte. Das ist so ziemlich alles, was ich über die Familien zu erfahren vermochte. Und nun zu den Tatsachen, die mit dem Verbrechen selbst zusammenhängen.

Am 3. Juni – also vorigen Montag – verließ McCarthy sein Haus in Hatherley, ungefähr um 3 Uhr nachmittags, und ging hinab zum Boscombe-Teich, einem kleinen See, der durch die plötzliche Verbreiterung des Flusses unten im Tal entsteht. Am Morgen war er mit seinem Diener in Ross gewesen und hatte sich diesem gegenüber geäußert, er müsse sich beeilen, weil er um 3 Uhr eine wichtige Besprechung verabredet habe; von dieser kehrte er nicht mehr lebendig zurück.

Das Pachthaus Hatherley liegt eine Viertelmeile vom Teich entfernt, und auf dem Weg dahin wurde McCarthy von zwei Personen gesehen: von einer alten Frau, deren Name nicht genannt wird, und von William Crowder, einem Wildhüter im Dienst Mr Turners. Beide Zeugen sagen aus, dass McCarthy allein ging. Der Wildhüter fügt hinzu, er sei, wenige Minuten nachdem McCarthy vorübergegangen, auch dessen Sohn, John McCarthy, mit einer Flinte unterm Arm, auf demselben Weg begegnet, und er glaubt gewiss, der Vater müsse noch in Sicht gewesen sein, als ihm der Sohn folgte. Er habe nicht weiter an die Sache gedacht, bis er abends von dem schrecklichen Ereignis hörte.

Auch noch später wurden die beiden McCarthys gesehen, nachdem sie der Wildhüter aus den Augen verloren hatte. Der Boscombe-Teich ist rings von dichtem Wald umgeben, nur hart am Ufer wächst ein Streifen Gras und Rohr. Patience Moran, die Tochter des Gutsaufsehers von Boscombe, war gerade im Wald, um Blumen zu pflücken. Sie sagt aus, dass sie von dort Mr McCarthy und seinen Sohn dicht am Teich in augenscheinlich heftigem Streit gesehen habe; sie hörte, wie der Vater dem Sohn sehr harte Worte zurief, und sah auch, dass letzterer die Hand erhob, als wolle er den Vater schlagen. Über die Heftigkeit der beiden Männer erschrocken, rannte das junge Mädchen nach Hause, erzählte der Mutter, was sie bei dem Boscombe-Teich gesehen, und äußerte ihre Befürchtung, die beiden könnten zu Tätlichkeiten übergehen. Kaum hatte sie dies gesprochen, stürzte auch schon der junge McCarthy herbei. Er rief, er habe seinen Vater tot im Wald gefunden, und bat den Aufseher um Hilfe. Er war sehr aufgeregt, trug weder Hut noch Gewehr, und an seiner rechten Hand und am rechten Ärmel waren Blutspuren sichtbar. Die Leute folgten dem jungen Mann und fanden die Leiche des Vaters im Gras neben dem Teich ausgestreckt. Der Schädel war durch wiederholte Schläge mit einer stumpfen Waffe eingeschlagen worden. Die Verletzungen konnten sehr wohl vom Flintenkolben des Sohnes herrühren; die Flinte lag nur wenige Schritte von der Leiche entfernt im Gras. Unter diesen Umständen wurde der junge Mann sofort verhaftet, und da nach der Voruntersuchung am Dienstag die Anklage auf ›vorsätzliche Tötung‹ lautete, wurde er am Mittwoch der Staatsanwaltschaft von Ross zugeführt, die den Fall vor die nächste Schwurgerichtssession bringen wird. Das ist der einfache Hergang, wie er sich vor dem Untersuchungsrichter und auf dem Polizeiamt herausgestellt hat.«

»Ich kann mir kaum einen Fall denken«, bemerkte ich, »wo alle Umstände so bestimmt auf den Täter hinweisen wie hier.«

»Mit diesen Indizienbeweisen steht es oft misslich«, meinte Holmes nachdenklich. »Oft weisen sie sehr deutlich auf einen bestimmten Punkt hin, verändert man aber den eigenen Standpunkt nur ein klein wenig, ergibt sich leicht, dass sie in ebenso unzweideutiger Weise ganz woanders hinzielen. Hier freilich treten die Tatsachen sehr ernst gegen den jungen Mann auf, und es ist wohl möglich, dass er der Schuldige ist. Jedoch glauben einige in der Nachbarschaft – unter diesen auch Miss Turner, die Tochter des benachbarten Gutsherrn – an seine Unschuld; sie hat Lestrade, den Sie aus einer anderen Geschichte kennen, gebeten, den jungen Mann zu verteidigen. Lestrade, dem die Sache etwas rätselhaft erschien, übertrug sie mir, und darum fahren wir zwei gesetzte Herren jetzt eben mit dem Schnellzug nach Westen statt behaglich daheim unser Frühstück zu verdauen.«

»Ich fürchte, die Tatsachen sprechen hier so unverkennbar, dass für Sie bei dieser Geschichte wenig Ruhm zu holen ist.«

»Nichts täuscht leichter als eine ›unverkennbare Tatsache‹«, erwiderte Holmes lachend. »Außerdem haben wir vielleicht Glück und stoßen auf eine andere ›unverkennbare Tatsache‹, die Mr Lestrade trotzdem verkannte. Nun – ohne ruhmredig sein zu wollen, was ich nicht bin, wie Sie wissen – möchte ich doch behaupten, dass ich seine Theorie entweder bestätigen oder zunichte machen werde durch Mittel, zu deren Anwendung er nicht fähig ist und die er vielleicht nicht einmal begreift. Nehmen wir einmal das erste beste Beispiel: Ich weiß genau, wenn ich Sie ansehe, dass das Fenster in Ihrem Schlafzimmer auf der rechten Seite liegt, und doch bezweifle ich, ob Mr Lestrade selbst etwas so Unverkennbares bemerken würde.«

»Wie in aller Welt …?«

»Mein lieber Freund, ich kenne Sie genau, kenne Ihre ganz militärische Pünktlichkeit. Sie rasieren sich jeden Morgen, und zu dieser Jahreszeit rasieren Sie sich bei Tageslicht; da aber Ihre Rasur immer mangelhafter wird, je weiter es nach links kommt, ja an der Rundung der Kinnlade geradezu nachlässig ist, muss offenbar die linke Seite nicht so hell beleuchtet sein wie die rechte. Ich könnte mir nicht vorstellen, dass ein Mann wie Sie mit einem solchen Ergebnis zufrieden wäre, wenn er sich in gleichmäßigem Licht rasierte. Ich erwähne dies nur als ein geringfügiges Beispiel von Beobachtung und Folgerung. Darin eben liegt mein Handwerk, und möglicherweise wird es in der uns bevorstehenden Untersuchung von einigem Nutzen sein. Es sind einige nebensächliche Punkte in der Voruntersuchung zur Sprache gekommen, die der Betrachtung wert sind.«

»Und diese wären?«

»Wie es scheint, wurde der junge Mann nicht sofort verhaftet, sondern erst nach seiner Rückkehr im Pachthof von Hatherley. Als ihm seine Verhaftung angezeigt wurde, meinte er, das überrasche ihn nicht, er habe nichts anderes erwartet. Diese Bemerkung aus seinem Munde musste selbstverständlich jeden Zweifel, den die Gerichtsleute noch hegen konnten, beseitigen.«

»Es war ein Geständnis«, rief ich aus.

»Nein, denn es folgten ihm Unschuldsbeteuerungen.«

»Zum Schluss einer solchen Reihe belastender Umstände war es wenigstens eine höchst verdächtige Bemerkung.«

»Im Gegenteil, Watson; für den Augenblick sehe ich es als den hellsten Lichtpunkt an, der die finsteren Wolken durchbricht. Wenn er noch so unschuldig ist, müsste er doch ein arger Dummkopf sein, um nicht einzusehen, wie schwer alles gegen ihn zeugt. Hätte er bei der Verhaftung Überraschung gezeigt oder Entrüstung geheuchelt, wäre mir das höchst verdächtig erschienen, denn diese Empfindungen wären nach Lage der Sache unnatürlich gewesen, konnten aber doch dem Verbrecher als das Klügste erscheinen. Das offene Auftreten des Sohnes kennzeichnet entweder seine Unschuld oder seine große Festigkeit und Selbstbeherrschung. Was nun jene Äußerung betrifft, er habe nichts anderes erwartet, so war auch sie nicht unnatürlich, wenn Sie bedenken, dass er vor dem entseelten Körper seines Vaters stand und dass er zweifellos an jenem Tag seine kindliche Pflicht so weit vergessen hatte, um mit seinem Vater in Streit zu geraten, ja sogar – nach der so wichtigen Aussage des jungen Mädchens – die Hand wie zum Schlag wider ihn zu erheben. Der Selbstvorwurf und die Reue, die in seiner Bemerkung liegen, scheinen mir eher auf eine reine als auf eine schuldige Seele zu deuten.«

Ich schüttelte den Kopf. »Gar mancher wurde auf schwächere Beweisgründe hin gehenkt.«

»So ist's – und gar mancher wurde unschuldig gehenkt.«

»Was sagt der junge Mann selbst über die Sache aus?«

»Ich fürchte, was er sagt, ist für seine Verteidiger wenig ermutigend; dennoch sind einige Punkte wohl zu beachten. Hier steht es. Lesen Sie selbst.«

Holmes suchte in seinem Aktenbündel eine Nummer des Lokalblattes von Herefordshire, und nachdem er die Seite überflogen, deutete er auf den Abschnitt, in dem über die Aussage des unseligen jungen Mannes selbst berichtet wurde. Ich setzte mich bequem in die Ecke und las den Verhandlungsbericht mit Aufmerksamkeit:

»Nunmehr wurde Mr James McCarthy, der einzige Sohn des Verewigten, vorgeführt; er sagte folgendes aus: ›Ich war drei Tage vom Haus abwesend und kehrte erst am Montagmorgen, am 3., von Bristol zurück. Bei meiner Ankunft traf ich meinen Vater nicht daheim, und das Dienstmädchen sagte mir, er sei mit dem Diener, John Cobb, nach Ross hinübergefahren. Kurz nach meiner Rückkehr hörte ich seinen Wagen im Hof einfahren. Ich trat an das Fenster, sah ihn aussteigen und sich rasch vom Hof entfernen – in welche Richtung, wusste ich selbst nicht. Da nahm ich mein Gewehr und schlenderte zum Teich von Boscombe mit der Absicht, auf der anderen Seite desselben den Kaninchenbau zu durchsuchen. Unterwegs sah ich William Crowder, den Wildhüter, was derselbe bereits bestätigte; nur irrt er in seiner Annahme, dass ich dem Vater folgte. Ich hatte keine Ahnung, dass er vor mir ging. Etwa hundert Schritt vom Teich entfernt vernahm ich den Ruf »Cooee«, das gewöhnliche Zeichen zwischen meinem Vater und mir. Ich eilte der Stimme nach und fand meinen Vater am Wasser. Mein Erscheinen schien ihn etwas zu überraschen, und er fragte ziemlich barsch, was ich da wolle. Es entspann sich ein Gespräch, das bald zum Wortwechsel, ja fast zu Tätlichkeiten führte, denn mein Vater war ein sehr jähzorniger Mann. Als ich sah, dass sein Zorn keine Grenzen mehr kannte, verließ ich ihn und ging nach dem Pachthof von Hatherley zurück. Kaum war ich etwa 150 Schritte weit fort, so hörte ich hinter mir einen furchtbaren Schrei, der mich veranlasste zurückzulaufen. Ich fand meinen Vater sterbend am Boden mit einer schweren Verletzung am Kopf. Ich warf mein Gewehr weg und hielt ihn in den Armen, doch starb er unmittelbar darauf. Ein Weilchen kniete ich neben ihm, dann eilte ich zum Gutswächter des Mr Turner, dessen Haus zunächst lag, und bat um Hilfe. Als ich zurückkehrte, sah ich niemand in der Nähe meines Vaters, habe auch keine Ahnung, wie er zu seinen Verletzungen gekommen ist. Er war nicht eben beliebt, da in seinem Benehmen etwas Kaltes und Abweisendes lag; doch soviel mir bekannt ist, hatte er keine wirklichen Feinde. Weiter weiß ich nichts zu sagen.‹

Untersuchungsrichter: ›Hat Ihnen Ihr Vater vor seinem Tod irgendwelche Mitteilung gemacht?‹

Zeuge: ›Er murmelte einige Worte, doch konnte ich nur etwas wie »a rat« (eine Ratte) verstehen.‹

Untersuchungsrichter: ›Um was handelte es sich bei Ihrem letzten Streit mit Ihrem Vater?‹

Zeuge: ›Ich bitte, mir die Antwort auf diese Frage zu erlassen.‹

Untersuchungsrichter: ›Ich bedaure, darauf dringen zu müssen.‹

Zeuge: ›Ich kann es Ihnen wirklich nicht sagen. Doch vermag ich Ihnen die Versicherung zu geben, dass es durchaus in keiner Beziehung zu dem stand, was nachher geschah.‹

Untersuchungsrichter: ›Darüber hat der Gerichtshof zu entscheiden. Ich brauche Sie nicht erst darauf aufmerksam zu machen, dass Ihre Weigerung zu antworten Ihrer Sache im bevorstehenden Verfahren nur Nachteil bringen kann.‹

Zeuge: ›Und dennoch muss ich es ablehnen.‹

Untersuchungsrichter: ›Verstehe ich Sie recht, so war der Ruf »Cooee« das gewöhnliche Zeichen zwischen Ihnen und dem Vater?‹

Zeuge: ›Ja.‹

Untersuchungsrichter: ›Wie kam es wohl, dass er den Ruf ausstieß, ehe er Sie gesehen, ja ehe er überhaupt wusste, dass Sie aus Bristol zurückgekehrt waren?‹

Zeuge – in sichtlicher Verlegenheit: ›Das weiß ich nicht.‹

Ein Beisitzer: ›Haben Sie in dem Augenblick, wo Sie auf den Ruf Ihres Vaters zurückeilten und Ihren Vater schwer verletzt auffanden, nichts wahrgenommen, das Ihren Argwohn erregt hätte?‹

Zeuge: ›Nichts Bestimmtes.‹

Untersuchungsrichter: ›Was meinen Sie damit?‹

Zeuge: ›Ich war so ergriffen und aufgeregt, als ich aus dem Wald ins Freie lief, dass ich an nichts anderes denken konnte als an meinen Vater. Doch habe ich eine dunkle Vorstellung, als hätte ich beim Vorwärtsstürzen einen Gegenstand zu meiner Linken liegen sehen. Es schien mir etwas Graufarbiges – irgendein Rock oder vielleicht ein Plaid. Als ich mich wieder von meinem Vater aufrichtete, sah ich danach; doch es war fort.‹

Untersuchungsrichter: ›Meinen Sie, dass der Gegenstand verschwand, ehe Sie Hilfe holten?‹

Zeuge: ›Ja, er war fort.‹

Untersuchungsrichter: ›Sie können nicht sagen, was es war?‹
Zeuge: ›Nein, mir war nur, als läge dort etwas.‹
Untersuchungsrichter: ›Wie weit weg von der Leiche?‹
Zeuge: ›Etwa zwölf Schritt.‹
Untersuchungsrichter: ›Und wie weit vom Saum des Waldes?‹
Zeuge: ›Ungefähr ebenso weit.‹
Untersuchungsrichter: ›Mithin wäre der Gegenstand entfernt worden, während Sie nur zwölf Schritt davon standen?‹
Zeuge: ›Ja, während ich demselben den Rücken zukehrte.‹
Hiermit schloss das Verhör.«

»Wie ich sehe«, sagte ich, indem ich den Bericht vollends überflog, »lautet die Schlussfolgerung des Untersuchungsrichters ernst für den jungen McCarthy. Er weist – und das mit Recht – auf den Widerspruch hin, wonach der Vater den Sohn gerufen, bevor er ihn gesehen habe, sowie auf die Weigerung des Verhafteten, Näheres über sein Gespräch mit dem Vater mitzuteilen, und auf die sonderbaren Angaben über die letzten Worte des Sterbenden. Das alles spricht, wie er bemerkt, sehr gegen den Sohn.«

Holmes lachte leise in sich hinein und streckte sich auf dem Polster aus. »Sie und der Untersuchungsrichter, Sie haben sich beide alle Mühe gegeben«, sagte er, »die allerstärksten Punkte zu Gunsten des jungen Mannes herauszusuchen. Sehen Sie denn nicht, dass Sie ihm einerseits zu viel, andererseits zu wenig Erfindungsgabe zutrauen? Zu wenig, wenn er nicht einmal imstande sein soll, einen Anlass des Streites zu erfinden, wodurch er sich die Teilnahme des Gerichtshofes sichern könnte; zu viel, wenn er aus freien Stücken etwas so Überspanntes erfände, wie die Erwähnung einer Ratte vonseiten eines Sterbenden und den Vorfall mit dem verschwundenen Kleidungsstück. Nein, Watson, ich betrachte diese Angelegenheit von dem Standpunkt aus, dass das, was der junge Mann sagt, wahr ist; wir wollen sehen, wohin uns diese Annahme führt. Und nun hole ich mir meinen Plutarch aus der Tasche und sage kein Wort mehr über die ganze Sache, ehe wir an Ort und Stelle sind. – Wir frühstücken in Swindon, in zwanzig Minuten sind wir dort, wie ich eben sehe.«

Erst kurz vor vier Uhr erreichten wir das hübsche Landstädtchen Ross, nachdem wir durch das schöne Tal von Stroud und über den breiten, glitzernden Severn gefahren waren. Ein hagerer Mann mit schlauem, verschmitztem Blick erwartete uns auf dem Bahnsteig. Trotz des hellbraunen Staubmantels und der Ledergamaschen, die er wohl der ländlichen Umgebung zu Ehren trug, erkannte ich auf den ersten Blick Lestrade, den bekannten Londoner Detektiv. Mit ihm fuhren wir zum ›Hereford Arms‹, wo bereits ein Zimmer für uns bestellt war.

»Unten steht ein Wagen für uns«, sagte Lestrade, als wir bei einer Tasse Tee saßen; »ich kenne Ihre Energie und weiß, dass Sie nicht rasten werden, ehe Sie den Schauplatz des Verbrechens aufgesucht haben.«

»Das war von Ihnen ebenso lobenswert wie liebenswürdig. Unsere Fahrt hängt gänzlich vom Barometer ab.«

Lestrade schien überrascht.

»Ich begreife nicht recht«, sagte er.

»Wie steht das Wetterglas? Gut – auf neunundzwanzig. Kein Wind, keine Wolke am Himmel. Ich habe hier ein Kästchen Zigaretten, die geraucht sein wollen, und das Sofa scheint mir besser als die sonst im Gasthof üblichen Martersitze. Also werde ich heute sehr wahrscheinlich den Wagen nicht brauchen.«

Lestrade lächelte fast nachsichtig. »Zweifellos haben Sie sich bereits Ihre Ansicht über den Tatbestand aus den Zeitungsberichten gebildet. Die Sache ist so klar wie Wasser, und je länger man sich damit beschäftigt, desto klarer wird sie. Doch darf man einer Dame – obendrein einer, die so bestimmt auftritt – nicht widersprechen, obwohl ich ihr wiederholt versicherte, dass Sie, Mr Holmes, auch nichts anderes tun können, als was ich bereits getan habe. Wahrlich! Da hält ihr Wagen an der Tür!«

Lestrade hatte kaum ausgesprochen, da stürzte auch schon eine der lieblichsten Jungfrauen herein, die ich je gesehen. Ihre Veilchenaugen leuchteten, ihre Lippen waren halb geöffnet, ihre Wangen glühten, und bei ihrer überwältigenden Aufregung und Sorge war jeglicher Gedanke an Zurückhaltung gegenüber einem Fremden von ihr gewichen.

»Ach, Mr Holmes!«, rief sie, während ihr Blick zwischen ihm und mir hin- und herschweifte, bis er mit dem sicheren Gefühl des Weibes auf meinem Gefährten haften blieb, »Mr Holmes, ich bin so froh, dass Sie gekommen sind. Ich fuhr rasch her, um Ihnen das zu sagen. Ich weiß bestimmt, dass James unschuldig ist, und Sie sollen es auch wissen, ehe Sie Ihre Tätigkeit beginnen – Sie dürfen keinen Augenblick daran zweifeln. Wir sind von Kindheit an zusammen gewesen, und ich kenne seine Fehler wie sonst niemand; er ist zu herzensgut, um nur einer Fliege weh zu tun. Wer ihn kennt, muss eine solche Anklage für die größte Torheit halten.«

»Ich hoffe, es gelingt uns, ihn zu rechtfertigen, Miss Turner«, sagte Sherlock Holmes. »Verlassen Sie sich auf mich – was in meinen Kräften steht, das soll geschehen.«

»Sie haben doch die Anklage gelesen? Sie haben Schlüsse daraus gezogen – sehen Sie keinen Ausweg, keine Rettung? Halten Sie ihn nicht selbst für unschuldig?«

»Mir erscheint seine Unschuld sehr wahrscheinlich.«

»Sehen Sie wohl!«, rief das junge Mädchen aus und warf einen triumphierenden Blick auf Lestrade. »Da hören Sie's! Er gibt mir Hoffnung.«

Lestrade zuckte die Achseln: »Ich fürchte, mein Kollege ist etwas voreilig in seinen Schlüssen.«

»Aber er hat recht – ich weiß, dass er recht hat. Nie und nimmer hat James das getan. Und was den Streit mit seinem Vater betrifft, so bin ich überzeugt, dass er nur deshalb im Verhör nicht darüber berichten wollte, weil es sich um mich handelte.«

»Inwiefern?«, fragte Holmes.

»Es wäre unrecht, jetzt noch etwas verbergen zu wollen. James hatte oft Meinungsverschiedenheiten mit seinem Vater wegen mir. Mr McCarthy wünschte dringend, dass wir uns heiraten sollten. James und ich liebten einander von jeher wie Geschwister, aber er ist jung, hat noch wenig vom Leben gesehen und – und – daher mochte er sich noch nicht binden. So gab es denn oft Streit, und gewiss handelte es sich auch dieses Mal darum.«

»Und war Ihr Vater solcher Verbindung zugeneigt?«, fragte Holmes.

»Nein. Er war ganz dagegen. Nur Mr McCarthy war dafür.« Das frische, junge Gesicht erglühte, als Holmes seinen fragenden, durchdringenden Blick auf sie heftete.

»Ich danke Ihnen für diese Mitteilung«, sagte er. »Werde ich Ihren Herrn Vater treffen, wenn ich morgen vorspreche?«

»Ich fürchte, der Arzt wird es nicht erlauben.«

»Der Arzt?«

»Mein armer Vater kränkelt schon seit Jahren, und der schreckliche Vorfall hat ihn vollends niedergeworfen. Er liegt zu Bett, und Dr. Willows erklärt, seine Nerven seien ganz zerrüttet. Mr McCarthys Tod ging Vater umso näher, als derselbe sein einziger Bekannter aus der Zeit war, die er in Viktoria zugebracht hat.«

»So – in Viktoria! Das ist wichtig.«

»Ja, er war in den Minen.«

»Richtig – in den Goldminen, wo Mr Turner – soviel ich gehört habe – sein Vermögen erworben hat.«

»Jawohl.«

»Ich danke Ihnen, Miss Turner. Sie sind mir wesentlich von Nutzen gewesen.«

»Nicht wahr, Mr Holmes, Sie lassen es mich wissen, wenn Sie morgen Neues erfahren haben sollten. Gewiss werden Sie James im Gefängnis aufsuchen; ach, bitte, dann sagen Sie ihm, dass ich von seiner Unschuld überzeugt bin.«

»Das will ich tun, Miss Turner.«

»Jetzt muss ich heimeilen, denn Papa ist schwer krank, und er vermisst mich sehr, wenn ich nicht bei ihm bin. Leben Sie wohl, und Gott helfe Ihnen gnädig weiter.«

Rasch, wie das junge Mädchen gekommen, eilte sie jetzt davon, und wir vernahmen von der Straße her das Rollen ihrer Wagenräder.

»Fast sollte ich mich Ihrer schämen, Holmes«, sprach Lestrade würdevoll nach kurzem Schweigen.

»Warum Hoffnungen erwecken, denen Enttäuschung folgen muss? Ich bin nicht sonderlich weichherzig – das nenne ich aber grausam.«

»Ich glaube eben bestimmt, James McCarthys Freisprechung erlangen zu können«, sagte Holmes. »Haben Sie einen Erlaubnisschein, ihn im Gefängnis aufzusuchen?«

»Ja, aber nur für Sie und mich.«

»Da will ich meinen Entschluss, heute nicht mehr fortzugehen, doch noch einmal überlegen. Haben wir noch Zeit, um den Zug nach Hereford zu benutzen und den Angeklagten zu sehen?«

»Reichlich genug.«

»So wollen wir hin. Watson, lassen Sie sich die Zeit nicht lang werden, ich bleibe nur wenige Stunden fort.«

Ich begleitete die beiden an den Bahnhof, schlenderte dann durch die Straßen der kleinen Stadt und kehrte schließlich in meinen Gasthof zurück; dort streckte ich mich aus und versuchte, mich in einen Roman zu vertiefen. Die Geschichte war jedoch so flach und unbedeutend im Vergleich zu dem düsteren Geheimnis, das uns beschäftigte, dass meine Gedanken fortwährend von der Dichtung in die Wirklichkeit schweiften, bis ich schließlich das Buch beiseitewarf und mich ganz meinen Betrachtungen über die Ereignisse des heutigen Tages hingab. Angenommen, der unglückliche Jüngling hätte die Wahrheit gesprochen, welches völlig unerwartete, unselige Ereignis, welcher teuflische Umstand konnte eingetreten sein in der kurzen Zeit zwischen seinem Weggehen vom Vater und dem Augenblick, da er durch den Angstschrei zu ihm zurückgerufen wurde? Es musste etwas Schreckliches sein. Aber was? Könnte vielleicht die Art der Verletzung meinem ärztlichen Blick Näheres verraten? Ich klingelte und verlangte das Wochenblatt, welches einen wörtlichen Bericht über das Verhör enthielt. Nach Aussage des Wundarztes war am Kopf das hintere Drittel des linken Scheitelbeins und die linke Hälfte des Hinterhauptbeins durch einen heftigen Schlag mit einer stumpfen Waffe zerschmettert worden. Ich bezeichnete die Stelle an meinem eigenen Kopf. Offenbar musste ein solcher Schlag von rückwärts geführt worden sein. Gewissermaßen war das für den Angeklagten ein entlastender Umstand, denn als man ihn mit dem Vater streiten sah, stand er diesem gegenüber. Ganz stichhaltig war es freilich nicht, denn der Alte konnte sich auch umgedreht haben, ehe der Hieb fiel. Dennoch lohnte es sich vielleicht, Holmes darauf aufmerksam zu machen. Dazu kam die sonderbare Hinweisung des Sterbenden auf eine Ratte. Was mochte das bedeuten? Delirium war es nicht. Ein Mann, der einen plötzlichen Tod erleidet, spricht nicht leicht irre. Nein – wahrscheinlicher ist's, dass er damit angeben wollte, wie ihn das Schicksal ereilt habe. Aber worauf konnte es sich beziehen? Ich zerbrach mir den Kopf hierüber; – und nun noch das graue Tuch, das der junge McCarthy gesehen haben wollte. Beruhte das nicht auf Täuschung, so musste der Mörder auf der Flucht ein Kleidungsstück, wahrscheinlich den Überzieher, verloren und die Frechheit gehabt haben, umzukehren, um das Vermisste zu holen, in dem Augenblick, wo der Sohn kaum zwölf Schritte entfernt am Boden kniete und ihm den Rücken zuwandte. Welch ein geheimnisvolles Gewebe von Unwahrscheinlichkeiten bot die ganze Geschichte! Lestrades Auffassung wunderte mich nicht, und doch traute ich so fest auf meines Freundes Einsicht, dass ich die Hoffnung nicht aufgab; schien doch jeder neue Nebenumstand ihn in seiner Überzeugung von der Unschuld des jungen Mannes zu bestärken.

Sherlock Holmes kehrte erst spät zurück; er kam allein, denn Lestrade hatte sein Quartier in der Stadt genommen.

»Der Barometer steht noch sehr hoch«, bemerkte er, sich niederlassend. »Es ist wichtig, dass wir den Schauplatz besuchen, ehe es regnet; andererseits ist es aber auch vonnöten, dass sich der Mensch frisch und gestärkt an eine so peinliche Arbeit macht. Von langer Fahrt ermüdet, möchte ich sie nicht unternehmen. Ich habe indessen den jungen McCarthy gesehen.«

»Und was erfuhren Sie von ihm?«

»Nichts.«

»Vermochte er nichts aufzuklären?«

»Gar nichts. Erst neigte ich zu der Annahme, er kenne den Täter und wolle ihn oder sie nur schonen, jetzt aber bin ich überzeugt, er weiß so wenig davon wie die anderen. Er scheint nicht gerade aufgeweckt zu sein, macht aber einen angenehmen und gutherzigen Eindruck.«

»Sein Geschmack aber imponiert mir wenig«, warf ich ein, »wenn er wirklich nicht geneigt sein sollte, ein so reizendes Geschöpf wie Miss Turner zu heiraten.«

»Das hängt freilich mit einer misslichen Geschichte zusammen. Der junge Mensch ist bis über die Ohren in sie verliebt, aber vor zwei Jahren, noch ehe er das junge Mädchen recht kannte, welches fünf Jahre in der Pension war, fiel das Bürschchen (das damals kaum die Kinderschuhe ausgetreten hatte) in die Netze einer Kellnerin in Bristol und heiratete diese vor dem Standesamt. Kein Mensch weiß davon, und nun begreifen Sie, in welcher heillosen Lage der junge Mann steckte. Es geschah aus reiner Verzweiflung, dass er seine Hände gen Himmel erhob, als ihn sein Vater bei ihrer letzten Begegnung drängte, um Miss Turner anzuhalten. Sein Vater – wie ich allgemein hörte, ein harter Mann – würde ihn einfach verstoßen haben, hätte er die Wahrheit erfahren. Der Junge hatte sich die letzten drei Tage bei seiner Frau Kellnerin in Bristol aufgehalten, und sein Vater wusste nicht, wo er war. Beachte diesen Umstand wohl; er ist wichtig. Die Sache nahm jedoch für den jungen McCarthy einen glücklichen Verlauf; denn kaum hatte die Kellnerin aus der Zeitung vernommen, in welcher misslichen Lage sich ihr Gatte befand und dass er möglicherweise gehenkt würde, so gestand sie ihm, dass sie bereits einen Ehemann in den Bermuda Dockyards habe, ihre Ehe also ungültig sei. Ich glaube, diese angenehme Nachricht hat den jungen Mann für alles Erlittene getröstet.«

»Aber wenn er unschuldig ist, wer hat es dann getan?«

»Ja, wer? Ich möchte Sie nur auf zwei Punkte aufmerksam machen. Erstens hatte der Ermordete eine Verabredung mit jemand unten am Teich, sein Sohn konnte dieser Jemand nicht sein, denn er war abwesend, und der Vater wusste nicht, wann er zurückkehren würde. Zweitens wurde der Ruf ›Cooee‹ aus dem Mund des Ermordeten vernommen, ehe er von der Rückkehr des Sohnes wusste. Das sind die beiden Angelpunkte, um die sich der Fall bewegt. Und nun lassen Sie uns, bitte, von anderen Dingen reden und alles übrige auf morgen verschieben.«

Wie es Holmes vorausgesehen, regnete es nicht, und der Morgen brach klar und wolkenlos an. Lestrade holte uns um neun Uhr mit dem Wagen ab, und wir fuhren zum Pachthof von Hatherley und dem Boscombe-Teich.

»Heute Morgen ist eine ernste Nachricht eingetroffen«, sprach Lestrade, »es heißt, Mr Turner sei so krank, dass man an seinem Durchkommen zweifelt.«

»Wohl ein älterer Mann?«, fragte Holmes.

»Vielleicht ein Sechziger. Der überseeische Aufenthalt hat seine Konstitution zerrüttet, und er kränkelt seit geraumer Zeit. Dieser Unglücksfall hat ihn übel mitgenommen. Er war ein alter Freund McCarthys und, wie mir scheint, sein Wohltäter, denn, wie ich hörte, überließ er ihm Hatherley pachtfrei.«

»Wirklich! Das ist recht interessant!«, sagte Holmes.

»Ja, er hat McCarthy auch sonst in jeder Weise geholfen. In der Umgegend rühmt jeder, was er alles für ihn tat.«

»Wirklich? Kommt es Ihnen nicht etwas sonderbar vor, dass dieser McCarthy, der doch sehr unvermögend war und Turner so viel verdankte, in so zuversichtlicher und bestimmter Weise von einer Verbindung seines Sohnes mit Turners Tochter – der künftigen Gutsherrin – gesprochen hat, als ob dies die einfachste Sache von der Welt wäre. Und dies wird umso befremdlicher, als bekanntlich Turner der Heirat abgeneigt war. Die Tochter gab uns das deutlich zu verstehen. Lässt Sie das nicht auf etwas schließen?«

»Da wären wir also schon glücklich bei den Schlüssen und Folgerungen angelangt«, sagte Lestrade und zwinkerte mir zu. »Ich finde es schon schwer genug, Mr Holmes, die bloßen Tatsachen festzuhalten, ohne ausgedachten Theorien nachzujagen.«

»Sie haben recht«, sagte Holmes spöttisch, »es fällt Ihnen sehr schwer, die Tatsachen zu fassen.«

»Und doch ist mir eine Tatsache klar, die Sie nur schwer festzuhalten vermögen, wie mir scheint«, meinte Lestrade etwas erregt.

»Und das wäre?«

»Dass McCarthy senior seinen Tod von der Hand McCarthy juniors erlitt und dass alle gegenteiligen Annahmen eitel Mondschein sind.«

»Zum Glück ist Mondschein heller als Nebel«, versetzte Holmes lachend, »doch irre ich nicht, so ist hier zur Linken der Pachthof von Hatherley.«

»Ja, allerdings.« – Vor uns lag ein geräumiges hübsch ausgestattetes Wohnhaus, zwei Stockwerke hoch und mit Schiefer gedeckt. Indessen verliehen die herabgelassenen Jalousien und die rauchlosen Kamine dem Gebäude ein totes Aussehen, es war, als laste die begangene Freveltat darauf. Wir klopften an, und auf Holmes' Nachfrage zeigte uns die Magd die Stiefel, welche ihr Herr am Todestag getragen, sowie ein Paar des Sohnes, wenn auch nicht diejenigen, die er damals angehabt hatte. Nachdem

Holmes diese sehr genau nach sieben bis acht Richtungen gemessen hatte, ließ er sich in den Hof führen, von wo aus wir dem gewundenen Pfad zum Teich von Boscombe folgten.

Sherlock Holmes war geradezu verwandelt, wenn er sich, wie eben jetzt, auf frischer Fährte befand. Wer nur den ruhigen Denker und Logiker aus der Baker Street kannte, hätte ihn hier für einen anderen Menschen gehalten. Sein Gesicht war gerötet und schien dunkler. Seine Augenbrauen liefen in zwei scharfe, schwarze Linien zusammen, unter welchen die Augen mit stählernem Glanz hervorleuchteten. Sein Blick war zur Erde gerichtet, seine Schultern nach vorn gebeugt, die Lippen zusammengepresst, und an seinem langen, sehnigen Hals traten die Adern wie gespannte Saiten hervor. Seine Nasenflügel schienen vor wilder Jagdlust zu beben, und er war so voll und ganz bei der Sache, dass er eine an ihn gerichtete Frage oder Bemerkung kaum vernahm und höchstens mit einem raschen, ungeduldigen Knurren erwiderte. Schnell und schweigsam schritt er auf dem Pfad durch die Wiesen und dann durch den Wald zum Teich. Der Boden war, wie in der ganzen Umgegend, feuchter Moorboden, und es fanden sich auf dem Pfad selbst wie auf dem schmalen Grasstreifen daneben viele Fußspuren. Bald eilte Holmes voran, bald stand er regungslos da, und einmal ging er eine kurze Strecke auf die Wiese. Lestrade und ich schritten hinter ihm drein; der Detektiv gleichgültig und würdevoll, während ich jeder Bewegung meines Freundes gespannt folgte, denn ich wusste genau, dass alles, was er tat, einen bestimmten Zweck hatte.

Der Boscombe-Teich, eine kleine, mit Schilf umsäumte Wasserfläche von etwa fünfzig Metern, liegt an der Grenze zwischen dem Pachtgut von Hatherley und dem Park des Mr Turner.

Drüben, über den Wäldern des jenseitigen Ufers, konnten wir die roten Türme sehen, die zu der Besitzung des reichen Eigentümers gehörten. Auf der in Richtung Hatherley gelegenen Seite des Teiches stand der Wald sehr dicht; nur ein schmaler Rand frischen Grases zog sich zwischen den Bäumen und dem Rohr hin, das den Teich begrenzte. Lestrade wies uns die genaue Stelle, wo die Leiche aufgefunden worden war; der Boden war so feucht, dass ich deutlich die Spuren sehen konnte, die der Fall des Körpers verursacht hatte. Holmes – das las man auf seinen gespannten Zügen und in seinem forschenden Blick – entnahm dem zertretenen Grasplatz noch viele anderen Dinge. Wie ein Jagdhund, der Beute wittert, lief er umher und wandte sich dann an meinen Gefährten.

»Warum sind Sie denn ins Wasser gegangen?«, fragte er.

»Ich fischte mit einem Rechen umher. Ich hoffte, irgendeine Waffe oder sonst eine Spur zu entdecken. Aber wie in aller Welt wissen Sie ...?«

»Ach, papperlapapp! Jetzt habe ich keine Zeit! Ihr linker Fuß, mit seiner Drehung nach innen, ist ja allenthalben sichtbar. Dem vermöchte sogar ein Maulwurf zu folgen! Und hier verschwinden Ihre Schritte im Rohr. Ach! Wie einfach wäre vieles gewesen, hätte ich hier sein können, ehe alles wie von einer Büffelherde niedergestampft wurde. Hier kam die Gesellschaft mit dem Aufseher her, und sie hat wahrhaftig sieben bis acht Fuß um die Leiche herum alle Spuren zertrampelt. Aber hier – hier sind drei abgesonderte Abdrücke ein und desselben Fußes.« Holmes zog ein Vergrößerungsglas hervor und legte sich auf seinen Regenmantel nieder, um genauer sehen zu können, wobei er mehr mit sich selbst als mit uns sprach: »Das sind des jungen McCarthys Spuren. Zweimal ging er ruhig, und einmal lief er so geschwind, dass die Sohlen sehr kräftig, die Absätze nur ganz flüchtig eingedrückt sind. Darin liegt seine ganze Geschichte. Er lief, als er seinen Vater am Boden sah. Ferner sind hier die Fußstapfen des Vaters, als er auf- und abging – was ist aber das? Das Kolbenende des Gewehrs an der Stelle, wo der Sohn stand und aufhorchte. – Und dies? – Ha! Ha! Was haben wir hier? Fußspitzen! Fußspitzen! Und das sind breite – ganz ungewöhnliche Stiefel! Sie kommen – gehen – kommen wieder – natürlich wegen des Mantels, wo aber kamen sie her?« Holmes lief auf und ab, bald fand er die Spur, bald verlor er sie, bis wir an der Waldecke zu einer Buche, dem größten Baum der Umgegend, gelangten. Holmes ging weiter im Schatten des Baumes, legte wieder das Gesicht an den Boden und stieß einen leisen Ruf der Befriedigung aus. Lange Zeit blieb er in dieser Lage, durchsuchte Blätter und trockene Zweige, nahm, wie mich dünkte, etwas Staub in einen Briefumschlag und untersuchte mit seinem Glas nicht allein den Boden, sondern sogar die Rinde des Baumes, so hoch er reichen konnte. Ein spitzer Stein lag im Moos, auch den betrachtete er genau und nahm ihn zu sich. Dann folgte er einem Fußweg durch den Wald bis zur Landstraße, wo jede Spur verschwand.

»Das war ein höchst merkwürdiger Fall«, bemerkte er und nahm wieder sein gewohntes Wesen an. »Ich denke, das graue Haus dort muss die Wohnung des Aufsehers sein. Ich werde wohl hineingehen, ein paar Worte mit Moran reden und vielleicht einige Zeilen schreiben. Nachher können wir zum Frühstück zurückfahren. Gehen Sie bitte voraus zum Wagen, ich folge sogleich.«

Ungefähr zehn Minuten später waren wir auf dem Weg nach Ross; Holmes hielt noch immer den Stein, den er im Wald aufgelesen hatte.

»Das könnte Sie interessieren, Lestrade«, bemerkte er und wies auf den Stein, »der Mord wurde damit ausgeführt.«
»Ich sehe keinerlei Anzeichen an dem Stein.«
»Es sind auch keine daran.«
»Wie wollen Sie es dann wissen?«
»Das Gras wuchs darunter, also lag der Stein erst seit wenigen Tagen dort. Die Stelle, wo er weggenommen worden war, ließ sich nicht finden. Er passt genau zu den Verletzungen. Von einer anderen Waffe ist keine Spur vorhanden.«
»Und der Mörder?«
»Ist ein großer Mann, der linkshändig ist, mit dem rechten Fuß hinkt, starksohlige Jagdstiefel und einen grauen Mantel trägt, indische Zigarren raucht, eine Zigarrenspitze benutzt und ein stumpfes Federmesser in der Tasche hat. Noch einige andere Indizien sind vorhanden, doch mögen diese genügen, um uns auf die rechte Fährte zu bringen.«
Lestrade lachte. »Ich gehöre leider noch immer zu den Ungläubigen«, sagte er. »Theorien sind schön und gut, aber, wie Sie wissen, haben wir's mit einem hartschlägigen englischen Schwurgericht zu tun.«
»›Nous verrons‹«, meinte Holmes gelassen. »Sie arbeiten nach Ihrer Methode – ich nach meiner. Heute Nachmittag habe ich zu tun und werde wahrscheinlich mit dem Abendzug nach London zurückkehren.«
»Und die Sache hier im Stich lassen?«
»Nein – beendigt.«
»Aber das Geheimnis?«
»Ist gelöst.«
»Wer war denn also der Mörder?«
»Der Herr, den ich beschrieb.«
»Aber wer ist er?«
»Das herauszufinden, wird gewiss nicht schwer sein. Allzu bevölkert ist ja die Umgegend nicht.«
Lestrade zuckte mit den Achseln. »Ich bin ein Praktiker«, sagte er, »und kann wirklich nicht im Land umherlaufen, um einen lahmen Herrn, der Linkshänder ist, zu suchen. Ich würde ja damit bei der ganzen Polizei zur Zielscheibe des Spottes.«
»Schon gut«, meinte Holmes gelassen. »Meine Schuld ist's nicht, wenn Sie sich blamieren. – Hier ist Ihre Wohnung. Leben Sie wohl. Vor meiner Abreise schreibe ich Ihnen noch ein Wort.«
Nachdem wir Lestrade abgesetzt hatten, fuhren wir zu unserem Hotel, wo das Frühstück bereits auf dem Tisch stand. Holmes schwieg und saß in

Gedanken versunken mit schmerzlichem Ausdruck da, wie jemand, der sich in einer verwickelten Lage befindet.

»Kommen Sie her, Watson«, sagte er, als der Tisch abgeräumt war, »setzen Sie sich bequem in diesen Stuhl, und lassen Sie mich Ihnen ein Weilchen vorpredigen. Ich weiß nicht recht, was ich tun soll. Raten Sie mir. Stecken Sie Ihre Zigarre an und hören Sie.«

»Bitte, sprechen Sie.«

»Bei näherer Betrachtung fielen Ihnen und mir in der Erzählung des jungen McCarthy sofort zwei Umstände auf; mich nahmen sie zu seinen Gunsten, Sie aber gegen ihn ein. Der erste ist, dass, wie er sagt, sein Vater ›Cooee!‹ rief, ehe er ihn gesehen, der andere ist die wunderliche Erwähnung der Silben ›a rat‹ aus dem Mund des Sterbenden. Er murmelte noch mehr, aber dies war bekanntlich das einzige, was der Sohn verstand. Von diesen zwei Momenten müssen nunmehr unsere Nachforschungen ausgehen, und wir wollen sie mit der Voraussetzung beginnen, dass der junge Mann die reine Wahrheit sprach.«

»Wie erklären Sie sich denn dieses ›Cooee‹?«

»Augenscheinlich galt es nicht dem Sohn. Seines Wissens war ja der Sohn in Bristol, und es war bloßer Zufall, dass er sich in Hörweite befand. Das ›Cooee‹ sollte die Aufmerksamkeit dessen erwecken, mit dem er sich zu einer Begegnung verabredet hatte. ›Cooee!‹ ist ein entschieden australischer Ruf, der unter Australiern gebräuchlich ist. Die Vermutung liegt nahe, dass die Person, die McCarthy am Teich von Boscombe treffen sollte, in Australien gewesen war.«

»Was wollte er aber mit dem Wort ›a rat‹?«

Holmes zog ein zusammengefaltetes Blatt aus der Tasche und glättete es auf dem Tisch. »Hier ist eine Karte der Kolonie Viktoria«, sagte er. »Ich bestellte sie gestern Abend telegrafisch in Bristol.« Er bedeckte nun mit der Hand einen Teil der Karte. »Was steht hier?«, fragte er mich.

Ich las ›arat‹.

»Und hier?« Er hob die Hand auf.

»Ballarat.«

»Richtig. Das war offenbar das Wort, das der Sterbende stammelte, und von dem der Sohn nur die letzte Silbe vernahm. Er versuchte, den Namen seines Mörders zu nennen: der Soundso aus Ballarat.«

»Ganz wunderbar!«, rief ich aus.

»In der Tat! Und nun, sehen Sie, ist der Kreis schon bedeutend enger gezogen. Der Besitz eines grauen Kleidungsstückes ist ein dritter Punkt, der in Übereinstimmung mit der Aussage des Sohnes konstatiert wurde. So gelangen wir jetzt aus düsterer Unklarheit zu dem sehr bestimmten Begriff eines Australiers aus Ballarat mit einem grauen Mantel.«

»Gewiss.«

»Und zwar muss es ein Mensch sein, der in der Umgegend wohnt, denn der Teich kann nur vom Pachthof oder vom Park aus erreicht werden, wohin Fremde schwerlich kommen.«

»Ganz recht.«

»Nun folgt unsere heutige Expedition. Der Untersuchung an Ort und Stelle entnahm ich die Einzelheiten über die Persönlichkeit des Verbrechers, die ich dem Dummkopf, dem Lestrade, mitteilte.«

»Aber wie sind Sie darauf gekommen?«

»Sie kennen meine Methode. Sie beruht auf der Beobachtung von Kleinigkeiten.«

»Ich weiß, dass Sie aus der Länge der Schritte auf die Körpergröße zu schließen verstehen. Auch die Art der Stiefel verraten die Fußstapfen.«

»Ja, es waren absonderliche Stiefel.«

»Aber das Hinken?«

»Der Abdruck des rechten Fußes trat stets schwächer hervor als der des linken. Der Mann drückte weniger damit auf. Warum? Weil er hinkte – er war lahm.«

»Warum soll er linkshändig sein?«

»Sie selbst befremdete die Art der Verletzungen, wie sie der Arzt bei der Untersuchung feststellte. Der Schlag kam unmittelbar von rückwärts und traf dennoch die linke Seite. Wie könnte das sein, wäre nicht der Mörder links? Während der Unterredung zwischen Vater und Sohn muss er hinter dem Baum gestanden haben. Ja, er hat sogar dort geraucht. Ich fand Zigarrenasche, und bei meiner genauen Kenntnis der Tabakasche konnte ich zweifellos feststellen, dass sie von einer indischen Zigarre herrührte. Wie Sie wissen, habe ich mich eingehend damit beschäftigt und eine kleine Abhandlung über 140 verschiedene Arten von Pfeifen-, Zigarren- und Zigarettentabak geschrieben. Nachdem ich die Asche entdeckt, suchte und fand ich richtig den Stummel im Moos, wohin er ihn geschleudert hatte. Es war der Rest einer indischen Zigarre, wie man sie in Rotterdam rollt.«

»Und die Zigarrenspitze?«

»Ich sah, dass die Zigarre nicht im Mund gewesen war. Also bediente er sich einer Spitze. Das Ende war abgeschnitten, aber nicht glatt, woraus ich auf ein stumpfes Federmesser schloss.«

»Holmes, Sie haben diesen Menschen so fest umsponnen, dass er nicht mehr entkommen kann und einen Unschuldigen so sicher vom Tod gerettet, als hätten Sie den Strick durchgeschnitten, mit dem er bereits am Galgen hing. Ich sehe, wohin dies alles zielt. Der Schuldige ist ...«

»Mr John Turner«, meldete der Kellner mit lauter Stimme, indem er unsere Zimmertür öffnete, um den Fremden hereinzulassen.

Der Eintretende war eine fremdartige, auffallende Erscheinung. Sein langsamer, hinkender Gang und die vorgebeugten Schultern ließen ihn hinfällig erscheinen; doch verrieten seine harten, rauen Züge sowie sein hünenhafter Körperbau eine ungewöhnliche Geistes- und Leibeskraft. Der starke Bart, das ergraute Haar, die buschigen, vorstehenden Augenbrauen verliehen seinem Äußeren Würde und Ansehen, aber sein Gesicht war von aschgrauer Färbung, und ein fast bläulicher Schein lag um die Lippen und die Nasenflügel. Auf den ersten Blick sah ich, dass der Mann einem chronischen, tödlichen Leiden verfallen war.

»Nehmen Sie bitte auf dem Sofa Platz«, bat Holmes freundlich. »Sie erhielten mein Briefchen?«

»Ja, der Aufseher hat es mir gebracht. Sie wünschten mich hier zu sprechen, um jedes Aufsehen zu vermeiden.«

»Ich fürchtete das Gerede der Leute, wenn ich zu Ihnen käme.«

»Und warum wünschten Sie mich zu sehen?« Er blickte mit seinen müden Augen so verzweifelt auf meinen Gefährten, als sei die Frage bereits beantwortet.

»Ja«, sagte Holmes, mehr Turners Blick als seine Worte erwidernd, »es ist so. Ich weiß alles über McCarthy.«

Der alte Mann verbarg sein Gesicht in den Händen.

»Gott stehe mir bei!«, rief er aus. »Den jungen Menschen hätte ich aber nicht ins Elend kommen lassen. Ich gebe Ihnen mein Wort darauf – wäre er vom Gericht für schuldig erklärt worden, dann hätte ich alles gestanden.«

»Ich freue mich, das von Ihnen zu hören«, versetzte Holmes sehr ernst.

»Schon jetzt würde ich gesprochen haben, wäre es mir nicht um mein geliebtes Kind zu tun. Es hätte ihr das Herz gebrochen – es wird ihr das Herz brechen, erfährt sie meine Verhaftung.«

»Vielleicht kommt es nicht dazu«, sagte Holmes.

»Was!«

»Ich bin kein Gerichtsbeamter. Soviel ich weiß, war es Ihre Tochter, die mich hierherkommen ließ, und so vertrete ich Miss Turners Interessen. Der junge McCarthy muss natürlich freikommen.«

»Ich bin ein aufgegebener Mann«, sagte der alte Turner. »Seit Jahren leide ich an Zuckerkrankheit, mein Arzt hält es für fraglich, ob ich in vier Wochen noch lebe. Nur stürbe ich gern unter dem eigenen Dach – nicht im Zuchthaus.«

Holmes stand auf und setzte sich an den Tisch; er ergriff die Feder und legte einige Bogen Papier vor sich.

»Sagen Sie uns einfach die Wahrheit«, bat er. »Ich schreibe die Tatsachen auf; Sie setzen Ihren Namen darunter, und Watson hier dient uns als Zeuge. So kann ich Ihr Bekenntnis, sobald es unumgänglich nötig ist, um den jungen McCarthy zu retten, vorlegen; ich gelobe Ihnen jedoch, nur im äußersten Notfall davon Gebrauch zu machen.«

»Das geht«, meinte der alte Herr, »ob ich bis zu der Schwurgerichtssitzung noch lebe, ist fraglich, also kommt für mich wenig darauf an; nur meine Alice möchte ich vor der Schande bewahren. Und nun will ich Ihnen alles erklären.

Sie haben den Toten – diesen McCarthy – nicht gekannt! Es war der leibhaftige Teufel, das kann ich Ihnen wohl sagen. Gott bewahre Sie vor den Klauen eines solchen Menschen! – Seit zwanzig Jahren hielt er mich mit eisernem Griff fest und hat mir das Dasein vergällt. Erst sollen Sie erfahren, wie ich in seine Gewalt kam.

Es war Anfang der sechziger Jahre, als ich in Australien unter die Goldgräber ging. Ich war noch ein junger Kerl, heißblütig, tollkühn, zu allem bereit; ich geriet in schlechte Gesellschaft, gewöhnte mich an das Trinken, hatte Pech mit meiner Grube, schlug mich in die Wälder und wurde, um es kurz zu sagen, was man hier einen Straßenräuber nennt. Wir waren unser sechs beisammen; lebten frei und wild – bald überfielen wir ein Lager, bald die Wagen, die nach den Minen fuhren. Mich kannte man als Black Jack of Ballarat, und unser Ballaratbund ist in der Kolonie noch heute nicht vergessen.

Eines Tages lauerten wir einem Zug mit Gold auf, der von Ballarat nach Melbourne ging, und griffen ihn an. Sechs Führer waren dabei und auch wir unser sechs – also stand die Sache fraglich. Beim ersten Anprall hoben wir vier Mann aus den Sätteln. Von den unsrigen fielen drei, ehe wir den Schatz erlangten. Ich hielt dem Führer des Zuges – eben diesem McCarthy – meine Pistole an den Kopf. Wollte Gott, ich hätte damals losgedrückt!

Doch ich verschonte ihn, obwohl ich seine kleinen, boshaften Augen auf mich gerichtet sah, als wollten sie sich jeden meiner Züge einprägen. Es gelang uns, mit dem Geld zu entkommen; wir waren nun reich und kehrten nach England zurück, ohne dass ein Verdacht auf uns fiel. Hier trennte ich mich von den bisherigen Gefährten und beschloss, von nun an ein ruhiges, ehrbares Leben zu führen. Ich kaufte dieses Landgut, das eben angeboten wurde, und war bemüht, das schlecht erworbene Geld aufs Beste zu verwenden. Damals heiratete ich, doch starb meine Frau frühzeitig und hinterließ mir meine geliebte Alice. Schon als kleines Kind verstand sie es, mich auf den rechten Pfad zu leiten, wie das niemand außer ihr vermocht hatte. Kurz, ich begann ein neues Leben und tat, was ich konnte, um mein vergangenes Unrecht wieder gutzumachen. Das schien mir auch zu gelingen, bis ich McCarthy in die Klauen geriet.

Um Kapital anzulegen, war ich zur Stadt gefahren, da traf ich ihn in der Regent Street in dürftiger, zerlumpter Kleidung. ›Da sind wir, Jack‹, sagte er und fasste meinen Arm, ›du darfst uns künftig als deine Angehörigen betrachten. Wir sind zwei – ich und mein Sohn – und du wirst für unseren Unterhalt sorgen. Tust du's nicht – nun so herrsch in England Gesetz und Recht, und die Polizei ist stets zur Hand.‹

Die beiden kamen denn auch hierher; ich wurde sie nicht wieder los, und sie lebten von der Zeit an pachtfrei auf meinem besten Grund und Boden. Meine Ruhe war dahin, ich fand keinen Frieden mehr, kein Vergessen; wohin ich auch ging, so grinste sein schlaues Gesicht dicht neben mir. Je älter Alice wurde, umso schlimmer wurde es, denn er merkte sehr wohl, dass ich meine Vergangenheit noch ängstlicher vor ihr als vor den Gerichten verbarg. Alles, was er brauchte, forderte er, und er mochte fordern, was er wollte, ich gab es ihm willig: Land, Geld, Häuser; schließlich aber forderte er, was ich ihm nicht zu geben vermochte – meine Alice.

Sein Sohn war herangewachsen und meine Tochter auch. Er wusste, dass meine Gesundheit untergraben war, und so dünkte es ihm ein guter Fang, wenn sein Junge zu meinem ganzen Besitz käme. Hierin aber blieb ich fest. McCarthy drohte. Ich war zum äußersten Widerstand entschlossen. Wir verabredeten uns zu einer Besprechung unten am Teich, der in gleicher Entfernung von meiner wie von seiner Wohnung liegt.

Als ich dort hinkam, fand ich ihn im Gespräch mit seinem Sohn; ich steckte mir eine Zigarre an und wartete hinter einem Baum, bis er allein sein würde. Als ich hörte, wovon zwischen ihnen die Rede war, stiegen Gift und Galle in mir auf; der Vater drang darauf, dass der Sohn meine Tochter heiraten solle, ohne im geringsten nach ihrem Willen zu fragen, gerade als wäre sie eine hergelaufene Dirne. Der Gedanke, dass alles, was mir lieb und teuer war, in den Händen eines solchen Mannes sei, trieb mich zum Wahnsinn. Vermochte ich denn nicht diese Fesseln zu sprengen? Ich war ein dem Tode Verfallener, ein Verzweifelter. Wenn auch klaren Geistes und noch ziemlich kräftig, wusste ich doch, dass mein Schicksal besiegelt war. Ach, aber mein Andenken! Meine Tochter! Beide waren gesichert, wenn es mir gelang, diese Lästerzunge zum Schweigen zu bringen. Ich tat es, Mr Holmes. Ich täte es wieder. Mein Unrecht war groß gewesen, aber ich hatte durch ein wahres Marterleben dafür gebüßt. Dass aber mein Kind in dieselben Fesseln geraten sollte, in denen ich geschmachtet, das war mehr als ich zu ertragen vermochte. Ich schlug ihn nieder, und es reute mich nicht mehr, als sei er ein garstiges, giftiges Tier gewesen. Auf sein Schreien kehrte sein Sohn zurück; schon hatte ich den Schatten des Waldes erreicht, als ich umkehren musste, um meinen Mantel zu holen, den ich bei der Flucht verloren hatte. So und nicht anders hat sich alles zugetragen.«

»Mir kommt es nicht zu, Sie zu verurteilen«, sprach Holmes, als der alte Mann den niedergeschriebenen Bericht unterzeichnete. »Möge uns Gott vor einer ähnlichen Versuchung bewahren.«

»Und was beabsichtigen Sie nun zu tun?«

»Im Hinblick auf Ihren Gesundheitszustand – nichts. Sie wissen ja selbst, dass Sie sich in kurzer Frist vor einem höheren Richter zu verantworten haben. Ich nehme Ihr Bekenntnis an mich; wird McCarthy verurteilt, so bin ich gezwungen, damit hervorzutreten – wenn nicht, so wird es kein Menschenauge je erblicken, und mögen Sie tot oder lebendig sein, Ihr Geheimnis ist bei uns sicher aufgehoben.«

»So leben Sie denn wohl«, sprach der alte Mann feierlich. »Sie werden beide dereinst sanfter auf dem Sterbelager ruhen im Bewusstsein, dass Sie mich haben im Frieden scheiden lassen.« Zitternd und gebrochen wankte die Hünengestalt langsam hinaus.

»Gott steh uns bei!«, sagte Holmes nach langem Schweigen. »Warum spielt das Schicksal so tückisch mit den armen, hilflosen Erdenwürmern?«

James McCarthy wurde aufgrund zahlreicher Einwände freigesprochen, welche Holmes erhoben und dem Verteidiger zur Verfügung gestellt hatte. Der alte Turner lebte noch sieben Monate nach unserer Unterredung. Jetzt ruht er im Grab, und aller Voraussicht nach werden Sohn und Tochter der feindlichen Väter ein glückliches Paar werden, ohne je zu ahnen, welche dunkle Wolke auf ihrer Vergangenheit lastet.

Fünf Apfelsinenkerne

Überblicke ich meine Berichte und Notizen über die von Sherlock Holmes behandelten Fälle aus den Jahren 1882–90, so treten mir so viele absonderliche, interessante Züge entgegen, dass es mir schwer wird, die besten auszusuchen. Indessen sind einige bereits durch die Zeitungen bekannt geworden, während andere zur Entfaltung gerade derjenigen Eigenschaften, welche meinen Freund in so hohem Grad auszeichneten, keine rechte Gelegenheit darboten. In einigen Fällen scheiterte sogar seine Kunst, und die Erzählung derselben würde sich nicht lohnen, während andere nur teilweise aufgeklärt worden sind, sodass ihre Lösung mehr auf Vermutung und Wahrscheinlichkeit beruht als auf jenem absolut logischen Beweis, an dem Sherlock Holmes seine ganz besondere Freude hatte. Einer dieser letzteren Kriminalfälle war jedoch in seinen Einzelheiten so merkwürdig, so schrecklich in seinen Folgen, dass ich davon berichten möchte, obwohl mancher Punkt darin nicht aufgeklärt wurde und sich wohl nie völlig aufklären wird.

Das Jahr 1887 war besonders reich an interessanten Fällen, über welche ich mir Aufzeichnungen gemacht habe. Ich finde darunter Berichte über die schwindelhafte Bettler-Gesellschaft, die einen luxuriösen Klub in den Kellerräumen eines Lagerhauses hatte, über die Tatsachen, die sich auf den Untergang des britischen Seglers ›Sophie Anderson‹ beziehen, über die merkwürdigen Erlebnisse der Patersons auf der Insel Uffa und schließlich über den Camberwellschen Giftmord. Bekanntlich hat Sherlock Holmes in dem letztgenannten Fall durch das Aufziehen der Uhr des Verstorbenen festzustellen vermocht, dass diese zwei Stunden vorher aufgezogen und jener demnach um diese Zeit zu Bett gegangen war – ein Beweismittel, das sich zur Aufklärung des Tatbestandes von großer Wichtigkeit erwies. Auf alle diese Fälle komme ich vielleicht ein andermal ausführlicher zurück, aber kein einziger ist in seinem Verlauf so eigentümlich wie der, den ich mir für diesmal zur Wiedergabe ausgewählt habe.

Es war in den letzten Septembertagen, und die Herbststürme tobten mit ungewöhnlicher Macht. Vom Morgen an heulte der Wind, der Regen schlug dermaßen an die Fenster, dass wir auf Augenblicke von unserem gewohnten Tun und Treiben abgezogen wurden und uns selbst hier, inmitten des großen von Menschenhand erbauten London, gezwungen sahen, die Gewalt jener Naturkräfte anzuerkennen, welche durch die künstlichen Schranken der Zivilisation hindurch die Menschheit antoben und anbrüllen wie ungebändigte Tiere im Käfig.

Immer heftiger wurde der Sturm, als der Abend hereinbrach, und im Kamin seufzte und stöhnte es wie ein klagendes Kind. Verdrießlich saß Sherlock Holmes am Feuer und beschrieb die Rückenschilder seiner Kriminalakten, während ich mich ihm gegenüber in einen der trefflichen Seeromane Clark Russells vertiefte. Das Toben draußen stimmte völlig mit dem Text überein, und im Prasseln des Regens wähnte ich das lang hingezogene Rollen der Meereswogen zu vernehmen. Meine Frau war bei ihrer Tante auf Besuch, und so hatte ich wieder einmal mein früheres Heim in der Baker Street bezogen.

»Was?«, sagte ich, auf meinen Freund blickend. »Es hat wirklich geklingelt. Wer mag das sein heute Abend? Vielleicht einer Ihrer Freunde?«

»Außer Ihnen, Watson, habe ich keinen; ich lade niemand ein«, gab er zurück.

»So ist's ein Klient.«

»Ist's einer, so ist die Sache wichtig. Geringes führt keinen Menschen bei solchem Wetter und zu solcher Stunde her. Aber wahrscheinlich ist's eine alte Base der Wirtin.«

Sherlock Holmes hatte sich geirrt. Draußen ließen sich Schritte vernehmen, und es klopfte an die Tür. Er streckte den langen Arm aus, um das Lampenlicht von sich hinweg nach dem leeren Stuhl zu richten, auf den sich der Ankömmling setzen musste.

»Herein«, rief er dann.

Der Eintretende, ein junger Mann von ungefähr 22 Jahren, war wohl gebaut, gut gekleidet, ja seine Erscheinung zeigte eine gewisse Gewandtheit und Eleganz. Der triefende Schirm in seiner Hand und der lange, glänzende Gummimantel legten vom Wetter draußen, das er nicht gescheut, beredtes Zeugnis ab. Er blickte, vom Lampenlicht geblendet, unruhig umher; seine Wangen waren blass, und es lag ein Druck auf seinen Augen, wie das bei Menschen vorkommt, auf denen schwere Besorgnis lastet.

»Ich muss um Entschuldigung bitten«, sagte er und setzte seinen goldenen Klemmer auf. »Hoffentlich störe ich nicht. Ich bedaure, die Spuren des Wetters in Ihr behagliches Zimmer gebracht zu haben.«

»Geben Sie mir Schirm und Mantel«, bat Holmes. »Hier am Kamin trocknet beides schnell. Sie kommen von Süd-West, wie ich sehe.«

»Ja, von Horsham.«

»Die Mischung von Ton und Kalk an Ihren Stiefelspitzen lässt daran nicht zweifeln.«

»Ich kam, mir Rat zu holen.«

»Den sollen Sie gern haben.«

»Auch Hilfe!«

»Die lässt sich nicht immer so leicht gewähren.«

»Ich hörte von Ihnen, Mr Holmes. Major Prendergast erzählte mir, wie Sie ihn aus dem Tankervilleklub-Skandal retteten.«

»Allerdings. Irrtümlich wurde er falschen Kartenspiels beschuldigt.«

»Er sagt, Sie bekämen alles heraus.«

»Da sagt er zu viel.«

»Sie ließen sich nie hinters Licht führen.«

»Vier Mal ist mir das passiert – dreimal von Männern, einmal von einer Frau.«

»Was ist das im Vergleich zu Ihren Erfolgen?«

»Allerdings hatte ich meist Erfolg.«

»Hoffentlich werden Sie den auch in meinem Fall haben.«

»Bitte, rücken Sie Ihren Stuhl näher an das Feuer und teilen Sie mir mit, um was es sich handelt.«

»Es ist nichts Alltägliches, was mich herführt.«

»In gewöhnlichen Fallen wendet man sich auch nicht an mich. Ich bin die letzte Instanz.«

»Und dennoch zweifle ich, ob Sie bei all Ihrer Berufserfahrung je einer dunkleren und unerklärlicheren Verkettung von Umständen begegneten als die sind, welche ich aus meiner Familie zu berichten habe.«

»Sie wecken mein Interesse«, versetzte Holmes; »bitte, nennen Sie uns die Hauptpunkte von Anfang an, dann kann ich Sie über die Einzelheiten befragen, die mir am wichtigsten erscheinen.«

Der junge Mann rückte seinen Stuhl näher und streckte die nassen Füße nach dem Feuer aus.

»Mein Name«, hob er an, »ist John Openshaw, doch haben meine eigenen Verhältnisse mit der entsetzlichen Geschichte, soviel ich sehe, wenig zu tun. Es handelt sich um eine Erbschaftsangelegenheit, und so muss ich etwas zurückgreifen, um Ihnen die Sachlage zu erklären: Mein Großvater hatte zwei Söhne – meinen Oheim Elias und meinen Vater Joseph. Mein Vater besaß eine kleine Fabrik in Coventry, die er zur Zeit, wo das Radfahren aufkam, vergrößerte. Er war der Inhaber des Patents für die Openshawschen Sicherheits-Räder, was ihm großen Gewinn brachte, sodass er sein Geschäft verkaufen und von seinen Renten leben konnte.

Mein Oheim Elias wanderte in jungen Jahren nach Amerika aus und wurde in Florida Pflanzer. Es soll ihm sehr gut gegangen sein. Während des Krieges kämpfte er in Jacksons Armee, dann unter Hood, wobei er zum Obersten avancierte. Als Lee die Waffen streckte, kehrte mein Oheim auf seine Plantagen zurück, wo er drei bis vier Jahre blieb. 1869 oder 70 kam er wieder nach Europa und kaufte ein kleines Anwesen in Sussex, in der Nähe von Horsham. Er hatte drüben in den Staaten ein sehr bedeutendes Vermögen erworben, verließ jedoch Amerika, weil er die Neger verabscheute und sich mit der republikanischen Politik, die ihnen die Freiheit gab, nicht anfreunden konnte. Er war ein Sonderling, von heftigem und leidenschaftlichem Wesen und auffallend menschenscheu. Ich glaube kaum, dass er während der vielen Jahre, die er in Horsham lebte, je einen Fuß in die Stadt setzte. Er hatte einen Garten und einige Felder am Haus; dort machte er sich die nötige Bewegung, verließ aber oft wochenlang nicht sein Zimmer. Er trank viel Branntwein, rauchte tüchtig, wollte keinen Menschen sehen, bedurfte keiner Freunde, ja, auch nicht seines eigenen Bruders. Gegen mich hatte er nichts, ja, er fand Gefallen an mir, als er mich als ungefähr zwölfjährigen Jungen zum ersten Mal sah. Es mag dies wohl im Jahre 1878 gewesen sein, und er lebte damals schon seit 8–9 Jahren in England. Er bat meinen Vater, mich bei ihm wohnen zu lassen, und auf seine Weise zeigte er sich immer gut gegen mich. War er nüchtern, so spielte er gern Puff oder Dame mit mir. Dienstboten und Verkäufer verwies er mit ihren Anliegen stets an mich, und so war ich mit 16 Jahren Herr im Haus.

Ich hatte alle Schlüssel, konnte tun und lassen, was ich wollte, wenn ich ihn nur nicht störte. Es gab hiervon nur eine einzige Ausnahme: Oben auf dem Boden war eine stets verschlossene Rumpelkammer, deren Zutritt weder mir noch sonst jemand gestattet wurde. Mit knabenhafter Neugier guckte ich oft durchs Schlüsselloch, konnte aber nie etwas anderes erspähen als alte Koffer und Bündel, wie sie meist an solchem Ort vorhanden sind.

Eines Tages – im März 1883 – lag ein Brief mit ausländischem Poststempel vor dem Teller des Obersten. Briefe erhielt er selten, denn seine Rechnungen bezahlte er bar, und Freunde irgendwelcher Art hatte er nicht. ›Aus Indien!‹, sagte er, indem er den Brief nahm, ›der Stempel von Pondicherry! Was kann das sein? Er riss den Umschlag heftig auf, und fünf kleine, trockene Apfelsinenkerne fielen herab auf seinen Teller. Ich musste darüber lachen, doch erstarb das Lachen auf meinen Lippen, als ich den Ausdruck in den Zügen meines Oheims gewahrte. Sein Mund war verzerrt, die Augen traten hervor, seine Farbe war aschgrau geworden, und noch immer starrte er auf den Umschlag in seiner zitternden Hand. ›K. K. K.!‹, stieß er hervor, ›mein Gott, meine Sünden kommen herab auf mein Haupt!‹

›Was bedeutet das, Onkel?‹, rief ich aus.

›Den Tod‹, sagte er, stand auf, zog sich in sein Zimmer zurück und ließ mich entsetzt und schaudernd allein. Ich nahm den Umschlag und sah an der inneren Seite der Klappe, gerade über dem gummierten Strich, mit roter Tinte dreimal den Buchstaben K gekritzelt. Sonst war nichts darin als die fünf trockenen Kerne. Was mochte der Grund solch überwältigenden Schreckens sein? Ich verließ den Frühstückstisch, und als ich hinaufging, kam mein Oheim die obere Treppe herab. In der einen Hand hielt er einen verrosteten, alten Schlüssel, der zu der Rumpelkammer gehören musste, in der anderen trug er ein Metallkästchen, das wie eine Geldkasse aussah.

›Sie mögen tun, was sie wollen, ich führe sie alle ab!‹, rief er mit einem Fluch. ›Sag Mary, sie soll heute ein Feuer in meinem Zimmer machen, und schicke hinunter zu Fordam, dem Advokaten von Horsham.‹

Ich tat, wie er befohlen; als der Advokat kam, wurde ich hinauf in das Zimmer gerufen. Das Feuer loderte hell, und auf dem Rost lag dicke, schwarze Asche wie von verbranntem Papier – daneben stand der Metallkasten offen und leer. Ich fuhr zusammen, als ich auf dem Deckel dasselbe dreifache K bemerkte, das ich am Morgen auf dem Briefumschlag gesehen.

›John‹, sagte mein Oheim, ›ich will mein Testament machen, und du sollst Zeuge sein. Ich vermache meinen Besitz mit all seinen Vor- und Nachteilen meinem Bruder, deinem Vater, der ihn zweifellos dereinst auf dich übergehen lassen wird. Kannst du das Erbe in Frieden genießen, so ist alles in Ordnung. Siehst du aber ein, dass das nicht geht, dann, mein Junge, höre auf mich, überlasse es deinem Todfeind. Es tut mir leid, dir solch ein zweifelhaftes Vermächtnis zu hinterlassen, doch weiß ich nicht, wie sich die Dinge gestalten werden. Bitte, unterzeichne das Papier, wo Mr Fordam es dir zeigt.‹

Ich unterschrieb nach Wunsch, und der Advokat nahm das Schriftstück mit. Der merkwürdige Vorfall machte, wie Sie wohl denken können, einen tiefen Eindruck auf mich, und ich grübelte und grübelte, ohne mir darüber klar zu werden. Dennoch vermochte ich nicht, ein unbestimmtes Gefühl von Bangigkeit abzuschütteln, welches auch zurückblieb, obwohl sich diese Empfindung abschwächte, als Wochen verstrichen und nichts den gewohnten Gang unseres Lebens störte. Bei meinem Oheim nahm ich jedoch eine Veränderung wahr: Er trank mehr denn je und zeigte sich jeglichem Verkehr noch abholder als sonst. Die meiste Zeit brachte er in seinem Zimmer hinter fest verschlossener Tür zu; dann und wann stürzte er, in einer Art trunkenen Wahnes, aus dem Haus in den Garten, hielt einen Revolver in der Hand und schrie dabei, ihm sei vor keinem Menschen bange, und keiner – auch nicht der Teufel – werde ihn wie ein Schaf in die Hürde sperren. Waren diese Anfälle vorüber, dann stürmte er wieder herein, schloss und verrammelte die Tür hinter sich, wie ein Mensch, der die Schrecken eines peinigenden Gewissens nicht länger zu ertragen vermag. In solchen Stunden war sein Gesicht, selbst an kalten Tagen, geradezu in Schweiß gebadet.

Ich eile zum Schluss, um Ihre Geduld nicht zu sehr in Anspruch zu nehmen, Mr Holmes. Eines Nachts verfiel er wieder in solch einen trunkenen Wutanfall, aus dem er nicht wieder zu sich kam. Als wir nach ihm suchten, fanden wir ihn, mit dem Kopf nach unten, in einem kleinen, schmutzigen Teich, der am Ende des Gartens liegt. Kein Zeichen von Gewalttat ließ sich wahrnehmen; das Wasser war nur zwei Fuß tief, und so lautete der Wahlspruch der Geschworenen – in Anbetracht seiner bekannten Exzentrizität – auf Selbstmord.

Mir aber fiel es schwer, mich von diesem Ausspruch überzeugen zu lassen, wusste ich doch, wie sehr ihm stets vor dem bloßen Gedanken an den Tod gegraut hatte. Doch es blieb dabei; mein Vater erbte die Besitzung und ungefähr 14 000 Pfund, die zu seiner Verfügung auf der Bank lagen.«

»Einen Augenblick!«, unterbrach ihn Holmes. »Ihr Bericht gehört – so viel ist gewiss – zu den merkwürdigsten, die ich je vernommen. Geben Sie mir das Datum des Eingangs jenes Briefes an Ihren Oheim sowie das Datum seines vermutlichen Selbstmordes.«

»Der Brief traf am 10. März 1883 ein, sein Tod erfolgte sieben Wochen später, in der Nacht vom 2. Mai.«

»Danke; bitte weiter.«

»Damals, als mein Vater die Besitzung in Horsham übernahm, durchsuchte er, auf meine Bitte, die so sorgsam verschlossen gewesene Bodenkammer sehr genau. Wir fanden den Metallkasten, obwohl der Inhalt vernichtet worden war. An der inneren Deckelseite klebte ein Zettel, abermals mit K. K. K.; darunter stand: ›Briefe, Mitteilungen, Quittungen und Register.‹ Offenbar waren dies die von meinem Onkel vernichteten Papiere. Im Übrigen fand sich nichts von Wichtigkeit in der Kammer, es sei denn eine große Menge von Papieren und Notizbüchern, die sich auf das Leben meines Oheims in Amerika bezogen. Manche stammten aus der Kriegszeit und bewiesen, dass er seiner Pflicht treulich nachgekommen war und den Ruf eines tapferen Soldaten genossen hatte; andere, aus der Zeit des Wiederauflebens der südlichen Staaten, bezogen sich hauptsächlich auf Politik; augenscheinlich hatte er gegen die Wanderagitatoren, die vom Norden ausgesandt wurden, entschieden Partei ergriffen.

Zu Anfang des Jahres 1884 war mein Vater nach Horsham gezogen, und nichts störte unser Zusammenleben bis zum Januar 1885. Am vierten Tag im neuen Jahr vernahm ich einen lauten Ausruf des Staunens von den Lippen meines Vaters, als wir eben frühstückten. Da saß er mit einem eben geöffneten Briefumschlag in der einen Hand und fünf trockenen Apfelsinenkernen auf der ausgestreckten Fläche der anderen. Er hatte stets über ›mein Märchen vom Obersten‹, wie er es nannte, gelacht, jetzt aber, als ihm dieselbe Geschichte passierte, sah er höchst befremdet und verwundert drein.

›Was in aller Welt soll das heißen, John?‹, stotterte er.

Mein Herz stand still. ›Es ist dasselbe K. K. K.‹, sagte ich.

Er blickte in den Umschlag. ›Wahrhaftig!‹, rief er aus. ›Da sind sie, die Buchstaben! Was aber steht hier darüber?‹

›Legt die Papiere auf die Sonnenuhr‹, las ich, über seine Schulter blickend.

›Welche Papiere? Welche Sonnenuhr?‹, fragte er.

›Die Sonnenuhr im Garten; eine andere gibt es nicht‹, antwortete ich; ›die Papiere aber müssen die zerstörten sein.‹

›Ach was!‹, meinte er, indem er sich zu fassen suchte. ›Wir leben hier in einem zivilisierten Land und können uns auf derartige Narrenpossen nicht einlassen. Woher kommt das Ding?‹

›Von Dundee‹, erwiderte ich, den Stempel betrachtend.

›Irgend ein alberner Streich‹, meinte er, ›was habe ich mit Sonnenuhren und Papieren zu schaffen? Ich werde den Unsinn nicht weiter berücksichtigen.‹

›Es wäre wohl besser, die Sache anzuzeigen‹, schlug ich vor.

›Und mich gründlich auslachen zu lassen. Nein – nichts davon.‹

›So lass mich es tun‹, bat ich.

›Ich verbiete es dir‹, gab er zurück. ›Wegen solcher Lappalie braucht kein Lärm geschlagen zu werden.‹

Weitere Erörterungen wären vergeblich gewesen, denn mein Vater war ein unbeugsamer Mann. Mich aber bedrückten schwere Ahnungen.

Am dritten Tag nach Empfang des Briefes besuchte mein Vater einen alten Freund, Major Freebody, der einem der Forts auf Portsdown Hill vorsteht. Ich freute mich, dass er ging, denn mich dünkte stets, er sei auswärts weniger in Gefahr als daheim. Doch ich täuschte mich. Seit zwei Tagen war er fort, als ich vom Major telegrafisch gebeten wurde, sofort zu kommen. Mein Vater war in eine der vielen Kalkgruben der Umgegend gestürzt und lag besinnungslos mit zerschmetterter Hirnschale da. Ich eilte zu ihm, doch verschied er, ohne sein Bewusstsein wiedererlangt zu haben. Wie es scheint, war er in der Dämmerung von Fareham heimgegangen; er kannte die Gegend nicht, die Kalkgrube war nicht umzäunt, und so lautete das Urteil der Geschworenen auf ›Tod durch Unglücksfall‹. So genau ich jede Einzelheit untersuchte, die auf den Tod meines Vaters Bezug hatte, so fand ich nicht das Geringste, was auf Mord schließen ließ. Kein Zeichen von Gewalt, keine Fußstapfen, kein Raub, kein Fremder, der auf den Wegen gesehen worden war. Und doch begreifen Sie wohl, dass ich mich bei dem Ausspruch nicht beruhigen konnte und überzeugt blieb, mein Vater sei einem verbrecherischen Anschlag zum Opfer gefallen.

Auf diese unheimliche Weise gelangte ich zu meinem jetzigen Besitz. Sie werden vielleicht fragen, weshalb ich ihn nicht veräußert habe. Darum, weil ich fest überzeugt bin, dass unser Geschick irgendwie mit einem Vorfall im Leben meines Oheims verknüpft ist, und so bliebe die Gefahr in diesem wie in einem anderen Haus dieselbe.

Mein armer Vater starb im Januar 1885; zwei Jahre und acht Monate sind seitdem verflossen. Inzwischen lebte ich zufrieden in Horsham, und schon hoffte ich, der Fluch sei mit der vorigen Generation von unserer Familie gewichen. Ich hatte mich zu früh beruhigt; gestern Morgen traf mich der verhängnisvolle Schlag, genau wie er meinen Vater getroffen hatte.«

Der junge Mann holte einen zerknitterten Umschlag aus seiner Brusttasche und schüttelte fünf kleine, trockene Apfelsinenkerne, die darin waren, auf den Tisch.

»Das ist der Umschlag«, fuhr er fort. »Der Stempel ist vom Ost-Londoner Postamt. Es steht dasselbe darauf wie bei der letzten Sendung an meinen Vater: ›K. K. K.‹ und ›Legt die Papiere auf die Sonnenuhr.‹«

»Was haben Sie getan?«, fragte Holmes.

»Nichts.«

»Nichts?«

»Offen gestanden«, er barg das Gesicht in seine zarten, weißen Hände, »ich fühle mich hilflos. Mir ist wie einem armen Kaninchen zumute, nach dem die Schlange den gierigen Rachen aufsperrt. Ich muss in der Hand eines unwiderruflichen, unwiderstehlichen Verhängnisses sein, das weder Vorsicht noch Sorge abzuwenden vermag.«

»Unsinn!«, rief Sherlock Holmes, »handeln müssen Sie, junger Mann, sonst sind Sie verloren. Nur Energie vermag Sie zu retten. Zum Verzweifeln ist jetzt nicht die Zeit.«

»Ich habe die Sache bei der Polizei angezeigt.«

»So?«

»Dort hörten sie mir lächelnd zu. Ich weiß, man hält die Briefe für einen dummen Spaß, und die Todesfälle meiner Verwandten gelten dort nach dem Ausspruch der Gerichte als Unglücksfälle, die mit der Warnung in keinem Zusammenhang stehen.«

Holmes erhob seine gefalteten Hände: »Unerhörte Borniertheit!«, rief er aus.

»Immerhin wurde mir ein Schutzmann zugewiesen, der mit mir im Haus bleiben darf.«

»Kam er heute Abend mit Ihnen her?«

»Nein, sein Befehl lautet, im Haus zu bleiben.«

Wieder rang Holmes die Hände.

»Warum kamen Sie zu mir?«, fragte er. »Und vor allem, warum kamen Sie nicht gleich?«

»Ich wusste ja nichts von Ihnen. Erst heute sprach ich mit Major Prendergast, der mir riet, Sie aufzusuchen.«

»Es sind schon zwei Tage verflossen seit Empfang des Briefes. Wir hätten früher handeln sollen. Weitere Beweise haben Sie wohl nicht als die hier vorliegenden? – Irgendetwas, das uns auf die Spur helfen könnte?«

»Doch, hier ist etwas«, sagte John Openshaw. Er durchsuchte seine Rocktasche, zog ein Stück bläulich gefärbtes Papier hervor und legte es auf den Tisch.

»Ich erinnere mich dunkel, dass damals, als mein Oheim die Papiere verbrannte, die schmalen, unverkohlten Ränder in der Asche von solch eigentümlicher Farbe waren. Dieses einzelne Blatt fand ich am Boden in seinem Zimmer, und fast vermute ich, es könnte aus den Papieren herausgefallen und so der Zerstörung entgangen sein. Es sieht aus, als wäre es ein Blatt aus einem Tagebuch. Sie finden die Kerne darin erwähnt, sonst hat es wohl wenig Wert für uns. Die Schrift ist unbedingt die meines Oheims.«

Holmes zog die Lampe näher, und beide neigten wir uns über das Blatt, dessen zerrissener Rand deutlich zeigte, dass es zu einem Heft gehört hatte. ›März 1869‹ stand obenan und darunter folgende rätselhafte Notizen:

»4. Hudson gekommen. Dieselbe alte Plattform.
7. Die Kerne an McKauley, Paramore und John Swain
   von St. Augustine aufgegeben.
9. McKauley erledigt.
10. John Swain erledigt.
12. Paramore besucht. Alles gut.«

»Danke«, sagte Holmes, faltete das Blatt und gab es dem jungen Mann zurück. »Und nun dürfen Sie um keinen Preis mehr einen Augenblick verlieren. Wir haben nicht einmal die Zeit, das Besprochene näher zu erörtern. Sie müssen sofort nach Hause und handeln.«

»Was soll ich tun?«

»Nur eines ist möglich, und das muss sofort geschehen: Dies Stück Papier, das Sie uns zeigten, muss in den Metallkasten kommen; Sie legen einen Zettel bei, der besagt, dass alle anderen Papiere von Ihrem Oheim verbrannt wurden und nur dieses zurückgeblieben ist. Sie müssen die Notiz so abfassen, dass sich an der Wahrheit Ihrer Aussage nicht zweifeln lässt. Dann stellen Sie das Kästchen auf die Sonnenuhr, wie verlangt wird. Haben Sie verstanden?«

»Vollkommen.«

»Denken Sie jetzt weder an Rache noch an sonst dergleichen. Das werden wir wohl später auf gesetzlichem Weg erlangen können. Für jetzt haben wir unser Netz noch zu spinnen, während der Feind bereits seine Beute umgarnt hat. Vor allem gilt es, der großen Gefahr zu entgehen, die Sie bedroht. Dann muss der Schleier gelüftet werden, und die Schuldigen finden ihre Strafe. Wie kehren Sie zurück?«

»Mit dem Zug von Waterloo Station.«

»Es ist noch nicht neun Uhr. Die Straßen sind jetzt belebt, und so hoffe ich, Sie sind sicher. Doch können Sie nicht vorsichtig genug sein.«

»Ich bin bewaffnet.«

»Das ist recht. Morgen nehme ich Ihren Fall in Angriff.«

»So darf ich Sie in Horsham erwarten?«

»Nein, Ihr Geheimnis liegt in London verborgen; hier muss ich danach forschen.«

»So werde ich Sie in den allernächsten Tagen aufsuchen und Ihnen über Kasten und Papiere berichten. Ihr Rat soll genau befolgt werden.«

Er reichte uns die Hand und verabschiedete sich. Draußen heulte der Wind noch immer, und der Regen schlug an die Fenster. Es war, als hätten die entfesselten Elemente diese merkwürdige Begebenheit zu uns hereingeweht – wie einen von den Wogen angeschwemmten Büschel Seetang, den nun das tobende Meer wieder verschlang.

Schweigend saß Sherlock Holmes und starrte sinnend in die rote Feuerglut. Dann steckte er seine Pfeife an, lehnte sich bequem zurück und blickte den einzelnen Rauchringen nach, die zur Decke emporstiegen.

»Mich dünkt, Watson«, bemerkte er endlich, »ein so fantastischer Fall ist uns noch nicht vorgekommen.«

»Höchstens der des ›Zeichen der Vier‹.«

»Nun ja, den nehme ich aus. Und doch glaube ich, dass John Openshaw in noch größerer Gefahr schwebt als damals die Scholtos.«

»Haben Sie irgendwelche bestimmte Vermutung über die Art dieser Gefahr?«

»Darüber ist kein Zweifel möglich.«

»So sprechen Sie! Wer ist dieser K. K. K. und warum verfolgt er die unglückliche Familie?«

Sherlock Holmes schloss die Augen, stützte die Ellenbogen auf die Lehnen seines Stuhls und legte die Fingerspitzen aneinander. »Der vollendete Denker«, sagte er, »müsste eigentlich imstande sein, anhand einer einzigen Tatsache, welche ihm in allen ihren Beziehungen klar geworden ist, sowohl die Begebenheiten, die daraus folgten, als auch diejenigen, welche vorausgingen, zu ermitteln. Genau so, wie Cuvier den Bau eines ganzen Tieres bei der Betrachtung eines einzigen Knochens festzustellen vermochte. Wir sind uns noch viel zu wenig bewusst, was wir alles durch bloße Geistesarbeit erreichen können. Mithilfe des Studiums vermag man Probleme zu lösen, an welchen diejenigen verzweifeln, die die Lösung nur vermittelst ihrer fünf Sinne zu finden trachten. Der Höhepunkt der Kunst lässt sich jedoch nur erreichen, wenn der Forscher es versteht, alle Fakten zu benutzen, die zu seiner Kenntnis gelangen. Das hat aber ein so universelles Wissen zur Voraussetzung, wie es selbst in unserer Zeit freier und allgemeiner Bildung nur wenigen zugänglich ist. Dagegen scheint es mir nicht so ganz unmöglich, dass ein Mensch alles Wissen besitzt, das ihm in seinem Fach nützlich werden kann, und dies zu erwerben habe ich mich redlich bemüht. Entsinne ich mich recht, so haben Sie einmal in den Tagen unserer frühesten Freundschaft die Grenzen meiner Fähigkeiten sehr genau verzeichnet.«

»Jawohl«, erwiderte ich lachend, »es war eine gelungene Liste. Philosophie, Astronomie und Politik waren darin – wenn ich mich recht erinnere – mit einer Null versehen. In Botanik waren Sie ungleich, in Geologie dagegen sehr gründlich, namentlich mit Bezug auf Treckspuren aus jeder beliebigen Gegend im Umkreis von London; mit Chemie stand's brillant; Kenntnisse in Anatomie unsystematisch; in Kriminalliteratur ein hervorragender Kenner. Im Übrigen guter Boxer, Fechter, Jurist. So lauteten wohl die Hauptpunkte meiner Analyse.«

Holmes lachte. »Und ich sage heute wie damals: Der Mensch soll seine kleinen Gehirnkammern mit dem füllen, was er voraussichtlich brauchen wird, das übrige kann er in den dunkelsten Winkel seiner Bibliothek stecken, wo er es im Notfall findet. In einem Fall wie dem uns heute Abend vorgelegten gilt es, eine Musterung von allem vorzunehmen, was uns nur irgend zu Gebote steht. Bitte reichen Sie mir den Buchstaben K der Amerikanischen Enzyklopädie, die auf dem Regal hinter Ihnen steht. – Danke. – Nun lassen Sie uns die Sache näher betrachten und sehen, was man daraus folgern kann. Vor allem ist mit ziemlicher Gewissheit anzunehmen, dass Oberst Openshaw einen sehr triftigen Grund hatte, Amerika zu verlassen. Männer seines Alters ändern nicht leicht ihre Gewohnheiten und vertauschen nicht gern das liebliche Klima Floridas gegen das einsame Leben einer englischen Provinzstadt. Seine übergroße Zurückgezogenheit in England lässt uns vermuten, dass er sich vor jemand oder vor etwas fürchtete und dass ihn diese Furcht aus Amerika vertrieben hat. Was dies Befürchtete war, können wir aus den schrecklichen Briefen folgern, die er und seine Familie erhielten. Haben Sie die Postzeichen auf den Briefen bemerkt?«

»Der erste kam aus Pondicherry, der zweite aus Dundee und der dritte aus London.«

»Aus Ost-London. Was folgern Sie daraus?«

»Es sind drei Seehäfen. Also war der Schreiber an Bord.«

»Vortrefflich. Da halten wir schon einen Faden. Es ist unbedingt anzunehmen – ja, fast zweifellos, dass der Schreiber an Bord eines Schiffes ist. Und nun ein zweiter Punkt: Nach dem Brief aus Pondicherry verstrichen sieben Wochen zwischen Warnung und Ausführung, nach dem aus Dundee nur drei bis vier Tage. Gibt uns das keinen Anhalt?«

»Im ersteren Fall war eine größere Entfernung zurückzulegen.«

»Aber dies gilt auch von dem Brief.«

»Dann werde ich nicht klug daraus.«

»Es liegt wenigstens die Vermutung nahe, dass der Mann oder die Männer an Bord eines Seglers sind. Fast scheint es, sie schicken ihre eigentümliche Warnung oder ihr Zeichen voraus, sobald sie sich auf den Weg machen, um ihre Absicht auszuführen. Sie sehen, wie rasch die Tat auf den Brief aus Dundee folgte. Wären die Leute auf einem Dampfer von Pondicherry gekommen, so würden sie fast zugleich mit ihrem Brief angelangt sein. Es steht aber fest, dass sieben Wochen dazwischen verstrichen. Mir scheint, diese sieben Wochen bilden den Unterschied in der Zeit zwischen der Fahrt des Postdampfers, der den Brief beförderte, und dem Segler, der den oder die Schreiber brachte.«

»Das ist möglich.«

»Mehr als das – es ist wahrscheinlich. Und nun begreifen Sie die Dringlichkeit dieses neuen Falles und weshalb ich den jungen Openshaw zur Vorsicht ermahnte. Der Schlag fiel stets, wenn die Zeit um war, derer der Absender bedurfte, um selbst die Entfernung zurückzulegen. Der letzte Brief kommt aus London, und so ist nicht auf Aufschub zu rechnen.«

»Großer Gott!«, rief ich aus. »Was mag diese erbarmungslose Verfolgung bedeuten?«

»Sichtlich sind die Papiere, welche Openshaw besaß, der Person oder den Personen auf dem Segler von größter Wichtigkeit. Offenbar sind es ihrer mehrere. Ein Mann allein hätte schwerlich zwei derartige Mordtaten auszuführen vermocht. Es müssen entschlossene, verwegene Leute sein. Sie wollen ihre Papiere – mag sie haben, wer da will. Wie mir scheint, sind diese drei K nicht sowohl die Anfangsbuchstaben eines Einzelnen, als das Kennzeichen einer Verbindung – aber welcher Verbindung? – Haben Sie nie«, fragte Sherlock Holmes, sich vorbeugend und leiser sprechend, »vom Ku-Klux-Klan reden hören?«

»Niemals.«

Holmes blätterte in dem Buch auf seinem Knie. »Da ist's«, sagte er:

Ku-Klux-Klan. Das Wort kommt von der sonderbaren Ähnlichkeit seines Klanges mit dem Spannen einer Feuerwaffe. Dieser schreckliche Geheimbund wurde von einigen ex-konföderierten Soldaten in den Südstaaten nach dem Bürgerkrieg geschlossen, und schnell verzweigte er sich in verschiedenen Gegenden, besonders in Tennessee, in Louisiana, Carolina, Georgia und Florida. Seine Macht diente politischen Zwecken, hauptsächlich dazu, die Negerwähler, welche für die Stimmberechtigung der Neger eintraten, zu terrorisieren und diejenigen zu morden oder aus dem Land zu treiben, die sich den Prinzipien der geheimen Gesellschaft widersetzten. Ihren Gewalttaten ging meist eine Warnung an das ausersehene Opfer voraus, ein fantastisches, leicht zu erkennendes Zeichen – ein Büschel Eichenlaub in manchen Gegenden, in anderen Melonen- oder Apfelsinenkerne. Nach Empfang solcher Warnung musste der Betreffende entweder seine Gesinnung ändern oder die Gegend schleunigst verlassen. Bot er Trotz, so war er unrettbar verloren, und der Tod ereilte ihn meist auf sonderbare, unerwartete Weise. Die Organisation der Verbindung war so vollendet, ihre Methode so systematisch, dass sich kaum von einem Fall berichten lässt, wo es einem Menschen gelungen wäre, sich ihr ungestraft zu widersetzen oder die Urheber zu ermitteln. Viele Jahre hindurch nahm der Bund einen immer größeren Aufschwung trotz aller Anstrengungen der Regierung wie der angesehensten Bürger im Süden. Im Jahr 1869 geriet er aber ganz plötzlich in Verfall, und nur vereinzelt kamen von jener Zeit an noch durch ihn verübte Gewalttätigkeiten vor.

»Beachten Sie wohl«, sagte Holmes, das Buch beiseite legend, »dass das plötzliche Aufhören dieses Geheimbundes mit der Zeit zusammenfällt, als Openshaw mit jenen Papieren Amerika verließ. Wer weiß, ob nicht Ursache und Wirkung hier nahe beieinanderliegen. Da wäre es kein Wunder, wenn einzelne der Unversöhnlichsten es auf ihn und seine Familie abgesehen hätten. Sie begreifen, was von diesen Registern und Notizen für manche hochgestellte Persönlichkeit in den Südstaaten abhängen kann, und dass da mancher nicht ruhig schläft, ehe die Papiere wieder herbeigeschafft sind.«

»Demnach enthielte das Blatt, das wir gesehen haben ...«

»Was zu erwarten stand. Irre ich nicht, so hieß es dort: ›Die Kerne wurden zugestellt an A, B und C‹ – das bedeutet so viel wie: Die Warnung der Verbindung wurde ihnen zugeschickt. Dann folgten Angaben, wonach sich A und B rechtfertigten oder auswanderten, C aber nahm, wie ich fürchte, ein schlimmes Ende. Ich hoffe, Doktor, es wird uns gelingen, den Schleier dieser dunklen Geschichte zu lüften; einstweilen aber kann der junge Openshaw nichts tun als was ich ihm riet. Heute ist alles weitere Reden und Handeln überflüssig – darum reiche mir meine Geige! Wir wollen versuchen, auf eine halbe Stunde das garstige Wetter und das noch garstigere Gebaren unserer Mitmenschen zu vergessen.«

Der Himmel hatte sich am nächsten Morgen aufgehellt, und in gedämpfter Klarheit schien die Sonne durch den grauen Schleier, der gewöhnlich über der Großstadt schwebt.

Sherlock Holmes frühstückte bereits, als ich herabkam.

»Entschuldigen Sie, dass ich nicht gewartet habe«, sagte er, »voraussichtlich bekomme ich heute für den jungen Openshaw tüchtig zu tun.«

»Was sind Ihre ersten Schritte?«

»Die hängen vom Ergebnis meiner ersten Erkundigung ab. Vielleicht muss ich doch nach Horsham.«

»So fangen Sie nicht damit an?«

»Nein, mein erster Weg ist in die City. – Klingeln Sie bitte. Das Mädchen bringt Ihnen den Kaffee.«

Während ich wartete, warf ich einen Blick in die noch ungelesene Zeitung; er fiel auf einen Bericht, bei dem es mich kalt überlief.

»Holmes!«, rief ich aus. »Sie kommen zu spät.«

»Was?«, sagte er und stellte die Tasse hin. »Ich befürchtete es schon! Wie ist's geschehen?« Er sprach gelassen, doch sah ich, dass er tief erschüttert war.

Ich hatte den Namen Openshaw gelesen und darüber stand: ›Tragödie an der Waterloo Bridge.‹ Da ist der Bericht.

»Gestern Abend zwischen neun und zehn Uhr vernahm der Schutzmann Cool von der Division H., bei der Waterloo Bridge stationiert, einen Hilferuf und einen Fall ins Wasser. Die Nacht war so stürmisch und finster, dass trotz der Hilfe mehrerer Vorübergehenden jegliche Rettung unmöglich blieb. Die Stadtpolizei wurde alarmiert, und es gelang, den Körper herauszuziehen. Der Ertrunkene ist ein junger Mann namens John Openshaw, wohnhaft zu Horsham, wie sich aus einem Briefumschlag erwies, den er in seiner Tasche trug. Es ist anzunehmen, dass er zum letzten Zug an die Waterloo Station wollte; bei seiner Hast und der außerordentlichen Dunkelheit hat er wohl den Weg verfehlt und ist auf einen der schmalen Stege geraten, die den Flussdampfern zur Landung dienen. Der Leichnam trug keine Zeichen der Gewalttat, und so war der Verstorbene also offenbar das Opfer eines Unglücksfalles, durch den sich die Behörden veranlasst sehen sollten, ihre Aufmerksamkeit auf den Zustand der Landungsstellen am Fluss zu lenken.«

Stumm saßen wir beisammen, Holmes war niedergedrückter, als ich ihn je gesehen.

»Das verletzt meinen Stolz, Watson«, sagte er endlich. »Es mag ein kleinliches Gefühl sein, aber es verletzt meinen Stolz. Jetzt betrachte ich die Sache als meine persönliche Angelegenheit, und erhält mich Gott gesund, so soll mir diese Bande nicht entgehen. – Bei mir suchte er Hilfe, und ich, ich schicke ihn in den Tod!« Er sprang auf und rannte erregt im Zimmer hin und her; seine fahlen Wangen waren gerötet, und mit nervösem Zucken öffneten und schlossen sich seine langen, schmalen Hände.

»Das müssen verschmitzte Teufel sein!«, rief er endlich aus. »Wie vermochten sie ihn dort hinunterzulocken? Der Landungsplatz liegt nicht auf dem direkten Weg zur Station. Gewiss war die Brücke, selbst in solcher Nacht, zu belebt für ihr Vorhaben. Aber, Watson, wir wollen sehen, wer von uns den Kürzeren zieht. Ich gehe jetzt aus.«

»Zur Polizei?«

»Nein. Ich will selbst meine Polizei sein. Die mag die Fliegen fangen, wenn ich das Netz gesponnen habe. Vorher nicht.«

Den ganzen Tag hatte ich in meinem Beruf zu tun, und erst am späten Abend kam ich in die Baker Street zurück. Sherlock Holmes war noch nicht heimgekehrt. Kurz vor zehn trat er blass und müde ein. Er ging zum Büffet, brach ein Stück Brot ab, verschlang es gierig und spülte es mit einem Trunk Wasser hinunter.

»Sie sind hungrig«, bemerkte ich.

»Ganz ausgehungert. Ich habe noch gar nicht daran gedacht. Seit dem Frühstück habe ich nichts zu mir genommen.«

»Nichts?«

»Keinen Bissen. Mir fehlte die Zeit, daran zu denken.«

»Und was haben Sie erreicht?«

»Viel.«

»Sind Sie den Spitzbuben auf der Spur?«

»Ich halte die Kerle fest. Lange soll John Openshaw nicht auf Rache warten. Ihr eigenes Teufelszeichen wollen wir ihnen aufdrücken, Watson. Es ist gut ausgedacht!«

»Was meinen Sie?«

Er nahm eine Apfelsine aus dem Schrank, brach sie auseinander und drückte die Kerne heraus auf den Tisch. Fünf davon steckte er in einen Umschlag. Auf die Innenseite des Verschlusses schrieb er: ›S. H. für J. Oh.‹, dann siegelte er und adressierte an: ›Kapitän James Calhoun, Barke ›Lone Star‹, Savannah. Georgia.‹ »Das soll ihn bei der Einfahrt in den Hafen erwarten«, sagte er höhnisch. »Es mag ihm eine schlaflose Nacht bringen und wird ihm ein so sicherer Vorbote seines Geschickes sein, wie sein Brief für Openshaw gewesen ist.«

»Wer ist dieser Kapitän Calhoun?«

»Der Anführer der Rotte. Die anderen kriege ich nachher. Erst muss er dran.«

»Wie kamen Sie ihm auf die Spur?«

Holmes zog einen großen Bogen aus der Tasche, der mit Namen und Daten bedeckt war.

»Den ganzen Tag durchsuchte ich Akten und Register des Lloyd und folgte dem Kurs aller Schiffe, die im Januar und Februar 1883 Pondicherry berührten. 36 Schiffe guter Löschung liefen während dieser Monate dort ein; unter diesen fesselte eines, die ›Lone Star‹, sofort meine Aufmerksamkeit. Nach dem Bericht wäre es nämlich von London ausgelaufen, während es in Wirklichkeit von einem amerikanischen Staat kommt.«

»Wahrscheinlich aus Texas.«

»Ich bin dessen nicht sicher, so viel aber steht fest, dass das Schiff amerikanischer Herkunft sein muss.«

»Was weiter?«

»Ich forschte dann in den Berichten von Dundee nach, und als ich fand, dass die ›Lone Star‹ im Januar 1885 dort lag, wurde mein Verdacht zur Gewissheit. Ich erkundigte mich nach den Schiffen, die jetzt im Hafen von London sind. Die ›Lone Star‹ war vorige Woche hier angekommen. – Ich ging zum Albert Dock und erfuhr, das Schiff sei mit der Morgenflut ausgelaufen und auf dem Heimweg nach Savannah begriffen. Ich telegrafierte nach Gravesend. Es war bereits vorübergesegelt; der Wind weht von Ost, also muss es unbedingt über die Sandbank von Godwin hinaus sein und nicht weit von der Insel Wight.«

»Und nun?«

»Nun halte ich ihn unter dem Daumen. Nur er und zwei Matrosen an Bord sind geborene Amerikaner; die übrigen sind Deutsche und Finnländer. Auch erfuhr ich, dass sie vorige Nacht alle drei nicht auf dem Schiff waren. Der Stauer, der die Ladung löschte, hat es mir gesagt. Bei der Einfahrt des Schiffes in Savannah wird der Postdampfer bereits diesen Brief abgeliefert haben, und die Polizei von Savannah hat durch das Kabel schon erfahren, dass auf die drei Herren von hier aus eines Mordes wegen gefahndet wird.« –

Wie schlau der Mensch aber auch seine Pläne ersinnen mag, sie werden doch oft vereitelt. John Openshaws Mörder sollten nie und nimmer die fünf Kerne erhalten, die ihnen bewiesen hätten, dass ein anderer, der nicht minder verschmitzt und entschlossen war wie sie selbst, ihnen auf die Spur gekommen sei.

Die Äquinoktialstürme waren in diesem Jahr besonders heftig und unheilvoll. Vergeblich warteten wir lange Zeit auf Nachrichten über die ›Lone Star‹ aus Savannah.

Endlich hörten wir, dass irgendwo weit draußen im Atlantischen Ozean ein zerbrochener Hintersteven mit den Buchstaben L. S. gezeichnet, den die Wogen umhertrieben, aufgefunden wurde. – Das ist alles, was je vom Schicksal der ›Lone Star‹ zu uns gedrungen ist.

Der Mann mit der Schramme

Isa Whitney, der Bruder des weiland Elias Whitney, Doktors der Theologie und Rektors des Predigerseminars von St. Georgen, war ein starker Opiumraucher. Soviel ich weiß, kam er durch eine Jugendeselei dazu, als er noch auf der Schule war. Er hatte damals De Quinceys Beschreibung seiner Träume und Empfindungen gelesen und tränkte seinen Rauchtabak mit Opiumtinktur, um womöglich dieselbe Wirkung zu erzielen. Dabei ging es ihm aber wie schon so manchem vor ihm: Er fand, dass es viel leichter ist, eine Gewohnheit anzunehmen, als sie wieder abzulegen; so blieb er jahrelang ein Sklave dieses Gifts und wurde seinen Freunden und Verwandten zum Gegenstand des Abscheus oder auch des Mitleids. Noch sehe ich ihn vor mir in einem Lehnstuhl zusammengekauert mit dem gelben, aufgedunsenen Gesicht, den schlaffen Augenlidern und den bis zum Umfang eines Stecknadelknopfes verkleinerten Pupillen, die traurige Ruine eines ursprünglich edlen Menschen.

Eines Abends – es war im Juni 1889 – so um die Zeit, wenn der Mensch anfängt zu gähnen und nach der Uhr zu sehen, wurde an meinem Haus die Klingel gezogen. Ich fuhr in die Höhe, und meine Frau ließ mit verstimmtem Gesicht ihre Handarbeit in den Schoß sinken. »Ein Kranker«, sagte sie. »Du wirst nochmals fortgehen müssen.«

Ich seufzte, denn soeben war ich von schwerem Tagewerk heimgekehrt. Wir hörten die Haustür gehen, vernahmen ein paar hastige Worte und dann rasche Schritte auf dem Linoleum. Unsere Zimmertür flog auf, und herein trat eine dunkel gekleidete, schwarz verschleierte Dame.

»Entschuldigen Sie meinen späten Besuch«, begann sie, doch plötzlich, allen Halt verlierend, stürzte sie auf meine Frau zu und warf sich ihr schluchzend um den Hals.

»Ach, ich bin in entsetzlicher Lage«, rief sie aus, »und bedarf dringend des Beistandes!«

»Was, das ist Kate Whitney?«, sagte meine Frau und schlug ihrem Gast den Schleier zurück. »Wie du mich aber erschreckt hast, Kate! Als du hereinkamst, hatte ich keine Ahnung, wer du seist.«

»Ach, ich wusste keinen anderen Ausweg, als zu dir zu flüchten.«

Es war die alte Geschichte; jeder, der in Not war, kam zu meiner Frau, wie die Vögel zum Leuchtturm fliegen.

»Wie lieb von dir, dass du gekommen bist. Jetzt trinke nur erst ein Glas Wein mit Wasser und setze dich behaglich her, dann erzählst du uns alles. Oder möchtest du lieber, dass ich James zu Bett schicke?«

»Nein, gewiss nicht! Denn ich bedarf auch des Doktors Rat und Beistand. Es handelt sich um meinen Mann. Seit zwei Tagen ist er nicht mehr nach Hause gekommen, und ich bin in entsetzlicher Angst um ihn!«

Nicht zum ersten Mal sprach sie mit uns von ihrem Kummer um den Gatten, mit mir als Arzt und mit meiner Frau als alter Freundin und Vertrauten noch von der Schule her. Wir beruhigten und trösteten sie nach Kräften. Ich fragte, ob sie wisse, wo sich ihr Gatte aufhalte; ob wir ihr helfen könnten, ihn nach Hause zu schaffen.

Es schien so: Sie hatte in Erfahrung gebracht, dass er in letzter Zeit, wenn ihn der krankhafte Drang überkam, eine Opiumhöhle im entferntesten Osten der Stadt aufgesucht habe. Bisher hatten sich seine Orgien immer nur auf einen Tag beschränkt, worauf er dann wankend und gebrochen am Abend heimkehrte. Aber diesmal war er schon seit zweimal vierundzwanzig Stunden im Bann seiner Leidenschaft und lag ohne Zweifel unter dem Auswurf des Schiffervolkes, um das Gift in sich aufzunehmen oder dessen Folgen zu verschlafen. Dort in der ›Goldschenke‹ in der Upper Swandam Street wäre er, meinte sie, sicherlich zu finden. Aber was könnte sie da tun? Wie sollte sie, die junge, ängstliche Frau, in einen solchen Ort eindringen und ihren Gatten aus der Mitte des Gesindels, das sich dort aufhielt, herausholen?

So lagen die Dinge, und in der Tat gab es nur einen einzigen Ausweg. Ob ich sie nicht dorthin begleiten wollte? Oder – ob es am Ende besser wäre, ich ginge allein? Ich sei ja ihres Mannes ärztlicher Ratgeber und besäße als solcher Einfluss auf ihn. Ich wäre viel unbehinderter in allem. Ich gab ihr mein Wort darauf, ihn binnen zwei Stunden in einem Wagen heimzusenden, vorausgesetzt, dass ich ihn wirklich an dem von ihr bezeichneten Ort fände. Und zehn Minuten später hatte ich auch schon den Lehnstuhl und das behagliche Wohnzimmer im Rücken und fuhr davon in einer Angelegenheit, die mir von vornherein höchst absonderlich vorkam, wenn sich auch erst später herausstellte, wie absonderlich sie in der Tat werden sollte.

Der erste Teil meiner Expedition ging ohne Schwierigkeit vonstatten. Die obere Swandam Street ist eine hässliche Gasse, die hinter den großen Lagerhäusern steckt, welche sich an der Nordseite der Themse bis östlich der London Bridge hinziehen. Zwischen einer Trödelbude und einer Schnapskneipe führte eine steile Treppe zu einem Loch, finster wie ein Kellerschacht, und damit hatte ich die gesuchte Spelunke gefunden. Ich hieß den Kutscher warten und stieg die Stufen hinab, die von dem unausgesetzten Wandel trunkener Füße in der Mitte stark ausgetreten waren. Beim flackernden Schein einer Öllampe über der Tür fand ich die Klinke und trat in einen langen niedrigen Raum, der von braunem Opiumrauch dick angefüllt und wie das Zwischendeck eines Auswanderungsschiffes mit übereinandergeschichteten hölzernen Pritschen ausgestattet war.

In all dem Qualm vermochte man kaum die Gestalten zu erkennen, die in sonderbar fantastischen Stellungen umherlagen, mit eingezogenen Achseln, gekrümmten Knien, zurückgeworfenem Kopf und aufwärts gekehrtem Kinn. Ab und zu richtete sich ein dunkles, glanzloses Auge auf den Ankömmling. Aus den düsteren Schatten glommen kleine rote Lichtstreifen auf, bald heller, bald matter, je nachdem ob das brennende Gift in den Köpfen der Metallpfeifen zu- oder abnahm. Die meisten der Leute lagen stumm da; doch murmelten einzelne vor sich hin, während andere wieder mit seltsam leiser, eintöniger Stimme sich miteinander unterhielten, die Sätze heftig hervorstoßend, um dann plötzlich in Schweigen zu versinken; jeder spann an seinen eigenen Gedanken weiter, ohne sich viel an das Gerede des Nachbarn zu kehren. Am anderen Ende des Raumes stand ein kleines Becken mit glühenden Kohlen, neben dem ein hagerer alter Mann auf einem dreibeinigen Stuhl saß. Er hatte das Kinn auf die Fäuste und die Ellenbogen auf die Knie gestützt und blickte starr in die Glut.

Bei meinem Eintritt sprang ein schmutziger Malaie mit einer Pfeife und einem Quantum Opium auf mich zu und wollte mir eine leere Lagerstelle anweisen.

»Ich danke Ihnen, meine Absicht ist nicht zu bleiben«, sagte ich. »Ein Freund von mir, Mr Isa Whitney, befindet sich hier, und diesen wünsche ich zu sprechen.«

Bei diesen Worten bewegte sich etwas zu meiner Rechten, und ich vernahm einen Ausruf. Ich sah hin und erkannte in dem Dunst Whitney, der blass und verstört mit wirren Haaren dasaß und mich anstierte.

»Mein Gott, Sie sind's, Watson!«, sagte er.

Er war in einem kläglichen Zustand der Nachwirkung des Giftes, und jeder Nerv an ihm zitterte.

»Wie viel Uhr ist es denn, Watson?«

»Bald elf.«

»Und welchen Tag haben wir?«

»Freitag, den 19. Juni.«

»Gerechter Gott! Ich glaubte, es sei Mittwoch. Und es ist auch Mittwoch. Wie können Sie einen armen Kerl nur so erschrecken?« Mit diesen Worten begrub er sein Gesicht in den Händen und begann laut zu schluchzen.

»Ich versichere Ihnen, dass es wirklich Freitag ist, Sie Mann des Jammers. Ihre Frau wartet nun seit zwei Tagen auf Sie. Sie sollten sich vor sich selber schämen!«

»Das tue ich auch. Aber Sie täuschen sich, Watson, denn ich bin erst seit ein paar Stunden hier, drei, vier Pfeifen etwa – ich weiß nicht mehr, wie viele. Doch ich will mit Ihnen nach Hause gehen, denn ich möchte Kate, mein armes, liebes Kätchen, nicht ängstigen. Geben Sie mir Ihre Hand! Haben Sie einen Wagen hier?«

»Ja, er wartet draußen.«

»Dann will ich ihn benutzen. Doch ich muss noch etwas schuldig sein. Sorgen Sie doch dafür, Watson. Ich bin ganz verwirrt und unfähig, mir selbst zu helfen.«

Um der Einwirkung der abscheulichen, betäubenden Giftdämpfe zu entgehen, schritt ich mit angehaltenem Atem den schmalen Gang zwischen der Doppelreihe von Schläfern entlang und suchte nach dem Wirt. Als ich an der hageren Gestalt bei dem Kohlenbecken vorüberkam, fühlte ich mich plötzlich am Rockschoß gezupft, und eine leise Stimme flüsterte mir zu: »Gehen Sie an mir vorüber, und dann sehen Sie sich nach mir um.« Diese Worte trafen mein Ohr ganz deutlich. Ich blickte auf. Sie konnten nur von dem Alten neben mir herrühren, und doch saß er so geistesabwesend, schlotterig und vom Alter gebeugt da wie zuvor; seine Opiumpfeife baumelte ihm zwischen den Knien, als wäre sie eben den schlaffen Fingern entglitten. Ich ging zwei Schritte weiter und sah zurück. Und nun bedurfte ich meiner ganzen Selbstbeherrschung, um nicht einen Schrei maßlosen Erstaunens auszustoßen. Er hatte sich so umgewendet, dass ihn niemand außer mir sehen konnte. Seine Gestalt war voll geworden, die Runzeln waren verschwunden, die matten Augen hatten ihr Feuer wieder gewonnen – kurz, der Mann, der da am Feuer saß und sich an meiner Überraschung höchst belustigte, war niemand anders als Sherlock Holmes. Er gab mir einen Wink, mich ihm zu nähern, und als er das Gesicht den anderen wieder zuwandte, nahm es sofort wieder den Ausdruck schlaffen Alters an.

»Holmes!«, flüsterte ich. »Wie kommen Sie nur in dieses Loch?«

»So leise wie möglich«, antwortete er, »mein Gehör ist vorzüglich. Wenn Sie die Güte hätten, sich Ihres jammervollen Freundes dort zu entledigen, so wäre es mir sehr erwünscht, ein wenig mit Ihnen zu plaudern.«

»Draußen habe ich einen Wagen stehen.«

»Dann schicken Sie ihn doch nach Hause. Es ist keine Gefahr dabei, denn er fühlt sich zu schlaff und matt, um weiteres Unheil anzurichten. Auch möchte ich Ihnen empfehlen, Ihre Frau durch den Kutscher wissen zu lassen, dass wir etwas zusammen vorhaben. Wenn Sie so lange draußen warten wollen, so bin ich in fünf Minuten bei Ihnen.«

Sherlock Holmes etwas abzuschlagen war äußerst schwierig, denn er trug seine Bitten stets mit der größten Ruhe und Entschiedenheit vor. Zudem hatte ich das Gefühl, dass, sobald Whitney im Wagen säße, auch meine Verpflichtung gegen ihn zu Ende sei; und was konnte ich mir eigentlich Besseres wünschen als eines der wunderlichen Abenteuer mitmachen zu dürfen, wie sie meinem Freund zum Lebensbedürfnis geworden waren? In wenigen Minuten war der Zettel an meine Frau geschrieben, Whitneys Rechnung bezahlt, er selbst in den Wagen gesetzt und durchs Dunkel der Nacht davongefahren.

Kurz darauf stieg eine verkommene Gestalt aus der Opiumhöhle empor, und an meiner Seite schritt Sherlock Holmes. Zwei Straßenlängen weit schleppte er sich mühsam mit gebücktem Rücken und unsicherem Tritt vorwärts. Dann blickte er um sich, richtete sich auf und brach in ein herzliches Lachen aus.

»Und nun, Watson«, sagte er, »bilden Sie sich gewiss ein, dass nun auch noch das Opiumrauchen zu den Kokaineinspritzungen und all den anderen kleinen Schwächen gekommen ist, die mir die schätzenswerte Bekanntschaft mit Ihrer medizinischen Erfahrung nebenbei eingetragen hat.«

»Allerdings war ich überrascht, Sie hier zu sehen.«

»Und ich nicht minder Sie …«

»Ich suchte einen Freund.«

»Und ich einen Feind.«

»Einen Feind?«

»Ja, einen meiner natürlichen Feinde, oder, um es richtiger zu sagen, meine natürliche Beute. Mit einem Wort, Watson, ich stecke eben in einer ganz merkwürdigen Geschichte und hatte gehofft, in dem unzusammenhängenden Geschwätz dieser Kerle einen Schlüssel zu finden, wie mir das schon mehrfach geglückt ist. Wäre ich jedoch in diesem Loch erkannt worden, so wär's um mich geschehen, denn ich habe es früher schon für meine Zwecke ausgebeutet, und der Malaie, der Schurke von einem Wirt, hat mir Rache geschworen. An der Rückseite des Gebäudes befindet sich eine Falltür, in der Nähe der Paulswerft, die könnte Schaudergeschichten erzählen von dem, was in mondlosen Nächten da schon hinabgestürzt ist.«

»Wieso? Sie meinen doch nicht etwa, dass Leichen ...?«

»Jawohl, Leichen, Watson; wir wären reiche Leute, wenn wir für jeden armen Teufel, der dort auf ewig stumm gemacht worden ist, unsere tausend Pfund bekämen. Es ist die scheußlichste Mördergrube auf dieser ganzen Uferseite, und ich fürchte sehr, dass Neville St. Clair hier hineingeraten ist, um nie wieder herauszukommen.« Damit steckte er beide Zeigefinger zwischen die Zähne und ließ einen schrillen Pfiff ertönen, dem ein ähnlicher aus einiger Entfernung antwortete, worauf sich Rädergerolle und Pferdegetrappel hören ließen. »Nun, wie ist's, Watson«, fragte Holmes, als ein großer Jagdwagen aus der Dunkelheit auftauchte, dessen Seitenlaternen zwei lange goldene Lichtstreifen vor sich herwarfen. »Sie gehen doch mit?«

»Gern, wenn ich Ihnen nützlich sein kann.«

»Ein treuer Freund ist immer nützlich und vollends noch, wenn er zugleich ein Mann der Feder ist. Mein Zimmer ›zu den Zedern‹ hat zwei Betten.«

»Zu den Zedern?«

»Ja, nämlich in St. Clairs Haus, denn dort wohne ich, solange meine Nachforschungen dauern.«

»Wo liegt es denn?«

»Bei Lee in Kent. Wir haben eine Fahrt von sieben Meilen vor uns.«

»Aber ich weiß ja von gar nichts.«

»Natürlich, doch werden Sie bald alles erfahren. Sitzen Sie nur auf. Schon gut, John, wir kutschieren selbst. Hier ein Trinkgeld. Morgen gegen elf Uhr können Sie mich erwarten. So, jetzt lassen Sie los, und nun vorwärts!«

Er versetzte dem Pferd einen leichten Schlag mit der Peitsche, und wir flogen dahin durch die endlosen, dunklen, einsamen Straßen, die sich allmählich erweiterten, bis wir über eine breite Brücke sausten, unter der der schlammige Fluss träge dahinfloss. Auch drüben dasselbe Häusermeer; nichts als der gleichmäßige Schritt der Schutzleute oder das Johlen verspäteter Nachtschwärmer unterbrach die nächtliche Stille. Eine dunkle Wolkenmasse zog langsam am Himmel dahin, und nur matt schimmerte da und dort ein Stern durch das Gewölk auf. Schweigend lenkte Holmes das Gefährt, den Kopf auf die Brust gesenkt und mit dem Ausdruck eines Mannes, der ganz in Gedanken verloren ist, während ich neben ihm saß, gespannt, zu erfahren, was für ein neuer Fall das wohl sein mochte, der seinen Geist so vollständig in Anspruch nahm, und doch getraute ich mir nicht, seinen Gedankengang zu unterbrechen. Wir waren schon verschiedene Meilen gefahren und gelangten an den äußeren Gürtel der Vorstadtvillen, als sich Holmes aufraffte, die Achseln zuckte und seine Pfeife in Brand steckte mit der Miene eines Menschen, der mit sich zufrieden ist, im Bewusstsein, dass er tut, was in seinen Kräften steht.

»Ihnen ward die schöne Gabe des Schweigens verliehen, Watson«, sagte er, »und das macht Sie zu einem geradezu unschätzbaren Gefährten. Auf Ehre, für mich ist es von größtem Wert, jemand zu haben, bei dem ich mich aussprechen kann, denn meine eigenen Gedanken sind nicht gerade ergötzlicher Art. Eben überlegte ich mir, was ich dem guten Frauchen wohl sagen sollte, wenn sie mir heute Abend entgegentritt.«

»Sie vergessen, dass ich ja von gar nichts weiß.«

»Es bleibt jetzt gerade noch Zeit genug, bis wir nach Lee kommen, um Ihnen die Einzelheiten des Falles zu erzählen. Er sieht sich lächerlich einfach an, und doch weiß ich nicht, was ich damit anstellen soll. Fäden gibt es in Menge, aber das richtige Ende vermag ich nicht zu finden. Lassen Sie mich Ihnen also die Sache klar und deutlich auseinandersetzen, Watson, möglich, dass Ihnen vielleicht ein Licht aufgeht, wo für mich alles dunkel ist.«

»So fangen Sie nur an.«

»Vor einigen Jahren, oder genauer gesagt, im Mai 1884, kam ein Herr namens Neville St. Clair nach Lee, der allem Anschein nach in sehr guten Verhältnissen war. Er bezog eine große Villa, legte geschmackvolle Gärten an und lebte in jeder Beziehung auf großem Fuß. Allmählich gewann er Freunde in der Nachbarschaft und heiratete im Jahr 1887 die Tochter eines dort ansässigen Bierbrauers, die ihn seitdem mit zwei Kindern beschenkt hat. Einen eigentlichen Beruf hatte er nicht, doch war er bei verschiedenen Unternehmungen beteiligt und ging in der Regel des Morgens zur Stadt und kehrte des Abends mit dem 5 Uhr 14-Zug wieder zurück. Mr St. Clair ist jetzt siebenunddreißig Jahre alt, ein Mann von soliden Lebensgewohnheiten, ein guter Ehegatte, zärtlicher Vater und bei allen beliebt, die ihn kennen. Ich kann noch hinzufügen, dass, soweit es sich ermitteln ließ, seine ganze Schuldenlast sich zur Zeit auf achtundachtzig Pfund und zehn

Schilling beläuft, während sein Bankguthaben zweihundertundzwanzig Pfund beträgt. Es liegt darum auch kein Grund zur Annahme vor, dass ihn etwa Geldsorgen bedrückt hätten.

Am letzten Montag fuhr Mr Neville St. Clair etwas früher als gewöhnlich zur Stadt, nachdem er zuvor geäußert, dass er zwei wichtige Geschäfte zu erledigen habe und dass er seinem Söhnchen einen Baukasten mitbringen wolle. Am selben Morgen, ganz kurz nach St. Clairs Weggang, erhielt seine Frau die Drahtnachricht, dass ein von ihr erwartetes Paketchen von beträchtlichem Wert auf dem Postamt der Aberdeen Schiffsgesellschaft abgeholt werden könne. Wenn Sie sich in Ihrem London gut auskennen, dann wissen Sie, dass die Geschäftsräume dieser Gesellschaft in der Fresno Street liegen, die in die Upper Swandam Street mündet, wo Sie mich heute Nacht getroffen haben. Mrs St. Clair nahm ihr zweites Frühstück ein und ging dann nach der Stadt, machte einige Einkäufe, holte ihr Paketchen auf dem Schiffsamt und ging genau um 4 Uhr 35 Minuten durch die Swandam Street wieder zurück, der Bahnstation zu. Sind Sie mir so weit gefolgt?«

»Das alles ist völlig klar.«

»Sie erinnern sich vielleicht noch, dass es am Montag außerordentlich heiß war. Mrs St. Clair ging darum langsam und sah sich, in der Hoffnung, einen Wagen zu entdecken, nach allen Seiten um, denn es kam ihr in dieser Umgebung nicht recht geheuer vor. Während sie so die Swandam Street entlangschritt, hörte sie plötzlich einen Schrei und war starr vor Schrecken, als sie ihren Mann aus dem Fenster eines zweiten Stocks auf sich niederblicken und ihr zuwinken sah. Das Fenster stand offen, sodass sie sein Gesicht ganz deutlich erkennen konnte, das nach ihrer Schilderung entsetzlich aufgeregt gewesen sein muss. Nachdem er ihr heftig mit der Hand gewinkt hatte, verschwand er so plötzlich vom Fenster, dass es ihr schien, als ob eine unwiderstehliche Macht ihn von hintenher weggerissen habe. Ein eigentümlicher Umstand entging ihrem raschen Blick nicht: Obwohl ihr Mann denselben dunklen Rock trug wie bei seinem Weggang von Zuhause, hatte er doch weder Kragen noch Krawatte an.

Überzeugt, dass St. Clair irgendetwas zugestoßen sein müsse, eilte sie die Stufen hinab – denn das Haus war kein anderes als die Opiumhöhle, in der Sie mich heute Nacht gefunden haben – lief durch das Vorzimmer und wollte die Treppe, die zum ersten Stock führt, hinaufsteigen, doch da trat ihr jener Malaie, der Schurke, den ich schon einmal nannte, in den Weg, drängte sie zurück und schob sie mithilfe eines Dänen, der dort häufig Handlangerdienste tut, hinaus auf die Straße. Voll der wahnsinnigsten Befürchtungen und Sorgen, rannte sie die Straße entlang, und ein glücklicher Zufall wollte es, dass sie in der Fresno Street auf einige Schutzleute stieß, die unter der Führung eines Inspektors eben die Runde machten. Der Inspektor begleitete sie mit zweien seiner Leute zurück, und trotz des hartnäckigen Widerstandes des Hausbesitzers drangen sie zu dem Zimmer durch, in dem St. Clair zuletzt gesehen worden war. Keine Spur mehr von ihm. Ja, im ganzen Stockwerk niemand als ein jämmerlicher Krüppel von abschreckender Hässlichkeit, der hier zu wohnen schien. Er sowohl als der Wirt schworen hoch und teuer, dass den ganzen Nachmittag außer ihnen niemand in diesem vorderen Zimmer gewesen sei. Ihre Beteuerungen schienen so glaubwürdig, dass der Inspektor zu glauben geneigt war, Mrs St. Clair müsse sich getäuscht haben, als diese plötzlich mit jähem Aufschrei auf ein hölzernes Kästchen zulief, das auf dem Tisch stand, und den Deckel aufriss. Eine Menge kleiner Bausteine stürzte daraus hervor. Es war das Spielzeug, das der Vater versprochen hatte mit nach Hause zu bringen.

Diese Entdeckung sowie die sichtliche Verlegenheit, die der Krüppel zeigte, überzeugten den Inspektor von dem Ernst der Sache. Die Räume wurden sorgfältig untersucht, und alles, was sich ergab, wies auf ein entsetzliches Verbrechen hin. Das vordere Zimmer war ein einfach ausgestatteter Wohnraum und führte in ein kleines Schlafzimmer mit der Aussicht auf die Rückseite einer Werft. Zwischen der Werft und dem Schlafzimmerfenster befindet sich ein schmaler Weg, der während der Ebbe trocken, während der Flut jedoch zum mindesten vier bis fünf Fuß hoch unter Wasser ist. Das Fenster war breit und ließ sich in die Höhe schieben. Bei genauer Besichtigung fanden sich Blutspuren auf dem Fenstersims, und vereinzelte Tropfen waren auf dem Bretterboden des Schlafzimmers sichtbar. Hinter einem Vorhang des Wohnzimmers lagen alle Kleider des Mr Neville St. Clair auf einem Haufen beisammen, nur der Rock fehlte. Stiefel, Socken, Hut, Uhr – alles fand sich vor, aber kein Merkmal von Gewalttat war daran zu erkennen, und auch sonstige Spuren von Mr Neville St. Clair fanden sich nicht. Allem Anschein nach musste er zum Fenster hinausbefördert worden sein, ein anderer Ausweg war nicht zu entdecken, und die verdächtigen Blutspuren am Gesims ließen wenig Hoffnung übrig, dass er sich durch Schwimmen gerettet haben könnte, denn die Flut stand zur Zeit der Gräueltat am höchsten. Und nun zu den Strolchen, die zunächst in die Sache verwickelt schienen. Der Malaie war ein äußerst übel beleumundeter Mensch. Da er aber nach Aussage der Mrs St. Clair wenige Sekunden nach ihres Mannes Erscheinen am Fenster am Fuß der Treppe gestanden hatte, konnte er kaum anders denn als bloße Nebenfigur bei dem Verbrechen angesehen werden. Seine Verteidigung beschränkte sich auf die Behauptung vollständiger Unwissenheit. Er verwahrte sich gegen jegliche Kenntnis von dem Tun und Lassen seines Mieters, Hugo Boones, und erklärte sich außerstande, irgendwelche Rechenschaft darüber zu geben, wie die Kleider des vermissten Herrn hierher gekommen wären.

So viel über den Wirt. Und nun zu dem unheimlichen Krüppel, der im zweiten Stock der Opiumhöhle wohnt und der sicher das letzte menschliche Wesen war, dessen Auge Neville St. Clair gesehen hat. Er heißt Hugo Boone, und jedermann, der häufig zur City kommt, kennt sein abschreckend hässliches Gesicht. Er ist gewerbsmäßiger Bettler und treibt dabei, um den polizeilichen Verordnungen nachzukommen, einen kleinen Handel mit Wachsstreichhölzern. Eine kurze Strecke die Threadneedle Street abwärts tritt links an der Mauer eine kleine Ecke hervor. Dort lässt sich der Kerl täglich mit gekreuzten Beinen und seinem kleinen Warenvorrat auf dem Schoß nieder, und sein Anblick ist so erbarmungswürdig, dass der reichste Wohltätigkeitsregen in seine fettige Mütze neben ihm auf dem Pflaster niederträufelt. Noch ehe ich ahnte, dass ich einmal von Berufs wegen dieses Burschen Bekanntschaft machen würde, hatte ich ihn schon oft beobachtet und war erstaunt über die große Ernte, die er in kürzester Frist einheimste. Seine Erscheinung ist nämlich derart auffällig, dass man ihn nicht unbeachtet lassen kann. Ein Busch rotgelben Haares, ein blasses Gesicht, verunziert durch eine entsetzliche Narbe, die im Verwachsen den einen Mundwinkel in die Höhe gezerrt hat, ein Bulldoggenkiefer und ein paar stechende dunkle Augen, die zu der Farbe des Haares in absonderlichem Kontrast stehen, dies alles zeichnet ihn vor der übrigen Menge der Bettler aus, und dies tut auch sein Witz; denn er hat stets eine schlagfertige Antwort auf jeden schlechten Scherz, den ein Vorübergehender mit ihm machen mag. Das ist also jener Mietsmann in der Opiumhöhle, jener Mann, der den vermissten Herrn, den wir suchten, zuletzt gesehen haben muss.«

»Aber ein Krüppel!«, warf ich ein. »Was vermochte der allein gegen einen Mann in vollster Körperkraft?«

»Ein Krüppel ist er wohl, sofern er zum Gehen einer Krücke bedarf, sonst aber scheint er kräftig und wohlgenährt zu sein. Gewiss wird Ihre ärztliche Erfahrung Sie lehren, Watson, dass die Schwäche des einen Gliedes oft durch eine umso größere Stärke des anderen ausgeglichen wird.«

»Bitte fahren Sie in Ihrer Erzählung fort.«

»Mrs St. Clair war beim Anblick der Blutflecken am Fenster ohnmächtig geworden, und ein Schutzmann hatte sie im Wagen nach Hause gebracht, zumal da auch ihre Gegenwart bei den weiteren Nachforschungen nutzlos war. Inspektor Barton, der den Fall zu leiten hatte, untersuchte alles aufs Genaueste, doch ohne irgendetwas zu finden, was die dunkle Sache hätte aufhellen können. Darin war der Fehler begangen worden, dass Boone nicht sofort verhaftet wurde, sondern noch einige Minuten sich überlassen blieb, während deren er sich mit seinem Freund, dem Malaien, verständigen konnte; doch machte man diesen Fehler sehr bald wieder gut, denn er wurde festgenommen und durchsucht, ohne dass sich jedoch irgendetwas Belastendes gegen ihn ergeben hätte. Allerdings befanden sich einige Blutflecken auf seinem rechten Hemdsärmel, doch wies er auf seinen Ringfinger hin, an dem unterhalb des Nagels eine Schnittwunde war, und sagte, das Blut komme daher, mit der Hinzufügung, er sei erst vor Kurzem am Fenster gewesen, und die dort bemerkten Blutspuren rührten ohne Zweifel von der gleichen Ursache her. Er verneinte es aufs Entschiedenste, Mr Neville St. Clair je einmal gesehen zu haben, und versicherte, dass es ihm nicht weniger unerklärlich sei als der Polizei, wie die Kleider in sein Zimmer kämen. Was aber Mrs St. Clairs Aussage anbelange, dass sie ihren Mann leibhaftig am Fenster gesehen habe, so müsse sie entweder geistig gestört oder im Traum gewesen sein. Trotz seines lauten Widerspruchs wurde er zur Polizeistation verbracht, während der Inspektor zurückblieb, in der Hoffnung, die Ebbe möchte neue Anhaltspunkte liefern.

Und so war es auch, obgleich auf dem Schlamm nicht das gefunden wurde, was man gefürchtet hatte: Nicht Neville St. Clair selbst, aber Neville St. Clairs Rock kam zu Tage, als die Flut sich verlief. Und was glauben Sie wohl, dass sich in den Rocktaschen vorfand?«

»Ich kann mir's nicht denken.«

»Nein, Sie würden es auch niemals erraten. Jede Tasche war vollgepfropft mit Kupfermünzen – 421 ganzen und 270 halben Pennystücken. Da war es also kein Wunder, dass der Rock nicht von der Flut mit fortgenommen wurde. Aber mit einem menschlichen Körper ist's ein ander Ding. Zwischen der Werft und dem Haus ist ein starker Wirbel, und so konnte es leicht geschehen, dass der beschwerte Rock zurückblieb, während der entkleidete Körper in den Fluss hinausgespült wurde.«

»Ich habe geglaubt, alle übrigen Kleider seien im Zimmer vorgefunden worden. Sollte der Körper nur allein mit dem Rock bekleidet gewesen sein?«

»Nein, gewiss nicht, aber die Tatsachen lassen doch eine ziemlich glaubwürdige Erklärung zu. Vorausgesetzt, dieser Boone habe St. Clair aus dem Fenster geworfen, ohne dass ein menschliches Auge es sah – was hätte er dann vor allem tun müssen? Natürlich sich in erster Linie der verräterischen Kleider entledigen. Er griff also nach dem Rock; im Begriff, diesen hinauszuwerfen, fiel ihm aber ein, dass er ja schwimmen würde, anstatt unterzusinken. Die Zeit drängt, denn von unten her hört er die Stimme der Mrs St. Clair, die hinaufdringen will; vielleicht hat ihm auch sein Spießgeselle, der Wirt, schon einen Wink gegeben, dass die Polizei nicht fern sei. Kein Augenblick ist zu verlieren. Er eilt zu irgendeinem geheimen Winkel, wo er die Erträge seines Bettels aufgestapelt hat, und stopft so viele Münzen, als ihm zur Hand sind, in den Rock, damit dieser gewiss untersinkt. Schnell wirft er ihn hinaus, wie er es auch mit den anderen Kleidungsstücken gemacht hätte, wären nicht Schritte genaht, sodass ihm nur noch Zeit blieb, das Fenster zu schließen.«

»Dies klingt allerdings nicht unmöglich.«

»So lassen Sie uns einstweilen auf diesen Voraussetzungen fußen, bis sich Besseres findet. Boone wurde also, wie ich Ihnen schon erzählt habe, festgenommen und auf die Polizeiwache gebracht, doch konnte nicht nachgewiesen werden, dass schon früher etwas gegen ihn vorgelegen hätte. Seit Jahren war er als gewerbsmäßiger Bettler bekannt, schien aber sonst ein stilles, unbescholtenes Leben geführt zu haben. So weit ist die Sache bis jetzt gediehen, und die Fragen, die einer Lösung harren, nämlich was Neville St. Clair in der Opiumhöhle zu schaffen gehabt hat, was dort mit ihm geschehen ist, wo er sich jetzt befindet und inwiefern Hugo Boone an seinem Verschwinden beteiligt war – alle diese Fragen sind noch so weit wie je von einer Lösung entfernt. Ich muss Ihnen gestehen, dass mir in meiner ganzen Erfahrung nie ein Fall vorgekommen ist, der auf den ersten Anblick so einfach erschienen wäre und dennoch solche Schwierigkeiten geboten hätte.«

Während mir Sherlock Holmes die sonderbare Verwicklung dieser Umstände im Einzelnen darlegte, waren wir an den letzten Vorstadthäusern vorübergerollt und hatten jetzt grüne Hecken zu beiden Seiten. Als er eben am Schluss war, fuhren wir durch zwei verstreut liegende Dörfer, wo aus manchem Fenster noch Licht schimmerte.

»Jetzt nähern wir uns Lee«, sagte Holmes; »auf unserer kurzen Fahrt haben wir nicht weniger als drei Grafschaften berührt. In Middlesex brachen wir auf, kamen durch einen Zipfel von Surrey und beschließen die Fahrt jetzt mit Kent. Sehen Sie das Licht dort zwischen den Bäumen hervor-

schimmern? Das kommt von ›den Zedern‹, und neben jener Lampe sitzt eine Frau, deren angstvolles Ohr ohne Zweifel schon den Hufschlag unseres Pferdes vernommen hat.«
»Aber warum betreiben Sie die Angelegenheit nicht von der Baker Street aus?«, fragte ich.
»Weil allerlei Erkundigungen von hier aus einzuziehen sind. Mrs St. Clair hat mir in entgegenkommendster Weise zwei Zimmer zur Verfügung gestellt, und Sie dürfen überzeugt sein, dass sie meinen Freund und Kollegen gleichfalls freundlich willkommen heißen wird. Es ist mir im Innersten zuwider, Watson, ihr ohne Nachrichten über ihren Mann entgegentreten zu müssen. So, jetzt wären wir da! Hollah, he!«
Wir hielten vor einer großen, von Gärten umgebenen Villa. Ein Stalljunge war herbeigeeilt und hielt das Pferd. Wir stiegen aus, und ich folgte Holmes auf dem schmalen, geschlängelten Kiesweg, der zum Haus führte. Als wir näher kamen, flog die Tür auf, und eine kleine blonde Frau stand auf der Schwelle. Sie war in ein leichtes, an Hals und Ärmeln mit Spitzen verziertes Seidengewand gehüllt. Ihre Gestalt zeichnete sich in dem starken Lichtstrom, der aus der Tür quoll, deutlich ab, und wie sie so dastand, den Körper leicht vorgebeugt, die eine Hand auf der Türklinke, die andere halb erhoben vor Sehnsucht und Verlangen, das Gesicht mit den forschenden Augen und den halbgeöffneten Lippen nach vorne gewandt, sah sie ganz so aus wie ein lebendig gewordenes Fragezeichen.
»Nun, und was gibt's?«, rief sie. Und sobald sie bemerkte, dass wir zu zweien waren, kam es wie ein Ausruf der Hoffnung von ihren Lippen, der aber in einem Seufzer erstarb, als mein Gefährte den Kopf schüttelte und die Achseln zuckte.
»Keine guten Nachrichten?«
»Überhaupt keine.«
»Also auch keine schlechten?«
»Nein.«
»Gott sei Dank. Doch treten Sie ein. Sie müssen müde sein nach diesem langen Tag.«
»Hier stelle ich Ihnen meinen Freund, Dr. Watson, vor. Er ist mir schon bei verschiedenen Angelegenheiten von Nutzen gewesen, und ein glücklicher Zufall hat es gefügt, dass es mir möglich wurde, ihn mitzubringen und ihn mit unserer Sache vertraut zu machen.«
»Ich freue mich, Ihre Bekanntschaft zu machen«, erwiderte sie und drückte mir herzlich die Hand, »nur bitte ich um Entschuldigung, wenn

heute mein Haus manches zu wünschen übrig lässt, Sie wissen ja, welcher harte Schlag uns so unvermutet getroffen hat.«

»Ich bin ein alter Soldat, gnädige Frau, und wäre ich es auch nicht, so würde ich es doch für selbstverständlich halten, dass es hier keinerlei Entschuldigung bedarf. Wenn ich Ihnen oder meinem Freund irgendwie nützlich sein könnte, so würde ich mich glücklich schätzen.«

»Nun, Mr Sherlock Holmes«, begann die Dame, als wir das hell erleuchtete Speisezimmer betraten, wo ein kalter Imbiss bereit stand, »möchte ich Sie geradeheraus etwas fragen, und Sie sollen mir dann ebenso darauf antworten.«

»Ganz einverstanden, gnädige Frau!«

»Nehmen Sie keine Rücksicht auf meine Empfindungen. Ich bin weder hysterisch noch leicht zu Ohnmachten geneigt. Es ist mir einzig und allein um Ihre aufrichtige Meinung zu tun.«

»Worüber?«

»Glauben Sie im Innersten Ihres Herzensgrundes, dass Neville noch am Leben ist?«

Diese Frage schien Sherlock Holmes in Verlegenheit zu setzen. »Also geradeheraus!«, wiederholte sie. Er saß in einem Sessel und sie stand vor ihm und sah forschend auf ihn nieder.

»Nun denn, ehrlich gestanden, gnädige Frau, nein.«

»Glauben Sie, dass er tot ist?«

»Ja, ich glaube es.«

»Ermordet?«

»Das will ich nicht behaupten, vielleicht.«

»Und an welchem Tag soll er vom Tod ereilt worden sein?«

»Am Montag.«

»Dann, Mr Holmes, haben Sie vielleicht die Güte, mir zu erklären, wie es geschehen konnte, dass ich heute einen Brief von ihm erhielt.«

Sherlock Holmes sprang wie elektrisiert von seinem Stuhl auf.

»Was!«, schrie er.

»Jawohl, heute.« Lächelnd stand sie da und hielt ein Blättchen Papier empor.

»Darf ich es lesen?«

»Gewiss.«

Er riss ihr den Brief aus der Hand, glättete ihn auf dem Tisch, zog die Lampe näher und besichtigte ihn aufs Genaueste. Auch ich war aufgestanden und blickte ihm über die Schulter. Der Briefumschlag war aus grobem Papier und trug den Poststempel von Gravesend mit dem Datum des heutigen Tages, oder eigentlich des gestrigen, denn Mitternacht war längst vorüber.

»Ungeübte Schrift«, murmelte Holmes. »Sicher ist dies nicht Ihres Gatten Hand, gnädige Frau.«

»Nein, aber der Brief selbst ist von ihm.«

»Man sieht auch, dass derjenige, der die Aufschrift machte, sich erst genauer nach der Adresse erkundigen musste.«

»Woraus können Sie dies schließen?«

»Der Name ist, wie Sie sehen, vollständig schwarz, weil die Tinte darauf von selbst abtrocknete. Das übrige dagegen ist grauschwarz, ein Beweis, dass Löschpapier dabei verwendet wurde. Wäre alles in einem Zug geschrieben und dann das Fließblatt gebraucht worden, so hätte nicht ein Teil so tiefschwarz werden können. Der Schreiber hat zuerst den Namen geschrieben, dann trat eine Pause ein, ehe er die Adresse vervollständigte, was doch nur seinen Grund darin haben konnte, dass sie ihm nicht geläufig war. Freilich ist dies nur eine Kleinigkeit, aber nichts ist eben so wichtig wie Kleinigkeiten. Und nun wollen wir den Brief betrachten. Ei, da war etwas eingeschlossen!«

»Ja, ein Ring, sein Siegelring.«

»Und sind Sie überzeugt, dass dies Ihres Gatten Handschrift ist?«

»Ja, eine seiner Handschriften.«

»Eine?«

»Seine Handschrift, wenn er in Eile war. Diese ist ganz verschieden von der gewöhnlichen, aber ich kenne sie genau.«

Auf dem Papier standen nur die Worte:

»Liebste, ängstige dich nicht. Es wird noch alles gut werden. Ein schwerer Irrtum waltet ob, der sich aber in Kurzem aufklären muss. Fasse dich in Geduld. – Neville.«

»Mit Bleistift auf das Vorsatzblatt eines Oktavbandes geschrieben, kein Wasserzeichen. Hm! Heute in Gravesend in den Schalter geworfen von einem Menschen mit schmutzigem Daumen! Ha! Und der Umschlag ist, wenn ich mich nicht sehr täusche, von jemand zugeklebt worden, der Tabak kaut. Und Ihnen steht es ganz außer Zweifel, dass es die Handschrift Ihres Gatten ist, gnädige Frau?«

»Durchaus. Neville hat diese Zeilen geschrieben.«

»Und heute wurde dieser Brief in Gravesend bestellt. Wahrhaftig, die Wolken beginnen sich zu lichten, obgleich ich nicht sagen möchte, dass die Gefahr vorüber ist.«

»Aber am Leben muss er doch noch sein, Mr Holmes?«

»Außer, dies wäre eine schlaue Täuschung, um uns auf falsche Fährte zu locken. Der Ring beweist so gut wie nichts, er kann ihm genommen worden sein.«
»Nein, nein; es ist und bleibt seine Handschrift!«
»Ganz recht. Doch kann das Blatt am Montag geschrieben und erst heute zur Post gegeben worden sein.«
»Das ist möglich.«
»Und wenn dem so ist, so mag wohl inzwischen manches vorgegangen sein.«
»Ach, Mr Holmes, Sie dürfen mich nicht entmutigen. Ich weiß es gewiss, dass es gut mit ihm steht. Zwischen uns besteht eine so innige Seelengemeinschaft, dass ich es empfinden müsste, wenn er von Unheil bedroht wäre. Gerade an dem Tag, als ich ihn zum letzten Mal sah, schnitt er sich im Schlafzimmer in den Finger, und obwohl ich im Esszimmer war, eilte ich hinauf, in der unumstößlichen Gewissheit, es müsse ihm etwas widerfahren sein. Glauben Sie denn, dass, wenn ich schon bei einer solchen Kleinigkeit in Mitleidenschaft gezogen werde, ich nicht auch um seinen Tod wissen sollte?«
»Ich habe schon zu vieles erlebt, um nicht davon überzeugt zu sein, dass das Gefühl einer Frau oft mehr Wert haben kann als die Schlussfolgerungen eines kühl zergliedernden Verstandesmenschen. Und in diesem Brief besitzen Sie unzweifelhaft ein starkes Beweisstück für Ihre Behauptung. Doch wenn Ihr Gatte am Leben ist und sogar fähig, Briefe zu schreiben, weshalb bleibt er Ihnen dann fern?«
»Ich kann es mir nicht denken. Es ist mir unbegreiflich.«
»Und machte er denn beim Weggehen am Montag keinerlei Andeutung?«
»Nein.«
»Und Sie waren überrascht, als Sie ihn in der Swandam Street sahen?«
»Außerordentlich.«
»Stand das Fenster offen?«
»Ja.«
»So hätte er Ihnen also zurufen können?«
»Jawohl.«
»Doch stieß er, soviel ich weiß, nur einen unartikulierten Schrei aus!«
»Ja.«
»Den Sie für einen Hilferuf hielten?«
»Ja. Er erhob die Hände.«
»Es kann aber auch ein Ruf der Überraschung gewesen sein. Vielleicht veranlasste ihn Ihr unerwarteter Anblick, die Hände emporzuheben.«

»Das kann sein.«

»Kam es Ihnen vielleicht nur so vor, als ob er nach rückwärts gerissen worden sei?«

»Er verschwand ganz plötzlich.«

»Er kann auch zurückgesprungen sein. Sie sahen doch sonst niemand im Zimmer?«

»Nein, aber jener entsetzliche Mensch hat zugegeben, dass er dort war, und der Malaie stand an der Treppe.«

»Ganz recht. Und Ihr Gemahl hatte, soviel Sie sehen konnten, seine gewöhnlichen Kleider an?«

»Ja, aber ohne Kragen und Krawatte. Ich sah seinen bloßen Hals ganz deutlich.«

»Hat er je einmal von der Swandam Street gesprochen?«

»Niemals.«

»Konnten Sie je Zeichen von Opiumgenuss an ihm entdecken?«

»Niemals.«

»Ich danke Ihnen, Mrs St. Clair. Dies sind die Hauptpunkte, über die ich vollständig im Reinen sein wollte. Lassen Sie uns nun etwas zu Abend speisen, dann wollen wir uns zurückziehen, denn morgen wird es einen unruhigen Tag für uns geben.«

Ein großes, behagliches Zimmer stand für uns bereit, und bald lag ich in den Federn, denn ich war müde von dieser Nacht voll Abenteuer. Sherlock Holmes dagegen war ein Mensch, der tage-, ja eine ganze Woche lang in rastloser Tätigkeit ausharren konnte, solange ihn ein ungelöstes Problem beschäftigte. Er beleuchtete es dann nach allen Seiten, wälzte es hin und her, war unermüdlich, das Beweismaterial neu zu ordnen, bis er die Lösung endlich gefunden oder sich überzeugt hatte, dass die Beweismittel ungenügend waren. Es wurde mir bald klar, dass er sich auch heute zu einer Nachtsitzung vorbereitete. Nachdem er Rock und Weste abgelegt hatte, hüllte er sich in seinen großen blauen Schlafrock und zog im Zimmer umher, auf der Jagd nach Kissen, die er sich von Bett, Sofa und Sesseln zusammenlas. Damit baute er sich eine Art orientalischen Diwans, auf den er sich mit gekreuzten Beinen niederließ, und vor ihm lag ein Paket Rauchtabak und Streichhölzer. Bei dem matten Lampenschein sah ich ihn dort sitzen, eine alte Tonpfeife im Mund, die Augen wie geistesabwesend auf die Zimmerdecke gerichtet, von blauen Rauchwolken umhüllt, schweigend, unbeweglich, die scharf geschnittenen Gesichtszüge vom Licht beschienen. So saß er da, als ich in Schlaf versank, und so saß er noch, als ein Ausruf mich weckte, und die Sommersonne bereits in unser Zimmer schien. Noch steckte ihm die Pfeife im Mund, noch kräuselte sich der Rauch empor, und der Raum war von dichtem Tabaksqualm erfüllt; aber von dem Häufchen Rauchtabak, das ich in der Nacht gesehen hatte, war nichts mehr vorhanden.

»Sind Sie wach, Watson?«, fragte er.
»Ja.«
»Bereit zu einer Morgenfahrt?«
»Gewiss.«
»Dann kleiden Sie sich an. Niemand rührt sich noch, doch weiß ich, wo der Stallknecht schläft, und den kleinen Wagen wollen wir schon herausbekommen.« Dabei lachte er in sich hinein, seine Augen funkelten; der ganze Mann schien völlig ausgewechselt zu sein und nicht mehr der düstere Denker der verflossenen Nacht. Beim Ankleiden sah ich auf die Uhr. Kein Wunder, dass sich noch niemand rührte. Es war erst fünfundzwanzig Minuten nach vier Uhr. Kaum war ich fertig, als Holmes mit der Nachricht zurückkam, dass jetzt angespannt werde.

»Ich muss eine meiner Theorien erproben«, sagte er, indem er seine Stiefel anzog. »Watson, meiner Ansicht nach sehen Sie hier einen der größten Esel in ganz Europa vor sich stehen. Ich verdiene einen Fußtritt, dass ich von hier bis Charing Cross fliege. Aber den Schlüssel zu dieser Geschichte glaube ich jetzt gefunden zu haben.«

»Und wo ist er?«, fragte ich lächelnd.

»Im Badezimmer«, erwiderte er. »Jawohl, ich scherze nicht«, fuhr er fort, als er mein ungläubiges Gesicht sah. »Soeben war ich dort und habe ihn hier in dieser Ledertasche mitgenommen. Vorwärts, mein Freund, wir wollen sehen, ob er nicht zum Schloss passt.«

So leise als möglich schlichen wir die Treppe hinab und traten hinaus in die klare Morgensonne. Auf der Straße stand unser Gefährt mit dem halbangekleideten Stallknecht, der den Gaul hielt. Rasch stiegen wir ein, und fort ging's auf der Londoner Straße. Vereinzelte Bauernwagen, die Gemüse nach der Weltstadt brachten, machten zwar einigen Lärm, aber die zahlreichen Landhäuser zu beiden Seiten des Weges lagen still und leblos da, wie eine in Traum versunkene Stadt.

»Dieser Fall ist doch in mancher Beziehung recht merkwürdig«, sagte Holmes und trieb sein Pferd zum Galopp an. »Blind wie ein Maulwurf bin ich gewesen, das muss ich gestehen, doch ist es immer noch besser, man wird erst spät klug als gar nicht.«

In der Stadt sahen eben die ersten Frühaufsteher mit verschlafenen Augen zum Fenster heraus, als wir durch die Straßen des Surrey-Viertels fuhren. Durch die Waterloo Bridge Street hinab kamen wir über den Fluss, wandten uns dann zur Rechten und gelangten in die Bow Street. Sherlock Holmes war auf der Polizei wohlbekannt, und die beiden Schutzleute vor der Tür begrüßten ihn. Einer hielt das Pferd, während der andere uns hineinführte.

»Wer hat Dienst?«, fragte Holmes.

»Inspektor Brad Street.«

»Ei, guten Tag, Brad Street, wie geht's?«

Ein großer, stattlicher Beamter kam in Dienstmütze und Uniform den mit Steinfliesen belegten Gang herab.

»Könnte ich ein paar Worte mit Ihnen sprechen, Brad Street?«

»Gewiss, Mr Holmes. Treten Sie nur hier in mein Zimmer ein.«

Es war ein kleiner, büromäßig ausgestatteter Raum, ein riesiges Hauptbuch lag auf dem Tisch, und ein Telefon ragte aus der Wand hervor. Der Inspektor setzte sich an sein Pult.

»Womit kann ich dienen, Mr Holmes?«

»Ich komme wegen jenes Bettlers, Boone, wissen Sie, des Menschen, der im Verdacht steht, bei dem Verschwinden des Mr Neville St. Clair aus Lee beteiligt zu sein.«

»Ja, der wurde hereingebracht und soll noch weiter verhört werden.«

»Das ist mir gesagt worden. Haben Sie ihn hier?«

»Ja, in einer Zelle.«

»Ist er ruhig?«

»Ja, der macht wenig Mühe, aber ein schmutziger Kerl ist er.«

»Schmutzig?«

»Freilich, und wir können ihn kaum dazu bringen, dass er sich die Hände wäscht, ein Gesicht hat er, so schwarz wie ein Kesselflicker. Nun, sobald einmal das Verfahren im Gang ist, bekommt er sein regelrechtes Gefängnisbad, und meiner Treu, wenn Sie ihn sähen, Sie würden mir beistimmen, dass er dessen bedarf.«

»Sehr gern möchte ich ihn sehen!«

»Wirklich? Das lässt sich leicht machen. Kommen Sie nur mit. Ihre Tasche kann hier bleiben.«

»Nein, danke, ich nehme sie lieber mit.«

»Auch recht. Hierher, bitte.« Er führte uns einen Gang hinunter, öffnete eine verriegelte Tür, stieg eine Wendeltreppe hinab und brachte uns auf einen weiß getünchten Korridor, an dessen beiden Seiten eine Reihe von Türen war.

»Die dritte rechts führt zu ihm«, sagte der Inspektor. »Hier, diese ist's.« Sachte zog er einen Schieber im oberen Teil der Tür zurück und blickte durch die Öffnung.

»Er schläft«, sagte er. »Jetzt können Sie ihn bequem sehen.« Wir näherten uns beide und sahen durch das Gitter. Der Gefangene hatte das Gesicht uns zugewandt und lag in tiefem Schlaf da, langsam und schwer atmend. Er war ein mittelgroßer Mann, derb gekleidet, wie es für seinen Beruf passte, und durch die Risse seines zerlumpten Rockes kam sein buntes Hemd zum Vorschein. Der Inspektor hatte recht gehabt, wenn er den Gefangenen außerordentlich schmutzig nannte, aber die dicke Schmutzkruste, die sein Gesicht bedeckte, war nicht imstande, seine abschreckende Hässlichkeit zu verhüllen. Eine alte Schramme lief in einem breiten Striemen vom Auge bis zum Kinn und hatte bei der Vernarbung die Oberlippe derart hinaufgezogen, dass drei Zähne unbedeckt blieben, was aussah, wie ein beständiges Grinsen. Ein dichter Busch gelbroten Haares fiel ihm tief über Augen und Stirn.

»Ist er nicht der reinste Adonis?«, spottete der Inspektor.

»Jedenfalls ist er des Waschens bedürftig«, bemerkte Holmes, »und da ich dies vermutete, erlaubte ich mir, das hierzu Notwendige mitzubringen.« Damit öffnete er seine Ledertasche und zog zu meinem Staunen einen sehr großen Badeschwamm hervor.

»Ha, ha!«, lachte der Inspektor, »was für ein drolliger Mensch Sie sind!«

»Wenn Sie jetzt die große Güte haben wollten, diese Tür recht vorsichtig zu öffnen, dann soll er uns bald ein anständigeres Gesicht schneiden.«

»Nun, schaden kann's nichts«, sagte der Inspektor. »Er macht sonst dem Zellengefängnis der Bow Street wenig Ehre.« Er steckte den Schlüssel in das Schloss, und wir traten alle leise ein. Der Schläfer machte eine kleine Wendung, versank aber sofort wieder in tiefen Schlaf. Holmes ging zum Wasserkrug, tauchte seinen Schwamm ein und fuhr zweimal kräftig über das Gesicht des Gefangenen.

»Meine Herren, gestatten Sie mir, Sie dem Mr Neville St. Clair aus Lee in der Grafschaft Kent vorzustellen«, rief Holmes laut.

Noch nie in meinem Leben habe ich solchen Anblick gehabt. Das Gesicht des Mannes schälte sich unter dem Schwamm ab, wie die Rinde vom Baum. Weg war die hässliche braune Farbe! Weg war die entsetzliche Schramme, und weg die verzerrte Oberlippe, die dem Gesicht den abschreckenden, hämischen Ausdruck gegeben hatte! Ein fester Griff entfernte das wirre, rote Haar, und vor uns saß auf dem Bett ein blasser, trauriger, fein aussehender Herr, mit schwarzem Haar und zarter Haut, der sich die Augen ausrieb und schlaftrunken um sich blickte. Dann wurde er sich plötzlich seiner Lage bewusst und begrub, laut aufschreiend, sein Gesicht in dem Kopfkissen.

»Großer Gott!«, rief der Inspektor aus, »das ist ja wirklich der Vermisste. Ich erkenne ihn der Fotografie nach.«

Der Gefangene wandte sich mit der Gelassenheit eines Menschen, der sich in sein Geschick ergibt, um. »So sei es denn«, sprach er. »Und nun, bitte, sagen Sie mir, wessen beschuldigt man mich?«

»Mr Neville St. Clair auf die Seite geschafft zu haben – doch wahrhaftig, dessen kann man Sie nicht mehr bezichtigen, es wäre denn, dass das Gericht eine Anklage auf versuchten Selbstmord aus dem Fall machen wollte«, sagte der Inspektor lachend. »Seit siebenundzwanzig Jahren bin ich jetzt im Dienst, doch so etwas ist mir noch nicht vorgekommen.«

»Wenn ich Neville St. Clair bin, so liegt es klar zu Tage, dass ich keinen Mord begangen habe, wohl aber, dass man mich widerrechtlich hier festhält.«

»Kein Verbrechen, wohl aber ein großer Irrtum hat hier stattgefunden«, sprach Holmes. »Sie hätten besser daran getan, Ihrer Frau zu vertrauen.«

»Nicht um meiner Frau, sondern um meiner Kinder willen ist's geschehen«, stöhnte der Gefangene. »Wahrhaftiger Gott, sie sollten sich nicht ihres Vaters wegen schämen müssen. Oh Gott, welche Schmach! Was kann ich machen?«

Sherlock Holmes setzte sich zu ihm aufs Bett und legte ihm freundlich seine Hand auf die Schulter.

»Wenn Sie es dem Gerichtshof überlassen, die Sache zu erledigen«, sagte er, »so wird sie natürlich an die Öffentlichkeit kommen. Vermögen Sie dagegen der Polizeibehörde zu beweisen, dass keinerlei Grund zu einer Anklage gegen Sie vorliegt, so weiß ich nicht, wie diese Geschichte ihren Weg in die Presse finden sollte. Inspektor Brad Street wird gewiss bereit sein, alles niederzuschreiben, was Sie uns sagen wollen, und hernach Ihre Aussagen der betreffenden Behörde mitteilen. Auf diese Weise gelangt dann der Fall gar nicht an den Gerichtshof.«

»Gott segne Sie!«, rief der Gefangene leidenschaftlich aus. »Gefängnis, ja Hinrichtung hätte ich eher ausgehalten, als dass ich mein erbärmliches Geheimnis verraten und Schande über meine Kinder gebracht hätte.

Sie sind die ersten, denen ich meine Geschichte erzähle. – Mein Vater war Schullehrer in Chesterfield, wo ich eine ausgezeichnete Erziehung erhielt. In meiner Jugend machte ich Reisen, ging zur Bühne und wurde schließlich Berichterstatter für ein Londoner Abendblatt. Eines Tages wünschte der Leiter unserer Zeitung einige Artikel über das Bettlertum in London, und ich verpflichtete mich, sie ihm zu liefern. Dies war der Ausgangspunkt für alle meine Abenteuer. Nur wenn ich das Bettlerhandwerk selbst versuchte, konnte ich ja das nötige Material für meine Artikel erhalten. Als Schauspieler war ich natürlich in alle Geheimnisse der Verkleidung eingeweiht, ja, ich war seinerzeit unter meinesgleichen wegen meiner Verstellungskunst berühmt gewesen. Jetzt kam mir meine Geschicklichkeit zugute. Ich schminkte mir das Gesicht, und um mich so bemitleidenswert als möglich zu machen, malte ich mir eine tüchtige Schramme hin und zog die Oberlippe mit einem schmalen Streifen fleischfarbenen Heftpflasters in die Höhe. Des weiteren noch mit einer roten Perücke und entsprechender Kleidung ausgestattet, stellte ich mich im belebtesten Stadtteil auf, zum Schein als Streichholzhändler, in Wahrheit aber als Bettler. Sieben Stunden ging ich meinem Geschäft nach, und als ich am Abend heimkehrte, entdeckte ich zu meiner Überraschung, dass ich nicht weniger als sechsundzwanzig Schilling und vier Pence ersammelt hatte.

Ich schrieb meine Artikel und dachte wenig über die Sache nach, bis ich bald darauf für einen Freund einen Wechsel von 25 Pfund, den ich unterschrieben hatte, einlösen musste. Ich war völlig ratlos, wo ich das Geld auftreiben sollte, da kam mir plötzlich ein rettender Gedanke. Mein erstes war, den Gläubiger um vierzehn Tage Verlängerung anzugehen, dann erbat ich mir Urlaub und verbrachte diese Zeit in meiner einstigen Verkleidung als Bettler in der Stadt. In zehn Tagen war das Geld beisammen und meine Schuld bezahlt.

Nun können Sie sich denken, wie schwer es mir ankam, mich wieder zu angestrengter Arbeit mit einem wöchentlichen Gehalt von zwei Pfund zu bequemen, da ich doch wusste, dass mir ein bisschen Schminke, Stillsitzen und die Mütze auf die Erde stellen in einem einzigen Tag ebenso viel eintrug. Zwischen meinem Stolz und meiner Geldgier entstand ein langer Kampf, bei dem schließlich die letztere den Sieg davontrug. So hängte ich denn die Zeitungsschreiberei an den Nagel und saß Tag für Tag in der Ecke, die ich mir gleich zu Anfang ausersehen hatte, erregte durch mein jammervolles Aussehen Mitleid und füllte meine Taschen mit Kupfermünzen. Nur ein einziger Mensch wusste um mein Geheimnis. Er war Inhaber einer elenden Kneipe in der Swandam Street, wo ich einkehrte, um von dort jeden Morgen als schmutziger Bettler hervorzugehen und mich abends wieder zum wohlanständigen Städter umzuwandeln. Dieser Mensch, ein eingewanderter Malaie, wurde von mir für sein Zimmer gut bezahlt, und somit wusste ich, dass mein Geheimnis bei ihm wohl verwahrt blieb.

Sehr bald zeigte es sich, dass ich ganz bedeutende Summen einnahm. Ich glaube kaum, dass jeder Straßenbettler in London siebenhundert Pfund im Jahr zusammenbringen kann – und dies ist weniger als meine Durchschnittseinnahme betrug – aber mir kam der Umstand zustatten, dass ich mich außergewöhnlich gut herrichten konnte und stets eine schlagfertige Gegenrede bereit hatte, eine Fähigkeit, die mit der Zeit zunahm, sodass ich schließlich zu einer stadtbekannten Persönlichkeit wurde. Eine Menge Kupfermünzen, mit Silberstücken gemischt, flossen mir im Laufe des Tages zu, und schlecht war die Einnahme, wenn sie einmal unter zwei Pfund betrug.

Mit dem Reichwerden nahm auch der Ehrgeiz zu. Ich bezog ein Landhaus, heiratete sogar, und niemand hatte eine Ahnung von meiner eigentlichen Beschäftigung. Meine gute Frau wusste, dass ich in der Stadt zu tun hatte. Was es aber war, vermutete sie nicht.

Letzten Montag hatte ich mein Tagewerk eben beendigt und kleidete mich in meinem Zimmer über der Opiumkneipe um, als ich aus dem Fenster sah und zu meinem Staunen und Entsetzen bemerkte, dass meine Frau auf der Straße stand und mich fest ins Auge gefasst hatte. Ich stieß einen Schrei der Überraschung aus, erhob die Hände, um mein Gesicht zu verhüllen, und stürzte zu dem Wirt, meinem Vertrauten, um ihn anzuflehen, doch ja niemand einzulassen. Wohl hörte ich ihre Stimme von unten, doch wusste ich, dass sie nicht heraufkommen könne. Schnell warf ich meine Kleider von mir, zog mein Bettlergewand an, schminkte mich und stülpte die Perücke auf. Selbst das Auge der eigenen Frau vermochte diese vollständige Verwandlung nicht zu durchschauen. Aber dann fiel mir ein, dass das Zimmer durchsucht werden und die Kleider mich verraten könnten. Eilig riss ich das Fenster auf, und bei dieser heftigen Bewegung öffnete sich eine kleine Wunde wieder, die ich mir an jenem Morgen in meinem Schlafzimmer zugezogen hatte. Dann ergriff ich meinen Rock, beschwerte ihn mit den Kupfermünzen, die ich aus der Ledertasche nahm, in der ich mein Erworbenes wegzutragen pflegte, und schleuderte ihn zum Fenster hinaus, wo er in der Themse verschwand. Die anderen Kleidungsstücke sollten folgen, aber im selben Augenblick hörte ich von der Treppe her das Nahen von Schutzleuten, und wenige Minuten nachher wurde ich zu meiner großen Erleichterung, ich muss es bekennen, anstatt als Neville St. Clair erkannt zu werden, als dessen Mörder festgenommen.

Es wird wohl kaum weiterer Aufklärungen bedürfen. Ich war fest entschlossen, meine Maske so lange als möglich beizubehalten, und daher also kam meine Vorliebe für das schmutzige Gesicht. Da ich wohl wusste, dass meine Frau entsetzlich in Angst sein würde, zog ich meinen Ring ab und vertraute ihn dem Malaien in einem Augenblick an, als mich gerade kein Polizeimann beobachtete, zugleich mit einem eiligst beschriebenen Fetzen Papier an meine Frau, der ihr sagen sollte, dass kein Grund zur Sorge vorliege.«

»Dieser Zettel erreichte sie erst gestern«, sagte Holmes.

»Großer Gott! Welche angstvolle Woche muss sie verbracht haben!«

»Die Polizei hat den Wirt bewacht«, erklärte der Inspektor, »und ich kann mir wohl denken, dass es ihm schwer genug geworden ist, den Brief unbeobachtet zur Post zu bringen. Wahrscheinlich hat er ihn irgendeinem Matrosen seiner Kundschaft übergeben, der ihn wohl ein paar Tage lang vergessen haben mag.«

»Ja, ja«, sagte Holmes mit zustimmendem Kopfnicken, »ohne Zweifel war es so. Doch sind Sie nie wegen Bettelns belangt worden?«

»Freilich, oftmals; aber was kümmerte mich eine Geldstrafe?«

»Doch hiermit muss es nun ein für allemal vorbei sein«, sagte Brad Street. »Soll die Polizei diese Geschichte totschweigen, darf es keinen Hugo Boone mehr geben.«

»Das habe ich mir selbst bei dem heiligsten Eid, den ein Mann leisten kann, geschworen.«

»In diesem Fall halte ich es für wahrscheinlich, dass keinerlei weitere Schritte geschehen werden. Doch sollten Sie je wieder beim Betteln betroffen werden, dann muss alles an den Tag kommen. Ihnen, Mr Holmes, sind wir für die Aufklärung der Sache zu großem Dank verpflichtet. Es würde mich interessieren, zu erfahren, wie und auf welchem Weg Sie zu Ihren merkwürdigen Schlussfolgerungen gelangten.«

»Zu den vorliegenden bin ich dadurch gelangt, dass ich mich auf fünf Kissen setzte und eine gute Portion Tabak verrauchte. – Wir wollen jetzt zur Baker Street fahren, Watson, ich denke, wir kommen gerade noch recht zum Frühstück.«

Die Geschichte des blauen Karfunkels

Am zweiten Tag nach Weihnachten sprach ich vormittags bei meinem Freund Sherlock Holmes vor, um ihm meine Glückwünsche zum Fest darzubringen. Ich traf ihn in einem purpurroten Schlafrock auf dem Sofa liegend, die lange Pfeife neben sich, ganz begraben unter einem Stoß von Morgenzeitungen. Neben dem Sofa stand ein Holzstuhl, an dessen Lehne ein ruppiger, unappetitlicher, steifer Filzhut, an mehreren Stellen eingedrückt und längst nicht mehr gebrauchsfähig, aufgehängt war. Ein Vergrößerungsglas und eine Pinzette auf dem Sitz des Stuhles deuteten an, dass der Hut zum Zweck seiner Untersuchung dort hing.

»Sie sind beschäftigt«, sagte ich. »Ich störe Sie vielleicht?«

»Durchaus nicht. Es ist mir im Gegenteil ganz erwünscht, mit einem guten Freund über die Ergebnisse meiner Untersuchung sprechen zu können. Der Gegenstand ist ein ganz alltäglicher« – dabei deutete er mit dem Daumen auf den alten Hut – »aber die weiteren Umstände, die mit demselben im Zusammenhang stehen, sind nicht ganz uninteressant, ja sogar einigermaßen lehrreich.«

Ich setzte mich in seinen Sessel und wärmte mir die Hände an seinem prasselnden Feuer, denn es war scharfer Frost eingetreten, und die Fenster waren mit einer dicken Eiskruste überzogen. »Vermutlich«, bemerkte ich, »steckt hinter diesem Ding da, so harmlos es aussieht, irgendeine Mordgeschichte und bildet für Sie den Anhaltspunkt zur Entdeckung irgendeines Geheimnisses und zur Bestrafung eines Verbrechens.«

»Nein, nein! Nichts von Verbrechen«, versetzte Holmes lachend, »nur einer jener absonderlichen kleinen Zwischenfälle, wie sie immer vorkommen, wo sich vier Millionen menschlicher Wesen auf einem Raum von wenigen Quadratmeilen drängen. Bei den wechselseitigen Reibungen eines so dichtgeballten Menschenschwarms darf man sich auf alle möglichen Verkettungen von Umständen gefasst machen und bietet sich so manches kleine Rätsel zur Lösung dar, das, ohne verbrecherischer Natur zu sein, des

Überraschenden und Sonderbaren genug enthält. Wir haben schon mehr dergleichen erlebt. Nun, ich zweifle nicht, dass auch dieser kleine Fall zu dieser unschuldigen Sorte gehören wird. Sie kennen doch Peterson, den Kommissionär?‹

»Ja.«

»Ihm gehört diese Trophäe.«

»Es ist sein Hut?«

»Nicht doch, er hat ihn gefunden. Der Eigentümer desselben ist unbekannt. Ich bitte Sie jetzt, in dem Hut nicht einen alten, ruppigen Filz, sondern vielmehr einen Prüfstein für unseren Scharfsinn sehen zu wollen. Vor allem also hören Sie, wie derselbe hierherkam; er machte seine Aufwartung am Christfestmorgen in Gesellschaft einer guten, fetten Gans, welche ohne allen Zweifel jetzt gerade in Petersons Küche gebraten wird. Die Sache trug sich folgendermaßen zu: Etwa um vier Uhr am Christfestmorgen ging Peterson – wie Sie wissen, ein höchst anständiger Bursche – von einer kleinen Lustbarkeit nach Hause, wobei ihn sein Weg durch die Tottenham Court Road führte. Vor ihm her ging, wie er beim Schein des Gaslichts bemerkte, mit etwas schwankenden Schritten ein hochgewachsener Mann, der eine weiße Gans auf der Schulter trug. An der Ecke von Goodge Street bekam er Streit mit ein paar Gassenjungen. Einer derselben stieß ihm den Hut herunter, worauf er seinen Stock erhob, um sich zu verteidigen, und dabei schlug er das hinter ihm befindliche Ladenfenster ein. Peterson hatte seinen Schritt beschleunigt, um den Unbekannten gegen seine Angreifer zu beschützen. Dieser ließ jedoch in seinem Schrecken über das zerbrochene Fenster und das eilige Herannahen des beamtenähnlich aussehenden Kommissionärs seine Gans fallen, machte sich auf die Socken und verschwand in dem Gewirr von Gässchen hinter der Tottenham Court Road. Die Straßenjungen hatten sich bei Petersons Erscheinen gleichfalls davongemacht, sodass dieser Herr des Schlachtfeldes blieb und den zerknüllten Hut sowie die ganz annehmbare Weihnachtsgans als Siegesbeute betrachten durfte.«

»Die er gewiss dem Eigentümer wieder zustellte!«

»Mein lieber Junge, da steckt ja eben das Rätsel. Freilich befand sich an dem linken Bein des Tieres eine kleine Karte, auf der die Worte: ›Für Mr Henry Baker‹ geschrieben standen, und desgleichen stehen die Anfangsbuchstaben H. B. innen auf dem Futter dieses Hutes, aber da es in London ein paar tausend Baker und ein paar hundert Henry Baker gibt, so ist es keine leichte Sache, einem derselben einen verlorenen Gegenstand wieder zuzustellen.«

»Nun, was tat Peterson also?«

»Er übergab mir beides, Hut und Gans, am Christfestmorgen, da er wohl weiß, dass ich mich auch für den kleinsten rätselhaften Fall interessiere. Die Gans behielt ich bis heute Morgen, wo ich bemerkte, dass es trotz des frostigen Wetters geraten sei, sie ohne weiteren Verzug zu verspeisen. Ihr Finder hat sie deshalb mitgenommen, um sie der endgültigen Bestimmung aller Gänse entgegenzuführen, während ich den Hut des unbekannten Herrn, der so um seinen Weihnachtsbraten gekommen ist, noch hier habe.«

»Hat dieser keine Anzeige erlassen?«

»Nein.«

»Wie konnten Sie sich denn nun einen Anhaltspunkt für seine Identität verschaffen?«

»Lediglich auf dem Weg der Schlussfolgerung.«

»Aus diesem Hut?«

»Ganz gewiss.«

»Ach, Sie machen Scherze; was können Sie denn aus diesem alten, zerknüllten Filz entnehmen?«

»Hier ist meine Lupe. Sie wissen, wie ich es mache. Sehen Sie einmal selbst, was der Hut über die Person seines bisherigen Trägers sagt.«

Ich nahm den alten Zylinder und drehte ihn recht rat- und hilflos in den Händen herum. Es war ein ganz gewöhnlicher schwarzer Hut, von der gebräuchlichen runden Form, steif und längst nicht mehr salonfähig. Das Futter war von roter Seide gewesen, hatte jedoch die Farbe verloren. Der Name des Fabrikanten fand sich nicht darin, dagegen waren, wie Holmes bereits bemerkt hatte, die Buchstaben H. B. auf der einen Seite hineingekritzelt. Im Rand befand sich ein Loch für einen Huthalter, die Gummischnur fehlte jedoch; im Übrigen war der Hut voller Knicke, äußerst staubig und an mehreren Stellen befleckt; es war jedoch anscheinend der Versuch gemacht worden, die betreffenden Stellen durch Beschmieren mit Tinte zu verdecken.

»Ich vermag nichts zu sehen«, sagte ich, indem ich den Hut meinem Freund zurückgab.

»Im Gegenteil, Watson, Sie können alles Mögliche sehen. Sie versäumen nur, Ihre Schlüsse aus dem zu ziehen, was Sie sehen. Sie gehen zu schüchtern dabei zu Werke.«

»Dann bitte, sprechen Sie, was Sie diesem Hut zu entnehmen vermögen.«

Er nahm denselben vor sich und betrachtete ihn in der ihm eigenen prüfenden Weise.

»Er gibt vielleicht nicht so viel Aufschluss, als er wohl geben könnte«, bemerkte er. »Und doch lassen sich aus dem Hut ein paar Schlüsse mit aller Bestimmtheit, und wieder ein paar andere wenigstens mit einem hohen Grad von Wahrscheinlichkeit ableiten. Dass der Mann ein bedeutendes Denkvermögen besitzt, drängt sich einem auf den ersten Blick auf, ebenso, dass derselbe im Lauf der letzten drei Jahre sich in ziemlich ordentlichen Verhältnissen befand, obwohl jetzt schlimme Tage über ihn gekommen sind. Er hielt vordem auch etwas auf sich, doch ist dies jetzt nicht mehr in demselben Grad der Fall wie früher; offenbar befindet er sich in einem moralischen Rückgang, der, zusammengenommen mit der Verschlechterung seiner Vermögensumstände, auf irgendeinen schlimmen Einfluss, wahrscheinlich Trunksucht, hinweist. Dies mag auch die Schuld an dem offenbaren Umstand tragen, dass seine Frau ihm nicht mehr besonders zugetan ist.«

»Mein lieber Holmes!«

»Trotzdem hat er sich noch ein gewisses Maß von Selbstachtung bewahrt«, fuhr dieser fort, ohne meinen Einwurf zu beachten. »Es ist ein Mann, der eine sitzende Lebensweise führt, wenig ausgeht, an starke Bewegung gar nicht mehr gewöhnt ist, in mittlerem Alter steht und gräuliche Haare hat, die er erst in den allerletzten Tagen hat schneiden lassen und die er mit Pomade einfettet. Dies sind die Tatsachen, die sich mit ziemlicher Sicherheit aus seinem Hut entnehmen lassen. Beiläufig bemerkt ist es außerdem im höchsten Grad unwahrscheinlich, dass er Gasleitung in seinem Haus hat.«

»Sie treiben ganz gewiss Scherz, Holmes.«

»Nicht im mindesten. Ist es möglich, dass Sie jetzt, nachdem ich Ihnen diese Ergebnisse mitgeteilt, noch nicht einmal einsehen, wie ich dazu gelangt bin?«

»Ich bin ohne Zweifel recht dumm, aber ich muss gestehen, ich vermag Ihnen nicht zu folgen. Zum Beispiel, wie kamen Sie darauf, dass der Mann ein bedeutendes Denkvermögen besessen habe?«

Als Antwort stülpte Holmes den Hut auf seinen Kopf. Er fiel ihm ganz über die Stirn herein, sodass er auf der Nasenwurzel aufsaß.

»Das ist lediglich eine Raumfrage«, versetzte er, »wer einen so mächtigen Schädel besitzt, hat auch in der Regel was Rechtes darinnen.«

»Nun, dann der Rückgang seiner Vermögensverhältnisse?«

»Dieser Hut ist drei Jahre alt. Diese flachen, am Rande aufgebogenen Krempen kamen damals auf. Es ist ein Hut allererster Qualität. Sehen Sie nur das Band von gerippter Seide und das ausgezeichnete Futter. Wenn dieser Mann vor drei Jahren imstande war, sich einen so teuren Hut anzuschaffen und seither keinen neuen mehr gehabt hat, so ist er sicherlich in seinen Verhältnissen heruntergekommen.«

»Nun, das ist allerdings klar genug. Aber wie steht es damit, dass er früher etwas auf sich gehalten habe und jetzt sich in moralischem Rückgang befinde?«

Holmes lachte. »Seine frühere Fürsorglichkeit und Ordnungsliebe sitzen hier«, erwiderte er, indem er seinen Finger auf die kleine Scheibe und den Ring des Huthalters legte. »Im Laden bekommt man nie einen Huthalter mit. Wenn dieser Mann sich also einen solchen anschaffte, so beweist dies einen gewissen Grad von Sorgsamkeit, indem er eine außergewöhnliche Maßregel zum Schutz gegen den Wind traf. Aber da wir weiter sehen, dass er, nachdem das Gummiband abgerissen war, sich nicht die Mühe gab, solches zu erneuern, so ist es ganz klar, dass er jetzt nicht mehr so viel auf sich hält, und dies ist ein sicheres Anzeichen eines allgemeinen Rückgangs. Er hat sich allerdings andererseits bemüht, einige Flecken auf dem Filz mit Tinte zu verdecken, was darauf hinweist, dass er noch nicht alle Selbstachtung verloren hat.«

»Dagegen lässt sich freilich nichts einwenden.«

»Die weiteren Punkte, nämlich dass er in mittleren Jahren steht, dass er gräuliches, frisch geschnittenes Haar hat und für dieses Pomade gebraucht, ergeben sich sämtlich aus einer genauen Prüfung des unteren Teils des Futters. Unter der Lupe sieht man eine große Anzahl durch die Schere des Barbiers glatt abgeschnittener Haarspitzen, die sämtlich ankleben und deutlich nach Pomade riechen. Dieser Staub ist, wie Sie bemerken werden, nicht der sandige Staub der Straße, sondern der weiche braune Hausstaub, der zeigt, dass der Hut die meiste Zeit zu Hause hing, während die Platten auf der Innenseite desselben mit Bestimmtheit beweisen, dass sein Träger gewaltig schwitzen musste und deshalb kaum ein starkes Gehen gewöhnt sein konnte.«

»Aber seine Frau? Sie sagten ja schon, dass sie nicht mehr so gut mit ihm lebe.«

»Dieser Hut ist seit Wochen nicht mehr ausgebürstet worden. Sollte ich einmal Ihnen, mein lieber Watson, mit dem Staub einer ganzen Woche auf Ihrem Hut begegnen und hätte Sie Ihre Frau in einem solchen Zustand ausgehen lassen, so müsste ich wirklich fürchten, es habe Sie gleichfalls das Unglück betroffen, die Liebe Ihrer Frau zu verlieren.«

»Aber er konnte doch auch Junggeselle sein.«

»Nein, er brachte die Gans als Friedensstifterin seiner Frau nach Hause. Denken Sie nur an die Karte, die sie an dem einen Bein trug.«

»Sie wissen auf alles Antwort, aber wie in aller Welt wollen Sie dem Hut entnehmen, dass er keine Gasleitung im Haus habe?«

»Ein Talgfleck oder auch zwei können zufällig entstehen, aber wenn ich deren nicht weniger als fünf wahrnehme, so ist es kaum zweifelhaft, dass der Mann öfters mit brennendem Talg in Berührung gekommen sein muss – er hielt vermutlich, wenn er nachts die Treppe hinaufging, den Hut in der einen Hand und in der anderen ein tropfendes Talgstümpchen. Jedenfalls bekommt er niemals Talgflecken von einer Gasflamme. Sind Sie nun zufrieden?«

»Nun ja, das ist ja allerdings höchst scharfsinnig«, erwiderte ich lachend, »aber da, wie Sie eben bemerkt haben, kein Verbrechen vorliegt und außerdem Verlust einer Gans auch kein Schaden entstanden ist, so kommt es mir vor, als sei das alles doch eine recht überflüssige Mühe.«

Holmes hatte eben die Lippen geöffnet zu einer Erwiderung, als die Tür aufgerissen wurde und Peterson, der Kommissionär, mit hoch geröteten Wangen und allen Zeichen höchster Erregung hereinstürzte. »Die Gans, Mr Holmes! Die Gans!«, stotterte er hervor.

»Nun, was ist denn damit los? Ist sie wieder lebendig geworden und zum Küchenfenster hinausgeflogen?« Holmes drehte sich auf dem Sofa herum, um dem Mann besser in sein erregtes Gesicht blicken zu können.

»Sehen Sie hier. Das hat meine Frau in ihrem Kropf gefunden.« Dabei streckte er die Hand aus, auf deren innerer Fläche ein prächtig funkelnder blauer Stein sichtbar wurde, etwas kleiner als eine Bohne, aber so klar und strahlend, dass derselbe in der dunklen Höhlung seiner Hand blitzte wie ein elektrischer Funke.

Mit einem Ruck richtete sich Holmes auf. »Hui!«, rief er, »beim Himmel, Peterson, das heißt ja wahrhaftig einen Schatz finden. Ich denke, Sie wissen doch, was Sie da erwischt haben?«

»Einen Diamanten. Einen kostbaren Stein. Er schneidet Glas, als ob es Kitt wäre.«

»Es ist mehr als ›ein‹ kostbarer Stein. Es ist geradezu der kostbarste Stein.«

»Doch nicht der blaue Karfunkel der Gräfin von Morcar?«, rief ich dazwischen.

»Doch, freilich; ich muss ja ganz genau wissen, wie er aussieht, habe ich doch in letzter Zeit Tag für Tag die ihn betreffende Anzeige in der ›Times‹

gelesen. Er ist ganz einzig, und sein Wert lässt sich nur vermuten. Aber die Belohnung von tausend Pfund, die auf seine Wiederbringung ausgesetzt ist, stellt sicherlich noch nicht den zwanzigsten Teil seines Verkaufswertes dar.«

»Tausend Pfund. Großer, gütiger Gott!«

Peterson sank auf einen Stuhl und starrte uns der Reihe nach an.

»Diese Belohnung ist darauf ausgesetzt, und ich habe Grund anzunehmen, dass dabei Erwägungen zarter Natur im Hintergrund stehen, denen zuliebe die Gräfin für die Wiederbringung des Steins gern ihr halbes Vermögen hingeben würde. Er kam, wenn ich mich recht erinnere, im Hotel Cosmopolitan abhanden«, bemerkte ich.

»Gewiss; am 22. Dezember, genau vor fünf Tagen. Der Klempner John Horner wurde bezichtigt, ihn aus dem Schmuckkästchen der Dame entwendet zu haben. Die Anzeichen gegen ihn waren so schwer, dass der Fall vor die Geschworenen verwiesen wurde. Ich glaube, da kommt irgendwo ein Bericht darüber.« Er suchte unter seinen Zeitungen und fand auch wirklich den betreffenden Artikel.

Dieser lautete:

»Juwelendiebstahl im Hotel Cosmopolitan. – John Horner, 26 Jahre alt, Klempner, stand unter der Anklage, am 22. dieses Monats aus dem Schmuckkästchen der Gräfin von Morcar den unter dem Namen ›der blaue Karfunkel‹ bekannten kostbaren Stein entwendet zu haben. James Ryder, erster Hausdiener im Hotel, bezeugte, er habe Horner am Tag des Diebstahls zum Toilettenzimmer der Gräfin gewiesen, wo derselbe eine Stange des Kaminrostes, die los war, wieder anbringen sollte. Er war kurze Zeit bei Horner geblieben, jedoch schließlich abgerufen worden. Bei seiner Rückkehr fand er Horner nicht mehr vor und entdeckte gleichzeitig, dass der Schreibtisch aufgebrochen worden war und das kleine Maroquinkästchen, worin, wie sich später herausstellte, die Gräfin ihre Juwelen aufzubewahren pflegte, leer auf dem Tisch stand. Ryder schlug augenblicklich Lärm, und Horner wurde noch am selben Abend festgenommen, ohne dass jedoch der Stein bei ihm selbst oder in seiner Behausung gefunden worden wäre. Katharine Cusack, Kammermädchen der Gräfin, welche auf den Schrei, den Ryder bei seiner Entdeckung ausstieß, zu diesem ins Zimmer geeilt war, wusste lediglich Ryders Angaben über den dortigen Befund zu bestätigen. Polizeiinspektor Brad Street, über die Verhaftung Horners als Zeuge vernommen, erklärte, dass dieser sich dabei wie wütend gewehrt und seine Unschuld hoch und teuer versichert habe. Da gegen denselben eine Vorbestrafung wegen Diebstahls vorlag, lehnte der Untersuchungsbeamte eine summarische Behandlung der Anklage ab und verwies dieselbe an das Schwurgericht. Horner, der schon während des ganzen Verfahrens hochgradige Erregung gezeigt hatte, wurde bei der Schlussverhandlung ohnmächtig, sodass er aus dem Saal getragen werden musste.«

»Hm! So viel, was die Gerichtsverhandlung betrifft«, fügte Holmes nachdrücklich bei, indem er die Zeitung wegschob. »Unsere Aufgabe ist es jetzt, den Faden aufzufinden, der uns von dem erbrochenen Schmuckkästchen, mit dem die Geschichte begann, bis zum Gänsekropf am Schluss leitet. Sie sehen, Watson, unsere kleinen Erhebungen haben mit einem Mal ein weit gewichtigeres und weniger unschuldiges Gesicht bekommen. Der Stein ist hier, der Stein stammt aus der Gans, und die Gans von Mr Henry Baker, dem Herrn mit dem schlechten Hut und all den besonderen Kennzeichen, mit denen ich Ihnen so viel zu schaffen machte. So müssen wir denn nun allen Ernstes darangehen, diesen Herrn und die Rolle, die er in dieser geheimnisvollen Geschichte gespielt hat, zu ermitteln. Zu dem Ende müssen wir es zunächst mit dem einfachsten Mittel versuchen, und das wäre zweifellos eine Anzeige in sämtlichen Abendzeitungen. Schlägt dieses fehl, so werde ich zu anderen Mitteln greifen.«

»Wie wollen Sie denn die Anzeige abfassen?«

»Geben Sie mir einen Bleistift und diesen Streifen Papier. Also: ›Gefunden an der Ecke von Goodge Street eine Gans und ein schwarzer Filzhut. Mr Henry Baker kann die Gegenstände heute Abend um 6 Uhr 30 in Nr. 221 Baker Street abholen.‹«

»Das ist klar und kurz beisammen.«

»Allerdings; aber wird er es auch zu Gesicht bekommen?«

»Nun, sicherlich wird er die Zeitungen mit Aufmerksamkeit verfolgen, denn für einen armen Mann wie ihn ist sein Verlust kein geringer. Offenbar war er durch sein Missgeschick mit dem Fenster so bestürzt, dass er bei Petersons Erscheinen an nichts als Flucht dachte, aber seither hat er ganz gewiss den raschen Entschluss, seine Gans fallen zu lassen, bitter bereut. Dann wird auch die Nennung seines Namens dazu beitragen, dass es ihm zu Gesicht kommt, denn jeder, der ihn kennt, wird seine Aufmerksamkeit darauf lenken. Da Sie gerade da sind, Peterson, laufen Sie doch mal schnell auf das Zeitungsbüro und lassen Sie das in die Abendblätter einrücken.«

»In welche?«

»Oh, in den ›Globe‹, den ›Star‹, die ›Pall Mall‹, ›St. James‹, ›Evening News‹, ›Standard‹, ›Echo‹ und sonst noch in einige, die Ihnen gerade einfallen.«

»Ganz gut; und dieser Stein?«

»Ach ja, den will ich bei mir behalten. Danke schön. Und dann, Peterson, bringen Sie mir auf dem Rückweg nur gleich eine Gans mit, wir müssen doch dem Eigentümer eine andere geben als Ersatz für die, welche eben bei Ihnen verzehrt wird.«

Als Peterson fort war, nahm Holmes den Stein und hielt ihn gegen das Licht. »Ein allerliebstes Ding!«, sagte er. »Sehen Sie nur, wie es blitzt und funkelt, der reinste Sammel- und Brennpunkt für Verbrechen. So ist es mit allen echten Steinen. Sie sind des Teufels Lieblingsköder. Bei den größeren älteren Steinen kann man für jede Facette eine Bluttat in Rechnung nehmen. Dieser ist noch keine zwanzig Jahre alt. Er stammt von den Ufern des Amoy-Flusses im Norden Chinas und zeichnet sich dadurch aus, dass er alle besonderen Merkmale eines Karfunkels hat, ausgenommen, dass er im Dunkeln einen blauen Schein wirft anstatt eines rubinroten. Trotz seiner Jugend hat derselbe schon eine recht traurige Geschichte. Zwei Mordtaten, eine Begießung mit Schwefelsäure, einen Selbstmord und mehrere Diebstähle hat dieses vierzig Gramm schwere Stückchen kristallisierten Kohlenstoffs auf dem Gewissen. Wer sollte in diesem niedlichen Schmuckgegenstand den eifrigsten Werber für Galgen und Zuchthaus vermuten? Ich will den Stein jetzt in meiner Sicherheitskassette verschließen und der Gräfin mit einer Zeile sagen, dass wir ihn haben.«

»Halten Sie diesen Horner für unschuldig?«

»Das kann ich nicht sagen.«

»Nun, denken Sie dann, dass dieser andere, der Henry Baker, hinter der Sache steckt?«

»Ich halte es für weit wahrscheinlicher, dass Henry Baker ein ganz unschuldiger Mensch ist, der keine Idee davon hat, dass die Gans, die er trug, ein Beträchtliches mehr wert war als wäre sie von purem Gold gewesen. Das werde ich übrigens auf ganz einfache Weise feststellen, wenn wir erst eine Antwort auf unsere Anzeige haben.«

»Und bis dahin können Sie nichts tun?«

»Nichts.«

»Nun, dann werde ich meinen gewohnten Rundgang bei meinen Patienten machen und heute Abend zu der angegebenen Stunde wieder hier sein, denn ich möchte doch gerne sehen, wie dieser verwickelte Knoten sich auflöst.«

»Wird mir sehr angenehm sein, also auf Wiedersehen. Um sieben Uhr ist das Abendessen fertig, ich glaube, es gibt Rebhühner. Eigentlich sollte ich, angesichts unserer neuesten Erlebnisse, der Köchin gleich den Auftrag geben, dass sie ihnen die Kröpfe vorher untersucht.«

Ich hatte mich ein wenig verspätet, und es war etwas nach halb sieben Uhr, als ich mich wieder in der Baker Street einfand. Indem ich auf das Haus zuschritt, sah ich vor demselben einen großen Mann mit einer schottischen Mütze auf dem Kopf und einem bis unters Kinn zugeknöpften Rock innerhalb des halbkreisförmigen Scheins der Laterne stehen und warten. Jetzt wurde eben die Tür geöffnet, und wir traten beide gleichzeitig in Holmes' Zimmer ein.

»Mr Henry Baker vermutlich«, begann dieser, indem er sich aus seinem Lehnstuhl erhob und seinen Besucher mit der herzlichsten Freundlichkeit begrüßte, die er so leicht anzunehmen verstand. »Bitte, setzen Sie sich hier auf diesen Stuhl beim Feuer, Mr Baker. Es ist eine kalte Nacht heute, und es scheint mir, der Sommer ist Ihnen zuträglicher als der Winter. Ha, Watson, Sie sind gerade zur rechten Zeit gekommen. Ist dies Ihr Hut, Mr Baker?«

»Jawohl. Das ist unzweifelhaft mein Hut.«

Baker war ein großer breitschultriger Mann mit einem starken Kopf und einem offenen, gescheiten Gesicht, das in einen spitzen, mit etwas Grau gemischten Bart endigte. Ein rötlicher Schein auf Nase und Wangen zusammen mit einem leichten Zittern seiner ausgestreckten Hand gemahnte an die Vermutung, die Holmes bezüglich seiner Gewohnheiten geäußert hatte. Sein fettiger, schwarzer Rock war bis oben zugeknöpft, der Kragen herausgeschlagen, und seine langen Handgelenke standen weit aus den Ärmeln hervor, ohne dass eine Spur einer Manschette oder eines Hemdes zu bemerken gewesen wäre. Er sprach langsam und abgebrochen, wobei er seine Worte sorgfältig wählte, und machte in allem den Eindruck eines gebildeten, durch die Ungunst des Schicksals heruntergekommenen Mannes.

»Wir haben diese Sachen ein paar Tage lang behalten«, erklärte Holmes, »weil wir dachten, wir würden durch eine Anzeige von Ihrer Seite Ihre Adresse erfahren. Ich verstehe nicht, warum Sie keine Anzeige erließen.«

Unser Besuch ließ ein ziemlich verlegen klingendes Lachen hören. »Mit meiner Kasse ist es in letzter Zeit nicht mehr so flott bestellt wie wohl sonst«, versetzte er. »Ich war fest überzeugt, dass die Strolche Hut und Gans mit fortgenommen haben, und wollte für einen hoffnungslosen Versuch ihrer Wiederbeschaffung nicht noch mehr Geld ausgeben.«

»Ganz natürlich. Apropos, was die Gans betrifft, so haben wir sie aufessen müssen.«

»Aufessen?« Dabei stand er vor Erregung halb vom Stuhl auf.

»Ja, wissen Sie, wenn wir es nicht getan hätten, so hätte niemand etwas davon gehabt. Aber ich denke, die andere Gans, die dort auf dem Nebentisch liegt, und die nahezu ebenso schwer und vollkommen frisch ist, wird Ihnen ganz denselben Dienst tun.«

»Oh freilich, freilich!«, erwiderte Mr Baker mit einem Seufzer der Erleichterung.

»Natürlich haben wir noch Federn, Beine, Kopf und so fort von Ihrer eigenen Gans, und wenn Sie wünschen ...«

Der Mann brach in ein herzliches Lachen aus. »Die könnte ich allenfalls als Reliquien meines Abenteuers aufheben«, meinte er, »aber sonst wüsste ich nicht, was ich mit den Überbleibseln meiner alten Bekannten eigentlich anfangen sollte. Nein, mit Ihrer Erlaubnis gedenke ich meine Aufmerksamkeit ausschließlich dem vortrefflichen Exemplar zuzuwenden, das ich hier auf dem Nebentisch liegen sehe.«

Holmes warf mir einen scharfen Blick zu und zuckte dabei kaum merklich mit den Schultern.

»Nun, hier ist also Ihr Hut und hier die Gans«, sagte er; »beiläufig bemerkt, möchten Sie mir vielleicht sagen, woher Sie die andere Gans hatten? Ich bin nämlich ein wenig Geflügelnarr, und ein schöneres Tier ist mir selten vorgekommen.«

»Sehr gerne«, erwiderte Baker, der indessen aufgestanden war und seinen neu errungenen Besitz unter den Arm genommen hatte. »Ich bin mit ein paar meiner Bekannten Stammgast in der Wirtschaft zum ›Alpha‹, beim Museum. Dieses Jahr nun hat unser wackerer Wirt, Windigate mit Namen, die Einrichtung getroffen, dass jeder von uns gegen eine wöchentliche Einzahlung von ein paar Pence auf Weihnachten eine Gans erhielt. Ich entrichtete meinen Beitrag pünktlich, und das übrige wissen Sie ja. Ich bin Ihnen sehr verpflichtet, denn eine schottische Mütze passt für meine Jahre ebenso wenig wie für mein gesetztes Wesen.« Mit komischer Grandezza stülpte er seinen zerknüllten Zylinder auf, machte jedem von uns eine feierliche Verbeugung und ging dann seines Weges.

»Das wäre also Mr Henry Baker«, sagte Holmes, als er die Tür hinter demselben geschlossen hatte. »Es ist ganz sicher, dass er nicht das geringste von der Geschichte ahnt. Sind Sie hungrig, Watson?«

»Nicht besonders.«

»Dann schlage ich Ihnen vor, wir nehmen unsere Mahlzeit erst später ein und verfolgen diese Spur, solange sie noch frisch ist.«

»Ganz einverstanden.«

Es war eine bitter kalte Nacht, und wir hüllten uns deshalb warm in Überröcke und Shawls ein. Draußen blinkten die Sterne frostig am wolkenlosen Himmel, und die Vorüberwandelnden bliesen den Atem in dichten Dampfwolken vor sich. Scharf und laut klangen unsere Tritte, während wir unserem Ziel zustrebten. Nach einer Viertelstunde hatten wir Alpha Inn, eine kleine Wirtschaft in einem Eckhaus in Bloomsbury, erreicht. Wir begaben uns ins Herrenstübchen, wo Holmes bei dem rotbackigen Wirt mit weißer Schürze zwei Glas Bier bestellte.

»Wenn Ihr Bier so gut ist wie Ihre Gänse, dann muss es ausgezeichnet sein«, sagte er.

»Meine Gänse?« – Der Mann schien überrascht.

»Ja. Es ist noch keine halbe Stunde her, dass ich mit Mr Henry Baker gesprochen habe, der zu Ihrem Gänseklub gehört.«

»Ach ja, jetzt verstehe ich. Aber sehen Sie, die Gänse waren nicht von mir.«

»Wirklich? Von wem denn?«

»Nun, ich habe die zwei Dutzend von einem Händler in Covent Garden bezogen.«

»So? Ich kenne ein paar von ihnen; welcher war es?«

»Breckinridge heißt er.«

»Ah, den kenne ich nicht. Nun, auf Ihr Wohl, Wirt, und auf das Gedeihen Ihres Hauses! Gute Nacht!«

»Jetzt zu Mr Breckinridge«, fuhr er fort, indem er beim Hinaustreten in die kalte Luft seinen Rock zuknöpfte.

»Vergessen Sie nicht, Watson, dass unser Faden uns von einer höchst harmlosen Gans zu einem Mann führt, dem sieben Jahre Zwangsarbeit sicher sind, sofern wir nicht seine Unschuld nachweisen können. Möglich, dass unsere Nachforschung lediglich seine Schuld zu bestätigen vermag, aber in jedem Fall sind wir im Besitz einer Spur, welche der Polizei entgangen ist und die uns ein eigentümlicher Zufall in die Hand gespielt hat. Wir wollen den Faden verfolgen bis zum bittern Ende. Auf gen Süden also und frisch voran!«

Als wir nach längerer Kreuz- und Querwanderung den Covent Garden Markt erreicht hatten, lasen wir an einem der größten Geschäfte den Namen Breckinridge. Der Eigentümer, ein vierschrötig aussehender Mann mit scharfen Zügen und wohlgepflegtem Kotelettenbart, war gerade daran, mithilfe eines jungen Burschen die Läden zu schließen.

»Guten Abend. Eine kalte Nacht heute!«, sagte Holmes.

Der Händler nickte und warf einen fragenden Blick auf meinen Begleiter.

»Alle Ihre Gänse ausverkauft, soviel ich sehe«, fuhr Holmes fort, indem er auf die leeren Marmortisch deutete.

»Können morgen früh 500 Stück haben.«

»Das hilft mir nichts.«

»Nun, dort gibt's ja noch welche, in dem Laden mit der Gaslaterne.«

»Ganz recht, aber ich bin an Sie empfohlen.«

»Von wem?«

»Vom Wirt zum ›Alpha‹.«

»Ah ja, dem habe ich ein paar Dutzend geschickt.«

»Es waren sehr schöne Tiere. Ei, wo hatten Sie die her?«

Zu meiner Überraschung rief diese Frage bei dem Händler einen Zornesausbruch hervor.

»Nun, Herr«, sagte er, indem er den Kopf zurückwarf und die Arme in die Seite stemmte, »worauf wollen Sie eigentlich hinaus? Sprechen Sie sich deutlich aus, ohne Umschweife.«

»Das ist doch deutlich genug. Ich möchte gerne wissen, wer Ihnen die Gänse verkauft hat, die Sie an das ›Alpha‹ geliefert haben?«

»Nun, und ich sage es Ihnen nicht. Jetzt wissen Sie's!«

»Oh, es liegt nicht so viel daran, aber ich begreife gar nicht, warum Sie über eine solche Bagatelle so hitzig werden.«

»Hitzig? Sie würden wohl auch hitzig werden, wenn man Sie so kujonierte wie mich. Wenn ich gutes Geld für gute Ware gezahlt habe, so sollte das Geschäft abgemacht sein; aber nein, da geht's los: ›Wo sind die Gänse‹, ›An wen haben Sie die Gänse verkauft‹, ›Was wollen Sie für die Gänse‹. Man könnte gerade glauben, es gäbe sonst keine Gänse auf der Welt, wenn man die Randale hört, die man darüber anschlägt.«

»Nun, wenn sonst noch Leute sich nach den Gänsen erkundigt haben, so habe ich mit denen nichts zu tun«, versetzte Holmes leichthin. »Wenn Sie's uns nicht sagen wollen, so ist's eben einfach nichts mit der Wette; aber wenn sich's um Geflügel handelt, bin ich jederzeit bereit, für das, was ich behaupte, auch etwas daranzusetzen; so habe ich fünf Schilling gewettet, dass die Gans, die ich an Weihnachten verzehrt habe, vom Land stammte.«

»Nun, dann haben Sie Ihre fünf Schilling verloren, denn es war Stadtware«, fuhr der Händler dazwischen.

»Ach – niemals.«

»Ich sag aber, es ist so.«

»Und ich glaub's nicht.«

»Wollen Sie mehr vom Geflügel verstehen als ich, der ich immer damit zu tun gehabt habe, seit ich krabbeln kann? Ich sage Ihnen, alle diese Gänse, die nach dem ›Alpha‹ gekommen sind, waren Stadtware.«

»Ich glaube es in meinem Leben nicht.«

»Wollen wir wetten?«

»Ich nehme Ihnen lediglich Ihr Geld ab, denn ich weiß, dass ich recht habe. Aber ich setze einen Sovereign dran, nur um Ihnen zu zeigen, dass ich nicht eigensinnig bin.«

Der Händler lachte grimmig auf. »Bring mir die Bücher, Bill!«, rief er. Der kleine Junge brachte ein kleines, dünnes Buch und ein großes mit fettigem Rücken herbei und legte beide aufgeschlagen unter die Hängelampe.

»Nun also, Sie eigensinniger Kauz«, sagte der Händler, »ich meinte, ich habe heut nichts mehr mit Gänsen zu tun, aber Sie sollen gleich sehen, dass doch noch eine hier im Laden ist. – Sie sehen das kleine Buch?«

»Nun?«

»Das enthält die Liste der Leute, von denen ich kaufe. Sehen Sie? Nun, also auf dieser Seite stehen die Leute vom Land, und die Nummern hinter ihren Namen zeigen an, wo in dem großen Buch ihre Konten stehen. Nun, und dann sehen Sie diese andere Seite in roter Tinte? Das ist die Liste meiner Stadtlieferanten. Jetzt suchen Sie den dritten Namen. Lesen Sie ihn mir einmal vor.«

»Mrs Oakshott, 117 Brixton Road, 249«, las Holmes.

»So ist's. Nun schlagen Sie das im Kontobuch nach.«

Holmes schlug die angegebene Seite auf.

»Hier haben Sie's wieder: Mrs Oakshott, 117 Brixton Road. Eier- und Geflügel-Lieferantin. Nun also, was ist der letzte Eintrag?«

»22. Dez. 24 Gänse zu 7 sh und 6 d.«

»So ist's. Da haben Sie's. Und drunter?«

»Verkauft an Mrs Windigate vom ›Alpha‹ zu 12 Schilling.«

»Na, was haben Sie jetzt noch zu sagen?«

Holmes sah ganz niedergeschlagen aus, er zog einen Sovereign aus der Tasche, warf ihn auf den Tisch und ging hinaus mit einer Miene, als sei er zu tief entrüstet, um noch Worte zu finden. In einiger Entfernung blieb er unter einer Laterne stehen und brach in das ihm eigentümliche, herzliche und doch geräuschlose Lachen aus.

»Wenn du einen Burschen dieses Schlages vor dir hast, so kannst du ihn stets mit einer Wette drankriegen«, sagte er; »ich behaupte fest, wenn ich hundert Pfund vor den Mann hingelegt hätte, er würde mir nie diese vollständige Auskunft gegeben haben, die ich jetzt von ihm erhielt durch die Aussicht, mir eine Wette abzugewinnen. Nun, Watson, ich glaube, wir nähern uns dem Ende unserer Forschungsreise, und es fragt sich jetzt nur noch, ob wir diese Mrs Oakshott heute Abend noch aufsuchen oder ob wir dies für morgen aufsparen wollen. Aus dem, was der grobe Geselle sagte, geht klar hervor, dass auch noch andere Leute außer uns sich mit der Angelegenheit beschäftigt haben, und ich würde …«

Seine Bemerkungen wurden plötzlich durch ein lautes Geschrei unterbrochen, das von dem Laden, den wir soeben verlassen hatten, herklang. Wir kehrten um und sahen einen kleinen Burschen mit fahlem Gesicht mitten im hellen Schein der über der Ladentür hängenden Laterne stehen und sich vor dem Händler ducken, während dieser unter der Ladentür grimmig die Fäuste gegen ihn schüttelte.

»Jetzt habe ich's satt mit euch und euren Gänsen!«, schrie er dabei. »Ich wollte, Ihr wäret beim Teufel alle miteinander. Wenn du noch einmal kommst und mich mit deinem dummen Geschwätz kujonierst, so hetz ich den Hund auf dich! Mrs Oakshott soll selber kommen, dann will ich ihr schon Rede und Antwort geben, aber was geht's denn dich an?«

»Nun, eine davon gehörte doch mir«, wimmerte der kleine Mann.

»Dann frage doch Mrs Oakshott danach!«

»Die hat mich ja an Sie gewiesen.«

»Nun, so frag, wen du willst, ich schere mich nichts drum. Ich hab es dick! Hinaus da!« Er machte eine drohende Bewegung vorwärts, und der Frager verschwand in der Finsternis.

»Ho, das erspart uns möglicherweise den Besuch in Brixton Road«, flüsterte Holmes, »kommen Sie mit mir, wir wollen sehen, was mit dem Burschen zu machen ist.«

Rasch hatte sich mein Begleiter zwischen den Gruppen, die vor den beleuchteten Ladenfenstern standen, durchgewunden, den kleinen Mann eingeholt und klopfte ihm nun auf die Schulter. Blitzschnell fuhr derselbe herum, und im Schein des Gaslichts sah ich, dass jede Spur von Farbe aus seinem Gesicht gewichen war.

»Nun, wer sind Sie? Was wollen Sie?«, fragte er mit unsicherer Stimme.

»Entschuldigen Sie«, erwiderte Holmes freundlich, »aber ich konnte nicht umhin, bei Ihrem Gespräch mit dem Händler soeben zuzuhören; ich glaube, ich könnte Ihnen behilflich sein.«

»Sie? Wer sind Sie? Wie können Sie etwas über die Sache wissen?«

»Mein Name ist Sherlock Holmes. Es gehört zu meinem Geschäft, Dinge zu wissen, die andere Leute nicht wissen.«

»Aber davon können Sie doch nichts wissen.«

»Bitte um Entschuldigung, ich weiß alles. Sie möchten gerne ein paar Gänse ausfindig machen, die von Mrs Oakshott in Brixton Road an den Händler namens Breckinridge, von ihm wiederum an den Wirt Windigate zum ›Alpha‹, und von diesem an seine Stammgäste, zu denen ein Mr Henry Baker gehört, verkauft worden sind.«

»Oh, Herr, Sie kommen mir wie gerufen«, rief der kleine Bursche mit ausgestreckten Händen und zitternden Fingern. »Sie glauben gar nicht, wie viel mir an der Sache liegt.«

Holmes rief einen vorüberfahrenden Zweispänner heran.

»In diesem Fall wird es besser sein, wir sprechen darüber im gemütlichen Zimmer als auf diesem windigen Marktplatz«, meinte er. »Aber, bitte, sagen Sie mir zuvor, wem ich das Vergnügen habe, meinen Beistand zu leihen.«

Der Bursche zögerte einen Augenblick. »Ich heiße John Robertson«, antwortete er dann, indem er dabei auf die Seite blickte.

»Nein, nein, den richtigen Namen«, sagte Holmes freundlich. »Mit zweierlei Namen macht man nie gute Geschäfte.«

Eine plötzliche Röte übergoss die weißen Wangen des Burschen. »Nun denn«, sagte er, »mein richtiger Name ist James Ryder.«

»So ist es; erster Hausdiener im Hotel Cosmopolitan. Bitte, steigen Sie nur ein, und ich werde Ihnen jede Auskunft geben können, die Sie wünschen.«

Der kleine Mann blieb stehen und schaute einen um den anderen von uns mit halb ängstlichem, halb hoffnungsvollem Blick an, als wisse er nicht recht, gehe er einem unerwarteten Glücksfall oder einer Katastrophe entgegen. Dann stieg er in den Wagen ein, und eine halbe Stunde darauf befanden wir uns in der Wohnung meines Freundes. Kein Wort war während der Fahrt gewechselt worden, nur die scharfen, kurzen Atemzüge unseres Begleiters und ein nervöses Auf- und Zuklappen seiner Hände gaben Kunde von der Erregung seines Innern.

»Da wären wir«, sagte Holmes heiter, während wir in das Zimmer traten.

»Das Feuer mutet einem recht angenehm an bei diesem Wetter. Sie sehen erfroren aus, Mr Ryder; bitte, setzen Sie sich in den Sessel. Ich will nur meine Pantoffeln anziehen, ehe wir diese kleine Sache abmachen; nun also, Sie möchten gerne wissen, was aus den Gänsen geworden ist?«

»Jawohl, Herr.«

»Oder besser gesagt aus der Gans, es war doch wohl eine Gans, an der Ihnen gelegen war – weiß, mit schwarzen Streifen auf dem Schwanz.«

Ryder zitterte vor Erregung. »Ach, Herr«, rief er, »können Sie mir sagen, wo die hinkam?«

»Kam hierher.«

»Hierher?«

»Jawohl. Und sie entpuppte sich als ein höchst merkwürdiger Vogel. Es wundert mich gar nicht, dass Sie Interesse für denselben zeigen. Er hat nach seinem Tod ein blaues Ei gelegt, das niedlichste, prächtigste kleine Ei, das je zu sehen war. Ich habe es hier in meiner Sammlung.«

Unser Gast richtete sich unsicher auf und klammerte sich mit der rechten Hand am Kaminrand an.

Holmes schloss seine Kassette auf und hielt den blauen Karfunkel empor, der wie ein Stern in kaltem, glänzendem, blitzendem Feuer strahlte.

Ryder stand mit langem Gesicht da, unschlüssig, ob er den Stein als sein Eigentum ansprechen oder verleugnen sollte.

»Das Spiel ist aus, Ryder«, sagte Holmes ruhig. »Jetzt nicht gefackelt, Mann – oder Sie kommen in Teufels Küche. Helfen Sie ihm wieder auf seinen Stuhl, Watson, er hat nicht Nerv genug zum Spitzbuben. Geben Sie ihm einen Schluck Cognac. So! Nun sieht er ein wenig menschlicher aus. Wahrhaftig, ein rechter Held!«

Einen Augenblick hatte Ryder gewankt und wäre fast gefallen, aber der Branntwein brachte wieder eine Spur von Farbe in seine Wangen, und angstvoll heftete er nun von seinem Stuhl aus die Blicke auf seinen Ankläger.

»Ich habe so ziemlich alle Trümpfe in der Hand und bin im Besitz aller Beweise, die ich etwa brauchen könnte; so können Sie mir eigentlich nur wenig sagen. Und auch dieses Wenige lässt sich auf anderem Weg aufklären, sodass der Zusammenhang vollständig ist. Sie haben doch von diesem blauen Stein der Gräfin Morcar gehört, Ryder?«

»Ja, die Katharine Cusack erzählte mir davon«, erwiderte er mit heiserer Stimme.

»Ach freilich, die Kammerzofe der Dame. Nun, die Versuchung, sich auf so leichte Weise mit einem Mal zum reichen Mann zu machen war zu groß für Sie, wie schon oft für bessere Leute als Sie; aber in der Wahl der Mittel waren Sie nicht sehr bedächtig. Ich meine, Ryder, das war ein rechter Schurkenstreich von Ihnen. Sie wussten, dass dieser Klempner Horner früher schon einmal in einen ähnlichen Fall verwickelt war und dass er deshalb umso leichter in Verdacht geraten würde. Was taten Sie also? Sie richteten es mit Ihrer Genossin, der Cusack, so ein, dass im Zimmer der Gräfin eine kleine Reparatur zu besorgen war und dass Horner zu diesem Zweck geholt wurde. Nach seinem Abgang plünderten Sie dann den Schmuckkasten aus, schlugen Lärm und ließen den Unglücklichen festnehmen. Darauf ...«

Hier warf sich Ryder plötzlich zu Boden und umfasste die Knie meines Freundes. »Um Gottes willen, haben Sie Erbarmen«, rief er, »denken Sie an meinen Vater, an meine Mutter! Es würde ihnen das Herz brechen! Ich habe noch nie etwas Schlechtes begangen und will es auch nie wieder tun, ich schwöre es. Ich beschwöre es bei allem, was heilig ist. Oh, bringen Sie mich nur nicht vor Gericht, um Christi willen nicht!«

»Setzen Sie sich wieder in Ihren Stuhl«, erwiderte Holmes streng. »Es ist keine Kunst, sich jetzt zu winden und zu krümmen, aber den armen Horner unter ungerechtem Verdacht in Haft zu bringen, das machte Ihnen wenig Kopfzerbrechen.«

»Ich will fliehen, Mr Holmes, ich will außer Landes gehen, dann wird man die Untersuchung gegen ihn einstellen.«

»Hm. Darüber reden wir noch. Und jetzt erzählen Sie uns wahrheitsgemäß, wie es weiterging. Wie kam der Stein in die Gans, und wie kam die Gans auf den Markt? Sagen Sie uns die Wahrheit. Darin liegt für Sie die einzige Hoffnung auf Rettung!«

Ryder fuhr sich mit der Zunge über seine trockenen Lippen. »Ich will es Ihnen erzählen, ganz wie es gegangen ist«, begann er dann. »Als Horner festgenommen war, dachte ich, es werde das beste für mich sein, mich mit dem Stein ohne Verzug aus dem Staub zu machen, es konnte ja der Polizei jeden Augenblick einfallen, mich und mein Zimmer zu durchsuchen. Im ganzen Bereich des Hotels gab es kein sicheres Versteck dafür. Ich ging deshalb aus als hätte ich etwas zu besorgen und suchte meine Schwester auf. Sie ist an einen namens Oakshott verheiratet und wohnt in Brixton Road, wo sie Geflügel zum Verkauf mästet. Auf dem ganzen Weg hielt ich jeden, der mir begegnete, für einen Schutzmann oder einen Fahnder, sodass trotz der kalten Nacht der Schweiß an mir herunter lief, noch ehe ich in Brixton Road war. Meine Schwester fragte mich, was es denn gebe und warum ich so blass sei, aber ich machte ihr weiß, ich habe wegen Diebstahls im Hotel aufbleiben müssen. Dann ging ich in den Hinterhof und dachte bei einer Pfeife darüber nach, was jetzt wohl das Geratenste für mich wäre.

Ich hatte früher einen Freund gehabt namens Maudsley, der auf schlechte Wege geriet und jetzt eben seine Zeit abgesessen hat. Dieser hatte mir eines

Tages einmal von den Schlichen der Diebe erzählt und wie sie die gestohlenen Sachen sich aus den Händen schaffen. Ich wusste, dass er mich nicht verraten würde, denn ich wusste auch ein oder zwei Sachen von ihm; so kam ich zu dem Entschluss, ihn ohne Weiteres in Kilburn aufzusuchen und ihn ins Vertrauen zu ziehen. Er würde mir sicher Mittel und Wege zeigen, wie ich den Stein zu Geld machen könnte. Aber wie unbehelligt zu ihm gelangen? Ich dachte an die Schrecken, die ich auf dem Herweg ausgestanden hatte. Jeden Augenblick konnte man mich fassen und durchsuchen, und dann fand man den Stein in meiner Westentasche. Ich hatte unterdessen an der Wand gelehnt und den Gänsen zugeschaut, die mir vor den Füßen herumwatschelten; auf einmal fuhr mir ein Gedanke durch den Kopf, wie ich den schlauesten Detektiv auf der ganzen Welt hinters Licht führen könnte.

Meine Schwester hatte mir ein paar Wochen vorher das Prachtstück von ihren Gänsen auf Weihnachten versprochen, und ich wusste, dass ich jederzeit auf ihr Wort bauen konnte. Diese Gans wollte ich jetzt mitnehmen und in ihrem Kropf meinen Stein nach Kilburn tragen. In dem Hof steht ein kleiner Schuppen und hinter diesen trieb ich eine von den Gänsen, eine schöne, große, weiße mit gestreiftem Schwanz. Ich fing sie ein, sperrte ihr den Schnabel auf und stopfte ihr den Stein in den Hals hinunter, soweit mein Finger reichte. Sie schluckte, und ich fühlte, wie der Stein durch den Schlund in ihren Kropf hinabglitt. Aber sie flatterte und strampelte dermaßen dabei, dass meine Schwester herauskam und fragte, was los sei. Wie ich ihr eben Antwort geben wollte, riss sich das Vieh los und flog mitten unter die anderen hinein.

›Was in aller Welt hast du nur mit der Gans gemacht, James?‹, fragte sie.

›Nun‹, sage ich, ›du hast mir ja eine auf Weihnachten versprochen gehabt, da wollte ich nur fühlen, welche am fettesten sei.‹

›Oh‹, sagt sie, ›die für dich haben wir schon auf die Seite getan, wir heißen sie nur James' Braten, es ist die große weiße dort drüben. Sechsundzwanzig Stück sind's, macht eine für dich, eine für uns und zwei Dutzend für den Markt.‹

›Schönen Dank, Maggie‹, sage ich, ›aber wenn dir's einerlei ist, so möchte ich lieber die haben, die ich eben zwischen den Händen hatte.‹

›Die andere ist gut drei Pfund schwerer‹, sagt sie, ›wir haben sie besonders für dich gemästet.‹

›Einerlei, ich will lieber die andere und will sie jetzt gleich mitnehmen‹, sagte ich darauf.

›Oh, ganz wie du willst‹, sagt sie wieder, ein bisschen verdutzt, ›welche willst du denn also?‹

›Die weiße dort mit dem gestreiften Schwanz, gerade mitten drin.‹

›Oh, ganz recht, tu sie nur ab und nimm sie mit.‹

Nun, so macht ich's auch, Mr Holmes, und nahm die Gans mit nach Kilburn. Ich erzählte meinem Kameraden frischweg, wie ich es gemacht hatte, und er wollte vor Lachen darüber fast ersticken. Wir nahmen dann ein Messer und schnitten die Gans auf. Mir wollte das Herz stehen bleiben, keine Spur von dem Stein war zu finden, und ich wusste jetzt, dass ein schreckliches Versehen vorgekommen war. Ich ließ die Gans im Stich, rannte zurück zu meiner Schwester und in den Geflügelhof; doch da war kein einziges Stück mehr zu sehen.

›Wo sind sie denn alle hingekommen, Maggie?‹, rufe ich ihr entgegen.

›Zum Händler sind sie gekommen, James.‹

›Zu welchem?‹

›Breckinridge in Covent Garden.‹

›Aber war denn noch eine da mit gestreiftem Schwanz?‹, fragte ich, ›gerade wie die, die ich mir auserwählte?‹

›Freilich, James, zwei waren da mit gestreiftem Schwanz, ich kannte sie nie auseinander.‹

Nun, da war mir denn die ganze Sache klar, und ich, so schnell mich meine Füße tragen wollten, zu diesem Breckinridge. Aber er hatte die ganze Partie gleich weiter verkauft und wollte mir um keinen Preis sagen, an wen. Sie haben ihn ja heute Abend selbst gehört. So hat er mich von Anfang an abgetrumpft. Meine Schwester meint, ich werde noch verrückt; und manchmal kommt es mir selber so vor. Und jetzt – jetzt bin ich als Dieb gebrandmarkt und habe den Reichtum, für den ich meinen ehrlichen Namen verkauft habe, noch nicht von weitem verschmeckt. Gott steh mir bei! Gott steh mir bei!«

Er begrub sein Gesicht in den Händen und brach in ein krampfhaftes Schluchzen aus. Ein langes Schweigen folgte; nichts unterbrach die Stille als die schweren Atemzüge des Unglücklichen und das taktmäßige Trommeln der Fingerspitzen meines Freundes auf dem Tischrand.

Endlich erhob sich der letztere und machte die Tür auf.

»Gehen Sie fort«, sagte er.

»Was!? Oh, Gott vergelte es Ihnen!«

»Keine Worte weiter; nur fort!«

Und es bedurfte auch keiner weiteren Worte. Im Nu war er draußen und über die Treppe drunten; man hörte die Tür gehen, und dann verklangen seine eiligen Tritte vor dem Haus.

»Schließlich, Watson«, meinte Holmes, indem er nach seiner Pfeife griff, »bin ich doch nicht gerade dazu bei der Polizei angestellt, um ihr überall nachzuhelfen, wo sie nicht allein fertig wird. Stünde die Sache für Horner bedenklich, so wäre es etwas anderes, aber dieser Bursche wird ja nicht gegen ihn auftreten, und so muss der Fall eingestellt werden. Vielleicht, dass ich ein Unrecht damit begehe, aber es ist auch gerade so gut möglich, dass ich dadurch eine Seele vom Verderben rette. Dieser Bursche wird nichts mehr verbrechen. Seine Angst war zu grässlich. Ihn jetzt ins Gefängnis bringen, hieße ihn für sein ganzes Leben dem Zuchthaus überliefern. Überdies stehen wir ja eben auch in der Gnadenzeit. Der Zufall hat uns einen rätselhaften, merkwürdigen Fall in die Hände gespielt, und in seiner befriedigenden Lösung müssen wir unseren Lohn finden. Wollen Sie so gut sein, die Klingel zu ziehen, dann wollen wir uns an eine Untersuchung anderer Art machen.«

Das getupfte Band

Wenn ich meine Aufzeichnungen von den siebzig absonderlichen Fällen überblicke, an denen ich während der letzten acht Jahre das Verfahren meines Freundes Sherlock Holmes studiert habe, finde ich darunter viele von tragischer, einige auch von komischer Art, sodann weiter eine große Anzahl solcher, die sich eben einfach als merkwürdig bezeichnen lassen, dagegen keinen einzigen alltäglichen; denn da Holmes sich bei seiner Tätigkeit weit mehr von der Liebe zu seinem Beruf als von dem Streben nach Erwerb bestimmen ließ, lehnte er seine Mitwirkung stets ab, wenn die Nachforschungen sich nicht auf einen ungewöhnlichen oder geradezu rätselhaften Vorgang richteten. Unter all diesen verschiedenartigen Fällen wüsste ich mich jedoch keines zu entsinnen, der eine gleiche Fülle merkwürdiger Züge dargeboten hätte wie der, welcher in der bekannten Familie der Roylotts von Stoke Moran in Surrey spielte. Die betreffenden Vorkommnisse fielen in die erste Zeit meiner Verbindung mit Holmes, in die Tage unseres gemeinsamen Junggesellenlebens in der Baker Street. Ich würde dieselben vielleicht früher schon veröffentlicht haben, wäre mir nicht Stillschweigen darüber auferlegt gewesen – eine Pflicht, von der mich erst im vergangenen Monat der vorzeitige Tod der Dame, in deren Interesse jenes Versprechen gegeben worden war, entbunden hat. Vielleicht ist es ganz zweckmäßig, dass der wahre Sachverhalt jetzt ans Licht kommt, denn wie ich aus guter Quelle erfahre, haben sich über den Tod des Dr. Grimesby Roylott in weiten Kreisen Gerüchte verbreitet, welche jene Ereignisse noch grässlicher ausmalen, als sie in Wirklichkeit sind.

Es war im Jahr 1883 Anfang des April, als ich eines Morgens beim Erwachen Holmes vollständig angekleidet an meinem Bett erblickte. Er stand gewöhnlich spät auf, und da die Uhr auf dem Kaminsims erst ein Viertel nach sieben zeigte, blinzelte ich ihn einigermaßen überrascht, vielleicht sogar etwas ärgerlich an, denn ich ließ mich selbst nicht gerne in meinen Gewohnheiten stören.

»Tut mir sehr leid, dass ich Sie im Schlaf stören muss, Watson«, sagte er, »aber es geht heute Morgen keinem im Haus besser. Die Haushälterin ist zuerst herausgeklopft worden, sie hat mich aufgeweckt, und jetzt kommt die Reihe an Sie.«

»Was gibt es denn? Brennt es?«

»Nein, eine Klientin ist da. Es scheint, dass eine junge Dame in höchst erregtem Zustand von auswärts eingetroffen ist, die mich durchaus sprechen will. Sie wartet unten im Empfangszimmer. Wenn sich aber eine junge Dame in solcher Morgenfrühe zur Hauptstadt aufmacht und die Leute aus den Federn treibt, wird sie wohl eine recht dringliche Mitteilung zu machen haben. Einen wirklich interessanten Fall würdest du doch gewiss gern von Anfang an verfolgen. Ich wollte Sie deshalb unter allen Umständen wecken, um Sie der günstigen Gelegenheit nicht zu berauben.«

»Mein lieber Junge, natürlich möchte ich sie um keinen Preis verpassen.«

Ich kannte keinen größeren Genuss, als Holmes bei den Untersuchungen, die sein Beruf mit sich brachte, Schritt für Schritt zu begleiten und seine kühnen Schlussfolgerungen zu bewundern, die – blitzschnell, als entstammten sie höherer Eingebung, und doch stets auf streng logischer Grundlage aufgebaut – Licht in das Dunkel der ihm vorgelegten rätselhaften Fälle brachten. Ich warf mich also rasch in die Kleider und war nach wenigen Minuten so weit, um meinem Freund ins Empfangszimmer folgen zu können.

Eine schwarzgekleidete, dicht verschleierte Dame saß am Fenster und erhob sich bei unserem Eintritt.

Holmes begrüßte sie freundlich und fuhr, nachdem er sich ihr vorgestellt, auf mich deutend fort: »Dies hier ist mein vertrauter Freund und Kollege Dr. Watson, vor dem Sie Ihre Sache ohne Scheu vorbringen können. – Mrs Hudson hat ja Feuer angemacht, wie ich sehe, das war vernünftig von ihr. Bitte setzen Sie sich nur an den Kamin; ich lasse Ihnen gleich eine Tasse heißen Kaffee bringen, Sie zittern ja ordentlich.«

»Aber nicht vor Kälte«, antwortete die Dame mit leiser Stimme, indem sie der Aufforderung Folge leistete.

»Weshalb denn sonst?«

»Vor Angst, Mr Holmes, vor Schrecken.« Bei diesen Worten schlug sie den Schleier zurück, und wir sahen nun, dass sie sich in der Tat in einem Zustand bedauerlicher Aufregung befand; ihr Gesicht war ganz verzerrt und aschfahl, und sie blickte angstvoll um sich wie ein gehetztes Wild. Ihren Zügen und ihrer Figur nach musste man sie für dreißigjährig halten, allein ihr Haar zeigte bereits Spuren von Grau, und es lag etwas Müdes und Abgezehrtes in ihrer ganzen Erscheinung.

Holmes musterte sie mit einem seiner allesdurchdringenden Blicke. »Sie müssen keine Angst haben«, sagte er in beruhigendem Ton, indem er sich über sie beugte. »Wir werden gewiss bald alles in Ordnung bringen. Sie sind heute früh mit der Bahn angekommen, wie ich sehe.«

»Kennen Sie mich denn?«

»Nein, ich bemerke nur die eine Hälfte der Rückfahrkarte, die Sie in Ihrem linken Handschuh stecken haben. Sie müssen früh aufgebrochen sein und hatten dann bis zur Bahn eine tüchtige Fahrt in einem Jagdwagen auf schlechten Wegen zu machen.«

Mit dem Ausdruck höchsten Erstaunens starrte die Fremde meinen Freund an.

»Sie brauchen sich nicht zu verwundern, werte Dame«, fuhr dieser lächelnd fort. »Der linke Ärmel Ihrer Jacke ist an nicht weniger als sieben Stellen mit noch ganz nassem Schmutz besprizt. Kein anderes Fuhrwerk wirft aber so viel Schmutz auf wie ein Jagdwagen, und am allerschlimmsten ist es vollends, wenn man vorne links neben dem Kutscher sitzt.«

»Das mag sein, wie es will, jedenfalls treffen Sie mit Ihren Schlüssen das Richtige«, versetzte sie. »Ich fuhr vor sechs Uhr von zu Hause ab, brauchte zwanzig Minuten bis nach Leatherhead und traf mit dem ersten Zug hier an der Waterloo Station ein. Es kann nicht länger so fortgehen, ich halte es nicht mehr aus, ich werde wahnsinnig. Ich habe gar niemand, an den ich mich wenden könnte – niemand; nur ein Einziger nimmt Anteil an mir, und der kann nicht viel für mich tun, der Arme. Man hat mir von Ihnen erzählt, Mr Holmes. Eine meiner Bekannten, Mrs Farintosh, der Sie einmal in ihrer schrecklichen Bedrängnis Beistand leisteten, hat mir Ihre Adresse gegeben. Ach, meinen Sie nicht, Sie könnten mir vielleicht ebenfalls helfen und die dichte Finsternis, die mich umgibt, wenigstens durch einen schwachen Schimmer erhellen? Sie für Ihre Dienste zu belohnen, bin ich freilich zurzeit nicht imstande, aber in sechs Wochen oder einem Monat, wenn ich verheiratet und im Besitz meines Vermögens bin, sollen Sie mich nicht undankbar finden.«

Holmes entnahm seinem Schreibtisch ein kleines Buch mit Aufzeichnungen über frühere Fälle und schlug darin nach.

»Farintosh«, murmelte er, »ach ja, jetzt erinnere ich mich des Falls. Es handelte sich um einen Opalkopfschmuck. Das war noch vor Ihrer Zeit, Watson. – Ich kann Ihnen die Versicherung geben, dass ich mich Ihres Falls mit Vergnügen ebenso eifrig annehmen werde wie damals der Angelegenheit der Ihnen befreundeten Dame. Was meine Belohnung betrifft, finde ich solche einzig in meiner Tätigkeit selbst; dagegen steht es Ihnen frei, mir meine etwaigen Auslagen bei gelegener Zeit zu ersetzen. Und nun bitte ich Sie, uns alles mitzuteilen, was für die Beurteilung des Falls irgend von Wert sein kann.«

»Ach«, begann die Fremde, »das Schrecklichste an meiner Lage ist gerade, dass meine Befürchtungen so unbestimmter Natur sind und mein Verdacht sich auf höchst geringfügige Umstände stützt, die jedem anderen bedeutungslos erscheinen. Selbst der Mann, von dem ich in erster Linie Rat und Hilfe zu erwarten berechtigt wäre, betrachtet alle Vermutungen, die ich ihm gegenüber äußere, lediglich als Eingebungen meiner überreizten Nerven. Er sagt es nicht geradeheraus, allein ich merke es an seinen beschwichtigenden Antworten und ausweichenden Blicken. Aber Sie, Mr Holmes, sollen ja imstande sein, wie nur wenige die mannigfaltige Schlechtigkeit des menschlichen Herzens zu durchschauen. Ihr Rat wird mir den Weg zeigen, der mich glücklich durch die Gefahren hindurchführt, von denen ich rings umgeben bin.«

»Ich bin ganz Ohr.«

»Ich heiße Helene Stoner und wohne zusammen mit meinem Stiefvater, dem letzten Spross einer der ältesten Familien Englands, der Roylotts von Stoke Moran, an der Westgrenze von Surrey.«

Holmes nickte. »Der Name ist mir wohlbekannt«, sagte er.

»Die Familie gehörte einst zu den reichsten in ganz England, und ihre Besitzungen erstreckten sich bis über die Grenzen der benachbarten Grafschaften hinaus. Im vorigen Jahrhundert jedoch kam der Besitz viermal hintereinander in leichtsinnige, verschwenderische Hände, und als sich dann vollends unter der Regentschaft der Erbe der Güter dem Spiel ergab, war der Ruin der Familie besiegelt. Ein paar Hufen Landes und der zweihundert Jahre alte Familiensitz, auf dem aber schwere Pfandschulden lasteten, war alles, was übrig blieb. Der vorige Gutsherr harrte noch bis zu seinem Tod dort aus und lernte dabei das schreckliche Los eines verarmten Edelmanns gründlich kennen; sein einziger Sohn dagegen, mein jetziger Stiefvater, sah ein, dass er sich den neuen Verhältnissen anbequemen müsse; er wusste sich einen Vorschuss von einem Verwandten zu verschaffen, der ihm ermöglichte, eine medizinische Prüfung abzulegen und sich in Kalkutta niederzulassen, wo er sich mit großer Willenskraft vermöge seiner tüchtigen Kenntnisse eine ausgebreitete Praxis erwarb. Im Zorn über verschiedene in seinem Haus vorgefallene Diebereien erschlug er jedoch einen eingeborenen Diener und entging nur mit Mühe einem Todesurteil. Er erhielt eine lange Freiheitsstrafe, nach deren Verbüßung er verbittert und enttäuscht nach England zurückkehrte. Während seines Aufenthalts in Indien hatte Dr. Roylott meine Mutter, die junge Witwe des Generalmajors Stoner von der bengalischen Artillerie, geheiratet. Meine Zwillingsschwester Julia und ich waren damals erst zwei Jahre alt. Die Mutter besaß ein beträchtliches Vermögen, das etwa tausend Pfund jährlich einbrachte und das sie unserem Stiefvater vollständig überließ mit der Bedingung, im Fall unserer Verheiratung jeder von uns beiden eine gewisse Summe jährlich auszuzahlen. Bald nach unserer Rückkehr nach England kam meine Mutter bei einem Eisenbahnunfall ums Leben – es ist jetzt acht Jahre her. Nun gab Dr. Roylott seine Versuche auf, in London eine ärztliche Praxis zu gründen, und zog mit uns in das alte Stammschloss in Stoke Moran. Da die Hinterlassenschaft meiner Mutter unsere Bedürfnisse reichlich deckte, schien unserem Glück nichts im Weg zu stehen.

Allein es ging zu jener Zeit mit unserem Stiefvater eine schreckliche Veränderung vor. Anstatt freundschaftlichen Verkehr anzuknüpfen und Besuche mit unseren Nachbarn auszutauschen, die anfangs hocherfreut darüber gewesen waren, wieder einen Stoke Moran auf dem alten Familiensitz einziehen zu sehen, schloss er sich in sein Haus ein, und wenn er dasselbe jemals verließ, war es nur, um mit jedem, der ihm in den Weg kam, den heftigsten Streit anzufangen. Ein förmlich krankhafter Jähzorn war überhaupt ein Erbstück der Männer in der Familie, und bei meinem Stiefvater mochte durch seinen langen Aufenthalt in den Tropen diese Eigenschaft wohl noch verstärkt worden sein. Er wurde in eine Reihe hässlicher Streitigkeiten verwickelt, die ihn zweimal vor Gericht brachten, bis er zuletzt der Schrecken des ganzen Dorfs war und alles bei seinem bloßen Anblick die Flucht ergriff, denn er besitzt eine riesige Stärke und kennt in seiner Wut keine Grenzen.

Vorige Woche erst warf er den Dorfschmied über das Brückengeländer ins Wasser, und ich musste alles opfern, was ich an Geld aufbringen konnte, um die abermalige öffentliche Schande abzuwenden. Mit keinem Menschen hielt er Freundschaft, außer mit den herumziehenden Zigeunern; sie durften auf den paar von Dorngestrüpp überwucherten Hufen Landes, die jetzt das ganze Besitztum ausmachten, ihr Lager aufschlagen, wogegen er dann oft unter ihren Zelten einkehrte und sie schließlich wochenlang auf ihren Wanderzügen begleitete. Ferner hegt er eine leidenschaftliche Vorliebe für indische Tiere, die er sich durch einen Korrespondenten schicken lässt; gegenwärtig besitzt er einen Leoparden und einen Pavian, die frei auf seinem Besitztum umherlaufen und den Dorfbewohnern kaum geringeren Schrecken einflößen als ihr Herr selbst.

Nach dieser Schilderung werden Sie mir gerne glauben, dass das Leben meiner armen Schwester Julia und mir wenig Freuden bot. Kein Dienstbote wollte bei uns bleiben, und lange Zeit mussten wir die ganze Hausarbeit allein verrichten. Obgleich Julia bei ihrem Tod erst dreißig Jahr alt war, fing doch ihr Haar auch bereits an, grau zu werden wie das meine.«

»Ihre Schwester ist also gestorben?«

»Ja. Es ist gerade zwei Jahre her; und von ihrem Tod möchte ich Ihnen eben Genaueres mitteilen. Sie werden es begreiflich finden, dass wir bei dem Leben, wie ich es Ihnen soeben beschrieben habe, wenig Gelegenheit zum Verkehr mit unseresgleichen hatten. Nur bei unserer Tante Honoria Westphail, einer unverheirateten Schwester meiner Mutter, die in der Gegend von Harrow wohnt, durften wir von Zeit zu Zeit einen kurzen Besuch machen. Vor zwei Jahren lernte Julia bei einem solchen Besuch über Weihnachten einen auf Halbsold gesetzten Major von der Marine kennen, mit dem sie sich verlobte. Unser Stiefvater erhob gegen die Verbindung keine Einwendung; allein vierzehn Tage vor dem für die Hochzeit festgesetzten Zeitpunkt trat das schreckliche Ereignis ein, das mich meiner einzigen Gefährtin beraubte.«

Holmes, der unterdessen mit geschlossenen Augen in seinen Armstuhl zurückgelehnt, den Kopf im Kissen vergraben, zugehört hatte, schlug nun die Lider ein wenig auf und warf einen Blick auf die Erzählerin.

»Bitte vergessen Sie auch nicht den kleinsten Umstand«, sagte er.

»Das wird mir nicht schwerfallen, denn alle Vorgänge dieser entsetzlichen Zeit stehen mir noch unauslöschlich im Gedächtnis. – Das Wohnhaus ist, wie gesagt, sehr alt, und es ist zurzeit nur ein Flügel desselben bewohnt. Die Schlafzimmer befinden sich im Erdgeschoss dieses Flügels, während die Wohnzimmer im mittleren Stockwerk liegen. Von den Schlafzimmern hatte das erste unser Stiefvater inne, das zweite meine Schwester und das dritte ich selbst. Eine Verbindung zwischen ihnen besteht nicht, dagegen münden alle auf denselben Gang. Ich spreche doch verständlich?«

»Vollkommen.«

»Die Fenster der drei Zimmer gehen auf den Rasenplatz vor dem Haus. An jenem schrecklichen Abend zog sich unser Stiefvater zeitig in sein Schlafzimmer zurück; trotzdem wussten wir wohl, dass er sich noch nicht zur Ruhe begeben hatte, denn meine Schwester wurde durch den Geruch der starken indischen Zigarre belästigt, die er zu rauchen pflegte. Sie kam deshalb in mein Zimmer herüber, um noch eine Zeit lang mit mir über ihre bevorstehende Hochzeit zu plaudern. Es war elf Uhr, als sie mich wieder verließ; an der Tür blieb sie jedoch stehen und schaute noch einmal zurück.

›Sag mir, Helene‹, fragte sie, ›hast du jemals ein Pfeifen vernommen, wenn nachts alles totenstill ist?‹

›Nein, niemals.‹

›Du hältst es doch nicht etwa für möglich, dass du etwa selbst im Schlaf pfeifst?‹

›Gewiss nicht, warum denn?‹

›In den paar letzten Nächten ertönte immer etwa um drei Uhr morgens ein leiser heller Pfiff. Ich habe einen leichten Schlaf und bin davon aufgewacht. Woher der Laut kam, kann ich nicht sagen – vielleicht aus dem Nebenzimmer, vielleicht auch vom Vorplatz herauf. Ich dachte, ich wollte dich doch fragen, ob du es auch gehört hast.‹

›Nein, ich habe nichts gehört. Das muss von dem Zigeunergesindel unten in den Anlagen herkommen.‹

›Höchstwahrscheinlich. Und doch wundere ich mich, dass du es nicht auch gehört hast, wenn es wirklich von unten kam.‹

›Ich schlafe eben fester als du.‹

›Nun, es ist ja jedenfalls nichts von Bedeutung‹, versetzte sie lächelnd; damit schloss sie die Tür, und wenige Augenblicke darauf hörte ich sie ihren Schlüssel im Schloss umdrehen.«

»Schlossen Sie sich denn nachts regelmäßig ein?«, fragte Holmes.

»Stets.«

»Und warum das?«

»Ich glaube, ich habe bereits erwähnt, dass unser Stiefvater eine Tigerkatze und einen Pavian hielt; wir fühlten uns deshalb nicht sicher, wenn unsere Türen nicht verschlossen waren.«

»Ja, freilich. Bitte fahren Sie nur fort.«

»Ich konnte in jener Nacht keinen Schlaf finden. Ein unbestimmtes Vorgefühl drohenden Unheils bedrückte mich. Sie erinnern sich, dass ich und meine Schwester Zwillinge waren, und Sie wissen ja, wie zart die Bande sind, die zwei so engverbundene Wesen aneinanderketten. Es war eine unwirtliche Nacht. Draußen heulte der Wind, und der Regen schlug klatschend gegen die Läden. Plötzlich ertönte mitten durch das Tosen des

Sturms der wilde Angstschrei einer weiblichen Stimme. Ich hatte die Stimme meiner Schwester erkannt. Eiligst sprang ich aus dem Bett, warf einen Shawl um und stürzte auf den Gang hinaus. Während ich meine Tür öffnete, war es mir, als hörte ich ein leises Pfeifen, wie meine Schwester es beschrieben hatte, und wenige Augenblicke darauf ein klingendes Geräusch wie vom Fall eines schweren metallenen Gegenstands. An dem Zimmer meiner Schwester stand die Tür bereits offen und drehte sich langsam in den Angeln. Starr vor Entsetzen wartete ich auf den Anblick, der sich mir bieten würde; da sah ich beim Schein der Flurlampe meine Schwester unter der Tür erscheinen; schreckensbleich, die Hände hilfesuchend ausgestreckt, schwankte sie hin und her, als wäre sie berauscht. Ich eilte auf sie zu und schlang die Arme um sie, aber gerade in diesem Augenblick versagten ihr die Knie. Sie stürzte zu Boden, wand und krümmte sich wie in furchtbaren Schmerzen, und ihre Glieder zogen sich krampfhaft zusammen. Ich meinte zuerst, sie habe mich nicht erkannt, aber als ich mich über sie beugte, stieß sie plötzlich mit einer Stimme, die ich nie vergessen werde, die abgebrochenen, undeutlichen Worte hervor: ›O mein Gott! Helene! Es war ... Band! ... getupfte Band ...!‹ Sie machte den Versuch, noch etwas zu sagen, wobei sie in der Richtung nach unseres Stiefvaters Schlafzimmer deutete, als ein neuer grässlicher Krampfanfall ihr die Worte im Mund erstickte. Ich wollte eben unseren Stiefvater herbeiholen und rief laut nach ihm, da kam er mir bereits im Schlafrock entgegengeeilt. Als er zu meiner Schwester trat, hatte diese bereits das Bewusstsein verloren. Er flößte ihr noch Kognak ein und ließ auch ärztliche Hilfe aus dem Dorf herbeiholen, aber es nützte alles nichts mehr, sie wurde immer schwächer und starb, ohne das Bewusstsein wiedererlangt zu haben. Dies waren die Umstände, unter denen ich meine geliebte Schwester verloren habe.«

»Einen Augenblick!«, unterbrach sie Holmes. »Haben Sie das Pfeifen und den metallenen Klang ganz bestimmt wahrgenommen? Könnten Sie darauf schwören?«

»Dasselbe fragte mich auch der Gerichtsarzt bei der Totenschau. Ich habe zwar den durchaus bestimmten Eindruck, als hätte ich beides gehört, doch kann ich mich am Ende auch getäuscht haben; bei dem Tosen des Sturms krachte ja das alte Haus in allen Fugen.«

»War Ihre Schwester angekleidet?«

»Nein, sie trug nur ihr Nachtgewand. In der rechten Hand hielt sie noch ein herabgebranntes Lichtstümpfchen und in der linken eine Zündholzschachtel.«

»Woraus hervorgeht, dass sie Licht gemacht und sich umgeschaut hatte, als das Geräusch entstand. Das ist von Wichtigkeit. Und zu welchem Ergebnis gelangte der Leichenbeschauer?«

»Er untersuchte den Fall sehr sorgfältig, denn das auffallende Treiben unseres Stiefvaters war in der ganzen Grafschaft bekannt; er war jedoch nicht imstande, eine bestimmte Todesursache zu entdecken. Aus meinem Zeugnis ging hervor, dass die Tür von innen verschlossen gewesen war, und die Fenster waren durch altmodische Läden mit breiten Eisenstäben verrammelt, die jede Nacht vorgelegt wurden. Auch die Wände untersuchte man sorgfältig, fand sie jedoch völlig unversehrt und fest, ebenso wie den Fußboden. Der Kamin ist zwar weit, aber mit vier starken Eisenstäben vergittert. Meine Schwester war also zweifellos ganz allein, als ihr Geschick sie ereilte. Auch von äußerer Gewalt war keine Spur an ihr zu entdecken.«

»Und Gift – wie steht es damit?«

»Die Leiche wurde von ärztlicher Seite daraufhin untersucht, aber ohne Erfolg.«

»Was ist nun Ihre Ansicht über die Ursache dieses bedauerlichen Todesfalls?«

»Ich bin der Meinung, dass meine Schwester lediglich infolge einer durch Schrecken verursachten Nervenerschütterung starb, obwohl ich von der Ursache dieses Schreckens keine Ahnung habe.«

»Hielten sich zu jener Zeit Zigeuner in den Anlagen am Haus auf?«

»Jawohl. Es sind fast immer welche da.«

»So, so. Und was glauben Sie, dass Ihre Schwester mit der Andeutung von einem ›getupften Band‹ oder auch einer ›getupften Bande‹ meinte?«

»Das möchte ich manchmal lediglich für eine Ausgeburt des Fieberwahns halten; dann meine ich aber auch wieder, es könnte sich auf eine Bande von Menschen, vielleicht gerade auf die Zigeuner in den Anlagen, bezogen haben. Möglich, dass die getupften Tücher, die viele von ihnen um den Kopf tragen, ihr zu der auffallenden Bezeichnung Anlass gegeben haben.«

Holmes schüttelte den Kopf, als sei er ganz und gar nicht befriedigt.

»Wir tappen noch ganz im Dunkeln«, meinte er, »bitte fahren Sie in Ihrer Erzählung fort.«

»Zwei Jahre sind seitdem vergangen, und mein Leben war inzwischen einsamer als je. Vor einem Monat jedoch hat mir ein lieber langjähriger Bekannter namens Percy Armitage die Ehre erwiesen, um meine Hand anzuhalten. Mein Stiefvater hat nichts dagegen, und so soll unsere Verbindung noch in diesem Frühjahr stattfinden. Seit zwei Tagen hat man begonnen, Ausbesserungen an dem westlichen Flügel unseres Wohnhauses vorzunehmen, wobei die Wand an meinem Schlafzimmer durchbrochen wurde, sodass ich das Zimmer, in dem meine Schwester starb, beziehen und in deren Bett schlafen musste. Stellen Sie sich nun meinen grässlichen Schrecken vor, als ich in der letzten Nacht, während ich, gerade mit dem Gedanken an ihr schreckliches Geschick beschäftigt, wachend dalag, plötzlich das leise Pfeifen vernahm, das ihren Tod vorherverkündet hatte. Ich sprang auf und steckte die Lampe an, vermochte jedoch nichts im Zimmer zu entdecken. Zu erregt, um wieder zu Bett zu gehen, kleidete ich mich an und schlich mich, sobald der Tag graute, aus dem Haus, ließ mir in dem gegenüberliegenden Wirtshaus zur Krone einen Wagen anspannen und fuhr nach Leatherhead; von da bin ich heute früh hier eingetroffen zu dem einzigen Zweck, Sie aufzusuchen und um Ihren Rat zu bitten.«

»Daran haben Sie sehr wohlgetan«, versetzte Holmes. »Aber haben Sie mir auch alles gesagt?«

»Gewiss, alles.«

»Doch nicht, Miss Roylott. Sie schonen Ihren Stiefvater.«

»Warum? Was wollen Sie damit sagen?«

Als Antwort schlug Holmes die Spitzenmanschette zurück, welche das rechte Handgelenk der Erzählerin bedeckte.

Fünf kleine blaue Male, sichtlich von fünf Fingern herrührend, zeichneten sich auf ihrem weißen Arm ab.

»Sie sind misshandelt worden«, sagte Holmes.

Tief errötend bedeckte sie die Stelle wieder. »Er ist ein rauer Mann«, sagte sie, »der vielleicht selbst kaum weiß, wie stark er ist.«

Ein langes Schweigen folgte; das Kinn in die Hand stützend, blickte Holmes in das prasselnde Kaminfeuer. »Eine höchst rätselhafte Sache«, sagte er zuletzt. »Ich hätte noch tausenderlei Fragen, ehe ich mich über den einzuschlagenden Weg schlüssig mache. Und doch dürfen wir keinen Augenblick verlieren. Ließe es sich wohl machen, dass wir die fraglichen Zimmer ohne Wissen Ihres Stiefvaters besichtigen könnten, wenn wir heute nach Stoke Moran führen?«

»Er hat gerade zufällig erwähnt, er müsse heute in einer sehr wichtigen Angelegenheit hierherfahren. Vermutlich wird er den ganzen Tag fort sein, und dann wären Sie völlig ungestört. Wir haben zwar gegenwärtig eine Haushälterin, aber die ist alt und einfältig und wäre leicht eine Weile zu entfernen.«

»Vortrefflich. Sie haben doch nichts gegen diesen Ausflug, Watson?«

»Nicht das Geringste.«

»Dann werden wir uns also beide einfinden. Und was tun Sie selbst jetzt?«

»Ich möchte gerne noch ein paar Sachen besorgen, weil ich gerade hier bin. Doch will ich mit dem Zwölfuhrzug wieder nach Hause fahren, sodass Sie mich rechtzeitig dort treffen werden.«

»Bald nach Mittag dürfen Sie uns erwarten. Ich habe selbst noch einige kleine Angelegenheiten zu erledigen. Wollen Sie nicht noch bleiben und etwas frühstücken?«

»Nein, ich muss gehen. Es ist mir schon leichter ums Herz, seit ich Ihnen anvertraut habe, was mich bedrückt. Ich will jetzt nur an unser Wiedersehen heute Nachmittag denken.« Sie zog den dichten schwarzen Schleier wieder über ihr Gesicht und verließ das Zimmer.

»Nun, was halten Sie von der Sache, Watson?«, fragte Holmes, sich in seinen Stuhl zurücklehnend.

»Es scheint mir eine höchst dunkle, unheimliche Geschichte.«

»Allerdings, recht dunkel und recht unheimlich.«

»Und doch, wenn, wie die Dame sagt, Fußboden und Wände ganz in Ordnung sind und durch Tür, Fenster und Kamin nichts hereinkommen konnte, muss unzweifelhaft die Schwester zur Zeit ihres rätselhaften Todes allein gewesen sein.«

»Wie erklärt sich dann aber das nächtliche Pfeifen und die höchst eigentümliche Äußerung der Sterbenden?«

»Das kann ich mir nicht denken.«

»Dieses nächtliche Pfeifen, die Anwesenheit einer Zigeunerbande, die mit dem alten Doktor auf vertrautem Fuß stand, und die Tatsache, dass Letzterer offenbar das größte Interesse daran hatte, die eheliche Verbindung seiner Stieftochter zu verhindern, sind starke Verdachtsmomente. Wenn ich sie mit der Andeutung der Sterbenden zusammenhalte und schließlich mit dem metallenen Klang, den Miss Stoner gehört hat und der sehr wohl von der Wiederbefestigung der Vorlegestange an einem Fensterladen herrühren konnte, will es mich doch bedünken, als dürften wir hoffen, von dieser Grundlage aus des Rätsels Lösung zu finden.«

»Aber was sollen denn die Zigeuner getan haben?«

»Davon habe ich allerdings keine Ahnung.«

»Ich meine, gegen diese ganze Auffassung ließe sich doch sehr viel einwenden.«

»Das muss ich freilich selbst zugeben; gerade deswegen gehen wir noch heute nach Stoke Moran. Ich muss mich überzeugen, ob die Einwendungen stichhaltig sind oder sich beseitigen lassen. – Aber was zum Henker ist denn das!«, rief er plötzlich aus.

Mit einem Mal war nämlich die Zimmertür aufgeflogen, und eine gewaltige Männergestalt in einem sonderbaren, halb gelehrten, halb bäuerischen Aufzug hatte sich unter derselben aufgepflanzt. Der Eindringling trug einen hohen schwarzen Hut und einen Rock mit langen Schößen, dazu Stulpenstiefel und in den Händen eine Reitpeitsche. Er war so groß, dass er buchstäblich oben am Türbalken anstieß, und so umfangreich, dass er die Türöffnung völlig auszufüllen schien. Auf seinem breiten, mit zahllosen Runzeln übersäten, sonnenverbrannten Gesicht spiegelten sich alle schlechten Leidenschaften. Er wandte den Blick bald mir, bald meinem Freund zu, und dabei gaben ihm seine tiefliegenden, gelb unterlaufenen Augen und die weit vorstehende schmale, fleischlose Nase das Aussehen eines grimmigen alten Raubvogels.

»Welcher von euch beiden ist Holmes?«, fragte er.

»So heiße ich. Aber ich habe nicht das Vergnügen …«, antwortete mein Freund ruhig.

»Ich bin Dr. Grimesby Roylott von Stoke Moran.«

»Darf ich bitten, dass Sie Platz nehmen, Herr Doktor«, sagte Holmes verbindlich.

»Fällt mir nicht ein. Meine Stieftochter ist da gewesen. Ich bin ihr nachgegangen. Was hat sie Ihnen gesagt?«

»Es ist noch etwas kalt für die Jahreszeit!«, gab Holmes zur Antwort.

»Was hat sie Ihnen gesagt?«, schrie der andere wütend.

»Trotzdem soll sich, wie ich höre, die Krokusblüte ganz gut anlassen«, fuhr Holmes unerschütterlich fort.

»Macht nur keine Winkelzüge«, rief jetzt der Unhold, indem er einen Schritt vortrat und die Reitpeitsche schwang. »Ich kenne Euch Schurken. Habe schon längst von Euch gehört. Ihr seid Holmes, der Schnüffler!«

Mein Freund lächelte.

»Holmes, der Allerweltslückenbüßer!«

Sein Gesicht erheiterte sich immer mehr.

»Holmes, der General-Kriminalpolizeispitzel!«

Jetzt lachte Holmes hell auf. »Sie sind ja äußerst witzig«, sagte er. »Wenn Sie hinausgehen, machen Sie auch die Tür zu, es zieht ganz entschieden.«

»Erst sage ich meine Sache, und dann gehe ich. Lasst Euch nur nicht einfallen, Eure Nase in meine Angelegenheiten zu stecken. Meine Tochter war da – ich weiß es, ich bin ihr nachgegangen! Ich rate keinem, mir in die Quere zu kommen! Da, seht her!« Damit trat er rasch auf den Kamin zu, nahm den Schürhaken und bog ihn mit seinen mächtigen braunen Händen vollständig krumm.

»Seht nur zu, dass Ihr mir nicht unter die Finger kommt!«, schrie er meinem Freund noch zu, warf den verbogenen Schürhaken wieder in den Kamin und schritt hinaus.

»Nun, das ist ja ein recht liebenswürdiger Kumpan«, meinte Holmes lachend. »Ich bin zwar nicht ganz so vierschrötig wie er, aber wenn er noch einen Augenblick dageblieben wäre, hätte ich ihm zeigen können, dass meine Finger an Kraft den seinen nicht viel nachgeben.« Dabei nahm er den stählernen Schürhaken und bog ihn mit einem Ruck wieder gerade.

»Welche Unverschämtheit von dem Menschen, mich mit der Kriminalpolizei in einen Topf zu werfen! Dieser Zwischenfall verleiht übrigens unserem Vorhaben nur noch einen Reiz mehr. Ich will hoffen, dass unsere Schutzbefohlene, die dem Unhold ihre Spur verraten hat, diese Unvorsichtigkeit nicht zu büßen bekommt. Nun wollen wir uns das Frühstück kommen lassen, Watson, und dann will ich zur Gerichtsregistratur gehen, wo ich mir einige Daten zu verschaffen hoffe, die uns in der Sache von Nutzen sein dürften.«

Es war ungefähr ein Uhr, als Holmes von seinem Ausgang zurückkam. Er hatte ein Blatt Papier in der Hand, das ganz mit Notizen und Zeichnungen bedeckt war.

»Ich habe mir das Testament der Erblasserin zeigen lassen«, sagte er. »Um ihre Willensmeinung ganz genau festzustellen, musste ich den heutigen Wert der Anlagepapiere ausrechnen, um die es sich dabei handelt. Der Gesamtertrag, der zur Zeit ihres Todes fast elfhundert Pfund betrug, beläuft sich jetzt infolge des Rückgangs im Wert höchstens noch auf siebenhundertfünfzig Pfund. Nun kann jede der Töchter im Fall ihrer Verehelichung eine Rente von zweihundertfünfzig Pfund beanspruchen. Es ist also augenscheinlich, dass, falls beide Töchter sich verheiratet hätten, von der ganzen Herrlichkeit blutwenig übrig geblieben wäre, ja dass sogar schon die Abfindung einer der Töchter ihm eine ganz empfindliche Einbuße verursacht. Mein Vormittag war also wohlangewendet; habe ich doch jetzt den Beweis in Händen, dass ihm alles daran gelegen sein musste, die Heirat zu hindern; und nun, Watson, lass uns in dieser wichtigen Sache keine Zeit mehr verlieren, zumal der Alte

Wind davon hat, dass wir uns mit seinen Angelegenheiten beschäftigen. Wenn Sie also bereit sind, wollen wir uns einen Wagen zur Waterloo Station bestellen. Bitte stecken Sie auch Ihren Revolver ein. Damit kommt man gegenüber Herrschaften, die stählerne Schürhaken krumm biegen, am besten aus. Wenn wir dann noch Kamm und Zahnbürste mitnehmen, haben wir, denke ich, alles, was wir brauchen.«

Am Bahnhof hatten wir das Glück, gerade einen Zug nach Leatherhead zu treffen; dort angekommen, nahmen wir im nächsten Wirtshaus ein Wägelchen, auf dem wir vier oder fünf Meilen weit durch die freundlichen Gelände von Surrey hinfuhren. Es war ein herrlicher Tag, klarer Sonnenschein und kaum ein Wölkchen am Himmel. Die Bäume und Hecken am Weg erglänzten im ersten Grün, und die ganze Luft war von dem erfrischenden Geruch des feuchten Erdreichs erfüllt. Lebhaft empfand wenigstens ich für meine Person den eigentümlichen Gegensatz zwischen dem lieblichen Frühlingsbild und der unheimlichen Aufgabe, die unserer wartete. Holmes saß, den Hut tief ins Gesicht gedrückt, mit untergeschlagenen Armen und gesenktem Haupt, in tiefes Nachdenken versunken da. Plötzlich fuhr er auf, klopfte mir auf die Schulter und deutete nach rechts. »Sehen Sie dorthin!«, rief er.

Ein dichter Park zog sich jenseits der Wiesen einen sanften Abhang hinauf, der oben von einem Wäldchen bekränzt war; mitten aus dem Dickicht ragte der altersgraue Dachfirst eines Herrenhauses hoch hervor.

»Stoke Moran?«, fragte er.

»Jawohl, Herr, das ist Dr. Grimesby Roylotts Haus«, erwiderte der Kutscher.

»Wo der Umbau gemacht wird? Das ist unser Ziel.«

»Dort drüben liegt das Dorf«, fuhr der Kutscher fort, indem er auf einen Haufen von Dächern deutete, die in einiger Entfernung zur Linken sichtbar wurden. »Aber wenn Sie zu dem Haus wollen, sind Sie früher dort, wenn Sie hier die Steige hinaufgehen und dann den Fußweg über die Felder einschlagen. Gerade dort, wo die Dame geht.«

»Die Dame ist Miss Stoner, wie mir scheint«, sagte Holmes und hielt die Hand über die Augen. »Ja, ich glaube, wir werden gut daran tun, Ihrem Rat zu folgen.«

Wir stiegen aus, bezahlten unser Fahrgeld, und das Wägelchen rasselte nach Leatherhead zurück.

»Ich hielt es für zweckmäßig«, meinte Holmes, während wir die Steige hinaufgingen, »den Kutscher glauben zu lassen, wir seien wegen der Bauarbeiten oder zu irgendeinem anderen geschäftlichen Zweck hergekommen. Das beugt vielleicht unnützem Gerede vor. – Guten Tag, Miss Stoner, Sie sehen, wir haben Wort gehalten.«

Mit freudig erregter Miene kam unsere Schutzbefohlene uns entgegengelaufen. »Ich habe Sie sehnlich erwartet«, rief sie und drückte uns warm die Hand. »Es hat sich alles herrlich gefügt. Der Vater ist nach London gegangen und wird schwerlich vor Abend zurückkommen.«

»Wir haben unterdessen das Vergnügen gehabt, des Herrn Doktors Bekanntschaft zu machen«, entgegnete Holmes und gab ihr mit ein paar Worten eine flüchtige Schilderung unseres Erlebnisses.

Sie wurde bei dieser Kunde weiß bis zu den Lippen. »Gütiger Himmel!«, rief sie. »Er ist mir also nachgegangen!«

»So scheint es.«

»Er ist so schlau, dass ich nie weiß, wann ich sicher vor ihm bin. Was wird er sagen, wenn er heimkommt?«

»Er soll sich nur in Acht nehmen, er könnte sonst vielleicht finden, dass ihm ein noch Schlauerer auf der Spur ist. Sie müssen sich heute Nacht vor ihm einschließen. Wird er gewalttätig, bringen wir Sie zu Ihrer Tante nach Harrow. Jetzt müssen wir aber unsere Zeit nach Kräften ausnützen, also führen Sie uns bitte ohne Verzug nach den Zimmern, die wir zu besichtigen haben.«

Das Gebäude, mit seinen grauen, moosbewachsenen Quadersteinen, bestand aus einem hohen Mittelbau, von dem an jedem Ende ein geschweifter Flügel auslief. An dem linken Flügel waren die zerbrochenen Fenster mit Brettern vernagelt und das Dach teilweise eingestürzt – ein Bild des Verfalls. Der Mittelbau befand sich schon in etwas besserem Stand, und der rechte Flügel machte einen verhältnismäßig neuen Eindruck; die Vorhänge an den Fenstern und der blaue Rauch, der sich über den Schornsteinen kräuselte, zeigten an, dass hier die Familie wohnte. An der Außenwand war ein Gerüst aufgeschlagen und das Mauerwerk durchgebrochen; von einem Arbeiter war jedoch zurzeit weit und breit nichts zu sehen. Holmes ging langsam auf dem schlechtgepflegten Rasenplatz auf und ab und untersuchte die Fenster aufs Peinlichste von außen.

»Dies hier gehört wohl zu Ihrem früheren Schlafzimmer, das mittlere zu dem Ihrer Schwester, und das letzte zunächst dem Mittelbau zu Dr. Roylotts Schlafzimmer?«

»Ganz richtig. Aber gegenwärtig schlafe ich in dem mittleren.«

»Während der baulichen Arbeiten vermutlich. Übrigens kommt es mir nicht gerade vor, als ob hier an der Außenwand die Ausbesserung dringend nötig gewesen wäre.«

»Ganz und gar nicht. Ich glaube, dass es lediglich ein Vorwand war, um mich aus meinem Zimmer zu vertreiben.«

»Ha, sehr wohl möglich. Und an der anderen Seite des schmalen Flügels läuft wohl der Gang hin, auf den die drei Zimmer münden? Natürlich hat er auch Fenster.«

»Aber nur ganz kleine, durch die ein Mensch nicht hereinkommen kann.«

»Da Ihre Schwester und Sie Ihre Zimmer nachts abschlossen, waren diese von dort her unzugänglich. Wollten Sie jetzt die Güte haben, in Ihrem Zimmer die Läden zuzumachen?«

Miss Stoner tat es, und Holmes untersuchte dieselben zuerst sorgfältig durch das offene Fenster; dann machte er auf jede mögliche Weise den Versuch, den Laden zu erbrechen, jedoch ohne Erfolg. Nirgends war der geringste Spalt, in dem sich hätte etwa ein Messer ansetzen lassen, um die Stange zu lockern. Dann untersuchte er auch die Angeln, allein sie waren aus starkem Eisen und saßen fest in dem massiven Mauerwerk. »Hm«, meinte er und rieb sich das Kinn in seiner Verlegenheit, »meine Annahme stößt allerdings auf Schwierigkeiten. Hier konnte kein Mensch hereinkommen, wenn die Läden geschlossen waren. Nun, wir werden ja sehen, ob die innere Besichtigung vielleicht Licht in die Sache bringt.«

Eine kleine Seitentür führte in den weißgetünchten Gang, auf den die drei Schlafzimmer mündeten. Das äußerste wollte Holmes nicht sehen, deshalb begaben wir uns sogleich ins mittlere, worin Miss Stoner gegenwärtig schlief und in welchem ihre Schwester gestorben war. Es war ein heimlicher kleiner Raum mit niederer Decke und großem Kamin, wie man sie in alten Landsitzen oft trifft. Eine braune Kommode stand in der einen Ecke, ein schmales, weiß bezogenes Bett in einer anderen und ein Toilettentisch zur Linken des Fensters. Diese Möbel bildeten zusammen mit zwei geflochtenen Stühlen und einem Teppich in der Mitte die ganze Einrichtung. Das Holzwerk an Boden und Wandverkleidung waren braune, wurmstichige eichene Dielen, so alt und schwarz, dass sie wohl noch aus der ersten Zeit des Gebäudes herstammen mochten. Holmes schob sich einen der Stühle in eine Ecke, ließ von diesem Platz aus den Blick ringsumher laufen und musterte stumm den ganzen Raum mit größter Genauigkeit.

»Wohin geht diese Klingel?«, fragte er zuletzt und deutete dabei auf einen dicken Klingelzug, der neben dem Bett herabhing, sodass die Quaste auf dem Kissen ruhte.

»In das Zimmer der Haushälterin.«

»Sie scheint neuer zu sein als die übrige Einrichtung.«

»Jawohl, sie wurde erst vor ein paar Jahren angebracht.«

»Vermutlich auf Verlangen Ihrer Schwester?«

»Nein, soviel ich weiß, hat Julia sie nie benutzt. Wir waren gewohnt, uns alles, was wir brauchten, selbst zu holen.«

»Nun, dann war es wahrhaftig recht überflüssig, einen so schönen Klingelzug anzubringen. Sie erlauben wohl, dass ich mich jetzt ein paar Minuten auf dem Boden umsehe.« Er legte sich mit der Lupe in der Hand nieder und kroch behände vor- und rückwärts, um jede Spalte zwischen den Dielen auf das Genaueste zu untersuchen. Hierauf prüfte er die Holztäfelung des Zimmers ebenso sorgfältig. Zuletzt trat er an das Bett und betrachtete es längere Zeit, während er gleichzeitig den Blick an der Wand hinter demselben auf- und abgleiten ließ. Schließlich fasste er den Glockenzug und tat einen tüchtigen Ruck daran.

»Das ist ja nur eine Scheinklingel!«, sagte er.

»Läutet sie nicht?«

»Nein, es ist nicht einmal ein Draht daran befestigt. Das ist höchst interessant. Sehen Sie nur, sie ist gerade über dem kleinen Luftloch an einem Haken festgemacht.«

»Wie seltsam! Das ist mir noch nie aufgefallen.«

»Höchst wunderlich!«, murmelte Holmes, indem er nochmals an der Klingel zog. »Einiges in diesem Zimmer ist wirklich ganz merkwürdig. Zum Beispiel muss ja der Baumeister ein vollkommener Narr gewesen sein, dass er ein Luftloch ins Nebenzimmer gemacht hat, während es geradeso gut ins Freie hinausgehen konnte.«

»Es stammt ebenfalls erst aus neuerer Zeit«, bemerkte das Fräulein.

»Wurde wohl zugleich mit dem Glockenzug angebracht?«

»Ja, damals hat man verschiedene kleine Änderungen vorgenommen.«

»Die recht interessanter Art sind – Scheinklingeln und Luftlöcher, die keine frische Luft zuführen. Mit Ihrer Erlaubnis, Miss Stoner, wollen wir jetzt unsere Besichtigung in Dr. Roylotts Zimmer fortsetzen.«

Dieses war größer als das vorige, aber ebenso einfach eingerichtet. Ein Feldbett, ein kleines Gestell mit Büchern, zumeist medizinischen Inhalts, ein Lehnstuhl neben dem Bett, ein einfacher Holzstuhl an der Wand, ein runder Tisch und ein großer eiserner Geldschrank fielen zunächst ins Auge. Holmes ging langsam durch das Zimmer und besichtigte ein Stück um das andere mit der schärfsten Aufmerksamkeit.

»Was ist hier drinnen?«, fragte er, an den Eisenschrank klopfend.

»Meines Stiefvaters Geschäftspapiere.«

»So! – Sie haben also schon hineingesehen?«

»Nur ein einziges Mal, vor Jahren. Es war nichts darin als Papiere, soviel ich mich erinnere.«

»Ist nicht vielleicht eine Katze drinnen?«

»Nein! Wie kommen Sie auf den sonderbaren Einfall?«

»Sehen Sie hierher.« Er nahm eine kleine Untertasse voll Milch von dem Schrank herunter, die oben gestanden hatte.

»Nein, wir halten keine Katze. Aber ein Leopard und ein Pavian sind im Haus.«

»Ja – so! Nun, ein Leopard ist ja eben nichts als eine große Katze, allerdings dürfte eine Untertasse voll Milch für seine Bedürfnisse nicht weit reichen. Nun möchte ich nur noch eines ergründen.« Damit kniete er vor den Holzstuhl hin und prüfte den Sitz mit größter Aufmerksamkeit.

»Danke. Das wäre also festgestellt«, sagte er, indem er aufstand und seine Lupe einsteckte. »Hallo! Da sehe ich noch etwas Interessantes!«

Der Gegenstand, der seinen Blick auf sich gezogen hatte, war eine kleine Hundepeitsche, die an der einen Ecke des Betts hing und deren Schnur so zusammengeknüpft war, dass sie eine runde Schleife bildete.

»Was halten Sie davon, Watson?«

»Das ist eine ganz gewöhnliche Hundepeitsche. Nur kann ich mir nicht denken, wozu die Schleife daran dienen soll.«

»Also ist sie doch nicht so ganz gewöhnlicher Art, nicht wahr? Ach ja, es ist eine schlechte Welt! Und am Allerschlimmsten ist es, wenn ein fähiger Kopf seine Gaben zu verbrecherischen Gedanken gebraucht. – Ich glaube, ich habe jetzt genug gesehen, Miss Stoner; wenn Sie erlauben, gehen wir wieder auf den Rasenplatz hinaus.«

Noch nie hatte ich meinen Freund mit so grimmiger Miene und so finster zusammengezogenen Brauen gesehen, als da wir den Schauplatz der Untersuchung verließen. Mehrmals gingen wir auf dem Grasplatz auf und ab, aber weder ich noch Miss Stoner mochten ihn durch eine Frage in seinen Gedanken stören, bis er selbst sich dem träumerischen Nachsinnen entriss.

»Es ist von höchster Wichtigkeit, Miss Stoner«, begann er endlich, »dass Sie meinem Rat in jeder Hinsicht strengstens Folge leisten.«

»Das werde ich auch unfehlbar tun.«

»Der Fall ist zu ernst, um die geringste Unschlüssigkeit zu gestatten. Ihr Leben hängt möglicherweise von Ihrem unbedingten Gehorsam ab.«

»Ich gebe mich Ihnen völlig in die Hände, verlassen Sie sich fest darauf.«

»Vor allem muss ich mit meinem Freund die Nacht in Ihrem Zimmer verbringen.«

Ganz verwundert starrten wir ihn beide an.

»Jawohl, das muss sein. Sie sollen gleich das Nähere darüber hören. Das da drüben ist doch das Dorfwirtshaus?«

»Jawohl, das ist die ›Krone‹.«

»Sehr gut. Sieht man Ihre Fenster von dort aus?«

»Gewiss.«

»Wenn Ihr Stiefvater heimkommt, müssen Sie Kopfweh vorschützen und sich in Ihr Zimmer einschließen. Sobald Sie dann hören, dass er sich zur Ruhe begeben hat, öffnen Sie die Riegel am Fenster und den Laden, stellen Ihre Lampe zum Zeichen für uns ans Fenster und ziehen sich dann in aller Stille in Ihr früheres Schlafzimmer zurück. Sie können sich doch sicherlich trotz der Bauarbeiten für eine Nacht darin einrichten.«

»O ja, ganz gut.«

»Das Weitere überlassen Sie uns.«

»Was haben Sie denn aber vor?«

»Wir werden die Nacht in Ihrem Zimmer verbringen, um dem Geräusch, das Sie so erschreckt hat, auf die Spur zu kommen.«

»Ich glaube, Mr Holmes, Sie haben sich bereits eine Ansicht gebildet«, sagte Miss Stoner und legte ihm die Hand auf den Arm.

»Kann wohl sein.«

»Dann entdecken Sie mir um des Himmels willen, was an dem Tod meiner Schwester schuld war.«

»Ich möchte gern erst noch sichere Beweise haben.«

»Wenigstens können Sie mir doch sagen, ob meine Ansicht zutrifft, dass sie an einem plötzlichen Schrecken gestorben ist.«

»Nein, das glaube ich nicht. Nach meiner Überzeugung lag wohl eine greifbarere Ursache vor. Nun aber, Miss Stoner, müssen wir Sie allein lassen; denn wenn Dr. Roylott zurückkäme und uns sähe, wäre unser ganzer Besuch umsonst gewesen. Leben Sie wohl und halten Sie sich tapfer; wenn Sie meinen Weisungen pünktlich nachkommen, dürfen Sie versichert sein, dass wir Ihnen die Gefahren, von denen Sie bedroht sind, bald aus dem Weg geräumt haben werden.«

Drüben in der ›Krone‹ verschafften wir uns im oberen Stockwerk zwei Zimmer, deren Fenster gerade zum Parktor und dem bewohnten Flügel des Herrenhauses hinüberschauten. In der Dämmerung kam Dr. Roylott angefahren; seine Riesengestalt ragte hoch empor neben dem schmächtigen Burschen, der den Wagen lenkte. Als derselbe das schwere Gittertor nicht ohne Weiteres aufbrachte, hörten wir den Doktor mit seiner heiseren Stimme auf ihn einschreien und sahen, wie er in der Wut die geballten Fäuste gegen ihn schüttelte. Das Wägelchen fuhr wieder davon, und einige Minuten darauf blitzte plötzlich aus einem der Wohnzimmer das Licht einer Lampe durch das Laubwerk herüber.

»Wissen Sie, Watson«, sagte Holmes, als wir in der zunehmenden Dunkelheit beisammen saßen, »es ist mir wirklich nicht ganz wohl dabei, dass ich Sie heute Nacht mitnehmen soll. Die Sache ist durchaus nicht ohne ernstliche Gefahr.«

»Kann ich dabei von Nutzen sein?«

»Ihre Gegenwart ist möglicherweise von ganz unbezahlbarem Wert.«

»Dann werde ich unfehlbar mitgehen.«

»Das ist sehr freundlich von Ihnen.«

»Sie sprechen von Gefahr. Offenbar haben Sie in den Zimmern mehr gesehen, als ich entdecken konnte.«

»Nein, ich habe wahrscheinlich nur mehr Schlüsse daraus abgeleitet. Gesehen haben Sie wohl geradeso viel wie ich.«

»Außer dem Klingelzug habe ich nichts Bemerkenswertes wahrgenommen. Zu welchem Zweck der aber dienen sollte, kann ich mir nicht vorstellen, das gestehe ich ehrlich.«

»Haben Sie auch das Luftloch gesehen?«

»Ja, aber ich meine, eine kleine Öffnung, die aus einem Zimmer ins andere führt, ist doch nichts so gar Ungewöhnliches. Sie ist ja so klein, dass kaum eine Ratte durchschlüpfen kann.«

»Ich wusste schon, ehe wir hierherkamen, dass wir ein solches Luftloch finden würden.«

»Aber, bester Holmes!«

»Sie erinnern sich gewiss, dass uns Miss Stoner berichtete, ihre Schwester habe Dr. Roylotts Zigarre gerochen. Nun, das brachte mich sogleich auf den Gedanken, dass zwischen den beiden Zimmern eine Verbindung bestehe. Natürlich konnte dieselbe nur klein sein, sonst wäre sie bei der gerichtlichen Untersuchung bemerkt worden; so kam ich zu dem Schluss, dass es sich um ein Luftloch handeln werde.«

»Aber was kann denn dabei Schlimmes sein?«

»Es ist doch zum Mindesten ein merkwürdiges Zusammentreffen, dass die Dame, die in ihrem Bett schläft, plötzlich stirbt, gerade nachdem man oben über demselben ein Luftloch angebracht und daneben einen Klingelzug befestigt hat. Kommt Ihnen das nicht auch auffallend vor?«

»Ich vermag noch immer nicht einzusehen, wie das alles zusammenhängen soll.«

»Haben Sie vielleicht etwas Besonderes an dem Bett bemerkt?«

»Nein.«

»Es ist am Fußboden angenagelt. Ist Ihnen das sonst schon jemals vorgekommen?«

»Nicht dass ich wüsste.«

»Die Dame konnte ihr Bett nicht von der Stelle rücken. Es musste also gerade unter dem Luftloch und dem Seil stehen bleiben – ein Seil müssen wir es doch eigentlich nennen, da es auf einen Klingelzug offenbar überhaupt nicht abgesehen war.«

»Holmes!«, rief ich aus. »Ich glaube, mir dämmert allmählich eine Ahnung auf, wohin Ihre Andeutungen zielen. Wir sind nur gerade zu rechter Zeit gekommen, um ein abgefeimtes, grässliches Verbrechen zu verhindern.«

»Jawohl, abgefeimt und grässlich! Wenn ein Arzt zum Verbrecher wird, tut er es allen anderen zuvor; denn er besitzt die nötigen Kenntnisse und hat starke Nerven. So war es zu allen Zeiten. Der Mensch, mit dem wir zu tun haben, stellt zwar selbst seine berüchtigtsten Vorbilder in den Schatten, doch meine ich, Watson, wir dürfen es trotzdem mit ihm aufnehmen. Aber es warten unserer noch Schrecknisse genug, bevor die Nacht um ist; deshalb lassen Sie uns jetzt in aller Ruhe und Gemütlichkeit eine Pfeife zusammen rauchen und ein paar Stunden an etwas Heiteres denken.«

Etwa um neun Uhr erlosch der Lichtschein zwischen den Bäumen, und das Herrenhaus lag nun in tiefem Dunkel. Zwei Stunden waren langsam dahingeschlichen, als plötzlich, mit dem Schlag elf Uhr, ein einzelnes helles Licht gerade uns gegenüber aufblitzte.

»Das ist das Zeichen für uns«, sagte Holmes aufspringend. »Es kommt aus dem Mittelfenster.«

Beim Verlassen des Hauses kündigten wir dem Wirt mit ein paar Worten an, dass wir noch einen späten Besuch bei einem Bekannten machen wollten, wo wir möglicherweise auch die Nacht zubringen würden. Im nächsten Augenblick blies uns bereits der kalte Wind auf der finsteren Landstraße ins Gesicht, und der Lichtschein vom Herrenhaus war nun unser einziger Leitstern auf dem dunklen, unheimlichen Pfad.

In die Anlagen hineinzukommen kostete uns wenig Mühe, denn in der alten Umfassungsmauer gähnten an mehreren Stellen weite Lücken. Wir hielten uns unter den Bäumen, bis wir auf dem Grasplatz waren. Eben hatten wir diesen überschritten und waren im Begriff, durch das Fenster einzusteigen, als aus dem dichten Lorbeergebüsch ein Wesen hervorschoss, das einem hässlichen, missgestalteten Kind ähnlich sah. Zuerst ließ es sich unter allerlei Gliederverrenkungen auf den Rasen niederfallen, dann rannte es eiligst über den Rasen davon und verschwand in der Dunkelheit.

»Mein Gott«, flüsterte ich, »haben Sie es gesehen?«

Holmes war im ersten Augenblick nicht minder erschrocken als ich selbst. In seiner Aufregung presste er mir das Handgelenk zusammen, dass ich hätte aufschreien mögen. Dann aber brach er in ein unterdrücktes Lachen aus und legte seine Lippen an mein Ohr.

»Eine nette Wirtschaft«, flüsterte er. »Das ist ja der Pavian.«

Ich hatte die absonderlichen Liebhabereien des Herrn Doktors ganz vergessen. Ein Leopard war ja auch noch da und konnte uns jeden Augenblick auf den Schultern sitzen. Ich gestehe, dass ich mich etwas erleichtert fühlte, als ich mich im Innern des Schlafzimmers befand, nachdem ich zuvor, dem Beispiel meines Freundes folgend, die Schuhe ausgezogen hatte. Dieser schloss nun geräuschlos die Läden, stellte die Lampe auf den Tisch und ließ dann seinen Blick im Zimmer umherschweifen. Es war noch alles genau so, wie wir es bei Tag gesehen hatten. Dann schlich er auf den Zehen zu mir und flüsterte durch die hohle Hand so leise, dass ich ihn nur gerade verstehen konnte:

»Das geringste Geräusch würde unser Vorhaben zunichtemachen.«

Ich nickte, zum Zeichen, dass ich verstanden habe.

»Wir dürfen die Lampe nicht brennen lassen. Er würde das Licht durch das Luftloch sofort bemerken.«

Ich nickte wieder.

»Schlafen Sie nur nicht ein – es könnte Sie das Leben kosten. Halten Sie Ihre Pistole für den Notfall bereit; ich will mich auf das Bett setzen, und Sie nehmen den Stuhl dort.«

Ich zog meinen Revolver aus der Tasche und legte ihn auf den Tischrand.

Holmes hatte eine lange dünne Gerte mit hereingebracht, die er nun neben sich auf das Bett legte, nebst einer Zündholzschachtel und einem

Lichtstümpfchen. Dann schraubte er den Docht der Lampe herunter, und wir saßen im Dunkeln.

Wie könnte ich diese entsetzliche Wache je vergessen? Kein Laut, nicht der leiseste Atemzug war vernehmbar, und doch wusste ich, dass mein Begleiter kaum ein paar Schritte von mir mit offenen Augen in derselben Erregung und Spannung aller Nerven dasaß wie ich selbst. Die Läden ließen nicht den kleinsten Lichtstrahl durch, und die Finsternis, die uns umgab, war undurchdringlich. Draußen ließ sich von Zeit zu Zeit der Schrei eines Nachtvogels und einmal auch, gerade vor unserem Fenster, ein langgezogenes katzenartiges Wimmern hören, das uns bewies, dass der Leopard wirklich frei umherlief. Aus weiter Ferne klangen die tiefen Töne der Kirchenuhr herüber, die alle Viertelstunden schlug. Wie lang wurden sie uns, diese Viertelstunden! Es schlug zwölf, eins, zwei, drei – und noch immer saßen wir da und harrten stumm der Dinge, die da kommen sollten.

Plötzlich blitzte an dem Luftloch ein flüchtiger Lichtschein auf, der sofort wieder verschwand, während sich nun ein ausgesprochener Geruch von brennendem Öl und erhitztem Metall bemerkbar machte. Es hatte jemand im Nebenzimmer eine Blendlaterne angezündet. Ich hörte etwas leise sich bewegen, und dann war wieder alles still, während der Geruch immer stärker wurde. Eine halbe Stunde saßen wir so mit lauschendem Ohr. Nun ließ sich mit einem Mal ein anderer Laut vernehmen – ein ganz leises, sanftes Pfeifen, wie wenn ein dünner Dampfstrahl längere Zeit aus einem Kessel ausströmt. Augenblicklich sprang Holmes vom Bett auf, zündete ein Streichholz an und hieb mit seiner Gerte wütend auf den Klingelzug los.

»Sie sehen es doch, Watson?«, rief er. »Sie sehen es?«

Aber ich sah nichts. In dem Augenblick, als Holmes Licht machte, vernahm ich zwar ein sanftes, helles Pfeifen, aber bei der plötzlichen Helle, die meine müden Augen traf, war ich nicht imstande zu unterscheiden, auf was mein Freund so grimmig hineinschlug. Doch bemerkte ich wohl, dass er totenblass war und Entsetzen und Abscheu sich in seinen Zügen malten.

Jetzt hatte er aufgehört zu schlagen und blickte noch zu dem Luftloch empor, als plötzlich aus der nächtlichen Stille der schauerlichste Schrei hervordrang, den ich je vernommen habe. Immer lauter und lauter schwoll derselbe an; Schmerz, Angst und Wut – das alles klang vereint aus dem grässlichen, heiseren Laut an unser Ohr. Weit drunten im Dorf, ja sogar in dem entlegenen Pfarrhaus fuhren – so sagte man uns später – bei dem Schrei die Schläfer von ihrem Lager auf. Uns stockte vor Entsetzen der

Atem, und starr blickten wir einer den anderen an, bis auch der letzte Widerhall in der tiefen Stille erstorben war.

»Was mag das bedeuten?«, brachte ich mühsam hervor.

»Das bedeutet, dass alles vorüber ist«, gab Holmes zur Antwort, »und vielleicht ist es schließlich am besten so. Nehmen Sie Ihre Pistole zur Hand, dann wollen wir uns in Dr. Roylotts Zimmer begeben.«

Mit leichenblassem Gesicht steckte er die Lampe an und schritt voran auf den Gang hinaus. Zweimal klopfte er an des Doktors Zimmertür, ohne von drinnen Antwort zu erhalten. Nun drückte er die Klinke auf und trat ein, ich mit gespannter Pistole dicht hinter ihm.

Ein eigentümlicher Anblick bot sich hier unseren Augen. Auf dem Tisch stand eine Blendlaterne, aus deren halbgeöffnetem Türchen ein greller Lichtstrahl auf den Eisenschrank fiel, dessen Tür weit offen stand. Neben dem Tisch auf dem Holzstuhl saß Dr. Roylott in einem langen grauen Schlafrock, aus dem unten seine bloßen Knöchel hervorschauten, während seine Füße in roten türkischen Pantoffeln steckten. Auf seinem Schoß lag die Hundepeitsche mit der langen Schleife, die uns am Tag in die Augen gefallen war. Sein Kinn war aufwärtsgezogen, und seine glasigen Augen starrten schauerlich nach einer Ecke der Stubendecke empor. Um die Stirn hatte er ein eigentümliches gelbes Band mit bräunlichen Tupfen, das anscheinend fest um seinen Kopf gewunden war. Bei unserem Eintreten gab er keinen Laut von sich und rührte sich nicht.

»Das Band! Das getupfte Band!«, flüsterte Holmes.

Ich tat einen Schritt vorwärts. Auf einmal begann der eigentümliche Kopfschmuck sich zu bewegen, und mitten aus den Haaren des Dasitzenden erhob sich der platte, spitzige Kopf und der aufgeblasene Hals einer gräulichen Schlange.

»Es ist eine Sumpfotter!«, rief Holmes aus. »Die giftigste aller indischen Schlangen. Zehn Sekunden nach ihrem Biss lebte er schon nicht mehr. Hier ist in Wahrheit die Missetat auf ihren Urheber zurückgefallen, und der Verbrecher stürzte selbst in die Grube, die er anderen gegraben. Wir wollen das Tier vor allem wieder in seinen Behälter tun; dann können wir Miss Stoner nach einem sicheren Zufluchtsort bringen und die Behörde von dem Vorgefallenen in Kenntnis setzen.«

Bei diesen Worten nahm er die Peitsche geschwind der Leiche vom Schoß, warf die Schleife der Schlange um den Hals und zog sie von ihrem struppigen Lager weg. Dann trug er sie auf Armeslänge vor sich her zum Schrank und verschloss diesen wieder.

Dies ist der wahre Hergang beim Tod des Dr. Grimesby Roylott von Stoke Moran. Die gegenwärtige Erzählung hat sich bereits über Gebühr ausgedehnt; ich will es mir deshalb ersparen, noch ausführlich zu berichten, wie wir die traurige Kunde dem entsetzten Mädchen mitteilten, als wir es mit dem Frühzug in die Obhut der guten Tante nach Harrow brachten, und wie die Behörde auf dem Weg ihres langsamem Verfahrens endlich zu dem Schluss gelangte, dass der Doktor sein plötzliches Lebensende durch unvorsichtiges Spielen mit einem gefährlichen Lieblingstier verschuldet habe. Das wenige, was ich über den Fall noch weiter erfuhr, teilte mir Holmes unterwegs auf der Heimfahrt am nächsten Tag mit.

»Ich war«, erklärte er mir, »zu einer gänzlich irrigen Schlussfolgerung gelangt, woraus Sie sehen, wie gefährlich es stets ist, mein lieber Watson, seine Schlüsse auf ungenügender Grundlage aufzubauen. Die Anwesenheit der Zigeuner und die doppelsinnige Äußerung der unglücklichen Julia, durch die sie zweifellos den Eindruck bezeichnen wollte, den die Gestalt der Schlange im Schein des Zündhölzchens auf ihr Auge gemacht hatte, genügten, um mich auf eine völlig falsche Spur zu bringen. Ich kann nur das Verdienst für mich in Anspruch nehmen, dass ich augenblicklich davon abging, als mir klarwurde, dass die Gefahr, welche der Bewohnerin des Zimmers drohte – dieselbe mochte im Übrigen sein, welcher Art sie wollte –, weder durch die Tür noch durch das Fenster nahen könne. Sofort fiel mir nun das Luftloch auf mit dem Klingelzug daneben, der auf das Bett herabhing. Als ich sodann entdeckte, dass es gar keine Klingel war, und ich das Bett am Boden befestigt fand, erwachte in mir augenblicklich der Verdacht, dass das Seil nur dazu diene, um irgendetwas durch das Luftloch an demselben auf das Bett herunterzulassen. Sofort dachte ich an eine Schlange; hielt ich mir dann dazu weiter vor Augen, dass der Doktor sich beständig Tiere aus Indien schicken ließ, glaubte ich wirklich annehmen zu dürfen, dass ich mich nun auf der richtigen Spur befand. Der Gedanke, sich einer Art von Gift zu bedienen, das sich durch keinerlei chemische Untersuchung nachweisen ließ, war einem Menschen mit den Kenntnissen und der Gewissenlosigkeit des Doktors, der lange im Orient gelebt hatte, ganz besonders zuzutrauen. Die rasche Wirkung eines solchen Gifts musste ihm von seinem Standpunkt aus ebenfalls höchst erwünscht sein. Der Leichenbeschauer hätte fürwahr ein scharfes Auge haben müssen, um die zwei winzigen dunklen Pünktchen – die einzige Spur, die der Biss der Giftzähne hinterließ – wahrzunehmen. Dann dachte ich über das Pfeifen nach. Er musste doch die Schlange natürlich wieder zurückrufen, ehe es hell wurde, damit das Opfer dieselbe nicht erblicken konnte. Deshalb hatte er sie, wahrscheinlich mittels der Milch, die wir bei ihm vorfanden, so abgerichtet, dass sie auf seinen Pfiff zu ihm kam. Zur geeignetsten Zeit ließ er sie allemal durch das Luftloch hinüberschlüpfen; er konnte sich darauf verlassen, dass sie an dem Klingelzug auf das Bett hinunterkroch. Ob sie die Schlafende sofort beißen würde, war allerdings nicht sicher; möglich, dass diese eine ganze Woche lang der Gefahr Nacht für Nacht entging; aber früher oder später musste sie doch zum Opfer fallen.

Zu diesen Schlussfolgerungen war ich bereits gelangt, ehe ich noch des Doktors Zimmer überhaupt betreten hatte. An seinem Stuhl sah ich dann, dass er sich regelmäßig daraufzustellen pflegte; natürlich, denn er hätte ja sonst nicht zu dem Luftloch hinaufzureichen vermocht. Der Anblick des eisernen Schranks, der Untertasse mit Milch und der Schlinge an der Peitschenschnur genügte dann vollends, um jeden noch etwa möglichen Zweifel bei mir zu verscheuchen. Der metallene Klang, den Miss Stoner hörte, rührte offenbar von der Tür des Schranks her, den ihr Vater hinter seiner grausigen Bewohnerin hastig zuschlug. Welche Schritte ich dann tat und wie sehr sich die Richtigkeit meiner Auffassung bestätigt hat, ist Ihnen zur Genüge bekannt. Sobald ich die Schlange zischen hörte, was Sie ohne Zweifel gleichfalls gehört haben, machte ich augenblicklich Licht und ging auf sie los …«

»Was zur Folge hatte, dass sie sich schleunigst durch das Luftloch davonmachte.«

»Und zur weiteren Folge, dass sie sich drüben auf ihren Herrn stürzte. Ein paar von den Hieben mit meiner Gerte saßen ganz gehörig; dadurch erwachte bei der Schlange ihre natürliche Bösartigkeit, sodass sie auf den Nächstbesten losging. Insofern trage ich zweifellos mittelbar die Schuld an des Doktors Tod, aber ich glaube kaum, dass sie mein Gewissen sonderlich schwer bedrücken wird.«

Der Daumen des Ingenieurs

Von all den schwierigen Kriminalfällen, die meinem Freund Sherlock Holmes zur Lösung übertragen wurden, erhielt er nur zwei durch meine Vermittlung. Einer davon betraf Hatherleys Daumen. Wenn sich auch das großartige Kombinationstalent meines Freundes, dem er so wunderbare Erfolge zu verdanken hatte, hierbei weniger entfalten konnte, so fing diese Aufgabe doch so toll an und verlief so dramatisch, dass sie mir wohl der Aufzeichnung wert erscheint. Jedenfalls hat sich der tiefe Eindruck, den ich damals erhielt, noch heute, nach zwei Jahren, kaum abgeschwächt.

Es war an einem Sommertag. Ein Bahnbeamter, den ich bei einem Unfall behandelt hatte, verkündete mein Lob in allen Tonarten und hätte mir am liebsten jeden Patienten geschickt, dessen er nur habhaft werden konnte.

Eines Morgens, kurz vor sieben, wurde mir gemeldet, dass eben jener Bahnbeamte mit einem anderen, offenbar verletzten Herrn gekommen sei, um mich zu sprechen. Ich eilte die Treppe hinunter, da ich vermutete, es könne sich wieder um einen Eisenbahnunfall handeln, bei dem rasche Hilfe notwendig sei. Mein alter Freund kam mir vor dem Zimmer schon entgegen.

»Ich hab ihn hergebracht«, flüsterte er, mit dem Daumen über die Schulter deutend, »den hätten wir sicher.«

»Was fehlt ihm denn?«, fragte ich, denn das sonderbare Benehmen des Bahnbeamten verriet mir, dass es eine ganz besondere Bewandtnis mit dem Verletzten haben musste, den er so sorglich in mein Zimmer gesperrt hatte.

»Es ist ein neuer Patient«, raunte er mir in seiner treuherzigen Art leise zu. »Ich hielt es für schlauer, ihn gleich selbst herzubringen, so konnte er mir nicht mehr entwischen. Nun kann er nicht mehr weg. Aber jetzt muss ich gehen, Doktor, die Pflicht ruft.« Und fort war er, ehe ich noch Zeit gefunden hatte, ihm für diese gutgemeinte Belebung meiner gar nicht beabsichtigten Praxis zu danken.

Im Empfangszimmer fand ich einen Herrn am Tisch sitzen, der einen schlichten, bräunlichen Anzug trug, seine einfache Tuchmütze hatte er auf die dort ausgelegten Bücher gelegt. Eine seiner Hände war in ein völlig mit Blut durchtränktes Taschentuch gewickelt. Er war vielleicht 25 Jahre alt; sein Gesicht war ernst und männlich, aber so bleich, dass es mir den Eindruck machte, als wenn er eben eine schwere Nervenerschütterung durchgemacht hätte, die er trotz aller Anstrengung noch nicht überwinden konnte.

»Verzeihen Sie die frühe Störung, Herr Doktor«, sagte er, »ich habe in dieser Nacht einen ernsten Unfall gehabt. Ich kam heute Morgen mit dem Zug hier an und erkundigte mich bei einem Bahnbeamten, wo ich einen Arzt finden könnte. Dieser Herr hatte die Güte, mich hierher zu begleiten. Ich übergab dem Mädchen meine Karte, doch wie ich sehe, liegt sie noch dort auf dem Tischchen.«

Ich nahm sie auf und las Victor Hatherley, Ingenieur, Victoria Street 16a III. Das war also Name, Beruf und Wohnung meines Morgenbesuches. Dann setzte ich mich zu ihm. »Sie sind also die Nacht durchgefahren?«, fragte ich. »Das ist gewöhnlich recht ermüdend und langweilig.«

»Oh, in diesem Fall trifft das nicht zu«, sagte er, und dann lachte er so laut und gellend, dass er sich im Stuhl zurückwarf und sich die Seiten halten musste. Es lag etwas Krankhaftes in dieser übertriebenen Heiterkeit, das erkannte ich sofort. »Hören Sie auf«, rief ich, »nehmen Sie sich doch zusammen!« Er hatte einen regelrechten hysterischen Anfall, wie er zuweilen bei sehr starken Naturen vorkommt, die eine große Aufregung hinter sich haben.

Erst allmählich beruhigte er sich, und nun wurde er dunkelrot vor Verlegenheit.

»Ich habe mich schön lächerlich gemacht vor Ihnen«, keuchte er.

»Durchaus nicht. Bitte, nehmen Sie.« Ich gab ihm etwas Kognak mit Wasser zu trinken.

»Das tut wohl«, sagte er. »Und nun haben Sie vielleicht die Güte, Herr Doktor, und sehen sich einmal meinen Daumen an oder vielmehr die Stelle, wo er gesessen hat.« Er band das Tuch ab und hielt mir die Hand entgegen, deren Anblick selbst mich erschütterte. Neben den vier ausgestreckten Fingern war statt des Daumens nur eine fürchterlich rote, schwammige Fläche. Er musste bis zur Wurzel abgehackt oder abgerissen worden sein.

»Das ist ja eine furchtbare Wunde, Sie müssen einen bedeutenden Blutverlust gehabt haben.«

»Oh ja«, antwortete er. »Ich wurde sofort ohnmächtig, nachdem es geschehen war, und muss wohl längere Zeit besinnungslos gelegen haben. Ich blutete noch, als ich wieder zu mir kam, und umschnürte deshalb mein Handgelenk mit dem Taschentuch, das ich mit einem Holzpflock möglichst fest drehte.«

»Das war sehr richtig. – Die Wunde wurde jedenfalls durch ein schweres und scharfes Instrument verursacht?«

»Durch eine Art Schlächterbeil.«

»Vermutlich ein unglücklicher Zufall?«

»Oh nein, ganz und gar nicht.«

»Also ist es mit Absicht geschehen?«

»Sehr richtig geraten.«

»Aber das ist ja fürchterlich!«

Ich wusch die Wunde aus und legte dann einen antiseptischen Verband an. Er zuckte nicht mit der Wimper und biss sich nur zuweilen auf die Lippen.

»Wie fühlen Sie sich jetzt?«, fragte ich nach beendeter Arbeit.

»Es ist mir jetzt wieder viel besser. Ich war wirklich dem Umsinken nahe, aber ich habe auch recht viel durchgemacht.«

»Vielleicht wäre es richtiger, Sie würden jetzt nicht davon sprechen. Es greift Sie sicher sehr an.«

»Jetzt durchaus nicht mehr. Ich muss die Sache so bald wie möglich der Polizei melden, aber wenn meine Wunde nicht einen sehr deutlichen Beweis lieferte, würde ich wahrscheinlich mit meiner Erzählung dort wenig Glauben finden, besonders da ich so gut wie keine sicheren Anhaltspunkte geben kann.«

»Oho!«, rief ich. »Falls die Geschichte etwas rätselhafter Natur ist und einer Lösung bedarf, dann würde ich Ihnen eigentlich raten, zuerst mit meinem Freund Holmes zu sprechen, ehe Sie auf die Polizei gehen.«

»Von diesem Herrn habe ich schon gehört«, sagte mein Patient, »und ich würde ihm nur zu gerne meine Angelegenheit übergeben, obgleich die Polizei natürlich auch benachrichtigt werden muss. Würden Sie so freundlich sein und mir einige Empfehlungsworte mitgeben?«

»Mr Holmes wohnt hier im Haus, ich kann Sie gleich zu ihm führen«, antwortete ich.

Wir gingen nach oben. Sherlock Holmes saß noch im Schlafanzug im Wohnzimmer und las die Polizeiberichte in der »Times«. Er rauchte seine Morgenpfeife, die er mit den sorgfältig gesammelten und auf dem Kaminsims getrockneten Stummeln und Endchen der Zigarren zu stopfen pflegte, die er tags zuvor geraucht hatte. Er empfing uns in seiner urgemütlichen Art und Weise und ließ frisch gerösteten Speck und Eier bringen, sodass wir uns bald recht behaglich fühlten. Als wir fertig waren, musste unser neuer Freund in einem bequemen Liegestuhl Platz nehmen, Holmes stützte seinen Kopf mit einem Kissen und stellte ihm ein Glas Wasser und Kognak in die Nähe.

»Es scheint mir, Mr Hatherley, als wäre Ihre Angelegenheit nicht ganz gewöhnlicher Natur«, sagte er. »Bitte machen Sie es sich vollständig bequem und betrachten Sie sich ganz wie zu Hause. Erzählen Sie uns alles so genau wie möglich, aber halten Sie bei der geringsten Ermüdung ein, und gebrauchen Sie ab und zu dies kleine Stärkungsmittel.«

»Besten Dank«, sagte mein Patient. »Nachdem Doktor Watson mir den Verband angelegt hat, fühle ich mich wieder ganz gut, und Ihr Frühstück hat die Kur vollendet. Ich will mich so kurz wie möglich fassen, um Ihre Zeit nicht übermäßig in Anspruch zu nehmen.«

Holmes saß in seinem Lehnstuhl; sein gleichgültiges Gesicht mit den halb geschlossenen Augen verriet nichts von seiner scharfsinnigen Forschernatur. Ich saß ihm gegenüber, und wir hörten beide stillschweigend dem seltsamen Bericht des Fremden zu.

»Zuerst muss ich Ihnen sagen«, begann er, »dass ich alleinstehender Junggeselle bin und in einer Mietwohnung in London lebe. Von Beruf bin ich Ingenieur und habe mir während der sieben Jahre, die ich bei der Ihnen sicher bekannten Firma Venner & Matheson in Greenwich beschäftigt war, gute Kenntnisse angeeignet.

Als vor zwei Jahren meine Ausbildung beendet war und ich durch meines Vaters Tod in den Besitz seines Vermögens kam, beschloss ich, mich selbständig zu machen und ließ mich in der Victoria Street nieder. Vermutlich wird jeder Mensch bei diesem ersten Schritt auf die Bahn der Unabhängigkeit ziemlich trübselige Erfahrungen machen; mir ging es jedenfalls nicht anders. In zwei Jahren wurde mein Rat im Ganzen dreimal begehrt, und nur einmal wurde mir ein sehr unbedeutender Auftrag erteilt, das war alles! Meine Gesamteinnahmen beliefen sich auf 27 Pfund 10 Schillinge. Von neun Uhr morgens bis vier Uhr nachmittags lag ich täglich auf der Lauer, bis ich wirklich mutlos wurde und sich der Gedanke in mir festsetzte, dass ich es in einem selbständigen Geschäft nie zu etwas bringen würde. Gestern jedoch, als ich eben im Begriff stand, das Büro zu verlassen, meldete man mir, es wäre ein Herr draußen, der mich zu sprechen wünschte. Ich sah mir seine Karte an, sie trug den Namen Oberst Lysander

Stark. Ich ließ den Oberst hereinbitten. Er war etwas über Mittelgröße und von erschreckender Magerkeit, ich entsinne mich nicht, jemals einen so hageren Menschen gesehen zu haben. Sein Gesicht bestand eigentlich nur aus Nase und Kinn, und die Haut war straff über die Backenknochen gespannt. Und doch sah er eigentlich nicht krank aus, denn seine Augen blickten völlig klar, sein Schritt war sicher und sein ganzes Benehmen sehr selbstbewusst. Seine Kleidung war ziemlich einfach, aber sauber; er mochte ungefähr vierzig Jahre zählen.

›Mr Hatherley?‹, fragte er mit deutschem Akzent. ›Sie sind mir als ein Mann empfohlen worden, der nicht nur in seinem Beruf sehr tüchtig ist, sondern auf dessen Verschwiegenheit man sich verlassen kann.‹

Ich verbeugte mich. ›Darf ich fragen, wem ich dieses günstige Zeugnis zu verdanken habe?‹

›Vielleicht ist es richtiger, ich teile es Ihnen nicht sofort mit. Aus derselben Quelle erfuhr ich auch, dass Sie ohne Angehörige und Junggeselle sind und allein in London wohnen.‹

›Das stimmt. Aber ich begreife nicht, was das mit meiner Tüchtigkeit als Fachmann zu tun hat, denn ich muss doch annehmen, dass Sie mich in einer geschäftlichen Angelegenheit zu sprechen wünschen.‹

›Ihre Vermutung ist ganz richtig, und Sie werden gleich sehen, wie sehr meine Fragen damit zusammenhängen. Ich habe allerdings einen Auftrag für Sie, doch er erfordert absolutes, unverbrüchliches Stillschweigen, und Sie werden wohl begreifen, dass solch ein Geheimnis bei einem alleinstehenden Mann besser aufgehoben ist als bei einem, der eine große Familie hat.‹

›Wenn ich es Ihnen verspreche, können Sie sich völlig auf meine Verschwiegenheit verlassen.‹

Ich erinnere mich nicht, je in meinem Leben einem so scharfen, argwöhnischen Blick begegnet zu sein, wie ihn mein Besucher jetzt auf mich warf.

›Ich habe also Ihr Wort?‹, fragte er.

›Sie haben es.‹

›Sie werden über die ganze Sache jetzt und für immer tiefstes Stillschweigen bewahren?‹

›Ich versprach das schon.‹

›Gut‹, sagte er, sprang dann plötzlich auf, war wie der Blitz an der Tür und riss sie auf. Der Vorraum war leer.

›Alles in Ordnung!‹, sagte er zurückkehrend. ›Die Angestellten interessieren sich oft mehr als nötig für die Angelegenheiten Ihrer Chefs. Nun können wir in Ruhe weiter verhandeln.‹

Er rückte seinen Stuhl dicht an den meinen, und wieder ruhte sein Blick so forschend und lauernd auf mir wie vorhin. Ein abstoßendes Gefühl, ja fast Furcht, stieg in mir auf bei dem seltsamen Gebaren der klapperdürren Gestalt. Selbst auf die Gefahr hin, meinen Auftraggeber wieder zu verlieren, konnte ich meine Ungeduld nicht länger bezwingen.

›Dürfte ich Sie jetzt bitten, mein Herr, Ihre geschäftliche Angelegenheit zur Sprache zu bringen‹, sagte ich. ›Meine Zeit ist kostbar.‹ Der Himmel möge mir diese Lüge vergeben, aber die Worte traten mir unwillkürlich auf die Lippen.

›Würden Ihnen 50 Guineen für die Arbeit einer Nacht genügen?‹

›Selbstverständlich.‹

›Das heißt, ich sage die Arbeit einer Nacht, obgleich es wohl richtiger wäre, von einer Stunde zu sprechen. Wir möchten Sie nur bitten, Ihr Gutachten über eine hydraulische Presse abzugeben, die nicht mehr tadellos funktioniert. Wenn Sie uns zeigen wollen, wo der Fehler steckt, könnten wir die Sache leicht in Ordnung bringen. Wie denken Sie über diesen Auftrag?‹

›Im Vergleich zu der Vergütung erscheint er mir sehr unbedeutend.‹

›Das ist er auch. Nur wünschen wir, dass Sie erst abends mit dem letzten Zug kommen.‹

›Und wohin?‹

›Nach Eyford in Berkshire. Es ist ein kleiner Ort an der Grenze von Oxfordshire, ungefähr sieben Meilen von Reading. Sie treffen mit dem Zug von Paddington um 23.15 Uhr ein.‹

›Das würde ja sehr gut passen.‹

›Ich werde Sie mit dem Wagen abholen, denn unsere Besitzung liegt abseits in ländlicher Einsamkeit. Sie ist stark sieben Meilen von der Station Eyford entfernt.‹

›Aber dann können wir ja kaum vor Mitternacht dort eintreffen, und vermutlich ist mir damit jede Gelegenheit zur Rückfahrt abgeschnitten, sodass ich übernachten müsste?‹

›Darum machen Sie sich keine Sorgen. Ein Nachtlager finden Sie auch bei uns.‹

›Das wäre doch eigentlich sehr umständlich. Könnte ich nicht zu einer besser gelegenen Zeit kommen.‹

›Wir halten gerade diese Stunde für die geeignetste. Für die kleine Unbequemlichkeit, die damit verbunden ist, erhalten Sie als junger, unbekannter Mann ja ein Honorar, wie es Ihre gesuchtesten Kollegen kaum für ihre Gutachten fordern würden. Wenn Sie jedoch mein Anerbieten noch überlegen wollen, so haben Sie ja noch reichlich Zeit.‹

Ich dachte daran, wie gut ich augenblicklich die 50 Guineen brauchen könnte, und erwiderte deshalb: ›Durchaus nicht, ich werde mich sehr gern Ihren Wünschen anpassen; nur möchte ich Sie bitten, mir ein wenig genauer auseinanderzusetzen, um was es sich handelt.‹

›Natürlich. Es ist mir durchaus begreiflich, dass die Verpflichtung, über alles zu schweigen, Ihre Neugierde erregt. Ehe wir Ihnen daher ein bindendes Versprechen abfordern, sollen Sie vollständig klar sehen. Hoffentlich ist hier kein Lauscher zu befürchten?‹

›Das ist ausgeschlossen.‹

›Dann will ich Ihnen alles erklären: Sie wissen wahrscheinlich, dass Walkererde ein sehr kostbarer Artikel ist, den man in England nur an ein bis zwei Orten findet.‹

›Ich habe davon gehört.‹

›Vor einiger Zeit kaufte ich eine sehr kleine Besitzung ungefähr zehn Meilen von Reading. Ich hatte das Glück, auf einem Feld ein Lager von Walkererde zu entdecken. Bei näherer Untersuchung stellte es sich indessen heraus, dass der Fund nur sehr unbedeutend war, dass er eigentlich nur die Verbindung zwischen zwei größeren Lagern bildete, die sich rechts und links davon ausdehnten und meinen beiden nächsten Nachbarn gehörten. Die guten Leute hatten natürlich keine blasse Ahnung, dass ihre Grundstücke so viel wie eine Goldmine enthielten, und es lag daher in meinem Interesse, ihnen das Land abzukaufen, ehe sie seinen wahren Wert kennenlernten. Leider fehlten mir die Mittel zum Kauf. Einige Freunde, denen ich meine Entdeckung mitgeteilt hatte, rieten mir, mein eigenes Lager im Geheimen auszunutzen, um auf diese Weise die Mittel zur Erwerbung der Nachbarbesitzungen zu bekommen. Diesen Rat habe ich nun seit längerer Zeit befolgt und bei meinem Unternehmen eine hydraulische Presse benutzt. Wie gesagt funktioniert diese nun nicht mehr richtig, und ich möchte Sie daher um Ihr Gutachten in dieser Angelegenheit bitten. Jetzt werden Sie sich aber denken können, wie sehr ich auf die Wahrung meines Geheimnisses bedacht sein muss. Käme es jemand zu Ohren, dass ein Ingenieur mein kleines Grundstück besichtigt, so würde das selbstverständlich die Neugierde meiner Nachbarn erregen, und falls die Sache bekannt würde, könnte ich bestimmt jede Hoffnung aufgeben, die Felder zu erwerben und meine Pläne zur Ausführung zu bringen. Aus diesem Grunde habe ich Sie um die größte Diskretion gebeten. Hoffentlich habe ich mich deutlich genug ausgedrückt?‹

›Ich bin völlig orientiert‹, sagte ich. ›Nur das eine bleibt mir unverständlich, wie Sie die Walkererde vermittels einer hydraulischen Presse gewinnen wollen, man muss sie doch ausgraben wie den Kies aus einer Grube.‹

›Ach‹, erwiderte er leichthin, ›dabei haben wir unser eigenes Verfahren. Wir pressen Ziegel aus der Erde, um sie leichter und ohne Verdacht zu erregen, fortschaffen zu können. Doch das gehört nicht hierher. Sie sehen, Mr Hatherley, ich habe Ihnen mein ganzes Vertrauen geschenkt und verlasse mich fest auf Sie.‹ Er erhob sich bei diesen Worten. ›Ich erwarte Sie also in Eyford um 23.15 Uhr.‹

›Ich werde pünktlich erscheinen.‹

›Und Sie sagen bestimmt zu keinem Menschen ein Wort.‹

Noch einmal traf mich ein letzter argwöhnischer, misstrauischer Blick, und fort war er.

Als ich mir dann später alles in Ruhe überlegte, war ich doch, wie Sie sich wohl denken können, etwas erstaunt über diesen Auftrag, der mir so ganz unerwartet anvertraut worden war. Einerseits stimmte mich das hohe Honorar natürlich sehr froh, denn es überstieg mindestens das Zehnfache dessen, was ich dafür gefordert hätte, auch konnte dieser Auftrag leicht andere nach sich ziehen. Andererseits erschienen mir Gesicht und Benehmen meines neuen Auftraggebers wenig vertrauenerweckend, ebenso wenig wie seine Erklärung die Notwendigkeit meines Kommens um Mitternacht rechtfertigte und seine Angst, ich könnte mein Schweigen brechen, glaubhaft erscheinen ließ. Aber ich verscheuchte all die Gedanken, machte mich nach einem kräftigen Abendessen auf den Weg und fuhr von Paddington ab, ohne einem Menschen von meinem Vorhaben erzählt zu haben.

In Reading hatte ich nicht nur den Zug, sondern auch den Bahnhof zu wechseln, doch ich erreichte gerade noch den Anschluss nach Eyford und langte kurz nach elf auf der kleinen, schlecht beleuchteten Station an. Ich war der einzige Reisende, der hier ausstieg, und außer einem schläfrigen Stationsbeamten mit einer Laterne war kein Mensch weiter zu erblicken. Ich hatte jedoch kaum den Bahnhof verlassen, so fand ich auch meinen Bekannten vom Morgen, er wartete auf der anderen Seite des Bahnhofs, die in tiefster Dunkelheit lag. Ohne ein Wort ergriff er meinen Arm und schob mich durch die offenstehende Tür eines Wagens. Dann zog er beide Fenster in die Höhe, ließ die Vorhänge herunter, und fort ging es, so schnell das Pferd laufen konnte.«

»Ein Pferd?«, unterbrach Holmes.

»Ja, nur eins.«

»Konnten Sie die Farbe erkennen?«

»Ja, das Licht der Wagenlaterne fiel darauf, als ich einstieg. Es war ein Brauner.«

»War das Tier ermüdet oder frisch?«

»Vollständig frisch.«

»Danke sehr. Entschuldigen Sie, dass ich Sie unterbrach, und fahren Sie bitte in Ihrer höchst interessanten Erzählung fort.«

»Es ging also los, und zwar fuhren wir mindestens eine Stunde. Oberst Stark hatte nur von sieben Meilen gesprochen, aber meiner Ansicht nach waren es wohl zwölf.* Während der ganzen Zeit saß er schweigend neben mir, doch ich war mir bewusst, und ein rascher Seitenblick überzeugte mich davon, dass er mich scharf beobachtete. Die dortigen Landwege schienen in ziemlich traurigem Zustand zu sein, wir wurden furchtbar hin und her geschüttelt. Zuweilen versuchte ich, aus dem Fenster zu sehen, doch sie bestanden aus Eisglas, und ich gewahrte nur gelegentlich den hellen Schein eines vorüberfliegenden Lichtes. Hin und wieder versuchte ich auch, durch eine Bemerkung die Einförmigkeit der Fahrt zu unterbrechen, aber der Oberst antwortete nur sehr einsilbig, und bald stockte die Unterhaltung wieder. Schließlich hörte das Stoßen des Wagens auf, wir rollten auf einem knirschenden Kiesweg dahin und hielten plötzlich. Oberst Lysander Stark sprang heraus und zog mich, als ich mich anschickte, ihm zu folgen, blitzschnell in einen offenstehenden Torweg. Der Wagen hielt so dicht vor dem Haus, dass es mir nicht gelang, auch nur einen flüchtigen Blick auf die Außenseite des Gebäudes zu werfen. Wir hatten kaum die Schwelle überschritten, so hörte ich schon die Tür schwer hinter uns ins Schloss fallen und konnte kaum noch das Geräusch der davonrollenden Räder vernehmen. Im Haus war es stockfinster, der Oberst tappte nach dem Lichtschalter und murrte halblaut vor sich hin. Plötzlich wurde am Ende des Ganges eine Tür geöffnet, und ein langer, goldener Lichtstrahl fiel auf uns. Bei dem hellen Schein gewahrte ich eine Frauengestalt unter der Tür, mit vorgebeugtem Gesicht starrte sie uns an. Ich konnte deshalb ihre schönen Züge erkennen und ebenso den kostbaren Stoff ihres dunklen Kleides. Sie richtete an meinen Gefährten einige Worte in fremder Sprache, die fast wie eine Frage klangen. Bei seiner rauen, kurzen Antwort schrak sie heftig zusammen. Der Oberst trat rasch auf sie zu, flüsterte ihr etwas ins Ohr und schob sie wieder ins Zimmer zurück, dann

---

* 1 engl. Meile = 1,6 km

kehrte er zu mir zurück. ›Würden Sie so freundlich sein, hier einige Minuten zu warten‹, sagte er, eine andere Tür öffnend. Es war ein kleines, einfach ausgestattetes Gemach mit einem runden Tisch in der Mitte, auf dem mehrere deutsche Bücher verstreut lagen. Ein Harmonium stand neben der Tür. ›Ich werde Sie keine Minute warten lassen‹, sagte er und verschwand in der Dunkelheit.

Ich betrachtete die Bücher auf dem Tisch und sah trotz meiner Unkenntnis des Deutschen, dass zwei von ihnen wissenschaftlichen und die anderen poetischen Inhalts waren. Dann schritt ich zum Fenster, um einen Blick hinauszuwerfen, aber die schweren eisernen Läden waren geschlossen und fest verriegelt. Es war ein wunderbar stilles Haus. Im Gang hörte man eine alte Uhr laut ticken, sonst herrschte Todesschweigen rings umher. Ein unbestimmtes, unbehagliches Gefühl ergriff mich. Wer waren diese Deutschen, und was taten sie an diesem seltsamen, weltverlorenen Ort? Und wo befand sich dieser Ort überhaupt? Ich war mindestens zwölf Meilen von Eyford entfernt, doch das war auch alles, was ich wusste, ob es nördlich, südlich, westlich oder östlich davon war, entzog sich meiner Vermutung. Die große Stille ringsumher aber machte es mir zur Gewissheit, dass wir uns auf dem Land befanden. Ich schritt auf und nieder, leise eine Melodie summend, um mich munter zu erhalten.

Plötzlich, ohne dass vorher ein Laut die unheimliche Stille unterbrochen hätte, öffnete sich langsam die Tür meines Zimmers. In der Öffnung stand die Frau, deren schönes, erregtes Gesicht hell von dem Licht meiner Lampe bestrahlt wurde, hinter ihr lag die Halle in tiefer Dunkelheit. Sie schien mir vor Angst halb ohnmächtig zu sein, und dieser Anblick ließ mein eigenes Herz erstarren. Warnend hielt sie einen Finger empor, um mir Schweigen anzudeuten, und flüsterte mir in gebrochenem Englisch einige Worte zu, wobei sie öfter mit scheuem Blick in die Dunkelheit hinter sich spähte.

›Ich würde gehen‹, sagte sie, sich gewaltsam zur Ruhe zwingend, ›ich würde gehen und nicht hierbleiben. Sie tun gut daran.‹

›Aber, gnädige Frau‹, erwiderte ich, ›meine Aufgabe ist noch nicht erfüllt. Ich kann mich doch unmöglich entfernen, ehe ich nicht die Maschine gesehen habe.‹

›Es lohnt sich nicht der Mühe, hier länger zu warten‹, fuhr sie fort. ›Sie können ruhig durch die Haustür gehen, niemand wird Sie hindern.‹ Und dann, als sie sah, dass ich nur lächelnd den Kopf schüttelte verließ ihre Selbstbeherrschung sie plötzlich, und sie trat, die Hände ringend, auf mich zu. ›Um Gottes willen, fliehen Sie, fliehen Sie, bevor es zu spät ist.‹

Doch ich bin eine sehr hartnäckige Natur, und je mehr Schwierigkeiten sich mir in den Weg stellen, je größeren Reiz bekommt eine Sache für mich. Außerdem dachte ich auch an mein Honorar von 50 Guineen, an die anstrengende Reise und daran, dass ich in dieser Gegend doch ganz fremd war und nicht gewusst hätte, wo ich die Nacht verbringen sollte. Warum sollte ich mich davonstehlen, ohne meinen Auftrag ausgeführt zu haben und ohne die mir zustehende Bezahlung bekommen zu haben? Konnte die Frau nicht eine Wahnsinnige sein? Entschlossen schüttelte ich deshalb den Kopf, obgleich sie mich stärker erschüttert hatte, als ich zugeben wollte, und erklärte fest, dass ich auf jeden Fall bleiben würde. Sie wollte noch weiter in mich dringen, doch über uns wurde eine Tür zugeschlagen, und man hörte deutlich zwei Menschen die Treppe herabkommen. Sie blieb einen Augenblick lauschend stehen, rang nochmals verzweifelnd die Hände und verschwand dann plötzlich und geräuschlos, wie sie gekommen war.

Bald darauf traten Oberst Lysander Stark und ein kleiner, dicker Herr bei mir ein, dessen spärlicher Bart aus den Falten seines Doppelkinns herauswuchs und der mir als Mr Ferguson vorgestellt wurde.

›Dies ist mein Sekretär und Geschäftsführer‹, sagte der Oberst. ›übrigens glaubte ich bestimmt, diese Tür vorhin fest geschlossen zu haben. Es tut mir leid, es hat Ihnen sicher sehr hereingezogen?‹

›Im Gegenteil‹, antwortete ich, ›ich selbst habe die Tür geöffnet, weil mir die Luft hier im Zimmer etwas dumpf vorkam.‹

Er warf mir einen unruhigen Seitenblick zu. ›Wir wollen nun gleich an das Geschäft gehen. Mr Ferguson und ich werden Ihnen jetzt die Maschine zeigen.‹

Ich griff nach meinem Hut, um ihn aufzusetzen.

›Oh, das ist nicht nötig‹, wehrte der Oberst ab, ›sie befindet sich im Haus.‹

›Wie, Sie bohren im Haus nach Walkererde?‹

›Das nicht, wir pressen sie nur im Haus. Doch das gehört nicht zur Sache. Wir möchten Sie nur bitten, die Maschine zu untersuchen und uns auseinanderzusetzen, wo der Fehler steckt.‹

Wir gingen zusammen nach oben, zuerst der Oberst, dann der korpulente Geschäftsführer und zuletzt ich. Das alte Haus war ein wahres Labyrinth von Winkeln und Gängen, engen Wendeltreppen und kleinen, niedrigen Türen, deren Schwellen im Laufe der Zeit von ganzen Generationen tief ausgetreten waren. Nirgends eine Spur von Tapeten oder Möbeln, von den Wänden war die Bekleidung teilweise abgebröckelt, während sich die Feuchtigkeit in grünlich schillernden Stellen darauf niedergeschlagen hatte. Ich bemühte mich, so unbefangen wie möglich auszusehen, aber mir klangen noch immer die unbeachtet gelassenen Warnungen der Dame im Ohr, und ich behielt meine beiden Gefährten scharf im Auge.

Ferguson schien mir ein mürrischer, schweigsamer Mann, doch aus seinen wenigen Äußerungen entnahm ich, dass er mein Landsmann sei. Oberst Lysander Stark hielt jetzt vor einer niedrigen Tür, die er aufschloss. Sie führte in einen kleinen, rechtwinkligen Raum, in welchem wir drei kaum zu gleicher Zeit Platz hatten. Eine Lichtleitung schien nicht darin zu sein, denn der Oberst entzündete eine Petroleumlampe, die vor der Tür an einem Haken gehangen. Ferguson blieb draußen, und der Oberst forderte mich auf, einzutreten.

›Wir befinden uns jetzt in der hydraulischen Presse‹, sagte er, ›und es könnte für uns sehr unangenehm werden, wenn sie plötzlich jemand in Bewegung setzen wollte. Die Decke dieser kleinen Kammer wird nämlich von dem Ende des niedergehenden Kolbens gebildet, der mit ungeheurer Gewalt auf den metallenen Fußboden schlägt. Außen sind seitlich enge Wasserröhren angebracht, durch welche die Kraft aufgenommen und in der Ihnen bekannten Weise verstärkt und fortgepflanzt wird. Die Maschine funktioniert sonst tadellos, aber jetzt scheint ein Hemmnis den Gang zu erschweren und die Kraft zu vermindern. Vielleicht haben Sie die Güte, einmal nachzusehen, wie die Sache wieder in Ordnung gebracht werden könnte.‹

Ich nahm ihm die Lampe ab und untersuchte die Maschine sehr sorgfältig. Sie hatte geradezu riesige Dimensionen und musste einen enormen Druck erzeugen. Doch als ich draußen die Hebel niederdrückte, welche sie in Gang setzten, belehrte mich sofort der eigentümlich zischelnde Ton, dass sich irgendwo ein Leck gebildet haben musste, das ein Wiederausströmen des Wassers durch einen der Seitenzylinder verursachte. Eine genauere Prüfung bestätigte dies auch bald; einer der Kautschukreifen am oberen Ende der Triebstange war schadhaft geworden und konnte deshalb den Zylinder, in dem sie auf- und niederging, nicht mehr luftdicht abschließen. Dadurch ließ sich die Verminderung der Kraft leicht erklären; ich setzte dies meinen beiden aufmerksamen Zuhörern auseinander und belehrte sie zugleich eingehend über die Abstellung dieses Missstandes. Darauf kehrte ich noch einmal in den Hauptraum zurück, hauptsächlich um meine eigene Neugierde zu befriedigen. Dass die Erzählung von dem Pressen der Walkererde nur ein Märchen war, hatte ich auf den ersten Blick gesehen; es wäre ja unvernünftig gewesen, für einen so unbedeutenden Zweck solch eine Riesenmaschine zu verwenden. Die Wände bestanden aus Holz, doch den Boden bildete eine große, eiserne Platte, die völlig mit einer Kruste von metallischen Abfällen bedeckt war. Ich kniete nieder und versuchte, ein wenig davon abzukratzen, um mich genauer von dem Bestand zu überzeugen, als ich hinter mir einen Ausruf hörte und das gespensterhafte Antlitz des Obersten sich zu mir herabbeugen sah.

›Was machen Sie denn da?‹, fragte er.

Ich fühlte einen heftigen Groll in mir aufsteigen, dass man versucht hatte, mich so hinters Licht zu führen. ›Ich bewundere nur Ihre Walkererde‹, antwortete ich, ›wahrscheinlich wäre es mir leichter geworden, Ihnen einen Rat wegen Ihrer Maschine zu erteilen, wenn ich ihren wirklichen Zweck gekannt hätte.‹

Augenblicklich bereute ich, dass mir diese Worte entschlüpft waren. Sein Gesicht versteinerte sich förmlich, seine grauen Augen funkelten mich unheilverkündend an.

›Dann tue ich wohl besser daran, Sie in alles einzuweihen‹, sagte er. Er machte einen Schritt rückwärts, schlug die kleine Tür zu und drehte den Schlüssel um. Ich stürzte mich darauf und rüttelte an dem Griff, aber das Schloss rührte sich nicht und gab nicht im Geringsten meinen verzweifelten Anstrengungen nach. ›Hallo!‹, schrie ich gellend. ›Hallo! Oberst Stark! Öffnen Sie sofort!‹

Plötzlich aber klang durch die Stille ein Ton, der mein Herz vor Schrecken stillstehen ließ. Es war das Geklirr der Hebel und das Zischen des schadhaften Zylinders. Großer Gott! Er hatte die Maschine in Gang gesetzt! Die Lampe stand noch auf dem Boden, den ich hatte untersuchen wollen. Bei ihrem Licht konnte ich deutlich erkennen, wie sich die schwarze Decke über mir senkte, langsam, ruckweise, aber keiner wusste besser als ich, mit wie furchtbarer Kraft; in der nächsten Minute musste ich zu einem formlosen Brei zerstampft sein. Ich warf mich stöhnend gegen die Tür und zerrte mit meinen Nägeln am Schloss. Ich beschwor den Obersten, mir zu öffnen, doch mein Flehen wurde durch das erbarmungslose Rasseln draußen übertönt. Jetzt befand sich die Decke nur noch ein bis zwei Fuß über meinem Kopf, mit ausgestreckter Hand konnte ich ihre harte, raue Oberfläche fühlen. Und wie ein Blitz durchzuckte mich der Gedanke, dass ich mir den Todeskampf vielleicht erleichtern könnte. Würde ich mich auf das Gesicht legen, so würde mir zuerst das Rückgrat zerbrochen werden. Bei dem Gedanken daran überliefen mich kalte Schauer. Legte ich mich aber auf den Rücken, würde ich dann die Kraft haben, diesen tödlichen, schwarzen Koloss auf mich herabkommen zu sehen? Schon war es mir unmöglich geworden, aufrecht zu stehen, da wurde mein Herz plötzlich von neuer Hoffnung erfüllt. Wie schon erwähnt, bestanden nur Decke und Boden aus Eisen, die Wände waren aus Holz. Als ich mich noch einmal verzweifelt nach Rettung umschaute, bemerkte ich zwischen zwei Brettern einen kleinen, gelben Lichtschimmer, der sich schnell verbreitete, indem eines der Bretter zurückgeschoben wurde. Ich vermochte es zuerst kaum zu fassen, dass ich durch diese kleine Öffnung wirklich dem Tod entrinnen könnte. Doch schon im nächsten Augenblick war ich hindurchgekrochen und lag nun halb ohnmächtig auf der anderen Seite. Die Öffnung hatte sich wieder hinter mir geschlossen, ich hörte nur noch das Klirren der zerbrechenden Lampe und kurz darauf das Aufschlagen der beiden Metallplatten, das mir deutlich bewies, mit wie knapper Not ich dem Tod entronnen war. Als ich wieder zum Bewusstsein erwachte, lag ich auf dem mit Fliesen ausgelegten Boden eines schmalen Ganges. Eine Frau beugte sich über mich und versuchte, mich durch heftiges Schütteln mit der linken Hand aus meiner Betäubung zu erwecken, mit der rechten hielt sie eine Taschenlampe. Es war jene Frau, deren Warnungen ich törichterweise unbeachtet gelassen hatte.

›Kommen Sie rasch, rasch!‹, rief sie atemlos. ›Sie werden sofort Ihr Verschwinden entdecken. Oh, so beeilen Sie sich doch, es ist keine Sekunde zu verlieren.‹

Diesmal war ihr Rat nicht vergebens. Ich richtete mich taumelnd empor und eilte mit ihr den Gang entlang und dann eine Wendeltreppe hinunter. Die Treppe führte wiederum auf einen breiten Gang. Wir hatten ihn kaum erreicht, als wir schon den Ton von eiligen Schritten und den Klang von zwei Stimmen hörten; die eine sprach dicht in unserer Nähe, die andere antwortete aus der Entfernung. Die Frau stand einen Augenblick völlig fassungslos. Plötzlich stieß sie eine Tür auf; wir standen in einem Schlafzimmer, durch dessen Fenster heller Mondschein flutete.

›Es bleibt kein anderer Weg übrig. Es ist hoch, aber Sie müssen es versuchen.‹

Während sie noch sprach, tauchte am Ende des Ganges ein Licht auf, ich sah die dürre Gestalt des Oberst herbeistürzen, in der Hand hielt er ein großes Beil. Ich flog zum Fenster, öffnete es und schaute hinunter. Wie ruhig und friedlich lag der Garten im Mondlicht! Die Höhe konnte nicht mehr als dreißig Fuß betragen. Ich schwang mich auf das Fensterbrett, aber ich zögerte noch mit dem Sprung. Ich wollte wissen, was zwischen meiner Retterin und meinem Verfolger vorgehen würde. Wenn dieser Schuft sie misshandelte, war ich unter allen Umständen entschlossen, ihr beizustehen. Im selben Augenblick schon erschien er in der Tür und wollte an ihr vorüberstürzen, sie warf sich ihm jedoch entgegen und klammerte sich fest an ihn.

›Fritz, Fritz!‹, rief sie in englischer Sprache. ›Vergiss nicht, was du mir beim letzten Mal geschworen hast. Es sollte nie, nie wieder geschehen. Er wird schweigen, glaub mir, er wird schweigen.‹

Er versuchte sich mit aller Kraft freizumachen. ›Bist du von Sinnen, Elise?‹, rief er. ›Willst du uns an den Galgen bringen? Lass mich los, sag ich dir.‹ Er stieß sie beiseite und stürzte mit erhobenem Beil zum Fenster. Ich hatte mich hinausgeschwungen und hielt mich nur noch mit den Händen an der Fensterbank, als der Schlag niedersauste. Ein heftiger Schmerz durchzuckte mich, ich verlor den Halt und fiel in den Garten hinab.

Ich war bis auf eine heftige Erschütterung unverletzt geblieben, und sobald ich mich einigermaßen erholt hatte, stand ich auf und versuchte, so schnell wie möglich hinter einem Gebüsch zu verschwinden; die Gefahr war ja noch nicht vorüber. Aber plötzlich überkam mich eine tödliche Schwäche und Mattigkeit. Meine Hand schmerzte mich furchtbar, und ich bemerkte erst jetzt, dass mein Daumen fehlte und das Blut aus der Wunde strömte. Ich versuchte, mir das Taschentuch umzubinden, dann fühlte ich nur noch ein heftiges Sausen in den Ohren und fiel ohnmächtig im Gebüsch nieder.

Wie lange ich dort gelegen habe, weiß ich nicht. Bis zu meinem Erwachen müssen wohl viele Stunden vergangen sein, denn der Mond war untergegangen, und der Morgen dämmerte herauf. Meine Kleider waren vom Tau durchnässt, und mein Rockärmel war völlig durchtränkt von Blut. Im Augenblick standen alle Einzelheiten der Nacht vor mir, und ich sprang sofort in die Höhe, weil ich das Gefühl hatte, auch jetzt noch im Bereich meiner Verfolger zu sein. Doch als ich mich umblickte, waren zu meinem Erstaunen weder Haus noch Garten zu entdecken. Ich hatte an der Hecke einer Landstraße gelegen, und gerade vor mir dehnte sich ein längliches Gebäude aus. Beim Näherkommen erkannte ich die Bahnstation, an der ich gestern angekommen war. Würde mich mein schmerzender Daumen nicht vom Gegenteil überzeugt haben, so hätte ich alle Vorgänge der letzten Nacht nur für einen Traum gehalten. Halb betäubt erkundigte ich mich nach dem Morgenzug und erfuhr, dass in einer knappen Stunde einer nach Reading abgehe. Ich fragte den diensttuenden Stationsbeamten, den ich schon am vorigen Abend gesehen hatte, ob er einen Oberst Stark kenne. Der Name war ihm gänzlich fremd, ebenso wenig hatte er gestern einen Wagen bemerkt.

Das nächste Polizeiamt war ungefähr drei Meilen entfernt. Das war für mich zu weit, denn ich fühlte mich krank und schwach. So wollte ich mit einer Anzeige warten, bis ich in die Stadt käme. Kurz nach sechs traf ich ein, und ein freundlicher Bahnbeamter führte mich sofort zu Ihnen, um meine Wunde verbinden zu lassen. Es wäre mir lieb, Mr Holmes, wenn ich die ganze Angelegenheit in Ihre Hände legen könnte.«

Wir saßen noch eine ganze Weile in tiefem Schweigen, als die Erzählung beendet war. Dann holte Sherlock Holmes einen der riesigen Ordner vom Bücherbrett, in welchem er alle ihm bemerkenswerten Notizen und Zeitungsausschnitte sammelte.

»Diese Anzeige wird Sie wohl interessieren«, sagte er. »Vor ungefähr einem Jahr machte sie die Runde durch alle Zeitungen. Ich will sie Ihnen vorlesen: ›Verschwunden seit dem 9. d. M. der 26-jährige Ingenieur Jeremias Hayling. Er verließ am angegebenen Tag um zehn Uhr abends seine Wohnung, seitdem fehlt jede Spur von ihm. Er war bekleidet‹, usw. Damals ließ der Oberst vermutlich zum letzten Mal seine Maschine untersuchen.«

»Großer Gott!«, rief Hatherley aus. »Jetzt begreife ich erst, was die Frau mit ihrer Äußerung sagen wollte!«

»Ja, es unterliegt gar keinem Zweifel, dass dieser Oberst ein sehr kaltblütiger, zu allem entschlossener Mensch war und genau so handelt wie Piraten, die auch auf dem geenterten Schiff keinen Überlebenden dulden. Doch jetzt ist keine Minute zu verlieren, und wenn es Ihr Zustand erlaubt, müssen wir sofort nach Scotland Yard und dann weiter nach Eyford.«

Ungefähr drei Stunden später saßen wir im Zug, der uns über Reading nach Eyford bringen sollte. Die Gesellschaft bestand aus Sherlock Holmes, dem Ingenieur, Polizeiinspektor Bradstreet nebst einem sehr einfach gekleideten Mann und mir. Inspektor Bradstreet hatte eine Vermessungskarte der Umgegend auf seinem Sitz ausgebreitet und bemühte sich, mit seinem Zirkel einen Kreis zu ziehen, dessen Mittelpunkt Eyford bildete.

»Hier liegt Eyford«, sagte er. »Diese Linie umgibt das Dorf in einem Umkreis von ungefähr zwölf Meilen. Der betreffende Ort muss also in der Nähe dieser Linie sein. Sie sprachen doch von zwölf Meilen, Mr Hatherley?«

»Es war jedenfalls eine Fahrt von einer guten Stunde.«

»Und Sie vermuten, dass Sie während Ihrer Bewusstlosigkeit den ganzen Weg zurückgebracht worden sind?«

»Wahrscheinlich. Ich erinnere mich auch dunkel, aufgehoben und getragen worden zu sein.«

»Ich verstehe nur nicht, was die Leute zu dieser Schonung bewogen haben könnte, als sie Sie ohnmächtig im Garten fanden.«

»Vielleicht ließ sich der Schuft durch die Bitten der Frau besänftigen«, meinte ich.

»Das kommt mir unwahrscheinlich vor«, fiel der Ingenieur ein. »Ich habe niemals ein Gesicht gesehen, das so mit Hass erfüllt war wie das seine.«

»Nun, wir werden bald Klarheit hineinbringen«, sagte Bradstreet. »Ich habe also meinen Kreis gezogen und möchte jetzt nur wissen, in welcher Richtung wir das Gesindel zu suchen haben.«

»Ich glaube, ich kann meinen Finger darauf legen«, äußerte Holmes ruhig.

»Wirklich?«, rief der Inspektor. »Sie haben schon eine bestimmte Meinung gefasst? Na, wir wollen mal sehen, wer mit Ihnen übereinstimmt. Ich behaupte, es ist im Süden, da das Land dort wenig bevölkert ist.«

»Ich bin für Osten«, sagte mein Patient.

»Ich stimme für Norden«, sagte ich, »dort ist das Land flach, und Mr Hatherley meinte, der Wagen wäre niemals bergan gefahren.«

»Und ich bin für Westen«, bemerkte der einfach aussehende Mann. »Da liegen mehrere einsame kleine Dörfer.«

»Hallo!«, rief der Inspektor lachend. »Unter uns herrscht ja eine nette Meinungsverschiedenheit. Wir haben den Kompass zwischen uns geteilt. Auf wessen Seite schlagen Sie sich, Mr Holmes?«

»Sie irren sich alle.«

»Aber das ist doch unmöglich!«

»Oh doch. Dies ist mein Punkt.« Holmes legte den Finger in die Mitte des Kreises. »Hier werden wir sie finden.«

»Und die Fahrt von zwölf Meilen?«, warf Hatherley ein.

»Sechs hin und sechs zurück. Das ist sonnenklar. Sie sagten selbst, das Pferd wäre vollständig frisch gewesen, als Sie einstiegen. Wie wäre das möglich, wenn es eine anstrengende Fahrt von zwölf Meilen hinter sich gehabt hätte?«

»Hm, der Kunstgriff ist nicht unwahrscheinlich«, gab Bradstreet nachdenklich zu. »Jetzt müssen wir uns nur noch über den Zweck dieser Bande klar werden.«

»Darüber kann kaum ein Zweifel herrschen«, sagte Holmes. »Es sind Falschmünzer im großen Maßstab. Die Maschine brauchten sie, um die Metallmischung zu erzeugen, welche die Stelle des Silbers vertreten sollte.«

»Falschmünzer!«, rief Bradstreet aus. »Ja – ich erinnere mich: Wir bekamen schon vor längerer Zeit Wind von einer solchen Sache. Diese gefährliche Gesellschaft hat zu Tausenden halbe Kronen in Umlauf gesetzt, und es gelang uns nicht, sie weiter als bis Reading zu verfolgen. Dort hatten sie ihre Spur in einer Weise verwischt, die uns zeigte, dass wir es mit sehr geriebenen, alten Füchsen zu tun hatten. Na, jetzt werden sie uns wohl nicht mehr entwischen.«

Aber der Inspektor irrte sich. Die Verbrecher sollten der Gerechtigkeit nicht überliefert werden. Als wir in den Bahnhof einfuhren, sahen wir ganz in der Nähe eine ungeheure Rauchwolke hinter einer kleinen Baumgruppe aufsteigen, wie eine riesige Straußfeder hing sie über der Landschaft.

»Brennt hier ein Haus?«, fragte Bradstreet, nachdem wir den Zug verlassen hatten.

»Jawohl«, antwortete der Stationsvorsteher.

»Wann brach das Feuer aus?«

»Wahrscheinlich schon in der Nacht, doch hat es, scheint's, jetzt weiter um sich gegriffen, die ganze Gegend ist in Rauch gehüllt.«

»Wem gehört die Besitzung?«

»Doktor Becher.«

»Bitte sagen Sie mir«, fiel der Ingenieur ein, »ist dieser Doktor Becher ein Deutscher, sehr hager, mit langer, scharfer Nase?«

Der Stationsvorsteher lachte herzlich. »Nein, mein Herr, Doktor Becher ist ein Engländer, und Sie werden wahrscheinlich im ganzen Kirchspiel nicht leicht einen wohlbeleibteren Menschen finden. Doch lebt ein Herr bei ihm, ich glaube einer seiner Patienten, der erinnert eher an die sieben mageren Jahre.«

Er hatte kaum ausgesprochen, so liefen wir auch schon eilig der Richtung des Feuers zu. Wir hatten einen sanft ansteigenden Hügel überschritten und sahen jetzt ein großes, weißes Gebäude vor uns liegen. Es war in ein Flammenmeer eingehüllt, aus jeder Ritze und jeder Fensteröffnung brach die rote Lohe.

Vergeblich bemühte sich die Feuerwehr, mit drei Spritzen des entfesselten Elements Herr zu werden.

»Hier ist es!«, rief Hatherley in fieberhafter Erregung. »Dort ist der Kiesweg, und dort unter dem Gebüsch hab ich gelegen. Aus dem zweiten Fenster sprang ich heraus.«

»Nun«, meinte Holmes, »wenigstens sind Sie an ihnen gerächt. Die hölzernen Wände im Maschinenraum sind sicher durch das Zerbrechen Ihrer Lampe in Brand geraten, und in der Aufregung hat man das wohl nicht sofort bemerkt. Bitte achten Sie jetzt scharf darauf, ob Sie unter der Zuschauermenge die Frau oder einen der beiden Männer entdecken können. Es ist freilich eher anzunehmen, dass zwischen ihnen und uns schon ein paar hundert Meilen liegen.« Holmes Befürchtung war nur zu sehr begründet. Die drei waren und blieben verschwunden bis heute.

Ein Bauer erzählte, er habe an jenem Morgen in aller Frühe einen Wagen gesehen, mit mehreren Personen und großen Kisten beladen, der eilig in der Richtung nach Reading gefahren wäre. Das blieb auch die einzige Spur von den Flüchtlingen; selbst Holmes gelang es nicht, das Rätsel weiter zu lösen.

Die Feuerwehrleute waren nicht wenig über die seltsamen Einrichtungen im Innern des Hauses erstaunt, und ihre Verwunderung erreichte den Höhepunkt, als sie auf einer Fensterbank einen abgehackten Daumen fanden. Gegen Abend war endlich das Feuer gelöscht. Das Dach war jedoch schon eingestürzt und das ganze Gebäude so vollständig zerstört, dass nur einige verbogene Zylinder und eiserne Röhren an die Maschine erinnerten, die so viel Unheil verursacht hatte. In einem kleinen, zu dem Anwesen gehörenden Haus entdeckte man große Mengen Nickel und Zinn, dagegen wurde nicht ein einziger Prägestock gefunden; das machte uns die Mitnahme der schon erwähnten großen Kisten erklärlich.

Auf welche Weise unser Ingenieur aus dem Garten fortgeschafft worden war, wäre wohl für ewig ein Geheimnis geblieben, wenn uns nicht die weiche Gartenerde eine sehr einfache Geschichte erzählt hätte. Zwei Personen mussten ihn getragen haben, die eine mit besonders kleinen Füßen, während die andere Fußspur auffallend groß war. Wahrscheinlich hatte der Engländer, weniger rücksichtslos und grausam als sein Gefährte, der Frau geholfen, den bewusstlosen Mann aus der Gefahr zu bringen.

»Ja«, sagte unser Ingenieur kläglich, als wir wieder im Zug saßen, »das war wirklich ein einträgliches Geschäft. Meinen Daumen hab ich verloren, die Aussicht auf meine Fünfzigpfundnote ist ebenfalls fort, und was hab ich dafür eingetauscht?«

»Erfahrung«, sprach Holmes lachend, »und die kann Ihnen indirekt wieder von Nutzen sein. Sie brauchen die Geschichte nur mit fließenden Worten vorzutragen, um bis zum Ende Ihrer Tage den Ruf eines großartigen Gesellschafters zu genießen.«

Die verschwundene Braut

Lord St. Simons Hochzeit mit ihrem merkwürdigen Ausgang fesselt schon längst nicht mehr das Interesse der hohen Kreise, in denen sich der unglückliche Bräutigam bewegt. Andere Aufsehen erregende Ereignisse haben dieses Thema verdrängt und bilden mit ihren pikanteren Einzelheiten nunmehr den Gesprächsstoff an Stelle jenes Dramas, das sich bereits vor vier Jahren abgespielt hat. Ich darf wohl als ausgemacht annehmen, dass die bezüglichen Tatsachen dem großen Publikum niemals im Zusammenhang mitgeteilt worden sind. Da nun aber mein Freund Sherlock Holmes an der Aufklärung des Falles bedeutenden Anteil hat, sollte nach meiner Überzeugung in einer Darstellung seines Wirkens, die nur irgendwie auf Vollständigkeit Anspruch machen will, eine kurze Skizze dieses merkwürdigen Vorfalls nicht fehlen.

Es war wenige Wochen vor meiner eigenen Hochzeit, während ich noch mit Holmes in der Baker Street zusammenwohnte, als dieser eines Nachmittags beim Nachhausekommen einen Brief an seine Adresse auf dem Tisch vorfand. Ich hatte den ganzen Tag das Haus nicht verlassen, denn das Wetter war plötzlich regnerisch geworden; dabei wehte ein scharfer Herbstwind, und die Flintenkugel in meinem Bein, die ich als Andenken aus dem afghanischen Feldzug heimgebracht habe, quälte mich mit empörender Hartnäckigkeit. In einem bequemen Stuhl sitzend hatte ich die Beine auf einem zweiten Stuhl ausgestreckt und mich in einen ganzen Berg von Zeitungen vergraben, bis ich zuletzt die Tagesneuigkeiten satt bekam und die Blätter sämtlich beiseiteschob. Während ich nun so in verdrossener Stimmung dalag, betrachtete ich mit träger Neugier das mächtige Wappen und Monogramm, das auf dem Umschlag des vor mir liegenden Briefes prangte und fragte mich, wer wohl der adlige Briefschreiber sein möchte.

»Da liegt ein höchst vornehmer Brief für Sie«, rief ich meinem Freund bei seinem Eintritt entgegen. »Ihre Briefe heute früh waren von einem Fischhändler und einem Zolleinnehmer, wenn ich mich recht erinnere.«

»Ja, mein Briefwechsel besitzt entschieden den Reiz der Abwechslung«, erwiderte er lächelnd, »und je weniger vornehm, desto interessanter sind sie in der Regel. Das da sieht gerade aus wie eine jener unwillkommenen gesellschaftlichen Einladungen, die einen entweder zu einer Marter oder zu einer Lüge verdammen.« Er erbrach das Siegel und überflog den Inhalt. »Warten Sie, das kann am Ende etwas ganz Interessantes geben«, rief er nun plötzlich.

»Also nichts Gesellschaftliches?«

»Nein, durchaus geschäftlich.«

»Und von vornehmer Seite?«

»Von einer der vornehmsten Personen in ganz England.«

»Nun, ich gratuliere Ihnen, mein lieber Freund.«

»Ich versichere Ihnen, Watson, es ist keine Ziererei, wenn ich sage, dass ich auf den gesellschaftlichen Rang meiner Kunden nicht so viel Wert lege wie auf das Interesse, das die Fälle bieten. Übrigens ist es wohl möglich, dass es bei dieser neuen Aufgabe auch an dem Letzteren nicht fehlt. Sie haben doch in diesen Tagen die Zeitungen genau durchgelesen, nicht wahr?«

»Na, und ob!«, erwiderte ich in kläglichem Ton und deutete dabei auf einen mächtigen Stoß, der in einer Ecke aufgehäuft lag; »ich habe ja sonst nichts zu tun gehabt.«

»Nun, das ist ein Glück, dann können Sie mir vielleicht Auskunft geben. Ich lese nichts als die Kriminalberichte und den Briefkasten. Aus Letzterem erfährt man doch wenigstens immer etwas. Aber wenn Sie die neuesten Ereignisse so genau verfolgt haben, müssen Sie wohl auch etwas über Lord St. Simon und seine Hochzeit gelesen haben?«

»Oh ja, und zwar mit dem lebhaftesten Interesse.«

»Das ist schön. Der Brief hier ist von Lord St. Simon. Ich will ihn Ihnen vorlesen, und dafür müssen Sie die Zeitungen noch einmal durchgehen und mir alles zusammensuchen, was sich auf die Angelegenheit bezieht. Er schreibt:

> ›Mein lieber Mr Sherlock Holmes – Lord Backwater sagt mir, dass ich Ihrem Scharfsinn und Ihrer Verschwiegenheit unbedingtes Vertrauen schenken dürfe. Ich habe mich daher entschlossen, bei Ihnen vorzusprechen und nur Ihren Rat in Beziehung auf das höchst schmerzliche Ereignis zu erbitten, das sich bei Gelegenheit meiner Hochzeit zugetragen hat. Mr Lestrade von der Geheimpolizei ist zwar in der Sache bereits tätig; allein er hat, wie er mir versichert, gegen Ihre Mit-

wirkung nicht nur nichts einzuwenden, sondern verspricht sich sogar Nutzen davon. Ich gedenke mich um vier Uhr heute Nachmittag bei Ihnen einzufinden und hoffe, dass Sie etwaige anderweite Verpflichtungen auf später verschieben werden, da die vorliegende Angelegenheit von allerhöchster Wichtigkeit ist. – Ihr aufrichtiger
St. Simon.‹

Der Brief ist aus Schloss Grosvenor datiert und mit einer Kielfeder geschrieben, wobei dem edlen Lord das Missgeschick begegnet ist, einen Tintenklecks außen an seinen rechten kleinen Finger zu bringen«, bemerkte Holmes, während er das Schreiben zusammenfaltete.

»Er sagt vier Uhr. Jetzt ist es drei. In einer Stunde ist er da.«

»Bis dahin habe ich gerade noch Zeit, mich mit Ihrer Hilfe in der Sache aufs Laufende zu bringen. Sehen Sie die Zeitungen durch und ordnen die bezüglichen Artikel nach ihrer Reihenfolge, unterdessen will ich einmal feststellen, wer unser Klient eigentlich ist.« Er nahm ein rotgebundenes Nachschlagebuch von dem Bücherbrett neben dem Kamin. »Da haben wir ihn ja«, sagte er, indem er sich niederließ und das Buch aufgeschlagen über seine Knie legte. »Lord Robert Walsingham de Bere St. Simon, zweiter Sohn des Herzogs von Balmoral – Hm! Wappen blau, drei Stachelnüsse im Mittelfeld über einem schwarzen Querbalken. Geboren 1846. Also 41 Jahre alt, mithin eben nicht mehr zu jung zum Heiraten. War früher Unterstaatssekretär im Kolonialamt. Der Herzog, sein Vater, war ehemals Minister der auswärtigen Angelegenheiten. Stammen in gerader Linie von den Plantagenets und weiblicherseits von den Tudors ab. Ha! – Nun, nach alledem sind wir nicht viel gescheiter als zuvor. Ich muss mich, scheint es, an Sie halten, Watson, wenn ich etwas Ausgiebigeres erfahren will.«

»Es war keine große Mühe, zu finden, was ich suche«, versetzte ich, »denn die Ereignisse sind neuesten Datums, und der merkwürdige Fall fesselte gleich meine Aufmerksamkeit. Trotzdem nahm ich Abstand, Ihnen darüber zu berichten, denn ich wusste, dass Sie gerade mit einer Untersuchung beschäftigt waren und es nicht gerne sehen, wenn man Ihnen mit etwas anderem dazwischenkommt.«

»Ach, der Fall, den Sie meinen, ist bereits vollständig erledigt und war eigentlich von vornherein ganz klar. Bitte lesen Sie mir nun vor, was Sie gefunden haben.«

»Dies hier ist die erste Notiz, die ich finden kann. Sie stand, wie Sie sehen, vor ein paar Wochen in der ›Morning Post‹ unter den Personalnachrichten. ›Lord Robert St. Simon‹, heißt es da, ›zweiter Sohn des Herzogs von Balmoral, beabsichtigt, sich mit Miss Hatty Doran, einziger Tochter des Mr Aloysius Doran aus San Francisco in Kalifornien, ehelich zu verbinden, und zwar soll dem allgemein verbreiteten Gerücht zufolge die Vermählung in allernächster Zeit stattfinden.‹ Das ist alles.«

»Klipp und klar«, bemerkte Holmes darauf, indem er seine Beine vor dem Kaminfeuer ausstreckte.

»In derselben Woche stand noch ein eingehender Artikel in einer der Zeitungen der vornehmen Welt. Ach, da ist er ja:

›In Heiratssachen wird man wohl nächstens einen Schutzzoll für unsere heimischen Erzeugnisse verlangen, die allem Anschein nach durch die dermaßen in Geltung stehenden freihändlerischen Grundsätze stark geschädigt werden. Eine der britischen Adelsfamilien um die andere beugt sich dem häuslichen Zepter unserer hübschen überseeischen Stammverwandten. Die Zahl der Siegespreise, die diese reizenden Eroberinnen davongetragen haben, hat in verflossener Woche einen ganz gewichtigen Zuwachs erfahren. Lord St. Simon, der sich seit mehr als zwanzig Jahren gegenüber den Pfeilen des kleinen Gottes als unverwundbar gezeigt hatte, kündigt nunmehr seine baldige eheliche Verbindung mit Miss Hatty Doran, der reizenden Tochter eines kalifornischen Millionärs mit Bestimmtheit an. Miss Doran, deren anmutige Erscheinung und blendend schöne Züge bei den Festlichkeiten in Westbury House großes Aufsehen erregten, ist ein einziges Kind, und ihre Mitgift wird, wie man sich allgemein erzählt, mehr als eine Million betragen, abgesehen von dem, was ihr noch für später in Aussicht steht. Da es ein öffentliches Geheimnis ist, dass sich der Herzog im Laufe der letzten Jahre genötigt sah, seine Gemälde zu verkaufen, und Lord St. Simon außer dem kleinen Gut Birchmoor keinen eigenen Grundbesitz hat, so liegt es auf der Hand, dass die kalifornische Erbin nicht allein die Gewinnende bei dieser Verbindung ist, durch welche eine einfache Republikanerin auf so bequeme und nicht ungewöhnliche Art zur Angehörigen des höchsten britischen Adels erhoben wird.‹«

»Sonst noch etwas?«, fragte Holmes gähnend.

»Oh freilich; die Hülle und Fülle. Es kommt dann noch eine Notiz in der ›Morning Post‹ des Inhalts, dass die Hochzeit in aller Stille und zwar in der St. George's Church stattfinden, dass nur ein halbes Dutzend der nächsten Bekannten Einladungen erhalten und dass die Gesellschaft sich danach wieder zu dem von Mr Aloysius Doran gemieteten Haus in Lancastergate begeben werde. Zwei Tage darauf – also vorigen Mittwoch – kommt dann eine kurze Bemerkung, dass die Hochzeit stattgefunden habe und das junge Paar die Flitterwochen auf Lord Backwaters Besitzung bei Petersfield zu verbringen gedenke. Dies ist alles, was die Zeitungen vor dem Verschwinden der jungen Frau über die Sache gebracht haben.«

»Vor was?«, fragte Holmes, hoch aufhorchend.

»Vor dem Verschwinden der jungen Frau.«

»Wann verschwand sie denn?«

»Beim Hochzeitsmahl.«

»Wirklich? Nun, die Sache lässt sich ja weit interessanter an als es den Anschein hatte; das ist ja hochdramatisch.«

»Ja. Ich war ganz überrascht; ein Fall wie dieser kommt nicht gerade alle Tage vor.«

»Vor der Trauung verschwinden sie oft und viel, gelegentlich kommt es auch einmal während der Flitterwochen vor; aber einen Fall, wo es nach der Trauung mit dem Verschwinden so große Eile hatte, habe ich wirklich noch nicht erlebt. Bitte lassen Sie mich den genauen Bericht hören.«

»Ich will Ihnen nur gleich im Voraus sagen, dass er sehr unvollständig ist.«

»Nun, dem können wir ja vielleicht abhelfen.«

»Die Nachricht steht in einem der gestrigen Morgenblätter. Ich will Ihnen den Artikel vorlesen; er trägt die Überschrift ›Merkwürdiger Vorfall bei einer vornehmen Hochzeit‹ und lautet:

›Die Familie Lord Robert St. Simons ist durch die rätselhaften und bedauerlichen Vorfälle, die sich bei dessen Hochzeit zugetragen haben, in die größte Bestürzung versetzt worden. Die kirchliche Feier fand, wie gestern bereits kurz mitgeteilt wurde, am gestrigen Vormittag statt; allein es war erst jetzt möglich, den sonderbaren Gerüchten, die sich so hartnäckig an das Ereignis knüpften, auf den Grund zu kommen. Die Angelegenheit, welche die Näherstehenden vergeblich zu vertuschen suchten, hat die öffentliche Aufmerksamkeit in solchem Grad erregt, dass es keinen vernünftigen Zweck mehr haben könnte, Dinge totschweigen zu wollen, die in jedermanns Munde sind.

Die Feier in der St. George's Church hielt sich im engsten Kreis. Es waren nur zugegen der Vater der Braut, Mr Aloysius Doran, die Herzogin von Balmoral, Lord Backwater, Lord Eustachius und Lady Clara St. Simon (die jüngeren Geschwister des Bräutigams) sowie Lady Alicia Whittington. Die ganze Gesellschaft begab sich darauf in Mr Aloysius Dorans Haus in Lancastergate, wo das Festmahl bereitstand. Eine Störung verursachte, wie es scheint, dabei eine weibliche Person, deren Name sich nicht hat feststellen lassen; sie versuchte unter dem Vorgeben, dass sie Ansprüche an Lord St. Simon habe, hinter der Gesellschaft gewaltsam in das Hans einzudringen und konnte nur nach einem längeren peinlichen Auftritt durch zwei Diener fortgebracht werden. Die Braut, welche das Haus glücklicherweise vor diesem unliebsamen Zwischenfall betreten hatte, saß mit der übrigen Gesellschaft zu Tisch, als sie plötzlich über Übelbefinden klagte und sich auf ihr Zimmer zurückzog. Als ihre längere Abwesenheit aufzufallen begann, ging der Vater ihr nach, erfuhr jedoch von dem Kammermädchen, seine Tochter sei nur einen Augenblick auf ihr Zimmer gekommen, habe einen Mantel umgeworfen, den Hut aufgesetzt und darauf eilends das Haus verlassen. Ein Lakai sagte aus, er habe allerdings eine Dame in dem eben beschriebenen Anzug das Haus verlassen sehen, ohne jedoch an die Möglichkeit zu denken, dass es seine Herrin sein könne, da er geglaubt habe, sie befinde sich bei der Gesellschaft. Sobald festgestellt war, dass die Braut wirklich verschwunden sei, setzten sich Mr Aloysius Doran und der Bräutigam augenblicklich mit der Polizei in Verbindung, und es sind die eifrigsten Nachforschungen im Gang, welche vermutlich bald Licht in diese höchst merkwürdige Geschichte bringen werden. Bis gestern Abend in später Stunde war übrigens von dem Verbleib der Vermissten noch nichts bekannt geworden. Man spricht davon, dass es bei der Sache nicht mit rechten Dingen zugehe; auch soll die Polizei die Festnahme der Frauensperson veranlasst haben, welche die erste Störung herbeigeführt hatte, in der Annahme, dass dieselbe aus Eifersucht oder irgendeinem anderen Beweggrund dem merkwürdigen Verschwinden der Braut beteiligt sein könnte.«

»Und ist das alles?«

»Nur eine kleine, aber wichtige Notiz steht noch in einem anderen Morgenblatt.«

»Und was enthält sie?«

»Dass Miss Flora Millar, die Störerin der Hochzeitsfeier, wirklich festgenommen ist. Es scheint, dass dieselbe früher Tänzerin am Allegrotheater war und mit dem Bräutigam einige Jahre lang ein Verhältnis unterhielt. Weitere Einzelheiten sind nicht erwähnt, und wir hätten nun das ganze, auf den Fall bezügliche Material beisammen – soweit es in der Tagespresse besprochen worden ist.«

»Und ein äußerst interessanter Fall scheint es zu sein, um den ich für alles in der Welt nicht kommen möchte. Aber da klingelt es, Watson; und da die Uhr einige Minuten nach vier zeigt, so dürfen wir sicher sein, dass das unser vornehmer Besuch ist. Lassen Sie sich nur nicht einfallen, Watson, fortgehen zu wollen, es ist mir viel lieber, ich habe einen Zeugen; wäre es auch nur zur Unterstützung meines Gedächtnisses.«

»Lord Robert St. Simon«, meldete unser kleiner Diener, indem er die Tür weit aufmachte. Ein Herr trat ein mit feinen, angenehmen Zügen, vorspringender Nase und blasser Farbe: Er hatte einen vielleicht etwas hochmütigen Ausdruck um den Mund und den festen, offenen Blick eines Mannes, dem das angenehme Los zuteilgeworden ist, stets befehlen zu dürfen und jederzeit Gehorsam zu finden. Sein Wesen war lebhaft, und doch machte seine ganze Erscheinung keinen jugendlichen Eindruck mehr, denn er hielt sich ein klein wenig vorgeneigt und sank beim Gehen etwas in die Knie. Als er den hochkrempigen Hut abnahm, zeigte sich auch sein Haar ringsum an den Spitzen ergraut und auf dem Scheitel dünn. Sein Anzug war von einer fast stutzerhaften Eleganz: hoher Kragen, schwarzer Gehrock, weiße Weste, gelbe Handschuhe, Lackstiefel und helle Gamaschen. Er trat mit gemessenem Schritt ein, drehte dabei den Kopf von einer Seite zur anderen und ließ den goldenen Nasenklemmer um seine rechte Hand tanzen.

»Guten Tag, Lord St. Simon«, sagte Holmes, indem er aufstand und sich verbeugte; »bitte nehmen Sie Platz im Sessel. Dies ist mein Freund und Kollege, Dr. Watson. Setzen Sie sich etwas näher zum Feuer, dann wollen wir die Angelegenheit besprechen.«

»Eine höchst peinliche Sache für mich, wie Sie sich leicht vorstellen können, Mr Holmes. Der Schlag hat mich bis ins Mark getroffen. Man sagt mir, dass Sie schon mehr heikle Fälle dieser Art unter den Händen gehabt haben, jedoch wohl kaum aus denselben Kreisen.«

»Nein, aus weit vornehmeren.«

»Wie sagten Sie, bitte?«

»Mein letzter Klient dieser Art war ein König.«

»Oh wirklich! Davon hatte ich keine Ahnung. Und welcher König war das?«

»Der König von Schweden und Norwegen.«

»Was? War ihm auch seine Frau abhanden gekommen?«

»Sie werden begreifen«, erwiderte Holmes in sanftem Ton, »dass ich die Verschwiegenheit, die ich Ihnen in Ihren Angelegenheiten zusichere, in gleicher Weise auch meinen übrigen Klienten gegenüber beachten muss.«

»Natürlich! Ganz recht! Ganz recht! Bitte sehr um Vergebung. Was meinen eigenen Fall betrifft, so bin ich bereit, Ihnen jeden Aufschluss zu geben, der Ihnen förderlich sein kann.«

»Danke. Was in den Tagesblättern darüber steht, weiß ich bereits alles, aber sonst nichts. Ich setze voraus, dass ich deren Inhalt als richtig annehmen darf – so zum Beispiel auch den Artikel, der sich auf das Verschwinden der Braut bezieht.«

Lord St. Simon überflog denselben. »Allerdings; was darin steht, ist richtig.«

»Doch bedarf er noch der Vervollständigung, bevor man sich eine Ansicht in der Sache zu bilden vermag. Ich glaube, ich könnte mir das nötige Material am besten verschaffen, wenn ich Ihnen direkt Fragen stellte.«

»Bitte, tun Sie das nur.«

»Wann trafen Sie zum ersten Mal mit Miss Doran zusammen?«

»In San Francisco, vor einem Jahr.«

»Sie befanden sich damals auf einer Reise in den Vereinigten Staaten? Verlobten Sie sich damals schon?«

»Nein.«

»Aber Sie standen auf freundschaftlichem Fuß mit ihr?«

»Ich fand Vergnügen an ihrer Gesellschaft, und sie konnte auch wohl merken, dass dies der Fall war.«

»Ihr Vater ist sehr reich?«

»Er gilt als der reichste Mann an der ganzen Westküste.«

»Und womit verdiente er sein Geld?«

»Mit Bergbau. Vor wenigen Jahren war er noch ohne Vermögen. Dann stieß er auf Gold und machte dabei so glänzende Geschäfte, dass er mit Riesenschritten vorwärtskam.«

»Nun, und was ist Ihr Eindruck von dem Charakter der jungen Dame – Ihrer Gemahlin?«

Der Edelmann ließ seinen Klemmer noch etwas rascher tanzen und blickte starr in das Kaminfeuer. »Sehen Sie, Mr Holmes«, begann er, »meine Gemahlin war schon zwanzig Jahre alt, ehe ihr Vater ein reicher Mann wurde. Bis dahin war sie in einem Goldgräberdorf frei umhergelaufen und durch Wälder und Berge geschweift, sodass ihre Erziehung mehr auf Rechnung der Natur als des Schulmeisters zu setzen ist. Sie ist, was man einen Wildfang nennt, eine starke, ungestüme, freie, durch keinerlei alte Überlieferung beengte Natur. Sie ist rasch fertig mit ihrem Urteil und kennt keine Furcht, wenn es gilt, ihre Entschlüsse auszuführen. Auf der anderen Seite würde ich ihr nicht den Namen gegeben haben, den ich die Ehre habe zu tragen«, hier ließ er ein kurzes vornehmes Hüsteln hören, »hätte ich sie nicht für ein durchaus edel geartetes Wesen gehalten.

Ich glaube, dass sie heroischer Aufopferung fähig ist und dass jede Spur von Unehrenhaftigkeit ihr fern liegt.«

»Besitzen Sie ihre Fotografie?«

»Dies hier habe ich bei mir.« Damit öffnete er ein Etui und ließ uns ein äußerst einnehmendes, weibliches Bildnis sehen. Es war keine Fotografie, sondern eine Miniaturmalerei auf Elfenbein, in welcher der Künstler das glänzend schwarze Haar, die großen dunklen Augen, den ausgesucht schönen Mund zu voller Wirkung zu bringen gewusst hatte. Holmes betrachtete das Porträt lange und aufmerksam, dann schloss er das Etui wieder und gab es dem Lord zurück.

»Die junge Dame kam hierauf nach London, und Sie knüpften hier die Bekanntschaft wieder an?«

»Jawohl. Ihr Vater brachte sie zur diesjährigen Saison herüber. Ich traf mehrmals mit ihr zusammen, bis ich mich mit ihr verlobte und kürzlich verheiratete.«

»Sie hat, wenn ich recht unterrichtet bin, eine beträchtliche Mitgift erhalten?«

»Eine ganz hübsche Mitgift. Nicht größer als es in meiner Familie üblich ist.«

»Und diese Mitgift verbleibt nun natürlich Ihnen, nachdem die eheliche Verbindung zur Tatsache geworden ist?«

»Danach habe ich mich wirklich noch nicht erkundigt.«

»Das lässt sich denken. Waren Sie mit Ihrer Braut am Tag vor der Hochzeit zusammen?«

»Jawohl.«

»War sie da guter Laune?«

»In so froher Stimmung als jemals. Sie machte fortwährend Pläne für unsere Zukunft.«

»Wirklich? Das ist höchst merkwürdig. Und am Hochzeitsmorgen?«

»War sie so heiter als nur möglich. Wenigstens bis nach der Trauung.«

»Und haben Sie nach der letzteren eine Veränderung an ihr bemerkt?«

»Nun ja, um die Wahrheit zu gestehen, erfuhr ich bei dieser Gelegenheit zum ersten Mal, dass sie auch etwas heftig werden kann. Das Vorkommnis war übrigens zu unbedeutend, um ein Wort darüber zu verlieren und hat keinerlei Bedeutung für den vorliegenden Fall.«

»Bitte teilen Sie es uns trotz alledem mit.«

»Ach, es hört sich wirklich kindisch an. Als wir vom Altar zurückgingen, ließ sie ihr Bouquet fallen. Sie schritt gerade an der vordersten Sitzreihe vorüber, und so fiel es in einen der Kirchenstühle hinein. Dies verursachte einen Aufenthalt von einigen Augenblicken, allein der dort sitzende Herr händigte ihr sogleich den Strauß wieder ein, der auch durch den Fall nicht gelitten zu haben schien. Trotzdem gab sie mir auf meine Bemerkungen über den Vorfall nur abgerissene Antworten, und während unserer Fahrt nach Hause zeigte sie eine unbegreifliche Erregung über dieses unbedeutende Vorkommnis.«

»Wirklich! Wie Sie sagen, befand sich ein Herr in dem Kirchenstuhl. Es waren also Leute aus dem Publikum zugegen?«

»Oh ja. Dies lässt sich unmöglich vermeiden, wenn die Kirche offen ist.«

»Jener Herr gehörte nicht zu den Bekannten Ihrer Gemahlin?«

»Nein, nein. Ich nenne ihn nur aus Höflichkeit einen Herrn; es war ein ganz gewöhnlich aussehender Mensch, den ich kaum bemerkt hatte. Aber ich glaube, wir schweifen ziemlich weit von unserem Ziel ab.«

»Ihre Gemahlin war also bei der Rückkehr von der Trauung in einer weniger heiteren Stimmung als auf dem Hinweg. Was tat sie nach der Ankunft im väterlichen Haus?«

»Da sah ich sie im Gespräch mit Alice, ihrem amerikanischen Kammermädchen, das sie aus Kalifornien mitgebracht hat.«

»Wohl eine vertraute Dienerin?«

»Ja, nur etwas zu sehr. Mir scheint, sie gestattet sich ihrer Herrin gegenüber große Freiheiten. Doch sieht man derartige Verhältnisse in Amerika natürlich etwas anders an.«

»Wie lange dauerte dieses Gespräch?«

»Nur ein paar Minuten. Ich dachte gerade an etwas anderes.«

»Sie haben nicht gehört, wovon sie sprachen?«

»Meine Frau sagte etwas von ›in fremdes Gehege kommen‹. Ich habe keine Ahnung, was sie damit meinte.«

»Und was tat Ihre Gemahlin nach dem Gespräch?«

»Sie begab sich in das Speisezimmer.«

»An Ihrem Arm?«

»Nein, allein. In solchen Kleinigkeiten war sie sehr selbstständig. Wir mochten etwa zehn Minuten bei Tisch gesessen haben, als sie eilig aufstand, einige Worte der Entschuldigung murmelte und den Saal verließ, um nicht wiederzukehren.«

»Wenn ich recht verstanden habe, so ist sie nach Aussage des Kammermädchens auf ihr Zimmer gegangen, hat einen langen Mantel über ihr Brautkleid geworfen, einen Hut aufgesetzt und das Haus verlassen.«

»Ganz richtig. Darauf wurde sie noch im Hyde Park zusammen mit der Flora Millar gesehen, die an jenem Vormittag bereits in Mr Dorans Haus eine Störung verursacht hatte und inzwischen verhaftet worden ist.«

»Ganz richtig. Ich darf Sie wohl um etwas genauere Auskunft über diese junge Dame und Ihre Beziehungen zu derselben bitten.«

Lord St. Simon zuckte die Achseln und zog die Augenbrauen in die Höhe. »Wir haben ein paar Jahre lang auf freundschaftlichem Fuß miteinander gestanden – ich darf wohl sagen: auf sehr freundschaftlichem Fuß. Sie war meist am ›Allegro‹ beschäftigt. Ich habe nicht unnobel an ihr gehandelt, und sie hatte keinen triftigen Grund zur Klage über mich, aber Sie wissen ja, wie die Weiber sind, Mr Holmes. Flora war ein liebes kleines Ding, allein äußerst hitzköpfig und von einer blinden Anhänglichkeit an mich. Sie schrieb mir schreckliche Briefe, als sie erfuhr, dass ich im Begriff stehe, mich zu verheiraten; und, um die Wahrheit zu sagen, der Grund, warum ich die Hochzeit so in der Stille feiern ließ, war, dass ich fürchtete, es möchte einen Skandal in der Kirche geben. Gerade wie wir von dort zurückkehrten, erschien sie vor Mr Dorans Haus und versuchte, sich unter höchst unziemlichen, ja sogar drohenden Äußerungen gegen meine Gattin daselbst einzudrängen; allein ich hatte etwas dergleichen geahnt und deshalb zwei Polizisten in bürgerlicher Kleidung aufgestellt, die sie wieder fortbrachten. Sie beruhigte sich schließlich, als sie sah, dass sie mit dem lärmenden Auftritt doch nichts ausrichte.«

»Hat Ihre Gattin das alles mit angehört?«

»Nein, Gott sei Dank, das nicht.«

»Und mit eben dieser Person hat man sie nachher gehen sehen?«

»Jawohl. Dies ist auch der Punkt, den Mr Lestrade als so schwerwiegend ansieht. Man nimmt an, Flora habe meine Frau in irgendeine schreckliche Falle gelockt.«

»Nun, das wäre freilich möglich.«

»Sie sind also auch dieser Ansicht?«

»Für wahrscheinlich halte ich es gerade nicht; aber wie denken Sie selbst darüber?«

»Ich glaube, Flora könnte keiner Fliege etwas zuleide tun.«

»Die Eifersucht bewirkt aber doch oft ganz merkwürdige Veränderungen im Charakter des Menschen.«

»Sollte Ihnen das Glück beschieden sein, die Lösung dieses Rätsels zu finden …«, fuhr unser Besuch fort, indem er sich erhob.

»Ich habe sie gefunden«, unterbrach ihn Holmes.

»Wie? Höre ich recht?«

»Ich habe sie gefunden, sage ich.«

»Nun, wo ist denn meine Frau?«

»Auch auf diesen weiteren Punkt werde ich die Antwort nicht lange schuldig bleiben.«

Lord St. Simon schüttelte das Haupt. »Ich glaube doch fast, dazu gehört mehr Weisheit als Sie oder ich im Kopf haben«, versetzte er. Dann zog er sich mit einer vornehmen, altmodischen Verbeugung zurück.

»Es ist wirklich recht gnädig von Seiner Lordschaft, dass er meinem Kopf die Ehre erweist, ihn mit dem seinigen auf eine Stufe zu stellen«, meinte Sherlock Holmes lachend. »Auf dieses lange Kreuzverhör hin habe ich aber eine kleine Erfrischung und eine Zigarre verdient. Ich war mit meinen Schlussfolgerungen übrigens bereits im Reinen, ehe unser Besuch erschien.«

»Mein lieber Holmes!«

»Unter meinen Aufzeichnungen befinden sich mehrere ähnliche Fälle, aber, wie schon erwähnt, ist es noch bei keinem so flink gegangen. Das Verhör machte meine Vermutung nur zur Gewissheit. Ein Indizienbeweis ist gelegentlich außerordentlich überzeugend, namentlich wenn auch das übrige so genau dazu passt.«

»Aber ich habe doch alles mit angehört, so gut wie Sie.«

»Allerdings, aber ohne die Kenntnis der früheren Fälle, die mir so sehr zustatten kommt. Da war ein Fall vor einigen Jahren, wo – doch da kommt ja Lestrade! Hallo, Lestrade, guten Abend! Dort drüben steht Ihr Stammglas, und hier ist die Zigarrenkiste.«

Der kleine Herr erschien in einer hellen Jacke und hellem Halstuch, was ihm ein ganz seemännisches Aussehen gab, in der Hand trug er eine schwarze Reisetasche. Nach kurzem Gruß ließ er sich nieder und steckte sich die angebotene Zigarre an.

»Was ist denn los?«, fragte Holmes mit einem Zwinkern seiner Augen. »Sie sehen ja recht missmutig aus.«

»Bin ich auch. Diese Teufelsgeschichte mit der Hochzeit Lord St. Simons! Ich weiß nicht, an welchem Zipfel ich das Geschäft anfassen soll!«

»Wirklich! Das ist mir überraschend.«

»Hat man je von einer so vertrackten Geschichte gehört? Sobald ich meine, ich habe einen Faden gefunden, schlüpft er mir wieder durch die Finger; den ganzen Tag habe ich mich daran abgearbeitet.«

»Und gewaltig nass sind Sie scheint's dabei geworden«, versetzte Holmes, seinen Rockärmel befühlend.

»Ja. Ich habe den Kanal ausfischen lassen.«

»Wozu denn das, um Gottes willen?«

»Um den Leichnam der Lady St. Simon zu suchen.«

Sherlock Holmes lehnte sich in seinem Stuhl zurück und lachte aus vollem Hals.

»Haben Sie auch das Bassin des Springbrunnens auf dem Trafalgar Square ausfischen lassen?«, fragte er.

»Wieso? Warum das?«

»Weil Sie gerade so viel Aussicht hatten, dort die Leiche zu finden wie im Kanal.«

Lestrade warf einen zornigen Blick auf meinen Freund. »Es scheint, Sie sind schon vollständig im Klaren über alles!«, sagte er gereizt.

»Nun, ich habe zwar erst eben den Verlauf der Sache vernommen, aber meine Ansicht habe ich mir gebildet.«

»So! Dann sind Sie wohl der Meinung, der Kanal habe gar nichts mit der Sache zu tun?«

»Ich halte es für höchst unwahrscheinlich.«

»Wollen Sie dann vielleicht die Güte haben, mir zu erklären, wie diese Sache hier hineingekommen sind?« Damit öffnete er seine Tasche, aus welcher ein Brautkleid aus verblasster Seide, ein Paar weiße Atlasschuhe, ein Brautkranz und Schleier herausfielen, alles vom Wasser durchweicht und verdorben. »So«, sagte er, und legte noch einen ganz neuen Ehering oben auf den Haufen, »nun knacken Sie mir mal diese Nuss, Mr Holmes.«

»Also aus dem Kanal sind die Sachen herausgeholt worden?«, versetzte mein Freund und blies dabei blaue Ringe in die Luft.

»Nein, ein Parkhüter sah sie in der Nähe des Ufers schwimmen; man hat sie als der Lady gehörig erkannt; nun dachte ich, sind die Kleider da, so wird die Leiche auch nicht weit davon sein.«

»Dieser wunderbaren Logik zufolge müsste man also die Leiche eines Verstorbenen stets in der Nähe seines Kleiderschrankes finden. Und bitte, sagen Sie mir doch, was hofften Sie denn dadurch zu erreichen?«

»Einen Beweis für die Beteiligung der Flora Millar an dem Verschwinden der Vermissten.«

»Tut mir leid, aber das wird schwer halten.«

»Wirklich, auch jetzt noch?«, rief Lestrade in gereiztem Ton. »Und mir tut es leid, Holmes, Ihnen sagen zu müssen, dass Sie mit Ihren Schlüssen und Vermutungen nicht sonderlich glücklich sind. Sie haben zwei Böcke in den letzten zwei Minuten geschossen. Durch dieses Kleid ist Flora Millar überführt.«

»Und wieso das?«

»In dem Kleid ist eine Tasche. In der Tasche befindet sich ein Visitenkartentäschchen. In diesem Täschchen steckt ein Zettel. Und hier ist der Zettel selbst.« Damit legte er diesen vor Holmes auf den Tisch hin. »Hören Sie nur:

› Wenn alles besorgt ist, werde ich erscheinen. Komme unverzüglich. F. H. M.‹

Ich war von Anfang an der Überzeugung, dass Lady St. Simon durch Flora Millar weggelockt worden ist, dass diese, ohne Zweifel im Verein mit anderen, an ihrem Verschwinden schuld ist. Dieser Zettel, mit Flora Millars Anfangsbuchstaben unterzeichnet, wurde der Lady ohne Zweifel unter der Tür in aller Stille in die Hände gespielt, um sie vom Haus wegzulocken.«

»Vortrefflich, Lestrade«, versetzte Holmes lachend. »Sie sind in der Tat höchst scharfsinnig. Lassen Sie mich mal sehen.« Damit griff er gleichgültig nach dem Zettel, allein plötzlich wurde seine Aufmerksamkeit rege, und ein Ausruf freudiger Überraschung entfuhr ihm. »Das ist wirklich von Bedeutung«, bemerkte er.

»Ha, sind Sie jetzt auch der Meinung?«

»Versteht sich. Ich gratuliere Ihnen aufrichtig.«

Lestrade erhob sich in seiner Siegesfreude und beugte sich gleichfalls über den Zettel. »Aber«, rief er, »Sie schauen ja auf die verkehrte Seite!«

»Durchaus nicht, das ist die richtige Seite.«

»Die richtige Seite? Sie sind nicht bei Trost. Hier steht ja die Notiz mit Bleistift geschrieben.«

»Und dort steht etwas, das einem Stück von einer Hotelrechnung ähnlich sieht und mich höchst interessiert: ›4. Okt. Zimmer 8 Schill., Frühst. 2 Schill. 6 Pence, Gabelfrühstück 2 Schill. 6 Pence, ein Glas Sherry 6 Pence …‹«

»Dahinter steckt nichts. Das habe ich längst gesehen«, erwiderte Lestrade.

»Es hat allerdings ganz den Anschein. Und trotzdem ist es von höchster Bedeutung. Was die Bleistiftnotiz betrifft, so ist diese, oder wenigstens die Anfangsbuchstaben, gleichfalls von Wichtigkeit. Ich gratuliere daher nochmals.«

»Wir haben jetzt genug Zeit vertrödelt«, versetzte Lestrade, indem er sich erhob. »Ich halte mehr davon, eine Aufgabe tüchtig anzupacken als beim Kaminfeuer geistreiche Hypothesen darüber auszuklügeln. Adieu, Mr Holmes, wir werden ja sehen, wer der Sache zuerst auf den Grund kommt!« Er packte die Kleidungsstücke wieder in die Tasche und schritt der Tür zu.

»Einen Wink will ich Ihnen doch noch geben, Lestrade«, rief Holmes gleichmütig seinem abgehenden Kollegen nach, »ich will Ihnen die richtige Lösung des Rätsels verraten. Lady St. Simon gehört ins Fabelreich. Eine solche gibt es nicht und hat es nie gegeben.«

Lestrade warf einen betrübten Blick auf meinen Freund. Dann wandte er sich zu mir, deutete auf seine Stirn und verschwand eiligst unter feierlichem Kopfschütteln.

Kaum hatte sich die Tür hinter ihm geschlossen, erhob sich Holmes und zog seinen Überzieher an. »Es ist etwas Wahres an dem, was der Mensch sagt! Es taugt nichts, hier müßig zu sitzen«, äußerte er, »deshalb muss ich Sie wohl jetzt mit Ihren Zeitungen allein lassen, Watson.«

Es war fünf Uhr vorüber, als Holmes mich verließ; doch hatte ich nicht lange Zeit, mich einsam zu fühlen; es dauerte keine Stunde, so brachten zwei Leute aus einem Delikatessengeschäft eine große flache Kiste herein, der sie zu meinem größten Erstaunen im Handumdrehen ein ganz üppiges kaltes Souper entnahmen, das bald auf unserem bescheidenen Junggesellentisch prangte. Da standen Rebhühner, ein Fasan, eine Gänseleberpastete nebst einer ganzen Batterie alter bestaubter Flaschen. Kaum waren der Wein und die leckeren Gerichte aufgestellt, verschwanden die Überbringer wie die Geister in ›Tausend und eine Nacht‹, ohne sich auf eine weitere Erklärung einzulassen, als dass das alles hierher bestellt und schon bezahlt sei.

Unmittelbar vor neun Uhr trat Holmes lebhaften Schrittes ins Zimmer. Seine Züge trugen einen ernsten Ausdruck, doch ersah ich aus einem gewissen Glanz in seinen Augen, dass der Erfolg seinen Schlüssen recht gegeben habe.

»Also das Abendessen ist bereit«, sagte er und rieb sich die Hände.

»Es scheint, Sie erwarten Gesellschaft; es sind ja fünf Gedecke.«

»Wir müssen uns heute auf einige ungebetene Gäste gefasst machen«, meinte er. »Mich wundert nur, dass Lord St. Simon noch nicht da ist. Doch eben höre ich seinen Tritt auf der Treppe, wie mir scheint.«

Es war wirklich unser Besuch vom Vormittag, der jetzt hereinstürmte und mit verstörtem Ausdruck in den aristokratischen Zügen seinen Zwicker noch eifriger um die Finger schwang als sonst.

»Mein Bote hat Sie also getroffen?«, fragte Holmes.

»Jawohl. Und ich muss gestehen, was er mir ausrichtete, war mir über die Maßen verblüffend. Haben Sie einen sicheren Beweis für Ihre Behauptung?«

»Den besten, der sich denken lässt.«

Lord St. Simon sank auf einen Stuhl und fuhr sich mit der Hand über die Stirn.

»Was wird der Herzog sagen«, murmelte er vor sich hin, »wenn er hört, welche Demütigung einem Mitglied der Familie widerfahren ist.«

»Es ist lediglich eine unglückliche Verkettung von Umständen. Dass es sich dabei um eine Demütigung handelt, kann ich überhaupt nicht zugeben.«

»Sie sehen eben diese Dinge von einem anderen Standpunkt an.«

»Ich kann mich nicht überzeugen, dass irgendjemand eine Schuld trifft. Die junge Frau hätte im Grunde kaum anders handeln können. Ihr schroffes Vorgehen dabei ist freilich zu bedauern; aber sie stand ohne Mutter da und hatte somit keinen Menschen, der ihr in dieser kritischen Lage raten konnte.«

»Es war eine entwürdigende Behandlung, eine öffentliche Beschimpfung«, rief Lord St. Simon und trommelte mit den Fingern auf dem Tisch.

»Sie müssen dem armen Mädchen, das sich in einer so überaus schwierigen Lage befand, etwas zugute halten.«

»Ich bin nicht in der Stimmung, irgendjemandem etwas zugute zu halten. Ich bin aufs Äußerste empört. Man hat mir schmählich mitgespielt.«

»Ich glaube, es hat geklingelt«, unterbrach ihn Holmes. »Jawohl, es lassen sich unten Schritte vernehmen. Da ich Sie nicht überreden kann, die Sache in milderem Licht zu sehen, Lord St. Simon, habe ich hier einen Anwalt bestellt, der es vielleicht besser zuwege bringt.« Damit öffnete er die Tür und ließ eine Dame und einen Herrn eintreten. »Lord St. Simon«, wandte er sich an diesen, »gestatten Sie mir, Ihnen Mr und Mrs Hay Moulton vorzustellen. Die Dame ist Ihnen wohl bereits bekannt.«

Beim Erscheinen der neuen Ankömmlinge war der Lord sofort von seinem Sitz aufgesprungen; mit zu Boden gesenktem Blick, die rechte Hand vorn in den Rock gesteckt, stand er da – ein Bild beleidigter Würde. Die junge Frau tat einen raschen Schritt auf ihn zu und streckte ihm beide Hände entgegen, aber er schaute nicht empor. Und wenn er fest bleiben wollte, war dies wohl auch das Beste, denn dem bittenden Ausdruck ihres Gesichts war nicht leicht zu widerstehen.

»Du zürnst mir, Robert?«, sagte sie. »Freilich, du hast wohl guten Grund dazu.«

»Nur keine Entschuldigung«, erwiderte der Angeredete bitter.

»Ich weiß wohl, ich habe wirklich unrecht an dir gehandelt; ich hätte dir's sagen sollen, ehe ich davonging. Aber ich war ganz aus dem Häuschen; sobald ich meinen Frank wiedergesehen hatte, wusste ich wirklich nicht mehr, was ich tat und sagte. Ich wundere mich nur, dass ich nicht gleich vor dem Altar ohnmächtig wurde und hinfiel.«

»Vielleicht wäre es Ihnen erwünscht, Mrs Moulton, wenn ich mit meinem Freund während dieser Erörterungen das Zimmer verließe?«, warf hier Holmes ein.

»Wenn ich meine Meinung äußern darf«, ließ sich jetzt der fremde Herr vernehmen, »so haben wir die Sache bisher schon mit allzu viel Heimlichkeit betrieben. Meinethalben könnte die ganze Welt erfahren, wie alles zugegangen ist.« Es war ein kleiner, geschmeidiger, sonnenverbrannter Mann, glatt rasiert, mit klugem Gesicht und lebhaftem Wesen.

»Dann will ich unsere Geschichte frischweg erzählen«, sagte die junge Frau. »Frank und ich trafen uns im Jahr 1884 in McQuires Camp am Felsengebirge, wo Papa eine Grube besaß. Wir verlobten uns miteinander; allein eines Tages stieß Papa auf eine reiche Ader in der Grube und gewann mächtig viel Gold, während der arme Frank aus seiner Grube immer weniger herausschlug und zu nichts kam. Je reicher Papa wurde, umso ärmer wurde Frank, zuletzt wollte Papa nichts mehr von unserer Verlobung hören und tat mich fort nach Frisco. Aber Frank wollte nicht von mir lassen; er folgte mir und traf ohne Papas Wissen mit mir zusammen. Hätten wir es ihm gesagt, so wäre er nur in Wut geraten, deshalb machten wir die Sache für uns allein ab. Frank erklärte, er wolle fortgehen und auch sein Glück machen; erst wenn er so viel habe wie Papa, werde er wiederkommen und seine Rechte an mich geltend machen – nicht früher. So versprach ich ihm denn, auf ihn zu warten in alle Ewigkeit und gab ihm mein Wort, keinen anderen zu heiraten, solange er am Leben sei. ›Warum sollten wir aber nicht frischweg heiraten?‹, meinte er, ›dann bist du mir sicher; meine Rechte als Ehemann mache ich erst geltend, wenn ich zurückkomme.‹ Wir kamen bald darüber ins Reine, und er hatte alles so hübsch eingefädelt, ein Geistlicher wartete schon, dass wir's gleich auf der Stelle abmachten; Frank ging dann fort, sein Glück zu suchen, und ich kehrte zu Papa zurück.

»Das nächste, was ich von Frank hörte, war, dass er in Montana sei; sodann begab er sich nach Arizona, um sich dort umzusehen; und hierauf bekam ich Nachricht von ihm aus Neu-Mexiko. Eines Tages stand eine lange Geschichte in den Zeitungen, wie die Apachen ein Goldgräberdorf überfallen hätten, und dabei war mein Frank unter den Erschlagenen aufgeführt. Ich fiel um wie tot und war monatelang schwer krank; Papa meinte, ich habe eine zehrende Krankheit und brachte mich in Frisco von einem Arzt zum anderen. Ein Jahr oder noch länger hörte ich kein Wort mehr von Frank, sodass ich fest glaubte, er sei wirklich tot. Darauf kam Lord St. Simon nach Frisco, später reisten wir nach London, und die Heirat kam zustande. Papa war sehr froh darüber; aber ich fühlte stets, dass kein anderer Mann auf dieser Welt je den Platz in meinem Herzen einnehmen würde, der meinem armen Frank gehörte.

Trotzdem würde ich Lord St. Simon eine pflichtgetreue Gattin gewesen sein, falls ich seine Frau geworden wäre. Unsere Gefühle haben wir nicht in der Gewalt, wohl aber unsere Handlungen. Als ich mit ihm vor den Altar trat, war es mein fester Vorsatz, ihn glücklich zu machen. Aber Sie können sich denken, wie mir zumute war, als ich gerade beim Hintreten vor den Altar zufällig hinter mich schaute und Franks Augen aus der ersten Sitzreihe unmittelbar auf mich gerichtet sah. Ich meinte zuerst, es sei sein Geist, aber als ich wieder hinschaute, saß er noch immer da und blickte mich mit einem so eigentümlichen Ausdruck an, als wollte er fragen, ob mir seine Gegenwart erwünscht sei oder nicht. Ich wundere mich nur, dass ich nicht in Ohnmacht fiel. Alles drehte sich mit mir im Kreis, und die Worte des Geistlichen klangen mir im Ohr wie Bienensummen. Was sollte ich tun? Sollte ich die Trauung unterbrechen und einen Auftritt in der Kirche veranlassen? Ich blickte noch einmal nach ihm hin, und er schien meine Gedanken zu erraten, denn er legte die Finger an die Lippen, zum Zeichen, dass ich nichts sagen solle. Dann sah ich ihn etwas auf ein Stückchen Papier kritzeln – offenbar eine Notiz für mich. Beim Vorübergehen an seinem Platz ließ ich mein Bouquet vor ihm hinfallen, und als er es mir zurückgab, drückte er mir das Zettelchen in die Hand. Es enthielt nur mit ein paar Worten die Aufforderung, zu ihm zu kommen, sobald er mir ein Zeichen geben würde. Ich war natürlich keinen Augenblick mehr im Unklaren darüber, dass meine Pflichten in erster Linie jetzt ihm gehörten und beschloss deshalb, einfach seiner Leitung zu folgen.

Zu Hause sprach ich mit meiner Zofe, die ihn schon in Kalifornien gekannt hatte und ihm immer wohlgesinnt gewesen war. Ich hieß sie reinen Mund halten, ein paar Sachen einpacken und mir Hut und Mantel zurechtlegen. Ich weiß wohl, ich hätte mich mit Lord St. Simon verständigen sollen, aber das wäre vor seiner Mutter und all den vornehmen Leuten eine furchtbare Aufgabe gewesen. So entschloss ich mich, auf- und davonzugehen und die Erklärung auf später zu verschieben. Ich saß noch keine zehn Minuten bei Tisch, als ich Frank durch das Fenster auf der Straße drüben erblickte. Er nickte mir zu und schlug dann den Weg nach dem Park ein. Ich schlüpfte hinaus, zog meine Sachen an und ging ihm nach. Unterwegs trat eine Frauensperson zu mir heran, um mir irgendetwas über Lord St. Simon mitzuteilen – nach dem wenigen, was ich davon verstand, schien es mir, als habe auch er vor der Hochzeit schon eine kleine Heimlichkeit gehabt – aber ich machte, dass ich von ihr wegkam, und holte Frank bald ein. Darauf fuhren wir zusammen nach Gordon Square, wo er eine Wohnung genommen hatte, und nun war ich nach den langen Jahren des Harrens wirklich mit meinem Gatten vereint.

Frank war bei den Apachen gefangen gewesen, war aber entflohen und nach Frisco gelangt, wo er erfuhr, dass ich ihn als tot aufgegeben hatte und nach England gegangen war; er reiste mir dahin nach und traf mich schließlich gerade am Morgen meiner zweiten Hochzeit.«

»Ich las davon in einer Zeitung«, erklärte der Amerikaner, »der Name der Braut und die Kirche waren darin genannt, aber die Wohnung der Dame nicht angegeben.«

»Wir besprachen uns nun darüber, wie wir uns verhalten sollten, und Frank war für volle Offenheit; aber ich schämte mich so sehr, dass ich nur den einen Wunsch hatte, zu verschwinden und von den Hochzeitsgästen keinen je wiederzusehen. Höchstens wollte ich an Papa eine Zeile schreiben, zum Zeichen, dass ich noch am Leben sei. Es war grässlich für mich, wenn ich mir vorstellte, wie alle die hochadeligen Herren und Damen um die Hochzeitstafel herumsaßen und auf meine Rückkehr warteten. So nahm denn Frank meine Hochzeitskleider, packte sie zusammen, damit man mir nicht auf die Spur käme, und warf das Bündel irgendwo weg, wo kein Mensch es finden könnte. Morgen würden wir höchst wahrscheinlich schon nach Paris abgereist sein, wäre nicht der gute Mr Holmes heute Abend bei uns erschienen. Wie es ihm gelungen ist, uns aufzufinden, geht freilich über meinen Verstand; er setzte uns ganz klar und freundlich auseinander, dass Frank recht hätte und ich unrecht und dass wir beide durch solche Heimlichkeit einen falschen Schein auf uns laden würden. Dann schlug uns Mr Holmes vor, in seiner Wohnung mit Lord St. Simon allein zu einer Besprechung zusammenzutreffen, und wir begaben uns ohne Verzug hierher. Nun hast du alles gehört, Robert; es tut mir sehr leid, wenn ich dir weh getan habe, aber ich hoffe, du denkst nicht allzu schlecht von mir.«

Lord St. Simon hatte seine steife Haltung die ganze Zeit über beibehalten und mit gerunzelter Stirn und mit zusammengekniffenen Lippen der langen Erzählung zugehört.

»Sie werden entschuldigen«, erwiderte er, »aber ich bin nicht gewohnt, meine intimsten persönlichen Verhältnisse öffentlich zu erörtern.«

»Dann willst du mir also nicht vergeben – mir nicht noch einmal die Hand reichen, ehe ich fortgehe?«

»Oh gewiss, wenn es Ihnen Vergnügen macht.« Er streckte die Hand aus und ergriff kalt die ihm dargebotene Rechte der jungen Frau.

»Ich hatte gehofft«, warf Holmes ein, »Sie würden uns bei einem gemütlichen Abendessen Gesellschaft leisten.«

»Damit verlangen Sie denn doch wohl etwas zu viel von mir«, erwiderte Seine Lordschaft. »Es kann ja sein, dass ich genötigt bin, mich bei diesen Enthüllungen zu beruhigen, aber man kann doch kaum von mir erwarten, dass ich noch gute Miene zum bösen Spiel mache. Gestatten Sie mir, Ihnen insgesamt eine recht gute Nacht zu wünschen.« Damit machte er uns allen eine gemeinsame Verbeugung und schritt zur Tür hinaus.

»Nun, dann werden Sie uns doch sicherlich mit Ihrer Gesellschaft beehren«, wandte sich Holmes an Mr Moulton. »Es ist mir jedes Mal eine Freude, wenn ich einen Angehörigen des großen freien Staates treffe, der unter seinem Sternen- und Streifenbanner der ganzen Welt auf der Bahn der Freiheit und des Fortschritts so herrlich voranleuchtet!«

»Das war einmal ein interessanter Fall«, bemerkte Holmes, als unsere Gäste uns verlassen hatten. »Man konnte daran recht deutlich sehen, wie einfach sich oft die Dinge aufklären, die einem auf den ersten Blick ganz rätselhaft vorkommen. Wie klar und natürlich entwickelte sich in der Erzählung der jungen Frau ein Ereignis aus dem anderen, und wie verblüffend kam einem die ganze Angelegenheit vor, wenn man sie zum Beispiel mit den Augen des Mr Lestrade von der Geheimpolizei ansah!«

»So waren Sie selbst gar nicht auf einer falschen Fährte?«

»Von Anbeginn stand mir zweierlei klar vor Augen, einmal, dass die Braut der Hochzeit ganz freudig entgegenging und sodann, dass sie wenige Minuten nach der Rückkehr aus der Kirche anderen Sinnes wurde. Offenbar war demnach im Lauf des Vormittags etwas vorgefallen, das diese Wirkung hervorbrachte. Was konnte es sein? Gesprochen hatte sie außerhalb des Hauses mit niemand, da sie ihrem Bräutigam nicht von der Seite gegangen war. Hatte sie aber jemand gesehen, so musste dies jemand aus Amerika gewesen sein, denn während ihres kurzen Aufenthalts hierzulande hatte keiner so viel Einfluss auf sie gewinnen können, dass sein bloßer Anblick eine völlige Sinnesänderung bei ihr bewirkte. Sie sehen, durch Ausschließung anderweitiger Möglichkeiten sind wir bereits zu der Überzeugung gelangt, dass sie wohl jemand aus Amerika wird gesehen haben. Wer konnte wohl dieser Amerikaner sein, der eine solche Macht über sie besaß? Vielleicht ein Liebhaber, möglicherweise aber auch ein Gatte. Dass sie ihre Jugendjahre in wilden Gegenden und unter eigentümlichen Verhältnissen verlebt hatte, war mir ja bekannt. So weit war ich bereits gelangt, ehe ich das erste Wort aus Lord St. Simons Mund vernahm. Als dieser dann von dem Zuschauer vorn in der ersten Bank und von der Veränderung erzählte, die nachher plötzlich mit der Braut vor sich ging, wie sie ihr Bouquet vor den Fremden hinfallen ließ, zu dem höchst durchsichtigen Zweck, sich dabei von demselben einen Zettel zustecken zu lassen, wie sie sich dann mit ihrer Vertrauten besprach und dabei die sehr bezeichnende Andeutung von ›in fremdes Gehege kommen‹ fallen ließ, was in der Goldgräbersprache so viel bedeutet, als Besitz von etwas ergreifen, worauf einem anderen ältere Ansprüche zustehen – so war die ganze Sachlage völlig klar. Sie musste mit einem Mann auf und davongegangen sein und zwar entweder mit einem Liebhaber oder mit einem Gatten, wobei übrigens die größere Wahrscheinlichkeit für letzteres sprach.«

»Aber wie in aller Welt haben Sie die beiden aufgefunden?«

»Das wäre freilich schwierig gewesen, allein Freund Lestrade hielt Anhaltspunkte hierfür in Händen, von deren Wert er selbst keine Ahnung hatte. Die Anfangsbuchstaben waren natürlich von höchster Wichtigkeit, aber noch viel wertvoller war der Nachweis, dass der Gesuchte im Lauf der letzten Woche sich in einem der ersten Gasthöfe Londons seine Rechnung hatte ausstellen lassen.«

»Was brachte Sie darauf, dass es einer der ersten Gasthöfe sein müsse?«

»Die ausgesucht hohen Preise. Acht Schilling für ein Bett und acht Pence für ein Glas Sherry wiesen auf einen der allerteuersten Gasthöfe hin. Es gibt nicht viele hier, die ihre Preise in so unvernünftigem Maß schrauben. Schon in dem zweiten Gasthof, in der Northumberland Avenue, ersah ich aus dem Fremdenbuch, dass ein Mr Francis H. Moulton aus Amerika erst am Tag vorher ausgezogen war, und bei Durchsicht der auf seinen Namen eingetragenen Posten entdeckte ich wörtlich diejenigen, worüber er Rechnung erhalten hatte. Etwaige für ihn eintreffende Briefe sollten ihm nach 226 Gordon Square nachgesandt werden. So fuhr ich dahin und hatte das Glück, das liebende Paar zu Hause zu treffen. Ich erlaubte mir, ihnen einige väterliche Ratschläge zu erteilen und ihnen klar zu machen, dass sie in jeder Beziehung besser tun würden, weder die Welt noch insbesondere Lord St. Simon über ihr Verhältnis zueinander irgendwie in Zweifel zu lassen. Ich machte ihnen den Vorschlag, hier mit dem Lord zusammenzutreffen, und wie Sie gesehen haben, sind sie darauf eingegangen.«

»Damit haben sie aber nicht viel erreicht«, bemerkte ich. »Sein Verhalten war kein sehr liebenswürdiges.«

»Ach, Watson«, erwiderte Holmes heiter, »Sie wären auch vielleicht nicht gerade besonders liebenswürdig, wenn Sie sich nach all den Mühen und Sorgen des Brautstandes mit einem Schlag um Gattin und Vermögen betrogen sehen müssten. Ich meine, wir haben allen Grund, Lord St. Simon recht milde zu beurteilen und unserem Glücksstern zu danken, dass wir voraussichtlich niemals in eine ähnliche Lage geraten werden. Kommen Sie, setzen Sie sich hierher zum Feuer und reichen Sie mir meine Violine, wir haben ja jetzt nur noch das eine Problem zu lösen, wie wir uns diese finsteren Herbstabende auf möglichst angenehme Weise vertreiben.«

DIE GESCHICHTE DES BERYLL-KOPFSCHMUCKES

»Holmes«, sagte ich eines Morgens, während ich am Erkerfenster stand und auf die Straße hinabschaute, »da kommt ein Verrückter gegangen. Ich finde es sehr unrecht, dass seine Angehörigen ihn so allein umherlaufen lassen.« Mein Freund erhob sich träge aus dem Sessel und trat, die Hände in den Taschen seines Schlafrocks, hinter mich, um mir über die Schulter zu sehen. Es war ein klarer, frischer Februarmorgen, der tags zuvor gefallene, tiefe Schnee bedeckte den Boden und glitzerte hell in der Wintersonne. In der Mitte der Straße war er durch den Verkehr bereits in eine braune Masse verwandelt; zu beiden Seiten dagegen und auf den erhöhten Rändern der Fußsteige lag er noch so weiß wie er gefallen war. Das graue Pflaster dazwischen war, obwohl gekehrt und abgekratzt, noch gefährlich glatt und vielleicht deshalb weniger belebt als sonst. In der Tat war der Herr, dessen sonderbares Benehmen meine Aufmerksamkeit erregt hatte, der einzige Fußgänger, der aus der Richtung herkam, wo der Metropolitan-Bahnhof lag. Es war ein Mann in den fünfziger Jahren, groß und stattlich, eine vornehme Erscheinung mit breitem, scharfgeschnittenem Gesicht und von achtunggebietender Gestalt. Er trug dunkle, aber feine Kleidung: schwarzen Rock, glänzenden Seidenhut, elegante braune Gamaschen und perlgraue Beinkleider von tadellosem Schnitt. Zu dem würdigen Eindruck seines ganzen Äußeren stand jedoch sein Benehmen in auffallendem Gegensatz; er lief nämlich in großer Hast und machte dabei von Zeit zu Zeit einen kleinen Sprung, wie es bei eintretender Ermüdung Leute zu tun pflegen, die nicht gewohnt sind, ihren Beinen viel zuzumuten. Dabei fuhr er mit den Händen in der Luft umher, wackelte mit dem Kopf und verzerrte sein Gesicht aufs Sonderbarste.

»Was in aller Welt mag nur mit ihm los sein?«, fragte ich. »Er schaut an den Häusern hinauf nach den Nummern.«

»Ich glaube, er kommt zu uns«, versetzte Holmes und rieb sich die Hände.

»Zu uns?«

»Jawohl; ich vermute stark, er beabsichtigt, mich zu Rate zu ziehen. Es hat ganz den Anschein danach. Ha, habe ich es nicht gesagt?«

Der Mann war pustend und schnaubend auf unsere Haustür losgestürzt und riss an der Klingel, dass das ganze Haus davon widerhallte.

Wenige Augenblicke darauf stand er im Zimmer, noch immer keuchend und mit den Händen umherfahrend, aber mit einem so kummervollen und verzweifelten Ausdruck in dem starren Blick, dass unsere unwillkürliche Heiterkeit sich mit einem Schlag in Schrecken und Mitleid verwandelte. Eine Zeit lang vermochte er kein Wort hervorzubringen; er wiegte sich nur hin und her und zerrte an seinen Haaren, als wäre er nahe daran, den Verstand zu verlieren. Holmes drückte ihn in den Sessel, setzte sich neben ihn, streichelte ihm die Hand und sprach ihm in der heiteren, beruhigenden Art zu, auf die er sich so gut verstand.

»Sie haben mich aufgesucht, um mir Ihre Geschichte zu erzählen, nicht wahr?«, begann er. »Das rasche Gehen hat Sie müde gemacht. Bitte, warten Sie nur, bis Sie sich erholt haben, dann wird es mir ein großes Vergnügen sein, Kenntnis von dem Fall zu nehmen, den Sie mir unterbreiten wollen.«

Eine oder zwei Minuten saß der Mann mit schwer arbeitender Brust da, gegen seine Erregung kämpfend. Dann fuhr er sich mit dem Taschentuch über die Augen, presste die Lippen zusammen und wandte uns sein Gesicht zu.

»Sie halten mich sicherlich für verrückt«, begann er.

»Soviel ich sehe, hat Sie irgendein schwerer Kummer getroffen«, antwortete Holmes.

»Gott weiß es, ja! – Ein Kummer, so plötzlich und so furchtbar, dass ich den Verstand darüber verlieren möchte. Die Schande vor der Öffentlichkeit würde ich zu ertragen gewusst haben, obwohl an meinem Namen bisher noch nie ein Flecken gehaftet hat; Kummer im Privatleben bleibt auch keinem Menschen erspart, aber dass beides zusammen und in so schrecklicher Gestalt über mich hereinbricht, das hat mich im Innersten erschüttert. Außerdem betrifft die Sache nicht mich allein. Einer der Höchststehenden im Land kann dadurch in Mitleidenschaft gezogen werden, wenn sich nicht ein rettender Ausweg aus dieser schauderhaften Geschichte findet.«

»Bitte beruhigen Sie sich«, erwiderte Holmes, »und sagen Sie mir klar und deutlich, wer Sie sind und was Ihnen begegnet ist.«

»Meinen Namen«, fuhr der andere fort, »haben Sie vermutlich schon oft nennen hören. Ich bin Alexander Holder, Teilhaber der Bank Holder & Stevenson in der Threadneedle Street.«

Der Name war uns in der Tat wohlbekannt als der des älteren Teilhabers im zweitgrößten Privatbankinstitut der City. Was konnte nur vorgekommen sein, um einen der angesehensten Bürger Londons in diese wahrhaft klägliche Verfassung zu bringen? In höchster Spannung harrten wir, bis er sich mit erneuter Kraftanstrengung dazu aufraffte, seine Geschichte zu erzählen.

»Ich fühle«, begann er, »dass die Zeit kostbar ist. Deshalb habe ich mich augenblicklich hierher auf den Weg gemacht, nachdem mir der Polizeiinspektor nahegelegt hatte, mich Ihrer Mitwirkung zu versichern. Ich fuhr mit der unterirdischen Bahn und bin dann bis zur Baker Street vollends zu Fuß gelaufen, denn die Wagen fahren so langsam bei diesem Schnee. Deshalb war ich so außer Atem; ich mache mir nämlich sonst nur sehr wenig Bewegung. Jetzt ist mir wieder besser, und ich will Ihnen die Tatsachen möglichst kurz und klar vortragen.

Sie werden wohl wissen, dass es für den schwunghaften Betrieb eines Bankgeschäftes ebenso viel auf lohnende Anlagen für die Kapitalien ankommt wie auf die stete Erweiterung der Verbindungen und die immer ausgedehntere Heranziehung von Depositoren. Zu den einträglichsten Geldanlagen gehört die Gewährung von Darlehen gegen unzweifelhafte Pfandsicherheit. Wir haben die paar letzten Jahre viel in dieser Richtung gearbeitet und zahlreichen vornehmen Familien erhebliche Summen auf ihre Gemäldesammlungen, ihre Bibliotheken oder ihr Silberzeug vorgestreckt. Gestern Vormittag saß ich in meinem Büro, als mir einer der Angestellten unseres Bankhauses eine Visitenkarte überbrachte. Wie ich den Namen las, war ich ganz verblüfft, denn es war kein anderer als – doch es ist vielleicht auch Ihnen gegenüber besser, wenn ich nur sage, dass dieser Name jedermann überall bekannt ist, einer der höchsten, vornehmsten, angesehensten in ganz England. Überwältigt von der Ehre, versuchte ich beim Eintritt des Herrn etwas dergleichen zu sagen, allein er brachte sofort sein geschäftliches Anliegen vor, als sei es ihm darum zu tun, mit einer unangenehmen Aufgabe möglichst rasch fertig zu werden.

›Mr Holder‹, begann er, ›ich habe gehört, dass Sie sich mit Vorschussgeschäften befassen.‹

›Allerdings, gegen gute Sicherheit‹, erwiderte ich.

›Ich brauche auf der Stelle ganz notwendig fünfzigtausend Pfund. Natürlich könnte ich eine so geringfügige Summe zehnmal bei meinen Bekannten borgen, allein es passt mir weit besser, die Sache in geschäftlicher Weise abzumachen und zwar persönlich. Bei einer Stellung wie der meinigen ist es, wie Sie unschwer begreifen werden, nicht weise, sich auf private Verbindlichkeiten einzulassen.‹

›Auf wie lange brauchen Sie diese Summe, wenn ich fragen darf?‹

›Nächsten Montag wird ein großer Betrag fällig, und dann werde ich den Vorschuss unfehlbar zurückzahlen, samt den Zinsen, die Sie dafür zu berechnen für gut finden. Mir ist hauptsächlich daran gelegen, das Geld unverzüglich in die Hand zu bekommen.‹

›Ich würde mir das größte Vergnügen daraus machen, Ihnen die Summe ohne Weiteres aus meiner eigenen Tasche vorzustrecken, allein es wäre das eigentlich doch mehr, als ich auf mich nehmen darf. Tue ich es aber im Namen der Firma, so muss ich aus Rücksicht auf meinen Teilhaber selbst Ihnen gegenüber auf der Beachtung aller geschäftsmäßigen Vorsichtsmaßregeln bestehen.‹

›Es ist mir viel lieber so‹, bemerkte er, indem er ein viereckiges schwarzes Maroquin-Etui zur Hand nahm, das er neben seinen Stuhl gelegt hatte. ›Sie haben ohne Zweifel schon von dem Beryll-Diadem gehört?‹

›Eines der kostbarsten Stücke unserer Reichskleinodien‹, versetzte ich.

›Gewiss.‹ Er öffnete das Etui, und darin lag in weichen fleischfarbenen Samt gebettet das wundervolle Schmuckstück.

›Es enthält neununddreißig Berylle von außerordentlicher Größe, und der Wert der Goldfassung lässt sich gar nicht berechnen. Die niedrigste Schätzung würde als Wert des Schmuckes das Doppelte der Summe ergeben, die ich verlangt habe. Ich bin bereit, das Stück als Pfand in Ihren Händen zu lassen.‹ Er reichte mir das Etui, und ich blickte in einiger Verwirrung erst auf dessen kostbaren Inhalt und dann auf meinen hohen Besuch.

›Sie haben Zweifel über den Wert des Schmuckes?‹, fragte er.

›Durchaus nicht, ich bezweifle nur …‹

›Meine Befugnis zur Verpfändung desselben? Darüber können Sie sich beruhigen. Ich würde mir nicht im Traum einfallen lassen, es zu verpfänden, hätte ich nicht die unumstößliche Gewissheit, dass ich es binnen vier Tagen wieder einlösen kann. Es ist eine reine Formsache. Genügt die Sicherheit?‹

›Reichlich.‹

›Sie sehen ein, Mr Holder, dass ich Ihnen einen starken Beweis des Vertrauens gebe, das ich nach allem, was ich von Ihnen gehört habe, in Sie setze. Ich verlasse mich darauf, dass Sie nicht nur verschwiegen sind und sich jeglichen Geredes über die Angelegenheit enthalten, sondern vor allem, dass Sie dieses Stück mit jeder möglichen Vorsicht aufbewahren, da der geringste Unfall, der demselben zustieße, einen gewaltigen öffentlichen Skandal nach sich ziehen würde. Eine Beschädigung des Schmuckes wäre auch fast so schlimm wie dessen völliger Verlust, denn es gibt in der ganzen Welt keine Berylle mehr, die diesen gleichkämen, sie wären somit gar nicht zu ersetzen. Trotzdem überlasse ich Ihnen den Schmuck mit vollem Vertrauen und werde ihn Montagvormittag persönlich wieder abholen.‹

Da ich sah, dass es meinem Besuch darum zu tun war, möglichst rasch fortzukommen, sagte ich weiter nichts, sondern wies meinen Kassierer an, dem Herrn fünfzig Tausendpfundnoten auszuhändigen. Als ich jedoch wieder allein war, und das Etui mit seinem kostbaren Inhalt vor mir auf dem Tisch stand, vermochte ich nur mit Unbehagen an die ungeheure Verantwortung zu denken, die ich mir damit aufgeladen hatte. Da das Stück zum Reichsschatz gehörte, musste unfehlbar das geringste Missgeschick, das demselben begegnete, ein furchtbares Aufsehen verursachen. Ich bedauerte bereits, dass ich mich überhaupt zu dessen Annahme hatte bestimmen lassen. Allein es war jetzt nichts mehr an der Sache zu ändern; so schloss ich denn den Schmuck in meinen eigenen Sicherheitsschrank ein und ging wieder an mein Geschäft. Als es Abend wurde, dachte ich, dass es eine Unvorsichtigkeit wäre, einen derartigen Wertgegenstand im Büro zu lassen. Diebessichere Schränke bei Banken waren schon öfters erbrochen worden, warum sollte das nicht auch bei dem meinigen denkbar sein? Welch grässliche Lage für mich, wenn so etwas vorkäme! Ich beschloss deshalb, während der nächsten Tage das Etui auf Schritt und Tritt bei mir zu tragen und es so tatsächlich keinen Augenblick aus meiner Nähe kommen zu lassen. Mit diesem Vorsatz fuhr ich zu meinem Haus in Streatam und nahm das Schmuckstück mit. Erst als ich dasselbe in meinen Schreibtisch oben in meinem Ankleidezimmer eingeschlossen hatte, atmete ich wieder frei.

Und nun ein Wort über mein Hauswesen, Mr Holmes, denn ich möchte Ihnen einen gründlichen Einblick in die Sachlage verschaffen. Der Stallbursche und der Hausbursche schlafen außerhalb des Hauses und können somit außer Betracht bleiben. Meine drei Dienstmädchen sind sämtlich schon seit einer Reihe von Jahren bei mir, und ihre Zuverlässigkeit ist über jeden Zweifel erhaben. Dann ist noch ein zweites Kammermädchen da, namens Lucy Parr, das erst seit wenigen Monaten in meinem Dienst steht. Sie brachte jedoch ein vortreffliches Zeugnis mit, und ich war stets zufrieden mit ihr. Sie ist eine sehr hübsche Person und hat dadurch schon Verehrer angezogen, die sich gelegentlich wohl einmal um das Haus herumtrieben. Das ist das einzige, was wir an ihr auszusetzen fanden, allein wir halten sie für ein durchaus braves Mädchen.

So viel von den Dienstboten. Meine Familie ist so klein, dass dieselbe bald beschrieben ist. Ich bin Witwer und habe einen einzigen Sohn namens Arthur. Er hat mich in meinen Hoffnungen getäuscht, Mr Holmes, schmerzlich getäuscht! Gewiss bin ich selbst dabei nicht ohne Schuld. Man sagt, ich habe ihn verzogen. Das mag wohl sein. Als ich mein Weib verlor, übertrug ich meine ganze Zärtlichkeit auf ihn. Ich konnte es nicht ertragen, wenn die Heiterkeit einen Augenblick aus seinen Zügen wich. Ich habe ihm nie einen Wunsch abgeschlagen. Vielleicht wäre es für uns beide besser gewesen, ich hätte mehr Strenge gezeigt, aber ich meinte es herzlich gut.

Ich hatte natürlich vor, ihn zu meinem Nachfolger im Geschäft heranzubilden, allein er zeigte gar keine Neigung für den Kaufmannsstand. Er war unbeständig und launisch, und, um die Wahrheit zu gestehen, ich hätte ihm nicht die Verfügung über eine größere Geldsumme anvertrauen mögen. Schon in früher Jugend trat er in einen vornehmen Klub ein, wo er sich durch sein liebenswürdiges Wesen mit einer Reihe von Leuten, die volle Börsen und kostspielige Gewohnheiten hatten, eng befreundete. Er verstand es bald meisterhaft, sein Geld im Kartenspiel und auf dem Rennplatz zu vergeuden, sodass er mich immer wieder um Vorschuss auf sein Taschengeld angehen musste, um seine Ehrenschulden begleichen zu können. Mehr als einmal versuchte er, sich von dieser gefährlichen Gesellschaft loszumachen, allein dem Einfluss seines Freundes Sir George Burnwell gelang es jedesmal, ihn wieder in den Kreis hineinzuziehen.

Dass ein Mann wie Sir George Burnwell Einfluss auf ihn gewonnen hatte, war wirklich nicht zu verwundern; er hat ihn öfters zu mir ins Haus gebracht, und ich muss gestehen, dass ich selbst kaum imstande war, mich dem Zauber seines Wesens zu entziehen. Er ist älter als Arthur, ein vollendeter Weltmann, der überall schon gewesen ist und alles gesehen hat, ein glänzender Redner und ein auffallend schöner Mann. Und doch, wenn ich ihn mir bei kaltem Blut und völlig frei von der berückenden Wirkung seiner Gegenwart vorstelle, so kann ich bei seinen zynischen Reden und dem Blick, den ich gelegentlich in seinem Auge bemerkt habe, nicht umhin, zu glauben, dass er eine Persönlichkeit ist, die gründliches Misstrauen verdient. Darin ist auch meine kleine Mary, die den echt weiblichen Scharfblick für Menschenherzen besitzt, mit mir einverstanden.

Sie ist meine Nichte, die einzige Person, die ich nun noch zu schildern habe. Als mein Bruder vor fünf Jahren starb und sie allein in der Welt dastand, nahm ich sie an Kindesstatt an und betrachtete sie seitdem als meine Tochter.

Sie ist ein Sonnenstrahl für mein Haus, freundlich, liebevoll, schön; sie steht der Wirtschaft vortrefflich vor und ist dabei so umsichtig, sanft und ruhig, wie nur irgendein weibliches Wesen. Sie ist meine rechte Hand. Ich weiß nicht, was ich ohne sie anfangen sollte. Nur in einem einzigen Punkt ist sie meinen Wünschen nicht entgegengekommen. Zweimal hat mein Junge um ihre Hand angehalten, denn er liebt sie innig, aber beide Male hat sie ihn ausgeschlagen. Ich glaube, sie allein wäre imstande gewesen, ihn auf den rechten Weg zu bringen; an ihrer Seite hätte er vielleicht ein ganz neues Leben angefangen, aber ach! Jetzt ist es zu spät – für immer zu spät!

Nun, Mr Holmes, kennen Sie alle, die mit mir unter einem Dach leben, und ich will in meiner kläglichen Geschichte fortfahren.

Beim Kaffee nach dem Essen im Wohnzimmer teilte ich Arthur und Mary mit, was mir begegnet war, und was für einen kostbaren Schatz wir unter unserem Dach hatten; ich verschwieg dabei nur den Namen des Verpfänders. Lucy Parr, die den Kaffee hereingebracht hatte, war schon nicht mehr im Zimmer, das weiß ich gewiss; ob jedoch die Tür geschlossen war, kann ich nicht beschwören. Mary und Arthur interessierten sich sehr für die Sache und hätten das berühmte Schmuckstück gerne gesehen, allein ich dachte, es sei besser, es an seinem Platz zu lassen.

›Wo hast du es aufgehoben?‹, fragte Arthur.

›In meinem Schreibtisch.‹

›Ich will nur hoffen, dass heute Nacht nicht im Haus eingebrochen wird‹, fuhr er fort.

›Der Schreibtisch ist verschlossen.‹

›Oh, auf den passt jeder alte Schlüssel. Als kleiner Junge habe ich ihn schon selbst mit dem Schlüssel zum Buffet aufgemacht.‹

Er führte oft so kecke Reden, deshalb achtete ich nicht viel auf seine Bemerkung. Nun ging er mir aber gerade diesen Abend mit sehr ernstem Gesicht in mein Zimmer nach.

›Sag mal, Papa‹, sagte er und heftete dabei die Augen auf den Boden, ›kannst du mir zweihundert Pfund geben?‹

›Nein, gewiss nicht!‹, erwiderte ich scharf. ›Ich bin in Geldsachen schon viel zu nachsichtig gegen dich gewesen.‹ –

›Du warst allerdings sehr gut gegen mich‹, versetzte er, ›aber ich muss diese Summe haben, oder ich kann mich nie wieder im Klub blicken lassen.‹

›Das wäre ja ein wahres Glück!‹, rief ich aus.

›Jawohl; aber du wirst doch nicht wollen, dass ich mit Schimpf und Schande abziehe. Ich könnte die Schmach nicht ertragen. Ich muss das

Geld irgendwo auftreiben; und wenn du es mir nicht geben willst, so muss ich andere Mittel und Wege versuchen.‹

Ich war sehr aufgebracht; denn das war das dritte Mal in einem Monat, dass er mich um Geld anging. ›Keinen Deut bekommst du von mir‹, rief ich. Darauf verbeugte er sich und verließ das Zimmer ohne ein weiteres Wort.

Als ich allein war, schloss ich den Schreibtisch auf, überzeugte mich, dass mein Schatz unversehrt darin lag und schloss wieder ab. Dann machte ich einen Gang durch das Haus, um nachzusehen, ob alles verwahrt sei – eine Obliegenheit, die ich gewöhnlich Mary überlasse, die ich jedoch heute selbst erfüllen wollte. Unten an der Treppe angelangt, sah ich Mary am Seitenfenster des Hausgangs, das sie zumachte und verriegelte, während ich näher trat.

›Sag einmal, Papa‹, fragte sie mich in etwas erregtem Ton, ›hast du Lucy, dem Dienstmädchen, heute Abend Erlaubnis zum Ausgehen gegeben?‹

›Gewiss nicht.‹

›Sie kam soeben durch die Hintertür herein. Ich bin zwar ganz sicher, dass sie nur an der Seitenpforte mit irgendjemand zusammengetroffen ist, aber ich halte es doch für gefährlich, und wir sollten es nicht so hingehen lassen.‹

›Du musst morgen früh mit ihr sprechen, oder ich will es tun, falls es dir lieber ist. Hast du dich überzeugt, dass alles gut verschlossen ist?‹

›Vollkommen, Papachen.‹

›Dann gute Nacht.‹ Ich gab ihr einen Kuss und ging wieder in mein Schlafzimmer hinauf, wo ich bald im Schlummer lag.

Ich bestrebe mich, Ihnen alles zu sagen, Mr Holmes, was für den Fall irgend von Bedeutung sein kann. Aber ich möchte bitten, dass Sie mich über jeden Punkt, der Ihnen nicht völlig verständlich ist, ausdrücklich befragen.«

»Ihre Darstellung ist im Gegenteil ganz ausnehmend klar.«

»Nun komme ich zu einem Abschnitt meiner Geschichte, bei dem es mir ganz besonders darum zu tun ist, Ihnen alles anschaulich zu machen. Ich habe keinen sehr festen Schlaf, und die Unruhe in meinem Innern trug wohl dazu bei, dass dies noch weniger der Fall war als sonst.

Etwa um zwei Uhr morgens erwachte ich von einem Geräusch im Haus. Es hörte bereits auf, ehe ich völlig wach war; aber ich hatte davon den Eindruck behalten, als wäre irgendwo im Haus ein Fenster zugemacht worden. Voll Spannung horchend lag ich da. Plötzlich vernahm ich zu meinem Entsetzen ganz deutlich leise Tritte im Nebenzimmer. Bebend vor Angst, schlüpfte ich aus dem Bett und spähte am Türrand vorbei in das andere Zimmer hinaus.

›Arthur‹, rief ich, ›du Elender, du Dieb! Wie kannst du dich unterstehen, dich an dem Schmuck zu vergreifen?‹

Das Gas war noch halb abgedreht, wie ich es gelassen hatte, und mein unseliger Junge, nur mit Hemd und Hosen bekleidet, stand neben der Flamme, das Schmuckstück in der Hand. Es sah aus, als ziehe oder biege er daran mit aller Kraft. Auf meinen Zuruf ließ er es fallen und wurde blass wie der Tod. Ich hob es auf und besichtigte es. Eine von den goldenen Ecken, welche drei Berylle enthielt, fehlte.

›Bube‹, schrie ich, außer mir vor Wut, ›du hast es zerbrochen, du hast mich in ewige Schande gestürzt! Wo sind die Steine, die du gestohlen hast?‹

›Gestohlen!‹, rief er dagegen.

›Jawohl, du Dieb!‹, schrie ich wieder und schüttelte ihn dabei an der Schulter.

›Es fehlt keiner. Es kann keiner fehlen‹, entgegnete er.

›Es fehlen drei. Und du weißt wohl, wo sie sind. Ist es nicht genug, dass du ein Dieb bist, muss ich dich auch noch einen Lügner heißen? Habe ich nicht mit eigenen Augen gesehen, wie du noch ein Stück davon abbrechen wolltest?‹

›Du hast mich genug beschimpft‹, versetzte er, ›ich lasse mir das nicht länger gefallen. Kein Wort kommt in dieser Angelegenheit mehr über meine Lippen, nachdem du mich ohne Weiteres wie einen Ehrlosen behandelt hast. Morgen früh verlasse ich dein Haus und schlage mich allein weiter durch die Welt.‹

›Die Polizei wird die Sache in die Hand nehmen‹, rief ich, halb wahnsinnig vor Kummer und Wut. ›Es soll ganz gründlich untersucht werden!‹

›Von mir werdet ihr nichts erfahren!‹, erwiderte er mit einer Leidenschaftlichkeit, die ich gar nicht in ihm gesucht hätte. ›Beliebt es dir, die Polizei zu rufen, so mag sie auch sehen, wie sie fertig wird.‹

Inzwischen war alles im Haus wach geworden, denn ich hatte im Zorn die Stimme laut erhoben. Mary kam zuerst zu mir hereingeeilt. Beim ersten Blick auf den Schmuck und auf Arthurs Gesicht erriet sie alles und stürzte mit einem Schrei ohnmächtig zu Boden. Ich schickte das Hausmädchen auf die Polizei, um dieser die weiteren Nachforschungen ohne Verzug zu übergeben. Als der Inspektor mit einem Schutzmann eintraf, richtete Arthur, der die ganze Zeit über mit gekreuzten Armen finster dagestanden, die Frage an mich, ob ich wirklich gesonnen sei, ihn des Diebstahls zu bezichtigen. Ich erklärte ihm, dass die Sache keine Privatangelegenheit mehr, sondern ein öffentliches Vergehen sei, da das beschädigte

Schmuckstück zum Nationaleigentum gehöre. Ich sei entschlossen, dem Gesetz seinen vollen Lauf zu lassen. ›Dann wirst du doch wenigstens nicht auf einer unverzüglichen Festnehmung bestehen‹, sagte er jetzt. ›Es wäre ebenso sehr in deinem Interesse wie in meinem eigenen, wenn ich das Haus auf fünf Minuten verlassen dürfte.‹

›Um zu entfliehen oder vielleicht um deinen Raub zu verstecken‹, erwiderte ich. Hierauf stellte ich ihm die schreckliche Lage vor, in die ich mich versetzt sehe; ich flehte ihn an, doch zu bedenken, wie nicht nur meine Ehre, sondern auch die einer viel höheren Persönlichkeit auf dem Spiel stehe und dass er einen Skandal heraufbeschwöre, der die ganze Nation in Aufregung versetzen würde. Das alles ließe sich aber noch abwenden, wenn er mir nur sagen wollte, was er mit den drei fehlenden Steinen angefangen habe.

›Du bist auf frischer Tat ertappt worden‹, fuhr ich fort, ›mach die Sache wenigstens so weit wieder gut, wie es in deiner Macht steht; sag mir, wo die Steine sind, und alles soll vergeben und vergessen sein.‹

›Behalte deine Vergebung für Leute, die dich darum bitten‹, gab er zur Antwort und kehrte mir höhnisch den Rücken. Ich sah, dass sein Trotz ihn für alles Zureden taub machte. Nun gab es keine andere Wahl mehr. Ich rief den Inspektor herein und ließ Arthur verhaften. Unverzüglich wurde eine Durchsuchung vorgenommen, nicht allein an seiner Person, sondern auch in seinem Zimmer und überall sonst im Haus, wo er möglicherweise die Steine versteckt haben konnte. Allein es fand sich keine Spur davon, und aus dem nichtsnutzigen Burschen war weder durch Überredung noch durch Drohung eine Silbe herauszubringen.

Heute früh wurde er in Gewahrsam gebracht, und nach Erledigung der polizeilichen Förmlichkeiten bin ich alsbald hierher geeilt, um Sie dringend zu bitten, all Ihren Scharfsinn an die Aufklärung dieser Angelegenheit zu setzen. Auf der Polizei hat man offen eingestanden, dass man mir vorläufig nicht zu helfen wisse. Bezüglich der Kosten brauchen Sie sich keinerlei Beschränkung aufzuerlegen. Ich habe bereits tausend Pfund Belohnung ausgesetzt. Mein Gott, was soll ich machen? In einer Nacht habe ich die Juwelen verloren und meinen Sohn dazu! Oh, was soll ich tun?«

Er fuhr sich mit beiden Händen an die Schläfen, wiegte sich hin und her und stöhnte dabei wie ein Kind, das für seine Betrübnis keinen Ausdruck mehr findet.

Holmes saß einige Minuten lang mit gerunzelten Brauen und starr auf das Kaminfeuer gerichtetem Blick schweigend da.

»Sehen Sie viel Gesellschaft bei sich?«, fragte er dann.

»Niemand außer meinem Teilhaber mit seiner Familie und gelegentlich einem Bekannten von Arthur. Sir George Burnwell war in letzter Zeit mehrmals da. Sonst, glaube ich, kein Mensch.«

»Gehen Sie viel in Gesellschaft?«

»Arthur, ja; ich und Mary bleiben zu Hause. Wir machen uns beide nichts daraus.«

»Das ist auffallend bei einem jungen Mädchen.«

»Sie ist ein ruhiges, anspruchsloses Wesen. Außerdem ist sie nicht mehr so sehr jung. Sie ist vierundzwanzig.«

»Der Vorfall, den Sie uns soeben geschildert haben, hat anscheinend auch sie schwer getroffen.«

»Furchtbar. Sie ist sogar noch gebeugter als ich.«

»Und Sie hegen beide durchaus keinen Zweifel an Ihres Sohnes Schuld?«

»Wie wäre das möglich, da ich doch mit eigenen Augen sah, wie er den Schmuck in der Hand hielt!«

»Ich vermag dies kaum als einen zwingenden Beweis anzusehen. War der Rest des Diadems überhaupt beschädigt?«

»Ja, es war verbogen.«

»Glauben Sie nicht, dass Ihr Sohn vielleicht versuchte, es wieder zurechtzubiegen?«

»Gott lohne Ihnen! Sie tun für ihn und mich, was Sie können; aber das geht über Ihre Kräfte. Was hatte er überhaupt dort zu schaffen? Wenn seine Absicht unsträflich war, warum sagte er es nicht?«

»Ganz richtig. Aber wenn er schuldig war, warum brachte er nicht eine Lüge vor? Ich finde, sein Stillschweigen lässt sich in diesem wie in jenem Sinn deuten. Der Fall bietet mehrere eigentümliche Momente. Wie erklärte die Polizei das Geräusch, von dem Sie aufwachten?«

»Sie meinte, das werde wohl durch das Schließen von Arthurs Schlafzimmertür entstanden sein.«

»Außerordentlich glaubhaft! Als ob ein Mensch, der sich zur Ausführung eines Verbrechens anschickt, seine Tür zuschlüge, dass das ganze Haus davon wach wird. Und was meinten sie wegen des Verschwindens der Steine?«

»Sie sind noch dabei, die Fußböden und das Mobiliar zu untersuchen, in der Hoffnung, sie aufzufinden.«

»Hat man daran gedacht, auch außen um das Haus herum nachzusehen?«

»Jawohl. Die Polizei betreibt die Sache mit großem Eifer. Der ganze Garten ist bereits aufs Genaueste abgesucht worden.«

»Nun, mein lieber Herr«, sagte Holmes, »Sie werden wohl selbst einsehen, dass die Sache nicht so klar auf der Hand liegt, wie Sie oder die Polizei von vornherein anzunehmen geneigt waren. – Der Fall kam Ihnen einfach vor, mir scheint er äußerst verwickelt. Vergegenwärtigen Sie sich nur einmal, was Ihre Auffassung alles in sich schließt. Sie nehmen an, Ihr Sohn sei aus seiner Stube heruntergekommen, habe unter großer Gefahr Ihr Ankleidezimmer betreten, Ihren Schreibtisch geöffnet, den Schmuck herausgenommen, an diesem ein Stück gewaltsam abgebrochen, sich sodann an einen dritten Ort begeben und daselbst drei Steine von den neununddreißig so schlau versteckt, dass kein Mensch sie zu finden imstande ist, um dann mit den übrigen sechsunddreißig nach dem Zimmer zurückzukommen, wo er die größte Gefahr lief, entdeckt zu werden. Nun frage ich Sie – ist das eine haltbare Auffassung?«

»Aber was lässt sich sonst annehmen?«, rief der Bankier mit einer Gebärde der Verzweiflung. »Warum redet er nicht, wenn er keine bösen Absichten hatte?«

»Das herauszubringen ist unsere Sache«, erwiderte Holmes. »Wenn es Ihnen recht ist, Mr Holder, so wollen wir jetzt zusammen nach Streatam fahren und eine Stunde darauf verwenden, uns die Sache ein wenig genauer zu besehen.«

Mein Freund bestand auf meiner Begleitung, und ich war sehr gerne bereit dazu, denn die Erzählung, deren Ohrenzeuge ich gewesen war, hatte meine Neugier und Teilnahme gleichermaßen erregt. Ich gestehe, dass mir die Schuld des jungen Mannes nicht minder zweifellos erschien, als dessen unglücklichem Vater, aber trotzdem hatte ich solches Vertrauen zu Holmes' Urteil, dass ich überzeugt war, die Sache stehe noch nicht hoffnungslos, solange er sich mit der vorliegenden Erklärung nicht zufrieden gab. Holmes sprach unterwegs kaum ein Wort, vielmehr saß er, das Kinn auf die Brust gesenkt und den Hut über die Augen gedrückt, in tiefstes Nachdenken versunken da. Der Bankier war angesichts des schwachen Hoffnungsschimmers, den man ihm gezeigt hatte, wie neu belebt, sodass er sich sogar mit mir in eine gleichgültige Unterhaltung über seine Geschäftsangelegenheiten einließ. Nach kurzer Eisenbahnfahrt und einem noch kürzeren Weg zu Fuß erreichten wir Fairbank, den bescheidenen Wohnsitz des reichen Finanzmannes.

Es war ein stattliches viereckiges Gebäude aus weißem Werkstein, das etwas hinter der Straßenlinie zurückstand. Ein doppelter Fahrweg, der in der Mitte einen schneebedeckten freien Platz bildete und gegen die Straße durch zwei große Gittertore abgeschlossen war, führte von vorne auf das

Haus zu. Rechts davon befand sich ein kleines Gehölz, durch das man zu einem schmalen Pfad gelangte, der zwischen zwei sauberen Hecken von der Straße aus nach der Küche hinführte und den Eingang für die Lieferanten bildete. Links, und zwar bereits außerhalb des Anwesens, lief ein Gässchen vorbei, durch das man zu den Ställen kam und das als allgemeine, wenn auch selten benutzte Durchfahrt diente. Holmes ließ uns an der Haustür stehen und ging langsam um das ganze Haus herum, vor demselben auf und ab, den Weg zur Küche entlang, dann hinten herum durch den Garten auf dem Weg zu den Ställen. Er hielt sich dabei so lange auf, dass Mr Holder mit mir unterdessen ins Speisezimmer ging, wo wir beim Feuer auf ihn warteten. Da saßen wir schweigend beisammen, als die Tür aufging und eine junge Dame eintrat. Sie war über mittelgroß, schlank, schwarzhaarig und schwarzäugig, was bei ihrer bleichen Gesichtsfarbe umso mehr hervortrat. Ich glaube, ich habe in meinem ganzen Leben keine solche Todesblässe auf einem Frauenangesicht gesehen. Auch ihre Lippen waren blutlos, dagegen ihre Augen vom Weinen gerötet. Wie sie schweigend in das Zimmer glitt, machte sie auf mich einen noch kummervolleren Eindruck als der Bankier am Morgen. Dies war bei ihr umso auffallender, als sie offenbar einen starken Charakter und eine außerordentliche Fähigkeit der Selbstbeherrschung besaß. Ohne mich zu beachten, ging sie geradewegs auf ihren Oheim zu und streichelte ihm sanft und zärtlich die Wangen.

»Du hast Weisung gegeben, dass Arthur wieder auf freien Fuß gesetzt wird, nicht wahr, Papa?«, fragte sie.

»Nein, nein, mein Kind; die Sache muss erst gründlich untersucht werden.«

»Aber ich bin so gewiss, dass er unschuldig ist. Mein Gefühl täuscht mich nicht. Ich weiß, er hat nichts Unrechtes begangen, und es wird dir noch leid tun, dass du so streng verfahren bist.«

»Warum spricht er denn nicht, wenn er unschuldig ist?«

»Wer kann das wissen? Vielleicht aus Unwillen über den Verdacht, den du gegen ihn hast.«

»Konnte ich denn anders als ihn in Verdacht haben, da er den Schmuck vor meinen Augen in der Hand hielt?«

»Ach, er hatte ihn doch nur aufgehoben, um ihn anzusehen. Glaube mir, er ist unschuldig. Lass die Sache auf sich beruhen und sprich nicht mehr davon. Es ist so entsetzlich, sich unseren guten Arthur im Gefängnis vorstellen zu müssen.«

»Ich werde die Sache niemals ruhen lassen, bis die Steine gefunden sind – niemals, Mary. Deine Anhänglichkeit an Arthur macht dich blind für die furchtbaren Folgen, die die Sache für mich hat. Weit entfernt, sie vertuschen zu wollen, habe ich einen Herrn aus London mitgebracht, der sich noch eingehender damit befassen soll.«

»Diesen Herrn?«, fragte sie, sich nach mir umwendend.

»Nein, seinen Freund. Er wünschte, wir sollen ihn allein lassen. Er ist eben drüben in dem Gässchen bei den Ställen.«

»Bei den Ställen?« Sie zog ihre dunklen Brauen in die Höhe. »Was mag er denn dort suchen? Ach, das ist er vermutlich. Ich hoffe fest«, wandte sie sich an Holmes, »dass Sie imstande sein werden, die Unschuld meines Vetters Arthur an diesem Verbrechen nachzuweisen, von der ich ganz fest überzeugt bin.«

»Ich teile Ihre Anschauung vollkommen und nicht minder Ihre Hoffnung, dass wir den Beweis dafür erbringen werden«, entgegnete Holmes, indem er nochmals zur Fußmatte zurückging, um den Schnee von seinen Schuhen abzuklopfen. »Ich habe wohl die Ehre, mit Miss Mary Holder zu sprechen. Dürfte ich vielleicht eine oder zwei Fragen an Sie richten?«

»Gewiss, wenn es zur Aufklärung dieser schrecklichen Sache dienen kann.«

»Sie haben vergangene Nacht selbst nichts gehört?«

»Nichts, bis mein Oheim hier laut zu sprechen anfing. Das hörte ich, und daraufhin kam ich herunter.«

»Sie haben am Abend vorher die Fenster und Türen verschlossen. Haben Sie sämtliche Fenster fest zugemacht?«

»Jawohl.«

»Waren dieselben heute früh noch alle fest zu?«

»Gewiss.«

»Eines Ihrer Dienstmädchen hat einen Liebhaber? Sie machten, soviel ich weiß, gestern Abend Ihren Oheim darauf aufmerksam, dass sie das Haus verlassen hätte, um mit ihm zusammenzutreffen.«

»Jawohl, und sie war es eben, die im Wohnzimmer bediente und die dabei vielleicht Onkels Äußerung über den Schmuck mit angehört hat.«

»Aha. Sie vermuten, sie habe dies ihrem Liebhaber mitgeteilt und darauf haben dann die beiden zusammen den Diebstahl verabredet.«

»Aber was sollen denn diese unbestimmten Vermutungen«, rief der Bankier ungeduldig dazwischen, »wenn ich Ihnen doch sage, dass ich sah, wie Arthur den Schmuck in der Hand hatte.«

»Gedulden Sie sich ein wenig, Mr Holder, wir müssen noch darauf zurückkommen. Was dieses Mädchen anbelangt, Miss Holder, so sahen Sie mit an, wie es wieder zur Küchentür hereinkam, nicht wahr?«

»Jawohl. Als ich eben nachsehen wollte, ob die Tür gut geschlossen sei, schlüpfte sie herein; ich bemerkte auch den Mann draußen im Dunkeln.«

»Kennen Sie ihn?«

»Oh freilich, es ist ein Gemüsehändler, der uns den Küchenbedarf ins Haus liefert. Er heißt Francis Prosper.«

»Er stand«, fuhr Holmes fort, »links von der Tür, etwas weiter unten an der Hecke?«

»Allerdings.«

»Und er hat einen Stelzfuß!«

Hier blitzte etwas wie Angst in den ausdrucksvollen Augen der jungen Dame auf. »Sie sind ja ein wahrer Hexenmeister«, sagte sie, »woher wissen Sie das?« Dabei lächelte sie, aber auf Holmes' magerem, scharfgeschnittenem Gesicht fand dies Lächeln keine Erwiderung.

»Ich möchte nun sehr gerne in den oberen Stock gehen. Nachher werde ich voraussichtlich noch einmal die Runde um das Haus machen müssen. Vielleicht ist es übrigens zweckmäßiger, ich besichtige die Fenster unten, ehe ich hinaufgehe.«

Rasch ging er von einem zum anderen; nur bei dem einen großen Fenster, das vom Hausgang zum Gässchen hinaussah, hielt er sich länger auf. Dies öffnete er und untersuchte die Fensterbank aufs Sorgfältigste mit einem starken Vergrößerungsglas. »Jetzt wollen wir hinaufgehen«, sagte er endlich.

Des Bankiers Ankleidezimmer war ein einfach ausgestatteter kleiner Raum, mit einem grauen Teppich belegt, und enthielt einen großen Schreibtisch und einen hohen Spiegel. Holmes ging zunächst auf den Schreibtisch zu und unterzog das Schloss einer genauen Besichtigung.

»Mit welchem Schlüssel ist es geöffnet worden?«, fragte er.

»Mit dem Schlüssel zum Buffet unten, den mein Sohn selbst bezeichnet hat.«

»Haben Sie ihn hier?«

»Dort liegt er auf dem Toilettentisch.«

Holmes nahm ihn und schloss den Schreibtisch damit auf. »Er schließt lautlos. Kein Wunder, dass Sie nicht davon aufwachten. In diesem Etui hier befindet sich wohl der Schmuck. Wir müssen einen Blick darauf werfen.« Er öffnete das Etui, nahm den Schmuck heraus und legte ihn auf den Tisch. Es war ein Prachtstück der Goldschmiedekunst, und die sechsunddreißig

Steine waren die schönsten, die ich je gesehen. An dem einen Ende war ein Stück abgebrochen; es fehlte eine Zacke mit drei Steinen.

»Nun, Mr Holder«, sagte Holmes, »dies hier ist die Zacke, die der in so bedauerlicher Weise abhanden gekommenen entspricht. Dürfte ich Sie bitten, dieselbe abzubrechen?«

Der Bankier wich vor Schrecken einen Schritt zurück. »Es fällt mir nicht im Traum ein, so etwas zu versuchen«, versetzte er.

»Dann will ich es tun.« Holmes versuchte seine ganze Stärke daran, allein ohne Erfolg. »Ich fühle, dass es ein wenig nachgibt«, sagte er; »aber obwohl ich ungewöhnlich große Kraft in den Fingern habe, würde ich doch geraume Zeit brauchen, es zu zerbrechen. Ein gewöhnlicher Mensch wäre dazu gar nicht imstande.«

»Ich weiß nicht, was ich denken soll. Es ist mir völlig rätselhaft.«

»Nun, vielleicht wird es Ihnen doch mit der Zeit klarer werden. – Was halten Sie davon, Miss Holder?«

»Ich gestehe, dass ich vorläufig noch ebenso wenig klug daraus werde wie mein Oheim.«

»Ihr Sohn hatte keine Schuhe oder Pantoffeln an, als Sie ihn überraschten?«, fragte er darauf Mr Holder.

»Nichts als Hosen und Hemd.«

»Danke. Wir sind bei der Untersuchung wirklich außerordentlich vom Glück begünstigt, und es wird lediglich unsere eigene Schuld sein, falls es uns nicht gelingt, die Sache aufzuklären. Wenn Sie erlauben, Mr Holder, will ich jetzt meine Nachforschungen draußen fortsetzen.« Wir ließen ihn dabei auf seine ausdrückliche Bitte wiederum allein; er hatte nämlich erklärt, dass alle unnötigen Fußspuren ihm seine Aufgabe möglicherweise erschweren könnten. Eine Stunde oder darüber brachte er damit zu, dann kam er zurück mit einer Masse Schnee an den Stiefeln und einer Miene, die völlig undurchdringlich war.

»Ich habe, glaube ich, jetzt alles gesehen, was es zu sehen gibt, Mr Holder«, sagte er, »ich kann nun nichts Besseres für Sie tun, als wieder nach Hause zu gehen.«

»Aber die Steine, Mr Holmes, wo sind sie?«

»Das kann ich nicht sagen.«

Der Bankier rang die Hände. »Ich sehe sie nie wieder!«, rief er aus. »Und mein Sohn? Sie geben mir Hoffnung?«

»Meine Überzeugung hat sich nicht im mindesten geändert. Wenn Sie mich morgen Vormittag zwischen neun und zehn Uhr in meiner Wohnung besuchen können, so werde ich Ihnen mit Vergnügen Aufschluss darüber geben, soweit dies irgend in meinen Kräften steht. Doch setze ich dabei voraus, dass Sie mir unbeschränkte Freiheit lassen, für Sie zu handeln und jede Summe auf Sie zu ziehen, die ich für erforderlich halte.«

»Mein ganzes Vermögen gebe ich hin, wenn ich die Steine wiedererlange!«

»Ganz gut; ich werde inzwischen die Sache weiter zu ergründen suchen. Leben Sie wohl. Es kann leicht sein, dass ich vor Abend noch einmal hierher kommen muss.«

Ich erkannte klar, dass mein Freund sich nunmehr seine Ansicht über den Fall gebildet hatte, obwohl ich mir von seinen Schlussfolgerungen auch nicht einmal eine dunkle Vorstellung zu machen vermochte. Mehrmals bemühte ich mich auf unserer Heimfahrt, ihn darüber auszuhorchen, aber er ging immer wieder unmerklich auf einen anderen Gegenstand über, bis ich es schließlich als hoffnungslos aufgab. Vor drei Uhr befanden wir uns bereits wieder zu Hause. Er eilte auf sein Zimmer und erschien schon nach wenigen Minuten wieder in der Verkleidung eines gewöhnlichen Trödlers. Mit seinem aufgeschlagenen Kragen, seinem ausgewaschenen, fadenscheinigen Rock, dem roten Halstuch und den abgetragenen Stiefeln war er ein vollendetes Muster dieser Menschenklasse.

»Ich denke, so wird es gehen«, sagte er, in den Spiegel über dem Kamin blickend. »Ich wünschte nur, Sie könnten mich begleiten, Watson, aber ich glaube, es ginge doch nicht wohl an. Jedenfalls werde ich bald wissen, ob ich in dieser Sache auf der richtigen Spur bin oder einem Irrlicht nachjage. Ich hoffe, in ein paar Stunden bin ich wieder da.« Er steckte sich ein belegtes Brötchen in die Tasche und machte sich auf den Weg.

Ich hatte eben meinen Tee getrunken, als er wieder eintraf, sichtlich in trefflicher Laune, einen alten Zugstiefel in der Hand schwingend, den er sofort in eine Ecke warf, um sich eine Tasse Tee einzuschenken. »Ich bin nur im Vorbeigehen schnell auf einen Augenblick hereingekommen. Ich muss sogleich weiter.«

»Wohin?«

»Hinüber nach der anderen Seite des Westends. Ich bleibe vielleicht ziemlich lange aus. Warten Sie nicht auf mich, falls ich spät heimkomme.«

»Wie macht sich die Sache?«

»Ganz leidlich. Kann nicht klagen. Ich bin seither draußen in Streatam gewesen, aber ohne im Haus vorzusprechen. Ein allerliebster kleiner Fall, den ich nicht um vieles hergäbe! Aber ich darf die Zeit hier nicht verplaudern und muss aus dieser schnöden Hülle wieder in meine anständigen Kleider schlüpfen.«

Sein Wesen zeigte mir, dass er mehr Grund zur Befriedigung hatte als seine Äußerungen erraten ließen. Es zuckte in seinen Augen, und auf seinen blassen Wangen zeigte sich sogar eine Spur von Farbe. Rasch ging er nach oben, und schon nach wenigen Minuten hörte ich an dem Zuschlagen der Haustür, dass er sich bereits wieder an die Verfolgung des Zieles gemacht hatte, das auf seinen Scharfsinn eine so unwiderstehliche Anziehung ausübte. Ich wartete bis Mitternacht, aber noch deutete nichts auf seine Rückkehr hin; ich zog mich deshalb auf mein Zimmer zurück. Es kam nicht selten vor, dass er ganze Tage und Nächte ausblieb, wenn er eine Spur verfolgte. So hatte seine Verspätung nichts Überraschendes für mich. Wann er heimkam, weiß ich nicht, aber als ich mich morgens zum Frühstück einfand, saß er schon mit einer Kaffeetasse in der einen Hand und einer Zeitung in der anderen ganz frisch und sorgfältig angekleidet da.

»Sie werden entschuldigen, dass ich nicht auf Sie gewartet habe, Watson«, rief er mir entgegen, »aber Sie wissen ja, dass unser Klient heute schon zu ziemlich früher Stunde vorsprechen will.«

»Ich glaube, es hat geklingelt«, versetzte ich. »Es ist ja schon neun Uhr vorüber; mich sollte nicht wundern, wenn er es wäre.«

Es war wirklich unsere neue Bekanntschaft, der Bankier. Ich war ganz betroffen über die Veränderung, die mit ihm vorgegangen war; sein von Natur breites, volles Gesicht war jetzt schmal und eingefallen, und sein Haar kam mir um eine Schattierung weißer vor. Er trat mit einer Müdigkeit und Gleichgültigkeit ein, die einen noch betrübenderen Eindruck machte, als seine gestrige Aufregung, und ließ sich schwer in den Sessel fallen, den ich ihm hinschob.

»Ich weiß nicht, womit ich diese harte Prüfung verdient habe«, begann er. »Noch vor zwei Tagen war ich ein glücklicher, wohlhabender Mann und ohne die geringste Sorge; nun gehe ich einem einsamen, ehrlosen Alter entgegen. Ein Schlag folgt dem anderen auf dem Fuß. Meine Nichte Mary hat mich verlassen.«

»Sie verlassen?«

»Jawohl. Ihr Bett war heute früh unberührt, ihr Zimmer leer und auf dem Tisch im Salon lag ein Brief an mich. Gestern Abend hatte ich ihr gegenüber geäußert – aber nur aus Betrübnis, nicht im Bösen –, wenn sie meinen Jungen geheiratet hätte, so wäre er vielleicht auf dem guten Weg geblieben. Es war wohl eine unbedachte Äußerung von mir. Sie spielt in dem Schreiben hier darauf an. ›Liebster Onkel!‹, lautet es, ›ich sehe ein, dass ich dich betrübt habe und dass, wenn ich anders gehandelt hätte, dieses schreckliche Missverständnis vielleicht niemals eingetreten wäre. Mit diesem Gefühl im Herzen kann ich unter Deinem Dach nicht wieder glücklich werden und muss Dich daher auf immer verlassen; mache Dir keinen Kummer um meine Zukunft, denn dafür ist gesorgt; und vor allem forsche nicht nach mir; es wäre vergebliche Mühe und mir ein schlechter Dienst. Im Leben wie im Tod verbleibe ich stets

Deine Dich liebende

Mary.‹

Was kann der Brief zu bedeuten haben, Mr Holmes? Glauben Sie, dass er auf Selbstmord hindeutet?«

»Nein, nein; kein Gedanke daran. Diese Lösung ist vielleicht die allerbeste. Ich glaube, Mr Holder, Sie sind dem Ende Ihrer Kümmernisse nahe.«

»Ha, Sie sagen das? Sie haben etwas gehört, Mr Holmes, Sie haben etwas erfahren? Wo sind die Steine?«

»Würden Ihnen tausend Pfund für das Stück zu hoch erscheinen?«

»Ich gebe das Zehnfache dafür.«

»So viel braucht es nicht. Mit dreitausend Pfund ist die Sache gedeckt. Um eine kleine Belohnung wird es sich freilich auch noch handeln. Haben Sie Ihr Scheckbuch bei sich? Hier ist eine Feder. Schreiben Sie lieber viertausend Pfund.«

Mit ganz verdutzter Miene fertigte der Bankier den verlangten Scheck aus. Holmes ging nun an sein Schreibpult, nahm ein kleines dreieckiges Stück Gold heraus, an dem sich drei Steine befanden, und warf es auf den Tisch.

Der Bankier stieß einen Freudenschrei aus und griff danach.

»Sie haben es!«, stammelte er. »Ich bin gerettet, ich bin gerettet!«

Der Ausbruch seines Entzückens war jetzt ebenso leidenschaftlich wie es zuvor sein Kummer gewesen; er drückte die wiedergewonnenen Steine an die Brust.

»Sie haben noch eine Schuld zu tilgen, Mr Holder«, bemerkte Holmes ziemlich ernst.

»Noch eine Schuld?« Er griff nach einer Feder. »Nennen Sie nur die Summe, und ich werde sie bezahlen.«

»Nein. Die Schuld betrifft nicht mich. Ihrem Sohn schulden Sie eine recht demütige Abbitte. Der hochherzige Jüngling hat sich in dieser Sache so brav gehalten, dass ich stolz auf meinen eigenen Sohn sein würde, falls ich je einen bekommen sollte, hätte er im gleichen Fall ebenso gehandelt.«

»Also ist Arthur nicht der Dieb?«

»Nein, wie ich Ihnen gestern schon sagte und heute wiederhole.«

»Sie wissen es gewiss? Dann lassen Sie uns gleich zu ihm eilen, um ihm zu sagen, dass man den wahren Sachverhalt kennt.«

»Er weiß bereits alles. Sobald ich selbst in Betreff der Sache zur Klarheit gekommen war, suchte ich ihn auf. Da er sich nicht dazu entschließen wollte, mir den Hergang zu erzählen, so erzählte ich ihm denselben. Darauf konnte er nicht umhin, einzuräumen, dass ich das Richtige getroffen habe, und die wenigen Einzelheiten hinzuzufügen, die mir noch unverständlich waren. Die Neuigkeit, die Sie heute mitgebracht haben, öffnet ihm vielleicht vollends die Lippen.«

»So sagen Sie mir um des Himmels willen, was ist das für ein unbegreifliches Rätsel?«

»Das will ich, und ich werde Ihnen auch sagen, was für Schritte ich getan habe, um zur Lösung desselben zu gelangen. Vor allem lassen Sie mich Ihnen mitteilen, was für mich auszusprechen und für Sie zu hören am schmerzlichsten ist: Ihre Nichte Mary handelte im Einverständnis mit Sir George Burnwell. Sie sind jetzt zusammen entwichen.«

»Meine Mary – unmöglich!«

»Es ist leider mehr als möglich, es ist sicher. Weder Sie selbst noch Ihr Sohn kannten den wahren Charakter dieses Menschen, als Sie ihm in Ihrem häuslichen Kreis Aufnahme gewährten. Er ist eines der gefährlichsten Subjekte in ganz England – ein heruntergekommener Spieler, ein ganz verzweifelter Schurke, ein Mensch ohne Herz und Gewissen. Ihre Nichte hatte keine Ahnung davon, dass es solche Menschen auf der Welt gäbe. Als er ihr seine Liebesschwüre zuflüsterte, wie hundert anderen vor ihr, schmeichelte sie sich, die einzige zu sein, die sein Herz gerührt habe. Der Teufel mag wissen, wie er es anfing, aber er brachte es dahin, dass sie zu seinem willenlosen Werkzeug wurde und fast jeden Abend mit ihm zusammentraf.«

»Ich kann, ich will es nicht glauben!«, rief der Bankier mit aschfahlem Gesicht.

»Nun, dann will ich Ihnen erzählen, was vorletzte Nacht in Ihrem Haus vorging. Als Ihre Nichte annahm, Sie haben sich in Ihr Zimmer zurückgezogen, schlüpfte sie hinunter und unterhielt sich mit ihrem Liebhaber durch das Fenster, das nach dem Gässchen bei den Ställen hinausgeht. Seine Fußstapfen haben sich ganz durch den Schnee durchgedrückt, so lange hat er dort gestanden. Sie erzählte ihm von dem Schmuck. Diese Kunde entflammte seine verruchte Gier nach Gold, und er gewann sie für seine Pläne. Ich zweifle nicht an ihrer Anhänglichkeit für Sie, allein es gibt weibliche Wesen, bei denen neben der Anhänglichkeit an einen Geliebten keine andere mehr Raum findet, und zu diesen muss sie wohl gehört haben. Sie hatte kaum die nötigen Vorschriften für ihr Verhalten von ihm empfangen, als sie Sie die Treppe herunterkommen sah, worauf sie das Fenster eiligst schloss und Ihnen die Geschichte von dem Dienstmädchen erzählte, das sich zu dem stelzfüßigen Liebhaber hinausgeschlichen habe, womit es auch seine volle Richtigkeit hatte.

Ihr Sohn begab sich nach der Unterredung mit Ihnen wohl zu Bett, konnte aber vor Sorgen wegen seiner Schulden im Klub nicht schlafen. Mitten in der Nacht hörte er jemand mit leisem Tritt an seiner Tür vorbeischleichen. Er stand auf, schaute hinaus und sah mit höchster Verwunderung seine Base ganz verstohlen durch den Gang gleiten und in Ihrem Ankleidezimmer verschwinden. Starr vor Staunen warf er ein paar Kleidungsstücke über und harrte im Dunkeln auf die weitere Entwicklung dieser merkwürdigen Geschichte. Nun kam sie wieder aus dem Zimmer heraus, und beim Schein der Flurlampe sah Ihr Sohn, dass sie das kostbare Schmuckstück in der Hand hatte. Sie ging die Treppe hinunter, und er eilte, zitternd vor Schrecken, zu dem Vorhang bei Ihrer Tür, um, dahinter versteckt, sehen zu können, was unten im Hausgang vorgehe. Er sah, wie sie verstohlen das Fenster aufmachte und das Schmuckstück jemandem im Dunkeln reichte, dann das Fenster wieder schloss und eiligst den Rückweg zu ihrem Zimmer einschlug, der sie ganz dicht an seinem Versteck vorbeiführte.

Solange sie sich auf dem Schauplatz befand, konnte er nichts unternehmen, ohne das Mädchen, das er liebte, aufs Furchtbarste bloßzustellen. Aber sobald sie verschwunden war, machte er sich klar, was für ein namenloses Unglück für Sie daraus entstehen müsste und wie unendlich wichtig es sei, das Kleinod zurückzubekommen. Barfuß, wie er ging und stand, eilte er hinab, öffnete das Fenster, sprang in den Schnee hinaus und rannte das Gässchen entlang, wo er eine dunkle Gestalt im Mondschein bemerkte. Es war Sir George, der sich aus dem Staub zu machen suchte, allein Arthur holte ihn ein und rang mit ihm, wobei beide an dem Schmuckstück zerrten, Ihr Sohn an einem Ende, sein Gegner am anderen. Auf einmal knackte es, und Ihr Sohn sah, dass ihm der Schmuck in der Hand geblieben war. Er eilte nun ins Haus zurück, machte das Fenster wieder zu und ging hinauf in Ihr Ankleidezimmer. Dort bemerkte er, dass der Schmuck im Handgemenge verbogen worden war. Als er noch versuchte, denselben wieder zurechtzubiegen, erschienen Sie auf dem Schauplatz.«

»Ist es möglich?«, stammelte der Bankier.

»Nun brachten Sie ihn in Wut, indem Sie ihm alle möglichen Schimpfreden ins Gesicht schleuderten, in einem Augenblick, wo er sich bewusst war, Ihren wärmsten Dank verdient zu haben. Den wahren Sachverhalt konnte er nicht enthüllen, ohne ein Weib zu verraten, das sicherlich keine große Rücksicht von seiner Seite verdient hatte. Er stellte sich jedoch auf den ritterlichen Standpunkt und wahrte ihr Geheimnis.«

»Also darum ihr Schrecken und ihre Ohnmacht beim Anblick des Schmuckes!«, rief Mr Holder aus. »Oh, mein Gott, was war ich doch für ein blinder Narr! Und seine Bitte, auf fünf Minuten vor das Haus gehen zu dürfen! Der liebe Junge wollte nur sehen, ob das fehlende Stück nicht noch auf dem Kampfplatz liege. Wie grausam von mir, wie habe ich ihn verkannt!«

»Sogleich nach meinem Eintreffen ging ich sorgfältig um das ganze Haus herum, um nach Spuren im Schnee zu suchen, die mir von Wert sein könnten. Ich wusste, dass seit dem Abend vorher kein Schnee mehr gefallen war, und bei dem starken Frost hatten sich auch die Eindrücke unverändert erhalten. Ich ging den Lieferantenweg entlang. Hier war jedoch alles zusammengetreten, sodass man nichts zu unterscheiden vermochte. Nur gerade oberhalb des Eingangs zur Küche hatte eine Frauensperson bei einem Mann gestanden, der, nach den runden Spuren seines einen Fußes zu schließen, ein hölzernes Bein trug. Man vermochte sogar zu erkennen, dass sie gestört worden waren, denn die Frauensperson war rasch zur Tür zurückgelaufen, wie die leichten Eindrücke ihrer Zehen im Gegensatz zur Ferse bewiesen, während der Stelzfuß noch eine Zeitlang gewartet und sich dann erst entfernt hatte. Ich dachte mir gleich, es werde das Dienstmädchen und ihr Liebhaber gewesen sein, von denen Sie bereits gesprochen hatten, und meine weiteren Nachforschungen bestätigten dies auch. Auf dem Gang durch den Garten konnte ich zahlreiche regellos durcheinanderlaufende Fußspuren bemerken, die ich den Polizeileuten zuschrieb. Als ich jedoch in das Stallgässchen kam, stand daselbst in den Schnee geschrieben eine ganze, lange, verwickelte Geschichte vor meinen Augen.

Da war eine zweifache Reihe von männlichen Stiefelspuren und eine weitere Doppelreihe von Eindrücken, die – wie ich zu meiner Freude sah – von den bloßen Füßen eines Mannes herrührten. Aufgrund Ihrer Erzählung war ich augenblicklich überzeugt, dass dieser Mann Ihr Sohn sein müsse. Der erste war hinauf- und heruntergegangen, der andere dagegen war rasch gelaufen, und da sein Tritt an manchen Stellen über den des ersten fortging, war er offenbar nach diesem gekommen. Ich folgte den Spuren und fand, dass sie zu dem Fenster im Hausgang führten, wo der mit den Stiefeln so lange gestanden hatte, dass der Schnee völlig weggetreten war. Dann ging ich ihnen bis zu ihrem anderen Ende nach, etwa hundert Ellen das Gässchen hinunter. Ich fand eine Stelle, wo der Gestiefelte sich umgewendet hatte und der Schnee aufgewühlt war, als ob daselbst ein Kampf stattgefunden, eine Vermutung, welche durch ein paar Blutstropfen, die im Schnee zu sehen waren, ihre Bestätigung fand. Der Gestiefelte war sodann rasch das Gässchen hinabgelaufen, und eine zweite kleine Blutspur zeigte mir, dass er es war, der die Verwundung erhalten hatte. Auf der Straße draußen ließ sich die Spur nicht weiter verfolgen, da der Fußsteig inzwischen gesäubert worden war.

Nach meiner Rückkehr ins Haus untersuchte ich, wie Sie sich erinnern, den Sims und den Rahmen an dem Gangfenster mit einem Vergrößerungsglas und konnte dabei sogleich erkennen, dass jemand hinausgestiegen war. Ferner vermochte ich die Umrisse eines nassen Fußes zu unterscheiden, den jemand beim Hereinsteigen aufgesetzt hatte. Nun fühlte ich mich allmählich imstande, mir ein Bild von den Vorgängen zu machen. Ein Mann hatte vor dem Fenster gewartet, bis ihm jemand die Steine hinausbrachte. Ihr Sohn hatte die Tat mit angesehen, den Dieb verfolgt und mit diesem gerungen, wobei sie beide an dem Schmuckstück zogen und dieses so mit vereinter Kraft in einer Weise beschädigten, wie dies keinem von beiden allein möglich gewesen wäre. Ihr Sohn trug die Siegesbeute davon, hatte jedoch ein Stück derselben seinem Gegner in den Händen lassen müssen. So weit war ich im Reinen. Nun entstand die Frage, wer war dieser letztere und wer hatte ihm den Schmuck hinuntergebracht?

Es ist ein alter Grundsatz von mir, dass, nachdem alles Unmögliche ausgeschlossen worden ist, man in dem, was übrig bleibt, so unwahrscheinlich es sein mag, die Wahrheit finden muss. Nun wusste ich, dass Sie den Schmuck nicht hinuntergebracht hatten, demnach blieben nur noch Ihre Nichte und die Dienstmädchen übrig. Aber wenn es eines der Dienstmädchen war, warum hatte sich Ihr Sohn an Stelle desselben beschuldigen lassen? Dafür war kein vernünftiger Grund zu finden. Er liebte jedoch seine Base, und darin lag eine vortreffliche Erklärung für sein Bestreben, deren Geheimnis zu wahren – umso mehr, als es ein entehrendes Geheimnis war. Wenn ich ferner bedachte, dass Sie Ihre Nichte an jenem Fenster gesehen hatten und sie in Ohnmacht gefallen war, als sie den Schmuck wieder erblickte, wurde meine Vermutung zur Gewissheit.

Und wer konnte es sein, mit dem sie unter einer Decke steckte? Ein Geliebter offenbar, denn nur ein solcher wäre imstande gewesen, über die Liebe und Dankbarkeit, die sie für Ihre Person empfinden musste, den Sieg davonzutragen. Ich wusste, dass Sie wenig ausgingen und Ihr Bekanntenkreis ein sehr beschränkter war. Allein zu diesem Letzteren gehörte Sir George Burnwell. Ich hatte schon früher erfahren, dass er bei den Frauen berüchtigt sei. Von ihm mussten die Stiefelspuren herrühren, in seinem Besitz mussten sich die fehlenden Steine befinden. Trotzdem er von Arthur entdeckt worden war, durfte er sich mit der Hoffnung schmeicheln, unbehelligt zu bleiben, denn der junge Mann konnte ja kein Wort sagen, ohne seine eigene Familie bloßzustellen.

Nun werden Sie sich leicht denken können, welche Schritte ich zunächst tat. Ich begab mich, als Trödler verkleidet, in Sir Georges Wohnung, wo ich mit dessen Diener Bekanntschaft anzuknüpfen wusste, und erfuhr, dass sich sein Herr den Abend vorher am Kopf verletzt habe. Durch eine Ausgabe von sechs Schilling stellte ich dann vollends die ganze Wahrheit fest. Ich kaufte nämlich ein Paar seiner abgelegten Stiefel, nahm sie mit nach Streatam und überzeugte mich, dass sie vollkommen in die Fußspuren passten.«

»Ich bemerkte gestern allerdings einen Strolch in abgerissener Kleidung vor meinem Haus«, warf Mr Holder ein.

»Ganz recht. Das war ich. Nachdem ich meines Mannes sicher war, wechselte ich zu Hause die Kleider. Nun harrte meiner noch eine heikle Aufgabe; denn ich sah ein, dass, um Aufsehen zu vermeiden, keine Verfolgung der Sache stattfinden dürfe, und wusste, ein solch abgefeimter Schurke würde sofort durchschauen, dass uns in dieser Sache die Hände gebunden seien. Ich suchte ihn also auf. Zuerst leugnete er natürlich alles. Als ich ihm jedoch sämtliche Einzelheiten des Hergangs vorhielt, machte er Miene, gewalttätig zu werden und nahm einen Totschläger von der Wand. Ich kannte meinen Mann und drückte ihm, ehe er zuschlug, eine Pistole an die Stirn. Nun wurde er etwas vernünftiger. Ich erklärte ihm, wir seien bereit, ihm die Steine abzukaufen, und zwar um tausend Pfund das Stück. Diese Eröffnung entlockte ihm zum ersten Mal ein Zeichen des Bedauerns. ›Verwünscht!‹, rief er, ›ich habe sie alle zusammen für sechshundert Pfund losgeschlagen.‹ Durch die Zusage, dass jede Verfolgung der Sache unterbleibe, brachte ich ihn bald so weit, mir die Adresse des Käufers der Steine zu geben. Augenblicklich machte ich mich dorthin auf und erhielt endlich nach langem Feilschen unsere Steine für tausend Pfund das Stück. Dann sprach ich noch bei Ihrem Sohn vor, um ihm mitzuteilen, dass alles in Ordnung sei, und begab mich endlich gegen zwei Uhr in mein Bett nach einem Tagewerk, das gewiss ein schweres genannt werden darf.«

»Einem Tagewerk, durch das Sie dem Vaterland ein schlimmes Ärgernis erspart haben«, versetzte der Bankier, indem er sich erhob. »Die Worte fehlen mir, um Ihnen meinen Dank gebührend auszudrücken, aber Ihre Leistung soll nicht unbelohnt bleiben. Ihr Scharfsinn übersteigt in der Tat alles, was ich je Ähnliches gehört habe. Aber jetzt muss ich zu meinem lieben Jungen eilen, um ihm das Unrecht abzubitten, das ich ihm angetan habe. Was die arme Mary betrifft, so bin ich durch Ihre Auskunft über sie im Innersten erschüttert. Mir zu sagen, wo sie jetzt sein mag, dazu reicht aber freilich selbst Ihr Scharfsinn nicht hin.«

»Ich glaube, wir dürfen kecklich behaupten«, erwiderte Holmes, »sie befindet sich da, wo Sir George Burnwell ist. Wie groß aber auch ihr Unrecht sein mag, so wird sie sicherlich gar bald die Strafe für alle ihre Sünden in mehr als genügendem Maß erhalten.«

Das Landhaus in Hampshire

»Wer die Kunst um ihrer selbst willen liebt«, begann eines Tages Sherlock Holmes, indem er das Anzeigenblatt des ›Telegraph‹ aus der Hand legte, »der findet häufig in den unwichtigsten und geringfügigsten Erscheinungen den höchsten Genuss. Wie ich mit Vergnügen sehe, haben Sie sich, mein lieber Watson, diese Wahrheit bis zu einem gewissen Grad zu eigen gemacht. Haben Sie doch in den kurzen Berichten über unsere Fälle, die Sie aufzuzeichnen und – ich muss es sagen – gelegentlich auch auszuschmücken so freundlich waren, nicht sowohl die vielen ›causes célèbres‹ und sensationellen Prozesse, in denen ich eine Rolle gespielt habe, in den Vordergrund gestellt, als vielmehr jene kleinen Fälle, die – obwohl an sich vielleicht alltäglicher Art – mir doch oft gerade Gelegenheit zu den streng folgerichtigen Beweisführungen und Schlüssen gaben, die meine eigenste Spezialität bilden.«

»Und doch«, versetzte ich, »kann ich mich selbst nicht ganz von dem Vorwurf der Sensationssucht freisprechen, der gegen meine Berichte schon erhoben worden ist.«

»Sie haben vielleicht den Fehler gemacht«, fuhr er fort, während er mit einem Stückchen glühender Kohle aus dem Kamin seine lange Weichselrohrpfeife anbrannte, die er an Stelle der Tonpfeife zu nehmen pflegte, wenn er sich eher in streitbarer als in beschaulicher Stimmung befand – »Sie haben vielleicht den Fehler gemacht, dass Sie sich bemüht haben, allen unseren Leistungen Farbe und Leben zu verleihen, statt sich auf die Darstellung meiner streng logischen Schlussfolgerungen von der Ursache auf die Wirkung zu beschränken, die in Wirklichkeit das einzig Bemerkenswerte an der ganzen Sache bilden.«

»Ich denke doch, ich habe Ihnen dabei volle Gerechtigkeit angedeihen lassen«, entgegnete ich etwas kühl, denn mir war das starke Selbstgefühl zuwider, welches, wie ich mich schon mehr als einmal überzeugt hatte, einen ziemlich ausgesprochenen Zug in meines Freundes merkwürdigem Charakter bildete.

»Nein, es ist nicht Eigenliebe oder Einbildung von mir«, bemerkte er darauf, indem er nach seiner Gewohnheit nicht meine Äußerung beantwortete als vielmehr das, was ich dabei gedacht hatte. »Wenn ich volle Gerechtigkeit für meine Kunst verlange, so tue ich das, weil ich dieselbe als etwas Unpersönliches – als etwas über mir Stehendes betrachte. Verbrechen kommen alle Tage vor, streng folgerichtiges Denken findet sich selten. Deshalb hätten Sie sich mehr bei dem Letzteren als bei Ersterem aufhalten sollen. Statt einer Reihe belehrender Vorträge ist unter Ihrer Hand ein ganz gewöhnliches Geschichtenbuch entstanden.«

Es war ein kalter Morgen am Beginn des Frühjahrs, als wir nach dem Frühstück unter solchen Reden bei einem munter flackernden Feuer in dem alten Zimmer in der Baker Street beisammensaßen. Dicker Nebel wallte zwischen den schwärzlichen Häuserreihen, und die Fenster gegenüber nahmen sich hinter den schweren gelben Dunststreifen aus wie dunkle, formlose Flecken. Unsere Gaslampe brannte und warf ihren blendenden Schein auf das weiße Tischzeug, das blinkende Porzellan und Silberzeug unseres noch nicht abgedeckten Frühstückstisches. Holmes war den ganzen Morgen über sehr schweigsam gewesen und hatte sich ununterbrochen in den Anzeigenteil einer ganzen Reihe von Zeitungen vertieft, bis er schließlich seine Nachforschungen aufgab und in nicht besonders rosiger Laune aus seiner Versunkenheit erwachte, um mir über meine schriftstellerischen Missgriffe eine Vorlesung zu halten.

»Sensationssucht«, fuhr er nach einer langen Pause fort, während deren er immerzu Wolken aus seiner Pfeife geblasen und in das Kaminfeuer geblickt hatte, »wird man Ihnen übrigens kaum zur Last legen können; handelt es sich doch bei einem guten Teil der Fälle, die Sie Ihres Interesses gewürdigt haben, gar nicht um Verbrechen im strengen Sinn des Wortes. Eher sind Sie vielleicht über dem Bestreben, dem Sensationellen aus dem Weg zu gehen, ins Alltägliche verfallen.«

»Dies lässt sich wohl manchmal von dem Ausgang sagen, die Methode aber, nach der die Behandlung der Fälle erfolgte, war stets eigenartig und interessant, dabei bleibe ich.«

»Ach was, mein lieber Freund, was kümmert sich das Publikum, das große, oberflächliche Publikum, um die feineren Schattierungen streng logischer Ableitung und Schlussfolgerung! Aber wahrhaftig, wenn Ihre Erzählungen trivial ausfallen, so kann man Ihnen keinen Vorwurf daraus machen, denn die Tage der großen Fälle sind vorüber. Die Menschheit, oder zum wenigsten die Verbrecherwelt, hat alle Kühnheit und Originalität verloren.

Meine eigene bescheidene Praxis befindet sich allem Anschein nach auf dem besten Weg, zu einem Fundbüro für verlorene Gegenstände und zu einer Auskunftsstelle für Schullehrerinnen herabzusinken. Schlimmer kann es übrigens jetzt wohl kaum mehr werden. Mit dieser Zuschrift, die ich heute früh erhielt, dürfte ich vermutlich beim Nullpunkt angelangt sein. Da, lesen Sie!« Damit warf er mir einen ganz zerknitterten Brief hin. Er war den Abend vorher am Montague Square geschrieben und lautete:

> Werter Mr Holmes!
> Ich bin im Zweifel, ob ich eine mir angebotene Gouvernantenstelle annehmen soll oder nicht und möchte sehr gerne Ihren Rat in der Sache in Anspruch nehmen. Wenn ich Sie nicht störe, werde ich morgen Vormittag um halb elf Uhr bei Ihnen vorsprechen. Ihre ergebene
> Violet Hunter

»Kennen Sie die Schreiberin?«, fragte ich.
»Nein.«
»Es ist gerade halb elf.«
»Jawohl, und ich glaube, ich höre sie eben klingeln.«
»Die Sache kann interessanter ausfallen, als Sie denken; Sie erinnern sich doch der Geschichte mit dem blauen Karfunkel, die sich zuerst ganz wie eine Posse ausnahm und sich dann zu einem wichtigen Kriminalfall entwickelte. So kann es diesmal auch gehen.«

»Nun, wir wollen hoffen! Wir werden ja nicht lange im Zweifel darüber sein. Wenn ich mich nicht sehr täusche, ist die Schreiberin des Briefchens bereits zur Stelle.«

Er hatte noch nicht ausgeredet, als die Tür aufging und eine junge Dame eintrat. Sie war einfach, aber hübsch gekleidet, hatte ein frisches aufgewecktes Gesicht voll Sommersprossen und verriet durch ihr entschiedenes Auftreten, dass sie sich bis dahin allein hatte durch die Welt schlagen müssen.

»Sie nehmen mir doch nicht übel, dass ich Sie belästige?«, begann sie, als mein Freund sich erhob, um sie zu begrüßen; »aber es ist mir etwas höchst Sonderbares begegnet, und da ich keine Eltern oder sonstige Angehörige habe, die ich um Rat fragen könnte, dachte ich, Sie wären vielleicht so freundlich, mir zu sagen, was ich tun soll.«

»Bitte, nehmen Sie Platz, Miss Hunter. Mit Vergnügen stehe ich Ihnen in jeder Weise zu Diensten.«

Ich sah wohl, dass Holmes sich von dem Wesen und der Ausdrucksweise seiner neuen Klientin angenehm berührt fühlte. Er ließ den Blick prüfend über sie hingleiten und setzte sich dann mit gesenkten Lidern und aneinandergelegten Fingerspitzen zurecht, um ihrer Geschichte zuzuhören.

»Ich war fünf Jahre lang Erzieherin in der Familie des Obersten Spence Munro«, begann sie. »Allein vor etwa zwei Monaten erhielt derselbe einen Posten in Halifax in Neu-Schottland und nahm seine Kinder mit, sodass ich meine Stelle verlor. Längere Zeit suchte ich durch die Zeitungen nach einem passenden Platz, jedoch ohne Erfolg. Zuletzt begann die kleine Summe, die ich mir erübrigt hatte, zur Neige zu gehen, und ich wusste mir nun nicht mehr zu helfen.

In dem bekannten Westaway'schen Stellenvermittlungsbüro im Westend pflegte ich so ziemlich jede Woche einmal nachzufragen, ob sich nicht etwas für mich gezeigt habe. Als ich nun vorige Woche von der Inhaberin des Büros, Miss Stoper, in ihr Privatkabinett gerufen wurde, fand ich einen Herrn an ihrer Seite sitzen. Er war von ungeheurer Körperfülle, und sein mächtiges Kinn fiel ihm in mehrfachen Falten auf die Brust herab; dabei hatte er äußerst freundliche Züge und trug einen Zwicker auf der Nase, durch den er die eintretenden jungen Damen angelegentlichst musterte.

Bei meinem Eintritt schnellte er förmlich von seinem Stuhl empor und wandte sich hastig zu Miss Stoper. ›Das ist die Rechte‹, sagte er, ›ich könnte gar nichts Besseres finden. Herrlich, herrlich!‹ Er schien ganz entzückt, rieb sich die Hände vor Vergnügen und machte einen solchen Eindruck von Wohlbehagen, dass es eine wahre Freude war, ihn anzuschauen.

›Sie wollen sich nach einer Stelle umsehen, Miss?‹, redete er mich an.

›Jawohl.‹

›Als Gouvernante?‹

›Ja.‹

›Und welches sind Ihre Gehaltsansprüche?‹

›In meiner letzten Stelle, bei Oberst Munro, hatte ich vier Pfund monatlich.‹

›Oh, ho, ho! Eine wahrhaft hundemäßige Bezahlung!‹, rief er, mit seinen fetten Händen in der Luft herumfahrend, als befände er sich in höchster Aufregung. ›Wie kann man nur einer Dame von so hervorragenden Eigenschaften und Leistungen eine so erbärmliche Summe bieten!‹

›Meine Leistungen sind doch vielleicht nicht so bedeutend, als Sie glauben‹, bemerkte ich. ›Etwas Französisch, etwas Deutsch, Musik und Zeichnen.‹

›Ah, pah, pah‹, rief er, ›das kommt alles nicht infrage. Ob Sie Erscheinung und Benehmen einer Dame von Stand haben oder nicht, darauf allein kommt es an. Ist dies nicht der Fall, so eignen Sie sich nicht zur Erziehung eines Kindes, dem eines Tages vielleicht eine wichtige Rolle in der Geschichte des Landes zufallen wird. Trifft es aber zu, wie konnte Ihnen dann ein anständiger Mann zumuten, sich mit weniger als hundert Pfund zu begnügen? Bei mir würde Ihr Gehalt mit diesem Betrag beginnen.‹

Sie können sich vorstellen, Mr Holmes, dass mir in meiner bedrängten Lage dies Angebot so verlockend erschien, dass ich kaum meinen Ohren traute. Der Herr jedoch, der vielleicht den ungläubigen Ausdruck auf meinem Gesicht bemerkte, nahm nun eine Banknote aus seiner Brieftasche.

›Es ist außerdem meine Gewohnheit‹, fuhr er fort und verzog dabei sein Gesicht zu einem so liebenswürdigen Lächeln, dass seine Augen nur noch wie zwei glänzende Streifen zwischen den sie umgebenden Falten hervorblitzten, ›meinen jungen Damen die Hälfte ihres Gehaltes im Voraus auszuhändigen, damit ihnen die kleinen Auslagen für die Reise und für ihre Garderobe nicht schwer fallen.‹

Eine derartige Liebenswürdigkeit und Rücksicht war mir, soweit ich mich erinnern konnte, in meinem ganzen Leben noch bei keinem Herrn vorgekommen. Da ich bereits Schulden bei meinen Lieferanten hatte, so kam mir der Vorschuss sehr gelegen; aber trotzdem lag etwas Unnatürliches in dem ganzen Handel, das in mir den Wunsch erweckte, noch einiges Nähere zu erfahren, ehe ich mich völlig band.

›Darf ich fragen, wo Sie wohnen?‹, fragte ich.

›Hampshire – Copper Beeches; reizender Landsitz fünf Meilen hinter Winchester. Sie können sich keine anmutigere Gegend, keine heimlichere Behausung denken, mein liebes Fräulein.‹

›Und meine Obliegenheiten? Darüber möchte ich doch auch gerne etwas erfahren.‹

›Ein einziges Kind, ein kleiner, lieber Bengel von genau sechs Jahren. Wenn Sie sehen könnten, wie er Schaben und andere Käfer mit dem Pantoffel totschlägt! Klatsch, klatsch! geht es, und im Nu sind sie kaputt.‹ Dabei lehnte er sich in den Stuhl zurück und lachte wieder, dass seine Augen völlig verschwanden.

Ich war nicht wenig verdutzt über den eigentümlichen Zeitvertreib des Kindes, allein da dessen Vater so darüber lachte, dachte ich, er mache vielleicht Scherz.

›Meine einzige Obliegenheit wäre also‹, fragte ich weiter, ›für das eine Kind zu sorgen?‹

›Nein, nein, das ist nicht alles!‹, rief er. ›Sie wären außerdem verpflichtet, was Sie ja gewiss als selbstverständlich betrachten würden, den Weisungen vonseiten meiner Frau nachzukommen, vorausgesetzt, dass deren Befolgung für eine gebildete Dame keinerlei Anstoß böte. Dagegen haben Sie doch kein Bedenken, wie?‹

›Es wird mir ein Vergnügen sein, mich nützlich machen zu können.‹

›Nun, ja, zum Beispiel was die Kleidung betrifft. Wir sind wunderliche Leute, wissen Sie – wunderlich, aber gutmütig. Falls wir von Ihnen verlangten, ein Kleid von uns anzuziehen, würden Sie keinen Einwand gegen diesen kleinen Wunsch erheben, nicht wahr?‹

›Nein‹, erwiderte ich, ziemlich erstaunt über diese Äußerung.

›Oder sich dahin und dorthin zu setzen – daran würden Sie doch keinen Anstoß nehmen?‹

›Oh nein.‹

›Oder vor Ihrem Eintritt bei uns Ihr Haar ganz kurz abzuschneiden?‹

Ich traute meinen Ohren kaum. Wie Sie vielleicht bemerken, Mr Holmes, ist mein Haar ziemlich üppig und hat eine ganz besondere kastanienbraune Färbung, die schon von künstlerischer Seite Beachtung gefunden hat. Es fiel mir deshalb nicht ein, es so kurzerhand einfach zu opfern.

›Ich bedaure, aber das geht schlechterdings nicht‹, erwiderte ich. Er hatte seine kleinen Augen voll gespannter Erwartung auf mich geheftet, und ich sah, wie bei meiner Antwort ein Schatten über seine Züge flog.

›Leider ist dieser Punkt ganz wesentlich‹, sagte er. ›Es ist das eine kleine Grille von meiner Frau, und auf weibliche Grillen muss man Rücksicht nehmen, wissen Sie, Fräulein. Also, Sie wollen Ihr Haar wirklich nicht abschneiden?‹

›Nein, dazu könnte ich mich in der Tat unmöglich entschließen‹, antwortete ich fest.

›So, dann muss ich leider verzichten. Es ist schade, denn Sie würden sonst wirklich sehr hübsch gepasst haben. Unter diesen Umständen, Miss Stoper, möchte ich gerne noch ein paar von Ihren jungen Damen sehen.‹

Die Genannte hatte sich die ganze Zeit über mit ihren Papieren zu schaffen gemacht, ohne an einen von uns beiden ein Wort zu richten, allein nun warf sie mir einen so unfreundlichen Blick zu, dass ich nicht anders annehmen konnte, als dass ich sie durch meine abschlägige Antwort um eine recht ansehnliche Vermittlungsgebühr gebracht habe.

›Wünschen Sie noch länger vorgemerkt zu bleiben?‹, fragte sie mich.

›Bitte, ja, Miss Stoper.‹

›Nun, das wird wohl keinen großen Wert haben, da Sie die vortrefflichsten Anerbietungen in dieser Weise ausschlagen. Sie können doch kaum von uns erwarten, dass wir uns noch viele Mühe geben werden, Ihnen abermals eine solche Gelegenheit zu verschaffen. Guten Tag, Miss Hunter.‹ Damit gab sie dem Türsteher das Zeichen, mich hinauszugeleiten.

Als ich nun wieder zu Hause war, Mr Holmes, und dort nichts vorfand als eine ziemlich leere Speisekammer und auf dem Tisch zwei oder drei Rechnungen, da begann ich mir doch die Frage vorzulegen, ob ich nicht einen törichten Streich gemacht habe. Denn schließlich, wenn diese Leute absonderliche Launen hatten und höchst merkwürdige Dinge von einem verlangten, so zahlten sie auch gehörig dafür. Hundert Pfund im Jahr verdienen nur sehr wenige Gouvernanten in England. Und dann, was nützten mir meine Haare? Es gibt viele, denen sie kurz geschnitten besser stehen; vielleicht gehöre ich auch zu dieser Zahl. Am nächsten Tag neigte ich bereits sehr der Auffassung zu, dass ich einen Fehler begangen hätte, und am dritten war ich fest davon überzeugt. Ich hatte meinen Stolz schon beinahe so weit überwunden, dass ich nochmals auf dem Büro nachfragen wollte, ob die Stelle noch offen sei, als ich von dem Herrn selbst diesen Brief hier erhielt. Ich will Ihnen denselben vorlesen:

> The Copper Beeches bei Winchester.
>
> Wertes Fräulein!
>
> Miss Stoper war so freundlich, mir Ihre Adresse zu geben; ich schreibe Ihnen deshalb von hier aus, um bei Ihnen anzufragen, ob Sie sich Ihren Entschluss noch einmal überlegt haben. Meine Frau wünscht sehr, dass Sie bei uns eintreten; sie ist ganz entzückt von der Schilderung, die ich ihr von Ihnen gemacht habe. Wir sind bereit, 30 Pfund das Vierteljahr, also jährlich 120 Pfund zu geben, um Sie für alle Unannehmlichkeiten, die Ihnen etwa aus unseren Grillen erwachsen könnten, schadlos zu halten. Im Grunde wollen diese Letzteren übrigens gar nicht so viel bedeuten. Meine Frau hat eine Vorliebe für eine ganz bestimmte Schattierung von ›bleu électrique‹ und wünscht deshalb, dass Sie morgens im Haus ein Kleid von dieser Farbe tragen. Sie brauchen sich jedoch ein solches nicht anzuschaffen, da wir selbst eines besitzen, das meiner zur Zeit in Philadelphia befindlichen lieben Tochter gehörte und das Ihnen vermutlich vollkommen passen wird.

Unsere besonderen Wünsche wegen des Ortes, wo Sie sich hinsetzen, oder wegen der Art, wie Sie sich die Zeit vertreiben sollen, werden Ihnen keinerlei Unannehmlichkeit verursachen. Was Ihr Haar betrifft, so ist es schade darum; mir selbst ist während unseres kurzen Zusammenseins dessen Schönheit aufgefallen, allein leider muss ich auf diesem Punkt unwiderruflich beharren und will nur hoffen, dass Sie in der Erhöhung Ihres Gehalts einen Ersatz für den Verlust finden. Ihre Obliegenheiten bei dem Kind sind nicht schwer. Also machen Sie den Versuch; ich werde Sie von Winchester in meinem Wagen abholen. Lassen Sie mich wissen, mit welchem Zug Sie eintreffen.

Ihr ergebener
Jephro Rucastle.

Dies ist der Brief, und ich bin entschlossen, die Stelle anzunehmen. Ehe ich jedoch den entscheidenden Schritt tue, wollte ich gerne die ganze Angelegenheit noch Ihrer Erwägung unterbreiten.«

»Wenn Sie sich bereits entschlossen haben, Miss Hunter, so ist die Frage ja schon entschieden«, meinte Holmes lächelnd.

»Sind Sie denn der Ansicht, ich sollte sie lieber abschreiben?«

»Hätte eine Schwester von mir Aussicht auf diese Stelle, wäre mir dies nicht gerade erwünscht, das muss ich gestehen.«

»Wie soll man sich nur alles erklären, Mr Holmes?«

»Ohne nähere Anhaltspunkte möchte ich keine Vermutung aussprechen. Vielleicht haben Sie sich selbst eine Ansicht darüber gebildet?«

»Ich kann mir nur eine einzige Erklärung dafür denken. Mr Rucastle machte einen sehr freundlichen, gutmütigen Eindruck. Wäre es nicht möglich, dass seine Frau verrückt ist und dass er dies geheimzuhalten sucht, damit sie nicht etwa in eine Anstalt verbracht wird, und dass er ihren tollen Launen in jeder Weise entgegenkommt, um einem Ausbruch vorzubeugen?«

»Diese Erklärung hat, wie die Sache liegt, in der Tat am meisten für sich. So viel ist jedenfalls sicher, dass eine solche Häuslichkeit nichts Anziehendes für eine junge Dame hat.«

»Aber das Gehalt, Mr Holmes, das Gehalt!«

»Nun ja, freilich, die Bezahlung ist gut – zu gut; das ist es gerade, was mir nicht behagen will. Warum bezahlt man Ihnen 120 Pfund im Jahr, während unter gewöhnlichen Verhältnissen 40 Pfund vollauf genügen? Dahinter muss ein ganz gewichtiger Grund stecken.«

»Ich dachte, es wäre gut, Sie in die Verhältnisse einzuweihen, damit Sie wissen, um was es sich handelt, falls ich später einmal Ihrer Hilfe bedürfen sollte. Das Bewusstsein, dass Sie hinter mir stehen, würde mir viel mehr Mut verleihen.«

»Nun, dieses Bewusstsein dürfen Sie getrost mitnehmen. Ich versichere Ihnen, dass Ihr kleines Problem das interessanteste zu werden verspricht, das mir seit mehreren Monaten vorgekommen ist. Es bietet einige Züge ganz besonderer, überraschender Art. Sollten Sie sich je einmal in Zweifel oder in Gefahr befinden ...«

»Gefahr? – Was für eine Gefahr denken Sie sich als möglich?«

Holmes schüttelte ernst den Kopf. »Könnten wir uns darüber bestimmt aussprechen, wäre es ja keine Gefahr mehr. Doch es bedarf nur eines Telegramms, und ich werde zu jeder Tages- oder Nachtstunde zu Ihrem Beistand bereit sein.«

»Das genügt.« Damit erhob sie sich frisch und munter, und ihre Züge zeigten keine Spur von Ängstlichkeit mehr. »Nun gehe ich ganz guten Mutes meiner neuen Bestimmung entgegen. Ich werde Mr Rucastle unverzüglich schreiben, mein teures Haar heute Abend opfern und morgen nach Winchester fahren.«

»Die junge Dame scheint mir Manns genug zu sein, sich selbst zu beschützen«, bemerkte ich, als wir ihren raschen, festen Schritt auf der Treppe hörten.

»Sie wird es wohl auch tun müssen«, erwiderte Holmes ernst; »wenn ich mich nicht sehr täusche, werden wir schon in wenigen Tagen Nachricht von ihr erhalten.«

Es dauerte auch gar nicht lange, so ging seine Vorhersage in Erfüllung. Während der nächsten vierzehn Tage ertappte ich meine Gedanken häufig auf der Wanderung zu dem alleinstehenden Mädchen, das vom Schicksal auf einen so rätselhaften Irrweg verschlagen worden war. Das ungewöhnlich hohe Gehalt, die sonderbaren Bedingungen, die leichten Obliegenheiten – dies alles war ganz gegen die Regel, und doch konnte ich schlechterdings nicht mit mir darüber ins Reine kommen, ob es sich dabei nur um eine verrückte Laune oder um einen verbrecherischen Zweck handelte und ob der Mann ein philanthropischer Schwärmer oder ein Schurke war. Was Holmes betrifft, so sah ich ihn oft eine volle halbe Stunde lang mit gerunzelten Brauen in tiefes Nachdenken versunken dasitzen; fing ich jedoch von der Sache an, winkte er immer ab. »Tatsachen, Tatsachen!«, rief er ungeduldig aus. »Ich muss doch vor allem festen Grund unter den Füßen haben.« Wenn er sich aber dann erhob, machte er jedesmal die Bemerkung, seiner eigenen Schwester würde er niemals gestattet haben, eine derartige Stelle anzunehmen. Das erwartete Telegramm traf eines Abends spät ein, als ich eben im Begriff war, mich zurückzuziehen, und Holmes sich anschickte, seine geliebten chemischen Untersuchungen anzustellen, die ihn die ganze Nacht festhielten; hatte ich ihn doch schon oft abends über seine Gefäße und Gläser gebeugt verlassen und ihn am nächsten Morgen zur Frühstücksstunde noch in derselben Stellung getroffen. Er riss den gelben Umschlag auf, überflog den Inhalt der Depesche, und dann reichte er sie mir.

»Sehen Sie gleich die Züge im Kursbuch nach«, sagte er dabei, indem er sich wieder seiner Beschäftigung zuwandte. Es war eine kurze, dringende Aufforderung. Sie lautete:

>»Kommen Sie bitte morgen Mittag in den ›Schwarzen Schwan‹ in Winchester. Kommen Sie ganz bestimmt, ich weiß nicht mehr aus noch ein. Hunter.«

»Wollen Sie mich begleiten?«, fragte Holmes aufschauend.

»Ja, gerne.«

»Dann sehen Sie nur gleich nach.«

»Ein Zug um halb zehn Uhr«, sagte ich, in mein Kursbuch blickend, »trifft in Winchester um halb zwölf Uhr ein.«

»Das passt ja ganz gut. Dann will ich meine Untersuchung hier lieber auf sich beruhen lassen, denn wir müssen morgen früh frisch und munter sein.«

Am nächsten Vormittag befanden wir uns gegen elf Uhr nicht mehr weit vom Ziel unserer Fahrt. Holmes hatte sich während der ganzen Zeit in die Morgenblätter vergraben. Als wir jedoch auf dem Gebiet von Hampshire angelangt waren, warf er sie beiseite, um seine Blicke an der Gegend zu weiden. Es war ein wundervoller Frühlingstag, am lichtblauen Himmel flogen weiße Federwölkchen hin, und bei dem hellen Sonnenschein lag in der Luft etwas wonnig Erfrischendes. Rings in der Runde bis zu den fernen Hügeln von Aldershot blickten allenthalben die roten und grauen Dächer der Gehöfte aus dem zarten jungen Grün hervor.

»Wie frisch und hübsch diese Häuschen daliegen!«, rief ich mit der Begeisterung eines Menschen, der eben erst die Nebeldünste Londons hinter sich gelassen hatte.

Doch Holmes schüttelte ernst den Kopf. »Wissen Sie, Watson«, meinte er, »das gehört mit zu den Schattenseiten meiner Geistesanlage, dass ich immer alles unter dem Gesichtspunkt des Falles ansehen muss, der mich gerade beschäftigt. Sie haben beim Anblick dieser zerstreuten Behausungen nur die Empfindung ihrer Schönheit. Ich dagegen muss immer daran denken, wie einsam sie liegen und wie leicht sich darin ein Verbrechen begehen lässt, das seiner Strafe entgeht.«

»Gütiger Himmel«, rief ich aus, »wer möchte bei diesen lieben alten Heimstätten an Verbrechen denken?«

»Mich erfüllen sie stets mit einem gewissen Schauder. Nach meinen Erfahrungen bin ich fest überzeugt: Die verrufensten Gassen Londons liefern keine so reiche Ausbeute an Missetaten als dieses lachende Gelände hier.«

»Das klingt ja ganz entsetzlich!«

»Und doch liegt der Grund sehr nahe. In der großen Welt tritt die öffentliche Meinung ergänzend ein, wo die Macht des Gesetzes nicht ausreicht. Da gibt es keine noch so elende Gasse, wo der Schmerzensschrei eines gequälten Kindes oder die rohe Gewalttat eines Trunkenbolds nicht Mitleid und Empörung bei den Nachbarn erweckte, auch sind sämtliche Werkzeuge der Rechtspflege jederzeit so bei der Hand, dass ein Wort der Klage hinreicht, um sie in Bewegung zu setzen, und es ist nur ein Schritt vom Verbrechen zum Gefängnis. Betrachten Sie dagegen diese einsamen Häuser, umgeben von eigenem Grund und Boden, bewohnt von armem, unwissendem Volk, das Gesetz und Recht kaum von ferne kennt. Stellen Sie sich die Taten höllischer Grausamkeit, heimlicher Verruchtheit vor, die sich vielleicht jahraus jahrein an solchen Stätten abspielen, ohne dass eine Seele es ahnt. Wäre die Familie, bei der unsere Schutzbefohlene einzutreten hatte, in Winchester, ich würde mir niemals Sorgen um sie gemacht haben; dass sie fünf Meilen von dort entfernt auf dem Land wohnt, darin liegt die Gefahr. Und doch ist sie selbst offenbar persönlich nicht bedroht.«

»Nein, wenn sie uns nach Winchester entgegenkommen kann, so darf sie ja ihren Aufenthaltsort ungehindert verlassen.«

»Gewiss. Ihre Freiheit ist ihr nicht genommen.«

»Was kann aber nur dahinterstecken? Wissen Sie denn gar keine Erklärung dafür?«

»Ich habe mir sieben verschiedene Erklärungen ausgedacht, von denen jede sich mit den Tatsachen, soweit wir solche kennen, decken würde. Aber welche die richtige ist, lässt sich nur aufgrund der neuen Mitteilungen bestimmen, die unser zweifellos harren. Nun, da ist ja bereits der Turm der Kathedrale, wir werden also bald alles wissen, was Miss Hunter uns mitzuteilen hat.«

Das Gasthaus ›Zum schwarzen Schwan‹ an der Hauptstraße, nicht fern vom Bahnhof gelegen, steht in gutem Ruf; dort fanden wir Miss Hunter bereits unser wartend. Sie hatte ein Zimmer für uns bestellt, und auf dem Tisch stand ein Imbiss bereit.

»Ich bin so froh, dass Sie gekommen sind«, sagte sie lebhaft. »Es ist sehr gütig von Ihnen beiden, aber ich weiß auch wirklich nicht, was ich tun soll. Ihr Rat wird mir von unschätzbarem Wert sein.«

»Bitte, erzählen Sie uns Ihre Erlebnisse.«

»Das will ich, und ich muss mich damit beeilen, denn ich habe Mr Rucastle versprochen, um drei Uhr zurück zu sein. Er erlaubte mir heute Vormittag, in die Stadt zu fahren; natürlich hatte er keine Ahnung, zu welchem Zweck.«

»Erzählen Sie uns nur alles hübsch in der Reihe«, wiederholte Holmes, indem er seine Beine am Feuer ausstreckte und sich zum Zuhören zurechtsetzte.

»Ich möchte gleich vorausschicken«, begann Miss Hunter, »dass mir im Großen und Ganzen keinerlei schlechte Behandlung von Mr und Mrs Rucastle widerfahren ist. Gerechterweise muss ich das hervorheben. Allein ich werde nicht klug aus den Leuten und fühle mich daher beunruhigt.«

»Was kommt Ihnen unverständlich vor?«

»Die Gründe für ihr Verhalten. Doch ich will Ihnen alles ganz genau berichten. Bei meiner Ankunft hier holte mich Mr Rucastle in seinem Jagdwagen nach Copper Beeches ab. Die Umgegend ist allerdings schön, wie er gesagt hatte, das Haus selbst aber durchaus nicht freundlich, nur ein plumpes viereckiges Gebäude, dessen weiße Tünche überall mit Flecken und Streifen von innerer und äußerer Feuchtigkeit durchzogen ist. Ringsherum ist ein freier Platz, dann erstreckt sich auf drei Seiten Wald, auf der vierten ein Feld bis zur Straße nach Southampton, die auf etwa hundert Schritt Entfernung im Bogen am Einfahrtstor vorbeiführt. Die Anlagen auf der Vorderseite gehören zum Haus, während die Wälder ringsum Lord Suthertons Privateigentum sind. Gerade vor dem Haupteingang des Hauses steht eine Gruppe Blutbuchen, von denen das Anwesen seinen Namen hat. – Während der Fahrt war Mr Rucastle, der selbst kutschierte, äußerst liebenswürdig, und noch am selben Abend stellte er mich seiner Frau und seinem Kind vor. Die Vermutung, die uns bei meinem Besuch bei Ihnen so naheliegend erschien, hat sich nicht bestätigt. Mrs Rucastle ist nicht geisteskrank. Ich fand in ihr eine stille, blasse Frau, die offenbar noch nicht dreißig Jahre alt, also bedeutend jünger ist als ihr Mann, der wohl kaum weniger als fünfundvierzig zählen wird. Aus dem Gespräch der beiden entnahm ich, dass sie seit ungefähr sieben Jahren verheiratet sind, dass er Witwer war und aus erster Ehe die eine Tochter hatte, die sich nun in Philadelphia befindet. Unter vier Augen teilte mir Mr Rucastle mit, der Grund, der sie fortgetrieben habe, sei eine ganz unvernünftige Abneigung gegen ihre Stiefmutter. Da die Tochter nicht unter zwanzig Jahren alt gewesen sein kann, lässt sich denken, dass ihre Stellung gegenüber der jungen Frau ihres Vaters nicht die angenehmste war. Mrs Rucastles geistiges Wesen ist genau so farblos wie ihr Gesicht. Sie machte gar keinen Eindruck auf mich, weder in günstigem noch in entgegengesetztem Sinn. Sie ist eine völlige Null. An ihrem Gatten und ihrem kleinen Jungen hängt sie sichtlich mit leidenschaftlicher Zärtlichkeit. Unablässig wandern ihre hellgrauen Augen von dem einen zum anderen, um ihnen jeden geringsten Wunsch an den Augen abzulesen und demselben wenn möglich zuvorzukommen. Er seinerseits ist gegen sie ebenfalls gut in seiner plumpen, ungestümen Weise, und so musste ich sie im Ganzen für ein glückliches Paar halten. Und doch hatte sie eine geheime Sorge, diese Frau. Oft saß sie ganz in Gedanken verloren mit dem allertraurigsten Ausdruck da, mehr als einmal habe ich sie in Tränen getroffen. Manchmal dachte ich schon, sie betrübe sich so über die Sinnesart ihres Knaben, denn ein so gänzlich verdorbenes, bösartiges, kleines Wesen ist mir noch nie vorgekommen. Er ist klein für sein Alter, hat aber einen ganz unverhältnismäßig großen Kopf. Ausbrüche wilder Leidenschaft und finsterer Trotz wechseln unaufhörlich bei ihm. Geschöpfe, die schwächer sind als er, zu quälen, ist das einzige Vergnügen, nach dem er strebt, und für den Fang von Mäusen, kleinen Vögeln und Insekten verrät er eine ganz bemerkenswerte Begabung. Doch ich will über diesen Jungen lieber keine Worte mehr verlieren, er hat ja auch mit meiner Geschichte nur wenig zu schaffen.«

»Ich bin dankbar für alle Einzelheiten«, bemerkte mein Freund, »ganz gleich, ob dieselben Ihnen wichtig erscheinen oder nicht.«

»Ich werde mich bestreben, nichts von Bedeutung zu übergehen. Das einzige Unangenehme im Haus, was mir sogleich auffiel, war das Aussehen und Benehmen der Dienerschaft. Diese besteht nur aus einem Mann und dessen Frau. Toller, so heißt er nämlich, ist ein rauer, wunderlicher Mensch mit grauem Haar und Bart und riecht beständig nach geistigen Getränken. Zweimal schon, seit ich da bin, war er gänzlich betrunken, und doch schien Mr Rucastle sich nichts daraus zu machen. Seine Frau ist eine sehr große, starke Person mit mürrischem Gesicht, so schweigsam wie ihre Herrin, nur weit weniger liebenswürdig. Die beiden sind ein höchst unangenehmes Paar, allein glücklicherweise komme ich wenig mit ihnen in Berührung, denn ich bringe meine Zeit meist in der Kinderstube und in meinem eigenen Zimmer zu, welche ganz nahe beisammen in einem Flügel des Gebäudes liegen.

Die ersten zwei Tage nach meiner Ankunft in Copper Beeches ist mein Leben sehr ruhig verlaufen. Am dritten jedoch kam Mrs Rucastle gleich nach dem Frühstück herunter und flüsterte ihrem Gatten etwas zu.

›Oh ja‹, sagte dieser darauf, sich zu mir wendend; ›wir sind Ihnen sehr verbunden, Miss Hunter, dass Sie auf unsern Wunsch eingegangen sind und sich Ihr Haar abgeschnitten haben. Ich versichere Ihnen, es hat Ihrer Erscheinung nicht im mindesten Eintrag getan. Jetzt wollen wir sehen, wie Ihnen das blaue Kleid steht. Es liegt auf Ihrem Bett, und wenn Sie es anziehen wollten, so würden wir Ihnen beide sehr dankbar sein.‹

Das Kleid, das für mich bereitlag, hatte einen ganz eigentümlichen blauen Farbenton, der Stoff war ausgezeichnet, eine Art beige, doch verrieten unverkennbare Spuren, dass es früher schon getragen worden war. Es passte, wie wenn mein Maß dazu genommen worden wäre. Als sich Mr und Mrs Rucastle hiervon überzeugten, legten beide ein Entzücken an den Tag, das mir ganz unnatürlich übertrieben vorkam. Sie warteten im Wohnzimmer auf mich, einem sehr großen Raum, der die ganze Front des Hauses einnimmt und dessen drei hohe Fenster bis auf den Boden herabreichen. Am Mittelfenster, und zwar mit der Lehne dagegen, stand ein Stuhl. Auf diesen Stuhl musste ich mich setzen, während Mr Rucastle vor mir im Zimmer auf- und abging und dabei eine ganze Reihe der tollsten Geschichten zum Besten gab, die ich je gehört habe. Sie können sich gar nicht vorstellen, wie komisch das war; ich wurde schließlich ganz müde vor lauter Lachen. Mrs Rucastle dagegen, die offenbar keinen Sinn für Humor besitzt, verzog den Mund nicht zum leisesten Lächeln, sondern saß, die Hände im Schoß, mit trauriger, ängstlicher Miene da. Nach einer Stunde ungefähr bemerkte Mr Rucastle plötzlich, es sei jetzt Zeit, an die täglichen Beschäftigungen zu gehen, ich könne mich wieder umkleiden und zu dem kleinen Edward ins Kinderzimmer begeben.

Zwei Tage darauf wiederholte sich dieser ganze Vorgang unter völlig ähnlichen Umständen. Wieder musste ich das andere Kleid anziehen, wieder mich ans Fenster setzen, und abermals lachte ich aus vollem Hals über Mr Rucastles tolle Geschichten, von denen er einen unerschöpflichen Vorrat besitzt und die er unnachahmlich vorträgt. Darauf gab er mir ein Buch in die Hand, rückte meinen Stuhl ein wenig zur Seite, damit mein Schatten nicht auf das Buch falle, und bat mich, ihm aus demselben laut vorzulesen. Ich musste irgendwo im Kapitel anfangen und las etwa zehn Minuten lang, bis er mich plötzlich mitten in einem Satz aufhören ließ und mir sagte, ich solle mich wieder umkleiden. Sie können sich denken, Mr Holmes, wie groß meine Neugier war, die Bedeutung dieser merkwürdigen Komödie zu erfahren. Soviel ich bemerkt hatte, waren beide Ehegatten stets eifrig bestrebt, meine Blicke vom Fenster abzuhalten; ich verging deshalb förmlich vor Begierde, zu sehen, was hinter meinem Rücken vorgehe. Zuerst kam mir dies unmöglich vor, allein bald verfiel ich auf ein Mittel. Mein Handspiegel war zerbrochen, und so kam mir der glückliche Einfall, ein Stück von dem Glas in meinem Taschentuch zu verstecken. Das nächste Mal hielt ich mir dieses beim Lachen vor die Augen und war nun mit einiger Geschicklichkeit imstande, alles hinter mir Befindliche zu sehen. Ich muss gestehen, ich war enttäuscht, denn ich bemerkte gar nichts. Wenigstens war dies mein erster Eindruck. Beim zweiten Blick jedoch sah ich einen Mann auf der Landstraße stehen, einen kleinen, bärtigen, grau gekleideten Mann, der nach mir herüberzuschauen schien. Da es eine Hauptverkehrsstraße ist, sieht man meist Leute auf derselben. Dieser Mann jedoch stand an den Zaun gelehnt, der das Grundstück umgibt, und schaute angelegentlich nach dem Fenster. Ich nahm mein Taschentuch vom Gesicht und blickte Mrs Rucastle an; ihre Augen waren mit forschendem Blick auf mich gerichtet. Sie sagte nichts, aber ich bin fest überzeugt, sie hatte erraten, dass ich einen Spiegel in der Hand hielt und gesehen hatte, was hinter mir vorging. Mit einem Mal stand sie auf.

›Jephro‹, sagte sie, ›da steht ein unverschämter Kerl auf der Straße, der zu Miss Hunter heraufschaut.‹

›Doch nicht etwa ein Bekannter von Ihnen, Miss Hunter?‹, fragte er.

›Nein, ich kenne niemand hier in der Gegend.‹

›Nein, welche Frechheit! Bitte wenden Sie sich doch um und winken Sie ihm zu, er solle fortgehen.‹

›Es wäre gewiss besser, die Sache unbeachtet zu lassen.‹

›Nein, nein; wir würden ihn sonst immerfort hier herumlungern sehen. Bitte drehen Sie sich um und winken Sie ihm ab.‹

Ich tat es, und im selben Augenblick ließ Mr Rucastle das Rouleau herab. Dies war vor einer Woche, und seither habe ich nicht mehr am Fenster sitzen und das blaue Kleid nicht mehr anziehen müssen, habe auch den Mann auf der Straße nicht mehr gesehen.«

»Bitte, fahren Sie fort«, bemerkte Holmes, »Ihre Erzählung verspricht, höchst interessant zu werden.«

»Ich fürchte, sie ist recht unzusammenhängend; es kann wohl sein, dass die verschiedenen Vorfälle, auf welche ich jetzt zu sprechen komme, sehr wenig miteinander zu tun haben. Gleich am allerersten Tag führte mich Mr Rucastle an ein kleines Häuschen, das neben dem Eingang zur Küche steht. Beim Hinzutreten vernahm ich das scharfe Rasseln einer Kette und ein Geräusch, wie wenn ein großes Tier sich darin herumbewegte.

›Da, schauen Sie hinein‹, sagte Mr Rucastle und zeigte mir eine Ritze zwischen zwei Planken. ›Ist es nicht ein Prachtexemplar?‹

Ich blickte hindurch und begegnete zwei glühenden Augen und einer Gestalt, die in unbestimmten Umrissen aus der Finsternis heraustrat.

›Haben Sie keine Angst‹, beruhigte mich mein Begleiter lachend, als er meine Gebärde des Schreckens sah, ›es ist nur Carlo, der Kettenhund. Er gehört wohl mir, aber in Wirklichkeit ist der alte Toller, mein Bediener, der einzige, der etwas mit ihm machen darf. Er bekommt nur einmal am Tag zu fressen und auch da nicht zu viel, sodass er jederzeit scharf ist wie Gift. Jede Nacht lässt Toller ihn los, und Gott sei dem Eindringling gnädig, der ihm zwischen die Zähne gerät. Setzen Sie um des Himmels willen nachts niemals unter irgendeinem Vorwand den Fuß über Ihre Schwelle, wenn Ihnen Ihr Leben lieb ist.‹

Diese Warnung war auch sehr am Platz. In der übernächsten Nacht schaute ich zufällig etwa um zwei Uhr morgens aus meinem Schlafzimmerfenster. Es war eine schöne Mondnacht, und der Rasenplatz vor dem Haus strahlte fast taghell in Silberglanz. Gebannt von der friedlichen Schönheit dieses Bildes, stand ich da, als ich gewahr wurde, dass sich im Schatten der Blutbuchen etwas regte. Als es in den Mondschein heraustrat, sah ich, was es war: ein riesiger Hund, so groß wie ein Kalb, von braungelber Farbe, mit hängenden Backen, schwarzer Schnauze und gewaltigen, weit vorstehenden Knochen. Er schlich langsam über den Rasen und verschwand dann wieder auf der anderen Seite in der Dunkelheit. Ich glaube, kein Einbrecher wäre imstande gewesen, mir einen solchen Todesschrecken einzujagen wie dieser furchtbare stumme Wächter.

Und nun habe ich Ihnen noch eine ganz merkwürdige Entdeckung mitzuteilen. Ich hatte mir, wie Sie wissen, in London mein Haar abschneiden lassen und verwahrte es, zu einem großen Knäuel zusammengerollt, unten in meinem Koffer. Eines Abends, nachdem das Kind zu Bett war, begann ich zum Zeitvertreib die Einrichtung meines Zimmers zu mustern und meine wenigen Habseligkeiten aufzuräumen. In meinem Zimmer stand eine alte Kommode, deren zwei oberste Schubfächer offen waren, während ich das unterste verschlossen fand. Nachdem ich die beiden oberen mit meinem Weißzeug angefüllt hatte, war sonst noch gar vieles unterzubringen, und so verdross es mich natürlich sehr, dass ich das dritte nicht auch zur Verfügung hatte. Ich nahm an, dieses sei vielleicht lediglich aus Versehen verschlossen worden, deshalb zog ich mein Schlüsselbund heraus und versuchte, es zu öffnen. Gleich der erste Schlüssel passte, und so zog ich die Schublade auf. Es war nur ein einziger Gegenstand darinnen, aber was für einer würden Sie ganz gewiss niemals erraten. Es war mein Haarzopf.

Ich nahm denselben heraus, um ihn zu besichtigen. Die Haare hatten ganz genau die eigentümliche Farbe und die Stärke meiner eigenen. Aber dann drängte sich mir wieder die Unmöglichkeit der Sache auf. Wie konnten denn meine Haare in diese verschlossene Schublade kommen? Mit zitternden Händen öffnete ich meinen Koffer, räumte ihn aus und zog zu unterst meinen Zopf hervor. Ich legte die beiden Zöpfe nebeneinander, und ich gebe Ihnen die Versicherung, sie waren vollkommen gleich. War das nicht merkwürdig? Ich mochte mir den Kopf zerbrechen, wie ich wollte, die Sache blieb mir ein völliges Rätsel. Ich legte den fremden Zopf wieder in die Schublade, ohne Mr Rucastle und seiner Frau gegenüber etwas von der Sache zu erwähnen, denn ich fühlte wohl, dass es nicht recht von mir gewesen war, eine Schublade zu öffnen, die sie verschlossen hatten. Ich bin von Natur eine scharfe Beobachterin, wie Sie vielleicht schon bemerkt haben, Mr Holmes, und hatte bald einen ziemlich genauen Plan des ganzen Gebäudes im Kopf. Ein Flügel desselben schien völlig unbewohnt zu sein. Eine Tür, dem Eingang zur Behausung des Tollerschen Ehepaares gegenüber, führte zu diesem Flügel, allein sie war stets verschlossen. Eines Tages jedoch stieß ich auf der Treppe auf Mr Rucastle, wie er, seine Schlüssel in der Hand, aus dieser Tür herauskam, und zwar mit einem so veränderten Ausdruck, dass ich den sonst so behäbigen, gemütlichen Mann kaum wiedererkannte. Seine Wangen waren gerötet, seine Brauen zornig gerunzelt, und in der Erregung traten ihm die Adern an den Schläfen weit hervor. Er verschloss die Tür und eilte hinter mir die Treppe herauf, ohne ein Wort oder einen Blick an mich zu richten.

Dies erregte meine Neugier, und ich richtete deshalb den nächsten Spaziergang, den ich mit dem Kleinen machte, so ein, dass ich dabei die Fenster an diesem Teil des Hauses im Auge hatte. Es waren vier in einer Reihe, drei davon ganz mit Staub überzogen, während an dem vierten der Laden geschlossen war. Offenbar waren die Räume, zu denen sie gehörten, sämtlich unbewohnt. Während ich auf- und abschlenderte und dabei gelegentlich einen Blick nach den Fenstern warf, kam Mr Rucastle zu mir heraus; seine Züge zeigten jetzt wieder ganz den heiteren, gemütlichen Ausdruck wie immer.

›Ach‹, redete er mich an, ›Sie müssen mich nicht für rücksichtslos halten, weil ich ohne ein Wort an Ihnen vorübergeeilt bin, mein liebes Fräulein. Ich hatte den Kopf voll Geschäftssachen.‹

Ich gab ihm die Versicherung, dass ich es ihm nicht übel genommen habe.

›Sie scheinen da oben eine ganze Reihe überzähliger Zimmer zu haben‹, fuhr ich fort, ›und an einem ist der Laden geschlossen.‹

Er sah überrascht und, wie es mir vorkam, etwas verdutzt aus über meine Bemerkung. ›Ich bin Fotograf aus Liebhaberei‹, sagte er, ›und habe da oben meine Dunkelkammer eingerichtet. Aber du meine Güte, an was für eine Beobachterin wir geraten sind! Wer hätte das geglaubt; wer hätte das für möglich gehalten?‹ Seine Worte klangen scherzhaft, aber in dem Blick, den er dabei auf mich richtete, lag kein Scherz. Ich las darin wohl Argwohn und Ärger, aber nichts Spaßhaftes.

Sehen Sie, Mr Holmes, von dem Augenblick an, als mir klar wurde, dass es mit diesen Zimmern etwas auf sich habe, wovon ich nichts wissen sollte, brannte ich vor Begierde, hinter die Sache zu kommen. Es war mehr als bloße Neugier, obwohl ich auch davon mein gutes Teil besitze. Es war mehr ein Pflichtgefühl, die Empfindung, dass es zum Guten dienen werde, wenn ich mir in diese Räume Eingang verschaffe. Man spricht von weiblichem Instinkt; vielleicht war es dieser, der mir das Gefühl einflößte. Ich spähte nun emsig nach einer Gelegenheit zum Überschreiten der verbotenen Schwelle.

Beiläufig bemerkt, haben außer Mr Rucastle auch Toller und seine Frau gelegentlich in den unbewohnten Räumen zu schaffen; einmal sah ich die beiden zusammen ein großes Bündel schwarzer Wäsche durch die Tür tragen. In den letzten Tagen trank Toller stark, sodass er gestern völlig betrunken war, und als ich die Treppe heraufkam, steckte der Schlüssel an der fraglichen Tür. Ganz sicher hatte er ihn stecken lassen. Mr Rucastle und seine Frau waren mit dem Kind unten, und so bot sich mir die allerschönste Gelegenheit, mein Vorhaben auszuführen. Sachte drehte ich den Schlüssel im Schloss um, öffnete die Tür und schlüpfte hindurch.

Vor mir lag ein kurzer Gang, der sich am oberen Ende rechtwinklig fortsetzte. Um die Ecke befanden sich drei Türen in einer Reihe, von denen die erste und die dritte offen waren. Sie führten in leere, staubige, öde Zimmer, das eine mit zwei, das andere mit einem Fenster, die sämtlich derart mit Schmutz überzogen waren, dass die abendliche Helle nur trübe durchschimmerte. Die mittlere Tür war zu und quer herüber durch eine dicke eiserne Stange verrammelt, die an einem Ende mit einem Vorlegeschloss an einen Ring in der Wand befestigt war, am anderen mit einem starken Strick. Die Tür selbst war verschlossen und der Schlüssel abgezogen. Diese verrammelte Tür gehörte offenbar zu demselben Raum wie das Fenster mit dem geschlossenen Laden an der Außenseite, und doch konnte ich an dem hellen Streifen unten sehen, dass es drinnen nicht dunkel war. Offenbar fiel durch ein Oberlicht Licht hinein. Während ich in dem Gang stand und die unheimliche Tür betrachtete und mich dabei verwundert fragte, hörte ich plötzlich im Innern Schritte und sah, wie in dem schmalen, trüben Lichtstreifen, der unter der Tür durchfiel, ein Schatten sich vor- und rückwärts bewegte. Ein jäher sinnloser Schrecken fasste mich bei diesem Anblick. Meine überreizten Nerven versagten plötzlich, ich wandte mich um und rannte davon – rannte, als wäre eine grässliche Hand hinter mir her, um mich am Saum meines Kleides zu fassen. Ich lief den Gang entlang und zu der Tür hinaus – gerade Mr Rucastle in die Arme, der außen stand und wartete.

›So‹, sagte er lächelnd, ›also Sie waren es. Ich dachte es mir gleich, als ich die Tür offen stehen sah.‹

›Oh, ich bin so erschrocken‹, stieß ich zitternd hervor.

›Mein liebes Fräulein, mein liebes Fräulein!‹ Sie glauben gar nicht, in wie liebevollem, sanftem Ton er dies sagte. ›Und was hat Sie erschreckt, mein liebes Fräulein?‹

Aber seine Stimme klang doch ein wenig gar zu schmeichelnd. Man merkte gleich, dass er unbefangen scheinen wollte.

›Ich war so töricht und betrat den unbewohnten Flügel‹, antwortete ich. ›Aber es ist so einsam und öde dort bei dieser trüben Beleuchtung, dass mich die Angst packte und ich eilends wieder umkehrte. Oh, es ist so schauerlich still da drinnen!‹

›Nichts sonst?‹, fragte er und sah mich dabei scharf an.

›Wieso, was meinen Sie damit?‹, fragte ich.

›Wozu glauben Sie wohl, dass ich diese Tür verschließe?‹

›Das weiß ich wirklich nicht.‹

›Nun, damit niemand hineingeht, der nichts darin zu schaffen hat. Verstehen Sie?‹ Dabei lag noch immer das liebenswürdige Lächeln auf seinen Zügen.

›Ganz gewiss, hätte ich das gewusst, ich …‹

›Nun, jetzt wissen Sie es also; und sofern Sie je wieder Ihren Fuß über jene Schwelle setzen‹ – dabei verwandelte sich sein Lächeln mit einem Schlag in ein wuterfülltes Grinsen, und er stierte mich mit einem teuflischen Gesichtsausdruck an – ›so werfe ich Sie dem Hund vor.‹

Ich war so entsetzt, dass ich nicht mehr sagen kann, was ich tat. Vermutlich bin ich an ihm vorbei auf mein Zimmer geeilt. Als ich wieder zu mir kam, lag ich auf meinem Bett und bebte am ganzen Körper. Da fielen Sie mir ein, Mr Holmes. Ich hielt es nicht länger aus ohne Beistand. Es graute mir vor dem Haus, vor dem Herrn, vor der Frau, vor den Dienstboten, selbst vor dem Kind. Wenn ich Sie nur hier hätte, dachte ich, wäre ich ganz ruhig. Ich hätte ja freilich aus dem Haus entfliehen können, allein meine Neugier war fast ebenso groß wie meine Angst. Mein Entschluss war bald gefasst, ich wollte Ihnen telegrafieren. Ich nahm Hut und Mantel und ging nach dem ungefähr eine halbe Meile entfernten Telegrafenamt, und als ich zurückkam, war mir bereits viel leichter ums Herz. Vor dem Tor fasste mich plötzlich der schreckliche Gedanke, der Hund möchte am Ende losgelassen worden sein; doch fiel mir dann wieder ein, dass Toller sich an jenem Abend bis zur Sinnlosigkeit betrunken hatte, und er war, wie ich wusste, der einzige, der etwas mit dem gefährlichen Tier machen durfte; außer ihm würde es niemand wagen, dasselbe loszulassen. Unversehrt schlüpfte ich wieder herein und konnte die halbe Nacht nicht schlafen vor Freude bei dem Gedanken, dass Sie nun bald da sein würden. Urlaub in die Stadt erhielt ich heute früh ohne Schwierigkeit, aber ich muss vor drei Uhr zurück sein, denn Mr Rucastle geht mit seiner Frau fort auf Besuch, und sie werden den ganzen Abend ausbleiben, sodass ich nach dem Kind sehen muss. – Jetzt habe ich Ihnen alle meine Erlebnisse erzählt, Mr Holmes, und ich wäre sehr froh, wenn Sie mir sagen könnten, was dies alles zu bedeuten hat, und vor allem, was ich tun soll.«

Wir beide hatten mit atemloser Spannung diesem merkwürdigen Bericht zugehört. Nun erhob sich Holmes und schritt, die Hände in den Rocktaschen und mit dem Ausdruck tiefsten Ernstes, im Zimmer auf und ab.

»Ist Toller noch betrunken?«, fragte er.

»Ja; ich hörte, wie seine Frau zu Mr Rucastle sagte, sie könne gar nichts mit ihm anfangen.«

»Das ist gut. Und Rucastles gehen heute Abend aus?«

»Ja.«

»Ist ein Keller mit gutem, festem Schloss vorhanden?«

»Jawohl. Der Weinkeller.«

»Nach meinem Dafürhalten, Miss Hunter, haben Sie in dieser Sache bis jetzt recht viel Mut und Umsicht bewiesen. Glauben Sie, dass Sie noch etwas Weiteres leisten könnten? Ich würde die Frage nicht an Sie richten, wenn ich Sie nicht für eine Ausnahme unter den Frauen hielte.«

»Ich will sehen, ob ich es vermag. Was ist es?«

»Wir werden gegen sieben Uhr in Copper Beeches eintreffen, mein Freund und ich. Die Rucastles sind wohl um diese Zeit bereits fort, und Toller wird hoffentlich noch nicht wieder zu sich gekommen sein. Die einzige, die dann allenfalls noch Lärm machen könnte, ist also Tollers Frau. Wenn Sie diese mit irgendeinem Auftrag in den Keller schicken und denselben hinter ihr abschließen könnten, so würden Sie uns die Sache außerordentlich erleichtern.«

»Ich bin dazu bereit.«

»Vortrefflich. Nun wollen wir einmal das Ding genauer ins Auge fassen. Selbstverständlich gibt es nur eine einzige mögliche Erklärung. Sie sind hier, um irgendeine andere Person vorzustellen, und diese Person selbst wird in dem Zimmer gefangen gehalten. Das liegt ja auf der Hand; und die Gefangene ist, wie ich nicht im Mindesten bezweifle, die Tochter, Miss Alice Rucastle, wenn ich mich recht erinnere, die sich angeblich in Amerika befindet. Jedenfalls ist die Wahl auf Sie gefallen, weil Sie ganz dieselbe Größe, Figur und Haarfarbe haben. Ihr hatte man höchst wahrscheinlich infolge irgendeiner Krankheit, die sie durchgemacht hat, das Haar abgeschnitten, und so mussten Sie das Ihrige gleichfalls opfern. Durch einen merkwürdigen Zufall sind Ihnen die Strähnen in die Hände gefallen. Der Mann auf der Straße war zweifellos ein Bekannter von ihr, oder wohl ihr Verlobter – da Sie nun Miss Alices Kleider trugen und ihr so ähnlich sehen, so musste er aus Ihrer Heiterkeit bei seinem jedesmaligen Erscheinen und dann vollends aus Ihrer Handbewegung schließen, dass seine Angebetete völlig zufrieden sei und seine Aufmerksamkeiten ferner nicht wünsche. Der Hund wird nachts losgelassen, damit ihr Verehrer keinen Versuch macht, sich mit ihr in Verbindung zu setzen. So weit ist alles ganz klar. Den ernstesten Punkt bildet der Charakter des Kindes.«

»Was in aller Welt hat denn das damit zu tun?«, rief ich aus.

»Mein lieber Watson, wenn Sie sich in Ihrem Beruf als Arzt über die Neigungen eines Kindes Aufschluss verschaffen wollen, so studieren Sie jedesmal dessen Eltern. Sehen Sie denn nicht ein, dass das umgekehrte Verfahren ganz dieselbe Berechtigung hat? Ich habe oft und viel wirkliches Verständnis für den Charakter der Eltern erst durch das Studium ihrer Kinder gewonnen. Dieses Kind hat einen abnormen Hang zur Grausamkeit, und mag dieser nun von seinem stets lächelnden Vater herrühren, wie ich vermute, oder von seiner Mutter – jedenfalls bedeutet er nichts Gutes für das arme Mädchen, das sich in ihrer Gewalt befindet.«

»Sie haben ganz gewiss Recht, Mr Holmes«, rief Miss Hunter aus. »Es fallen mir jetzt tausenderlei Dinge wieder ein, die mir beweisen, dass Sie das Richtige getroffen haben. Oh, wir wollen keinen Augenblick verlieren, um dem armen Geschöpf zu Hilfe zu kommen.«

»Wir müssen vorsichtig zu Werke gehen, denn wir haben es mit einem ganz durchtriebenen Patron zu tun«, versetzte Holmes. »Vor sieben Uhr können wir nichts beginnen. Um diese Stunde werden wir bei Ihnen eintreffen, und dann wird das Rätsel bald gelöst sein.«

Ganz pünktlich um sieben Uhr fanden wir uns ein – unsern Wagen hatten wir in einem Wirtshaus an der Straße eingestellt. An der Baumgruppe mit ihrem dunklen Laub, das jetzt im Licht der sinkenden Sonne einen blinkenden Metallglanz ausstrahlte, würden wir das Haus sofort erkannt haben, auch wenn Miss Hunter nicht freundlich lächelnd an der Haustreppe gestanden hätte.

»Haben Sie es ausgeführt?«, fragte Holmes.

Ein lautes, heftiges Pochen drang von unterhalb des Treppenhauses herauf. »Das ist Mrs Toller im Keller«, sagte sie, »ihr Mann liegt schnarchend auf der Küchenbank. Hier sind seine Schlüssel; er hat ganz die gleichen wie Mr Rucastle.«

»Sie haben Ihre Sache wirklich gut gemacht«, rief Holmes entzückt aus. »Nun gehen Sie voran, und wir werden dieser dunklen Geschichte bald auf den Grund kommen.«

Wir stiegen die Treppe hinauf, schlossen die Tür auf und gingen den Gang entlang, bis wir vor der verrammelten Tür standen, die Miss Hunter uns beschrieben hatte. Holmes schnitt den Strick durch und nahm die vorgelegte Stange weg. Dann probierte er verschiedene Schlüssel im Schloss, aber ohne Erfolg. Drinnen vernahm man keinen Laut, und bei dieser Stille verdüsterten sich Holmes' Züge. »Ich will nicht hoffen, dass wir zu spät kommen«, sagte er. »Wir wollen lieber ohne Sie hineingehen, Miss Hunter. Nun, Watson, stemmen Sie einmal Ihre Schulter an, dann werden wir ja sehen, was sich ausrichten lässt.« Es war eine alte, wackelige Tür, die unserem vereinten Druck sofort nachgab. Zusammen drangen wir in das Zimmer ein. Es war leer. Ein schmales Feldbett, ein kleiner Tisch und ein Korb mit Wäsche bildeten die ganze Einrichtung. Das Oberlicht stand offen, und die Gefangene war fort.

»Hier ist eine Schurkerei vorgegangen«, sagte Holmes, »der saubere Herr hat Miss Hunters Absichten erraten und sein Opfer fortgebracht.«

»Aber wie?«

»Durch das Oberlicht. Wir werden bald sehen, wie er es angestellt hat.« Damit schwang er sich auf das Dach hinauf. »Oh ja«, rief er aus, »hier schaut eine lange, leichte Leiter über die Dachrinne empor; mit dieser hat er die Sache ausgeführt.«

»Aber das kann ja nicht sein«, bemerkte Miss Hunter, »die Leiter stand noch nicht da, als die Rucastles fortgingen.«

»Dann ist er zu diesem Zweck noch einmal heimgekommen. Ich sage Ihnen, er ist ein schlauer, gefährlicher Mensch. Es sollte mich auch gar nicht wundern, wenn es sein Tritt wäre, den ich eben auf der Treppe höre. Ich glaube, Watson, Sie werden gut daran tun, Ihre Pistole bereitzuhalten.«

Kaum waren diese Worte aus seinem Mund, als ein sehr dicker, aufgedunsener Mann, mit einem schweren Stock in der Hand, unter der Tür des Zimmers erschien. Miss Hunter schrie laut auf bei seinem Anblick und drückte sich an die Wand, Holmes dagegen sprang vor und trat ihm gegenüber.

»Sie Elender«, rief er ihm entgegen, »wo ist Ihre Tochter?«

Der dicke Mann sah sich rings um und schaute dann nach dem Oberlicht hinauf.

»Diese Frage muss ich an euch richten, ihr Spitzbuben und Diebe! Aber jetzt habe ich euch gefangen. Ihr seid in meinen Händen. Ich will euch heimleuchten!« Damit wandte er sich um und eilte die Treppe hinunter, was er laufen konnte.

»Er holt den Hund«, rief Miss Hunter.

»Ich habe meinen Revolver«, sagte ich.

»Wir wollen lieber die Haustür schließen«, schlug Holmes vor, und sofort stürmten wir alle zusammen die Treppe hinunter. Kaum hatten wir den Hausgang erreicht, als wir das Bellen eines Hundes und gleich darauf einen kläglichen Hilferuf vernahmen. Ein ältlicher Mann mit rotem Gesicht und schlotternden Gliedern trat taumelnd aus einer Nebentür und rief: »Wer hat den Hund losgemacht?! Seit zwei Tagen hat er nichts zu fressen bekommen. Schnell, schnell zu Hilfe, ehe es zu spät ist!«

Ich stürzte mit Holmes zur Tür hinaus und um die Hausecke herum, Toller hinter uns drein. Eine gewaltige, heißhungrige Bestie hatte ihre schwarze Schnauze in Mr Rucastles Hals gegraben, der sich ächzend am Boden wand. Ich lief hinzu und jagte dem Hund eine Kugel durch den

Kopf. Er stürzte zusammen, aber seine scharfen, weißen Zähne steckten noch in den mächtigen Falten von Mr Rucastles Hals. Mit viel Mühe brachten wir beide auseinander und trugen den Verwundeten zwar lebend, aber schauerlich zugerichtet ins Haus. Wir legten ihn auf das Sofa im Wohnzimmer, und nachdem wir den inzwischen wieder nüchtern gewordenen Toller mit der Botschaft von dem Vorfall an seine Frau geschickt hatten, tat ich, was ich vermochte, um die Qual des Verwundeten zu lindern. Wir standen alle um ihn herum, als die Tür aufging und eine große, hagere Frauensperson ins Zimmer trat.

»Mrs Toller!«, rief Miss Hunter.

»Ja, Miss. Als Mr Rucastle heimkam, ließ er mich zuerst heraus, ehe er zu Ihnen hinaufging. Ach, Miss, es ist schade, dass Sie mich Ihre Absichten nicht wissen ließen; ich würde Ihnen gesagt haben, dass Sie sich vergebliche Mühe machen.«

»Ha«, rief Holmes und blickte sie scharf an, »offenbar weiß Mrs Toller mehr von der Sache als irgend sonst jemand.«

»Jawohl, und ich sage auch ganz gerne, was ich weiß.«

»Dann, bitte, setzen Sie sich und lassen Sie es uns hören, denn ich gestehe, mehrere Punkte sind nun noch nicht ganz klar.«

»Ich würde Ihnen längst alles auseinandergesetzt haben, hätte ich nur aus dem Keller herausgekonnt. Falls die Sache etwa vor Gericht kommen sollte, vergessen Sie nicht, dass ich mich auf Ihre Seite gestellt und es auch mit Miss Alice gut gemeint habe.

Seit der Wiederverheiratung ihres Vaters hat sich Miss Alice zu Hause nicht mehr glücklich gefühlt. Sie sah sich immer zurückgesetzt und durfte nicht viel dreinreden, aber eigentlich schlimm erging es ihr erst, als sie sich mit Mr Frowler verlobte. Soviel ich gehört habe, besaß Miss Alice nach dem Testament ihrer Mutter gewisse Ansprüche, aber sie war viel zu sanft und gutmütig, um dieselben geltend zu machen, und ließ alles in Mr Rucastles Händen. Der wusste wohl, dass er mit ihr machen konnte, was er wollte; als jedoch die Möglichkeit eintrat, dass ein Ehemann kam und alles verlangte, was er nach dem Gesetz beanspruchen konnte, da hielt es ihr Vater an der Zeit, einen Riegel vorzuschieben. Er verlangte von ihr, sie solle ein Schriftstück ausstellen, wonach ihm die Nutznießung an ihrem Vermögen zustehe, sie möge heiraten oder nicht. Als sie das nicht tun wollte, quälte er sie so lange, bis sie ein Nervenfieber bekam, sodass sie sechs Wochen lang am Rand des Grabes schwebte. Zwar erholte sie sich endlich, aber sie war zu einem Schatten abgezehrt, und ihr schönes Haar hatte man ihr abgeschnitten. Doch das machte ihrem Bräutigam alles nichts aus, und er blieb ihr so treu wie nur einer.«

»Durch Ihre freundlichen Mitteilungen«, sagte Holmes, »haben Sie nunmehr die Sache so weit aufgeklärt, dass ich mir das Übrige vollends denken kann. Nicht wahr, Mr Rucastle ging darauf zu seinem Einsperrungssystem über?«

»Jawohl.«

»Und holte Miss Hunter von London, um sich den unbequemen Mr Frowler vom Hals zu schaffen?«

»So ist es.«

»Allein Mr Frowler«, fuhr Holmes fort, »belagerte das Haus mit der Zähigkeit eines echten Liebhabers und verstand es, durch klingende oder anderweitige Beweisgründe Sie in sein Interesse zu ziehen – nicht wahr?«

»Mr Frowler war ein sehr freundlicher, freigebiger Herr«, erwiderte Mrs Toller gelassen.

»Und auf diese Weise sorgte er dafür, dass Ihr guter Mann stets reichlich zu trinken erhielt und dass die Leiter bereit stand, sobald Ihr Herr das Haus verlassen hatte.«

»Sie haben es getroffen, Herr, gerade so ist es gegangen.«

»Wir sind Ihnen wirklich Anerkennung schuldig, Mrs Toller«, sagte Holmes, »denn Sie haben uns über alle Punkte, die noch dunkel waren, volle Aufklärung verschafft. Da kommt ja auch der Distriktsarzt mit Mrs Rucastle; mir scheint, es wird wohl jetzt das beste sein, wir bringen Miss Hunter nach Winchester zurück, da sowohl ihr wie unser ferneres Verbleiben im Haus keinen ersichtlichen Zweck mehr hat.« –

So klärte sich also das Geheimnis des unheimlichen Hauses mit den Blutbuchen am Tor auf. Mr Rucastle kam zwar mit dem Leben davon, blieb jedoch für immer ein gebrochener Mann, der sein Dasein lediglich der aufopfernden Pflege seiner Gattin verdankte. Sie wohnen noch immer mit ihren alten Dienstboten zusammen, welche so viel von Mr Rucastles Vergangenheit wissen, dass er sich nicht entschließen kann, sich von ihnen zu trennen. Mr Frowler und seine Braut ließen sich gleich am Tag nach ihrer Flucht in Southampton trauen; er bekleidet gegenwärtig einen Beamtenposten auf der Insel Mauritius. Was Miss Violet Hunter betrifft, so legte mein Freund Holmes zu meiner ziemlich lebhaften Enttäuschung kein Interesse mehr für sie an den Tag, sobald das Problem, dessen Gegenstand sie gebildet hatte, gelöst war; sie ist zur Zeit Vorsteherin einer Privatschule in Walsall und erzielt, soviel ich weiß, schöne Erfolge in ihrem Beruf.

Silberstrahl

»Mir wird wohl nichts anderes übrigbleiben, Watson, als hinzugehen«, sagte Holmes eines Morgens zu mir, als wir beim Frühstück saßen.

»So? Wohin denn?«

»Nach Dartmoor – nach King's Pyland.«

Das überraschte mich nicht; im Gegenteil, ich hatte mich schon gewundert, dass er nicht längst zur Mitarbeit an dem ungewöhnlichen Fall aufgefordert worden war, der in ganz England das Tagesgespräch bildete. Mit gerunzelten Brauen, den Kopf auf die Brust gesenkt, war mein Gefährte einen ganzen Tag lang ruhelos im Zimmer auf und ab gegangen, hatte immer wieder den stärksten schwarzen Tabak in seine Pfeife gestopft und war für alle meine Fragen und Bemerkungen stocktaub gewesen. Die neuesten Nummern sämtlicher Tagesblätter, die unser Zeitungsagent ihm zuschickte, überflog er nur mit einem Blick und warf sie dann in den Winkel. Er blieb stumm, aber ich wusste genau, worüber er brütete. Es lag ja nur *ein* Fall vor, der genug öffentliches Aufsehen erregte, um ihn zu bewegen, die ganze Kraft seines kritischen Scharfsinns aufzubieten, nämlich das seltsame Verschwinden des Rennpferds, welches die größte Anwartschaft auf den Ehrenpreis von Wessex gehabt hatte, und die rätselhafte Ermordung des Stallmeisters John Straker. Als Holmes mir daher plötzlich mitteilte, er wolle sich auf den Schauplatz des Dramas begeben, hatte ich bereits auf diesen Entschluss von seiner Seite gewartet und gehofft.

»Ich würde Sie sehr gern begleiten, wenn ich Ihnen nicht im Weg bin«, sagte ich.

»Sie täten mir den größten Gefallen damit, lieber Watson, auch wäre es durchaus keine Zeitverschwendung; der Fall enthält nämlich so interessante Einzelheiten, dass er wohl in seiner Art einzig dasteht. Wir können, glaube ich, unseren Zug gerade noch in Paddington erreichen, und unterwegs will ich eingehender mit Ihnen über die Sache reden. Bitte nehmen Sie auch Ihren ausgezeichneten Feldstecher mit, wir brauchen ihn vielleicht.«

So saß ich denn etwa eine Stunde später in der Ecke eines Coupés erster Klasse, und während der Bahnzug mit uns nach Exter davonsauste, vergrub Sherlock Holmes sein scharfgeschnittenes, ausdrucksvolles Gesicht, das von einer Reisemütze mit Ohrenklappen umrahmt war, in einen Haufen neuer Zeitungen, die er sich in Paddington gekauft hatte. Erst als Reading längst hinter uns lag, warf er die letzte Nummer unter den Sitz und holte seine Zigarrentasche heraus.

»Wir fahren rasch«, sagte er, nachdem er einen Blick aus dem Fenster geworfen und auf seine Uhr gesehen hatte. »Unsere Fahrgeschwindigkeit beträgt augenblicklich dreiundfünfzig und eine halbe Meile in der Stunde.«

»Ich habe mir nicht die Zeit genommen, die Meilensteine zu zählen.«

»Ich auch nicht«, erwiderte er. »Aber die Telegrafenstangen dieser Linie haben einen Abstand von sechzig Ellen; da lässt sich's leicht berechnen. Vermutlich ist Ihnen die Ermordung John Strakers und das Verschwinden von Silberstrahl schon samt allen näheren Umständen bekannt?«

»Was ›Telegraph‹ und ›Chronicle‹ darüber mitteilen, habe ich gelesen.«

»Bei diesem Fall ist es für die Schlussfolgerung wichtiger, die vorhandenen Angaben genau zu untersuchen, als sich nach immer neuen Beweismitteln umzusehen. Das Trauerspiel ist so ungewöhnlicher Art und für eine große Anzahl Personen von solcher Tragweite, dass uns die Überfülle unbegründeter Annahmen, Mutmaßungen und Voraussetzungen zu verwirren droht. Da gilt es vor allem, die nackten Tatsachen, soweit sie unleugbar und bestimmt feststehen, von dem unnützen Beiwerk zu trennen, welches Berichterstatter und Theoretiker hinzugefügt haben. Erst wenn man eine sichere Grundlage gewonnen hat, wird man Schlüsse ziehen und die besonderen Punkte ins Auge fassen können, um welche sich das ganze Geheimnis dreht. Am Dienstagabend bin ich sowohl von Oberst Ross, dem Eigentümer des Pferdes, als von Polizeiinspektor Gregory, dem der Fall übergeben ist, auf telegrafischem Weg um meinen Beistand gebeten worden.«

»Am Dienstagabend!«, rief ich. »Und heute ist schon Donnerstag. Warum sind Sie denn nicht gestern hingefahren?«

»Weil ich mich in einem Irrtum befand, lieber Watson – was leider häufiger vorkommt, als die Leute glauben mögen, die mich aus Ihren Aufzeichnungen kennen. Ich hielt es nämlich nicht für möglich, dass das berühmteste Rennpferd Englands lange verborgen bleiben könnte, noch dazu in einer so öden Gegend wie dem Norden von Dartmoor. Von Stunde zu Stunde habe ich gestern auf die Nachricht gewartet, dass man sein Versteck entdeckt hat und dass der Räuber des Pferdes zugleich John Strakers Mörder ist. Als aber die Zeitungen heute, außer der Festnahme des jungen Fitzroy Simpson, nichts Neues brachten, da fühlte ich wohl, dass etwas geschehen müsse und es für mich an der Zeit sei, tätig einzugreifen. Inzwischen, halte ich auch den gestrigen Tag nicht gerade für verloren.‹

»Also haben Sie sich schon eine Theorie gebildet?«

»Wenigstens ist mir klargeworden, welches die wesentlichen Tatsachen sind. Ich werde sie Ihnen aufzählen, denn es gibt kein besseres Mittel, Licht über einen Fall zu verbreiten, als wenn man ihn jemandem auseinandersetzt; auch kann ich ja nur auf Ihre Mitwirkung rechnen, wenn ich Ihnen zeige, welchen Standpunkt ich selbst einnehme.«

Ich lehnte mich nun in die Kissen zurück und rauchte meine Zigarre, während Holmes vornübergebeugt dasaß, einen kurzen Umriss der Ereignisse entwarf, welche uns zu der Reise veranlasst hatten, und dabei mit dem langen, dünnen Zeigefinger auf der Fläche seiner linken Hand die verschiedenen Punkte beschrieb, die ihm wichtig erschienen.

»Silberstrahl«, sagte er, »ist ein Abkömmling des berühmten Isonomy, und seine Laufbahn war ebenso glänzend wie die seines großen Vorfahren. Das Pferd steht im fünften Jahr und hat seinem glücklichen Besitzer, Oberst Ross, nacheinander bereits sämtliche Rennpreise eingebracht. Auch der Ehrenpreis von Wessex war ihm, nach allgemeiner Ansicht, so gut wie gewiss; die Wetten verhielten sich wie drei zu eins. – Überhaupt ist Silberstrahl von jeher der bevorzugte Liebling des Rennpublikums gewesen und hat die auf ihn gesetzte Hoffnung noch nie getäuscht; gelegentlich sind wahrhaft riesige Summen auf das Pferd gewettet worden. Hieraus ist leicht ersichtlich, dass eine Menge Leute das stärkste Interesse daran haben mussten, sein Erscheinen auf dem Rennplatz am nächsten Dienstag zu verhindern.

Auch in King's Pyland, wo Oberst Ross seinen Reitstall hat, war man sich dieser Tatsache wohl bewusst und traf umfassende Maßregeln zum Schutz des edlen Tieres. John Straker, ein früherer Jockey des Obersten, hatte bei allen Wettrennen dessen Farben getragen, bis sein Gewicht zu schwer wurde. Fünf Jahre ist er als Jockey und sieben Jahre als Stallmeister bei seinem Herrn gewesen und hat den Dienst stets mit Treue und Eifer versehen. Sein Amt war übrigens nicht beschwerlich, denn alles in allem standen nur vier Pferde unter seiner Obhut, und er hatte drei Stallknechte zur Verfügung. Einer von diesen Knechten pflegte die Nacht über im Stall zu wachen, während die anderen auf dem Heuboden schliefen. Alle drei standen im besten Ruf und galten für vollkommen zuverlässig. Straker war verheiratet und wohnte in einem kleinen Landhaus, das kaum zweihundert Meter von den Stallgebäuden entfernt liegt; er hatte keine Kinder, hielt sich eine Dienstmagd und lebte in guten Verhältnissen. Die Gegend rund umher ist einsam, doch hat ein Bauunternehmer aus Tavistock etwa eine halbe Meile nach Norden hin ein kleines Villenviertel errichtet, um Erholungsbedürftigen oder anderen Sommerfrischlern, die in der reinen Luft von Dartmoor Stärkung suchen, Unterkunft zu gewähren. Der Ort Tavistock selbst liegt zwei Meilen nach Westen; jenseits des Moors befindet sich in gleicher Entfernung die große Pferdezüchterei von Mapleton, welche Lord Backwater gehört; der dortige Aufseher heißt Silas Brown. Nach jeder anderen Richtung hin ist das Moor völlig verödet und dient nur einigen herumziehenden Zigeunern zum Aufenthalt.

So ungefähr standen die Dinge am letzten Montagabend, ehe das Unglück geschah. Nachdem die Pferde ihren gewöhnlichen Übungsritt gemacht hatten und getränkt worden waren, verschloss man um neun Uhr den Stall. Zwei von den Knechten begaben sich nach Strakers Haus, wo sie in der Küche zu Abend aßen, während Edward Hunter, der dritte, als Wächter zurückblieb. Einige Minuten nach neun brachte ihm die Dienstmagd, Edith Baxter, sein Nachtessen, das in einem Teller voll Hammelragout bestand. Sie nahm kein Getränk mit, da Wasserleitung im Stall war und der Knecht, der die Wache hatte, nichts anderes trinken durfte, das galt als strenge Regel.

Edith Baxters Weg führte über das offene Moor, und da es ganz dunkel war, nahm sie eine Laterne mit. Als sie sich dem Stall bis auf etwa dreißig Meter genähert hatte, tauchte plötzlich aus der Finsternis ein Mann auf und rief sie an. Er trat in den gelben Lichtkreis der Laterne, und sie sah, dass er den besseren Ständen angehörte; er trug einen grauen Anzug aus leichtem Wollstoff, Gamaschen und eine Tuchmütze, in der Hand hielt er einen schweren Stock mit dickem Knauf. Was ihr am meisten auffiel, war jedoch die entsetzliche Blässe seines Gesichts und sein ängstliches Benehmen; nach ihrer Ansicht mochte er eher über als unter dreißig Jahre alt sein.

›Können Sie mir vielleicht sagen, wo ich bin?‹, fragte er. ›Ich hatte mich schon darein ergeben, die Nacht auf dem Moor zuzubringen, als ich das Licht Ihrer Laterne sah.‹

›Sie sind dicht bei den Stallgebäuden von King's Pyland‹, versetzte sie.

›Wirklich! Nun, das nenne ich einen Glücksfall!‹, rief er. Man hat mir gesagt, dass dort nur ein Stallknecht wohnt; vielleicht wollen Sie ihm eben sein Abendbrot bringen. Ich denke, Sie werden nicht zu stolz sein, um sich das Geld zu einem neuen Kleid zu verdienen, nicht wahr? – Nun gut, wenn Sie dem Knecht noch heute Abend dies hier zukommen lassen‹, er nahm ein kleines zusammengefaltetes Papier aus der Westentasche, ›so sollen Sie den hübschesten Anzug haben, den man zu kaufen bekommt.‹

Die Magd erschrak, als er sein Anliegen so dringend vorbrachte, und lief rasch an ihm vorbei ans Fenster, durch welches sie das Essen hineinzureichen pflegte. Es war schon geöffnet, und Hunter saß drinnen an einem kleinen Tisch. Eben erzählte sie ihm, was ihr zugestoßen sei, als der Fremde selbst herzutrat.

›Guten Abend‹, sagte er, durch das Fenster blickend. ›Ich möchte gern ein paar Worte mit Ihnen reden.‹ – Das Mädchen hat eidlich versichert, dass sie, während er sprach, eine Ecke des weißen Papierpäckchens in seiner geschlossenen Hand bemerkte.

›Was haben Sie hier zu suchen?‹, fragte der Knecht.

›Etwas, wobei Sie ein gutes Stück Geld verdienen können‹, lautete die Antwort. ›Sie haben zwei Pferde hier, die für den Wessex-Preis rennen sollen – Silberstrahl und Bayard. Schenken Sie mir klaren Wein ein, und es soll Ihnen nicht zum Schaden gereichen. Ist es wahr, dass Bayard dem anderen beim Proberennen auf fünf Achtelmeilen hundert Meter Vorsprung abgewonnen hat und dass das Stallpersonal auf ihn wetten will?‹

›Also, Sie sind ein verdammter Schwindler‹, rief Hunter. ›Warten Sie nur, ich zeige Ihnen gleich, wie wir solchem Pack in King's Pyland mitspielen.‹ Er sprang auf und lief zum Stall hinüber, um den Hund loszuketten. Das Mädchen ergriff eilends die Flucht, blickte jedoch noch einmal zurück und sah, wie der Fremde sich zum Fenster hineinlehnte. Als Hunter gleich darauf mit dem Hund herausgestürzt kam, war jener verschwunden und keine Spur von ihm zu entdecken, obwohl der Stallknecht rings um das Haus herum nach ihm suchte.«

»Warten Sie einen Augenblick«, unterbrach ich den Bericht meines Freundes. »Hat der Stallknecht, als er mit dem Hund herauskam, die Tür hinter sich offen gelassen?«

»Vortrefflich, Watson, vortrefflich«, murmelte Holmes. »Der Umstand schien auch mir von solcher Wichtigkeit, dass ich gestern eigens ein Telegramm nach Dartmoor sandte, um mir Gewissheit darüber zu verschaffen. Der Stallknecht hat die Tür zugeschlossen, als er hinausging, und das Fenster ist nicht groß genug, um einem Mann Einlass zu gewähren.

Hunter wartete bis zur Rückkehr seiner beiden Genossen und schickte dann seinem Herrn einen Bericht über den Vorfall. Straker war zwar sehr ärgerlich, doch scheint er sich nicht klargemacht zu haben, was die Sache eigentlich zu bedeuten hatte. Eine unbestimmte Sorge quälte ihn indessen jedenfalls, denn als seine Frau um ein Uhr nachts aufwachte, sah sie, dass er im Begriff war, sich anzukleiden. Auf ihre Fragen erwiderte er, seine Unruhe um die Pferde lasse ihn nicht schlafen, er wolle im Stall nachsehen, ob alles in Ordnung sei. Sie hörte den Regen an die Scheiben klatschen und bat ihren Mann, daheim zu bleiben, aber es war vergebens; er zog seinen Gummimantel an und verließ das Haus.

Als Mrs Straker um sieben Uhr erwachte, war ihr Mann noch nicht zurückgelehrt. Rasch kleidete sie sich an, rief das Mädchen und eilte zum Gehöft. Die Tür stand offen: Drinnen saß Hunter auf einem Stuhl zusammengesunken und völlig betäubt; der Stall, in dem Silberstrahl gestanden, war leer und Straker nirgends zu finden.

Man weckte die beiden Stallknechte, die auf dem Heuboden über der Geschirrkammer schliefen. Sie hatten während der Nacht kein Geräusch gehört. Hunter musste wohl ein starkes Schlafmittel erhalten haben und litt noch an den Folgen; da nichts Vernünftiges aus ihm herauszubringen war, ließ man ihn weiterschlafen. Mrs Straker, die Magd und die beiden Knechte machten sich inzwischen auf, um nach dem Verlorenen zu suchen. Sie hegten noch die leise Hoffnung, der Stallmeister könne vielleicht mit dem Pferd einen Morgenritt gemacht haben, und erstiegen eine Anhöhe in der Nähe des Hauses, von wo aus man das Moor ringsum überblickt. Von dem Rennpferd war nirgends eine Spur, aber nach John Straker brauchten sie nicht lange zu suchen. Etwa eine Viertelmeile von dem Stallgebäude entfernt hing sein Mantel an einem Ginsterbusch, und nicht weit davon, in einer muldenförmigen Vertiefung des Bodens, fand man die Leiche des unglücklichen Stallmeisters. Der Schädel war ihm durch einen wuchtigen Schlag mit einem schweren Werkzeug zerschmettert worden, und am Schenkel hatte er eine lange Schnittwunde, die von einer scharfen Waffe herrühren musste. Offenbar hatte sich Straker, so gut er konnte, gegen seine Angreifer verteidigt, denn in der rechten Hand hielt er ein kleines Messer, das über und über mit geronnenem Blut bedeckt war. Seine Linke aber umklammerte eine rot und schwarz gestreifte seidene Krawatte; eine solche hatte, nach Aussage der Magd, jener Fremde, den sie am Abend zuvor beim Stall getroffen, getragen.

Als Hunter aus seiner Betäubung erwachte, erkannte auch er, dass die Krawatte des Fremden Eigentum sei. Nach seiner Überzeugung hatte ihm dieser das Schlafpulver vom Fenster aus in das Hammelragout geschüttet, damit der Stall unbewacht bliebe.

Was das fehlende Rennpferd betrifft, so fand man im Moorboden des Talkessels zahlreiche Beweise, dass es zur Zeit des Kampfes auf dem Schauplatz desselben gewesen ist. Aber seit jenem Morgen ist es verschwunden, und obwohl eine hohe Belohnung ausgesetzt ist und alle Zigeuner von Dartmoor sich auf der Suche befinden, weiß niemand, wo es geblieben sein kann. Schließlich ist noch zu bemerken, dass sich eine beträchtliche Menge pulverisierten Opiums in des Stallknechts Nachtessen bei Untersuchung der Reste vorgefunden hat, während die Leute im Haus an demselben Abend vom nämlichen Gericht gegessen haben, ohne nachteilige Folgen zu verspüren.

Das sind in kurzen, kahlen Umrissen und mit möglichst geringen Abschweifungen die hauptsächlichsten Tatsachen, welche vorliegen. Nun will ich Ihnen noch aufzählen, was für Maßregeln die Polizei getroffen hat.

Inspektor Gregory, der den Fall in Händen hat, ist ein außerordentlich fähiger Beamter. Er würde große Dinge in seinem Beruf leisten, wenn ihm nicht alle Einbildungskraft fehlte. Das Erste, was er tat, war, den Mann ausfindig zu machen und festzunehmen, auf dem natürlich der größte Verdacht ruhte. Ihn zu finden war nicht schwer, denn man kannte ihn in der ganzen Nachbarschaft. Sein Name ist Fitzroy Simpson, er stammt aus einer angesehenen, gebildeten Familie, hat sein Vermögen auf dem Rennplatz durchgebracht und erwirbt jetzt den standesgemäßen Lebensunterhalt durch eine anständige kleine Buchmacherei bei den Londoner Rennklubs. Eine Durchsicht seines Wettbuchs ergab, dass Wetten bis zum Betrag von 5000 Pfund gegen den Favoriten Silberstrahl durch ihn gebucht worden waren.

Bei seiner Verhaftung bekannte er freiwillig, er sei nach Dartmoor gekommen, um Erkundigungen über die Pferde in King's Pyland einzuziehen und zugleich etwas Näheres über den zweiten Favoriten, Desborough, zu erfahren, der unter Silas Browns Aufsicht im Stall von Mapleton steht. Auch versuchte er nicht etwa sein Benehmen vom Abend zuvor abzuleugnen, erklärte jedoch, er hätte keinerlei böse Absicht gehabt, sondern nur den Wunsch, sich Nachricht aus erster Hand zu verschaffen. Als man ihm die Krawatte zeigte, erblasste er sichtlich und war außerstande, anzugeben, auf welche Weise sie in die Hand des Ermordeten gelangt sein könne. Sein nasser Anzug trug deutliche Spuren, dass er in der Regennacht draußen gewesen war, und sein Stock, ein mit Blei beschwerter sogenannter Totschläger, war genau die Waffe, mit der die Verletzung hervorgebracht sein konnte, welcher der unglückliche Stallmeister erlegen war.

Dagegen hatte Simpson selbst keine Wunde am Körper, während doch, nach der Beschaffenheit von Strakers Messer zu urteilen, mindestens einer seiner Angreifer durch ihn gezeichnet worden war. – So, Watson, das ist, kurz zusammengefasst, der ganze Sachverhalt, und wenn Sie mir irgendwelche Aufklärung darüber geben können, tun Sie mir den größten Gefallen.«

Ich hatte den klaren Auseinandersetzungen meines Gefährten mit gespanntem Interesse zugehört; denn obgleich mir die Tatsachen größtenteils schon bekannt waren, ging mir doch erst jetzt ein Licht auf über ihren Zusammenhang und ihre eigentliche Bedeutung.

»Wäre es nicht möglich«, warf ich ein, »dass sich Straker bei den krampfhaften Zuckungen, welche mit jeder Verletzung des Gehirns verbunden zu sein pflegen, die Schnittwunde mit seinem eigenen Messer beigebracht hat?«

»Nicht nur möglich, sondern höchst wahrscheinlich«, versetzte Holmes. »In diesem Fall wird einer der Hauptpunkte hinfällig, welcher zugunsten des Angeklagten spricht.«

»Und doch«, erwiderte ich, »bin ich noch ganz im Dunkeln darüber, wie sich die Polizei die Sache vorstellt.«

»Ich fürchte, es werden sich gegen jede Theorie, die wir vorbringen könnten, gewichtige Einwendungen erheben«, sagte mein Gefährte. »Die Polizei ist, glaube ich, der Ansicht, dass Simpson, nachdem er dem Stallknecht das Schlafmittel verabreicht hatte, sich mittels eines Nachschlüssels, den er sich irgendwie zu verschaffen gewusst, in den Stall geschlichen hat, um das Pferd zu rauben. Er muss ihm auch den Zaum angelegt haben, da dieser sich nicht vorfindet. Während er nun, die Stalltür offen lassend, das Tier über das Moor davonführte, kam ihm Straker entgegen oder holte ihn ein. Natürlich entspann sich ein Kampf, bei dem Simpson seinen Gegner mit dem schweren Stock erschlug, ohne von ihm mit dem Messer verwundet zu werden, das Straker als Verteidigungswaffe gebrauchte. Hierauf gelang es dem Dieb entweder, das Pferd in ein geheimes Versteck zu bringen, oder es hat sich losgerissen und läuft nun in der Irre auf dem Moor umher. – So denkt sich die Polizei den Fall, und trotz vieler Unwahrscheinlichkeiten, auf die wir bei dieser Erklärung stoßen, ist sie noch die wahrscheinlichste von allen. Sobald ich an Ort und Stelle bin, werde ich der Sache übrigens besser auf den Grund sehen können, einstweilen müssen wir, wohl oder übel, auf dem Standpunkt stehen bleiben, den wir jetzt einnehmen.«

Erst gegen Abend kamen wir in dem Städtchen Tavistock an, das mitten in dem großen Rund von Dartmoor liegt wie der Buckel an einem Schild.

Zwei Herren erwarteten uns am Bahnhof, der eine groß und blond, mit Haar und Bart wie eine Löwenmähne und scharfen, hellblauen Augen, der andere, ein kleiner beweglicher Mann im Überrock und Gamaschen, sehr geschniegelt und gebügelt, mit kurzgeschnittenem Backenbart und eingekniffenem Augenglas. Dies war Oberst Ross, der wohlbekannte Sportsmann, jener aber Polizeiinspektor Gregory, der sich im Dienst der englischen Geheimpolizei rasch einen Namen gemacht hatte.

»Ich bin sehr froh, dass Sie gekommen sind, Mr Holmes«, sagte der Oberst. »Zwar hat der Inspektor alles nur Erdenkliche getan, aber ich möchte nichts unversucht lassen, um den Tod des armen Straker zu sühnen und wieder in den Besitz meines Pferdes zu gelangen.«

»Haben Sie irgendeine neue Spur entdeckt?«, fragte Holmes.

»Leider sind wir nur wenig vorwärtsgekommen«, entgegnete der Inspektor. »Draußen wartet ein offener Wagen auf uns«, fuhr er fort, »Sie werden gewiss den Schauplatz sehen wollen, ehe es dunkel wird, und wir können das Nähere während der Fahrt besprechen.«

Gleich darauf saßen wir alle in dem bequemen Landauer und rollten durch die Straßen des altertümlichen Städtchens. Inspektor Gregory hatte nichts als den Fall im Kopf und goss die ganze Flut seiner Betrachtungen über uns aus, während Holmes nur dann und wann eine Frage oder einen Ausruf dazwischenwarf. Oberst Ross lehnte sich in den Sitz zurück, schlug die Arme unter, drückte seinen Hut tief ins Gesicht und lauschte eifrig dem Gespräch der beiden Männer. Gregorys Auffassung von der Sache stimmte fast genau mit dem überein, was mir Holmes im Zug zum Voraus berichtet hatte.

»Das Netz hat sich schon ziemlich dicht um Fitzroy Simpson zusammengezogen«, schloss der Inspektor, »und ich für meine Person zweifle nicht, dass er der Täter ist. Bei alledem muss ich jedoch zugeben, dass diese Annahme nur auf Indizienbeweisen beruht, die durch eine neue Enthüllung unhaltbar gemacht werden können.«

»Und wie steht's mit Strakers Messer?«

»Wir sind zu dem sichern Schluss gelangt, dass er sich selbst verwundet hat, als er zu Boden fiel.«

»Mein Freund Watson hat sich bei unserer Herfahrt auch in diesem Sinne geäußert. Dadurch würde der Verdacht gegen Simpson bedeutend erhöht.«

»Natürlich, denn bei ihm hat man weder ein Messer noch Spuren einer Verletzung gefunden. Doch liegen auch andere sehr starke Beweise gegen ihn vor. Sein großes Interesse am Verschwinden des Renners, sein Versuch, den Stallknecht zu vergiften, der Umstand, dass er in der Regennacht draußen war, der schwere Stock, der ihm als Waffe diente, und die Krawatte in des Toten Hand liefern genug Verdachtsgründe, um ihn vor die Geschworenen zu bringen.«

Holmes schüttelte den Kopf. »Ein geschickter Anwalt würde dies ganze Gewebe in Fetzen reißen«, sagte er. »Warum brauchte er das Pferd aus dem Stall zu führen? Hätte er ihm nicht ebenso gut dort einen Schaden zufügen können? Hat man einen Nachschlüssel bei ihm gefunden? Welcher Apotheker hat ihm das Opiumpulver verkauft? Und vor allem – wo hätte ein Mensch, der in hiesiger Gegend fremd ist, ein solches Pferd verbergen können? – Wie lautet denn seine eigene Aussage über das Papier, welches das Mädchen dem Stallknecht geben sollte?«

»Er sagt, es sei eine Zehnpfundnote gewesen. Eine solche fand sich auch in seinem Geldbeutel. Übrigens lassen sich Ihre anderen Einwürfe samt und sonders entkräften. Die Umgegend ist ihm bekannt, da er im Sommer zweimal in Tavistock übernachtete. Das Opium kann er von London mitgebracht haben. Den Nachschlüssel hat er natürlich weggeworfen, sobald er ihn nicht mehr brauchte. Das Pferd liegt vielleicht irgendwo im Moor auf dem Grund eines alten Schachts.«

»Was sagt er über die Krawatte?«

»Er gibt zu, dass sie ihm gehört, und behauptet, er habe sie verloren. Inzwischen ist ein neuer Verdacht aufgetaucht, der uns vielleicht eine Aufklärung bringt, weshalb Simpson das Pferd aus dem Stall geführt hat.«

Holmes horchte hoch auf.

»Wir haben Spuren gefunden, welche beweisen, dass eine Zigeunerbande am Montagabend eine Meile von dem Schauplatz des Mordes entfernt ihr Lager hatte. Am Dienstag früh war die Bande verschwunden. Kann nicht Simpson im Einvernehmen mit diesen Leuten gestanden haben und im Begriff gewesen sein, ihnen das Pferd zuzuführen, als er sich verfolgt sah? Vielleicht ist es noch in ihrem Besitz?«

»Unmöglich wäre das nicht.«

»Man durchstreift das Moor nach den Zigeunern. Auch habe ich jeden Stall und jedes Hintergebäude in Tavistock und zehn Meilen in der Runde untersuchen lassen.«

»Ich höre, dass noch ein Besitzer von Rennpferden seine Stallungen hier ganz in der Nähe hat.«

»Jawohl, und diesen Umstand dürfen wir nicht aus den Augen lassen. Da der Renner Desborough das zweite Pferd war, auf das gewettet wurde, hatten die Leute dort ein großes Interesse an dem Verschwinden des Favoriten. Silas Brown, der Stallmeister, soll hohe Wetten eingegangen sein, und er war dem armen Straker nicht wohlgesinnt. Übrigens haben wir die Ställe durchsucht und nichts gefunden, was mit der Angelegenheit zusammenhängt.«

»Auch kein Anzeichen, dass Simpson mit dem Stallmeister von Mapleton in irgendwelcher Verbindung steht?«

»Nicht das geringste.«

Holmes lehnte sich in den Wagen zurück, und die Unterhaltung stockte. Wenige Minuten später hielt der Kutscher vor einem hübschen kleinen Landhaus aus roten Ziegelsteinen mit vorspringendem Giebel, das dicht am Weg stand. In einiger Entfernung davon, jenseits einer Umfriedung, lag ein langes, mit grauem Schiefer gedecktes Gebäude. Nach allen anderen Richtungen dehnte sich, so weit das Auge reichte, der wellenförmige Boden des Moors aus, dem das welke Farnkraut eine Bronzefärbung verlieh. Nur die Kirchtürme von Tavistock und nach Westen zu eine Anzahl Häuser, die um die Stallungen von Mapleton herlagen, unterbrachen den einförmigen Horizont. Wir sprangen alle aus dem Wagen, Holmes allein lehnte noch in seiner Ecke; er starrte unverwandt ins Weite und schien ganz in Gedanken versunken. Als ich seinen Arm berührte, fuhr er heftig zusammen, raffte sich empor und stieg gleichfalls aus.

»Entschuldigen Sie«, sagte er zu Oberst Ross, der ihn verwundert ansah, »ich habe bei hellem Tag geträumt.« Aber ein gewisses Leuchten seiner Augen und die geheime Erregung in seinem ganzen Wesen überzeugten mich, der ich seine Art kannte, dass er dem Geheimnis auf der Spur sei, wiewohl ich keine Ahnung hatte, wo er den Schlüssel gefunden haben könne.

»Vielleicht möchten Sie gleich weiterfahren, Mr Holmes, um den Schauplatz des Verbrechens zu besichtigen?«, fragte Gregory.

»Es wäre mir lieber, eine Weile hierzubleiben, um erst noch über einige Einzelheiten ins Klare zu kommen. Vermutlich ist Straker hierhergeschafft worden?«

»Ja, er liegt im oberen Stock. Morgen soll die Totenschau stattfinden.«

»Nicht wahr, er stand schon seit mehreren Jahren in Ihrem Dienst, Herr Oberst?«

»Ja, und ich war stets außerordentlich zufrieden mit ihm.«

»Sie haben gewiss ein Verzeichnis von den Gegenständen gemacht, die er zur Zeit seines Todes bei sich trug?«

»Die Sachen sind alle im Wohnzimmer verwahrt, Sie können sie dort in Augenschein nehmen.«

»Das wäre mir lieb.«

Wir traten nun in das vordere Zimmer und nahmen um den Tisch in der Mitte Platz, während der Inspektor einen viereckigen Blechkasten aufschloss und eine Anzahl Gegenstände herausnahm: eine Schachtel mit Wachskerzchen, zwei Stückchen Talglicht, einen halbgefüllten ledernen Tabaksbeutel, eine kurze Pfeife, eine silberne Uhr mit goldener Kette, einen Bleistifthalter von Aluminium, fünf goldene Sovereigns, verschiedene Papiere und ein Messer mit Elfenbeingriff, welches »Weiß und Co. London« gezeichnet war und eine sehr biegsame, feine Klinge hatte. Holmes nahm es in die Hand und betrachtete es.

»Ein sonderbares Messer«, sagte er. »Nach den Blutflecken zu urteilen, ist es wohl dasselbe, welches man in des Toten Hand gefunden hat. Ich dächte, auf dergleichen müssten Sie sich verstehen, Watson.«

»Es ist ein Messer, wie man es zu Star-Operationen braucht«, sagte ich.

»Ich dachte mir's wohl, dass man eine so feine Klinge nur zu sehr heikler Arbeit benutzt. Wie sonderbar, dass er ein solches Messer bei dem nächtlichen Ausgang mitgenommen hat – es lässt sich nicht einmal zuklappen und in die Tasche stecken.«

»Die Spitze war durch eine Korkscheibe geschützt, die wir neben der Leiche fanden«, berichtete der Inspektor. »Mrs Straker sagt, das Messer hätte schon seit ein paar Tagen auf dem Tisch im Schlafzimmer gelegen, und beim Hinausgehen habe ihr Mann es mitgenommen. Es war nur eine schwache Verteidigungswaffe, aber vielleicht die einzige, die er im Augenblick zur Hand hatte.«

»Wohl möglich. Und was für Papiere sind das?«

»Drei Quittungen von Händlern für geliefertes Heu; ein Brief von Oberst Ross mit Verhaltungsmaßregeln; ferner die Rechnung einer Schneiderin im Betrag von siebenunddreißig Pfund fünfzehn Schilling, von Madame Lesurier in Bond Street für William Darbyshire ausgestellt. Mrs Straker teilte mir mit, dieser Darbyshire sei ein Freund ihres Mannes gewesen und zuweilen seien Briefe an ihn hierher adressiert worden.«

»Mrs Darbyshire scheint etwas verschwenderischer Natur zu sein«, bemerkte Holmes, die einzelnen Beträge der Rechnung überfliegend. »Zweiundzwanzig Guineen ist eine hohe Summe für ein Straßenkostüm. – Nun habe ich hier wohl alles gesehen, und wir können uns auf den Schauplatz des Verbrechens begeben.«

Als wir das Wohnzimmer verließen, trat eine Frau, die im Hausflur gewartet hatte, auf uns zu. Man sah es ihrem hageren, eingefallenen Gesicht und ihrer aufgeregten Miene an, dass sie erst kürzlich etwas Entsetzliches erlebt hatte.

»Hat man sie gefunden und festgenommen?«, stieß sie hastig hervor und legte ihre Hand auf den Arm des Inspektors.

»Nein, Mrs Straker. Aber Mr Holmes hier ist aus London gekommen, um uns zu helfen; wir werden das Menschenmögliche tun.«

»Habe ich Sie nicht kürzlich bei einem Gartenfest in Plymouth gesehen, Mrs Straker?«, fragte Holmes.

»Nein, das muss ein Irrtum sein.«

»Wirklich? Ich hätte darauf schwören mögen. Sie trugen ein taubengraues Seidenkleid, mit Straußenfedern besetzt.«

»Einen solchen Anzug habe ich noch nie besessen«, erwiderte die Dame.

»So? – Dann habe ich mich freilich getäuscht. Entschuldigen Sie, bitte«, sagte Holmes und folgte dem Inspektor ins Freie.

Ein kurzer Weg über das Moor brachte uns zur Talsenkung, wo der Leichnam gefunden worden war. Am Rande derselben stand der Ginsterbusch, auf dem der Mantel gehangen hatte.

»Es war in jener Nacht kein Wind, soviel ich weiß«, sagte Holmes.

»Nein, es regnete nur sehr stark.«

»Also ist der Mantel nicht in das Gebüsch geweht worden, sondern man hat ihn dort aufgehängt.«

»Ja, er war quer über den Busch gelegt.«

»Das ist mir von großem Interesse. Der Boden ist ringsherum ganz zertreten. Wahrscheinlich sind seit Montagnacht schon viele Leute hier gewesen.«

»Wir haben auf diese Seite eine Matte gelegt und standen darauf.«

»Ausgezeichnet!«

»In dem Sack hier habe ich einen von den Stiefeln, welche Straker angehabt hat, nebst einem Schuh von Simpson und einem Hufeisen von Silberstrahl.«

»Lieber Inspektor, Sie sind ganz unvergleichlich.«

Holmes nahm den Sack, stieg in die Talsenkung hinab und schob die Matte mehr zur Mitte zu. Dann streckte er sich der Länge nach auf den Boden, stützte sein Kinn auf die Hände und begann den zertretenen Boden sorgfältig zu betrachten.

»Halt, was ist das?«, rief er plötzlich.

Es war ein halb abgebranntes Wachskerzchen, aber so mit Schmutz überzogen, dass es kaum als solches zu erkennen war.

»Ich begreife nicht, wie ich das habe übersehen können«, sagte der Inspektor ärgerlich.

»Es war auch unsichtbar, ganz im Schlamm vergraben. Ich entdeckte es nur, weil ich danach suchte.«

»Was – Sie erwarteten, es zu finden?«

»Ich hielt es nicht für unwahrscheinlich.«

Holmes nahm jetzt den Schuh und den Stiefel aus dem Sack und verglich den Abdruck, welchen sie hinterließen, mit den Fußspuren auf dem Boden. Dann kletterte er an der Böschung hinauf und kroch unter den Farnkräutern und dem Gebüsch umher.

»Schwerlich werden noch andere Spuren vorhanden sein«, sagte der Inspektor. »Ich habe den Boden auf hundert Metern nach allen Richtungen hin sorgfältig untersucht.«

Holmes stand auf. »Wenn das der Fall ist«, meinte er, »so wäre es meinerseits mehr als überflüssig, wollte ich es noch einmal tun. Aber einen kleinen Gang über das Moor möchte ich doch machen, ehe es dunkel wird, damit ich morgen schon etwas Bescheid weiß. Auch will ich das Hufeisen in die Tasche stecken, das bringt Glück.«

Oberst Ross, der zuletzt nicht ohne deutliche Zeichen von Ungeduld der ruhigen und systematischen Arbeit meines Gefährten zugesehen hatte, zog jetzt die Uhr heraus.

»Es wäre mir lieb, wenn Sie mit mir zurückkämen, Herr Inspektor«, sagte er. »Ich möchte noch über verschiedene Punkte Ihren Rat hören. Besonders frage ich mich, ob wir nicht dem Publikum gegenüber verpflichtet wären, den Namen des Pferdes aus der Liste der Preisbewerber zu streichen.«

»Keinesfalls«, rief Holmes mit Entschiedenheit. »Lassen Sie den Namen nur stehen.«

Der Oberst verbeugte sich. »Es freut mich sehr, dass Sie der Ansicht sind«, sagte er. »Sie werden uns im Haus des armen Straker finden, wenn Sie von Ihrem Gang zurückkommen, und wir fahren dann wieder zusammen nach Tavistock.«

Er kehrte in Begleitung des Inspektors um, während wir, Holmes und ich, langsam über das Moor schritten. Die Sonne begann eben hinter den Stallgebäuden von Mapleton zu sinken; über der weiten, abschüssigen Ebene vor uns lag ein goldiger Schimmer ausgebreitet, der sich in ein sattes, prächtiges Rotbraun verwandelte, wo der Abendschein auf das dürre Farnkraut und das Dorngesträuch fiel. Aber die ganze landschaftliche

Schönheit ging spurlos an meinem Gefährten vorüber, der tief in Gedanken versunken war.

»Es wird am besten sein, Watson«, sagte er endlich, »wir lassen die Frage, wer John Straker umgebracht hat, fürs Erste ganz aus dem Spiel und beschränken uns darauf, zu ergründen, was aus dem Rennpferd geworden ist. Angenommen, es hätte sich vor oder nach dem Trauerspiel losgerissen, wohin könnte es gelaufen sein? – Das Pferd ist ein sehr geselliges Tier. Seinen eigenen Trieben überlassen, würde es entweder nach King's Pyland zurückgekehrt oder nach Mapleton hinübergetrabt sein. Warum sollte es auf dem Moor in der Irre umherlaufen? Jedenfalls hätte man es dann schon aufgefunden. Auch dass die Zigeuner es gestohlen haben, ist unwahrscheinlich. Diese Leute machen sich immer aus dem Staub, wenn sie von einem Unfall hören, weil sie fürchten, durch die Polizei behelligt zu werden. Verkaufen könnten sie ein solches Pferd doch nicht; wenn sie es aber mit sich führten, würden sie sich nur einer großen Gefahr aussetzen und keinerlei Gewinn davon haben. Das liegt doch auf der Hand.«

»Wo soll es denn aber sein?«

»Wie ich Ihnen schon gesagt habe – es muss nach King's Pyland oder nach Mapleton gelaufen sein. In King's Pyland ist es nicht, also ist es in Mapleton. Lass uns diese Annahme fürs Erste festhalten und sehen, wohin uns das führt. Dieser Teil des Moors ist sehr hart und trocken, wie der Inspektor schon bemerkt hat. Aber nach Mapleton zu senkt sich der Boden, und der lange Hohlweg, den wir dort drüben sehen, muss Montagnacht ziemlich nass gewesen sein. Habe ich recht mit meiner Vermutung, ist das Pferd hinübergelaufen, und das ist auch die Stelle, wo wir nach seiner Spur suchen müssen.«

Wir waren während dieses Gesprächs rasch weitergegangen und hatten in wenigen Minuten den Hohlweg erreicht. Holmes bat mich, rechts am Abhang hinunterzusteigen, indessen er sich nach links wandte; noch war ich aber keine fünfzig Schritte weit, als ich seinen Zuruf vernahm und sah, dass er mir mit der Hand winkte. Die Spur des Pferdes war in dem weichen Boden deutlich erkennbar, und das Hufeisen, das er aus der Tasche zog, passte genau in den Abdruck.

»Nun sehen Sie, welchen Wert die Einbildungskraft hat«, sagte Holmes. »Es ist das Einzige, woran es Gregory fehlt. Wir haben uns vorgestellt, was geschehen sein könnte; wir handelten danach und fanden, dass wir uns nicht geirrt hatten. Kommen Sie, lassen Sie uns weitergehen.«

Wir schritten über den Marschboden, dann über eine Strecke harten dürren Rasens; hierauf senkte sich der Boden wieder, und wir fanden die

Hufspuren. Zwar verloren wir sie abermals während einer halben Meile, entdeckten sie jedoch ganz dicht bei Mapleton von Neuem. Holmes sah sie zuerst und zeigte mit triumphierendem Blick darauf hin. Die Fußspuren eines Mannes erschienen neben denen des Pferdes.

»Bisher war das Pferd allein«, rief ich.

»Jawohl, es war allein. Aber halt, was ist das?«

Die Doppelspur brach kurz ab und ging in der Richtung nach King's Pyland weiter. Holmes pfiff vor sich hin, und wir verfolgten sie. Während er aber kein Auge davon verwandte, blickte ich ein wenig zur Seite und sah zu meiner Überraschung, dass dieselben Spuren in entgegengesetzter Richtung zurückkamen.

»Bravo, Watson«, sagte Holmes, als ich ihn darauf aufmerksam machte, »Sie haben uns einen weiten Weg erspart, der uns wieder auf den alten Fleck zurückgebracht hätte. Folgen wir jetzt der Spur nach rückwärts.«

Wir brauchten nicht weit zu gehen. Sie endete bei dem Asphaltpflaster, das bis ans Tor der Stallungen von Mapleton führte. Als wir uns näherten, kam ein Stallknecht eilig heraus.

»Hier darf sich niemand herumtreiben!«, rief er uns zu.

Holmes steckte Daumen und Zeigefinger in seine Westentasche. »Ich möchte mir nur eine Frage erlauben«, sagte er. »Könnte ich wohl Mr Silas Brown schon morgen früh um fünf Uhr sprechen?«

»Warum nicht? Er steht immer zeitig auf und ist zuerst auf dem Weg. Aber fragen Sie den Herrn selbst, da kommt er eben. – Nein, nein, jetzt kann ich nichts nehmen; sobald er sieht, dass Sie mir Geld geben wollen, verliere ich meine Stelle. – Nachher, wenn's Ihnen beliebt.«

Gerade als Sherlock Holmes die halbe Krone, die er aus der Tasche geholt hatte, wieder einsteckte, kam ein grimmig dreinschauender älterer Mann, die Reitpeitsche schwingend, aus dem Tor.

»Was soll das heißen, Dawson?«, schrie er. »Ich dulde kein Geschwätz! Geh an deine Arbeit! Und Sie – was zum Henker wollen Sie hier?«

»Eine Unterredung von zehn Minuten mit Ihnen, mein werter Herr«, sagte Holmes in verbindlichstem Ton.

»Ich habe keine Zeit, mich mit jedem Pflastertreter einzulassen. Fremde haben hier nichts zu suchen. Packen Sie sich fort, sonst sollen die Hunde Ihnen Beine machen.«

Holmes beugte sich nieder und flüsterte dem Stallmeister etwas ins Ohr. Dieser schrak heftig zusammen und wurde rot bis an die Schläfen.

»Das ist nicht wahr!«, schrie er. »Es ist eine verdammte Lüge!«

»Sehr wohl. Sollen wir hier draußen öffentlich darüber verhandeln oder drinnen in Ihrem Wohnzimmer?«

»Kommen Sie meinetwegen herein, wenn Sie wollen.«

Holmes lächelte. »Ich bin gleich wieder hier, Sie brauchen nur ein paar Minuten auf mich zu warten, Watson«, sagte er. »Nun stehe ich ganz zu Ihrer Verfügung, Mr Brown.«

Es vergingen wohl zwanzig Minuten; das Abendrot hatte bereits einer grauen Dämmerung Platz gemacht, als Holmes und der Stallmeister wieder erschienen. In der kurzen Zeit war mit Silas Brown eine Veränderung vorgegangen, wie ich das nie zuvor gesehen hatte. Sein Gesicht war aschbleich, Schweißtropfen standen ihm auf der Stirn, und er zitterte so heftig, dass die Reitpeitsche in seiner Hand hin und her schwankte wie ein Zweig, den der Wind bewegt. Das herrische, unverschämte Wesen, das er zur Schau getragen, war völlig verschwunden; er begleitete meinen Gefährten mit kriechender Höflichkeit, wie ein Hund, der neben seinem Herrn herläuft.

»Ihre Anweisungen sollen befolgt werden. Ich will alles pünktlich ausrichten«, sagte er.

»Es darf keinerlei Missverständnis vorkommen, beherzigen Sie das wohl«, erwiderte Holmes, und der andere erschrak, als er seinem drohenden Blicke begegnete.

»O nein, jeder Irrtum ist ausgeschlossen. Es wird zur Stelle sein. Soll ich erst die Veränderung vornehmen oder nicht?«

Holmes überlegte ein wenig und lachte dann hell auf. »Nein, tun Sie's nicht«, sagte er. »Ich schreibe Ihnen noch darüber. Aber spielen Sie mir keinen Streich, sonst ...«

»Oh, Sie können mir trauen. Verlassen Sie sich fest auf mich.«

»Sie müssen an dem Tag dafür sorgen, als ob es Ihr eigenes wäre.«

»Das versteht sich.«

»Ich glaube, Sie werden Wort halten. Morgen sollen Sie noch von mir hören.« Er wandte sich ab, ohne zu beachten, dass der andere ihm zitternd die Hand bot, und wir machten uns wieder nach King's Pyland auf den Weg.

»Ein solches Gemisch von Unverschämtheit, Feigheit und Hinterlist wie bei diesem Mr Silas Brown ist mir noch selten begegnet«, äußerte Holmes, während wir zurückwanderten.

»Also, er hat das Pferd?«

»Er versuchte, es zu leugnen; aber ich habe ihm alles, was er an jenem Morgen getan hat, ganz genau beschrieben, und er ist überzeugt, dass ich ihn dabei beobachtet haben muss. Natürlich sind Ihnen bei dem Abdruck der Stiefel die ungewöhnlich breiten Spitzen aufgefallen und dass seine eigenen Stiefel genau dieselbe Form hatten. Wie sollte sich auch ein Untergebener so etwas herausnehmen! Er war, seiner Gewohnheit gemäß, der Erste auf dem Platz gewesen, hatte ein fremdes Pferd bemerkt, welches über das Moor dahergetrabt kam, ging ihm entgegen und erkannte es mit Staunen an dem weißen Streifen vorn am Kopf, dem es seinen Namen verdankt. Der Zufall hatte ihm das einzige Pferd zugeführt, welches den Renner besiegen konnte, auf den er sein Geld gesetzt hatte. Das alles sagte ich ihm und schilderte ihm dann, wie sein erster Antrieb gewesen sei, das Tier nach King's Pyland zurückzuführen. Da habe ihm aber der Teufel den Gedanken eingegeben, auf welche Art er Silberstrahl verbergen könne, bis das Wettrennen vorüber wäre; worauf er wieder mit ihm umgekehrt sei, um ihn in Mapleton zu verstecken. Als ich ihm das alles haarklein auseinandersetzte, gab er das Leugnen auf und war nur noch bedacht, seine Haut zu retten.«

»Aber seine Ställe sind doch durchsucht worden.«

»Bah, ein alter Pferdehändler wie Brown versteht sich auf allerlei Kniffe.«

»Aber fürchten Sie denn nicht, das Pferd in seiner Gewalt zu lassen, da er ein Interesse daran hat, ihm Schaden zuzufügen?«

»Er wird es hüten wie seinen Augapfel, liebster Freund. Nur wenn er es gesund und heil zum Vorschein bringt, darf er auf Gnade hoffen.«

»Oberst Ross sieht mir nicht gerade aus wie jemand, der sehr geneigt wäre, Gnade für Recht gelten zu lassen.«

»Über die Sache hat auch der Oberst nicht zu entscheiden. Ich verfahre stets nach eigener Methode und teile den anderen so viel oder so wenig mit, wie mir beliebt. Das ist der Vorteil, wenn man kein angestellter Beamter ist. Ich weiß nicht, ob Sie bemerkt haben, Watson, dass der Oberst mich etwas von oben herab behandelt – dafür will ich mir jetzt einen kleinen Spaß auf seine Kosten machen. Erwähnen Sie gegen ihn nichts von dem Pferd.«

»Gewiss nicht ohne Ihre Erlaubnis.«

»Das alles hat ja natürlich nur sehr geringe Bedeutung im Vergleich zu der Frage, wer John Straker getötet hat.«

»Und wollen Sie das jetzt zu erforschen suchen?«

»Bewahre! Wir kehren beide mit dem Nachtzug nach London zurück.«

Ich war bei diesen Worten meines Freundes wie vom Donner gerührt. Dass er eine Untersuchung, die er mit so glänzendem Erfolg begonnen hatte, wieder aufgeben wollte, nachdem wir uns kaum ein paar Stunden in

Devonshire aufgehalten, schien mir ganz unbegreiflich. Doch konnte ich nichts mehr aus ihm herausbringen, bis wir wieder in Strakers Wohnung angekommen waren. Der Oberst und der Inspektor erwarteten uns im Besuchszimmer.

»Wir fahren mit dem Nachtschnellzug zur Stadt zurück, mein Freund und ich«, erklärte Holmes. »Ihre köstliche Luft hier hat uns bei dem kleinen Ausflug sehr wohlgetan.«

Der Inspektor machte große Augen, und um den Mund des Obersten zuckte es spöttisch.

»Sie geben also die Hoffnung auf, den Mörder des armen Straker festzunehmen?«, sagte er.

Holmes zuckte die Achseln. »Die Sache hat ihre großen Schwierigkeiten. Dagegen ist gegründete Aussicht vorhanden, dass Ihr Pferd am nächsten Dienstag am Rennen teilnehmen wird. Halten Sie jedenfalls den Jockey in Bereitschaft. Jetzt möchte ich Sie nur noch um eine Fotografie von John Straker bitten.«

Der Inspektor nahm das gewünschte Bild aus einem Umschlag, den er in der Tasche trug, und händigte es ihm ein.

»Mein lieber Gregory, Sie kommen immer meinem Verlangen zuvor. Seien Sie so freundlich, nur einen Augenblick zu warten, ich habe noch eine Frage an das Mädchen zu richten.«

»Ich muss gestehen, dass mich unser Londoner Berater gründlich enttäuscht hat«, sagte Oberst Ross ganz unumwunden, sobald mein Freund das Zimmer verlassen hatte. »Soviel ich sehe, sind wir um keinen Schritt weiter als vor seiner Ankunft.«

»Wenigstens hat er Ihnen ziemlich bestimmt die Versicherung gegeben, dass Ihr Pferd das Rennen mitmachen wird.«

»Jawohl«, meinte der Oberst achselzuckend, »aber das kann jeder sagen.«

Ich wollte eben etwas erwidern und meinen Freund in Schutz nehmen, als er selbst eintrat.

»Nun, meine Herren«, sagte er, »bin ich zur Abfahrt bereit.«

Als wir in den Wagen steigen wollten, öffnete uns einer der Stalljungen den Schlag. Holmes fuhr ein plötzlicher Einfall durch den Kopf, er lehnte sich hinaus und berührte den Arm des Jungen.

»Ihr haltet dort ein paar Schafe im Pferch«, sagte er. »Wer besorgt denn ihre Pflege?«

»Ich, Herr.«

»Ist ihnen in letzter Zeit nichts Besonderes zugestoßen?«

»Nichts von Bedeutung. Drei Schafe waren nur etwas lahm.«

Die Antwort schien Holmes große Freude zu machen, denn er lachte und rieb sich die Hände.

»Ein richtiger Treffer, Watson, ein Schuss ins Schwarze«, sagte er und kniff mich in den Arm. »Gregory, ich empfehle diese seltsame Krankheit unter den Schafen Ihrer Aufmerksamkeit. – Fahren Sie zu, Kutscher!«

Im Gesicht des Obersten stand deutlich zu lesen, welche geringe Meinung er von der Kunst meines Gefährten hegte, aber des Inspektors Miene nahm einen sehr gespannten Ausdruck an.

»Halten Sie das für so wichtig?«, fragte er.

»Für außerordentlich wichtig.«

»Könnten Sie mich nicht noch auf einen oder den anderen Punkt aufmerksam machen?«

»Jawohl – auf das sonderbare Benehmen des Hundes während der Nacht.«

»Der Hund hat sich in der Nacht ganz ruhig verhalten.«

»Ja, darin bestand eben die Sonderbarkeit«, versetzte Sherlock Holmes.

Vier Tage später saßen Holmes und ich abermals im Zug, um nach Winchester zu fahren, wo das Rennen um den Ehrenpreis von Wessex stattfinden sollte. Oberst Ross empfing uns verabredetermaßen am Bahnhof und nahm uns in seinem Wagen zum Rennplatz mit, der außerhalb der Stadt lag. Er machte eine sehr ernste Miene, und sein Wesen war schroff und kalt.

»Ich habe mein Pferd nicht zu Gesicht bekommen«, sagte er.

»Vermutlich würden Sie es aber doch wiedererkennen, wenn Sie es sähen?«, äußerte Holmes.

Der Oberst war sehr ärgerlich. »Seit zwanzig Jahren halte ich Rennpferde«, rief er, »aber eine solche Frage hat noch nie ein Mensch an mich gestellt. Jedes Kind würde doch den Silberstrahl an seiner weißen Stirn und dem gesprenkelten rechten Vorderbein erkennen.«

»Wie steht's mit den Wetten?«

»Sie sind in vollem Gang, und Silberstrahl steht mehr in Gunst als je.«

»Hm«, meinte Holmes, »irgendjemand muss das Publikum beruhigt haben, das ist klar.«

Als der Wagen innerhalb der Umzäunung am großen Halteplatz vorfuhr, warf ich einen Blick auf das Programm, welches die Namenliste enthielt. Es lautete:

Wessex-Preis, 50 Sovereigns, die Hälfte Reugeld für 4-jähr. und 5-jähr. Pferde. Zusatzpreis 1000 Sovereigns.

Zweiter Preis 300 £. Dritter Preis 200 £; Distanz 2615 Meter.
Der Neger. Eigent. Mr Heath Newton (Mütze rot, Jacke zimmetfarben).
Gräfin Leah. Eigent. Oberst Wardlow (Mütze rosa, Jacke blau und schwarz).
Desborough. Eigent. Lord Backwater (Mütze und Ärmel gelb).
Silberstrahl. Eigent. Oberst Ross (Mütze schwarz, Jacke rot).
Iris. Eigent. Herzog von Balmoral (Mütze und Jacke schwarz und gelb gestreift).
Rasper. Eigent. Lord Singleford (Mütze lila, Ärmel schwarz).

»Wir haben unser zweites Pferd zurückgezogen und unsere ganze Hoffnung auf Ihr Wort gesetzt«, sagte der Oberst.

»Eben wird die Tafel mit den Zahlen angehängt«, rief ich. »Alle sechs stehen darauf.«

»Alle sechs! Dann läuft also mein Pferd auch?«, sagte der Oberst in großer Erregung. »Aber ich sehe es nicht. Meine Farben sind nicht dabei.«

»Bis jetzt sind nur fünf vorübergekommen. Dies hier muss es sein.«

Als ich diese Worte sprach, trabte gerade ein mächtiger Brauner von der Waage her an uns vorbei; der Jockey auf seinem Rücken trug des Obersten wohlbekannte Farben, die schwarze Mütze und rote Jacke.

»Das ist nicht mein Pferd!«, rief der Besitzer des Silberstrahl. »Das Tier hat ja kein weißes Haar am Leib. Was haben Sie da angerichtet, Mr Holmes?!«

»Lassen Sie uns doch erst sehen, was es zu leisten vermag«, sagte mein Freund mit unerschütterlicher Ruhe. Einige Minuten lang ließ er meinen Feldstecher nicht vom Auge. »Vortrefflich! Ein ausgezeichneter Start!«, rief er plötzlich. »Da – jetzt kommen sie eben um die Biegung!«

Von unserem Wagen aus konnten wir die gerade Bahn ihrer ganzen Länge nach prächtig übersehen. Die sechs Pferde waren ganz nahe beisammen, man hätte sie alle mit einem einzigen Teppich bedecken können. Halbwegs kam jedoch der gelbe Jockey aus Mapleton an die Spitze. Aber noch ehe die Renner in unserer Nähe waren, hatte des Obersten Pferd den Desborough überholt; es schoss wie ein Pfeil dahin und erreichte den Pfosten reichlich sechs Pferdelängen vor seinem Nebenbuhler. Die »Iris« des Herzogs von Balmoral folgte als Drittes in geringer Entfernung.

»Jedenfalls habe ich das Rennen gewonnen«, stieß der Oberst keuchend heraus und fuhr sich mit der Hand über die Stirn. »Aber kein Mensch kann klug daraus werden. Mir scheint doch, Mr Holmes, Sie haben Ihr Geheimnis nun lange genug für sich behalten.«

»Jawohl, Herr Oberst. Sie sollen alles wissen. Kommen Sie, wir wollen uns das Pferd zusammen betrachten. – Da ist es«, fuhr er fort, als wir die Umzäunung bei der Waage betraten, in der nur die Besitzer der Rennpferde und ihre Freunde Einlass erhalten. »Sie brauchen ihm nur das Gesicht und das Vorderbein mit Spiritus zu waschen, dann haben Sie Ihren alten Silberstrahl unverändert wieder.«

»Ist das möglich?!«

»Ich fand ihn in den Händen eines Betrügers und nahm mir die Freiheit, ihn das Rennen so mitmachen zu lassen, wie er hierhergeschickt worden war.«

»Mein bester Herr, Sie haben Wunder getan. Das Pferd ist in vortrefflichem Zustand. So gut ist es noch nie gelaufen. Ich muss mich tausendmal bei Ihnen entschuldigen wegen meiner Zweifel an Ihrer Geschicklichkeit. Sie haben mir durch die Auffindung des Pferdes einen großen Dienst erwiesen. Noch lieber wäre es mir freilich, wenn Sie auch den Mörder des John Straker entdecken könnten.«

»Ist schon besorgt«, sagte Holmes mit größter Ruhe.

Wir starrten ihn beide mit offenem Mund an, der Oberst und ich. »Sie haben ihn festgenommen! Wo ist er denn?«

»Er ist hier.«

»Hier! Wo?«

»In meiner nächsten Nähe in diesem Augenblick.«

Der Oberst wurde rot vor Zorn. »Ich erkenne vollkommen an, dass ich Ihnen zu Dank verpflichtet bin, Mr Holmes«, sagte er, »aber was Sie soeben sagen, kann ich nur als einen sehr schlechten Spaß oder eine Beleidigung ansehen.«

Sherlock Holmes lachte. »Ich glaube durchaus nicht, dass Sie auf irgendeine Weise an dem Verbrechen beteiligt sind, Herr Oberst«, sagte er. »Der wahre Mörder steht unmittelbar hinter Ihnen.«

Er schritt an ihm vorbei und legte seine Hand auf den glänzenden Hals des Vollblutpferds.

»Silberstrahl!«, riefen der Oberst und ich wie aus einem Mund.

»Ja, das Pferd. Seine Schuld wird dadurch gemildert, dass es aus Notwehr gehandelt hat und dass John Straker ein Ihres Vertrauens durchaus unwürdiger Mensch war. – Aber da tönt eben die Glocke; ich erwarte einen kleinen Gewinn beim nächsten Rennen und will daher meinen ausführlichen Bericht auf eine geeignetere Zeit verschieben.«

Als wir am Abend nach London zurückfuhren, hatten wir eine Ecke des Pullmanwagens ganz für uns. Vermutlich wird die Reise dem Oberst ebenso kurz vorgekommen sein wie mir, denn unterwegs erzählte uns mein Freund, was sich in jener Nacht im Stall von Dartmoor zugetragen hatte und auf welche Weise es ihm gelungen war, das Geheimnis zu enträtseln.

»Ich gestehe«, sagte er, »dass alle Schlüsse, die ich aus den Zeitungsberichten gefolgert hatte, gänzlich auf Irrtum beruhten. Und doch enthielten sie Andeutungen der Wahrheit, die nur durch verschiedene Einzelheiten verdunkelt wurde, welche mich von der Fährte ablenkten. Als ich nach Devonshire fuhr, war ich überzeugt, dass Fitzroy Simpson das Verbrechen begangen hätte, obwohl ich natürlich einsah, dass noch nicht genügend Beweismittel gegen ihn beigebracht waren.

Im Wagen, auf unserer Fahrt nach Strakers Haus, kam mir zum ersten Mal der Gedanke, welche wichtige Rolle das Hammelragout bei der Sache gespielt hatte. Sie erinnern sich vielleicht, dass ich in meiner Zerstreutheit noch sitzen blieb, während alle schon ausgestiegen waren. Ich verwunderte mich gerade innerlich darüber, wie ich imstande sein konnte, eine so deutliche Spur zu übersehen.«

»Wozu sie nützen sollte, begreife ich auch jetzt noch nicht«, warf der Oberst ein.

»Es war das erste Glied in der Kette meiner Beweisführung. – Beim Opiumpulver ist Geruch und Geschmack nicht gerade unangenehm, aber doch entschieden bemerkbar. In den meisten Speisen würde man es gleich herausschmecken. Ein Hammelragout aber ist gerade ein Gericht, in dem ein solcher Beigeschmack schwer zu erkennen wäre. Wie sollte nun wohl Fitzroy Simpson, ein ganz fremder Mann, veranlasst haben, dass an jenem Abend in Strakers Haus Hammelragout gegessen wurde? – Oder lässt sich annehmen, dass er gerade mit dem Pulver in der Tasche einhergegangen kam, als dort zufällig ein Gericht gekocht worden war, in dem man das Opium nicht schmecken konnte? – An ein so unerhörtes Zusammentreffen vermochte ich nicht zu glauben und schloss daher bei der Erwägung des Falls Simpsons Person völlig aus, während ich meine ganze Aufmerksamkeit auf Straker und seine Frau richtete; denn diese beiden konnten allein das Hammelragout zum Abendessen bestellt haben. Das Opiumpulver war erst in die Portion des Stallknechts hineingeschüttet worden, nachdem sein Teller aufgeschöpft war, denn die anderen hatten ohne schädliche Folgen von dem Gericht gegessen. Wer hatte wohl Gelegenheit gehabt, das zu tun, ohne dass die Dienstmagd es gewahr wurde?

Noch bevor ich hierüber ins Reine kam, war mir klargeworden, weshalb der Hund nicht angeschlagen hatte; denn eine richtige Schlussfolgerung leitet immer stets auf neue Spuren. Dass ein Hund im Stall gehalten wurde, bewies der Vorfall mit Simpson, und doch hatte er nicht laut genug gebellt, um die beiden Knechte auf dem Heuboden zu wecken, als jemand in den Stall kam und ein Pferd hinausführte. Offenbar musste der nächtliche Besucher dem Hund wohlbekannt gewesen sein.

Ich war jetzt so gut wie überzeugt, dass John Straker bei nachtschlafender Zeit in den Stall gegangen war, um den Silberstrahl herauszuholen. Aber zu welchem Zweck? – Gewiss mit unredlicher Absicht, sonst hätte er nicht seinen eigenen Stallknecht zu betäuben brauchen. Aber unerklärlich blieb es mir fürs Erste doch, bis mir einfiel, dass Pferdezüchter sich den Gewinn großer Summen sichern können, wenn sie einen Agenten beauftragen, gegen ihre eigenen Renner zu wetten, und es dann den Pferden durch irgendeine Hinterlist unmöglich machen, den Sieg zu erringen. Es waren Fälle vorgekommen, dass man den Jockey bestochen hatte, doch gab es auch noch ein versteckteres und unfehlbareres Mittel. Was aber war hier geschehen? – Ich hoffte, der Inhalt von Strakers Taschen würde mir Aufklärung darüber geben, und ich täuschte mich nicht.

Sie erinnern sich gewiss noch des seltsamen Messers, das man in des Toten Hand gefunden hat; kein Mensch, der bei Sinnen ist, hätte es als Waffe gewählt. Messer von solcher Form werden, wie uns Doktor Watson mitgeteilt hat, bei sehr schwierigen chirurgischen Operationen verwendet. Und zu einer derartigen Operation sollte es auch in jener Nacht dienen. Bei Ihrer großen Erfahrung in allem, was mit der Rennbahn zusammenhängt, werden Sie, Herr Oberst, ohne Zweifel wissen, dass man am Schenkel des Pferdes, unter der Haut, einen kleinen Einschnitt in die Sehnen machen kann, sodass äußerlich keine Spur zurückbleibt. Infolgedessen fängt das Pferd an, ein wenig lahm zu gehen, was gewöhnlich auf Überanstrengung geschoben wird oder auf einen leichten Anfall von Rheumatismus; ein Bubenstück vermutet niemand dahinter.«

»Der Elende! Der Schurke!«, schrie der Oberst.

»Das liefert uns zugleich die Erklärung, weshalb John Straker das Pferd auf das Moor hinausgeführt hat. Ein so feuriges Tier würde sicherlich jeden aus dem festesten Schlaf geweckt haben, sobald es den Messerstich fühlte. Die Sache musste durchaus im Freien vorgenommen werden.«

»Ich war wie mit Blindheit geschlagen!«, rief der Oberst. »Natürlich brauchte er ein Licht dazu und strich das Wachskerzchen an.«

»Ohne Frage. Bei der Untersuchung seiner Besitztümer war es mir übrigens gelungen, nicht nur die Art zu entdecken, wie er das Verbrechen begehen wollte, sondern auch seine Beweggründe. Sie leben in der Welt, Herr Oberst, und werden wissen, dass man nicht die Rechnungen anderer Leute in der Tasche herumzutragen pflegt. Jeder hat gewöhnlich genug damit zu tun, seine eigenen zu bezahlen. Ich vermutete sofort, dass Straker ein Doppelleben führen und eine zweite Wohngelegenheit haben müsse. Aus der Rechnung selbst ersah ich, dass eine Dame dabei im Spiel war, die sehr teuere Bedürfnisse hat. Wie hoch auch das Gehalt Ihrer Angestellten sein mag, so glaube ich doch nicht, dass sie ihren Frauen Straßenkostüme für zweiundzwanzig Pfund kaufen können. Ich fragte Mrs Straker nach dem Kleid, ohne dass sie meine Absicht merkte; und als ich mich überzeugt hatte, dass es nie in ihre Hände gelangt sei, schrieb ich mir die Adresse der Schneiderin auf. Dass ich mich nur mit Strakers Fotografie bei ihr einzufinden brauchte, um den rätselhaften Mr Darbyshire aus der Welt zu schaffen, dachte ich mir wohl.

Von da ab war alles sonnenklar. Straker hatte das Pferd in den Hohlweg geführt, wo man das Licht nicht sehen konnte. Unterwegs fand er Simpsons Krawatte, die dieser auf der Flucht verloren hatte, und hob sie auf, vermutlich in der Absicht, dem Pferd damit das Bein festzubinden. Im Hohlweg angelangt, trat er hinter das Pferd und machte Licht, aber der plötzliche grelle Schein erschreckte das Tier, welches wohl instinktmäßig fühlen mochte, dass irgendein Unheil im Werke sei; es schlug aus und traf Straker mit dem Huf gerade auf die Stirn. Trotz des Regens hatte er schon den Mantel abgelegt, um sein schwieriges Vorhaben auszuführen; so kam es, dass er sich im Fallen mit dem Messer die Wunde am Schenkel beibrachte. – Ist Ihnen die Sache jetzt verständlich?«

»Vollkommen«, rief der Oberst. »Sie sind ein wunderbarer Mensch – es ist gerade, als wären Sie dabei gewesen!«

»Meinen letzten Pfeil habe ich so ziemlich ins Blaue geschossen. Es fuhr mir durch den Kopf, dass ein so schlauer Mensch wie Straker den misslichen Sehnenschnitt gewiss nicht vornehmen würde, ohne sich erst etwas darin zu üben. Woran konnte er seine Versuche machen? Mein Blick fiel auf die Schafe, und aus der Antwort, die mir auf meine dahin zielende Frage wurde, ersah ich zu meiner Verwunderung, dass ich ganz richtig geraten hatte.«

»Ihr Scharfsinn ist wirklich staunenswert, Mr Holmes.«

»Bei meiner Rückkehr nach London suchte ich die Schneiderin auf. Sie erkannte Straker sofort nach dem Bild als einen ausgezeichneten Kunden namens Darbyshire, dessen schöne Frau, eine sehr auffallende Erscheinung, große Vorliebe für kostspielige Kleider habe. Ohne Zweifel hat ihn dieses Weib über Hals und Kopf in Schulden gestürzt und ihn so auf den schändlichen Plan gebracht.«

»Nur eins haben Sie noch im Dunkeln gelassen«, sagte der Oberst. »Wo war denn das Pferd?«

»Es war durchgegangen, und einer Ihrer Nachbarn hat es in Pflege genommen. Nach dieser Richtung hin werden wir wohl Gnade für Recht ergehen lassen müssen. – Eben hält der Zug; ich glaube, wir sind jetzt in Clapham, und in zehn Minuten kommen wir zur Victoria Station. Wenn Sie uns begleiten wollen, Herr Oberst, um bei mir zu Hause eine Zigarre zu rauchen, werde ich Ihnen mit Vergnügen noch alle übrigen Einzelheiten mitteilen, die Sie etwa zu wissen wünschen.«

Das gelbe Gesicht

Bei der Veröffentlichung dieser kurzen Skizzen über einige von den zahlreichen Fällen, in denen die glänzende Begabung meines Freundes sich offenbarte, weile ich naturgemäß mehr bei seinen Erfolgen als bei seinen Misserfolgen. Und dabei leitet mich nicht sowohl die Rücksicht auf seinen Ruf – denn tatsächlich erscheinen seine Tatkraft und seine Findigkeit nie bewundernswerter, als wenn er sich selbst in eine Sackgasse verrannt hatte –, sondern es bestimmt mich zu meiner Auswahl auch der Umstand, dass, wo er erfolglos blieb, auch sonst niemand das Ziel erreichte und den Schleier lüftete. Immerhin ist es ein paarmal vorgekommen, dass sich in solchen Fällen doch noch nachträglich das Rätsel gelöst hat. In meinen Notizen findet sich etwa ein halbes Dutzend von Fällen dieser Art, worunter die Geschichte von dem zweiten Tüpfel und die, welche ich eben erzählen will, bei Weitem am interessantesten sind.

Sherlock Holmes war an sich kein Freund gymnastischer Übungen. Übertrafen ihn auch nur wenige an Muskelkraft und war er auch zweifellos einer der besten Boxer, die mir je vorgekommen sind, erschien ihm doch zwecklose körperliche Anstrengung als Kraftvergeudung, und er warf sich nur ins Geschirr, wenn ihn ein bestimmtes Ziel lockte. Dann war er einfach unermüdlich und seine Spannkraft unerschöpflich. Es ist eigentlich sonderbar, dass sein Körper unter diesen Umständen beständig so leistungsfähig blieb; aber das lag wohl daran, dass er stets sehr mäßig lebte. Von gelegentlichem Genuss von Kokain abgesehen, fröhnte er keinerlei Leidenschaft, und auch zu diesem Mittel griff er nur, wenn gar kein Fall und keine interessante Zeitungsnachricht die öde Gleichförmigkeit der Tage unterbrechen wollte.

Eines schönen Frühlingstags hatte er sich endlich dazu bewegen lassen, mit mir einen Spaziergang im Park zu machen, wo eben das erste zarte Grün an den Ulmen sprosste und die Kastanien anfingen, ihre Knospen zu öffnen und ihre fünf Blattfinger auszuspreizen. Zwei Stunden lang strichen wir umher, fast ohne ein Wort zu reden, wie es sich für zwei Busenfreunde geziemt. Als wir wieder in die Baker Street kamen, war es fast fünf Uhr geworden.

»Entschuldigen Sie!«, sagte unser Laufbursche, als er uns die Tür aufmachte. »Es ist ein Herr hier gewesen und hat nach Ihnen gefragt.«

Holmes warf mir einen vorwurfsvollen Blick zu.

»*Einen* Nachmittagsbummel und keinen mehr!«, sagte er. »Der Herr ist also wieder gegangen?«

»Ja.«

»Haben Sie ihn nicht ersucht, einzutreten?«

»Ja, er hat auch gewartet.«

»Wie lange denn?«

»Eine halbe Stunde. Es war ein sehr aufgeregter Herr. Immer ist er herumgegangen und hat auf den Boden gestampft. Ich habe draußen an der Tür gestanden und ihn gehört. Am Ende kommt er heraus und schreit: ›Wird der Mann denn gar nicht nach Hause kommen?‹ So hat er gesagt, Mr Holmes! ›Sie brauchen bloß ein bisschen länger zu warten‹, sag ich. ›Dann will ich lieber im Freien warten, denn hier erstick ich fast‹, sagte er. ›Ich bin bald wieder hier.‹ Und damit ging er auf und davon, und was ich auch redete, alles war umsonst.«

»Gut, gut, du kannst nichts dafür«, sagte Holmes, als wir ins Zimmer gingen. »Es ist doch recht unangenehm, Watson! Mir tat ein neuer Fall blutnot, und nach der Ungeduld, die der Mann zeigte, scheint es keine kleine Sache zu sein. Hallo! Das ist doch nicht Ihre Tabakpfeife auf dem Tisch! Er muss seine hiergelassen haben. Ein schöner alter Kopf mit einem langen Mundstück von Bernstein. Ich möchte wissen, wie viel echte Bernsteinspitzen es in London gibt. Die Leute denken, wenn eine Fliege drin ist, müsse er echt sein. Dabei gibt es eine eigene Industrie, unechte Fliegen in unechten Bernstein zu setzen. Jedenfalls ist der Mann sehr aufgeregt gewesen, dass er eine Pfeife liegenlässt, auf die er offenbar große Stücke hält.«

»Woher wissen Sie, dass er viel auf sie hält?«, fragte ich.

»Nun, meiner Schätzung nach hat die Pfeife neu sieben und einen halben Schilling gekostet. Sie ist aber, wie Sie sehen, zweimal ausgebessert worden, einmal am Holz und einmal am Bernstein. Jedes Mal hat man bei der Reparatur ein Band von Silber herumgelegt, das mehr gekostet hat als die ganze Pfeife. Dem Mann muss also die Pfeife sehr teuer sein, wenn er sie lieber flicken lässt, statt um den gleichen Preis eine neue zu kaufen.«

»Noch was?«, fragte ich, denn Holmes drehte die Pfeife in seiner Hand hin und her und betrachtete sie in der ihm eigenen nachdenklichen Weise.

Er hielt sie in die Höhe und betippte sie mit seinem langen, dünnen Mittelfinger, wie etwa ein Professor der Osteologie, der einen Knochen demonstriert.

»Pfeifen sind manchmal außerordentlich interessant«, sagte er. »Nichts besitzt mehr Individualität, ausgenommen etwa Uhren und Schuhsenkel. Was sich aber hier zeigt, ist weder sehr ausgesprochen noch sehr bedeutungsvoll. Der Eigentümer ist offenbar ein kräftiger Mann, linkshändig, mit wohlerhaltenen Zähnen, nicht sehr ordnungsliebend und in guten Verhältnissen.«

Mein Freund äußerte dies so obenhin; ich sah aber, dass er mich dabei fixierte, um zu erkennen, ob mir seine Schlussfolgerungen klar seien.

»Sie denken, wer aus einer Pfeife für sieben Schilling raucht, muss wohlhabend sein?«, sagte ich.

»Das ist Grosvenor-Mischung zu acht Pence die Unze«, antwortete Holmes, indem er ein paar Krümel in seine offene Hand klopfte. »Da er schon für den halben Preis ein ausgezeichnetes Kraut haben kann, muss er in guten Verhältnissen leben.«

»Und die anderen Punkte?«

»Er pflegt seine Pfeife an Lampen und Gasbrennern anzuzünden. Sie sehen, sie ist auf einer Seite ganz versengt. Natürlich kann das nicht von Streichhölzern herrühren. Warum sollte einer auch ein Streichholz an die Seite seiner Pfeife halten? An der Lampe kann man sie aber nicht anzünden, ohne dass dabei der Kopf angesengt wird. Und es trifft die rechte Seite der Pfeife. Daraus entnehme ich, dass er linkshändig ist. Halten Sie Ihre eigene Pfeife an die Lampe, und Sie werden sehen, dass es für Sie als Rechtshändigen natürlich ist, die linke Seite an die Flamme zu bringen. Sie machen es vielleicht auch einmal umgekehrt, aber sicher nicht in der Regel. Die hier ist immer so gehalten worden. Dann hat er seinen Bernstein durchgebissen. Dazu gehört ein muskulöser, energischer Mann mit gutem Gebiss. Doch wenn ich mich nicht irre, höre ich ihn auf der Treppe; so werden wir bald etwas Interessanteres als seine Pfeife zu ergründen haben.«

Einen Augenblick darauf öffnete sich die Tür, und ein großer jüngerer Mann trat ins Zimmer. Er war gut, aber einfach gekleidet, trug einen dunkelgrauen Anzug und hielt in der Hand einen neuen Kastor. Ich hätte ihn auf etwa dreißig Jahre geschätzt, obwohl er in Wirklichkeit ein paar Jahre älter war.

»Entschuldigen Sie!«, sagte er etwas verlegen. »Ich hätte wohl anklopfen sollen. Ja, natürlich hätte ich anklopfen sollen. Die Sache ist die, ich bin etwas außer mir, und davon kommt das alles.« Er fuhr sich mit der Hand über die Stirn wie einer, der schwindlig werden will, und ließ sich dann in einen Stuhl niederfallen.

»Ich sehe, Sie haben ein, zwei Nächte nicht geschlafen«, sagte Holmes in seiner leichten, genialen Weise. »Das bringt einem die Nerven mehr herunter als die Arbeit, ja noch mehr als der Genuss. Erlauben Sie mir die Frage: Wie kann ich Ihnen helfen?«

»Ich brauche Ihren Rat. Ich weiß nicht, was ich tun soll, und mein ganzes Lebensglück scheint mir aus den Fugen zu gehen.«

»Sie wollen meinen Rat als Detektiv?«

»Nicht nur das. Sie sollen mir Rat geben als scharfsinniger, als welterfahrener Mann. Ich will wissen, was ich zunächst tun muss. Ich hoffe zu Gott, Sie sind imstande, es mir zu sagen.«

Er brachte das alles kurz, scharf, stoßweise hervor, und es machte mir den Eindruck, als wäre es für ihn außerordentlich peinlich, vor uns zu reden, und als müsste er seiner eigentlichen Neigung Gewalt antun.

»Es ist eine sehr delikate Sache«, fuhr er fort. »Man spricht nicht gern vor Fremden von Familiensachen. Es ist entsetzlich, über das Verhalten seiner Frau zu zwei Männern zu reden, die man zum ersten Mal im Leben sieht. Es ist fürchterlich, wenn man das tun muss. Aber mein Witz ist zu Ende, und ich muss Rat haben.«

»Mein lieber Mr Grant Munro …«, fing Holmes an.

Unser Besucher sprang von seinem Stuhl auf.

»Wie?«, rief er, »Sie kennen meinen Namen?«

»Wenn Sie Ihr Inkognito bewahren wollen«, sagte Holmes lächelnd, »würde ich Ihnen vorschlagen, nicht mehr Ihren Namen auf Ihr Hutfutter zu schreiben oder wenigstens der Person, mit der Sie sprechen, nicht gerade das Innere des Huts zuzuwenden. Ich wollte Ihnen eben sagen, dass wir, mein Freund und ich, viele ungewöhnliche Geheimnisse in diesem Zimmer angehört haben, und dass uns so oft das Glück zuteilwurde, beunruhigten Herzen wieder Frieden zu bringen. Ich hoffe zuversichtlich, wir können für Sie dasselbe tun. Darf ich Sie bitten, da vielleicht Eile nottut, mir unverzüglich den Tatbestand Ihres Falls mitzuteilen?«

Wieder fuhr sich unser Gast mit der Hand über die Stirn, als komme es ihm recht sauer an. Aus jeder Bewegung und jeder Miene konnte man erkennen, dass er ein verschlossener, selbstbewusster Mann war, mit einem Anflug von Stolz in seiner Natur, der ihn empfangene Wunden eher verbergen als zur Schau tragen ließ. Plötzlich machte er mit der geschlossenen

Hand eine energische Bewegung wie einer, der alle Bedenken beiseitewirft, und fing an:

»Die Sache ist die, Mr Holmes! Ich bin verheiratet, und zwar seit drei Jahren. In dieser ganzen Zeit haben wir beide uns so herzlich geliebt und so glücklich zusammen gelebt wie nur je ein Paar. Wir waren ein Herz und eine Seele im Denken wie im Handeln. Und nun, seit letztem Montag, ist auf einmal ein Riss entstanden, und ich sehe, es muss irgendetwas in ihr vorgehen, das ich nicht enträtseln kann. Wir sind einander entfremdet, und ich will der Sache auf den Grund kommen.

Nun dürfen Sie vor allem eines nicht vergessen, Mr Holmes! Effie liebt mich. Daran ist gar kein Zweifel. Sie liebt mich von ganzem Herzen und ganzer Seele, und das gerade jetzt mehr als je. Ich weiß es, ich fühle es. Hierüber brauchen wir kein Wort zu verlieren. Aber es trennt uns ein Geheimnis, und ehe dies nicht aufgeklärt ist, können wir nicht wieder dieselben zueinander sein wie vorher.«

»Seien Sie so freundlich und teilen Sie mir den Tatbestand mit, Mr Munro!«, sagte Holmes etwas ungeduldig.

»Ich will Ihnen erzählen, was ich von Effies Leben weiß. Sie war Witwe, als ich sie zum ersten Mal sah, obwohl noch ganz jung – erst einundzwanzig. Sie hieß damals Mrs Hebron. Sie kam als ganz kleines Kind nach Amerika und lebte in der Stadt Atlanta, wo sie diesen Hebron, einen gesuchten Anwalt, heiratete. Sie hatten ein einziges Kind, aber das gelbe Fieber brach dort aus, und Mann und Kind wurden beide von der Seuche hinweggerafft. Ich habe selbst seine Sterbeurkunde gesehen. Das verleidete ihr den weiteren Aufenthalt in Amerika, und sie kam wieder herüber und lebte bei einer unverheirateten Tante in Pinner in Middlesex. Es bleibt noch zu erwähnen, dass ihr Mann gut für sie gesorgt hatte und dass sie ein Kapital von viertausendfünfhundert Pfund besaß, das von ihm so vorteilhaft angelegt war, dass es durchschnittlich sieben Prozent abwarf. Sie war erst sechs Monate in Pinner, als ich mit ihr zusammentraf; wir verliebten uns ineinander, und nach wenigen Wochen fand die Hochzeit statt.

Ich für meine Person bin Hopfenhändler, und da ich ein Einkommen von siebenhundert oder achthundert Pfund hatte, litten wir keine Not, und ich mietete uns für jährlich achtzig Pfund eine Villa in Norbury. Unser kleines Heim sieht sehr ländlich aus, wenn man bedenkt, dass es so nahe an der Stadt liegt. Weiter oben, nicht fern von uns, lagen nur eine Wirtschaft und zwei Häuser, und dann stand noch ein einzelnes Landhaus jenseits des

Feldes uns gegenüber; außerdem gab es keine Häuser bis halbwegs zur Station. Zu manchen Jahreszeiten musste ich wegen des Geschäfts in die Stadt; im Sommer aber gab's weniger zu tun, und dann lebte ich in unserem Landhaus mit meiner Frau so glücklich, wie man es nur wünschen kann. Ich wiederhole, es war niemals auch nur ein Schatten zwischen uns, bis diese verfluchte Geschichte kam.

Eins muss ich Ihnen noch sagen, ehe ich fortfahre. Als wir heirateten, übertrug meine Frau ihr ganzes Eigentum auf mich – eigentlich gegen meinen Willen, denn ich dachte, was für eine üble Geschichte das gäbe, wenn mein Geschäft schlecht ginge. Jedoch sie wollte es so haben, und so machten wir's. Gut, vor sechs Wochen etwa kam sie zu mir.

›Jack!‹, sagte sie. ›Als du mein Geld nahmst, sagtest du, wenn ich je etwas haben wollte, solle ich es dir nur sagen.‹

›Gewiss‹, sagte ich, ›es ist alles dein.‹

›Gut‹, sagte sie, ›ich brauche hundert Pfund.‹

Ich war ein bisschen verblüfft, denn ich hatte gedacht, es wär nur ein neues Kleid oder dergleichen, was ihr im Kopf steckte.

›Wozu in aller Welt?‹, fragte ich.

›Oh‹, sagte sie in ihrer scherzenden Weise, ›du hast gesagt, du wärst nur mein Bankier, und Bankiers fragen einen niemals, wozu, wie du weißt.‹

›Wenn es wirklich dein Ernst ist, sollst du natürlich das Geld haben‹, sagte ich.

›Ja doch, es ist wirklich mein Ernst.‹

›Und du willst mir nicht sagen, wozu du es brauchst?‹

›Später vielleicht, Jack, jetzt aber nicht.‹

Damit musste ich mich zufriedengeben, obwohl es das erste Mal war, dass wir eine Heimlichkeit voreinander hatten. Ich gab ihr eine Anweisung und dachte nicht mehr an die Geschichte. Vielleicht hat das auch gar nichts mit dem, was nachher kam, zu tun, aber ich glaubte, es wäre besser, ich teilte es Ihnen mit.

Ich sagte Ihnen vorhin, es liegt ein Landhaus nicht weit von unserem Haus. Dazwischen liegt ein Feld; aber wenn man hinwill, muss man die Straße ein Stückchen hinuntergehen und dann in einen schmalen Weg zwischen zwei Hecken einbiegen. Gerade hinter diesem Landhaus fängt ein hübsches Tannenwäldchen an, und da trieb ich mich besonders gerne herum, denn Bäume ziehen einen immer an. Das kleine Landhaus hatte ganze acht Monate leergestanden, und das war schade, denn es war ein nettes zweistöckiges Ding mit einem altmodischen Säulengang, von Geißblatt umrankt. Ich habe manchmal dagestanden und gedacht, was das für ein herziges Daheim geben müsste.

Letzten Montag gehe ich wieder einmal da hinunter, als mir auf dem Heckenweg ein leerer Möbelwagen entgegenkommt und ich einen Haufen Teppiche und Zeugs auf dem Rasenplatz bei dem alten Portikus liegen sehe. Es war klar, das Häuschen war endlich doch vermietet worden. Ich ging vorbei, blieb dann stehen, wie man's macht, wenn man nichts zu tun hat, und guckte nochmals hin und dachte, was das wohl für Leute wären, die unsere nächsten Nachbarn sein sollten. Und wie ich so hinsehe, merke ich auf einmal, dass mich ein Gesicht aus einem der oberen Fenster beobachtet. Ich weiß nicht, was mit dem Gesicht los war, Mr Holmes, aber mir lief's bei seinem Anblick eiskalt den Rücken herunter. Ich war ein Stück weg und konnte also die Züge nicht sehen, aber ich sage Ihnen, das Gesicht hatte etwas Unnatürliches und Gespensterhaftes. So kam mir's vor, und ich machte schnell ein paar Schritte vorwärts, um die Person, die mich beobachtete, besser ins Auge zu fassen. Aber da verschwand das Gesicht plötzlich, sodass es schien, als wäre es in die Dunkelheit des Zimmers zurückgerissen worden. Ich blieb wohl fünf Minuten regungslos stehen, überlegte mir die Sache und suchte mir über die Erscheinung möglichst klarzuwerden. Ich konnte nicht sagen, ob es ein Männer- oder ein Frauengesicht war. Aber die Farbe hatte es mir vor allem angetan. Es war ein fahles, totes Gelb und drum und dran etwas so Unbewegliches, Starres, das mir ganz unheimlich und unnatürlich vorkam. Die Sache ging mir so nahe, dass ich mich entschloss, mir die neuen Mieter etwas genauer anzusehen. Ich ging hin und klopfte an die Tür, die sofort von einer großen, hageren Frauensperson mit rauem, abweisendem Gesichtsausdruck geöffnet wurde.

›Was wollen Sie denn?‹, fragte sie mich mit nördlichem Akzent.

›Ich bin Ihr Nachbar von da drüben‹, sagte ich und nickte nach meinem Haus zu. ›Ich sehe, Sie sind eben eingezogen; so dachte ich, ich könnte Ihnen vielleicht irgendwie ...‹

›Ach was, wir werden's schon sagen, wenn wir was brauchen‹, sagte sie und schlug mir die Tür vor der Nase zu. Ärgerlich über die grobe Abweisung, drehte ich mich um und ging heim. Den ganzen Abend musste ich, ich mochte tun, was ich wollte, immer wieder an die Fenstererscheinung und an das rohe Weib denken. Von der ersten wollte ich lieber meiner Frau nichts sagen, denn sie ist ein nervöses, zartbesaitetes Wesen, und ich wollte ihr die unangenehme Empfindung, die ich selbst hatte, ersparen. Ich erwähnte aber vor dem Einschlafen, das Häuschen sei nun bewohnt, worauf sie nichts erwiderte.

Ich habe einen ungewöhnlich festen Schlaf. Zum Spaß wurde bei uns oft gesagt, mich könnte überhaupt nichts aufwecken. Und doch, gerade in dieser Nacht, mochte es nun die leichte Aufregung durch mein kleines Abenteuer oder sonst was gewesen sein, ich weiß es nicht, aber mein Schlaf war in dieser Nacht weit weniger fest als gewöhnlich. Noch halb traumbefangen, hatte ich das Bewusstsein, dass etwas im Zimmer vor sich ging, und allmählich wurde mir klar, dass sich meine Frau angezogen hatte und schnell den Mantel umwarf. Meine Lippen bewegten sich schon, um ein paar schläfrige Worte des Erstaunens oder des Vorwurfes über diese nächtlichen Vorbereitungen zu murmeln, als plötzlich mein halbgeöffnetes Auge auf ihr vom Mondlicht erhelltes Gesicht fiel und die Überraschung mich verstummen ließ. Sie zeigte einen Ausdruck, wie ich ihn vorher nie an ihr bemerkt hatte und wie ich ihn bei ihr für unmöglich gehalten hätte. Sie war totenbleich, ihr Atem ging schnell, und verstohlen blickte sie in Richtung Bett, als sie ihren Mantel zuknöpfte, um zu sehen, ob sie mich gestört hätte. Dann, in der Meinung, ich schliefe noch, glitt sie geräuschlos aus dem Zimmer, und einen Augenblick später vernahm ich einen scharfen, quietschenden Ton, der nur von den Angeln der Vordertür herrühren konnte. Ich setzte mich im Bett zurecht und stieß meine Knöchel gegen die Bettpfosten, um mich zu überzeugen, dass ich nicht träumte. Dann zog ich meine Uhr unterm Kopfkissen vor: Es war drei Uhr morgens. Was in aller Welt konnte meine Frau um drei Uhr morgens auf der Landstraße zu tun haben?

Ich saß etwa zwanzig Minuten und ließ mir die Sache durch den Kopf gehen, um irgendeine denkbare Erklärung zu finden. Je mehr ich aber nachdachte, desto sonderbarer und unerklärlicher kam mir die Geschichte vor. Während ich noch über das Rätsel nachgrübelte, hörte ich die Tür wieder leise zumachen und ihre Schritte die Treppe heraufkommen.

›Wo in aller Welt bist du gewesen, Effie?‹, fragte ich, als sie hereintrat.

Bei meinen Worten fuhr sie heftig zusammen und stieß einen halb unterdrückten Schrei aus, und dieser Schrei und dieser Schreck beunruhigten mich mehr als alles Übrige, denn aus ihnen sprach unverkennbar ein Schuldbewusstsein. Meine Frau war immer eine freie, offene Natur gewesen, und es schauderte mich, sie in ihr eigenes Zimmer schleichen und bei der Stimme ihres Mannes zusammenschrecken zu sehen.

›Du wach, Jack?‹, rief sie mit nervösem Lachen. ›Ich dachte, dich könnte nichts aufwecken.‹

›Wo bist du gewesen?‹, fragte ich in strengerem Ton.

›Ich wundere mich nicht, dass du erstaunt bist‹, sagte sie, und ich konnte sehen, wie ihre Finger zitterten, als sie ihren Mantel aufknöpfte. ›Ich glaube auch nicht, dass ich jemals im Leben schon so etwas getan habe. Die Sache ist die: Mir war, als müsste ich ersticken, und es drängte mich unwiderstehlich, etwas frische Luft zu schöpfen. Ich wäre, glaube ich, ohnmächtig geworden, wäre ich nicht hinausgegangen. Ich habe ein paar Minuten an der Tür gestanden, und jetzt ist mir wieder ganz wohl.‹

Während sie das vorbrachte, sah sie mich nicht einmal an, und ihre Stimme klang ganz anders als gewöhnlich. Für mich stand fest, dass sie die Unwahrheit gesagt hatte. Ich erwiderte kein Wort, sondern wandte mein Gesicht der Wand zu, mit einem verwundeten, von Zweifel und Argwohn erfüllten Herzen. Was verhehlte meine Frau vor mir? Was war das Ziel ihrer nächtlichen Wanderung gewesen? Ich fühlte, ich könnte keine Ruhe mehr finden, bis ich's wüsste, und doch wollte ich sie nicht noch einmal fragen, nachdem sie mir etwas vorgelogen hatte. Den ganzen Rest der Nacht zermarterte ich mein Gehirn und konstruierte immer neue Theorien, eine immer unwahrscheinlicher als die andere.

Am nächsten Tag hatte ich eigentlich in der Stadt zu tun, aber ich war in meinem Sinn zu verstört, um Gedanken für Geschäftssachen übrig zu haben. Meine Frau schien ebenso unruhig zu sein wie ich, und aus den schnellen prüfenden Blicken, die sie mir von Zeit zu Zeit zuwarf, konnte ich sehen, sie merkte wohl, dass ich ihr nicht glaubte, und sie war ratlos, was sie tun sollte. Beim Frühstück wechselten wir kaum ein Wort, und kurz danach ging ich fort, um die Sache in der frischen Morgenluft von Neuem zu überdenken.

Ich kam bis zum Kristallpalast, hielt mich eine Stunde im Park auf und war so um ein Uhr wieder in Norbury. Mehr zufällig wählte ich von der Station heimwärts einen Weg, der mich bei dem Häuschen vorüberführte, und blieb einen Augenblick stehen und sah nach den Fenstern, ob etwa wieder das sonderbare Gesicht da wäre, das mich am Tag vorher so angestarrt hatte. Wie ich dastand – denken Sie sich meine Überraschung, Mr Holmes! –, ging auf einmal die Tür auf, und meine Frau kam heraus!

Bei ihrem Anblick war ich starr vor Erstaunen, aber meine Erregung war nichts im Vergleich mit der, die sich in ihrem Gesicht malte, als unsere Augen sich begegneten. Einen Augenblick schien sie in das Haus zurückfahren zu wollen; dann aber, als sie sah, jedes Verhehlen sei unnütz, kam sie mit kreideweißem Gesicht und schreckerfüllten Augen, die das Lächeln auf ihren Lippen Lügen straften, auf mich zu.

›Oh, Jack!‹, sagte sie. ›Ich war eben drin, um zu sehen, ob ich unseren neuen Nachbarn mit irgendetwas behilflich sein könnte. Was siehst du mich so an, Jack? Du bist mir doch nicht böse?‹

›So!‹, sagte ich. ›Also hieher bist du in der Nacht gegangen?‹

›Was willst du damit sagen?‹, rief sie.

›Du bist hier gewesen. Das ist gewiss. Wer sind die Leute, dass du sie nächtlicherweile aufsuchst?‹

›Ich bin nicht hier gewesen.‹

›Wie kannst du das sagen, wenn du doch selbst weißt, dass es nicht wahr ist?‹, rief ich. ›Schon deine veränderte Stimme verrät dich. Wann habe ich je ein Geheimnis vor dir gehabt? Ich werde jetzt in das Haus hineingehen und der Sache auf den Grund kommen.‹

›Nein, nein, Jack, um Gottes willen!‹, stöhnte sie, außerstande, ihre furchtbare Aufregung länger zu bemeistern, und als ich auf die Tür losschritt, ergriff sie mich am Ärmel und zerrte mich mit krampfhafter Anstrengung zurück.

›Ich flehe dich an, Jack, tu das nicht!‹, rief sie. ›Ich schwöre dir, du wirst eines Tages alles erfahren; aber nichts als Jammer kann herauskommen, gehst du jetzt in das Haus.‹ Und als ich sie abzuschütteln versuchte, hing sie sich an mich und beschwor mich mit wahnsinnigem Flehen.

›Vertrau mir, Jack!‹, rief sie. ›Vertrau mir nur dies eine Mal! Du wirst es nie zu bereuen haben. Du weißt, ich würde dir nichts verhehlen, wäre es nicht um deiner selbst willen. Unser ganzes Lebensglück hängt daran. Gehst du mit mir heim, wird alles wieder gut werden. Dringst du aber mit Gewalt in das Haus da, ist alles aus.‹

Solch ein Ernst, solch eine Verzweiflung lag in ihrer Art, dass ich mich von ihren Worten an die Stelle bannen ließ und unentschlossen vor der Tür stand.

›Ich will dir vertrauen, unter einer Bedingung und nur unter dieser Bedingung‹, sagte ich schließlich. ›Diese Geheimnistuerei muss von nun an ein Ende haben. Du magst meinetwegen deine Heimlichkeit für dich behalten, aber du musst mir versprechen, dass von nun an die nächtlichen Besuche aufhören und überhaupt alles Getue hinter meinem Rücken. Ich will das Geschehene vergessen, wenn du mir versprichst, dass nichts dergleichen in Zukunft mehr vorkommen soll.‹

›Ich war überzeugt, du würdest mir vertrauen!‹, rief sie mit einem großen Seufzer der Erleichterung. ›Ich werde es lassen, ganz wie du willst. Komm fort, oh, komm fort nach Hause!‹

Noch immer an meinem Ärmel zupfend, führte sie mich von dem Häuschen weg. Als wir uns entfernten, warf ich noch einen Blick zurück, und wirklich, da war wieder an einem der oberen Fenster das gelbe, fahle Gesicht und beobachtete uns. Was für ein Zusammenhang konnte zwischen diesem Wesen und meiner Frau bestehen? Oder was verband sie mit dem rohen Weib, das ich am Tag vorher gesehen hatte? Es war ein sonderbares Rätsel, und doch fühlte ich, für mich gab es keinen Frieden mehr, bis seine Lösung gefunden war.

Die beiden folgenden Tage blieb ich daheim, und meine Frau hielt ihr Versprechen gewissenhaft, denn meines Wissens ging sie nicht aus dem Haus. Am dritten Tag aber konnte ich nicht zweifeln, dass ihr feierliches Gelöbnis sie dem geheimen Einfluss nicht zu entziehen vermochte, der sie von ihrem Gatten und ihrer Pflicht ablenkte.

Ich war an dem Tag in die Stadt gefahren, kehrte aber mit dem Zug um 2.40 Uhr statt mit meinem gewöhnlichen um 3.36 Uhr zurück. Als ich ins Haus trat, kam das Mädchen mit bestürztem Gesicht in den Hausflur gelaufen.

›Wo ist meine Frau?‹, fragte ich.

›Ich glaube, sie ist ausgegangen‹, antwortete sie.

Sofort regte sich mein Verdacht. Ich sprang die Treppe hinauf, um mich zu überzeugen, ob sie im Haus sei. Dabei fiel mein Blick zufällig durch eines der oberen Fenster, und ich sah das Mädchen, mit dem ich eben gesprochen hatte, quer über das Feld auf das Unglückshaus zulaufen. Da wurde mir natürlich sofort alles klar. Meine Frau war hinübergegangen und hatte dem Mädchen gesagt, es solle sie rufen, wenn ich zurückkäme.

Außer mir vor Zorn, stürzte ich hinunter und querfeldein, entschlossen, die Sache ein für alle Mal zu Ende zu bringen. Ich sah meine Frau und das Mädchen zusammen auf dem engen Heckenweg zurücklaufen, ließ mich aber dadurch nicht aufhalten. In dem Häuschen barg sich das Geheimnis, das einen Schatten auf mein Lebensglück warf. Ich schwor mir zu, mochte kommen, was da wollte, es sollte länger kein Geheimnis sein. Ich setzte nicht einmal den Klopfer in Bewegung, sondern drückte die Klinke nieder und stürzte in den Hausflur.

Im unteren Stock war alles still und ruhig. In der Küche brodelte ein Kessel über dem Feuer, und eine große schwarze Katze lag zusammengerollt in einem Korb; aber von der Frau, die ich gesehen hatte, keine Spur. Ich lief in das zweite Gelass, doch das war ebenso menschenleer. Dann eilte ich die Treppe hinauf, fand aber auch hier nur zwei gänzlich verlassene

Zimmer. Im ganzen Haus keine Menschenseele. Möbel und Wandschmuck waren von der denkbar einfachsten, billigsten Sorte, außer in der einen Stube, an deren Fenster ich das sonderbare Gesicht gesehen hatte. Die war gut und mit Geschmack ausgestattet, und aller heiße Argwohn, der mich erfüllte, kochte schäumend auf, als ich auf dem Kaminsims eine Vollfotografie meiner Frau bemerkte, die erst vor einem Vierteljahr auf meinen Wunsch aufgenommen worden war.

Als ich mich zweifellos überzeugt hatte, dass das Haus leer war, verließ ich es mit einem Zentnergewicht auf dem Herzen, wie ich es nie in meinem Leben gefühlt hatte. Meine Frau kam mir in der Vorhalle entgegen, als ich wieder in mein Haus zurückkam, aber ich war zu sehr verletzt und zu zornig, um ein Wort an sie zu richten. Ich ging an ihr vorbei und begab mich in meine Arbeitsstube. Sie kam mir jedoch nach, ehe ich die Tür hatte zumachen können.

›Es tut mir leid, dass ich mein Versprechen gebrochen habe, Jack‹, sagte sie. ›Aber wenn du alle Umstände wüsstest, würdest du mir, das glaube ich ganz gewiss, verzeihen.‹

›Dann sag mir alles!‹

›Ich kann nicht, Jack, ich kann nicht!‹, rief sie.

›Ehe du mir nicht sagst, wer in dem Haus drüben gewohnt hat und wem du die Fotografie gegeben hast, kann von Vertrauen zwischen uns keine Rede mehr sein‹, sagte ich, riss mich von ihr los und verließ das Haus.

Das war gestern, Mr Holmes, und seitdem habe ich sie nicht wiedergesehen, und das ist auch alles, was ich von der ganzen seltsamen Geschichte weiß. Es ist der erste Schatten, der zwischen uns gefallen ist, und ich bin so erschüttert davon, dass ich nicht mehr aus und ein weiß. Da fuhr es mir plötzlich heute Morgen durch den Sinn, Sie seien der Mann, der mich beraten könnte in meiner Not; so bin ich hierhergeeilt und gebe mich unbedenklich in Ihre Hände. Habe ich Ihnen irgendeinen Punkt nicht deutlich genug beschrieben, fragen Sie mich, bitte! Aber vor allem sagen Sie mir schnell, was ich tun soll. Denn dieses Elend ist mehr, als ich tragen kann.«

Holmes und ich hatten mit größtem Interesse dem ungewöhnlichen Bericht gelauscht, der stoßweise und abgebrochen erstattet wurde, wie von einem Mann, der unter dem Einfluss der höchsten Aufregung steht. Jetzt saß mein Freund eine Weile schweigend, in Gedanken verloren, das Kinn auf die Hand stützend, da.

»Wie ist es«, sagte er endlich, »können Sie beschwören, dass es ein Männergesicht war, das Sie am Fenster gesehen haben?«

»Jedes Mal, wenn ich es gesehen habe, war ich ziemlich weit weg, sodass ich es unmöglich sagen kann.«

»Es hat aber einen unangenehmen Eindruck auf Sie gemacht?«

»Es schien mir eine unnatürliche Farbe und sonderbare starre Züge zu haben. Trat ich näher, verschwand es mit einem Ruck.«

»Wie lange ist es her, dass Ihre Frau die hundert Pfund haben wollte?«

»Fast zwei Monate.«

»Haben Sie je ein Bild von ihrem ersten Gatten gesehen?«

»Nein, kurz nach seinem Tod ist in Atlanta Feuer ausgebrochen, und alle ihre Papiere sind verbrannt.«

»Und doch hatte sie eine Sterbeurkunde. Sie sagen, Sie haben sie gesehen?«

»Ja, sie hat sich nach dem Brand ein Duplikat ausstellen lassen.«

»Haben Sie einmal mit jemandem gesprochen, der sie in Amerika gekannt hat?«

»Nein.«

»Hat sie selbst einmal davon geredet, dass sie ihren früheren Wohnplatz wiedersehen möchte?«

»Nein.«

»Kamen Briefe an sie von dort?«

»Nicht dass ich wüsste.«

»Danke Ihnen. Jetzt möchte ich die Sache ein wenig überdenken. Bleibt das Häuschen dauernd verlassen, wird es einiges Kopfzerbrechen kosten. Sind aber, was mir wahrscheinlicher dünkt, die Bewohner gestern von Ihrem Kommen verständigt worden und infolge dieser Warnung ausgerückt, dann sind sie jetzt vielleicht wieder da, und das Geheimnis lässt sich unschwer aufdecken. Ich gebe Ihnen daher den Rat, Sie kehren nach Norbury zurück und erkunden, ob an den Fenstern des Häuschens wieder etwas zu sehen ist. Haben Sie Grund zu der Annahme, es sei bewohnt, dann dringen Sie nicht gewaltsam hinein, sondern drahten meinem Freund und mir. Eine Stunde später sind wir bei Ihnen und werden dann bald sehen, was der ganzen Geschichte zugrunde liegt.«

»Und wenn noch niemand drin ist?«

»In diesem Fall komme ich morgen zu Ihnen, und wir besprechen, was weiter in der Angelegenheit zu tun ist. Leben Sie wohl, und vor allem grämen Sie sich nicht, bevor Sie nicht wissen, dass Sie wirklich Ursache dazu haben!«

»Ich fürchte, das ist ein schlimmer Handel, Watson!«, sagte mein Gefährte, als er Mr Grant Munro hinausbegleitet hatte und wieder zurückgekommen war. »Was machen Sie daraus?«

»Es klingt nicht schön«, antwortete ich.

»Ja. Es handelt sich um Erpressung, wenn ich mich nicht sehr irre.«

»Und wer übt Erpressung aus?«

»Nun, das kann einzig und allein das Wesen sein, das in dem einzigen gut ausgestatteten Zimmer dort wohnt und die Fotografie der Frau auf dem Kaminsims stehen hat. Auf mein Wort, Watson, das fahle Gesicht am Fenster hat für mich etwas sehr Anziehendes, und ich würde den Fall nicht um alle Welt hingeben.«

»Haben Sie eine Theorie?«

»Ja, soweit dies meine bisherige Kenntnis der Tatsachen zulässt. Aber es sollte mich wundern, wenn sie sich nicht als richtig erwiese. Der erste Ehemann der Frau befindet sich in dem Häuschen.«

»Warum denkst du das?«

»Wie können wir uns sonst ihre wahnsinnige Angst erklären, als ihr zweiter Mann in das Haus dringen wollte? Wie ich die Sache auffasse, ist der Tatbestand etwa folgender: Die Frau war in Amerika verheiratet. Sie entdeckte an ihrem Mann irgendwelche verabscheuungswerten Angewohnheiten oder, sagen wir, er verfiel in eine scheußliche Krankheit und wurde ein Aussätziger oder Idiot. Sie floh schließlich von ihm fort, kehrte nach England zurück, nahm einen anderen Namen an und begann, wie sie dachte, ein neues Leben. Sie war drei Jahre verheiratet und glaubte, außer aller Gefahr der Entdeckung zu sein, da sie ihrem zweiten Mann die Sterbeurkunde irgendeines Mannes vorgezeigt hatte, dessen Namen sie angenommen, als plötzlich ihr Aufenthalt von ihrem ersten Mann oder, können wir auch annehmen, von irgendeinem gewissenlosen Weib, das sich mit dem Kranken verbunden hat, ausfindig gemacht wird. Sie schreiben an die Frau und drohen ihr, sie würden kommen und die Wahrheit enthüllen. Sie lässt sich hundert Pfund geben und sucht ihr Schweigen zu erkaufen. Sie kommen trotzdem, und als ihr zweiter Mann gelegentlich erwähnt, es seien neue Mieter in dem Häuschen, erkennt sie aus irgendeinem Umstand, dass es ihre Verfolger seien. Sie wartet, bis ihr Gatte eingeschlafen ist, dann eilt sie hin und will sie überreden, sie in Frieden zu lassen. Da ihr Flehen vergeblich ist, geht sie am nächsten Morgen noch einmal hin, und ihr Mann trifft sie beim Fortgehen, wie er uns erzählt hat. Sie verspricht ihm dann, nicht mehr hinzugehen, aber nach zwei Tagen ist der Wunsch, die entsetzliche Nachbarschaft loszuwerden, zu mächtig in ihr, und sie macht einen neuen Versuch, wobei sie ihre Fotografie, die man wahrscheinlich von ihr verlangt hatte, mitnimmt. Während sie noch miteinander verhandeln, stürzt das Mädchen herein mit der Meldung, der Herr sei heimgekommen, worauf die Frau, welche weiß, ihr Mann werde sofort am Platz erscheinen, die Insassen augenblicklich zur Hintertüre hinausgehen heißt, in das Kiefernwäldchen wahrscheinlich, das dicht dabei stehen soll. So findet er das Haus verlassen. Es sollte mich aber sehr wundern, wenn er es heute Abend noch ebenso fände. Was denkst du von meiner Theorie?«

»Das ist alles bloße Vermutung.«

»Aber es stimmt doch mit den uns bekannten Tatsachen überein. Werden uns neue bekannt, mit denen sich meine Theorie nicht vereinigen lässt, dann, aber nur dann, müssen wir sie eben einer Revision unterziehen. Zurzeit können wir nichts weiter tun, bis wir von unserem Freund in Norbury eine neue Botschaft erhalten.«

Wir brauchten nicht lange zu warten. Die Nachricht kam, als wir gerade mit dem Tee fertig waren. Sie lautete:

»Die Mieter sind wieder da. Habe das Gesicht nochmals am Fenster gesehen. Erwarte Sie mit dem Siebenuhrzug und tue keinen Schritt, bis Sie kommen.«

Wir trafen ihn auf dem Bahnsteig, als wir ausstiegen, und konnten beim Schein der Stationslampe sehen, dass er sehr bleich war und vor Aufregung zitterte.

»Sie sind noch da, Mr Holmes!«, sagte er und legte seine Hand auf die Schulter meines Freundes. »Ich habe Licht im Haus gesehen, als ich vorbeikam. Wir müssen es jetzt ein für alle Mal herausfinden.«

»Wie ist also Ihr Plan?«, fragte Holmes, als wir die dunkle, baumbepflanzte Straße hinuntergingen.

»Ich will mir gewaltsam Eingang verschaffen und selbst sehen, wer im Haus ist. Sie beide wünsche ich als Zeugen dabeizuhaben.«

»Sie sind hierzu entschlossen trotz der Warnung Ihrer Frau, es sei besser, Sie drängen nicht in das Geheimnis?«

»Ja, ich bin entschlossen.«

»Gut. Ich denke, Sie haben recht. Jede Wahrheit ist besser als quälender Zweifel ohne Ende. Es ist besser, wir gehen sofort daran. Freilich, dass wir dabei gesetzwidrig handeln, ist nur allzu klar. Aber ich denke, unter den Umständen können wir es riskieren.«

Es war eine sehr finstere Nacht, und ein leichter Regen setzte ein, als wir von der Landstraße in den enorm tief ausgefahrenen Heckenweg einbogen. Mr Grant Munro drängte jedoch ungeduldig vorwärts, und wir stolperten hinter ihm drein, so gut wir eben konnten.

»Dort sind die Lichter meines Hauses«, murmelte er, auf einen Schimmer zwischen den Bäumen weisend, »und das hier ist das Landhaus, in das ich hineinwill.«

Während er dies sagte, bog sich der Weg, und das Gebäude lag dicht neben uns. Ein gelber Lichtschein, der über den dunklen Vordergrund lief, ließ uns erkennen, dass die Tür nicht völlig geschlossen war, und ein Fenster im oberen Stockwerk war hell erleuchtet. Als wir hinschauten, sahen wir durch die Fensterblenden einen schwarzen Fleck sich bewegen.

»Das ist das Geschöpf!«, rief Grant Munro. »Sie können selbst sehen, dass sich dort jemand befindet. Jetzt mir nach, und wir werden bald alles wissen!«

Wir näherten uns der Tür, aber plötzlich trat aus dem Schatten eine Frau hervor und stand vor uns, vom goldigen Schimmer des Lichts übergossen. Ihr vom Lichtschein abgewandtes Gesicht konnte ich nicht erkennen, aber ich sah, wie sie ihre Arme flehend erhob.

»Um Gottes willen, Jack, tu es nicht!«, rief sie mit trauervoller Stimme.

»Lass mich gehen! Ich muss vorbei. Meine Freunde und ich wollen diese Geschichte ein für alle Mal zu Ende bringen.« Er schob sie beiseite, und wir folgten ihm unmittelbar. Als er die Tür weit aufriss, stellte sich ihm eine ältliche Frauensperson in den Weg, aber er stieß sie zurück, und einen Augenblick später waren wir alle auf der Treppe. Grant Munro stürzte in das erleuchtete Zimmer im oberen Stockwerk, und wir folgten ihm auf den Fersen.

Es war ein trauliches, hübsch ausgestattetes Zimmer, von zwei Kerzen auf dem Tisch und zwei anderen auf dem Kaminsims erhellt. Vor einem Sekretär an der Wand, an einen Polsterstuhl gelehnt, stand allem Anschein nach ein kleines Mädchen. Sein Gesicht war abgewandt, als wir eintraten, aber wir konnten sehen, dass es einen roten Rock anhatte und lange weiße Handschuhe trug. Als sie sich uns zukehrte, stieß ich einen Schrei der Überraschung und des Entsetzens aus. Das Gesicht, das sie uns zuwandte, zeigte eine höchst sonderbare fahle Farbe, und die Züge waren völlig ausdrucksleer. Einen Augenblick später war das Geheimnis enthüllt. Holmes fuhr lachend mit der Hand hinter das Ohr des Kindes, eine Maske schälte sich von seinem Angesicht, und vor uns stand ... ein kleines kohlschwarzes Negermädchen, das vor Vergnügen über unsere verdutzten Gesichter alle seine weißen Zähne blitzen ließ. Ich musste in ihr lustiges Lachen einstimmen, aber Grant Munro starrte sie sprachlos an und fuhr sich mit der Hand an die Kehle.

»Mein Gott«, schrie er endlich, »was hat das zu bedeuten?«

»Ich will dir sagen, was es zu bedeuten hat«, rief Mrs Munro, indem sie mit entschlossenem, gefasstem Gesichtsausdruck ins Zimmer trat. »Du hast mich gegen meinen Wunsch zum Reden gezwungen, und nun müssen wir uns beide, so gut es gehen will, damit abfinden. Mein Mann ist in Atlanta gestorben, mein Kind aber ist am Leben geblieben.«

»Dein Kind?«

Sie zog ein silbernes Medaillon aus ihrem Busen. »Du hast dies niemals offen gesehen.«

»Ich dachte, es ginge nicht auf.«

Sie drückte auf eine Feder, und die Vorderseite sprang auf. Es wurde das Porträt eines Mannes sichtbar, der ausnehmend schöne und intelligente Züge besaß, aber die unverkennbaren Merkmale afrikanischer Abstammung aufwies.

»Das ist John Hebron aus Atlanta«, sagte die Dame, »und keiner übertraf ihn an Adel der Gesinnung. Ich zerfiel mit allen Angehörigen meiner Rasse wegen meiner Heirat mit ihm, bereute es aber, solange er am Leben blieb, keinen Augenblick. Es war unser Unglück, dass unser einziges Kind mehr seinem Volk als meinem nachschlug. Das kommt oft in solchen Ehen vor, und unsere kleine Lucy ist weit dunkler, als ihr Vater je war. Aber dunkel oder hell, sie ist ein liebes kleines Mädel und ihrer Mutter Liebling.«

Bei diesen Worten sprang die Kleine auf, lief auf die Dame zu und verbarg ihr Gesicht in deren Kleid.

»Dass ich sie in Amerika ließ«, fuhr Mrs Munro fort, »geschah nur, weil sie von zarter Gesundheit war und der Wechsel ihr hätte schaden können. Sie war der Obhut einer treuen Schottin anvertraut, die vorher in unserem Dienst gestanden hatte. Keinen Augenblick ist es mir auch nur im Traum in den Sinn gekommen, sie als mein Kind verleugnen zu wollen. Als uns das Schicksal aber zusammenführte, Jack, und ich dich lieben lernte, fürchtete ich mich, dir etwas von meinem Kind zu sagen. Gott möge mir vergeben, aber ich glaubte, ich würde dich verlieren, und hatte nicht den Mut, mit dir davon zu reden. Ich musste zwischen euch beiden wählen, und in meiner Schwäche wandte ich mich von meinem eigenen kleinen Mädchen weg. Drei Jahre lang habe ich ihre Existenz vor dir verborgen gehalten, aber ihre Pflegerin gab mir Nachricht, und ich wusste, dass es ihr gut ging. Schließlich konnte ich aber der Sehnsucht nach dem Kind nicht länger widerstehen, und vergebens war mein Bemühen, sie zu unterdrücken. Obgleich ich mir der Gefahr bewusst war, beschloss ich, das Kind herüberkommen zu lassen, und wäre es auch nur auf ein paar Wochen. Ich schickte der Pflegerin hundert Pfund und gab ihr Anweisung in Betreff dieses Hauses, sodass sie meine Nachbarin werden könnte, ohne dass ich doch in irgendwelcher Beziehung zu ihr zu stehen schiene. Um recht vorsichtig zu sein, ließ ich das Kind tagsüber nicht aus dem Haus gehen und sein kleines Gesicht und seine Hände mit einer Maske bedecken, damit sich nicht etwa, wenn es jemand am Fenster sähe, das Gerücht verbreiten könnte, es befinde sich hier ein Negerkind. Wäre ich weniger vorsichtig gewesen, hätte ich vielleicht klüger gehandelt, aber ich war halb wahnsinnig vor Angst, du könntest die Wahrheit erfahren.

Du hast mir zuerst mitgeteilt, dass das Häuschen wieder bezogen sei. Nun hätte ich bis zum Morgen warten sollen, aber ich konnte vor Aufregung nicht schlafen, und so schlich ich mich endlich davon, da ich ja wusste, wie schwer du aufzuwecken warst. Aber du sahst mich gehen, und damit fing meine Not an. Am nächsten Tag hattest du es in der Hand, meinem Geheimnis auf die Spur zu kommen, aber du warst großmütig genug, deinen Vorteil nicht zu verfolgen. Drei Tage später waren Kind und Pflegerin kaum zur Hintertür hinaus, als du zur vorderen hereinstürztest. Und heute weißt du nun alles, und ich frage dich: Was soll aus uns, meinem Kind und mir, werden?« Sie schlug ihre Hände zusammen und wartete auf Antwort.

Es dauerte lange zwei Minuten, ehe Grant Munro das Schweigen brach; aber die Antwort, die er gab, war so, dass ich mich ihrer immer mit Vergnügen erinnere. Er hob die Kleine auf, küsste sie, streckte dann, das Kind auf dem Arme behaltend, der Mutter die Hand hin und wandte sich der Tür zu.

»Wir können die Sache gemütlicher daheim besprechen«, sagte er. »Ich bin kein sehr guter Mann, Effie, aber ich denke doch, ich bin besser, als du mich geschätzt hast.«

Holmes und ich folgten ihnen auf dem Heckenweg. Als wir auf die Straße kamen, zupfte mich mein Freund am Ärmel und flüsterte mir zu: »Ich denke, wir können uns in London nützlicher machen als in Norbury.«

Nicht ein Wort äußerte er weiter über den Fall, bis er sich spätabends mit einer brennenden Kerze in der Hand in sein Schlafzimmer begab.

»Watson!«, sagte er. »Sollte es Ihnen einmal so vorkommen, als würde ich etwas zu selbstbewusst oder verwendete weniger Mühe auf einen Fall, als er verdient, flüstern Sie mir bitte nur das eine Wort ›Norbury‹ ins Ohr, und Sie werden mich Ihnen sehr zu Dank verpflichten!«

Eine sonderbare Anstellung

Kurz nach meiner Verheiratung kaufte ich dem alten Farquhar seine Praxis im Stadtbezirk von Paddington ab. Er war früher ein sehr gesuchter Arzt gewesen, bis sein hohes Alter und das Nervenübel, an dem er litt – eine Art Veitstanz – ihm viele Patienten abwendig machten. Das Publikum urteilt begreiflicherweise nach dem Grundsatz, dass, wer andere kurieren will, selbst gesund sein sollte; es setzt wenig Vertrauen in die Kenntnisse eines Doktors, der für sein eigenes Leiden kein Heilmittel weiß.

So schwanden die Einnahmen meines Vorgängers mit seinen Kräften, und als ich die Praxis übernahm, war deren früherer Ertrag von 1200 Pfund auf etwa 300 jährlich herabgesunken. Im Vertrauen auf meine Jugend und Tatkraft zweifelte ich jedoch nicht, dass das Geschäft in wenigen Jahren wieder so blühend sein würde, als es je gewesen.

Während der ersten drei Monate nach Übernahme der Praxis war ich tüchtig in Anspruch genommen und sah daher wenig von meinem Freund Holmes; ich hatte zu viel zu tun, um ihn in der Baker Street aufzusuchen, und er ging überhaupt selten irgendwohin, außer in Berufsgeschäften.

An einem Julimorgen saß ich noch beim Frühstück, in eine medizinische Zeitung vertieft, behaglich im Studierzimmer, als es klingelte und ich zu meiner Überraschung gleich darauf die etwas scharfe Stimme meines ehemaligen Gefährten hörte.

»Mein lieber Watson«, sagte er eintretend, »wie freue ich mich, Sie wiederzusehen! Ich hoffe, Ihre Frau hat sich von allen Aufregungen bei unserem Abenteuer mit dem ›Zeichen der Vier‹ vollkommen erholt.«

»Danke – wir sind beide wohlauf!«, sagte ich, ihm herzlich die Hand schüttelnd.

»Ich hoffe aber auch ferner«, fuhr er fort und setzte sich in den Schaukelstuhl, »dass Sie über die Sorgen des ärztlichen Berufs nicht alles Interesse an unseren kleinen Problemen und Schlussfolgerungen verloren haben.«

»Ganz im Gegenteil. Erst gestern Abend habe ich meine alten Notizen durchblättert und einige unserer früheren Erlebnisse hinzugefügt.«
»Sie halten aber Ihre Sammlung doch nicht für abgeschlossen?«
»Durchaus nicht – ich wünsche mir recht bald noch mehr derartige Abenteuer.«
»Vielleicht heute?«
»Jawohl, heute, wenn Sie wollen.«
»Auch wenn die Reise bis nach Birmingham geht?«
»Gewiss, wohin es Ihnen beliebt.«
»Und die Praxis?«
»Ich übernehme die Kranken eines Kollegen, sooft er verreist, und er ist immer bereit, mir Gegendienste zu leisten.«
»Das trifft sich ja vortrefflich«, rief Holmes. Dann lehnte er sich in den Stuhl zurück und sah mich unter seinen halbgeschlossenen Augenlidern scharf an. »Mir scheint, Sie sind kürzlich unpässlich gewesen? Eine Erkältung im Sommer ist immer etwas angreifend.«
»Ich habe letzte Woche wegen eines riesigen Schnupfens drei Tage das Haus hüten müssen; aber ich meinte doch, jede Spur davon abgeschüttelt zu haben.«
»Jawohl! – Sie sehen vortrefflich aus.«
»Nun, woher wissen Sie es denn?«
»Mein lieber Freund, Sie kennen doch meine Methoden.«
»Also mittels einer Schlussfolgerung?«
»Gewiss.«
»Und was brachte Sie darauf?«
»Ihre Pantoffeln.«
Ich blickte auf meine Glanzlederschuhe. »Wie in aller Welt …?«, begann ich; aber Holmes beantwortete meine Frage, ehe sie ausgesprochen war.
»Ihre Pantoffeln sind neu«, sagte er. »Die Sohlen, welche Sie mir ebenso freundlich zur Schau stellen, sind aber leicht angesengt. Zuerst meinte ich, sie seien vielleicht nass geworden und beim Trocknen verbrannt; aber in der Mitte klebt noch eine kleine runde Papiermarke mit der Firma des Fabrikanten. Durch die Feuchtigkeit hätte sie sich natürlich abgelöst – also haben Sie mit ausgestreckten Füßen am Feuer gesessen, was ein vernünftiger Mensch doch nicht einmal in einem so nassen Sommer wie diesem tun würde, wenn er vollständig gesund ist.«
Wie bei allen merkwürdigen Schlüssen meines Freundes schien die Sache auch diesmal die Einfachheit selbst, sobald Holmes sie auseinander-

setzte. Er las mir diesen Gedanken vom Gesicht ab und lächelte mit einem Anflug von Bitterkeit. »Ja, ja«, sagte er, »ich schade mir immer selbst, wenn ich mich auf Erklärungen einlasse. Eine Wirkung, deren Ursache man nicht kennt, macht viel mehr Eindruck. – Sie kommen also mit nach Birmingham?«

»Gewiss. Was ist es für ein Fall?«

»Das sollen Sie im Bahnzug hören. Mein Klient wartet draußen in der Droschke. Sie sind wohl schnell fertig?«

»Im Augenblick.«

Ich schrieb einen Zettel an meinen Kollegen, lief die Treppe hinauf, um meiner Frau die Mitteilung zu machen, und traf mit Holmes an der Haustür zusammen.

»Ihr Nachbar ist auch Doktor?«, fragte er und deutete auf das Messingschild.

»Ja, er übernahm seine Praxis zur selben Zeit wie ich.«

»Eine alte Praxis?«

»Nicht älter als die meinige; beide bestehen, seitdem die Häuser erbaut sind.«

»Da ist Ihnen der bessere Teil zugefallen.«

»Das meine ich auch, aber woher wissen Sie es?«

»Ich sehe es an den Türschwellen, alter Junge. Bei Ihnen sind die Stufen erheblich tiefer ausgetreten als bei ihm. – Aber hier, dieser Herr im Wagen ist mein Klient, Mr Hall Pycroft. Erlauben Sie, dass ich Sie ihm vorstelle. – Nun vorwärts, Kutscher! Wir haben nun gerade noch Zeit, den Zug zu erreichen.«

Der Herr, dem ich im Wagen gegenübersaß, war ein hochgewachsener junger Mann mit offenem, ehrlichem Gesicht, blühenden Farben und einem krausen, blonden Bärtchen. Sein sorgfältig gebürsteter Hut und der saubere schwarze Anzug, den er trug, verrieten den ehrsamen Londoner Bürger aus der Klasse, welche die strammsten Freiwilligen und besten Turner zu liefern pflegt. Von Natur besaß sein rundes, frisches Gesicht den Ausdruck jugendlicher Heiterkeit, doch jetzt ließ er die Mundwinkel vor Verzweiflung herabhängen, und das nahm sich wirklich bei ihm ganz komisch aus. Was ihn in seiner Not zu Sherlock Holmes getrieben hatte, erfuhr ich übrigens nicht eher, als bis wir in unserem Coupé erster Klasse die Fahrt nach Birmingham angetreten hatten.

»Jetzt bleiben wir siebzig Minuten ganz ungestört«, erklärte Holmes, »und ich bitte Sie, Mr Pycroft, meinem Freund hier Ihre interessanten Erlebnisse, genau wie Sie sie mir mitgeteilt haben oder womöglich noch ausführlicher, zu wiederholen. Es wird mir von Nutzen sein, die Ereignisse noch einmal der Reihe nach zu hören. Der Fall mag von Bedeutung sein oder nicht, Watson, jedenfalls hat er etwas Ungewöhnliches, Fremdartiges an sich, was Sie vermutlich ebenso reizen wird wie mich. – Nun also, wenn's beliebt, Mr Pycroft! Ich werde Sie nicht mehr unterbrechen.«

Unser junger Gefährte streifte mich mit einem etwas befangenen Seitenblick und begann:

»Das Schlimmste bei der Geschichte ist, dass ich mich so verdammt habe zum Narren machen lassen. Es kann ja natürlich noch alles ausgeglichen werden, und ich sehe auch nicht ein, wie ich's hätte anders anfangen sollen. Wenn ich aber meine Stelle verliere und nichts als das leere Nachsehen behalte, wird's mich gehörig wurmen, dass ich ein solcher Dummkopf gewesen bin. – Ich habe kein Erzählertalent, Doktor Watson, aber Sie sollen hören, wie es mir ergangen ist:

Ich hatte eine Anstellung bei Coxon & Woodhouse; allein in diesem Frühjahr ließ sich die Firma mit der Venezuela-Anleihe hinters Licht führen, Sie erinnern sich wohl daran – und da ging das Geschäft in die Brüche. Fünf Jahre war ich dort gewesen, und der alte Coxon gab mir ein famoses Zeugnis, als der Krach kam; aber natürlich wurden wir Gehilfen, alle siebenundzwanzig, entlassen. – Ich versuchte es hier und dort; doch weil, wie Sie denken können, die jungen Leute haufenweise in der gleichen Patsche waren wie ich, konnte man lange Zeit nirgends ankommen. Bei Coxon hatte ich drei Pfund die Woche gehabt und alles in allem etwa siebzig Pfund zurückgelegt, aber mein Schatz war bald aufgezehrt. Schließlich saß ich gründlich in der Klemme und wusste kaum noch, woher ich Briefpapier und Freimarken nehmen sollte, um die verschiedenen Anzeigen zu beantworten. Die Stiefelsohlen hatte ich mir schon auf den vielen Bürotreppen abgelaufen, und noch immer war keine Aussicht auf einen Posten für mich vorhanden.

Endlich las ich, dass Mawson & Williams, die große Maklerfirma in der Lombard Street, eine Stelle ausgeschrieben hatte. Wahrscheinlich halten Sie nicht viel von dieser Stadtgegend; aber das kann ich Ihnen sagen, es ist eins der reichsten Häuser in London. Etwaige Bewerber sollten sich nur schriftlich melden. Das tat ich denn und schickte auch meine Zeugnisse ein, aber ohne die geringste Hoffnung auf Erfolg. Da kam jedoch umgehend der Bescheid, dass ich mich am nächsten Montag einstellen und mein neues Amt sogleich übernehmen könne, falls meine Persönlichkeit nicht missfiele.

Weiß der liebe Himmel, wie es bei solchen Bewerbungen zugeht. Manche Leute behaupten, der Geschäftsherr greife aufs Geratewohl in den Haufen von Anerbietungen und wähle die erste beste, die ihm in die Hand kommt. Wie dem auch sein mag, diesmal hatte es mich getroffen, und wer war glücklicher als ich! – Mein Gehalt betrug ein Pfund mehr die Woche als bei Coxon, und die Arbeit war ungefähr dieselbe.

Nun komme ich aber zu dem absonderlichen Teil der Angelegenheit: Ich wohnte zur Miete draußen auf dem Weg nach Hampstead, Potter's Terrace 17 war meine Adresse. Am selben Abend, nachdem mir die Stelle versprochen worden, sitze ich in meiner Stube und lasse mir vergnügt eine Pfeife schmecken; da bringt mir die Wirtin eine Karte herein, auf der ›Arthur Pinner, Geschäftsagent‹ gedruckt stand. Diesen Namen hatte ich niemals gehört und konnte mir nicht denken, was der Mann von mir wollte; aber natürlich sagte ich der Wirtin, sie möge den Herrn bitten heraufzukommen. Ein mittelgroßer Mann trat ein, schwarz von Haar und Bart und mit stark gebogener Nase; er sprach lebhaft und in bestimmtem Ton, wie jemand, der keine Zeit verlieren will.

›Mr Pycroft, wenn ich nicht irre?‹

›Der bin ich‹, antwortete ich und schob ihm einen Stuhl hin.

›Bisher bei Coxon & Woodhouse im Geschäft?‹

›Jawohl.‹

›Und jetzt bei Mawson angestellt?‹

›Ganz recht.‹

›Was mich zu Ihnen führt, geehrter Herr, ist, dass ich viel Rühmliches von Ihrer kaufmännischen Begabung gehört habe. Sie erinnern sich wohl an Parker, der Geschäftsführer bei Coxon war? Er ist voll des höchsten Lobes für Sie.‹

Natürlich hörte ich das sehr gern. Ich war zwar immer recht tüchtig im Kontor gewesen, aber doch hatte ich mir nie träumen lassen, dass man in der Kaufmannswelt so von mir spräche.

›Sie haben ein gutes Gedächtnis?‹, fragte er weiter.

›Das geht wohl an‹, erwiderte ich bescheiden.

›Sind Sie, während Sie außer Stellung waren, mit dem Börsenkurs auf dem Laufenden geblieben?‹

›Jawohl, ich lese jeden Morgen den Kurszettel.‹

›Wirklich – nun, das zeugt von wahrem Eifer; dabei können Sie es zu etwas bringen. Mit Ihrer Erlaubnis möchte ich Sie ein wenig auf die Probe stellen. – Warten Sie einmal: Wie stehen die Ayrshire-Pfandbriefe?‹

›Einhundertfünf bis fünfeinhalb.‹

›Und die Neuseeland-Konsols?‹

› Einhundertundvier.‹

›Die britischen Hügellose?‹

›Sieben bis siebeneinhalb.‹

›Wunderbar!‹, rief er und schlug die Hände zusammen. ›Das stimmt zu allem, was ich von Ihnen gehört habe. Junger Mann, junger Mann, Sie sind viel zu gut, um Schreiber bei Mawson zu werden.‹

Dieser Ausspruch setzte mich einigermaßen in Erstaunen, wie Sie sich denken können. ›Hm‹, sagte ich, ›andere Leute scheinen doch keine so hohe Meinung von mir zu haben wie Sie, Mr Pinner. Es ist mir sauer genug geworden, wieder eine Stellung zu finden, und ich bin gottfroh, dass ich sie bekommen habe.‹

›Oho, junger Mann, Sie sollten höher hinaufstreben‹, fing er wieder an. ›Sie sind noch gar nicht in Ihrer rechten Sphäre. Hören Sie auf mich! – Was ich Ihnen bieten kann, ist im Verhältnis zu Ihren Fähigkeiten wenig genug, aber mit Mawsons Stelle verglichen ist es wie Tag und Nacht. Lassen Sie uns noch einmal überlegen. – Wann gehen Sie zu Mawson?‹

›Nächsten Montag.‹

›Haha!‹, lachte er. ›Ich möchte wohl eine kleine Wette wagen, dass Sie gar nicht eintreten.‹

›Ich – nicht bei Mawson?‹

›Nein, bester Herr. An dem Tag werden Sie Geschäftsführer der Anglo-Französischen Aktiengesellschaft für Eisen- und Stahlwaren sein, die hundertundvier Zweiggeschäfte in verschiedenen Städten und Dörfern Frankreichs hat, eins in Brüssel und eins in San Remo gar nicht zu rechnen.‹

Das benahm mir fast den Atem. ›Davon habe ich noch nie gehört‹, sagte ich.

›Ganz natürlich‹, erwiderte er. Man hat es nicht an die große Glocke gehängt; die Kapitalien wurden alle unter der Hand gezeichnet, solche Werte braucht man nicht erst öffentlich auszuschreiben. Mein Bruder, Harry Pinner, ist Mitbegründer der Gesellschaft und tritt sofort nach Zeichnung der Aktien als Direktor in den Vorstand. Er wusste, dass ich mit den hiesigen Verhältnissen vertraut bin, und bat mich, ihm einen tüchtigen Mann unter billigen Bedingungen zu verschaffen – einen jungen, strebsamen, schneidigen Menschen. Parker sprach von Ihnen, und das hat mich heute Abend hergeführt. Als Anfangsgehalt können wir Ihnen zwar nur lumpige fünfhundert Pfund bieten …‹

›Fünfhundert das Jahr!‹, rief ich.

›Anfangs nicht mehr; aber Sie würden obendrein eine Provision von einem Prozent bei jedem Geschäft erhalten, das durch Ihre Vermittlung zustande kommt. Diese Einnahme wird Ihr Gehalt übersteigen; Sie können mir das aufs Wort glauben.‹

›Ich verstehe aber nichts von Stahlwaren.‹

›Tut nichts, mein Lieber! Sie verstehen desto mehr von Zahlen.‹

Mir schwirrte es im Kopf; kaum konnte ich noch still sitzen auf meinem Stuhl. Aber plötzlich durchschauerten mich allerlei Zweifel. ›Ich muss ganz offen mit Ihnen reden‹, sagte ich. ›Mawson gibt mir nur zweihundert Pfund – aber Mawson ist sicher. Von Ihrer Gesellschaft weiß ich wirklich so wenig, dass …‹

›Aha, höchst schlau!‹, rief er, wie außer sich vor Entzücken. ›Sie sind der wahre Mann für uns, Sie lassen sich nicht beschwatzen – und tun auch ganz recht daran. – Hier ist eine Hundertpfundnote; wenn Sie meinen, dass wir uns miteinander verständigen können, stecken Sie den Schein einfach in die Tasche, als Vorschuss auf Ihr Gehalt.‹

Das entwaffnete mich gänzlich. ›Sehr wohl‹, sagte ich, ›und wann würde ich mein neues Amt antreten müssen?‹

›Seien Sie morgen um ein Uhr in Birmingham‹, versetzte er. ›ch habe hier ein Briefchen an meinen Bruder, das Sie ihm bringen sollen. Sie finden ihn in der Corporation Street 126 B, wo die Gesellschaft vorläufig ihr Büro hat. Er muss natürlich Ihre Anstellung bestätigen, aber – unter uns gesagt – es ist alles so gut wie abgemacht.‹

›Ich weiß wirklich nicht, Mr Pinner, wie ich Ihnen danken soll‹, rief ich.

›Nicht doch, mein Bester. Sie erhalten nur, was Sie verdienen. – Nun noch zwei Kleinigkeiten, nur der Form wegen – über die wir uns einigen müssen. Dort neben Ihnen liegt ein Blatt Papier. Schreiben Sie gefälligst: »Ich erkläre mich hierdurch bereit, in die Anglo-Französische Aktiengesellschaft für ein Anfangsgehalt von fünfhundert Pfund als Geschäftsfrüher einzutreten.«

Ich tat, wie er verlangte, und er steckte das Papier ein.

›Und nun noch eins‹, sagte er. ›Was denken Sie wegen Mawson zu tun?‹

Ich hatte Mawson in meiner Freude ganz vergessen. ›Ich werde ihm sogleich schreiben und mich abmelden.‹

Wissen Sie, davon würde ich entschieden abraten. Ich habe nämlich Ihretwegen mit Mawsons Geschäftsführer einen kleinen Wortwechsel gehabt. Als ich dort war, um Erkundigungen über Sie einzuziehen, wurde er sehr unverschämt, beschuldigte mich, Sie seiner Firma abspenstig machen zu wollen und dergleichen. Schließlich verlor ich die Geduld und sagte ihm: ›Wenn Sie tüchtige Leute haben wollen, müssen Sie sie auch anständig bezahlen.‹ Darauf erwiderte er: ›Pycroft wird lieber unser kleines Gehalt nehmen als Ihr großes.‹ – ›Und ich wette eine Fünfpfundnote, dass Sie nichts mehr von ihm zu hören bekommen, wenn ich ihm mein Anerbieten mache!‹, rief ich. – ›Gut, es gilt‹, sagte er. ›Wir haben ihn von der Straße aufgelesen, und er wird uns anhängen wie eine Klette.‹ Das waren seine eigenen Worte.‹

›Der unverschämte Mensch!‹, rief ich. ›Ich habe ihn nie im Leben mit Augen gesehen und brauche auch keine besondere Rücksicht auf ihn zu nehmen. Unter solchen Umständen werde ich also nicht an ihn schreiben.‹

›Recht so – ich nehme Sie beim Wort‹, sagte er und stand auf. Hier ist Ihr Vorschuss von hundert Pfund und hier der Brief. Notieren Sie sich die Adresse: Corporation Street 126 B; und versäumen Sie nicht, morgen um ein Uhr an Ort und Stelle zu sein. Gute Nacht! Ich wünsche Ihnen alles Glück, das Sie verdienen.‹

Weiter ist nichts zwischen uns verhandelt worden, soviel ich mich erinnere. Sie können sich denken, Herr Doktor, wie aufgeregt ich über einen so außergewöhnlichen Glücksfall war. Ich tat vor lauter Entzücken die halbe Nacht hindurch kein Auge zu. Am nächsten Tag fuhr ich mit dem Frühzug nach Birmingham und kam lange vor der verabredeten Zeit dort an. Meine Sachen schaffte ich in ein Hotel und sah mich dann nach der bezeichneten Adresse um. Es war noch eine Viertelstunde zu früh, doch meinte ich, das würde nichts schaden. Die Nummer 126 B stand über einem Durchgang zwischen zwei großen Kaufläden, welcher zu einer steinernen Wendeltreppe führte; auf dieser gelangte man in die oberen Stockwerke, in denen Büros an Geschäftsleute und Anwälte vermietet waren. Alle Namen der Inhaber konnte man unten auf einer Tafel an der Wand lesen; aber die Anglo-Französische Aktiengesellschaft war nicht darunter! Ein paar Minuten stand ich starr da, und mir sank aller Mut. War etwa die ganze Sache nichts als ein riesiger Schwindel? – Da trat ein Herr auf mich zu. Er sah meinem Besucher vom vorhergehenden Abend sehr ähnlich – dieselbe Gestalt, dieselbe Stimme, nur war er glatt rasiert und hatte helleres Haar.

›Sind Sie vielleicht Mr Hall Pycroft?‹, fragte er.

›Zu dienen.‹

›Ah, ich erwartete Sie; aber Sie kommen etwas vor der bestimmten Stunde. Ich erhielt heute früh einen Brief von meinem Bruder – er singt Ihr Lob in allen Tonarten.‹

›Ich sah mich vergebens nach einem Schild der Gesellschaft um, als Sie kamen.‹

›Der Name ist noch nicht angeschlagen; wir haben diese Geschäftsräume erst letzte Woche vorläufig gemietet. – Kommen Sie jetzt mit mir und lassen Sie uns die Angelegenheit besprechen.‹

Ich folgte ihm eine sehr hohe Treppe bis dicht unter das Dach hinauf, wo er mich in ein paar leere, staubige kleine Zimmer ohne Teppich und Vorhänge führte. Mir hatte ein großer Raum mit polierten Pulten und einer Reihe von Gehilfen vorgeschwebt, wie ich es gewohnt war; so starrte ich denn etwas verblüfft auf die beiden tannenen Holzstühle und den kleinen Tisch, welche nebst einem Hauptbuch und einem Papierkorb fast die ganze Einrichtung ausmachten.

›Lassen Sie sich nicht entmutigen, Mr Pycroft‹, sagte mein neuer Bekannter, als er sah, was ich für ein langes Gesicht machte. ›Rom ist nicht in einem Tag erbaut worden, und wir besitzen reiche Geldmittel, wenn wir auch mit unseren Geschäftsräumen noch keinen Staat machen können. Setzen Sie sich und geben Sie mir Ihren Brief.‹

Er las das Schreiben sehr aufmerksam durch. ›Sie müssen einen gewaltigen Eindruck auf meinen Bruder gemacht haben‹, sagte er, ›und ich weiß, dass Arthur ziemlich scharf urteilt. Freilich lässt er nichts gelten, was nicht aus London kommt – und ich bin ganz für Birmingham. Aber diesmal werde ich seinem Rat folgen. Betrachten Sie sich gefälligst als fest angestellt.‹

›Und was sind meine Obliegenheiten?‹, fragte ich.

›Sie werden wahrscheinlich sehr bald die Leitung der großen Niederlage in Paris übernehmen müssen, die mit ihren Sendungen englischer Stahlwaren die Läden unserer hundertvierunddreißig Agenten in Frankreich zu versorgen hat. Der Einkauf soll in der nächsten Woche beendet sein. Einstweilen bleiben Sie in Birmingham und machen sich hier nützlich.‹

›Auf welche Weise?‹

Statt der Antwort nahm er ein dickes rotes Buch aus der Schublade. ›Hier ist ein Adressbuch von Paris; die Geschäfte stehen immer hinter den Namen. Nehmen Sie es mit nach Hause und machen Sie mir einen Auszug von allen Eisenwarenhandlungen. Es wird mir von größtem Nutzen sein, das Verzeichnis zu haben.‹

›Es muss aber doch fertige Geschäftsadressen geben‹, erlaubte ich mir zu bemerken.

›Keine zuverlässigen. Das französische System ist nicht wie unseres. – Machen Sie sich an die Arbeit, damit ich die Liste bis Montag um zwölf

Uhr haben kann. – Und nun leben Sie wohl, Mr Pycroft. Wenn Sie auch ferner Eifer und Verständnis zeigen, werden Sie sich über die Gesellschaft nicht zu beklagen haben.‹

Mit dem dicken Buch unter dem Arm ging ich, von sehr widerstreitenden Gefühlen bewegt, in mein Hotel zurück. Einerseits war ich angestellt und trug meine Hundertpfundnote in der Tasche; andererseits aber hatten auf mich das armselige Aussehen des Büros, der fehlende Name der Firma und noch einige Punkte, die einem Geschäftsmann befremdlich vorkommen mussten, einen recht schlechten Eindruck gemacht. Indessen, was auch daraus werden mochte, ich hatte das Geld und meine Aufgabe. Den ganzen Sonntag über blieb ich bei der Arbeit, und doch war ich am Montag nur bis zum H gelangt. Ich ging zu meinem Prinzipal, fand ihn in demselben kahlen Zimmer und erhielt die Anweisung, bis Mittwoch fortzuarbeiten und dann wiederzukommen. Beenden konnte ich die Liste auch bis zum Mittwoch nicht, und so trieb ich es weiter bis Freitag – das heißt bis gestern. Dann brachte ich Mr Harry Pinner das fertige Verzeichnis.

›Ich danke Ihnen sehr‹, sagte er. ›Vermutlich habe ich die Schwierigkeit der Aufgabe unterschätzt. Die Liste wird aber von wesentlichem Wert für mich sein.‹

›Sie hat viel Zeit gekostet‹, bemerkte ich.

›Nun bitte ich Sie, mir ein Verzeichnis der Möbelhandlungen anzufertigen, die zugleich auch Stahlwaren verkaufen.‹

›Sehr wohl.‹

›Sie können sich morgen Abend um sieben Uhr hier einstellen und mir sagen, ob Sie gut vorwärtskommen. Strengen Sie sich aber nicht zu sehr an. Ein paar Abendstunden in der Konzerthalle werden Ihnen nach der Arbeit wohltun.‹ Bei diesen Worten lachte er, und ich sah, dass sein zweiter Zahn auf der linken Seite schlecht mit Gold gefüllt war – das fuhr mir durch alle Glieder.«

Sherlock Holmes rieb sich die Hände vor Vergnügen, während ich unseren Klienten verwundert anstarrte.

»Ich begreife Ihr Erstaunen, Herr Doktor«, fuhr er fort, »die Sache verhält sich nämlich folgendermaßen: Als der andere Herr in London während unserer Unterhandlung darüber lachte, dass ich nicht bei Mawson eintreten würde, hatte ich zufällig bemerkt, dass derselbe Zahn bei ihm ganz auf die nämliche Art plombiert war. Damals wie jetzt war mir das Blinken des Golds aufgefallen. Bedachte ich nun, dass die beiden sich auch in Stimme und Gestalt genau glichen und nur in dem verschieden waren, was sich mithilfe von

Rasiermesser und Perücke leicht verwandeln ließ, musste mir einleuchten, dass derselbe Mann vor mir stand. Zwei Brüder können sich freilich ähnlich sehen – aber doch kaum in Betreff der Füllung ihrer Zähne.

Als ich mich von ihm verabschiedet hatte und wieder auf der Straße war, wusste ich kaum noch, ob ich bei Sinnen sei. Im Hotel angekommen, goss ich mir einen Krug kaltes Wasser über den Kopf und versuchte meine Gedanken zu ordnen. Weshalb hatte er mich nach Birmingham geschickt? Weshalb war er dort vor mir eingetroffen? – Weshalb hatte er einen Brief an sich selber geschrieben? – Es überstieg meine Fassungskraft; ich konnte weder Sinn noch Verstand darin finden. Da fiel mir plötzlich ein, dass, was mir unergründlich war, Mr Holmes vielleicht ganz erklärlich sein könnte. Ich hatte gerade noch Zeit, mit dem Nachtzug London zu erreichen, Sie am Morgen aufzusuchen und mit Ihnen beiden nach Birmingham zurückzufahren.«

Als der Gehilfe mit dem Bericht über seine merkwürdigen Erlebnisse zu Ende war, entstand eine Pause. Holmes lehnte sich in die Kissen zurück und sah mich mit wohlgefälligem und doch prüfendem Blick an, wie ein Kenner, der den ersten Becher eines Kometenjahrgangs kostet.

»Prächtig, Watson, nicht wahr?«, rief er. »Einige Punkte gefallen mir ganz besonders. Meinen sie nicht auch, dass eine Zusammenkunft mit Mr Arthur Harry Pinner in dem Büro der Anglo-Französischen Aktiengesellschaft für uns beide recht interessant sein würde?«

»Aber wie ließe sich das ausführen?«, fragte ich.

»Oh, ganz bequem«, versicherte Pycroft vergnügt. »Sie sind ein paar Freunde von mir, die eine Stellung suchen, und was kann natürlicher sein, als dass ich Sie dem Direktor vorstelle?«

»Jawohl! Selbstverständlich!«, rief Holmes. »Ich möchte den Herrn wohl von Angesicht sehen und versuchen, ob ich ihm nicht bei seinem Spiel in die Karten gucken kann. Nun, mein Freund, zu was für Diensten könnten wir uns denn etwa anbieten – oder wäre es möglich …?« Damit versank er in tiefes Nachdenken, kaute an seinen Nägeln und starrte aus dem Fenster. Wir bekamen kaum noch den Laut seiner Stimme zu hören, bevor wir Birmingham und das Hotel erreicht hatten.

Um sieben Uhr abends gingen wir alle drei zusammen in die Corporation Street zum Büro der Gesellschaft.

»Es ist ganz unnütz«, bemerkte unser Klient, »wenn wir vor der Zeit dort sind. Er kommt offenbar nur meinetwegen hin, denn bis zu der von ihm bestimmten Stunde ist der Ort völlig verlassen.«

»Das gibt zu denken«, meinte Holmes.

»Meiner Treu«, rief jetzt Pycroft, »sagte ich's nicht – da geht er vor uns!«

Er zeigte auf einen schmächtigen, wohlgekleideten Mann mit hellbraunem Haar, der eilig auf der anderen Seite der Straße hinschritt. Während wir ihn beobachteten, sah er nach einem Jungen hinüber, der gerade die neueste Abendzeitung ausrief. Rasch drängte er sich zwischen den Droschken und Omnibussen hindurch, kaufte ein Blatt, ergriff es hastig und verschwand damit in einem Torweg.

»Jetzt geht er ins Büro«, sagte der Schreiber, »das ist der Eingang. Kommen Sie nur, ich will schon dafür sorgen, dass Sie keinerlei Schwierigkeiten haben.«

Seiner Führung folgend, stiegen wir bis zum fünften Stock hinauf, wo unser Klient an eine halb offenstehende Tür klopfte. Eine Stimme rief: »Herein!«, und wir betraten das kahle, unmöblierte Zimmer, welches wir aus Pycrofts Beschreibung kannten.

An dem einzigen Tisch saß der Mann, den wir auf der Straße gesehen hatten; die Abendzeitung lag vor ihm ausgebreitet. Als er den Kopf erhob, glaubte ich noch nie ein Gesicht gesehen zu haben, das solchen Kummer ausdrückte und ein Entsetzen verriet, wie es nur wenige Menschen einmal im Leben befällt. Schweißtropfen standen ihm auf der Stirn, sein Gesicht war kreideweiß, und die Augen starrten wild umher. Er schien den Schreiber nicht gleich zu erkennen, und auch an Pycrofts verwunderter Miene merkte man leicht, dass dies keineswegs das gewöhnliche Aussehen seines Vorgesetzten war.

»Was fehlt Ihnen, Mr Pinner?«, rief er.

»Ich fühle mich allerdings nicht ganz wohl«, erwiderte dieser, sich mit großer Anstrengung zusammenraffend. »Wer sind denn die Fremden, die Sie mitbringen?«

»Mr Harris aus Bermondsey und Mr Price von hier«, stellte uns Pycroft mit geläufiger Zunge vor, »zwei meiner Freunde, sehr gewiegt im Geschäft, aber seit langer Zeit ohne Anstellung. Vielleicht ließe sich bei der Gesellschaft ein Platz für sie finden.«

»Wohl möglich, wohl möglich …«, rief Pinner mit unheimlichem Lächeln. »Kein Zweifel, wir werden etwas für Sie tun können. Was ist denn Ihr besonderes Fach, Mr Harris?«

»Ich bin Buchhalter«, antwortete Holmes.

»Gut – wir werden Ihre Dienste brauchen. Und Sie, Mr Price?«

»Korrespondent«, sagte ich.

»Ich hoffe bestimmt, dass Sie bei der Gesellschaft eintreten können. Sobald ein Beschluss darüber gefasst ist, will ich Sie benachrichtigen. Aber bitte, nun gehen Sie wieder. – Lassen Sie mich um Gottes willen allein!«

Er stieß die letzten Worte heraus, als ob der Zwang, den er sich bisher angetan, plötzlich über seine Kräfte ginge. Holmes und ich sahen einander befremdet an, während Pycroft sich dem Tisch näherte.

»Sie vergessen, Mr Pinner«, sagte er, »dass Sie mich herbestellt haben, um Ihre Aufträge in Empfang zu nehmen.«

»Ja, so, versteht sich«, antwortete er in ruhigerem Ton. »Warten Sie bitte einen Augenblick. Auch Ihre Freunde mögen unterdessen hierbleiben. In drei Minuten stehe ich Ihnen ganz zu Diensten; ich darf wohl Ihre Geduld so lange in Anspruch nehmen.« – Er erhob sich mit sehr höflicher Miene, machte uns eine Verbeugung und verschwand durch eine Tür am anderen Ende des Zimmers, die er hinter sich schloss.

»Was nun?«, flüsterte Holmes. »Geht er auf und davon?«

»Unmöglich«, erwiderte Pycroft.

»Weshalb?«

»Die Tür führt in ein inneres Zimmer ohne Ausgang.«

»Ist es möbliert?«

»Gestern war es leer.«

»Was in aller Welt tut er dann drinnen? – Die Geschichte ist mir höchst rätselhaft. Wenn jemals ein Mensch halb wahnsinnig vor Entsetzen ausgesehen hat, so ist es dieser Pinner. Was kann ihm solche Angst einjagen?«

»Er hält uns für Geheimpolizisten«, meinte ich.

»Das wird's sein«, stimmte mir Pycroft bei; aber Holmes schüttelte den Kopf.

»Er wurde nicht erst so leichenblass, als wir eintraten, er war es schon vorher. Es könnte wohl sein ...«

Holmes' Worte wurden durch ein lautes Klopfen unterbrochen, das aus dem Nebenzimmer zu kommen schien.

»Was zum Henker pocht er denn an seine eigene Tür?«, rief Pycroft.

Wieder kam das rat-tat-tat, aber diesmal lauter und lauter.

Wir blickten verdutzt auf die geschlossene Tür. Holmes stand mit starren Zügen, aber in heftigster Aufregung weit vorgebeugt da. Dann hörte man plötzlich einen glucksenden, gurgelnden Ton und ein schnelles Trommeln gegen eine Holzwand. Wie rasend sprang Holmes durchs Zimmer und rannte gegen die Tür. Sie war von innen verschlossen. Seinem Beispiel folgend, warfen wir uns mit aller Macht dagegen. Die Tür krachte in den Angeln und fiel bald mit lautem Gepolter zu Boden. Wir stürmten darüber hinweg, ins Zimmer hinein – es war leer.

Doch schon im nächsten Augenblick erkannten wir unseren Irrtum. In einem Winkel, dicht neben dem Zimmer, aus dem wir kamen, war eine zweite Tür. Holmes sprang herzu und stieß sie auf. Ein Rock und eine Weste lagen am Boden, und an einem Haken hinter der Tür hatte sich der Direktor der Anglo-Französischen Aktiengesellschaft an seinem eigenen Hosenträger aufgehängt. Seine Knie waren emporgezogen, sein Kopf steckte in der Schlinge, und mit den Fersen, die gegen die Holztür schlugen, verursachte er den Lärm, der uns zuerst stutzig gemacht hatte.

Augenblicklich fasste ich ihn um den Leib und hielt ihn empor, während Holmes und Pycroft die elastischen Tragbänder lösten, die sich ihm fest in die Haut eingeschnürt hatten. Dann trugen wir ihn in das Nebenzimmer, wo er aschgrau im Gesicht, mit blauroten Lippen keuchend dalag – nur noch ein elendes Wrack des Menschen, der er vor fünf Minuten gewesen war.

»Wie steht's mit ihm – was meinen Sie, Watson?«, fragte Holmes.

Ich beugte mich über ihn, um seinen Zustand zu untersuchen. Der Puls war schwach und setzte aus, aber die Atemzüge wurden länger, und bei dem leisen Beben der Lider zeigte sich dann und wann der Augapfel.

»Um ein Haar war es aus mit ihm«, sagte ich, »aber jetzt kommt er durch. Bitte öffnen Sie das Fenster und reichen Sie mir die Wasserflasche.«

Ich lockerte seinen Kragen, goss ihm kaltes Wasser übers Gesicht und hob und senkte seine Arme, bis er einen langen, natürlichen Atemzug tat. Nun war es nur noch eine Frage der Zeit, wie bald er wieder zum Bewusstsein kommen würde.

Holmes stand am Tisch, mit den Händen in den Taschen und das Kinn auf die Brust gesenkt. »Jetzt sollten wir eigentlich nach der Polizei schicken«, sagte er, »aber ich gestehe, dass ich ihr, wenn sie kommt, gern den fertigen Fall vorlegen möchte.«

»Ich werde ganz und gar nicht klug daraus«, rief Pycroft und fuhr sich durch das Haar. »Weshalb in aller Welt hat man mich hiergesprengt, wenn man doch ...«

»Pah!«, unterbrach ihn Holmes ungeduldig. »Das ist alles sonnenklar; nur dieser letzte Schachzug ...«

»Sie verstehen also das Übrige?«

»Nun, das liegt doch auf der Hand – nicht wahr, Watson?«

Ich zuckte die Achseln. »Ich muss bekennen, dass ich noch im Dunkeln bin.«

»Aber wenn man die ganze Sache von Anfang an überlegt, lässt sich doch nur *ein* Schluss daraus ziehen.«

»Wie erklären Sie sie sich denn?«

»Alles dreht sich um zwei Punkte. Erstens sollte Pycroft dazu gebracht werden, seinen Eintritt in den Dienst der angeblichen Aktiengesellschaft schriftlich zu erklären. – Ist das nicht schon ein deutlicher Wink?«

»Was meinst du denn, wozu sie die Erklärung brauchten?«

»Nicht des Geschäfts wegen, denn solche Verabredungen werden meist mündlich getroffen, und hier lag kein erdenklicher Grund vor, eine Ausnahme zu machen. Merken Sie denn nicht, Pycroft, dass den Leuten alles daran lag, eine Probe Ihrer Handschrift zu bekommen, was sich auf keine andere Weise erreichen ließ?«

»Aber wozu denn?«

»Richtig! – Wozu? Wenn wir darauf die Antwort wissen, sind wir der Lösung unseres Problems um ein gutes Teil nähergerückt. Wozu? – Es kann nur *einen* genügenden Grund dafür geben: Jemand wollte Ihre Handschrift nachmachen und musste sich zu dem Zweck erst eine Probe verschaffen. – Wenn wir nun zu dem zweiten Punkt übergehen, finden wir, dass der eine Licht auf den anderen wirft. – Dieser zweite Punkt ist Pinners Verlangen, dass Sie Ihre Stellung bei Mawson nicht aufkündigen, sondern den dortigen Geschäftsführer in dem Glauben lassen sollten, ein Mr Hall Pycroft, den er niemals gesehen hat, werde sich am Montagmorgen im Kontor einstellen.«

»Großer Gott«, rief unser Klient, »wie stockblind bin ich gewesen!«

»Jetzt wird Ihnen auch die Sache mit der Handschrift einleuchten. Jemand, dessen Schrift ganz anders war als die, mit welcher Sie sich um die Stelle bewarben, hätte natürlich gleich sein Spiel verloren. Aber der Spitzbube lernte unterdessen Ihre Schrift nachahmen und sicherte dadurch seine Stellung; vorausgesetzt, dass niemand im Kontor Sie persönlich kannte.«

»Keine Seele«, stöhnte Pycroft.

»Natürlich war es von der größten Wichtigkeit, dass Sie nicht noch Ihren Entschluss änderten oder in Beziehung zu irgendjemandem traten, der Ihnen von Ihrem Doppelgänger bei Mawson erzählen konnte. Deshalb erhielten Sie einen anständigen Vorschuss, mussten nach Birmingham reisen und bekamen genug zu tun, damit Sie sich nicht etwa beifallen ließen, nach London zurückzufahren und den Leuten ihr Spiel zu verderben.«

»Aber weshalb gab der Mensch sich für seinen eigenen Bruder aus?«

»Oh, auch das ist sehr erklärlich. Augenscheinlich sind nur zwei im Komplott. Der andere stellt Sie im Kontor vor. Der Erste hatte Sie angeworben;

um aber einen Arbeitgeber für Sie zu finden, hätte er eine dritte Person in seinen Plan einweihen müssen, was er womöglich vermeiden wollte. Er veränderte also sein Aussehen, soweit es tunlich war, und verließ sich darauf, dass Sie es der Familienähnlichkeit zuschreiben würden, wenn Ihnen die Gleichheit dennoch auffiele, was kaum ausbleiben konnte. Ohne den glücklichen Zufall mit dem plombierten Zahn hätten Sie vielleicht niemals Verdacht geschöpft.«

Pycroft schüttelte wie verzweifelt seine geballten Fäuste. »Großer Gott«, rief er, »was mag wohl der andere Hall Pycroft dort bei Mawson getan haben, während man mich hier zum Narren hielt! – Was soll aber nun geschehen, Mr Holmes? Sagen Sie mir, was lässt sich tun?«

»Wir müssen an Mawson telegrafieren.«

»Am Sonnabend wird das Geschäft schon um zwölf Uhr geschlossen.«

»Das schadet nichts. Ein Türhüter oder Aufseher ist gewiss da.«

»Ganz richtig. Es ist dort Tag und Nacht ein Wächter angestellt, wegen der hohen Wertpapiere, die Mawson in Verwahrung hat. Ich habe in der Stadt davon sprechen hören.«

»Nun gut – wir telegrafieren dem Wächter und erfahren durch ihn, ob alles in Ordnung ist und ob ein Schreiber Ihres Namens dort arbeitet. So weit ist alles klar; unverständlich bleibt nur noch, warum der Spitzbube hier, sobald er uns gesehen hatte, hingegangen ist, um sich aufzuhängen.«

»Die Zeitung!«, krächzte eine Stimme hinter uns. Der Mensch saß aufrecht da, leichenblass und grauenhaft anzusehen; in seinen Augen konnte man das zurückkehrende Bewusstsein lesen, und er rieb mit den Händen krampfhaft an dem breiten roten Streifen, der noch seinen Hals umzog.

»Die Zeitung – natürlich!«, rief Holmes und schlug sich vor die Stirn. »Narr, der ich war! So voll hatte ich den Kopf von allem, was hier vorging, dass ich keinen Augenblick an die Zeitung gedacht habe, die doch jedenfalls das Geheimnis enthält.«

Er breitete das Blatt auf dem Tisch aus und ließ gleich darauf einen Schrei des Triumphs hören.

»Sieh her, Watson! Es ist eine Londoner Zeitung, das Abendblatt des ›Standard‹. Hier ist, was wir brauchen. Sieh nur die Überschrift: ›Ein Verbrechen in der City. Mord bei Mawson & Williams. Großer Raubversuch. Der Täter ergriffen.‹ – Bitte lesen Sie es uns laut vor, Watson; wir sind alle begierig, Näheres zu erfahren.«

Der Artikel stand gleich obenan in der Zeitung. Offenbar bildete das Ereignis augenblicklich das Hauptinteresse in der ganzen Stadt. Der Bericht lautete wie folgt:

»Ein verwegener Raubversuch, der den Tod eines Menschen zur Folge hatte und mit der Ergreifung des Mörders endete, ist heute Nachmittag in der City unternommen worden. Seit längerer Zeit hat das bekannte Geschäftshaus von Mawson & Williams Wertpapiere in Verwahrung gehabt, deren Gesamtbetrag eine Million Pfund weit überstieg. Zur Sicherung dieses Schatzes waren umfangreiche Vorsichtsmaßregeln getroffen worden. Er befand sich in einem Geldschrank allerneuester Erfindung, und ein bewaffneter Wächter war Tag und Nacht im Dienst. In der vergangenen Woche nun wurde von der Firma ein neuer Schreiber namens Hall Pycroft angestellt, der aber niemand anders zu sein scheint als der berüchtigte Fälscher und Einbrecher Beddington, der samt seinem Bruder soeben erst eine fünfjährige Zuchthausstrafe abgebüßt hat. Es war ihm gelungen, sich auf bisher unaufgeklärte Weise unter falschem Namen die Stelle zu verschaffen, und er benutzte dies, um Abdrücke von verschiedenen Schlössern zu nehmen und sich über die Lage des Kassenzimmers und über die Geldschränke aufs Genaueste zu unterrichten.

Bei Mawson pflegen die Gehilfen und Beamten am Sonnabend das Geschäft schon um zwölf Uhr mittags zu verlassen. Als daher der Stadtpolizist Tuson zwanzig Minuten nach ein Uhr einen Herrn mit einer Reisetasche die Stufen herabkommen sah, wunderte ihn das sehr. Sein Verdacht war erregt, er folgte dem Menschen, und es gelang ihm mithilfe des Schutzmanns Pollack, den Kerl nach verzweifeltem Widerstand festzunehmen. Es zeigte sich sogleich, dass ein großartiger, äußerst frecher Raub begangen worden war. Der Reisesack enthielt amerikanische Eisenbahnaktien, deren Wert sich etwa auf einhunderttausend Pfund belief, nebst Bergwerksobligationen und Pfandbriefen von sehr hohem Betrag.

Bei der Haussuchung fand man den Leichnam des ermordeten Wächters in den größten Kassenschrank hineingezwängt, wo er ohne das tätige Eingreifen des Polizisten Tuson nicht vor Montag früh entdeckt worden wäre. Der Schädel war dem Unglücklichen mit einem Feuerhaken von hinten her eingeschlagen worden. Ohne Zweifel hatte sich Beddington, unter dem Vorwand, etwas vergessen zu haben, Eintritt verschafft, hatte den Wächter getötet, schnell den großen Kassenschrank geleert und sich mit der Beute davongemacht. Sein Bruder, der sonst immer mit ihm zu arbeiten pflegt, scheint bei diesem Unternehmen nicht beteiligt zu sein, soviel man bis jetzt weiß; doch ist die Polizei eifrig beschäftigt, nach seinem Aufenthaltsort zu forschen.«

»Da können wir der Polizei einige Mühe ersparen«, sagte Holmes mit einem Blick auf die jämmerlich zusammengekrümmte Gestalt, die im Winkel kauerte. »Die menschliche Natur ist doch ein recht wunderliches Gemisch, Watson! Selbst ein Schurke und ein Mörder kann das größte Mitleid einflößen. Auf die erste Kunde hin, dass er dem Strick verfallen ist, hat sein Bruder hier Selbstmord versucht. – Uns bleibt übrigens keine Wahl; wir wissen, was wir zu tun haben. Der Doktor und ich werden hier Wache halten, und Sie, Pycroft, holen unterdessen gefälligst die Polizei.«

Holmes' erstes Abenteuer

»Hier, Watson, habe ich Papiere«, sagte mein Freund Sherlock Holmes, als wir uns an einem Winterabend vorm Kaminfeuer gegenübersaßen, »deren Durchsicht sich sicher für Sie lohnen wird. Es sind Akten aus dem ungewöhnlichen Fall der ›Gloria Scott‹, und hier ist das Schriftstück, das dem Friedensrichter ein tödliches Entsetzen einjagte.«

Damit zog er aus einer Schublade eine kleine vergilbte Rolle, löste die Umschnürung und hielt mir ein halbes Blatt schiefergrauen Papiers hin, auf das ein paar Zeilen gekritzelt waren.

»Die Zeit der Jagd auf Hasen geht bald los«, lauteten die Worte. »An Wechseln, Förster Hudson sagte mir's, hat gestern schon alles voll Wild gestanden. Er meinte, fort sei Reineke von Haus, und hier und da eile ein Iltis.«

Als ich diese rätselhaften Worte gelesen hatte und wieder aufschaute, sah ich, wie Holmes ein Lächeln über den Ausdruck meines Gesichts unterdrückte.

»Sie machen ein recht erstauntes Gesicht«, sagte er.

»Ich kann nicht einsehen, wie eine solche Botschaft Entsetzen einzuflößen vermochte. Sie kommt mir eher lächerlich als sonst etwas vor.«

»Allem Anschein nach. Dennoch steht die Tatsache fest, dass der Leser, ein schöner, kräftiger Mann in höherem Lebensalter, geradezu davon zu Boden geschmettert wurde wie von einem Keulenschlag.«

»Sie machen mich neugierig«, erwiderte ich. »Warum sagten Sie aber eben, es lägen ganz besondere Gründe vor, weshalb ich mich in diesen Fall vertiefen solle?«

»Weil es der allererste war, mit dem ich zu tun hatte.«

Schon oft hatte ich aus meinem Freund eine Mitteilung darüber herauszuholen versucht, was ihn zuerst auf die Detektivlaufbahn geführt hätte; aber er hatte niemals Neigung zu einer Erklärung gezeigt. Jetzt rückte er sich auf seinem Lehnstuhl etwas nach vorn und rollte die Papiere auf seinen Knien auseinander. Dann zündete er seine Pfeife an und saß eine Weile schweigend da, während seine Augen die Papiere überflogen.

»Sie haben mich niemals von Victor Trevor reden hören?«, fragte er mich endlich. »Er war während meiner zweijährigen Studienzeit mein einziger Freund. Sehr gesellig bin ich nie gewesen, Watson; ich ging lieber grübelnd in meinen vier Wänden meinen eigenen kleinen Ideen nach, sodass ich wenig mit Altersgenossen verkehrte. Von Fechten und Boxen abgesehen, fand ich an ihren athletischen Künsten keinen Geschmack, auch die Art meines Studiums war anders als die ihre; so hatten wir gar keine Berührungspunkte miteinander. Trevor war der einzige, den ich näher kennenlernte und das auch nur ganz zufällig dadurch, dass sein Bullterrier eines schönen Morgens sich in meine Knöchel verbissen hatte.

Es war ein prosaisches Freundschaftsband, aber es hielt fest. Zehn Tage musste ich meinen Knöcheln zuliebe liegen bleiben, und Trevor kam jeden Tag und erkundigte sich nach meinem Ergehen. Zuerst dauerte unsere Unterhaltung nur eine Minute, dann blieb er immer länger, und ehe ich wieder auf war, hatten wir Freundschaft geschlossen. Er war ein gemütvoller, kerniger Mensch von Geist und Tatkraft und in vielen Beziehungen ganz das Gegenteil von mir; aber wir hatten erkannt, dass uns manches gemeinsam war, und der Umstand, dass er so wenig Freunde hatte wie ich, knüpfte uns fest zusammen. Schließlich lud er mich zu einem Besuch in Donnithorpe in Norfolk ein, wo sein Vater wohnte, und ich wollte einen Monat lang während der langen Sommerferien seine Gastfreundschaft genießen.

Der alte Trevor war offenbar ein ziemlich wohlhabender und angesehener Mann, Friedensrichter und Grundbesitzer in Donnithorpe, einem kleinen Ort nördlich von Langmere. Das Wohnhaus war ein altertümliches, ausgedehntes Steingebäude mit eichenen Querbalken, Pfosten und Türen, zu dem eine schöne Lindenallee führte. In den nahen Moorheiden fehlte es nicht an allerlei Vogelwild; dazu kam ein guter Fischbestand, eine kleine, aber erlesene Bücherei, die, wie ich hörte, von einem früheren Besitzer übernommen war und eine passable Küche, sodass man es wohl einen Monat lang aushalten konnte.

Trevor senior war Witwer und mein Freund sein einziger Sohn. Wie man mir sagte, hatte er auch eine Tochter gehabt, aber sie war, während sie in Birmingham zu Besuch weilte, an Diphtherie gestorben. Für den Vater interessierte ich mich in hohem Grad. Wenig gebildet, besaß er offenbar ein gut Teil urwüchsiger Kraft in physischer wie geistiger Beziehung. Beschwerte ihn aber auch Buchweisheit nicht, so war er dafür weit gereist, hatte viel von der Welt gesehen und alles, was er erfahren, fest im Gedächtnis behalten. Körperlich war er ein untersetzter, wohlbeleibter Mann mit buschigem, ergrautem Haar, sonnenverbranntem Gesicht und blauen Augen mit durchdringendem, fast wildem Ausdruck. Dennoch galt er bei den Bauern jener Gegend als freundlich und barmherzig und war wegen der Milde seiner richterlichen Urteile bekannt.

Eines Abends, wenige Tage nach meiner Ankunft, saßen wir nach Tisch bei einem Glas Portwein, als der junge Trevor anfing von meinen scharfen Beobachtungen und Schlussfolgerungen zu erzählen, die ich damals schon in ein System gebracht hatte, wenn ich auch noch nicht ahnte, welche Rolle sie in meinem Leben spielen sollten. Offenbar dachte der Alte, sein Sohn übertreibe, als dieser ein paar unbedeutende Kunststückchen von mir zum Besten gab und sagte mit gutmütigem Lachen:

›Mr Holmes, ich bin ein ausgezeichnetes Objekt, nun zeigen Sie mal, ob Sie etwas von mir ausklügeln können!‹

›Ich fürchte, dass das etwas schwer hält‹, antwortete ich. ›Ich denke mir, Sie haben während der letzten zwölf Monate gefürchtet, es könnte ein Angriff auf Ihre Person unternommen werden.‹

Das Lachen erstarb auf seinen Lippen, und ganz überrascht starrte er mich an.

›Ja, das ist freilich wahr‹, sagte er. ›Du weißt, Victor, als wir das Wilddiebsnest ausnahmen, schworen sie uns den Tod, und auf Sir Edward Hoby ist tatsächlich ein Mordversuch gemacht worden. Seitdem bin ich immer auf der Hut gewesen, habe aber keine Ahnung, wie Sie das wissen können.‹

›Sie haben einen sehr schönen Stock‹, antwortete ich. ›Aus der Aufschrift habe ich ersehen, dass Sie ihn erst ein Jahr besitzen. Sie haben aber seinen Knopf mit viel Mühe ausgebohrt und mit geschmolzenem Blei ausgegossen, sodass er nun eine furchtbare Waffe ist. Ich schloss, dass Sie solche Vorsichtsmaßregeln nicht treffen würden, wenn Sie nicht eine Gefahr voraussähen.‹

›Sonst noch was?‹, fragte er lächelnd.

›Sie sind in Ihrer Jugend ein großer Boxer gewesen.‹

›Wieder richtig. Woher wussten Sie das? Hat etwa meine Nase durch einen Stoß ihre gerade Richtung verloren?‹

›Nein, die Ohren sind es. Sie zeigen die dem richtigen Boxer eigene Abflachung und Verdickung.‹

›Sonst noch was?‹

›Sie haben viel gegraben – wegen Ihrer Schwielen.‹
›Habe mein ganzes Geld in den Goldgruben verdient.‹
›Sie sind in Neuseeland gewesen.‹
›Wieder richtig.‹
›Sie haben Japan besucht.‹
›Ganz recht.‹
›Und Sie standen in intimsten Beziehungen zu einem, dessen Anfangsbuchstaben J. A. waren und den Sie später ganz aus Ihrem Gedächtnis zu tilgen suchten.‹

Bei diesen Worten richtete sich Mr Trevor langsam auf, heftete seine großen blauen Augen mit einem eigentümlichen, wilden und starren Ausdruck auf mich und sank dann bewusstlos nieder, mit dem Gesicht zwischen die auf dem Tischtuch liegenden Nussschalen.

Sie können sich denken, Watson, wie erschrocken wir beide, sein Sohn und ich, waren. Doch ging der Anfall bald vorüber, denn als wir seinen Kragen aufknöpften und ihm Wasser übers Gesicht spritzten, seufzte er ein- oder zweimal tief auf und richtete sich in die Höhe.

›Ach‹, sagte er mit erzwungenem Lächeln, ›hoffentlich hab ich euch beide nicht erschreckt. So stark ich aussehe, das Herz ist ein wunder Punkt bei mir, und es gehört nicht viel dazu, mich umzuwerfen. Ich weiß nicht, wie Sie das fertig bringen, Mr Holmes, aber mir scheint's, alle Detektive im Leben wie in Erzählungen sind Waisenknaben gegen Sie. Das ist Ihr eigentlicher Beruf, glauben Sie einem Mann, der etwas von der Welt gesehen hat!‹

Und dieser Hinweis zusammen mit der übertriebenen Wertschätzung meiner Geschicklichkeit, brachte mich, Sie können mir's glauben, Watson, zuallererst auf den Gedanken, es könnte vielleicht mein Lebenslauf werden, was bis dahin eitel Spielerei gewesen war. In jenem Augenblick war ich freilich noch zu sehr über das plötzliche Unwohlsein meines Wirtes betroffen, um irgendwelchen anderen Gedanken Raum zu geben.

›Ich hoffe, meine Worte haben Ihnen keinen Schmerz bereitet‹, sagte ich.

›Nun, jedenfalls haben Sie einen etwas empfindlichen Punkt berührt. Wollen Sie mir sagen, wie Sie zu der Kenntnis gekommen sind und wie weit Ihre Kenntnis reicht?‹ Er sprach jetzt in halb scherzhaftem Ton, aber ich sah im Hintergrund seiner Augen noch immer die Spur des Schreckens.

›Es ist das Einfachste von der Welt‹, sagte ich. ›Als Sie damals Ihren Arm entblößten, um den Fisch ins Boot zu holen, sah ich an Ihrem inneren Ellenbogen »J. A.« eintätowiert. Die Buchstaben waren noch lesbar, aber ihr verschwommenes Aussehen und der fleckige Zustand der Haut ringsum ließen klar erkennen, dass man versucht hatte, sie auszutilgen. Daraus ergab sich ohne Weiteres der Schluss, dass Ihnen die Buchstaben einmal sehr teuer gewesen waren und dass Sie sie dann zu vergessen wünschten.‹

›Was für ein Auge Sie haben‹, rief er mit einem Seufzer der Erleichterung. ›Sie haben genau das Richtige getroffen. Aber wir wollen das ruhen lassen! Von allen Erinnerungen ist die an eine tote Liebe am übelsten. Kommt ins Billardzimmer und lasst uns da gemütlich eine Zigarre rauchen!‹

Von dem Tag an lag in Mr Trevors Benehmen gegen mich bei aller Herzlichkeit stets ein gewisser Argwohn. Sogar seinem Sohn konnte das nicht entgehen.

›Du hast meinem Vater mitgespielt‹, sagte er, ›dass er immer im Zweifel sein wird, was du weißt und was du nicht weißt.‹ Ich glaube sicher, er wollte es nicht zeigen, aber dieses Gefühl war so mächtig in ihm, dass es in allem, was er tat, hervortrat. Schließlich war ich so sehr überzeugt, dass ihm in meiner Nähe unbehaglich zumute sei, dass ich beschloss, ihm durch längeres Verweilen in seinem Haus nicht mehr lästig zu fallen. Aber gerade am Tag vor meiner Abreise sollte noch ein Ereignis eintreten, das sich später als folgenschwer erwies.

Wir saßen eben alle drei auf Gartenstühlen auf der Wiese, sonnten uns behaglich und ließen unsere Augen weithin über das Moor schweifen, als das Mädchen kam und sagte, es wäre ein Mann an der Tür und wollte Mr Trevor sprechen.

›Wie ist sein Name?‹, fragte mein Wirt.

›Er wollte ihn nicht nennen.‹

›Was will er denn?‹

›Er sagt, Sie kennten ihn, und er wolle Sie nur einen Augenblick sprechen.‹

›So lassen Sie ihn hierher kommen!‹

Einen Augenblick später erschien eine kleine, ausgemergelte Gestalt mit kriechender Haltung und schleppendem Gang. Der Mensch trug eine offene Jacke mit teerbefleckten Ärmeln, ein rot- und schwarzgewürfeltes Hemd, Drillichhosen und schwere, ganz abgetragene Stiefel. Sein braunes, eingefallenes Gesicht zeugte von Verschmitztheit, ein beständiges Lächeln ließ eine unregelmäßige Reihe gelber Zähne sehen, und seine runzeligen Hände waren halb geschlossen, wie es Matrosen eigen ist. Als er über den Rasen auf uns zuschlenkerte, hörte ich ein sonderbares, schluckendes Geräusch in Mr Trevors Kehle und sah ihn plötzlich aufspringen und ins Haus eilen. Im Augenblick war er wieder zurück, und als er an mir vorüberschritt, ging ein starker Branntweingeruch von ihm aus.

›Nun mein Bester‹, sagte er, ›was kann ich für Sie tun?‹

Der Matrose stand da und sah ihn mit halb zugekniffenen Augen und zähnefletschendem Lächeln an.

›Sie kennen mich nicht?‹, fragte er.

›Gott strafe mich! Das ist doch Hudson!‹, sagte Mr Trevor im Ton der Überraschung.

›Es ist Hudson, ja!‹, bestätigte der Seemann. ›Dreißig Jahre und länger ist's her, seit ich Sie nicht gesehen habe. Sie haben hier Ihr Haus, und ich muss mir noch mein Salzfleisch aus dem Tranfass fischen.‹

›Still! Sie werden sehen, ich hab die alten Zeiten nicht vergessen!‹, rief Mr Trevor, trat an den Matrosen heran und sprach leise ein paar Worte zu ihm. ›Gehen Sie in die Küche!‹, fuhr er laut fort. ›Da wird man Ihnen zu essen und zu trinken geben. Und eine Stelle werde ich schon für Sie finden.‹

›Danke‹, sagte der Seemann und fuhr sich mit der Hand an die Stirn. ›Komm gerade von einer zweijährigen Achtknotenlustfahrt, dazu ziemlich knapp dran, und mal ausruhen tut mir auch gut. Da dacht' ich, versuchst es mal bei Mr Beddoes oder bei Ihnen.‹

›Was? Sie wissen, wo Mr Beddoes ist?‹

›Himmel auch, ich weiß, wo alle meine alten Freunde sind‹, erwiderte die Teerjacke mit tückischem Lächeln und schlenkerte hinter dem Mädchen her in die Küche.

Mr Trevor murmelte einige unverständliche Worte über Kameradschaft zur See und Goldgraben, ließ uns dann auf der Wiese allein und ging ins Haus. Als wir ihm eine Stunde später folgten, fanden wir ihn völlig betrunken auf dem Sofa im Speisezimmer liegen. Der ganze Vorfall hatte einen äußerst widerwärtigen Eindruck auf mich gemacht, und ich war am nächsten Tag recht froh, Donnithorpe hinter mir zu lassen; denn ich fühlte, dass meine Gegenwart für meinen Freund eine Quelle der Pein sein musste.

Dies alles trug sich während des ersten Monats der langen Sommerferien zu. Ich ging dann nach London und arbeitete dort sieben Wochen lang angestrengt an einigen Experimenten der organischen Chemie. Eines Tages aber, als der Herbst schon ziemlich vorgerückt war und die Ferien zur Neige gingen, erhielt ich eine Depesche von meinem Freunde, in der er mich dringend bat, nach Donnithorpe zurückzukommen, da er meines Rates und Beistandes bedürfe. Natürlich ließ ich alles liegen und dampfte wieder dem Norden zu.

Er erwartete mich mit dem Einspänner am Bahnhof, und ein Blick sagte mir, dass die letzten beiden Monate eine schwere Zeit für ihn gewesen waren. Er sah eingefallen und verkümmert aus und hatte nicht mehr das ihm früher eigene muntere und lustige Wesen.

›Mein Vater liegt im Sterben‹, waren die ersten Worte, die er sprach.

›Unmöglich!‹, rief ich. ›Was ist's?‹

›Schlag! Nervenschlag! Den ganzen Tag schon ringt er mit dem Tod. Wer weiß, ob wir ihn noch lebend antreffen.‹

Wie Sie sich denken können, Watson, erschütterte mich die unerwartete Nachricht.

›Was war die Ursache?‹, fragte ich.

›Ja, das ist's eben. Spring in den Wagen, und wir können darüber während des Fahrens sprechen! Erinnerst du dich des Menschen, der am Abend vor deiner Abreise auftauchte?‹

›Vollkommen.‹

›Weißt du, wen wir damals in unser Haus aufnahmen?‹

›Keine Ahnung.‹

›Es war der Teufel, Holmes!‹, rief er.

Erstaunt starrte ich ihn an.

›Ja, es war der Teufel selbst. Wir haben seitdem keine ruhige Stunde gehabt – nicht eine einzige. Mein Vater wagte von jenem Abend an nicht mehr, sein Haupt zu erheben, und jetzt ist das Leben in ihm vernichtet und sein Herz gebrochen – alles durch diesen höllischen Hudson.‹

›Was gab ihm denn so viel Macht über ihn?‹

Ja, ich gäbe viel darum, wenn ich das wüsste. Der freundliche, mildherzige, gute alte Herr! Wie konnte er in die Klauen dieses Schuftes geraten sein! Aber ich bin so froh, dass du gekommen bist, Holmes! Ich habe solches Zutrauen zu deinem Urteil und deiner Verschwiegenheit und weiß, du wirst mir den besten Rat geben.‹

Wir jagten auf der glatten, weißen Landstraße dahin, während die weiten Moorstrecken vor uns im roten Licht der untergehenden Sonne erglühten, über den Baumgipfeln zu unserer Linken konnte ich schon die hohen Schornsteine und den Fahnenmast auf dem Trevorschen Herrenhaus bemerken.

›Mein Vater machte den Burschen zum Gärtner‹, sagte mein Begleiter, ›und dann, als er damit nicht zufrieden war, sogar zum Kellermeister. Das ganze Hauswesen schien ihm ausgeliefert zu sein, und er ging herum und tat, was ihm in den Sinn kam. Die Dienstmädchen beklagten sich über seine unsauberen Gewohnheiten, seine Trunkenheit und über seine gemeine Sprache. Papa suchte sie durch Lohnerhöhung für die Unbill zu entschädigen. Der Bursche nahm ohne Weiteres meines Vaters Boot und seine beste Büchse und lud sich selbst zu kleinen Jagdpartien ein. Das tat er alles mit solchem höhnischen, tückischen, frechen Gesichtsausdruck, dass ich ihn zwanzigmal niedergeschlagen hätte, wäre er nicht ein alter Mann gewesen. Ich sage dir, Holmes, ich musste während dieser ganzen Zeit mit Gewalt an mich halten, und jetzt frage ich mich, ob es nicht besser gewesen wäre, ich hätte mich etwas mehr gehen lassen.

Nun, es wurde noch immer schlimmer, und dieses Vieh, der Hudson, nahm sich immer mehr heraus, bis endlich der über's Maß gefüllte Eimer überlief und ich Hudson, als er einmal meinem Vater in meiner Gegenwart eine unverschämte Antwort gab, an der Schulter packte und aus dem Zimmer schob. Gelb vor Wut und mit giftsprühenden Augen, die drohender wirkten, als es Worte vermocht hätten, schlich er sich fort. Was zwischen dem armen Papa und dem Schuft darauf stattgefunden hat, weiß ich nicht, aber Papa kam am nächsten Tag zu mir und fragte, ob ich Hudson um Entschuldigung bitten wollte. Wie du dir denken kannst, weigerte ich mich und hielt meinem Vater vor, wie er diesem Elenden erlauben könnte, ihm und allen Hausbewohnern so auf dem Kopf herumzutanzen.

›Ach, mein Junge‹, sagte er, ›du hast gut reden, aber du weißt nicht, wie meine Lage ist. Doch du sollst sie erfahren, komme, was da wolle! Du würdest nichts Böses von deinem armen, alten Vater glauben, wie, mein Junge?‹

Er war sehr bewegt und schloss sich den ganzen Tag in sein Studierzimmer ein, wo er, wie ich durch das Fenster sehen konnte, eifrig schrieb.

An jenem Abend trat etwas ein, das uns Erlösung zu bringen schien; Hudson erklärte uns nämlich, er wolle fortgehen. Er kam nach dem Essen ins Speisezimmer und kündigte uns seine Absicht mit der schweren Zunge eines Halbbetrunkenen an.

›Hab genug von Norfolk‹, sagte er. ›Will runter zu Mr Beddoes in Hampshire. Er wird, glaube ich, ebenso froh sein, wenn ich komme, wie Sie's waren.‹

›Sie gehen nicht im Zorn weg, Hudson, hoffe ich?‹, sagte mein Vater mit einem mehr als sanftmütigen Ausdruck, der mein Blut zum Kochen brachte.

›Man hat mich noch nicht um Entschuldigung gebeten‹, entgegnete er mürrisch und lauernd, indem er nach meinem Platz hinschielte.

›Victor, du wirst zugeben, du hast diesen würdigen Mann zu rau behandelt‹, sagte Papa, zu mir gewendet.

›Im Gegenteil, ich denke, wir haben uns beide ganz außerordentlich langmütig gegen ihn gezeigt‹, lautete meine Antwort.

›So, meinen Sie? So?‹, knurrte er. ›Sehr gut, junger Mann! Wir werden ja sehen.‹ Damit schlenderte er aus dem Zimmer, und eine halbe Stunde später war er fort. Mein Vater befand sich aber fortan in einem Zustand bejammernswerter, nervöser Aufregung. Jede Nacht hörte ich ihn in seinem Zimmer ruhelos auf und ab gehen, und als er endlich wieder etwas ruhiger zu werden anfing, gerade da traf ihn der Schlag.‹

›Und wie?‹, fragte ich eifrig.

›Auf ganz sonderbare Weise. Gestern Abend kam an meinen Vater ein Brief, der den Stempel Fordingbridge trug. Mein Vater las ihn, schlug sich mit beiden Händen an den Kopf und fing an, kleine Kreise beschreibend, im Zimmer herumzulaufen, als wenn er von Sinnen wäre. Als ich ihn endlich aufs Sofa niederzog, waren sein Mund und seine Augenlider auf einer Seite ganz verzogen, und ich sah, dass er einen Schlaganfall gehabt hatte. Dr. Fordham kam sofort herüber, und wir brachten ihn zu Bett; aber die Lähmung griff weiter um sich, und kein einziges Zeichen von wiederkehrendem Bewusstsein hat sich eingestellt; ich zweifle, dass wir ihn noch am Leben finden.‹

›Das klingt ja entsetzlich, Trevor!‹, rief ich. ›Was stand denn so Schreckliches in diesem Brief?‹

›Gar nichts Schreckliches. Das ist das Unbegreifliche daran. Was da stand, war albern und nichtssagend. Ach, mein Gott, es ist, wie ich gefürchtet habe!‹

Während er so sprach, bogen wir in die Toreinfahrt ein, gerade auf das Haus zu, und sahen, dass alle Rollläden heruntergelassen waren. Als wir dann vorfuhren, zog sich das Gesicht meines Freundes vor Schmerz krampfhaft zusammen, da er einen Herrn in schwarzer Kleidung heraustreten sah.

›Wann ist es eingetreten, Herr Doktor?‹, fragte Trevor.

›Fast unmittelbar nach Ihrer Wegfahrt.‹

›Ist er noch einmal zu Bewusstsein gekommen?‹

›Nur einen Augenblick vor dem Ende!‹

›Hat er mir noch etwas sagen wollen?‹

›Nichts als dass die Papiere im japanischen Zimmer im Sekretär lägen.‹

Mein Freund ging mit dem Arzt ins Sterbezimmer hinauf, während ich in der Studierstube zurückblieb und mir die ganze Geschichte immer und immer wieder durch den Kopf gehen ließ. Meine Gedanken waren sehr düsterer Natur. Welches war die Vergangenheit dieses Trevor? Boxer, Seemann und Goldgräber; und wie war er in die Gewalt dieses schielenden Schuftes geraten? Und warum ließ ihn eine Anspielung auf die halb verwischte Tätowierung an seinem Arm in Ohnmacht fallen und ein Brief von Fordingbridge zu Tode erschrecken? Da fiel mir ein, dass Fordingbridge in Hampshire lag, und dass dieser Mr Beddoes, den der Matrose hatte aufsuchen und bei dem er wahrscheinlich ebenfalls hatte Erpressungsversuche machen wollen, gleichfalls in Hampshire leben sollte. Dann konnte der Brief entweder von dem Matrosen kommen und die Mitteilung enthalten, er habe das schuldbergende Geheimnis, das offenbar zu vermuten war, verraten, oder das Schreiben kam von Beddoes, der einen alten Genossen warnen wollte, dass ein solcher Verrat bald erfolgen werde. Soweit schien alles ziemlich klar. Aber wie konnte dann der Brief – nach den Worten meines Freundes – nichtssagend und albern sein? Er musste ihn falsch verstanden haben. Und war dem so, so handelte es sich jedenfalls um einen jener fein ausgeklügelten Chiffrebriefe, die für den ahnungslosen Leser etwas ganz anderes besagen als für den Eingeweihten. Diesen Brief musste ich sehen. Hatte er eine versteckte Bedeutung, so war ich überzeugt, ich brächte sie heraus. Eine Stunde saß ich grübelnd im Dunklen da, bis schließlich eine weinende Magd eine Lampe hereinbrachte. Ihr auf den Fersen folgte mein Freund Trevor, bleich, aber gefasst, und hielt in seinen Händen diese gleichen Papiere, die hier auf meinen Knien liegen. Er nahm mir gegenüber Platz, zog die Lampe auf dem Tisch näher heran und reichte mir ein kurzes Schreiben hin, das, wie Sie sehen, auf ein einzelnes Blatt graues Papier gekritzelt ist. Es lautete: ›Die Zeit der Jagd auf Hasen geht bald los. An Wechseln, Förster Hudson sagte mir's, hat gestern schon alles voll Wild gestanden. Er meinte, fort sei Reineke von Haus und hier und da eile ein Iltis.‹

Ich kann wohl sagen, beim ersten Lesen dieser Zeilen sah ich ebenso verblüfft aus wie Sie jetzt eben. Dann las ich sie noch einmal langsam durch. Es war offenbar so, wie ich mir gedacht hatte, und es musste sich hinter dieser sonderbaren Wortfolge eine andere Bedeutung verstecken. Oder konnten etwa Ausdrücke wie ›Wechsel‹, ›Reineke‹, ›Iltis‹ einen vorweg vereinbarten Sinn haben? Dann freilich war die Bedeutung ganz willkürlich und konnte ohne den Schlüssel in keiner Weise durch Schlussfolgerungen gefunden werden. Und doch wollte ich das nicht glauben; auch wies schon das Wort ›Hudson‹ darauf hin, dass sich die Mitteilung auf den von mir vermuteten Gegenstand bezog und dass sie eher von Beddoes als vom Matrosen herrührte. Ich versuchte es mit Rückwärtslesen, aber der Anfang ›Iltis ein eile da‹ war nicht eben ermutigend. Dann ließ ich jedes zweite Wort weg, jedoch weder die Wortfolge: ›die der auf‹ noch die andere: ›Zeit Jagd Hasen‹ versprach das Dunkel aufzuhellen. Dann aber, im nächsten Augenblick, hielt ich den Schlüssel des Rätsels in Händen; ich sah, dass das erste Wort und dann jedes weitere dritte zusammen eine Botschaft bildeten, die wohl geeignet sein konnte, den alten Trevor zur Verzweiflung zu bringen.

Kurz und glatt war die Warnung, wie ich sie nun meinem Gegenüber vorlas:

›Die Jagd geht an. Hudson hat alles gestanden. Fort von hier, eile!‹

Victor ließ sein Gesicht in seine zitternden Hände sinken. ›Ich denke, so ist's‹, sagte er. ›Oh das ist schlimmer als der Tod, denn es bedeutet Schande obendrein! Aber was sollen die Wörter ›Wechsel‹, ›Förster‹, ›Iltis‹?‹

›Sie besagen für die Mitteilung selbst gar nichts, aber für uns ziemlich viel, wenn wir sonst kein Mittel hätten, den Absender zu entdecken: Siehst du, er hat zuerst geschrieben: ›Die − − Jagd − − geht − − an‹ und so weiter. Dann hatte er gemäß der Verabredung zwischen je zwei Wörter zwei andere zu setzen. Naturgemäß brauchte er die Wörter, die ihm zuerst in den Sinn kamen, und da sich darunter so viele auf den Jagdsport bezügliche befinden, so kann man ziemlich sicher sein, dass der Schreiber ein leidenschaftlicher Waidmann oder Schütze ist. Weißt du etwas von diesem Beddoes?‹

›Allerdings, jetzt, da du mich daran erinnerst, fällt mir ein, dass mein Vater jeden Herbst eine Einladung zur Jagd von ihm erhielt.‹

›Dann geht das Schreiben zweifellos von ihm aus‹, sagte ich, ›und wir haben nur noch das Geheimnis aufzudecken, das der Matrose drohend über die Häupter dieser beiden begüterten und geachteten Männer, zu halten scheint.‹

›Oh weh, Holmes! Ich fürchte, es steckt Sünde und Schande dahinter‹, stöhnte mein Freund. ›Aber vor dir habe ich kein Geheimnis. Hier ist das Schreiben, das mein Vater verfasst hat, als er sah, dass die von Hudson drohende Gefahr immer näher rückte. Ich fand es im japanischen Zimmer, wie er dem Arzt gesagt hatte. Nimm und lies es mir vor! Denn mir fehlt Kraft und Mut, es selbst zu tun.‹

Und das hier sind eben die Papiere, Watson, die er mir einhändigte, und ich will sie Ihnen vorlesen, wie ich sie ihm in jener Nacht in dem alten Studierzimmer vorgelesen habe. Sie tragen, wie Sie sehen, die Aufschrift:

›Erlebnisse auf der Fahrt der Barke »Gloria Scott«, die Falmouth am 8. Oktober 1855 verließ und am 6. November 15 Grad 20 Minuten nördlicher Breite, 25 Grad 14 Minuten westlicher Länge unterging.‹ Der Bericht ist in Form eines Briefes verfasst und lautet:

›Mein lieber, lieber Sohn! Jetzt, wo der Augenblick der Schmach herannaht und schon seinen dunklen Schatten auf meinen Lebensabend wirft, kann ich es mit voller Wahrheit und Aufrichtigkeit niederschreiben: Nicht der Schrecken des Gesetzes, nicht der Verlust meiner weithin angesehenen Stellung, auch nicht mein Sturz in den Augen aller meiner Bekannten schneidet mir so ins Herz, wie der Gedanke, dass du über mich wirst erröten müssen – du, der mich liebt, und der, hoffe ich, selten Grund hatte, mich anders als mit Achtung anzusehen. Wenn mich aber der Schlag trifft, der mir ständig droht, dann wünsche ich, sollst du dies lesen und von mir selbst ungeschminkten Bericht erhalten, aus dem du das Maß meiner Schuld ersehen kannst. Sollte jedoch alles gut ablaufen – was Gott der Allmächtige geben möge – und dieses Schreiben aus irgendeinem Zufall noch nicht vernichtet sein und dir in die Hände fallen, dann beschwöre ich dich bei allem, was dir heilig ist, bei dem Andenken an deine teure Mutter und an die Liebe, die uns verbunden hat, wirf es ins Feuer und tilge es ganz aus deinem Gedächtnis!

Wenn also dein Auge diese Zeilen liest, werde ich schon angeklagt und vor Gericht geschleppt sein oder, was wahrscheinlicher ist – denn du kennst meine Herzschwäche –, mit auf immer versiegelter Zunge als Beute des Todes daliegen. In beiden Fällen ist die Zeit der Vertuschung vorbei, und jedes Wort, das du hier liest, ist die nackte Wahrheit; das schwöre ich dir, so wahr ich auf Barmherzigkeit hoffe.

Mein Name, teurer Sohn, ist nicht Trevor. In meinen jungen Jahren hieß ich James Armitage, und du kannst jetzt verstehen, wie es mich vor einigen Wochen erschüttern musste, als dein Studienfreund Worte an mich richtete, aus denen hervorzugehen schien, dass er mein Geheimnis entdeckt habe. Als Armitage trat ich bei einem Londoner Bankhaus ein, und als Armitage wurde ich wegen Gesetzesbruch vor Gericht gezogen und zur Strafverschickung verurteilt. Denke darum nicht schlecht von mir, mein Junge: Es war eine sogenannte Ehrenschuld, die ich zu tilgen hatte, und ich verwendete dazu Geld, das mir nicht gehörte, in der Gewissheit, es ersetzen zu können, ehe auch nur die Möglichkeit einer Entdeckung bestand. Aber das schrecklichste Unglück verfolgte mich. Das Geld, auf das ich gerechnet hatte, blieb aus, und eine unvermutete Kontrolle deckte das Defizit auf. Der Fall hätte milde beurteilt werden können, aber vor dreißig Jahren war die Gesetzauslegung und Rechtsprechung weit schärfer als heutzutage, und mein dreiundzwanzigster Geburtstag fand mich als Missetäter mit siebenunddreißig anderen Sträflingen im Zwischendeck der nach Australien segelnden Barke »Gloria Scott« angekettet.

Es war im Jahre 1855, als der Krimkrieg noch in voller Wucht tobte, und die alten Sträflingsschiffe dienten vielfach zum Truppentransport nach dem Schwarzen Meer. Die Regierung sah sich daher genötigt, zur Verschickung der Strafkolonisten kleinere oder weniger geeignete Schiffe einzustellen. Die »Gloria Scott« war als Chinafahrer zum Teehandel verwendet worden, aber sie war ein altmodisches, schwergebautes, breitbugiges Fahrzeug, das den neuen, scharfbugigen Kuttern weit nachstand. Bei fünfhundert Tonnen Tragfähigkeit zählte sie außer ihren achtunddreißig Zuchthausvögeln eine Mannschaft von sechsundzwanzig Köpfen, achtzehn Seesoldaten, einen Kapitän, drei Maate, einen Arzt, einen Kaplan und vier Wärter. So fasste sie alles in allem an hundert Seelen, als wir von Falmouth in See stachen.

Die Wände zwischen den Sträflingszellen waren nicht, wie gewöhnlich auf diesen Schiffen, von dickem Eichenholz, sondern ganz dünn und zerbrechlich. Mein nächster Nachbar nach Backbord zu war mir schon, als man uns zum Kai hinunterführte, vor allen aufgefallen. Er war ein junger Mann mit bleichem, bartlosem Gesicht, langer dünner Nase und wahren Nussknackerkinnbacken. Sein Kopf reckte sich recht übermütig in die Luft, sein Gang war herausfordernd; zudem überragte er alle schon durch seine auffallende Körpergröße. Ich möchte glauben, dass ihm keiner von uns bis an die Schulter reichte, und er muss nach meiner Schätzung sechseinhalb Fuß gemessen haben. Sonderbar mutete es einen an, unter so vielen Jammergesichtern eines voll Tatkraft und Entschlossenheit zu sehen. Wie ein Kaminfeuer im Schneesturm kam es mir vor. So war es für mich eine Freude, diesen Mann zum Nachbarn zu haben, und eine noch größere, als ich durch die Totenstille der Nacht auf einmal dicht an meinem Ohr eine Stimme flüstern hörte und merkte, dass es ihm geglückt war, ein Loch in die uns trennende Bretterwand zu schneiden.

»Hallo, Kollege!«, sagte er. »Wie heißen Sie, und was haben Sie ausgefressen?«

Ich antwortete ihm und fragte meinerseits nach seinem Namen.

»Ich bin Jack Prendergast«, sagte er, »und bei Gott, Sie werden meinen Namen segnen lernen, ehe wir wieder voneinandergehen.«

Ich erinnerte mich augenblicklich seines Falles, denn er hatte kurz vor meiner eigenen Festnahme ungeheures Aufsehen im ganzen Land erregt. Prendergast war von guter Herkunft und ein sehr begabter Mensch, besaß aber eine unheilbare Neigung zu gesetzlosem Tun und hatte die ersten Londoner Kaufleute durch die sinnreichsten Gaunereien um gewaltige Summen gebracht.

»Ah, ich sehe, Sie erinnern sich an meinen Fall«, sagte er stolz.

»Allerdings, sehr gut.«

»Dann erinnern Sie sich vielleicht auch an etwas Merkwürdiges dabei?«

»Was soll das sein?«

»Ich hatte ziemlich eine Viertelmillion Pfund, nicht?«

»So hieß es.«

»Aber man konnte nichts wiederfinden, was?«

»Nein.«

»Nun, wo denken Sie, dass das Geld geblieben ist?«, fragte er.

»Ich habe keine Ahnung.«

»Gerade zwischen meinen Fingern und Daumen«, sagte er. »Bei Gott, meines Vaters Sohn hat mehr Dukaten als Sie Haare auf dem Kopf! Und wenn man Geld hat, mein Lieber, und es zu verwenden und auszugeben versteht, so kann man alles machen. Nun werden Sie es nicht für wahrscheinlich halten, dass ein Mann, der alles machen kann, seine Hosen in dem stinkigen Schiffsraum eines rattenwimmelnden, wurmzerfressenen, muffigen alten Kastens von Chinaküstenfahrer durchscheuern will. Nein, mein Bester, solch ein Mann sieht zu, wo er bleibt und wo seine Genossen bleiben. Darauf können Sie Gift nehmen! Machen Sie Part mit ihm, und Sie können einen Eid auf die Bibel leisten, die er Ihnen hinlotsen wird!«

So redete er fort, und zuerst dachte ich, es wäre nur Geschwätz; aber nach einiger Zeit, als er meiner sicher zu sein glaubte und mich mit aller Feierlichkeit hatte Verschwiegenheit geloben lassen, weihte er mich in der Tat in einen Plan ein, der schon lange gefasst worden war, und der auf nichts anderes ausging, als sich des Schiffes zu bemächtigen. Ein Dutzend Sträflinge hatte ihn ausgeheckt, ehe sie an Bord gebracht worden waren; Prendergast war das Haupt des Unternehmens und sein Geld die Triebkraft.

»Ich hatte einen Partner«, sagte er, »einen ausnahmsweise guten Kerl, so fest und treu, wie der Schaft am Lauf. Er hat sich die Ordination verschafft, wahrhaftig; und wo denken Sie, dass er sich in diesem Augenblick befindet? Na, er ist unser Schiffskaplan – der Kaplan, nichts weniger. Er kam an Bord in schwarzem Rock, mit Papieren, die in Ordnung sind und mit Geld genug im Sack, das ganze Ding da vom Kiel bis zum Toppmast zu kaufen. Die Mannschaft ist mit Leib und Seele sein. Er konnte sie haben, das Gros zu so und so viel mit Rabatt bei Barzahlung, und er kaufte die Burschen, noch ehe sie sich heuern ließen. Er hat zwei Wärter gewonnen und Mercer, den zweiten Maat, und er hätte den Kapitän selbst gekriegt, wenn's sich verlohnt hätte.«

»Was werden wir nun tun«, fragte ich.

»Was denken Sie? Wir wollen einigen von den Soldaten die Röcke roter machen, als sie ihnen je der Schneider liefern könnte.«

»Aber sie sind bewaffnet!«

»Und das werden wir auch sein, mein Junge! Für jeder Mutter Sohn von uns gibt's ein paar Pistolen, und wären wir, mit der Mannschaft auf unserer Seite, nicht imstande, das Schiff zu nehmen, so wären wir alle reif, in eine Töchterschule geschickt zu werden. Sie reden heute Abend mit Ihrem linken Nebenmann und sehen, ob man ihm trauen darf!«

Ich folgte der Weisung und fand in meinem anderen Nachbarn einen jungen Mann, der sich in ähnlicher Lage befand wie ich selbst und wegen Fälschung verurteilt worden war. Er hieß Evans, nahm aber später ebenfalls einen anderen Namen an und ist jetzt ein reicher, gutgestellter Mann im südlichen England. Bereitwillig schloss er sich der Verschwörung an, da es keinen anderen Weg zur Rettung für uns gab, und ehe wir noch das nördliche Spanien erreicht hatten, blieben nur zwei Gefangene übrig, die nicht mit uns unter einer Decke steckten. Der eine war ein Schwächling, dem wir nichts anzuvertrauen wagten, und der andere litt an Gelbsucht und konnte für uns von keinem Nutzen sein.

Von Anfang an stand eigentlich dem Gelingen unseres Planes nichts im Weg. Die Mannschaft war ein für den Zweck besonders ausgewähltes Pack von Schuften. Der vermeintliche Kaplan kam zur Erbauung in unsere Zellen mit einer schwarzen Tasche in der Hand, die scheinbar voll von Traktätchen und geistlichen Büchern war; und das tat er so fleißig, dass wir am dritten Tag jeder am Fuß des Bettes eine Feile, eine Doppelpistole, ein Pfund Pulver und zwanzig Patronen verstaut hatten. Zwei von den Wärtern standen, wie gesagt, in Prendergasts Sold, und der zweite Maat war sein erster Gehilfe. Der Kapitän, zwei Maate, zwei Wärter, Leutnant Martin mit seinen achtzehn Rotröcken und der Doktor – das war alles, was uns gegenüberstand. Trotz dieser sicheren Aussichten waren wir indes entschlossen, keine Vorsicht aus dem Auge zu lassen und unseren Überfall plötzlich zur Nachtzeit auszuführen. Es kam jedoch schneller dazu, als wir gedacht hatten.

Als nämlich eines Abends, so in der dritten Woche nach unserer Abfahrt, der Doktor herunterkam, um nach einem kranken Sträfling zu sehen, legte er zufällig seine Hand auf das Fußende des Bettes und fühlte dabei den Umriss der Doppelpistole. Hätte er den Mund gehalten, so wäre vielleicht unser ganzer schöner Plan in die Luft geflogen; aber er war ein aufgeregter kleiner Mann, und so stieß er einen Schrei der Überraschung aus und wurde so bleich, dass der vor ihm liegende Sträfling erkannte, was die Glocke geschlagen hatte, sich mit aller Kraftanstrengung aufrichtete und ihn packte. Bevor der Doktor noch Lärm schlagen konnte, war er geknebelt, gefesselt und unter das Bett gerollt. Er hatte die zum Deck führende Tür offen gelassen, und wir waren im Nu durch. Die beiden Schildwachen wurden niedergeschossen und ebenso der Korporal, der herbeigeeilt kam, um zu sehen, was los wäre. Zwei andere Soldaten standen am Eingang des Salons, ihre Musketen aber waren, scheint's, nicht geladen; denn ohne zu feuern, versuchten sie, ihre Bajonette aufzustecken, und wurden von uns niedergeknallt. Dann stürzten wir zur Kajüte des Kapitäns; aber als wir eben dabei waren, die Tür aufzustoßen, hörten wir drinnen einen Knall und sahen dann den Kapitän mit dem Kopf auf der den Tisch bedeckenden Karte des Atlantischen Ozeans liegen, während der Kaplan mit rauchender Pistole neben ihm stand. Die beiden Maate waren von der Mannschaft gefangen genommen worden, und die ganze Geschichte schien glücklich abgelaufen zu sein.

Der Salon lag zunächst der Kapitänskabine. Dort wandten wir uns hin und sanken erschöpft auf die Diwane nieder, alle zugleich durcheinander sprechend; denn das Gefühl, wieder freie Menschen zu sein, erfüllte uns mit unbändiger Freude. Ringsherum liefen Wandschränke, und Wilson, der Pseudokaplan, riss einen auf und zog ein Dutzend Flaschen Sherry hervor. Wir schlugen den Flaschen die Köpfe ab, gossen uns Humpen voll und wollten eben anstoßen, als auf einmal ohne jede Warnung Musketengeknatter unser Ohr traf und der Salon sich so mit Rauch füllte, dass wir nicht über den Tisch sehen konnten. Als sich der Pulverdampf verzogen hatte, glich der Platz einem Schlachtfeld. Wilson und acht andere lagen zuckend am Boden; noch jetzt wird mir übel, wenn ich mir den Anblick ins Gedächtnis zurückrufe. Das Unvermutete und Schreckliche dieses Zwischenfalles machte einen so niederschmetternden Eindruck auf uns, dass ich glaube, wir hätten keine Gegenwehr geleistet, wäre nicht Prendergast gewesen. Der aber brüllte wie ein verwundeter Stier und stürzte zur Tür hinaus, wir alle, die wir noch nicht verwundet waren, hinter ihm drein. Im Nu waren wir oben, und da, auf dem Hinterdeck, standen der Leutnant und zehn von seiner Truppe. Die Oberlichtfenster über dem Salontisch hatten ein wenig offen gestanden, und durch den Spalt hatten die Soldaten gefeuert. Wir warfen uns auf sie, ehe sie wieder geladen hatten; mannhaft leisteten sie Widerstand, aber wir gewannen die Oberhand, und in fünf Minuten war alles vorüber. Prendergast war wie vom Teufel besessen und warf jeden Soldaten, der ihm in die Hände kam, tot oder lebendig über Bord. Als der Kampf vorüber war, blieb von unseren Gegnern niemand weiter übrig als die Wärter, die Maate und der Doktor.

Und ihretwegen entbrannte nun der große Streit. Viele von uns waren über alles froh, ihre Freiheit gewonnen zu haben, wollten aber keine weitere Blutschuld auf ihre Seelen laden. Wenn wir auch, um unsere Freiheit wiederzuerlangen, die Soldaten, die eben nach uns geschossen hatten, niederschlagen halfen, so konnten wir es doch nicht kalten Herzens mit ansehen, dass man unsere Mitmenschen mordete. Acht von uns, fünf Sträflinge und drei Matrosen, erklärten, wir würden nicht zulassen, dass man die fünf töte. Aber Prendergast und seine Partei wichen keinen Zollbreit zurück. Sicherheit könnte es für uns nur geben, wenn wir reinen Tisch machten, und er würde keine Zunge übrig lassen, die einmal Zeugnis gegen uns ablegen könnte. Fast hätten wir das den Gefangenen bestimmte Los geteilt, aber schließlich sagte Prendergast, wenn wir nicht anders wollten, so sollten wir ein Boot nehmen und uns davonmachen. Wir waren über diesen Ausweg hoch erfreut, denn wir fühlten uns schon ganz krank von dem Anblick des Gemetzels und sahen, dass es noch schlimmer kommen würde. Man gab jedem von uns einen Matrosenanzug, dazu erhielten wir ein Fass Wasser, zwei Gefäße, eins voll Salzfleisch, das andere voll Biskuit, und einen Kompass. Prendergast warf uns noch eine Karte ins Boot und rief uns zu, wir wären Seeleute, deren Fahrzeug unter 15 Grad nördlicher Breite und 25 Grad westlicher Länge Schiffbruch erlitten hätte, kappte das Tau und ließ uns fahren.

Und nun komme ich zu dem merkwürdigsten Teil meiner Geschichte, mein lieber Sohn! Die Matrosen hatten die Fockraa angebrasst; jetzt brassten sie sie wieder los, und da eine leichte Brise von Nordost ging, so entfernte sich die Barke von uns. Unser Boot lag, auf- und abschwankend auf den langen, glatten Wogen, und Evans und ich, die noch am meisten von allen Bootsinsassen verstanden, saßen im Vorderteil des Bootes, suchten unsere Lage zu bestimmen und einen Plan zu entwerfen, welche Küste wir gewinnen sollten. Es war ein hübsches Problem, denn die kapverdischen Inseln lagen etwa 500 Seemeilen nördlich von uns und die afrikanische Küste etwa 700 Meilen im Osten. Nach Lage der Dinge, und da sich der Wind glatt nach Norden drehte, hielten wir es noch für das beste, Sierra Leone zum Ziel zu nehmen, und wandten unsere Augen nach dieser Richtung, während die Barke etwas mehr rechts von unserem Boot schon so weit entfernt war, dass wir nur noch ihr Segel- und Takelwerk erblicken konnten. Auf einmal, als wir wieder nach ihr hinschauten, sahen wir, wie eine dichte schwarze Rauchwolke von ihr emporstieg, die wie ein ungeheurer Baum über dem Horizont hing. Wenige Minuten später drang ein donnerartiges Getöse an unsere Ohren, und als der Rauch dünner wurde, war keine Spur mehr von der »Gloria Scott« wahrzunehmen. Sofort lenkten wir unseren Bug herum und ruderten mit aller Kraft nach der Stelle, wo noch ein leichter, über das Gewässer ziehender Rauchstreifen den Schauplatz der Katastrophe bezeichnete.

Es dauerte eine lange Stunde, bis wir hinkamen, und zuerst fürchteten wir, wir wären zu spät gekommen, um noch einem Hilfsbedürftigen beistehen zu können. Ein zersplittertes Boot und eine Menge Balken und Spierstücke, die mit den Wogen auf und nieder tanzten, zeigten uns, wo das Schiff seinen Untergang gefunden hatte; aber kein

Lebenszeichen machte sich bemerkbar, und schon hatten wir uns mit schwerem Herzen weggewandt, da vernahmen wir einen Hilferuf und sahen nun nicht weit von uns ein Wrackstück treiben und quer darüber einen Menschen ausgestreckt. Als wir ihn an Bord gezogen hatten, erfuhren wir, dass wir einem jungen Matrosen namens Hudson das Leben gerettet hatten; er war aber so erschöpft, dass er uns erst am folgenden Morgen über die Ereignisse auf der »Gloria Scott« Auskunft zu geben vermochte.

Nach seinem Bericht hatten sich, wie es scheint, Prendergast und seine Genossen nach unserer Abfahrt daran gemacht, die verbleibenden fünf Gefangenen vom Leben zum Tode zu befördern; die beiden Wärter wurden erschossen und über Bord geworfen und ebenso der dritte Maat. Dann stieg Prendergast ins Zwischendeck hinunter und schnitt mit eigener Hand dem unglücklichen Schiffsarzt die Kehle durch. Nun blieb bloß noch der erste Maat übrig, ein kühner, tatkräftiger Mann. Als er den Sträfling mit blutigem Messer auf sich zukommen sah, streifte er seine Fesseln ab, die er schon vorher auf irgendeine Weise hatte lockern können, eilte die Treppe hinunter und verschwand im hinteren Schiffsraum. Ein Dutzend Sträflinge, die mit gespannten Pistolen nach ihm suchten, fanden ihn mit einer Zündholzschachtel neben einem offenen Pulverfass stehend. Er rief ihnen warnend zu, er würde sie sämtlich in die Luft sprengen, wenn sie ihn nicht in Frieden ließen. Einen Augenblick darauf erfolgte die Explosion, von der Hudson meinte, sie sei eher durch eine fehlgehende Kugel veranlasst worden als durch ein Zündholz des Maats. Mag die Ursache sein, welche sie wolle, es war das Ende der »Gloria Scott« und alles Lebenden auf ihr mit Ausnahme des von uns geretteten Hudson.

Das ist, mein teurer Sohn, in wenigen Worten die schreckliche Geschichte, in die ich verwickelt war. Am nächsten Morgen nahm uns die nach Australien segelnde Brigg »Hotspur« auf, deren Kapitän ohne weiteres unserer Aussage Glauben schenkte, wir hätten uns aus dem Schiffbruch eines Passagierschiffes gerettet. Das Transportschiff »Gloria Scott« wurde von der Admiralität für verschollen erklärt, und von seinem wirklichen Schicksal ist niemals auch nur ein Wort durchgesickert. Nach einer vorzüglichen Fahrt setzte uns die »Hotspur« in Sydney an Land, wo wir, Evans und ich, andere Namen annahmen und uns bis zu den Goldgruben durchschlugen. Hier war es uns ein leichtes, unter den Angehörigen aller Nationen, die dort zusammenströmten, die Erinnerung an unsere frühere Existenz völlig zu verwischen.

Den Rest brauche ich kaum zu erzählen. Wir hatten Glück und kamen vorwärts. Wir machten Reisen und kehrten endlich als reiche Koloniale nach England zurück, wo wir uns Landgüter kauften. Länger als zwanzig Jahre haben wir ein friedvolles und ersprießliches Leben geführt und hegten die Hoffnung, unsere Vergangenheit wäre auf immer begraben. Nun kannst du dir meine Gefühle vorstellen, als ich in dem Matrosen, der uns aufsuchte, auf den ersten Blick den Mann erkannte, den wir damals von den Trümmern der »Gloria Scott« aufgelesen hatten. Er war irgendwie auf unsere Spur gekommen und hatte beschlossen, aus unserer Furcht Kapital zu schlagen. Du wirst nun begreiflich finden, warum ich mit ihm im guten auszukommen versuchte, und wirst einigermaßen die Angst verstehen, die mich jetzt erfüllt, da er mit Drohungen auf der Zunge zu seinem zweiten Opfer gegangen ist.‹

Unten steht noch in einer Schrift, so zitterig, dass sie kaum lesbar ist: Beddoes schreibt in Chiffreschrift, dass Hudson alles verraten hat. Teurer Vater im Himmel, sei unseren Seelen gnädig!

Das war der Bericht, den ich in jener Nacht dem jungen Trevor vorgelesen habe, und ich denke, er war unter solchen Umständen dramatisch genug. Dem guten Burschen wollte das Herz darüber brechen, und er ging nach Ceylon, wo er Teepflanzer wurde. Wie ich höre, geht es ihm dort gut. Was den Matrosen und Beddoes anlangt, so hat man von keinem von beiden je wieder etwas gehört seit dem Tag, an dem der warnende Brief geschrieben wurde. Beide sind ganz und gar verschollen. Eine Anzeige bei der Polizei oder bei Gericht war nicht erfolgt. Beddoes muss also für wirklich geschehen gehalten haben, was nur eine Drohung gewesen war. Man hatte Hudson noch in der Gegend herumschleichen sehen, und nach Annahme der Polizei war er mit Beddoes auf und davon gegangen. Ich glaube, in Wahrheit liegt es gerade umgekehrt. Für mich ist es höchst wahrscheinlich, dass Beddoes, zur Verzweiflung gebracht, an dem vermeintlichen Verräter Rache genommen hat und mit so viel Mitteln, wie er nur zusammenraffen konnte, geflohen ist. Das ist der Tatbestand dieses Falles, Doktor, und wenn er für Ihre Sammlung von Wert sein sollte, so stelle ich ihn Ihnen herzlich gern zur Verfügung.«

Der Katechismus
der Familie Musgrave

Unter den mancherlei Widersprüchen im Charakter meines Freundes Sherlock Holmes war mir einer immer besonders auffallend. Es gab wohl in geistiger Beziehung keinen methodischeren Menschen auf Erden als ihn, und auch was sein Auftreten betraf, trug er stets eine gewisse Genauigkeit und Pünktlichkeit zur Schau. Trotzdem war er aber im täglichen Leben so unordentlich, dass es seinen Stubengefährten zur Verzweiflung treiben konnte.

Ich selbst hänge durchaus nicht zu sehr an Äußerlichkeiten. Das raue, harte Leben in Afghanistan, vereint mit meinem natürlichen Hang zur Ungebundenheit, hat mich in manchen Dingen weit nachlässiger gemacht als es sich eigentlich für einen Mediziner schickt. Aber immerhin beobachte ich gewisse Grenzen, und wenn ich mit jemand zusammenwohne, der seine Zigarren im Kohlenkasten und den Tabak in einem persischen Pantoffel aufbewahrt und der seine unbeantworteten Briefe mit dem Jagdmesser einfach an dem hölzernen Kaminsims aufspießt, dann komme ich mir, im Vergleich zu ihm, musterhaft ordentlich vor. Auch bin ich stets der Meinung gewesen, dass, wer sich im Pistolenschießen üben will, es draußen im Freien tun sollte; wenn sich daher Holmes in einer seiner wunderlichen Stimmungen mit der Schießwaffe und hundert Stück Patronen in den Lehnstuhl setzte und auf die Wand gegenüber, als Verzierung, seinen Namenszug mit Kugelnarben einschrieb, so wurde dadurch, meiner Überzeugung nach, weder die Luft noch das Aussehen unseres Zimmers verbessert.

Unsere Wohnung war voller Chemikalien und allerlei Andenken an Kriminalfälle, die sich überall herumtrieben und oft in der Butterdose oder an noch unpassenderen Orten auftauchten. Mein größtes Kreuz waren aber seine Papiere. Ein Schriftstück zu vernichten widerstrebte ihm im höchsten Grad, besonders wenn es sich auf einen seiner interessanten Fälle bezog, und doch brachte er es höchstens einmal alle Jahre zu dem Entschluss, die

Sachen durchzusehen und zu ordnen. Wie ich schon öfters erwähnt habe, folgten bei ihm auf die Tage leidenschaftlicher Erregung, in denen er die merkwürdigen Taten vollbrachte, die seinen Namen berühmt gemacht haben, Zeiten völliger Erschlaffung. Er lag dann meist mit der Geige und seinen Büchern auf dem Sofa und rührte sich kaum vom Fleck, außer um sich zur Mahlzeit an den Tisch zu setzen. So häuften sich also seine Papiere von einem Monat zum anderen auf, bis es keinen Winkel des Zimmers mehr gab, in dem nicht Bündel von Manuskripten umherlagen, die unter keiner Bedingung verbrannt werden durften und über die, außer ihrem Eigentümer, niemand verfügen konnte.

Als wir einmal an einem Winterabend miteinander beim Kamin saßen, erlaubte ich mir die Bemerkung, er werde nun wohl genug Auszüge von Kriminalakten in sein Sammelbuch geklebt haben und solle die nächsten zwei Stunden dazu verwenden, unser Wohnzimmer nur einigermaßen aufzuräumen und einen menschlichen Zustand herzustellen. Dass mein Verlangen vollständig gerechtfertigt war, ließ sich nicht leugnen; so begab sich denn Holmes mit einem sehr langen Gesicht in seine Schlafstube, und als er gleich darauf wiederkam, schleifte er einen großen Blechkoffer hinter sich drein. Er stellte ihn mitten ins Zimmer, kauerte sich auf einen Schemel daneben und schlug den Deckel zurück. Der Koffer war etwa zu einem Drittel mit vielen einzelnen rotverschnürten Papierbündeln angefüllt.

»Hier gibt's Fälle im Überfluss, Watson«, sagte mein Freund mit schlauem Lächeln. »Wenn Sie wüssten, was ich alles in diesem Koffer habe, Sie bäten mich vielleicht, ein paar Pakete herauszunehmen statt noch mehr hineinzulegen.«

»Das sind wohl die Akten über Ihre älteren Sachen?«, fragte ich. »Schon oft habe ich mir gewünscht, Auszüge davon zu besitzen.«

»Jawohl, mein Freund, das sind lauter Arbeiten, die ich allzu früh unternommen habe, ehe noch mein Biograf erschien, um meinen Ruhm zu verkünden.«

Er nahm ein Bündel nach dem anderen heraus und betrachtete es mit fast zärtlichen Blicken. »Nicht alles ist mir gelungen, Watson«, sagte er, »aber es sind einige ganz hübsche kleine Probleme darunter. Hier sind die Aufzeichnungen über den Mord in Tarleton, die Geschichte des Weinhändlers Bamberry, das Abenteuer der alten Russin, das sonderbare Vorkommnis mit der Aluminium-Krücke, ferner ein langer Bericht über Ricoletti mit dem Klumpfuß und sein abscheuliches Weib. Und hier – ja, das ist wirklich etwas ganz Auserlesenes.«

Er holte aus der Tiefe des Koffers ein kleines hölzernes Kistchen mit einem Schiebedeckel hervor, das wie eine Spielzeugschachtel aussah. Darin lag ein zerknittertes Stück Papier, ein altmodischer bronzener Schlüssel, ein Holzpflock, um den ein Knäuel Bindfaden gewickelt war, und drei verrostete Metallplättchen.

Holmes lächelte über mein verwundertes Gesicht.

»Nun, mein Freund, was sagen Sie zu diesem Kram?«

»Es ist eine merkwürdige Sammlung.«

»Ja, sehr merkwürdig, und die Geschichte, die damit zusammenhängt, würde Ihnen noch absonderlicher vorkommen.«

»Also knüpft sich eine Geschichte daran?«

»Ja, sogar ein Stück Weltgeschichte.«

»Wie ist das möglich?«

Holmes nahm die Gegenstände nacheinander heraus und legte sie in einer Reihe auf den Tisch. Dann zog er einen Stuhl heran, setzte sich und betrachtete sie mit befriedigten Blicken.

»Dies«, sagte er, »ist alles, was mir zum Andenken an die merkwürdige Begebenheit übriggeblieben ist, die sich auf den Katechismus der Familie Musgrave bezieht.«

Ich hatte ihn schon öfters von dem Fall reden hören, doch war es mir nie gelungen, etwas Näheres darüber zu erfahren. »Sie täten mir einen großen Gefallen«, sagte ich, »wenn Sie mir die Sache einmal erzählen wollten.«

»Dann bliebe ja all der Krimskrams hier doch wieder liegen. Wie verträgt sich denn das mit Ihrer Ordnungsliebe, Watson?«, erwiderte er, mich schalkhaft anblinzelnd. »Aber es wäre mir wirklich lieb, wenn Sie den Fall unter Ihre Berichte aufnehmen wollten, weil Dinge dabei vorkommen, wie sie weder in der Verbrecherchronik unseres Landes noch in irgendeiner anderen verzeichnet sind, soviel ich weiß. Ihre Schilderung meiner geringen Taten würde höchst unvollständig sein, wenn dieser sonderbare Vorgang dabei fehlte.

Alle Welt kennt jetzt meinen Namen, und nicht nur das Publikum, sondern auch die Polizei betrachtet mich als die letzte Berufungsinstanz bei zweifelhaften Fällen. Schon damals, als wir beide zuerst miteinander bekannt wurden, hatte ich eine Menge Beziehungen angeknüpft, die freilich nicht gerade sehr einträglich waren. Aber Sie machen sich keinen Begriff davon, mit welchen Schwierigkeiten ich anfänglich zu kämpfen hatte und wie lange ich warten musste, bis ich nur einigermaßen vorwärtskam.

Meine erste Wohnung in London war in der Montague Street, ganz nahe beim Britischen Museum. Dort saß ich, wartete auf Klienten und benutzte zugleich meine überreichliche Muße zum Studium von mancherlei Wissenschaften, die in mein Fach schlugen. Dann und wann wurden nur, hauptsächlich durch Vermittlung früherer Universitätsfreunde, allerlei Probleme vorgelegt; denn während meiner letzten Studienjahre war unter den Studenten viel von mir und meiner Methode die Rede gewesen. Von diesen ersten Fällen hat keiner ein so allgemeines Interesse erregt und ist mir dadurch auch für mein späteres Fortkommen so nützlich gewesen wie die Geschichte vom Katechismus der Familie Musgrave mit ihrer sonderbaren Verkettung der Umstände, die zu einem höchst denkwürdigen Ergebnis führten.

Reginald Musgrave war zugleich mit mir auf der Universität gewesen, doch wurden wir damals nur flüchtig bekannt. Er galt als hochmütig bei den jüngeren Studenten, vielleicht mit Unrecht, denn mir schien, dass er die stolze Miene nur zur Schau trug, um seinen großen Mangel an Selbstvertrauen zu verbergen. Sein Äußeres machte einen hochadligen Eindruck; der schmale Nasenrücken, die großen Augen, die schlanke Gestalt mit den schlaffen Bewegungen und den höfischen Manieren, alles verriet den geborenen Aristokraten. Er war auch wirklich der Abkömmling einer der ältesten Familien des Königreichs, das heißt, er stammte aus der jüngeren Linie, die sich im 16. Jahrhundert von den im Norden ansässigen Musgraves getrennt und im westlichen Sussex niedergelassen hatte, wo ihr Schloss in Hurlstone vielleicht das älteste noch bewohnte Gebäude der ganzen Grafschaft ist. Wenn ich die stolze Haltung des Mannes und sein bleiches, scharfgeschnittenes Gesicht betrachtete, musste ich unwillkürlich an graue Torgewölbe, steinerne Bogenfenster und den ganzen ehrwürdigen Bau einer mittelalterlichen Burg denken. Hier und da unterhielten wir uns miteinander, und ich erinnere mich, dass er mehrmals ein großes Interesse für meine Beobachtungen und Schlussfolgerungen äußerte.

Seit vier Jahren hatte ich nichts von ihm gesehen, als er eines Tages in der Montague Street bei mir eintrat. Er war wenig verändert, ging sehr modisch gekleidet – er legte von jeher großen Wert auf seinen Anzug –, und sein Wesen war noch ebenso gemessen und verbindlich wie damals.

›Wie ist es Ihnen die Zeit über ergangen, Musgrave?‹, fragte ich, nachdem wir uns freundlich die Hand geschüttelt.

›Sie werden wohl gehört haben, dass mein Vater vor zwei Jahren gestorben ist‹, versetzte er. ›Seitdem musste ich natürlich das Gut in Hurlstone verwalten, und da ich zugleich Abgeordneter des Bezirks bin, führe ich ein vielbeschäftigtes Leben. – Ist es wahr, was man mir sagt, Holmes, dass Sie Ihr Talent, mit dem Sie uns so oft in Erstaunen gesetzt haben, nunmehr zu praktischen Zwecken verwerten?‹

›Jawohl, ich will mir dadurch meinen Lebensunterhalt erwerben.‹

›Das freut mich außerordentlich, denn Ihr Rat wäre mir jetzt von ungeheuerem Wert. Bei uns in Hurlstone sind wunderliche Dinge geschehen, und die Polizei ist außerstande, Licht in das Dunkel zu bringen. Es ist wirklich ein höchst seltsames und unerklärliches Vorkommnis.‹

Sie können sich denken, Watson, mit welcher Begierde ich seinen Worten lauschte; endlich schien sich mir die günstige Gelegenheit bieten zu wollen, nach der ich während all der langen untätigen Monate geschmachtet hatte. Was anderen missglückte, würde mir gelingen, davon war ich fest überzeugt; es galt nur noch eine Probe meiner Befähigung abzulegen.

›Bitte, Musgrave, erzählen Sie mir alles Nähere‹, rief ich.

Er nahm mir gegenüber Platz und zündete sich eine Zigarette an, die ich ihm hingeschoben hatte.

›Vor allem muss ich Ihnen sagen‹, begann er, ›dass ich zwar unverheiratet bin, aber doch in Hurlstone eine zahlreiche Dienerschaft habe, denn das Schloss ist ein weitläufiger alter Bau und schwer in Ordnung zu halten. Auch ein Wildpark gehört dazu, und um die Zeit der Fasanenjagd sind alljährlich viele Gäste im Haus, sodass für genügende Bedienung gesorgt sein muss. Alles in allem halte ich acht Dienstmädchen, den Koch, den Hausmeister, zwei Diener und einen Laufburschen. Für den Garten und die Ställe sind natürlich noch besondere Leute da.

Von allen Dienern hatten wir Brunton, den Hausmeister, am längsten bei uns. Als er zuerst bei meinem Vater eintrat, war er eigentlich Schullehrer, aber ohne Stelle; durch große Umsicht und Tatkraft machte er sich bald in der Haushaltung vollständig unentbehrlich. Er ist ein schöner Mann von hohem Wuchs, mit prächtiger Stirn und wird jetzt kaum vierzig Jahre alt sein, obgleich er bereits seit zwanzig Jahren in unserem Dienst steht. Bei seinen äußeren Vorzügen und seiner ungewöhnlichen Begabung – er spricht mehrere Sprachen, ist sehr musikalisch und spielt fast alle Instrumente – ist es schwer begreiflich, wie ihm die Stellung in unserem Haus so lange genügen konnte. Er muss sich wohl zu behaglich gefühlt haben, um den Gedanken an einen Wechsel überhaupt aufkommen zu lassen. Der Hausmeister von Hurlstone machte auf meine Gäste stets einen unvergesslichen Eindruck.

Allein dieser Ausbund von Vortrefflichkeit hatte einen Fehler. Er war eine Art Don Juan, und Sie können sich vorstellen, dass ein Mann wie er diese Rolle in einem kleinen stillen Landbezirk ohne Schwierigkeit durchführte.

Solange er verheiratet war, ging alles gut; aber seit er Witwer ist, kommen wir aus der Not mit ihm gar nicht heraus. Vor einigen Monaten schmeichelten wir uns mit der Hoffnung, er werde nun Frieden halten, denn er verlobte sich mit dem zweiten Hausmädchen, Rahel Howells; seitdem hat er ihr aber den Laufpass gegeben und sich Janet Tregellis zugewandt, der Tochter des obersten Wildhüters. Rahel ist Waliserin von Geburt, ein treffliches Mädchen, aber von sehr leidenschaftlicher Gemütsart; sie verfiel in ein Nervenfieber und geht jetzt – oder ging vielmehr bis gestern, nur noch wie der Schatten von ihrem früheren Selbst im Haus umher. Das war unser erstes Trauerspiel in Hurlstone, aber bald darauf folgte ein zweites, dem die schimpfliche Entlassung des Hausmeisters Brunton voranging.

Die Sache hat sich folgendermaßen zugetragen: Ich erwähnte bereits, dass der Mann ungewöhnlich begabt war, aber gerade seine Klugheit hat ihn ins Verderben gestürzt, denn sie scheint in ihm eine unersättliche Neugier nach Dingen erzeugt zu haben, die ihn nicht im Geringsten angehen. Ich hatte keine Ahnung, wie weit ihn das führen würde, bis der reinste Zufall mir endlich die Augen öffnete.

Letzte Woche – es war am Donnerstag, wenn Sie es ganz genau wissen wollen – konnte ich einmal nachts durchaus nicht einschlafen, weil ich törichterweise eine Tasse starken schwarzen Kaffees nach Tisch getrunken hatte. Bis zwei Uhr versuchte ich es auf alle Art, da aber der Schlaf durchaus nicht kommen wollte, stand ich endlich auf und zündete mir ein Licht an, um einen angefangenen Roman weiterzulesen. Das Buch war jedoch im Billardzimmer liegen geblieben, und so zog ich denn meinen Schlafrock an und ging, es mir zu holen.

Um ins Billardzimmer zu gelangen, musste ich in dem weitläufigen Gebäude erst eine Treppe hinunter und über den Gang gehen, der zur Bibliothek und der Gewehrkammer führt. Nun denken Sie sich mein Erstaunen, als ich diesen Gang betrat und am Ende desselben einen Lichtschimmer gewahrte, der aus der offenen Tür der Bibliothek kam. Ehe ich zu Bett ging, hatte ich dort mit eigener Hand die Lampe gelöscht und die Tür geschlossen. Natürlich dachte ich zuerst an Einbrecher. Die Wände in den Korridoren von Hurlstone sind reich mit alten Waffen verziert; ich nahm eine Streitaxt vom Nagel, ließ mein Licht zurück, schlich auf den Zehen den Gang hinunter und blickte verstohlen durch die offene Tür hinein.

Brunton, der Hausmeister, war in der Bibliothek. Er saß ganz angezogen in einem Lehnstuhl, hatte ein Blatt Papier wie eine Karte auf seinem Knie ausgebreitet und den Kopf in die Hand gestützt, als wäre er tief in Gedanken; eine dünne Kerze, die auf dem Tisch brannte, verbreitete nur einen schwachen Schein. Ich stand stumm vor Staunen im Dunkeln da, meinen Diener beobachtend. Plötzlich erhob er sich, ging zum Schreibtisch an der Wand, schloss ihn auf, nahm aus einer Schublade ein Blatt Papier, kehrte damit zu seinem Sitz zurück, legte es auf den Tisch neben die Kerze und begann es mit der größten Aufmerksamkeit zu lesen. In meiner Entrüstung über sein freches Durchstöbern unserer Familienurkunden tat ich einen Schritt vorwärts. Brunton blickte auf. Als er mich in der Türöffnung stehen sah, wurde sein Gesicht aschfahl vor Schrecken, und blitzschnell steckte er das kartenähnliche Papier, das er zuerst besichtigt hatte, in seine Brusttasche.

›Das also‹, rief ich, ›ist Ihr Dank für das Vertrauen, welches wir in Sie gesetzt haben! – Gleich morgen verlassen Sie meinen Dienst!‹

Er war wie vernichtet und schritt mit gesenktem Kopf an mir vorüber, ohne ein Wort zu erwidern. Die Kerze brannte noch auf dem Tisch und ich warf einen Blick auf das Papier, welches Brunton aus dem Schreibtisch genommen hatte. Zu meiner Überraschung enthielt es gar nichts Wichtiges, sondern war nur eine Abschrift des sogenannten ›Katechismus der Musgraves‹ mit seinen sonderbaren Fragen und Antworten, an die sich ein alter Brauch in unserer Familie knüpft, den seit Jahrhunderten jeder Musgrave bei seiner Großjährigkeit durchmachen muss. Er hat weder ein allgemeines Interesse noch irgendwelchen praktischen Nutzen außer vielleicht für den Altertumsforscher, ähnlich wie unsere Adelsschilde und Wappenbilder.‹

›Auf das Papier wollen wir lieber später zurückkommen‹, sagte ich.

›Wenn Sie es für nötig halten‹, antwortete er zögernd. – ›Ich fahre also in meinem Bericht fort: Nachdem ich den Schreibtisch, in welchem noch der Schlüssel steckte, wieder zugeschlossen hatte, wollte ich eben das Zimmer verlassen, als ich zu meiner Überraschung den Hausmeister wieder vor mir stehen sah.

›Mr Musgrave‹, sagte er, und seine Stimme klang heiser vor innerer Bewegung, ›ich kann die Schande nicht ertragen. Von jeher bin ich stolz auf meinen Stand gewesen, und die Schmach überlebe ich nicht. Sie jagen mich in den Tod, Herr, glauben Sie es mir, wenn Sie mich zur Verzweiflung treiben. Können Sie mich, nach dem, was vorgefallen ist, nicht länger im Dienst behalten, so geben Sie mir eine Kündigungsfrist und lassen Sie mich nächsten Monat fortgehen, als ob ich es freiwillig täte. Vor allen Leuten, die ich so gut kenne, fortgejagt zu werden, das könnte ich nicht ertragen.‹

›Sie verdienen durchaus keine Schonung, Brunton‹, entgegnete ich; ›ganz ehrlos haben Sie gehandelt! Doch will ich Sie nicht der öffentlichen Schande preisgeben, weil Sie so lange in unserer Familie waren. Von einem Monat kann aber keine Rede sein. Machen Sie, dass Sie in einer Woche fortkommen; welche Gründe Sie dafür angeben wollen, ist mir gleich.‹

›Nicht mehr als eine Woche, Herr?‹, rief er verzweiflungsvoll. ›Wenigstens vierzehn Tage – gewähren Sie mir vierzehn Tage!‹

›Eine Woche‹, wiederholte ich. ›Sie sind dann noch viel zu glimpflich davongekommen.‹

›Er ließ den Kopf auf die Brust sinken und schlich wie gebrochen hinaus; ich aber löschte das Licht und kehrte in mein Zimmer zurück.

Während der nächsten zwei Tage war Brunton sehr eifrig in seinem Dienst. Ich erwähnte das Vorgefallene mit keiner Silbe und wartete nicht ohne Spannung, wie er es anstellen würde, seine Schmach zu verheimlichen. Am dritten Morgen erschien er nicht wie gewöhnlich nach dem Frühstück, um meine Befehle für den Tag entgegenzunehmen. Als ich das Esszimmer verließ, traf ich zufällig das Dienstmädchen Rahel Howells. Sie war, wie gesagt, erst kürzlich von einer schweren Krankheit genesen und sah so entsetzlich bleich aus, dass ich sie schalt, weil sie sich zu früh an die Arbeit begeben hatte.

›Gehen Sie gleich zu Bett‹, sagte ich, ›und nehmen Sie Ihre Pflichten erst wieder auf, wenn Sie stark genug sind.‹

Sie sah mich mit so seltsamen Blicken an, dass ich fürchtete, ihr Verstand habe gelitten.

›Ich fühle mich stark genug, Mr Musgrave‹, versetzte sie.

›Wir wollen sehen, was der Doktor sagt. Jedenfalls arbeiten Sie jetzt nicht weiter, und wenn Sie hinuntergehen, schicken Sie Brunton zu mir, ich will ihn sprechen.‹

›Der Hausmeister ist fort‹, sagte sie.

›Fort! Wohin?‹

›Er ist fort. Niemand hat ihn gesehen. In seinem Zimmer ist er auch nicht. Jawohl, er ist fort – ganz fort.‹ Sie lehnte sich gegen die Wand, brach in ein grässliches Gelächter aus und verfiel dann in krampfhaftes Schluchzen. Entsetzt über diesen plötzlichen hysterischen Anfall, stürzte ich nach der Klingel, um Hilfe herbeizurufen. Das Mädchen wurde, noch immer schreiend und schluchzend, auf ihr Zimmer gebracht, und ich zog nun selbst Erkundigungen über Brunton ein. Kein Zweifel, er war verschwunden. Sein Bett fand man unberührt, und seit dem letzten Abend war er von niemand mehr gesehen worden. Wie er jedoch das Haus hatte verlassen können, blieb ein Rätsel, da sämtliche Fenster und Türen am Morgen noch fest verwahrt waren. Seine Kleider, seine Uhr, sogar sein Geld fand man im Zimmer vor, es fehlte nur der schwarze Anzug, den er gewöhnlich trug. Auch die Pantoffeln waren fort und die Stiefel zurückgeblieben. Kein Mensch wusste sich zu erklären, wohin der Hausmeister in jener Nacht gegangen sein könne und was aus ihm geworden sei.

Wir durchsuchten das ganze Haus und alle Nebengebäude, ohne eine Spur von ihm zu entdecken. Es ist, wie gesagt, ein förmliches Labyrinth, besonders der älteste Flügel, der jetzt fast unbewohnt daliegt; überall forschten wir nach dem Verschwundenen, aber ohne jeden Erfolg. Dass er unter Zurücklassen seines Eigentums fortgegangen sein sollte, schien mir unglaublich – und doch, wo konnte er sein? Ich wandte mich an die Ortspolizei, auch ihre Bemühung war vergeblich. Es hatte die Nacht zuvor geregnet; wir besichtigten den Rasenplatz und alle Gänge und Wege, es fanden sich aber keine Fußspuren. So standen die Dinge, als ein neues Ereignis unsere Gedanken von dem ursprünglichen Rätsel ablenkte.

Zwei Tage lang war Rahel Howells sehr krank gewesen; bald raste sie in Fieberfantasien, bald verfiel sie in einen hysterischen Zustand, sodass eine Pflegerin nachts bei ihr wachen musste. In der dritten Nacht wurde die Kranke ruhiger, und sobald die Wärterin sah, dass sie sanft schlief, nickte auch sie im Lehnstuhl ein. Als sie früh am Morgen erwachte, stand das Fenster offen, das Bett war leer und von der Kranken nirgends eine Spur. Man weckte mich sofort, und ich machte mich mit zwei Dienern auf, um nach dem Mädchen zu suchen. Die von ihr eingeschlagene Richtung war leicht zu finden, wir konnten ihre Fußtritte vom Fenster aus über den Rasen bis an den Rand des Weihers verfolgen, wo sie plötzlich dicht neben dem Kiespfad aufhörten, der aus den Anlagen führt. Der See ist an dieser Stelle über acht Fuß tief, und Sie können sich unseren Schrecken denken, als wir sahen, dass sich die Spur der armen Geisteskranken dort am Ufer verlor. Natürlich ließ ich den See gleich ausfischen, aber der Leichnam fand sich nicht. Stattdessen wurde ein höchst seltsamer Gegenstand an die Oberfläche befördert. Es war ein Leinwandsack, der einen formlosen, verbogenen Gegenstand aus verrostetem und schwarz angelaufenem Metall enthielt, nebst mehreren Kieseln oder Glasstücken von matter Farbe. Außer diesem merkwürdigen Fund hat man aus dem Weiher nichts herausgezogen. Obwohl wir nun aber seit gestern alle möglichen Erkundigungen und Nachforschungen angestellt haben, sind wir über das Schicksal von Rahel Howells und Richard Brunton vollständig im Dunkeln geblieben. Die Polizei der Grafschaft ist mit ihrem Latein zu Ende, und als letzte Hilfe habe ich Sie aufgesucht.‹

Sie können sich vorstellen, Watson, wie begierig ich auf diesen seltsamen Bericht lauschte und wie eifrig ich bemüht war, die einzelnen Teile zusammenzufügen und nach einem Faden zu suchen, der sie untereinander verbände.

Der Hausmeister war fort, das Mädchen nicht zu finden. Rahel hatte Brunton geliebt und dann Grund gehabt, ihn zu hassen. Sie war feurig und leidenschaftlich und befand sich unmittelbar nach seinem Verschwinden in der schrecklichsten Aufregung. Der Sack mit dem sonderbaren Inhalt war von ihr in den See geworfen worden. – Alle diese Einzelheiten mussten wohl in Betracht gezogen werden, aber durch keine derselben kam man der Sache auf den Grund. Von welchem Punkt war die Verwicklung ausgegangen? Wo steckte das Ende des verwirrten Knäuels? –

›Ich muss jenes Papier sehen, Musgrave‹, sagte ich, ›das Ihr Hausmeister, selbst auf die Gefahr hin, seine Stellung zu verlieren, sich verschafft hat.‹

›Dieser sogenannte Katechismus unserer Familie ist ein höchst abgeschmacktes Schriftstück‹, erwiderte er, ›das keinen anderen Wert hat als sein hohes Alter. Ich habe eine Abschrift bei mir, wenn Sie einmal einen Blick darauf werfen wollen.‹

Er händigte mir dies Blatt ein, das Sie hier vor sich sehen, Watson; die sonderbaren Fragen und Antworten, die jeder Musgrave hersagen musste, sobald er volljährig war, lauteten:

> Wem gehörte sie?
> Dem, der nicht mehr ist.
> Wer soll sie haben?
> Der, welcher kommt.
> Welcher Monat war es?
> Der sechste vom ersten.
> Wo war die Sonne?
> Über der Eiche.

Wo war der Schatten?
Unter der Ulme.
Wie maß man ihn aus?

Nach Norden zehn und zehn, nach Osten fünf und fünf, nach Süden zwei und zwei, nach Westen eins und eins und darunter.

Was sollen wir dafür geben?
All unser Gut.
Weshalb geben wir es hin?
Weil uns das Pfand vertraut ward.‹

›Das Original trägt kein Datum, aber der Schreibweise nach muss es aus der Mitte des siebzehnten Jahrhunderts stammen‹, bemerkte Musgrave. ›Ich fürchte jedoch, es wird Ihnen zur Lösung jenes Rätsels kaum behilflich sein können.‹

›Es enthält jedenfalls ein zweites Geheimnis‹, sagte ich, ›das mir noch weit interessanter zu sein scheint als das erste. Möglich, dass uns auch dieses klar wird, sobald wir jenes gelöst haben. – Nichts für ungut, Musgrave, aber Ihr Hausmeister muss ein sehr kluger Mann gewesen sein, wenigstens hat er mehr Scharfsinn bewiesen als zehn Generationen seiner Herren.‹

›Ich verstehe Sie nicht recht‹, meinte Musgrave, ›das Papier scheint mir doch keinerlei praktischen Zweck zu haben.‹

›Das möchte ich bestreiten, mir scheint es ein Dokument von ungewöhnlicher Wichtigkeit, und Brunton war ohne Zweifel derselben Ansicht. Vermutlich hat er es schon früher gesehen als in jener Nacht, da Sie ihn ertappten.‹

›Wohl möglich; wir gaben uns keine Mühe, es zu verbergen.‹

›Er wollte sich bei jener letzten Gelegenheit nur noch einmal alles ins Gedächtnis zurückrufen, wie mir scheint. – Sie erwähnten ja auch eine Art Karte oder einen Plan, den er bei Ihrem Erscheinen in die Tasche steckte, nicht wahr?‹

›Ganz recht. Aber was ging denn Brunton unser alter Familienbrauch an, und was soll das Kauderwelsch überhaupt bedeuten?‹

›Das würde man wohl ohne allzu große Schwierigkeit herausfinden können‹, sagte ich. ›Wenn Sie nichts dagegen haben, fahren wir mit dem ersten Zug zusammen nach Sussex, um die Sache an Ort und Stelle etwas genauer zu untersuchen.‹

Noch am selben Nachmittag trafen wir in Hurlstone ein. Vielleicht haben Sie einmal eine Abbildung des berühmten alten Schlosses gesehen oder eine Beschreibung davon gelesen. Ich erwähne nur, dass es in Form eines lateinischen L gebaut ist; der lange Arm ist der neuere Teil, während der kürzere den alten Bau als Flügel darstellt, an den das andere angebaut wurde. Über dem niedrigen, schweren Türgerüst in der Mitte des Flügels ist die Jahreszahl 1607 eingemeißelt, aber alle Sachverständigen stimmen darin überein, dass Balken und Mauerwerk in Wirklichkeit bedeutend älter sind. Die furchtbar dicken Wände und die winzigen Fenster des alten Schlosses veranlassten die Familie im letzten Jahrhundert den Neubau zu unternehmen; der alte Flügel wurde überhaupt nur noch als Vorratshaus und Keller benutzt. Ein prachtvoller Park mit herrlichen alten Bäumen umgab das Haus; der Weiher, von dem mein Klient gesprochen hatte, lag dicht an der breiten Allee, etwa zweihundert Meter vom Wohngebäude.

Ich war bereits fest überzeugt, Watson, dass die drei Rätsel im Grunde nur ein einziges waren und wir bloß den Musgrave-Katechismus richtig zu verstehen brauchten, um Aufschluss darüber zu erhalten, was aus Rahel Howells und dem verschwundenen Hausmeister geworden sei. – So wandte ich denn meine ganze Aufmerksamkeit dem seltsamen Schriftstück zu. Warum lag wohl dem langjährigen Diener der Familie so viel daran, die alte Formel zu untersuchen? Offenbar, weil er etwas darin sah, was allen Gliedern dieses Adelsgeschlechts seit Jahrhunderten entgangen war und wovon er sich einen persönlichen Vorteil versprach. Was konnte das sein und welchen Einfluss hatte es auf sein Geschick gehabt?

Beim Lesen des Katechismus war mir gleich klar geworden, dass die angegebenen Maße sich auf einen Platz beziehen müssten, auf den der übrige Inhalt der Urkunde hinwies. Ließ sich dieser Platz finden, so kam man vielleicht dem Geheimnis auf die Spur, welches die alten Musgraves auf so absonderliche Art verewigt hatten. Zwei Wegweiser halfen uns von Anbeginn der Untersuchung – eine Eiche und eine Ulme. In Bezug auf die Eiche war kein Zweifel möglich. Gerade dem Haus gegenüber, links von der Allee, erhob sich ein wahrer Patriarch unter den Bäumen, die herrlichste Eiche, die ich je gesehen habe.

›Sie wuchs gewiss schon hier, als der Katechismus aufgesetzt wurde‹, äußerte ich im Vorbeifahren.

›Vermutlich schon vor der Eroberung Englands durch die Normannen‹, versetzte mein Klient, ›der Baum hat einen Umfang von 23 Fuß.‹

Das war ein fester Punkt, von dem ich ausgehen konnte.

›Haben Sie auch ebenso alte Ulmen?‹, fragte ich.

›Eine uralte Ulme stand dort drüben, aber vor zehn Jahren wurde sie vom Blitz getroffen, und man hat den Stumpf abgehauen.‹

›Kann man die Stelle noch sehen?‹

›Jawohl.‹

›Andere Ulmen gibt es nicht?‹

›Nein, aber eine Menge Buchen.‹

›Bitte zeigen Sie mir den Standort jener Ulme.‹

Wir fuhren in unserem leichten Jagdwagen am Schloss vor, und Musgrave ging mit mir zum Platz auf dem Rasen, wo die Ulme früher gestanden hatte; es war halbwegs zwischen dem Haus und der Eiche. Meine Untersuchung machte entschiedene Fortschritte.

›Wäre es wohl möglich, herauszufinden, wie hoch die Ulme gewesen ist?‹, fragte ich.

›Das kann ich Ihnen gleich sagen. Sie war 64 Fuß hoch.‹

›Woher wissen Sie das?‹, fragte ich erstaunt.

Mein alter Lehrer ließ mich bei den Aufgaben in der Trigonometrie immer Höhenmessungen anstellen. Als Knabe habe ich die Höhe eines jeden Baumes und sämtlicher Gebäude auf dem Gut ausgerechnet.‹

Dies war ein unerwarteter Glücksfall. Ich hatte kaum gehofft, die Tatsachen so rasch ermitteln zu können.

›Bitte sagen Sie mir, ob der Hausmeister je eine derartige Frage an Sie gestellt hat.‹

Musgrave sah mich verwundert an, ›Nun da Sie mich daran erinnern, fällt mir ein, dass Brunton mich wirklich vor einigen Monaten nach der Höhe jenes Baumes befragt hat; er hatte sich mit dem Stallknecht darüber gestritten.‹

Dies war mir eine willkommene Nachricht, Watson, ein Beweis, dass ich den rechten Weg gefunden hatte. Ich blickte nach der Sonne, die schon tief am Himmel stand, und berechnete, dass sie in etwa einer Stunde gerade die höchsten Äste der alten Eiche treffen würde. Eine Bedingung im Katechismus war dann erfüllt. Mit dem Schatten der Ulme musste das äußerste Ende des Schattens gemeint sein, sonst hätte man den Stamm als Richtschnur genommen. Es galt demnach herauszufinden, bis wohin der Schatten fallen würde, sobald die Sonne die Eiche berührte.«

»Das muss recht schwierig gewesen sein, Holmes; die Ulme war ja nicht mehr da.«

»Hatte Brunton es zu Wege gebracht, so musste es mir auch gelingen. In Wirklichkeit war es leichter, als es den Anschein hat. Ich ging mit Musgrave in sein Studierzimmer, schnitzte mir den Holzpflock, den Sie hier sehen, und knüpfte diesen langen Strick daran fest, bei dem ich jeden Meter durch einen Knoten bezeichnete. Dann band ich zwei Angelruten aneinander, deren Länge genau sechs Fuß betrug, und ging mit meinem Klienten wieder an die Stelle, wo die Ulme gestanden hatte. Die Sonne streifte eben die höchsten Wipfel der Eiche. Ich steckte die Angelrute aufrecht in den Boden, sah, wohin ihr Schatten fiel, und maß ihn ab. Er war gerade neun Fuß lang.

Natürlich ließ sich die Rechnung jetzt leicht machen. Wenn eine Rute von sechs Fuß einen neun Fuß langen Schatten warf, so musste ein 64 Fuß hoher Baum einen 96 Fuß langen Schatten werfen, und die Richtung beider konnte nur die gleiche sein. Ich maß die Strecke aus, kam dabei fast bis an die Mauer des Hauses und steckte meinen Holzpflock dort fest. Nun stellen Sie sich mein Entzücken vor, Watson, als ich kaum zwei Zoll von meinem Pflock entfernt eine trichterförmige Vertiefung im Boden bemerkte. Es war das Zeichen, welches sich Brunton bei seinen Messungen gemacht hatte. Also war ich noch immer auf seiner Fährte.

Von diesem Ausgangspunkt begann ich nun die Maße abzuschreiten, nachdem ich zuerst mit meinem Taschenkompass die Himmelsrichtungen festgestellt hatte. Zehn Schritte mit jedem Fuß führten mich längs der Hausmauer hin, und ich bezeichnete den Punkt wieder durch einen Pflock. Nun tat ich genau je fünf Schritte nach Osten und je zwei nach Süden. Dadurch gelangte ich bis dicht an die Schwelle der alten Tür. Die zwei Schritte nach Westen musste ich auf den Steinfliesen des Hausflurs machen, und damit hatte ich die im Katechismus bezeichnete Stelle erreicht.

Hier stand ich; aber wie groß meine Enttäuschung war, lässt sich nicht beschreiben, Watson. Im ersten Augenblick war ich fest überzeugt, dass ich mich bei meiner Berechnung gründlich geirrt haben müsse. Die untergehende Sonne schien hell in den Hausflur hinein, und ich sah, dass das alte ausgetretene graue Steinpflaster fest zusammengekittet und sicherlich seit langen Jahren nicht aufgerissen worden war. Brunton hatte hier nicht nachgegraben. Ich klopfte auf den Boden, aber es klang überall gleich, auch zeigte sich nirgends ein Riss oder eine Spalte. Zum Glück hatte aber jetzt auch Musgrave angefangen, die Bedeutung meiner Forschungen einzusehen, und seine Erregung war ebenso groß wie die meinige. Er holte das Papier heraus, um noch einmal alles nachzurechnen.

›Und darunter‹, rief er, ›und darunter – das haben Sie fortgelassen!‹

Ich hatte gedacht, man sollte ein Loch graben, aber jetzt sah ich plötzlich meinen Irrtum ein.

›Es ist also ein Keller darunter?‹, rief ich.

›Freilich; er ist ebenso alt wie das Gebäude; durch die Tür dort geht's hinab.‹

Wir stiegen eine Wendeltreppe hinunter; mein Gefährte strich ein Zündholz an und machte Licht in einer großen Laterne, die auf einem Fass in der Ecke stand. Sofort war uns beiden klar, dass wir den richtigen Platz entdeckt hatten, den auch vor uns schon andere Leute kürzlich besucht haben mussten.

Der Keller war als Holzstall benutzt worden, aber die Scheite, die offenbar zuvor verstreut auf dem Boden umhergelegen hatten, waren jetzt an beiden Seiten aufgeschichtet, sodass der mittlere Raum frei blieb. Unser Blick fiel auf eine große schwere Steinplatte, mit einem verrosteten Eisenring in der Mitte, an welchem ein wollenes kariertes Halstuch festgebunden war.

›Das ist ja Bruntons Tuch‹, rief mein Klient, ›ich habe es ihn tragen sehen, das kann ich beschwören. Was hat der Schurke hier unten vorgehabt?‹

Auf meinen Vorschlag wurden ein paar Leute von der Ortspolizei herbeigerufen, und dann versuchte ich, die Steinplatte mithilfe des Halstuchs in die Höhe zu ziehen. Ich konnte sie nur wenig von der Stelle bewegen, erst als einer der Polizisten mir seinen Beistand lieh, gelang es uns mit vereinten Kräften, sie fortzuschieben. Ein schwarzes Loch gähnte zu unseren Füßen, und als Musgrave mit der Laterne hinunterleuchtete, sahen wir eine etwa sieben Fuß tiefe Kammer, die ungefähr fünf Fuß im Geviert maß. Auf einer Seite stand ein flacher, eisenbeschlagener Holzkoffer, an dessen zurückgeschlagenem Deckel ein seltsam geformter altmodischer Schlüssel steckte. Eine dicke Staubschicht lag darauf, und von dem Gewürm und der Feuchtigkeit war das Holz so zerfressen und verfault, dass sich drinnen Schwämme und Pilze in Menge angesiedelt hatten. Verschiedene runde Metallstücke – vermutlich alte Münzen, wie ich hier einige habe – lagen auf dem Boden des Koffers verstreut; etwas anderes enthielt er nicht.

In jenem Augenblick dachten wir jedoch nicht an den alten Koffer, wir starrten nur auf die Gestalt, die davor kauerte. Es war ein Mann in schwarzem Anzug, der die Arme nach beiden Seiten ausstreckend, mit dem Kopf auf dem Rand des Koffers lag. In dieser Stellung war ihm alles stockende Blut ins Gesicht getreten, und das verzerrte blaurote Antlitz war ganz unkenntlich; doch seine Größe, sein Haar und sein Anzug genügten, um meinem Klienten den Beweis zu liefern, dass es der verschwundene Hausmeister war. Wir zogen ihn herauf; er war schon seit mehreren Tagen eine Leiche, aber es fand sich keine Wunde oder sonstige Verletzung an seiner Person, die auf ein gewaltsames Ende schließen ließ. Als man den Leichnam zum Keller hinausgeschafft hatte, standen wir abermals einem schauerlichen Rätsel gegenüber.

Ich muss gestehen, dass ich dies Ergebnis meiner Forschung als eine schwere Enttäuschung empfand. Nach meiner Berechnung sollte das Problem gelöst sein, sobald ich den Ort gefunden hatte, auf den der Katechismus hinwies; aber jetzt war ich anscheinend noch ebenso weit davon entfernt, zu ergründen, was wohl die alten Musgraves mit so außerordentlicher Vorsicht hier verbergen wollten. Zwar den unglücklichen Brunton hatte ich aufgefunden, doch galt es noch, sein Geschick zu enträtseln und zu ermitteln, welche Rolle das verschwundene Mädchen dabei gespielt hatte.

Ich setzte mich auf ein Fass, das im Winkel stand, und überlegte die Sache aufs Gründlichste. Sie kennen meine Methoden, Watson. Ich suche mich an die Stelle des Menschen zu versetzen, um den es sich handelt und einen Maßstab für seine geistigen Fähigkeiten zu gewinnen; dann frage ich mich, was ich selbst unter den obwaltenden Umständen getan haben würde. Dass ich auf Bruntons scharfen Verstand zählen konnte, erleichterte mir die Sache wesentlich; ich brauchte nun nur von meinem eigenen Standpunkt auszugehen. Er wusste, es war etwas Wertvolles verborgen; den Ort hatte er entdeckt, aber der Stein, der ihn verschloss, war zu schwer, als dass ein Mann ihn allein aufheben konnte. Was war nun zu tun? Sollte er sich Hilfe von außen verschaffen? – Selbst wenn diese noch so zuverlässig war, hätte er doch die Türen aufschließen müssen, und das würde leicht zu einer Entdeckung geführt haben. Weit besser war es, wenn ihm ein Bewohner des Hauses Beistand leistete. Aber wen konnte er darum angehen? – Das Mädchen war ihm treu ergeben gewesen. Nun vermag ein Mann sich aber nur schwer vorzustellen, dass er die Liebe eines Weibes unwiederbringlich verloren haben soll und wenn er es noch so schlecht behandelt hat. Er beschloss, der Rahel Howells ein paar Aufmerksamkeiten zu erweisen, sich mit ihr zu versöhnen und sie zu bestimmen, ihn bei seinem Vorhaben zu unterstützen. Sie gingen zur Nachtzeit miteinander in den Keller, und ihrer vereinten Anstrengung gelang es, die Steinplatte abzuheben. So weit konnte ich ihnen folgen, als hätte ich ihr Tun selbst mit angesehen.

Für zwei Leute, einen Mann und ein Mädchen, musste es eine schwere Arbeit gewesen sein, den Stein fortzuschaffen; wir hatten uns dabei sehr anstrengen müssen, ich und der starke Polizist. Womit konnten sie sich helfen? – Was ich an ihrer Stelle getan hätte, wusste ich wohl. Ich stand auf und untersuchte die Holzstücke, die auf dem Boden umherlagen. Bald fand ich, was ich erwartete. Ein etwa drei Fuß langes Holzscheit war an einem Ende zusammengepresst und mehrere waren plattgedrückt, als habe eine bedeutende Last darauf gelegen. Offenbar hatten sie den Stein verschoben und die Holzstücke in den Spalt gesteckt, bis sie endlich, sobald die Öffnung groß genug war, um durchzukriechen, das Scheite der Länge nach dazwischen geklemmt hatten, damit sich das Loch nicht schließen könne. Bis dahin ging ich noch sicher in meinen Folgerungen.

Aber wie sollte ich mir nun den Fortgang des nächtlichen Trauerspiels denken? Natürlich konnte nur einer in das Loch hinuntersteigen, und das war Brunton. Das Mädchen musste oben gewartet haben. Brunton schloss den Koffer auf, reichte den Inhalt vermutlich seiner Helfershelferin – und was geschah dann?

War das glimmende Feuer der Rachsucht plötzlich in der leidenschaftlichen Waliserin entflammt, als sie den Mann in ihrer Gewalt sah, der sie betrogen und ihr vielleicht ein größeres Unrecht angetan hatte, als wir ahnten? – War das Scheit aus Zufall abgerutscht, sodass die Steinplatte niederfiel und dadurch Brunton sein schauerliches Grab bereitete? Hatte Rahel nur durch ihr Schweigen seinen Tod verschuldet? Oder hatte sie durch einen plötzlichen Stoß mit eigener Hand die Stütze fortgeschleudert, sodass die Platte von selbst zufiel? Wie es sich auch zugetragen – mir war, als sähe ich die Gestalt in wilder Hast die Treppe hinauf entfliehen, während ihre Hände den geraubten Schatz umklammert hielten. In den Ohren gellte ihr fort und fort das dumpfe Angstgeschrei, das ihr treuloser Geliebter ihr nachschickte; sie hörte ihn wie wahnsinnig mit aller Kraft gegen die Steinplatte hämmern, die ihn abschloss von Luft und Leben.

Deshalb ihr totenbleiches Gesicht, ihre zerrütteten Nerven, ihr hysterisches Gelächter am nächsten Morgen. – Aber was war in dem Kasten gewesen? Was hatte sie damit getan? – Es konnte nichts anderes sein, als das alte Metall und die Kiesel, die mein Klient aus dem Weiher aufgefischt hatte. Sie musste den Leinwandsack bei der ersten Gelegenheit hineingeworfen haben, um die letzte Spur ihres Verbrechens zu tilgen.

Wohl zwanzig Minuten lang hatte ich regungslos dagesessen. Musgrave stand noch immer mit bleicher Miene vor mir, schwang die Laterne hin und her und starrte in das Loch hinunter.

›Das sind Münzen aus Karls I. Zeit‹, sagte er, mir einige der Metallstücke hinhaltend, die im Koffer zurückgeblieben waren. ›Sie sehen, dass wir die Entstehungszeit des Katechismus ganz richtig angegeben haben.‹

›Vielleicht findet sich noch etwas anderes, das Karl I. angehört‹, rief ich, als mir die Bedeutung der beiden Fragen des Katechismus plötzlich aufdämmerte. ›Lassen Sie mich den Inhalt des Sackes sehen, den Sie aus dem See herausgeholt haben.‹

Wir begaben uns in sein Studierzimmer, und dort zeigte er mir die einzelnen Stücke. Dass er ihnen keine Wichtigkeit beigelegt hatte, begriff ich wohl, als ich einen Blick darauf warf; das Metall war fast schwarz und die Steine matt und glanzlos. Ich rieb jedoch einen derselben auf meinem Ärmel, und er strahlte wie ein Feuerfunke in meiner halb geschlossenen Hand. Das Metall hatte die Form eines doppelten Ringes, war aber ganz krumm und verbogen, sodass sich nicht mehr erkennen ließ, was es ursprünglich gewesen sein mochte.

›Wir dürfen nicht vergessen‹, sagte ich, ›dass die Partei der Königstreuen sich selbst nach Karls Tod noch eine Zeitlang in England behauptet hat und dass sie schließlich bei ihrer Flucht manche von ihren größten Kostbarkeiten vergraben und zurücklassen mussten, um sie nach ihrer Rückkehr unter friedlicheren Verhältnissen wieder in Besitz zu nehmen.‹

›Mein Urahne, Sir Ralph Musgrave, war einer der angesehensten Kavaliere und die rechte Hand Karls II. während seiner Irrfahrten in der Fremde‹, sagte mein Klient.

›Wirklich? – Nun, dann hätten wir ja das Glied, das uns noch gefehlt hat. Ich muss Ihnen Glück wünschen, dass Sie – freilich auf tragische Art – in Besitz eines Schatzes gekommen sind, der, außer seinem großen wirklichen Wert, noch als geschichtliche Merkwürdigkeit eine ganz besondere Bedeutung hat.‹

›Was ist es denn?‹, stieß er verwundert heraus.

›Nichts Geringeres als die alte Krone von England.‹

›Die Krone?‹

›Jawohl. Sie wissen ja, wie es in dem Katechismus heißt – wie lauten doch die Worte? – ›Wem gehörte sie?‹ ›Dem, der nicht mehr ist.‹ Das war nach Karls Hinrichtung. – ›Wer soll sie haben?‹ ›Der, welcher kommt.‹ Das deutet auf Karl II., dessen Thronbesteigung man schon voraussah. Es ist wohl außer Zweifel, dass dies formlose und zerbrochene Diadem einst die Stirn der königlichen Stuarts geschmückt hat.

›Und wie kam es in den Weiher?‹

›Das ist eine Frage, die nicht so schnell zu beantworten ist‹, erwiderte ich und legte ihm dann die lange Reihenfolge von Beweisen und Vermutungen vor, die sich mir aufgedrängt hatten. Die Dämmerung brach herein, und der Mond glänzte hell am Himmel, bevor ich mit meinem Bericht zu Ende war.

›Wie kam es aber, dass Karl bei seiner Rückkehr die Krone doch nicht erhielt?‹, fragte Musgrave und steckte das Kleinod wieder in den Leinensack.

›Dies ist der einzige Punkt, der wahrscheinlich immer unaufgeklärt bleiben wird. Vermutlich war der Musgrave, der um das Geheimnis wusste, in der Zwischenzeit gestorben und hatte seinen Nachkommen die schriftliche Anweisung hinterlassen, welcher er jedoch aus irgendeinem Grund keine Erläuterung beigefügt hat. Von diesem Tag an ist das Schriftstück von Vater auf Sohn vererbt worden, bis es endlich einem Mann in die Hände fiel, der seine rätselhafte Bedeutung zu entziffern verstand, und als er den Schatz heben wollte, das Wagnis mit seinem Leben büßen musste.‹ –

Das ist die Geschichte von dem Katechismus der Musgraves, Watson. Die Krone wird noch in Hurlstone aufbewahrt, doch hat man der Familie bei Gericht Schwierigkeiten gemacht, und sie musste eine bedeutende Summe zahlen, bevor man ihr gestattete, das Kleinod zu behalten. Wenn Sie einmal dort in die Gegend kommen und sich auf mich berufen wollen, wird man Ihnen die alte Krone mit Vergnügen zeigen. – Von dem Weib hat man nichts wieder gehört; sie ist, aller Wahrscheinlichkeit nach, in irgendein überseeisches Land entflohen und hat die Erinnerung an ihr Verbrechen mitgenommen.«

Die Gutsherren von Reigate

Im Frühling 1887 hatte mein Freund Sherlock Holmes derartige Anstrengungen durchgemacht, dass es geraumer Zeit bedurfte, ehe er wieder zu Kräften kommen konnte. Es handelte sich damals um die Riesenpläne des Barons Maupertuis und die verwickelte Angelegenheit der Holland-Sumatra-Gesellschaft, bei der jedoch politische und finanzielle Rücksichten eine zu bedeutende Rolle spielten, als dass sie sich zur Aufnahme in diese Sammlung eignete.

Die Umstände brachten es aber mit sich, dass Holmes infolgedessen mit einem eigentümlichen Problem in Berührung kam, das ihm Gelegenheit gab, im Kampf gegen das Verbrechen, den er sich zur Lebensaufgabe gemacht hatte, eine ganz neue Waffe in Anwendung zu bringen.

Es war, wie ich aus meinem Notizbuch weiß, am 14. April, als ich durch eine Depesche aus Lyon die Nachricht erhielt, Holmes liege im Hotel Dulong krank danieder. Ich reiste sofort ab und stand schon vierundzwanzig Stunden später an seinem Lager, wo ich mich glücklicherweise sogleich überzeugen konnte, dass die Symptome der Krankheit nicht allzu gefährlich waren. Selbst seine eiserne Konstitution vermochte die Last nicht auszuhalten, die er sich seit Monaten aufbürdete. Während dieser Zeit hatte er seine Nachforschungen unablässig betrieben, täglich mindestens fünfzehn Stunden gearbeitet und sich oft, wie er mir versicherte, fünf Tage hintereinander ausschließlich der ihm gestellten Aufgabe gewidmet. Der großartige Erfolg seiner Bemühungen konnte die Folgen einer so furchtbaren Überanstrengung nicht von ihm abwenden; während ganz Europa vom Ruhm seines Namens widerhallte und er von allen Seiten mit Dankschreiben und Glückwunschdepeschen überschüttet wurde, fand ich ihn in einem Zustand tiefster Niedergeschlagenheit. Was die Polizei dreier Länder vergebens versuchte, war ihm gelungen – er hatte dem vollendetsten Schwindler von ganz Europa in die Karten gesehen und ihm das Handwerk gelegt; aber nicht einmal dies Bewusstsein vermochte ihn aus seiner völligen Erschlaffung aufzurütteln.

Schon nach drei Tagen langten wir zusammen wieder in der Baker Street an, aber bald stellte sich heraus, dass Holmes dringend eine Luftveränderung brauchte, und auch für mich hatte der Gedanke, eine Woche im Frühling auf dem Land zuzubringen, großen Reiz.

Mein alter Freund, Oberst Hayter, dem ich in Afghanistan ärztlichen Beistand geleistet, wohnte seit einiger Zeit in der Nähe von Reigate in Surrey und forderte mich wiederholt auf, ihn doch einmal in seinem Landhaus zu besuchen. Noch kürzlich hatte er geäußert, er würde auch meinen Freund, falls er mich begleiten wollte, sehr gern als Gast bei sich empfangen. Es bedurfte zuerst einiger Überredungskünste, aber als Holmes erfuhr, es sei eine Junggesellenwirtschaft und er könne dort völlige Freiheit haben, ging er auf meine Pläne ein. Etwa eine Woche nach unserer Rückkehr aus Lyon befanden wir uns bereits unter Hayters gastlichem Dach. Der Oberst war ein wackerer alter Krieger, der viel von der Welt gesehen hatte, und meine Erwartung, dass Holmes und er allerlei gemeinsame Anknüpfungspunkte finden würden, ging rasch in Erfüllung.

Am Abend unserer Ankunft saßen wir nach Tisch in des Obersten Bibliothek. Holmes lag auf dem Sofa ausgestreckt, während ich mit Hayter die Waffensammlung in seinem Gewehrschrank musterte.

»Es wird gut sein«, sagte er plötzlich, »wenn ich eine von diesen Pistolen mit in mein Schlafzimmer hinaufnehme, zum Schutz gegen einen etwaigen Überfall.«

»Einen Überfall?«

»Ja, wir sind kürzlich hier in nicht geringe Aufregung versetzt worden. Bei dem alten Acton, einem der größten Grundbesitzer der Grafschaft, hat man letzten Montag eingebrochen. Vielen Schaden haben die Diebe nicht angerichtet, aber die Polizei ist ihrer noch nicht habhaft geworden.«

»Hat man keinen Verdacht?«, fragte Holmes mit bedeutsamem Augenzwinkern.

»Bis jetzt nicht«, versetzte der Oberst. »Die Sache ist zu geringfügig und verdient Ihre Aufmerksamkeit nicht, Mr Holmes, nach dem großen internationalen Werk, das Sie vollbracht haben. Es handelt sich nur um ein ganz gewöhnliches Verbrechen.«

»Oh, bitte sehr«, sagte Holmes bescheiden, und doch freute ihn die Anerkennung, denn er lächelte befriedigt. »Hat denn der Fall gar kein besonderes Interesse?«

»Ich glaube kaum. Die Diebe durchsuchten die Bibliothek, fanden aber wenig, was sich der Mühe verlohnte. Sie haben das Unterste zuoberst gekehrt, sämtliche Schubladen aufgebrochen und die Schränke durchwühlt, schließlich aber nur einen Band von Popes Homer, zwei plattierte Leuchter, einen elfenbeinernen Briefbeschwerer, ein kleines in Holz gefasstes Barometer und eine Rolle Bindfaden mitgenommen.«

»Was für eine merkwürdige Auswahl!«, rief ich.

»Die Kerle haben offenbar das erste Beste zusammengerafft, was ihnen unter die Hände kam.«

Holmes brummte etwas aus dem Sofa vor sich hin.

»Die Polizei sollte sich das als Fingerzeig dienen lassen«, sagte er dann. »Es ist doch ganz klar, dass …«

Doch schon hob ich warnend die Hand in die Höhe. »Sie sind hier, um sich auszuruhen, alter Junge. Lassen Sie sich nur um Gottes willen in keine neue Untersuchung ein, solange Ihre Nerven noch ganz zerrüttet sind.«

Holmes warf dem Oberst einen drolligen entsagungsvollen Blick zu und zuckte die Achseln, worauf sich die Unterhaltung wieder in minder gefährlichen Bahnen bewegte.

Es war indessen vom Schicksal bestimmt, dass alle ärztliche Vorsicht vergebens sein sollte. Schon am nächsten Morgen drängte sich uns das Problem von selbst auf, und wir konnten es nicht länger unberücksichtigt lassen. Unser Landaufenthalt erhielt dadurch eine Bedeutung, die kein Mensch vorausgesehen hätte.

Wir saßen noch beim Frühstück, als des Obersten Hausmeister mit Hintansetzung jeder Förmlichkeit ins Zimmer gestürzt kam.

»Haben Sie's schon gehört, Herr«, stieß er keuchend heraus, »was bei den Cunninghams geschehen ist?«

»Wieder ein Einbruch?«, rief der Oberst und hielt seine Kaffeetasse, die er eben zum Mund führen wollte, unbeweglich in der Luft.

»Nein, ein Mord.«

»Wahrhaftig? – Wer ist denn tot – der Friedensrichter oder sein Sohn?«

»Keiner von beiden, sondern William, der Kutscher. Mitten durchs Herz geschossen – konnte keinen Laut mehr von sich geben.«

»Wer hat ihn denn erschossen?«

»Der Einbrecher. Er floh wie ein Pfeil davon und ist entkommen. William kam gerade dazu, als der Kerl das Vorratskammerfenster eindrückte. Während er seines Herrn Eigentum rettete, fand er selbst den Tod.«

»Wann war das?«

»Letzte Nacht, Herr, gegen zwölf Uhr.«

»Wir werden gleich nachher hinübergehen, um uns näher danach zu erkundigen«, sagte der Oberst und frühstückte gelassen weiter. »Eine abscheuliche Geschichte«, fuhr er fort, als der Hausmeister sich entfernt hatte. »Der alte Cunningham ist ein recht braver Mann und der angesehenste Gutsbesitzer von Reigate. Er wird sich die Sache schrecklich zu Herzen nehmen, denn der Kutscher ist seit Jahren in seinem Dienst und hat sich immer gut gehalten. Offenbar waren es dieselben Schurken, die bei Acton eingebrochen sind.«

»Wo sie die merkwürdige Auswahl von Gegenständen gestohlen haben?«, sagte Holmes nachdenklich.

»Jawohl.«

»Hm! Möglich, dass es die einfachste Sache von der Welt ist – aber auf den ersten Blick scheint es doch sonderbar, meinen Sie nicht auch? – Diebe, die in Landhäusern einbrechen, pflegen sonst den Schauplatz ihrer Taten zu verändern und nicht innerhalb weniger Tage bei zwei Nachbarn einen Besuch abzustatten. Als Sie gestern Abend von Vorsichtsmaßregeln sprachen, fuhr mir der Gedanke durch den Kopf, dass dieser Bezirk für den Augenblick wahrscheinlich so sicher vor den Räubern sei wie kein anderer. Ein Beweis, dass ich noch immer viel zu lernen habe.«

»Vermutlich ist der Dieb ein Ortsangehöriger«, sagte der Oberst. »Das erklärt auch, warum er sich gerade Acton und Cunningham ausgesucht hat, die beiden größten Grundbesitzer der Gegend.«

»Auch die reichsten?«

»Von Haus aus ja; aber sie haben jahrelang miteinander im Prozess gelegen und sind dabei tüchtig geschröpft worden. Der alte Acton erhebt Ansprüche auf Cunninghams halbes Gut, und die Advokaten haben mit beiden Händen zugegriffen.«

»Wenn der Dieb von hier ist, wird man ihn ohne Schwierigkeit fangen können«, äußerte Holmes und gähnte dazu. »Ich weiß schon, was Sie sagen wollen, Watson; aber seien Sie nur ruhig, ich mische mich nicht hinein.«

In diesem Augenblick riss der Hausmeister die Tür auf: »Polizeiinspektor Forcester!«, meldete er.

Der Beamte, ein junger Mann mit klugem, durchdringendem Blick, trat rasch ein. »Guten Morgen, Herr Oberst«, sagte er, »entschuldigen Sie, wenn ich störe. Mir wurde gesagt, Mr Holmes aus der Baker Street sei hier.«

Der Oberst machte eine Handbewegung nach meinem Freund hin, und Forcester verbeugte sich.

»Wir glaubten, Sie würden es vielleicht der Mühe wert erachten, mit hinüberzukommen.«

»Das Schicksal erklärt sich gegen Sie, Watson«, sagte Holmes lachend. »Wir sprachen gerade von der Angelegenheit, als Sie kamen, Herr Inspektor. Vielleicht berichten Sie uns noch einige Einzelheiten.«

Die Art, wie er sich bei diesen Worten in den Stuhl zurücklehnte, war mir wohlbekannt. Ich sah ein, dass jeder Widerspruch nutzlos sein würde und ich der Sache ihren Lauf lassen müsse.

»Der Einbruch bei Acton ist ganz unaufgeklärt geblieben. Aber diesmal fehlt es uns nicht an Anhaltspunkten, und es handelt sich ohne Zweifel um den nämlichen Verbrecher. Der Mann ist gesehen worden.«

»Wirklich!«

»Ja, gewiss. Aber nachdem er den Schuss abgegeben hatte, der den armen William Kirwan das Leben kostete, ist er entflohen wie ein gehetztes Wild. Mr Cunningham sah ihn aus dem oberen Schlafstubenfenster und sein Sohn Alec vom Hausflur aus. Um drei Viertel zwölf ist der Lärm entstanden. Der alte Cunningham war gerade zu Bett gegangen, und Mr Alec saß im Schlafrock da und rauchte noch eine Pfeife. Beide hörten den Kutscher William nach Hilfe rufen; Mr Alec lief hinunter, um zu sehen, was es gäbe. Die Hintertür stand offen, und als er am Fuß der Treppe war, sah er draußen zwei Männer, die miteinander rangen. Da fiel ein Schuss, der eine Mann sank zu Boden, der Mörder aber stürzte durch den Garten und sprang über die Hecke. Cunningham sah noch vom Fenster aus, wie der Kerl die Landstraße erreichte, dann verlor er ihn aus dem Gesicht. Mr Alec blieb bei dem Sterbenden, um zu versuchen, ob noch Hilfe möglich sei, und so hatte der Bösewicht Zeit, zu entkommen. Wir wissen nur, dass es ein mittelgroßer Mann war, der einen dunkeln Anzug trug. Von seinem Äußeren ist sonst nichts bekannt; doch wird eifrig nach ihm gefahndet, und wenn er nach auswärts geflohen ist, werden wir ihn bald haben.«

»Wie kam jener William dorthin? Hat er vor seinem Tod nichts ausgesagt?«

»Kein Wort. Er wohnte mit seiner Mutter im Pförtnerhäuschen und war dem Herrn treu ergeben; wir glauben, er habe noch einmal nachsehen wollen, ob alles im Haus auch sicher und wohlverwahrt sei. Seit dem Einbruch bei Acton war jedermann stets auf seiner Hut. Der Räuber muss gerade die Tür erbrochen haben – das Schloss war gesprengt –, als William hinzukam.«

»Hat William nichts zu seiner Mutter gesagt, ehe er fortging?«

»Sie ist alt und taub, man kann wenig aus ihr herausbekommen. Der Schreck hat sie halb blödsinnig gemacht; doch sagt man, sie sei nie recht klar im Kopf gewesen. – Etwas sehr Wichtiges muss ich Ihnen noch zeigen. Hier – sehen Sie!«

Er nahm einen Fetzen Papier aus seinem Taschenbuch und glättete ihn auf dem Knie.

»Dies hier fand ich in des Toten Hand zwischen Daumen und Zeigefinger. Es scheint von einem größeren Blatt abgerissen zu sein. Um dieselbe Stunde, die dort erwähnt ist, ereilte den armen Menschen sein Schicksal. Der Mörder wird ihm wohl den Zettel entrissen haben, oder er selbst hat die Ecke von einem Blatt abgerissen, das der Mörder in der Hand hielt. Es sieht fast aus, als habe man ihn zu einer Zusammenkunft bestellt.«

Holmes nahm das beschriebene Papier zur Hand, von dem wir hier einen Abdruck geben.

»Falls es sich um ein Stelldichein handelte«, fuhr der Inspektor fort, »so ist die Annahme nicht ausgeschlossen, dass William Kirwan trotz seines ehrlichen Rufs mit dem Dieb unter einer Decke gesteckt hat. Er kann ihn hier getroffen, ihm vielleicht geholfen haben, die Tür aufzubrechen, und dann sind sie miteinander in Streit geraten.«

»Die Schrift ist außerordentlich interessant«, sagte Holmes, der sich ganz in die Betrachtung des Papiers vertieft hatte. »Es wird der Sache nicht so leicht auf den Grund zu kommen sein, wie ich dachte.« Er vergrub nun den Kopf in beide Hände, und der Inspektor lächelte, als er sah, welchen Eindruck sein Kriminalfall auf den berühmten Londoner Spezialisten machte.

»Ihre letzte Bemerkung«, fuhr Holmes nach einer Weile fort, »dass möglicherweise zwischen dem Dieb und dem Kutscher ein Einverständnis bestanden haben kann und er durch diesen Zettel an den Ort bestellt wurde, ist sehr scharfsinnig und keineswegs zu verwerfen. Aber jene Schriftzüge lassen noch eine andere ...«, er hielt sich abermals die Hand vor die Augen und versank in tiefes Nachsinnen. Als er wieder aufblickte, bemerkte ich zu meinem Erstaunen, dass seine Wangen gerötet waren und sein Auge so lebhaft funkelte wie vor der Krankheit. Mit verjüngter Tatkraft sprang er empor.

»Wisst ihr was?«, rief er. »Ich möchte mir gern in aller Ruhe einen kleinen Einblick in den Fall verschaffen, er fesselt mich ungemein. Wenn Sie nichts dagegen haben, Herr Oberst, überlasse ich Ihnen einstweilen meinen Freund Watson und begleite den Inspektor zum Tatort, um mich zu überzeugen, ob ein paar Dinge, die mir eben eingefallen sind, auf Wahrheit beruhen. In einer halben Stunde bin ich wieder da.«

Es vergingen fast anderthalb Stunden, dann kehrte der Inspektor allein zurück.

»Mr Holmes spaziert draußen im Feld auf und ab«, sagte er. »Sein Wunsch ist, dass wir alle vier zusammen zum Haus gehen.«

»Zu Mr Cunningham?«

»Jawohl.«

»Weswegen?«

Forcester zuckte die Achseln. »Ich weiß es nicht genau. Unter uns gesagt, glaube ich, dass Mr Holmes seine Krankheit noch nicht völlig überwunden hat. Er ist schrecklich aufgeregt und gebärdet sich ganz sonderbar.«

»Fürchten Sie nur nichts«, sagte ich. »Meist habe ich noch immer gefunden, dass Methode in seiner Tollheit war.«

»Mancher dächte vielleicht, es sei Tollheit in seiner Methode«, brummte der Inspektor. »Aber er scheint mit Feuereifer ans Werk zu gehen; wir wollen ihn lieber nicht aufhalten, wenn es Ihnen recht ist, Herr Oberst.«

Die Hände in den Taschen, den Kopf auf die Brust gesenkt, schritt Holmes draußen auf und ab.

»Sie Sache wird immer interessanter«, sagte er. »Ihr Ausflug aufs Land, Watson, ist über alles Erwarten gelungen. Ich hätte mir keinen schöneren Morgen wünschen können.«

»Sie haben den Schauplatz des Verbrechens in Augenschein genommen, wie ich höre«, sagte der Oberst.

»Ja, wir sind zusammen auf Kundschaft ausgezogen, der Inspektor und ich.«

»Mit Erfolg?«

»Wenigstens haben wir mancherlei erfahren. Ich kann Ihnen das unterwegs erzählen. Zuerst besichtigten wir die Leiche des Unglücklichen. Er ist durch einen Pistolenschuss getötet worden, ganz wie man uns berichtet hat.«

»Zweifelten Sie denn daran?«

»Man tut immer gut, alles selbst zu untersuchen. Unser Gang war durchaus nicht vergeblich. Wir hatten dann eine Unterredung mit Mr Cunningham und seinem Sohn, die mir genau die Stelle bezeichnen konnten, wo der Mörder auf der Flucht durch die Gartenhecke gebrochen war. Das interessierte mich sehr.«

»Natürlich.«

»Dann suchten wir die Mutter des armen Menschen auf, erfuhren jedoch nichts von ihr; sie ist sehr alt und ganz kindisch.«

»Und zu welchem Ergebnis kamen Sie bei Ihren Ermittlungen?«

»Zu der Überzeugung, dass wir es mit einem eigenartigen Verbrechen zu tun haben. Vielleicht trägt unser jetziger Besuch dazu bei, das Dunkel zu lichten. – Nicht wahr, Herr Inspektor, Sie sind doch auch meiner Meinung, dass der abgerissene Zettel in des Ermordeten Hand, auf dem seine Todesstunde verzeichnet ist, die allergrößte Wichtigkeit hat?«

»Mich dünkt, er sollte uns Aufschluss über die Tat geben können.«

»Das tut er auch. Kein anderer Mensch hat ihn geschrieben als der, welcher William Kirwan zur Nachtzeit an den verhängnisvollen Ort bestellte. – Aber wo ist das fehlende Stück des Papiers hingekommen?«

»Ich habe überall auf dem Erdboden gesucht, in der Hoffnung, es zu finden«, versetzte der Inspektor.

»Jemand hat es dem Toten aus der Hand gerissen; es verdächtigte ihn, er musste es haben. Dann hat er es wahrscheinlich in die Tasche gesteckt, ohne zu bemerken, dass die Leiche noch eine Ecke in der Hand behielt. Wenn wir uns das abgerissene Stück verschaffen könnten, wäre gewiss ein großer Schritt zur Lösung des Rätsels getan.«

»Ja, aber wie kann man die Taschen des Verbrechers durchsuchen, bevor man seiner Person habhaft geworden ist?«

»Nun, jedenfalls wird man gut daran tun, sich die Sache zu merken. Noch ein anderer Punkt liegt auf der Hand: Der Zettel ist William zugeschickt worden. Wer ihn geschrieben hat, war nicht zugleich der Überbringer, sonst hätte er seine Botschaft wohl mündlich ausgerichtet. Durch wen ist er also abgegeben worden? Oder kam er vielleicht mit der Post?«

»Ich habe mich danach erkundigt«, sagte Forcester, »William hat gestern Nachmittag einen Brief durch die Post erhalten. Der Umschlag ist aber nicht mehr vorhanden.«

»Vortrefflich«, rief Holmes und schlug dem Polizisten auf die Schulter. »Sie haben auch schon mit dem Briefträger gesprochen. Mit Ihnen zu arbeiten ist ein wahres Vergnügen. – Da sind wir ja an der Pförtnerwohnung; kommen Sie, Herr Oberst, ich zeige Ihnen den Schauplatz des Verbrechens.«

Wir schritten an dem hübschen Häuschen vorbei, das der Ermordete bewohnt hatte, und durch eine breite Eichenallee bis zu dem stattlichen alten Herrenhaus. Nach der Landstraße zu war der Garten von einer grünen Hecke umgeben. Holmes und der Inspektor gingen voran; um die Ecke biegend gelangten wir an die Seitenpforte, wo ein Schutzmann Wache hielt.

»Öffnen Sie bitte einmal die Tür«, redete ihn Holmes an. »Hier auf der Treppe also stand der junge Cunningham und sah die beiden Männer miteinander ringen, gerade an der Stelle, wo wir jetzt sind. Der alte Cunningham war oben am Fenster – am zweiten links – und sah den Kerl dort hinter dem Busch verschwinden. Sein Sohn ebenfalls. Beide wissen das ganz genau, sie haben sich den Busch gemerkt. Dann lief Mr Alec zu dem Verwundeten und kniete neben ihm. Der Boden ist sehr hart, man findet keine Spuren mehr, an die man sich halten kann.«

Während Holmes noch sprach, kamen zwei Männer vom Gartenpfad her um die Hausecke, ein ältlicher Herr mit stark gefurchtem, ausdrucksvollem Gesicht und Augen, die tief in ihren Höhlen lagen, und ein junger Mensch, dessen modische Kleidung und heiteres, unbekümmertes Wesen zu dem traurigen Geschäft, das uns hergeführt hatte, schlecht zu passen schienen.

»Noch immer auf der Suche?«, sagte er, zu Holmes gewendet. »Ich glaubte, ihr Londoner kämt nie in Verlegenheit. So sehr schnell scheint ihr mir die Sache doch nicht abzumachen.«

»Man muss uns nur etwas Zeit lassen«, erwiderte Holmes gutmütig.

»Ja, die wird wohl vonnöten sein«, fuhr der junge Cunningham fort. »Mich dünkt, es ist auch nicht die geringste Spur vorhanden.«

»Nur *einen* Faden haben wir«, fiel der Inspektor ein. »Wir glauben, dass, wenn sich entdecken ließe – aber um Himmels willen, Mr Holmes! Was fehlt Ihnen?«

Die Züge meines armen Freundes hatten urplötzlich einen entsetzlichen Ausdruck der Qual angenommen, sie verzerrten sich krampfhaft, seine Augen rollten wild umher, und unter dumpfem Stöhnen sank er um mit dem Gesicht auf den Boden. Zu Tode erschrocken über diesen unerwarteten schweren Anfall, trugen wir Holmes in die Küche, wo er, in einen Armstuhl zurückgelehnt, mehrere Minuten lang mühsam Atem holte. Endlich erhob er sich wieder und stammelte eine verwirrte Entschuldigung wegen seiner Schwäche.

»Watson kann Ihnen sagen, dass ich soeben erst von schwerer Krankheit genesen bin«, fügte er als Erklärung hinzu. »Solche plötzlichen Nervenanfälle kommen bei mir bisweilen vor.«

»Soll ich Sie im Wagen nach Hause schicken?«, fragte der alte Cunningham.

»O nein, da ich einmal hier bin, möchte ich mir erst noch über einen Punkt Gewissheit verschaffen, der sich leicht ermitteln lassen wird.«

»Und der wäre?«

»Ich halte es für sehr möglich, dass Ihr armer Kutscher den Einbrecher schon in voller Tätigkeit fand. Sie scheinen es als feststehend zu betrachten, dass die Tür zwar erbrochen war, der Räuber aber das Haus nicht betreten hat.«

»Das liegt meiner Ansicht nach auf der Hand«, versetzte Cunningham bedächtig. »Mein Sohn Alec war ja noch nicht zu Bett gegangen und hätte sicherlich jedes Geräusch im Haus gehört.«

»Wo saßen Sie denn?«

»Ich rauchte meine Pfeife im Ankleidezimmer.«

»Welches Fenster ist das?«

»Das letzte links, neben meines Vaters Schlafstube.«

»Natürlich war in beiden noch Licht?«

»Jawohl, versteht sich.«

»Das ist doch wirklich sehr auffallend«, sagte Holmes. »Finden Sie es nicht auch höchst sonderbar, dass ein Dieb, der noch dazu kein Neuling ist, mit aller Ruhe in einem Haus einbricht, wo zurzeit noch zwei Leute wach sind, wie er an den hellen Fenstern sehen kann?«

»Es muss eben ein äußerst frecher Bursche sein.«

»Ja, wissen Sie«, sagte Mr Alec, »wenn der Fall nicht absonderlich wäre, brauchten wir uns nicht an Sie nm Aufklärung zu wenden. Die Annahme aber, dass der Räuber bereits ins Haus gedrungen war, ehe William sich über ihn hermachte, scheint mir ganz verfehlt. Wir hätten doch sonst unsere Sachen in Unordnung gefunden und irgendetwas vermisst, was er gestohlen hat.«

»Das kommt darauf an. Wir dürfen nicht vergessen, dass wir es mit keinem gewöhnlichen Einbrecher zu tun haben. Er liebt es, auf besondere Art zu verfahren, wie man schon an der wunderlichen Auswahl sieht, die er bei Acton getroffen hat – was war es doch – eine Rolle Bindfaden, ein Briefbeschwerer und allerlei Krimskrams.«

»Wir vertrauen uns Ihnen unbedingt an, Mr Holmes«, sagte der alte Cunningham. »Was Sie oder der Inspektor vorschlagen, soll ohne Aufschub geschehen.«

»Erstens möchte ich, dass sofort eine Belohnung ausgeschrieben würde – am besten von Ihnen selbst; wenn die Polizei erst anfängt, über die Höhe der Summe hin und her zu beraten, geht zu viel Zeit verloren. Ich habe bereits den Wortlaut aufgesetzt, es fehlt nur noch Ihre Unterschrift. Fünfzig Pfund halte ich für ausreichend.«

»Fünfhundert wären mir nicht zu viel«, meinte der Friedensrichter, während er Zettel und Bleistift nahm, welche Holmes ihm hinreichte.

»Aber das ist nicht ganz richtig«, sagte er, das Blatt überfliegend.

»Ich habe es in großer Eile geschrieben.«

»Sehen Sie, hier steht: ›In der Nacht von Montag auf Dienstag um drei Viertel eins wurde ein Einbruchsversuch usw.‹ In Wirklichkeit hat sich die Sache um drei Viertel zwölf zugetragen.«

Mir war dieser Irrtum sehr unangenehm und betrübend, denn ich wusste, wie schwer ihn Holmes empfinden würde. Eine Ungenauigkeit in Betreff der Tatsachen kam bei ihm sonst gar nicht vor. Das kleine Versehen war mir ein neuer Beweis, wie sehr die Krankheit ihn angegriffen hatte und dass er durchaus noch der Schonung bedurfte. Einen Augenblick geriet er in sichtliche Verlegenheit, der Inspektor zog die Augenbrauen in die Höhe, und Alec Cunningham lachte laut. Der alte Herr aber gab Holmes den Zettel zurück, nachdem er den Fehler verbessert hatte.

»Lassen Sie die Anzeige so schnell wie möglich drucken«, sagte er, »Ihr Vorschlag scheint mir vortrefflich.«

Holmes verwahrte das Papier sorgfältig in seinem Taschenbuch. »Und nun lassen Sie uns zusammen das Haus besichtigen, um uns zu überzeugen, ob der sonderbare Einbrecher nicht vielleicht doch irgendetwas mitgenommen hat.«

Zuerst untersuchte mein Freund die erbrochene Tür. Offenbar hatte man das Schloss mit einem starken Messer oder einem Meißel aufgesprengt. Man sah noch die Spuren am Holz, wo das Werkzeug hineingetrieben worden war.

»Legen Sie nachts keine Eisenstangen vor?«, fragte er.

»Wir hielten es bisher für unnötig.«

»Sie haben auch keinen Hund?«
»Doch. Aber er ist hinter dem Haus angekettet.«
»Wann geht die Dienerschaft zu Bett?«
»Gegen zehn Uhr.«
»Nicht wahr, auch William schlief gewöhnlich schon um diese Stunde?«
»Jawohl.«
»Sonderbar, dass er gerade heute Nacht noch so spät auf war. – Jetzt lassen Sie uns bitte ins Haus gehen, Mr Cunningham.«

Aus einem mit Steinfliesen belegten Gang, in den die Küchenräume mündeten, gelangte man auf einer hölzernen Stiege unmittelbar zum Vorplatz des ersten Stockwerks, zu dem auch die reichverzierte Haupttreppe aus der unteren Halle hinaufführte. Sowohl die Türen des Wohnzimmers als mehrerer Schlafzimmer gingen auf diesen Vorplatz hinaus, darunter auch diejenigen der beiden Cunninghams.

Holmes besichtigte die ganze Bauart des Hauses genau und schritt nur langsam vorwärts. Ich sah an seinem Gesichtsausdruck, dass er eine Fährte gefunden hatte, die er eifrig verfolgte; jedoch nach welcher Richtung hin, ahnte ich nicht im Geringsten.

»Mein bester Herr«, sagte der Friedensrichter etwas ungeduldig, »Sie machen sich ganz unnütze Mühe. Dort, der Treppe gegenüber, ist mein Zimmer und daneben das meines Sohnes. Nun urteilen Sie selbst, ob es möglich war, dass der Dieb hier heraufkommen konnte, ohne dass wir das Geräusch hörten.«

»Sie wollen wohl überall herumsuchen, ob Sie nicht eine neue Spur entdecken«, sagte der Sohn mit spöttischem Lächeln.

»Ich möchte Sie doch bitten, mich noch etwas gewähren zu lassen. Zum Beispiel wünsche ich festzustellen, wieweit man aus den Schlafstubenfenstern die Vorderseite des Hauses überblicken kann. – Dies also ist Ihres Sohnes Zimmer«, sagte er, die Tür aufstoßend, »und dahinter liegt vermutlich das Ankleidezimmer, wo er mit seiner Pfeife saß, als der Lärm entstand. Nach welcher Seite hinaus sieht denn das Fenster?« Er ging durch das Schlafzimmer, öffnete die Tür zu dem anstoßenden Gemach und sah sich darin um.

»Hoffentlich sind Sie nun zufrieden«, sagte Cunningham ärgerlich.

»Jawohl, danke. Das war, glaube ich, alles, was ich sehen wollte.«

»Wir können auch noch in mein Zimmer gehen, wenn es durchaus sein muss.«

»Falls es Ihnen nicht unbequem ist.«

Der Friedensrichter zuckte die Achseln und führte uns in seine Schlafstube, einen ganz einfach ausgestatteten Raum. Als die Übrigen zum Fenster gingen, blieb Holmes etwas zurück, sodass wir beide die Letzten waren. Am Fußende des Betts, auf einem kleinen Tisch, standen eine Wasserflasche und ein Teller mit Orangen. Auf einmal streckte Holmes zu meiner größten Verwunderung rasch die Hand aus und stieß das Tischchen um, samt allem, was darauf war. Das Glas zerbrach in tausend Stücke, das Wasser floss auf den Teppich, und die Früchte rollten im ganzen Zimmer umher.

»Aber Watson, was haben Sie angerichtet!«, rief Holmes ohne Besinnen. »Das ist ja eine schöne Bescherung.«

Ich bückte mich in nicht geringer Verlegenheit, um die Früchte aufzulesen, denn ich begriff wohl, dass mein Gefährte irgendeinen triftigen Grund haben müsse, mir die Ungeschicklichkeit in die Schuhe zu schieben. Die anderen halfen mir und richteten den Tisch wieder auf.

»Oho«, rief der Inspektor, »wo ist er denn hingeraten?«

Holmes war verschwunden.

»Warten Sie einen Augenblick hier«, sagte Alec Cunningham, »mir scheint, der Mensch ist nicht ganz bei Sinnen. Komm, Vater, wir wollen sehen, was aus ihm geworden ist.«

Sie eilten beide hinaus, während der Inspektor, der Oberst und ich einander verwundert ansahen.

»Meiner Treu, ich glaube, Mr Alec hat recht«, sagte der Polizeibeamte. »Vielleicht ist es eine Nachwirkung der Krankheit, aber ich muss gestehen ...«

Seine Rede wurde plötzlich durch das Geschrei »Zu Hilfe, zu Hilfe, Mord, Mord!« unterbrochen. Schaudernd erkannte ich meines Freundes Stimme und stürzte wie wahnsinnig auf den Vorplatz hinaus. Die Hilferufe klangen jetzt schwach und heiser aus der Stube, die wir zuerst betreten hatten. Ich stürmte hindurch und in das dahintergelegene Ankleidezimmer. Sherlock Holmes lag am Boden; die beiden Cunninghams hielten ihn gepackt, der Sohn drückte ihm mit den Händen die Kehle zu, während der Vater mit aller Macht an seinem Handgelenk zerrte. Im nächsten Augenblick hatten wir drei sie von ihm fortgerissen, Holmes erhob sich schwankend, er sah leichenblass und ganz erschöpft aus.

»Verhaften Sie diese beiden Männer, Herr Inspektor«, stieß er keuchend hervor.

»Was haben sie denn begangen?«

»Den Kutscher William Kirwan ermordet.«

Verwirrt starrte der Inspektor um sich.

»Aber, bester Mr Holmes«, sagte er endlich, »das kann doch Ihr Ernst nicht sein …«

»Mein völliger Ernst. Schauen Sie ihnen doch nur ins Gesicht.«

Noch nie habe ich einen Menschen gesehen, dem die Schuld so deutlich auf der Stirn geschrieben stand wie diesen beiden. Der Alte war wie betäubt und gelähmt, seine scharfgezeichneten Züge trugen einen starren, finsteren Ausdruck. Der Sohn dagegen hatte das flotte, stutzerhafte Wesen, das er zur Schau getragen, ganz fallenlassen; sein hübsches Gesicht war verzerrt, und in seinen Augen funkelte die Wut eines gefährlichen Raubtiers.

Der Inspektor schritt, ohne ein Wort zu sagen, zur Tür und ließ einen gellenden Pfiff hören. Auf diesen Ruf erschienen zwei Polizisten.

»Mir bleibt keine Wahl, Mr Cunningham«, sagte er. »Ich hoffe, es wird sich als ein lächerlicher Irrtum herausstellen, aber Sie müssen einsehen … Oho, was soll das heißen!« – Er schlug Mr Alec seinen Revolver aus der Hand, als der junge Mann gerade den Hahn spannen wollte; die Waffe fiel klirrend zu Boden.

Holmes setzte rasch den Fuß darauf. »Nehmen Sie das Ding an sich, es wird Ihnen beim Verhör gute Dienste tun. Aber hier ist das, wonach ich eigentlich gesucht habe.« Er hielt ein zerknittertes Stück Papier in die Höhe.

»Der abgerissene Zettel!«, rief der Inspektor.

»Nichts anderes.«

»Und wo war er?«

»Wo ich ihn gleich vermutete. Ich will Ihnen später alles erklären. Es wird am besten sein, Herr Oberst, wenn Sie jetzt mit Watson nach Hause gehen; in höchstens einer Stunde komme ich nach. Wir müssen noch ein Wort mit den Gefangenen reden, der Inspektor und ich, aber zum zweiten Frühstück bin ich bestimmt wieder da.«

Sherlock Holmes hielt Wort; gegen zwei Uhr fand er sich bei uns im Rauchzimmer ein, begleitet von einem kleinen, ältlichen Mann, der mir als Mr Acton vorgestellt wurde, in dessen Haus zuerst eingebrochen worden war.

»Ich wünschte sehr, dass Mr Acton meine Darlegung des Falls mit anhören möchte«, sagte Holmes, »da für ihn natürlich alle Einzelheiten von hohem Interesse sind. – Sie werden es, fürchte ich, noch bereuen, Herr Oberst, dass Sie einen so unruhigen Gesellen wie mich in Ihr Haus aufgenommen haben.«

»Im Gegenteil«, erwiderte der Oberst eifrig, »ich schätze es als einen besonderen Vorzug, dass mir gestattet wird, die Methode kennenzulernen, die

Sie bei Ihren Schlüssen beobachten. Der Erfolg übersteigt alle meine Erwartungen, das gestehe ich offen, auch bin ich gänzlich außerstande, den Hergang zu begreifen. Ich habe noch nicht die leiseste Ahnung davon.«

»Die Erklärung wird Ihnen wahrscheinlich eine Enttäuschung bereiten; doch pflege ich mein Verfahren weder vor meinem Freund Watson noch vor sonst jemandem zu verbergen, der Verständnis dafür zeigt. Aber erst darf ich mir wohl einen Schluck von Ihrem Kognak einschenken, Herr Oberst, der Kampf in dem Zimmer dort drüben hat mich durch- und durchgeschüttelt. Ich habe mir in letzter Zeit wohl etwas zu viel zugemutet und bin noch nicht ganz bei Kräften.«

»Sie haben doch nicht wieder Nervenanfälle gehabt?«

Sherlock Holmes lachte herzlich. »Davon reden wir später«, sagte er. »Ich will Ihnen alles der Reihe nach berichten und Ihnen die Hauptgesichtspunkte vorführen, von denen ich mich leiten ließ. Falls Sie etwas nicht vollkommen verstehen sollten, bitte ich nur, mich zu unterbrechen.

Es ist von der höchsten Wichtigkeit für die Ermittlung eines Verbrechens, dass man imstande ist, zu unterscheiden, welches die wesentlichen Tatsachen und welches nur Nebenumstände sind. Sonst läuft man Gefahr, seine Kraft und Wachsamkeit zu zersplittern, statt sie möglichst zu sammeln. Im vorliegenden Fall hatte ich nicht den leisesten Zweifel, dass der Schlüssel des Ganzen in dem Blatt Papier zu finden sei, das dem Toten aus der Hand genommen worden war.

Nach Alec Cunninghams Aussage hatte der Räuber William Kirwan erschossen und dann augenblicklich die Flucht ergriffen. War dies richtig, konnte nicht er es gewesen sein, der den Zettel aus des Toten Hand gerissen hatte. Dies musste vielmehr der junge Cunningham selbst getan haben, denn als sein Vater herunterkam, waren bereits mehrere Diener auf den Schuss herbeigeeilt. Wie einleuchtend das auch ist, so hatte der Inspektor diesen Punkt doch übersehen, weil er von vornherein annahm, dass die beiden Gutsbesitzer bei der Sache nicht beteiligt wären. Mein Hauptgrundsatz ist aber, ohne jegliches Vorurteil zu Werke zu gehen und einfach den Tatsachen zu folgen, wohin sie mich führen. So kam es, dass mir die Rolle, welche Alec Cunningham gespielt hatte, gleich auf der ersten Stufe der Untersuchung in zweifelhaftem Lichte erschien.

Hierauf besichtigte ich die abgerissene Ecke des Zettels genau, die mir der Inspektor eingehändigt hatte. Es wurde mir sofort klar, dass sie ein Teil des wichtigsten Beweisstücks sei. Hier ist das Papier. Bemerken Sie etwas besonders Auffallendes daran?«

»Die Schrift ist ziemlich ungleichmäßig«, sagte der Oberst.

»Jawohl«, rief Holmes. »Auch steht es ganz außer Frage, dass sie von zwei Leuten herrührt, die immer abwechselnd ein Wort geschrieben haben. Sehen Sie hier, die verschiedenen f in ›auf‹ und ›zwölf‹; vergleichen Sie die Schleifen des d und den Buchstaben e, werden Sie mir gewiss beipflichten. Die Wörter ›auf‹, ›wo‹, ›etwas‹, ›und‹ sind von einer kräftigeren Hand geschrieben als die übrigen, das lässt sich nicht verkennen.«

»Wahrhaftig, man sieht es ganz genau«, rief der Oberst. »Wozu in aller Welt sollten aber zwei Menschen einen Brief auf solche Art abfassen?«

»Es handelte sich offenbar um ein unlauteres Geschäft, und der eine Schreiber, der dem anderen misstraute, bestand darauf, dass sie die Verantwortung zu gleichen Teilen tragen müssten. Der, welcher das ›auf‹ und ›wo‹ geschrieben hat, war natürlich der Anstifter.«

»Woraus schließen Sie denn das?«

»Man könnte es schon nach dem Charakter der Schrift selbst mit Gewissheit behaupten. Aber ich habe noch bestimmtere Gründe dafür. Betrachten Sie das Papier aufmerksam, und Sie werden zu der Überzeugung gelangen, dass der Mann mit der festeren Hand seine Wörter zuerst geschrieben und den Platz, den der andere ausfüllen sollte, leer gelassen hat. Der Raum genügte nicht immer, weshalb die Wörter ›drei Viertel‹ und ›erfahren‹ so eng zusammengedrängt sind. Von dem Mann, welcher zuerst geschrieben hat, ist der Mordplan ausgegangen.«

»Vortrefflich!«, rief Acton.

»Auch lassen sich noch dreiundzwanzig andere Schlüsse aus der Handschrift ziehen, über Alter, Verwandtschaft und dergleichen, welche aber nur für Schriftkundige interessant sein dürften. Sie dienten alle dazu, mich in der Ansicht zu bestärken, dass die beiden Cunninghams, Vater und Sohn, den Brief geschrieben hatten.

Nachdem ich so weit gelangt war, musste ich natürlich noch die Einzelheiten des Verbrechens in Betracht ziehen. Ich ging mit dem Inspektor zum Haus und besichtigte alles, was zu sehen war. Die Wunde des Toten rührte von einem Revolverschuss her, welcher auf wenigstens vier Meter Entfernung abgegeben worden war, das konnte ich mit vollkommener Sicherheit feststellen. Die Kleider waren nicht im Mindesten vom Pulver geschwärzt. Offenbar hatte Alec Cunningham gelogen, als er behauptete, er habe zwei Männer miteinander ringen sehen und dann sei der Schuss gefallen. Auch in Betreff der Stelle, wo der Mörder über die Hecke gesprungen ist, stimmten Vater und Sohn überein. Dort war aber zufällig gerade ein ziemlich breiter Graben. Da nun auf dessen feuchtem Grund keinerlei Fußspuren zu sehen waren, kam ich zu der Überzeugung, dass die Cunninghams überhaupt die Unwahrheit gesagt hatten und dass gar kein fremder Räuber an dem Tatort zugegen gewesen sei.

Nun galt es, den Beweggrund des seltsamen Verbrechens zu finden. Als ich überlegte, welchen Zweck der erste Einbruchsdiebstahl bei Mr Acton gehabt haben könne, fiel mir der Prozess zwischen den beiden Gutsbesitzern ein, von dem Sie, Herr Oberst, gesprochen hatten. Ich fragte mich, ob die Cunninghams nicht vielleicht in die Bibliothek eingedrungen wären, um sich irgendeiner Urkunde zu bemächtigen, die bei dem Rechtsstreit von Wichtigkeit wäre.«

»Ganz richtig«, sagte Acton, »das war ohne Zweifel ihre Absicht. Ich habe die gegründetsten Ansprüche auf die Hälfte ihres Besitztums. Hätten sie aber auch nur ein einziges meiner Papiere an sich bringen können – die glücklicherweise in dem Aktenschrank des Anwalts liegen –, so würden sie mir sicherlich mein Recht streitig gemacht haben.«

»Da hätten wir's ja«, sagte Holmes lächelnd. »Es war ein gefährliches, tollkühnes Unternehmen, das meines Erachtens in dem Kopf des jungen Alec entsprungen ist. – Da sie nichts fanden, suchten sie, um den Verdacht abzulenken, der Tat den Anschein eines gewöhnlichen Diebstahls zu geben, und nahmen die ersten besten Sachen mit, die ihnen in die Hände fielen. Das ist ganz klar, aber im Übrigen war mir noch vieles dunkel. Vor allem wünschte ich den fehlenden Teil des Zettels aufzufinden. Ich zweifelte nicht, dass Alec ihn dem Toten aus der Hand gerissen und ihn in die Tasche seines Schlafrocks gesteckt hatte. Wo sollte er ihn auch sonst hintun? Es fragte sich nur, ob er jetzt noch darin war. Jedenfalls verlohnte es der Mühe, nachzusehen, und deshalb gingen wir alle miteinander zum Haus.

Die Cunninghams trafen, wie Sie wissen, mit uns draußen vor der Küchentür zusammen. Es war von höchster Wichtigkeit, dass sie nicht an den Zettel erinnert wurden, weil sie ihn sonst unfehlbar vernichtet hätten. Der Inspektor war eben im Begriff, ihnen zu sagen, welchen Wert wir auf das Papier legten, als ich zum größten Glück gerade im entscheidenden Moment jenen Krampfanfall bekam, was dem Gespräch ein Ende machte.«

»Ist es möglich!«, rief der Oberst lachend. »Also haben wir unser inniges Mitgefühl ganz verschwendet – Ihr Nervenanfall war nichts als Verstellung!«

»Eine Komödie sondergleichen«, sagte ich und blickte verwundert auf den merkwürdigen Mann, der mich fort und fort durch neue Beweise seiner überlegenen Schlauheit in Erstaunen setzte.

»Dergleichen Kunstgriffe sind oft sehr nützlich«, fuhr er fort. »Sobald ich mich erholt hatte, strengte ich meine Erfindungsgabe an, um den alten Cunningham zu veranlassen, das Wort ›zwölf‹ zu schreiben, weil ich es mit dem Wort ›zwölf‹ auf dem abgerissenen Zettel zu vergleichen wünschte.«

»Oh, was für ein Dummkopf war ich doch!«

»Ich merkte wohl, Watson, wie Sie sich über meine Schwäche betrübten«, rief Holmes lachend, »und es tat mir leid, dass ich Ihnen diesen Schmerz bereiten musste. Wir gingen nun zusammen die Treppe hinauf und betraten das Zimmer. Ich sah den Schlafrock hinter der Tür hängen, suchte die allgemeine Aufmerksamkeit einen Augenblick abzulenken, indem ich den Tisch umwarf, lief zurück und untersuchte die Taschen. Kaum hatte ich jedoch den Zettel in einer derselben gefunden, wie ich vorausgesehen, als die Cunninghams sich wütend auf mich stürzten. Ohne Ihren raschen, hilfreichen Beistand hätten sie mich sicherlich umgebracht. Noch immer fühle ich, wie mir der Sohn die Kehle zuschnürte, und der Alte drehte mir fast das Handgelenk um, als er mir das Papier entreißen wollte. – Sie erkannten, dass ich die ganze Sache durchschaut hatte, und der plötzliche Umschwung von vollkommenster Sicherheit zu völliger Verzweiflung machte sie förmlich rasend.

Ich habe den alten Cunningham soeben ein wenig über die Beweggründe des Verbrechens ausgefragt. Er war ziemlich gefügig, während sein Sohn sich wie ein Teufel gebärdete und am liebsten sich selbst oder sonst jemandem eine Kugel durch den Kopf gejagt hätte, nur fehlte ihm der Revolver. Als der Alte sah, dass seine Sache verloren war, sank ihm der Mut, und er legte ein offenes Geständnis ab. In der Nacht, als die Cunninghams den Einbruch bei Acton verübten, war William seinen Herren heimlich gefolgt; er bekam sie dadurch in seine Gewalt und machte Erpressungsversuche, unter Androhung einer gerichtlichen Anzeige. Mr Alec ist aber ein gefährlicher Mensch, der nicht mit sich spaßen lässt. Er hatte den wahrhaft geistreichen Einfall, die Angst vor den Einbrechern, welche die ganze Gegend in Aufruhr brachte, zu benutzen, um sich auf glaubwürdige Art von dem Menschen zu befreien, den er fürchtete. William ging in das ihm gestellte Netz und wurde erschossen. Hätten die Cunninghams den ganzen Zettel gehabt und auf einige Nebenumstände noch größere Aufmerksamkeit verwendet, wäre vermutlich nie ein Verdacht gegen sie entstanden.«

»Und der Zettel selbst?«

Holmes legte uns das Blatt Papier vor, das wir hier wiedergeben.

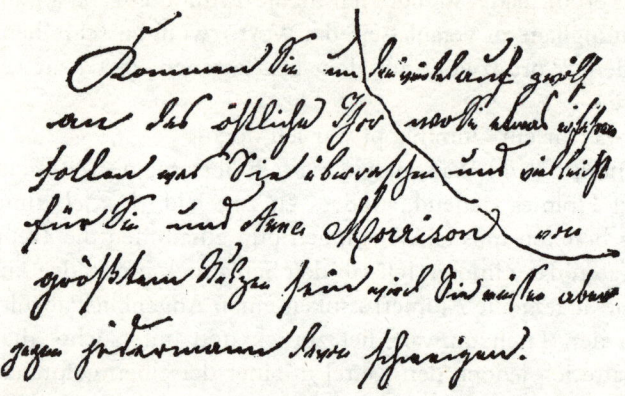

»Es sieht fast genau so aus, wie ich mir gedacht habe«, sagte er. »Natürlich wissen wir noch nicht, welcher Zusammenhang zwischen Alec Cunningham, Anna Morrison und William Kirwan bestand. Der Erfolg zeigt aber, dass der Köder, mit dem er in die Falle gelockt wurde, geschickt gewählt war.«

»Ihr ruhiger Landaufenthalt hat sich trefflich bewährt, Watson! Morgen werde ich mit neu gestärkten Kräften in die Baker Street zurückkehren können.«

Der Krüppel

Einige Monate nach meiner Hochzeit saß ich an einem Sommerabend noch zu später Stunde auf, rauchte eine Pfeife und nickte gelegentlich über dem Roman ein, den ich lesen wollte; es lag ein sehr anstrengendes Tagewerk hinter mir. Meine Frau hatte sich schon zur Ruhe begeben, und auch die Dienstmädchen waren hinauf in ihre Kammer gegangen; ich hatte gehört, wie sie die Haustür schlossen. Eben stand ich vom Lehnstuhl auf und begann die Asche aus meiner Pfeife zu klopfen, als plötzlich die Glocke ertönte.

Ich sah nach der Uhr; es war drei Viertel zwölf. So spät konnte kein Besuch mehr kommen, also wollte man mich zu einem Kranken holen, und von Nachtruhe war keine Rede mehr. Mit verdrießlicher Miene stieg ich die Treppe hinunter und schloss auf. Zu meiner Verwunderung fand ich Sherlock Holmes draußen vor der Tür stehen.

»Ah, Sie sind's, Watson«, sagte er. »Ich komme spät, aber ich hoffte, Sie noch munter zu finden.«

»Bitte treten Sie näher, lieber Freund.«

»Sie waren überrascht, mich zu sehen – kein Wunder –, angenehm überrascht, vermutlich. Hm, Sie rauchen also noch immer dieselbe Sorte wie früher als Junggeselle. Die flockige Asche auf Ihrem Ärmel lässt sich nicht verkennen. Dass Sie gewohnt gewesen sind, eine Uniform zu tragen, sieht man Ihnen auf den ersten Blick an, Watson; Sie werden auch nie für einen Zivilisten von reinem Wasser gelten, bis Sie sich nicht abgewöhnen, das Taschentuch im Rockärmel zu tragen. – Können Sie mich heute Nacht beherbergen?«

»Mit Vergnügen.«

»Sie haben mir einmal gesagt, dass bei Ihnen immer ein Bett für einen Gast bereitsteht, und ich sehe, dass Sie jetzt keinen Logierbesuch haben. Es hängt nur *ein* Hut am Ständer.«

»Ich freue mich sehr, wenn Sie bleiben wollen.«

»Besten Dank. Ich darf wohl diesen leeren Riegel für meine Kopfbedeckung benutzen. – Bedaure, dass Sie einen Arbeiter im Haus gehabt haben; das bedeutet nichts Gutes. Hoffentlich war das Abflussrohr nicht schadhaft.«

»Nein, die Gasleitung.«

»Ach so! Der Mann hat den Abdruck von zwei Nägeln in seiner Stiefelsohle auf dem Linoleum zurückgelassen, das Licht fiel gerade darauf. – Nein danke, gegessen habe ich schon auf dem Bahnhof, aber eine Pfeife würde ich noch gern mit Ihnen rauchen.«

Ich reichte ihm meinen Tabaksbeutel; er setzte sich mir gegenüber und paffte eine Weile schweigend fort. Da ich wohl wusste, dass ihn nur ein wichtiges Geschäft um diese Stunde noch zu mir führen konnte, wartete ich geduldig ab, bis er die Rede darauf brachte.

»Sie haben jetzt gerade viel Arbeit in Ihrem ärztlichen Beruf, wie ich sehe«, sagte er, mich mit scharfem Blick musternd.

»Ja, ich bin heute sehr beschäftigt gewesen«, erwiderte ich. »Aber woher Sie das wissen können, ist mir unbegreiflich.«

Holmes lächelte wohlgefällig. »Ich kenne ja Ihre Gewohnheiten, mein lieber Watson. Wenn Sie nur eine kurze Runde zu machen haben, gehen Sie zu Fuß, bei einer langen fahren Sie. Da ich nun sehe, dass Ihre Stiefel zwar gebraucht, aber nicht schmutzig sind, haben Sie jetzt jedenfalls so viel zu tun, dass Sie sich eine Droschke gestatten.«

»Vortrefflich!«, rief ich.

»Ureinfach«, sagte er. »Dies ist nur ein Beispiel davon, wie leicht man durch Schlussfolgerung zu Ergebnissen gelangen kann, die den Hörer überraschen, wenn man diesen oder jenen kleinen Umstand, der vielleicht die Grundlage des Ganzen bildet, für sich behält. Auf ähnliche Weise verfahren Sie auch, mein werter Freund, bei der Aufzeichnung Ihrer kleinen Skizzen und halten dadurch den Leser in Spannung. Ich befinde mich augenblicklich in genau derselben Lage wie Ihre Leser, denn ich halte verschiedene Fäden der seltsamsten Begebenheit in Händen, über die sich je ein Mensch den Kopf zerbrochen hat, und doch fehlen mir ein paar Verbindungsglieder zur klaren Begründung des Ganzen. Aber ich muss sie haben, Watson, ich werde sie schon noch bekommen!« Seine Augen funkelten, und ein leises Rot färbte ihm die hageren Wangen. Auf einen kurzen Moment hob sich der Schleier, der sein Inneres sonst verhüllte, und ließ sein leidenschaftlich erregbares Gefühl durchblicken. Als ich ihn aber wieder ansah, waren seine Züge bereits so starr und regungslos wie die einer indianischen Rothaut, ein Gesichtsausdruck, dem man es zuzuschreiben hatte, dass viele in ihm mehr eine Maschine als einen Menschen sahen.

»Das Problem kommt mir nicht uninteressant vor«, sagte er, »manche Einzelheiten sind sogar recht außergewöhnlich. Ich habe mir schon Einsicht in die Sache verschafft und glaube der Lösung ganz nahe gerückt zu sein. Wenn du mir bei dem letzten Schritt behilflich sein wolltest, würdest du mir einen großen Dienst leisten.«

»Von Herzen gern.«

»Könntest du wohl morgen mit mir nach Aldershot kommen?«

»O ja; Jackson wird gewiss meine Praxis übernehmen.«

»Dann wollen wir mit dem Zug 11.10 Uhr von der Waterloo Station abfahren.«

»Das lässt sich einrichten.«

»Wenn Sie nicht müde sind, möchte ich Ihnen gleich jetzt alles berichten, was geschehen ist und was noch zu tun übrig bleibt.«

»Ehe Sie kamen, war ich sehr schläfrig, aber ich bin wieder ganz munter geworden.«

»Ich will mich so kurz wie möglich fassen und Ihnen nur das Wesentlichste erzählen. Vielleicht haben Sie auch schon etwas über den Fall gelesen. Es handelt sich um den Tod des Obersten Barclay vom 117. Regiment in Aldershot – er soll ermordet worden sein.«

»Davon habe ich nichts gehört.«

»Das Ereignis ist erst zwei Tage alt und hat sich noch nicht in weitere Kreise verbreitet; es verhält sich damit folgendermaßen:

Die 117er sind, wie du weißt, eins der berühmtesten irischen Regimenter, das sowohl im Krimkrieg wie beim indischen Aufstand Wunder der Tapferkeit vollbracht und sich auch seither bei jeder Gelegenheit ausgezeichnet hat. Bis letzten Montag wurde es von James Barclay, einem wackeren alten Krieger, befehligt. Ursprünglich als Gemeiner eingetreten, war er wegen seines im indischen Aufstand bewiesenen Muts zum Offizier befördert worden und stand zuletzt an der Spitze des nämlichen Regiments, in dem er einst die Muskete getragen.

Oberst Barclay hatte als Unteroffizier geheiratet. Der Mädchenname seiner Frau war Nancy Devoy; ihr Vater war früher Feldwebel im selben Korps gewesen. Natürlich konnte es nicht ohne einige kleine Reibereien abgehen, als die jungen Eheleute (denn sie waren beide noch jung) nach Barclays Rangerhöhung ihre neue gesellschaftliche Stellung einnahmen. Doch scheinen sich beide rasch in die veränderten Verhältnisse gefunden zu haben, und Frau Oberst Barclay soll bei den Damen des Regiments ebenso beliebt gewesen sein wie ihr Gatte unter seinen Kameraden. Ich will noch erwähnen, dass sie eine sehr schöne Frau war; noch jetzt, nach einer mehr als dreißigjährigen Ehe, ist sie eine ganz auffallende Erscheinung.

Oberst Barclays häusliches Leben scheint durchaus glücklich gewesen zu sein. Major Murphy, dem ich die Kenntnis der meisten Tatsachen verdanke, sagt mir, es sei nie etwas von Misshelligkeiten zwischen den Gatten verlautet; doch glaubt man im Allgemeinen, dass die größere Liebe auf Barclays Seite war. Er konnte seine Unruhe kaum bezähmen, wenn er auch nur einen Tag lang von seiner Frau fern sein musste. Sie dagegen, obgleich ihm treu und ergeben, trug ihre Zärtlichkeit weit weniger zur Schau. Doch galten sie im ganzen Regiment für das Muster eines Ehepaars, und in ihren Beziehungen zueinander lag nichts, was die Welt auf das Trauerspiel vorbereiten konnte, welches sich zugetragen hat.

Oberst Barclay muss einige sonderbare Charaktereigenschaften gehabt haben. Für gewöhnlich war er ein lustiger, flotter alter Soldat, aber bei gewissen Gelegenheiten hatte er schon Beweise großer Rachsucht und maßloser Heftigkeit gegeben. Doch zeigte er sich im Verkehr mit seiner Frau niemals von dieser Seite. Nicht nur dem Major, sondern auch den anderen Offizieren, mit denen ich Rücksprache nahm, war überdies die seltsame Niedergeschlagenheit aufgefallen, welche sich seiner zuweilen bemächtigte. Oft, wenn er an dem fröhlichen Geplauder der Kameraden teilnahm, verstummte er plötzlich mitten im Scherz und Lachen, als hätte eine unsichtbare Hand ihn berührt, und versank dann tagelang in die düsterste Schwermut. Dazu kam noch eine Art abergläubischer Furcht, welche die Herren an ihm bemerkt haben wollen. Er hatte nämlich eine förmliche Abneigung davor, allein zu bleiben, besonders nach Dunkelwerden. Bei seiner sonst so starken und männlichen Natur war diese Eigenheit sehr merkwürdig und erregte häufig Verwunderung.

Das erste Bataillon des 117. Regiments stand schon seit mehreren Jahren in Aldershot. Die verheirateten Offiziere pflegten außerhalb der Kaserne Quartier zu nehmen, und der Oberst hat die ganze Zeit über die Villa Lachine bewohnt, die etwa eine halbe Meile vom Nordlager entfernt ist. Das Haus ist rings von Anlagen umgeben, deren Ausdehnung übrigens an der Westseite kaum dreißig Meter bis zur Landstraße beträgt. Der Oberst und seine Frau nebst dem Kutscher und zwei Dienstmädchen sind die einzigen Bewohner der Villa; Kinder haben die Barclays nicht, auch bekamen sie für gewöhnlich keinen Logierbesuch.

Nun muss ich berichten, was am Montagabend zwischen neun und zehn Uhr in der Villa Lachinc geschehen ist.

Die Frau Oberst ist Katholikin und scheint sich sehr für die St.-George's-Stiftung interessiert zu haben, welche es sich zur Aufgabe stellt, abgetragene Kleider unter die Armen zu verteilen. Um acht Uhr sollte eine Versammlung stattfinden, und Mrs Barclay hatte sich mit dem Abendessen beeilt, weil sie der Sitzung beizuwohnen wünschte. Als sie das Haus verließ, hörte der Kutscher noch, wie sie sich von ihrem Gatten verabschiedete und ihm versprach, recht bald zurückzukommen. In der Nachbarvilla holte sie darauf Miss Morrison ab und ging in Begleitung dieser jungen Dame zur Versammlung, die etwa eine Dreiviertelstunde dauerte. Um ein Viertel vor zehn kehrte die Frau Oberst nach Hause zurück und trennte sich von Miss Morrison im Vorbeigehen an deren Wohnung.

Auf der Westseite liegt in der Villa Lachine das Frühstückszimmer, mit einer Glastür, die auf den großen Rasenplatz führt, welchen nur eine niedere, durch ein Eisengitter gekrönte Mauer von der Landstraße scheidet. In dieses Zimmer begab sich Mrs Barclay bei ihrer Rückkehr; die Läden waren noch nicht geschlossen, denn abends wurde der Raum selten benutzt; sie zündete selbst die Lampe an, klingelte dann und befahl, ganz gegen ihre sonstige Gewohnheit, Jane, dem Hausmädchen, ihr eine Tasse Tee zu bringen. Der Oberst hatte im Speisezimmer gesessen, aber als er hörte, dass seine Frau heimgekehrt sei, suchte er sie im Frühstückszimmer auf. Der Kutscher sah ihn noch über den Flur gehen und dort eintreten. Danach hat ihn kein Mensch lebendig wieder erblickt.

Als das Mädchen etwa zehn Minuten später mit dem Tee an die Tür kam, hörte sie drinnen zu ihrem Schrecken einen heftigen Streit zwischen dem Oberst und seiner Frau. Sie klopfte an, erhielt jedoch keine Antwort; nun drückte sie auf die Klinke, allein die Tür war von innen verschlossen. Darauf lief sie in die Küche hinunter, holte die Köchin und den Kutscher herauf, und sie lauschten entsetzt auf den Zank ihrer Herrschaft. Man hörte niemanden sprechen außer dem Oberst und seiner Frau, darin stimmen alle drei überein. Barclay redete in leisen, abgerissenen Sätzen, sodass die Draußenstehenden nichts verstanden, aber der Ton der Frau Oberst war äußerst gereizt und erbittert; wenn sie die Stimme erhob, vernahm man deutlich, was sie sagte. ›Du elender Feigling‹, wiederholte sie mehrmals, ›was soll nun daraus werden! Gib mir mein verlorenes Leben zurück! Ich ertrage es nicht, je wieder dieselbe Luft mit dir zu atmen, du elender, erbärmlicher Feigling!‹ Plötzlich hörte man den Oberst einen Schrei des

Entsetzens ausstoßen, dann folgte ein Krach und ein markerschütterndes Aufkreischen der Frau. Überzeugt, dass ein Unglück geschehen sei, stürzte sich der Kutscher mit aller Gewalt gegen die Tür und versuchte sie aufzusprengen, während drinnen das Gekreisch fortdauerte. Die Tür gab jedoch nicht nach, und die Mädchen konnten in ihrer wahnsinnigen Angst keinerlei Hilfe leisten. Da kam dem Mann ein rettender Gedanke; er lief zur Haustür hinaus und auf den Rasenplatz, auf den die Glastür führt. Ein Fensterflügel stand offen, wie das zur Sommerzeit gewöhnlich der Fall war, und er gelangte ohne Schwierigkeit ins Zimmer. Seine Herrin schrie jetzt nicht mehr, sondern lag bewusstlos auf das Sofa hingestreckt, während der unglückliche Oberst, mit den Füßen auf dem Armstuhl und dem Kopf auf dem Boden, nahe am Kamingitter tot in seinem Blut lag.

Als der Kutscher sah, dass jede Hilfe für seinen Herrn zu spät kam, war natürlich sein erster Gedanke, die Tür zu öffnen. Allein wider Erwarten stieß er auf ein Hindernis. Der Schlüssel steckte nicht innen im Schloss und war auch sonst im ganzen Zimmer nicht zu finden. Es blieb dem Mann nichts übrig, als wieder zum Fenster hinauszuspringen. Als er bald darauf in Begleitung eines Polizeidieners und des Arztes zurückkehrte, wurde zuerst die Dame, auf welche begreiflicherweise der stärkste Verdacht fiel und die noch immer bewusstlos war, in ihr Zimmer geschafft. Dann legte man des Obersten Leiche auf das Sofa und begann sowohl diese als den ganzen Raum genau zu untersuchen.

Man fand die etwa zwei Zoll lange Todeswunde am Hinterkopf des alten Herrn; offenbar war ihm ein starker Schlag mit einem stumpfen Werkzeug versetzt worden. Letzteres brauchte man nicht weit zu suchen, denn dicht neben dem Leichnam lag ein sonderbar geformter Knüttel aus hartem Holz mit beinernem Griff. Der Oberst besaß eine Waffensammlung, die noch aus der Zeit seiner Kriegsdienste in überseeischen Ländern stammte, und die Polizei vermutet, der Knüttel gehöre zu dieser. Die Dienstboten behaupten zwar, denselben noch nie gesehen zu haben, doch kann er ihnen unter den vielen fremdartigen Dingen, die das Haus enthält, leicht entgangen sein. Sonst hat die Polizei nichts Auffallendes entdeckt; am unerklärlichsten bleibt die Tatsache, dass sich der fehlende Schlüssel weder in Mrs Barclays noch in des Toten Taschen oder sonst wo im Zimmer gefunden hat. Man hatte einen Schlosser holen müssen, um die Tür zu öffnen.

So also standen die Dinge, Watson, als ich am Dienstagmorgen auf Major Murphys Verlangen nach Aldershot fuhr, um die Polizei in ihren Bemühungen zu unterstützen. Sie werden mir zugeben, dass das Problem schon sowieso interessant genug war, aber meine Beobachtungen überzeugten mich bald, dass es in Wahrheit weit merkwürdiger ist, als es zuerst den Anschein hatte.

Ehe ich das Zimmer in Augenschein nahm, unterwarf ich erst die Dienstboten einem Kreuzverhör, durch das mir die erwähnten Tatsachen bestätigt wurden. Nur Jane, das Hausmädchen, erinnerte sich an einen Umstand, der bisher nicht zur Sprache gekommen war. Sie sagte, dass, als sie zuerst allein vor der Tür gestanden habe, ihre Herrschaft drinnen mit so leiser Stimme gesprochen hätte, dass sie die Worte nicht verstehen, sondern nur an dem Ton der Rede merken konnte, dass Mann und Frau miteinander stritten. Als ich jedoch weiter in sie drang, fiel ihr ein, dass ihre Herrin zweimal den Namen David genannt hatte. Dies ist deshalb von Bedeutung, weil es uns vielleicht die Ursache des Zwists enthüllt. Des Obersten Vorname ist nämlich James.

Was aber den tiefsten Eindruck, sowohl auf die Dienstboten als auf die Polizei, gemacht hat, waren die grässlich verzerrten Gesichtszüge des Obersten. Es lag ein solches Grauen, eine so namenlose Angst darin, dass mehrere Personen bloß von dem furchtbaren Anblick in Ohnmacht gefallen sind. Er muss sein grausames Geschick vorausgesehen und sich davor entsetzt haben. Dies bestätigt gewissermaßen die Ansicht der Polizei und lässt vermuten, der Oberst habe gesehen, dass seine Frau den Mordanfall auf ihn machte. Der Einwand, die Wunde sei ja am Hinterkopf, ist nicht von Belang, denn Barclay kann leicht eine Wendung gemacht haben, um dem Schlag auszuweichen. Ein Verhör mit der Frau vorzunehmen erwies sich als unmöglich, da sie in ein heftiges Nervenfieber verfallen und zur Zeit ganz von Sinnen war.

Miss Morrison, in deren Begleitung, wie du weißt, Mrs Barclay an jenem Abend ausgegangen war, hat der Polizei keine Ursache für die schlechte Stimmung angeben können, in welcher die Dame nach Hause zurückgekehrt ist.

Nachdem ich dies alles erkundet hatte, setzte ich mich hin und rauchte mehrere Pfeifen, wobei ich versuchte, in meinem Geist die wesentlichen Tatsachen von den Nebenumständen zu trennen. Ohne Frage war der bedeutungsvollste Punkt das seltsame Verschwinden des Schlüssels. Er hatte sich, trotz der sorgfältigsten Nachforschung, in dem Zimmer nicht vorgefunden und musste daher fortgeschafft worden sein. Das hatte aber weder der Oberst noch seine Frau tun können, wie auf der Hand lag. Also war eine dritte Person im Zimmer gewesen; sie konnte nur durch das Fenster hereingekommen sein, und ich hoffte, entweder drinnen oder draußen auf dem Rasen irgendeine Spur dieses rätselhaften Wesens zu entdecken. Ich verfuhr dabei nach meinen bewährten Methoden, die du ja kennst, Watson, und brachte sie allesamt zur Anwendung. Schließlich fand ich denn auch wirklich eine Fährte, aber eine, die mich gänzlich überraschte. Es war ohne Zweifel ein Mann im Zimmer gewesen; ich entdeckte seine deutlichen Fußspuren an fünf verschiedenen Stellen: einmal auf der Landstraße, an dem Punkt, wo er über die niedrige Mauer gestiegen war, zweimal auf dem Rasen und zwei ganz schwache Spuren auf den angestrichenen Brettern beim Fenster, durch das er hereingekommen sein musste. Über den Rasenplatz war er rasch gelaufen, denn seine Stiefelspitzen hatten sich viel tiefer abgedrückt als die Absätze. Doch verwunderte ich mich nicht so sehr über den Mann selbst als über seinen Gefährten.«

»Seinen Gefährten!«

Holmes zog einen großen Bogen Seidenpapier aus der Tasche und breitete ihn vorsichtig über sein Knie.

»Wofür hältst du das?«, fragte er.

Das Papier war mit Abdrücken der Fußspuren eines kleinen Tieres bedeckt. Man unterschied deutlich einen fünfteiligen Ballen und das Vorhandensein langer Nägel; jeder einzelne Umriss war etwa so groß wie ein Dessertlöffel.

»Es ist ein Hund«, sagte ich.

»Haben Sie je gehört, dass ein Hund an einem Vorhang hinaufgelaufen ist? Das Tier hat es getan, wie seine Spuren beweisen.«

»Also ein Affe?«

»Der hat keinen solchen Fuß.«

»Aber was kann es sein?«

»Weder Hund noch Katze, noch Affe – überhaupt kein Geschöpf, das wir kennen. Ich habe versucht, es mir nach den Maßen vorzustellen. Hier sind vier Abdrücke – das Tier hat still gestanden. Es misst vom Vorderfuß bis zum Hinterfuß nicht weniger als fünfzehn Zoll. Fügt man noch den Hals und den Kopf hinzu, erhält man ein Geschöpf von mindestens zwei Fuß Länge, vielleicht auch mehr, falls es einen Schwanz hat. Nun betrachten Sie einmal die anderen Maße: das Tier hat sich bewegt, und wir erkennen seine Schrittweite; nirgends beträgt sie über drei Zoll. Das lässt auf einen sehr langen Leib mit unverhältnismäßig kurzen Beinen schließen. Leider ist es nicht so freundlich gewesen, uns eine Probe seines Haars zurückzulassen. Aber von Gestalt wird es ungefähr so beschaffen sein, wie ich Ihnen sage, und es ist ein fleischfressendes Tier.«

»Woher wissen Sie das?«

»Weil es am Vorhang in die Höhe gelaufen ist. Ein Kanarienvogel hing im Bauer am Fenster; offenbar wollte es dem zu Leibe gehen.«

»Was für ein Tier war es denn aber?«

»Ja, wenn ich seinen Namen wüsste, wäre schon ein großer Schritt geschehen, um den Fall aufzuklären. Wahrscheinlich gehört es doch zur Familie der Wiesel; nur ist es größer als alle Tiere dieser Gattung, welche ich gesehen habe.«

»In welcher Beziehung aber soll das Tier zu dem Verbrechen stehen?«

»Das ist auch noch unaufgeklärt. Jedenfalls haben wir schon viel herausgebracht, wie Sie sehen. Wir wissen, dass ein Mann von der Landstraße aus dem Streit zwischen Oberst Barclay und seiner Frau zugesehen hat – die Läden waren nicht geschlossen, und die Lampe brannte im Zimmer. Ferner wissen wir, dass er, von einem fremdartigen Tier begleitet, über den Rasenplatz gelaufen und durch das Fenster gestiegen ist und dass er Barclay zu Boden gestreckt hat, falls der Oberst nicht bei seinem bloßen Anblick vor Schrecken umgefallen ist und sich an der Ecke des Kamingitters ein Loch in den Hinterkopf geschlagen hat, was ebenso wahrscheinlich ist. Und schließlich hat der Eindringling merkwürdigerweise beim Fortgehen den Zimmerschlüssel mitgenommen.«

»Nach Ihren Ermittlungen kommt mir die Sache noch weit dunkler vor als zuerst«, sagte ich.

»Sehr richtig. Das beweist ohne Zweifel, dass die Angelegenheit viel verwickelter ist, als man anfänglich glaubte. Ich beschloss daher nach reiflicher Überlegung, den Fall einmal aus einem ganz anderen Gesichtspunkt zu betrachten. – Aber ich habe Sie wirklich schon allzu lange Ihrer Nachtruhe beraubt, Watson; ich kann Ihnen das ja geradeso gut morgen auf der Fahrt nach Aldershot erzählen.«

»Bewahre! Nun, da Sie so weit mit Ihrem Bericht gekommen sind, dürfen Sie nicht mittendrin aufhören.«

»So viel stand fest, dass Mrs Barclay im besten Einvernehmen mit ihrem Gatten war, als sie um halb acht Uhr das Haus verließ. Zwar pflegte sie nie besonders zärtlich zu sein, wie ich schon erwähnte, aber der Kutscher hatte gehört, dass sie dem Oberst mit freundlichen Worten Lebewohl sagte. Ebenso gewiss war aber auch, dass sie sich bei ihrer Rückkehr sofort in ein Zimmer begab, wo sie sicher war, ihren Gatten nicht zu treffen, dass sie sich eine Tasse Tee bestellte – eine bei Frauen beliebte Nervenberuhigung – und dass sie ihrem Mann, sobald er eintrat, die heftigsten Vorwürfe zu machen begann. Zwischen halb acht und neun Uhr war also offenbar etwas geschehen, wodurch ihre Gefühle für ihn sich völlig umgewandelt hatten.

Da nun Miss Morrison während dieser anderthalb Stunden fortwährend mit Mrs Barclay zusammen gewesen war, musste sie durchaus etwas von der Sache wissen, und wenn sie es zehnmal leugnete.

Meine erste Vermutung war, es werde sich zwischen dem alten Barclay und der jungen Morrison etwas eingefädelt haben, was diese der Frau Oberst unterwegs eingestanden hätte. Dadurch ließe sich ihr Zorn bei der Rückkehr erklären sowie die Behauptung des Fräuleins, dass nichts vorgefallen sei. Aber andererseits sprach wieder die Anspielung auf David dagegen sowie die zärtliche Liebe, die der Oberst, wie allbekannt, für seine Frau hegte; von dem Auftreten jenes anderen Mannes ganz zu schweigen, der brauchte ja zu allem Vorhergegangenen in keinerlei Beziehung zu stehen. – Es wurde mir schwer, irgendwo festen Fuß zu fassen, doch gab ich den Gedanken an ein geheimes Einverständnis zwischen dem Oberst und Miss Morrison schließlich auf, bestärkte mich aber umso mehr in der Überzeugung, dass die junge Dame Auskunft darüber geben könne, aus welchem Grund Mrs Barclays Gefühle für ihren Gatten sich plötzlich in Hass verwandelt hätten. So beschloss ich denn, Miss Morrison aufzusuchen, um ihr zu erklären, ich sei zu der Gewissheit gelangt, dass sie Licht in die Sache zu bringen vermöchte. Falls sie ihre Aussage verweigere, würde ihre Freundin, als des Mordes angeklagt, vor Gericht erscheinen müssen.

Das Fräulein ist ein zartes, schlankes Wesen mit blondem Haar und schüchterner Miene, doch fehlt es ihr weder an Scharfsinn noch an gesundem Menschenverstand. Sie sah eine Weile schweigend und nachdenklich vor sich hin, aber plötzlich hob sie den Blick, schaute mich fest an und erstattete ihren merkwürdigen Bericht, den ich Ihnen so kurz wie möglich mitteilen will.

›Meine Freundin hat mir das Versprechen abgenommen, die Sache geheim zu halten, und ich pflege mein gegebenes Wort nicht zu brechen‹, sagte sie. ›Aber da eine so schwere Anklage gegen Mrs Barclay vorliegt und sie selbst durch ihre Krankheit gehindert ist, Zeugnis abzulegen, fühle ich mich von dem Versprechen entbunden. Ich will ihr helfen, so gut ich kann, und Ihnen alles, was am Montagabend geschehen ist, ausführlich erzählen.

Wir verließen die Missionssitzung etwa um drei Viertel neun und mussten auf dem Heimweg durch die Hudson Street gehen, die sehr still und menschenleer ist. Auf der linken Seite brannte eine einzige Laterne; als wir in deren Nähe waren, kam uns ein Mann entgegen, der ganz verkrüppelt aussah. Der Kopf steckte ihm tief in den Schultern, er ging mit gebeugten Knien und gekrümmtem Rücken und trug eine Art Kasten an einem Band über der Achsel. Während wir an ihm vorüberschritten, sah er in die Höhe, der Lichtschein fiel auf uns, er blieb stehen und schrie mit furchtbarer Stimme: ›Mein Gott, es ist Nancy!‹ Mrs Barclay wurde bleich wie der Tod und wäre zu Boden gefallen, hätte sie der schreckliche Krüppel nicht festgehalten. Ich wollte eben nach der Polizei rufen, als ich sie zu meiner Verwunderung ganz höflich mit dem Menschen sprechen hörte.

›Ich hielt dich schon seit dreißig Jahren für tot, Henry‹, sagte sie mit bebender Stimme.

›Das bin ich auch‹, entgegnete er, und mich überlief es kalt bei dem grauenhaften Ton seiner Stimme. Sein Gesicht war finster und abschreckend, und der grimmige Blick seiner Augen verfolgt mich noch im Traum. Haar und Bart waren stark mit Grau vermischt und seine welke, faltige Haut ganz zusammengeschrumpft.

›Bitte gehe ein wenig voraus‹, sagte Mrs Barclay zu mir, ›ich möchte ein Wort mit diesem Mann reden. Fürchte nichts für mich.‹ – Wie sehr sie sich aber auch bemühte, ihrer Stimme Festigkeit zu geben, so bebten ihr doch die Lippen, und sie sah leichenblass aus.

Ich tat, was sie verlangte, und die beiden sprachen ein paar Minuten miteinander. Dann kam Mrs Barclay mit zornsprühenden Blicken die Straße herunter, und ich sah den Krüppel am Laternenpfahl stehen, wo er, wie rasend vor Wut, die geballten Fäuste schüttelte. Sie sprach kein Wort, bis wir vor unserer Haustür standen, dann fasste sie mich bei der Hand und bat mich, niemandem etwas von der Begegnung zu sagen. ›Es ist ein früherer Bekannter von mir, der in der Welt heruntergekommen ist‹, sagte sie. Als ich ihr Stillschweigen gelobte, küsste sie mich, und ich habe sie seitdem nicht wiedergesehen.

›So, jetzt wissen Sie alles, was ich der Polizei vorenthalten habe, weil ich keine Ahnung von der Gefahr hatte, die meine Freundin bedroht. Ich weiß, es kann ihr nur zum Vorteil gereichen, wenn man die volle Wahrheit erfährt.‹

Wie Sie sich denken können, Watson, war Miss Morrisons Aussage für mich ein Lichtstrahl in dunkler Nacht. Alles, was bisher außer Zusammenhang schien, ließ sich jetzt mit Leichtigkeit aneinanderreihen, und ich hatte eine Art Vorgefühl von dem ganzen Verlauf der Sache. Mein nächster Schritt musste natürlich sein, den Mann aufzusuchen, der solchen merkwürdigen Eindruck auf Mrs Barclay gemacht hatte. Hielt er sich noch in Aldershot auf, konnte das nicht schwer sein. Dort wohnen verhältnismäßig nur wenige

Leute aus dem Bürgerstand, und ein Krüppel wäre sicherlich nicht unbemerkt geblieben. Ich verbrachte einen ganzen Tag auf der Suche, und zur Nachtzeit hatte ich ihn gefunden. Das war erst heute Abend, Watson. Der Mann heißt Henry Wood und wohnt zur Miete in der nämlichen Straße, wo ihm die Damen begegnet sind. Erst seit fünf Tagen ist er hier am Ort. Ich stellte mich der Wirtin als Beamter vor, der die Wohnungslisten auszufüllen hat, und wir plauderten allerlei miteinander. Der Mann ist von Beruf Taschenspieler und Zauberkünstler; er geht bei einbrechender Nacht in den Schenken herum und gibt Vorstellungen. In seinem Kasten trägt er ein Tier, vor dem die Wirtin in großer Angst zu schweben scheint, weil sie noch nie ein solches Geschöpf gesehen hat. Er braucht es bei seinen Kunststücken, wie sie mir sagt. Sie meinte auch, sie begriffe gar nicht, wie der Mann mit seinen verkrümmten Gliedmaßen überhaupt leben könne; manchmal rede er in einer ganz fremdartigen Sprache, und während der beiden letzten Nächte hätte sie ihn in seinem Schlafzimmer stöhnen und schluchzen hören. An Geld mangle es ihm nicht, er habe ihr auch eine Summe in Verwahrung gegeben, und darunter sei eine seltene Münze. Sie zeigte mir das Geldstück, und denken Sie sich nur, Watson, es war eine Indische Rupie.

Nun wissen Sie also genau, wie die Sachen stehen, mein werter Freund, und wozu ich Sie brauche. Es liegt auf der Hand, dass der Mann den Damen an jenem Abend von fern gefolgt ist und den Streit zwischen den Ehegatten durch das Fenster gesehen hat. Er lief herzu, und das Tier entsprang aus seinem Kasten. Das alles unterliegt keinem Zweifel, aber was dann im Zimmer geschehen ist, vermag uns kein Mensch auf der Welt genau zu berichten außer ihm allein.«

»Und du willst ihn darum befragen?«

»Ganz gewiss – aber in Gegenwart eines Zeugen.«

»Der Zeuge soll *ich* sein?«

»Ja, wenn Sie nichts dagegen haben. Kann er die Sache aufklären, so ist es mir recht. Weigert er sich, so bleibt uns keine Wahl, als einen Haftbefehl zu holen.«

»Woher wissen Sie aber, dass er noch da sein wird, wenn wir ihn aufsuchen?«

»Ich habe schon meine Maßregeln getroffen. Ein paar von meinen Jungs aus der Baker Street sind für ihn als Wache bestellt und würden sich wie die Kletten an ihn hängen, wohin er auch ginge. Wir finden ihn morgen in der Hudson Street, Watson. Jetzt aber würde ich selbst ein Verbrechen begehen, wenn ich Sie nicht endlich zur Ruhe kommen ließe.«

Wir gönnten uns nur wenige Stunden Schlaf; schon um die Mittagszeit befanden wir uns zusammen auf dem Schauplatz des Trauerspiels und schlugen sofort den Weg zur Hudson Street ein. Wie gut es auch Holmes sonst verstand, seine Gemütsbewegung zu verbergen, so merkte ich ihm doch jetzt die mühsam unterdrückte Aufregung an; auch ich empfand etwas von der Spannung des Jägers und zugleich einen gewissen geistigen Genuss, den mir die Teilnahme an seinen Untersuchungen stets bereitet.

»Hier ist die Straße«, sagte er, als wir um die Ecke bogen und eine kurze Querstraße mit zweistöckigen Backsteinhäusern vor uns sahen.

»Und da kommt auch Simpson, mir Bericht zu erstatten.«

»Er ist drinnen, Mr Holmes«, rief ein kleiner Gassenjunge, der uns entgegengelaufen kam.

»Brav, Simpson«, sagte mein Freund, ihm das Haar streichelnd. »Kommen Sie jetzt, Watson; dies ist das Haus.« Er schickte seine Karte hinein und ließ sagen, es handle sich um die Besprechung einer wichtigen Angelegenheit.

Wenige Minuten später standen wir dem Mann gegenüber, um dessentwillen wir die Fahrt unternommen hatten. Trotz des warmen Wetters hockte er am Feuer, und das Zimmer war so warm wie ein Backofen. Er saß ganz zusammengekrümmt auf dem Stuhl, und man sah deutlich, wie verkrüppelt seine Gestalt war, doch trug sein hageres, sonnenverbranntes Gesicht noch unverkennbare Spuren früherer Schönheit. Aus seinen gelbunterlaufenen, gallsüchtigen Augen blickte er uns misstrauisch an und deutete, ohne zu sprechen oder sich zu erheben, auf zwei Stühle, die im Zimmer standen.

»Sie sind Mr Henry Wood aus Indien, wenn ich nicht irre«, sagte Holmes in freundlichem Ton. »Ich möchte über den Tod des Obersten Barclay ein Wort mit Ihnen reden.«

»Was sollte ich wohl davon wissen?«

»Das muss ich zu erfahren suchen. Falls nämlich die Sache nicht aufgeklärt wird, würde Mrs Barclay, die Sie von früher her gut kennen, aller Wahrscheinlichkeit nach des Mordes angeklagt werden.«

Der Mann schrak heftig zusammen.

»Ich weiß nicht, wer Sie sind«, rief er, »noch woher Sie erfahren haben, was Sie wissen; aber ist das wahr, was Sie sagen? Wollen Sie es beschwören?«

»Jawohl. Man wartet nur darauf, dass sie wieder zum Bewusstsein kommt, um sie festzunehmen.«

»Großer Gott! – Gehören Sie selbst zur Polizei?«

»Nein.«

»Was geht Sie dann die Sache an?«

»Es muss jedermann darum zu tun sein, dass keine Ungerechtigkeit geschieht.«

»Auf mein Wort – sie ist unschuldig.«

»Dann sind Sie der Mörder?«

»Nein, ich nicht.«

»Wer hat denn den Oberst Barclay umgebracht?«

»Das Gericht des Himmels hat ihn ereilt. Aber das sage ich Ihnen: Hätte ich ihm den Schädel eingeschlagen, wie es meine Absicht war, wäre ihm nur geschehen, was er reichlich um mich verdient hat. Wenn ihn die Angst seines bösen Gewissens nicht zu Boden gestreckt hätte, wäre sein Blut höchstwahrscheinlich von meiner Hand geflossen. Sie wollen seine Geschichte von mir hören? – Nun gut – ich habe keinen Grund, sie zu verschweigen; was ich Ihnen erzählen werde, gereicht mir nicht zur Schande.

Jetzt sitze ich hier vor Ihnen mit meinem krummen Buckel und habe keine gerade Rippe mehr am ganzen Leib, aber es hat eine Zeit gegeben, da war der Korporal Henry Wood der strammste Soldat im 117. Regiment. Wir standen damals in Indien in Kantonnement, der Ort hieß Bhurtee. Der jüngst verstorbene Barclay war Unteroffizier in derselben Kompanie wie ich; die angebetete Schönheit des Regiments aber, das herrlichste Mädchen, welches je auf Erden gelebt hat, war Nancy Devoy, die Tochter des Feldwebels. Zwei Männer bewarben sich um ihre Hand, und sie erwiderte die Liebe des einen. Sie sehen mich armen Krüppel hier am Feuer kauern und werden lächeln, wenn ich Ihnen sage, dass sie mich liebte, weil meine stattliche Gestalt ihr so wohl gefiel. Nancys Herz gehörte mir, aber ihr Vater hatte sich in den Kopf gesetzt, dass sie Barclay heiraten solle. Ich war nur ein leichtes Blut, ein rechter Sausewind, und er hatte höhere Bildung genossen und stand bei den Vorgesetzten gut angeschrieben. Das Mädchen aber hielt treulich zu mir, und ich hoffte schon, sie würde mein eigen werden, als der Aufstand losbrach und alle Schrecken der Hölle ringsumher im Land wüteten.

Unser Regiment war in Bhurtee eingeschlossen, samt einer Abteilung Artillerie, einer Kompanie Sikhs und Scharen von Bürgersleuten, Frauen und Kindern. Zehntausend Rebellen standen rings um die Stadt und bewachten uns wie eine Meute Jagdhunde das eingefangene Wild. In der zweiten Woche der Belagerung stellte sich Wassermangel ein, und die Frage entstand, ob es möglich sein würde, uns mit General Neill in Verbindung zu setzen, der mit seinem Heer das Land heraufgezogen kam. Uns samt all den Weibern und Kindern bis zu ihm durchzuschlagen war ein Ding der Unmöglichkeit; wir konnten nur auf Rettung hoffen, wenn er uns Entsatz brachte. In dieser Not trat ich vor und sagte, ich wolle versuchen, mich bis zu General Neill durchzuschleichen, um ihm Kunde zu bringen von unserer gefährlichen Lage. Man ging auf mein Anerbieten ein, und da Barclay die Umgegend besser kannte als irgendjemand, besprach ich den Plan mit ihm, und er zeichnete mir genau die Route auf, die ich einschlagen musste, um durch die Rebellenlinien zu kommen. Noch dieselbe Nacht begab ich mich um zehn Uhr auf die Reise. Es galt zehntausend Menschenleben zu retten, aber ich dachte damals nur an sie, als ich in der Finsternis über die Festungsmauer stieg.

Mein Weg ging durch ein ausgetrocknetes Flussbett, in welchem ich mich vor den feindlichen Schildwachen zu verbergen hoffte; aber als ich um eine Ecke bog, lief ich geradeswegs sechs Männern in die Arme, die dort im Dunkeln auf mich lauerten. Mit einem Schlag war ich zu Boden gestreckt und rasch an Händen und Füßen gebunden. Weit niederschmetternder aber war es für mich, als ich wieder zum Bewusstsein kam und auf ihre Reden horchte, von denen ich genug verstand, um zu begreifen, dass mein eigener Kamerad, der mir den Weg vorgezeichnet, mich mithilfe eines eingeborenen Dieners verraten und den Feinden in die Hände geliefert hatte.

Ich brauche bei diesem Teil meiner Geschichte nicht lange zu verweilen. Bhurtee wurde tags darauf durch General Neill entsetzt, aber mich schleppten die Rebellen fort nach ihrem Schlupfwinkel, und es vergingen lange Jahre, ehe ich wieder einen Weißen zu Gesicht bekam. Man marterte mich grausam; ich versuchte zu entfliehen, man fing mich wieder und folterte mich abermals. Wie ich misshandelt worden bin, sehen Sie ja selbst. Einige von den Leuten flohen nach Nepal und schleppten mich mit; später gingen sie hinauf in die Berge. Die dortigen Eingeborenen erschlugen die Rebellen und zwangen mich eine Zeit lang, ihnen Sklavendienste zu tun. Endlich entkam ich, wanderte aber nordwärts anstatt nach Süden, bis ich nach Afghanistan gelangte. Dort irrte ich jahrelang umher und kam dann wieder ins Pandschab, wo ich meist unter den Eingeborenen lebte und mir durch die Zauberkünste, die ich gelernt hatte, meinen Unterhalt erwarb.

Weshalb sollte ich elender Krüppel nach England zurückkehren und meine alten Kameraden aufsuchen? Nicht einmal der Durst nach Rache konnte mich dazu bewegen. Weit besser, dass Nancy und meine früheren Gefährten glaubten, der unglückliche Henry Wood sei umgekommen, als dass sie ihn in seiner Jammergestalt am Stab einherwanken sehen. Niemand zweifelte an meinem Tod, und mir war das recht. Ich erfuhr, dass Barclay mit Nancy verheiratet sei und dass er rasch in der Rangliste des Regiments emporstieg, doch selbst das löste mir nicht die Zunge.

Wird man aber alt, sehnt man sich nach der Heimat. Seit Jahren träumte ich von dem schönen Grün der Wiesen und Hecken Englands, und endlich beschloss ich, sie noch vor meinem Tod wiederzusehen. Ich hatte Geld genug, um die Überfahrt zu bezahlen; dann kam ich hierher unter die Soldaten, wo es mir an Verdienst nicht mangelt, denn ich kenne ihre Art und weiß, was ihnen Vergnügen macht.«

»Ihr Bericht ist höchst interessant«, sagte Sherlock Holmes. »Von der Begegnung mit Mrs Barclay und wie Sie einander wiedererkannten, habe ich bereits gehört. Nun folgten Sie ihr zum Haus, sahen durch das Fenster, wie sie ihrem Gatten Vorwürfe machte und ihn vermutlich über sein schändliches Verfahren gegen Sie zur Rede stellte. Der Zorn übermannte Sie; rasch liefen Sie über den Rasenplatz und stürmten in das Zimmer hinein.«

»Das tat ich, Herr, und als Barclay meiner ansichtig wurde, verzerrten sich seine Züge auf die entsetzlichste Art. Er stürzte zu Boden und schlug mit dem Kopf gegen das Kamingitter. Aber sein Leben war schon vorher entflohen. Der Tod stand ihm deutlich im Gesicht geschrieben. Mein bloßer Anblick ist ihm wie ein giftiger Pfeil mitten durch das schuldbeladene Herz gegangen.«

»Und dann?«

»Dann fiel Nancy in Ohnmacht, und ich nahm ihr den Zimmerschlüssel aus der Hand, um die Tür zu öffnen und Hilfe zu holen. Aber nach kurzer Überlegung schien es mir besser, mich davonzumachen; der Schein sprach zu sehr gegen mich, und jedenfalls wurde mein Geheimnis verraten, wenn man mich gefangen nahm. Hastig steckte ich den Schlüssel in die Tasche und ließ meinen Stock fallen, während ich auf Teddy Jagd machte, der am Vorhang in die Höhe lief. Sobald ich ihn wieder im Kasten hatte, aus dem er entschlüpft war, machte ich mich, so rasch ich konnte, aus dem Staub.«

»Wer ist Teddy?«, fragte Holmes.

Der Mann lehnte sich vor und öffnete den Schiebedeckel von einem Behälter, welcher im Winkel stand. Sofort schlüpfte ein schönes rotbraunes Tier heraus; es war geschmeidig und schlank von Gestalt, hatte eine lange, dünne Nase, kurze Beine wie ein Wiesel und die prächtigsten roten Augen, die mir je vorgekommen sind.

»Es ist eine indische Manguste«, rief ich.

»So sagen manche, andere nennen es Ichneumon«, meinte der Mann. »Bei mir heißt Teddy nur der Schlangenfänger, und er hascht eine Kobra im Umsehen. Ich habe hier eine ohne Giftzähne, die Teddy jeden Abend fangen muss zur Belustigung der Soldaten in der Kantine. – Haben Sie sonst noch eine Frage, Mr?«

»Vielleicht werde ich mich nochmals an Sie wenden müssen, falls Mrs Barclay ernstlich in Gefahr kommt.«

»Dann würde ich natürlich Zeugnis ablegen.«

»Außerdem hätte es keinen Zweck, das alte Verbrechen des Toten ans Licht zu ziehen, wie schändlich er auch gehandelt hat. Sie haben wenigstens die Genugtuung, dass seine Gewissensbisse über die verruchte Tat ihn dreißig Jahre lang nicht zur Ruhe kommen ließen. – Doch da drüben geht eben Major Murphy vorbei. Leben Sie wohl, Wood; ich muss mich erkundigen, was seit gestern geschehen ist.«

Wir holten den Major noch ein, bevor er um die Ecke bog.

»Ah, Sie sind es, Holmes. Haben Sie schon gehört, dass der ganze Lärm unnötig gewesen ist?«

»Wieso denn?«

»Die Totenschau ist gerade zu Ende. Die ärztliche Untersuchung hat klar bewiesen, dass Barclay am Schlagfluss gestorben ist. Also war die Lösung schließlich sehr einfach, wie Sie sehen.«

»Jawohl, merkwürdig leicht zu finden«, sagte Holmes lächelnd. »Kommen Sie, Watson, ich glaube, man bedarf unserer nicht weiter in Aldershot.«

»Eins begreife ich noch immer nicht«, sagte ich auf dem Weg zum Bahnhof. »Wenn der Oberst James hieß und der andere Henry, wie kam da der Name David mit ins Spiel?«

»Dies einzige Wort hätte mir die Geschichte offenbaren müssen, mein lieber Watson, wenn ich der scharfe Verstandesmensch wäre, als den Sie mich so gern hinstellen. Es enthielt augenscheinlich einen schweren Vorwurf.«

»Einen Vorwurf?«

»Jawohl. Auch König David ist dann und wann auf Abwege geraten, und zwar bei einer gewissen Gelegenheit auf ganz ähnliche Weise wie der Sergeant James Barclay. Sie erinnern sich wohl der kleinen Begebenheit mit Urias und Bathseba. Ich bin nicht mehr ganz fest in der Bibelkunde, aber Sie werden die Geschichte, wenn ich nicht irre, im ersten oder zweiten Buch Samuel finden.«

Der Doktor und sein Patient

Bei meiner Auswahl der Fälle, welche dazu dienen sollen, dem Leser ein Bild von den eigentümlichen Geistesgaben meines Freundes Holmes zu geben, bin ich auf mancherlei Schwierigkeiten gestoßen. Seine merkwürdigsten Schlussfolgerungen und scharfsinnigsten Untersuchungen bezogen sich meist auf Begebenheiten, die an sich so geringfügig und alltäglich waren, dass sie kein allgemeines Interesse beanspruchen konnten. Andererseits kam es auch wieder häufig vor, dass er bei hochwichtigen Angelegenheiten, die einen besonders dramatischen Verlauf nahmen, zurate gezogen wurde, ohne dass er doch an der Erforschung ihrer Ursachen einen so hervorragenden Anteil hatte, wie es mir als seinem Biografen wünschenswert erscheinen musste. Auch bei der hier folgenden Geschichte hat er keine entscheidende Rolle gespielt, und doch möchte ich sie, der seltsamen Umstände wegen, die damit verknüpft sind, nicht in dieser Sammlung missen.

Es war an einem schwülen Regentag im September. Wir hatten unsere Läden halb geschlossen, und Holmes lag auf dem Sofa, beschäftigt, einen Brief, den er am Morgen erhalten, immer von Neuem durchzulesen. Ich selbst litt zwar seit meiner Dienstzeit in Indien stets weniger unter der Hitze als der Kälte, doch fühlte ich mich auch zu nichts recht aufgelegt. Selbst die Zeitung langweilte mich. Die Parlamentssitzungen waren zu Ende, alle Welt hatte die Stadt verlassen, und ich sehnte mich nach Berg und Wald oder dem Seestrand. Meinen Freund quälte kein solches Verlangen; mich veranlasste nur die Ebbe in meiner Kasse, den beabsichtigten Ferienausflug zu verschieben, aber für ihn hatten Naturgenüsse überhaupt keinen Reiz. Er blieb am liebsten mitten in der Millionenstadt London, der er mit allen Fasern seines Wesens angehörte, und es brauchte nur irgendein Gerücht oder der leiseste Verdacht eines noch unaufgeklärten Verbrechens zu entstehen, so war er gleich Feuer und Flamme. Zur Abwechslung pflegte er wohl dann und wann einmal, statt dem Übeltäter in der Stadt nachzuspüren, einer geheimnisvollen Fährte auf dem Land zu folgen, aber der Sinn für Naturschönheit fehlte ihm gänzlich, wie groß auch seine Begabung im Übrigen war.

Als ich sah, dass Holmes sich zu sehr in seinen Brief vertieft hatte, um mit mir zu plaudern, ließ ich das uninteressante Zeitungsblatt zur Erde gleiten, lehnte mich in den Armstuhl zurück und begann in wachem Zustand zu träumen. Plötzlich schreckte mich die Stimme meines Gefährten aus diesen Fantasien auf.

»Sie haben ganz recht, Watson«, sagte er, »es ist vollkommen widersinnig, derartige Streitfragen auf solche Weise schlichten zu wollen.«

»Die reinste Torheit!«, rief ich – da wurde mir auf einmal klar, dass er meinen innersten Gedanken Ausdruck gegeben hatte. Ich fuhr in die Höhe und starrte ihn in maßloser Verwunderung an.

»Aber Holmes«, rief ich, »wie ist das möglich? Das geht doch über alle Begriffe.«

Er lachte herzlich, als er mein erstauntes Gesicht sah.

»Sie erinnern sich wohl noch«, sagte er, »dass ich Ihnen kürzlich eine Stelle aus Edgar Allen Poes Schriften vorlas, wo erzählt wird, wie ein kluger Kopf den unausgesprochenen Gedanken seines Gefährten folgt? Sie waren geneigt, das nur für ein vom Verfasser erdachtes Kunststück zu halten, und wollten mir nicht glauben, als ich behauptete, ich täte das auch ganz unwillkürlich und fast ohne Unterlass.«

»Habe ich das gesagt?«

»Nicht mit Worten, mein lieber Watson, aber es stand Ihnen auf der Stirn geschrieben. Als ich nun soeben sah, wie Sie die Zeitung hinwarfen, um in Nachdenken zu versinken, benutzte ich mit Freuden die Gelegenheit, Ihrem Gedankengang zu folgen, und erlaubte mir schließlich, ihn zu unterbrechen, um Ihnen einen Beweis unseres geistigen Zusammenhangs zu geben.«

Die Erklärung genügte mir keineswegs. »In dem Beispiel, das Sie erwähnten, hat der kluge Kopf seine Schlüsse aus den Handlungen des Mannes abgeleitet, den er beobachtete. Wenn ich mich recht entsinne, stolperte er über einen Steinhaufen, sah nach den Sternen empor und dergleichen. Ich dagegen habe hier ruhig auf dem Stuhl gesessen und Ihnen keinerlei Anhaltspunkte für Ihr Gedankenlesen gegeben.«

»Da tun Sie sich unrecht. Die Gemütsbewegungen des Menschen spiegeln sich in seinen Gesichtszügen, und auch die Ihrigen sind ihr treues Abbild.«

»Sie wollen doch nicht etwa behaupten, dass Sie mir die Gedanken vom Gesicht abgelesen haben?«

»Jawohl; besonders am Ausdruck Ihrer Augen. Vielleicht erinnern Sie sich selbst gar nicht mehr, wie Sie in die Träumerei geraten sind.«

»Nein, ich weiß es nicht.«

»Ich will es Ihnen sagen: Dass Sie die Zeitung hinwarfen, erregte meine Aufmerksamkeit. Sie saßen eine Minute lang gedankenlos da, dann schweiften Ihre Augen zum Bild des Generals Gordon hinüber, das Sie sich neu haben einrahmen lassen, und ich sah an der Veränderung Ihres Ausdrucks, dass Ihre Gedanken eine bestimmte Richtung annahmen, die Sie jedoch nicht lange verfolgten. Ihr Blick flog zu Henry Ward Beechers Porträt hinüber, das ohne Rahmen auf Ihrem Büchergestell steht; dann schauten Sie wieder zur Wand. Es war leicht zu erkennen, dass Sie dachten, Beecher würde ein gutes Seitenstück zu Gordon abgeben, wenn er auch eingerahmt wäre.«

»Das haben Sie merkwürdig gut erraten.«

»So weit war kaum ein Irrtum möglich. Aber nun kehrten Sie zu Beecher zurück und schienen ganz in seinen Anblick vertieft. Sie zogen die Augenbrauen nicht mehr zusammen, sahen aber immer noch sinnend zu ihm hin – Sie überdachten seinen Lebenslauf. Dabei konnten Sie nicht umhin, sich zu erinnern, welche Aufgabe er während des amerikanischen Bürgerkriegs für die Sache des Nordens übernommen hatte; ich entsinne mich noch, wie entrüstet Sie sich darüber aussprachen, dass ein großer Teil des englischen Volkes ihm damals einen so schlechten Empfang bereitete. Als Sie gleich darauf von dem Bild fortsahen, vermutete ich, dass Ihnen nun der Bürgerkrieg selbst in den Sinn kam; Sie pressten die Lippen zusammen, Ihr Auge blitzte, unwillkürlich ballten Sie die Hände, und ich zweifelte nicht, dass Sie der tapferen Taten gedachten, die in dem grimmigen Kampf auf beiden Seiten vollbracht worden waren. Aber dann sprach tiefe Trauer aus Ihren Zügen, und Sie schüttelten den Kopf. Ihre Gedanken weilten bei den Schmerzen, dem Grauen, dem nutzlosen Blutvergießen. Sie pressten die Hand auf Ihre alte Wunde, und ein Lächeln spielte um Ihre Lippen. Ihnen war plötzlich aufgegangen, wie lächerlich es doch im Grunde sei, internationale Fragen auf solche Art entscheiden zu wollen. In diesem Augenblick sprach ich Ihnen meine Zustimmung aus und freute mich zu sehen, dass alle meine Schlussfolgerungen richtig gewesen waren.«

»Vollkommen richtig«, sagte ich, »aber nachdem Sie mir alles erklärt haben, ist mir die Sache durchaus nicht verständlicher geworden.«

»Es war nur ein kleiner Zeitvertreib, mein lieber Watson, von dem ich Ihnen gar nichts verraten haben würde, hätten Sie nicht neulich etwas ungläubig dreingeschaut. – Aber mir scheint, draußen erhebt sich ein frischer Luftzug. Wollen wir nicht noch einen Abendspaziergang in den Londoner Straßen machen?«

Ich hatte es herzlich satt, in unserem engen Wohnzimmer zu sitzen, und folgte bereitwillig seiner Aufforderung. Drei Stunden lang streiften wir in Fleet Street und dem Strand umher und betrachteten das vielgestaltige Menschengetriebe, das dort fortwährend auf und nieder wogt. Holmes ließ seiner Beobachtungsgabe freien Lauf; seine anziehenden Gespräche und scharfsinnigen Bemerkungen fesselten und belustigten mich in hohem Grad.

Erst gegen zehn Uhr kehrten wir in die Baker Street zurück. Ein Einspänner wartete vor unserer Tür.

»Hm! Ein Arztwagen, wie ich sehe«, sagte Holmes. »Offenbar ein praktischer Arzt – erst kurze Zeit im Beruf, hat aber schon viel zu tun. Er will sich vermutlich Rat bei uns holen. Ein Glück, dass wir rechtzeitig nach Hause gekommen sind.«

Ich kannte meinen Freund genugsam, um mich über seine Schlüsse nicht sonderlich zu verwundern. Ein Korb mit chirurgischen Instrumenten, der im Innern des Wagens hing und von den Laternen beschienen wurde, hatte ihm all diese Einzelheiten verraten. Oben in unserem Fenster sahen wir Licht, ein Zeichen, dass der späte Besuch wirklich uns galt. Nicht ohne Neugier, was mein Herr Kollege um diese Stunde noch hier zu suchen kam, folgte ich Holmes in unsere Behausung.

Ein bleicher Mann mit hagerem Gesicht und blondem Backenbart stand vom Stuhl auf, als wir eintraten. Er mochte etwa vierunddreißig Jahre alt sein, aber seine ungesunde Farbe und die eingefallenen Wangen erzählten von einer Lebensweise, die seine Kraft verzehrt und ihn früh alt gemacht hatte. Sein Wesen war schüchtern und unsicher, und seine schmale weiße Hand, die er beim Aufstehen auf das Kaminsims legte, hätte besser für einen Künstler als für einen Chirurgen gepasst. Er trug einen schwarzen Überrock und dunkle Beinkleider, nur seine Krawatte hatte ein wenig Farbe.

»Guten Abend, Herr Doktor«, redete ihn Holmes freundlich an, »es ist gut, dass Sie nicht länger als ein paar Minuten auf uns zu warten brauchten.«

»Sie haben wohl mit meinem Kutscher gesprochen?«

»Nein, ich sehe es an dem Licht hier auf dem Nebentisch. Bitte nehmen Sie wieder Platz und sagen Sie mir, was zu Ihren Diensten steht.«

»Erlauben Sie, dass ich mich Ihnen vorstelle. Ich bin Doktor Percy Trevelyan und wohne in der Brook Street 403.«

»Sind Sie vielleicht der Verfasser einer Abhandlung über ›unsichtbare krankhafte Veränderungen im Nervensystem‹?«, fragte ich.

Seine bleichen Wangen färbten sich vor Vergnügen, als er hörte, dass mir sein Werk bekannt sei.

»Es kommt so selten vor, dass jemand meine Arbeit erwähnt«, sagte er, »ich glaubte schon, sie wäre ganz verschollen. Mein Verleger spricht sich äußerst entmutigend über den Absatz aus. Vermutlich sind Sie selbst Mediziner?«

»Ich war früher Regimentsarzt.«

»Nervenkrankheiten sind mir schon von jeher interessant gewesen; am liebsten würde ich sie zu meiner Spezialität machen, aber man muss natürlich nehmen, was gerade kommt. – Doch dies gehört nicht zur Sache, Mr Holmes, und ich kann mir denken, wie wertvoll Ihre Zeit ist. Bei mir in der Brook Street haben sich merkwürdige Dinge zugetragen, und die ganze Angelegenheit hat sich heute Abend so sehr zugespitzt, dass ich auch keine Stunde länger warten wollte, ohne Sie um Rat und Beistand zu bitten.«

Sherlock Holmes setzte sich und zündete seine Pfeife an. »Ich stehe ganz zu Ihrer Verfügung«, sagte er. »Bitte teilen Sie mir so ausführlich wie möglich mit, was Sie beunruhigt hat.«

»Es kommen verschiedene sehr geringfügige Umstände dabei mit ins Spiel – fast schäme ich mich, davon zu sprechen. Doch ist mir die Sache vollkommen unerklärlich, und sie hat zuletzt noch eine so außergewöhnliche Wendung genommen, dass ich Ihnen den genauen Sachverhalt darlegen muss, damit Sie selbst urteilen, was wesentlich oder nebensächlich ist.

Ich muss auf meine Studienzeit zurückgreifen. Die Professoren an der Londoner Universität, die ich besuchte, hielten große Stücke auf mich; das kann ich sagen, ohne mich zu überheben. Nach abgelegtem Examen setzte ich meine wissenschaftlichen Untersuchungen fort und erhielt eine Assistentenstelle im King's College Hospital. Meine Beobachtungen der Krankheitserscheinungen bei der Starrsucht erregten einiges Aufsehen, und zugleich wurde mir auch der Pinkerton-Preis und die große Medaille für meine Abhandlung über die Veränderungen im Nervensystem zuerteilt, die Ihr Freund soeben erwähnte. Es ist keine Übertreibung, wenn ich sage, dass man mir damals eine glänzende Laufbahn prophezeite.

Das größte Hindernis, das mir im Weg stand, war mein Geldmangel. Ein Spezialist, der sich einen Namen machen will, ist genötigt, sich in einer der vornehmsten Straßen des Cavendish Square niederzulassen, wo die Mieten fast unerschwinglich sind und die Einrichtung große Summen kostet. Auch muss er sich Wagen und Pferde halten und ein paar Jahre nur von seinen Zinsen leben können. An dies alles war bei mir nicht zu denken; ich konnte nur hoffen, in etwa zehn Jahren so viel zusammengespart zu haben, um eine selbstständige Praxis anzufangen. Plötzlich aber eröffnete sich mir eine ganz neue, unerwartete Aussicht.

Ein Herr namens Blessington, der mir völlig fremd war, trat eines Morgens zu mir ins Zimmer und begann ohne alle Einleitung:

›Sind Sie nicht derselbe Percy Trevelyan, der ein so vorzügliches Examen gemacht und kürzlich einen großen Preis erhalten hat?‹

Ich verbeugte mich.

›Antworten Sie mir frei und offen‹, fuhr er fort, ›denn das wird Ihnen nur zum Vorteil gereichen: Sie haben genügend Begabung, um Ihr Glück zu machen, aber besitzen Sie auch den erforderlichen Takt?‹

Das war eine sonderbare Frage. ›Ich hoffe, es fehlt mir nicht daran‹, erwiderte ich lächelnd.

›Sie haben keine schlechten Gewohnheiten? Sie neigen nicht etwa zum Trunke, was?‹

›Aber, mein Herr!‹, rief ich.

›Nichts für ungut. Sie haben ganz recht, aber ich muss danach fragen. – Sagen Sie einmal, warum fangen Sie denn bei Ihren Anlagen keine eigene Praxis an?‹

Ich zuckte die Achseln.

›Nur heraus mit der Sprache‹, fuhr er in seiner polternden Art fort. ›Es ist wohl die alte Geschichte. Sie haben mehr im Kopf als im Beutel, wie? – Was würden Sie dazu sagen, wenn ich Sie instand setzte, sich in der Brook Street als Arzt niederzulassen?‹

Ich sah ihn starr vor Verwunderung an.

›Wissen Sie, ich tue es nicht Ihnen zuliebe, sondern um meinetwillen‹, rief er. ›Ich will Ihnen ganz offen sagen, wie ich es mir denke, und wenn es Ihnen passt, bin ich's zufrieden. Ich suche nämlich mein kleines Kapital unterzubringen und habe Lust, es bei Ihnen anzulegen.‹

›Aber weshalb?‹, stieß ich hervor.

›Nun, es ist so gut wie jede andere Spekulation und obendrein sicherer als die meisten.‹

›Was verlangen Sie denn von mir?‹

›Das will ich Ihnen erklären. Ich miete das Haus, besorge die Einrichtung, bezahle die Dienerschaft und alle Ausgaben des Haushalts. Sie brauchen nichts weiter zu tun, als im Sprechzimmer auf dem Lehnstuhl zu sitzen. Auch Taschengeld bekommen Sie von mir und alles Übrige. Dafür händigen Sie mir drei Viertel von Ihren Einkünften aus und behalten den Rest für sich.‹

So lautete der merkwürdige Vorschlag, den mir Mr Blessington machte; wie viel noch darüber hin und her geredet wurde und wie wir uns endlich verständigten, brauche ich nicht zu erwähnen. Kurz und gut – ich bezog fast unter den gleichen Bedingungen, wie er sie gestellt hatte, zu Lichtmess das Haus. Er selbst wohnte bei mir als ständiger Patient und benutzte die zwei besten Zimmer im ersten Stock für sich zum Schlaf- und Wohnraum. Da er an Herzschwäche litt, glaubte er einer fortwährenden ärztlichen Aufsicht zu bedürfen. Es war ein wunderlicher Mensch, der alle Geselligkeit hasste und nur selten ausging. In betreff seiner täglichen Gewohnheiten band er sich an keinerlei Regel, nur in einer Sache war er die Pünktlichkeit selbst. Er pflegte nämlich jeden Abend um dieselbe Stunde in meinem Sprechzimmer zu erscheinen, die Bücher durchzusehen, mir fünf Schilling und drei Pence für jede verdiente Guinee auszuzahlen und den Rest einzustreichen, um ihn in dem eisernen Geldkasten zu verwahren, den er in seinem Zimmer stehen hatte.

Ich kann mit aller Bestimmtheit sagen, dass er niemals Ursache gehabt hat, seine Spekulation zu bereuen. Sie glückte von Anfang an. Der gute Ruf, den ich mir schon im Hospital erworben, sowie ein paar gelungene Kuren brachten mich rasch vorwärts, und während der letzten zwei Jahre habe ich ihn zum reichen Mann gemacht.

So viel musste ich Ihnen von meiner Vergangenheit und meinen Beziehungen zu Blessington berichten, Mr Holmes. Nunmehr komme ich zu den Ereignissen, die mich veranlasst haben, Sie heute Abend aufzusuchen.

Vor einigen Wochen trat Blessington einmal in großer Aufregung bei mir ein und erzählte von einem Einbruchsdiebstahl, der im Westend verübt worden sei. Meiner Meinung nach ereiferte er sich ganz unnötig darüber, auch fand ich es höchst überflüssig, dass er sogleich an sämtlichen Fenstern und Türen die Schlösser und Riegel untersuchen und verstärken ließ. Acht Tage lang kam er nicht aus der Unruhe heraus; er schaute fortwährend verstohlen auf die Straße hinunter, auch gab er seinen kurzen Spaziergang vor Tisch auf und verließ das Haus nicht mehr. Sein Benehmen machte den Eindruck, als schwebe er beständig in Todesangst vor einem Menschen oder irgendeiner Gefahr. Auf alle meine Fragen antwortete er aber mit solchen persönlichen Beleidigungen, dass mir die Lust verging, das Thema noch weiter zu berühren. Mit der Zeit schwand seine Furcht allmählich, und er hatte fast die frühere Lebensweise wieder aufgenommen, als ein Ereignis eintrat, das ihn gänzlich daniederwarf und ihn in den kläglichen Zustand versetzte, in dem er sich jetzt befindet.

Der Anlass war folgender: Vor zwei Tagen erhielt ich dies Schreiben ohne Adresse und Datum, das ich Ihnen jetzt vorlesen will:

> ›Ein russischer Edelmann, der gegenwärtig in England wohnt, leidet seit mehreren Jahren an Anfällen von Starrsucht. Er wünscht, Dr. Trevelyan, der, wie allgemein bekannt, eine Autorität für dies Übel ist, um seinen ärztlichen Beistand zu bitten. Morgen Abend wird er sich um ein Viertel sieben im Sprechzimmer einfinden und bittet den Herrn Doktor, sich so einzurichten, dass er ihn zu Hause trifft.‹

Der Brief war für mich umso bedeutsamer, weil das Studium der Starrsucht besonders durch die Seltenheit der Krankheit erschwert wird. Als daher der Diener zur bestimmten Stunde meinen ausländischen Patienten hereinließ, erwartete ich ihn bereits mit Spannung.

Es war ein ältlicher hagerer Mann von ehrbarem, etwas gewöhnlichem Aussehen – durchaus nicht, was man sich unter einem russischen Edelmann vorstellt. Sein Gefährte, ein auffallend hübscher, hochgewachsener junger Herr mit dunklen, finsteren Gesichtszügen und wahrhaft herkulischem Gliederbau, machte mir einen weit größeren Eindruck. Als sie eintraten, stützte er den Alten und geleitete ihn bis zu einem Stuhl. Man hätte ihm eine so zärtliche Sorgfalt nach seinem Äußeren gar nicht zugetraut.

›Sie entschuldigen wohl, Herr Doktor, dass ich mitkomme‹, sagte er auf Englisch mit etwas fremdländischer Aussprache. ›Dies ist mein Vater, um dessen Gesundheit ich im höchsten Grade besorgt bin.‹

Von so viel kindlicher Liebe gerührt, fragte ich: ›Vielleicht wünschen Sie bei der Konsultation zugegen zu sein?‹

›Um nichts in der Welt!‹, rief er mit entsetzter Gebärde. ›Wenn mein Vater einen seiner schrecklichen Anfälle bekäme und ich es mit ansehen müsste – ich glaube, das überlebte ich nicht. Mein eigenes Nervensystem gehört durchaus nicht zu den stärksten. Mit Ihrer Erlaubnis will ich mich in das Wartezimmer zurückziehen, während Sie meines Vaters Fall untersuchen.‹

Ich hatte natürlich nichts dagegen, und der junge Mann entfernte sich. Dann sprach ich mit dem Patienten ausführlich über seine Krankheit und notierte mir alles genau. Der alte Herr hatte keinen besonders scharfen Verstand und gab meist ziemlich undeutliche Antworten, was ich seiner mangelhaften Kenntnis der englischen Sprache zuschrieb. Plötzlich aber, während ich noch mit Schreiben beschäftigt war, antwortete er gar nicht mehr auf meine Fragen, und als ich mich nach ihm umwandte, sah ich ihn zu meinem Schrecken kerzengerade auf dem Stuhl sitzen; sein Gesicht, das er mir zuwandte, war völlig starr und leblos. Das rätselhafte Übel hatte ihn abermals befallen.

Mein erstes Gefühl war, wie gesagt, Mitleid und Grauen. Dann aber ergriff mich, ich will es nicht leugnen, die Befriedigung des Fachmanns. Ich notierte Puls und Temperatur meines Patienten, prüfte die Starrheit seiner Muskeln und ihre Reflexbewegungen. Alle Ergebnisse stimmten fast genau mit meinen Beobachtungen in früheren Fällen überein; es war keinerlei Abweichung bemerkbar. Das Einatmen von Amylnitrit hatte bei ähnlicher Gelegenheit schon gute Dienste getan, und ich wollte seine Wirkung auch jetzt wieder erproben. Da die Flasche unten im Laboratorium war, ließ ich meinen Patienten auf dem Stuhl sitzen und lief hinunter, sie zu holen. Ich musste ein Weilchen nach dem Mittel suchen und kehrte erst nach etwa fünf Minuten zurück. Nun stellen Sie sich mein Erstaunen vor, als ich das Zimmer leer fand – der Kranke war verschwunden.

Natürlich stürzte ich gleich ins Wartezimmer. Der Sohn war auch fort. Die Haustür wurde tagsüber nicht verschlossen. Mein Diener, der die Patienten einzulassen pflegt, ist noch neu und nicht sehr aufgeweckt. Gewöhnlich wartet er unten und kommt erst heraufgesprungen, um die Herrschaften hinauszubegleiten, wenn ich im Sprechzimmer klingle. Er hatte nichts gehört, und die Sache blieb völlig rätselhaft.

Bald nachher kam Blessington von seinem Spaziergang zurück, aber ich erwähnte ihm gegenüber nichts von dem Vorfall. Offen gestanden habe ich in letzter Zeit den Verkehr mit ihm überhaupt so viel wie möglich gemieden.

Eigentlich war ich überzeugt, dass ich weder den Russen noch seinen Sohn je wieder zu Gesicht bekommen würde; aber heute Abend erschienen beide zu meiner Überraschung ganz wie das erste Mal und zur nämlichen Stunde bei mir im Sprechzimmer.

›Ich muss Sie sehr um Entschuldigung bitten, Herr Doktor‹, sagte mein Patient, ›dass ich gestern so ohne Abschied fortgegangen bin.‹

›Allerdings war ich nicht wenig verwundert darüber‹, erwiderte ich.

›Sie müssen wissen‹, fuhr er fort, ›dass mir, wenn ich nach solchem Anfall aufwache, meist jede Erinnerung an das Vorhergegangene geschwunden ist. Ich muss wohl während Ihrer Abwesenheit in noch halb bewusstlosem Zustand zum Haus hinaus und auf die Straße gegangen sein.‹

›Und ich‹, sagte der Sohn, ›sah meinen Vater an der Tür des Wartezimmers vorbeikommen und dachte natürlich nichts anderes, als dass die Konsultation zu Ende sei. Erst nachdem wir daheim angekommen waren, wurde mir der wahre Stand der Dinge klar.‹

›Nun, es ist ja kein Unglück daraus entstanden‹, versetzte ich lachend. ›Sie haben mir nur viel Kopfzerbrechen verursacht. Wenn Sie, mein Herr, sich gefälligst wieder ins Wartezimmer verfügen wollen, können wir die so plötzlich abgebrochene Konsultation gleich wieder aufnehmen.‹

Etwa eine halbe Stunde lang sprach ich mit dem alten Herrn über seine Symptome, verschrieb ihm eine Arznei und sah ihn dann sich am Arm seines Sohnes entfernen.

Ich sagte Ihnen schon, dass Blessington um diese Zeit seinen täglichen Spaziergang zu machen pflegte. Er kam bald nachher zurück, und ich hörte ihn die Treppe hinaufgehen. Im nächsten Augenblick stürmte er aber wieder herunter und in mein Sprechzimmer, wie wahnsinnig vor Angst und Schrecken.

›Wer ist bei mir im Zimmer gewesen?‹, rief er.

›Kein Mensch‹, entgegnete ich.

›Das ist eine freche Lüge!‹, kreischte er. ›Kommen Sie und überzeugen Sie sich selbst.‹

Ich hielt ihm die beleidigende Rede zugute, da er vor Furcht ganz von Sinnen schien. Als ich mit ihm hinaufging, zeigte er mir verschiedene Fußspuren auf dem hellen Teppich.

›Sollen die etwa von mir herrühren?‹, rief er.

Die Abdrücke waren viel zu groß dazu und offenbar ganz frisch. Es hat heute Nachmittag stark geregnet, wie Sie wissen, und außer den beiden Russen waren keine Patienten bei mir gewesen. – Es ließ sich nicht anders erklären, als dass der Mann im Wartezimmer aus irgendeinem mir unbekannten Grund in Blessingtons Wohnung hinaufgegangen war, während ich mich mit seinem Vater besprach. Nichts war von der Stelle gerückt oder entwendet worden, die Fußspuren bildeten den einzigen Beweis, dass wirklich jemand im Zimmer gewesen war.

Blessington regte sich ganz maßlos über den Vorfall auf, der natürlich keinem gleichgültig gewesen wäre. Er sank laut schluchzend in seinen Stuhl und war kaum imstande, einen zusammenhängenden Satz herauszubringen. Auf seinen Wunsch beschloss ich, mir bei Ihnen Rat zu holen, Mr

Holmes; die Sache ist auch wirklich höchst seltsam, obgleich er ihr entschieden eine viel zu große Wichtigkeit beilegt. Wenn Sie die Güte hätten, mit mir im Wagen zurückzukommen, würde sich Blessington vielleicht einigermaßen beruhigen. Dass es Ihnen gelingen könnte, eine Erklärung für den merkwürdigen Vorfall zu finden, wage ich kaum zu hoffen.«

Sherlock Holmes hatte dem langen Bericht so gespannt zugehört, dass ich wohl sah, wie sehr ihn die Angelegenheit interessierte. Zwar blieben seine Gesichtszüge regungslos wie immer, aber mehr und mehr senkten sich die Lider über seine Augen, und immer dichter qualmte der Rauch seiner Pfeife bei jeder überraschenden Wendung in der Geschichte. Kaum hatte der Arzt geendet, als Holmes, ohne ein Wort zu sagen, aufsprang, mir meinen Hut in die Hand drückte, den seinigen vom Tisch nahm und Doktor Trevelyan zur Tür hinaus folgte. Eine Viertelstunde später hielten wir vor seinem Wohnhaus in der Brook Street, das düster und schmucklos dalag wie die meisten Geschäftshäuser im Westend. Der Diener ließ uns ein, und wir stiegen die teppichbelegte Treppe hinauf.

Da geschah etwas völlig Unerwartetes. Die Lampe im oberen Stock erlosch plötzlich, und wir hörten in der Dunkelheit eine schnarrende, bebende Stimme uns zurufen:

»Ich habe eine Pistole hier, und sobald ihr näher kommt, schieße ich!«

»Aber da hört denn doch alles auf, Mr Blessington!«, rief Trevelyan erzürnt.

»Also Sie sind es, Doktor«, sagte die Stimme im Ton großer Erleichterung. »Aber die beiden anderen Herren – sind sie auch wirklich das, wofür sie sich ausgeben?«

Sein scharfer Blick suchte die Finsternis zu durchdringen, so gut es anging.

»Es ist richtig, Sie können heraufkommen«, sagte er endlich. »Ich bedaure, dass ich Sie mit meinen Vorsichtsmaßregeln belästigen musste.«

Er zündete die Gaslampe wieder an, und wir sahen einen sonderbaren Menschen vor uns, dessen Äußeres noch deutlicher verriet, als es seine Stimme vorhin getan hatte, wie zerrüttet seine Nerven waren. Das dünne sandfarbene Haar stand ihm vor innerer Erregung zu Berge, er hatte eine kränkliche Gesichtsfarbe und musste wohl in letzter Zeit sehr abgemagert sein, denn die Haut war um Hals und Wangen ganz schlaff, obgleich er noch immer für einen sehr dicken Mann gelten konnte. In der Hand hielt er eine Pistole, die er in die Tasche gleiten ließ, als er auf uns zutrat.

»Guten Abend, Mr Holmes«, sagte er, »besten Dank für Ihren Besuch. Kein Mensch braucht Ihren Rat wohl so nötig wie ich. Vermutlich hat Ihnen Doktor Trevelyan schon von dem frechen Hausfriedensbruch erzählt, der an mir verübt worden ist.«

»Jawohl«, versetzte Holmes. »Wer sind denn die beiden Männer, Mr Blessington, und was treibt sie dazu, Ihre Ruhe zu stören?«

»Ja, sehen Sie«, erwiderte der Angeredete mit nervöser Hast, »das ist eine Frage, die sich nicht so leicht beantworten lässt. Das werden Sie sich wohl selber sagen können.«

»Soll das etwa heißen, dass Sie es nicht wissen?«

»Bitte wollen Sie nicht eintreten? Haben Sie die Güte, sich einmal hierherzubemühen.«

Er führte uns in sein geräumiges und bequem ausgestattetes Schlafzimmer und deutete auf einen schwarzen Koffer, der zu Häupten des Betts stand. »Ich bin nie ein reicher Mann gewesen, Mr Holmes«, sagte er, »nur eine einzige Kapitalanlage habe ich in meinem Leben gemacht, wie Doktor Trevelyan Ihnen mitteilen kann. Ich habe nun einmal kein Vertrauen zu den Bankiers und würde mich nie auf solche Geldmenschen verlassen. Unter uns gesagt, alles, was ich besitze, liegt dort im Koffer; Sie können sich daher vorstellen, wie mir zumute ist, wenn unbekannte Leute heimlich in mein Zimmer eindringen.«

Holmes sah Blessington mit forschendem Blicke an und schüttelte den Kopf.

»Wenn Sie versuchen wollen, mich zu täuschen, kann ich Ihnen keinen Rat geben.«

»Aber ich habe Ihnen doch alles offen kundgetan.«

Holmes wandte sich mit ärgerlicher Miene zum Gehen. »Guten Abend, Doktor Trevelyan«, sagte er.

»Und für mich haben Sie keinen Rat?«, stöhnte Blessington mit brechender Stimme.

»Ich kann Ihnen nur raten, die Wahrheit zu sprechen.«

In der nächsten Minute waren wir draußen und auf dem Heimweg begriffen. Wir hatten schon die Oxford Street hinter uns, ehe mein Gefährte die kleinste Äußerung tat.

»Es tut mir leid, Watson, dass ich Sie so vergeblich bemüht habe«, sagte er endlich. »Freilich, im Grunde ist der Fall ganz interessant.«

»Ich kann nicht recht klug daraus werden«, gestand ich.

»Es liegt doch auf der Hand, dass zwei Männer – vielleicht auch mehr, aber zwei jedenfalls – Mr Blessington zu Leibe gehen möchten. Ich bin fest überzeugt, dass der jüngere sowohl das erste als das zweite Mal in Blessingtons Zimmer war, während sein Helfershelfer durch schlaue Vorspiegelungen die Aufmerksamkeit des Doktors zu fesseln wusste.«

»Aber die Starrsucht?«

»Ein geschickter Betrug, Watson, obgleich ich dem Herrn Spezialisten gegenüber das nicht auszusprechen wage. Gerade diese Krankheit lässt sich sehr leicht vortäuschen. Ich habe es selbst schon getan.«

»Nun, und was weiter?«

»Es traf sich bei beiden Gelegenheiten ganz zufällig, dass Blessington gerade abwesend war. Sie wählten die ungewöhnliche Stunde für ihre Besuche offenbar, damit kein anderer Patient im Wartezimmer wäre. Dass dies gerade mit Blessingtons täglichem Ausgang zusammentraf, wussten sie nicht; sie scheinen demnach mit seinen Gewohnheiten wenig vertraut. Wäre es ihnen nur um Beute zu tun gewesen, hätten sie wenigstens den Versuch gemacht, sein Geld zu finden. Es lässt sich einem Menschen unfehlbar am Gesicht absehen, wenn ihm um seine eigene Haut bange ist. Unmöglich kann er sich Feinde gemacht haben, die ihn mit solcher Rachsucht verfolgen, ohne dass er selbst darum weiß. Ich nehme daher als gewiss an, dass er die Männer kennt und seine Gründe hat, es nicht einzugestehen. Indessen ist es möglich, dass wir ihn morgen in einer mitteilsameren Stimmung finden.«

»Noch eine andere Möglichkeit wäre vorhanden«, sagte ich. »Es ist zwar im höchsten Grade unwahrscheinlich, aber doch denkbar, dass die Begebenheit mit dem starrsüchtigen Russen und dessen Sohn auf bloßer Erfindung beruht und Trevelyan selbst zu irgendwelchem Zweck in Blessingtons Zimmer gewesen ist.«

Beim Schein der Gaslaterne sah ich, wie belustigt Holmes über meinen glänzenden Einfall lächelte.

»Auch mir kam gleich zuerst diese Lösung der Angelegenheit in den Sinn, mein Junge«, sagte er. »Aber bald wurde mir die Richtigkeit von des Doktors Angaben klar. Der jüngere Mann hatte so deutliche Fußspuren auf der Treppe zurückgelassen, dass ich gar nicht erst ins Zimmer zu gehen brauchte, um sie dort zu sehen. Seine Schuhe sind vorne breit und nicht spitz wie Blessingtons, auch fast anderthalb Zoll länger als des Doktors Stiefel. Darüber, dass er der Eindringling war, besteht also nicht der leiseste Zweifel, wie du mir zugeben wirst. Wir wollen jetzt die Sache beschlafen; mich würde es sehr wundern, wenn wir nicht morgen früh neue Nachricht aus der Brook Street erhielten.«

Sherlock Holmes' Prophezeiung sollte sich bald auf tragische Weise erfüllen. Am nächsten Morgen, gegen halb acht Uhr, als kaum der Tag graute, sah ich ihn im Schlafrock neben meinem Bette stehen.

»Draußen wartet eine Droschke auf uns, Watson«, sagte er.

»Was gibt es denn?«

»Es handelt sich um die Geschichte in der Brook Street.«

»Ist etwas Neues geschehen?«

»Allem Anschein nach.« Holmes öffnete den Fensterladen. »Sieh her – ein Blatt aus dem Notizbuch und mit Bleistift darauf gekritzelt: ›Um Gottes willen, kommen Sie schnell! – P. T.‹ Unser Freund, der Doktor, hat das in schrecklicher Aufregung geschrieben. Machen Sie sich fertig, alter Junge, es ist ein dringender Hilferuf.«

Etwa eine Viertelstunde später waren wir wieder in der Wohnung des Arztes. Er kam uns mit entsetzter Miene entgegengestürzt.

»Ist das eine Geschichte!«, rief er, sich mit beiden Händen den Kopf haltend.

»Was gibt's denn?«

»Blessington hat sich umgebracht.«

»Wahrhaftig?«

»Ja, er hat sich heute Nacht erhängt.«

Der Doktor ging voran, und wir betraten sein Wartezimmer.

»Der Schreck ist mir in alle Glieder gefahren; ich weiß kaum mehr, was ich tue«, rief er. »Die Polizei ist schon oben.«

»Wann haben Sie es entdeckt?«

»Man bringt ihm jeden Morgen eine Tasse Tee hinauf. Als das Mädchen gegen sieben Uhr ins Zimmer trat, sah sie das Unglück. Er hatte den Strick an den Haken in der Decke gebunden, wo gewöhnlich die große Lampe hängt, und war dann von demselben Koffer heruntergesprungen, den er uns gestern gezeigt hat.«

Holmes stand tief in Gedanken da.

»Wenn Sie erlauben«, sagte er endlich, »möchte ich oben den Tatbestand in Augenschein nehmen.«

Wir stiegen die Treppe hinauf, und der Doktor folgte.

Als wir ins Schlafzimmer traten, bot sich uns ein grauenhafter Anblick dar. Blessington, der dort am Strick baumelte, sah kaum noch einem Menschen gleich. Sein Hals war stark in die Länge gezogen, wie der eines gerupften Huhns, und im Gegensatz dazu nahm sich der übrige Körper umso aufgeschwemmter und formloser aus. Er war nur mit seinem langen

Nachthemd bekleidet, aus dem die geschwollenen Füße und Fußgelenke starr und steif hervorsahen. Neben der Leiche stand ein schneidig aussehender Polizeibeamter, der sich Notizen in sein Taschenbuch machte.

»Ach, Sie sind's, Mr Holmes«, sagte er, als mein Freund eintrat, »das freut mich sehr.«

»Guten Morgen, Lanner«, versetzte Holmes. »Sie werden gewiss nicht glauben, dass ich mich hier unberufen eindrängen will. Wissen Sie schon etwas von dem, was vorausgegangen ist, ehe es zu diesem Ende kam?«

»Ja, man hat mir einiges mitgeteilt.«

»Haben Sie bereits eine Ansicht darüber?«

»Soweit ich sehen kann, ist der Mann aus Furcht von Sinnen gekommen. Er hat die Nacht über im Bett gelegen und geschlafen, man sieht noch den tiefen Eindruck in den Kissen. Gegen fünf Uhr morgens wird am häufigsten Selbstmord verübt. Diese Zeit scheint er auch gewählt zu haben, um sich zu erhängen. Er hat die Tat mit allem Bedacht ausgeführt.«

»Nach der Erstarrung der Muskeln zu urteilen, muss er seit etwa drei Stunden tot sein«, sagte ich.

»Ist Ihnen irgendetwas Besonderes im Zimmer aufgefallen?«, erkundigte sich Holmes.

»Ein Schraubenzieher und mehrere Schrauben lagen auf dem Waschtisch. Auch hat er die Nacht über stark geraucht. Hier sind vier Zigarrenstummel, die ich im Kamin gefunden habe.«

»Hm«, meinte Holmes. »Liegt hier irgendwo seine Zigarrenspitze?«

»Nein, ich habe keine gesehen.«

»Oder seine Zigarrentasche?«

»Die steckte im Rock.«

Holmes öffnete sie und roch an der einzigen Zigarre, die sie noch enthielt.

»Das ist eine Havanna«, sagte er, »und die anderen gehören zu der eigentümlichen Sorte, welche die Holländer aus Ostindien bei uns einführen. Sie sind im Verhältnis zur Länge ungewöhnlich dünn und meist in Stroh gewickelt.« Er untersuchte die vier Zigarrenenden mit seiner Taschenlupe.

»Zwei sind durch die Spitze geraucht worden und zwei ohne«, sagte er. »Zwei hat man mit einem etwas stumpfen Messer abgeschnitten und die anderen beiden mit sehr scharfen Zähnen abgebissen. Es handelt sich hier um keinen Selbstmord, Lanner. Der Mann ist nach einem wohlüberlegten Plan von ein paar Bösewichtern mit kaltem Blut umgebracht worden.«

»Unmöglich!«, rief der Polizeibeamte.

»Weshalb?«

»Wozu sollten die Verbrecher für ihr Opfer eine so unbequeme Todesart wählen?«

»Das müssen wir zu ergründen suchen.«

»Wie hätten sie hineinkommen können?«

»Durch die Haustür.«

»Die Eisenstange lag am Morgen noch vor.«

»Dann hat man sie angelegt, nachdem sie draußen waren.«

»Woher wissen Sie das alles?«

»Ich habe ihre Fußspuren gesehen. Entschuldigen Sie mich einen Augenblick, vielleicht kann ich Ihnen dann noch Näheres berichten.«

Er ging zur Tür, untersuchte das Schloss auf seine methodische Art, zog den Schlüssel heraus, der auf der Innenseite steckte, und betrachtete ihn gleichfalls. Auch das Bett, den Teppich, die Stühle, den Kaminsims, den Leichnam und den Strick unterwarf er einer genauen Besichtigung. Hierauf schnitten wir mithilfe des Polizisten den Unglücklichen ab und breiteten schweigend ein Tuch über die Leiche

»Wo kam der Strick her?«, fragte Holmes.

Trevelyan zog ein zusammengerolltes Seil unter dem Bett hervor. »Es ist ein Stück hiervon«, sagte er. »Blessington schwebte in steter Furcht vor Feuergefahr und hielt immer ein Rettungsseil in seiner Nähe bereit, damit er durchs Fenster entkommen könnte, falls die Treppe in Brand geriete.«

»Das hat ihnen viele Mühe erspart«, äußerte Holmes nachdenklich. »Jawohl, die Tatsachen liegen klar auf der Hand, und mich soll's nicht wundern, wenn ich Ihnen bis heute Nachmittag auch alle Beweggründe mitteilen kann. Das Bild von Blessington dort auf dem Kaminsims will ich mitnehmen, vielleicht erleichtert es mir meine Nachforschung.«

»Aber Sie haben uns ja noch gar nichts erklärt«, rief der Doktor.

»Über die Reihenfolge der Ereignisse kann doch wohl kein Zweifel mehr bestehen. – Drei Leute waren an dem Verbrechen beteiligt, der junge Mensch, der Alte und ein Dritter, über den ich noch im Dunkeln bin. Die ersten beiden stellten den russischen Edelmann und seinen Sohn vor, wir sind also imstande, sie genau zu beschreiben. Sie wurden von ihrem Helfershelfer ins Haus eingelassen. Wenn ich Ihnen einen Rat geben darf, Lanner, wäre es der, den Diener zu verhaften, der, wie ich höre, erst kürzlich bei dem Herrn Doktor eingetreten ist.«

»Der Mensch ist nirgends zu finden«, sagte Trevelyan. »Die Köchin und das Hausmädchen haben schon vergebens nach ihm gesucht.«

Holmes zuckte die Achseln. »Er hat eine ziemlich bedeutende Rolle in dem Trauerspiel gehabt. Die drei Leute sind auf den Fußspitzen die Treppe hinangeschlichen, der Alte voraus, dann der junge Mann und der Unbekannte zuletzt.«

»Aber, bester Holmes!«, rief ich.

»Die Fußspuren lassen sich nicht verwechseln; schon gestern Abend habe ich gelernt, sie zu unterscheiden. – Als die drei an Blessingtons Stube kamen, fanden sie zwar die Tür verschlossen, doch gelang es ihnen mithilfe eines Drahts den Schlüssel umzudrehen. Selbst ohne Lupe können Sie die Kratzer hier am Schlüsselbart erkennen. Vielleicht schlief er noch oder war so von Furcht gelähmt, dass er nicht nach Hilfe rufen konnte. Aber selbst wenn er noch Zeit dazu hatte, ist der Schrei wohl ungehört verhallt. Das Haus hat dicke Wände.

Nachdem sie ihrer Beute sicher waren, haben sie vermutlich eine Beratung gehalten – eine Art Gerichtssitzung. Sie muss einige Zeit in Anspruch genommen haben, denn währenddessen sind die Zigarren geraucht worden. Der Alte saß im Lehnstuhl und rauchte aus der Zigarrenspitze, der Jüngere hat dort drüben Platz genommen und die Zigarrenasche an der Kommode abgestrichen. Der Dritte ist im Zimmer auf und ab gegangen. Blessington wird wohl aufrecht im Bett gesessen haben; das lässt sich aber nicht mit voller Gewissheit behaupten.

»Die Sache endete damit, dass sie Blessington packten und aufhängten. Es war schon alles so genau überlegt und vorbereitet, dass sie, wie ich glaube, eine Art Kloben und kleine Winde oder Rolle mitgebracht haben, die als Galgen dienen und mittels der Schrauben an der Wand befestigt werden sollten. Als sie aber den Haken sahen, sparten sie sich natürlich die Mühe. Sobald ihr Werk getan war, machten sie sich aus dem Staub, und der Helfershelfer sperrte die Tür wieder hinter ihnen zu.«

Wir hatten alle mit der größten Spannung auf den Bericht über die nächtlichen Ereignisse gehorcht, für welchen Holmes nur so kleine und geringfügige Anhaltspunkte besaß, dass wir seinen Schlüssen kaum zu folgen vermochten. Der Polizeibeamte eilte nun spornstreichs fort, um des Dieners habhaft zu werden, Holmes und ich aber kehrten in die Baker Street zurück.

Gleich nach dem Frühstück stand mein Freund vom Tisch auf. »Um drei Uhr bin ich wieder hier«, sagte er. »Ich habe für diese Stunde den Doktor und den Polizeibeamten zu einer Zusammenkunft hierherbestellt; dann werde ich hoffentlich alles aufklären können, was an der Sache jetzt noch dunkel ist.«

Die beiden Herren fanden sich zur bestimmten Zeit ein, aber es wurde drei Viertel vier, bevor mein Freund erschien. Als er eintrat, sah ich sofort an seiner Miene, dass ihm sein Vorhaben geglückt sein müsse.

»Was gibt es Neues, Lanner?«

»Wir haben den Diener.«

»Vortrefflich, und ich habe die anderen.«

»Was – gefangen!?«, riefen wir alle drei.

»Das nicht, aber ich weiß, wer sie sind. Der Mann, der sich Blessington nannte, ist auf dem Polizeiamt genau bekannt, und seine Mörder nicht minder. Sie heißen Biddle, Hayward und Moffat.«

»Die Räuberbande, die Worthingdons Bank geplündert hat!«, rief Lanner erstaunt,

»Ganz recht«, versetzte Holmes.

»So war Blessington kein anderer als Sutton.«

»Jawohl.«

»Dann ist ja alles sonnenklar.«

Trevelyan und ich sahen einander ganz verwirrt an.

»Ihr werdet doch von dem großen Einbruchsdiebstahl in Worthingdons Bankhaus gehört haben«, sagte Holmes. »Fünf Leute waren daran beteiligt, jene vier und ein fünfter namens Cartwright. Der Türhüter Tobin wurde ermordet, und die Diebe entkamen mit siebentausend Pfund. Das geschah im Jahr 1875. Sie wurden alle fünf festgenommen, aber die Beweise genügten nicht, sie zu überführen. Da wurde Blessington – oder vielmehr Sutton, der Schlimmste der ganzen Bande – zum Verräter. Auf seine Aussage hin kam Cartwright an den Galgen, und die drei anderen erhielten jeder fünfzehn Jahre Zuchthaus. Kürzlich wurden sie entlassen, einige Jahre bevor ihre Strafzeit um war, und sie hatten nichts Eiligeres zu tun, als den Verräter ausfindig zu machen und den Tod ihres Kameraden zu rächen. Ihre beiden ersten Versuche, ihm zu Leibe zu gehen, misslangen, aber beim dritten Mal erreichten sie ihren Zweck. – Verstehen Sie nun alles, Herr Doktor, oder kann ich Ihnen noch irgendeine Aufklärung geben?«

»Sie haben uns alles merkwürdig übersichtlich dargestellt«, sagte Trevelyan. »Wahrscheinlich hatte er an dem Tag, als er so aufgeregt war, ihre Entlassung aus dem Zuchthaus in der Zeitung gelesen.«

»Natürlich. Was er von dem Einbruch gefaselt hat, war die reinste Erfindung.«

»Aber warum vertraute er sich Ihnen nicht an?«

»Er wollte seine wahre Persönlichkeit so lange wie möglich vor aller Welt verbergen, denn die Rachsucht seiner früheren Kameraden war ihm wohlbekannt. Deshalb verschwieg er sein schmachvolles Geheimnis. Und doch hätte das Gesetz seinen Schutz selbst einem so erbärmlichen Menschen, wie er es war, nicht vorenthalten. Ja, ja, Lanner, der Schild des Gesetzes deckt den Verfolgten nicht immer in der Stunde der Gefahr, aber das Schwert der Gerechtigkeit ist stets bereit, die Missetat zu rächen.«

Das ist die merkwürdige Geschichte des Doktors in der Brook Street und seines Patienten. Von den Mördern hat die Polizei seit jener Nacht keine Spur entdeckt; man vermutet, dass sie sich unter den Passagieren des englischen Dampfers »Nora Creina« befanden, der vor einigen Jahren an der portugiesischen Küste, wenige Meilen nördlich von Porto, mit Mann und Maus untergegangen ist. Das Verfahren gegen den Diener musste aus Mangel an vollgültigen Beweisen eingestellt werden, und der Mord in der Brook Street blieb ein Geheimnis.

Der griechische Dolmetscher

Während meiner langen und innigen Bekanntschaft mit Sherlock Holmes hatte ich ihn höchst selten auf seine Verwandten Bezug nehmen hören und kaum jemals auf seine eigene Jugend. Dieser Mangel an Mitteilsamkeit hatte den über das allgemein Menschliche hinausgehenden Eindruck, den er auf mich machte, noch gesteigert, und er erschien mir manchmal als einsamer Fels im Meer, als Verstandesmensch ohne Herz, ebenso bar menschlicher Sympathie wie hervorragend durch seine Intelligenz. Seine Abneigung gegen das weibliche Geschlecht und gegen die Anknüpfung neuer Freundschaftsbande war bezeichnend für seinen etwas ungemütlichen Charakter, nicht minder bezeichnend dafür war aber diese geflissentliche Unterlassung der Bezugnahme auf Verwandte. Da überraschte er mich eines Tages umso mehr, als er anfing, mir ausführlicher von seinem Bruder zu erzählen.

Es war an einem Sommerabend nach dem Tee, und die Unterhaltung, die sich sprunghaft bewegt hatte – von den Golfklubs zu den Ursachen der Veränderung in der schrägen Stellung der Ekliptik –, kam schließlich auf die Frage des Atavismus und der hereditären Anpassung.

Wir sprachen gerade darüber, wie weit eine besondere Gabe eines Individuums der Abstammung zuzuschreiben sei und wie weit der eigenen Ausbildung.

»In Ihrem eigenen Fall«, sagte ich, »scheint es mir nach allem, was Sie mir erzählt haben, ganz klar, dass Ihr Beobachtungsvermögen und Ihre eigentümliche Fähigkeit, Schlüsse zu ziehen, nur Ihrer eigenen systematischen Übung zu danken sind.«

»In gewissem Grad«, sagte er nachdenklich. »Meine Vorfahren waren Landedelleute, die, wie es scheint, ganz das Leben geführt haben, wie es in ihrem Stand üblich ist. Nichtsdestoweniger liegt mir die Richtung, die ich genommen habe, im Blut, und es mag sein, sie rührt von meiner Großmutter her, die eine Schwester des französischen Malers Vernet war.

Künstlerblut kann sich in der allerverschiedensten Weise zum Ausdruck bringen.«

»Wie wissen Sie aber, dass Vererbung vorliegt?«

»Weil mein Bruder Mycroft die gleiche Gabe in höherem Grad besitzt als ich.«

Das war in der Tat etwas Neues für mich. Wenn es noch einen so eigentümlich veranlagten Mann in England gab, warum hatten weder Polizei noch Publikum etwas von ihm gehört? So fragte ich und fügte andeutend hinzu, es sei nur die Bescheidenheit meines Freundes, die ihn die Überlegenheit seines Bruders anerkennen lasse. Holmes lachte über diese Vermutung.

»Mein lieber Watson«, sagte er. »Ich protestiere dagegen, dass man die Bescheidenheit zu den Tugenden rechnet. Dem strengen Denker sollte alles genau so erscheinen, wie es in Wirklichkeit ist, und die Selbstunterschätzung ist ebenso eine Abweichung von der Wahrheit wie die Übertreibung des eigenen Könnens. Wenn ich also sage, Mycroft besitzt ein besseres Beobachtungsvermögen als ich, dann können Sie ruhig annehmen, ich rede die genaue und buchstäbliche Wahrheit.«

»Ist er jünger als Sie?«

»Sieben Jahre älter.«

»Wie kommt es, dass man ihn nicht kennt?«

»Oh, er ist in seinem eigenen Kreis sehr gut bekannt.«

»Wo also?«

»Nun, zum Beispiel im Diogenes-Klub.«

Ich hatte von diesem Verein noch nie etwas gehört, und das muss sich auf meinem Gesicht ausgedrückt haben, denn Sherlock Holmes zog seine Uhr und sagte:

»Der Diogenes-Klub ist der wunderlichste Klub in London, und Mycroft ist eines seiner wunderlichsten Mitglieder. Er hält sich dort regelmäßig auf von dreiviertel fünf bis zwanzig Minuten vor acht. Jetzt ist es sechs Uhr; wenn Sie also an diesem schönen Abend einen Spaziergang machen wollen, werde ich Sie sehr gerne mit zwei Sehenswürdigkeiten bekannt machen.«

Nach fünf Minuten befanden wir uns auf der Straße und wandten uns dem Regentenzirkus zu.

»Sie wundern sich«, sagte mein Gefährte, »warum Mycroft seine Gaben nicht als Detektiv verwertet? Dazu ist er nicht imstande.«

»Aber ich dachte, Sie sagten …«

»Ich sagte, er sei mir in der Beobachtung und in der Schlussfolgerung überlegen. Bestände die Detektivkunst nur darin, dass man im Lehnstuhl sitzt und scharfe Denkarbeit verrichtet, würde mein Bruder der größte Kriminalagent sein, der jemals gelebt hat. Aber er ist ohne Ehrgeiz und Tatkraft. Er würde zur Bestätigung seiner eigenen Lösungen nicht einmal einen Umweg machen wollen und lieber sich des Irrtums zeihen lassen, als sich der Mühe des Wahrheitsbeweises unterziehen. Wie oft bin ich mit einem Problem vor ihn getreten und habe eine Erklärung erhalten, die sich nachher als zutreffend erwiesen hat. Und doch war er gänzlich unfähig, die unerlässlichen Vorarbeiten zu erledigen, ohne die der Fall gar nicht vor den Richter oder die Geschworenen hätte gebracht werden können.«

»Es ist also nicht sein Beruf?«

»Nein, kein Gedanke! Was mir zur Gewinnung des Lebensunterhaltes dient, ist für ihn nicht mehr als das Steckenpferd eines Dilettanten. Er ist ein vorzüglicher Rechner und daher Bücherkontrolleur bei einigen Behörden. Mycroft wohnt in der Pall Mall und geht jeden Morgen um die Ecke nach Whitehall und jeden Abend zurück. Jahraus, jahrein ist das seine einzige Körperbewegung; nirgendwo ist er sonst anzutreffen, außer eben im Diogenes-Klub, der seiner Wohnung gerade gegenüberliegt.«

»Ich kann mich an diesen Namen nicht erinnern.«

»Das glaub ich wohl. Sie wissen, in London gibt es Leute genug, die, sei es aus Liebe zur Einsamkeit, sei es aus Menschenscheu, mit ihren Mitbürgern keinen Umgang pflegen wollen. Einen bequemen Stuhl und die neuesten Zeitschriften verachten sie darum doch nicht. Ihren Wünschen gerecht zu werden, wurde der Diogenes-Klub gegründet, der nun die ungeselligsten und am wenigsten in einen Klub passenden Einwohner Londons umfasst. Kein Mitglied darf von den anderen auch nur die geringste Notiz nehmen. Außer im Fremdenzimmer darf unter keinen Umständen ein Wort gesprochen werden, und drei Verstöße hiergegen genügen, wenn sie zur Kenntnis des Vorstandes gelangen, den Schwätzer aus dem Klub auszustoßen. Mein Bruder war einer der Gründer, und ich selbst habe gefunden, dass dort eine die Nerven ungemein beruhigende Atmosphäre herrscht.«

Unter diesen Gesprächen hatten wir die Pall Mall erreicht. Unweit des Carltontheaters blieb Sherlock Holmes vor einer Tür stehen und ging mit der Warnung, ich solle schweigen, in den Hausflur voran. Durch eine Glastür konnte ich einen schnellen Blick in ein großes, üppig ausgestattetes Zimmer werfen, in dem eine beträchtliche Anzahl von Männern saß und Zeitungen las, jeder für sich in seinem Winkel. Holmes führte mich in ein kleines Zimmer zur Straße zu, verließ mich dann auf eine Minute und kam in Begleitung eines Mannes zurück, der niemand anders sein konnte als sein Bruder.

Mycroft Holmes war viel größer und stämmiger als Sherlock. Man musste ihn geradezu dick nennen, aber sein Gesicht hatte trotz seines massiven Aussehens doch noch etwas von der Schärfe des Ausdrucks bewahrt, die in den Zügen seines Bruders so bemerkenswert war. Seine Augen, die eine eigentümliche, verschwommen hellgraue Färbung besaßen, schienen beständig jenen in weite Ferne schweifenden, innerlichen Blick auszusenden, den ich bei Sherlock nur in Augenblicken der höchsten Kraftanspannung bemerkt hatte.

»Es ist mir angenehm, Ihre Bekanntschaft zu machen«, sagte er und streckte seine breite, flache, einer Seehundflosse nicht unähnliche Hand aus. »Seit Sie angefangen haben, von meinem Bruder zu schreiben, ist sein Name in aller Munde.«

Die beiden Brüder saßen zusammen im Bogenfenster des Klubs und warfen hin und wieder einen Blick hinaus auf die belebte Pall Mall.

»Wer den Menschen studieren will, der muss hierher kommen«, sagte Mycroft. »Sieh nur diese prächtigen Typen! Betrachte nur zum Beispiel die beiden Männer, die auf uns zukommen!«

»Der Billardmarkör und der andere?«

»Ganz recht. Was machst du aus dem anderen?«

Die beiden Beobachteten waren dem Fenster gegenüber stehen geblieben. Leichte Kreidestriche über der Westentasche waren das Einzige, das für meine Augen bei dem einen an das Billard erinnerte. Der andere, von kleiner Gestalt und dunkler Hautfarbe, hatte seinen Hut nach hinten geschoben und trug verschiedene Pakete unter dem Arm.

»Ein alter Militär, sehe ich recht«, sagte Sherlock.

»Und erst vor kurzem entlassen«, bemerkte der Bruder.

»Hat in Indien gedient.«

»Und zwar als Unteroffizier.«

»Artillerie, denk ich mir«, sagte Sherlock.

»Und Witwer.«

»Aber mit einem Kind.«

»Kindern, mein lieber Junge!«

»Halt«, sagte ich lachend, »das ist etwas zu viel!«

»Sicher«, erwiderte Sherlock, »kann man unschwer erkennen, dass ein Mann mit solcher Haltung, so sichtlichem Autoritätsbewusstsein und sonnenverbrannter Haut ein Militär ist, und zwar einer, der über dem Gemeinen stand, und dass er Indien vor kurzem verlassen hat.«

»Dass er noch nicht lange aus dem Dienst geschieden ist, sieht man daran, dass er noch seine Kommissstiefel trägt«, bemerkte Mycroft.

»Den Kavalleriestreifen hat er nicht, aber er hat seinen Hut auf einer Seite getragen, wie sich aus dem helleren Teint über der einen Braue ergibt. Sein Körpergewicht spricht gegen den Pionier; also war er Artillerist.«

»Seine tiefe Trauer zeigt, dass er eine ihm sehr nahestehende Person verloren hat, und der Umstand, dass er selbst einkaufen geht, lässt vermuten, dass es seine Frau war. Was er gekauft hat, ist für Kinder, wie Sie sehen. Da eine Klapper darunter ist, muss eines noch sehr jung sein. Wahrscheinlich ist die Frau im Kindbett gestorben. Das Bilderbuch unter seinem Arm lässt darauf schließen, dass er noch ein zweites Kind zu bedenken hat.«

Es dämmerte mir das Verständnis für meines Freundes Bemerkung auf, sein Bruder besitze noch schärferen Spürsinn als er selbst. Lächelnd warf er mir einen bezeichnenden Blick zu. Mycroft nahm eine Prise aus seiner Schildkrotdose und strich sich mit einem großen rotseidenen Taschentuch die verstreuten Krümel von seinem Rock.

»Nebenbei bemerkt, Sherlock«, sagte er, »man hat mir da einen Fall vorgelegt, der ganz nach deinem Sinne wäre, ein sehr hübsches Problem. Ich habe mich wirklich nicht dazu aufraffen können, der Sache auf den Grund zu gehen, aber sie hat mir wenigstens Anlass zu einigen recht netten Spekulationen gegeben. Wenn dir mit den Tatsachen gedient ist …«

»Mein lieber Mycroft, du würdest mir das größte Vergnügen bereiten!«

Der Bruder kritzelte ein paar Worte auf ein Blatt seines Notizbuches, klingelte dem Kellner und gab es ihm.

»Ich habe Mr Melas gebeten herüberzukommen«, sagte er. »Er wohnt über mir, und da wir ein bisschen bekannt miteinander sind, kam er in seiner Verlegenheit zu mir. Mr Melas ist von Geburt ein Grieche, soviel ich weiß, und ein hervorragender Sprachenkenner. Seinen Lebensunterhalt verdient er zum Teil als Dolmetscher vor Gericht, sodann dient er reichen Reisenden aus dem Orient, die Gäste der Hotels in der Northumberland Avenue sind, als Führer. Ich denke, ich lasse ihn selbst sein sehr merkwürdiges Erlebnis in seiner eigenen Weise erzählen.«

Nach einigen Minuten trat ein kleiner, untersetzter Mann ins Zimmer, dessen olivenfarbenes Gesicht und kohlschwarzes Haar die südliche Herkunft verrieten, obwohl seine Sprache die eines gebildeten Engländers war. Lebhaft trat er auf Sherlock Holmes zu, tauschte einen Händedruck mit ihm, und seine dunklen Augen funkelten vor Vergnügen, als er erfuhr, der berühmte Fachmann wünsche seine Geschichte zu hören.

»Es scheint mir, die Polizei will mir nicht Glauben schenken; es ist so, Sie können sich darauf verlassen!«, begann er klagend. »Nur weil sie vorher niemals etwas davon gehört haben, denken sie, so etwas sei nicht möglich. Aber ich weiß, ich werde nie wieder ruhig, bis ich erfahren habe, was aus diesem armen Mann mit dem Heftpflaster im Gesicht geworden ist.«

»Ich bin ganz Ohr«, sagte Sherlock Holmes.

»Heute ist Mittwochabend«, sagte Mr Melas, »gut, dann war es also am Montagabend, erst vor zwei Tagen, als die Geschichte passierte. Ich bin Dolmetscher, wie Ihnen mein Nachbar vielleicht schon mitgeteilt hat. Ich übersetze alle Sprachen – oder fast alle –, aber da ich von Geburt Grieche bin und einen griechischen Namen trage, gibt mir diese Sprache auch die Hauptarbeit. Lange Zeit bin ich der erste griechische Dolmetscher in London gewesen, und man kennt mich in den Hotels sehr gut.

Es kommt nicht selten vor, dass man mich zu ungewohnter Stunde kommen lässt, sei es, dass Fremde irgendwo in eine schwierige Lage geraten sind, aus der sie sich wegen ihrer Unkenntnis der Landessprache nicht befreien können, sei es, dass spät ankommende Reisende meiner Dienste bedürfen. So war ich nicht überrascht, als am Montagabend ein Mr Latimer, ein sehr fein gekleideter junger Mann, in meine Wohnung kam und mich aufforderte, ihn in einer Droschke, die unten wartete, zu begleiten. Ein Grieche sei gekommen, mit ihm ein Geschäft abzuschließen, und da er selbst nur seine Muttersprache reden könne, sei die Vermittlung eines Dolmetschers unerlässlich. Er machte mir bemerklich, sein Haus liege etwas ab, in Kensington, auch schien er es sehr eilig zu haben, denn er beförderte mich schnellstens in die Droschke, sobald wir auf der Straße waren.

Ich sage, in die Droschke, aber sehr bald kam es mir vor, als sei es eher eine Kutsche, in der ich mich befand. Jedenfalls war der Raum größer als in dem gewöhnlichen vierrädrigen Londoner Straßenschänder, und die Ausstattung, wenn auch nicht mehr neu, so doch kostbar. Mr Latimer setzte sich mir gegenüber, und wir fuhren durch Charing Cross und die Shaftesbury Avenue hinauf. Wir waren in die Oxford Street gelangt, und ich erlaubte mir die Bemerkung zu machen, das sei doch ein Umweg nach Kensington, als meine Worte plötzlich durch das unerwartete Verhalten meines Begleiters unterbrochen wurden.

Er zog nämlich zuerst aus seiner Tasche einen ganz schrecklichen Knüttel mit einer großen Bleikugel und schwang ihn mehrmals vor- und rückwärts, als wollte er seine Wucht probieren. Dann legte er die grässliche Waffe, ohne einen Ton zu reden, neben sich auf den Sitz. Hierauf zog er an beiden Seiten die Fenster in die Höhe, und ich sah zu meinem Erstaunen, dass sie mit Papier bedeckt waren, sodass man nicht durchsehen konnte.

‚Ich bedaure, dass ich Ihnen die Aussicht nehmen muss, Mr Melas!', sagte er. ‚Die Sache ist die: Ich wünsche nicht, dass Sie sehen, wohin wir fahren. Es könnte für mich vielleicht unangenehm werden, sollten Sie in der Lage sein, den Weg dahin wiederzufinden.'

Wie Sie sich vorstellen können, kam mir diese Anrede wie ein Blitz aus heiterem Himmel. Mein Gefährte war ein kräftiger, breitschultriger junger Bursche, und von der Waffe ganz abgesehen, waren meine Aussichten in einem Kampf mit ihm gleich Null.

‚Das ist ein sehr ungewöhnliches Verfahren, Mr Latimer!', stotterte ich. ‚Sie können doch nicht verkennen, dass Sie ungesetzlich handeln!'

‚Es ist ein wenig frei, gewiss', sagte er, ‚aber wir wollen es wettmachen. Doch muss ich Sie warnen, Mr Melas; wenn Sie heute Nacht, mag geschehen, was da wolle, versuchen, Lärm zu schlagen, oder irgendetwas tun, das gegen meine Interessen ist, wird Ihnen etwas sehr Ernstliches widerfahren. Vergessen Sie gefälligst nicht, dass niemand weiß, wo Sie sind, und dass Sie hier so gut wie in meinem Haus sich in meiner Gewalt befinden!'

Er sprach diese Worte ziemlich leise, aber die Art, wie er sie hervorbrachte, jagte mir doch keinen kleinen Schreck ein. Schweigend saß ich da und wunderte mich, was in aller Welt nur der Grund wäre, mich in dieser ungewöhnlichen Art zu entführen. Was es aber auch sein mochte, so viel war mir vollkommen klar, dass mir Widerstand nichts nützen könnte und dass ich ruhig die weitere Entwicklung der Sache abwarten müsste.

Fast zwei Stunden fuhren wir, ohne dass ich auch nur den geringsten Anhalt hatte, wohin es ging. Manchmal sagte mir das Rasseln über Steine, dass wir uns über Straßenpflaster bewegten, dann wieder schloss ich aus der glatten, geräuschlosen Fahrt, dass wir Asphalt unter uns hatten. Aber von dieser Abwechslung abgesehen, ließ mich nichts auch nur von fern ahnen, wo wir uns befanden. Durch das Papier über den Seitenfenstern war nichts zu erkennen, und vor das Vorderfenster war ein blauer Vorhang gezogen. Es war ein viertel auf acht Uhr, als wir von der Pall Mall wegfuhren, und meine Uhr zeigte zehn Minuten vor neun, als wir endlich hielten. Mein Begleiter öffnete die Wagentür, und ich sah eine niedrige, bogenförmige Toröffnung vor mir, über der eine Lampe brannte. Im Augenblick war ich aus dem Wagen und durch das Tor und die offene Tür eines Hauses befördert, und ich stand innerhalb dieses Gebäudes mit dem unbestimmten Eindruck, dass sich davor auf beiden Seiten Rasen und Bäume befunden hätten. Ob diese aber zum Grundstück gehörten oder außerhalb der Einzäunung lagen, hätte ich beim besten Willen nicht sagen können.

Im Hausflur war eine Lampe mit farbiger Glocke, die so schwaches Licht verbreitete, dass ich nichts weiter sehen konnte, als dass ich mich in einem ziemlich großen Raum befand, an dessen Wänden Bilder hingen. Bei dem trüben Schein konnte ich wahrnehmen, dass die Person, welche die Tür geöffnet hatte, ein kleiner, etwa vierzigjähriger Mann mit gemeinen Zügen und runden Schultern war. Als er sich uns zuwandte, erkannte ich aus der Rückstrahlung des Lichtes, dass er eine Brille trug.

‚Ist das Mr Melas, Harald?', sagte er.

‚Ja.'

‚Gut gemacht! Gut gemacht! Nicht böse, Mr Melas, hoffe ich; aber wir konnten ohne Sie nicht zum Ziel kommen. Wenn Sie sich anständig gegen uns verhalten, soll es Ihr Schade nicht sein, aber Gott helf Ihnen, wenn Sie Geschichten machen!'

Seine krampfhafte, nervöse, von unangenehmem Kichern unterbrochene Redeweise und seine ganze Erscheinung waren mir unheimlich und jagten mir mehr Furcht ein als vorher mein Gefährte in der Droschke mit seiner drohenden Waffe.

‚Was wollen Sie von mir?', fragte ich.

‚Nur ein paar Fragen sollen Sie an einen Griechen richten, der bei uns zu Besuch ist, und uns die Antworten wissen lassen. Aber sagen Sie kein Wort mehr, als man Sie sagen heißt, oder' – und hier hörte ich wieder sein nervöses Kichern – ‚es wäre für Sie besser, Sie wären nie geboren!'

Bei diesen Worten öffnete er eine Tür und lud mich ein, ihm in ein anderes, anscheinend reich möbliertes, aber ebenfalls nur durch eine einzige, schwach brennende Lampe matt erleuchtetes Zimmer zu folgen. Jedenfalls war es ein großer Raum, und der Teppich, in den meine Füße versanken, zeugte von seiner prächtigen Ausstattung. Meine Blicke fielen auf Plüschstühle, auf einen hohen Kaminsims von weißem Marmor und, wenn ich mich nicht irre, darüber an der Wand hängende japanische Waffenstücke. Gerade unter der Lampe stand ein Stuhl, und der ältere von den beiden machte mir bemerklich, ich sollte dort Platz nehmen. Der Jüngere hatte uns verlassen, aber sehr bald kam er durch eine andere Tür zurück; er führte einen Herrn in einer Art weiten Überrocks herein, der sich langsam auf uns zu bewegte. Als er in den schwachen Lichtkreis trat, der mich ihn deutlicher erkennen ließ, überlief mich ein Schauder bei seinem Anblick. Leichenblass und entsetzlich abgemagert, besaß er die durchdringenden Augen eines Mannes, in dem der Geist mächtiger ist als der Körper. Was mich aber mehr erschreckte als die sichtlichen Zeichen physischer Erschöpfung, war der Umstand, dass sein Gesicht in grotesker Weise kreuz und quer mit Heftpflasterstücken beklebt war, von denen eines gerade über seinen Mund lief.

‚Haben Sie die Tafel, Harald?', rief der Brillenträger, als die sonderbare Erscheinung in einen Stuhl mehr niedersank, als sich setzte. ‚Sind seine Hände frei? Nun also, gib ihm den Griffel! – Sie haben die Fragen zu stellen, und er wird die Antworten niederschreiben. Fragen Sie ihn zuallererst, ob er die Papiere unterzeichnen will!'

Die Augen des Griechen blitzten Feuer.

‚Niemals!', schrieb er in griechischer Sprache auf die Tafel.

‚Unter keinen Bedingungen?', fragte ich auf Geheiß unseres Tyrannen.

‚Nur wenn ihre Vermählung in meiner Gegenwart durch einen mir bekannten griechischen Priester erfolgt.'

Der Mann kicherte in seiner giftigen Weise und sagte:

‚Sie wissen, was Ihrer dann wartet!'

‚Was mit mir geschieht, ist mir gleich.'

Derart waren die Fragen und Antworten unserer sonderbaren, halb gesprochenen, halb geschriebenen Unterhaltung. Immer wieder musste ich ihn fragen, ob er nachgeben und die Urkunde unterzeichnen wolle. Immer wieder erhielt ich die gleiche entrüstete Antwort. Bald aber kam mir ein glücklicher Gedanke. Ich fing an, jeder Frage kurze Sätze eigener Erfindung anzufügen – zuerst harmlose, um zu probieren, ob einer von den beiden die Sache durchschaute; als ich dann aber sicher zu sein glaubte, dass sie nichts merkten, spielte ich ein gefährlicheres Spiel. Unser Zwiegespräch verlief nun folgendermaßen:

‚Was wird die Folge dieser Hartnäckigkeit sein? Wer sind Sie?'

‚Mir gleich. – Ich bin fremd in dieser Stadt.'

‚Sie haben sich selbst Ihr Schicksal zuzuschreiben. Wie lange sind Sie hier?'

‚Meinetwegen. Drei Wochen.'

‚Das Geld kann niemals Ihr Eigentum sein. Was fehlt Ihnen?'

‚Ich will keine Gemeinschaft mit Elenden. Sie lassen mich verhungern.'

‚Sie können gehen, wohin Sie wollen, wenn Sie unterzeichnen. Was ist dies für ein Haus?'

‚Niemals werde ich unterzeichnen. Ich weiß nicht.'

‚Sie erweisen ihr gar keinen Dienst. Wie heißen Sie?'
‚Das muss ich von ihr selbst hören. Kratides.'
‚Sie werden sie sehen, wenn Sie unterzeichnen. Wo kommen Sie her?'
‚Dann werde ich sie nie sehen. Athen.'

Noch fünf Minuten länger, Mr Holmes, und ich hätte die ganze Geschichte vor ihren Augen aus ihm herausgezogen. Schon meine nächste Frage hätte vielleicht das Dunkel gelichtet, aber in diesem Augenblick öffnete sich die Tür, und eine Frau trat herein. Ich konnte sie nicht deutlich genug sehen, nur so viel bemerkte ich, dass sie groß und schlank war, schwarze Haare hatte und eine Art weiten, weißen Schlepprock trug.

‚Harald!', sagte sie englisch mit fremdem Akzent. ‚Ich konnte es nicht länger aushalten. Es ist so einsam da oben allein mit – o Gott, es ist Paul!'

Diese letzten Worte waren auf Griechisch gesprochen, und im selben Augenblick riss Kratides mit einem krampfhaften Ruck das Pflaster von seinen Lippen und stürzte mit dem Aufschrei ‚Sophie, Sophie!' in ihre Arme. Ihre Umarmung dauerte jedoch nur kurze Zeit, denn der jüngere Mann ergriff sie und schob sie aus dem Zimmer, während der andere ohne Anstrengung sein ausgemergeltes Opfer überwältigte und es ebenfalls fortzog. Einen Augenblick blieb ich allein zurück und sprang sofort von meinem Sitz auf mit der unbestimmten Absicht, irgendeinen Anhaltspunkt dafür zu finden, was für ein Haus das sei, in dem ich mich befand. Glücklicherweise tat ich aber nichts weiter, denn als ich aufblickte, sah ich den Älteren in der Türöffnung stehen und seine Augen auf mich heften.

‚Das wird genügen, Mr Melas!', sagte er. ‚Sie verstehen, dass wir Sie in einer durchaus privaten Sache zu unserem Vertrauten gemacht haben. Wir hätten Sie nicht bemüht, wenn unser Freund, der Griechisch kann und der diese Unterhandlungen zuerst geführt hat, nicht hätte in den Osten zurückkehren müssen. Wir bedurften unbedingt eines Stellvertreters und waren sehr froh, als wir von Ihren sprachlichen Fertigkeiten hörten.'

Ich verbeugte mich.

‚Hier sind fünf Pfund', sagte mein sonderbarer Wirt, auf mich zuschreitend. ‚Ich denke, das wird ein genügendes Entgelt sein. Aber vergessen Sie nicht', fügte er hinzu, indem er mir leicht auf die Brust tippte und dabei kicherte, ‚wenn Sie zu einem lebenden Wesen hiervon reden – zu einem einzigen lebenden Wesen – nun, so sei Gott Ihrer Seele gnädig!'

Ich kann gar nicht sagen, welchen Ekel und Schauder mir dieser Mann mit seinem gemeinen Gesicht einflößte. Ich konnte ihn jetzt, als das Lampenlicht auf ihn fiel, besser sehen. Seine abstoßenden, spitzigen Züge bedeckte eine fahle Blässe, und sein kleiner Spitzbart war struppig und schlecht gepflegt. Beim Sprechen stieß er seinen Kopf vorwärts, und die Lippen und Augenlider zuckten beständig, als hätte er den Veitstanz. Auch sein aufgeregtes Kichern konnte ich mir nur als Symptom einer Nervenkrankheit erklären. Das Schrecklichste an seinem Gesicht waren aber die stahlgrauen Augen mit ihrem kalten Schimmer, in deren Tiefen eine boshafte, erbarmungslose Grausamkeit schlummerte.

‚Wir werden es erfahren, wenn Sie davon sprechen', sagte er. ‚Wir haben unsere eigenen Ermittlungsquellen. Jetzt werden Sie den Wagen vor der Tür bereit finden, und mein Freund wird Sie auf den Weg bringen.'

Schnell schob man mich durch den Flur und in die Kutsche, wobei ich wieder einen flüchtigen Blick auf Bäume und einen Garten werfen konnte. Mr Latimer folgte mir auf den Fersen und setzte sich, ohne ein Wort zu sprechen, mir gegenüber. Schweigend fuhren wir nun wieder, ich weiß nicht wie lange, bei aufgezogenen Fenstern, bis endlich, es war eben Mitternacht vorbei, der Wagen anhielt.

‚Hier steigen Sie aus, Mr Melas!', sagte mein Gefährte. ‚Ich bedaure, Sie so fern von Ihrem Haus absetzen zu müssen, aber es bleibt keine Wahl. Jeder Versuch Ihrerseits, dem Wagen zu folgen, kann nur zu Ihrem eigenen Unheil ausschlagen.'

Während er so sprach, machte er die Tür auf, und ich hatte kaum Zeit abzuspringen, als der Kutscher auf die Pferde lospeitschte und der Wagen davonrasselte. Erstaunt sah ich mich um. Ich schien mich auf freier Heide zu befinden, von der sich hie und da gespensterhaft aussehende Ginsterbüsche abhoben. In ziemlicher Ferne lag eine Häuserreihe, aus deren oberen Stockwerken vereinzelte Lichtschimmer drangen. Auf der anderen Seite bemerkte ich rote Eisenbahnsignallichter.

Der Wagen, der mich hergebracht hatte, war bereits verschwunden. Ich stand da, stierte nach allen Seiten in die Nacht hinaus und fragte mich neugierig, wo in aller Welt ich nur sein könnte, als ich in der Dunkelheit jemanden auf mich zukommen sah. Als er nahe bei mir war, erkannte ich, dass es ein Gepäckträger war.

‚Können Sie mir sagen, was für ein Ort das ist?', fragte ich.

‚Gemeinde Wandsworth', sagte er.

‚Kann ich noch einen Zug zur Stadt erreichen?'

‚Wenn Sie so etwa ein halbes Stündchen bis nach Clapham Junction gehen', sagte er, ‚werden Sie gerade noch den letzten Zug nach Victoria fassen.' –

So endete mein Abenteuer, Mr Holmes. Ich weiß nicht, wo ich gewesen bin und mit wem ich gesprochen habe, und überhaupt nichts, als was ich Ihnen soeben erzählte. Aber das weiß ich, dass dort ein Verbrechen vor sich geht, und ich will dem Armen helfen, wenn ich kann. Ich habe am nächsten Morgen die ganze Geschichte Mr Mycroft Holmes erzählt und dann auch der Polizei gemeldet.«

Eine kurze Weile saßen wir unter dem Eindruck dieses höchst absonderlichen Berichtes stillschweigend da. Dann warf Sherlock seinem Bruder einen Blick zu und fragte:

»Schritte getan?«

Mycroft langte nach den ›Daily News‹, die auf einem Nachbartisch lagen.

> »Belohnung zugesichert für jede Auskunft über das Verbleiben eines Griechen namens Paul Kratides, der des Englischen nicht mächtig ist, ebenso für jede Auskunft über eine Griechin mit Vornamen Sophie. Mitteilungen unter X. 2473.«

Dies stand in allen Tagesblättern. Keine Antwort.

»Wie ist's mit der griechischen Gesandtschaft?«

»Ich habe nachgefragt. Sie wissen nichts.«

»Dann also Depesche an die Athenische Polizei.«

»In Sherlock konzentriert sich die Tatkraft der ganzen Familie«, sagte Mycroft, zu mir gewendet. »Gut, fasse du den Fall von allen Enden an und sage mir's dann, wenn du etwas herausgebracht hast!«

»Gewiss«, antwortete mein Freund und stand auf. »Du sollst es hören und Mr Melas auch. Übrigens, Mr Melas, wenn ich an Ihrer Stelle wäre, würde ich auf meiner Hut sein; denn sie müssen natürlich durch diese Anzeigen erfahren, dass Sie nicht reinen Mund gehalten haben.«

Als wir heimgingen, trat Holmes in ein Postamt, an dem wir vorüberkamen, und schickte mehrere Telegramme ab.

»Sie sehen, Watson«, bemerkte er, »das war kein verlorener Abend. Meine interessantesten Fälle sind mir zum Teil in dieser Weise durch Mycroft zugetragen worden. Das Problem, von dem wir eben hörten, lässt zwar nur eine Erklärung zu, bietet aber immerhin einiges Besondere.«

»Haben Sie Hoffnung, es zu lösen?«

»Nun, da wir schon so viel wissen, müsste es merkwürdig zugehen, wenn wir nicht auch noch das Übrige aufdecken. Sie müssen sich doch selbst irgendeine Theorie zur Erklärung der mitgeteilten Tatsachen gebildet haben.«

»So ungefähr, ja.«

»Wie haben Sie sich also die Sache gedacht?«

»Es scheint mir klar, dass diese Griechin von dem jungen Engländer namens Latimer entführt worden ist.«

»Entführt, von wo? Aus Athen vielleicht?«

Sherlock Holmes schüttelte den Kopf. »Dieser junge Mann sprach kein Wort Griechisch. Die Dame redete ziemlich gut Englisch. Also ist sie kurze Zeit in England gewesen, aber er nicht in Griechenland.«

»Gut, also wir wollen annehmen, dass sie nach England zu Besuch gekommen war und dass dieser Harald sie überredet hat, mit ihm zu fliehen.«

»Das ist sehr wahrscheinlich.«

»Dann kommt der Bruder – denn in diesem Verwandtschaftsverhältnis, denke ich mir, stehen sie zueinander – aus Griechenland her, um dazwischenzutreten. Unvorsichtigerweise gibt er sich in die Gewalt des jungen Mannes und seines älteren Genossen. Sie halten ihn fest und wollen ihn zwingen, Papiere zu unterzeichnen und so das Vermögen des Mädchens, dessen Vormund er ist, herauszugeben. Er weigert sich. Um mit ihm zu verhandeln, brauchen sie einen Dolmetscher und suchen sich diesen Melas aus, nachdem sie sich vorher eines anderen bedient haben. Dem Mädchen hat man von der Ankunft des Bruders gar nichts gesagt, und sie trifft ihn durch bloßen Zufall.«

»Ausgezeichnet, Watson!«, rief Holmes. »Ich glaube wahrhaftig, Sie haben nicht weit daneben geschossen. Sie sehen, wir halten alle Karten in der Hand und haben höchstens eine plötzliche Gewalttat ihrerseits zu fürchten. Geben sie uns Zeit, so haben wir sie.«

»Aber wie können wir die Lage des Hauses ausfindig machen?«

»Nun, ist unsere Annahme richtig und heißt oder hieß die Schwester Kratides, sollte es uns nicht schwerfallen, ihre Spur aufzufinden. Das muss unsere erste Hoffnung sein, denn der Bruder ist natürlich hier ganz unbekannt. Offenbar hat der junge Engländer schon vor einiger Zeit das Verhältnis mit dem Mädchen angeknüpft – wenigstens vor einigen Wochen, da der Bruder erst davon hören und dann von Griechenland herkommen musste. Haben sie während dieser ganzen Zeit an derselben Stelle gewohnt, wird sich schon jemand auf Mycrofts Anzeige melden.«

Unter diesen Gesprächen hatten wir unser Haus in der Baker Street erreicht. Holmes ging die Treppenstufen voran, und als er die Tür zu seinem Zimmer öffnete, wollte er kaum seinen Augen trauen. Als ich ihm über die

Schulter blickte, war ich nicht minder überrascht. Sein Bruder Mycroft saß mit einer Zigarre im Mund im Lehnstuhl.

»Komm herein, Sherlock! Komm herein!«, sagte er, über unsere erstaunten Gesichter lächelnd. »Du traust mir so viel Energie nicht zu, Sherlock? Aber dieser Fall hat mir's angetan.«

»Wie bist du hierher gekommen?«

»Ich überholte euch in einer Droschke.«

»Hat sich etwas Neues herausgestellt?«

»Ich habe eine Antwort auf meine Anzeige.«

»Ah!«

»Ja, sie kam wenige Minuten nach eurem Weggang.«

»Und was besagt sie?«

Mycroft Holmes zog ein Blatt Papier hervor. »Hier ist sie«, sagte er, »mit einer I-Feder auf holzfreies Adlerpapier von einem schwächlichen Mann in mittlerem Lebensalter geschrieben. Sie lautet:

> Auf Ihre Anzeige vom heutigen Tag gestatte ich mir, Ihnen mitzuteilen, dass ich die fragliche Dame recht gut kenne. Wenn Sie mich aufsuchen wollten, könnte ich Ihnen Genaueres über ihre traurige Lebensgeschichte mitteilen. Zurzeit wohnt sie in The Myrtles in Beckenham.
>
> Ihr ergebener I. Dawenport.«

»Sein Brief kommt von Unter-Brixton«, sagte Mycroft Holmes. »Meinst du nicht, Sherlock, wir fahren jetzt zu ihm und lassen uns von ihm das Genauere erzählen?«

»Mein lieber Mycroft! Das Leben des Bruders ist wertvoller als die Geschichte der Schwester. Ich meine, wir gehen nach Scotland Yard ins Hauptpolizeiamt, nehmen dort Inspektor Gregson mit und wenden uns unverzüglich nach Beckenham. Wir wissen, dass das Leben eines Menschen auf dem Spiel steht, und jede Stunde Verzögerung kann für ihn den Tod bedeuten.«

»Wollen wir unterwegs nicht auch Mr Melas abholen?«, schlug ich vor, »wir brauchen vielleicht einen Dolmetscher.«

»Ausgezeichnet!«, sagte Sherlock Holmes. »Schicke den Jungen nach einer Droschke, und es kann sofort losgehen!« Während er sprach, zog er eine Schublade seines Schreibtisches auf und ließ einen Revolver in die Tasche gleiten. »Ja«, sagte er auf einen fragenden Blick von mir, »nach dem, was wir gehört, haben wir es mit ganz verzweifelten Burschen zu tun.«

Es war bereits ziemlich dunkel, als wir die Pall Mall und Mr Melas' Wohnung erreichten. Er war fort. Ein Herr hätte ihn soeben aufgesucht, und beide hätten sich dann entfernt, sagte man uns.

»Können Sie mir sagen, wohin?«, fragte Sherlock Holmes.

»Ich weiß nicht«, sagte die Frau, welche uns aufgemacht hatte. »Ich weiß nur, dass er mit dem Herrn in einem Wagen weggefahren ist.«

»Nannte der Herr, als er sich anmelden ließ, seinen Namen?«

»Nein.«

»War es nicht ein großer, schöner Mann mit schwarzem Haar?«

»O nein, es war ein kleiner Herr mit einer Brille, einem spitzen Gesicht, aber sehr manierlich, denn er lachte die ganze Zeit, während er sprach.«

»Vorwärts!«, rief Sherlock Holmes, ohne ein weiteres Wort zu verlieren. »Das wird ernst«, bemerkte er, als wir wieder eingestiegen waren. »Sie haben Melas wieder in ihre Gewalt gebracht. Er besitzt keinen physischen Mut, wie er durch sein Benehmen in der letzten Nacht bewiesen hat. Dieser Schurke hat es fertiggebracht, ihn wieder vom ersten Moment an völlig einzuschüchtern. Zweifellos bedürfen sie seiner Dienste als Dolmetscher; aber dann werden sie ihn für seinen ›Verrat‹, wie sie es nennen, züchtigen wollen.«

Wir hatten gehofft, mit dem Zug ebenso schnell oder noch schneller als der Wagen nach Beckenham zu kommen. Aber im Hauptpolizeiamt dauerte es länger als eine Stunde, bis wir den Inspektor gefunden und die Formalitäten erledigt hatten, ohne die wir in das Haus nicht hätten eindringen dürfen. Es war dreiviertel auf zehn, ehe wir London Bridge erreichten, und halb elf, ehe wir vier in Beckenham ausstiegen. Eine Droschkenfahrt von fünf Minuten brachte uns nach The Myrtles – ein großes, düsteres Gebäude, das etwas abseits von der Straße in einem dazugehörigen Garten stand.

Wir schickten die Droschke fort und schritten auf das Haus zu.

»Die Fenster sind sämtlich dunkel«, bemerkte der Inspektor. »Das Haus scheint unbewohnt zu sein.«

»Unsere Vögel sind ausgeflogen, und das Nest ist leer«, sagte Sherlock.

»Warum meinen Sie das?«

»Ein schwer beladener Lastwagen ist während der letzten Stunde herausgefahren.«

Der Inspektor lachte. »Ich habe die Räderspuren im Schein der Hoftorlampe gesehen. Aber wo kommt der Lastwagen her?«

»Sie haben vielleicht dieselben Räderspuren in der umgekehrten Richtung, das heißt von der Einfahrt des Wagens gesehen. Aber die nach außen führenden waren weit tiefer – in dem Maße, dass wir getrost sagen können, der Wagen muss schwer beladen gewesen sein.«

»Nach der Richtung sind Sie mir ein bisschen über«, sagte der Inspektor achselzuckend. »Die Tür wird sich nicht leicht aufbrechen lassen. Doch wir wollen sehen, ob wir uns nicht Gehör verschaffen können.«

Er hämmerte mit dem Klopfer und zog an der Klingel, aber ohne allen Erfolg. Holmes hatte sich leise entfernt, kam aber in wenigen Minuten wieder.

»Ich habe ein Fenster offen«, sagte er.

»Gott sei Dank, dass Sie für die Polizei sind und nicht gegen sie, Mr Holmes!«, bemerkte der Inspektor, als er wahrnahm, wie findig und geschickt mein Freund den Fensterriegel zurückgeschoben hatte. »Nun, ich denke, unter den Umständen können wir eintreten, ohne eine Einladung abzuwarten.«

Einer nach dem anderen gelangten wir in ein geräumiges Gemach, offenbar dasselbe, in dem Mr Melas gewesen war. Der Inspektor hatte seine Laterne angezündet, und bei ihrem Schein konnten wir die beiden Türen, die Plüschstühle, die Lampe und die japanischen Waffen erkennen, wie sie uns der Dolmetscher beschrieben hatte. Auf einem Tisch standen zwei Gläser, eine leere Brandyflasche und die Reste einer Mahlzeit.

»Was ist das?«, fragte Holmes plötzlich.

Wir standen alle still und horchten. Ein leises Stöhnen ließ sich irgendwo über unseren Häuptern vernehmen. Holmes stürzte zur Tür und in den Hausflur hinaus. Der grässliche Ton kam vom oberen Stockwerk. Er sprang die Treppe hinauf, der Inspektor und ich folgten ihm auf den Fersen, während sein Bruder Mycroft so schnell, wie es ihm seine Körpermasse erlaubte, hinterdrein keuchte.

Drei Türen sahen wir im oberen Stockwerk vor uns, und aus der mittleren kamen die unheilvollen Laute, die bald in dumpfes Gemurmel sich verloren, bald sich zu schrillem Heulen steigerten. Die Tür war verschlossen, aber der Schlüssel steckte außen. Holmes riss sie auf und stürzte hinein, doch im nächsten Augenblick war er wieder bei uns, mit der Hand an der Kehle.

»Es ist Teerkohle!«, rief er. »Nur ein wenig Zeit, es wird sich klären!«

Wir spähten hinein, konnten aber nur bemerken, dass der Lichtschein im Zimmer ausschließlich von einer matten blauen Flamme ausging, die aus einem kleinen Messingbecken in der Mitte des Zimmers aufflackerte. Sie warf einen bleichen, unheimlichen Lichtkreis auf den Boden, während wir in dem Dämmerschatten, der den Rest des Zimmers erfüllte, den unbestimmten Umriss zweier an die Wand gelehnten Gestalten gewahrten. Durch die offene Tür drang ein schauerlicher giftiger Dunst, der uns nach Luft schnappen und husten ließ. Holmes sprang zurück an die Treppenöffnung, um frische Luft einzuziehen, dann war er wieder in zwei Sätzen im Zimmer, riss das Fenster auf und schleuderte das Kohlenbecken hinaus in den Garten.

»In einer Minute können wir hinein«, keuchte er, wieder zu uns zurückeilend. »Wo ist eine Kerze? Ich zweifle, ob wir in dieser Atmosphäre ein Streichholz zum Brennen bringen können. Halte das Licht an den Türeingang, und wir kriegen sie heraus, Mycroft! Vorwärts!«

Auf dieses Wort stürzten wir hinein, packten die Vergifteten und zogen sie hinaus auf den Treppenflur. Beide waren besinnungslos, ihre Lippen blau, die Gesichter geschwollen, die Augen hervorgequollen. Kaum konnten wir in den verzerrten Zügen des einen Opfers den Dolmetscher wiedererkennen, mit dem wir vor wenigen Stunden im Diogenes-Klub zusammengewesen waren. Seine Hände und Füße waren mit Stricken gebunden, und über einem Auge konnten wir die Spur eines heftigen Schlages bemerken. Der andere, den man ebenfalls gebunden hatte, war ein hochgewachsener, fast zum Skelett abgemagerter Mann, dessen Gesicht durch aufgeklebte Streifen von Heftpflaster ein groteskes Muster zeigte. Er hatte aufgehört zu stöhnen, als wir ihn niederlegten, und ein Blick auf ihn sagte mir, dass wir für ihn wenigstens zu spät gekommen waren. Dagegen war Mr Melas noch am Leben. Nach knapp einer Stunde war es uns mit Hilfe von Ammoniak und Brandy zu meiner Genugtuung als Arzt gelungen, ihn dahin zu bringen, dass er die Augen aufschlug, und ich konnte mich des Bewusstseins freuen, ihn mit meiner Hand vom Rand des dunklen Tales weggezogen zu haben, in das alle irdischen Pfade münden.

Was er uns zu erzählen hatte, war sehr einfach und bestätigte nur unsere Diagnose des Falles. Sein Besucher hatte, kaum dass er ins Zimmer getreten war, unter seinem Rock einen ›Totschläger‹ hervorgezogen und ihn durch die Angst vor augenblicklichem, unentrinnbarem Tod dermaßen eingeschüchtert, dass er ihn zum zweiten Mal entführen konnte. In der Tat hatte der kichernde Schurke fast einen mesmerischen Einfluss auf den unglücklichen Sprachkundigen ausgeübt, denn er konnte nur mit bebenden Gliedern und fahlen Wangen von ihm sprechen. In Beckenham, wohin die Fahrt wie das erste Mal gegangen war, hatte er nochmals als Dolmetscher dienen müssen. Diese zweite Verhandlung war noch dramatischer verlaufen als die erste, denn die beiden Engländer hatten ihren Gefangenen bei erneuter Weigerung, ihrem Verlangen nachzukommen, mit sofortigem Tod bedroht. Als sie ihn aber gegen jede Drohung unempfindlich fanden, hatten sie ihn in sein Gefängnis zurückgeschleppt. Sodann hielten sie Melas seinen Verrat vor, den sie richtig aus den Anzeigen in den Tagesblättern erfahren hatten, und betäubten ihn unversehens durch einen heftigen Stockschlag. Das Erste, dessen er sich weiter erinnern konnte, waren unsere sich besorgt über ihn beugenden Gesichter. – –

Das war also der merkwürdige Fall des griechischen Dolmetschers, dessen Erklärung noch manchen dunklen Punkt enthält. Von dem Herrn, der sich auf die Anzeige gemeldet hatte, brachten wir in Erfahrung, dass die unglückliche junge Dame einer reichen griechischen Familie entstammte und zum Besuch einer befreundeten Familie nach England gekommen war. Dort hatte sie einen jungen Mann namens Harald Latimer kennengelernt, der einen übermächtigen Einfluss über sie gewann und sie schließlich zur Flucht mit ihm überredete. Ihre Wirte hatten sich damit begnügt, ihrem Bruder in Athen Mitteilung zu machen, und im Übrigen sich nicht weiter um die unangenehme Sache gekümmert. Der Bruder, der, sobald er konnte, nach England gereist war, hatte sich hier unvorsichtigerweise in die Gewalt des Latimer sowie seines Genossen begeben, und dieser Letztere, ein gewisser Wilson Kemp, war ein Mann mit der anrüchigsten Vergangenheit. Da diese beiden erkannten, dass der Grieche infolge seiner gänzlichen Unkenntnis der Landessprache ein hilfloses Werkzeug in ihren Händen war, hatten sie ihn gefangen gehalten und versucht, ihn durch grausame Behandlung und Nahrungsentziehung dahin zu bringen, dass er ihnen sein eigenes Vermögen und das seiner Schwester abtrat. Der Schwester war sein Aufenthalt im Haus verheimlicht worden, und das Pflaster auf seinem Gesicht hatte dem Zweck dienen sollen, das Wiedererkennen möglichst zu verhindern für den Fall, dass sie ihn doch zufällig in einem unbewachten Moment erblicken sollte. Ihr weiblicher Instinkt hatte ihn aber trotz dieser Maskierung sofort erkannt, als sie ihn bei Gelegenheit der ersten Anwesenheit des Dolmetschers zum ersten Mal zu Gesicht bekam. Jedoch die Arme war selbst eine Gefangene, denn im ganzen Haus befand sich kein weiteres lebendes Wesen außer dem Kutscher und seiner Frau, die beide im Sold von Kemp und Latimer standen. Als diese eingesehen hatten, dass ihr Geheimnis entdeckt war und ihr Gefangener sich auf keine Weise zur Unterschrift zwingen ließ, waren sie mit dem Mädchen unter Mitnahme des wertvollsten Hausrats entflohen, nachdem sie erst ihrer Meinung nach ihre Rache gekühlt hatten sowohl an dem, der ihnen Trotz geboten, wie an dem, der sie verraten.

Nach Monaten kam ein Zeitungsausschnitt aus einem Budapester Blatt mit einer sonderbaren Mitteilung in unsere Hände. Es war darin von dem tragischen Ende zweier Engländer, die in Begleitung einer Frau reisten, erzählt. Beide hatten, hieß es, tödliche Dolchstiche erhalten, und die ungarische Polizei nahm an, die beiden hätten Streit miteinander bekommen und sich gegenseitig verletzt. Holmes scheint mir aber die Sache anders anzusehen und ist noch heute der Meinung, dass man von der Griechin, wenn man sie auffände, hören könnte, wie das ihr und ihrem Bruder angetane Unrecht gerächt worden ist.

Der Marinevertrag

Zu meinen besten Kameraden während der Schulzeit gehörte ein Knabe namens Percy Phelps; wir standen im gleichen Alter, doch war er mir um zwei Klassen voraus. Wegen seiner großen Begabung fielen ihm alljährlich die Preise zu, welche die Schule zu vergeben hatte, und noch beim Abgang verschaffte ihm sein vorzügliches Examen ein Stipendium, in dessen Besitz er seine Studien auf der Universität Cambridge mit Glanz fortsetzen konnte.

Ich erinnere mich, dass er vornehme Verwandte hatte; sein Oheim mütterlicherseits war Lord Holdhurst, der berühmte Abgeordnete der konservativen Partei. Das wussten wir schon als ganz kleine Knaben, doch brachte es Phelps in der Schule keinerlei Vorteil; es war für uns nur ein Grund mehr, ihn tüchtig auf dem Spielplatz herumzuhetzen oder ihm, wenn sich die Gelegenheit bot, den großen Ball ans Schienbein zu werfen.

Bei seinem Eintritt in die Welt wurde das natürlich nicht anders. Ich hörte noch gerüchtweise, er habe auf Verwendung einflussreicher Personen eine gute Anstellung im Auswärtigen Amt erhalten, für die ihn seine Begabung befähigte; dann verlor ich ihn jahrelang ganz aus dem Gesicht, bis er sich mir eines Morgens durch den folgenden Brief ins Gedächtnis zurückrief:

Brierbrae, Woking
   Mein lieber Watson!
   Ohne Zweifel erinnerst Du Dich noch von der Schulzeit her an Phelps, genannt »Kaulquappe«, der in der fünften Klasse war, als Du die dritte besuchtest. Möglicherweise hast Du auch erfahren, dass mir mein Onkel eine Stelle im Auswärtigen Amt verschafft hat. Diesen ehrenvollen Vertrauensposten habe ich seither bekleidet, aber ein entsetzliches Missgeschick hat mit einem Schlag meine ganze Zukunft vernichtet.

Es würde zu weit führen, wollte ich Dir mein Unglück schriftlich auseinandersetzen; falls Du auf meine Bitte eingehst, wirst Du ohnehin alle Einzelheiten aus meinem Mund hören müssen. Ich bin eben erst von einem Nervenfieber genesen, das mich neun Wochen lang ans Bett gefesselt hat, und ich fühle mich noch recht schwach. Könntest Du mich wohl besuchen und Deinen Freund Holmes veranlassen, Dich zu begleiten? Ich möchte gerne seine Ansicht über den Fall hören, trotz der Versicherung der Polizei, dass sich nichts mehr tun lässt. Bitte bring ihn so bald wie möglich hierher; jede Minute wird mir zur Ewigkeit, so lange ich noch in dieser entsetzlichen Spannung lebe. Sage ihm, dass es nicht ein Beweis von mangelndem Vertrauen ist, wenn ich ihn erst jetzt um Rat frage; ich war seit jenem Schicksalsschlag wie von Sinnen. Jetzt bin ich zwar wieder zu mir selbst gekommen, doch wage ich kaum an die Geschichte zu denken, weil ich einen Rückfall fürchte. Noch fühle ich mich nicht einmal stark genug, um selber zu schreiben, und muss diese Zeilen diktieren.

Nicht wahr, Du kommst zu Deinem Freund,
zu Deinem alten Schulkameraden
Percy Phelps.

Es lag etwas so Hilfloses und Rührendes in der Art, wie er mich wiederholt anflehte, Holmes zu ihm zu bringen, dass ich nichts unversucht gelassen hätte, um seinen Wunsch zu erfüllen. Doch kannte ich Holmes gut genug, um zu wissen, dass er jedem Klienten seine Dienste aufs Bereitwilligste zur Verfügung stellte, wenn es galt, seine Kunst auszuüben. So beschloss ich denn, ihn ohne Zögern aufzusuchen und betrat schon eine Stunde nach dem Frühstück meine frühere Wohnung in der Baker Street.

Sherlock Holmes saß im Schlafrock an einem Seitentisch und war eifrig mit einer chemischen Analyse beschäftigt, über der bläulichen Flamme des Bunsenbrenners siedete und brodelte in der Retorte eine Flüssigkeit, deren destillierte Tropfen sich in einem Zweilitermaß sammelten. Als ich eintrat, hob mein Freund kaum den Blick; das Experiment, welches er vorhatte, mochte wohl sehr wichtig sein. Ich setzte mich in einen Lehnstuhl und wartete, während er seine Pipette bald in diese, bald in jene Flasche eintauchte. Endlich trat er mit der fertigen Lösung im Reagenzglas vor mich hin, in der Rechten einen Streifen Lackmuspapier haltend.

»Sie kommen gerade in einem kritischen Moment, Watson«, sagte er. »Behält dies Papier seine blaue Farbe, so ist alles gut; wird es rot, so kostet es ein Menschenleben.« Er tauchte es in das Glas, und sofort nahm es eine schmutzig feuerrote Färbung an. »Hm, ich dachte es mir wohl. In einem Augenblick stehe ich Ihnen zu Diensten, Watson. Nehmen Sie sich Tabak aus dem persischen Pantoffel.« Er setzte sich an das Pult, schrieb mehrere Depeschen und übergab sie seinem kleinen Diener. Dann warf er sich in den Stuhl, der mir gegenüber stand, schlug seine langen, dünnen Beine übereinander und faltete die Hände über dem Knie.

»Ein sehr alltäglicher kleiner Mord«, sagte er. »Vermutlich bringen Sie mir etwas Besseres. Sie sind der Sturmvogel, der ein Verbrechen ankündigt, Watson. Was gibt's denn?«

Ich reichte ihm den Brief, den er mit großer Aufmerksamkeit durchlas. »Sehr viel lässt sich nicht daraus entnehmen, wie mir scheint.«

»So gut wie nichts.«

»Doch interessiert mich die Handschrift.«

»Es ist nicht seine eigene.«

»Eben darum. Eine Frau hat den Brief geschrieben.«

»Bewahre, es ist eine Männerhand«, rief ich.

»Nein, die Schrift einer Frau von seltener Charakterstärke. Es ist beim Beginn einer Untersuchung von Wichtigkeit zu wissen, dass der betreffende Klient in naher Beziehung zu einer Person steht, welche hervorragende Gaben besitzt, im guten oder bösen Sinne. Ich fange schon an, mich für den Fall zu interessieren. Wenn Sie nichts anderes vorhaben, wollen wir gleich nach Woking fahren, um den Herrn Diplomaten aufzusuchen, der in solcher Klemme steckt, und uns die Dame anzusehen, der er seine Briefe diktiert.«

Wir hatten gerade noch Zeit, den Vormittagszug auf der Waterloo Station zu erreichen; eine etwa einstündige Fahrt brachte uns nach den Fichtenwäldern und dem Heideland von Woking. Brierbrae erwies sich als der Name eines Hauses, das inmitten weitläufiger Anlagen in geringer Entfernung vom Bahnhof dalag. Als wir unsere Karten abgegeben hatten, wurden wir in ein vornehm ausgestattetes Empfangszimmer geführt, wo uns schon nach kürzester Frist ein etwas wohlbeleibter Mann aufs Gastfreundlichste begrüßte. Er mochte eher vierzig als dreißig Jahre alt sein, aber seine roten Pausbacken und munteren Augen gaben ihm das Aussehen eines dicken, durchtriebenen Jungen.

»Wie froh bin ich, dass Sie da sind«, sagte er, uns die Hände schüttelnd. »Percy hat den ganzen Morgen über nur immer nach Ihnen gefragt. Der

Ärmste klammert sich an jeden Strohhalm. Ich soll Sie auch im Namen seiner Eltern willkommen heißen; schon die bloße Erwähnung der Angelegenheit ist ihnen äußerst peinlich.«

»Wir haben noch gar nichts Näheres darüber gehört«, versetzte Holmes. »Sie selbst sind offenbar kein Mitglied der Familie.«

Der Herr sah überrascht auf, dann erwiderte er lachend:

»Sie werden wohl das J. H. auf meinem Siegelring bemerkt haben. Ich wollte schon über Ihren Scharfsinn staunen. Mein Name ist Josef Harrison, und da Percy mit meiner Schwester Anna verlobt ist, zähle ich bald wenigstens zu den angeheirateten Verwandten. Sie werden meine Schwester bei ihm im Zimmer finden; sie pflegt ihn seit zwei Monaten ohne Rast und Ruhe. Gehen Sie lieber gleich zu ihm, ich weiß, mit welcher Ungeduld er auf Sie wartet.«

Das Gemach, in das man uns wies, lag im nämlichen Stockwerk und diente zugleich als Wohn- und Schlafzimmer; zierlich geordnete Blumen, die auf Gesimsen und hier und da in den Ecken standen, gaben ihm ein freundliches Aussehen. Auf einem Sofa am offenen Fenster, durch das die laue Sommerluft und die Wohlgerüche des Gartens hereinströmten, lag ein junger Mann mit bleichen, eingefallenen Wangen. Ein Mädchen, das neben ihm saß, stand auf, als wir eintraten.

»Soll ich fortgehen, Percy?«, fragte sie.

Er hielt ihre Hand fest, sodass sie bleiben musste, und begrüßte mich herzlich. »Wie geht es dir, Watson?«, fragte er. »Du hast dich sehr verändert, das macht der Bart. Mich hättest du wohl auch kaum wiedererkannt. Der Herr ist vermutlich dein berühmter Freund Sherlock Holmes?«

Ich stellte ihn mit kurzen Worten vor, und wir setzten uns beide. Der dicke junge Mann hatte sich entfernt, aber seine Schwester nahm neben dem Kranken Platz, der ihre Hand nicht losließ. Sie war eine ungewöhnliche Erscheinung mit den großen, dunkeln, italienischen Augen, der schönen Olivenfarbe des Gesichts und der reichen Fülle tiefschwarzen Haares, nur die Gestalt war etwas zu kurz und gedrungen. Ihre blühenden Farben machten die Blässe und Magerkeit des armen Phelps nur noch auffallender.

»Um so wenig wie möglich von Ihrer Zeit in Anspruch zu nehmen, will ich Ihnen die Sache ohne alle Umschweife vortragen«, sagte er, sich auf dem Sofa in die Höhe richtend. »Ich war ein lebensfroher, vom Glück begünstigter Mann und stand im Begriff, mich zu verheiraten, als ein unerwartetes, furchtbares Missgeschick plötzlich meine ganze Zukunft zerstörte.

Watson hat Ihnen vielleicht mitgeteilt, dass ich eine Stelle im Auswärtigen Amt bekleidete. Durch Lord Holdhursts, meines Onkels, Einfluss war ich rasch auf einen verantwortlichen Posten gestellt worden. Als mein Onkel Minister des Äußeren wurde, gab er mir verschiedene wichtige Aufträge, die ich stets so glücklich zum Abschluss brachte, dass er zuletzt ein unbegrenztes Vertrauen in meine Umsicht und Leistungsfähigkeit setzte.

Vor etwa zehn Wochen – oder um ganz genau zu sein, am 23. Mai – rief er mich in sein Privatzimmer, lobte mich wegen der guten Dienste, die ich ihm bisher geleistet, und teilte mir mit, dass er mir wieder die Ausführung eines wichtigen Geschäfts anvertrauen wolle.

›Das hier‹, sagte er und nahm eine graue Papierrolle aus seinem Schreibtisch, ›ist das Original eines geheimen Vertrages zwischen England und Italien. Zu meinem größten Bedauern sind schon Gerüchte über seinen Inhalt durch die Presse an die Öffentlichkeit gedrungen, und es ist von ungeheurer Wichtigkeit, dass nichts Näheres bekannt wird. Die französische und russische Gesandtschaft würden gern große Summen bezahlen, um sich einen Einblick in diese Schrift zu verschaffen. Am liebsten behielte ich die Papiere ganz bei mir im Schreibtisch, wäre es nicht unumgänglich nötig, eine Kopie davon anfertigen zu lassen. Du hast doch ein Pult mit gutem Verschluss in deinem Büro?‹

›Jawohl.‹

›Dann nimm den Vertrag und schließe ihn sorgfältig ein. Ich werde es einzurichten wissen, dass du nach Schluss der Geschäftsstunden allein zurückbleiben und die Abschrift ungestört machen kannst, ohne zu fürchten, dass man dich dabei beobachtet. Wenn du fertig bist, schließe Original und Kopie wieder in das Pult und händige mir beides morgen früh persönlich aus.‹

Ich nahm die Papiere …«

»Bitte, einen Augenblick«, unterbrach ihn Holmes, »waren Sie beide allein während dieser Unterredung?«

»Ganz allein.«

»In einem großen Raum?«

»Das Zimmer mag etwa dreißig Fuß lang sein und ebenso breit.«

»Sie standen in der Mitte?«

»Ja, ungefähr.«

»Und sprachen nicht laut?«

»Mein Onkel spricht gewöhnlich mit sehr leiser Stimme, und ich habe fast nichts gesagt.«

»Danke sehr«, versetzte Holmes und schloss die Augen. »Bitte fahren Sie fort.«

»Ich tat alles, wie er es mir vorgeschrieben hatte und wartete, bis die anderen Angestellten sich entfernten. Einer von ihnen, Charles Gorot, der mit mir im selben Zimmer arbeitete, hatte noch einige Rückstände zu erledigen; ich ließ ihn da und ging zum Essen. Als ich zurückkam, war er fort. Nun machte ich mich gleich ans Werk, denn ich wünschte, so schnell wie möglich mit der Arbeit fertig zu werden. Josef Harrison, den Sie hier gesehen haben, war in der Stadt; ich wusste, dass er mit dem Elfuhrzug nach Woking fahren wollte und hätte ihn gern begleitet.

Als ich den Vertrag in Augenschein nahm, erkannte ich sofort, dass mein Onkel die Wichtigkeit des Dokuments keineswegs übertrieben hatte. Ohne mich auf Einzelheiten einzulassen, will ich nur erwähnen, dass darin die Stellung Großbritanniens zum Dreibund klargelegt und auseinandergesetzt war, welchen politischen Standpunkt England einnehmen würde, falls die französische Flotte im Mittelländischen Meer ein vollkommenes Übergewicht über die italienische Seemacht erringen sollte. Es handelte sich überhaupt ausschließlich um Fragen, welche die Marine betrafen. Rasch überflog ich noch die Namen der hohen Würdenträger, die den Vertrag unterzeichnet hatten, und machte mich dann an die Abschrift.

Das umfangreiche Dokument enthielt sechsundzwanzig Artikel und war in französischer Sprache abgefasst. Ich schrieb, so schnell ich konnte, doch hatte ich, als es neun Uhr schlug, nicht mehr als neun Artikel fertig; dass ich den Zug noch erreichen würde, schien aussichtslos. Von dem Abendessen war ich schläfrig geworden, auch hatte ich nach der langen Tagesarbeit ein dumpfes Gefühl im Kopf und glaubte, eine Tasse Kaffee würde mich auffrischen. Am Fuß der Treppe hat der Türhüter eine kleine Kammer, wo er die Nacht über bleibt; die Beamten, welche Überstunden machen, lassen sich häufig von ihm auf seiner Spirituslampe Kaffee kochen. Ich klingelte, damit er heraufkommen sollte.

Zu meiner Verwunderung erschien statt seiner eine große ältliche Frau mit groben Gesichtszügen. Sie hatte eine Schürze vor und sagte mir, sie sei des Türhüters Frau und als Putzerin im Haus beschäftigt. So bestellte ich denn meinen Kaffee bei ihr.

Ich schrieb noch zwei Artikel ab und wurde immer schläfriger, sodass ich, um mich wach zu erhalten, ein paar Mal im Zimmer auf- und abging. Warum nur der Kaffee nicht kam? – Ich öffnete die Tür und trat hinaus, um die Ursache der Verzögerung zu ergründen. Aus meinem Arbeitszimmer, das keinen anderen Ausgang hat, führte ein gerader, schwach erleuchteter Korridor bis zu einer gewundenen Treppe, welche unten im Hausflur mündete, an dessen Ende man zur Stube des Türhüters gelangt. Ist man die Treppe zur Hälfte hinuntergegangen, so kommt man an einen Absatz, von dem aus ein zweiter Korridor im rechten Winkel zur Hintertreppe und nach einer Seitentür führt. Dieser Eingang wird nicht nur von der Dienerschaft benützt, sondern auch von den Angestellten, wenn sie aus der Charles Street kommen und ihren Weg abkürzen wollen. Hier ist eine rohe Skizze der ganzen Örtlichkeit.«

»Danke sehr. Ich glaube, Ihren Ausführungen gut folgen zu können«, sagte Sherlock Holmes.

»Ich empfehle diesen Punkt Ihrer besonderen Beachtung, er ist von größter Wichtigkeit. – Die Treppe hinuntergehend, kam ich in den Flur und fand den Türhüter in seiner Kammer fest eingeschlafen. Im Kessel neben ihm kochte das Wasser so stark, dass es bis auf die Diele spritzte. Eben streckte ich die Hand aus, um den Mann aus dem Schlaf zu wecken, als eine Glocke, die über meinem Haupt hing, zu läuten begann, und er erschrocken auffuhr.

›Ach, Sie sind's, Mr Phelps‹, sagte er, verwirrt um sich blickend.

›Ich bin heruntergekommen, um zu sehen, ob mein Kaffee fertig ist.‹

›Während das Wasser ins Kochen kam, bin ich eingeschlafen.‹ Er sah mich an und blickte dann mit wachsender Verwunderung nach der Glocke hinauf, die noch immer in zitternder Bewegung war.

›Wer hat denn aber geläutet, wenn Sie hier waren, Mr Phelps?‹

›Geläutet? – Was für eine Glocke ist das?‹, fragte ich.

›Die Glocke von Ihrem Büro.‹

Mir stand das Herz still. – Also war jemand dort im Zimmer, wo das kostbare Schriftstück auf dem Tisch lag. – Wie wahnsinnig stürzte ich die Treppe hinauf und durch den Gang. Kein Mensch war im Korridor, Mr Holmes – kein Mensch war im Büro. Ich fand alles genau so, wie ich es verlassen – nur die mir anvertrauten Papiere waren von dem Schreibpult verschwunden, auf dem sie gelegen hatten. Die Abschrift war noch da, aber das Original war fort.«

Holmes saß aufrecht in seinem Stuhl und rieb sich die Hände. Dies Rätsel war so recht nach seinem Herzen, das sah ich wohl. »Nun, und was taten Sie?«, murmelte er.

»Ich wusste sofort, dass der Dieb die Hintertreppe heraufgekommen sein müsse. Auf dem Weg vom Haupteingang her wäre ich ihm natürlich begegnet.«

»Sie sind überzeugt, dass er nicht die ganze Zeit über im Zimmer verborgen war oder im Korridor, von dem Sie sagten, er sei nur schwach erleuchtet gewesen?«

»Das ist ein Ding der Unmöglichkeit. Weder das Zimmer noch der Korridor bieten das geringste Versteck.«

»Ich danke Ihnen. Bitte fahren Sie fort.«

»Der Türhüter hatte meine entsetzte Miene gesehen und kam hinter mir die Treppe hinauf. Wir liefen nun beide durch den Gang und die steile Stiege hinunter, die nach der Charles Street führt. Die Tür unten war nicht verschlossen; wir stießen sie auf und eilten hinaus. Im selben Augenblick hörte ich, wie die Uhr vom nahen Kirchturm drei Schläge tat. Es war dreiviertel auf zehn.«

»Das ist ein höchst wichtiger Umstand«, sagte Holmes, während er die Zahl auf seiner Manschette notierte.

»Draußen war dunkle Nacht, und es fiel ein feiner, warmer Regen. Auf der Charles Street ging kein Mensch, aber wo sie ganz am Ende mit Whitehall zusammenstößt, war wie gewöhnlich ein dichtes Gedränge. Barhäuptig liefen wir die Straße hinunter und trafen an der Ecke einen Polizisten.

›Ein Diebstahl‹, stieß ich keuchend heraus. ›Aus dem Ministerium des Äußeren ist ein Schriftstück von unermesslichem Wert entwendet worden. – Ist hier irgendjemand vorbeigekommen?‹

›Ich stehe seit einer Viertelstunde hier‹, entgegnete er; ›während dieser Zeit ist nur eine Person hier vorübergegangen – ein großes, schon bejahrtes Frauenzimmer mit einem Umschlagetuch.‹

›Ach, das ist gewiss nur meine Frau gewesen‹, meinte der Türhüter, ›sonst haben Sie niemand gesehen?‹

›Keinen Menschen.‹

›Dann muss der Dieb nach der anderen Seite entkommen sein‹, rief der Türhüter, mich am Ärmel fassend.

Doch ich gab mich nicht so leicht zufrieden, und je mehr er versuchte, mich mit sich fortzuziehen, umso argwöhnischer wurde ich.

›Welche Richtung hat die Frau eingeschlagen?‹, fragte ich.

›Das weiß ich nicht‹, antwortete der Polizist. ›Ich sah sie vorbeigehen, hatte aber keinen besonderen Grund, ihr nachzuspüren. Sie schien es sehr eilig zu haben.‹

›Wie lange ist es her?‹

›Höchstens ein paar Minuten.‹

›Wie viele denn – etwa fünf?‹

›Sicherlich nicht mehr.‹

›Sie verlieren nur unnütz Zeit, Mr Phelps‹, rief der Türhüter. ›Meine Alte hat nichts mit der Sache zu tun, verlassen Sie sich darauf. Sie ist nach unserer Wohnung gegangen, wo Sie sie finden werden.‹

›Wo wohnen Sie?‹, fragte ich.

›In Brixton, Epheu Lane Nr. 16; aber folgen Sie nicht der falschen Fährte, Mr Phelps. Sie verlieren nur unnütz Zeit.‹

Wir kehrten nun in das Ministerium zurück und durchsuchten die Treppen und Gänge, jedoch ohne Erfolg. Der Korridor, der zu meinem Arbeitszimmer führt, war mit einem hellfarbenen Linoleum belegt, auf dem jeder Tritt zu sehen ist. Obwohl wir es sorgfältig besichtigten, fanden sich keine Fußspuren.«

»Hatte es den ganzen Abend geregnet?«

»Etwa von sieben Uhr an.«

»Wie kam es dann, dass die Frau, die gegen neun Uhr bei Ihnen im Zimmer war, dort keine Spur ihrer schmutzigen Stiefel zurückließ?«

»Es ist mir lieb, dass Sie den Umstand erwähnen; auch mir fiel das damals auf. Die Putzfrauen pflegen in der Stube des Türhüters die Stiefel zu wechseln und Salbandschuhe anzuziehen.«

»Das erklärt die Sache. Also Sie fanden keinen Abdruck auf dem Fußboden, trotz der Nässe draußen? Der Tatbestand ist wirklich höchst merkwürdig. Bitte erzählen Sie weiter.«

»Nun untersuchten wir das Zimmer. An eine geheime Tür war nicht zu denken, und die Fenster sind wohl dreißig Fuß hoch über der Straße; beide waren geschlossen und verriegelt. Eine etwaige Falltür ließe sich schon des Teppichs wegen nicht öffnen, und die Decke ist weißgetüncht. Ich möchte meinen Kopf wetten, dass der Dieb, der das Schriftstück gestohlen hat, nur zur Stubentür hereingekommen sein kann.«

»Wie steht's mit dem Kamin?«

»Es ist keiner vorhanden, nur ein Ofen ist da. Die Klingelschnur hängt am Draht, rechter Hand von meinem Schreibpult. Wer geläutet hat, muss dicht am Pult gestanden haben. Aber warum sollte ein Dieb die Glocke ziehen? Es ist ein ganz unergründliches Geheimnis.«

»Freilich, der Umstand ist verwunderlich. – Was taten Sie nun für Schritte? Hatte der Eindringling nichts im Zimmer zurückgelassen – sahen Sie keinen Zigarrenstumpf, keine Haarnadel oder sonst eine Kleinigkeit herumliegen?«

»Nicht das Geringste.«

»Sie bemerkten auch keinen Geruch?«

»Darauf haben wir nicht geachtet.«

»Bei solcher Untersuchung wäre es von Wichtigkeit, wenn das Zimmer zum Beispiel nach Tabak gerochen hätte.«

»Ich bin selbst kein Raucher, und ein Tabakgeruch wäre mir gewiss aufgefallen. Wir fanden nicht den geringsten Aufschluss. Die einzig greifbare Tatsache war, dass des Türhüters Weib – Mrs Tangey ist ihr Name – sich eilig davongemacht hatte. Obwohl ihr Mann erklärte, seine Frau gehe um diese Zeit gewöhnlich nach Hause, kam ich mit dem Polizisten überein, dass wir suchen müssten, der Frau habhaft zu werden, ehe sie Zeit hätte, sich der Papiere zu entledigen – vorausgesetzt, dass diese überhaupt in ihrem Besitz waren.

Inzwischen hatte man das Polizeiamt benachrichtigt, und Forbes, der Geheimpolizist, fand sich sofort ein, übernahm den Fall und entwickelte die größte Tatkraft. Wir bestiegen eine Droschke, sagten dem Kutscher die Adresse, und eine halbe Stunde später hielten wir vor Mrs Tangeys Wohnung. Ein junges Mädchen, ihre älteste Tochter, wie wir später erfuhren, öffnete uns. Die Mutter war noch nicht zurück, und wir mussten im Wohnzimmer warten.

Etwa zehn Minuten später klopfte es an der Haustür, und nun begingen wir einen unverzeihlichen Missgriff. Statt selbst zu öffnen, überließen wir dies dem Mädchen. ›Mutter‹, hörten wir sie sagen, ›drinnen sind zwei Männer, die auf dich warten.‹ Sogleich vernahmen wir eilige Fußtritte im Gang; Forbes stieß die Tür auf, und wir stürzten beide nach dem Hinterzimmer, das als Küche diente, aber die Frau war schon vor uns da. Sie sah uns mit herausfordernden Blicken an, plötzlich aber erkannte sie mich, und ihr Gesicht verriet maßloses Erstaunen.

›Aber, das ist ja Mr Phelps aus dem Büro‹, rief sie.

›Vor wem sind Sie denn so davongelaufen – für wen hielten Sie uns?‹, fragte mein Gefährte.

›Die Gerichtsdiener‹, sagte sie. ›Wir haben mit einem Händler Streit gehabt.‹

›Das machen Sie einem anderen weis‹, versetzte Forbes. ›Wir haben allen Grund zu glauben, dass Sie ein wichtiges Schriftstück aus dem Büro mitgenommen haben und es jetzt hier beiseite bringen wollten. Es hilft nichts, Sie müssen mit uns zur Polizei, um sich durchsuchen zu lassen.‹

All ihr Bitten und Widerstreben war umsonst. Wir besichtigten noch die ganze Küche und besonders den Herd genau, um zu sehen, ob sie den Augenblick, als sie allein war, nicht benutzt hatte, um die Papiere zu verbrennen; aber wir konnten weder Asche noch Papierfetzen entdecken. Dann fuhren wir beide mit ihr in der Droschke nach dem Polizeiamt, wo sie sogleich einer dazu angestellten Frau übergeben wurde. Ich wartete in wahrer Todesangst, bis diese kam, um Bericht zu erstatten. Von den Papieren hatte sich keine Spur gefunden.

Da überkam mich zum ersten Mal das Bewusstsein meiner entsetzlichen Lage mit voller Gewalt. Bisher hatte ich handeln können, und mir war keine Zeit zum Überlegen geblieben. Ich hatte fest darauf gerechnet, den Vertrag auf der Stelle wiederzufinden; was aus mir werden sollte, wenn unsere Bemühungen fehlschlugen, daran wagte ich nicht zu denken. Doch jetzt ließ sich nichts mehr tun, und ich hatte Muße, mir meine Lage klar zu machen. Sie war fürchterlich. – Watson kann Ihnen sagen, dass ich schon in der Schule ein nervöser, leicht erregbarer Knabe war; das liegt in meiner Natur. Ich dachte an meinen Onkel und die anderen Minister, an die Schande, die ich ihm, mir und allen meinen Angehörigen bereitet hatte. Freilich war ich das Opfer eines außergewöhnlichen Missgeschicks; aber wer fragt danach, wo diplomatische Interessen auf dem Spiel stehen? Kein Zweifel – ich war hoffnungslos zu Grunde gerichtet und mit Schmach bedeckt. – Was ich damals tat, weiß ich nicht mehr, meine Aufregung war zu groß. Ich erinnere mich noch dunkel, dass die Beamten sich um mich versammelten und mich zu beruhigen suchten. Einer von ihnen fuhr mit mir bis zur Waterloo-Station und brachte mich in den Zug nach Woking. Wahrscheinlich hätte er mich bis hierher begleitet, wäre nicht Doktor Ferrier, der in unserer Nachbarschaft wohnt, zufällig auf der Bahn gewesen. Der Doktor hatte die Güte, mich in seine Obhut zu nehmen, und das war mein Glück, denn kurz nach der Abfahrt verfiel ich in Krämpfe, und bevor wir daheim ankamen, raste ich im Fieberwahn.

Sie können sich den Schrecken meiner Angehörigen vorstellen, als sie, durch das Klingeln des Doktors aus dem Schlaf geweckt, mich in diesem Zustand sahen. Der armen Annie hier und meiner Mutter brach fast das Herz. Doktor Ferrier hatte von dem Polizisten auf der Bahn gerade genug erfahren, um einigermaßen erklären zu können, was vorgefallen sei, und sein Bericht war wenig geeignet, die Gemüter zu beruhigen. Jedenfalls war eine lange Krankheit bei mir im Anzug; Josef musste daher rasch aus seinem freundlichen Schlafzimmer im Erdgeschoss ausziehen, das in ein Krankenzimmer umgewandelt wurde. Mehr als neun Wochen habe ich hier bewusstlos und in Fieberraserei an einer Gehirnentzündung darniedergelegen. Nur dem Doktor und Miss Harrison verdanke ich es, wenn ich noch am Leben bin. Sie hat mich den Tag über gepflegt, und eine gemietete Wärterin wachte des Nachts bei mir; ich war gänzlich unzurechnungsfähig, man konnte mir alles zutrauen. Nur langsam wich meine Geistesumnachtung, und erst in den letzten drei Tagen ist mein Gedächtnis wieder ganz zurückgekehrt. Ach, ich wünsche manchmal, dass ich überhaupt nicht wieder zum Bewusstsein erwacht wäre! Gleich zuerst telegrafierte ich an Forbes, der den Fall in Händen hat. Er kam und versicherte mir, es sei alles Mögliche geschehen, doch habe man nicht die geringste Spur entdeckt. Der Türhüter und seine Frau waren wiederholt ins Verhör genommen worden, ohne dass dadurch Licht in das Dunkel kam. Auch der Verdacht der Polizei gegen den jungen Gorot erwies sich als hinfällig. Dass er nach den Geschäftsstunden im Büro geblieben war und einen französischen Namen trug, hatte den Argwohn auf ihn gelenkt. Doch ist er, obgleich aus einer Hugenottenfamilie stammend, mit Leib und Seele Engländer, auch hatte ich ja erst die Arbeit begonnen, als er fort war. – Auf Ihnen, Mr Holmes, ruht jetzt meine letzte Hoffnung; versagt auch diese, dann habe ich mein Ansehen und meine Stellung in der Welt auf immer verloren.«

Erschöpft von dem langen Bericht, sank der Kranke wieder in die Kissen, und seine Pflegerin beeilte sich, ihm eine Stärkung zu reichen. Holmes saß mit geschlossenen Augen und zurückgelehntem Kopf still da; einem Fremden wäre er vielleicht teilnahmslos erschienen, aber ich erkannte an seiner ganzen Haltung, dass er vollständig in den Fall vertieft war.

»Ihre Angaben sind so ausführlich gewesen«, sagte er endlich, »dass ich nur noch wenige Fragen zu stellen habe. Ein Umstand erscheint mir jedoch besonders wichtig: Haben Sie irgendjemand mitgeteilt, dass Ihnen diese geheime Arbeit anvertraut war?«

»Keinem Menschen.«

»Zum Beispiel auch nicht Miss Harrison hier?«

»Nein, nachdem mir der Auftrag erteilt wurde, bin ich bis zu seiner Ausführung nicht in Woking gewesen.«

»Und es hat Sie auch keiner Ihrer Angehörigen zufällig besucht?«

»Niemand.«

»Aber Ihre Verwandten hätten sich in dem Gebäude zurechtfinden können?«

»Oh ja, sie haben es alle gelegentlich besichtigt.«

»Wenn Sie niemand etwas von dem Vertrag gesagt haben, so sind das natürlich ganz müßige Fragen.«

»Ich habe nicht davon gesprochen.«
»Wissen Sie etwas Näheres über den Türhüter?«
»Nur, dass er ein alter Soldat ist.«
»Von welchem Regiment?«
»Ich glaube, er stand bei der Garde.«
»Gut – darüber kann mir Forbes gewiss noch genauer berichten. Die Polizei versteht sich trefflich darauf, Tatsachen zu ermitteln, nur weiß sie nicht immer Nutzen daraus zu ziehen. – Oh, was für eine schöne Rose!« Mit diesem Ausruf ging er an dem Lager des Kranken vorbei und trat ans Fenster, um eine abgeschnittene Moosrose zu betrachten, deren zartes Rot reizend von dem Grün der Blätter abstach. Dass er sich für Blumen interessierte, war mir ganz neu; jedenfalls hatte er mir seine Freude daran noch nie gezeigt.

»Mir scheint, die Deduktion ist nirgends so sehr am Platz«, sagte er, sich an das Fensterkreuz lehnend, »als in der Religion. Diese lässt sich durch Vernunftschlüsse entwickeln, wie eine exakte Wissenschaft. Als unsere sicherste Bürgschaft für die Güte der Vorsehung gelten mir die Blumen. Alles andere – unsere Kräfte, unsere Triebe, unsere Nahrung – ist zum Leben absolut notwendig. Doch diese Rose ist etwas Apartes. Ihr Duft, ihre Farbe, dient nicht zu Erhaltung, sondern zum Schmuck des Daseins. Nun wissen wir aber, dass es nur die Güte ist, welche Extrafreuden gewährt, und deshalb sage ich, dass die Blumen ein verheißungsvolles Unterpfand für mich sind.«

Während Holmes diese Betrachtungen anstellte, malte sich in Percy Phelps' Gesicht und in den Mienen seiner Pflegerin große Verwunderung und Enttäuschung. Er hielt noch immer die Rose in der Hand und schien in Sinnen versunken. Endlich weckte ihn das Fräulein aus seiner Träumerei. »Haben Sie irgendwelche Aussicht, dem Geheimnis auf den Grund zu kommen, Mr Holmes?«, fragte sie mit etwas scharfem Ton.

»Ja so – das Geheimnis!« Er war plötzlich wieder in die Wirklichkeit zurückgekehrt. »Es lässt sich keineswegs leugnen, dass der Fall höchst sonderbar und verwickelt ist, doch verspreche ich Ihnen, dass ich die Sache untersuchen und Sie davon in Kenntnis setzen will, wenn ich etwas Wesentliches entdecke.«

»Haben Sie irgendwelche Anhaltspunkte gefunden?«

»Sie haben mir deren sieben geliefert, aber ich muss sie natürlich erst prüfen, ehe ich sagen kann, ob sie etwas taugen.«

»Haben Sie Argwohn gegen jemand?«

»Ja, gegen mich selbst ...«
»Was?«
»Ich fürchte, vorschnelle Schlüsse zu ziehen.«
»Dann gehen Sie nach London, um Ihre Anhaltspunkte zu prüfen.«
»Ein sehr guter Rat, mein Fräulein«, sagte Holmes und stand auf. »Ich glaube, wir können nichts Besseres tun, Watson. Überlassen Sie sich keinen falschen Hoffnungen, Mr Phelps; die Angelegenheit ist sehr verwickelt.«
»Ich werde in fieberhafter Unruhe sein, bis ich Sie wiedersehe«, sagte der junge Diplomat seufzend.
»Erwarten Sie mich morgen mit demselben Zuge; ich will kommen, auch wenn ich nur negative Ergebnisse zu melden habe.«
»Gott segne Sie für Ihr Versprechen«, rief unser Klient. »Schon der Gedanke, dass etwas in der Sache geschieht, gibt mir neues Leben. – Was ich noch sagen wollte: Lord Holdhurst hat mir geschrieben!«
»So? Und wie äußerte er sich?«
»Sein Brief ist kühl, aber nicht unfreundlich. Wahrscheinlich hat ihn meine lange Krankheit milde gestimmt. Er wiederholt, dass die Sache von größter Wichtigkeit ist, doch werde man keine Schritte betreffs meiner Zukunft tun – er meint natürlich die Entlassung aus dem Staatsdienst –, bis meine Gesundheit wiederhergestellt ist und ich Gelegenheit gehabt habe, die Scharte auszuwetzen.«
»Nun, das nenne ich vernünftig und rücksichtsvoll«, sagte Holmes. »Kommen Sie, Watson, wir haben heute in der Stadt noch viel Arbeit vor uns.«
Josef Harrison fuhr uns selbst auf den Bahnhof, und bald sausten wir mit dem Portsmouth-Zug davon. Holmes saß ganz in Gedanken vertieft da und öffnete erst den Mund, als wir über Clapham hinaus waren.
»Es wirkt sehr erheiternd, wenn man auf solcher Hochbahn nach London hineinfährt, wie wir jetzt, und auf die Häuser hinabsieht.«
Ich glaubte, er spräche im Scherz, denn die Aussicht war ganz abscheulich, aber er fuhr unbeirrt fort:
»Sehen Sie nur die großen ziegelroten Häuserviereckе, die über die Schieferdächer emporragen wie Inseln aus einer bleifarbenen See.«
»Das sind die Volksschulen.«
»Die wahren Leuchttürme der Zukunft, alter Junge! Es sind Samenkapseln, von denen jede viele Hunderte von kleinen, lebendigen Körnern enthält, aus denen das bessere, weisere England der Zukunft entsprießen wird. – Was meinen Sie – ob Mr Phelps wohl trinkt?«

»Das glaube ich kaum.«

»Ich auch nicht. Aber man muss eben jede Möglichkeit in Betracht ziehen. Der arme Teufel ist in eine tiefe Grube gefallen, und ob wir ihn herausholen können, ist sehr fraglich. – Was halten Sie von Miss Harrison?«

»Sie ist ein sehr starker Charakter.«

»Aber auch gut, wenn mich nicht alles täuscht. Sie und ihr Bruder sind die einzigen Kinder eines Hüttenbesitzers irgendwo oben in Northumberland. Phelps hat sich letzten Winter auf der Reise mit ihr verlobt, und sie ist in Begleitung ihres Bruders auf Besuch gekommen, um die Verwandten des Bräutigams kennenzulernen. Als dann der Krach kam, ist sie zur Pflege dageblieben, und Bruder Josef, der sich sehr behaglich fühlte, wollte auch nicht fort. Sie sehen, ich habe schon unter der Hand verschiedene Erkundigungen eingezogen. Aber heute müssen wir noch viel zu erfahren suchen.«

»Meine Praxis …«, begann ich.

»Oh, wenn Ihnen Ihre Fälle mehr am Herzen liegen als meiner …«, unterbrach mich Holmes etwas hitzig.

»Ich wollte nur sagen, dass mich meine Praxis einen oder zwei Tage entbehren kann, da es gerade die flauste Zeit im Jahr ist.«

»Vortrefflich«, sagte er mit wiedergewonnener guter Laune. »Dann wollen wir die Sache zusammen ergründen. Ich denke, wir suchen zuerst Forbes auf. Er kann uns wahrscheinlich über alle Einzelheiten unterrichten, die wir brauchen, bis sich herausstellt, von welcher Seite der Geschichte eigentlich beizukommen ist.«

»Hatten Sie nicht schon einen Anhaltspunkt?«

»Sogar mehrere. Aber erst bei genauerer Erkundigung wird sich finden, was sie wert sind. Zwecklose Verbrechen lassen sich am Schwersten aufspüren. Doch dieses ist nicht zwecklos. Wer könnte Nutzen daraus ziehen? – Der französische Gesandte, der russische Gesandte und jeder, der einem von beiden den Vertrag verkauft, ferner Lord Holdhurst.«

»Lord Holdhurst?«

»Unmöglich ist es nicht, dass ein Staatsmann einmal in eine Lage gerät, die es ihm wünschenswert erscheinen lässt, wenn ein solches Schriftstück durch Zufall vernichtet wird.«

»Aber kein Ehrenmann wie Lord Holdhurst.«

»Ich spreche nur von einer Möglichkeit, die wir nicht aus den Augen lassen dürfen. Wir werden den edlen Lord noch heute sehen und erfahren, ob er uns etwas mitzuteilen hat. Inzwischen habe ich schon allerlei Schritte getan.«

»Schon jetzt?«

»Ja, ich habe auf dem Bahnhof in Woking an die Zeitungsredaktionen in London telegrafiert. Diese Anzeige hier wird in den Abendblättern erscheinen.«

Er reichte mir ein Blatt, das aus einem Notizbuch herausgerissen war und folgende, mit Bleistift gekritzelte Worte enthielt:

»Zehn Pfund Belohnung – Für Angabe der Nummer derjenigen Droschke, welche einen Fahrgast an der Tür des Ministeriums des Äußeren in der Charles Street oder nicht weit davon um dreiviertel auf zehn Uhr am Abend des 23. Mai abgesetzt hat. Näheres Baker Street 221b.«

»Sie glauben also, dass der Dieb in einer Droschke vorgefahren ist?«

»Ich kann mich irren, doch das schadet nichts. Wenn, wie Phelps versichert, weder im Zimmer noch auf dem Gang ein Versteck ist, so kann der Dieb nur von außen gekommen sein. Kam er aber bei so nassem Wetter von der Straße, ohne auf dem Linoleum, das bald nachher besichtigt wurde, Fußspuren zu hinterlassen, so hat er höchstwahrscheinlich eine Droschke benutzt. Ja, mir scheint, man kann mit Sicherheit auf eine Droschke schließen.«

»Sie werden wohl recht haben.«

»Das ist einer der Punkte, von denen ich sprach; vielleicht erfolgt etwas auf die Anzeige. Ferner die Glocke – sie spielt die bedeutsamste Rolle bei der Sache. Warum ist sie geläutet worden? Hat es der Dieb in frechem Übermut getan? Oder war jemand bei ihm, der dadurch das Verbrechen vereiteln wollte? Geschah es aus Zufall? Oder könnte es …?« Er versank wieder ganz in Nachdenken wie zuvor; mir aber, der ich jede seiner Stimmungen so genau kenne, wollte es fast scheinen, als sei ihm plötzlich eine neue Möglichkeit aufgegangen.

Gegen halb vier Uhr erreichten wir die Endstation, speisten rasch im Bahnhofsrestaurant und fuhren sofort aufs Polizeiamt. Holmes hatte schon dorthin telegrafiert, und Forbes erwartete uns. Der kleine Mann bereitete uns einen sehr frostigen Empfang, sobald er hörte, was wir von ihm wollten; sein scharfes Fuchsgesicht nahm einen wenig liebenswürdigen Ausdruck an.

»Ich habe schon von Ihrer Methode gehört, Mr Holmes«, sagte er mit spitzem Ton. »Erst lassen Sie sich von der Polizei alle Auskunft geben, über die sie verfügt, und führen dann die Angelegenheit auf eigene Faust weiter, um die Beamten in Misskredit zu bringen.«

»Im Gegenteil«, versetzte Holmes, »nur in vier Fällen von den letzten dreiundfünfzig, bei denen ich beteiligt war, ist mein Name überhaupt genannt worden; bei den übrigen neunundvierzig Fällen hatte man alles Verdienst der Polizei zugeschrieben. Sie können das nicht wissen, denn Sie sind noch jung und unerfahren; wollen Sie aber vorwärts kommen in Ihrem neuen Beruf, so werden Sie gut tun, gemeinsame Sache mit mir zu machen, anstatt mir entgegen zu handeln.«

»Einige Winke wären mir sehr willkommen«, sagte der Geheimpolizist in verändertem Ton. »Bis jetzt habe ich allerdings keine Lorbeeren bei dem Fall geerntet.«

»Was für Schritte haben Sie getan?«

»Wir haben den Türhüter Tangey überwacht. Bei der Garde hat er sich nichts zuschulden kommen lassen, und es liegt nichts gegen ihn vor. Seine Frau ist aber eine schlechte Person. Vermutlich weiß sie mehr von der Sache, als es den Anschein hat.«

»Ist sie beobachtet worden?«

»Eine Polizistin hat ein Auge auf sie. Mrs Tangey ist dem Trunk ergeben, und unsere Angestellte hat ihr zweimal Gesellschaft geleistet, bis ihr der Branntwein die Zunge löste, doch bekam sie nichts aus ihr heraus.«

»Ich hörte, dass der Gerichtsvollzieher bei den Leuten im Haus war.«

»Ja, aber sie haben Zahlung geleistet.«

»Woher kam das Geld?«

»Das ging ganz mit rechten Dingen zu. Er hatte seine Pension zu fordern. Nichts deutet darauf hin, dass sie andere Mittel besitzen.«

»Weshalb ist sie heraufgekommen, als Phelps nach dem Kaffee klingelte? Welchen Grund gibt sie dafür an?«

»Sie sagt, ihr Mann wäre sehr müde gewesen; sie hätte ihm helfen wollen.«

»Das stimmt zu dem Umstand, dass er bald darauf im Stuhl eingeschlafen ist.«

»Es liegt also nichts gegen die Leute vor, außer dass die Frau in schlechtem Ruf steht.«

»Warum ist sie an jenem Abend in so großer Eile davongegangen, dass es dem Schutzmann aufgefallen ist?«

»Sie hatte sich verspätet und wollte rasch nach Hause kommen.«

»Mr Phelps und Sie sind wenigstens zwanzig Minuten nach ihr fortgefahren, und doch waren Sie vor ihr dort; wie erklärt sie das?«

»Ein Omnibus fährt um so viel langsamer als die Droschke.«
»Weshalb ist sie aber gleich so eilig in die Küche gelaufen?«
»Weil sie dort das Geld für den Gerichtsvollzieher verwahrt hatte.«
»Sie ist wenigstens um keine Antwort verlegen. Haben Sie sie gefragt, ob ihr nicht, als sie das Haus verließ, irgendjemand in der Charles Street begegnet ist?«
»Niemand, außer dem Schutzmann.«
»Sie haben ja ein recht gründliches Kreuzverhör mit ihr angestellt. Ist sonst noch etwas seitens der Polizei geschehen?«
»Der Schreiber Corot ist seit neun Wochen genau beobachtet worden, aber ohne Erfolg. Wir können ihm nichts nachweisen.«
»Ist das alles?«
»Ja – es hat sich kein neuer Anhaltspunkt gefunden – keine Verdachtsgründe irgendwelcher Art.«
»Was ist Ihre Ansicht über das Läuten der Glocke?«
»Ich gestehe, das geht über mein Verständnis. Der Täter muss ein bodenlos frecher Mensch sein, auch noch Lärm zu schlagen.«
»Ja, das ist und bleibt sonderbar. Besten Dank für Ihre Mitteilungen, Mr Forbes. Wenn ich Ihnen den Mann ausliefern kann, sollen Sie von mir hören. – Aber nun vorwärts, Watson.«
»Wohin jetzt?«, fragte ich, als wir das Polizeibüro verließen.
»Zu Lord Holdhurst, dem großen Staatsmann und künftigen Premierminister von England.«
Es traf sich günstig, dass der Lord noch im Ministerium anwesend war; Holmes gab seine Karte ab, und wir wurden sogleich vorgelassen. Lord Holdhurst empfing uns mit der ihm eigenen altmodischen Verbindlichkeit und bat uns, auf den kostbaren Lehnstühlen Platz zu nehmen, die an beiden Seiten des Kamins standen. Er selbst blieb zwischen uns auf dem Teppich stehen.
»Ein echter Edelmann!«, musste ich denken, als ich seine hohe, schlanke Gestalt, das kluge Gesicht mit den scharfen Zügen, das frühzeitig ergraute lockige Haupthaar – mit einem Wort, seine ganze vornehme Erscheinung sah.
»Ihr Name ist mir sehr wohl bekannt, Mr Holmes«, sagte er lächelnd. »Und auch über den Zweck Ihres Besuchs bin ich nicht im Zweifel. Außer einem einzigen Vorfall hat sich hier im Ministerium nichts ereignet, was Ihr Interesse in Anspruch nehmen könnte. Darf ich fragen, wer Sie mit der Sache betraut hat?«
»Mr Percy Phelps«, erwiderte Holmes.

»Ach, mein unglücklicher Neffe! Sie begreifen, dass ich schon wegen unseres Verwandtschaftsverhältnisses ganz außerstande bin, ihn in Schutz zu nehmen. Der Vorfall wird ihm in seiner Laufbahn sehr hinderlich sein, fürchte ich.«

»Aber wenn sich das Schriftstück wiederfände?«

»Das würde die Sache freilich ändern.«

»Ich möchte mir erlauben, ein paar Fragen an Sie zu richten, Lord Holdhurst.«

»Wenn ich Ihnen irgendwie behilflich sein kann, werde ich mich glücklich schätzen.«

»War dies das Zimmer, in dem Sie Ihre Anordnungen betreffs der Abschrift des Dokuments gaben?«

»Jawohl.«

»Dann können Sie kaum belauscht worden sein.«

»Daran ist nicht zu denken.«

»Haben Sie Ihr Vorhaben, den Vertrag abschreiben zu lassen, gegen irgendjemand erwähnt?«

»Mit keiner Silbe.«

»Sie wissen das ganz bestimmt?«

»Es unterliegt keinem Zweifel.«

»Wenn also weder Mr Phelps noch Sie sich darüber irgendwie geäußert haben und sonst kein Mensch um die Sache wusste, dann ist der Dieb rein zufällig in das Zimmer gekommen. Die Gelegenheit war ihm günstig, und er benutzte sie.«

Der Staatsmann lächelte. »Das liegt außerhalb meines Bereichs; Sie können Recht haben.«

Holmes überlegte einen Augenblick. »Noch einen anderen wichtigen Punkt möchte ich mit Ihnen besprechen«, sagte er. »Ich höre, Sie fürchteten, das Bekanntwerden dieses Vertrags möchte sehr ernste Folgen nach sich ziehen.«

Ein Schatten flog über Lord Holdhursts ausdrucksvolles Gesicht. »Die allerernstesten Folgen.«

»Und sie sind eingetreten?«

»Noch nicht.«

»Wenn der Vertrag zum Beispiel in das französische oder russische Ministerium des Äußeren gelangt wäre, so würde es Ihnen vermutlich zu Ohren gekommen sein.«

»Das steht zu erwarten«, sagte der Lord mit finsterer Miene.

»Da nun fast zehn Wochen vergangen sind und keine Aussprache erfolgt ist, so dürfen wir mit Fug und Recht annehmen, dass der Vertrag nicht ausgeliefert worden ist.«

Holdhurst zuckte die Achseln. »Es lässt sich kaum denken, Mr Holmes, dass der Dieb den Vertrag gestohlen hat, um ihn bei sich unter Glas und Rahmen aufzuhängen.«

»Vielleicht wartet er noch, um einen besseren Preis zu erzielen.«

»Wenn er noch lange wartet, wird er nur das leere Nachsehen haben. In wenigen Monaten ist der Vertrag kein Geheimnis mehr.«

»Ein höchst wichtiger Umstand«, sagte Holmes. »Der Dieb könnte ja plötzlich von einer Krankheit befallen worden sein …«

»Zum Beispiel von einer Gehirnentzündung?«, fragte der Staatsmann, ihn mit raschem Blick musternd.

»Das habe ich nicht gesagt«, erwiderte Holmes voll unerschütterlicher Ruhe. »Aber wir dürfen Ihre kostbare Zeit nicht allzu lange in Anspruch nehmen, Lord Holdhurst; erlauben Sie, dass wir uns empfehlen.«

»Ich wünsche Ihrer Untersuchung den besten Erfolg, mag der Verbrecher sein, wer er will«, sagte der Edelmann noch beim Abschied, während er uns bis zur Tür begleitete.

»Ein wackerer Herr«, meinte Holmes, als wir wieder auf der Straße standen; »aber es wird ihm nicht leicht, seine Stellung zu behaupten. Er ist nicht reich, und es werden viele Ansprüche an ihn gestellt. Sie haben wohl auch bemerkt, dass er neubesohlte Stiefel trägt. – Nun will ich Sie aber nicht länger von Ihrer eigenen Berufsarbeit abhalten, Watson. Heute unternehme ich sowieso nichts mehr, außer wenn ich Antwort auf meine Droschken-Anzeige erhalte. Einen großen Gefallen könnten Sie mir aber tun, wenn Sie mich morgen um dieselbe Zeit nach Woking begleiten wollten.«

So fuhren wir denn am nächsten Morgen wieder zusammen nach Woking. Es war keinerlei Licht in das Dunkel gekommen, und Holmes hatte keine Nachricht auf seine Anzeige. Seine Gesichtszüge konnten so unbeweglich sein wie die einer indianischen Rothaut, wenn es ihm gut dünkte; auch jetzt war ich außerstande, in seiner Miene zu lesen, ob ihn die Lage der Angelegenheit befriedigte oder nicht. Unsere Unterhaltung drehte sich, soviel ich mich erinnere, um Bertillons treffliches Messungssystem, und er rühmte das Verdienst dieses französischen Gelehrten in begeisterten Worten.

Wir fanden unsern Klienten noch in der Pflege seiner getreuen Wärterin; er sah jedoch weit besser aus als tags zuvor. Bei unserem Eintritt stand er vom Sofa auf und begrüßte uns lebhaft.

»Was bringen Sie mir?«, fragte er begierig.

»Nur Negatives, wie sich voraussehen ließ«, erwiderte Holmes. »Ich habe Forbes gesprochen, Ihren Onkel besucht und verschiedene Erkundigungen eingezogen, die zu etwas führen könnten.«

»Sie haben also nicht den Mut verloren?«

»Durchaus nicht.«

»Gottlob, dass Sie das sagen«, rief Miss Harrison. »Wenn wir nur Geduld behalten und die Hoffnung nicht aufgeben, muss die Wahrheit ja doch zuletzt an den Tag kommen.«

»Wir können Ihnen mehr mitteilen als Sie uns«, meinte Phelps, der wieder auf seinem Lager Platz genommen hatte.

»So – das ist mir lieb.«

»Ich habe heute Nacht ein Abenteuer erlebt, das recht schlimm hätte ausfallen können.« Seine Miene wurde sehr ernst, und in seinen Augen war förmliche Angst zu lesen. »Wissen Sie«, fuhr er fort, »ich fange wirklich an zu glauben, dass ich der Zielpunkt einer gefährlichen Verschwörung bin. Nicht genug, dass man mir die Ehre abgeschnitten hat, jetzt trachtet man mir auch nach dem Leben.«

»Wahrhaftig?!«, rief Holmes.

»Es klingt unglaublich; meines Wissens habe ich auf der Welt keinen Feind. Aber nach der Erfahrung der letzten Nacht muss ich das Gegenteil annehmen.«

»Oh bitte, erzählen Sie!«

»Das will ich, doch müssen Sie vor allem wissen, dass ich letzte Nacht zum ersten Mal keine Wärterin bei mir im Zimmer hatte. Ich fühlte mich so viel wohler, dass ich glaubte, sie nicht mehr zu brauchen; doch ließ ich mein Nachtlicht brennen. Gegen zwei Uhr morgens lag ich eben in leichtem Schlummer, als ein schwaches Geräusch mich weckte. Es klang, als ob eine Maus am Holzwerk nage. Eine Weile lag ich da und horchte, dann wurde der Ton lauter, und vom Fenster her kam ein scharfes, metallisches Klirren. Entsetzt fuhr ich empor. Was das Geräusch zu bedeuten hatte, war jetzt klar. Die schwächeren Töne rührten von einem Werkzeug her, das in den Schlitz zwischen die Fensterläden hineingepresst wurde, und dann hatte sich der Riegel in die Höhe geschoben.

Nun blieb etwa zehn Minuten alles still, als warte der Draußenstehende, ob der Lärm mich aufgeweckt habe. Dann vernahm ich ein leises Knarren, und das Fenster wurde vorsichtig geöffnet. Länger ertrug ich die Spannung nicht; meine Nerven sind noch nicht so stark wie früher. Ich sprang aus dem Bett und stieß den Laden auf. Ein Mann kauerte vor dem Fenster. Ich konnte nur wenig von ihm sehen, denn er floh davon wie der Blitz. Er war ganz in einen Mantel gewickelt, der den unteren Teil seines Gesichts verhüllte. Eins nur weiß ich mit Bestimmtheit, nämlich, dass er eine Waffe in der Hand trug; wahrscheinlich ein langes Messer, ich sah deutlich die funkelnde Klinge, als er sich zur Flucht wandte.«

»Das ist ja höchst interessant«, sagte Holmes; »und was taten Sie dann?«

»Wäre ich stärker gewesen, so würde ich ihm durch das offene Fenster nachgesprungen sein. So aber musste ich mich begnügen, das Haus wach zu klingeln. Das dauerte einige Zeit, da die Glocke in der Küche hängt und die Dienerschaft im oberen Stock schläft. Auf mein Schreien nach Hilfe kam jedoch Josef herbei und weckte die übrigen. Josef und der Stallknecht fanden Fußtritte in dem Blumenbeet unter dem Fenster, aber auf dem Rasen ließ sich keine Spur verfolgen, die Witterung ist in letzter Zeit zu trocken gewesen. An dem hölzernen Zaun nach der Straße zu fand sich aber eine Stelle, die aussieht, als sei man dort übergestiegen; das Staket ist oben abgebrochen. Noch habe ich der Ortspolizei keine Anzeige gemacht, da ich es für besser hielt, erst Ihre Ansicht zu hören.«

Die Erzählung unseres Klienten schien auf Sherlock Holmes einen großen Eindruck zu machen. Er stand von seinem Sitz auf und ging in starker Erregung im Zimmer hin und her.

»Ein Unglück kommt selten allein«, sagte Phelps lächelnd, obgleich man ihm wohl ansehen konnte, dass der nächtliche Überfall ihn stark mitgenommen hatte.

»Das trifft bei Ihnen wirklich zu«, meinte Holmes. »Wären Sie wohl imstande, mit mir um das Haus herumzugehen?«

»Oh ja, etwas Sonnenschein würde mir gut tun. Josef wird uns begleiten.«

»Auch ich will mitgehen«, sagte Miss Harrison.

»Ich fürchte, das kann ich nicht gestatten«, versetzte Holmes kopfschüttelnd. »Bitte bleiben Sie hier sitzen, gerade wo Sie sind.«

Die junge Dame nahm mit etwas unzufriedener Miene ihren Platz wieder ein. Ihr Bruder gesellte sich jedoch zu uns, und wir vier gingen miteinander um den Rasenplatz vor dem Fenster des jungen Diplomaten. Die Fußspuren auf dem Blumenbeet waren ganz undeutlich und verwischt.

Holmes beugte sich einen Augenblick nieder, um sie zu betrachten, richtete sich aber gleich wieder achselzuckend empor.

»Daraus könnte wohl niemand klug werden«, sagte er. »Lassen Sie uns um das Haus herumgehen und überlegen, warum der Einbrecher gerade dieses Zimmer gewählt hat. Die größeren Fenster im Wohnzimmer und Speisezimmer wären doch besser für seinen Zweck gewesen.«

»Aber sie sind sichtbarer von der Straße aus«, warf Josef Harrison ein.

»Ja so, natürlich. Die Tür dort hätte er aber aufbrechen können. Wohin führt sie?«

»Es ist die Hintertür für Lieferanten und Dienerschaft. Nachts wird sie regelmäßig verschlossen.«

»Ist schon früher hier einmal eingebrochen worden?«

»Nein, nie«, antwortete Phelps.

»Haben Sie viel Silberzeug im Hause oder andere Kostbarkeiten, von denen die Diebe angelockt werden?«

»Keine Wertgegenstände.«

Holmes schlenderte mit den Händen in den Taschen herum; er trug ein nachlässiges Wesen zur Schau, das ihm sonst fremd war.

»Sie sollen ja den Platz gefunden haben, wo der Kerl über den Zaun gestiegen ist«, wandte er sich an Josef Harrison. »Wir wollen uns das noch einmal ansehen.«

Der junge Mann führte uns an eine Stelle, wo der obere Teil des Stakets abgebrochen war. Ein Stück davon hing noch herunter. Holmes brach es ab und untersuchte es prüfend.

»Glauben Sie, dass das vergangene Nacht geschehen ist? Mir scheint, es ist ein alter Schaden.«

»Das kann wohl sein.«

»Auch sieht man drüben keine Spur, dass jemand über den Zaun gesprungen ist. Nein, das wird uns wenig helfen. Lassen Sie uns jetzt in das Haus zurückgehen und die Angelegenheit miteinander besprechen.«

Percy Phelps ging sehr langsam, auf den Arm seines künftigen Schwagers gelehnt, während ich mit Holmes rasch über den Rasen schritt, sodass wir vor dem offenen Fenster des Schlafzimmers standen, ehe noch die anderen in unsere Nähe kamen.

»Miss Harrison«, sagte Holmes sehr eindringlich und mit großem Nachdruck, »Sie müssen den ganzen Tag über bleiben, wo Sie sind. Lassen Sie sich durch nichts von der Stelle vertreiben. Es ist von der allerhöchsten Wichtigkeit.«

»Gewiss, wenn Sie es wünschen, Mr Holmes«, erwiderte das Fräulein verwundert.

»Wenn Sie zu Bett gehen, bitte ich Sie, die Tür von außen zu verschließen und den Schlüssel mitzunehmen. Geben Sie mir Ihr Wort darauf?«

»Aber Percy ...?«

»Er fährt mit uns nach London.«

»Und ich soll hier bleiben?«

»Ja, um seinetwillen. Sie leisten ihm einen Dienst. Rasch! Versprechen Sie es mir!«

Sie nickte zustimmend, gerade als die beiden anderen herankamen.

»Warum sitzt du hier und fängst Grillen, Annie? Komm heraus in den Sonnenschein!«, rief ihr Bruder.

»Nein, danke, Josef. Ich habe etwas Kopfweh, und die Kühle und Ruhe hier im Zimmer sind mir eine Wohltat.«

»Was würden Sie jetzt vorschlagen, Mr Holmes?«, fragte unser Klient.

»Wir dürfen über diesem untergeordneten Fall die Hauptsache nicht aus den Augen lassen. Es wäre mir eine große Hilfe, wenn Sie mit uns nach London kommen könnten.«

»Sofort?«

»Ja, das heißt, so rasch es sich einrichten lässt. Etwa in einer Stunde.«

»Ich fühle mich stark genug dazu, wenn ich Ihnen wirklich nützen kann.«

»Ohne allen Zweifel.«

»Vielleicht möchten Sie, dass ich über Nacht dort bleibe?«

»Das wollte ich Ihnen gerade vorschlagen.«

»Wenn dann mein Freund seinen nächtlichen Besuch wiederholen will, findet er den Vogel ausgeflogen. – Wir geben uns ganz in Ihre Hände, Mr Holmes. Sie brauchen nur zu sagen, was geschehen soll. Wünschen Sie vielleicht, dass Josef mitkommt, um für mich zu sorgen?«

»Oh nein; mein Freund Watson ist Arzt, wie Sie wissen, und wird sich Ihrer annehmen. Wenn es Ihnen recht ist, frühstücken wir erst hier und fahren dann alle drei zusammen nach der Stadt.«

Alles wurde eingerichtet, wie er es wollte. Miss Harrison erschien nicht bei der Mahlzeit. Sie durfte nach Holmes' Anordnung das Zimmer nicht verlassen. Was der Zweck aller dieser Veranstaltungen war, begriff ich nicht; ich konnte mir nur denken, dass mein Freund die junge Dame von Phelps trennen wollte, der voll Freude über seine wiederkehrende Gesundheit und Tatkraft mit uns im Esszimmer frühstückte. Die größte Überraschung erwartete uns indessen noch, als Holmes mit auf den Bahnhof ging, uns beim Einsteigen in den Zug behilflich war und dann ruhig erklärte, er habe nicht die Absicht, Woking zu verlassen.

»Ehe ich fortgehe, muss ich erst noch über einige Kleinigkeiten ins Reine kommen«, sagte er. »In gewisser Hinsicht wird mir das durch Ihre Abwesenheit erleichtert, Mr Phelps. – Sie tun mir wohl den Gefallen, Watson, sobald Sie in London angekommen sind, mit unserem Freund nach der Baker Street zu fahren und bei ihm zu bleiben, bis ich zu Ihnen komme. Es trifft sich gut, dass Sie alte Schulkameraden sind und mancherlei Erinnerungen zu besprechen haben werden. Mr Phelps kann in Ihrem ehemaligen Zimmer schlafen, und morgen werde ich mich rechtzeitig zum Frühstück einstellen; um acht Uhr ist der Zug auf der Waterloo Station.«

»Aber was wird denn aus unserer Nachforschung in London?«, fragte Phelps betrübt.

»Die können wir morgen vornehmen. Ich glaube, dass ich im Augenblick hier von größerem Nutzen bin.«

»Sagen Sie bitte in Brierbrae, dass ich hoffe, morgen Abend wieder daheim zu sein«, rief Phelps, als sich der Zug schon in Bewegung setzte.

»Ich werde schwerlich in Brierbrae vorsprechen«, gab Holmes zurück und winkte uns noch ein Lebewohl zu, als wir zum Bahnhof hinausfuhren.

Wir besprachen diese neue Wendung der Dinge miteinander, Phelps und ich, kamen aber zu keinem befriedigenden Ergebnis.

»Er wird wohl dem nächtlichen Einbrecher nachspüren wollen«, meinte Phelps, »ich meinerseits glaube nicht, dass es ein gewöhnlicher Dieb war.«

»Wie denkst du dir denn den Zusammenhang?«

»Meiner Treu – schreib es meinen schwachen Nerven zu, wenn du willst, aber ich bin überzeugt, dass eine tief angelegte, politische Intrige am Werk ist und dass die Verschwörer mir, aus irgendeinem Grund, der über mein Verständnis geht, nach dem Leben trachten. Die Behauptung klingt anmaßend und abgeschmackt, aber betrachte einmal die Tatsachen: Weshalb sollte der Dieb versuchen, in ein Schlafzimmer einzusteigen, wo er auf keine Beute hoffen darf – und wozu trug er ein Dolchmesser in der Hand?«

»War es denn nicht etwa ein Stemmeisen, um damit einzubrechen?«

»Nein, nein – ich habe die Klinge blitzen sehen.«

»Wer sollte dich aber mit solcher Feindseligkeit verfolgen?«

»Ja, das ist mir ein Rätsel.«

»Möglich, dass Holmes deine Ansicht teilt; es würde sein Verfahren erklären. Wenn diese Annahme richtig ist und er des Menschen habhaft wird, der dich letzte Nacht bedrohte, so wäre damit schon ein großer Schritt geschehen, um ausfindig zu machen, wer den Marinevertrag gestohlen hat. Dass du zwei Feinde haben solltest, von denen dich der eine bestiehlt, während der andere dir nach dem Leben trachtet, lässt sich schwerlich annehmen.«

»Aber Mr Holmes versicherte ja, er ginge nicht nach Brierbrae.«

»Ich kenne ihn schon seit geraumer Zeit«, sagte ich, »und weiß, dass er nichts ohne guten Grund tut.«

Unsere Unterhaltung drehte sich nun um andere Dinge. Phelps fühlte sich recht schwach nach der langen Krankheit, und sein Missgeschick machte ihn reizbar und ungeduldig. Vergebens bemühte ich mich, ihn für meine Erlebnisse in Afghanistan und Indien zu interessieren oder allerlei soziale Fragen mit ihm zu besprechen. Er ließ sich nicht zerstreuen und auf andere Gedanken bringen, sondern kam immer wieder auf den gestohlenen Vertrag zurück. Was wohl Holmes täte, welche Maßregeln Lord Holdhurst ergreifen werde, was uns der nächste Morgen bringen könne – diese und ähnliche Fragen beschäftigten ihn ohne Unterlass. Im weiteren Verlauf des Abends nahm seine Erregung in peinlichstem Grade zu.

»Du meinst also, man kann sich fest auf Holmes verlassen?«, fragte er.

»Ich habe schon merkwürdige Dinge mit ihm erlebt.«

»Aber er hat doch wohl noch nie ein so dunkles Geheimnis enträtselt?«

»Oh ja, er hat schon Fälle aufgeklärt, die noch weniger Anhaltspunkte boten als der deinige.«

»Aber so wichtige Interessen standen wohl nicht auf dem Spiel?«

»Vielleicht doch. Ich weiß, dass er für drei regierende europäische Herrscherhäuser in sehr verwickelten Sachen tätig war.«

»Also du kennst ihn genau, Watson? Er hat ein so unergründliches Wesen, dass man nie weiß, wie man mit ihm dran ist. Glaubst du, dass er die Aussichten für gut hält? Hofft er wohl auf Erfolg?«

»Er hat nichts darüber gesagt.«

»Das ist ein schlechtes Zeichen.«

»Im Gegenteil, meistens gesteht er es offen ein, falls er die Spur verliert. Am schweigsamsten ist er, wenn er eine Fährte gefunden hat und noch zweifelt, ob es auch die rechte sein wird. Aber glaub mir, alter Junge, es nützt nichts, sich über eine Sache aufzuregen, ich bitte dich dringend, jetzt zu Bett zu gehen, damit du ganz bei Kräften bist für alles, was morgen kommen kann.«

Es gelang mir endlich, ihn zu überreden, dass er meinem Rat folgte, obgleich ich wusste, er würde bei seinen erregten Nerven kaum Schlaf finden können. Sein Zustand war sogar ansteckend, denn auch ich wälzte mich die halbe Nacht ruhelos umher und brütete über dem seltsamen Problem. Wozu war Holmes in Woking geblieben? Warum hatte er Miss Harrison gebeten, den ganzen Tag über das Krankenzimmer nicht zu verlassen? Weshalb war ihm so viel daran gelegen, dass man in Brierbrae nichts von seiner Anwesenheit wusste? – Ich zermarterte mein Hirn, bis ich endlich über dem Bemühen eine Erklärung zu finden, welche Antwort auf alle diese Fragen gab, in Schlaf versank.

Es war sieben Uhr, als ich erwachte, und ich eilte sofort zu Phelps, den ich sehr matt und angegriffen fand nach der durchwachten Nacht. Seine erste Frage war, ob Holmes schon da sei.

»Er wird zu der versprochenen Zeit kommen«, sagte ich, »keinen Augenblick früher oder später.«

Was ich behauptete, ging in Erfüllung, denn kurz nach acht Uhr kam eine Droschke rasch vorgefahren, und mein Freund stieg aus. Am Fenster stehend bemerkten wir, dass seine linke Hand verbunden war, auch sah er sehr bleich und ernsthaft aus. Er trat ins Haus, doch dauerte es eine Weile, bis er die Treppe heraufkam.

»Ganz wie ein Besiegter«, klagte Phelps.

Ich musste ihm recht geben. »Wahrscheinlich werden wir doch noch suchen müssen, die Sache hier in der Stadt zu erforschen«, äußerte ich. Phelps seufzte schwer.

»Ich weiß nicht, weshalb«, sagte er, »aber ich hatte so große Hoffnungen in seine Rückkehr gesetzt. Übrigens trug er gestern die Hand noch nicht in der Binde. Es muss also etwas geschehen sein.«

»Sie sind doch nicht verwundet, Holmes?«, fragte ich, als mein Freund eintrat.

»Unsinn – nur eine Schramme; meine eigene Ungeschicklichkeit ist schuld daran«, versetzte er und nickte uns seinen Morgengruß zu. »Das muss ich sagen, Mr Phelps, Ihre Sache ist eine der dunkelsten, die ich je unter den Händen gehabt habe.«

»Ich fürchtete gleich, sie würde über Ihre Kräfte gehen.«

»Jedenfalls ein merkwürdiges Erlebnis.«

»Ihre Binde lässt auf ein Abenteuer schließen. Wollen Sie uns nicht sagen, was Ihnen zugestoßen ist?«

»Nach dem Frühstück, mein lieber Watson. Vergessen Sie nicht, dass ich heute früh schon dreißig Meilen weit durch die frische Luft von Surrey gefahren bin. Ist etwa eine Antwort auf meine Droschken-Anzeige gekommen? – Nein? – Nun, man kann auch nicht immer den Nagel auf den Kopf treffen.«

Der Tisch war schon gedeckt, und eben wollte ich klingeln, als Mrs Hudson mit Tee und Kaffee hereinkam. Einige Minuten später brachte sie ein paar zugedeckte Schüsseln, und wir nahmen am Tisch Platz, Holmes hungrig wie ein Rabe, ich sehr gespannt und Phelps in der düstersten Stimmung.

»Mrs Hudson hat sich selbst übertroffen«, sagte Holmes, den Deckel von einem Hühnerfrikassee abhebend. »Ihre Küche ist zwar beschränkt, aber sie weiß doch, was zu einem guten Frühstück gehört. – Was haben Sie da, Watson?«

»Schinken und Eier«, antwortete ich.

»So? Soll ich Ihnen vorlegen, Mr Phelps, oder wollen Sie selbst zulangen?«

»Danke, ich kann nichts essen.«

»Ach, was! Versuchen Sie es einmal mit der Schüssel, die vor Ihnen steht.«

»Nein, ich muss wirklich danken.«

»Nun«, sagte Holmes mit listigem Augenblinzeln, »dann darf ich Sie wohl bitten, mir etwas davon zu geben.«

Phelps hob den Deckel in die Höhe, stieß einen Schrei aus und starrte mit kreideweißem Gesicht die Schüssel an. Mitten darauf lag eine Rolle von blaugrauem Papier. Er griff danach, verschlang sie mit den Augen, drückte sie an sein Herz, tanzte damit im Zimmer herum und jubelte laut vor Entzücken. Dann sank er in den Lehnstuhl zurück und war so erschöpft und matt vor Gemütsbewegung, dass wir ihm ein paar Löffel Branntwein einflößen mussten, damit er nur nicht in Ohnmacht fiele.

»Nur ruhig, ruhig«, sagte Holmes, ihm auf die Schulter klopfend. »Es war recht schlecht von mir, Sie so damit zu überraschen. Aber Watson wird Ihnen sagen, dass ich nie widerstehen kann, wenn es sich um eine dramatische Wirkung handelt.«

Phelps ergriff seine Hand, die er gerührt an die Lippen führte. »Gottes Segen über Sie«, rief er, »Sie haben meine Ehre gerettet.«

»Meine eigene Ehre stand ja auch auf dem Spiel«, erwiderte Holmes; »mir ist ein Misserfolg gerade so empfindlich wie Ihnen ein Pflichtversäumnis.«

Phelps barg das kostbare Schriftstück in seiner inneren Rocktasche.

»Ich finde es grausam, Sie noch länger beim Frühstück zu stören«, sagte er, »und doch vergehe ich fast vor Ungeduld zu erfahren, wo das Papier war und wie Sie es entdeckt haben.«

Mein Freund goss rasch eine Tasse Kaffee hinunter und machte sich über die Eier und den Schinken her. Dann stand er auf, zündete seine Pfeife an und nahm im Lehnstuhl Platz.

»Ich will Ihnen sagen, was ich zuerst tat, und wie alles nachher ausgefallen ist«, begann er. »Nachdem Ihr Zug fort war, machte ich einen wunderhübschen Spaziergang in der reizenden Umgegend bis zum Dörfchen Ripley, wo ich im Wirtshaus Tee trank und mir in weiser Vorsicht die Weinflasche füllen und ein paar belegte Brötchen einwickeln ließ. Bis zum Abend blieb ich dort und ging dann nach Woking zurück; bald nach Sonnenuntergang befand ich mich auf der Landstraße bei Brierbrae. Die Straße ist wohl nie sehr besucht, doch wartete ich, bis sie ganz menschenleer war, und kletterte dann über den Zaun in den Garten.«

»War denn das Tor nicht offen?«, sagte Phelps verwundert.

»Freilich, aber ich habe in diesen Dingen meinen eigenen Geschmack. Ich wählte die Stelle, wo die drei Tannen stehen, und in ihrem Schutz gelangte ich hinüber, ohne dass mich jemand vom Haus her sehen konnte. Ich kauerte mich drinnen unter die Büsche und kroch von einem zum anderen – die Knie meiner Beinkleider können davon Zeugnis geben – bis ich das Rhododendrongebüsch Ihrem Schlafzimmerfenster gegenüber erreicht hatte. Da legte ich mich auf die Erde und harrte der Dinge, die da kommen sollten.

Der Vorhang in Ihrem Zimmer war nicht geschlossen, und ich konnte Miss Harrison sehen, die lesend am Tisch saß. Um ein Viertel auf elf klappte sie ihr Buch zu und zog sich zurück. Ich hörte sie die Tür zumachen und war überzeugt, dass sie den Schlüssel im Schloss umgedreht und zu sich gesteckt hatte.«

»Den Schlüssel?«, fragte Phelps.

»Ja, ich hatte das Fräulein gebeten, die Tür von außen zu verschließen und den Schlüssel mitzunehmen, wenn sie zu Bett ging. Sie hatte alle meine Anordnungen aufs Pünktlichste ausgeführt; ohne ihre Hilfe würden Sie jetzt schwerlich das Schriftstück in der Rocktasche haben. – Sie entfernte sich, die Lichter im Haus erloschen, und ich blieb in dem Gebüsch auf der Erde liegen. Die Luft war warm, aber die Nachtwache war doch recht ermüdend. Natürlich empfand ich auch eine Art Aufregung dabei, wie sie der Jäger fühlt, der am Waldloch liegt und auf das Hochwild lauert. Die Kirchenuhr in Woking schlug die Viertelstunden an, und ich glaubte mehr als einmal, sie müsse stehen geblieben sein. Endlich, gegen zwei Uhr morgens hörte ich plötzlich, dass ein Riegel leise fortgezogen wurde und ein

Schlüssel im Loch klirrte. Gleich darauf öffnete sich die Hintertür, und Mr Josef Harrison trat in den Mondschein heraus.«

»Was – Josef?«, rief Phelps.

»Er war barhäuptig, hatte aber einen schwarzen Mantel übergeworfen, mit dem er sein Gesicht augenblicklich verhüllen konnte, wenn Lärm entstand. Er schlich sich auf den Fußspitzen an der Mauer hin, und als er das Fenster erreichte, steckte er ein Messer mit langer Klinge unter den Fensterrahmen, schob den Riegel zurück und stieß das Fenster in die Höhe. Dann bohrte er das Messer durch einen langen Spalt im inneren Laden, hob die Querstange ab und öffnete ihn.

Von der Stelle aus, wo ich lag, konnte ich allen seinen Bewegungen folgen und das ganze Zimmer übersehen. Er zündete drinnen die beiden Lichter auf dem Kaminsims an und begann, die Ecke des Teppichs neben der Tür aufzuheben. Dann bückte er sich und nahm ein viereckiges Stück der Diele heraus, das wohl beim Legen der Gasröhren nicht befestigt worden war, um etwaige Ausbesserungen zu erleichtern; der Anschluss des Rohrs nach der Küche zu musste dort sein. Aus der Vertiefung holte er die Papierrolle hervor, passte das Brett wieder ein, deckte den Teppich darüber, blies die Lichter aus und lief mir dann geradewegs in die Arme, denn ich stand draußen vor dem Fenster und wartete auf ihn.

Mr Josef hat übrigens mehr Bosheit im Leib, als ich ihm zugetraut hätte. Er stieß mit dem Messer nach mir; ich musste ihn zweimal zu Boden werfen und erhielt einen Schnitt quer über das Handgelenk, ehe ich die Oberhand bekam. Das eine Auge, mit dem er noch sehen konnte, als wir zwei miteinander fertig waren, funkelte zwar vor Mordlust, aber er nahm doch Vernunft an und lieferte mir das Schriftstück aus. Sobald ich es hatte, ließ ich den Mann laufen; doch versäumte ich es nicht, die Geschichte gleich heute früh ausführlich an Forbes zu telegrafieren. Wenn er sich sehr beeilt, kann er den Vogel noch fangen. Findet er aber, wie ich vermute, das Nest bereits leer, so ist das umso besser für die Regierung. Lord Holdhurst und Percy Phelps werden es wahrscheinlich lieber sehen, wenn die ganze Sache niemals vor das Polizeigericht kommt.«

»Großer Gott!«, stieß unser Klient keuchend hervor. »Ist es denn möglich, dass während der langen entsetzlichen zehn Wochen voll namenloser Angst die gestohlenen Papiere bei mir im Zimmer gelegen haben?«

»Ganz recht – so war es.«

»Und Josef – ein Dieb und ein Bösewicht!«

»Josef ist allerdings ein versteckterer und gefährlicherer Charakter, als man nach seinem Äußeren denken sollte. Er hat mit großem Verlust an der Börse gespielt, wie ich heute morgen von ihm erfuhr, und schreckte nun vor nichts zurück, um wieder zu Geld zu kommen. Als sich ihm die Gelegenheit bot, machte der durch und durch selbstsüchtige Mensch sich kein Gewissen daraus, Ihren guten Namen zu zerstören und seiner Schwester Glück zu opfern.«

Percy Phelps sank in den Stuhl zurück. »Ich bin wie betäubt«, sagte er, »es schwirrt mir alles im Kopf herum.«

»Die größte Schwierigkeit bei Ihrem Fall«, fuhr Holmes in seiner lehrhaften Art fort, »war der Überfluss an Beweismaterial. Alles ging durcheinander – Wichtiges und ganz Unerhebliches; wir mussten aus sämtlichen Tatsachen, die man uns vorlegte, erst das Brauchbare heraussuchen und zusammensetzen, um die merkwürdige Kette der Begebenheiten in ihrer ursprünglichen Reihenfolge wieder herzustellen. – Mein Verdacht war auf Josef gefallen, sobald ich erfuhr, dass Sie an jenem Abend mit ihm nach Hause fahren wollten. Was war wohl natürlicher, als dass er auf seinem Weg zum Bahnhof im Ministerium – wo er gut Bescheid wusste – vorsprach, um Sie abzuholen? Als Sie mir dann von dem beabsichtigten Einbruch in Ihr Schlafzimmer erzählten, wo doch niemand etwas hatte verstecken können außer Josef, der bei Ihrer plötzlichen Erkrankung ganz unerwartet ausquartiert worden war, um Ihnen Platz zu machen, da wurde mein Argwohn zur Gewissheit. Der saubere Herr hatte zu seinem Versuch die erste Nacht gewählt, als keine Wärterin im Krankenzimmer war; er wusste also genau, was im Haus vorging.«

»Oh, ich war mit Blindheit geschlagen!«

»Ich habe nun über den Gang der Ereignisse bis jetzt etwa Folgendes festgestellt: Josef Harrison kam von der Charles Street her durch die Hintertür; er kannte den Weg zu Ihrem Arbeitszimmer und trat ein, als Sie es soeben verlassen hatten. Da niemand da war, ging er an den Klingelzug und läutete, wobei er zugleich das Schriftstück zu Gesicht bekam, welches auf dem Tisch lag. Ein Blick überzeugte ihn, dass der Zufall ihm eine Staatsurkunde von größter Wichtigkeit in die Hand gespielt hatte; mit Blitzesschnelle steckte er sie in die Tasche und verschwand damit. Wie Sie wissen, vergingen einige Minuten, bis der schlaftrunkene Türhüter Ihre Aufmerksamkeit auf die Glocke lenkte, aber diese kurze Zeit genügte, um dem Dieb die Flucht zu ermöglichen.

Er fuhr mit dem ersten Zug nach Woking, besichtigte seine Beute, erkannte, wie wertvoll sie sei, und verbarg sie an einem Platz, den er für ganz sicher hielt. Seine Absicht war wohl, das Dokument nach einigen Tagen wieder aus dem Versteck herauszunehmen und es der französischen oder russischen Gesandtschaft um hohen Preis zu verkaufen. Da brachte der Doktor Sie plötzlich nach Hause, und er wurde ohne alle Vorbereitung aus seinem Zimmer entfernt. Seitdem waren dort stets mindestens zwei Menschen anwesend, sodass er unmöglich seines Schatzes habhaft werden konnte. Es muss für ihn eine verzweifelte Lage gewesen sein. Als er endlich hoffte, die günstige Gelegenheit sei da, machte ihm Ihre Schlaflosigkeit einen Strich durch die Rechnung.«

»Ich hatte an dem Abend meinen gewöhnlichen Schlaftrunk nicht genommen.«

»Er mag wohl dafür gesorgt haben, den Trank recht wirksam zu machen, damit er sicher sein konnte, Sie würden nicht aufwachen. Dass er den Versuch so bald wie möglich wiederholen würde, war mir außer Zweifel. Ihre Fahrt nach London verschaffte ihm die Gelegenheit. Ich bat Miss Harrison, den Tag über im Zimmer zu bleiben, weil mir der Dieb sonst zuvorgekommen wäre. Als ich ihn in dem Glauben wusste, er habe nun freie Hand, hielt ich an Ort und Stelle Wache, wie Sie bereits wissen. Obwohl ich fest überzeugt war, der Vertrag müsse in dem Zimmer versteckt sein, wollte ich doch nicht erst alle Dielen aufbrechen und das Getäfel durchsuchen. Ich ließ ihn daher den Schatz selber heben und ersparte mir damit viel Mühe und Arbeit. – Ist nun noch ein Punkt vorhanden, über den ich Auskunft geben soll?«

»Weshalb hat er denn bei dem ersten Versuch durchs Fenster steigen wollen, während er doch nur zur Tür hereinzugehen brauchte?«, erkundigte ich mich.

»Um die Haustür zu erreichen, hätte er an sieben Schlafzimmern vorbei gemusst. Zum Fenster hinaus konnte er aber leicht auf den Grasplatz springen.«

»Sie glauben aber doch nicht«, fragte Phelps, »dass er mörderische Absichten hatte? – Nicht wahr, das Dolchmesser sollte ihm nur als Werkzeug dienen?«

»Wohl möglich«, erwiderte Holmes, die Achseln zuckend. »So viel aber steht fest, dass Josef Harrison kein Mensch ist, auf dessen Gnade und Barmherzigkeit ich mich verlassen möchte.«

Das letzte Problem

Mit schwerem Herzen greife ich zur Feder, um den hervorragenden Geistesgaben meines Freundes Holmes für alle Zeiten das letzte Denkmal zu setzen. Was meine frühere Darstellung der merkwürdigen Fälle betrifft, welche ich in Gemeinschaft mit ihm von Beginn unserer Bekanntschaft an bis in die neueste Zeit hinein erleben durfte, bin ich mir lebhaft bewusst, wie viel dieselbe zu wünschen übrig lässt. Ich hatte mir deshalb vorgenommen, es dabei bewenden zu lassen und den Vorfall, der vor zwei Jahren eine Lücke in mein Leben gerissen hat, welche ich heute noch in fast ungeschwächtem Maße empfinde, nicht in den Kreis meiner Darstellung zu ziehen. Die jüngst erschienenen Briefe, worin Oberst James Moriarty das Andenken seines Bruders zu verteidigen sucht, haben mir jedoch die Feder in die Hand gedrückt und mir keine andere Wahl gelassen, als von dem Hergang der Sache eine streng der Wirklichkeit entsprechende öffentliche Darlegung zu geben. Ich bin der Einzige, der den Verlauf der Sache in allen seinen Einzelheiten aufs Genaueste kennt, und erfreulicherweise liegt jetzt keinerlei vernünftiger Grund mehr vor, solchen zu verschweigen. Die, soviel mir bekannt, über den Fall erschienenen Zeitungsberichte enthalten nur eine ganz gedrängte Darstellung desselben, während die vorerwähnten Briefe, wie sich aus dem Folgenden ergeben wird, auf eine völlige Verdrehung der Wahrheit hinauslaufen. So kann ich mich der Aufgabe nicht entschlagen, die Vorgänge zwischen Professor Moriarty und Sherlock Holmes zum ersten Mal genau der Wirklichkeit gemäß zu schildern.

Infolge meiner Verheiratung und des Beginns meiner ärztlichen Privatpraxis war, wie man sich vielleicht erinnern wird, mein Verkehr mit Holmes ein etwas beschränkterer geworden. Er suchte mich zwar noch immer von Zeit zu Zeit auf, wenn er einen Gefährten bei seinen Nachforschungen wünschte, allein diese Anlässe wurden immer seltener, sodass im Jahre 1890 meinen Aufzeichnungen zufolge ein derartiger Fall nur noch dreimal vorkam. Wie meine Aufzeichnungen weiter ergeben, war Holmes Ende 1890 und Anfang 1891 für die französische Regierung in einer hochwichtigen Angelegenheit tätig, und ich hatte zwei Mitteilungen von ihm erhalten, die eine aus Narbonne, die andere aus Nimes, aus denen ich entnehmen musste, dass sein Aufenthalt in Frankreich vermutlich von längerer Dauer sein werde. Ich war daher einigermaßen überrascht, als ich ihn am 24. April abends in mein Arbeitszimmer treten sah. Dabei fand ich zu meiner weiteren Überraschung, dass sein Aussehen noch blasser und magerer war als sonst.

»Ja, ich habe etwas zu rücksichtslos auf mich hinein gehaust«, bemerkte er und beantwortete damit mehr die Blicke, mit denen ich ihn betrachtete, als die Worte, die ich an ihn gerichtet hatte, »ich war in letzter Zeit etwas sehr abgespannt. Haben Sie etwas dagegen, wenn ich Ihre Läden schließe?«

Das einzige Licht in meinem Zimmer kam von der Lampe auf dem Tisch, an dem ich gesessen hatte. Holmes ging dicht an der Wand hin und zog dann die Läden zu, die er sorgfältig verriegelte.

»Sie haben, scheint es, Angst vor etwas?«, fragte ich.

»Allerdings.«

»Wovor?«

»Vor Windbüchsen.«

»Was soll das heißen, mein lieber Holmes?«

»Ich glaube, Sie kennen mich hinreichend, Watson, um zu wissen, dass Ängstlichkeit durchaus nicht meine Schwäche ist. Trotzdem wäre es in meinen Augen vielmehr eine Torheit als ein Beweis von Mut, eine unmittelbar drohende Gefahr geflissentlich übersehen zu wollen. Darf ich Sie um Feuer bitten?«

Damit steckte er sich eine Zigarette an, deren beruhigenden Duft er mit sichtlichem Behagen einsog.

»Ich muss mich entschuldigen, dass ich so spät bei Ihnen vorspreche«, fuhr er fort, »und muss Sie weiter um die eigentümliche Gunst bitten, mir zu gestatten, dass ich mich nachher über Ihre Gartenmauer empfehle.«

»Aber was hat das alles zu bedeuten?«, fragte ich.

Er streckte seine Hand aus, und im Schein der Lampe sah ich, dass zwei seiner Knöchel geschürft waren und bluteten.

»Wie Sie sehen, handelt es sich um keine Hirngespinste«, bemerkte er lächelnd, »die Sache ist im Gegenteil so greifbarer Natur, dass dabei die Hand zu Schaden kommen kann. Ist Ihre Frau zu Hause?«

»Nein, sie ist auswärts zu Besuch.«

»Wirklich? Sie sind allein?«

»Völlig allein.«

»Dann fällt es mir umso weniger schwer, Ihnen den Vorschlag zu machen, mich für eine Woche auf den Kontinent zu begleiten.«

»Wohin?«

»Oh, irgendwohin, das ist mir ganz gleichgültig.«

Das alles kam mir höchst auffallend vor: Dass Holmes sich einen zwecklosen Urlaub gönnen sollte, sah ihm schon an sich durchaus nicht ähnlich, und in seinem blassen, müden Gesicht lag etwas, das mir zeigte, dass seine Nerven im höchsten Grad überreizt waren. Als er meinem fragenden Blick begegnete, legte er die Fingerspitzen aneinander, stützte die Ellbogen auf die Knie und schickte sich an, mir die Sachlage auseinanderzusetzen.

»Sie haben vermutlich nie etwas von Professor Moriarty gehört?«, begann er.

»Niemals.«

»Ja, ja, darin steckt eben das Geniale und das Wunderbare bei der Sache!«, rief er aus. »Der Mann treibt sich in ganz London herum, und kein Mensch hat je von ihm gehört. Das weist ihm einen der hervorragendsten Plätze in den Annalen des Verbrechertums an. Ich sage Ihnen, Watson, in allem Ernst, könnte ich über diesen Menschen triumphieren, könnte ich die Menschheit von ihm befreien, hätte ich das Bewusstsein, das höchste Ziel in meiner Laufbahn erreicht zu haben, und wäre bereit, mich einer beschaulicheren Lebensaufgabe zuzuwenden. Unter uns gesagt, haben die Dienste, die ich in neuester Zeit dem schwedischen Königshaus und der französischen Republik geleistet habe, mir so reichlichen Lohn eingebracht, dass ich sofort in der Lage wäre, mir eine ruhige Lebensweise, wie sie meinen Neigungen entspricht, zu erwählen und mich völlig meinen chemischen Untersuchungen zu widmen. Aber es ließe mir keine Ruhe, Watson, nicht einen Augenblick vermöchte ich still zu sitzen bei dem Gedanken, dass ein Mensch wie dieser Moriarty durch unsere Straßen wandelt, ohne dass jemand den Kampf mit ihm aufnimmt.«

»Was hat er denn begangen?«

»Er hat eine merkwürdige Laufbahn hinter sich. Er ist aus guter Familie, hat eine vortreffliche Bildung genossen und besitzt eine phänomenale Begabung für Mathematik. Mit einundzwanzig Jahren schrieb er eine Abhandlung über die Theorie der Binome, die in ganz Europa Aufsehen gemacht hat. Dadurch errang er sich einen mathematischen Lehrstuhl an einer unserer kleinen Hochschulen, sodass er allem Anschein nach am

Anfang einer glänzenden Laufbahn stand. Allein der Mann war erblich belastet mit einem ihm tief im Blut liegenden wahrhaft teuflischen Hang zum Verbrechen, der durch seine außerordentlichen Geistesgaben nicht nur nicht eingedämmt wurde, sondern im Gegenteil dadurch noch bedeutend an Stärke und selbstverständlich vor allem an Gefährlichkeit zunahm. Es bildete sich um seine Person am Ort seiner Tätigkeit ein Dunstkreis von allerlei dunklen Gerüchten, sodass er sich schließlich genötigt sah, sein Lehramt niederzulegen und sich in London als Einpauker für die Offizierprüfung niederzulassen. So viel ist überall von ihm bekannt, dagegen habe ich das, was ich Ihnen jetzt sagen will, durch eigene Nachforschungen ermittelt.

Sie wissen ja wohl, Watson, dass niemand die höhere Verbrecherwelt so gut kennt als ich. Nun fiel mir schon seit Jahren fortwährend auf, dass hinter dem Verbrecher irgendeine Macht stehen müsse, eine geheimnisvolle Macht, die dem Gesetz überall planmäßig und systematisch in den Weg trat, dagegen den Übeltätern ihren Schutz lieh. Immer und immer wieder bei Fällen der verschiedensten Art, bei Einbrüchen, bei sonstigen Diebstählen, bei Mordtaten stieß ich auf die Spuren dieser Macht, und bei einer ganzen Reihe von unaufgeklärt gebliebenen Verbrechensfällen, in denen ich keinen persönlichen Rat erteilt hatte, musste ich zu der Überzeugung gelangen, dass dieser Umstand nur dem Walten jener Macht zuzuschreiben sei. Jahrelang habe ich daran gearbeitet, den Schleier zu lüften, in den dieselbe sich hüllte, und endlich war ich so weit, dass ich meinen Faden aufnehmen und verfolgen konnte, bis er mich auf tausendfachen künstlichen Irrwegen zu dem berühmten Mathematiker, dem vormaligen Professor Moriarty, hinleitete.

Er ist der Napoleon des Verbrechens, Watson. Die Hälfte aller Verbrechen in dieser Weltstadt überhaupt, und nahezu alle diejenigen, die unentdeckt bleiben, sind von ihm ins Werk gesetzt. Er ist ein Genie, ein Philosoph, ein Denker. Er besitzt ein Gehirn ersten Ranges. Regungslos sitzt er gleich einer Spinne im Mittelpunkt eines Netzes, allein dieses läuft in Tausende von Fäden aus, und er spürt das leiseste Zucken eines jeden derselben.

Er selbst tut nur wenig, er entwirft nur den Plan. Aber er besitzt zahlreiche trefflich organisierte Hilfskräfte. Handelt es sich darum, ein Verbrechen auszuführen, wir wollen zum Beispiel sagen, eine Urkunde zu entwenden, ein Haus auszurauben, einen Menschen zu beseitigen – man gibt dem Professor die Losung, und sofort wird die Sache ins Werk gesetzt und zur Ausführung gebracht. Der Helfershelfer fällt vielleicht der Polizei in die Hände. In diesem Fall fehlt es niemals an Geld zur Sicherheitsleistung für seine Person oder zu seiner Verteidigung vor Gericht. Aber die leitende Macht, in deren Diensten der Betreffende steht, wird niemals gefasst – nicht eine Spur von Verdacht fällt auf sie. Dies war das Ergebnis meiner Feststellungen, und ich habe meine volle Kraft daran gesetzt, um dieses ganze Gewebe klar zu legen und zu vernichten.

Allein, der Professor war rings von einem so schlau ausgedachten Schutzwall umgeben, dass alle meine Bemühungen, seine Überweisung vor Gericht zu ermöglichen, vergeblich schienen. Sie wissen, was ich leisten kann, mein lieber Watson, trotzdem sah ich mich nach drei Monaten zu dem Bekenntnis genötigt, dass ich diesmal zum wenigsten einen mir geistig gleichstehenden Gegner gefunden habe.

Ich war nicht mehr imstande, mich über sein verbrecherisches Treiben zu entsetzen, so groß war meine Bewunderung für seine Schlauheit. Allein endlich ließ er sich doch ein Versehen beikommen – nur ein einziges ganz kleines Versehen –, aber das genügte, nachdem ich ihm bereits so dicht auf den Fersen saß. Jetzt hatte ich gewonnenes Spiel. Auf jenem Punkt fußend habe ich ihm ein Netz über den Kopf geworfen, und es ist alles so weit, um dasselbe nun vollends zuzuziehen. Binnen drei Tagen, d. h. also nächsten Montag, ist die Sache reif zum Eingreifen, und der Professor samt den Hauptmitgliedern seiner Bande wird sich dann in den Händen der Polizei befinden. Das gibt den großartigsten Kriminalprozess des Jahrhunderts, der über vierzig rätselhafte Fälle Licht verbreitet und die ganze Gesellschaft an den Galgen bringt –, aber wohlverstanden nur, falls wir keine Stunde zu früh losschlagen, sonst entschlüpfen sie uns noch im letzten Augenblick unter den Händen.

Hätte sich nun dies alles ausführen lassen ohne Wissen des Professors, wäre die Sache ganz glatt abgegangen. Allein dazu war dieser viel zu schlau. Keiner meiner Schritte zu seiner Umgarnung blieb ihm verborgen. Immer und immer wieder suchte er den Kopf aus der Schlinge zu ziehen, und jedes Mal fing ich ihn wieder ein. Ich sage Ihnen, mein Lieber, ließe sich eine genaue Schilderung dieses stummen, in Angriff und Abwehr gleich großartigen Ringens geben –, es würde ein Kabinettstück in den Annalen der Geheimpolizei bilden. Noch nie hatte ich mich zu solcher Höhe aufgeschwungen, und noch nie hatte ein Gegner mich so heiß gemacht. Er ging fest ins Zeug, und doch war ich ihm noch ein wenig über. Heute Morgen wurden die letzten Maßregeln getroffen, und in drei Tagen sollte vollends alles bereit sein. Während ich nun in meinem Zimmer saß und über die Angelegenheit nachsann, ging plötzlich meine Tür auf, und der Professor stand vor mir. Meine Nerven können einen ziemlichen Puff vertragen, Watson, aber ich muss gestehen, es fuhr mir doch in die Glieder, als ich diesen Mann, mit dem sich meine Gedanken so viel beschäftigt hatten, leibhaftig auf meiner Schwelle stehen sah. Seine Erscheinung selbst hatte gar nichts Überraschendes für mich. Er ist außerordentlich groß und mager, seine Stirn springt in weitem Bogen vor, und seine Augen liegen tief in ihren Höhlen. Er ist glatt rasiert, blass und von asketischem Aussehen, dabei kann er in seinen Zügen den Gelehrten nicht ganz verleugnen. Seine Schultern sind von vieler geistiger Arbeit gewölbt und sein Gesicht stark nach vorwärts geneigt, was ihm zusammen mit einem fortwährenden Hin- und Herwiegen des Kopfes etwas eigentümlich Schlangenartiges verleiht. Er heftete den Blick seiner von zahllosen Runzeln umzogenen Augen voll Neugier auf mich.

›Die Entwicklung Ihrer oberen Schädelhälfte entspricht nicht ganz meinen Erwartungen‹, begann er endlich. ›Eine gefährliche Gewohnheit, geladene Feuerwaffen in die Taschen seines Schlafrocks zu stecken.‹

Ich hatte nämlich bei seinem Eintritt augenblicklich die große Gefahr erkannt, in der ich schwebte. Es gab für ihn nur eine Möglichkeit der Rettung: – mich stumm zu machen. Mit Blitzesschnelle hatte ich den Revolver aus der Schublade in meine Tasche geschoben, wo ich ihn von außen festhielt. Auf seine Bemerkung zog ich denselben nun heraus und legte ihn mit gespanntem Hahn vor mich auf den Tisch. Er lächelte und blinzelte zwar noch immer, aber in seinen Augen lag ein Ausdruck, der mir die Gewissheit, eine geladene Waffe zur Hand zu haben, sehr beruhigend erscheinen ließ.

›Sie wissen offenbar nicht, wer ich bin‹, fuhr er fort.

›Im Gegenteil, ich meine, man könne deutlich sehen, dass Sie mir sehr wohl bekannt sind. Lassen Sie sich nieder. Fünf Minuten kann ich Ihnen schon widmen, falls Sie mir etwas mitzuteilen haben.‹

›Was ich Ihnen sagen könnte, ist Ihnen bereits alles durch den Sinn gegangen.‹

›Dann ist Ihnen auch bereits durch den Sinn gegangen, was ich darauf zu erwidern hätte‹, versetzte ich.

›Sie weichen also nicht?‹

›Niemals.‹

Jetzt griff er in die Tasche, worauf ich sofort die Waffe aufnahm. Er zog jedoch nur ein Notizbuch mit einigen Aufzeichnungen hervor.

›Am 4. Januar haben Sie zum ersten Mal meinen Weg gekreuzt‹, fing er wieder an, ›am 23. wurden Sie mir unbequem; Mitte Februar bereiteten Sie mir ernstlich Schwierigkeiten, Ende März war ich in meinen Unternehmungen völlig lahmgelegt – nun, Ende April, hat sich durch Ihre unablässige Verfolgung meine Lage derart gestaltet, dass ich mich der ernstlichen Gefahr gegenübersehe, meine Freiheit einzubüßen. Die Lage wird nachgerade unhaltbar.‹

›Haben Sie irgendeinen Vorschlag zu machen?‹, fragte ich darauf.

›Sie müssen zurückweichen‹, erwiderte er, den Kopf hin- und herwiegend. ›Es muss durchaus sein, hören Sie.‹

›Ja, aber nicht vor kommendem Montag‹, war meine Antwort.

›Pah, pah!‹, versetzte er wieder. ›Ein Mann von Ihrem Verstand muss meiner Überzeugung nach einsehen, dass es aus dieser Angelegenheit nur einen Ausweg gibt und dass Sie sich ganz unfehlbar zurückziehen müssen. Sie selbst haben durch Ihre Tätigkeit die Sache in dieser Weise auf die Spitze getrieben. Die Art und Weise, wie Sie die Sache anfassten, hat mir übrigens wirklichen geistigen Genuss verschafft, und ich versichere Ihnen aufrichtig, dass es mir leid tun würde, falls ich mich zum Äußersten genötigt sähe. Sie lächeln, aber ich versichere Ihnen, es ist mein voller Ernst.‹

›Gefahr gehört zu meinem Handwerk‹, versetzte ich.

›Hier handelt es sich nicht bloß um Gefahr, sondern um unvermeidliche Vernichtung. Es ist nicht ein Einzelner, mit dem Sie es aufgenommen haben, sondern eine mächtige Organisation, die Sie mit all Ihrem Scharfsinn in ihrem vollen Umfang zu ergründen nicht imstande waren. Sie müssen Raum geben, oder Sie werden niedergetreten.‹

›Ich bedaure sehr‹, erwiderte ich, indem ich mich erhob, ›mich dieser angenehmen Unterhaltung nicht länger widmen zu können, da ich sonst anderweite dringende Geschäfte versäumen müsste.‹

Er stand gleichfalls auf und sah mich mit traurigem Kopfschütteln stillschweigend an.

›Ei, ei‹, sagte er schließlich, ›es ist leider, scheint es, nichts zu machen; aber ich habe getan, was ich konnte. Ich kenne jeden Zug in Ihrem Spiel. Vor Montag können Sie nichts tun. Das Ganze ist ein Waffengang zwischen uns beiden. Sie hoffen, mich in den Korb legen zu können. Niemals wird das geschehen, sage ich Ihnen. Sie hoffen den Sieg über mich davonzutragen. Ich sage Ihnen, es wird Ihnen nicht gelingen. Reicht Ihr Scharfsinn hin, mir den Untergang zu bereiten, dann seien Sie fest überzeugt, dass ich Ihnen Gleiches mit Gleichem vergelten werde.‹

›Sie haben mir heute mehrfach Artigkeiten gesagt‹, erwiderte ich. ›Ich will Ihnen gleichfalls ein Kompliment machen. Wäre ich sicher, die erste Alternative verwirklichen zu können, würde ich die letztere mit Freuden auf mich nehmen.‹

›Ich kann Ihnen nur diese eine in sichere Aussicht stellen, die andere nicht‹, knurrte er – und damit wandte er mir seinen gekrümmten Rücken zu und verließ das Zimmer unter beständigem Blinzeln seiner stechenden Augen.

Dies war mein merkwürdiges Zusammentreffen mit meinem Gegner. Ich muss gestehen, dasselbe hinterließ mir ein Gefühl des Unbehagens. Die sanfte und knappe Art seiner Äußerungen sprach mehr für seine Aufrichtigkeit, als wenn der Mann kurzweg großsprecherisch aufgetreten wäre. Sie werden nun natürlich sagen: Warum rufen Sie denn nicht polizeilichen Schutz gegen ihn an? Nun, weil ich fest überzeugt bin, dass der Schlag nicht von ihm, sondern von seinen Helfershelfern ausgehen würde. Ich habe dafür bereits die allerbesten Beweise.«

»Man hat schon Angriffe auf Sie gemacht?«

»Mein lieber Watson, Moriarty ist nicht der Mann, der Gras unter seinen Füßen wachsen lässt. Gegen Mittag ging ich in Geschäften zur Oxford Street. An einer Straßenkreuzung kam plötzlich ein zweispänniger Korbwagen in rasender Eile um die eine Ecke und war mir mit Blitzesschnelle dicht auf dem Leib; durch einen Sprung auf den Fußsteig konnte ich mich gerade noch mit knapper Not retten, der Wagen aber war in einem Augenblick um die nächste Ecke gesaust und verschwunden. Ich hielt mich von da an auf dem Fußsteig, allein ein paar Straßenlängen weiter fiel dicht vor meinen Füßen ein Ziegel vom Dach eines Hauses herunter und zerschellte auf dem Pflaster. Ich rief die Polizei und ließ eine Besichtigung der Örtlichkeit vornehmen. Es sollten Ausbesserungen auf dem Dach stattfinden, und zu diesem Zweck waren Schieferplatten und Ziegelsteine dort aufgeschichtet. Man wollte mir einreden, einen von diesen habe der Wind herunter geweht. Natürlich wusste ich es besser, aber beweisen konnte ich nichts. Daraufhin nahm ich einen Wagen und fuhr zu meinem Bruder in die Pall Mall, wo ich den Tag vollends verbrachte. Auf meinem Weg von dort zu Ihnen hat mich nun vorhin ein Strolch mit einem Knüttel angefallen. Ich habe ihn zwar niederschlagen und der Polizei in sicheren Gewahrsam übergeben, aber ich kann Ihnen mit größter Bestimmtheit voraussagen, dass man niemals auch nur die geringste Spur einer Verbindung zwischen dem sauberen Herrn, an dessen Vorderzähnen ich mir die Knöchel blutig geschlagen habe, und dem obskuren Mathematikus entdecken wird, der jedenfalls ein paar Stunden weit davon ruhig seine Aufgaben an der schwarzen Tafel ausrechnet. Sie werden jetzt begreifen, Watson, warum es mein Erstes nach meinem Eintreffen bei Ihnen war, Ihre Läden zu schließen, und warum ich Sie bitten musste, Ihr Haus anstatt durch die vordere Tür auf einem minder auffälligen Weg verlassen zu dürfen.«

»Sie bleiben die Nacht hier?«

»Nein, mein Lieber, diese Gastfreundschaft könnte Ihnen gefährlich werden. Ich bin über mein Verhalten mit mir im Reinen, und es wird alles gut ablaufen. Die Angelegenheit ist so weit gefördert, dass sie ohne meine Mitwirkung ihren Fortgang nehmen kann, soweit die Rechtswirkung des ergangenen Gerichtsbeschlusses reicht; erst zur Beweisaufnahme ist mein persönliches Erscheinen erforderlich. Ich kann also offenbar nichts Vernünftigeres tun, als für die paar Tage zu verreisen, bis die Polizei vollends freie Hand hat. Es wäre mir deshalb äußerst angenehm, wenn Sie mich auf den Kontinent begleiten könnten.«

»Meine Praxis macht mir eben nicht viel zu tun«, versetzte ich, »und mein Nachbar ist gerne bereit, meine Stellvertretung zu übernehmen. Ich würde mit Vergnügen mitgehen.«

»Und gleich morgen früh abreisen?«

»Wenn es sein muss, auch das.«

»O ja, das ist durchaus notwendig. Und somit gebe ich Ihnen Ihre Weisungen, die ich Sie bitten muss, mein lieber Watson, ganz wortgetreu zu befolgen, denn Sie sind jetzt mein Partner in meinem Spiel gegen den abgefeimtesten Schurken und die mächtigste Verbrecherbande von ganz Europa. Also merken Sie wohl auf! Ihr sämtliches Reisegepäck schicken Sie noch heute Abend ohne Adresse durch einen zuverlässigen Boten zur Victoria Station. Morgen früh verschaffen Sie sich eine Droschke, machen jedoch dem, der sie holt, strengstens zur Pflicht, weder die erste noch die zweite zu nehmen, die ihm begegnet. In dieser Droschke fahren Sie zum Strandende der Lowther-Arkaden. Das Ziel der Fahrt schreiben Sie auf ein Zettelchen und stecken dieses dem Kutscher mit dem gemessenen Befehl zu, solches unter keinen Umständen wegzuwerfen. Das Fahrgeld halten Sie bereit, und sobald Sie an Ort und Stelle sind, begeben Sie sich schleunigst zur anderen Seite der Arkaden, sodass Sie unfehlbar ein viertel nach neun dort sind. Dicht bei dem Zaun werden Sie einen kleinen Brougham finden, dessen Kutscher einen schweren schwarzen Mantel mit rot ausgeschlagenem Kragen trägt. In diesen Wagen steigen Sie ein. Derselbe wird Sie gerade noch recht zum Abgang des Kontinentexpresszuges zur Victoria Station bringen.«

»Wo werde ich Sie treffen?«

»Auf dem Bahnhof. Der zweite Wagen erster Klasse von vorne wird für uns belegt sein.«

»Im Wagen selbst geben wir uns also das Stelldichein?«

»Jawohl.«

Vergeblich bat ich Holmes nochmals, den Abend bei mir zu verbringen. Offenbar war er überzeugt, dass seine Anwesenheit dem Dach, unter dem er weilte, Gefahr bringen könnte, und deshalb ließ er sich um keinen Preis halten. Mit einigen eiligen Bemerkungen betreffs unserer Reisepläne für den nächsten Tag erhob er sich und ließ sich von mir in den Garten geleiten. Dort kletterte er über die Mauer zur Mortimer Street hinaus und pfiff augenblicklich eine Droschke herbei, in der ich ihn dann wegfahren hörte.

Mein Verhalten am nächsten Morgen richtete ich wortgetreu nach Holmes' Weisungen ein. Bei der Beschaffung einer Droschke wurde jede mögliche Vorsicht beobachtet, und sofort nach dem Frühstück fuhr ich nach den Lowther-Arkaden, wo ich in möglichster Eile dem andern Ausgang zustrebte. Dort stand in der Tat der Brougham mit dem sehr wohlbeleibten Kutscher in dunklem Mantel, der, sobald ich eingestiegen war, mit mir der Victoria Station zusauste. Nachdem ich dort ausgestiegen, drehte er sogleich um und verschwand eiligst, ohne auch nur nach mir umzuschauen. So weit war alles vortrefflich gegangen. Mein Gepäck harrte meiner, und den von Holmes bezeichneten Wagen fand ich umso leichter als sonst keiner den Vermerk ›Belegt‹ trug. Das Einzige, was mir jetzt noch Sorgen machte, war, dass Holmes nicht erschien. Nach der Bahnuhr fehlten nur noch sieben Minuten bis zur Abfahrtszeit unseres Zuges. Umsonst suchte ich unter den Reisenden, die sich auf dem Bahnsteig und an den Schaltern drängten, nach der kleinen Gestalt meines Freundes. Nirgends war eine Spur von ihm zu sehen. Ein paar Minuten verbrachte ich damit, einem ehrwürdigen italienischen Priester meinen Beistand zu leihen, der in seinem gebrochenen Englisch sich bemühte, einem Gepäckträger klarzumachen, dass sein Gepäck direkt nach Paris eingeschrieben werden solle. Hierauf schaute ich mich noch einmal rings um und ging dann wieder zu meinem Wagen zurück, wo ich fand, dass der Schaffner im Widerspruch mit meiner Fahrkarte mir meinen gebrechlichen italienischen Freund zum Reisegefährten gegeben hatte. Vergebens suchte ich ihm verständlich zu machen, dass er nicht hier herein gehöre, denn mein Italienisch war noch näher beisammen als sein Englisch; so fügte ich mich eben schließlich achselzuckend in die Sachlage und schaute aufs Neue voll Unruhe nach meinem Freund aus. Es überlief mich kalt bei dem Gedanken, sein Ausbleiben könnte in einem während der Nacht gegen ihn geführten Streich seinen Grund haben. Schon waren sämtliche Türen geschlossen und das Zeichen zur Abfahrt gegeben, als ich plötzlich die Worte vernahm: »Mein lieber Watson, Sie haben ja noch nicht einmal geruht, mir Guten Morgen zu wünschen.« Vor Überraschung fuhr ich unwillkürlich herum. Der alte, grässliche Herr hatte mir sein Gesicht zugewendet. Auf einen Augenblick glätteten sich die Runzeln, die Nase entfernte sich vom Kinn, die Unterlippe schob sich nicht mehr vor, und der Mund stellte seine murmelnde Bewegung ein; die trüben Augen gewannen ihr Feuer wieder, und die gebückte Gestalt richtete sich auf. Im nächsten Augenblick jedoch sank diese aufs Neue in sich zusammen, und mein Freund war ebenso plötzlich wieder verschwunden, als er zuvor erschienen war.

»Guter Himmel«, rief ich, »haben Sie mich erschreckt!«

»Es bedarf noch immer der größten Vorsicht«, flüsterte er dagegen. »Ich habe Grund anzunehmen, dass sie uns scharf auf den Fersen sind. Ha, da ist Moriarty selber!« Der Zug hatte sich bei Holmes' letzten Worten bereits in Bewegung gesetzt. Ich blickte zurück und sah noch, wie ein hochgewachsener Mann wütend durch das Gedränge stürmte und mit der Hand winkte, als wollte er den Zug anhalten lassen. Es war jedoch bereits zu spät, wir kamen schon in vollen Lauf und hatten im nächsten Augenblick den Bahnhof hinter uns.

»Unsere Maßnahmen haben, wie Sie sehen, ihren Zweck doch ganz hübsch erreicht«, meinte Holmes nun lachend. Er stand auf, warf seine Verkleidung ab und steckte Talar und Hut in einen Reisesack. »Haben Sie schon ins Morgenblatt geblickt?«, fuhr er dann fort.

»Nein.«

»Dann haben Sie also nichts von der Baker Street gelesen?«

»Baker Street?«

»Man hat heute Nacht Feuer an meine Wohnung gelegt; es hat übrigens nicht viel Schaden angerichtet.«

»Um des Himmels willen, Holmes, das ist ja nicht mehr auszuhalten!«

»Nachdem ich den Kerl mit dem Knüttel habe festnehmen lassen, müssen sie meine Spur völlig verloren haben. Sonst hätten sie sich unmöglich einbilden können, dass ich wieder in meine Wohnung zurückgegangen sei. Dagegen haben sie offenbar nicht versäumt, Sie zu überwachen, sonst wäre Moriarty nicht zur Victoria Station gekommen. Könnte Ihnen nicht auf Ihrem Weg dahin irgendein Versehen begegnet sein?«

»Ich habe mich strengstens an Ihre Weisungen gehalten.«

»Haben Sie an den Arkaden den Wagen gefunden?«

»Jawohl, er stand schon da, wie ich kam.«

»Haben Sie den Kutscher erkannt?«

»Nein.«

»Es war mein Bruder Mycroft. Es ist viel wert, wenn man in einem solchen Fall nicht nötig hat, einen Mietling ins Vertrauen zu ziehen. Aber wir müssen nun ausmachen, was wir wegen Moriarty tun wollen.«

»Wir haben ja einen Expresszug mit Anschluss an das Dampfboot, damit werden wir ihn doch wohl endgültig losgeworden sein!«

»Mein lieber Watson, Sie haben offenbar die Tragweite meiner Bemerkung nicht erfasst, dass man diesen Mann in geistiger Beziehung füglich auf eine Linie mit mir stellen dürfe. Sie bilden sich doch nicht ein, dass ich mich bei der Verfolgung meines Gegners durch ein so geringfügiges Hindernis lahmlegen lassen würde. Warum sollten Sie nun so gering von ihm denken?«

»Was wird er aber tun?«

»Was ich auch tun würde.«

»Und was wäre das?«

»Einen Sonderzug nehmen.«

»Der käme aber doch zu spät.«

»Keineswegs. Unser Zug hält in Canterbury, und am Dampfboot gibt es einen Aufenthalt von mindestens einer halben Stunde. Dort holt er uns ein.«

»Man sollte gerade glauben, wir wären die Verbrecher! – Wollen wir ihn nicht bei unserer Ankunft verhaften lassen?«

»Damit wäre die Arbeit von drei Monaten zunichte gemacht. Den großen Fisch hätten wir dann allerdings gefangen, aber die kleinen würden uns rechts und links aus dem Netz schlüpfen, während wir sie am Montag alle miteinander bekommen. Nein, von Verhaftung kann keine Rede sein.«

»Was aber dann tun?«

»Wir steigen in Canterbury aus.«

»Und dann?«

»Nun, dann müssen wir eben eine Querfahrt über Land nach Newhaven machen und von dort nach Dieppe übersetzen. Moriarty wird dann wiederum genau so handeln, wie ich an seiner Stelle gehandelt haben würde. Er wird nach Paris weiterfahren, dort unser Gepäck abfangen und zwei Tage an der Abgabestelle auf uns warten. Mittlerweile leisten wir uns jeder einen neuen Reisesack, lassen die Geschäfte in den Gegenden, durch die wir kommen, auch etwas verdienen und fahren in aller Gemütlichkeit über Luxemburg und Basel in die Schweiz.«

Ich bin des Reisens zu sehr gewohnt, als dass ich mir aus dem Verlust meines Gepäckes sonderlich viel machen sollte, dagegen verdross mich, offen gestanden, der Gedanke nicht wenig, mich durch allerlei Kreuz- und Querfahrten vor einem Menschen verstecken zu müssen, der eine Unzahl der schwärzesten Schurkereien auf dem Kerbholz hatte.

Allein offenbar beurteilte Holmes die Lage richtiger als ich. Wir stiegen daher in Canterbury aus – lediglich um zu entdecken, dass der nächste Zug nach Newhaven erst in einer Stunde abgehe.

Noch schaute ich recht betrübt meinem rasch entschwindenden Gepäck nach, als mich Holmes anstieß und auf die Bahnlinie deutete.

»Da ist er schon, sehen Sie«, sagte er.

Ganz in weiter Ferne am Waldrand stieg ein Rauchstreifen empor. Nach einer Minute konnte man eine Maschine und einen Wagen unterscheiden, die mit Windeseile auf der offenen Kurve gegen den Bahnhof herjagten. Wir hatten kaum Zeit, uns hinter einen Haufen von Gepäckstücken zu stellen, als der Zug mit Donnergetöse an uns vorübersauste und uns eine ganze Wolke heißer Luft ins Gesicht blies.

»Da fährt er nun davon«, sagte Holmes, während wir dem Wagen nachblickten, wie er auf den Schienen hin und her schwankte. »Auch unseres Feindes Scharfsinn hat seine Grenzen, wie Sie sehen. Das wäre erst ein wahres Meisterstück von ihm gewesen, wenn er meine Gedanken völlig erraten und genau danach gehandelt hätte.«

»Und hätte er uns eingeholt, was würde er getan haben?«

»Einen Mordanfall auf mich würde er gemacht haben, daran ist nicht der mindeste Zweifel. Allein dazu gehören zwei, wie man zu sagen pflegt. Die Frage ist jetzt, sollen wir hier vor der Zeit etwas zu uns nehmen, oder zusehen, ob wir es noch aushalten, bis wir in Newhaven etwas zu essen bekommen?«

Wir fuhren abends noch bis Brüssel, wo wir zwei Tage verbrachten, und am dritten Tag bis Straßburg. Am Montag früh hatte Holmes an die Londoner Polizeibehörde telegrafiert, und abends fanden wir die Antwort im Hotel vor. Kaum hatte Holmes die Depesche aufgerissen, schleuderte er sie mit einem bittern Fluch in den Kamin.

»Ich hätte mir's denken können!«, brummte er. »Er ist richtig durchgekommen!«

»Moriarty?«

»Die ganze Bande haben sie dingfest gemacht, nur ihn nicht. Er hat ihnen eine Nase gedreht. Natürlich, da ich fort war, wo wäre jemand gewesen, um es mit ihm aufzunehmen? Aber ich hatte doch wirklich gedacht, ich habe ihnen alle Trümpfe in die Hände gegeben. Ich glaube, Sie tun jetzt am besten, wieder heimzureisen, Watson.«

»Warum denn?«

»Weil Ihnen meine Gesellschaft von nun an gefährlich werden kann. Der Mann ist um seine Existenz gebracht. Er ist verloren, sobald er sich wieder in London blicken lässt. Beurteile ich ihn richtig, wird er seine ganze Kraft daran setzen, um dafür Rache an mir zu nehmen. Dahin hat er sich bei unserem kurzen Gespräch geäußert, und ich bin überzeugt, es war ihm Ernst damit. Ich würde Ihnen wirklich raten, wieder an Ihren Beruf zu gehen.«

Dieser Rat war selbstverständlich nicht eben dazu angetan, bei einem alten Freund und treuen Begleiter wie mir geneigtes Gehör zu finden. Eine halbe Stunde lang erörterten wir die Frage während unseres Mittagsmahles in Straßburg, allein noch am selben Abend befanden wir uns bereits wieder auf der Weiterfahrt nach Genf.

Wir machten nun zunächst eine siebentägige herrliche Wanderung das Rhonetal aufwärts, bogen dann in Leuk ab und gingen nun über den noch tief verschneiten Gemmipass nach Interlaken und weiter nach Meiringen. Es war allerliebst, unten das zarte Frühlingsgrün, oben das jungfräuliche Weiß des Winters, aber ich sah sehr wohl, dass Holmes trotzdem nicht einen Augenblick den Schatten vergaß, der über ihm schwebte. In den heimlichen Alpendörfern wie auf den lieblichen Gebirgspfaden verriet sein unruhiger Blick und die Genauigkeit, mit der er die Züge eines jeden uns Begegnenden prüfte, seine unerschütterliche Überzeugung, dass wir, wohin wir gingen, uns doch niemals der Gefahr zu entziehen vermochten, die sich an unsere Spuren heftete.

So erinnere ich mich, dass, während wir auf unserem Weg über den Gemmipass am Ufer des düsteren Daubensees hinschritten, ein großes Felsstück, das sich von dem Abhang abgelöst hatte, mit lautem Krachen herab- und dröhnend hinter uns in den See stürzte. In einem Augenblick war Holmes den Abhang hinaufgestürmt, wo er auf einer luftigen Felszacke stehend, den Hals nach allen Seiten reckte. Vergebens versicherte ihm unser Führer, dass Felsstürze zur Frühlingszeit in dieser Gegend etwas ganz Gewöhnliches seien. Er sagte nichts, aber er lächelte mir zu, als wollte er mir damit andeuten, etwas dergleichen habe er längst erwartet.

Und doch war er trotz all seiner Wachsamkeit niemals niedergeschlagen, im Gegenteil, ich kann mich nicht erinnern, ihn jemals in solch überschäumender Laune gesehen zu haben. Immer und immer kam er wieder darauf zurück, wie gerne er seine Laufbahn zum Abschluss bringen würde, dürfte er sicher sein, die Menschheit von Moriarty befreit zu haben.

»Ich glaube, ich darf wohl sagen, Watson, ich habe nicht ganz umsonst gelebt«, bemerkte er dabei. »Fände meine Tätigkeit noch heute Abend ihren Abschluss, ich hätte nichts dagegen. Mein Aufenthalt in London würde dadurch an Annehmlichkeit für mich nur gewinnen. In den mehr als tausend Fällen, die mich beschäftigt haben, bin ich mir nicht bewusst, auch nur ein einziges Mal meine Fähigkeit in den Dienst des Unrechtes gestellt zu haben. Seit einiger Zeit fühle ich mich mehr von den Problemen angezogen, die uns die Natur selbst aufgibt, als von den weit oberflächlicheren Aufgaben, die sich aus unseren unnatürlichen gesellschaftlichen Zuständen ergeben. An dem Tag, wo mir schließlich noch der Triumph zuteil wird, durch meine Tätigkeit die Gefangennahme oder die Vernichtung des gefährlichsten Verbrechergenies der ganzen gesitteten Welt erreicht zu haben, können Sie die Feder aus der Hand legen, Watson.«

Das Wenige, was mir noch zu sagen bleibt, will ich in Kürze und doch genau zu berichten suchen.

Am 3. Mai erreichten wir das Dorf Meiringen, wo wir im Englischen Hof abstiegen. Der Wirt, Peter Steiler der Ältere, war ein verständiger Mann, der auch vortrefflich Englisch sprach. Auf seinen Rat brachen wir am 4. zusammen auf, um über die Höhen zum Weiler Rosenlaui zu gehen, wo wir übernachten wollten. Er hatte uns übrigens strengstens eingeschärft, hierbei den erforderlichen kleinen Umweg nicht zu scheuen, um die auf halber Höhe liegenden Reichenbachfälle zu besichtigen. Diese machen mit ihrer Umgebung einen wirklich grauenerregenden Eindruck. Der Bach, durch die schmelzenden Schneemassen geschwellt, stürzt in einen furchtbaren Abgrund, aus dem der Schaum emporwirbelt, wie der Rauch aus einem brennenden Haus.

Die ungeheure, von glänzenden, kohlschwarzen Felsen umsäumte Kluft, in welche die Wasser hinabstürzen, verengt sich schließlich zu einem brodelnden Kessel von unberechenbarer Tiefe, über dessen gezackten Rand der Strom dann weiter zu Tal schießt. Man wird schwindelig von dem unablässigen Donnergetöse der riesigen weißen Wassersäule und von der ewigen Wirbelbewegung des aufspritzenden, flackernden Gischtes, der sich gleich einem dichten Vorhang aus der Tiefe emporzieht. Ganz außen am

Rand schauten wir den Wassern zu, wie sie sich in sprühendem Glanz tief unten an den schwarzen Felsen brachen, und lauschten den Tönen, die – einem menschlichen Jauchzen vergleichbar – mit dem aufspritzenden Gischt aus der Schlucht heraufschallten.

Auf der einen Seite ist um den Fall herum ein Pfad gehauen, um eine vollständige Ansicht des ersteren zu ermöglichen, allein derselbe hört plötzlich auf, sodass man auf demselben Weg wieder umkehren muss. In dem Augenblick, wo wir uns an dieser Stelle wieder zurückwandten, erblickten wir einen jungen Burschen aus der Gegend, der mit einem Brief in der Hand dahergerannt kam. Dieser trug den Stempel des Gasthofes, den wir soeben verlassen hatten, und war vom Wirt an mich gerichtet. Es schien wenige Minuten nach unserem Weggang eine Engländerin im letzten Stadium der Schwindsucht dort eingetroffen zu sein. Dieselbe hatte den Winter in Davos zugebracht und war nun, auf dem Weg nach Luzern, wo sie mit Bekannten zusammentreffen wollte, plötzlich von einem Blutsturz befallen worden. Sie habe zwar aller Wahrscheinlichkeit nach nur noch wenige Stunden zu leben, aber es würde ihr doch ein großer Trost sein, wenn sie einen englischen Arzt bei sich sehen könnte, ich möchte doch zurückkommen usw. In einer Nachschrift versicherte mir der gute Mann noch besonders, wie er die Erfüllung seines Wunsches als eine sehr große persönliche Gefälligkeit ihm gegenüber ansehen würde, denn die Fremde wolle durchaus keinen Schweizer Arzt, und er sehe sich infolgedessen in eine recht verantwortungsvolle Lage versetzt.

Dieses Ansuchen ließ sich nicht abweisen; ich konnte doch einer Landsmännin, die in einem fremden Land im Sterben lag, ihre Bitte nicht abschlagen, doch machte ich mir auch wieder darüber Gedanken, dass ich Holmes allein lassen sollte. Schließlich einigten wir uns doch dahin, dass er den Burschen als Führer bei sich behalten sollte, während ich nach Meiringen zurückkehrte. Holmes wollte, so sagte er, noch einige Zeit an dem Wasserfall verweilen und dann langsam über den Berg hinüber nach Rosenlaui wandern, wo ich ihn am Abend wieder treffen sollte. Im Weggehen sah ich noch, wie Holmes an die Felswand gelehnt mit gekreuzten Armen dastand und in den Wasserfall hinabschaute. Es war nach des Schicksals Willen das letzte Mal, dass ich ihn sah. Beinahe unten im Tal angekommen, wandte ich mich noch einmal zurück. Den Fall konnte ich von dieser Stelle aus nicht erblicken, wohl aber den Pfad, der sich über den Bergrücken zu demselben hinauf windet. Auf diesem Pfad sah ich, wie mir erst wieder einfällt, einen Mann rasch emporschreiten. Seine schwarze Gestalt hob sich deutlich von dem Grün hinter ihm ab. Seine Erscheinung ebenso wie sein eiliger Schritt waren mir aufgefallen, allein bei der Hast, mit der ich meinem Ziel zustrebte, entschwanden mir diese Umstände aus der Erinnerung.

Ich mag etwas über eine Stunde bis Meiringen gebraucht haben. Der alte Steiler stand unter dem Torbogen seines Hauses.

»Es geht ihr hoffentlich nicht schlechter«, rief ich ihm, noch in eiligem Lauf, entgegen. Ein Ausdruck des Erstaunens überflog seine Züge, und schon beim ersten Zucken seiner Augenbrauen fiel es mir zentnerschwer aufs Herz.

»Ist das nicht von Ihrer Hand?«, fragte ich ihn, indem ich den Brief aus der Tasche zog. »Liegt keine Engländerin krank hier im Haus?«

»Davon weiß ich nichts!«, rief er aus. »Auf dem Brief ist freilich der Hotelstempel! Ha! Das muss der große Engländer geschrieben haben, der nach Ihrem Weggang eintraf. Er sagte ...«

Doch ich wartete die weiteren Enthüllungen des Alten nicht ab. Bebend vor Angst rannte ich bereits wieder die Straße hinab und weiter auf dem Weg, den ich soeben erst zurückgelegt hatte. Herunter hatte ich eine Stunde gebraucht; so sehr ich mich anstrengte, es dauerte zwei gute Stunden, bis ich wieder an dem Wasserfall eintraf.

Da lehnte Holmes' Alpenstock noch an demselben Felsen, wo ich ihn verlassen hatte. Aber von ihm selbst nirgends eine Spur. Mein Rufen blieb vergeblich; nur von den Felswänden ringsum tönte mir in hundertfältigem Widerhall der Klang meiner eigenen Stimme zurück.

Beim Anblick des Alpenstockes überlief es mich eiskalt. Er war also nicht nach Rosenlaui gegangen. Er war auf dem drei Fuß breiten Pfad geblieben, links die himmelhohe Felswand, rechts den gähnenden Abgrund neben sich, bis sein Feind ihn eingeholt hatte. Der junge Schweizer war gleichfalls verschwunden. Dieser stand vermutlich in Moriartys Sold und hatte die beiden miteinander allein gelassen. Und was war dann geschehen? Wer sollte uns das sagen? Einige Augenblicke hielt ich an, denn ich war vor Schreck völlig betäubt. Dann kam mir allmählich die Erinnerung wieder an die Methode, nach der Holmes in solchen Fällen zu verfahren pflegte, und mit Hilfe derselben wollte ich nun den Versuch machen, mir über den erschütternden Vorfall Klarheit zu verschaffen. Es war – ach! – nur zu leicht. Holmes' Gebirgsstock lehnte noch an derselben Stelle, wo wir auf dem schmalen Pfad im Gespräch Halt gemacht hatten. Der unaufhörlich heraufsprühende Wasserstaub erhält den schwärzlichen Grund des Pfades stets weich, sodass sich jede leiseste Spur darin abdrückt. Eine doppelte

Reihe von Fußstapfen lief auf dem Pfad ganz deutlich wahrnehmbar in der Richtung gegen dessen hinteres Ende hin. Zurück führte keine Fußspur. Wenige Meter vor dem Ausgang des Pfades war dieser gänzlich aufgewühlt und in eine Schmutzlache verwandelt, und die Brombeersträucher und Farne am Saum des Abgrundes waren zertreten und beschmutzt. Auf dem Gesicht liegend, spähte ich hinab in den Wasserstaub, der mich von allen Seiten umsprühte. Es war seit meinem Aufbruch allmählich dunkel geworden, und so war ich jetzt nur noch imstande, den Schimmer der Feuchtigkeit auf den schwarzen Felswänden und weit unten am Ausgang der Schlucht das Aufspritzen der Sturzwellen zu unterscheiden. Abermals rief ich; aber nichts traf mein Ohr als wiederum jener einem menschlichen Schrei ähnelnde Klang des Wasserfalls.

Allein es war mir doch vom Schicksal bestimmt, noch einen letzten Gruß von meinem Freund und Gefährten zu erhalten.

Wie schon erwähnt, lehnte Holmes' Alpenstock noch an einem der über den Pfad hereinragenden Felsen. Vom oberen Rand des letzteren schimmerte mir etwas Helles entgegen; ich griff danach und fand, dass es die silberne Zigarettendose war, die Holmes stets bei sich trug. Als ich dieselbe aufhob, flatterten einige Papierblättchen zu Boden. Es zeigte sich, dass es drei von Holmes beschriebene für mich bestimmte Blätter aus seinem Notizbuch waren. Ganz bezeichnenderweise waren die Züge so gerade, fest und deutlich, als hätte Holmes sie an seinem Schreibtisch niedergeschrieben.

»Mein lieber Watson«, lauteten die Worte, »im Begriff, mit Professor Moriarty zu einer endgültigen Auseinandersetzung über die zwischen uns schwebenden Fragen zu kommen, benütze ich die mir von ihm freundlichst gewährte Erlaubnis, zuvor noch diese wenigen Zeilen an Sie zu richten.

Ich habe soeben von ihm kurzen Aufschluss darüber erhalten, wie er es angriff, um sich einerseits dem Auge der Polizei zu entziehen, andererseits sich über jede Bewegung von uns auf dem Laufenden zu halten. Meine hohe Meinung von seinen Geistesfähigkeiten hat dadurch lediglich die weitgehendste Bestätigung gefunden. Ich darf mich der frohen Hoffnung hingeben, dass es mir gelingen werde, seinem ferneren Treiben ein Ziel zu setzen, nur leider um einen Preis, der allen, die mir nahestehen, und besonders Ihnen, mein lieber Watson, schmerzlich sein wird. Wie ich Ihnen übrigens bereits erklärt habe, musste es mit meiner Tätigkeit unter allen Umständen zu einer

entscheidenden Wendung kommen, und der Abschluss, den dieselbe nunmehr findet, entspricht völlig meinen Wünschen. Ich gestehe Ihnen ganz offen, dass ich den Schwindel mit dem Brief aus Meiringen sofort durchschaute und mich mit der festen Überzeugung von Ihnen verabschiedete, dass etwas der Art daraus erfolgen werde. Dem Inspektor Patterson lasse ich mitteilen, dass die Akten, deren er zur Überführung der Verbrecherbande bedarf, sich in dem Fach M in einem blauen Umschlag mit der Aufschrift ›Moriarty‹ befinden. Über mein Vermögen habe ich vor meiner Abreise von zu Hause umfassende Verfügung getroffen und solche meinem Bruder eingehändigt. Mit der Bitte, Ihrer Gattin meine Grüße zu bestellen, verbleibe ich, werter Freund, in aufrichtigster Anhänglichkeit
Ihr
Sherlock Holmes.«

Ich habe dem Erzählten nur noch wenige Worte beizufügen. Nach dem von sachgemäßer Seite eingenommenen Augenschein ist fast als sicher anzunehmen, dass die beiden bei ihrem Wortstreit schließlich handgemein wurden und – wie es unter den gegebenen Verhältnissen sich ja kaum anders denken lässt – in gegenseitiger Umschlingung zusammen in den Abgrund stürzten. Jeder Versuch, die Leichname auffinden zu wollen, hätte schlechterdings hoffnungslos bleiben müssen; und so ruhen denn tief unten in dem schauerlichen Kessel inmitten der tosenden Sturzwellen und des kochenden Gischtes für immerdar Seite an Seite der gefährlichste Verbrecher und der kühnste Vorkämpfer des Rechtes. Der Bauernbursche war auf keine Weise zu ermitteln; ganz zweifellos gehörte derselbe zu den zahlreichen Helfershelfern, die Moriarty in seinem Sold hatte. Was die Verbrecherbande betrifft, wird es wohl noch in jedermanns Erinnerung sein, wie durch das von Holmes aufgehäufte Beweismaterial deren Organisation völlig aufgedeckt worden ist, und wie schwer die Hand meines Freundes noch nach seinem Tod auf den Schuldigen lastete. Über den Ruchlosen, der an ihrer Spitze stand, brachte die Gerichtsverhandlung nur wenige Einzelheiten ans Licht, und wenn ich mich genötigt gesehen habe, sein Treiben so genau als möglich darzulegen, haben den Anlass dazu nur seine unverständigen Verteidiger gegeben, welche zur Rettung der Ehre jenes Elenden ihre Angriffe gegen den richten zu sollen glaubten, der in meiner Erinnerung stets als der edelste und begabteste aller Menschen fortleben wird, mit dem mich das Leben jemals in Berührung gebracht hat.

Der Hund der Baskervilles

Erstes Kapitel

Sherlock Holmes, der für gewöhnlich morgens sehr spät aufstand, wenn er nicht – was allerdings nicht selten vorkam – die ganze Nacht aufgewesen war ... Sherlock Holmes saß am Frühstückstisch. Ich stand auf dem Kaminteppich und nahm den Stock zur Hand, den unser Besucher gestern Abend zurückgelassen hatte. Es war ein schönes, dickes Stück Holz mit rundem Knauf – ein sogenannter Polizistenknüppel. Unmittelbar unter dem Knopf befand sich ein fast zollbreiter silberner Reif mit einer Inschrift:

> James Mortimer, M. R. C. S.
> von seinen Freunden vom C. C. H.
> 1884.

Es war so recht ein altmodischer Hausdoktorstock – würdig, derb, vertrauenerweckend.

»Nun, Watson, was machen Sie daraus?«

Holmes saß mit dem Rücken gegen mich, ich hatte nichts getan, woraus er auf meine Beschäftigung hätte schließen können.

»Woher wussten Sie, was ich machte? Ich glaube wahrhaftig, Sie haben ein paar Augen im Hinterkopf.«

»Wenn auch das nicht, so habe ich doch eine blitzblanke, silberplattierte Kaffeekanne vor mir«, antwortete er. »Aber sagen Sie mir, Watson, was machen Sie aus unseres Besuchers Stock? Da er uns unglücklicherweise nicht angetroffen hat und wir keine Ahnung haben, was er von uns will, erhält dieses zufällig hiergebliebene Andenken eine gewisse Bedeutung. Lassen Sie hören, wie Sie sich nach dem Spazierstock den Mann vorstellen.«

»Ich denke«, sagte ich, nach besten Kräften mich der Methode bedienend, die mein Freund bei seinen Forschungen anzuwenden pflegte, »Dr. Mortimer ist ein älterer Arzt mit guter Praxis. Er ist ein angesehener Mann, da seine Bekannten ihm ein solches Zeichen ihrer Wertschätzung geben.«

»Gut!«, sagte Holmes. »Ausgezeichnet!«

»Ferner dürfte die Wahrscheinlichkeit dafür sprechen, dass er ein Landarzt ist, der einen guten Teil seiner Krankenbesuche zu Fuß macht.«

»Warum?«

»Weil sein Stock, obwohl er ursprünglich sehr schön war, so mitgenommen ist, dass ich mir kaum vorstellen kann, ein städtischer Arzt habe ihn gebraucht. Die starke eiserne Zwinge ist sehr abgenutzt, es ist also klar, dass der Stock tüchtige Märsche mitgemacht hat.«

»Vollkommen vernünftig gedacht!«, bemerkte Holmes.

»Und weiter – da sind ›die Freunde vom C. C. H.‹ Ich möchte annehmen, es handelt sich da um irgendeinen ›Hetzjagdverein‹, dessen Mitgliedern er vielleicht ärztlichen Beistand geleistet hat, wofür sie ihm dann ein kleines Andenken bescherten.«

»Wirklich, Watson, Sie übertreffen sich selbst«, sagte Holmes, seinen Stuhl zurückschiebend und sich eine Zigarette anzündend. »Ich fühle mich verpflichtet, zu sagen, dass Sie bei den Berichten, in denen Sie meine bescheidenen Leistungen so freundlich geschildert haben, Ihre eigenen Fähigkeiten weit unterschätzt haben. Sie sind vielleicht nicht selber ein großes Licht, aber Sie bringen anderen Erleuchtung. Es gibt Leute, die, ohne selbst Genies zu sein, eine bemerkenswerte Gabe besitzen, das Genie anderer anzuregen. Ich gestehe, mein lieber Junge, ich stehe sehr tief in Ihrer Schuld.«

So großes Lob hatte er noch nie vorher ausgesprochen, und ich muss gestehen, seine Worte machten mir ein inniges Vergnügen, denn ich hatte mich oftmals ein bisschen darüber geärgert, dass er gegen meine Bewunderung und meine Versuche, die öffentliche Aufmerksamkeit auf seine Leistungen zu lenken, sich so gleichgültig zeigte. Auch machte es mich nicht wenig stolz, sein System in einer Weise mir zu eigen gemacht zu haben, dass er mir zu der Anwendung desselben seinen Beifall aussprach. Holmes nahm mir nun den Stock aus der Hand und prüfte ihn ein paar Minuten lang mit bloßen Augen. Dann legte er mit einem Ausdruck großen Interesses die Zigarette weg, trat mit dem Stock ans Fenster und untersuchte ihn noch einmal mittels einer Lupe.

»Interessant, wenngleich sehr einfach«, sagt er, als er sich wieder in seine Lieblingssofaecke setzte. »Sicherlich gibt der Stock ein oder zwei Andeutungen. Er liefert uns den Ausgangspunkt für mehrere Schlussfolgerungen.«

»Ist mir irgendetwas entgangen?«, fragte ich, ein wenig mich in die Brust werfend. »Ich denke doch, ich habe nichts von Bedeutung übersehen?«

»Ich fürchte, mein lieber Watson, Ihre Folgerungen waren größtenteils falsch. Wenn ich sagte, Sie regen mich an, meinte ich damit – um offen zu sein –, dass ich durch Ihre Trugschlüsse gelegentlich auf die Wahrheit gebracht wurde. Indessen sind Sie in diesem Fall doch nicht gänzlich auf dem Holzweg. Der Mann ist ganz gewiss ein Landarzt. Und er geht viel zu Fuß.«

»Also hatte ich recht!«

»Insoweit, ja.«

»Aber das war doch alles!«

»Nein, nein, mein lieber Watson, nicht alles – durchaus nicht alles. Ich möchte zum Beispiel annehmen, dass ein Doktor ein Geschenk wohl eher von einem Hospital als von einem Hetzjagdverein erhält, und dass, wenn vor dem H. des ›Hospital‹ die Anfangsbuchstaben ›C. C.‹ stehen, sich ganz ungezwungen die Auslegung ›Charing-Cross‹ darbietet.«

»Sie könnten recht haben.«

»Die Wahrscheinlichkeit spricht dafür. Und wenn wir davon ausgehen wollen, haben wir eine frische Grundlage, worauf wir eine Vorstellung von unserem unbekannten Besucher uns aufbauen können.«

»Nun, also angenommen, ›C. C. H.‹ bedeute ›Charing-Cross-Hospital‹, was können wir für weitere Schlüsse aus diesem Umstand ziehen?«

»Können Sie nicht selber darauf kommen? Sie kennen meine Methoden. Wenden Sie sie an!«

»Mir fällt bloß die sehr einfache Schlussfolgerung ein, dass der Mann in der Stadt praktiziert hat, bevor er aufs Land zog.«

»Ich denke, wir dürfen uns in unseren Schlüssen ruhig ein bisschen weiter wagen. Betrachten Sie mal den Fall vom folgenden Standpunkt aus: Bei was für einer Gelegenheit wird ein solches Geschenk höchstwahrscheinlich gemacht worden sein? Wann werden seine Freunde zusammengetreten sein, um ihm diese Gabe zu stiften? Offenbar in dem Augenblick, als Dr. Mortimer das Hospital verließ, um sich eine eigene Praxis zu gründen. Wir wissen, ein Geschenk ist gemacht worden. Wir glauben, der Mann ist vom Hospital aufs Land gezogen. Gehen wir denn also in unseren Mutmaßungen zu weit, wenn wir sagen, das Geschenk wurde ihm gelegentlich seines Fortganges dargebracht?«

»Das klingt allerdings wahrscheinlich.«

»Nun wird es Ihnen klar sein, dass er nicht dem ärztlichen ›Stab‹ des Krankenhauses angehört haben kann, denn eine derartige Stellung bekommt nur ein Arzt, der bereits eine gute Londoner Praxis hat, und ein solcher würde nicht aufs Land ziehen. Wer war er also? Wenn er zum Hospital und doch nicht zum Stab desselben gehörte, kann er nur Assistent gewesen sein – wenig mehr als ein älterer Kandidat der Medizin. Sein Fortgang fand vor fünf Jahren statt – das Datum steht auf dem Stock. So geht also Ihr ernster Familiendoktor reiferen Alters in Luft auf, mein lieber Watson, und heraus kommt ein junger Bursche unter dreißig Jahren, liebenswürdig, ohne Ehrgeiz, zerstreut – und Besitzer eines von ihm sehr geliebten Hundes, von welchem ich so ganz im Allgemeinen nur sagen möchte, dass er größer als ein Dackel und kleiner als eine Dogge ist.«

Ich lachte ungläubig, während Sherlock Holmes sich auf seinem Sofa zurücklehnte und kleine Rauchringe in die Luft blies.

»Gegen Ihre letzte Versicherung vermag ich nichts einzuwenden«, sagte ich, »aber zum mindesten ist es nicht schwierig, ein paar Angaben über des Mannes Alter und bisherige Berufstätigkeit zu erlangen.« Ich nahm von dem Bücherbrettchen, worauf meine medizinischen Werke standen, den Medizinalkalender herunter und schlug den Namen auf. Es waren mehrere Mortimers aufgeführt, aber was wir von unserem Besucher bereits wussten, passte nur auf einen Einzigen von diesen. Ich las die betreffende Stelle vor:

»Mortimer, James, M. R. C. S., 1882, Grimpen, Dartmoor, Devonshire. Von 1882 bis 1884 Assistent am Charing-Cross-Hospital. Erhielt den ›Jackson-Preis für vergleichende Pathologie‹ für seine Abhandlung: ›Ist Krankheit ein Atavismus?‹ Korrespondierendes Mitglied der Schwedischen pathologischen Gesellschaft. Verfasste: ›Einfälle über Atavismus‹ (Lancet, 1882), ›Machen wir Fortschritte?‹ (Journal of Psychology, März 1883). Gemeindearzt für Grimpen, Torsley und High Narrow.«

»Von dem Hetzjagdverein steht nichts darin, Watson«, sagte Holmes mit einem boshaften Lächeln, »aber ein Landarzt ist er, wie Sie sehr scharfsinnig geschlossen haben. Mir scheint, meine Annahmen finden sich völlig bestätigt. Nun zum Charakter unseres Mannes! Ich sagte, wenn ich mich nicht irre, er sei liebenswürdig, ohne Ehrgeiz und zerstreut. Meine Erfahrung lehrt mich, dass auf dieser Welt nur ein liebenswürdiger Mensch solche Freundschaftsgaben empfängt, dass nur einer ohne Ehrgeiz London verlässt, um aufs Land zu gehen, und dass nur ein Zerstreuter statt einer Visitenkarte seinen Spazierstock zurücklässt, nachdem er eine Viertelstunde im Wartezimmer gesessen hat.«

»Und der Hund?«

»Hat die Gewohnheit gehabt, seinem Herrn den Stock nachzutragen. Da der Stock schwer ist, hat der Hund ihn fest an der Mitte gepackt, und die Eindrücke seiner Zähne sind sehr deutlich sichtbar. Die Kinnlade des Hundes ist, nach dem Abstand der Zahnspuren zu schließen, zu breit für einen Teckel und nicht breit genug für eine Dogge. Vielleicht war es – ja, beim Zeus! – es ist ein brauner Jagdhund!«

Holmes war während des Sprechens aufgestanden und im Zimmer auf und ab gegangen. Dann war er in der Fensternische stehen geblieben. In dem Klang seiner Stimme lag eine solche Überzeugung, dass ich überrascht aufblickte.

»Aber, werter Freund, wie können Sie bloß so etwas mit solcher Bestimmtheit behaupten?«

»Aus dem sehr einfachen Grund, weil ich den Hund selber auf der Straßentreppe sehe, und da klingelt auch schon sein Herr. Bitte bleiben Sie hier, Watson. Er ist ein Kollege von Ihnen, und Ihre Gegenwart kann mir vielleicht von Nutzen sein. Nun, Watson, kommt der dramatische Schicksalsaugenblick – Sie hören einen Schritt auf der Treppe – er tritt in Ihr Leben hinein, und Sie wissen nicht, bringt er Ihnen Gutes oder Böses. Was will Dr. James Mortimer, der Mann der Wissenschaft, von Sherlock Holmes, dem Spezialisten des Verbrechens? … Herein!«

Die äußere Erscheinung unseres Besuchers war eine Überraschung für mich, denn ich hatte den Typus eines Landarztes erwartet. Es war ein sehr großer, dünner Mann mit einer großen schnabelförmigen Nase, die zwischen zwei scharfen, dicht zusammenstehenden grauen Augen hervorsprang. Diese Augen sah man durch die Gläser einer goldenen Brille funkeln. Die Kleidung war im Schnitt seinem Stand entsprechend, jedoch ziemlich abgetragen; der Gehrock hatte blanke Nähte und die Hosen waren unten ausgefranst. Trotz seiner Jugend hielt er den langen Rücken bereits gekrümmt; beim Gehen streckte er mit einem wohlwollenden Ausdruck den Kopf vor. Beim Eintreten fiel sein Blick auf den Stock, den Holmes noch in der Hand hielt, und er lief mit einem freudigen Ausruf auf ihn zu.

»Ich bin wirklich so froh!«, sagte er. »Ich wusste nicht genau, ob ich ihn hier oder auf der Schiffsagentur vergessen hatte. Nicht um alles in der Welt möchte ich diesen Stock verlieren!«

»Ein Geschenk, wie ich sehe!«, bemerkte Holmes.

»Ja.«

»Vom Charing-Cross-Hospital?«

»Von ein paar Freunden dort bei Gelegenheit meiner Heirat.«

»Ach herrje, das ist schade!«, rief Holmes kopfschüttelnd.

Dr. Mortimer blinzelte in gelindem Erstaunen Holmes durch die Brillengläser hindurch an.

»Warum ist das schade?«

»Ach, Sie haben nur unsere kleinen Mutmaßungen ein bisschen in Unordnung gebracht. Bei Ihrer Heirat, sagten Sie?«

»Jawohl. Ich heiratete und ging deshalb vom Hospital weg und gab damit alle Hoffnungen auf eine bequeme Praxis auf. Ich musste mir aber meinen eigenen Haushalt einrichten.«

»Ei sieh, da sind wir im Großen und Ganzen ja doch nicht so sehr auf dem Holzweg!«, sagte Holmes. »Und nun, Herr Doktor James Mortimer …«

»Kein Doktor, mein lieber Herr – ein bescheidener praktischer Arzt nur!«

»Und augenscheinlich ein Mann von scharfem Geist.«

»Ein Lehrling auf dem Gebiet der Wissenschaft, Mr Holmes, ein Anfänger, der am Strand des großen unbekannten Weltmeeres Muscheln aufliest! Ich vermute, dass ich mit Mr Sherlock Holmes spreche und nicht mit …«

»Nein – der Herr hier ist mein Freund Dr. Watson.«

»Freut mich, Sie kennen zu lernen, Herr Doktor. Ich habe Ihren Namen in Verbindung mit dem Ihres Freundes erwähnen hören. Sie interessieren mich außerordentlich, Mr Holmes. Ich hatte an Ihnen kaum einen solchen dolichocephalen Schädel und eine derartig ausgeprägte supraorbitale Stirnentwicklung erwartet. Würden Sie etwas dagegen haben, wenn ich mal mit dem Finger über Ihre Scheitelnaht fahre? Ein Gipsmodell Ihres Schädels, werter Herr, würde, solange das Original nicht zu haben ist, eine Zierde jedes anthropologischen Museums bilden. Ich beabsichtige nichts Unziemliches zu sagen, aber ich gestehe: Mich gelüstet's nach Ihrem Schädel.«

Sherlock Holmes lud mit einer Handbewegung unseren sonderbaren Besucher ein, sich's in einem Stuhl bequem zu machen. Dann sagte er:

»Sie sind, wie ich bemerke, ein Enthusiast in Ihren Gedankengängen wie ich in den meinigen. Ich sehe an Ihren Fingerspitzen, dass Sie sich Ihre Zigaretten selber drehen. Zünden Sie sich ohne Bedenken eine an.«

Der Mann holte Tabak und Papier aus der Tasche und rollte mit überraschender Geschicklichkeit eine Zigarette. Seine langen zuckenden Finger waren so beweglich und unruhig wie die Fühler eines Insekts.

Holmes saß schweigend da, aber ich sah an den kurzen, scharfen Blicken, womit er ab und zu unseren eigentümlichen Gesellschafter beobachtete, dass er sich für denselben sehr interessierte.

»Ich nehme an, Mr Mortimer«, sagte er endlich, »dass Sie nicht lediglich in der Absicht, meinen Schädel zu befühlen, mir die Ehre erwiesen haben, gestern Abend und wieder heute früh hier vorzusprechen?«

»Nein, Mr Holmes, nein – ich bin jedoch glücklich, dass ich gleichzeitig auch dazu Gelegenheit gehabt habe. Ich kam zu Ihnen, Mr Holmes, weil ich mir eingestehe, dass ich selbst ein unpraktischer Mann bin, und weil ich mich plötzlich einem sehr ernsthaften und außerordentlichen Problem gegenüber befinde. Und in Anbetracht, dass Sie, wie ich anerkenne, die zweithöchste europäische Autorität in ...«

»Wirklich, Herr Doktor? Darf ich mich erkundigen, wer die Ehre hat, die erste zu sein?«, fragte Holmes in etwas kurzem Ton.

»Auf einen streng wissenschaftlich denkenden Gelehrten muss Monsieur Bertillons Methode einen außerordentlich starken Reiz ausüben.«

»Täten Sie dann vielleicht nicht besser, diesen um Rat zu fragen?«

»Ich sagte, werter Herr: für den streng wissenschaftlich Denkenden. Aber in der praktischen Betätigung Ihrer Kunst stehen Sie allein da, das ist allgemein anerkannt. Ich denke doch, ich habe nicht etwa unabsichtlich ...«

»Kaum der Rede wert!«, antwortete Holmes. »Ich denke, Herr Doktor Mortimer, Sie täten gut, wenn Sie ohne weitere Umschweife mir klar und deutlich vortrügen, welcher Art das Problem ist, zu dessen Lösung Sie meinen Beistand zu erhalten wünschen.«

Zweites Kapitel

»Ich habe in meiner Tasche ein Manuskript!«, sagte Doktor James Mortimer.

»Ich bemerkte es, als Sie das Zimmer betraten«, antwortete Holmes.

»Es ist eine alte Handschrift.«

»Aus dem Anfang des achtzehnten Jahrhunderts – falls nicht etwa eine Fälschung vorliegt.«

»Wie können Sie das so bestimmt sagen?«

»Sie haben mich die ganze Zeit über ein paar Zollbreit davon sehen lassen, sodass ich es prüfen konnte. Das wäre ein armseliger Sachverständiger, der nicht auf ein Jahrzehnt oder so das Datum eines Dokuments bestimmen könnte. Vielleicht haben Sie meine Abhandlung über diesen Gegenstand gelesen. Ich schätze, dass das Manuskript um das Jahr 1730 geschrieben ist.«

»Die genaue Jahreszahl ist 1742.«

Dr. Mortimer zog das Manuskript aus der Brusttasche hervor und fuhr fort:

»Dieses Familienpapier wurde mir von Sir Charles Baskerville anvertraut, dessen plötzlicher, tragischer Tod vor etwa drei Monaten in der Grafschaft Devon so großes Aufsehen machte. Ich darf wohl sagen, dass ich nicht nur sein ärztlicher Berater, sondern auch sein persönlicher Freund war. Er war ein starkgeistiger Mann, schlau, weltklug und so wenig zu Einbildungen geneigt wie ich selber. Trotzdem nahm er es mit diesem Schriftstück sehr ernst, und er war innerlich auf genau so einen Tod vorbereitet, wie er ihn schließlich erlitt.«

Holmes streckte die Hand nach dem Manuskript aus und breitete es auf seinem Knie aus.

»Sie werden bemerken, Watson, dass der Buchstabe s abwechselnd lang oder kurz geschrieben ist. Das ist eines von mehreren Anzeichen, die es mir ermöglichten, die Entstehungszeit zu bestimmen.«

Ich betrachtete über seine Schulter hinweg das vergilbte Papier und die verblasste Schrift. Am Kopfende stand geschrieben: »Baskerville Hall« und unten in großen kritzeligen Zahlen: »1742«.

»Es scheint so eine Art von Erzählung zu sein.«

»Ja, es ist die Erzählung einer Sage, die in der Familie Baskerville im Schwunge ist.«

»Aber ich verstehe Sie doch recht – Sie wünschen mich doch in einer etwas moderneren Angelegenheit des wirklichen Lebens um Rat zu fragen?«

»In einer höchst modernen! Und in einer sehr dringlichen Angelegenheit, die binnen vierundzwanzig Stunden zur Entscheidung gebracht werden muss. Aber das Manuskript ist nur kurz und steht in innigem Zusammenhang mit der Geschichte. Mit Ihrer Erlaubnis will ich's Ihnen vorlesen.«

Holmes lehnte sich in seinen Stuhl zurück, faltete die Hände und schloss die Augen mit der Miene eines Mannes, der sich in sein Schicksal ergibt. Dr. Mortimer hielt das Manuskript so, dass er gutes Licht hatte, und las mit lauter piepsiger Stimme die nachstehende Geschichte aus alter Zeit:

»Von dem Ursprung des Hetzrüden der Baskervilles hat man gar vielerlei erzählt, aber da ich in gerader Linie von Hugo Baskerville abstamme und da ich die Geschichte von meinem Vater habe, der sie von dem seinigen überliefert erhielt, habe ich sie hier niedergeschrieben und bin des festen Glaubens, sie hat sich so zugetragen, wie ich nunmehr berichten will. Und ich bitte Euch, meine Söhne, Ihr wollet glauben, dass eben dieselbige Gerechtigkeit, so die Sünde bestrafet, wohl auch in überreicher Gnade sie vergeben möge, und dass kein Fluch so schwer sei, er könne nicht durch Gebet und Reue gesühnt werden. Entnehmet also aus dieser Geschichte die Lehre, dass ihr Euch nicht fürchtet, die Verbrechen der Vergangenheit möchten für Euch schlimme Früchte zeitigen, sondern dass Ihr vielmehr inskünftig wollet recht bedachtsam sein, auf dass die verruchten Leidenschaften, die unserer Familie so schweren Harm zugefüget, nicht abermals zu unserem Schaden mögen entfesselt werden.

Wisset also, dass zu den Zeiten der großen Revolution – deren Geschichte, wie der gelehrte Lord Clarendon sie beschrieben, ich Euch recht angelegentlich zum Lesen empfehle – dieses Herrenhaus Baskerville bewohnt wurde von Mr Hugo desselbigen Namens; und es kann nicht verschwiegen werden, dass er ein sehr wilder, verruchter und gottloser Mann war. Dieses hätten nun wohl seine Nachbarn ihm verzeihen mögen, sintemalen in hiesiger Gegend Heilige niemals haben gedeihen wollen; aber es war an seiner Wildheit ein gewisser mutwilliger und grausamer Humor, und dadurch wurde sein Name im ganzen Westen bekannt. Nun begab es sich, dass dieser Hugo zu der Tochter eines Landmanns, der an der Grenze der Baskervilleschen Güter seinen Bauernhof hatte, in Liebe entbrannte – wenn man eine so finstere Leidenschaft wie die seinige mit einem so leuchtenden Wort bezeichnen darf. Aber die junge Maid, die züchtig und von gutem Ruf war, wich ihm stets aus, denn sie fürchtete seinen bösen Namen.

Es begab sich aber, dass am Michaelistag dieser Hugo nebst fünf oder sechs von den verruchten Genossen seiner Schwelgereien sich in das Bauernhaus schlich und das Mädchen entführte; ihr Vater aber und ihre Brüder waren nicht zu Hause, wie er sehr wohl wusste.

Und sie brachten sie ins Schloss, und die Jungfrau wurde in ein Zimmer im obersten Stockwerk eingeschlossen; Hugo aber und seine Freunde saßen nieder zu einem langen Zechgelage, wie sie allnächtlich zu tun pflegten. Da mochten wohl der armen Dirne da oben die Sinne schwinden, als sie das Singen und Toben und fürchterliche Fluchen hörte, das von unten heraufscholl – denn man sagt, solche Worte, wie Hugo Baskerville sie im Weinrausch äußerte, die brächten den Mann, der sie spräche, sicherlich in die Hölle.

Und zuletzt tat sie in der Verzweiflung ihrer Angst etwas, wovor wohl der tapferste und gewandteste Mann möchte zurückgeschaudert sein; denn mit Hilfe des Efeugerankes, das die Mauer bedeckte – und noch bedeckt – klomm sie von der Höhe dicht unter dem Dach hinunter zum festen Boden, und dann rannte sie nach Hause quer über das Moor. Der Weg aber von dem Schloss bis zu ihres Vaters Hof war drei Stunden weit.

Und es begab sich, dass kurze Zeit darauf Hugo seine Gäste verließ, um seiner Gefangenen Speise und Trank zu bringen – und vielleicht wollte er noch Schlimmeres –, und dass er den Käfig leer und den Vogel entflohen fand. Da war es gleich, als käme der Teufel über ihn, denn er lief die Treppen hinunter in den Speisesaal und sprang auf den großen Tisch, dass Flaschen und Teller herunterfielen, und schrie laut vor der ganzen Gesellschaft, er wolle noch in selbiger Nacht Leib und Seele den bösen Mächten zu eigen geben, wenn er nur die Dirne wieder einholte. Entsetzt starrten die Zechbrüder auf den rasenden Mann, einer aber, der noch verruchter oder vielleicht auch nur trunkener war als die anderen, rief, sie sollten die Hunde auf sie hetzen. Und Hugo lief aus dem Haus und rief seinen Stallknechten zu, sie sollten seine Stute satteln und die Hunde aus dem Zwinger lassen; er zeigte diesen ein Halstuch des Mädchens, und mit lautem Gekläff ging es im Mondschein über das Moor.

Eine Zeit lang waren die Zechkumpane ganz starr vor Verblüffung; sie vermochten die Vorgänge, die sich mit solcher Schnelligkeit abgespielt hatten, nicht zu begreifen. Aber allmählich dämmerte ihnen in ihren umnebelten Schädeln eine Ahnung auf, was wohl auf dem Moor sich begeben würde. Und es erhob sich ein gewaltiger Lärm, die einen riefen nach ihren Pistolen, andere nach ihren Pferden, noch wieder andere schrien, es sollten neue Weinflaschen gebracht werden. Endlich jedoch wurden sie etwas vernünftiger, und die ganze Gesellschaft, dreizehn an der Zahl, stieg zu Pferde und ritt Mr Hugo nach. Der Mond schien klar über ihren Häuptern, und sie sprengten in schnellem Lauf den Weg entlang, den das Mädchen genommen haben musste, um ihr Haus zu erreichen.

Sie waren eine oder zwei Meilen geritten, als sie einem jener Hirten begegneten, die nachts ihre Schafe über das Moor treiben; und sie riefen ihm zu, ob er den Reiter mit den Hunden gesehen hätte. Und der Mann, so berichtet die Überlieferung, war so von Furcht gelähmt, dass er kaum sprechen konnte; schließlich aber sagte er, er habe wirklich die unglückliche Jungfrau gesehen, und die Hunde seien ihr auf der Spur gewesen. ›Aber ich habe noch mehr gesehen als das!‹, sagte er. ›Denn Hugo Baskerville ritt an mir vorüber auf seiner schwarzen Stute, und hinter ihm rannte stumm solch ein Höllenhund, wie Gott ihn niemals mir auf die Fersen hetzen wolle!‹ Die trunkenen Herren aber fluchten auf den Schäfer und ritten weiter. Bald jedoch ging es ihnen kalt über die Haut, denn es galoppierte etwas über das Moor herüber, und die schwarze Stute raste, mit weißem Schaum bedeckt, mit schleifendem Zügel und leerem Sattel an ihnen vorüber. Da drängten die Zechbrüder sich eng aneinander, denn eine große Angst kam über sie; trotzdem ritten sie noch weiter, obwohl jeder von ihnen, wäre er allein gewesen, herzlich gern sein Pferd würde herumgeworfen haben. Langsam weiterreitend, trafen sie schließlich die Hunde. Diese lagen, obwohl berühmt wegen ihres edlen Geblüts und ihrer Tapferkeit, winselnd zu einem Klumpen zusammengedrängt am Eingang einer tiefen Schlucht; einige von ihnen schlichen sich gar zur Seite, die anderen starrten mit gesträubten Haaren und stieren Augen in das schmale Tal hinein, das vor ihnen lag.

Die Gesellschaft hatte Halt gemacht; die Herren waren, wie Ihr Euch denken könnt, jetzt nüchterner als beim Fortreiten. Die meisten wollten durchaus nicht weiter, aber drei von ihnen, die Kühnsten – oder auch die Betrunkensten – ritten in die Schlucht hinein. Diese öffnete sich allmählich zu einem breiten Raum, wo zwei große Steine standen; sie stehen auch jetzo noch dorten und sind von Menschen gesetzt worden, deren Gedenken seit langen Zeiten verschollen ist. Der Mond schien hell auf den freien Platz, und in der Mitte lag das Mädchen auf der Stelle, wo sie vor Angst und Ermattung tot hingesunken war. Doch nicht der Anblick ihres Leichnams, auch nicht der Anblick des Leichnams von Hugo Baskerville war es, was diesen drei gottlosen Wüstlingen das Haar emporsträubte. Aber über Hugo, dessen Kehle zerfleischend, stand ein grausiges Wesen, eine große schwarze Bestie von der Gestalt eines Hundes, nur viel größer als ein Hund, den je eines Sterblichen Auge erschaut hat. Und vor ihren entsetzten Augen riss das Tier dem Hugo Baskerville die Kehle auf, dann sah es mit triefenden Lefzen und glühenden Augen auf die Reiter; diese aber stießen ein gellendes Geschrei aus und sprengten, als gälte es das Leben, fortwährend schreiend über das Moor zurück. Einer, so erzählt man, starb noch in selbiger Nacht von dem Anblick, die anderen zwei aber waren gebrochene Männer für den Rest ihrer Tage.

Dieses ist, meine Söhne, die Geschichte von der Herkunft des Hundes, der, wie man sagt, seitdem unsere Familie so grimmig verfolgt hat. Ich habe sie aber niedergeschrieben, weil etwas Bekanntes offenbar weniger Grauen einflößt als etwas, was nur mit Winken und Andeutungen einem zugetragen wird. Es lässt sich freilich nicht leugnen, dass mancher von unserer Familie eines unseligen Todes gestorben ist, dass viele plötzlich geheimnisvoll und auf eine blutige Art verschieden sind. Und doch mögen wir uns der unendlichen Güte der Vorsehung ruhig anheimgeben; sie wird niemals die Unschuldigen bestrafen über das dritte oder vierte Glied hinaus, wie die Drohung in der Heiligen Schrift lautet.

Dieser Vorsehung, meine Söhne, empfehle ich Euch hiermit, und ich rate Euch, vorsichtig zu sein und dem Moor fern zu bleiben in jenen finsteren Stunden, da die bösen Mächte ihr Spiel treiben.

Dies schrieb Hugo Baskerville für seine Söhne Rodger und John. Und sie sollen ihrer Schwester Elisabeth nichts davon sagen.«

Dr. Mortimer war mit dem Vorlesen der seltsamen Geschichte fertig; er schob seine Brille auf die Stirn hinauf und warf einen erwartungsvollen Blick auf Sherlock Holmes. Dieser gähnte, warf das Stümpfchen seiner Zigarette ins Feuer und sagte:

»Nun?«

»Finden Sie die Geschichte nicht interessant?«

»O ja, für einen Sammler von Märchen.«

Dr. Mortimer zog ein zusammengelegtes Zeitungsblatt aus der Tasche und sagte:

»Nun, Mr Holmes, so wollen wir Ihnen jetzt etwas Moderneres vorlegen. Dies hier ist die ›Devon Country Chronicle‹ vom 14. Mai dieses Jahres. Sie enthält einen kurzen Bericht über den etliche Tage vorher eingetretenen Tod Sir Charles Baskervilles.«

Mein Freund beugte sich ein wenig vor, und seine Züge nahmen einen Ausdruck gespannter Aufmerksamkeit an. Unser Besucher schob seine Brille zurecht und begann:

»Der soeben erfolgte plötzliche Tod Sir Charles Baskervilles, von dem als vermutlichen Kandidaten der liberalen Partei für Mitteldevon bei der nächsten Wahl die Rede war, ist ein trauriges Ereignis für die ganze Grafschaft. Wenngleich Sir Charles erst seit verhältnismäßig kurzer Zeit Baskerville Hall bewohnte, hatten ihm doch sein liebenswürdiger Charakter und seine außerordentliche Freigebigkeit die Zuneigung und Achtung aller gewonnen, die mit ihm in Berührung kamen. In unseren Tagen reicher Emporkömmlinge freut man sich, wenn es einmal dem Sprössling einer altansässigen Familie gelungen ist, aus eigener Kraft ein Vermögen zu erwerben und damit den verblichenen Glanz seines durch böse Zeitläufte gegangenen Geschlechtes wieder aufzufrischen. Wie wohl allgemein bekannt ist, gewann Sir Charles große Summen durch Spekulationen in Südafrika. Er war weise genug, nicht so lange zu warten, bis das Glück sich gegen ihn kehrte, sondern machte seinen Gewinn zu Geld und kehrte damit nach England zurück. Es sind erst zwei Jahre vergangen, seit er wieder Baskerville Hall bezog, und die von ihm geplanten großen Neubauten und Verbesserungen bildeten bekanntlich das allgemeine Gespräch in der ganzen Gegend; nun sind sie durch seinen Tod unterbrochen worden! Da er selbst keine Kinder hatte, war es sein offen ausgesprochener Wunsch, die ganze Gegend solle von dem ihm beschieden gewesenen Glück Vorteil haben. Gar mancher wird daher ganz persönliche Veranlassung haben, den vorzeitigen Tod des Wohltäters zu beweinen. Von seinen hochherzigen Schenkungen zu milden Zwecken ist in unseren Spalten oft die Rede gewesen.

Die Umstände, unter denen der Tod erfolgt ist, sind freilich durch die Untersuchung nicht gänzlich aufgeklärt worden, doch ist immerhin genug festgestellt, um gewissen Gerüchten entgegenzutreten, die durch den Aberglauben der Bevölkerung in Umlauf gesetzt sind. Nicht der geringste Grund spricht für ein Verbrechen oder lässt darauf schließen, dass übernatürliche Mächte im Spiel sein könnten. Sir Charles war Witwer und galt für einen Mann von etwas sonderbarer Geistesanlage. Trotz seines beträchtlichen Reichtums war er einfach in seinen Lebensgewohnheiten, und die im Haus selbst wohnende Dienerschaft von Baskerville Hall bestand nur aus dem Ehepaar Barrymore. Ihre Aussage, die durch das Zeugnis mehrerer Freunde des Verstorbenen bestätigt wird, lautet dahin, dass Sir Charles schon seit einiger Zeit bei schwacher Gesundheit gewesen sei und besonders an einer Herzkrankheit gelitten habe, die sich in plötzlichen Veränderungen der Gesichtsfarbe, in Atemnot und in Anfällen von Gemütsverstimmung kundgegeben. Dr. Mortimer, der Freund und ärztliche Berater des Verschiedenen, hat sein Zeugnis in demselben Sinne abgelegt.

Die Tatsachen des Falles sind einfach. Sir Charles Baskerville hatte die Gewohnheit, jede Nacht vor dem Zubettgehen noch einen Gang in der berühmten Taxusallee von Baskerville Hall zu machen. Dies geht aus dem Zeugnis der Barrymores hervor. Am 4. Mai hatte Sir Charles die Absicht ausgesprochen, am nächsten Tag nach London zu fahren, und hatte Barrymore beauftragt, sein Gepäck zurechtzumachen. Am Abend ging er wie immer aus, um seiner Gewohnheit gemäß auf seinem nächtlichen Spaziergang eine Zigarre zu rauchen. Er kam nicht wieder zurück. Um zwölf Uhr fand Barrymore die Haustür noch offen, wurde unruhig und ging mit einer brennenden Laterne auf die Suche nach seinem Herrn. Es hatte tagsüber geregnet, und Sir Charles' Fußspuren waren leicht die Taxusallee hinunterzuverfolgen. Auf halbem Weg befindet sich eine Pforte, die zum Moor hinausführt. Aus gewissen Anzeichen lässt sich schließen, dass Sir Charles dort eine Zeit lang gestanden hatte. Dann hatte er seinen Weg den Gang hinunter fortgesetzt, und an dem äußersten Ende dieses Ganges wurde seine Leiche aufgefunden. Noch unaufgeklärt ist der von Barrymore bezeugte Umstand, dass die Fußspuren von der Heckenpforte an sich änderten, und dass er augenscheinlich von dieser Stelle an auf den Fußspitzen weitergegangen war. Ein Zigeunerpferdehändler namens Murphy war um jene Stunde nicht weit davon auf dem Moor, jedoch in etwas angetrunkenem Zustand, wie er selber angibt. Er erklärt, er habe mehrere Schreie gehört, könne aber nicht sagen, aus welcher Richtung diese gekommen seien. Zeichen von Gewalt waren an Sir Charles' Leiche nicht zu entdecken; allerdings waren nach Aussage des Arztes seine Gesichtszüge auf fast unglaubliche Weise verzerrt – Doktor Mortimer wollte anfangs gar nicht glauben, dass es sein Freund und Patient war, der da als Leiche vor ihm lag – indessen ist dies ein Symptom, das man an Toten, die an Herzschlag gestorben sind, nicht selten beobachtet. Diese Erklärung wurde bestätigt durch den Sektionsbefund, der eine weit vorgeschrittene, langjährige Entartung des Herzens ergab. Der Wahrspruch der zur Leichenschau berufenen Geschworenen lautete daher in Übereinstimmung mit der Meinung des Arztes. Dies ist gut so; denn selbstverständlich ist es von allergrößter Wichtigkeit, dass auch Sir Charles' Erbe sich auf Baskerville Hall niederlässt und die so traurig unterbrochene nutzbringende Arbeit wieder aufnimmt. Hätte der prosaische Befund der Leichenschau nicht die von Ohr zu Ohr geflüsterten romantischen Geschichten endgültig zum Schweigen gebracht, so möchte es wohl schwer gehalten haben, einen neuen Bewohner nach Baskerville Hall zu bringen. Wie wir vernehmen, ist der nächste Verwandte Mr Henry Baskerville – falls er noch am Leben ist –, der Sohn von Sir Charles' jüngerem Bruder. Der junge Herr befand sich nach den letzten Nachrichten, die von ihm eingingen, in Amerika; es sind bereits Nachforschungen nach ihm angestellt, um ihn von der ihm zugefallenen Erbschaft in Kenntnis zu setzen.«

Doktor Mortimer faltete seine Zeitung zusammen und steckte sie wieder in die Tasche.

»Dies, Mr Holmes, sind die öffentlich feststehenden Tatsachen mit Bezug auf den Tod Sir Charles Baskervilles.«

»Ich muss Ihnen meinen Dank aussprechen«, sagte Sherlock Holmes, »dass Sie meine Aufmerksamkeit auf einen Fall gelenkt haben, der sicherlich manche interessante Züge darbietet. Mir waren seinerzeit bereits einige darauf bezügliche Zeitungsartikel aufgefallen, aber gerade damals beschäftigte mich ganz außerordentlich der kleine Fall mit den vatikanischen Kameen, und in meinem Eifer, dem Papst gefällig zu sein, verlor ich die Fühlung mit verschiedenen interessanten englischen Fällen. Sie sagten doch, dieser Artikel enthalte alle öffentlich feststehenden Tatsachen?«

»Ja.«

»Dann lassen Sie mich wissen, welches die geheimen Tatsachen sind.«

Damit lehnte Holmes sich zurück, faltete wieder seine Hände und nahm die unbeweglichen Gesichtszüge an, die bei ihm ein Zeichen waren, dass er seine ganze Urteilskraft anspannte. Dr. Mortimer war augenscheinlich von einer starken Erregung ergriffen; endlich sagte er:

»Ich will es tun; aber ich sage Ihnen damit etwas, was ich bisher keinem Menschen anvertraut habe. Ich habe es vor den Geschworenen der Leichenschau verschwiegen – das tat ich, weil ein Mann der Wissenschaft davor zurückscheut, den Anschein zu erwecken, als ob er einen Volksaberglauben unterstützen wolle. Ferner hatte ich den Grund, dass, wie auch die Zeitung bemerkt, Baskerville Hall ganz gewiss keine neuen Bewohner erhalten würde, wenn der ohnehin schon grausige Ruf, worin das Haus steht, noch verschlimmert würde. Aus diesen beiden Gründen glaubte ich ein Recht zu haben, nicht alles zu sagen, was ich wusste; denn irgendein Nutzen war dabei nicht zu erreichen. Aber Ihnen gegenüber habe ich keine Ursache, nicht vollständig offen zu sein.

Das Moor ist sehr dünn bevölkert; die Nachbarn sind daher sehr aufeinander angewiesen. So verkehrte ich denn auch sehr viel mit Sir Charles Baskerville. Mit Ausnahme von Mr Frankland auf Lafter Hall und einem Naturforscher Mr Stapleton gibt es auf Meilen im Umkreis keine wissenschaftlich gebildeten Männer. Sir Charles suchte die Zurückgezogenheit; aber seine Krankheit brachte uns zusammen, und da wir gemeinsame wissenschaftliche Interessen hatten, wurde unser Verkehr ein dauernder. Er hatte viele wissenschaftliche Kenntnisse aus Südafrika mitgebracht, und manchen köstlichen Abend verlebten wir zusammen in

Gesprächen über die anatomischen Eigentümlichkeiten der Buschmänner und der Hottentotten.

In den letzten Monaten bestärkte sich immer mehr meine Überzeugung, dass Sir Charles' Nerven bis zum Zerreißen angespannt waren. Er nahm es mit der Sage, die ich Ihnen vorlas, außerordentlich ernst; dies ging so weit, dass er unter keinen Umständen nachts das Moor betrat, obwohl es zu seinem eigenen Grund und Boden gehörte. Es mag Ihnen unglaublich erscheinen, Mr Holmes, aber er war allen Ernstes überzeugt, dass ein grausiges Verhängnis über seinem Geschlecht schwebte, und allerdings klang, was er von seinen Vorfahren zu erzählen wusste, nicht gerade ermutigend. Der Gedanke, von irgendwelchen bösen Geistern umgeben zu sein, verfolgte ihn beständig, und mehr als einmal fragte er mich, ob ich nicht auf den nächtlichen Fahrten, die mein Beruf nötig machte, eine seltsame Erscheinung gesehen oder Hundegebell gehört hätte. Diese letztere Frage richtete er mehrmals an mich, und stets zitterte dabei seine Stimme vor Erregung.

Eines Abends – ich erinnere mich des Vorfalls noch sehr gut; es war ungefähr drei Wochen vor dem traurigen Ereignis – fuhr ich bei seinem Haus vor. Er stand zufällig vor seiner Tür. Ich war von meinem Wägelchen abgestiegen und stand vor ihm; plötzlich sah ich, wie seine Augen in furchtbarstem Entsetzen über meine Schulter hinwegstarrten. Ich drehte mich um und konnte gerade noch am Ende des Weges eine Gestalt bemerken, die ich für ein großes schwarzes Kalb hielt. Er war so entsetzlich aufgeregt, dass ich zu der Stelle, wo das Tier gewesen war, hingehen und Umschau halten musste. Es war jedoch verschwunden. Die Erscheinung hatte augenscheinlich einen sehr schlimmen Eindruck auf ihn gemacht. Ich blieb den ganzen Abend bei ihm, und bei dieser Gelegenheit gab er mir, um mir seine Aufregung zu erklären, die geschriebene Erzählung, die ich Ihnen vorhin vorlas. Ich erwähne diesen kleinen Vorfall, weil er durch die darauffolgende Tragödie eine gewisse Bedeutung gewonnen hat; aber damals war ich überzeugt, die Erscheinung werde eine sehr hausbackene Ursache haben, und seine Aufregung sei völlig unbegründet.

Zu der Reise nach London entschloss Sir Charles sich auf mein Anraten. Ich kannte seinen gefährlichen Herzfehler; die beständige Aufregung, worin er lebte, griff offenbar in ernstlicher Weise seine Gesundheit an, mochten es auch reine Hirngespinste sein. Ich dachte, ein paar Monate unter den Zerstreuungen der Großstadt würden einen neuen Menschen aus ihm machen. Unser gemeinsamer Freund Stapleton, der sich ebenfalls große Sorge um Sir Charles' Gesundheit machte, teilte meine Ansicht. Im letzten Augenblick vor der Reise trat das traurige Ereignis ein.

In der Todesnacht schickte Barrymore, der den Leichnam auffand, den Stallknecht Perkins als reitenden Boten zu mir, und da ich trotz der späten Stunde noch auf war, war es mir möglich, binnen einer Stunde nach Barrymores Entdeckung auf Baskerville Hall einzutreffen. Ich stellte alle bei der Untersuchung vorgebrachten Einzelheiten fest. Ich verfolgte die Fußspuren im Taxusgang, ich sah die Stelle an der Moorpforte, wo er gewartet zu haben schien, ich bemerkte die Veränderung der Fußspuren von jener Stelle an, ich stellte fest, dass auf dem weichen Boden keine anderen Spuren vorhanden waren als die von Barrymore hinterlassenen. Endlich untersuchte ich sorgfältig den Leichnam, der bis zu meiner Ankunft unberührt liegen geblieben war. Sir Charles lag mit dem Gesicht nach unten, die Finger in das Erdreich eingekrallt, und seine Züge waren von irgendeiner ungeheuren Erregung so furchtbar verzerrt, dass ich kaum darauf hätte schwören können, es sei wirklich mein Freund. Ganz bestimmt war keine körperliche Verletzung irgendwelcher Art vorhanden. Aber eine falsche Angabe hat Barrymore vor der Jury gemacht. Er behauptete, es seien auf dem Boden in der Nähe der Leiche keine Spuren vorhanden gewesen. Er bemerkte allerdings keine. Aber ich sah welche – ein kleines Stück entfernt, aber frisch und deutlich.«

»Fußspuren?«

»Fußspuren.«

»Von einem Mann oder von einer Frau?«

Dr. Mortimer sah uns einen Augenblick lang mit sonderbarem Ausdruck an; dann sagte er leise, fast flüsternd:

»Mr Holmes, es waren die Spuren eines riesengroßen Hundes.«

Drittes Kapitel

Ich gestehe, dass bei diesen Worten ein Schauder mich überrieselte; es lag ein eigenartiger Klang in des Doktors Stimme; offenbar war er selber tief ergriffen von seinen Worten. Holmes hatte sich erregt vorgebeugt; seine Augen hatten jenen trockenen Glanz, der stets aus ihnen sprühte, wenn ein Fall ihm besonders naheging.

»Sie sahen es?«

»So deutlich, wie ich Sie vor mir habe.«

»Und Sie sagten nichts?«

»Was für einen Zweck hätte das haben sollen?«

»Wie kam es, dass sonst niemand die Spuren sah?«

»Sie waren einige zwanzig Schritte vom Leichnam entfernt, und kein Mensch dachte an eine solche Möglichkeit. Ich glaube nicht, dass ich selber sie beobachtet hätte, wenn ich nicht die Sage gekannt hätte.«

»Es gibt viele Schäferhunde auf dem Moor?«

»Ganz gewiss, aber die Spuren waren nicht von einem Schäferhund.«

»Sie sagten, sie wären groß gewesen?«

»Ungeheuer.«

»Aber das Tier war nicht an den Leichnam herangekommen?«

»Nein.«

»Wie war die Nacht?«

»Feucht und rau.«

»Aber es regnete nicht?«

»Nein.«

»Wie sieht die Allee aus?«

»Sie besteht aus zwei undurchdringlichen, zwölf Fuß hohen Taxushecken. Der Weg, der die Mitte des Ganges einnimmt, ist etwa acht Fuß breit.«

»Ist etwas zwischen den Hecken und dem Weg?«

»Ja, an jeder Seite ein ungefähr sechs Fuß breiter Grasstreifen.«

»Wenn ich Sie recht verstand, ist die Taxushecke an einer Stelle von einer Pforte durchbrochen?«

»Ja, von der Lattenpforte, die auf das Moor hinausführt.«

»Ist noch eine andere Öffnung vorhanden?«

»Keine.«

»Man muss also, um in die Taxusallee zu gelangen, entweder vom Haus herkommen oder durch die Moorpforte eintreten?«

»Es gibt noch einen Zugang: durch ein Gartenhaus, das am äußersten Ende des Ganges steht.«

»War Sir Charles so weit gekommen?«

»Nein, er lag ungefähr fünfzig Schritt weit davon ab.«

»Nun sagen Sie mir, Herr Doktor – und dies ist wichtig! – waren die Spuren, die Sie sahen, auf dem Weg und nicht auf dem Gras?«

»Auf dem Gras wären Spuren überhaupt nicht zu sehen gewesen.«

»Waren sie auf der Seite des Weges, wo sich die Moorpforte befindet?«

»Ja; sie waren am Rande des Weges, auf derselben Seite wie die Lattenpforte.«

»Sie interessieren mich über alle Maßen. Noch eins: War die Lattenpforte geschlossen?«

»Geschlossen und verriegelt.«

»Wie hoch ist sie?«

»Ungefähr vier Fuß.«

»Dann konnte also, wer wollte, hinübersteigen?«

»Ja.«

»Und was für Spuren bemerkten Sie an der Pforte?«

»Keine besonderen.«

»Grundgütiger Himmel! Haben Sie denn die Stelle nicht untersucht?«

»Ja, ich untersuchte sie selbst.«

»Und Sie fanden nichts?«

»Der Boden war sehr zertreten. Sir Charles hatte offenbar fünf oder zehn Minuten lang da gestanden.«

»Woher wissen Sie das?«

»Weil er zweimal die Asche von seiner Zigarre abgestrichen hatte.«

»Ausgezeichnet! Das ist ein Kollege nach unserem Herzen, Watson. Aber die Spuren?«

»Seine eigenen Fußspuren befanden sich überall auf dem kleinen Fleck Erde; andere konnte ich nicht entdecken.«

Sherlock Holmes schlug sich in einer Aufwallung von Ungeduld mit der Hand aufs Knie und rief:

»Wäre ich doch nur dort gewesen! Augenscheinlich liegt ein ganz besonders interessanter Fall vor, aus dem ein wissenschaftlich geschulter Sachverständiger ungeheuer viel hätte machen können. Das Stückchen Erdreich, worauf ich wie auf einem Blatt Papier so viel hätte lesen können, es ist jetzt seit langer Zeit vom Regen durchweicht und von den Holzschuhen neugieriger Bauern bis zur Unkenntlichkeit zertrampelt. Oh, Dr. Mortimer, Dr. Mortimer! Dass Sie mich nicht hinzugezogen haben! Sie haben vielleicht eine große Verantwortlichkeit auf sich geladen!«

»Ich konnte Sie nicht hinzuziehen, Mr Holmes, ohne meine Entdeckung vor den Augen aller Welt zu enthüllen, und ich habe Ihnen bereits die Gründe angegeben, warum ich das nicht wünsche. Außerdem ... außerdem ...«

»Warum stocken Sie?«

»Es gibt ein Gebiet, auf welchem auch der scharfsichtigste und erfahrenste Detektiv machtlos ist.«

»Sie meinen, es handle sich um etwas Übernatürliches?«
»Das habe ich nicht so bestimmt ausgesprochen.«
»Nein, aber offenbar ist das Ihr Gedanke.«
»Seit jener tragischen Nacht, Mr Holmes, sind mehrere Vorfälle zu meiner Kenntnis gekommen, die sich schwer mit dem ordnungsmäßigen Gang der Natur zusammenreimen lassen.«
»Zum Beispiel?«
»Ehe noch das schreckliche Ereignis eintrat, hatten verschiedene Leute auf dem Moor eine Kreatur gesehen, die der Beschreibung nach dem Baskervilleschen Höllengeist entspricht; es ist ausgeschlossen, dass es sich um ein der menschlichen Wissenschaft bekanntes Tier handelt. Alle stimmen darin überein, es wäre ein riesiges Geschöpf gewesen, eine grausig gespensterhafte Erscheinung. Ich habe die Leute scharf ins Verhör genommen; einer von ihnen war ein hartköpfiger Landmann, der zweite ein Hufschmied, der dritte ein Moorbauer. Alle drei erzählten sie die gleiche Geschichte von der fürchterlichen Erscheinung, die genau so ausgesehen hätte, wie der sagenhafte Höllenhund. Ich kann Sie versichern, es herrscht eine wahre Todesangst in der Gegend, und es muss einer schon ein sehr beherzter Mann sein, um nachts über das Moor zu gehen.«
»Und Sie, ein wissenschaftlich gebildeter Mann, glauben, die Erscheinung gehöre dem Gebiet des Übernatürlichen an?«
»Ich weiß nicht, was ich glauben soll.«
Holmes zuckte die Achseln und sagte:
»Ich habe bis jetzt meine Nachspürungen auf diese Welt beschränkt. Nach meinen bescheidenen Kräften habe ich das Böse bekämpft; aber mich an den Vater alles Bösen selber heranzuwagen, das wäre vielleicht ein zu ehrgeiziges Unterfangen ... So viel aber müssen Sie doch zugeben, dass die Fußspur etwas Wirkliches ist.«
»Der Höllenhund war auch wirklich, denn er riss einem Menschen die Kehle auf; und doch war er zugleich ein Teufelsgeschöpf.«
»Ich sehe, Sie sind ganz und gar zu den Supernaturalisten übergegangen. Nun sagen Sie mir aber mal eins, Herr Dr. Mortimer: Wenn Sie sich zu solchen Ansichten bekennen, warum sind Sie dann überhaupt zu mir gekommen, um mich um Rat zu fragen? Sie sagen mir, es sei zwecklos, nach der Ursache von Sir Charles' Tod zu forschen, und bitten mich in demselben Atemzug, es doch zu tun.«
»Ich sagte nicht, dass ich das von Ihnen wünschte.«
»Wie kann ich Ihnen denn sonst helfen?«

»Indem Sie mir Ihren Rat geben, was ich mit Sir Henry Baskerville machen soll; er kommt«, hier sah Dr. Mortimer auf seine Uhr, »genau in einviertel Stunden an der Waterloo Station an.«

»Er ist der Erbe?«

»Ja. Nach Sir Charles' Tod sahen wir uns nach dem jungen Herrn um und erfuhren, dass er sich in Kanada als Landmann niedergelassen hätte. Nach den uns zugegangenen Auskünften ist er in jeder Beziehung ein ausgezeichneter junger Mann. Ich spreche jetzt nicht als Arzt, sondern als Sir Charles' Testamentsvollstrecker.«

»Sonst ist wohl niemand da, der auf die Erbschaft Anspruch macht?«

»Niemand. Der einzige Verwandte, den wir außer ihm noch ausfindig machen konnten, war Rodger Baskerville, der jüngste der drei Brüder, von denen der arme Sir Charles der älteste war. Der zweite Bruder, der schon in frühem Alter starb, war der Vater unseres jungen Henry. Der dritte, Rodger, war das räudige Schaf der Familie. Er war ein echter Baskerville von der tollen Sorte und zwar, so erzählte man mir, das leibhaftige Konterfei von dem Ahnenbild des alten Hugo. Als der englische Boden ihm zu heiß unter den Füßen wurde, floh er nach Mittelamerika; dort starb er im Jahr 1876 am Gelbfieber. Henry ist der Letzte der Baskervilles. In einer Stunde und fünf Minuten treffe ich ihn an der Waterloo Station. Er hat mir gedrahtet, dass er heute früh in Southampton eintreffe. Nun, Mr Holmes, was soll ich Ihrer Meinung nach mit ihm anfangen?«

»Warum soll er nicht in das Haus seiner Väter ziehen?«

»Das scheint das Natürliche zu sein, nicht wahr? Und doch, bedenken Sie, dass jedem Baskerville, der dorthin geht, ein furchtbares Schicksal beschieden ist. Ich bin überzeugt, wenn Sir Charles mit mir vor seinem Tod hätte sprechen können, er hätte mich davor gewarnt, den Letzten des alten Geschlechtes, den Erben so großen Reichtums, in dieses Haus des Todes zu bringen. Andererseits lässt sich nicht leugnen, dass die Wohlfahrt jenes ganzen armseligen, dürren Landstriches von seiner Anwesenheit abhängt. Alles Gute, das Sir Charles getan, wird verlorene Mühe sein, wenn Baskerville Hall keinen Bewohner hat. Ich fürchte, das natürliche Interesse, das ich selber an der Sache habe, könnte mich beeinflussen, und deshalb trage ich Ihnen den Fall vor und bitte um Ihren Rat.«

Holmes dachte eine kleine Weile nach; dann sagte er:

»In klare Worte gefasst, liegt also die Sache so: Nach Ihrer Meinung ist eine höllische Macht am Werk und macht Dartmoor zu einem unsicheren Aufenthaltsort für einen Baskerville. So denken Sie doch?«

»Jedenfalls möchte ich so weit gehen, zu sagen, dass einige Anzeichen vorhanden sind, es könnte so sein.«

»Ganz recht. Aber so viel ist doch sicher: Wenn Ihre Annahme, dass übernatürliche Kräfte im Spiel seien, richtig ist, könnten diese dem jungen Mann in London ebenso leicht Böses antun wie in Devonshire. Einen Teufel mit örtlich beschränkter Macht, die etwa nur in einem bestimmten Kirchspiel gilt, den kann ich mir gar nicht vorstellen.«

»Sie nehmen die Sache etwas scherzhaft, Mr Holmes; Sie würden das wohl nicht tun, wenn Sie mit diesen Dingen in persönliche Berührung kämen. Wenn ich Sie recht verstand, sprachen Sie also Ihre Meinung dahin aus, der junge Mann werde in Devonshire ebenso sicher sein wie in London. In fünfzig Minuten kommt er. Was würden Sie mir empfehlen?«

»Ich empfehle Ihnen, werter Herr, eine Droschke zu nehmen, Ihren Hund abzurufen, der an meiner Haustür kratzt, und an die Waterloo Station zu fahren, um Sir Henry Baskerville abzuholen.«

»Und dann?«

»Und dann werden Sie ihm durchaus nichts sagen, bis ich mir über die Sache klar geworden bin.«

»Wie lange brauchen Sie, um sich darüber klar zu werden?«

»Vierundzwanzig Stunden. Morgen früh um zehn, Herr Doktor Mortimer, werde ich Ihnen sehr verbunden sein, wenn Sie mich hier aufsuchen wollen, und es wird mir in meinen Plänen eine wesentliche Hilfe sein, wenn Sie Sir Henry Baskerville mitbringen.«

»So werde ich's machen, Mr Holmes.« Er kritzelte die Verabredung auf seine Handstulpe und rannte in seiner sonderbaren, zerstreuten Art aus der Tür. Oben an der Treppe rief Holmes ihn aber zurück.

»Nur noch eine Frage, Herr Doktor. Sie sagen, vor Sir Charles Baskervilles Tod hätten mehrere Leute das Gespenst auf dem Moor gesehen?«

»Ja, drei.«

»Sah jemand es nachher?«

»Ich habe durchaus nichts davon gehört.«

»Danke. Guten Morgen.«

Holmes setzte sich wieder auf seinen Stuhl. Sein ruhiger Blick voll innerer Befriedigung zeigte an, dass er eine seiner würdige Aufgabe vor sich sah.

»Gehen Sie aus, Watson?«

»Ja, das heißt, wenn ich Ihnen helfen kann ...«

»Nein, mein lieber Junge; erst wenn es zu handeln gilt, wende ich mich an Sie um Hilfe. Na, dieser Fall ist prachtvoll, in mancher Hinsicht geradezu einzig. Wenn Sie bei Bradleys Laden vorbeikommen, wollen Sie ihm bitte sagen, er möchte mir ein Pfund von seinem stärksten Schnitttabak zuschicken? Danke. Es wäre recht gut, wenn Sie's so einrichten könnten, dass Sie nicht vor Abend zurückkommen. Dann würde es mir viel Vergnügen machen, unsere Ansichten über das höchst interessante Problem von heute früh zu vergleichen.«

Ich wusste, Abgeschlossenheit und Einsamkeit waren meinem Freund sehr notwendig in jenen Stunden schärfster Denkarbeit, in denen er jedes Beweisteilchen nach seinem Wert maß, verschiedene Theorien gegeneinander abwog und sich schlüssig darüber machte, welche wesentlich und welche unbedeutend waren. Ich verbrachte daher den Tag in meinem Klub und kam erst abends zur Baker Street zurück. Es war fast neun Uhr, als ich wieder unser Wohnzimmer betrat.

Als ich die Tür öffnete, war mein erster Gedanke, es sei Feuer ausgebrochen, denn das Zimmer war so voll Qualm, dass kaum das Licht der auf dem Tisch stehenden Lampe hindurchschien. Als ich jedoch im Zimmer war, erkannte ich, dass ich mich geirrt hatte; es war nur der beizende Rauch starken Tabaks, der mir die Kehle zuschnürte, sodass ich husten musste. Durch den Dunst hindurch sah ich in undeutlichen Umrissen die Gestalt von Sherlock Holmes, der mit seiner schwarzen Tonpfeife zwischen den Lippen, mit seinem Schlafrock bekleidet, sich's in einem Lehnstuhl bequem gemacht hatte. Mehrere Papierrollen lagen um ihn herum.

»Haben Sie sich erkältet, Watson?«, fragte er.

»Nein, 's ist nur diese vergiftete Luft.«

»Hm, nun da Sie davon sprechen, glaube ich selber, sie ist wirklich ziemlich dick.«

»Dick?! ... Sie ist unerträglich!«

»Dann machen Sie doch das Fenster auf! Sie sind, wie ich bemerke, den ganzen Tag in Ihrem Klub gewesen?«

»Bester Holmes!«

»Habe ich recht?«

»Gewiss, aber wie ...?«

Er lachte über mein verblüfftes Gesicht.

»Sie haben so eine entzückende Unschuld an sich, Watson. Es ist ein wahres Vergnügen für mich, meine schwachen Fähigkeiten ein bisschen an Ihnen zu üben. Ein Herr geht an einem trüben, regnerischen Tag aus. Am Abend, als er zurückkommt, sieht er aus wie aus dem Ei gepellt; Hut und Stiefel sind noch tadellos glänzend. Also ist er den ganzen Tag an einem

Ort gewesen. Intime Freunde hat er nicht. Wo kann er also gewesen sein? Ist es nicht selbstverständlich?«

»Allerdings, ziemlich selbstverständlich.«

»Die Welt ist voll von selbstverständlichen Dingen, auf die kein Mensch je achtet. Wo, glauben Sie, bin ich gewesen?«

»Ebenfalls den ganzen Tag zu Hause.«

»Im Gegenteil, ich war in Devonshire.«

»Im Geist?«

»Ganz recht. Mein Leib ist in diesem Lehnstuhl geblieben und hat, wie ich mit Bedauern bemerke, in meiner Abwesenheit zwei große Kannen Kaffee und eine unglaubliche Menge Tabak vertilgt. Als Sie weg waren, ließ ich mir von Stamford die Generalstabskarte von diesem Teil des Moores besorgen, und mein Geist hat den ganzen Tag über jenem Erdenfleck geschwebt. Ich schmeichle mir, ich könnte dort jetzt meinen Weg allein finden.«

»Die Karte ist wohl in großem Maßstab gehalten?«

»In sehr großem!« Er rollte eins von den Blättern auf und breitete es auf seinem Knie aus. »Hier haben Sie die Gegend, um die es sich für uns handelt. Da in der Mitte ist Baskerville Hall.«

»Das mit dem Wald rund herum?«

»Ganz recht. Ich nehme an, dass der Taxusgang, obwohl er nicht unter diesem Namen auf der Karte eingetragen ist, sich in dieser Richtung entlang erstreckt; wie Sie sehen, ist rechts davon das Moor. Dieser kleine Häuserklumpen ist das Dörfchen Grimpen, wo unser Freund Dr. Mortimer sein Hauptquartier hat. In einem Kreis mit einem Radius von fünf Meilen sind, wie Sie sehen, nur ein paar ganz weit verstreute Gebäude vorhanden. Hier ist Laster Hall, wovon in der Geschichte die Rede war. Da ist ein Haus eingezeichnet, das vielleicht der Wohnsitz des Naturforschers ist – Stapleton ist sein Name, wenn ich mich recht erinnere. Dann hier zwei Moorbauernhäuser, High Tor und Foulmir. Dann in einer Entfernung von vierzehn Meilen das große Zuchthaus von Princetown. Zwischen diesen weit verstreuten Punkten und rund um sie herum erstreckt sich das trostlose, unbelebte Moor. Dies also ist der Schauplatz, auf welchem die Tragödie sich abgespielt hat und vielleicht mit unserer Hilfe sich weiter entwickeln wird.«

»Es muss eine schaurige Gegend sein.«

»Ja, sie passt zu einem großen Verbrechen. Wenn je der Teufel den Wunsch hätte, sich in menschliche Angelegenheiten einzumischen …«

»Sie neigen also selber zu einer übernatürlichen Erklärung?«

»Des Teufels Werkzeuge können wohl von Fleisch und Blut sein, nicht wahr? Wir müssen von zwei Fragen ausgehen: Erstens, ob überhaupt ein Verbrechen begangen worden ist; zweitens, worin bestand das Verbrechen, und wie wurde es vollbracht? Natürlich, wenn Dr. Mortimers Vermutung richtig ist, wenn wir es mit Mächten zu tun haben, die außerhalb der gewöhnlichen Naturgesetze stehen, hat unser Suchen ein Ende. Aber wir haben die Pflicht, alle anderen Hypothesen bis zu Ende zu verfolgen, ehe wir diese eine gelten lassen. Wenn's Ihnen recht ist, können wir wohl das Fenster wieder schließen. Es ist sonderbar genug, aber ich finde, eine konzentrierte Atmosphäre hilft mit zum Konzentrieren der Gedanken. Ich bin noch nicht so weit, dass ich zum Zweck des Nachdenkens in eine Kiste krieche, aber das wäre allerdings die logische Verwirklichung meiner Überzeugungen ... Haben Sie sich mal den Fall durch den Kopf gehen lassen?«

»Ja, ich habe den Tag über viel daran gedacht. Der Fall ist sehr dazu angetan, einem die Gedanken zu verwirren.«

»Ja, er ist von ganz eigener Art. Er bietet etliche außerordentliche Punkte: die Veränderung der Fußspuren zum Beispiel. Wie erklären Sie sich diesen Umstand?«

»Mortimer sagte, der Mann sei in jenem Teil der Allee auf den Fußspitzen gegangen.«

»Er sprach nur nach, was ein Dummkopf bei der Untersuchung gesagt hatte. Warum sollte ein Mann auf den Fußspitzen die Allee hinuntergehen?«

»Was war's also?«

»Er rannte, Watson – rannte voll Verzweiflung, rannte in Todesangst, rannte, bis ihn der Herzschlag traf und er tot auf sein Antlitz fiel.«

»Er rannte – vor was denn?«

»Da liegt unser Problem. Gewisse Anzeichen sprechen dafür, dass er vor Angst die Besinnung verloren hatte, schon ehe er zu laufen anfing.«

»Wie können Sie das sagen?«

»Ich setze voraus, dass die Ursache seines Schreckens über das Moor auf ihn zukam. Wenn dies der Fall war – und alle Wahrscheinlichkeit spricht dafür –, so konnte nur ein Mann, der die Besinnung verloren hatte, vom Haus weglaufen, anstatt darauf zu. Wenn man die Aussage des Zigeuners als wahr annehmen darf, rannte er, nach Hilfe schreiend, gerade in diejenige Richtung, wo Hilfe am allerwenigsten zu erwarten war. Und weiter, auf wen wartete er in jener Nacht, und warum wartete er auf ihn in der Taxusallee anstatt in seinem Haus?«

»Sie glauben, er wartete auf jemand?«

»Der Mann war ältlich und kränklich. Es lässt sich wohl begreifen, dass er abends einen Spaziergang zu machen pflegte, aber der Boden war nass und die Nacht rau. Ist es natürlich, dass er fünf oder zehn Minuten lang auf derselben Stelle stand, wie Doktor Mortimer mit mehr Beobachtungsgabe, als ich ihm zugetraut hätte, aus der Zigarrenasche folgerte?«

»Aber er ging doch jeden Abend aus.«

»Ich halte es für unwahrscheinlich, dass er jeden Abend an der Moorpforte gewartet haben sollte. Im Gegenteil, die Zeugen haben bekundet, dass er das Moor vermied. An jenem Abend wartete er. Es war der Abend vor seiner Abreise nach London. Das Ding nimmt Gestalt an, Watson. Es kommt Zusammenhang hinein. Darf ich Sie bitten, mir meine Geige herüberzureichen? Wir wollen alles weitere Nachdenken über die Angelegenheit bis morgen früh verschieben; dann werden ja Doktor Mortimer und Sir Henry Baskerville uns mit ihrem Besuch zu Hilfe kommen.«

Viertes Kapitel

Unser Frühstückstisch war schon zeitig abgeräumt, und Holmes wartete in seinem Schlafrock auf den angekündigten Besuch. Seine Klienten waren pünktlich, denn die Uhr hatte gerade zwölf geschlagen, als Doktor Mortimer mit dem jungen Baronet eintrat. Dieser war ein kleiner, lebhafter, dunkelhaariger Mann von ungefähr dreißig Jahren, sehr stämmig gewachsen, mit buschigen schwarzen Augenbrauen und einem scharfgeschnittenen Gesicht, aus dem Kampflust sprach. Er trug einen graurötlichen Sommeranzug und hatte die wetterbraune Gesichtsfarbe eines Mannes, der sich fast immer im Freien aufgehalten hat; trotzdem lag in seinem festen Blick und in der ruhigen Sicherheit seines Auftretens ein gewisses Etwas, was den Gentleman verriet.

»Dies ist Sir Henry Baskerville«, sagte Dr. Mortimer.

»Ja, da bin ich, Mr Holmes, und das Seltsame dabei ist, dass ich aus eigenem Antrieb Sie aufgesucht haben würde, wenn mein Freund hier mir nicht den Vorschlag gemacht hätte. Ich höre, Sie sind ein berühmter Rätselrater, und mir ist heute Morgen eins aufgegeben worden, zu dessen Lösung ich nicht die Gabe besitze.«

»Bitte nehmen Sie Platz, Sir Henry. Wenn ich Sie recht verstehe, sagen Sie, Sie haben seit Ihrer Ankunft in London ein seltsames Erlebnis gehabt?«

»Nichts von großer Bedeutung, Mr Holmes. Höchstwahrscheinlich nur ein schlechter Spaß. Es handelt sich um diesen Brief – wenn Sie es überhaupt einen Brief nennen wollen; ich bekam ihn heute früh.«

Er legte einen Briefumschlag auf den Tisch, und wir traten alle heran, um ihn uns näher anzusehen. Es war ein Umschlag von geringer Güte und von grauweißer Farbe. Die Adresse ›Sir Henry Baskerville. Northumberland-Hotel‹ war von einer ungelenken Hand geschrieben; der Poststempel lautete ›Charing Cross‹, und die Marke war am Abend vorher abgestempelt.

»Wer wusste, dass Sie ins Northumberland-Hotel gehen wollten?«, fragte Holmes mit einem scharfen Blick auf unseren Besucher.

»Kein Mensch kann das gewusst haben. Wir entschieden uns für dies Hotel erst, nachdem ich Doktor Mortimer getroffen hatte.«

»Aber Doktor Mortimer wohnte ohne Zweifel bereits dort?«

»Nein, ich hatte bei einem Bekannten logiert«, sagte der Doktor. »Nichts konnte einen Menschen auf die Vermutung bringen, dass wir in dieses Hotel zu gehen beabsichtigten.«

»Hm, irgendjemand scheint ein sehr tiefes Interesse an Ihren Handlungen zu nehmen.«

Aus dem Umschlag zog Holmes einen doppelt zusammengelegten halben Bogen Konzeptpapier hervor. Er faltete ihn auseinander und legte ihn flach auf den Tisch. In der Mitte des Blattes stand ein einziger Satz, der durch aufgeklebte gedruckte Wörter gebildet war. Er lautete: »Wenn Sie Wert auf Ihr Leben oder Ihren Verstand legen, bleiben Sie dem Moor fern.«

Nur das Wort »Moor« war mit Tinte geschrieben.

»Nun«, sagte Sir Henry Baskerville, »vielleicht können Sie mir sagen, was zum Kuckuck das bedeutet, und wer der Mensch ist, der sich so eifrig um meine Angelegenheiten bekümmert?«

»Was halten Sie davon, Dr. Mortimer? Sie müssen zugeben, dass es bei diesem Brief sich jedenfalls nicht um etwas Übernatürliches handelt.«

»Nein, das nicht, aber er könnte sehr wohl von jemand herrühren, der davon überzeugt ist, dass die Geschichte übernatürlich ist.«

»Was für 'ne Geschichte?«, fragte Sir Henry in scharfem Ton. »Mir scheint, meine Herren, Sie alle wissen viel mehr von meinen Angelegenheiten als ich selber.«

»Sie sollen in unser Wissen eingeweiht sein, bevor Sie aus diesem Zimmer gehen, Sir Henry«, sagte Holmes. »Das verspreche ich Ihnen. Für den Augenblick wollen wir, mit Ihrer Erlaubnis, unsere Aufmerksamkeit auf dieses sehr interessante Dokument begrenzen. Es muss gestern Abend verfasst und auf die Post gegeben sein. Haben Sie die ›Times‹ von gestern, Watson?«

»Sie liegt da in der Ecke!«

»Darf ich Sie darum bitten – das innere Blatt, wenn Sie so gut sein wollen, mit den Leitartikeln!« Er überflog mit schnellem Blick die Spalten. »Ein famoser Artikel über Freihandel! Erlauben Sie mir, Ihnen einiges daraus vorzulesen:

›Wenn manche Leute sich auch mit der Einbildung schmeicheln, der Wert unseres Handels und unserer Industrie werde durch einen Schutzzoll erhöht, bleiben doch derartige Maßregeln dem Gemeinwesen stets gefährlich. Es handelt sich geradezu um unser wirtschaftliches Leben oder Sterben, und wir hoffen, unseres Volkes gesunder Verstand sieht es ein, dass eine solche Wirtschaftspolitik auf die Dauer sogar in den englischen Wohlstand Bresche legen müsste.‹

»Was meinen Sie dazu, Watson?«, rief Holmes, in hellem Entzücken sich die Hände reibend. »Halten Sie die darin ausgesprochene Ansicht nicht für bewunderungswürdig?«

Dr. Mortimer sah Holmes mit einem ärztlich prüfenden Blick an, und Sir Henry Baskerville richtete ganz verblüfft seine dunklen Augen auf mich und sagte:

»Ich verstehe nicht viel vom Zolltarif und solchem Zeug; aber mir scheint, wir sind in Bezug auf meinen Brief ein bisschen von der Spur abgekommen.«

»Im Gegenteil, ich bin der Meinung, wir sind ganz besonders scharf auf der Spur. Watson hier weiß besser mit meinen Methoden Bescheid als Sie; aber ich fürchte, auch er hat die Bedeutung des Zeitungsartikels nicht ganz begriffen.«

»Nein, ich gestehe, dass ich keinen Zusammenhang entdecken kann.«

»Und doch, mein lieber Watson, ist eine sehr nahe Beziehung vorhanden, denn der Brief ist aus dem Zeitungsartikel herausgeschnitten: ›wenn – Wert – so bleiben – dem – Leben oder – Verstand – auf – legen.‹ Sehen Sie jetzt nicht, woher diese Worte stammen?«

»Donnerwetter, Sie haben recht! Na, das nenne ich aber Fixigkeit!«, rief Sir Henry.

»Wenn überhaupt noch ein Zweifel bestände, würde er durch die Tatsache behoben, dass ›so bleiben‹ und ›Leben oder‹ in einem Stück ausgeschnitten sind.«

»Wahrhaftig, ja, so ist es.«

»Wirklich, Mr Holmes, das geht weit über mein Begriffsvermögen hinaus«, sagte Dr. Mortimer mit einem erstaunten Blick auf meinen Freund. »Ich könnte verstehen, wenn mir jemand sagte, die Wörter seien aus einer Zeitung; aber dass Sie den Namen dieser Zeitung nannten und hinzufügten, die Stelle befände sich im Leitartikel, das ist sicherlich eins der merkwürdigsten Dinge, die mir je begegnet sind. Wie haben Sie das angefangen?«

»Ich vermute, Herr Doktor, Sie könnten auf den ersten Blick den Schädel eines Negers von dem eines Eskimos unterscheiden?«

»Natürlich!«

»Aber wie kommt das?«

»Weil das mein besonderes Steckenpferd ist! Die Unterschiede sind augenfällig. Die Erhöhung über den Augenhöhlungen, der Gesichtswinkel, die Krümmung der Kinnbacken, der ...«

»Nun, dies hier ist mein besonderes Steckenpferd, und die Unterschiede sind ebenfalls augenfällig. Für meine Augen ist zwischen der durchschossenen Borgis eines Leitartikels der ›Times‹ und der unsauberen Schrift eines Halfpenny-Abendblattes ebenso viel Unterschied wie für Sie zwischen einem Neger- und einem Eskimoschädel. Die Unterscheidung der verschiedenen Drucktypen gehört zu den Anfangsgründen für einen wissenschaftlich denkenden Sachverständigen; ich muss jedoch zugeben, dass ich in meiner ganz frühen Jugend einmal den ›Leeds Mercury‹ mit den ›Western Morning News‹ verwechselt habe. Aber ein ›Times‹-Leitartikel ist gar nicht zu verkennen; diese Wörter konnten keiner anderen Zeitung entnommen sein. Da der Brief gestern angefertigt war, sprach eine starke Wahrscheinlichkeit dafür, dass wir die Wörter in der gestrigen Nummer finden würden.«

»So weit ich Ihnen folgen kann, Mr Holmes«, bemerkte Sir Henry Baskerville, »hat jemand diese Wörter mit einer Schere ...«

»Mit einer Nagelschere ausgeschnitten, ja. Wie Sie sehen können, war es eine Schere mit sehr kurzer Klinge, denn es war für die Wörter: ›so bleiben‹ ein zweimaliges Zuschneiden nötig.«

»Richtig. Es schnitt also jemand den Text des Briefes mit einer kurzklingigen Schere aus, klebte ihn mit Kleister ...«

»Mit Gummi!«, sagte Holmes.

»Mit Gummi auf das Papier. Aber ich möchte wissen, warum dann das Wort ›Moor‹ geschrieben ist?«

»Weil er das Wort nicht gedruckt finden konnte. Die anderen Wörter sind alle einfach und würden sich in jeder Zeitungsnummer finden lassen, aber das Wort ›Moor‹ ist weniger gewöhnlich.«

»Das ist allerdings eine gute Erklärung. Haben Sie sonst etwas aus dem Brief herausgelesen, Mr Holmes?«

»Es sind ein paar Andeutungen darin, obgleich der Absender sich die allergrößte Mühe gegeben hat, alle verräterischen Spuren zu verwischen. Die Adresse ist, wie Sie sehen, mit unbeholfen geformten Buchstaben geschrieben. Aber die ›Times‹ ist ein Blatt, das man kaum je in anderen Händen als in denen sehr gebildeter Leute findet. Wir können daher annehmen, dass der Brief von einem gebildeten Mann verfertigt wurde, der den Anschein erwecken wollte, als gehöre der Absender den ungebildeten Klassen an, und dieses Bemühen, die Handschrift zu verstellen, legt den Schluss nahe, der Schreiber sei Ihnen bekannt oder könnte von Ihnen erkannt werden. Ferner werden Sie bemerken, dass die Wörter nicht in einer geraden Linie aneinander geklebt sind, sondern dass einige von ihnen viel höher stehen als andere. ›Leben oder‹ zum Beispiel steht ganz außerhalb der Reihe. Das kann entweder auf Unachtsamkeit des Ausschneidenden hindeuten, oder es mag davon gekommen sein, dass dieser aufgeregt und in Eile war. Im Großen und Ganzen neige ich mich der letzteren Annahme zu, denn die Anfertigung eines solchen Briefes war offenbar eine wichtige Sache, und es ist unwahrscheinlich, dass der Verfertiger dabei unachtsam gewesen sein soll. War er aber in Eile, leitet dieser Umstand zu der interessanten Frage, warum er in Eile war; denn jeder Brief, der bis zu den frühen Morgenstunden auf die Post gegeben wurde, musste in Sir Henrys Hände kommen, bevor er das Hotel verließ. Fürchtete der Verfertiger eine Unterbrechung – und von wem?«

»Wir kommen jetzt ziemlich weit in das Gebiet der Mutmaßungen hinein!«, sagte Dr. Mortimer.

»Sagen Sie lieber: in das Gebiet, wo wir die verschiedenen Möglichkeiten gegen einander abwägen und uns für die wahrscheinlichste entscheiden. Wir machen eine wissenschaftliche Anwendung von unserer Einbildungskraft; indessen haben wir in diesem Fall immerhin eine tatsächliche Grundlage für unsere Spekulationen. Sie werden freilich ohne Zweifel denken, ich verlege mich aufs Raten, aber ich bin fast ganz sicher, dass diese Adresse in einem Hotel geschrieben worden ist.«

»Wie in aller Welt können Sie das sagen?«

»Wenn Sie den Umschlag sorgfältig prüfen, werden Sie bemerken, dass dem Schreiber die Tinte sowohl wie die Feder Schwierigkeiten gemacht haben. Die Feder hat zweimal in einem einzigen Wort gespritzt, und die Tinte ist beim Schreiben der kurzen Adresse nicht weniger als dreimal ausgegangen, ein Beweis, dass sehr wenig im Tintenfass gewesen sein muss. In einem Privathaus lässt man es selten dahin kommen, dass Feder oder Tintengeschirr sich in solchem Zustand befindet, und dass gar beide zusammen so vorgefunden werden, kommt gewiss kaum jemals vor. Dagegen kennen Sie wohl die Tinte und Federn, die man in Gasthöfen findet; diese sind fast immer abscheulich. Ja, ich sage ohne jedes Bedenken: Könnten wir die Papierkörbe der Gasthöfe in der Nähe von Charing Cross durchsuchen, bis wir die Überreste des zerschnittenen ›Times‹-Artikels fänden, könnten wir die Hand auf die Person legen, die diesen eigenartigen Brief abgeschickt hat ... Hallo, hallo, was ist das?«

Er prüfte den Bogen mit den aufgeklebten Wörtern noch einmal sorgfältig, indem er ihn ganz nahe vor die Augen hielt.

»Nun?«

»Nichts!«, sagte er, das Blatt hinlegend. »Es ist ein gewöhnlicher unbeschriebener halber Bogen; nicht einmal ein Wasserzeichen ist darin. Ich denke, wir haben aus dem sonderbaren Brief so viele Anhaltspunkte gewonnen, wie überhaupt möglich ist ... Und nun, Sir Henry, noch eine Frage: Ist Ihnen sonst irgendetwas Erwähnenswertes begegnet, seitdem Sie in London sind?«

»Nein, wirklich nicht, Mr Holmes. Ich glaube nicht.«

»Sie haben niemand bemerkt, der Sie beobachtet hätte oder Ihnen nachgegangen wäre?«

»Ich scheine ja richtig mitten in einen Hintertreppenroman hineingeraten zu sein«, bemerkte unser Besucher. »Warum, zum Kuckuck, sollte irgendjemand mir nachgehen oder mich beobachten?«

»Auf diesen Punkt kommen wir noch. Sie haben also nichts anderes zu berichten, bevor wir uns mit der Sache selbst beschäftigen?«

»Hm, es kommt darauf an, was nach Ihrer Meinung des Berichtens wert ist.«

»Alles was von dem gewöhnlichen Gang des Alltagslebens abweicht, sollte nach meiner Ansicht erwähnt werden.«

Sir Henry lächelte und sagte:

»Ich kenne bis jetzt noch nicht viel von dem Leben in England, denn ich bin seit meiner frühesten Jugend in den Vereinigten Staaten und in Kanada gewesen. Aber hoffentlich wird es hier nicht als alltäglich angesehen, wenn man einen von seinen Stiefeln verliert.«

»Sie haben einen von Ihren Stiefeln verloren?«

»Mein lieber Herr!«, rief Dr. Mortimer. »Er ist bloß verlegt! Sie werden ihn vorfinden, wenn Sie wieder ins Hotel kommen. Was hat es für einen Zweck, Mr Holmes mit solchen Lappalien zu behelligen?«

»Er wollte ja alles erfahren, was von dem gewöhnlichen Gang des Alltagslebens abwiche!«

»Ganz recht!«, sagte Holmes. »Mag der Vorfall auch noch so albern erscheinen. Also Sie sagen, Sie haben einen von Ihren Stiefeln verloren?«

»Oder ihn verlegt, meinetwegen. Ich stellte sie gestern Abend beide vor meine Tür, und heute Morgen war bloß noch einer da. Aus dem Jungen, der sie zu putzen hatte, war kein gescheites Wort herauszubringen. Am meisten ärgert mich dabei, dass ich die Stiefel erst gestern Abend am Strand gekauft und noch gar nicht mal getragen hatte.«

»Wenn Sie dieselben noch gar nicht angehabt hatten, warum stellten Sie sie dann zum Reinigen vor die Tür?«

»Es waren braune Schuhe, und sie waren noch nicht gefirnisst. Darum stellte ich sie hinaus.«

»Sie gingen also gestern sofort nach Ihrem Eintreffen in London aus und kauften ein Paar Schuhe?«

»Ich machte überhaupt eine ziemliche Menge Einkäufe. Dr. Mortimer begleitete mich dabei. Wissen Sie, da ich mal da hinten in Dingsda den Großgrundbesitzer spielen soll, muss ich mich wohl ein bisschen fein machen, und ich bin vielleicht da im fernen Westen etwas nachlässig in meinem Anzug geworden. Außer anderen Sachen kaufte ich die braunen Schuhe – gab sechs Dollar dafür – und einer davon wird mir gestohlen, ehe ich sie überhaupt nur an den Füßen gehabt habe.«

»Ein einzelner Schuh ist doch ein recht ungeeigneter Gegenstand für einen Dieb«, sagte Sherlock Holmes. »Ich gestehe, ich teile Dr. Mortimers Ansicht und glaube, dass binnen kurzem der verlorene Schuh sich wieder einfinden wird.«

»Und nun, meine Herren«, sagte der Baronet in bestimmtem Ton, »habe ich, wie mir scheint, von dem bisschen, was ich weiß, genug gesprochen. Es ist Zeit, dass Sie Ihr Versprechen erfüllen und mir eine ausführliche Auskunft über all diese rätselhaften Vorgänge geben.«

»Ihr Wunsch ist sehr berechtigt«, antwortete Holmes. »Herr Doktor, ich glaube, Sie könnten nichts Besseres tun, als Ihrem Freund die Geschichte in derselben Weise zu erzählen, wie Sie sie uns vortrugen.«

Auf diese Aufforderung hin zog der gelehrte Herr seine Papiere aus der Tasche und erläuterte auf Grund derselben den ganzen Fall in gleicher Art wie am Morgen vorher. Sir Henry Baskerville hörte mit gespanntester Aufmerksamkeit zu und ließ von Zeit zu Zeit einen Ausruf der Überraschung hören.

»Nun, da scheine ich ja mit dem übrigen Besitz zugleich auch eine Geisterrache geerbt zu haben«, sagte er, als der Doktor mit seiner langen Erzählung fertig war. »Natürlich habe ich von dem Höllenhund schon in der Kinderstube fortwährend erzählen hören. Es ist das Lieblingsmärchen unserer Familie; indessen hab ich es früher niemals ernst genommen. Aber die Geschichte von meines Onkels Tod – wissen Sie, mir wirbelt in meinem Kopf alles durcheinander; ich kann mir noch keine klare Meinung darüber bilden. Sie scheinen sich selber auch noch nicht ganz klar darüber zu sein, ob es ein Fall für die Polizei oder für die Geistlichkeit ist.«

»Ganz recht.«

»Nun kommt dazu noch die Geschichte mit dem Brief, den ich im Hotel erhielt. Ich vermute, er hängt damit zusammen.«

»Es scheint daraus hervorzugehen, dass irgendjemand besser als wir um die Vorgänge auf dem Moor Bescheid weiß«, sagte Dr. Mortimer.

»Und ferner«, bemerkte Holmes, »dass dieser Jemand Ihnen nicht feindlich gesonnen ist, da man Sie vor Gefahr warnt.«

»Vielleicht ist es aber auch möglich, dass sie mich zu ihrem eigenen Vorteil von der Gegend fernzuhalten suchen.«

»Das kann natürlich auch sein. Ich bin Ihnen zu größtem Dank verpflichtet, Herr Doktor, dass Sie mich vor ein Problem stellen, welches verschiedene interessante Lösungen zulässt. Aber nun haben wir uns zunächst über einen wichtigen Punkt schlüssig zu machen, Sir Henry: Ist es für Sie ratsam oder nicht, dass Sie nach Baskerville Hall gehen?«

»Warum sollte ich nicht gehen?«

»Es scheint Gefahr damit verbunden zu sein.«

»Meinen Sie Gefahr von unserem Familiendämon oder Gefahr vonseiten menschlicher Wesen?«

»Das müssen wir eben herausbekommen.«

»Nun, mag dem sein, wie ihm wolle, meine Antwort steht fest. Mr Holmes, kein Teufel in der Hölle und kein Mensch auf Erden kann mich hindern, in das Haus meiner Väter zu gehen. Bei dieser Antwort werde ich bleiben.«

Seine dunklen Augenbrauen zogen sich bei diesen Worten zusammen und ein tiefes Rot flog über sein Gesicht. Augenscheinlich war das feurige Temperament der Baskervilles in dem Letzten ihres Stammes noch nicht erloschen.

»Indessen«, fuhr er fort, »habe ich noch nicht recht Zeit gehabt, über alles mir von Ihnen Gesagte gehörig nachzudenken. Es ist ein bisschen viel verlangt, dass ich sofort meine Entscheidung in einer Sache treffen soll, die ich noch kaum richtig begriffen habe. Ich möchte mir in einer ruhigen Stunde alles ordentlich zurechtlegen, um zu einem Entschluss zu kommen. Jetzt ist es halb zwölf, Mr Holmes, und ich gehe geraden Weges nach meinem Hotel. Wie wär's, wenn Sie und Ihr Freund, Herr Doktor Watson, mit uns frühstückten? Dann werde ich Ihnen genau sagen können, was für einen Eindruck die ganze Geschichte auf mich macht.«

»Passt Ihnen das, Watson?«

»Vollkommen!«

»Nun, so können Sie uns erwarten. Soll ich Ihnen eine Droschke holen lassen?«

»Ich möchte lieber gehen, denn diese Geschichte hat mich ein bisschen warm gemacht.«

»Ich werde mich Ihnen mit Vergnügen zu diesem Spaziergang anschließen«, bemerkte sein Begleiter.

»Also treffen wir uns um zwei Uhr. Auf Wiedersehen und guten Morgen.«

Wir hörten die Schritte unserer Besucher, die die Treppe hinabstiegen; dann wurde die Haustür geschlossen. Augenblicklich war Holmes aus dem träumerischen Denker der Mann der Tat geworden.

»Ihren Hut und Ihre Stiefel, Watson, schnell! Wir haben keinen Augenblick zu verlieren.« Er eilte in sein Schlafzimmer, warf seinen Hausrock ab und erschien ein paar Sekunden darauf in einem Gehrock. Wir eilten die Treppe hinunter und betraten die Straße. Doktor Mortimer und Baskerville waren ein paar Hundert Schritt vor uns in der Nähe der Oxford Street noch sichtbar.

»Soll ich voranlaufen und ihnen sagen, dass sie auf uns warten?«

»Um Gottes willen nicht, mein lieber Watson. Ihre Gesellschaft genügt mir vollkommen, wenn Sie die meinige erdulden wollen. Unsere neuen Bekannten tun sehr recht, dass sie zu Fuß gehen; denn es ist wirklich ein außerordentlich schöner Morgen für einen Spaziergang.«

Er beschleunigte seinen Schritt, bis wir die uns von den beiden Herren trennende Entfernung ungefähr auf die Hälfte verkürzt hatten. Wir folgten ihnen die Oxford Street entlang und dann die Regent Street hinunter. Einmal blieben sie stehen und besahen sich ein Schaufenster, worauf Holmes es ebenso machte. Einen Augenblick darauf ließ er einen Ausruf der Befriedigung hören; ich folgte seinem schnellen Blick und sah, dass eine Droschke, worin ein Mann saß, von der Stelle auf der anderen Straßenseite, wo sie gehalten hatte, jetzt langsam weiterfuhr.

»Das ist unser Mann, Watson! Vorwärts! Wir wollen ihn uns wenigstens genau ansehen, wenn wir nicht mehr tun können!«

Im selben Augenblick bemerkte ich einen buschigen schwarzen Bart und ein Paar stechender Augen, die durch das Seitenfenster der Droschke sich auf uns richteten. Unmittelbar darauf fuhr die Klappe im Verdeck des Wagens in die Höhe, dem Kutscher wurde etwas zugerufen, und die Droschke raste die Regent Street hinunter. Holmes sah sich schnell nach einer anderen um, aber es war keine leere in Sicht. Dann lief er in wilder Verfolgung durch das Straßengetriebe dem Wagen nach, aber der Vorsprung war zu groß, und die Droschke war bald nicht mehr zu sehen.

»Da haben wir's!«, sagte Holmes bitter, als er keuchend und ganz blass vor Ärger wieder aus dem Wagengewoge hervorkam. »War solches Pech je erhört und solche Tölpelei dazu? Watson, Watson, wenn Sie ein gewissenhafter Mann sind, müssen Sie diese Dummheit ebenfalls berichten und meinen Erfolgen gegenüberstellen.«

»Wer war der Mann?«

»Ich habe keine Ahnung!«

»Ein Spion?«

»Hm, nach allem, was wir gehört haben, ist Baskerville seit seiner Ankunft in der Stadt ganz offenbar von irgendjemand sehr scharf überwacht worden. Wie hätte sonst der Betreffende so schnell wissen können, dass der junge Mann das Northumberland-Hotel als Absteigequartier gewählt hatte? Wenn man ihm am ersten Tag nachging, würde man – das war meine Schlussfolgerung – ihm auch am zweiten nachgehen. Sie haben vielleicht bemerkt, dass ich, während Dr. Mortimer seine Geschichte vorlas, zweimal ans Fenster ging?«

»Ja, ich erinnere mich.«

»Ich sah nach, ob vielleicht jemand auf der Straße herumlungerte, konnte aber niemand entdecken. Wir haben es mit einem gescheiten Mann zu tun, Watson. Die ganze Geschichte ist sehr ernster Art; ich bin mir zwar noch nicht ganz schlüssig geworden, ob wir es mit einem feindlichen oder mit einem freundlichen Element zu tun haben, aber ich behalte stets das ›Wie‹ und ›Warum‹ im Auge. Als unsere Besucher fortgingen, folgte ich ihnen sofort, in der Hoffnung, ihren unsichtbaren Verfolger ausfindig machen zu können. Das muss ein Schlaukopf sein, denn er hat sich nicht auf seine Beine verlassen, sondern sich eine Droschke genommen, sodass er bald hinter ihnen her- oder an ihnen vorbeifahren konnte, ohne bemerkt zu werden. Dieses Verfahren hat außerdem noch den Vorteil, dass er imstande war, ihnen sofort zu folgen, wenn sie etwa selber eine Droschke nehmen sollten. Indessen hat es auch einen offenbaren Nachteil.«

»Es macht ihn vom Droschkenkutscher abhängig.«

»Ganz recht.«

»Wie schade, dass wir uns nicht die Nummer gemerkt haben!«

»Mein lieber Watson, so tölpelhaft ich mich auch benommen habe, so bilden Sie sich doch wohl nicht allen Ernstes ein, dass ich vergessen hätte, nach der Nummer zu sehen? Unser Mann hat Nummer 2704. Aber das kann uns für den Augenblick nichts nützen.«

»Ich kann nicht einsehen, was Sie mehr hätten tun können.«

»Ich hätte, als ich die Droschke bemerkte, augenblicklich umkehren und in der entgegengesetzten Richtung weitergehen sollen. Ich hätte in aller Gemütlichkeit eine Droschke nehmen und dann dem Mann in angemessener Entfernung folgen können, oder noch besser, ich wäre zum Northumberland-Hotel gefahren und hätte dort gewartet. Wenn dann unser Unbekannter dem jungen Baskerville nachgefahren wäre, hätten wir ihn mit seinen eigenen Trumpfkarten schlagen und selber sehen können, wohin er sich weiter begab. Wir haben also einer unüberlegten Voreiligkeit, die von unserem Gegenspieler mit außerordentlicher Schnelligkeit und Entschlossenheit ausgenutzt wurde, es zu verdanken, dass wir den Mann aus den Augen verloren haben. Wir sind selber schuld.«

Während dieses Gesprächs waren wir langsam die Regent Street entlang geschlendert, und Dr. Mortimer und sein Begleiter waren längst unseren Blicken entschwunden.

»Es hat keinen Zweck, dass wir ihnen noch weiter nachgehen«, sagte Holmes. »Der Spürhund ist verschwunden und wird nicht wiederkommen. Wir müssen uns überlegen, was für Trümpfe wir jetzt noch in der Hand haben, und müssen sie fest und entschlossen ausspielen. Könnten Sie vor Gericht Zeugnis ablegen, was für ein Gesicht der Mann in der Droschke hatte?«

»Mit Bestimmtheit könnte ich nur den Bart beschreiben.«

»Ich auch – und daraus folgere ich, dass der Bart aller Wahrscheinlichkeit nach ein falscher war. Ein kluger Mann, der auf ein so heikles Unternehmen aus ist, braucht einen Bart nur, um seine Züge zu verbergen. Kommen Sie mit hier herein, Watson.«

Er betrat eins von den Büros der ›Expressbotengesellschaft‹ und wurde von dem Geschäftsführer mit großer Herzlichkeit begrüßt.

»Ach, ich sehe, Wilson, Sie haben den kleinen Fall nicht vergessen, wobei ich in der angenehmen Lage war, Ihnen beistehen zu können.«

»Ganz gewiss werde ich's nicht vergessen! Sie retteten mir meinen guten Namen und vielleicht mein Leben.«

»Sie übertreiben, mein Bester! ... Es schwebt mir so vor, Wilson, Sie hatten unter Ihren Burschen einen gewissen Cartwright, der während unserer Bemühungen sich als recht gewandt erwies?«

»Ja, Mr Holmes, der ist noch bei uns.«

»Könnten Sie ihn mal hereinkommen lassen? Danke. Dann hätte ich gerne Kleingeld für diesen Fünfpfundschein.«

Ein vierzehnjähriger Knabe mit aufgewecktem, scharfgeschnittenem Gesicht war auf das Klingelzeichen des Geschäftsführers erschienen und stand jetzt in einer Haltung voller Ehrfurcht vor dem berühmten Detektiv.

»Geben Sie mir bitte mal das Hoteladressbuch«, sagte Holmes. »Danke ... Hier, Cartwright, sind die Namen von dreiundzwanzig Hotels, die sämtlich in unmittelbarer Nachbarschaft von Charing Cross liegen. Hier, siehst du sie?«

»Jawohl.«

»Du wirst sie sämtlich, eins nach dem anderen, aufsuchen.«

»Jawohl.«

»Überall gibst du zuerst dem Portier an der Außentür einen Schilling. Hier sind dreiundzwanzig Schillinge.«

»Jawohl.«

»Du wirst ihm sagen, du wünschtest die fortgeworfenen Papiere von gestern zu sehen. Du sagst, du suchtest ein wichtiges Telegramm, das verkehrt bestellt worden wäre. Verstanden?«

»Jawohl.«

»In Wirklichkeit suchst du aber nach dem Mittelbogen einer gestrigen Timesnummer, woraus mit einer Schere einige Stellen herausgeschnitten sind. Hier ist die betreffende Nummer der Times. Dies ist die Stelle, um die es sich handelt. Du könntest sie leicht wiedererkennen, nicht wahr?«

»Jawohl.«

»Der Portier von der Außentür wird überall den Portier vom Flurraum heranrufen; diesem wirst du ebenfalls einen Schilling geben. Hier sind noch dreiundzwanzig Schillinge. In zwanzig Fällen von den dreiundzwanzig wirst du hören, dass der Inhalt der Papierkörbe verbrannt oder sonst wie fortgeschafft sei. In den drei anderen Fällen wird man dir einen Haufen Papier zeigen, und du werden darin nach dem Timesblatt suchen. Die Wahrscheinlichkeit, dass du es findest, ist ungeheuer gering. Hier sind zehn Schillinge extra für unvorhergesehene Ausgaben. Schicke mir vor heute Abend einen telegrafischen Bericht in die Baker Street … Und nun, Watson, haben wir uns bloß noch telegrafisch nach dem Droschkenkutscher Nr. 2704 zu erkundigen, und dann wollen wir in irgendeinen von den Kunstsalons in der Bond Street gehen, um uns die Zeit zu vertreiben, bis wir im Hotel sein müssen.«

Fünftes Kapitel

Sherlock Holmes besaß in sehr bemerkenswertem Maße die Gabe, nach freiem Willen seinen Geist ablenken zu können. In den nächsten zwei Stunden hatte er den rätselhaften Fall, in dessen Geheimnisse wir verwickelt worden waren, anscheinend völlig vergessen über der Betrachtung von Gemälden der modernen belgischen Schule. Selbst nachdem wir die Galerie verlassen hatten, sprach er, bis wir vor dem Hotel angelangt waren, ausschließlich über Kunst, wovon er, nebenbei bemerkt, höchst barbarische Begriffe hatte.

»Sir Henry Baskerville ist oben und erwartet Sie!«, sagte der Hotelsekretär. »Er bat mich, Sie sofort nach Ihrer Ankunft zu ihm führen zu lassen.«

»Haben Sie etwas dagegen, wenn ich vorher mal einen Blick in Ihr Fremdenbuch werfe?«, fragte Holmes.

»Nicht das Geringste.«

Aus dem Buch ergab sich, dass hinter dem Namen Baskerville nur zwei Eintragungen gemacht waren, die eine betraf ›Theophilus Johnson nebst Familie aus Newcastle‹, die andere ›Mrs Oldmore und Kammerjungfer von High Lodge, Alton‹.

»Dieser Mr Johnson muss unbedingt ein alter Bekannter von mir sein«, sagte Holmes. »Ein Rechtsanwalt, nicht wahr? Mit grauen Haaren und etwas lahm?«

»O nein, dieser Mr Johnson ist Kohlenbergwerksbesitzer, ein sehr rüstiger Herr und nicht älter als Sie.«

»Täuschen Sie sich auch wirklich nicht in Bezug auf seinen Beruf?«

»Nein, gewiss nicht; er steigt schon seit vielen Jahren stets bei uns ab und ist uns sehr gut bekannt.«

»Ach so; dagegen ist nichts mehr zu sagen. Nun noch Mrs Oldmore – mir ist, als erinnerte ich mich ihres Namens. Entschuldigen Sie meine Neugier, aber wenn man sich nach einem Bekannten erkundigt, findet man bei der Gelegenheit oft einen anderen wieder.«

»Mrs Oldmore ist eine kränkliche, alte Dame. Ihr Gemahl war früher Bürgermeister von Gloucester; sie kommt stets zu uns, wenn sie in London ist.«

»Danke. Wie es scheint, kann ich leider keinen Anspruch auf ihre Bekanntschaft machen. Wir haben durch meine Fragen eine sehr wichtige Tatsache festgestellt, Watson«, fuhr Holmes leise fort, als wir die Treppe hinaufgingen. »Wir wissen jetzt, dass die Leute, die sich so außerordentlich aufmerksam um Sir Henry bekümmern, nicht in seinem Hotel Wohnung genommen haben. Daraus geht hervor, dass ihnen nicht nur, wie wir gesehen haben, sehr viel daran liegt, ihn zu beobachten, sondern dass ihnen ebenso viel darauf ankommt, nicht von ihm gesehen zu werden. Aus diesem Umstand aber lässt sich sehr viel entnehmen.«

»Was denn zum Beispiel?«

»Es folgt daraus – hallo, mein lieber Herr, was ist denn nur los?!«

Wir waren oben an der Treppe gegen Sir Henry Baskerville selbst angerannt. Sein Gesicht war dunkelrot vor Zorn, und in der Hand hielt er einen bestaubten alten Schuh. Er war so wütend, dass er kaum sprechen konnte, und die Worte, die er schließlich hervorbrachte, trugen die Merkmale der breiten Mundart der westlichen Grafschaften in einer Weise, wie wir es am Morgen nicht an ihm bemerkt hatten.

»Die halten mich, scheint's, für einen Säugling in dem Hotel hier!«, rief er. »Aber sie sollen sehen, dass sie mit ihren dummen Späßen an den Unrechten geraten sind. Sie sollen sich nur in acht nehmen! Zum Donnerwetter, wenn der Kerl meinen fehlenden Schuh nicht finden kann, dann gibt es Krach! Ich kann einen Spaß vertragen, Mr Holmes, aber diesmal haben sie denn doch ein bisschen zu sehr über die Schnur gehauen.«

»Sie suchen immer noch Ihren Schuh?«

»Jawohl, und ich will ihn wiederhaben!«

»Aber Sie sagten ja doch, es sei ein neuer brauner!«

»War es auch. Und nun ist's ein alter schwarzer!«

»Was! Sie wollen doch nicht sagen …?«

»Jawohl, das will ich sagen. Ich hatte überhaupt bloß drei Paar Schuhe: die neuen braunen, die alten schwarzen und die Lackschuhe, die ich anhabe. Gestern Abend nahmen sie einen von den braunen weg, und heute

Vormittag mopsen sie mir einen von den schwarzen ... Na, haben Sie ihn endlich? Heraus mit der Sprache, Mann, und glotzen Sie mich nicht so an!«

Ein aufgeregter deutscher Kellner war auf dem Schauplatz der Handlung erschienen.

»Nein, Herr!«, sagte er »Ich habe überall im ganzen Hotel danach herumgefragt, aber kein Mensch wusste ein Wort davon.«

»Hören Sie: Entweder ist bis heute Abend der Schuh wieder da, oder ich sage dem Wirt, dass ich sofort sein Hotel verlasse!«

»Der Schuh wird sich finden, Herr – ich verspreche Ihnen, wenn Sie ein bisschen Geduld haben wollen, wird er gefunden werden!«

»Nehmen Sie sich in acht; es ist das letzte Mal, dass etwas von meinen Sachen in dieser Räuberhöhle mir abhanden kommt ... Mr Holmes, Sie werden entschuldigen, dass ich Sie mit solchen Lappalien behellige ...«

»O, mich dünkt, die Sache ist gar keine Lappalie.«

»Sie machen ja ein ganz ernstes Gesicht dazu!«

»Wie erklären Sie sich die Sache?«

»Ich versuche gar nicht, sie mir zu erklären. Es ist das verrückteste und sonderbarste Ding, was mir je vorgekommen ist, wie mir scheint.«

»Das sonderbarste – ja, das mag sein«, sagte Holmes nachdenklich.

»Was halten Sie selber davon?«

»Hm, ich kann nicht sagen, dass ich bis jetzt etwas davon verstehe. Ihr Fall ist sehr verwickelt, Sir Henry. Bringe ich ihn in Verbindung mit Ihres Onkels Tod, weiß ich wirklich nicht, ob mir unter den fünfhundert Fällen allerersten Ranges, die ich unter den Händen hatte, jemals ein so tief einschneidender vorkam. Aber wir haben verschiedene Fäden in der Hand, und es ist Aussicht, dass der eine oder der andere von denselben uns zur Wahrheit führt. Wir werden vielleicht Zeit verlieren, indem wir einem falschen Faden folgen, aber früher oder später müssen wir doch an den rechten kommen.«

Das Frühstück war recht heiter; von der Angelegenheit, die uns zusammengeführt hatte, wurde nicht viel gesprochen. Erst als wir nach dem Essen im anstoßenden Salon saßen, fragte Holmes Sir Henry Baskerville, was er zu tun gedächte.

»Ich gehe nach Baskerville Hall.«

»Und wann?«

»Ende dieser Woche.«

»Im Großen und Ganzen«, sagte Holmes, »halte ich Ihren Entschluss für verständig. Ich habe die vollkommene Gewissheit, dass hier in London Ihre Schritte überwacht werden, und hier in der Millionenstadt ist es schwer herauszufinden, was für Leute hinter Ihnen her sind und was sie wollen. Wenn sie böse Absichten haben, könnten sie Ihnen etwas zuleide tun, was wir nicht imstande wären zu verhindern. Sie wissen wohl nicht, Herr Doktor Mortimer, dass Ihnen heute Vormittag jemand folgte, als Sie von meinem Haus fortgingen?«

Dr. Mortimer fuhr von seinem Stuhl auf und rief: »Uns folgte jemand? Wer?«

»Das kann ich Ihnen unglücklicherweise nicht sagen. Haben Sie unter Ihren Nachbarn oder Bekannten von Dartmoor irgendeinen Mann mit schwarzem Vollbart?«

»Nein – oder warten Sie mal – doch. Ja. Barrymore, Sir Charles' Kammerdiener, trägt einen schwarzen Vollbart.«

»Ha! Wo ist Barrymore?«

»Er ist Hausverwalter auf Baskerville Hall.«

»Wir wollen uns lieber vergewissern, ob er wirklich dort ist oder ob er vielleicht in London sein kann.«

»Wie können Sie das?«

»Geben Sie mir ein Telegrammformular. ›Ist alles bereit für Sir Henry?‹ So, das genügt. Adresse: Mr Barrymore, Baskerville Hall. Welches ist das nächste Telegrafenamt? Grimpen. Sehr gut; wir schicken eine zweite Depesche an den Postmeister von Grimpen: ›Telegramm an Mr Barrymore ist zu eigenen Händen zu bestellen. Wenn dieser abwesend, gefälligst Drahtantwort an Sir Henry Baskerville, Northumberland-Hotel.‹ Dadurch können wir vor heute Abend wissen, ob Barrymore auf seinem Posten in Devonshire ist oder nicht.«

»Sie haben recht!«, sagte Baskerville. »Übrigens, sagen Sie doch mal, Herr Doktor, was ist eigentlich dieser Barrymore für ein Mann?«

»Er ist der Sohn von dem früheren, jetzt verstorbenen Schlossverwalter. Die Familie ist jetzt schon seit vier Generationen im Amt. So viel ich weiß, sind er und seine Frau ein so respektables Ehepaar wie nur eines in der ganzen Gegend.«

»Zugleich ist es sehr klar«, fiel Baskerville ein, »dass, solange niemand von der Familie im Schloss wohnt, die Leutchen ein großartig schönes Haus und nichts zu tun haben.«

»Das stimmt.«

»Hatte Barrymore irgendeinen Vorteil von Sir Charles' Testament?«, fragte Holmes.

»Er und seine Frau bekamen je fünfhundert Pfund Sterling.«

»Oho! Wussten sie, dass sie das kriegen würden?«

»Ja. Sir Charles sprach mit Vorliebe von seinen letztwilligen Verfügungen.«

»Das ist sehr interessant.«

»Ich will hoffen«, sagte Doktor Mortimer, »Sie sehen nicht mit misstrauischen Augen auf einen jeden, der von Sir Charles mit einem Vermächtnis bedacht worden ist; denn mir hat er auch tausend Pfund hinterlassen.«

»Was Sie nicht sagen! Und hat er auch sonst noch anderen Leuten etwas ausgesetzt?«

»Viele unbedeutende Beträge für einzelne Persönlichkeiten und viele größere für öffentliche Wohltätigkeitseinrichtungen. Der ganze Rest fiel an Sir Henry.«

»Und wie viel betrug dieser Rest?«

»Siebenhundertundvierzigtausend Pfund.«

Holmes zog überrascht die Augenbrauen empor und sagte:

»Ich hatte keine Ahnung, dass es sich um eine solche Riesensumme handelte.«

»Sir Charles galt für reich, aber wir wussten selbst nicht, wie ungeheuer reich er war, bevor wir an die Aufstellung seiner Kapitalien kamen. Der Gesamtwert des Vermögens belief sich auf beinahe eine Million.«

»Alle Wetter! Das ist ein Einsatz, um welchen wohl jemand ein verzweifeltes Spiel wagen kann. Noch eine Frage, Herr Doktor! Angenommen, unserem jungen Freund hier stieße etwas zu – verzeihen Sie bitte diese unangenehme Hypothese, Sir Henry! –, wer würde dann das Vermögen erben?«

»Da Sir Charles' jüngerer Bruder, Rodger Baskerville, unverheiratet gestorben ist, würde der Besitz an die Desmonds kommen. Sie sind entfernte Verwandte. James Desmond ist ein älterer Geistlicher in Westmoreland.«

»Danke. Alle diese Einzelheiten sind von großer Bedeutung. Haben Sie Mr James Desmond persönlich je gesehen?«

»Ja. Er kam einmal herüber, um Sir Charles zu besuchen. Er ist ein Mann von ehrwürdiger Erscheinung und gottseligem Lebenswandel. Ich erinnere mich, dass er sich weigerte, von Sir Charles eine Rente anzunehmen, obwohl dieser sie ihm geradezu aufdrängte.«

»Und dieser Mann von einfachen Lebensgewohnheiten würde also Sir Charles' Hunderttausende erben.«

»Er würde der Erbe des Landbesitzes sein, weil dieser Familiengut ist. Er würde ebenfalls das Geld erben, wenn nicht etwa der derzeitige Eigentümer anderweitig darüber verfügte, was er natürlich ganz nach seinem Belieben tun kann.«

»Und haben Sie Ihr Testament gemacht, Sir Henry?«

»Nein, Mr Holmes, das habe ich nicht getan. Ich habe keine Zeit dazu gehabt, denn ich erfuhr überhaupt erst gestern, wie die Verhältnisse liegen. Aber nach meinem Gefühl sollte das Geld an den kommen, der Titel und Landbesitz erhält. Wie soll denn der Besitzer den alten Glanz der Baskerville wieder herstellen, wenn er nicht Geld genug hat, um den Besitz in gutem Stand zu halten? Haus, Land und Geld müssen beieinander bleiben.«

»Ganz recht! Nun, Sir Henry, ich bin ebenfalls Ihrer Meinung, dass es sich empfiehlt, wenn Sie unverzüglich nach Devonshire gehen. Nur muss ich einen Vorbehalt machen: Sie dürfen auf keinen Fall allein reisen.«

»Dr. Mortimer fährt mit mir zurück.«

»Aber Dr. Mortimer hat seine Praxis und wohnt ein paar Meilen weit von Ihnen ab. Mit dem allerbesten Willen würde er vielleicht nicht imstande sein, Ihnen zu helfen. Nein, Sir Henry, Sie müssen irgendjemand mitnehmen, einen zuverlässigen Mann, der Ihnen nicht von der Seite geht.«

»Wäre es vielleicht möglich, dass Sie selber mitkämen, Mr Holmes?«

»Wenn es zu einer Krisis kommt, werde ich mich nach Kräften bemühen, persönlich anwesend sein zu können. Aber Sie werden begreifen, dass ich bei meiner ausgebreiteten Praxis und in Anbetracht der fortwährenden Hilfegesuche, die mir von allen Seiten zugehen, unmöglich mich für unbestimmte Zeit von London entfernen kann. Gerade in diesem Augenblick ist einer der ehrwürdigsten Namen Englands bedroht, von einem Erpresser besudelt zu werden, und nur ich kann einen unheilvollen Skandal verhindern. Sie sehen gewiss selber ein, dass ich unmöglich mit nach Dartmoor gehen kann.«

»Wen würden Sie mir also dann empfehlen?«

Holmes legte seine Hand auf meinen Arm und sagte:

»Wenn mein Freund bereit wäre, könnten Sie in einem Augenblick der Bedrängnis keinen besseren Mann an Ihrer Seite haben. Das kann niemand zuversichtlicher behaupten als gerade ich.«

Der Vorschlag kam mir völlig unerwartet, aber bevor ich Zeit hatte etwas zu erwidern, ergriff Baskerville meine Hand und schüttelte sie herzlich, indem er ausrief:

»Das ist wirklich recht freundlich von Ihnen, Herr Doktor! Sie sehen, wie es mit mir steht, und Sie wissen von der ganzen Geschichte ebenso viel wie ich selber. Wenn Sie mit nach Baskerville Hall kommen und mir beistehen wollen, werde ich Ihnen das nie vergessen.«

Die Aussicht auf Abenteuer hatte stets einen berückenden Zauber für mich, auch schmeichelten mir Holmes' anerkennende Worte und die Freudigkeit, womit der Baronet mich als Begleiter begrüßte. Ich sagte daher:

»Ich will mit Ihnen gehen, mit Vergnügen. Ich wüsste nicht, wie ich meine Zeit besser anwenden könnte.«

»Sie werden mir sehr getreulich Bericht erstatten«, sagte Holmes. »Wenn eine Krisis kommt – und es kommt eine, das ist ganz sicher –, so werde ich Ihnen Weisung geben, was Sie zu tun haben. Bis Samstag können Sie wohl mit allen Geschäften hier in London fertig sein?«

»Wäre das Doktor Watson recht?«

»Vollkommen.«

»Also treffen wir uns, wenn Sie keinen Gegenbescheid bekommen, am Samstag zum Halbelf-Zug am Bahnhof Paddington.«

Wir waren aufgestanden, um uns zu verabschieden, als plötzlich Baskerville einen Triumphruf ausstieß, nach einer der Zimmerecken stürzte und einen braunen Schuh unter einem Schrank hervorzog.

»Mein verloren gegangener Schuh!«, rief er.

»Mögen alle Ihre Schwierigkeiten sich so leicht lösen!«, sagte Sherlock Holmes.

»Aber das ist doch eine sehr sonderbare Sache«, bemerkte Doktor Mortimer. »Ich hatte vor dem Frühstück dies Zimmer ganz sorgfältig durchsucht.«

»Und ich auch«, sagte Baskerville. »Jeden Zoll breit!«

»Es war ganz bestimmt kein Schuh im Zimmer.«

»Dann muss der Kellner ihn hingestellt haben, während wir beim Frühstück saßen.«

Der Deutsche wurde gerufen, beteuerte aber, er wüsste von nichts, alles Fragen führte zu keinem Ergebnis.

Eine neue Zutat zu der fortwährend sich vergrößernden Reihenfolge von kleinen Geheimnissen, die uns in dem kurzen Zeitraum von zwei Tagen entgegengetreten waren: der Empfang des Briefes mit den Druckbuchstaben, der schwarzbärtige Spion in der Droschke, das Abhandenkommen des alten schwarzen und jetzt das Wiederauffinden des neuen braunen Schuhes. Holmes saß schweigend in der Droschke, worin wir in die Baker

Street zurückfuhren, und ich sah an seinen gerunzelten Brauen und den scharf zusammengezogenen Gesichtszügen, dass sein Geist ebenso wie der meinige eifrig an der Arbeit war, eine Theorie auszudenken, in deren Namen alle diese seltsamen und anscheinend zusammenhanglosen Ereignisse sich einfügen ließen. Als wir zu Hause waren, saß er den ganzen Nachmittag und noch einen guten Teil des Abends in dicken Tabaksqualm eingehüllt und tief in Gedanken versunken.

Unmittelbar bevor wir zu Tisch gingen, wurden zwei Telegramme bestellt. Das erste lautete:

»Soeben erfahren, dass Barrymore in Baskerville Hall ist. Baskerville.«

Das zweite meldete uns:

»Weisungsgemäß dreiundzwanzig Hotels aufgesucht, ausgeschnittenes Timesblatt leider nicht auffindbar. – Cartwright.«

»Da reißen zwei von meinen Fäden, Watson! Nichts macht aber den Geist schärfer als ein Fall, wo alles schiefgeht. Wir müssen uns nach einer anderen Spur umsehen.«

»Wir haben noch den Droschkenkutscher, der den Spion fuhr.«

»Allerdings. Ich habe an die Zentralstelle für das Fuhrwesen telegrafiert, sie möchten mir Namen und Wohnung des Mannes mitteilen. ... Ich sollte mich nicht wundern, wenn wir hier die Antwort auf meine Frage bekämen.«

Es hatte in diesem Augenblick geschellt, und dieses Zeichen bedeutete sogar noch Besseres als eine bloße Antwort, denn die Tür ging auf und herein kam ein vierschrötiger Mann, offenbar der Kutscher selber.

»Ich kriegte Bescheid vom Amt«, sagte er, »ein Herr, der hier in der Baker Street wohnte, hätte nach mir gefragt. Ich habe meine Droschke nun schon sieben Jahre lang gefahren und nie 'ne Klage gehabt. Darum komme ich vom Stall und frage Sie gerade ins Gesicht, was Sie gegen mich haben.«

»Ich habe ganz und gar nichts gegen Sie, mein guter Mann«, sagte Holmes. »Im Gegenteil, ich habe einen halben Sovereign für Sie, wenn Sie mir klare und deutliche Antworten auf meine Fragen geben wollen.«

»Nu, ich hab 'n guten Tag gehabt und 's war alles sauber!«, sagte der Kutscher grinsend. »Was möchten Sie wissen, Herr?«

»Zuallererst Ihren Namen und Ihre Wohnung, für den Fall, dass ich Sie später noch mal brauchen sollte.«

»John Clayton, Turpay Street Nummer 3, im Borough. Meine Droschke gehört zu Shipleys Fuhrgeschäft, dicht an der Waterloo Station.«

Sherlock Holmes schrieb sich die Adresse auf und fuhr fort:

»Nun, Clayton, sagen Sie mir alles, was Sie von dem Mann wissen, der heute Morgen um zehn in Ihrer Droschke hier dicht bei meinem Haus wartete und Sie nachher die Regent Street hinunter hinter den beiden Herren herfahren ließ.«

Der Mann war verdutzt und wurde ein bisschen verlegen.

»Na«, sagte er nach einigem Besinnen, »da hat's wohl nicht viel Zweck, dass ich Ihnen Geschichten erzähle. Denn Sie wissen ja wohl schon so viel davon wie ich selber. Die Sache ist die: Der Herr sagte mir, er wäre Detektiv, und ich dürfte keinem Menschen was über ihn sagen.«

»Mein lieber Mann, es handelt sich um eine sehr ernste Sache, und Sie könnten in eine recht hässliche Klemme kommen, wenn Sie versuchen sollten, mir irgendwas zu verheimlichen. Sie sagen, Ihr Fahrgast erzählte Ihnen, er wäre Detektiv?«

»Jawohl, das tat er.«

»Wann sagte er das?«

»Als er fortging.«

»Sagte er sonst noch was?«

»Ja, er nannte seinen Namen.«

Holmes warf einen schnellen Blick voller Triumph auf mich und sagte:

»Oh, er nannte seinen Namen – wirklich? Das war unvorsichtig. Was war das denn für ein Name?«

»Sein Name«, antwortete der Droschkenkutscher, »war Sherlock Holmes.«

Niemals sah ich meinen Freund ein so verblüfftes Gesicht machen wie bei diesen Worten des Droschkenkutschers. Einen Augenblick lang saß er sprachlos da. Dann brach er in ein herzliches Lachen aus und rief:

»Eine Abfuhr, Watson – eine unleugbare Abfuhr! Ich bin da an eine Klinge geraten, die ebenso schnell und gewandt ist wie die meinige. Der Mann hat mir diesmal wirklich recht niedlich heimgeleuchtet. Also sein Name war Sherlock Holmes, sagten Sie?«

»Jawohl, Herr, so hieß der Herr!«

»Ausgezeichnet! Sagen Sie mir, wie Sie mit ihm zusammenkamen, und alles, was sich sonst noch zutrug.«

»Um halb zehn Uhr rief er mich auf dem Trafalgar Square an. Er sagte, er wäre Detektiv, und bot mir zwei Guineen, wenn ich den ganzen Tag genau täte, was er verlangte, und keine Fragen stellen wollte. Natürlich griff ich mit beiden Händen zu. Zuerst fuhren wir zum Northumberland-Hotel und warteten da, bis zwei Herren herauskamen und in eine von den

Droschken am Halteplatz stiegen. Wir fuhren ihrem Wagen nach, bis er irgendwo hier in der Nähe anhielt.«

»Hier vor meiner Tür«, fiel Holmes ein.

»Nu, das kann ich nicht so genau sagen, aber mein Fahrgast wusste jedenfalls von allem Bescheid. Ein Stück weiter die Straße hinunter hielten wir ebenfalls, und da warteten wir anderthalb Stunden. Dann kamen die beiden Herren bei uns vorbei; sie gingen zu Fuß, und wir fuhren hinter ihnen her die Baker Street hindurch, und dann ...«

»Weiß schon«, sagte Holmes.

»... bis wir schließlich ungefähr drei viertel von der Regent Street entlang gefahren waren. Da stieß plötzlich der Herr in meiner Droschke die Klappe auf und rief mir zu, ich sollte so schnell wie möglich direkt zur Waterloo Station fahren. Ich schlug auf meinen Gaul los, und in weniger als zehn Minuten waren wir da. Er bezahlte mir meine zwei Guineen in blankem Gold in die Hand und ging in den Bahnhof hinein. Im Augenblick, als er wegging, drehte er sich um und sagte: ›Vielleicht interessiert es Sie, zu hören, dass Sie Sherlock Holmes gefahren haben.‹ – Auf die Art erfuhr ich seinen Namen.«

»Ich verstehe. Und weiter sahen und hörten Sie nichts von ihm?«

»Nachdem er in das Bahnhofsgebäude hineingegangen war, nicht mehr.«

»Und könnten Sie mir wohl Mr Sherlock Holmes ein bisschen beschreiben?«

Der Kutscher kratzte sich hinterm Ohr.

»Hm, ja, es war eigentlich nicht so'n Herr, den man so ganz leicht beschreiben kann. Ich möchte ihn auf etwa vierzig Jahre schätzen; er war mittelgroß, so zwei bis drei Zoll kleiner als Sie. Angezogen war er mächtig fein, und er hat einen schwarzen Bart, der unten breit abgeschnitten war, und ein blasses Gesicht. Weiter wüsste ich nichts über ihn zu sagen.«

»Die Farbe seiner Augen?«

»Nein, davon kann ich nichts sagen.«

»Und sonst können Sie sich wirklich auf nichts mehr besinnen?«

»Nein, Herr, das ist alles.«

»Na, hier ist Ihr halber Sovereign, und ein anderer halber wartet auf Sie, wenn Sie mir eine neue Auskunft bringen können. Guten Abend!«

»Guten Abend, Herr, und schönen Dank.«

John Clayton ging, von innerlicher Heiterkeit erfüllt, aus der Tür, und Holmes wandte sich mit einem Achselzucken und mit einem etwas kümmerlichen Lächeln zu mir und sagte:

»Schnapp! Da geht der dritte Faden entzwei, und wir stehen wieder am Anfang. Der schlaue Schuft! Er kannte unsere Hausnummer, wusste, dass Sir Henry Baskerville mich um Rat gefragt hatte, und erriet in der Regent Street, wer ich war. Dann dachte er sich, dass ich mir wahrscheinlich die Nummer seiner Droschke gemerkt haben würde und daher leicht an den Kutscher herankommen könnte, deshalb schickte er mir diese freche Bestellung. Ich sage Ihnen, Watson, diesmal haben wir's mit einem Gegner zu tun, der unserer Klinge würdig ist. Ich bin in London matt gesetzt. Ich kann nur hoffen, dass Sie in Devonshire besseres Glück haben. Aber es macht mir schwere Gedanken.«

»Was denn?«

»Dass ich Sie hinschicke. Es ist eine eklige Geschichte, Watson, eine eklige, gefährliche Geschichte, und je mehr ich davon zu sehen bekomme, desto weniger gefällt sie mir. Ja, mein werter Freund, Sie mögen darüber lachen, aber auf mein Wort, ich werde froh sein, wenn ich Sie wieder heil und gesund hier in der Baker Street habe.«

Sechstes Kapitel

Sir Henry Baskerville und Dr. Mortimer waren am verabredeten Tag reisefertig und zur bestimmten Stunde fuhren wir vom Bahnhof Paddington ab. Sherlock Holmes fuhr mit mir zum Bahnhof und gab mir zum Abschied noch seine letzten Weisungen und Ratschläge.

»Ich will Sie nicht mit Mutmaßungen und Verdachtsgründen beeinflussen, Watson; ich wünsche von Ihnen nichts weiter, als dass Sie mir so ausführlich wie möglich alle Tatsachen berichten; die Theorienbildung können Sie mir überlassen.«

»Was für Tatsachen soll ich berichten?«, fragte ich.

»Alles, was Ihnen in irgendeinem, wenn auch noch so losen Zusammenhang mit dem Fall zu stehen scheint, im Besonderen die Beziehungen zwischen dem jungen Baskerville und seinen Nachbarn, oder alle neuen Umstände, die in Bezug auf Sir Charles' Tod bekannt werden. Ich habe in den letzten Tagen auf eigene Hand einige Erkundigungen eingezogen, aber die Ergebnisse sind, fürchte ich, negativer Art gewesen. Ganz sicher scheint nur eines festzustehen, nämlich dass James Desmond, der nächstberechtigte Erbe, ein älterer Herr von sehr liebenswürdigem Wesen ist, und dass daher diese Verfolgung nicht von ihm ausgeht. Ich glaube wirklich, wir können ihn gänzlich aus unseren Berechnungen ausscheiden. Dann bleiben noch die Leute, die Sir Henry Baskervilles Umgebung auf dem Moor bilden werden.«

»Wäre es nicht gut, zu allererst dieses Ehepaar Barrymore wegzujagen?«

»Um Gottes Willen nicht! Sie könnten gar keinen schlimmeren Fehler machen. Wenn sie unschuldig sind, wäre es eine grausame Ungerechtigkeit; sind sie aber schuldig, würden wir uns damit jeder Aussicht benehmen, sie zu überführen. Nein, nein, wir wollen sie nur auf unserer Liste von Verdächtigen belassen und weiter nichts. Außer ihnen ist, wenn ich mich recht erinnere, im Schloss noch ein Stallknecht. Ferner wohnen in der Nähe zwei Moorbauern. Dann haben wir unseren Freund Dr. Mortimer, der, wie ich glaube, vollkommen ehrenhaft ist, und dessen Frau, von der wir nichts wissen. Dann kommt der Naturforscher, Stapleton, und dessen Schwester, die eine recht anziehende junge Dame sein soll. Ferner Mr Frankland von Laster Hall, ebenfalls ein unbekannter Faktor für uns, und noch ein oder zwei andere Nachbarn. Das sind die Leute, die Sie zum Gegenstand Ihrer ganz besonderen Beobachtung machen müssen.«

»Ich will mein Bestes tun.«

»Sie haben doch Waffen bei sich?«

»Ja, ich dachte, es wäre gut, sie mitzunehmen.«

»Ganz gewiss! Halten Sie Tag und Nacht Ihren Revolver zur Hand und werden Sie niemals schlaff in Ihrer Vorsicht!«

Unsere Bekannten hatten bereits ein Abteil erster Klasse belegt und warteten auf dem Bahnsteig auf uns.

»Nein, wir haben durchaus nichts Neues zu berichten«, sagte Dr. Mortimer in Beantwortung der von meinem Freund an ihn gerichteten Frage. »Aber auf eins kann ich einen Eid ablegen, nämlich, dass wir während der beiden letzten Tage nicht beobachtet worden sind. Wir sind niemals ausgegangen, ohne auf das Schärfste aufzupassen, und es würde niemand unserer Aufmerksamkeit entgangen sein.«

»Sie sind, wie ich annehme, stets zusammen ausgegangen?«

»Ja, mit Ausnahme von gestern Nachmittag. Wenn ich in London bin, widme ich für gewöhnlich einen Tag reinen Vergnügungszwecken; ich ging daher in das Museum der Chirurgischen Gesellschaft.«

»Und ich sah mir ein bisschen das Getriebe im Park an«, sagte Baskerville. »Aber wir hatten keine Unannehmlichkeiten irgendwelcher Art.«

»Es war aber trotzdem unvorsichtig«, sagte Holmes kopfschüttelnd und mit sehr ernstem Gesicht. »Ich bitte Sie, Sir Henry, nicht allein auszugehen.

Wenn Sie es tun, wird Ihnen irgendein großes Unglück zustoßen. Haben Sie Ihren anderen Schuh wiederbekommen?«

»Nein, er ist verschwunden geblieben.«

»Wirklich! Das ist sehr interessant. Nun, gute Reise«, sagte er noch, da der Zug den Bahnsteig entlang zu gleiten begann. »Beherzigen Sie, Sir Henry, einen von den Sätzen in der seltsamen alten Geschichte, die Dr. Mortimer uns vorgelesen hat, und meiden Sie das Moor in jenen Stunden der Finsternis, da die bösen Mächte ihr Spiel treiben!«

Ich blickte noch einmal zum Bahnsteig zurück, als wir schon weit weg waren, und sah Sherlock Holmes' große, ernste Gestalt regungslos dastehen und uns nachstarren.

Die Reise verlief schnell und angenehm; ich benutzte sie, um mit meinen beiden Gefährten näher bekannt zu werden. Nach ein paar Stunden folgte dem braunen Boden rötliche Erde, statt der Ziegelhäuser sah man Granitbauten, und rote Kühe grasten auf wohlumzäumten Wiesen, deren saftiger und üppiger Graswuchs auf ein milderes, wenngleich auch feuchteres Klima hindeutete. Der junge Baskerville sah eifrig aus dem Fenster und stieß einen lauten Ruf des Entzückens aus, als er die altvertrauten Züge der Devonlandschaft wiedererkannte.

»Ich habe ein gutes Stück von der Welt gesehen, seitdem ich von hier fortging, Dr. Watson, aber niemals sah ich eine Gegend, die sich mit dieser vergleichen lässt!«

»Ich sah noch niemals einen Devonshirer, der nicht auf seine Heimat geschworen hätte«, bemerkte ich lachend.

»Das liegt ebenso sehr an der Menschenrasse wie an der Gegend«, sagte Dr. Mortimer. »Ein flüchtiger Blick auf unseren Freund hier zeigt uns den runden Keltenschädel, worin sich keltische Begeisterungsfähigkeit und Anhänglichkeit birgt. Des armen Sir Charles' Schädel bot einen sehr seltenen Typus; die Hauptkennzeichen waren teils gälisch, teils irisch. Aber Sie waren wohl noch sehr jung, als Sie das letztemal Baskerville Hall sahen, nicht wahr?«

»Ich war ein halbwüchsiger Bursche, als mein Vater starb, und hatte unseren Stammsitz niemals gesehen, denn wir wohnten in einem kleinen Landhaus an der Südküste. Von dort ging ich geraden Weges zu einem Freund nach Amerika. Ich muss sagen, die Gegend von Baskerville Hall ist für mich so neu wie für Herrn Dr. Watson, und ich bin über die Maßen begierig, das Moor zu sehen.«

»Wirklich? Nun, Ihr Wunsch ist schnell erfüllt, denn hier haben Sie den ersten Blick aufs Moor«, sagte Dr. Mortimer.

Über den grünen Wiesenvierecken und einem niedrigen Wald erhob sich in der Ferne ein grauer, melancholischer Hügel mit seltsam zerklüftetem Gipfel, trübe und unbestimmt wie eine phantastische Traumlandschaft. Baskerville saß lange da, die Augen auf dieses Bild geheftet, und ich las auf seinem ausdrucksvollen Gesicht, wie tief ihn der erste Anblick der Gegend rührte, wo seine Vorväter so lange geherrscht und so tiefe Spuren hinterlassen hatten. Da saß der Mann mit seinem amerikanischen Akzent, in seinen eleganten Sommeranzug gekleidet, in der Ecke eines höchst alltäglichen Eisenbahnabteils; und doch, als ich ihm in das ausdrucksvolle Gesicht sah, da fühlte ich mehr denn je, dass er ein echter Spross jenes alten Geschlechtes von reinblütigen, feurigen Adligen war. Stolz, Tapferkeit, Kraft sprachen aus seinen buschigen Brauen, den beweglichen Nasenflügeln, den großen nussbraunen Augen. Wenn vielleicht auf jenem abschreckenden Moor ein schwer zu lösendes und gefährliches Rätsel unserer harrte, war er jedenfalls, das fühlte ich, ein Kamerad, für den man sich wohl in Gefahr begeben konnte, da man gewiss war, dass er sie mit mutigem Herzen teilen würde.

Der Zug hielt an einer Zwischenstation, und wir stiegen aus. Draußen, jenseits des niedrigen weiß angestrichenen Holzzaunes, wartete ein zweispänniger Jagdwagen. Unsere Ankunft war augenscheinlich ein großes Ereignis, denn Bahnhofsvorsteher und Kofferträger drängten sich an uns heran, um uns das Gepäck zu besorgen. Es war ein hübscher ländlicher Ort, aber ich bemerkte mit Überraschung, dass an der Ausgangspforte zwei soldatisch aussehende Männer in dunklen Uniformen standen; sie lehnten sich auf ihre kurzen Büchsen und sahen uns, als wir an ihnen vorübergingen, mit scharf musternden Blicken an. Der Kutscher, ein knorriger kleiner Mann mit harten Gesichtszügen, begrüßte Sir Henry Baskerville, und ein paar Minuten später flogen wir schnell die breite weiße Straße entlang. Wiesen mit wogendem Gras zogen sich an beiden Seiten des Weges hin, alte Giebelhäuser schauten hinter dichtem Laubwerk hervor, aber drüben über der friedlichen, sonnenbeglänzten Landschaft erhob sich, schwarz vom Abendhimmel sich abzeichnend, die lange, öde Linie des Moors, nur ab und zu von hässlichen Felsspitzen unterbrochen.

Der Jagdwagen bog in einen Seitenweg ein, und wir fuhren bergan auf Straßen, die seit Jahrhunderten von Tausenden von Rädern tief ausgefahren waren, zwischen hohen, mit dickem Moos bedeckten Wällen, auf denen üppige Farnkräuter und Brombeersträucher wuchsen. Immer sachte bergauf fahrend, kamen wir über eine schmale Steinbrücke, unter welcher brausend und schäumend ein schnelles Bergwasser zwischen grauen Felsblöcken dahinschoss. Das Tal, durch welches der Weg sich allmählich aufwärts wand, war dicht mit Eichen- und Föhrengestrüpp bestanden. Bei jeder Wegbiegung jubelte Baskerville laut auf, sah sich entzückt um und richtete unzählige Fragen an den Doktor. In seinen Augen war alles schön, für mich aber lag etwas Melancholisches auf der Landschaft, der bereits der Herbst deutlich seinen Stempel aufgedrückt hatte. Gelbe Blätter bedeckten die Wege und rieselten von den Bäumen auf uns herab. Das Rollen unserer Räder erstarb auf dem dichten Teppich toter Blätter – mir war's, als wäre das ein trauriger Empfang, den Mutter Natur dem heimkehrenden Sohne der Baskervilles bereitete.

»Hallo!«, rief plötzlich Dr. Mortimer. »Was ist denn das?«

Eine steile, mit Heidekraut bewachsene Kuppe, ein Ausläufer des Moors, lag gerade vor uns. Auf der Höhe hielt scharf und klar wie ein Reiterstandbild auf seinem Piedestal sich abhebend, ein berittener Soldat, finster und ernst, die Büchse schussfertig im Arm. Er bewachte den Weg, welchen wir entlangfuhren.

»Was bedeutet das, Perkins?«, fragte Dr. Mortimer.

Unser Kutscher drehte sich halb auf seinem Bock um und antwortete:

»Von Princetown ist ein Sträfling entflohen, Herr. Er ist nun seit drei Tagen draußen, und die Zuchthauswächter bewachen jeden Weg und jeden Bahnhof, aber bis jetzt haben sie ihn noch nicht zu Gesicht gekriegt. Den Bauern hier in der Gegend ist es nicht gerade angenehm, Herr, so viel steht fest.«

»Na, ich denke doch, sie bekommen fünf Pfund, wenn sie den Mann anzeigen können.«

»Das schon Herr, aber was ist denn die Aussicht, fünf Pfund zu kriegen, gegen die andere Aussicht, dass einem die Kehle durchgeschnitten wird? Sie müssen wissen, der Mann ist kein gewöhnlicher Sträfling. Das ist einer, der vor nichts zurückschrecken würde.«

»Wer ist es denn?«

»Selden, der Mörder von Notting Hill.«

Ich erinnerte mich des Falles sehr gut, denn Holmes hatte sich dafür interessiert, wegen der ganz außergewöhnlichen Grausamkeit, womit das Verbrechen vollbracht worden war, und wegen des blutdürstigen Hohnes, den der Mörder gezeigt hatte. Die Umwandlung des Todesurteils in lebenslängliche

Zuchthausstrafe war erfolgt, weil man einige Zweifel an seiner völligen Zurechnungsfähigkeit hegte, so unmenschlich war sein Gebaren.

Unser Jagdwagen war auf dem Gipfel einer Erhöhung angelangt, und vor uns erhob sich die weite Fläche des Moors mit seinen Steinhaufen und schroffen Felsenklippen. Ein kalter Wind wehte von ihm herunter und durchschauerte uns Mark und Bein. Irgendwo auf dieser trostlos öden Ebene hauste dieser teuflische Gesell, wie ein wildes Tier in einer Höhle sich bergend, das Herz voll bitterer Wut gegen das ganze Menschengeschlecht, das ihn ausgestoßen hatte. Dieser Gedanke fehlte noch gerade, um das schaurige Gefühl zu vervollständigen, das der Anblick des wüsten Moors, der eisige Wind, der dunkelnde Abendhimmel in uns erweckte. Sogar Baskerville wurde still und hüllte sich dichter in seinen Überzieher.

Das fruchtbare Land lag jetzt hinter und unter uns. Wie wir darauf zurückblickten, verwandelten die schrägen Strahlen der sinkenden Sonne die Bäche in goldene Fäden und beglänzten die frischgepflügten braunroten Äcker und die breiten Waldstreifen. Der Weg vor uns führte durch immer ödere und wildere, rötliche und grünlichbraune Abhänge, die mit riesigen Steinblöcken übersät waren. Ab und zu kamen wir bei einem Moorbauernhaus vorbei: steinerne Mauern und steinerne Dächer, die harten Linien von keinem Rankengrün gemildert. Auf einmal sahen wir unter uns eine muldenförmige Vertiefung, die mit verkümmerten, vom Sturm zerzausten und verbogenen Eichen und Kiefern verwachsen war. Zwei hohe, schlanke Türme hoben sich über die Bäume empor. Der Kutscher streckte seine Peitsche aus und sagte:

»Baskerville Hall!«

Sein Herr war aufgestanden und sah mit geröteten Wangen und blitzenden Augen auf die Türme. Ein paar Minuten später fuhren wir durch das Parktor, phantastische Gittertüren aus Schmiedeeisen zwischen zwei verwitterten, bemoosten Steinpfeilern, auf denen sich die Eberköpfe des Baskervilleschen Wappens erhoben. Das Torwärterhaus war eine Ruine von schwarzem Granit und nackten Dachsparren, aber dieser gegenüber erhob sich ein halb vollendetes neues Gebäude – die Erstlingsfrucht von Sir Charles' südafrikanischem Gold. Durch das Parktor gelangten wir in die Schlossallee. Wieder rollten die Räder über gefallenes Laub, und über unseren Häuptern schlossen die alten Bäume ihre Zweige zu einem düsteren Gewölbe. Baskerville schauerte zusammen, als er am Ende der langen dunklen Allee das Haus erblickte, das geisterhaft durch die Bäume schimmerte.

»War es hier?«, fragte er leise.

»Nein, nein; der Taxusgang ist auf der anderen Seite.«

Der junge Mann sah sich mit verdüstertem Gesicht um und sagte:

»Es ist kein Wunder, wenn mein Onkel das Vorgefühl hatte, es werde ihm an diesem Ort ein Unglück zustoßen. Hier kann wohl jeden Mann ein unbehagliches Gefühl überschleichen. Ehe sechs Monate um sind, will ich eine Reihe von elektrischen Bogenlampen hier anbringen lassen, und Sie werden die Allee nicht wiedererkennen, und gerade hier dem Schlosstor gegenüber soll mir eine tausendkerzige *Swan und Edison* brennen.«

Die Allee führte auf eine weite Rasenfläche, und vor uns lag das Haus. Im Dämmerlicht konnte ich sehen, dass das Mittelgebäude ein gewaltiger Steinblock war, aus welchem ein Portal vorsprang. Die ganze Vorderwand war mit Efeu überkleidet, in welchem hier und da ein Ausschnitt eine Stelle bezeichnete, wo sich ein Fenster oder ein Wappenschild befand. Über diesem Mittelbau erhoben sich die beiden alten zinnengekrönten, von Schießscharten durchbrochenen Türme. Rechts und links von den Türmen erstreckten sich modernere Flügel aus schwarzem Granit. Ein trübes Licht fiel aus einigen von den altertümlichen Fenstern nach außen und aus einem der hohen Kamine, die sich über dem steilen Giebeldach erhoben, stieg eine dunkle Rauchwolke gen Himmel.

»Willkommen, Sir Henry! Willkommen auf Baskerville Hall!«

Ein großer Mann war aus dem Dunkel des Portals hervorgetreten, um den Schlag des Jagdwagens zu öffnen. Die Gestalt einer Frau hob sich von dem gelben Licht der Halle ab. Sie trat heraus und half dem Mann, unsere Reisetaschen vom Wagen zu nehmen.

»Sie haben doch nichts dagegen, wenn ich gleich nach meinem Haus weiterfahre, Sir Henry?«, fragte Dr. Mortimer. »Meine Frau erwartet mich.«

»Aber Sie bleiben doch, um ein paar Bissen mit uns zu essen?«

»Nein, ich muss gehen. Wahrscheinlich werde ich allerlei Arbeit vorfinden. Ich würde sonst bleiben, um Ihnen das Haus zu zeigen, aber Barrymore wird ein besserer Führer sein als ich. Leben Sie wohl, und schicken Sie unbedenklich bei Tag oder bei Nacht zu mir, wenn ich irgendwie Ihnen zu Diensten sein kann.«

Das Rasseln der Räder verhallte auf der Straße, während Sir Henry und ich die Halle betraten. Mit dumpfem Schlag fiel die Tür hinter uns zu. Wir befanden uns in einem schönen, weiten, hohen Raum mit einer schweren Decke aus altersgeschwärzten Eichenbalken. In dem großen altertümlichen Kamin prasselte und knisterte auf hohen eisernen Feuerböcken ein Holzfeuer. Sir Henry und ich streckten unsere Hände darüber aus, denn die lange Fahrt hatte uns völlig durchkältet. Dann sahen wir uns rund um: ein hohes schmales Fenster mit altem bunten Glas, eichenes Wandgetäfel, an den Wänden Hirschgeweihe und Wappenschilder, und dies alles trübe und dämmerig im gedämpften Licht der in der Mitte des Raumes herabhängenden Lampe.

»Gerade so ist's, wie ich's mir vorgestellt hatte!«, rief Sir Henry. »Ist es nicht wie ein altes Gemälde von einem alten Geschlechterhaus? Wenn ich denke, dass dies die Halle ist, worin fünf Jahrhunderte lang meine Vorfahren gelebt haben! Mich stimmt's ganz feierlich.«

Ich sah, wie jugendliche Begeisterung sein dunkles Gesicht erhellte, als er sich so umsah. Er stand im vollen Schein des Lichtes, aber lange Schatten bedeckten die Wände und hingen wie ein schwarzes Gewölbe über ihm.

Barrymore war wieder eingetreten, nachdem er das Gepäck auf unsere Zimmer befördert hatte. Er stand jetzt in der unterwürfigen Haltung eines gut erzogenen Dieners vor uns. Ein auffallend hübscher Mann, groß, stattlich, mit einem breit abgeschnittenen Kinnbart und blassen, edel geformten Zügen.

»Wünschen Sie, dass das Essen sofort aufgetragen wird, Herr?«

»Ist es fertig?«

»In ein paar Minuten, Herr! Warmes Wasser finden Sie in Ihren Zimmern. Meine Frau und ich werden glücklich sein, Sir Henry, bei Ihnen zu bleiben, bis Sie Ihre Einrichtungen getroffen haben, aber Sie werden begreifen, dass unter den neuen Verhältnissen der Haushalt eine beträchtliche Dienerschaft erfordern wird.«

»Was für neue Verhältnisse meinen Sie?«

»Ich wollte nur sagen, Herr, dass Sir Charles sehr zurückgezogen lebte und dass wir ausreichten, um seine Ansprüche zu befriedigen. Sie werden natürlich größere Gesellschaft um sich haben, und deshalb werden Sie auch Veränderungen im Haushalt treffen müssen.«

»Wollen Sie damit sagen, dass Sie und Ihre Frau Ihren Abschied wünschen?«

»Nur, wenn es Ihnen völlig genehm ist, Herr!«

»Aber Ihre Familie ist ja doch mehrere Generationen hindurch bei uns gewesen, nicht wahr? Es sollte mir leid tun, wenn ich meine Niederlassung an diesem Ort damit beginnen müsste, eine solche alte Verbindung zu lösen.«

Es kam mir vor, als nähme ich auf dem blassen Gesicht des Kammerdieners einige Anzeichen von Rührung wahr.

»Ich habe dasselbe Gefühl, Herr, und meine Frau auch«, antwortete dieser. »Aber um die Wahrheit zu sagen, Herr, wir hatten beide eine große Anhänglichkeit an Sir Charles; sein Tod ging uns sehr nahe, und seitdem weckt diese Umgebung nur noch schmerzliche Erinnerungen in uns. Ich fürchte, wir werden, solange wir auf Baskerville Hall sind, niemals unser frohes Gemüt wiederfinden.«

»Aber was haben Sie denn vor?«

»Ich zweifle nicht, Herr, dass es uns gelingen wird, irgendein Geschäft zu eröffnen. Sir Charles' Freigiebigkeit hat uns die Mittel verschafft. Und nun, meine Herren, ist es wohl am besten, wenn ich Ihnen Ihre Zimmer zeige?«

Eine breite, von Balustraden eingefasste Galerie lief dicht unter der Decke um die Halle herum; eine Doppeltreppe führte zu ihr hinauf. Von diesem Mittelpunkt aus erstreckten sich zwei lange Korridore, die die Türen zu allen Schlafzimmern enthielten, über die ganze Länge des Gebäudes hin. Mein Zimmer lag im selben Flügel wie das Sir Henrys, beinahe Tür an Tür. Diese Zimmer waren augenscheinlich viel moderner als der Mittelbau des Schlosses, und ihre hellen Tapeten sowie zahlreiche brennende Kerzen taten das ihre, um den düstern Eindruck zu verscheuchen, der sich bei unserer Ankunft meines Geistes bemächtigt hatte.

Aber der Speisesaal, in den man von der Halle aus gelangte, war wieder trübselig und düster. Ein langes Zimmer mit einem erhöhten Ende, wo die Familie gespeist hatte; eine Stufe führte zu dem für die Dienstleute bestimmten niedrigeren Teil des Raumes. An einem Ende befand sich in halber Höhe eine Galerie, von wo aus die Barden ihre Vorträge gehalten hatten. Altersgeschwärzte Balken zogen sich über unseren Häuptern unter der rauchdunklen Decke hin. Von brennenden Fackeln erhellt, von den bunten Farben und der derben Heiterkeit eines mittelalterlichen Gelages erfüllt, mochte der Saal nicht so übel ausgesehen haben. Nun aber saßen in dem riesigen Raum nur zwei schwarzbefrackte Herren in dem kleinen Lichtkreis, der vom Schirm der Tischlampe begrenzt wurde, und da sank die Stimme zum Flüstern herab, und die Stimmung wurde melancholisch. Eine Reihe von Ahnenbildern in allen möglichen Trachten, vom Ritter der Elisabethanischen Heldenzeit bis zum Dandy aus den Kreisen des Prinzregenten, starrten in der Halbdämmerung auf uns hernieder und bedrückten uns durch ihre schweigende Gesellschaft. Wir sprachen wenig, und ich für mein Teil war herzlich froh, als das Essen vorüber war und wir uns in das modern eingerichtete Billardzimmer zurückziehen konnten, um eine Zigarette zu rauchen.

»'s ist wahrhaftig kein sehr lustiges Haus!«, begann Sir Henry. »Ich glaube wohl, dass man sich allmählich eingewöhnen kann, aber augenblicklich komme ich mir noch ein bisschen verwirrt vor. Ich wundere mich nicht, dass mein Onkel ein wenig absonderlich wurde, wenn er ganz allein in solch einem Haus wohnte ... Doch wenn es Ihnen recht ist, wollen wir heute früh zu Bett gehen; vielleicht sieht das Ganze im Morgenlicht doch heiterer aus.«

Ich zog, bevor ich mich zu Bett legte, die Vorhänge zurück und sah aus dem Fenster. Es ging auf den Rasenplatz vor der Haupteingangstür. Im Hintergrund rauschten zwei Baumgruppen und wiegten sich im Nachtwind. Der Halbmond trat durch die Lücken der eilig ziehenden Wolken. In seinem kalten Licht sah ich hinter den Bäumen zackige Felsklippen und den langen niedrigen Bogen des melancholischen Meeres. Ich zog die Vorhänge wieder zu; dieser letzte Eindruck stimmte zu meinen bereits vorhandenen Gefühlen.

Und doch war es noch nicht der allerletzte Eindruck. Ich war ermüdet und konnte trotzdem nicht einschlafen; unruhig warf ich mich von einer Seite auf die andere und suchte den Schlaf, der nicht kommen wollte. In der Ferne schlug jede Viertelstunde eine Glocke, sonst lag Totenstille über dem Haus. Dann plötzlich, in dem tiefen Grabesschweigen der Nacht, klang ein Laut an mein Ohr – ein heller, deutlicher, unverkennbarer Ton. Es war das Weinen einer Frau, das unterdrückte, halberstickte Schluchzen einer Frau, die von Schmerz und Kummer gequält wird. Ich setzte mich im Bett aufrecht und horchte mit gespannter Aufmerksamkeit. Das Geräusch konnte nicht weitab gewesen sein; ganz gewiss kam es aus dem Haus selbst. Eine halbe Stunde lang wartete ich mit Anspannung aller meiner Nerven, aber kein anderer Ton ließ sich hören als das Schlagen der Glocke und das Rascheln des Nachtwindes im Efeu draußen an der Wand.

SIEBENTES KAPITEL

Der schöne frische Morgen des nächsten Tages trug sein Teil dazu bei, den trübseligen ersten Eindruck von Baskerville Hall etwas zu verwischen. Als Sir Henry und ich am Frühstückstisch saßen, flutete das Sonnenlicht durch die hohen Bogenfenster herein und warf bunte Farbenflecke von den Wappen, womit die Scheiben bemalt waren, auf Diele und Wände. Das dunkle Holzgetäfel glühte in den goldenen Strahlen wie Bronze, und wir konnten uns kaum vorstellen, dass wir in demselben Zimmer saßen, welches am Abend vorher unsere Seelen so trübe gestimmt hatte.

»Mich dünkt, wir selber haben die Schuld daran gehabt und nicht das Haus!«, rief der Baronet. »Wir waren ermüdet von der Reise und kalt von der langen Wagenfahrt, deshalb kam uns das Haus so grau vor. Jetzt sind wir frisch und munter, und auch das Haus sieht wieder ganz heiter aus!«

»Und doch kam nicht bloß unsere Einbildungskraft ins Spiel«, antwortete ich. »Haben Sie nicht zum Beispiel jemanden – ich glaube, es war eine Frau – während der Nacht schluchzen gehört?«

»Das ist sonderbar, was Sie da sagen! Es kam mir nämlich, als ich halb eingeschlafen war, vor, als hörte ich so etwas. Ich wartete ziemlich lange, aber es ließ sich nichts mehr hören, und ich nahm daher an, es wäre nur ein Traum gewesen.«

»Ich hörte es ganz genau und bin sicher, dass es in der Tat das Schluchzen eines Weibes war.«

»Wir müssen uns sofort danach erkundigen!« Er klingelte und fragte Barrymore, ob er uns über unsere Wahrnehmung Aufschluss geben könnte. Es kam mir so vor, als ob die bleichen Züge des Kammerdieners noch um eine Schattierung blasser würden, als er die Frage seines Herrn vernahm.

»Es sind nur zwei weibliche Personen im Haus, Sir Henry«, antwortete er. »Die eine ist die Hausmagd, die im vorderen Flügel schläft; die andere ist meine Frau, und ich weiß bestimmt, dass die Töne unmöglich von ihr herrühren.«

Seine Worte waren indessen eine Lüge. Denn zufällig begegnete ich nach dem Frühstück Mrs Barrymore in dem langen Korridor, wo ihr das Sonnenlicht voll ins Gesicht fiel. Sie war eine großgewachsene Frau mit einem Ausdruck von Gleichgültigkeit auf ihren grobgeschnittenen Zügen und einem festgeschlossenen, ernsten Mund. Aber ihre Augen waren verräterisch, sie waren rot und sahen mich aus geschwollenen Lidern an. Also war sie es gewesen, die in der Nacht geweint hatte; und wenn dies der Fall war, musste ihr Mann es wissen. Trotzdem hatte er es gewagt, eine so leicht zu entdeckende Lüge zu sagen. Warum? Und warum hatte sie so bitterlich geweint? Schon umschwebte diesen hübschen, blassen, schwarzbärtigen Mann eine geheimnisvolle Atmosphäre. Er hatte zuerst Sir Charles' Leichnam entdeckt; nur auf seiner Aussage beruhte unsere Kenntnis von den Umständen, die mit dem Tod des alten Herrn in Verbindung standen. War es schließlich doch vielleicht Barrymore, den wir in der Regent Street in der Droschke gesehen hatten? Der Bart konnte wohl derselbe sein. Nach der Beschreibung des Droschkenkutschers war jener Mann bedeutend kleiner, aber bei solchen Angaben ist leicht ein Irrtum möglich. Wie konnte ich in dieser Beziehung völlige Klarheit erlangen? Offenbar war es vor allem anderen notwendig, den Postmeister von Grimpen zu besuchen und mich zu vergewissern, ob das Telegramm wirklich an Barrymore zu eigenen Händen abgeliefert war. Mochte die Antwort ausfallen, wie sie wollte, jedenfalls hatte ich bereits etwas an Sherlock Holmes zu berichten.

Sir Henry hatte nach dem Frühstück zahlreiche Papiere durchzusehen, sodass die Zeit für meinen Ausgang günstig war. Es war ein angenehmer Spaziergang von vier Meilen; ich wanderte am Rand des Moors entlang und kam schließlich nach einem altersgrauen Dörfchen, worin sich zwei größere Gebäude – das Wirtshaus und Dr. Mortimers Haus – hoch über die niedrigen Hütten erhoben. Der Postmeister, der zugleich den Kramladen des Örtchens hielt, erinnerte sich des Telegramms noch vollkommen deutlich und sagte:

»Gewiss, Herr; das Telegramm habe ich genau nach Vorschrift an Mr Barrymore bestellen lassen.«

»Wer bestellte es?«

»Mein Junge hier. James, du bestelltest doch letzte Woche das Telegramm an Mr Barrymore in der Hall, nicht wahr?«

»Ja, Vater, ich bestellte es.«

»Zu eigenen Händen?«, fragte ich.

»Je nun, er war gerade in dem Augenblick oben auf dem Boden; ich konnte es deshalb nicht an ihn eigenhändig bestellen, aber ich gab es an Mrs Barrymore selber ab, und sie versprach, ihm das Telegramm sofort zu bringen.«

»Bekamen Sie Mr Barrymore zu sehen?«

»Nein, Herr; wie ich Ihnen sagte, war er auf dem Boden.«

»Na, seine eigene Frau musste doch wohl wissen, wo er war«, sagte der Postmeister mürrisch. »Hat er denn das Telegramm nicht bekommen? Wenn irgendein Versehen vorgefallen ist, ist es Mr Barrymores Sache, sich selber zu beschweren.«

Es schien mir aussichtslos zu sein, noch weitere Fragen zu stellen. So viel war aber jedenfalls klar, dass wir trotz Sherlock Holmes' List keinen Beweis dafür hatten, dass Barrymore nicht doch in London gewesen war. Angenommen, es war so – angenommen, derselbe Mann, der zuletzt Sir Charles am Leben gesehen, hatte zuerst hinter dem neuen Herrn hergespürt, als dieser nach England zurückgekehrt war –, was folgte daraus? Handelte er im Auftrag anderer, oder trug er sich mit eigenen bösen Absichten?

Was für ein Interesse konnte er daran haben, die Baskervillesche Familie zu verfolgen? Mir fiel die seltsame Warnung ein, die aus dem Leitartikel der Times ausgeschnitten war. War das sein Werk, oder ging es möglicherweise von einem anderen aus, der seine Pläne durchkreuzen wollte? Der einzige Beweggrund, der sich denken ließ, war der von Sir Henry angedeutete: dass die Barrymores für Lebzeiten ein angenehmes Heim haben würden, wenn es ihnen gelänge, die Familie fortzugraulen. Aber eine solche Annahme reichte bei Weitem nicht aus, um die augenscheinlich tief durchdachten und fein angelegten Pläne zu erklären, womit der junge Baronet wie mit einem unsichtbaren Netz umwoben worden war. Holmes selber hatte gesagt, ein verwickelterer Fall sei ihm während seiner ganzen ereignisvollen Tätigkeit nicht vorgekommen. Und als ich die einsame graue Straße entlang zurückwanderte, da betete ich zu Gott, mein Freund möchte sich bald von seinen Geschäften freimachen und herkommen können, um die schwere Last der Verantwortlichkeit von meinen Schultern zu nehmen.

Plötzlich wurde ich in meinem Nachdenken gestört, indem ich hinter mir schnelle Fußtritte und eine Stimme hörte, die meinen Namen rief. Ich drehte mich um, in der Erwartung, Dr. Mortimer zu sehen, zu meiner Überraschung aber war es ein Unbekannter, der mir nachlief. Es war ein kleiner hagerer Herr mit einem zarten, glattrasierten Gesicht, flachsblond und hohlwangig, dreißig bis vierzig Jahre alt, mit einem grauen Anzug und Strohhut bekleidet. Eine Botanisierbüchse hing über seiner Schulter, und in der einen Hand trug er einen grünen Schmetterlingsfänger.

»Gewiss werden Sie die Freiheit entschuldigen, die ich mir herausnehme, Herr Dr. Watson«, sagte er, als er keuchend die Stelle, wo ich ihn erwartete, erreicht hatte. »Hier auf dem Moor sind wir Leute ohne viele Umstände und warten's nicht erst ab, dass wir in aller Form vorgestellt werden. Vielleicht haben Sie meinen Namen bereits von unserem beiderseitigen Bekannten Dr. Mortimer gehört. Ich bin Stapleton von Merripit House.«

»Das hätten mir schon Ihr Netz und die Botanisierbüchse sagen können«, antwortete ich, »denn ich wusste bereits, dass Mr Stapleton Naturforscher ist. Aber wie kommt es, dass Sie mich kannten?«

»Ich hatte bei Mortimer vorgesprochen, und er zeigte Sie mir vom Fenster aus, als Sie vorbeigingen. Da wir denselben Weg haben, dachte ich, ich könnte Sie einholen und mich Ihnen selbst vorstellen. Ich nehme an, dass Sir Henry seine Reise gut bekommen ist?«

»Er ist ganz gesund, danke.«

»Wir befürchteten eigentlich alle, dass nach Sir Charles' traurigem Ende der neue Baronet vielleicht nicht hier würde wohnen wollen. Es ist von einem reichen Mann viel verlangt, in eine solche Gegend zu ziehen und sich lebendig zu begraben. Aber ich brauche Ihnen nicht zu sagen, dass für die Gegend sehr viel darauf ankommt. Sir Henry hegt doch wohl keine abergläubischen Befürchtungen?«

»Das halte ich nicht für wahrscheinlich.«

»Natürlich kennen Sie die Sage von dem Höllenhund, der das Geschlecht verfolgt?«

»Ich habe davon gehört.«

»Es geht über alle Begriffe, was für ein leichtgläubiges Volk die Bauern hier herum sind! Vom Ersten bis zum Letzten sind sie bereit, zu schwören, sie hätten solch ein Geschöpf auf dem Moor gesehen.« Er sagte dies mit einem Lächeln, ich glaubte indessen seinen Augen anzusehen, dass er die Sache ernster auffasste. »Die Geschichte beschäftigte Sir Charles' Gedanken in hohem Maße und ich zweifle nicht, dass sie die Ursache seines tragischen Endes wurde.«

»Aber wieso denn?«

»Seine Nerven waren so zerrüttet, dass der Anblick irgendeines Hundes wohl eine tödliche Wirkung haben konnte. Meiner Meinung nach hat der herzkranke Baronet in jener letzten Nacht wirklich etwas Derartiges in der Taxusallee gesehen. Ich fürchtete schon längst, ihm möchte irgendein Unglücksfall zustoßen, denn ich hatte den alten Herrn sehr gern und ich wusste, dass sein Herz schwach war.«

»Woher wussten Sie das?«

»Mein Freund Mortimer erzählte es mir.«

»Sie glauben also, irgendein Hund verfolgte Sir Charles und er starb aus Angst vor dem Tier?«

»Wissen Sie eine bessere Erklärung?«

»Ich habe mir noch keine bestimmte Meinung gebildet.«

»Aber Mr Sherlock Holmes?«

Mir stand bei diesen Worten einen Augenblick der Atem still, aber ein schneller Blick auf das unbefangene Gesicht und die ruhigen Augen meines Begleiters zeigte mir, dass er es nicht auf eine Überrumpelung abgesehen hatte.

»Wir können nicht leugnen, dass Sie uns bekannt sind, Herr Doktor«, sagte er. »Die Berichte von den Leistungen Ihres Detektivs sind auch zu uns gedrungen, und Sie konnten ihn nicht berühmt machen, ohne zugleich selber bekannt zu werden. Als Mortimer mir Ihren Namen nannte, konnte er es nicht ableugnen, dass Sie der wohlbekannte Gefährte des Mr Holmes seien. Wenn Sie nun hier sind, so folgt daraus, dass Mr Sherlock Holmes sich für die Sache interessiert, und natürlich bin ich neugierig und möchte gerne hören, welche Ansicht er darüber hat.«

»Diese Frage werde ich Ihnen wohl leider nicht beantworten können.«

»Darf ich fragen, ob er uns mit seinem persönlichen Besuch zu beehren gedenkt?«

»Zurzeit kann er nicht aus London fort. Seine Aufmerksamkeit ist von anderen Fällen in Anspruch genommen.«

»Wie schade! Er hätte vielleicht etwas Licht in diese Dunkelheit hineingebracht, die uns umgibt. Wenn ich Ihnen aber bei Ihren eigenen Nachforschungen in irgendeiner Weise von Nutzen sein kann, bitte ich Sie, über mich zu verfügen. Wenn ich irgendeinen Anhalt hätte, nach welcher Richtung sich Ihr Verdacht lenkt, oder wie Sie Ihre Untersuchungen zu betreiben gedenken, könnte ich Ihnen vielleicht sogar schon jetzt nützlichen Rat geben.«

»Ich versichere Sie, ich bin ganz einfach hier auf Besuch bei meinem Freund Sir Henry und brauche keine Hilfe irgendwelcher Art.«

»Ausgezeichnet!«, sagte Stapleton. »Sie haben vollkommen recht, dass Sie vorsichtig und verschwiegen sind. Sie haben mir für meine, wie ich fühle, unentschuldbare Zudringlichkeit eine wohlverdiente Zurechtweisung erteilt, und ich verspreche Ihnen, die Sache nicht wieder zu erwähnen.«

Wir waren inzwischen an eine Stelle gekommen, wo ein schmaler, grasbewachsener Pfad sich von der Straße abzweigte, um sich in Schlangenlinien über das Moor zu winden. Zur Rechten lag ein steiler, mit Felsblöcken übersäter Hügel, der vor Zeiten, wie ein tiefer Einschnitt bekundete, als Steinbruch benutzt worden war. Die uns zugewandte Seite bildete eine dunkle Felswand, aus deren Spalten und Höhlungen Farnkräuter nickten und Brombeerbüsche hervorlugten. In einiger Entfernung schwankte am Himmel wie eine Riesenfeder eine graue Rauchwolke hin und her.

»Ein mäßiger Spaziergang diesen Moorpfad entlang bringt uns nach Merripit House«, sagte Stapleton. »Wenn Sie vielleicht eine Stunde übrig haben, könnte ich mir das Vergnügen machen, Sie meiner Schwester vorzustellen.«

Mein erster Gedanke war, dass ich eigentlich an Sir Henrys Seite gehörte. Aber dann erinnerte ich mich des Stoßes von Papieren und Rechnungen, mit denen sein Schreibtisch überdeckt war. Ich wusste, dass ich ihm beim Ordnen derselben nicht helfen konnte. Und Holmes hatte mir ausdrücklich gesagt, ich möchte die Nachbarn auf dem Moor genau studieren. Ich nahm also Stapletons Einladung an und wir gingen miteinander den schmalen Weg entlang.

»'s ist eine wunderbare Gegend, das Moor!«, sagte er und dabei ließ er seinen Blick über die langen grünen Hügelwellen mit ihren fantastischen Zackenkronen von Granit hinschweifen. »Des Moors wird man niemals überdrüssig. Sie glauben gar nicht, was für wunderbare Geheimnisse es umschließt. Es ist so weit und so wüst und so geheimnisvoll.«

»Sie kennen es wohl genau?«

»Ich bin erst seit zwei Jahren hier. In den Augen der Einheimischen bin ich noch immer ein Neuling. Wir kamen kurz nachdem Sir Charles sich niedergelassen hatte. Aber meine Neigungen trieben mich an, jeden Fleck hier in der Gegend genau zu erforschen, und ich glaube, dass es wenig Leute hier herum gibt, die sie besser kennen als ich.«

»Ist es so schwer, sich hier zurechtzufinden?«

»Sehr schwer. Sehen Sie zum Beispiel die große Ebene da nach Norden hin, woraus die eigentümlich geformten Erhöhungen hervorbrechen. Bemerken Sie irgendetwas Auffälliges daran?«

»Es wäre ein ausgezeichneter Platz für einen Galopp.«

»Es ist ganz natürlich, dass Sie so denken, und dieser Gedanke hat schon manchen bis jetzt das Leben gekostet. Sie bemerken die hellgrünen Flecken, womit die Fläche dicht übersät ist?«

»Ja, sie scheinen fruchtbarer zu sein als das übrige Land.«

Stapleton lachte und rief:

»Das ist das große Grimpener Moor. Ein Fehltritt bringt Menschen wie Tieren den Tod. Erst gestern sah ich eins von den Moorponys hineingeraten. Es kam nie wieder empor. Eine ziemlich lange Zeit sah ich den Kopf des Tieres aus dem Morastloch hervorragen, aber schließlich saugte der Sumpf es doch hinunter. Sogar in den trockenen Jahreszeiten ist es gefährlich, über das Moor zu gehen, aber jetzt nach den Herbstregen ist es geradezu ein fürchterlicher Ort. Trotzdem finde ich meinen Weg zu den verborgensten Stellen und kehre lebend und gesund wieder zurück. Beim Himmel, da ist wieder eines von den unglücklichen Ponys im Sumpf!«

Etwas Braunes rollte und wälzte sich in den grünen Binsen. Dann schoss ein langer Hals, in Todesangst sich reckend, in die Höhe, und ein furchtbarer Schrei hallte über das Moor. Mich überlief es kalt vor Entsetzen, aber mein Begleiter schien stärkere Nerven zu besitzen als ich.

»Weg ist es!«, sagte er. »Der Sumpf hat's. Zwei in zwei Tagen und vielleicht noch viele mehr, denn sie streifen bei trockenem Wetter überall auf dem Moor herum und wissen nie den Morast vom festen Boden zu unterscheiden, bis der Sumpf sie gepackt hat. Ein gefährlicher Ort, das große Grimpener Moor!«

»Und Sie sagen, Sie können sich hinaufwagen?«

»Ja, es sind ein oder zwei Fußpfade vorhanden, die ein sehr gewandter Mann benutzen kann. Ich habe sie aufgefunden.«

»Aber warum begeben Sie sich denn auf einen so fürchterlich gefährlichen Boden?«

»Je nun; sehen Sie die Hügel dahinten? Das sind richtige Inseln, seit Jahren auf allen Seiten von dem ungangbaren Sumpf umschlossen. Da findet man die seltensten Pflanzen und Schmetterlinge, wenn man hinzugelangen weiß.«

»Da werde ich auch nächstens mal mein Glück versuchen.«

Er sah mich mit ganz verdutztem Gesicht an und rief:

»Schlagen Sie sich um Gottes willen einen solchen Gedanken aus dem Sinn! Ihr Blut würde über mein Haupt kommen! Ich versichere Ihnen, Sie hätten nicht die geringste Aussicht, lebendig wieder zurückzukommen. Auch ich vermag das nur, indem ich mir mehrere sehr schwer zu beschreibende Kennzeichen gemerkt habe.«

»Hallo!«, rief ich. »Was ist denn das?«

Ein langes tiefes Stöhnen von unbeschreiblich traurigem Ausdruck schwebte gleichsam über das Moor zu uns heran. Es erfüllte die ganze Luft, und doch war es unmöglich, genau zu sagen, woher es kam. Erst war es wie ein eintöniges Geflüster, dann schwoll es an zu einem tiefen Brüllen und verhallte wieder zu einem melancholischen, zitterigen Flüstern. Stapleton sah mich mit einem eigentümlichen Gesichtsausdruck an und sagte:

»Sonderbarer Ort, dieses Moor!«

»Aber was ist es denn?«

»Das Landvolk sagt, es sei der Hund von Baskerville, der nach seiner Beute brüllt. Ich habe es bisher ein- oder zweimal gehört, aber niemals so laut.«

Ein Angstgefühl machte mir das Herz kalt, ich blickte rings um mich auf die gewaltige, von grünen Stellen übersprenkelte Ebene. Nichts regte sich auf der weiten Fläche als ein paar Raben, die mit lautem Gekrächz auf einer Felsspitze hinter uns saßen.

»Sie sind ein wissenschaftlich gebildeter Mann«, sagte ich. »Sie glauben doch nicht an einen solchen Unsinn? Was ist nach Ihrer Meinung die Ursache des seltsamen Tones?«

»Morastlöcher bringen manchmal sonderbare Geräusche hervor. Es kommt von herabsinkendem Schlamm oder vom aufsteigenden Wasser oder etwas anderem ähnlichen.«

»Nein, nein, das war die Stimme eines lebendigen Wesens!«

»Nun, vielleicht war es das. Haben Sie schon mal eine Rohrdommel brüllen gehört?«

»Nein, niemals!«

»Der Vogel ist in England jetzt sehr selten, man kann sagen, ausgestorben; aber auf dem Moor ist alles möglich. Ja, ich sollte mich nicht wundern, wenn sich feststellen ließe, dass der eben vernommene Ton der Schrei der letzten Rohrdommel war.«

»Ich habe nie in meinem Leben so etwas Sonderbares, Geisterhaftes gehört!«

»Ja, es ist eine recht unheimliche Gegend! Sehen Sie mal nach der Hügelreihe drüben. Was sehen Sie da?«

Der ganze steile Abhang war mit mindestens zwanzig ringförmigen grauen Steinbauten bedeckt.

»Was sind das denn für Dinger? Schafhürden?«

»Nein, es sind Heimstätten unserer würdigen Vorväter. In der vorgeschichtlichen Zeit war das Moor dicht von Menschen bevölkert, und da später niemand mehr da gewohnt hat, finden wir ihre ganze häusliche Einrichtung so, wie sie sie verlassen haben. Das sind ihre Wigwams ohne Dächer. Sie können sogar noch ihre Kochherde und ihre Lagerstätten sehen, wenn die Neugierde Sie hineinführt.«

»Aber das ist ja eine richtige Stadt! Wann war sie bewohnt?«

»In der neueren Steinzeit – Datum unbekannt.«

»Was taten die Menschen hier?«

»Sie weideten ihr Vieh auf diesen Abhängen; dann lernten sie nach Zinn graben, als das Bronzeschwert das Steinbeil zu verdrängen begann. Sehen Sie da die tiefe Grube am gegenüberliegenden Hügel? Das sind ihre Spuren. Ja, Sie werden allerlei absonderliche Sachen auf unserem Moor finden, Herr Doktor! Oh, entschuldigen Sie mich einen Augenblick. Ganz gewiss ist das ein Cyklopides!«

Ein kleiner Käfer oder Falter war vor uns über den Weg geflattert, und in einem Augenblick rannte Stapleton mit außerordentlicher Schnelligkeit und Gewandtheit hinter demselben her. Zu meinem Bedauern flog das kleine Ding auf den Morast zu, aber mein neuer Bekannter sprang, ohne sich zu besinnen, von einem Grasbüschel zum anderen, dass sein grünes

Schmetterlingsnetz in der Luft flatterte. Ich sah ihm nach mit einem gemischten Gefühl von Bewunderung für seine außergewöhnliche Gewandtheit und von Furcht, er möchte den festen Grund unter den Füßen verlieren und in den trügerischen Morast hineingeraten. Plötzlich hörte ich Schritte und sah, als ich mich umdrehte, dicht vor mir auf dem Fußsteig eine weibliche Gestalt. Sie war aus der Richtung gekommen, in welcher, nach der Rauchsäule zu urteilen, Merripit House lag, aber die Bodenerhebung des Moores hatte sie meinen Blicken verborgen, bis sie ganz dicht bei mir war.

Ich konnte nicht daran zweifeln, dass ich Miss Stapleton, von der ich schon gehört hatte, vor mir sah; denn Damen mussten überhaupt sehr selten auf dem Moor sein, und ich erinnerte mich, dass von ihr als einer Schönheit gesprochen worden war. Eine Schönheit war die auf mich zukommende Frau ganz sicherlich, und zwar eine Schönheit ganz eigener Art. Man konnte sich keine größere Unähnlichkeit denken als zwischen diesem Geschwisterpaar; Stapleton hatte helles Haar und graue Augen, wie man's jeden Tag sieht, sie dagegen war die dunkelste Brünette, die ich bis dahin in England gesehen hatte – schlank, groß, elegant. Ihr stolzes, feingeschnittenes Antlitz war so regelmäßig, dass man es hätte für ausdruckslos halten können, wären nicht die schönen Lippen und die lebhaften dunkeln Augen gewesen. Mit ihrer tadellosen Figur und eleganten Toilette war sie in der Tat eine eigenartige Erscheinung auf einem einsamen Moorfußpfad. Ihre Augen folgten ihrem Bruder, als ich mich umdrehte; dann beschleunigte sie ihren Schritt und kam auf mich zu. Ich hatte meinen Hut gelüftet und wollte einige erklärende Worte sagen, aber ihre Anrede lenkte alle meine Gedanken in eine neue Bahn.

»Reisen Sie ab!«, sagte sie. »Reisen Sie augenblicklich wieder nach London!«

Ich starrte sie völlig verblüfft und sprachlos an. Ihre Augen blitzten mich an, und sie stampfte ungeduldig mit dem Fuß auf.

»Erklärungen kann ich nicht geben.«

Sie sprach schnell, mit tiefer Stimme, an der ein eigentümliches Lispeln mir auffiel.

»Um des Himmels willen, tun Sie doch, worum ich Sie bitte! Reisen Sie ab und setzen Sie niemals wieder Ihren Fuß auf das Moor!«

»Aber ich bin ja gerade erst angekommen!«

»Mann, Mann!«, rief sie. »Können Sie nicht auf eine Warnung hören, die zu Ihrem eigenen Besten ist? Gehen Sie wieder nach London! Reisen Sie heute Abend noch ab! Entfernen Sie sich unter allen Umständen von diesem Ort ... Schscht! Da kommt mein Bruder. Lassen Sie von meiner Warnung kein Wort gegen ihn verlauten. Wollen Sie so freundlich sein, mir die Orchidee dort hinten zwischen den Schachtelhalmen zu pflücken? Wir sind hier auf dem Moor sehr reich an Orchideen; freilich sind Sie ein bisschen spät im Jahr gekommen, um noch alle Schönheiten unserer Gegend sehen zu können.«

Stapleton hatte die Jagd aufgegeben und kam mit heißen Wangen und schwerem Atem zu uns zurück.

»Sieh da, Beryl!«, sagte er, und es kam mir vor, als klänge der Ton seiner Begrüßung nicht gerade sehr herzlich.

»Nun, Jack, du bist ja recht erhitzt!«

»Ja, ich war auf der Jagd hinter einem Cyclopides. Er ist sehr selten, besonders im Spätherbst. Schade, dass ich ihn nicht fangen konnte!«

Er sprach in gleichgültigem Ton, aber seine kleinen, hellen Augen wanderten dabei fortwährend zwischen dem Mädchen und mir hin und her.

»Sie haben sich selbst bekannt gemacht, wie ich sehe«, fuhr er fort.

»Ja. Ich sagte gerade zu Sir Henry, er sei ein bisschen spät gekommen, um die eigenartige Schönheit des Moors zu sehen.«

»Sir Henry? Für wen hältst du denn den Herrn hier?«

»Ich denke, er muss Sir Henry Baskerville sein.«

»Nein, nein!«, rief ich. »Ich bin ein schlichter Bürgerlicher; aber ich bin sein Freund. Mein Name ist Dr. Watson.«

Eine Blutwelle des Ärgers schoss über ihr ausdrucksvolles Gesicht, und sie sagte: »Unser Gespräch war also ein Missverständnis.«

»Na, zu einem Gespräch hattest du nicht viel Zeit«, bemerkte ihr Bruder, wieder mit einem forschenden Blick.

»Ich sprach, als wäre Dr. Watson ein Bewohner unserer Gegend statt eines Besuchers«, sagte sie. »Ihm muss es ziemlich gleichgültig sein, ob die Jahreszeit früh oder spät für Orchideen ist ... Aber Sie kommen doch gewiss mit nach Merripit House?«

Es war nur noch ein kurzer Weg bis zu dem nüchtern aussehenden echten Moorlandhaus, das früher der Gutshof eines wohlhabenden Viehzüchters gewesen, jetzt aber im Innern zu einem modernen Wohnhaus umgebaut war. Ein Obstgarten umgab es, aber die Bäume waren verkümmert und verkrüppelt, und das Ganze machte einen ungemütlichen und melancholischen Eindruck. Der alte verschrumpfte Diener in schlecht sitzender Livree, der uns empfing, passte zu seiner Umgebung.

Das Haus enthielt indessen geräumige Zimmer, die mit einer Eleganz eingerichtet waren, in der ich den Geschmack einer Dame zu erkennen glaubte. Ich warf durch das Fenster einen Blick auf das unendliche, mit Granitblöcken übersäte Moor, das sich ohne Unterbrechung bis zum fernen Horizont erstreckte, und ich musste unwillkürlich bei mir denken: was kann denn nur einen feingebildeten Mann und ein schönes Mädchen veranlasst haben, sich eine solche Gegend als Wohnort auszusuchen?

»Nicht wahr, ein sonderbarer Wohnsitz?«, fragte er, als habe er meine Gedanken gelesen. »Und trotzdem fühlen wir uns hier ganz hübsch glücklich – was, Beryl?«

»Sehr glücklich«, erwiderte sie; aber ihre Worte klangen nicht eben überzeugend.

»Ich hatte eine Schule«, fuhr Stapleton fort, »da oben im Norden. Die eintönige Arbeit war für einen Mann von meiner Geistesanlage nicht gerade interessant, aber ich empfand es doch als ein großes Glück, täglich mit dem jungen Volk zu verkehren, die Knabenseelen zu formen und sie mit meinen eigenen Idealen zu erfüllen. Leider war das Schicksal uns feindlich gesinnt. Eine gefährliche Epidemie brach in der Schule aus, und drei von den Knaben starben uns. Von diesem Schlag vermochte die Anstalt sich nicht wieder zu erholen, und der größte Teil meines Kapitals war unwiederbringlich verloren. Der Verlust des prächtigen Umgangs mit meinen Jungen war mir sehr schmerzlich; aber davon abgesehen möchte ich mich über mein Missgeschick beinahe freuen, denn ich finde hier ein unbegrenztes Arbeitsfeld für mein großes Interesse an Botanik und Zoologie, und meine Schwester liebt die Natur ebenso wie ich. Diese lange Rede, Herr Doktor Watson, hat sich nun über Ihrem Haupt entladen, weil sie mit so nachdenklicher Miene auf das Moor hinaussahen.«

»Es ging mir allerdings durch den Sinn, es möchte hier wohl ein bisschen langweilig sein – weniger vielleicht für Sie als für Ihre Schwester.«

»O nein, ich langweile mich niemals!«, rief sie schnell.

»Wir haben unsere Bücher, unsere Studien, und wir haben interessante Nachbarn. Dr. Mortimer ist in seinem Fach ein sehr gelehrter Herr. Der arme Sir Charles war ebenfalls ein prächtiger Gesellschafter. Wir kannten ihn gut und vermissen ihn mehr, als ich Ihnen sagen kann. Glauben Sie, dass ich ungelegen käme, wenn ich schon heute Nachmittag nach Baskerville Hall ginge und Sir Henrys Bekanntschaft machte?«

»Gewiss nicht; er wird im Gegenteil sich sehr freuen.«

»Dann sind Sie vielleicht so gut, ihm zu sagen, dass ich die Absicht habe. Wir können vielleicht unser Teilchen dazu beitragen, ihm die Eingewöhnung in der neuen Umgebung zu erleichtern. Wollen Sie mit nach oben kommen, Herr Doktor, und sich meine Schmetterlingssammlung ansehen? Ich glaube, sie ist die vollständigste im südwestlichen England. Bis Sie damit fertig sind, wird das Essen wohl bereit sein.«

Aber es trieb mich, wieder zu Sir Henry zu kommen. Die Melancholie der Moorlandschaft, der Tod des armen Pferdes, der geisterhafte Ton, der am hellen Mittag die grausige Sage von dem Höllenhund wieder heraufbeschworen hatte – dies alles gab meinen Gedanken einen traurigen Anstrich. Dann war zu allen diesen mehr oder weniger unbestimmten Eindrücken Miss Stapletons deutliche und gar nicht misszuverstehende Warnung gekommen; sie hatte mit so eindringlichem Ernst gesprochen, dass ohne Zweifel gewichtige Gründe dazu vorhanden waren. Ich lehnte deshalb trotz allem Drängen die Einladung zum Frühstück ab und machte mich sofort auf den Rückweg.

Ich ging den grasbewachsenen Fußsteig, auf welchem wir gekommen waren; es musste aber doch wohl noch einen kürzeren Richtweg geben, der den Eingeweihten bekannt war; denn bevor ich die Landstraße wieder erreicht hatte, sah ich zu meinem Erstaunen Miss Stapleton auf einem großen Stein neben dem Fußweg sitzen. Ihr Gesicht war von eiligem Lauf gerötet, wodurch sie übrigens noch schöner erschien, und sie hielt ihre Hand auf das Herz gepresst.

»Ich bin den ganzen Weg gelaufen, um Sie zu überholen, Herr Doktor«, sagte sie. »Ich hatte nicht mal so viel Zeit, um mir meinen Hut aufzusetzen. Lange darf ich mich nicht aufhalten, sonst würde mein Bruder meine Abwesenheit bemerken. Ich wollte Ihnen sagen, wie leid mir mein dummes Versehen tut, dass ich Sie für Sir Henry hielt. Bitte vergessen Sie meine Worte, die für Sie durchaus keine Bedeutung haben.«

»Aber ich kann sie nicht vergessen, Miss Stapleton!«, antwortete ich. »Ich bin Sir Henrys Freund, und sein Wohlergehen liegt mir sehr am Herzen. Sagen Sie mir, warum Sie so dringend auf Sir Henrys Rückkehr nach London bestanden?«

»Eine Weiberlaune, Herr Doktor! Wenn Sie mich näher kennen, werden Sie sehen, dass ich nicht immer imstande bin, für meine Worte oder Handlungen Gründe anzugeben.«

»Nein, nein! Der Ton Ihrer Stimme klingt mir noch in den Ohren! Ihr Blick steht mir noch vor Augen! Bitte, bitte, seien Sie offen gegen mich,

Miss Stapleton; denn seit meiner Ankunft hier fühle ich mich von seltsamen Schatten umgeben. Das Leben kommt mir vor wie das große Grimpener Moor mit seinen unzähligen grünen Morastfleckchen, in die man versinken kann. Und nirgends ein Führer, um uns den Pfad zu weisen! Bitte sagen Sie mir, was Ihre Worte bedeuteten, und ich verspreche Ihnen, Ihre Warnung an Sir Henry zu bestellen.«

Ein Ausdruck von Unentschlossenheit glitt einen Augenblick über ihr Gesicht; aber ihre Augen hatten bereits wieder ihren harten kalten Glanz gewonnen, als sie mir antwortete:

»Sie legen meinen Worten eine zu große Bedeutung bei, Herr Doktor. Meinem Bruder und mir ging Sir Charles' Tod sehr nahe. Wir hatten sehr vertrauten Umgang mit ihm, denn sein Lieblingsweg führte ihn über das Moor nach unserem Haus. Er fühlte sehr tief den Fluch, der über seinem Geschlecht hing; als dann sein tragisches Ende kam, da hatte ich den ganz natürlichen Eindruck, seine oftmals geäußerten Befürchtungen könnten nicht ganz unbegründet gewesen sein. Es machte mir daher Angst, dass wiederum ein Angehöriger seines Geschlechtes hier wohnen wollte, und ich hatte das Gefühl, ich müsste ihn vor der ihm drohenden Gefahr warnen. Weiter beabsichtigten meine Worte nichts.«

»Aber worin besteht die Gefahr?«

»Sie kennen die Geschichte von dem Hund?«

»An solchen Unsinn glaube ich nicht!«

»Aber ich! Wenn Sie irgendwelchen Einfluss auf Sir Henry haben, bringen Sie ihn weg von einem Ort, der seinem Geschlecht stets verhängnisvoll gewesen ist. Die Welt ist groß. Warum soll er denn gerade an einem so gefährlichen Ort leben wollen?«

»Eben weil der Ort gefährlich ist. Das ist Sir Henrys Natur. Ich befürchte, wenn Sie mir keine bestimmtere Auskunft geben, werde ich ihn keinesfalls zum Fortgehen bewegen können.«

»Irgendetwas Bestimmtes kann ich nicht sagen, denn ich weiß nichts.«

»Ich möchte an Sie noch eine Frage richten, Miss Stapleton. Wenn Sie mit Ihren ersten Worten, die Sie zu mir sagten, nur eine so unbestimmte Warnung beabsichtigten, warum waren Sie denn so ängstlich besorgt, Ihren Bruder nichts davon hören zu lassen? Es liegt in ihnen nichts, wogegen er oder sonst ein Mensch etwas einwenden könnte.«

»Meinem Bruder liegt viel daran, dass Baskerville Hall bewohnt ist; er glaubt, das sei zum Vorteil unserer armen Moorleute. Er würde sehr ärgerlich sein, wenn er wüsste, dass ich irgendetwas sagte, was Sir Henry zum

Fortgehen veranlassen könnte ... Aber ich habe jetzt meine Pflicht getan und will nichts mehr sagen. Ich muss jetzt nach Hause; sonst merkt er, dass ich fort war, und wird mich im Verdacht haben, dass ich mit Ihnen gesprochen habe. Leben Sie wohl!«

Sie drehte sich um und war in wenigen Minuten hinter den Granitblöcken verschwunden. Ich dagegen setzte meinen Weg nach Baskerville Hall fort, das Herz von unbestimmten Befürchtungen erfüllt.

Achtes Kapitel

Von jetzt an will ich dem Gang der Ereignisse anhand meiner an Sherlock Holmes gerichteten Briefe folgen. Sie liegen vor mir auf meinem Schreibtisch. Ein Blatt fehlt; sonst aber teile ich sie genau so mit, wie sie geschrieben wurden, denn sie geben meine wechselnden Gefühle und Verdachtsgründe getreuer wieder, als es meinem Gedächtnis möglich wäre, obwohl auch dieses die tragischen Ereignisse klar und deutlich aufbewahrt hat:

Baskerville Hall, den 13. Oktober.

Mein lieber Holmes,

meine bisherigen Briefe und Depeschen haben Sie so ziemlich auf dem Laufenden gehalten, und Sie wissen wohl alles, was in diesem höchst gottverlassenen Erdenwinkel vorgeht. Je länger man hier bleibt, desto tiefer drückt sich der Geist des Moors der Seele ein, seine Öde und auch sein schauriger Reiz. Hat man sich ihm einmal zu eigen gegeben, ist man vom modernen England völlig abgeschnitten; dafür lernt man aber die Wohnstätten und den Tageslauf des vorgeschichtlichen Menschen umso genauer kennen. Wohin man geht, überall stößt man auf die Häuser dieses längst verschollenen Volkes, auf ihre Gräber und die großen Steinblöcke, die man für die Markstätten ihrer Tempel hält. Sieht man ihre grauen Steinhütten an den Hügelabhängen, vergisst man die Zeit, worin man selber lebt; und käme aus der niederen Tür ein fellbehangener, behaarter Mann herausgekrochen, der seinen Pfeil mit Flintsteinspitze auf die Bogensehne legte – seine Anwesenheit würde einem ganz natürlich vorkommen. Das Sonderbarste ist die Frage, wie sie so dicht gedrängt auf einem Boden haben leben können, der zu allen Zeiten höchst unfruchtbar gewesen sein muss. Ich bin kein Altertumsforscher, aber ich möchte glauben, sie waren ein unkriegerisches, von vielen Feinden geplagtes Volk, das wohl oder übel mit dem zufrieden sein musste, was kein anderer begehrte.

Doch dies alles hat mit der mir von Ihnen übertragenen Sendung nichts zu tun und wird wahrscheinlich Ihrem streng aufs Praktische gerichteten Geist sehr wenig interessant vorkommen. Ich erinnere mich noch sehr gut, wie völlig gleichgültig es Ihnen war, ob die Sonne sich um die Erde oder ob die Erde sich um die Sonne bewegt. Ich will mich also wieder den mit Sir Henry Baskerville in Verbindung stehenden Tatsachen zuwenden. Dass Sie in den letzten Tagen keinen Bericht erhielten, erklärt sich daraus, dass nichts von Bedeutung zu melden war. Dann aber trat ein ganz überraschender Umstand ein, mit welchem ich Sie im Verlauf meiner Darstellung bekannt machen werde. Vor allen Dingen aber muss ich Sie mit einigen anderen Momenten in Fühlung bringen. Eines von diesen ist die von mir bisher nur flüchtig erwähnte Entweichung des Zuchthäuslers von Princetown. Er hatte das Moor erreicht; jetzt ist aber mit gutem Grund anzunehmen, dass er die Gegend gänzlich verlassen hat, was für die einsam wohnenden Landleute dieser Gegend eine froh empfundene Erleichterung von schwerer Sorge ist. Seit seiner Flucht sind zwei Wochen vergangen, und während dieser ganzen Zeit hat man von ihm weder etwas gesehen noch gehört. Dass er diese vierzehn Tage über sich auf dem Moor habe halten können, erscheint ausgeschlossen. Verbergen hätte er sich natürlich mit der größten Leichtigkeit können. Jede beliebige Steinhütte von dem prähistorischen Volk könnte ihm als Versteck dienen. Aber er würde nichts zu essen finden, wenn er nicht etwa ein Moorschaf finge und schlachtete. Wir glauben daher, dass er fort ist, und die Pächter am Moorrand schlafen jetzt wieder viel besser.

Wir im Schloss sind vier rüstige Männer, könnten uns also eines Angriffes leicht erwehren; aber ich gestehe, dass ich mir um die Stapletons Unruhe und Sorge gemacht habe. Sie wohnen meilenweit von jeder menschlichen Hilfe entfernt. In ihrem Haus sind ein Dienstmädchen, der alte Diener, die Schwester und der Bruder, und dieser letztere ist kein sehr kräftiger Mann. Sie wären widerstandsunfähig, sobald ein verzweifelter Bursche, wie der Mörder von Notting Hill, in ihr Haus eingedrungen wäre. Sir Henry begriff ebenso gut die Gefährlichkeit ihrer Lage und schlug ihnen vor, den Stallknecht Perkins zu ihnen zu schicken, um in Merripit House zu schlafen, aber Stapleton wollte nichts davon wissen.

Es lässt sich nicht leugnen, dass unser Freund, der Baronet, ein bedeutendes Interesse an unserer schönen Nachbarin zu zeigen beginnt. Das ist auch kein Wunder, denn einem so sehr an Tätigkeit gewöhnten Mann wie Sir Henry muss hier wohl die Zeit lang werden, und sie ist ein bezaubernd schönes Weib. Sie hat etwas Tropisches, Exotisches an sich, was in eigenartiger Weise von dem kühlen und verstandesmäßigen Wesen ihres Bruders absticht. Doch muss ich manchmal denken, dass auch in ihm verborgenes Feuer glüht. Ganz gewiss übt er auf sie einen sehr bedeutenden Einfluss aus, denn ich habe bemerkt, dass sie beim Sprechen fortwährend nach ihm hinsieht, als wollte sie bei jedem Wort, das sie sagt, sich seines Einverständnisses versichern. Ich will hoffen, dass er sie freundlich behandelt. In seinen Augen liegt ein kalter Glanz, und um seine dünnen Lippen zeigt sich ein fester Zug; beides lässt auf einen bestimmten und möglicherweise etwas herben Charakter schließen. Sie würden ihn mit Interesse näher studieren.

Schon am ersten Tag machte er Sir Henry seinen Besuch, und gleich am anderen Morgen nahm er uns mit zu der Stelle, wo der Sage nach der verruchte Hugo seinen Tod fand. Der Ort liegt ein paar Meilen jenseits des Moors und macht einen so traurigen Eindruck auf das Gemüt, dass man das Entstehen der Sage sehr wohl begreift. Zwischen schroffen Felsen führt ein kurzes Tal auf einen offenen grasbewachsenen Raum, in dessen Mitte zwei große Steine mit scharfen Spitzen wie die riesigen Fangzähne eines ungeheuren Raubtiers aus dem Boden emporragen. Der Platz entspricht in jeder Beziehung der Szene der alten Tragödie, wie die Sage sie überliefert hat. Sir Henry fragte Stapleton mehr als einmal, ob er wirklich an die Möglichkeit glaube, dass übernatürliche Mächte sich in die Geschicke sterblicher Menschen einmischen könnten. Er sagte das in scherzendem Ton, aber es war leicht zu merken, dass er die Sache vollkommen ernst meinte. Stapleton war in seinen Antworten vorsichtig; er sagte offenbar nicht alles, was er dachte, und hielt mit seiner wahren Meinung aus Rücksicht auf die Gefühle des Baronets zurück. Er erzählte von ähnlichen Fällen, wobei Familien unter solchen Verfolgungen zu leiden gehabt hätten, und wir hatten den Eindruck, dass er den Volksglauben in diesem Fall vollkommen teile.

Auf dem Rückweg kehrten wir zum Frühstück in Merripit House ein, und hier machte Sir Henry Miss Stapletons Bekanntschaft. Vom ersten Augenblick an schien er sich stark zu ihr hingezogen zu fühlen, und ich müsste mich sehr irren, wenn das Gefühl nicht gegenseitig ist. Auf dem Heimweg fing er immer wieder an, von ihr zu sprechen, und seitdem ist kaum ein Tag vergangen, an dem wir das Geschwisterpaar nicht gesehen haben. Heute Abend speisen sie hier, und es ist davon die Rede, dass wir nächste Woche zu ihnen eingeladen werden sollen. Man sollte denken, eine solche

Partie müsste Stapleton sehr willkommen sein, indessen habe ich mehr als einmal auf seinem Gesicht einen Ausdruck schärfster Missbilligung gelesen, wenn Sir Henry seiner Schwester irgendein Kompliment machte. Stapleton ist ihr freilich ohne allen Zweifel sehr zugetan und sein Leben würde ja sehr einsam werden, wenn sie von ihm ginge, aber es wäre doch der Gipfel der Selbstsucht, wenn er ihr bei einer so überaus glänzenden Heirat Hindernisse in den Weg legen wollte. Aber so viel steht für mich fest: Er wünscht nicht, dass ihr vertrauter Verkehr sich zu Liebe entwickelt, und ich habe verschiedene Male bemerkt, dass er sich bemühte, ein Zusammensein unter vier Augen zu verhindern. Nebenbei bemerkt, wird Ihre Weisung, ich dürfte Sir Henry niemals allein ausgehen lassen, noch viel lästiger werden, wenn zu unseren anderen Schwierigkeiten auch noch eine Liebesgeschichte hinzukäme. Meine Beliebtheit würde sehr bald ins Wanken geraten, wenn ich Ihre Vorschriften in diesem Punkt buchstäblich ausführte.

Neulich – um den Tag ganz genau zu bezeichnen: am Donnerstag – frühstückte Dr. Mortimer bei uns. Er hat in Long Down einen Grabhügel untersucht und einen prähistorischen Schädel gefunden, der ihn mit großer Freude erfüllt. Er ist ein ganz einzig dastehender Enthusiast! Nach dem Essen kamen auch die Stapletons, und der gute Doktor führte uns alle zur Taxusallee, um uns auf Sir Henrys Bitten genau zu erklären, wie der Vorgang in der verhängnisvollen Nacht sich abspielte.

Die Taxusallee ist ein langer öder Weg zwischen zwei hohen geschorenen Wänden; ein schmaler Grasstreifen befindet sich an jeder Seite. Ungefähr auf halbem Weg ist die Moorpforte, wo der alte Herr seine Zigarrenasche abgestreift hatte. Es ist eine weiße Lattentür, die mit einem Riegel verschlossen ist. Dahinter erstreckt sich das weite Moor. Ich erinnerte mich der von Ihnen aufgestellten Mutmaßung über den Hergang und versuchte mir ein Bild davon zu machen. Als der alte Herr an der Pforte stand, sah er irgendetwas über das Moor kommen, irgendein Etwas, das ihn so in Schrecken setzte, dass er die Besinnung verlor und rannte und rannte, bis er vor reiner Angst und Erschöpfung tot hinfiel. Was verfolgte ihn? Ein Schäferhund vom Moor? Oder ein schwarzer, schweigender, ungeheurer Gespensterhund? Waren Menschenhände dabei im Spiel? Wusste der wachsame blasse Barrymore mehr, als er sagen wollte? Alles ist schwankend und unbestimmt, aber überall steht der dunkle Schatten eines Verbrechens hinter diesem Rätsel.

Seitdem ich meinen letzten Brief schrieb, habe ich noch einen anderen Nachbarn kennengelernt: Mr Frankland von Laster Hall, vier Meilen von uns in südlicher Richtung gelegen. Er ist ein älterer Herr mit rotem Gesicht, weißem Haar und höchst cholerischer Gemütsanlage. Seine Leidenschaft ist das britische Recht, und er hat ein bedeutendes Vermögen in Prozessen draufgehen lassen. Er kämpft aus reiner Lust am Kampf und ist stets bereit, die eine oder die andere Seite eines Rechtsstreites zu seiner Sache zu machen; kein Wunder daher, dass er sein Vergnügen als recht kostspielig befunden hat. Zuweilen erlässt er ein Verbot, irgendeinen Weg zu benutzen; dann muss die Gemeinde erst einen Prozess führen, um die Öffnung desselben durchzusetzen. Dann wieder reißt er eigenhändig irgendein anderen Leuten gehörendes Torgatter nieder und behauptet, es habe seit undenklichen Zeiten an der betreffenden Stelle ein freier Weg existiert. Dann muss der Eigentümer ebenfalls erst einen Prozess führen, um ihn zur Buße zu ziehen.

Er besitzt bedeutende Kenntnisse von alten Rechten der verschiedenen Gemeinden und Gutsherrschaften und verwendet diese Kenntnisse zuweilen zu Gunsten der Einwohner von Fernworthy, zuweilen aber auch gegen sie. Gegenwärtig soll er sieben Prozesse schweben haben, die wahrscheinlich den Rest seines Vermögens verschlingen werden; dann wird ihm der Stachel genommen und er in Zukunft ein harmloser alter Herr sein. Abgesehen von seiner Prozesssucht macht er den Eindruck eines freundlichen und gutmütigen Menschen, und ich erwähne ihn nur, weil Sie mir besonders einschärften, ich sollte die Personen unserer Umgebung genauer beschreiben.

Gegenwärtig hat er eine sonderbare Beschäftigung: Er ist Amateur-Sterngucker und besitzt in dieser Eigenschaft ein ausgezeichnetes Fernrohr. Mit diesem liegt er nun den ganzen Tag auf dem Dach seines Hauses und sieht auf das Moor hinaus in der Hoffnung, den entsprungenen Zuchthäusler zu entdecken. Wollte er seine Tatkraft hierauf beschränken, wäre alles schön und gut, aber wie das Gerücht wissen will, beabsichtigt er dem Dr. Mortimer wegen seiner Ausgrabung des vorgeschichtlichen Schädels in Long Down einen Prozess anzuhängen, weil er ohne Einwilligung des nächsten Anverwandten ein Grab geöffnet habe! Mr Frankland bringt ein bisschen Abwechselung in unser gar zu eintöniges Leben hier und sorgt für etwas Komik, die wir hier wirklich recht nötig haben.

Und nun, nachdem ich Ihnen über den entsprungenen Sträfling, über die Stapletons, Dr. Mortimer und Mr Frankland von Laster Hall alles mir Bekannte mitgeteilt habe, will ich mich zum Schluss dem wichtigsten Teil meines Berichtes zuwenden und Ihnen einiges Neue über die Barrymores melden, besonders eine überraschende Wendung, die die vorige Nacht gebracht hat.

Zunächst noch einiges über das Telegramm, das Sie von London aus sandten, um Gewissheit zu erlangen, ob Barrymore in Wirklichkeit hier anwesend wäre oder nicht. Wie ich bereits auseinandersetzte, geht aus dem Zeugnis des Postmeisters von Grimpen hervor, dass in keiner Weise ein gültiger Beweis für den einen oder für den anderen Fall erbracht worden ist. Ich sagte Sir Henry, wie die Sache stände, und in seiner geraden offenen Art ließ er sofort Barrymore rufen und fragte ihn, ob er das Telegramm selber in Empfang genommen hätte. Der Kammerdiener bejahte die Frage.

»Lieferte der Junge es zu Ihren eigenen Händen ab?«, fragte der Baronet weiter.

Barrymore machte ein überraschtes Gesicht, dachte eine kleine Weile nach und sagte dann:

»Nein; ich war in dem Augenblick gerade auf dem Boden und meine Frau brachte es mir herauf.«

»Beantworteten Sie es selber?«

»Nein, ich sagte meiner Frau, was zu antworten sei, und sie ging hinunter, um es aufzuschreiben.«

Am Abend kam Barrymore von selber auf den Gegenstand zurück, indem er sagte:

»Ich konnte nicht recht verstehen, welche Absicht Ihre Fragen von heute früh verfolgten, Sir Henry. Es war damit doch gewiss nicht bezweckt, mir eine Täuschung Ihres Vertrauens zur Last zu legen?«

Sir Henry musste ihm versichern, dies sei nicht der Fall, und gab ihm schließlich, um ihn nur wieder zu beruhigen, einen beträchtlichen Teil seiner alten Sachen; die in London bestellte neue Ausrüstung ist nämlich jetzt eingetroffen.

Mrs Barrymore interessiert mich. Sie ist eine derbe, grobschlächtige Person, sehr beschränkt, durch und durch ehrenwert und mit einer Neigung zum Puritanischen. Rührselig ist sie sicherlich nicht im Geringsten. Und doch hörte ich sie in der ersten Nacht meines Hierseins schluchzen, wie ich Ihnen bereits schrieb, und seitdem habe ich mehr als einmal auf ihrem Gesicht die Spuren von Tränen bemerkt. Irgendein tiefer Kummer nagt ihr am Herzen. Manchmal frage ich mich, ob vielleicht ein schuldbeladenes Gewissen sie quält, manchmal habe ich Barrymore im Verdacht, ein Haustyrann zu sein. Von Anfang an hatte ich das Gefühl, dass sein Charakter seltsam und fragwürdig sei, aber mein Erlebnis von voriger Nacht gibt meinem Verdacht eine bestimmte Richtung – obgleich es Ihnen vielleicht an und für sich unbedeutend vorkommen wird.

Wie Sie wissen, habe ich keinen sehr festen Schlaf, und seitdem ich hier auf meinem Beobachtungsposten bin, ist mein Schlummer leiser denn je. Heute Nacht – es war gegen zwei Uhr morgens – weckte mich das Geräusch verstohlener Schritte auf dem Korridor. Ich stand auf, öffnete meine Tür und lugte hinaus. Ein langer schwarzer Schatten schwebte den Gang entlang. Es war ein Mann, der mit einer Kerze in der Hand behutsam den Korridor hinunterging. Er war in Hemd und Hosen und barfüßig; ich konnte nur die Umrisse seiner Gestalt sehen, merkte aber an der Größe, dass es Barrymore war. Er ging sehr langsam und vorsichtig und seine ganze Erscheinung hatte etwas unbeschreiblich Scheues und Schuldbewusstes an sich.

Wie ich Ihnen bereits schrieb, wird der Korridor von dem rund um die große Halle laufenden Balkon unterbrochen, hat aber eine Fortsetzung jenseits desselben. Ich wartete, bis Barrymore verschwunden war und ging ihm dann nach. Als ich am Balkon vorbei war, hatte er bereits das andere Ende des Korridors erreicht und war, wie ich an einem aus einer offenen Tür herausfallenden Lichtscheine sehen konnte, in eines der Zimmer eingetreten. Da nun alle diese Räume unbewohnt und unmöbliert sind, wurde sein Vorhaben immer rätselhafter für mich. Der Lichtschein blieb immer auf einer Stelle, woraus man schließen konnte, dass Barrymore still stand. Ich schlich mich so geräuschlos wie möglich den Gang entlang und sah in das Zimmer hinein.

Barrymore hockte am Fenster und hielt sein Licht an die Scheibe. Sein Profil war mir halb zugewandt und sein Gesicht war starr gespannt; er spähte in die auf dem Moor liegende Finsternis hinaus. Mehrere Minuten lang wartete er; dann stieß er einen tiefen Seufzer aus und löschte das Licht. Sofort ging ich nach meinem Zimmer zurück, und ganz wenige Augenblicke darauf kamen wieder die verstohlenen Schritte an meiner Tür vorbei.

Lange Zeit nachher, als ich in einen leichten Schlummer gefallen war, hörte ich einen Schlüssel sich in einem Schloss drehen, konnte aber nicht feststellen, aus welcher Richtung der Laut kam.

Was dies alles bedeutet, davon kann ich mir keine Vorstellung machen, aber so viel ist sicher: Etwas Geheimnisvolles geht in diesem Hanse vor, und früher oder später werden wir dahinterkommen. Ich will Sie nicht mit Theorien behelligen, denn Sie baten mich ja, bloß Tatsachen mitzuteilen. Ich habe heute früh ein langes Gespräch mit Sir Henry gehabt, und wir haben auf Grund meiner in der vorigen Nacht gemachten Beobachtungen einen Feldzugsplan entworfen. Ich will heute nichts mehr darüber sagen, um nicht das meinem nächsten Bericht zukommende Interesse vorwegzunehmen.

Neuntes Kapitel
(Zweiter Bericht des Doktor Watson)

Baskerville Hall, den 15. Oktober.
Mein lieber Holmes!

Wenn ich in den ersten Tagen meiner hiesigen Tätigkeit genötigt war, Sie mit recht spärlichen Nachrichten abzuspeisen, müssen Sie zugeben, dass ich das Versäumte jetzt nachhole, denn die Ereignisse drängen und jagen jetzt einander. Der Höhepunkt meines letzten Berichtes war die Überraschung Barrymores am Fenster; und heute habe ich wieder einen ganzen Vorrat an Neuigkeiten, von denen ich annehmen darf, dass sie Ihnen nicht wenig überraschend kommen werden. Die Ereignisse haben eine Wendung genommen, die sich gar nicht vorhersehen ließ. Die Verhältnisse sind in den letzten achtundvierzig Stunden in mancher Beziehung viel klarer, in mancher Beziehung aber auch viel verworrener geworden. Aber ich will Ihnen das Ganze berichten, und Sie können dann selber urteilen.

Ehe ich mich am anderen Morgen zum Frühstück begab, ging ich in den Korridor hinunter und untersuchte das Zimmer, worin Barrymore die Nacht vorher gewesen war. Das Fenster in der Westwand, durch welches er mit so gespannter Aufmerksamkeit in die Nacht hinausgespäht hatte, zeichnet sich, wie ich sofort bemerkte, vor allen anderen Fenstern des Gebäudes durch eine ganz besondere Eigentümlichkeit aus: Man hat von dort einen vollkommenen Überblick über das Moor. Durch eine Lücke zwischen zwei Bäumen sieht man es ganz nahe und deutlich vor sich liegen, während man von den anderen Fenstern aus nur entferntere Partien des Moors in verschwommenen Umrissen sieht. Da also nur dies eine Fenster die erwähnte Eigenschaft aufweist, so folgt daraus, dass Barrymore irgendwen oder irgendwas auf dem Moor suchte. Die Nacht war sehr finster, ich kann mir daher kaum vorstellen, wie er hoffen konnte, jemanden in der Dunkelheit zu sehen. Mir war der Gedanke gekommen, es könnte sich möglicherweise um irgendeine Liebesintrige handeln. Das hätte sein heimliches Umherschleichen und zugleich auch die niedergedrückte Stimmung seiner

Frau erklärt. Der Mann ist ein auffallend hübscher Bursche, von dem man sich wohl denken kann, dass er einem Landmädel das Herz zu stehlen vermag; die Annahme erschien daher nicht ganz unbegründet. Das Öffnen der Tür, das ich später im Halbschlummer gehört hatte, ließ sich damit erklären, dass er zu einem heimlichen Stelldichein ins Freie gegangen war. Mit diesem Gedanken beschäftigte ich mich den Morgen über, und ich wollte Ihnen meinen Verdacht doch jedenfalls mitteilen, wenngleich der Lauf der Ereignisse wohl dargetan haben dürfte, dass derselbe unbegründet war.

Aber mochte nun Barrymores nächtliches Herumwandern hiermit oder auf eine andere Weise zu erklären sein – ich fühlte, dass die Verantwortlichkeit, das Rätsel so lange für mich allein zu behalten, bis ich selber die Lösung gefunden, zu schwer auf mir lasten würde. Ich suchte also nach dem Frühstück den Baronet in seinem Arbeitszimmer auf und teilte ihm alles mit, was ich gesehen hatte. Er war weniger überrascht, als ich es erwartet hatte.

»Ich wusste bereits«, sagte er, »dass Barrymore nächtlicherweile herumgeht, und hatte die Absicht, mit ihm darüber zu sprechen. Zwei- oder dreimal habe ich, gerade um die von Ihnen genannte Stunde, seine Schritte im Korridor kommen und gehen hören.«

»Dann macht er also vielleicht jede Nacht den Gang zu jenem Fenster?«

»Kann sein. Wenn es der Fall wäre, könnten wir ihm ja heimlich nachgehen und sehen, was er dort treibt. Was würde wohl Ihr Freund Holmes tun, wenn er hier wäre?«

»Vermutlich genau dasselbe, was Sie soeben anregten«, antwortete ich. »Er würde Barrymore nachgehen und mit eigenen Augen sehen, was er macht.«

»Dann wollen wir zusammen gehen!«

»Aber er würde uns ganz gewiss hören!«

»Der Mann ist ziemlich schwerhörig – aber einerlei, wir müssen es darauf ankommen lassen. Wir wollen heute Nacht aufbleiben und in meinem Zimmer warten, bis er vorbeikommt.«

Sir Henry rieb sich vergnügt die Hände; augenscheinlich begrüßte er das Abenteuer als eine Abwechslung in seinem so ruhigen Leben auf dem Moor.

Der Baronet hat sich mit dem Baumeister, der für Sir Charles die Pläne entworfen hatte, und auch mit einem Londoner Bauunternehmer in Verbindung gesetzt; wir können daher erwarten, dass hier in kurzer Zeit große Veränderungen platzgreifen. Möbellieferanten und Tapezierer waren von

Plymouth hier, und es geht aus allem hervor, dass unser Freund sich mit großen Plänen trägt, und weder Geld noch Mühe zu sparen gedenkt, um den alten Glanz seiner Familie wiederherzustellen. Wenn das Haus umgebaut und neu eingerichtet ist, fehlt bloß noch eine Frau, um es vollständig zu machen. Unter uns gesagt: Es geht aus recht deutlichen Anzeichen hervor, dass es daran nicht fehlen wird, wenn nur die Dame will, denn ich habe selten jemand so verliebt gesehen, wie er's in unsere schöne Nachbarin, Miss Stapleton ist. Es geht jedoch mit dieser Liebe nicht so sacht und eben, wie man's den Umständen nach erwarten sollte. Heute zum Beispiel kam ganz unerwartet etwas in die Quere, was unseren Freund sehr überrascht und geärgert hat.

Nach der soeben geschilderten Unterhaltung betreffs Barrymores setzte Sir Henry seinen Hut auf und machte sich zum Ausgehen fertig. Natürlich tat ich dasselbe.

»Was, gehen Sie auch aus, Watson?«, fragte er, indem er mich ganz sonderbar ansah.

»Das kommt darauf an, ob Sie aufs Moor hinausgehen«, antwortete ich.

»Jawohl, das tue ich.«

»Nun, Sie wissen, was für Vorschriften ich habe. Es tut mir leid, mich aufzudrängen, aber Sie hörten ja selbst, wie ernstlich Holmes darauf bestand, dass ich Ihnen nicht von der Seite gehen, und besonders, dass ich Sie nicht allein aufs Moor hinauslassen dürfte.«

Sir Henry legte mit einem freundlichen Lächeln seine Hand auf meine Schulter und sagte:

»Mein lieber Junge, Holmes hat in aller seiner Weisheit gewisse Dinge nicht vorausgesehen, die sich während meines Aufenthaltes hier auf dem Moor zugetragen haben. Sie verstehen mich! Ich bin gewiss, Sie sind der Letzte, der den Spielverderber machen möchte. Ich muss allein gehen.«

Das brachte mich in eine höchst unangenehme Lage. Ich wusste nicht, was ich sagen oder machen sollte, und bevor ich mit mir selbst im Reinen war, hatte er seinen Stock aus der Ecke genommen und war gegangen.

Als ich mir dann aber die Sache recht überdachte, machte ich mir in meinem Gewissen die bittersten Vorwürfe, dass ich ihn unter irgendwelchem Vorwand aus den Augen gelassen hatte. Ich malte mir aus, mit welchen Gefühlen ich Ihnen vor Augen treten würde, wenn ich bekennen musste, es hätte sich durch meine Vernachlässigung Ihrer Vorschriften irgendein Unglück zugetragen. Ich kann Ihnen sagen, bei dem bloßen Gedanken errötete ich! Dann fiel mir ein, es könnte vielleicht noch nicht zu spät sein, ihn einzuholen; ich machte mich daher unverzüglich in der Richtung nach Merripit House auf den Weg.

So schnell ich laufen konnte, eilte ich die Straße entlang, konnte aber von Sir Henry nichts entdecken, bis ich an die Stelle kam, wo der Fußweg über das Moor sich abzweigt. In der Befürchtung, ich wäre vielleicht überhaupt auf ganz falschem Weg, erstieg ich einen Hügel, von welchem aus ich eine weite Aussicht haben musste. Wirklich sah ich ihn sofort. Er ging ungefähr eine Viertelmeile entfernt auf dem Moorweg, und an seiner Seite befand sich eine Dame, die nur Miss Stapleton sein konnte. Offenbar herrschte bereits ein Einverständnis zwischen ihnen; sie mussten sich auf Verabredung getroffen haben. In ihr Gespräch vertieft, gingen sie langsam auf dem Fußpfad weiter. Oft machte sie rasche, kleine Handbewegungen, wie wenn sie etwas mit besonderem Nachdruck sagte; er hingegen hörte sie mit gespannter Aufmerksamkeit an und schüttelte ein paar Mal in energischer Verneinung den Kopf. Hinter einem Felsblock verborgen, beobachtete ich sie mit größter Aufmerksamkeit; ich war ganz ratlos, was ich weiter tun sollte. Wäre ich ihnen nachgegangen und hätte mich in ihre vertrauliche Unterhaltung eingemischt, wäre das eine beleidigende Taktlosigkeit gewesen; dabei aber schrieb mir meine Pflicht klar und deutlich vor, ihn keinen Augenblick aus dem Gesicht zu verlieren. Einen Freund auszuspionieren, war eine erbärmliche Aufgabe. Ich fand jedoch keinen anderen Ausweg, als ihn von meinem Hügel aus zu beobachten und hinterher ihm dies einzugestehen und dadurch mein Gewissen zu reinigen. Wäre er von einer plötzlichen Gefahr bedroht worden, dann war ich freilich zu weit entfernt, um ihm von Nutzen sein zu können; Sie werden mir aber gewiss zugeben, dass ich in schwieriger Lage, und dass eine andere Handlungsweise für mich nicht möglich war.

Unser Freund Sir Henry und die Dame waren stehen geblieben und hatten augenscheinlich über ihrem Gespräch die ganze Außenwelt vergessen; plötzlich bemerkte ich, dass ich nicht der einzige Zeuge ihrer Zusammenkunft war. Es flatterte irgendetwas Grünes in der Luft und als ich näher hinsah, bemerkte ich, dass dieses Grüne an einem Stock befestigt war, und dass diesen Stock ein Mann trug, der sich schnell über den Moorgrund bewegte. Es war Stapleton mit seinem Schmetterlingsnetz.

Er war viel näher bei dem Paar als ich und ging augenscheinlich geraden Weges auf die beiden jungen Leute zu. In diesem Augenblick zog plötzlich Sir Henry Miss Stapleton an sich. Sein Arm hielt sie umschlungen, aber es kam mir vor, als suchte sie sich mit abgewandtem Antlitz von ihm loszumachen. Er beugte sein Gesicht zu dem ihrigen herunter, und sie hob die eine Hand auf, wie wenn sie ihm wehren wollte. Unmittelbar darauf sah ich sie auseinanderfahren und sich schnell umdrehen. Stapleton war der Störenfried. Er sprang in wilden Sätzen auf sie zu, wobei sein Schmetterlingsnetz in lächerlicher Weise hinter ihm in der Luft flatterte. Die Bedeutung des ganzen Vorganges konnte ich mir nicht erklären, aber mir kam es vor, als ob Stapleton Sir Henry heftige Vorwürfe machte. Dieser gab, wie es schien, Erklärungen ab und wurde dann auch ärgerlich, als der andere davon nichts hören wollte. Die Dame stand in stolzem Schweigen dabei.

Zuletzt drehte Stapleton sich kurz um und winkte mit gebieterischer Gebärde seiner Schwester; diese warf noch einen unentschlossenen Blick auf Sir Henry und entfernte sich dann an der Seite ihres Bruders. An den ärgerlichen Gestikulationen des Naturforschers ließ sich erkennen, dass er auch mit seiner Schwester unzufrieden war. Der Baronet sah ihnen etwa eine Minute lang nach, dann ging er gesenkten Hauptes langsam den Weg zurück, den er gekommen war; offenbar war er in tiefer Niedergeschlagenheit.

Die Bedeutung des Vorfalls war mir, wie gesagt, unklar, aber ich schämte mich aufs tiefste, ohne Wissen meines Freundes einem nicht für Zeugen bestimmten Auftritt beigewohnt zu haben. Ich eilte daher den Hügel hinunter und traf unten mit dem Baronet zusammen. Sein Gesicht war vor Ärger gerötet und seine Augenbrauen waren in scharfem Nachdenken zusammengezogen, als wüsste er nicht, welchen Entschluss er fassen sollte.

»Hallo, Watson!«, rief er, als er mich bemerkte. »Wo kommen Sie denn hergeschneit? Sie sind mir doch nicht etwa trotz alledem nachgegangen?«

Ich gab ihm eine offene Erklärung, dass es mir unmöglich gewesen wäre, zurückzubleiben, dass ich ihm deshalb gefolgt wäre und den ganzen Vorfall mit angesehen hätte. Zuerst sah er mich mit funkelnden Augen an, aber meine Freimütigkeit entwaffnete seinen Zorn, und zuletzt brach er in ein allerdings ziemlich trauriges Lachen aus und sagte:

»Man hätte doch denken sollen, dass mitten auf dieser Ebene jemand ungestört seinen Privatangelegenheiten nachgehen könnte; aber, zum Donnerwetter, die ganze Nachbarschaft scheint sich auf die Beine gemacht zu haben, um sich meine Liebeswerbung anzusehen – freilich, eine recht klägliche Liebeswerbung. Welchen Platz hatten Sie denn, Doktor?«

»Ich war da oben auf dem Hügel.«

»Also Stehplatz ganz hinten. Dafür aber war ihr Bruder ganz vorn, sozusagen Orchesterfauteuil. Sahen Sie ihn auf uns loskommen?«

»Ja.«

»Machte er je auf Sie den Eindruck, dass er verrückt ist – ich meine ihren Bruder?«

»Das kann ich nicht von ihm sagen.«

»Ich auch nicht. Ich hielt ihn bis heute für vollkommen vernünftig, aber glauben Sie mir, entweder er oder ich gehören in eine Zwangsjacke. Nun, wie steht's denn mit mir? Sie haben jetzt mehrere Wochen in meiner Gesellschaft gelebt, Watson. Sagen Sie mir frei heraus: Ist an mir irgendetwas, das mich verhindern würde, für das Weib, das ich liebe, ein guter Gatte zu sein?«

»Das kann man ganz gewiss nicht behaupten!«

»Gegen meine Stellung in der Welt kann er nichts einzuwenden haben, also muss ich selber ihm nicht recht sein. Was hat er gegen mich? Ich habe, so viel ich weiß, meiner Lebtage weder Mann noch Weib was zuleide getan. Und dabei will er mich nicht mal ihre Fingerspitzen anrühren lassen.«

»Sagte er das?«

»Das und noch viel mehr. Wissen Sie, Watson, ich habe sie erst diese paar Wochen gekannt, aber vom ersten Augenblick an fühlte ich, dass sie für mich geschaffen war, und auch sie – sie war glücklich, wenn sie mit mir zusammen war, darauf will ich schwören. In einem Frauenauge ist ein gewisser Glanz, der deutlicher spricht als Worte. Aber er ließ uns nie ungestört beisammen sein und heute zum ersten Mal ergab sich die Möglichkeit, ein paar Worte mit ihr unter vier Augen zu sprechen. Sie freute sich ebenfalls, mit mir zusammen zu kommen, aber als wir uns dann trafen, wollte sie nichts von Liebe hören, geschweige denn selbst davon sprechen. Fortwährend kam sie darauf zurück, dass die Gegend gefahrvoll wäre und dass sie nicht mehr glücklich sein könnte, als bis ich den Ort verlassen hätte. Ich sagte ihr: Seit ich sie gesehen, hätte ich's mit der Abreise durchaus nicht eilig, und wenn sie wirklich wünschte, dass ich ginge, gebe es kein anderes Mittel, als wenn sie mit mir ginge. Und ich bot ihr in beredten Worten mich als Gatten an; aber bevor sie antworten konnte, kam ihr Bruder auf uns losgesprungen mit einem Gesicht wie ein Irrsinniger. Er war kreideweiß vor Wut, und seine hellblauen Augen schleuderten Blitze. Was machte ich da mit der Dame? Wie könnte ich's wagen, ihr Aufmerksamkeiten zu erweisen, die ihr nicht willkommen wären. Glaubte ich vielleicht, weil ich Baronet wäre, könnte ich tun, was mir gefiele?

Wäre er nicht ihr Bruder gewesen, hätte ich wohl die richtige Antwort für ihn gehabt. So begnügte ich mich damit ihm zu sagen, meine Gesinnungen gegen seine Schwester wären von der Art, dass ich mich ihrer nicht zu schämen brauchte, und ich hoffte, sie würde mir die Ehre erweisen, mein Weib zu werden. Diese Erklärung hatte aber anscheinend keine Wirkung; da verlor auch ich die Geduld und antwortete ihm hitziger, als ich's wohl eigentlich hätte dürfen, da sie ja neben uns stand. Das Ende vom Lied war, dass er mit ihr fortging, wie Sie sahen, und hier stehe ich nun und bin ganz außer Rand und Band. Sagen Sie mir doch um Gottes willen, Watson, was dies alles bedeutet!«

Ich versuchte ein paar Erklärungen des Rätsels zu geben, aber ich war in der Tat selber vollkommen verblüfft. Unseres Freundes Adelstitel, sein Vermögen, sein Alter, sein Charakter, seine äußere Erscheinung – dies alles spricht zu seinen Gunsten, und ich weiß nicht, was man überhaupt gegen ihn anführen könnte – abgesehen etwa von dem düsteren Verhängnis, das seine Familie verfolgt. Dass seine Anträge so schroff zurückgewiesen werden, ohne dass die Dame überhaupt nur um ihre Meinung gefragt wird, und dass die Dame sich ohne ein Wort des Protestes in diese Lage fügt – das ist sehr überraschend. Wir wurden indessen der Beschäftigung mit unseren Mutmaßungen bald überhoben, indem der Bruder noch am selben Nachmittag einen Besuch auf Baskerville Hall machte. Er kam, um sich wegen seines ungezogenen Benehmens zu entschuldigen, und das Endergebnis einer langen Unterredung, die er mit Sir Henry unter vier Augen in dessen Arbeitszimmer hatte, ist, dass der Bruch vollkommen wieder ausgeglichen ist und dass wir zum Zeichen der Versöhnung am Freitag nach Merripit House zum Essen kommen sollen.

»Ich will nicht behaupten, dass er nicht verrückt ist!«, sagte Sir Henry zu mir. »Ich kann den Ausdruck nicht vergessen, der in seinen Augen lag, als er heute früh auf mich losstürzte, aber ich muss zugeben, dass niemand eine bessere Entschuldigung vorbringen konnte, als er es getan hat.«

»Gab er irgendeine Erklärung für sein Benehmen?«

»Er sagt, seine Schwester sei alles und jedes in seinem Leben. Das ist ja auch ganz natürlich, und ich freue mich sogar darüber, dass er ihren Wert zu schätzen weiß. Sie sind immer zusammen gewesen, und er war, wie er sagt, jederzeit ein einsamer Mann, der niemals andere Gesellschaft hatte außer ihr; der Gedanke, sie verlieren zu müssen, sei für ihn daher geradezu fürchterlich gewesen. Er hätte nichts davon gemerkt, dass sich ein Verhältnis zwischen uns anbahnte, als er es dann aber mit eigenen Augen gesehen hätte und ihm zum Bewusstsein gekommen wäre, dass sie ihm vielleicht genommen würde, da hätte ihm das einen solchen Stoß gegeben, dass er eine Zeit lang nicht gewusst hätte, was er sagte oder tat. Der ganze Vorfall täte ihm außerordentlich leid, und er müsste zugeben, dass es töricht und selbstsüchtig von ihm sei sich einzubilden, dass er ein schönes Mädchen wie seine Schwester ihr ganzes Leben lang für sich behalten könnte. Wenn sie ihn denn doch verlassen müsste, wäre es ihm noch lieber, ein Nachbar wie ich bekäme sie als sonst jemand. Aber jedenfalls wäre es ein harter Schlag für ihn, und er bedürfte einer gewissen Zeit, um sich damit abzufinden. Er wollte seinerseits auf jeden Widerstand verzichten, wenn ich dafür verspräche, drei Monate lang die Angelegenheit ruhen zu lassen, um mich damit zu begnügen, während dieser Zeit der Dame meine Freundschaft zu bezeigen und nicht um ihre Liebe zu werben. Das versprach ich ihm, und somit ist die Sache vorläufig erledigt.«

So ist also eines von unseren kleinen Geheimnissen aufgeklärt! Es ist immerhin schon etwas, in diesem Morast, worin wir uns bewegen, wenigstens an einer Stelle auf festen Grund gekommen zu sein. Wir wissen jetzt, warum Stapleton mit so scheelen Blicken auf seiner Schwester Freier sah, obwohl dieser Freier ein so begehrenswerter Mann ist wie Sir Henry.

Und nun komme ich zu dem anderen Faden, den ich aus dem wirren Knäuel frei gemacht habe, zu dem Geheimnis der nächtlichen Seufzer, der Tränenspuren auf Mrs Barrymores Gesicht, der verstohlenen Wanderungen des Schlossverwalters zu dem Fenster an der westlichen Seite des Hauses. Wünschen Sie mir Glück, mein lieber Holmes, und sagen Sie mir, dass ich Sie in meiner Tätigkeit als Ihr Abgesandter nicht enttäuscht habe – dass Ihnen das Vertrauen, das Sie mir mit Übertragung dieser Sendung bezeigten, nicht leid tut. Alle diese dunklen Punkte sind durch die Tätigkeit einer einzigen Nacht vollkommen aufgeklärt worden.

Ich sagte: ›durch die Tätigkeit einer einzigen Nacht‹, aber in Wirklichkeit brauchten wir zwei Nächte dazu, denn in der ersten war unsere Mühe völlig vergeblich. Ich saß mit Sir Henry bis gegen drei Uhr früh in seinem Zimmer auf, aber kein Laut irgendwelcher Art ließ sich vernehmen; nur die Wanduhr auf dem Treppenflur hörten wir schlagen. Es war eine höchst melancholische Nachtwache, die damit endete, dass wir alle beide in unseren Stühlen einschliefen. Zum Glück waren wir durch unseren Misserfolg nicht entmutigt, sondern beschlossen, noch einen Versuch zu machen. Am nächsten Abend schraubten wir wieder unser Lampenlicht niedrig und saßen Zigaretten rauchend in lautloser Stille da. Die Stunden schlichen mit unglaublicher Langsamkeit dahin; doch half uns eine Art von geduldiger Neugier darüber hinweg, wie wohl der Jäger sie spüren mag, der neben einer Falle, in der er ein wildes Tier zu fangen hofft, auf der Lauer liegt.

Es schlug eins – dann zwei – und wir hätten es beinahe zum zweiten Mal, am Erfolg verzweifelnd, aufgegeben – da plötzlich richteten wir uns beide zugleich kerzengerade in unseren Stühlen auf; alle unsere Sinne waren aufs schärfste angespannt: wir hörten auf dem Gang das leise Geräusch eines Schrittes!

Ganz leise, leise hörten wir den Mann entlangschleichen, bis das Geräusch in der Ferne erstarb. Dann öffnete der Baronet leise die Tür, und wir machten uns zur Verfolgung auf. Unser Mann war bereits bei der Galerie um die Ecke gebogen, und der Korridor lag in tiefer Finsternis da. Leise schlichen wir uns den Gang entlang zum anderen Flügel. Wir erhaschten gerade noch den Anblick der langen, schwarzbärtigen Gestalt, die vornübergebeugt und auf den Zehenspitzen gehend den Korridor entlangschlich. Dann trat er in dieselbe Tür ein wie das vorige Mal, und in dem Kerzenlicht zeichnete sich der viereckige Türrahmen mit gelbem Schein auf dem schwarzen Korridor ab. Wir tasteten uns vorsichtig nach jener Stelle hin; jedes Brett untersuchten wir erst mit dem Fuß, ehe wir wagten, es mit unserem ganzen Gewicht zu belasten. Aus Vorsicht hatten wir auch unsere Stiefel vorher ausgezogen, aber trotzdem ächzten und knarrten die alten Bretter unter unseren Tritten. Zuweilen dachten wir, es wäre unmöglich, dass er unsere Annäherung nicht hörte. Aber der Mann ist zum Glück wirklich recht schwerhörig, und zudem waren seine Gedanken völlig von seinem Tun in Anspruch genommen. Nachdem wir endlich die Tür erreicht hatten und durch die Öffnung in das Zimmer spähten, sahen wir ihn mit der Kerze in der Hand vor dem Fenster hocken, das blasse Gesicht mit einem Ausdruck gespannter Aufmerksamkeit gegen eine der Scheiben gepresst. Es war genau dieselbe Stellung, in der ich ihn zwei Nächte vorher überrascht hatte.

Wir hatten uns keinen bestimmten Plan gemacht, aber dem Wesen des Baronets entspricht es, stets den geradesten Weg zu gehen. Er betrat das Zimmer, und sofort sprang Barrymore mit einem scharfen, keuchenden Atemzug von seinem Platz am Fenster auf und stand bleich und zitternd vor uns. Seine dunklen Augen glühten aus der Blässe seines maskengleichen Gesichtes hervor und blickten voll von entsetzter Überraschung auf Sir Henry und mich.

»Was machen Sie hier, Barrymore?«

»Nichts, Herr!«

Seine Aufregung war so groß, dass er kaum sprechen konnte; er zitterte so stark, dass die Kerze, die er hielt, hüpfende Schatten an die Wand warf.

»Es war wegen des Fensters, Herr! Ich mache nachts die Runde, um nachzusehen, ob sie auch fest geschlossen sind.«

»Im zweiten Stock?«

»Jawohl, Herr, ich untersuche alle Fenster!«

»Hören Sie zu, Barrymore!«, sagte Sir Henry ernst. »Wir sind entschlossen, die Wahrheit aus Ihnen herauszubekommen. Sie sparen sich also Unannehmlichkeiten, wenn Sie sofort die Wahrheit sagen, anstatt noch länger damit zu warten. Also vorwärts! Keine Lügen! Was wollten Sie an diesem Fenster?«

Der Mann sah uns mit einem hilflosen Ausdruck an und krampfte die Hände zusammen, wie wenn er im höchsten Grad verzweifelt wäre.

»Ich tat nichts Böses, Herr. Ich hielt bloß ein Licht an das Fenster.«

»Und warum hielten Sie ein Licht an das Fenster?«

»Fragen Sie mich nicht danach, Sir Henry – bitte fragen Sie mich nicht! Ich gebe Ihnen mein Wort, Herr, dass es nicht mein Geheimnis ist und dass ich es also nicht sagen kann. Wenn es nur mich selber beträfe, würde ich nicht versuchen, es Ihnen vorzuenthalten.«

Ein plötzlicher Gedanke durchfuhr mich, und ich nahm die Kerze von dem Fensterbrett, worauf der Mann sie gestellt hatte.

»Er muss die Kerze als ein Zeichen ans Fenster gehalten haben«, sagte ich. »Wir wollen doch mal sehen, ob nicht irgendeine Antwort darauf gegeben wird.«

Ich hielt das Licht genau so, wie Barrymore es getan hatte, und spähte in die nächtliche Finsternis hinaus. Nur undeutlich konnte ich die schwarze Masse der Baumwipfel unterscheiden und dahinter die hellere Fläche des Moors, denn der Mond war hinter den Wolken verborgen. Dann auf einmal stieß ich einen triumphierenden Ruf aus, denn ein feines, nadelförmiges Lichtpünktchen durchbrach plötzlich den schwarzen Schleier und glühte, auf demselben Fleck bleibend, in dem dunklen, vom Fenster eingerahmten Viereck.

»Da ist's!«, rief ich.

»Nein, nein, Herr; es ist nichts, wirklich nichts!«, fiel der Diener ein. »Ich versichere Ihnen, Herr ...«

»Bewegen Sie Ihr Licht vor dem Fenster hin und her, Watson!«, rief der Baronet. »Sehen Sie, das andere bewegt sich ebenfalls! Nun, Sie Schurke, leugnen Sie immer noch, dass es ein Signal ist? Vorwärts, heraus mit der

Sprache! Wer ist Ihr Mitverschworener da draußen, und was für 'ne Verschwörung ist hier im Gange?«

Barrymores Gesicht nahm plötzlich einen trotzigen Ausdruck an; er sagte: »Das ist meine Sache und nicht Ihre. Ich sage nichts!«

»Dann verlassen Sie auf der Stelle meinen Dienst.«

»Sehr wohl, Herr. Wenn es sein muss, tu ich's!«

»Und mit Schimpf und Schande gehen Sie aus meinem Haus! Zum Donnerwetter, Sie sollten sich doch schämen! Ihre Familie hat mit der meinigen seit einem Jahrhundert unter diesem Dach gewohnt, und hier finde ich Sie in eine lichtscheue Verschwörung gegen mich verwickelt!«

»Nein, Herr, nein! Nicht gegen Sie!«

Es war eine weibliche Stimme, die diese Worte sprach, und als wir uns umdrehten, sahen wir Mrs Barrymore noch bleicher und verstörter, als ihr Mann es war, in der Tür stehen. Ihre vierschrötige Gestalt, die in einen Unterrock und ein Umschlagetuch gehüllt war, machte fast einen komischen Eindruck; dieser verschwand jedoch sofort, wenn man den Ausdruck tiefer Angst auf ihrem Gesicht bemerkte.

»Wir müssen gehen, Eliza. Das ist das Ende vom Lied. Du kannst unsere Sachen packen!«, sagte der Mann.

»Oh, John, John, habe ich dich dahin gebracht? Es ist meine Schuld, Sir Henry – nur meine ganz allein. Er hat nichts getan, als um mir zu Gefallen zu sein, und weil ich ihn darum bat.«

»Dann heraus mit der Sprache! Was bedeutet dies alles?«

»Mein unglücklicher Bruder irrt hungernd auf dem Moor umher. Wir können ihn nicht unmittelbar vor unserer Tür umkommen lassen. Das Licht ist ein Zeichen für ihn, dass wir Lebensmittel für ihn bereithalten, und das Licht dort drüben bezeichnet die Stelle, wohin wir das Essen bringen müssen.«

»Dann ist also Ihr Bruder …?«

»Der entsprungene Sträfling, ja, Herr … der Verbrecher Selden.«

»Das ist die Wahrheit, Herr«, bestätigte Barrymore. »Ich sagte Ihnen, es wäre nicht mein Geheimnis, und ich könnte Ihnen nichts sagen. Aber nun haben Sie es selber gehört, und Sie werden einsehen, dass gegen Sie keine Verschwörung vorhanden war, wenn überhaupt von einer solchen die Rede sein kann.«

Das also war die Erklärung des heimlichen nächtlichen Herumschleichens und des an das Fenster gehaltenen Lichtes! Sir Henry und ich starrten ganz verdutzt die Frau an. War es möglich, konnte diese augenscheinlich beschränkte, aber dabei ehrbare Person vom selben Fleisch und Blut sein wie einer der berüchtigtsten Verbrecher im ganzen Land?

»Ja, Herr!«, fuhr sie fort. »Ich hieß früher Selden, und er ist mein jüngerer Bruder. Wir verzogen ihn zu sehr, als er ein kleiner Knirps war, und ließen ihm in allem seinen Willen, bis er zuletzt dachte, die ganze Welt sei nur zu seinem Vergnügen da, und er könne tun, was ihm gefiele. Als er dann älter wurde, kam er in schlechte Gesellschaft, und der Teufel wurde Herr über ihn, bis er zuletzt meiner Mutter Herz brach und unseren guten Namen in den Dreck zog. Von Verbrechen zu Verbrechen sank er immer tiefer und tiefer, und nur Gottes Gnade hat ihn vor dem Galgen bewahrt. Für mich aber, Herr, war er immer der krausköpfige kleine Junge, den ich als ältere Schwester aufgezogen und mit dem ich gespielt hatte. Deshalb brach er aus dem Zuchthaus aus, Herr. Er wusste, dass ich hier war und ihm nicht meine Hilfe verweigern würde. Und als er sich dann eines Nachts abgemattet und halb verhungert an unsere Tür schleppte und die Aufseher ihm dicht auf der Spur waren – ja, was konnten wir da tun? Wir ließen ihn ein und gaben ihm zu essen und pflegten ihn. Dann kamen Sie hierher, Herr, und mein Bruder dachte, es wäre sicherer für ihn draußen auf dem Moor, bis der erste Lärm und die Hetzjagd vorüber wäre; deshalb verbarg er sich draußen. Aber jede zweite Nacht vergewisserten wir uns, ob er noch da wäre, indem wir ein Licht ins Fenster stellten, und wenn er auf dieses Zeichen antwortete, brachte mein Mann ihm Brot und Fleisch hinaus. Jeden Tag hofften wir, er wäre fort, aber so lange er noch hier war, konnten wir ihn nicht im Stich lassen. Das ist die ganze Wahrheit – so war ich eine ehrliche Christin bin, und Sie werden einsehen, wenn dabei jemand zu tadeln ist, fällt der Vorwurf nicht auf meinen Mann, sondern nur auf mich allein, denn nur um meinetwillen hat er alles getan.«

Die Frau sprach mit solchem Ernst, dass man von ihrer Wahrhaftigkeit überzeugt sein musste.

»Ist dies wahr, Barrymore?«

»Ja, Sir Henry! Vom ersten bis zum letzten Wort!«

»Nun, ich kann Sie nicht dafür tadeln, dass Sie Ihrer Frau geholfen haben. Vergessen Sie, was ich Ihnen gesagt habe. Gehen Sie mit Ihrer Frau in Ihr Zimmer; morgen wollen wir weiter darüber sprechen.«

Als sie fort waren, sahen wir wieder aus dem Fenster. Sir Henry hatte es aufgestoßen, und der kalte Nachtwind schlug uns ins Gesicht. In der finsteren Ferne glomm noch immer das gelbe Lichtpünktchen.

»Ich wundere mich, dass er das wagt!«, rief Sir Henry.

»Vielleicht ist das Licht so aufgestellt, dass es nur von hier aus sichtbar ist.«
»Höchstwahrscheinlich. Wie weit ist es Ihrer Meinung nach entfernt?«
»Es scheint mir bei Clest Tor zu sein.«
»Also nur eine oder zwei Meilen von hier?«
»Kaum so weit!«
»Jedenfalls kann es nicht sehr weit sein, da Barrymore die Lebensmittel hinauszubringen hatte. Und da draußen wartet der Schurke, neben seinem Licht! Zum Donnerwetter, Watson, ich will hinaus und den Kerl festnehmen!«

Derselbe Gedanke war auch mir schon gekommen. Es konnte nicht davon die Rede sein, dass die Barrymores uns ins Vertrauen gezogen hatten. Ihr Geheimnis war ihnen mit Gewalt entrissen worden. Der Mann war eine Gefahr für die menschliche Gesellschaft, ein unbarmherziger Schurke, für den es kein Erbarmen und kein Mitleid gab. Wir taten nur unsere Pflicht, wenn wir ihn an den Ort zurückbrachten, wo er keinen Schaden anrichten konnte. Ließen wir diesen rohen, gewalttätigen Verbrecher aus den Händen, würden andere dafür büßen müssen. Jede Nacht waren zum Beispiel unsere Nachbarn, die Stapletons, durch einen Angriff von ihm bedroht; vielleicht war es dieser letztere Gedanke, der Sir Henry so besonders erpicht auf das Abenteuer machte.

»Ich werde mitkommen«, sagte ich.

»Dann holen Sie Ihren Revolver und ziehen Sie Ihre Stiefel an. Je eher wir uns auf den Weg machen, desto besser, sonst bläst der Kerl vielleicht sein Licht aus und macht sich davon.«

Keine fünf Minuten später waren wir draußen. Schnell durchschritten wir den finsteren Baumgarten; der Nachtwind brauste eintönig, die fallenden Blätter raschelten. Die Nachtluft war drückend schwer von Nebel und Dunst. Ab und zu wurde der Mond für einen Augenblick sichtbar, aber der Himmel war dicht von eilenden Wolken überzogen, und gerade als wir auf das Moor hinaustraten, begann ein feiner Regen zu fallen. Das Licht brannte noch immer gerade vor uns auf demselben Fleck.

»Sind Sie bewaffnet?«, fragte ich.

»Ich habe einen Reitstock mit Bleiknopf.«

»Wir müssen blitzschnell über ihn herfallen, denn er soll ein ganz verzweifelter Geselle sein. Wir werden ihn überraschen und ihn wehrlos machen, ehe er nur an Widerstand denken kann.«

»Na, Watson«, sagte der Baronet, »was würde Holmes hierzu sagen? Wie war's doch mit der Stunde der Finsternis, da die Macht des Bösen entfesselt ist?«

Gleichsam als Antwort auf diese Frage erhob sich plötzlich aus der düsteren weiten Fläche des Moors jener seltsame Schrei, den ich schon einmal, am Rand des großen Grimpener Sumpfes, vernommen hatte. Der Wind trug ihn durch das nächtliche Schweigen zu uns heran – ein langes, tiefes Stöhnen, dann ein anschwellendes Heulen und dann das grausige Seufzen, worin es ausklang. Immer und immer wieder erhob sich der Laut, die ganze Luft schien von dem wilden, drohenden, durchdringenden Klang erfüllt zu sein. Der Baronet packte mich am Ärmel, und ich sah trotz der Finsternis, dass sein Gesicht leichenblass geworden war.

»Um Gottes willen, was ist das, Watson?«

»Ich weiß es nicht. Es ist ein Laut, der dem Moor eigentümlich ist. Ich hörte ihn früher schon einmal.«

Der Ton verstummte, und tiefstes Schweigen umhüllte uns. Wir lauschten mit Anspannung aller unserer Gehörnerven, aber es kam nichts mehr.

»Watson«, sagte der Baronet, »es war das Geheul eines Hundes.«

Mir erstarrte das Blut in den Adern, denn seine Stimme klang ganz gebrochen; offenbar hatte ihn ein plötzliches Entsetzen gepackt.

»Wie nennt man diesen Laut?«, fragte er.

»Wer?«

»Nun, die Leute hier in der Gegend.«

»Ach, das ist ja unwissendes Volk. Was kümmert es Sie, was die Leute darüber sagen?«

»Sprechen Sie, Watson! Was sagen sie darüber?«

Ich zauderte, aber ich konnte der Beantwortung der Frage nicht ausweichen.

»Man sagt, es sei das Geheul des Baskerville-Hundes.«

Er stöhnte und schwieg einige Augenblicke. Endlich sagte er:

»Ein Hund war es; aber das Geheul schien aus weiter Ferne zu kommen; von dort drüben her, glaube ich.«

»Es lässt sich schwer angeben, woher es kam.«

»Es schwoll an und wurde schwächer mit dem Wind. Liegt nicht in jener Richtung der große Grimpener Sumpf?«

»Ja.«

»Hm, dorther kam es. Seien Sie offen, Watson! Glauben Sie nicht selber, es war das Geheul eines Hundes? Ich bin kein Kind. Sie können ohne Furcht die Wahrheit sagen.«

»Stapleton war bei mir, als ich es das vorige Mal hörte; er sagte, es könnte möglicherweise der Schrei eines seltenen Vogels sein.«

»Nein, nein, es war ein Hund. Mein Gott, kann denn wirklich was Wahres an all diesen Geschichten sein? Ist es möglich, dass wirklich eine so geheimnisdunkle Gefahr mich ernstlich bedroht? Sie glauben doch nicht daran, Watson, nicht wahr?«

»Nein, nein!«

»Und doch, in London konnte man wohl darüber lachen, aber es ist was anderes, hier in der Finsternis auf dem Moor zu stehen und ein solches Geheul zu hören. Und mein Onkel! Neben der Stelle, wo er lag, war die Fußspur eines riesigen Hundes. Es stimmt alles zusammen. Ich glaube, kein Feigling zu sein, Watson, aber bei jenem Ton war es mir, als gefröre das Blut in meinen Adern. Fühlen Sie meine Hand!«

Sie war so kalt wie ein Stück Marmor.

»Morgen wird Ihnen wieder ganz wohl sein.«

»Ich glaube, das Geheul werde ich nicht so leicht wieder aus den Ohren los. Was sollen wir nach Ihrer Meinung jetzt zunächst tun?«

»Sollen wir umkehren?«

»Zum Donnerwetter, nein! Wir sind herausgekommen, um den Kerl zu fangen, und wir werden ihn fangen. Wir sind hinter dem Sträfling her, und ein Höllenhund ist ohne Zweifel hinter uns her. Vorwärts! Wir wollen die Sache zum Ende führen, und wenn alle Teufel der Hölle auf das Moor losgelassen wären!«

Wir tappten langsam in der Finsternis vorwärts, rings um uns war der schwarze Kranz der zerklüfteten Felsenhügel, vor uns brannte, immer auf demselben Fleck, der gelbe Lichtpunkt. Über nichts täuscht man sich so leicht wie über die Entfernung eines Lichtes in pechfinsterer Nacht; zuweilen sah es aus wie ein Flimmern am fernen Horizont, dann wieder schien es ein paar Ellen vor uns zu sein. Schließlich aber sahen wir, woher der Schein kam, und erkannten zugleich, dass wir ganz dicht dabei waren. Eine tropfende Kerze war in eine Felsenspalte gestellt; das Gestein beschützte die Flamme auf beiden Seiten gegen den Wind und bewirkte zugleich, dass der Lichtschein nur von Baskerville Hall her gesehen werden konnte. Ein Granitblock ermöglichte uns, ungesehen näher zu kommen; wir kauerten uns hinter dieser Deckung zusammen und spähten nach dem Signallicht. Einen seltsamen Anblick bot diese einsame Kerze, die hier mitten auf dem Moor brannte. Kein Zeichen des Lebens ringsum – nur diese eine gelbe Flamme und der Widerschein des Lichtes auf dem Gestein zu beiden Seiten.

»Was sollen wir jetzt zunächst tun?«, flüsterte Sir Henry.

»Hier warten! Er muss in der Nähe seines Lichtes sein. Wir wollen versuchen, ob wir ihn nicht zu Gesicht bekommen können.«

Ich hatte kaum diese Worte ausgesprochen, als wir ihn beide sahen. Über den Felsen, in der Spalte, worin das Licht brannte, streckte sich ein fahlgelbes Gesicht vor, ein scheußlich viehisches Gesicht, von niedrigen Leidenschaften verzerrt und durchfurcht. Von dem Morast besudelt, von zottigem Bart und wirrem Haar umgeben, hätte man es wohl für das Gesicht eines jener vorgeschichtlichen Wilden halten können, die in den Höhlen am Hügelabhang gelebt hatten. Das unter ihm brennende Licht spiegelte sich in seinen kleinen schlauen Augen, die mit wildem Blick sich nach rechts und links durch die Finsternis bohrten, wie die Augen eines listigen Raubtiers, das den Schritt des Jägers gehört hat.

Augenscheinlich hatte irgendetwas seinen Verdacht erregt. Vielleicht hatte sonst Barrymore irgendein anderes Zeichen gegeben, das wir natürlich nicht kannten, vielleicht hatte der Mann sonst einen Grund, anzunehmen, dass nicht alles in Ordnung war. Die Furcht war deutlich auf seinem Verbrechergesicht zu lesen. Jeden Augenblick konnte er mit einem Sprung sich aus dem Bereich des Lichtes entfernen und in der Dunkelheit verschwinden. Ich sprang deshalb auf ihn zu, und Sir Henry folgte meinem Beispiel. Im selben Augenblick schrie der Zuchthäusler uns einen wütenden Fluch entgegen und schleuderte einen großen Stein, der an dem uns bisher zur Deckung dienenden Granitblock in Stücke zerschellte.

Als er auf die Füße sprang und sich zur Flucht wandte, konnte ich einen kurzen Blick auf seine kurze, stämmige und kräftige Gestalt werfen. Im selben Augenblick hatten wir das Glück, dass der Mond die Wolken durchbrach. Wir sprangen eiligst auf den Gipfel des Hügels hinauf, und da sahen wir unseren Mann mit großer Schnelligkeit auf der anderen Seite herunterrennen und die Steine, die ihm im Weg waren, mit der Gewandtheit einer Bergziege überspringen. Ein glücklicher Schuss meines Revolvers hätte ihn vielleicht zum Krüppel machen können, aber ich hatte die Waffe nur zu meiner Verteidigung mitgenommen und nicht, um auf einen unbewaffneten und fliehenden Menschen damit zu schießen.

Wir waren beide gute Läufer und beide gesund und kräftig, aber wir fanden bald, dass wir keine Aussicht hatten, ihn einzuholen. Lange sahen wir ihn im Mondschein vor uns her rennen, bis er endlich nur noch wie ein kleiner Punkt zwischen den Granitblöcken am Abhang eines entfernten Hügels sich in eiligem Lauf hindurchwand. Wir rannten und rannten, bis uns der Atem völlig ausging, aber der Abstand wurde nur immer größer. Schließlich gaben wir die Verfolgung auf und setzten uns keuchend auf zwei große Steine; von hier aus sahen wir ihn in der Ferne verschwinden.

Und in diesem Augenblick trat etwas ganz Seltsames und Unerwartetes ein. Wir waren von unseren Steinblöcken aufgestanden, um nach Hause zu gehen, denn die Verfolgung hatten wir als gänzlich hoffnungslos aufgegeben. Zu unserer Rechten stand der Mond niedrig am Himmel, und die zackige Spitze eines Granitfelsens hob sich von dem unteren Rand der silbernen Mondscheibe ab. Und in scharfen Umrissen, schwarz wie eine Ebenholzstatue von dem leuchtenden Hintergrund sich abhebend, sah ich die Gestalt eines Mannes auf der Felsspitze stehen.

Glauben Sie ja nicht, Holmes, es sei eine Augentäuschung gewesen! Ich versichere Ihnen, ich habe nie in meinem Leben etwas klarer und deutlicher gesehen. Soweit ich es beurteilen konnte, war es die Gestalt eines großen, schlanken Mannes. Er stand mit etwas auseinandergespreizten Beinen, mit gefalteten Armen und gesenktem Kopf, als betrachte er grübelnd die ungeheure Einöde von Moor und Granit, die da vor ihm lag. So konnte man sich den bösen Geist denken, der an diesem furchtbaren Ort gebot. Der Sträfling war es nicht. Dieser Mann stand weit von der Stelle ab, wo Selden verschwunden war. Außerdem war er viel größer. Mit einem Ausruf der Überraschung streckte ich meinen Arm aus, um ihn dem Baronet zu zeigen; aber in dem Augenblick, wo ich mich zu Sir Henry umgedreht hatte, war der Mann verschwunden. Die scharfe Granitspitze hob sich noch immer vom unteren Rand der Mondscheibe ab, aber von der schweigenden und regungslosen Gestalt war jede Spur verschwunden.

Ich wäre gern hingegangen und hätte die Felsspitze untersucht, aber die Entfernung bis dahin war ziemlich groß. Des Baronets Nerven waren noch von jenem Geheul angegriffen, das ihm die düstere Geschichte seiner Familie zum Bewusstsein gebracht hatte, und er war nicht in der Stimmung, noch neue Abenteuer aufzusuchen. Er hatte den einsamen Mann auf der Felsenspitze nicht gesehen und hatte den Schauer nicht gefühlt, der bei dem Anblick der seltsamen, mächtigen Gestalt mich durchrieselt hatte.

»Ohne Zweifel einer von den Zuchthausaufsehern!«, bemerkte Sir Henry. »Seit der Flucht dieses Kerls hat das Moor von ihnen gewimmelt.«

Nun, vielleicht mag er mit dieser Erklärung recht haben, aber es wäre mir doch lieb, noch weitere Beweise dafür zu erhalten. Heute gedenken wir, den Beamten von Princetown mitzuteilen, wo sie nach ihrem Flüchtling suchen müssen, aber es tut uns doch außerordentlich leid, dass wir nicht den Triumph gehabt haben, ihn als unseren eigenen Gefangenen einzuliefern.

Dies sind die Abenteuer der letzten Nacht, mein lieber Holmes, und Sie werden anerkennen, dass ich Sie mit meinem Bericht sehr gut bedient habe. Ohne Zweifel wird vieles von dem Angeführten ohne jede Bedeutung sein, ich bin aber überzeugt, es ist das Beste, wenn ich Ihnen alle Tatsachen ohne Ausnahme überliefere und Sie selber Ihre Auswahl treffen lasse, um Ihre Schlüsse zu bilden. Ganz sicherlich machen wir Fortschritte. In Bezug auf die Barrymores haben wir den Beweggrund ihrer Handlungsweise ausfindig gemacht, und das hat die Lage ganz bedeutend aufgeklärt.

Aber das Moor mit seinen Geheimnissen und seinen seltsamen Bewohnern bleibt unergründlich wie immer. Vielleicht kann ich in meinem nächsten Brief auch diese Dunkelheit ein wenig aufhellen. Am allerbesten aber wäre es, Sie kämen selber zu uns herüber.

ZEHNTES KAPITEL
(Auszug aus meinem Tagebuch)

Bis zu diesem Punkt meiner Erzählung brauchte ich nur die Berichte abzuschreiben, die ich zu Anfang meines Aufenthaltes auf Baskerville Hall an Sherlock Holmes sandte. Jetzt bin ich jedoch an einer Wendung angelangt, wo diese Methode sich nicht mehr anwenden lässt; ich muss von nun an wieder aus meinen Erinnerungen schöpfen, habe dabei aber als Unterlage die Aufzeichnungen, die ich damals in mein Tagebuch eintrug. Ich gebe zunächst einige Auszüge daraus und komme dann sofort zu jenen Ereignissen, die sich in unauslöschlichen Zügen meinem Gedächtnis eingeprägt haben. Ich beginne mit dem Morgen, der auf unsere ergebnislose Jagd nach dem Sträfling und auf die anderen seltsamen Erscheinungen in der Mooreinsamkeit folgte.

Den 16. Oktober. Ein trüber, nebeliger Tag mit unaufhörlichem feinen Sprühregen. Das Haus ist in schwere Wolken gehüllt, die sich von Zeit zu Zeit lichten und dann einen Blick auf die öden Wellenlinien der Moorlandschaft eröffnen; auf den Flanken der Hügel sieht man dünne, silberweiße Adern, und die Granitblöcke leuchten in der Ferne auf, wenn ein Lichtschein auf ihr nasses Gestein fällt. Melancholische Stimmung draußen und drinnen. Der Baronet ist nach den Aufregungen der letzten Nacht abgespannt und in düsterer Laune. Mir selber ist das Herz schwer, und ich habe das Gefühl, dass eine Gefahr droht – eine immer gegenwärtige Gefahr, die umso furchtbarer ist, da ich nicht angeben kann, worin sie besteht.

Und habe ich nicht Ursache zu solchen Befürchtungen? Wir blicken jetzt auf eine lange Reihenfolge einzelner Ereignisse zurück, die alle ohne Ausnahme darauf schließen lassen, dass irgendeine unheimliche Macht in unserer Nähe am Werk ist. Da ist zunächst der Tod des vorigen Schlossherrn, ein Ereignis, das so genau mit den Überlieferungen der alten Familiensage übereinstimmt. Dann haben wir die Berichte zahlreicher Landleute, die alle eine grausige Kreatur auf dem Moor gesehen haben. Zweimal hörte ich mit meinen eigenen Ohren jenen Laut, der dem fernen Gebell eines großen Hundes gleicht. Es ist unglaublich, ja unmöglich, dass dieser Laut wirklich dem Gebiet des Übernatürlichen angehört. Einen Gespensterhund, der körperliche Fußspuren zurücklässt und die Luft mit seinem Geheul erfüllt, den gibt es nicht, ganz gewiss nicht! Mag Stapleton sich solchem Aberglauben hingeben und Doktor Mortimer sich ihm anschließen – aber wenn ich überhaupt irgendeine hervorstechende Eigenschaft habe, ist es nüchterner, gesunder Menschenverstand, und nichts wird mich dahin bringen, an so etwas zu glauben! Damit würde ich ja zu dem Niveau der armen Bauersleute herabsteigen, die nicht einmal mit einem gewöhnlichen Geisterhund zufrieden sind, sondern ihn als ein Tier beschreiben, dem höllisches Feuer aus Maul und Augen sprüht. Von solchen Fantastereien würde Holmes nichts wissen wollen, und ich bin hier als sein Vertreter. Aber Tatsachen sind und bleiben Tatsachen, und ich habe zweimal sein Geheul auf dem Moor gehört. Nehmen wir an, es triebe sich wirklich irgendein riesiger Hund auf dem Moor herum – damit ließe sich ja alles erklären. Aber wo könnte ein solcher Hund verborgen liegen, wo bekäme er zu fressen, woher wäre er gekommen, und wie ginge es zu, dass kein Mensch ihn je bei Tag gesehen hat? Ich muss zugeben, dass die natürliche Erklärung fast ebenso viele Schwierigkeiten darbietet wie die andere. Und ganz abgesehen vom Hund – es bleibt die Tatsache bestehen, dass in London irgendeine menschliche Tatkraft im Spiel war; wir hatten den Mann in der Droschke und den Warnungsbrief, der Sir Henry aufforderte, dem Moor fernzubleiben. Dieser Brief zum mindesten existierte tatsächlich, aber er konnte ebenso wohl von einem beschützenden Freund wie von einem Feind ausgehen. Wo war jetzt in diesem Augenblick dieser Freund oder Feind? War er in London geblieben oder war er uns hierher gefolgt? Konnte er – konnte er der Fremde sein, den ich auf dem Moor gesehen hatte?

Allerdings habe ich nur jenen einzigen flüchtigen Blick auf ihn geworfen – und doch, es sind bei diesem Erlebnis verschiedene Umstände vorhanden, deren ich so sicher bin, dass ich darauf schwören kann. Der Fremde gehört nicht zu den Leuten, mit denen ich hier bekannt geworden bin – und ich habe jetzt sämtliche Leute der ganzen Gegend gesehen. Er war der Gestalt nach viel größer als Stapleton, viel schlanker als Frankland. Barrymore hätte es möglicherweise sein können, aber diesen hatten wir im Haus zurückgelassen, und ich bin sicher, dass er uns nicht unbemerkt hätte folgen können. Also verfolgt uns hier ein Fremder auf Schritt und Tritt, gerade wie ein Fremder uns in London ausspionierte. Wir sind ihn die ganze Zeit über nicht losgeworden! Könnte ich meine Hand auf diesen Mann legen, wären wir vielleicht am Ende aller unserer Schwierigkeiten. Zur Erreichung dieses Ziels muss ich jetzt alle meine Kräfte anspannen!

Mein erster Gedanke war, Sir Henry von allen meinen Plänen in Kenntnis zu setzen; ein zweiter und klügerer Gedanke jedoch brachte mich zum Entschluss, auf eigene Faust zu handeln und so wenig wie möglich von meinen Gedanken verlauten zu lassen. Sir Henry ist schweigsam und zerstreut. Seine Nerven haben einen seltsamen Stoß erlitten, seitdem er jenes Geheul auf dem Moor hörte. Ich will nichts sagen, was seine Beängstigungen womöglich noch vermehren könnte, aber ich will meine Vorkehrungen treffen, um meinen Zweck zu erreichen.

Heute Morgen nach dem Frühstück hatten wir eine kleine Szene. Barrymore bat Sir Henry um eine Unterredung, und sie verweilten kurze Zeit unter vier Augen in seinem Arbeitszimmer. Ich saß im Billardzimmer und hörte mehrere Mal, dass sie ihre Stimmen erhoben; ich konnte mir wohl denken, was den Gegenstand ihres Gespräches bildete. Nach einer Weile öffnete der Baronet die Tür und bat mich, hereinzukommen.

»Barrymore glaubt Grund zu Beschwerden zu haben«, sagte er. »Er meint, es sei unredlich von uns gewesen, auf seinen Schwager Jagd zu machen, nachdem er uns aus freiem Willen das Geheimnis mitgeteilt hätte.«

Der Schlossverwalter stand, sehr bleich, jedoch vollkommen gefasst, vor uns.

»Ich mag vielleicht zu heftig gesprochen haben, Herr«, sagte er, »und wenn dies der Fall sein sollte, bitte ich recht sehr um Vergebung. Ich war eben sehr überrascht, als ich die beiden Herren heute früh zurückkommen hörte und erfuhr, dass sie Selden verfolgt hätten. Der arme Kerl hat gerade genug durchzumachen und es war nicht nötig, dass sich ihm noch jemand auf die Hacken setzte!«

»Wenn Sie zu uns aus freiem Antrieb davon gesprochen hätten, wäre es allerdings was anderes«, antwortete der Baronet. »Sie sprachen aber erst – oder vielmehr Ihre Frau tat es –, als Sie nicht mehr anders konnten.«

»Ich glaubte aber nicht, dass Sie von meiner Mitteilung Gebrauch machen würden, Sir Henry – wirklich, dieser Gedanke lag mir völlig fern!«

»Der Mann ist eine Gefahr für die Menschheit. Überall über das Moor verstreut liegen einsame Wohnungen, und er ist ein Bursche, der vor nichts zurückschrecken würde. Man braucht nur mal einen Augenblick sein Gesicht zu sehen, um das zu wissen. Nun nehmen Sie mal zum Beispiel Mr Stapletons Haus; da ist bloß er allein, der die Bewohner verteidigen könnte. Nein, die ganze Gegend ist unsicher, solange Selden nicht wieder hinter Schloss und Riegel ist!«

»Er bricht in kein Haus ein, Herr! Darauf gebe ich Ihnen mein heiliges Wort. Aber er wird überhaupt keinen Menschen mehr in dieser Gegend belästigen. Ich versichere Ihnen, Sir Henry, in ganz wenigen Tagen werden die nötigen Vorkehrungen getroffen und wird mein Schwager nach Südamerika unterwegs sein. Um des Himmels Willen, Herr, bitte ich Sie, teilen Sie der Polizei nicht mit, dass er noch auf dem Moor ist. Sie haben es aufgegeben, ihn dort zu suchen, und wenn er sich ruhig verhält, kann er's abwarten, bis sein Schiff abgeht. Wenn Sie ihn angeben, bringen Sie damit unbedingt auch meine Frau und mich in Ungelegenheiten. Ich bitte Sie, Herr, sagen Sie der Polizei nichts davon!«

»Was meinen Sie dazu, Watson?«

Ich zuckte die Achseln und erwiderte:

»Wenn er außer Landes wäre, wäre der ruhige Steuerzahler damit eine Last los!«

»Aber wenn er nun noch jemanden anfällt, ehe er abreist?«

»So einen wahnsinnigen Streich wird er nicht begehen, Herr. Wir haben ihn mit allem versorgt, was er nur braucht. Wenn er ein Verbrechen beginge, würde dadurch ja bekannt werden, dass er hier auf dem Moor versteckt liegt!«

»Da haben Sie recht!«, sagte Sir Henry. »Nun, Barrymore …«

»Oh, Gott segne Sie, Herr! Ich danke Ihnen von ganzem Herzen. Es wäre meiner armen Frau Tod gewesen, hätte man ihren Bruder wieder ergriffen!«

»Ich glaube, Watson, wir machen uns da einer Begünstigung schuldig. Aber nach dem, was ich gehört habe, glaube ich, ich könnte es nicht übers Herz bringen, den Mann anzugeben – und damit basta! – Es ist gut, Barrymore, Sie können gehen.«

Der Mann stammelte noch einige Worte des Dankes und ging. Plötzlich aber blieb er zögernd stehen, kam zurück und sagte:

»Sie sind so freundlich gegen uns gewesen, Herr, dass ich es gern vergelten möchte, so gut ich's nur kann. Ich weiß etwas, Sir Henry, und hätte es vielleicht früher sagen sollen, aber als ich Kenntnis davon erhielt, war seit Sir Charles' Leichenschau schon lange Zeit verstrichen. Ich habe bis jetzt zu keiner Menschenseele ein Wort davon verlauten lassen. Es betrifft den Tod meines armen früheren Herrn!«

Der Baronet und ich sprangen beide gleichzeitig von unseren Stühlen auf und riefen:

»Wissen Sie, wie er ums Leben kam?«

»Nein, Herr, davon weiß ich nichts!«

»Was wissen Sie denn?«

»Ich weiß, warum er um jene Stunde an der Pforte war. Er hatte eine Verabredung mit einem Weib.«

»Mit einem Weib? Was?«

»Ja.«

»Und wie hieß sie?«

»Den Namen kann ich Ihnen nicht angeben, wohl aber seine Anfangsbuchstaben. Diese sind L. L.«

»Woher wissen Sie das, Barrymore?«

»Sehen Sie, Sir Henry, Ihr Onkel bekam an jenem Morgen einen Brief. Für gewöhnlich bekam er sehr viele Briefe, denn er war eine hervorragende Persönlichkeit hier in der Gegend, und seine Gutherzigkeit war allgemein bekannt; deshalb wandte sich jeder, der in Verlegenheit war, mit Vorliebe an Sir Charles. Aber an jenem Morgen war nur dieser einzige Brief angekommen; deshalb fiel er mir umso mehr auf. Der Brief war in Coombe Tracey aufgegeben und die Adresse von einer Frauenhand geschrieben.«

»Weiter?«

»Nun, Herr, ich dachte nicht mehr daran und würde überhaupt nicht mehr daran gedacht haben. Indessen vor ein paar Wochen räumte meine Frau Sir Charles' Arbeitszimmer auf – es war seit seinem Tod nichts darin angerührt worden –, und da fand sie hinten am Kaminrost die Asche von einem verbrannten Brief. Sein größerer Teil war in kleine Stückchen zerfallen, aber ein kleiner Streifen vom unteren Ende einer Seite hing noch zusammen, und die Schriftzüge waren zu lesen, indem sie sich grau von dem schwarzen Grund abhoben. Wir hielten es für eine Nachschrift zu dem Brief, und die Worte lauteten folgendermaßen: ›Bitte, bitte! Da Sie ein

Gentleman sind, verbrennen Sie diesen Brief und seien Sie um zehn an der Pforte!‹ Unterzeichnet war dieser Satz mit den Buchstaben L. L.«

»Haben Sie den Streifen aufbewahrt?«

»Nein, Herr, er fiel uns unter den Händen in Asche zusammen.«

»Hatte Sir Charles schon früher Briefe mit derselben Handschrift erhalten?«

»Hm, ich sah mir sonst seine Briefe nicht an und achtete nicht besonders darauf. Ich hätte auch auf diesen Brief nicht geachtet, wenn er nicht eben allein gekommen wäre.«

»Und Sie haben keine Ahnung, wer L. L. ist?«

»Nein, Herr – so wenig wie Sie selber! Aber ich nehme an, wenn wir die Dame ausfindig machen könnten, würden wir mehr über Sir Charles' Ende erfahren!«

»Ich begreife nicht, Barrymore, wie Sie dazu kamen, einen so wichtigen Umstand zu verheimlichen.«

»Nun, Sir Henry, wir fanden den Brief gerade in jenen Tagen, als wir selber durch meinen Schwager in eine so fatale Verlegenheit versetzt wurden. Und dann, Herr – wir hatten alle beide Sir Charles sehr lieb gehabt – wie es ja nach allem, was er für uns getan hatte, gar nicht anders sein konnte. Wenn wir die Geschichte wieder aufrührten, konnte das unserem armen alten Herrn nichts nützen – und wenn irgendwo eine Dame im Spiel ist, dann ist es besser, vorsichtig zu sein. Auch der beste Mensch …«

»Sie meinten, es könnte seinem guten Ruf schaden?«

»Nun, jedenfalls dachte ich, es könnte nichts Gutes daraus entstehen! Aber jetzt sind Sie so gut zu uns gewesen, und ich fühle, es wäre nicht recht von mir gewesen, wenn ich Ihnen nicht alles gesagt hätte, was ich von der Geschichte weiß.«

»Sehr gut, Barrymore! Sie können gehen.«

Nachdem der Mann hinausgegangen war, wandte Sir Henry sich zu mir und sagte:

»Nun, Watson, was meinen Sie zu diesem neuen Licht, das auf meines Onkels Ende fällt?«

»Mir scheint, die Dunkelheit ist nur noch schwärzer geworden, als sie schon war!«

»Das ist auch meine Meinung. Aber wenn wir nur L. L. aufspüren könnten, würde sich die ganze Sache aufklären! Was sollen wir nach Ihrer Meinung tun?«

»Sofort Holmes von allem in Kenntnis setzen! Für ihn wird dies der Anhaltspunkt sein, nach welchem er so lange gesucht hat.«

Ich begab mich sogleich auf mein Zimmer, um für Holmes einen Bericht über das Gespräch dieses Morgens niederzuschreiben. Augenscheinlich musste er in der letzten Zeit mit Arbeit überhäuft gewesen sein, denn ich hatte aus der Baker Street nur ein paar ganz kurze Notizen erhalten, worin von meinen Berichten überhaupt nicht die Rede war; sogar die Aufgabe, die ich auf Baskerville Hall zu erfüllen hatte, war nur ganz obenhin erwähnt. Ohne Zweifel nimmt die Untersuchung wegen der Erpressung alle seine Geisteskräfte in Anspruch.

Aber der heute neu hinzugekommene Umstand muss ganz gewiss seine Aufmerksamkeit fesseln und seine Teilnahme neu beleben. Ich wollte, er wäre hier …

Den 17. Oktober. – Heute strömte den ganzen Tag der Regen hernieder, raschelte im Efeu des alten Hauses und troff aus den Dachrinnen. Ich dachte an den entsprungenen Sträfling, der obdachlos draußen auf dem öden kalten Moor umherirrt. Der arme Kerl! Wie furchtbar auch seine Verbrechen gewesen sind, er hat gelitten und dadurch wenigstens teilweise gesühnt. Und dann dachte ich an den anderen – den Mann, dessen Gesicht wir in der Droschke sahen, dessen Gestalt sich im Moor gegen die Mondscheibe abhob. War er ebenfalls draußen in der Regenflut – der unsichtbare Späher, der Mann der Finsternis?

Als es Abend wurde, zog ich meinen Regenmantel an und wanderte voll düsterer Gedanken weit hinaus in die regendurchweichte Heide und ließ mir den kalten Regen ins Gesicht schlagen und den Wind um die Ohren pfeifen. Gott sei bei denen, die jetzt in den großen Morast hineingeraten, denn selbst das feste Land ist beinahe schon ein Sumpf. Ich fand die schwarze Felsspitze, auf dessen Höhe ich den einsamen nächtlichen Gesellen gesehen hatte; ich erklomm die schroffe Zacke und blickte von der Höhe aus über die traurig düstere Hügellandschaft hin. Überall nichts als das öde Land, schwere Regengüsse, die die Flanken der Hügel peitschten, und langsam ziehende schiefergraue Wolken. Fern zur Linken ragten, halb verborgen durch den Nebel, die beiden schlanken Türme von Baskerville über den Bäumen auf. Sie waren die einzigen Anzeichen menschlichen Lebens, die ich erblicken konnte; die einzigen Wohnungen weit und breit waren die plumpen prähistorischen Steinhütten auf den Abhängen der Hügel. Nirgends eine Spur von dem einsamen Mann, den ich in der vergangenen Nacht an dieser selben Stelle sah.

Auf dem Rückweg überholte mich Dr. Mortimer in seinem Wägelchen. Er kam auf holperigem Heideweg von dem einsam liegenden Pachthof Foulmire her. Er hat sich uns gegenüber sehr aufmerksam benommen, und es ist kaum ein Tag vergangen, dass er nicht auf Baskerville Hall vorgesprochen und sich nach dem Fortgang unserer Nachforschungen erkundigt hätte. Er bat mich dringend, in seinen Wagen zu steigen, da er mich durchaus nach Hause bringen wollte. Ich fand ihn verstimmt und zerstreut, und die Zerstreutheit rührte von dem Verschwinden seines Hündchens her, das aufs Moor hinausgelaufen und nicht wieder zurückgekommen war. Ich suchte ihn möglichst zu trösten, konnte mich aber innerlich des Gedankens an das Pferd, das ich im Grimpener Sumpf verschwinden sah, nicht erwehren, und ich glaube nicht, dass er seinen kleinen Freund jemals wiedersehen wird.

»Ach, sagen Sie doch mal, Mortimer«, fragte ich, als wir den schlechten Weg entlang rumpelten, »es gibt wohl wenig Leute hier in der Gegend, die Sie nicht kennen?«

»Wohl kaum einen einzigen Menschen.«

»Können Sie mir dann vielleicht den Namen einer weiblichen Person sagen, deren Anfangsbuchstaben L. L. sind?«

Er dachte ein paar Minuten nach und antwortete:

»Nein. Es gibt hier ein paar Zigeuner und einige Leute aus dem Arbeiterstand, von denen ich nicht genau Bescheid weiß, aber unter dem Landvolk oder den Gebildeten gibt es keine, deren Namen diese Anfangsbuchstaben aufweist ... Doch halt! Warten Sie mal!«, fuhr er nach einer kleinen Pause fort. »Da ist Laura Lyons – das stimmt mit den Buchstaben L. L. überein – sie wohnt jedoch in Coombe Tracey.«

»Wer ist das?«, fragte ich.

»Mr Franklands Tochter.«

»Was? Vom alten Frankland, dem Rechtsverdreher?«

»Ganz recht. Sie heiratete einen Maler namens Lyons, der hierher aufs Moor kam, um Skizzen zu machen. Nachher stellte es sich heraus, dass er ein Lump war, und er verließ sie. Nach allem, was ich gehört habe, mag indessen die Schuld nicht ausschließlich auf seiner Seite gelegen haben. Ihr Vater weigerte sich, auch nur das Geringste zu tun; sie hatte nämlich gegen seinen Willen geheiratet, und vielleicht hatte er auch sonst noch einige Gründe. Sie hat daher mit dem alten Sünder sowohl wie mit dem jungen einen ziemlich schweren Stand gehabt.«

»Wovon lebt sie?«

»Ich glaube, der alte Frankland hat ihr 'ne Kleinigkeit ausgesetzt; viel kann das jedenfalls nicht sein, denn mit seinen eigenen Verhältnissen steht es ziemlich faul. Mag sie nun auch an ihrem Unglück selber schuld sein, jedenfalls konnten wir nicht ruhig mit ansehen, dass sie hoffnungslos unter die Räder kam. Man beschäftigte sich mit ihrer Lage, und verschiedene von den Leuten hier in der Gegend sprangen ihr bei, um ihr einen anständigen Erwerb zu ermöglichen. Stapleton tat etwas und Sir Charles ebenfalls; ich steuerte auch eine Kleinigkeit bei. Sie schaffte sich eine Schreibmaschine an und lebt nun von der Anfertigung von Abschriften.«

Er wollte wissen, warum ich fragte, doch gelang es mir, seine Neugier zu befriedigen, ohne ihm allzu viel zu sagen, denn wir haben durchaus keinen Anlass, jedermann ins Vertrauen zu ziehen. Morgen früh werde ich mich nach Coombe Tracey aufmachen, und wenn es mir gelingt, diese Mrs Laura Lyons von etwas zweifelhaftem Ruf zu sprechen, bringt uns dies der Aufklärung von einem der vielen geheimnisvollen Ereignisse um ein gutes Stück näher. Ich kann von mir sagen, dass ich heute klug wie eine Schlange gewesen bin, denn als Dr. Mortimer mit seinen Fragen ein bisschen gar zu unbequem wurde, fragte ich ihn so ganz nebenbei, zu welchem Typus eigentlich Franklands Schädel gehöre. Die Folge davon war, dass ich während des ganzen Restes unserer Fahrt nichts als Schädellehre zu hören bekam. Ja, ich habe nicht umsonst jahrelang mit Sherlock Holmes zusammen gelebt!

Von dem heutigen trüben Regentag habe ich nur noch einen einzigen Vorfall zu verzeichnen. Ich hatte nämlich gerade eben eine Unterhaltung mit Barrymore und bekam dabei eine Trumpfkarte in die Hand, die sich gewiss als wertvoll erweisen wird, wenn der rechte Zeitpunkt da ist.

Mortimer blieb bei uns zu Tisch, und nach dem Essen spielten der Baronet und er Écarté. Ich ging ins Bibliothekszimmer und ließ mir dorthin von Barrymore meinen Kaffee bringen. Da die Gelegenheit günstig war, benutzte ich sie, ein paar Fragen an ihn zu richten.

»Na?«, sagte ich. »Ist denn nun Ihr braver Verwandter fort oder haust er noch auf dem Moor?«

»Ich weiß es nicht, Herr. Ich hoffe zu Gott, dass er fort ist, denn er hat uns nichts als Verlegenheiten bereitet. Ich habe nichts mehr von ihm gehört, seitdem ich ihm das letzte Mal Speisen brachte, und das war vor drei Tagen.«

»Sahen Sie ihn denn damals?«

»Nein; aber das Essen war verschwunden, als ich das nächste Mal nach jener Stelle ging.«

»Dann muss er also ganz bestimmt dagewesen sein?«

»Man sollte das annehmen; indessen wäre es auch möglich, dass der andere es genommen hätte.«

Ich wollte gerade die Kaffeetasse an meine Lippen führen, hielt aber auf halbem Weg inne und starrte Barrymore an.

»Der andere? Sie wissen also, dass noch ein anderer Mann da ist?«

»Ja, Herr; es ist noch einer auf dem Moor.«

»Haben Sie ihn gesehen?«

»Nein.«

»Woher wissen Sie denn etwas von ihm?«

»Selden erzählte mir von ihm; es mag etwa eine Woche her sein, vielleicht auch etwas länger. Er hält sich ebenfalls versteckt, ist aber kein entsprungener Sträfling, nach allem, was ich erfahren konnte. Es gefällt mir nicht, Herr Doktor – ich muss Ihnen aufrichtig sagen, die Sache gefällt mir ganz und gar nicht.«

Es lag plötzlich ein seltsam eindringlicher Ernst in dem Ton, womit Barrymore sprach.

»Nun, Barrymore, hören Sie mal, was ich Ihnen sage! Ich verfolge bei dieser ganzen Angelegenheit kein Interesse als das Ihres Herrn. Ich bin nur zu dem Zweck hierhergekommen, ihm beizustehen. Sagen Sie mir also frei und offen: Was ist bei dieser Sache, das Ihnen nicht gefällt?«

Barrymore zögerte einen Augenblick, als bedauerte er, dass er sich zu einem Gefühlsausbruch habe hinreißen lassen, oder als wüsste er nicht die rechten Worte zu finden. Endlich aber rief er, indem er mit der Hand nach dem aufs Moor hinausgehenden Fenster deutete, gegen dessen Scheiben der Regen peitschte:

»Es sind alle diese Vorgänge, Herr! Irgendwo ist ein Verbrechen im Spiel, und es wird irgendein fürchterlicher Schurkenstreich ausgebrütet, darauf will ich schwören! Ich wäre wirklich von Herzen froh, wenn ich Sir Henry erst wieder auf der Rückreise nach London wüsste!«

»Aber was ist es denn, das Sie beunruhigt?«

»Nehmen Sie nur Sir Charles' Tod! Die Umstände waren ja schlimm genug, nach allem, was der Vorsitzende bei der Leichenschau sagte! Dann die Töne nachts auf dem Moor! Kein Mensch hier in der Gegend würde wagen, nach Sonnenuntergang übers Moor zu gehen, und wenn er noch so viel dafür bezahlt bekäme. Dann dieser Fremde, der sich da draußen versteckt hält und überall herumschleicht und herumschnüffelt! Was sucht er? Was bedeutet das alles? Sicherlich nichts Gutes für jeden, der den Namen Baskerville trägt – und ich will mich aufrichtig freuen, wenn Sir Henrys neue Dienerschaft hier in Baskerville Hall einzieht und ich nichts mehr damit zu tun habe.«

»Aber was ist's denn mit diesem Fremden?«, fragte ich. »Können Sie mir irgendetwas über ihn sagen? Was sagte Selden Ihnen? Hatte er das Versteck des Mannes herausbekommen, oder wusste er, welche Zwecke dieser verfolgte?«

»Er sah ihn ein- oder zweimal – aber er ist ein verschlossener Charakter und durchaus nicht mitteilsam. Zuerst dachte er, es wäre einer von der Polizei, doch merkte er bald, dass jener seine eigenen Absichten verfolgte. Worin diese aber beständen, das konnte er nicht entdecken, nur meinte er, es wäre wohl ein feiner Herr.«

»Und wo hauste dieser Mann nach Seldens Angabe?«

»In den alten Häusern am Hügel – in einer von den Steinhütten aus der Vorzeit.«

»Aber wie verschaffte er sich sein Essen?«

»Selden bemerkte, dass er einen Jungen hat, der ihm alles besorgt und ihn mit dem Notwendigsten versieht. Höchstwahrscheinlich holt er dieses aus Coombe Tracey.«

»Schön, Barrymore. Wir können gelegentlich mal wieder darüber sprechen.«

Nachdem der Diener gegangen war, trat ich an das schwarze Fenster und sah durch die vom Regenwasser trüben Scheiben nach den ziehenden Wolken und den Baumwipfeln, die sich vor dem Sturmwind bogen. Eine unbehagliche Nacht hier drinnen – und wie muss sie erst draußen sein auf dem Moor in einer Steinhütte! Welch ein leidenschaftlicher Hass muss den Mann beseelen, der sich in dieser Jahreszeit in solchen Verstecken verbirgt! Und welchen Zweck muss einer verfolgen, der sich solchen Strapazen unterzieht? Jedenfalls einen ernsten und wichtigen! Dort, in der Steinhütte auf dem Moor, liegt der wahre Mittelpunkt des Problems, das mich so fürchterlich gemartert hat. Und ich schwöre, es soll kein Tag mehr vergehen, und ich werde alles tun, was in Menschenkräften steht, um dem Geheimnis auf den Grund zu kommen.

Elftes Kapitel

Der Auszug aus meinem Tagebuch, den ich im letzten Kapitel mitgeteilt habe, reicht bis zum 18. Oktober. An diesem Tag begannen die seltsamen Ereignisse sich schnell zu ihrem entsetzlichen Ende zu entwickeln. Die

Vorfälle der nächsten Tage haben sich unauslöschlich meinem Gedächtnis eingegraben, und ich brauche, um sie zu erzählen, nicht meine damaligen Aufzeichnungen zu Hilfe zu nehmen.

Ich hatte, wie bereits berichtet, am 17. Oktober zwei Tatsachen von großer Bedeutung festgestellt: erstens, dass Mrs Laura Lyons in Coombe Tracey an Sir Charles Baskerville geschrieben und ihm ein Stelldichein gegeben hatte, und dass dieses Zusammentreffen genau an dem Ort und zu der Stunde seines jähen Todes hatte stattfinden sollen; zweitens, dass der Mann, der sich auf dem Moor versteckt hielt, in den Steinhäusern am Hügelabhang zu finden war. Da ich von diesen beiden Tatsachen Kenntnis hatte, musste ich unbedingt neues Licht in die noch dunklen Rätsel hineinbringen, falls nicht etwa meine Intelligenz oder mein Mut mich im Stich ließen – und das befürchtete ich nicht.

Ich hatte keine Gelegenheit gefunden, den Baronet noch im Laufe des Abends von den neuen Mitteilungen betreffs Mrs Lyons in Kenntnis zu setzen, denn Doktor Mortimer blieb bis tief in die Nacht hinein mit ihm am Spieltisch sitzen. Beim Frühstück jedoch teilte ich ihm meine Entdeckung mit und fragte ihn, ob er Lust hätte, mich nach Coombe Tracey zu begleiten. Zuerst war er Feuer und Flamme für diesen Plan; nach reiflicherem Überlegen jedoch schien es uns beiden, ich würde vielleicht mehr ausrichten, wenn ich allein ginge. Es war sehr leicht möglich, dass wir umso weniger erführen, je förmlicher wir den Besuch machten. Ich ließ daher, wenngleich nicht ohne einige Gewissensbisse, Sir Henry allein zurück und machte mich auf meinen Weg.

In Coombe Tracey angekommen, befahl ich Perkins, die Pferde einzustellen, und erkundigte mich nach der Dame, der mein Besuch galt. Ich fand ohne Mühe ihre Wohnung, die mitten im Ort lag und gut eingerichtet war. Ein Dienstmädchen ließ mich ohne weitere Förmlichkeiten in das Wohnzimmer eintreten, und eine Dame, die vor einer Remington-Schreibmaschine saß, sprang auf und bewillkommnete mich mit einem freundlichen Lächeln. Dieser Ausdruck von Freundlichkeit verschwand indessen, als sie sah, dass ich ein Unbekannter war; sie setzte sich wieder hin und fragte mich nach dem Anlass meines Besuches.

Auf den ersten Blick machte Mrs Lyons den Eindruck einer außerordentlichen Schönheit. Ihre Haare waren, wie die Augen, von dunkelbrauner Farbe, ihre Wangen waren zwar etwas sommersprossig, aber es lag auf ihnen der köstliche Flaum der Brünetten, jener zartrote Hauch, der sich im Herzen der gelben Rose birgt. Bewunderung war, ich wiederhole es, das erste Gefühl, das sie einflößte; dann aber kam sofort die Kritik. Es lag in ihrem Gesicht ein eigentümlicher, nicht anziehender Ausdruck, vielleicht eine gewisse Härte des Blickes, eine Schlaffheit der Lippen – genug, die Vollkommenheit ihrer Schönheit wurde dadurch beeinträchtigt. Doch diese Gedanken machte ich mir natürlich erst hinterher. In jenem Augenblick hatte ich nur das Gefühl, mich einer sehr hübschen Frau gegenüber zu befinden, die mich fragte, warum ich sie besuchte. Diese Frage brachte mir so recht zum Bewusstsein, wie delikat meine Aufgabe war.

»Ich habe das Vergnügen«, begann ich, »Ihren Herrn Vater zu kennen.«

Dies war nun freilich eine recht linkische Eröffnung des Gespräches, und die Dame gab es mir denn auch sofort zu verstehen.

»Zwischen meinem Vater und mir«, sagte sie, »bestehen keine Beziehungen. Ich bin ihm nichts schuldig, und seine Freunde sind nicht die meinigen. Wäre nicht der verstorbene Sir Charles Baskerville gewesen und hätte ich nicht noch einige andere gütige Herzen gefunden, hätte ich hungern können – mein Vater hätte sich nicht darum gekümmert!«

»Der Anlass meines Besuches bei Ihnen betrifft gerade den verstorbenen Sir Charles Baskerville.«

Die Dame wurde rot, sodass die Sommersprossen auf ihren Wangen deutlich hervortraten.

»Was wünschen Sie von mir in Betreff dieses Herrn zu hören?«, fragte sie, und ihre Finger spielten nervös auf den Tasten der Schreibmaschine.

»Sie kannten ihn, nicht wahr?«

»Wie ich Ihnen bereits sagte, bin ich seiner Freundlichkeit großen Dank schuldig. Wenn ich imstande bin, mein Brot selber zu verdienen, habe ich das in hohem Maße der Teilnahme zu verdanken, die ihm meine unglückliche Lage einflößte.«

»Standen Sie mit ihm in brieflichem Verkehr?«

Sie warf einen raschen Blick auf mich, und in ihren nussbraunen Augen lag ein ärgerlicher Schein.

»Was bezwecken Sie mit diesen Fragen?«, rief sie dann scharf.

»Ich bezwecke damit einen öffentlichen Skandal zu vermeiden. Es ist besser, ich richte diese Frage hier an Sie als an einem anderen Ort, wo die Sache vielleicht eine Wendung nehmen möchte, gegen die wir nichts machen könnten.«

Sie schwieg und ihr Gesicht war sehr blass. Schließlich blickte sie auf, und in ihrer Haltung sprach sich ein gewisser leichtfertiger und herausfordernder Trotz aus.

»Gut, ich will antworten!«, sagte sie. »Fragen Sie!«
»Standen Sie mit Sir Charles in Briefwechsel?«
»Gewiss; ich schrieb ihm ein- oder zweimal, um ihm für sein Zartgefühl und seinen Edelmut zu danken.«
»Wissen Sie die Daten dieser Briefe?«
»Nein.«
»Sind Sie jemals persönlich mit ihm zusammengetroffen?«
»Ja, ein- oder zweimal hier in Coombe Tracey. Er lebte sehr zurückgezogen, und wenn er Gutes tat, liebte er, dass es im Verborgenen geschah.«
»Aber wenn Sie ihm so selten schrieben und ihn so selten sprachen, wie kommt es dann, dass er mit Ihren Angelegenheiten so gut Bescheid wusste, um Ihnen helfen zu können, wie er es doch tat, nach dem, was Sie sagten?«

Auf diesen Einwurf war sie sofort mit einer Erklärung bei der Hand.

»Mehrere Herren kannten meine traurige Geschichte und taten sich zusammen, um mir zu helfen. Einer von ihnen war Mr Stapleton, ein Nachbar und intimer Freund von Sir Charles. Er war außerordentlich freundlich und durch ihn wurde Sir Charles mit dem Stand meiner Angelegenheiten genauer bekannt.«

Ich wusste bereits, dass Sir Charles Baskerville sich bei verschiedenen Gelegenheiten Stapletons als seines Almoseniers bedient hatte; die Angabe der Dame trug daher den Stempel der Wahrheit.

»Schrieben Sie jemals an Sir Charles, um ihn um eine Begegnung zu bitten?«, fuhr ich fort.

Mrs Lyons wurde abermals rot vor Ärger.

»In der Tat, mein Herr, das ist eine höchst eigentümliche Frage!«
»Es tut mir leid, gnädige Frau, aber ich muss sie wiederholen.«
»Dann antworte ich Ihnen: Nein! Ich schrieb ganz gewiss nicht!«
»Auch nicht an eben jenem Tag, als Sir Charles starb?«

Die Röte war augenblicklich verflogen und ein totenbleiches Antlitz starrte mich an. Ihre trockenen Lippen vermochten kaum das ›Nein‹ hervorzubringen, das ich mehr sah als hörte.

»Ihr Gedächtnis täuscht Sie ganz gewiss!«, sagte ich. »Ich könnte Ihnen sogar eine Stelle Ihres Briefes wortgetreu hersagen. Sie lautete: ›Bitte, bitte, da Sie ein Gentleman sind, verbrennen Sie diesen Brief und seien Sie um zehn Uhr an der Pforte!‹«

Ich glaubte, sie fiele in Ohnmacht, aber sie hielt sich mit höchster Anspannung ihrer Willenskraft aufrecht, doch stöhnte sie:

»So gibt es also keinen Gentleman?!«

»Sie sind ungerecht gegen Sir Charles. Er verbrannte wirklich den Brief. Aber ein Brief kann zuweilen noch leserlich sein, selbst wenn er verbrannt ist. Sie erkennen jetzt also an, dass Sie ihn geschrieben?«

»Ja, ich schrieb ihn!«, rief sie, und die ganze Erregung ihrer Seele brach sich in einem Strom von Worten Bahn. »Ich schrieb ihn. Warum sollte ich das leugnen? Ich habe keinen Grund, mich deswegen zu schämen. Ich wünschte von ihm Hilfe zu erhalten. Ich glaubte, wenn ich ein Zusammentreffen erlangte, wäre mir seine Hilfe sicher, und deshalb bat ich ihn um das Stelldichein.«

»Aber warum zu solch einer Stunde?«

»Weil ich gerade erst erfahren hatte, dass er am nächsten Tag nach London reiste und vielleicht monatelang abwesend sein würde. Aus verschiedenen Gründen konnte ich mich nicht früher einfinden.«

»Aber warum ein Stelldichein im Garten statt eines einfachen Besuches im Haus?«

»Sind Sie der Meinung, eine Frau könnte zu solcher Stunde allein in die Wohnung eines unverheirateten Herrn gehen?«

»Nun, was passierte denn weiter, als Sie an der Pforte ankamen?«

»Ich bin gar nicht hingegangen.«

»Mrs Lyons!«

»Nein. Ich schwöre es Ihnen bei allem, was mir heilig ist. Ich ging nicht. Es kam etwas dazwischen, was mich davon abhielt.«

»Und was war das?«

»Das ist eine Privatangelegenheit. Ich kann es Ihnen nicht sagen.«

»Sie geben also zu, dass Sie mit Sir Charles am Tag seines Todes eine Verabredung hatten und sogar für die Stunde und den Ort, wo er starb, Sie leugnen aber, diese Verabredung eingehalten zu haben?«

»So ist es!«

Immer und immer wieder fragte ich sie aus wie in einem Kreuzverhör, aber über diesen Punkt gelang es mir nicht hinwegzukommen. Schließlich stand ich auf, um dem langen und ergebnislosen Gespräch ein Ende zu machen.

»Mrs Lyons«, sagte ich, als ich mich erhob, »Sie laden eine sehr große Verantwortlichkeit auf sich und bringen sich selber in eine ganz schiefe Lage, indem Sie nicht frei heraus alles sagen, was Sie wissen. Wenn ich die Hilfe der Polizei anrufen muss, werden Sie finden, wie ernstlich Sie sich bloßgestellt haben. Sind Sie vollkommen unschuldig, warum leugneten Sie denn im ersten Augenblick, dass Sie an jenem Tag an Sir Charles geschrieben hatten?«

»Weil ich fürchtete, es könnten falsche Schlussfolgerungen daraus gezogen werden, durch welche ich mich möglicherweise in einen Skandal verwickelt gesehen hätte!«

»Und warum drangen Sie so sehr darauf, dass Sir Charles Ihren Brief vernichten sollte?«

»Wenn Sie den Brief gelesen haben, werden Sie das ja selber wissen!«

»Ich habe nicht behauptet, dass ich den ganzen Brief gelesen hätte.«

»Sie zitierten doch etwas daraus.«

»Ja, die Nachschrift. Der Brief war, wie ich bereits sagte, verbrannt worden, und es war nicht mehr alles leserlich. Ich frage noch einmal, warum Sie Sir Charles so dringend baten, diesen Brief zu vernichten, den er an seinem Todestag empfing.«

»Die Angelegenheit ist rein persönlich.«

»Umso mehr sollten Sie bemüht sein, eine öffentliche Untersuchung fernzuhalten!«

»Nun, so will ich's Ihnen denn sagen! Wenn Sie einiges von meiner unglücklichen Geschichte gehört haben, werden Sie wissen, dass ich mich in unbesonnener Weise verheiratete, und dass ich Ursache hatte, diesen Schritt zu bereuen.«

»Ich habe davon gehört.«

»Seit jenem Augenblick wurde ich unaufhörlich von meinem Mann verfolgt, den ich verabscheue. Das Gesetz steht auf seiner Seite, und jeden Tag sehe ich mich der Möglichkeit gegenübergestellt, dass er mich zwingt, wieder mit ihm zusammenzuleben. Damals, als ich Sir Charles jenen Brief schrieb, hatte ich erfahren, es wäre für mich Aussicht vorhanden, meine Freiheit wiederzuerlangen, wenn ich über eine gewisse Summe Geldes verfügen könnte. Für mich hing alles davon ab: Seelenruhe, Glück, Selbstachtung – mit einem Wort: alles! Ich kannte Sir Charles' Freigiebigkeit, und ich dachte, wenn er die Geschichte aus meinem eigenen Mund hörte, würde er mir ganz gewiss helfen.«

»Wie kommt es dann aber, dass Sie nicht hingingen?«

»Weil mir in der Zwischenzeit von anderer Seite her Hilfe kam.«

»Aber warum schrieben Sie dies nicht an Sir Charles?«

»Ich hätte das getan, wenn ich nicht am anderen Morgen seinen Tod in der Zeitung gelesen hätte.«

Die Geschichte der Frau war in sich zusammenhängend, und mit all meinen Fragen gelang es mir nicht, ihre Angaben zum Wanken zu bringen. Ich konnte nichts weiter tun, als Nachforschungen anzustellen, ob sie wirklich zu der Zeit, wo die Tragödie von Baskerville Hall sich abgespielt hatte, Schritte getan, um sich von ihrem Gatten scheiden zu lassen.

Es war nicht anzunehmen, dass sie geleugnet hätte, in der Taxusallee von Baskerville Hall gewesen zu sein, wenn sie in Wirklichkeit dort gewesen wäre, denn um dorthin zu gelangen, hätte sie sich unbedingt eines Wagens bedienen müssen, und dieser hätte nicht vor den frühen Morgenstunden wieder in Coombe Tracey anlangen können. Eine solche Ausfahrt ließ sich nicht geheim halten. Es war also anzunehmen, dass sie in dieser Hinsicht die Wahrheit sagte – oder wenigstens einen Teil der Wahrheit. Ich fühlte mich gefoppt und fuhr niedergeschlagen von Coombe Tracey ab. Abermals stand ich vor jener unübersteiglichen Mauer, die anscheinend auf jedem Weg sich erhob, den ich einschlug, um zu meinem Ziel zu gelangen. Und doch, je mehr ich an das Mienenspiel und das Benehmen der Dame dachte, desto stärker wurde der Eindruck, dass sie mir irgendetwas verheimlichte.

Warum war sie so bleich geworden? Warum musste ihr jedes Zugeständnis sozusagen abgekämpft werden? Warum war sie in jenen Tagen, als die Tragödie die ganze Gegend in Aufruhr versetzt hatte, so schweigsam gewesen? Ganz gewiss ließ dies alles sich nicht auf eine so unschuldige Art erklären, wie sie mich glauben machen wollte! Für den Augenblick konnte ich indessen keine weiteren Schritte in jener Richtung tun, sondern musste mich zu der anderen Spur wenden, die in den Steinhütten auf dem Moor zu suchen war.

Und das war eine von sehr ungewisser Art! Es kam mir so recht zum Bewusstsein, als ich auf der Rückfahrt bemerkte, wie Hügel um Hügel die Spuren des Heidenvolkes zeigte. Barrymore hatte nichts weiter sagen können, als dass der Fremde in einer von den verlassenen Hütten hauste, und nun sah ich, dass diese zu Hunderten überall und überall übers Moor zerstreut waren. Immerhin hatte ich mein eigenes nächtliches Erlebnis als Ausgangspunkt, denn ich hatte mit meinen Augen den Mann selber auf dem Gipfel des »Black Tor« stehen sehen. Von diesem Punkt aus musste ich also meine Nachforschungen beginnen. Ich konnte nichts anderes tun, als von diesem Mittelpunkt aus jede Hütte auf dem Moor zu untersuchen, bis ich die richtige traf. War dieser Mann in der Hütte, musste er mir selber gestehen – wenn nötig, vor der Mündung meines Revolvers – wer er war und warum er uns so lange nachgespürt hatte. Im Gedränge der Regent Street konnte er uns wohl entschlüpfen, aber hier auf dem einsamen Moor sollte ihm das doch schwer werden! Sollte ich dagegen die Hütte finden, ihr Bewohner aber nicht anwesend sein – nun, so musste ich dort warten, bis er zurückkehrte, mochte meine Wache auch noch so lange dauern. Holmes hatte ihn in London entwischen lassen. Es wäre in der Tat ein Triumph für mich gewesen, hätte ich den Mann dingfest gemacht, den mein Meister nicht hatte halten können!

Während all unserer Bemühungen war das Glück immer und immer wieder uns feindlich gewesen – nun auf einmal kam es uns zu Hilfe. Und der Glücksbringer war niemand anderes als der alte Frankland, der mit seinem grauen Backenbart und roten Gesicht vor seiner Gartenpforte auf dem Weg stand, den ich entlangfuhr.

»Guten Tag, Doktor Watson!«, rief er mit ungewohntem guten Humor. »Sie müssen wirklich Ihre Pferde ein bisschen ausruhen lassen und mit mir hereinkommen, um ein Glas Wein mit mir zu trinken und mir zu gratulieren.«

Ich empfand durchaus keine freundschaftlichen Gefühle für den Mann, der nach allem, was man mir erzählt, seine Tochter so schlecht behandelt hatte, aber mir lag viel daran, Perkins mit dem Fuhrwerk nach Hause zu schicken, und diese Gelegenheit war günstig. Ich stieg also aus und sagte dem Kutscher, er möchte Sir Henry bestellen, dass ich zur Essenszeit zu Hause sein würde. Dann folgte ich Frankland in sein Speisezimmer.

»Heut ist ein großer Tag für mich, Herr Doktor – einer von den wenigen Tagen in meinem Leben, die ich rot anstreichen kann!«, rief er, unaufhörlich kichernd. »Ich habe einen Doppelsieg! Ja, ich will den Leuten hier beibringen, dass das Gesetz Gesetz ist, und dass es hier einen Mann gibt, der sich nicht fürchtet, es anzurufen! Ich habe ein Wegerecht mitten durch des alten Middleton Park nachgewiesen, mitten durch, Herr Doktor, keine hundert Ellen von seiner Haustür. Was sagen Sie dazu? Wir wollen diesen Magnaten zeigen, dass sie nicht so mir nichts dir nichts sich über die Rechte von uns Bürgerlichen hinwegsetzen können, hol sie der Henker! Dann habe ich den Wald gesperrt, wo die Fernworthyer immer Picknicks hielten Diese Höllenbrut scheint zu glauben, es gebe keine Eigentumsrechte und sie können nach freiem Belieben überall herumschwärmen mit ihren Flaschen und mit ihrem Butterbrotpapier. Beide Prozesse sind entschieden, Doktor Watson, und beide zu meinen Gunsten. Solch einen Tag habe ich nicht gehabt, seitdem ich Sir John Morland verurteilen ließ, weil er in seiner eigenen Fasanerie geschossen hatte.«

»Wie in aller Welt brachten Sie denn das fertig?«

»Lesen Sie's nur in den Büchern nach, Doktor! Es lohnt sich der Mühe! Frankland gegen Morland, Gerichtshof: Queens Bench. Es kostete mich 200 Pfund, aber ich setzte mein Urteil durch!«

»Hatten Sie irgendeinen Vorteil dabei?«

»Keinen, Herr Doktor, gar keinen! Ich sage es voll Stolz, ich hatte gar kein Interesse an der Sache. Ich handle durchaus nur aus Pflichtgefühl zum allgemeinen Besten. Ich zweifle zum Beispiel nicht, dass die Leute von Fernworthy mich heute Abend *in effigie* verbrennen werden. Als sie's das letzte Mal taten, sagte ich der Polizei, sie müsste derartige anstößige Auftritte verhindern. Die Grafschaftspolizei ist in einem skandalösen Zustand, Herr Doktor, und hat mir nicht den Schutz gewährt, auf den ich Anspruch habe. Der Prozess Frankland gegen Reginam wird die Sache vor die Öffentlichkeit bringen. Ich sagte ihnen, es würde ihnen schon noch mal leid tun, mich so behandelt zu haben, und meine Worte haben sich denn auch bereits bewahrheitet!«

»Wieso?«

Der alte Mann machte ein sehr geheimnisvolles Gesicht und flüsterte:

»Weil ich ihnen was sagen könnte, wonach sie sich die Beine abgelaufen haben; aber nichts soll mich dazu bringen, diesen Schuften in irgendeiner Weise beizustehen.«

Ich hatte bereits nach einem Vorwand gesucht, um mich seinem Geschwätz zu entziehen; die letzten Worte erregten jedoch in mir den Wunsch, mehr zu hören. Ich hatte von dem Widerspruchsgeist des alten Sünders genug gesehen, um zu begreifen, dass er seine Herzensergüsse sofort einstellen würde, wenn ich mich irgendwie neugierig zeigte. Ich sagte daher mit möglichst gleichgültiger Miene:

»Jedenfalls handelt sich's um irgendeine Wilddieberei.«

»Haha, mein Junge! Nein, um etwas viel, viel Wichtigeres! Was meinen Sie wohl? Es betrifft den Sträfling auf dem Moor!«

Ich fuhr in die Höhe und rief:

»Sie wollen doch nicht etwa sagen, dass Sie wissen, wo der Mann ist?«

»Ich weiß vielleicht nicht ganz genau, wo er ist, aber ich bin vollkommen sicher, dass ich der Polizei helfen könnte, ihn festzunehmen! Ist es Ihnen niemals eingefallen, dass es kein besseres Mittel gibt, den Mann zu fangen, als indem man ausfindig macht, von wem er seine Nahrungsmittel erhält? Man braucht nur die Spur zu verfolgen und man hat ihn!«

Der alte Herr schien in der Tat in sehr unbequemer Weise dicht bei der Wahrheit zu sein.

»Ohne Zweifel haben Sie recht«, antwortete ich, »aber wie wissen Sie überhaupt, dass er irgendwo auf dem Moor ist?«

»Das weiß ich, weil ich mit eigenen Augen den Boten gesehen habe, der ihm sein Essen bringt.«

Ich bekam Angst um Barrymore. Es war keine Kleinigkeit, in der Gewalt dieses boshaften alten Krakeelers zu sein. Aber als er weiter sprach, fiel mir ein Stein vom Herzen.

»Es wird Sie überraschen, wenn ich Ihnen sage, dass sein Essen ihm von einem Knaben gebracht wird. Ich sehe ihn jeden Tag durch mein Fernrohr, das oben auf meinem Dach steht. Er geht immer um dieselbe Stunde denselben Weg entlang, und zu wem sollte er gehen als zu dem Sträfling?«

Das war allerdings wirklich Glück! Doch trotz meiner inneren Freude unterdrückte ich jedes Anzeichen von Neugier. Ein Knabe! Barrymore hatte gesagt, unser Unbekannter würde von einem Knaben bedient. Auf dessen Spur und nicht auf die des Sträflings war Frankland geraten! Wenn ich ihn dazu bringen konnte, mir alles zu sagen, was er wusste, so ersparte mir das vielleicht eine lange und mühsame Jagd. Aber das beste Mittel, um diesen Zweck zu erreichen, waren offenbar zur Schau getragene Ungläubigkeit und Gleichgültigkeit.

»Meiner Meinung nach dürfte es wahrscheinlicher sein, dass der Junge der Sohn irgendeines Moorschäfers ist und seinem Vater das Mittagessen bringt.«

Bei dem geringsten Widerspruch sprühte der alte Autokrat sofort Feuer und Flammen. Er sah mich mit einem giftigen Blick an und seine grauen Barthaare sträubten sich wie die eines wütenden Katers.

»Was Sie nicht sagen!«, rief er, und damit streckte er den Finger in Richtung Moor aus. »Sehen Sie dahinten den Black Tor? Sehen Sie darunter den niedrigen Hügel mit dem Dornbusch drauf? Es ist der steinigste Teil des ganzen Moores. Würde wohl ein Schäfer da sein Standquartier aufschlagen? Ihre Meinung, Herr, ist im höchsten Grad abgeschmackt!«

Ich antwortete ganz kleinlaut, ich hätte gesprochen, ohne alle diese Tatsachen zu kennen. Meine Unterwürfigkeit gefiel ihm und veranlasste ihn zu weiteren vertraulichen Mitteilungen.

»Verlassen Sie sich darauf, Doktor, ich habe meine guten Gründe, bevor ich mir eine Meinung bilde. Ich sah den Jungen wieder und immer wieder mit seinem Bündel. Jeden Tag und oft sogar zweimal täglich konnte ich – aber warten Sie doch mal, Doktor Watson! Täuschen meine Augen mich oder bewegt sich gerade in diesem Augenblick etwas den Hügel hinauf?«

Die Entfernung betrug mehrere Meilen, aber ich konnte ganz deutlich auf dem dunkelgrauen und grünen Grund einen schwarzen Fleck sich abheben sehen.

»Kommen Sie, kommen Sie!«, rief Frankland und rannte dabei die Treppe hinauf. »Sie sollen mit Ihren eigenen Augen sehen und selber urteilen.«

Das Fernrohr, ein riesiges Instrument auf einem dreibeinigen Gestell, stand auf dem flachen Dach des Hauses. Frankland legte das Auge an das Glas und stieß einen Schrei der Genugtuung aus.

»Schnell, Doktor Watson, schnell! Sonst verschwindet er über dem Hügelgipfel!«

Richtig, da ging ein Junge mit einem kleinen Bündel auf der Schulter. Er stieg langsam den Hügel hinauf, und als er oben war, sah ich einen Augenblick lang die zerlumpte Gestalt sich gegen den kalten blauen Himmel abheben. Er sah sich mit scheuem Wesen um, wie einer, der verfolgt zu werden fürchtet. Dann verschwand er jenseits des Hügels.

»Na, hab ich recht?«

»Jedenfalls ging da ein Junge, der irgendeine geheime Besorgung zu machen scheint.«

»Und was das für eine Besorgung ist, das könnte sogar ein Grafschaftspolizist erraten! Aber kein Wort sollen sie von mir darüber erfahren, und ich verlange auch von Ihnen Verschwiegenheit, Doktor Watson. Kein Wort! Verstehen Sie?«

»Ganz, wie Sie wünschen.«

»Sie haben mich schändlich behandelt – schändlich! Wenn im Prozess Frankland gegen Reginam die Tatsachen ans Licht kommen, wird – das darf ich wohl annehmen – ein Schrei der Entrüstung durchs Land gehen! Nichts könnte mich dazu bringen, der Polizei in irgendeiner Weise beizustehen. Die hätte ja ruhig mit zugesehen, wenn ich selber anstatt meines Abbildes von den Schurken da auf dem Scheiterhaufen verbrannt worden wäre ... Aber Sie gehen doch nicht schon? Sie werden mir doch noch helfen, zu Ehren dieses großen Anlasses die Karaffe zu leeren?«

Aber ich blieb allen Einladungen gegenüber standhaft und schließlich gelang es mir auch, ihn von seiner Absicht abzubringen, mich nach Baskerville Hall zu begleiten. Solange er mir noch mit den Augen folgen konnte, blieb ich auf der Straße; dann aber bog ich vom Weg ab in das Moorland hinein und schritt auf den Felsenhügel zu, auf dessen Kuppe der Junge verschwunden war. Alle Umstände hatten sich zu meinen Gunsten gewandt, und ich schwor mir selber zu, wenn der glückliche Zufall mir keinen Erfolg brächte, sollte dies jedenfalls nicht an Mangel an Tatkraft oder Ausdauer von meiner Seite liegen.

Die Sonne näherte sich bereits dem Horizont, als ich den Gipfel des Hügels erreichte, und die langgestreckten Schluchten zu meinen Füßen glänzten auf der einen Seite in goldigem Grün und waren auf der anderen in graue Schatten gehüllt.

Aus dem Nebelstreifen, der in der Ferne den Horizont verbarg, ragten die phantastisch geformten Umrisse des Belliver und des Viren Tor hervor. Auf der ganzen weiten Fläche kein Laut, keine Bewegung! Ein großer grauer Vogel, eine Möwe oder ein Brachvogel, schwebte hoch über mir in der blauen Luft. Er und ich schienen die einzigen lebenden Wesen zwischen dem Riesengewölbe des Himmels und der weiten Wüste zu sein. Die traurige Landschaft, das Gefühl der Einsamkeit, das Geheimnisvolle und Dringliche meiner Aufgabe – dies alles ergriff mein Herz mit einem kalten Schauer. Der Junge war nirgends zu sehen. Aber tief unter mir in einer Schlucht war ein Kreis der alten Steinhütten, und in ihrer Mitte bemerkte ich eine, die noch hinreichend gut erhalten war, um gegen die Unbilden des Wetters Schutz bieten zu können. Das Herz klopfte mir, als ich sie sah. Dies musste das Versteck sein, worin der Fremde hauste. Endlich berührte mein Fuß die Schwelle seiner Zufluchtsstätte – sein Geheimnis lag greifbar vor mir.

Vorsichtig näherte ich mich der Hütte – ich musste an Stapleton denken, wenn er mit seinem Netz sich an den Schmetterling heranschlich, der sich auf eine Pflanze niedergelassen – und ich bemerkte mit Befriedigung, dass die Stätte wirklich als Wohnung benutzt worden war. Ein kaum erkennbarer Fußweg führte zwischen den Granitblöcken hindurch zu dem verfallenen Eingang der Hütte. Drinnen war alles still. Vielleicht hielt der Unbekannte sich dort versteckt, vielleicht aber streifte er auf dem Moor umher. Die Erregung der Abenteuerlust hielt meine Nerven auf das höchste gespannt. Ich warf meine Zigarette weg, umspannte mit der Faust den Kolben des Revolvers und ging schnellen Schrittes auf die Tür zu. Ich sah hinein. Der Raum war leer.

Aber es waren Anzeichen in Hülle und Fülle vorhanden, die dafür sprachen, dass ich auf keiner falschen Fährte war. Ganz bestimmt musste der Mann hier wohnen. In einen wasserdichten Regenmantel eingewickelt lagen mehrere Wolldecken auf der Steinplatte, die schon den Heiden der Vorzeit als Schlummerstätte gedient hatte. Auf einem primitiven Feuerrost lag ein Haufen Asche. Daneben bemerkte ich einige Küchengeräte und einen halbvollen Wassereimer. Eine Anzahl aufeinander geworfener leerer Zinnbüchsen bewiesen mir, dass die Hütte schon seit einiger Zeit bewohnt sein müsse, und als meine Augen sich erst an das Halbdunkel gewöhnt hatten, sah ich in der Ecke eine Pfanne und eine angebrochene Flasche Branntwein.

Mitten im Raum lag ein flacher Stein, der als Tisch diente, und auf diesem lag, in ein Tuch eingewickelt, ein kleines Bündel – ohne Zweifel dasselbe, das ich durch das Fernrohr auf der Schulter des Jungen bemerkt hatte. Es enthielt einen Laib Brot, eine Büchse mit Zunge und zwei Dosen mit eingemachten Pfirsichen. Ich prüfte alle diese Gegenstände sorgfältig, und als ich sie wieder hinsetzte, bemerkte ich plötzlich mit Herzklopfen, dass unter dem Bündel ein Blatt Papier lag, worauf etwas geschrieben war. Ich nahm es in die Hand und las folgende Worte, die in unbeholfenen Zügen mit Bleistift gekritzelt waren: »Doktor Watson ist nach Coombe Tracey gefahren.« Eine Minute lang stand ich, das Papier in der Hand haltend, regungslos da. Was bedeutete diese kurze Botschaft? So war ich es also und nicht Sir Henry, der von diesem geheimnisvollen Mann belauert wurde? Er war mir nicht selber gefolgt, sondern hatte mir einen Agenten – vielleicht den Jungen – auf die Spur gehetzt, und dies war der Bericht. Vielleicht hatte ich seit meiner Ankunft auf dem Moor keinen einzigen Schritt getan, der nicht beobachtet und berichtet worden war!

Immer wieder drängte sich mir das Gefühl auf, dass eine unsichtbare Macht uns umgab, dass mit außerordentlicher Geschicklichkeit und Sorgfalt ein feines Netz um uns gespannt war – ein so leichtes und feines Netz, dass wir nur in gewissen, entscheidenden Augenblicken uns bewusst wurden, wirklich in die Maschen desselben verstrickt zu sein.

Wenn der Fremde einen schriftlichen Bericht empfangen hatte, mochten wohl auch deren mehrere vorhanden sein; ich durchsuchte deshalb die ganze Hütte danach, fand indessen nicht das allergeringste Derartige. Ebenso wenig entdeckte ich irgendein Anzeichen, woraus ich auf den Charakter oder die Absichten des Mannes hätte schließen können, der sich eine so ungewöhnliche Wohnung ausgesucht hatte. Nur so viel ergab sich klar und deutlich, dass er ein Mann von spartanischen Lebensgewohnheiten sein musste und dass er sich aus den Bequemlichkeiten der Häuslichkeit wenig machte. Wenn ich an die schweren Regengüsse der letzten Zeit dachte und mir die klaffenden Lücken der Bedachung ansah, konnte ich mich der Überzeugung nicht verschließen, dass nur eine starke und unerschütterliche Willenskraft ihn befähigen konnte, an einem so unwirtlichen Platz zu bleiben. War er unser erbitterter Feind oder etwa unser Schutzengel? Ich nahm mir fest vor, die Hütte nicht eher zu verlassen, als bis ich mir darüber Klarheit verschafft hätte.

Draußen ging jetzt gerade die Sonne unter, und über den westlichen Himmel ergoss sich eine Glut von Rot und Gold. Ihr Widerschein lag in rötlichen Flecken auf den Wasserlachen im fernen großen Grimpener Sumpf. Ich sah die beiden Türme von Baskerville Hall, und eine undeutliche Rauchsäule zeigte mir den Ort an, wo das Dorf Grimpen lag. Zwischen diesen beiden Punkten, hinter dem Hügel, sah ich das Stapletonsche Haus. So sanft und friedlich lag das alles da in der goldenen Abendsonne, und doch, als mein Blick darüber hinschweifte, da fühlte meine Seele nichts von dem Frieden der Natur, sondern sie erbebte nur in einem unbestimmten Grauen vor dem Zusammentreffen, welchem jede Minute mich näher brachte. Aufgeregt, aber fest entschlossen, saß ich im finsteren Versteck der Hütte und erwartete mit düsterer Geduld die Heimkehr ihres Bewohners.

Endlich hörte ich ihn. Ein scharfes Klappen von einem Stiefel, der fest auf den Felsgrund auftrat. Und noch ein Klappen und wieder und wieder eins, näher und immer näher. Ich zog mich ganz in die dunkelste Ecke zurück und spannte den Revolver in meiner Tasche, fest entschlossen, meine Anwesenheit nicht eher zu verraten, als bis es mir gelungen wäre, einen Blick auf den Fremden zu werfen. Dann kam eine lange Pause; ich hörte nichts mehr – offenbar war er stehen geblieben. Dann kamen wieder die Fußtritte näher, und ein Schatten fiel quer über die Türöffnung.

»'s ist ein schöner Abend, mein lieber Watson«, sagte eine wohlbekannte Stimme. »Ich glaube wirklich, Sie sitzen hier draußen angenehmer als drinnen.«

Zwölftes Kapitel

Ein paar Augenblicke saß ich bewegungslos da; mir stockte der Atem, kaum wollte ich meinen Ohren trauen. Dann auf einmal hatte ich das Gefühl, als ob eine erdrückende Last von Verantwortlichkeit mir plötzlich von der Seele genommen würde. Diese kalte, schneidende, ironische Stimme konnte auf der ganzen Welt nur einem einzigen Mann angehören. Und ich rief:

»Holmes! ... Holmes!«

»Kommen Sie heraus«, sagte er, »und seien Sie vorsichtig mit dem Revolver.«

Ich bückte mich und kroch unter dem roh behauenen Steinblock durch, der quer über der Türöffnung lag. Richtig, da saß Holmes draußen auf einem Stein, und seine grauen Augen tanzten vor Vergnügen, als sein Blick auf mein erstauntes Gesicht fiel. Er war mager und abgezehrt, dabei aber frisch und gesund, sein scharf geschnittenes Gesicht war von Sonne und

Wind gebräunt. Seiner Kleidung nach sah er aus wie ein gewöhnlicher Tourist, der das Moor besucht, und mit seiner katzenmäßigen Vorliebe für persönliche Sauberkeit hatte er es fertig gebracht, dass sein Kinn so glatt und seine Wäsche so sauber waren, wie wenn er in seiner Wohnung in der Baker Street gewesen wäre.

»Nie in meinem Leben habe ich beim Anblick eines Menschen eine solche Freude empfunden!«, rief ich, als ich ihm die Hand schüttelte.

»Und noch nie solches Erstaunen, nicht wahr?«

»Ja, das muss ich freilich zugeben.«

»Die Überraschung war durchaus nicht einseitig, das kann ich Ihnen versichern. Ich hatte keine Ahnung davon, dass Sie meinen derzeitigen Schlupfwinkel herausgefunden hätten und noch viel weniger, dass Sie in eigener Person darin säßen, als bis ich zwanzig Schritte von meiner Tür entfernt war.«

»Sie bemerkten wahrscheinlich meine Fußspur?«

»Nein, Watson, so weit geht denn doch meine Beobachtungsgabe nicht, dass ich Ihre Fußspur unter allen Fußspuren der ganzen Welt herausfinden könnte. Wenn Sie im Ernst wünschten, mich in eine Falle zu locken, müssen Sie sich einen anderen Tabaklieferanten anschaffen; denn wenn ich einen Zigarettenstummel finde, worauf die Firma ›Bradley, Oxford Street‹ steht, weiß ich, dass mein Freund Watson in der Nähe ist. Sie können den Stummel dort neben dem Fußweg sehen. Ohne Zweifel warfen Sie ihn im letzten Augenblick weg, als Sie Ihren Angriff auf die leere Hütte machten.«

»Ganz recht.«

»Das dachte ich mir wohl – und da ich Ihre bewunderungswürdige Ausdauer kenne, war ich überzeugt, dass Sie, mit einer Schusswaffe in Griffweite, im Hinterhalt säßen und auf die Heimkehr des Hüttenbewohners lauerten. Sie glauben also wirklich, ich sei der Verbrecher?«

»Ich wusste nicht, wer der Mann war, aber ich war fest entschlossen, das herauszubekommen.«

»Ausgezeichnet, Watson! Und wie machten Sie meine Wohnstätte ausfindig? Sahen Sie mich vielleicht in jener Nacht, wo Sie auf der Jagd nach dem Sträfling waren? Ich war damals so unvorsichtig, den Mond hinter mir aufgehen zu lassen.«

»Ja, ich sah Sie in jener Nacht.«

»Und haben ohne Zweifel alle Hütten durchsucht, bis Sie zu dieser hier kamen?«

»Nein, Ihr Junge war beobachtet worden, und dadurch bekam ich einen Anhaltspunkt, wo ich zu suchen hätte.«

»Jedenfalls von dem alten Herrn mit dem Fernrohr! Ich konnte erst gar nicht herausbekommen, was es war, als ich das Sonnenlicht von der Linse seines Instruments zurückgeworfen sah.« Holmes stand auf und warf einen Blick in die Hütte. »Ah, ich sehe, Cartwright hat mir wieder einige Vorräte gebracht. Doch was bedeutet denn dieser Zettel? Sie sind also in Coombe Tracey gewesen, wirklich?«

»Ja.«

»Und haben Mrs Laura Lyons besucht.«

»Ganz recht.«

»Ausgezeichnet! Unsere Nachforschungen haben sich offenbar in parallelen Richtungen bewegt, und wenn wir unsere Erlebnisse zusammenhalten, werden wir, davon bin ich überzeugt, eine ziemlich vollständige Kenntnis vom ganzen Fall besitzen!«

»Nun, jedenfalls bin ich von Herzen froh, dass Sie hier sind, denn die Verantwortlichkeit und das Geheimnisvolle der Sache, das beides zusammen wurde wirklich allmählich zu viel für meine Nerven. Aber warum in aller Welt kamen Sie denn hierher und was haben Sie hier getrieben? Ich glaubte, Sie säßen in der Baker Street und zerbrächen sich den Kopf über jener Erpressungsgeschichte.«

»Das sollten Sie auch glauben.«

»Dann benutzten Sie mich also für Ihre Zwecke und trauen mir doch nicht?«, rief ich ziemlich bitter. »Ich glaube, ich habe Besseres von Ihnen verdient, Holmes!«

»Mein lieber Watson, Sie sind bei diesem wie bei vielen anderen Fällen für mich von unschätzbarem Wert gewesen, und ich bitte Sie, mir zu verzeihen, wenn ich Ihnen anscheinend einen kleinen Streich gespielt habe. In Wirklichkeit geschah das hauptsächlich in Ihrem eigenen Interesse und eben weil ich die Größe der Gefahr kannte, von der Sie bedroht waren, kam ich her, um den Fall ganz in der Nähe zu prüfen. Wäre ich bei Sir Henry und Ihnen gewesen, hätte ich augenscheinlich von demselben Standpunkt geurteilt wie Sie beide, und meine Anwesenheit würde unsere höchst gefährlichen Gegner gewarnt haben, sodass sie auf der Hut gewesen wären. Indem ich auf meine eigene Faust handelte, konnte ich mich in einer Weise frei bewegen, wie es nicht möglich gewesen wäre, hätte ich im Schloss gewohnt. Ich bin und bleibe bei der Entwicklung der Angelegenheit ein unbekannter Faktor, der im gegebenen Augenblick mit seiner ganzen Bedeutung einspringen kann.«

»Aber warum ließen Sie mich im Dunkeln?«

»Hätten Sie gewusst, dass ich auf dem Moor war, konnte uns das nichts nützen, möglicherweise aber zu meiner Entdeckung führen. Sie hätten den Wunsch gehabt, mir irgendetwas mitzuteilen oder mir in Ihrer Gutherzigkeit die eine oder andere Bequemlichkeit herausgebracht, und das alles wären ganz überflüssige Wagnisse gewesen. Ich habe mir Cartwright mitgenommen – Sie erinnern sich wohl: der kleine Bursche von der Expressgesellschaft – und er hat für meine einfachen Bedürfnisse gesorgt: ein Laib Brot und ein reiner Kragen – was braucht ein Mann mehr? An ihm hatte ich ein zweites Paar Augen und ein Paar sehr flinker Füße, und beides ist für mich von unschätzbarem Wert gewesen.«

»Dann waren also alle meine Berichte zu gar nichts gut?«

Mein Stimme zitterte unwillkürlich, denn ich dachte an die große Mühe, die ich mir gegeben, und an den Stolz, womit ich sie ausgearbeitet hatte.

Holmes zog ein Päckchen Papiere aus der Tasche und sagte:

»Hier sind Ihre Berichte, meine lieber Watson, und ganz gehörig durchgearbeitet, das können Sie mir glauben. Ich hatte ausgezeichnete Vorkehrungen getroffen, und die Berichte gelangten nur um einen einzigen Tag verspätet in meine Hände. Ich muss Ihnen meine allergrößten Komplimente machen zu dem Eifer und der Intelligenz, die Sie bei einem so ungewöhnlich schwierigen Fall bewiesen haben.«

Ich war immer noch etwas empfindlich wegen der Komödie, die Holmes mit mir gespielt hatte, aber sein warmes Lob verscheuchte doch meinen Ärger. Ich fühlte auch innerlich, dass er mit dem, was er sagte, im Grunde genommen völlig recht hatte, und dass es in der Tat für unsere Absichten besser gewesen war, dass ich von seiner Anwesenheit auf dem Moor nichts gewusst.

»So ist's besser!«, sagte Holmes, als er den Schatten von meinen Gesichtszügen verschwinden sah. »Und nun erzählen Sie mir, was Sie mit Ihrem Besuch bei Mrs Laura Lyons ausgerichtet haben – dass Sie bei ihr gewesen waren, konnte ich unschwer erraten, denn sie ist in Coombe Tracey die einzige Person, die in dieser Angelegenheit für uns von Nutzen sein kann. In der Tat, wären Sie nicht heute bei ihr gewesen, wäre ich aller Wahrscheinlichkeit nach morgen selber zu ihr hingegangen.«

Die Sonne war untergegangen, und die Dämmerung senkte sich auf das Moor herab. Die Luft war kühl geworden und wir zogen uns daher in die Hütte zurück, wo es wärmer war. Dort saßen wir im Zwielicht nebeneinander und ich berichtete Holmes meine Unterhaltung mit der Dame. Sie interessierte ihn in so hohem Grad, dass ich manche Stelle wiederholen musste, ehe er sich für befriedigt erklärte.

»Dies ist von höchster Wichtigkeit!«, rief er, als ich fertig war. »Eine Lücke in diesem sehr verwickelten Fall, die ich nicht überbrücken konnte, ist jetzt ausgefüllt. Sie wissen vielleicht, dass zwischen der Dame und diesem Stapleton eine sehr innige Vertraulichkeit besteht?«

»Von enger Vertraulichkeit war mir nichts bekannt.«

»In dieser Beziehung kann kein Zweifel obwalten. Sie kommen zusammen, sie schreiben sich, es herrscht zwischen ihnen ein vollkommenes Einverständnis. Nun, durch Ihre Unterredung haben wir eine sehr wirksame Waffe in unsere Hände bekommen. Wenn ich diese nur anwenden könnte, um seine Frau von ihm abzubringen ...«

»Seine Frau?«

»Ja, jetzt bekommen Sie von mir etwas Neues zu hören zum Austausch für all das, was ich durch Sie erfahren habe. Die Dame, die hier für Miss Stapleton gegolten hat, ist in Wirklichkeit seine Frau.«

»Um Himmels willen, Holmes! Sind Sie auch dessen sicher, was Sie da sagen? Wie hätte er Sir Henry erlauben können, sich in sie zu verlieben?«

»Wenn Sir Henry sich in sie verliebte, konnte das keinem Menschen etwas schaden als nur dem Baronet selber. Er passte mit ganz besonderer Sorgfalt darauf auf, dass Sir Henry seine Liebe zu ihr nicht in Handlungen umsetzte; das haben Sie ja selber bemerkt. Ich wiederhole, die Dame ist seine Frau und nicht seine Schwester.«

»Aber wozu diese umständliche Täuschung?«

»Weil er vorausgesehen hatte, dass sie ihm im Charakter einer Unverheirateten von viel größerem Nutzen sein würde.«

Alle meine unausgesprochenen instinktiven Verdachtsgründe nahmen plötzlich bestimmte Formen an, und alles sprach gegen den Naturforscher. In diesem leidenschaftslosen blassen Mann mit seinem Strohhut und dem Schmetterlingsnetz glaubte ich jetzt ein furchtbares Wesen zu sehen – ein Geschöpf voll unendlicher Geduld und Geschicklichkeit, mit lächelndem Antlitz und einem Mörderherzen.

»So ist also er unser Feind – er war es, der uns in London nachspürte?«

»Das halte ich für des Rätsels Lösung.«

»Und die Warnung – die muss dann von ihr gekommen sein!«

»Ganz gewiss.«

Ein furchtbares Schurkenwerk, halb gesehen, halb nur geahnt, trat aus der Dunkelheit hervor, die mich so lange umfangen gehalten hatte.

»Aber sind Sie auch Ihrer Sache sicher, Holmes? Woher wissen Sie, dass sie seine Frau ist?«

»Weil er sich so weit vergessen hatte, Ihnen beim ersten Zusammentreffen ein Stück seiner wirklichen Lebensgeschichte zu erzählen, und verlassen Sie sich darauf, das hat ihm seither schon manches Mal leid getan. Er hatte wirklich früher eine Schule in Nordengland. Nun kann man über keinen Menschen leichter etwas erfahren als über einen Schullehrer. Es gibt Stellenvermittlungsagenten für Lehrer, durch die man die Identität eines jeden feststellen kann, der einmal diesem Beruf angehört hat. Durch eine kleine Nachforschung erfuhr ich, dass eine Schule unter entsetzlichen Umständen zugrunde gegangen und dass ihr Eigentümer – dessen Name anders lautete – mit seiner Frau verschwunden war. Die Personalbeschreibungen passen. Als ich erfuhr, dass der Flüchtling sich ganz besonders für Schmetterlingskunde interessiert hatte, war kein Zweifel mehr möglich.«

Das Dunkel lichtete sich – aber noch immer lag gar vieles im Schatten.

»Wenn die Frau wirklich seine Gattin ist«, fragte ich, »wie kommt dann diese Mrs Laura Lyons mit ins Spiel hinein?«

»Das ist einer von den Punkten, die durch Ihre Nachforschungen aufgehellt worden sind. Ihr Gespräch mit der Dame hat die Situation bedeutend geklärt. Ich wusste nicht, dass eine Scheidung von ihrem Mann in Aussicht genommen war. Wenn aber dies der Fall ist, rechnete sie ohne Zweifel darauf, dass Stapleton sie heiraten werde, da sie ihn für einen unverehelichten Mann ansah.«

»Und wenn sie über ihre Täuschung aufgeklärt wird?«

»Ja, dann werden wir in der Dame vielleicht ein nützliches Werkzeug für uns finden. Das Erste, was wir morgen zu tun haben, ist, dass wir sie aufsuchen – und zwar wir beide zusammen … Glauben Sie nicht, Watson, dass Sie schon ziemlich lange von Ihrem Posten fort sind? Ihr Platz sollte in Baskerville Hall sein.«

Die letzten roten Streifen waren am westlichen Himmel verblichen, und nächtliches Dunkel hatte sich auf das Moor herniedergesenkt. Ein paar schwache Sternpünktchen glommen am violetten Himmel auf.

»Noch eine letzte Frage, Holmes!«, sagte ich, indem ich aufstand. »Ganz gewiss brauchen doch wir beide keine Geheimnisse voreinander zu haben. Was bedeutet dies alles? Was will er?«

Flüsternd antwortete Holmes mir:

»Es ist Mord, Watson – abgefeimter, kaltblütiger, hartherziger Mord! Fragen Sie mich nicht nach Einzelheiten! Mein Netz schwebt über ihm, so wie sein Netz über Sir Henry schwebt, und dank Ihrer Hilfe ist er bereits sozusagen ohne Gnade in meine Hand gegeben. Nur eine Gefahr kann uns noch drohen: dass er seinen Streich führt, bevor wir so weit sind. Noch einen Tag – höchstens zwei! – und ich habe mein Material vollständig beisammen –, aber bis dahin seien Sie auf Ihrem Posten und halten Sie so sorgsam Wacht wie eine Mutter bei ihrem kranken Kind. Ihr heutiges Tagewerk war durch die Umstände berechtigt, und doch möchte ich beinahe wünschen, Sie wären ihm nicht von der Seite gewichen – – Hören Sie! Was ist das?«

Ein furchtbarer Schrei – ein langer gellender Schrei voll Angst und Entsetzen drang aus der Einsamkeit des schweigenden Moors zu uns herüber. So entsetzlich war der Ton, dass das Blut in meinen Adern zu Eis erstarrte. »O mein Gott!«, stöhnte ich. »Was ist das? Was kann das bedeuten?«

Holmes war aufgesprungen, und ich sah die dunklen Umrisse seiner athletischen Gestalt sich in der Öffnung der Hütte abzeichnen. Die Schultern gebeugt, den Kopf vorgeneigt, mit scharfen Augen in die Finsternis hineinspähend – so stand er da!

»Psst!«, zischelte er. »Psst!«

Der Schrei war laut zu uns herübergedrungen, weil er mit ungeheurer Heftigkeit ausgestoßen war, aber als er in einem Stöhnen erstarb, da erkannten wir, dass er in weiter Ferne irgendwo auf der dunkeln Ebene erschollen war. Dann drang ein neuer Schrei an unser Ohr – näher, lauter, dringender als der erste.

»Wo ist es?«, flüsterte Holmes, und ich erkannte an dem Zittern seiner Stimme, dass er, der Mann von Stahl und Eisen, bis in die Tiefe seiner Seele erschüttert war.

»Wo ist es, Watson?«

»Dort, glaube ich!« Und ich wies in die dunkle Landschaft hinein.

»Nein, dort!«

Wieder durchbrach der Todesschrei die nächtliche Stille – wieder lauter und näher als die vorigen. Und ein neuer Laut mischte sich mit ihm, ein tiefer, grollender Ton, klangvoll und doch drohend, steigend und fallend wie das unablässige tiefe Rauschen des Meeres.

»Der Hund!«, schrie Holmes. »Kommen Sie, Watson, vorwärts! Großer Gott, wenn wir zu spät kämen!«

Er war hinausgesprungen und rannte schnell über das Moor dahin. Ich folgte ihm unmittelbar auf den Fersen. Aber auf einmal kam irgendwo aus der Wirrnis der unmittelbar vor uns liegenden Schluchten und Klüfte ein letzter, verzweiflungsvoll aufgellender Schrei, und dann ein dumpfer, schwerer Schlag. Wir standen still und lauschten. Aber kein Laut durchbrach mehr das drückende Schweigen der windstillen Nacht.

Ich sah, wie Holmes sich wie ein Wahnsinniger mit der Faust vor die Stirn schlug. Er stampfte mit dem Fuß auf und rief:

»Er hat uns geschlagen, Watson! Wir sind zu spät gekommen!«

»Nein, nein, gewiss nicht!«

»Tor, der ich war, dass ich nicht zuschlug! Und Sie, Watson, da sehen Sie die Folgen davon, dass Sie von Ihrem Posten gegangen sind! Aber, beim himmlischen Gott, wenn das Schlimmste eingetreten ist, werden wir ihn rächen.«

Blindlings rannten wir in die Finsternis hinein; wir stießen uns an Granitblöcken, brachen uns durch Ginsterbüsche Bahn, keuchten Hügel hinauf und sprangen mit großen Sätzen in Schluchten hinunter, doch gelang es uns im Großen und Ganzen die Richtung einzuhalten, aus der die fürchterlichen Schreie gekommen waren. Jedes Mal, wenn wir auf einer Höhe waren, warf Holmes einen schnellen Blick um sich, aber die Schatten lagen dick auf dem Moor und nichts bewegte sich auf der öden Fläche.

»Sehen Sie etwas?«

»Nichts.«

»Aber, hören Sie, was ist das?«

Ein leises Stöhnen war an unser Ohr gedrungen. Und noch einmal – es war zu unserer Linken! Dort lief ein Felsengrat in eine steile Wand aus, die eine mit Steinblöcken besäte Schlucht überragte. Und auf diesem Grund lag etwas Dunkles von eigentümlicher Form. Doch als wir hinzuliefen, nahmen die unbestimmten Linien feste Gestalt an. Es war ein Mann, der, das Gesicht nach unten, auf dem Boden lag; der Kopf stak in einem fürchterlichen Winkel unter dem Leib, die Schultern waren gerundet und der ganze Körper war zusammengezogen, als ob der Mann im Begriff wäre, einen Purzelbaum zu schlagen. So grotesk war die ganze Haltung, dass es mir im ersten Augenblick gar nicht zum Bewusstsein kam, mit jenem letzten Seufzer das Verhauchen seiner Seele gehört zu haben. Kein Flüstern, kein Röcheln ging mehr von der dunklen Gestalt aus, über die wir uns herniederbeugten. Holmes berührte sie mit der Hand und erhob diese sofort wieder mit einem Ausruf des Entsetzens. Er rieb ein Zündholz an; der schwache Schein fiel auf seine blutbedeckten Finger und auf die grausige Blutlache, die langsam dem zerschmetterten Schädel des Opfers entfloss. Und er fiel noch auf etwas anderes, dessen Anblick uns vor Weh krank machte und uns einer Ohnmacht nahe brachte – auf die Leiche von Sir Henry Baskerville!

Keiner von uns beiden konnte einen Augenblick im Zweifel sein; nur zu gut kannten wir den eigentümlich rötlichen, halbwollenen Anzug – denselben, den er an jenem ersten Morgen trug, als wir ihn in der Baker Street kennen lernten. Wir konnten nur den einen flüchtigen, aber untrüglichen Blick darauf werfen. Dann flackerte das Zündholz und erlosch – so wie die Hoffnung in unseren Herzen erloschen war. Holmes stöhnte, und ich sah trotz der Finsternis sein Gesicht, weil es ganz weiß geworden war.

»Die Bestie, die Bestie!«, rief ich mit geballten Fäusten. »Oh, Holmes, niemals werde ich's mir verzeihen, dass ich Sir Henry seinem Schicksal schutzlos preisgegeben habe!«

»Ich bin mehr zu tadeln als Sie, Watson. Um meinen Fall recht schön abgerundet und vollständig vor mir zu haben, vergeudete ich das Leben meines Klienten! Es ist der härteste Schlag, der mich jemals während meiner ganzen Laufbahn getroffen hat. Aber wie konnte ich wissen – wie konnte ich wissen –, dass er, allen meinen Warnungen zum Trotz, allein! aufs Moor gehen würde, wo er sein Leben riskierte?«

»Ach, und wir hörten seine Schreie – o mein Gott, und was für Schreie – und waren doch nicht imstande, ihn zu retten. Wo ist die Bestie von Hund, die ihn in den Tod hetzte? Vielleicht liegt sie in diesem selben Augenblick zwischen den Felsen hier verborgen. Und Stapleton, wo ist er? Er soll für seine Tat Rechenschaft ablegen!«

»Das soll er! Dafür will ich sorgen. Onkel und Neffe sind ermordet worden. – Der eine zu Tode geängstigt durch den bloßen Anblick einer Bestie, die er für übernatürlich hielt, der andere in seiner wilden Flucht vor eben demselben Tier ins Verderben gejagt! Aber jetzt haben wir zu beweisen, dass zwischen dem Mann und dem Tier eine Verbindung besteht. Das Letztere haben wir allerdings gehört, aber auf die Existenz desselben können wir vor Gericht nicht einmal schwören, denn Sir Henrys Tod ist augenscheinlich infolge seines Sturzes erfolgt. Aber, bei Gott im Himmel!, so schlau der Bursche auch ist –, er soll in meiner Gewalt sein, ehe vierundzwanzig Stunden vergangen sind!«

Die Herzen von Bitterkeit erfüllt standen wir zu beiden Seiten des zerschmetterten Leichnams, überwältigt von diesem plötzlichen und nie wieder gut zu machenden Unglück, das all unserer langen und mühseligen Arbeit ein so plötzliches Ende bereitet hatte. Dann, als der Mond aufgegangen war, kletterten wir zum Gipfel des Felsens empor, von dessen Höhe unser armer Freund abgestürzt war; von dort aus spähten wir über das weite Moor, auf welchem silbernes Mondlicht und düstere Schatten wechselten. In meilenweiter Ferne, in der Richtung des Dorfes Grimpen leuchtete ein einzelnes gelbes Licht immer auf derselben Stelle. Es konnte nur das einsame Wohnhaus der Stapletons sein. Mit einem hasserfüllten Fluch schüttelte ich meine Fäuste nach jener Richtung.

»Warum sollten wir ihn nicht sofort festnehmen?«

»Unsere Beweise sind nicht vollständig. Der Bursche ist über alle Maßen vorsichtig und schlau. Nicht darauf kommt es an, was wir wissen, sondern darauf, was wir beweisen können. Wenn wir einen einzigen falschen Schritt tun, kann der Schurke uns vielleicht selbst jetzt noch entwischen!«

»Was können wir tun?«

»Morgen werden wir Arbeit in Hülle und Fülle haben. Heute Abend können wir nur noch unserem armen Freund die letzten Dienste erweisen.«

Wir stiegen wieder den jähen Abhang hinunter und näherten uns dem Leichnam, der als dunkler Fleck sich scharf von den mondlichtübergossenen Steinen abhob. Beim Anblick dieser im Todeskampf verrenkten Glieder überwältigte mich der Schmerz und heiße Tränen schössen mir in die Augen.

»Wir müssen Hilfe heranholen, Holmes! Wir können ihn nicht den ganzen Weg bis zum Schloss allein tragen. Gott im Himmel, sind Sie wahnsinnig geworden?«

Er hatte einen Schrei ausgestoßen und sich über den Leichnam gebeugt. Auf einmal sprang er im Kreis herum und lachte und schüttelte meine Hand. Konnte dies mein ernster, in sich selbst verschlossener Freund sein? Ja, ja, man kann wohl von verborgenen Feuern reden!

»Ein Bart! Ein Bart! Der Mann hat einen Bart!«

»Einen Bart?«

»Es ist nicht der Baronet – es ist – ja, wahrhaftig, es ist mein Nachbar, der Sträfling!«

In fieberischer Hast hatten wir den Leichnam auf den Rücken gelegt, und der zottige Bart starrte in der Tat zum kalten, klaren Mond empor! Ein Zweifel war nicht möglich – die vorspringende Stirn – die eingesunkenen tierischen Augen –, ja, es war dasselbe Antlitz, das mich im Licht der Kerze hinter dem Felsen her angestarrt hatte – es war der Verbrecher Selden!

Und in einem Augenblick war mir alles klar. Ich erinnerte mich, dass der Baronet mir erzählt hatte, er hätte Barrymore seine alten Kleider überlassen. Barrymore hatte sie an Selden weitergegeben, um diesem bei seiner

Flucht behilflich zu sein. Stiefel, Hemd, Mütze – alles hatte früher Sir Henry gehört. Die Tragödie war immer noch furchtbar genug, aber dieser Mann hatte doch wenigstens nach den Gesetzen seines Landes den Tod verdient. Ich setzte Holmes den Zusammenhang auseinander, und mein Herz schlug hoch in Freude und Dankbarkeit.

»Da sind Sir Henrys Kleider des armen Kerls Verhängnis geworden!«, rief Holmes. »Es ist ganz klar, dass der Hund auf irgendeinen von Sir Henry getragenen Gegenstand abgerichtet ist – aller Wahrscheinlichkeit nach auf den im Hotel abhanden gekommenen Schuh; so hat er denn diesen Mann zu Tode gehetzt. Ein sehr sonderbarer Umstand ist jedoch noch vorhanden: woher wusste Selden in der Dunkelheit, dass der Hund auf seiner Spur war?«

»Er hörte ihn.«

»Wenn ein hartgesottener Verbrecher wie dieser Zuchthäusler einen Hund auf dem Moor hört, bringt ihn das nicht in einen solchen Paroxysmus des Entsetzens, dass er auf die Gefahr hin, wieder ergriffen zu werden, wild um Hilfe schreit! Nach den Schreien zu urteilen, die wir gehört haben, muss er ein weites Stück Weges gerannt sein, nachdem er gemerkt hatte, dass das Tier ihn verfolgte. Woher wusste er es?«

»Für mich ist es ein größeres Geheimnis, warum dieser Hund – vorausgesetzt, alle unsere Mutmaßungen seien richtig …«

»Ich setze nichts voraus.«

»Nun … also, warum dieser Hund nachts frei auf dem Moor herumläuft? Ich vermute, dass er nicht beständig losgelassen ist. Stapleton würde die Bestie nicht freilassen, wenn er nicht Grund zu der Annahme hätte, dass Sir Henry sich auf dem Moor befindet.«

»Von diesen beiden Schwierigkeiten ist die meinige bei Weitem die furchtbarere – denn die Ihre wird sich, glaube ich, sehr bald aufklären, die meinige dagegen bleibt vielleicht für ewig ein Geheimnis … Die Frage ist jetzt: Was sollen wir mit dem Leichnam dieses armen Schelms nun anfangen? Wir können ihn nicht hier liegen lassen als Fraß für Füchse und Krähen.«

»Ich schlage vor, wir schaffen ihn in eine von den Steinhütten, bis wir der Polizei Anzeige machen können.«

»Sehr gut. Ich bezweifle nicht, dass wir beide zusammen ihn ganz gut so weit tragen können.… Hallo, Watson, was ist das? Es ist der Mann selber … Das nenne ich aber wahrhaftig eine geradezu großartige Frechheit! Lassen Sie mit keinem Wort Ihren Verdacht merken – mit keinem Wort, sonst brechen alle meine Pläne in sich zusammen!«

Eine Gestalt kam über das Moor her auf uns zu, und ich sah das düsterrote Glühen einer Zigarre. Das Mondlicht fiel auf ihn und ich konnte die schmächtige Gestalt und den flinken Schritt des Naturforschers erkennen. Als er uns sah, blieb er stehen; dann kam er auf uns zu und rief:

»Wahrhaftig – Doktor Watson – das können Sie doch nicht sein! Sie sind der Letzte, den ich um diese Nachtzeit draußen auf dem Moor zu sehen erwartet hätte! Aber ... mein Gott, was ist denn dies? Jemand verunglückt? Doch nicht ... um Gottes willen, sagen Sie mir nicht, dass es Sir Henry ist!«

Er sprang an mir vorbei und beugte sich über den Toten. Ich hörte, wie er einen gepressten Atemzug tat, und die Zigarre entfiel seiner Hand.

»Wer – wer ist das?«, stammelte er.

»Es ist Selden, der Zuchthäusler, der von Princetown entsprungen war.«

Stapletons Antlitz, das er uns zuwandte, war totenbleich, aber mit einer gewaltigen Willensanstrengung hatte er seine Bestürzung und Enttäuschung niedergekämpft. Er sah mit einem scharfen Blick erst Holmes und dann mich an und sagte endlich:

»Donnerwetter! Das ist ja 'ne ganz fürchterliche Geschichte! Wie kam er zu Tode?«

»Er scheint das Genick gebrochen zu haben, indem er von dem Felsen da abstürzte. Mein Freund und ich schlenderten über das Moor, als wir einen Schrei hörten.«

»Ich hörte ebenfalls einen Schrei. Und deshalb eben ging ich aus. Ich war in Besorgnis wegen Sir Henry.«

»Warum denn gerade wegen Sir Henry?«, fragte ich unwillkürlich.

»Weil ich ihm vorgeschlagen hatte, zu uns herüberzukommen. Als er nicht kam, war ich überrascht, und natürlich hatte ich seinetwegen Angst, als ich Schreie auf dem Moor hörte. Übrigens« – und damit wanderten wieder seine stechenden Augen von meinem Gesicht zu Holmes – »hörten Sie nichts außer einem Schrei?«

»Nein«, antwortete Holmes. »Hörten Sie was?«

»Nein.«

»Was wollen Sie denn mit Ihrer Frage bezwecken?«

»Oh, wissen Sie, das Landvolk erzählt sich allerlei Geschichten von einem Geisterhund etc. Er soll sich nachts auf dem Moor hören lassen. Ich dachte bei mir selber, ob wohl heute Nacht etwas von einem solchen Hund zu sehen oder zu hören gewesen wäre.«

»Wir hörten nichts Derartiges«, antwortete ich.

»Und welcher Ansicht sind Sie in Bezug auf den Tod dieses armen Kerls?«

»Ich bezweifle nicht, dass Angst und Gefahr ihn um seinen Verstand gebracht haben. Er ist in einem Anfall von Verfolgungswahnsinn über das Moor gerannt, ist schließlich hier abgestürzt und hat sich das Genick gebrochen.«

»Das scheint die einleuchtendste Erklärung«, sagte Stapleton mit einem Seufzer, der nach meiner Ansicht ein Seufzer der Erleichterung war. »Was ist Ihre Ansicht darüber, Mr Sherlock Holmes?«

»Ich sehe, Sie sind schnell im Erkennen!«, sagte mein Freund mit einer Verbeugung.

»Wir haben seit Doktor Watsons Ankunft erwartet, dass auch Sie in diese Gegend kommen würden. Sie kommen gerade recht, um eine Tragödie zu sehen.«

»Ja, da haben Sie recht. Ich bezweifle nicht, dass meines Freundes Erklärung sich mit den Tatsachen deckt. Ich werde morgen eine unangenehme Erinnerung mit mir nach London zurücknehmen.«

»Oh, Sie fahren morgen zurück?«

»Das ist meine Absicht.«

»Ich hoffe, Ihr Besuch hat einiges Licht in jene Begebenheiten hineingebracht, deren Rätselhaftigkeit uns so sehr in Sorgen gesetzt hat.«

Holmes zuckte die Achseln und erwiderte:

»Man kann nicht jedes Mal den erhofften Erfolg haben. Zu einer Nachforschung braucht man Tatsachen und nicht Märchen oder Gerüchte. Der Fall hat sich nicht als ein zufriedenstellender erwiesen.«

Mein Freund sprach in seiner offensten und freimütigsten Weise. Stapleton sah ihn mit einem scharfen Blick an; dann wandte er sich zu mir:

»Ich würde vorschlagen, dass wir den armen Mann zu meinem Haus schaffen, aber das würde meine Schwester so in Angst setzen, dass ich mich nicht dazu berechtigt glaube. Ich glaube, wenn wir ihm etwas über sein Gesicht decken, wird er bis morgen unversehrt liegen bleiben.«

Dieser Vorschlag wurde ausgeführt. Stapletons Einladung, die Gastfreundschaft seines Hauses zu benutzen, lehnten wir ab, und Holmes und ich machten uns auf den Weg nach Baskerville Hall, während der Naturforscher allein zu seinem Haus zurückging. Als wir uns einmal umwandten, sahen wir seine Gestalt langsam über das weite Moor hingehen, und hinter ihm auf dem mondhellen Abhang lag der schwarze Fleck – die Todesstätte des Mannes, der ein so grausiges Ende gefunden.

»Endlich ringen wir also Leib an Leib!«, sagte Holmes, als wir zusammen quer über das Moor gingen. »Was für Nerven der Bursche hat! Wie er sich zusammenraffte trotz des lähmenden Schrecks, den er empfunden haben muss, als er plötzlich sah, dass der verkehrte Mann seinem Anschlag zum Opfer gefallen war. Ich sagte Ihnen in London schon, Watson, und ich sag's Ihnen hier noch einmal: Niemals haben wir einen Gegner gehabt, der unserer Klinge würdiger war.«

»Es tut mir leid, dass er Sie gesehen hat.«

»Mir war es anfangs ebenfalls unangenehm. Aber dagegen ließ sich nun mal nichts machen.«

»Da er nun also weiß, dass Sie hier sind – welchen Einfluss wird das Ihrer Meinung nach auf seine Pläne haben?«

»Vielleicht veranlasst es ihn zu größerer Vorsicht – vielleicht treibt es ihn aber auch sofort zu verzweifelten Maßnahmen. Wie die meisten klugen Verbrecher vertraut er möglicherweise zu sehr auf seine eigene Klugheit und bildet sich ein, dass er uns vollständig hinters Licht geführt hat.«

»Warum sollen wir ihn denn nicht auf der Stelle festnehmen?«

»Mein lieber Watson, Sie sind ein geborener Mann der Tat! Ihr Instinkt treibt Sie stets dazu, irgendetwas Energisches zu tun. Aber setzen wir einmal – nur beispielsweise – den Fall, wir ließen ihn noch in dieser Nacht festnehmen –, was in aller Welt würde uns das nützen? Wir könnten nichts gegen ihn beweisen! Das ist eben die teuflische Schlauheit seines Verbrechens! Wenn er sich eines Menschen als Werkzeug bediente, könnten wir auf ein Zeugnis von diesem rechnen, aber wenn wir diesen großen Hund ans Tageslicht ziehen, genügt das noch lange nicht, um seinem Herrn den Strick um den Hals zu legen.«

»Aber es liegt doch ganz ohne Frage ein Fall vor, der reif fürs Gericht ist!«

»Keine Ahnung! Alles ist nur Voraussetzung und Mutmaßung. Wir würden vom Gericht ausgelacht werden, wenn wir mit einer solchen Geschichte und mit derartigen Beweisen zum Vorschein kämen.«

»Aber Sir Charles' Tod?«

»Tot aufgefunden ohne Zeichen von Gewalttat an seinem Körper. Sie und ich, wir wissen, dass er durch Angst starb, und wir wissen, was ihm solche Angst einjagte. Aber wie sollen wir unsere Überzeugung zwölf beschränkten Geschworenen beibringen? Was für Spuren sind vorhanden, die auf einen Hund deuten? Wo sind die Spuren seiner Fangzähne? Wir natürlich, wir wissen, dass ein Hund keinen Leichnam beißt, und dass Sir Charles tot war, ehe die Bestie ihn einholte. Aber wir müssen dies alles beweisen, und wir sind nicht in der Lage, dies zu tun.«

»Dann aber der Vorfall von heute Abend?«

»Der nützt uns auch nicht viel mehr. Wiederum war kein unmittelbarer Zusammenhang zwischen dem Hund und dem Tod des Mannes vorhanden. Wir haben den Hund niemals gesehen. Wir hörten ihn; aber wir könnten nicht beweisen, dass er den Mann verfolgte. Beweggründe des Verbrechens fehlen gänzlich. Nein, werter Freund – wir müssen uns mit der Tatsache aussöhnen, dass wir augenblicklich noch keine Sache haben, die fürs Gericht reif ist, und dass wir daher alles wagen müssen, um uns das Beweismaterial zu beschaffen.«

»Und was gedenken Sie zu diesem Zweck zu tun?«

»Ich setze große Hoffnungen darauf, dass Mrs Laura Lyons uns ihren Beistand leiht, wenn der Stand der Dinge ihr klar gemacht wird. Und außerdem habe ich noch meinen eigenen Plan. Für morgen haben wir also genug Wichtiges vor; aber ich hoffe, ehe der Tag zur Rüste geht, wird der Sieg endlich mein sein!«

Ich konnte nichts weiter aus ihm herausbringen, und er wanderte, in Gedanken versunken, an meiner Seite bis ans Tor von Baskerville Hall.

»Kommen Sie mit herauf?«

»Ja; ich sehe keinen Grund, warum ich mich noch länger verstecken sollte. Aber noch ein Wort, Watson! Sagen Sie zu Sir Henry nichts von dem Hund. Lassen Sie ihn Seldens Tod der Ursache zuschreiben, die Stapleton uns einreden wollte. Er wird stärkere Nerven haben für die Probe, die ihm morgen bevorsteht – denn wenn ich mich Ihres Berichtes entsinne, soll er ja morgen bei den Leuten speisen.«

»Ja; und ich ebenfalls.«

»Dann müssen Sie sich entschuldigen, und er muss allein gehen. Das wird sich ja leicht machen lassen. Und nun – wir sind zwar um unser Mittagessen gekommen, aber das Nachtessen wollen wir uns jetzt recht schmecken lassen.«

Dreizehntes Kapitel

Sir Henry war sehr erstaunt, als er plötzlich in dunkler Nacht Sherlock Holmes sein Haus betreten sah. An und für sich überraschte ihn dessen Ankunft keineswegs, denn er hatte bereits seit einigen Tagen erwartet, dass die letzten Ereignisse ihn veranlassen würden, von London abzureisen. Nur machte er ein ziemlich verwundertes Gesicht, als er bemerkte, dass Holmes ohne jedes Gepäck ankam und nicht einmal versuchte, diesen eigentümlichen Umstand zu erklären. Sir Henry und ich halfen meinem Freund mit unseren Sachen aus, sodass er im Gesellschaftsanzug im Speisesaal erscheinen konnte. Während des Essens teilten wir dem Baronet von den Ereignissen des Tages so viel mit, wie uns gut schien. Vorher aber hatte ich noch die schmerzliche Pflicht zu erfüllen gehabt, Barrymore und seiner Frau die Nachricht von Seldens plötzlichem Tod beizubringen. Der Mann empfand dabei gewiss nichts als Erleichterung, die Frau aber weinte bitterlich in ihre Schürze hinein – für alle anderen war Selden der gesetzlose Totschläger und Mörder, aber für sie blieb er immer der lustige kleine Junge, der mit seinen Kinderfäustchen sich an die Hand der großen Schwester angeklammert hatte.

»Ich habe mich seit Watsons zeitiger Abfahrt den ganzen Tag im Haus herumgemopst«, bemerkte der Baronet, »und ich verdiene wohl ein großes Lob dafür, denn ich habe mein Versprechen gehalten. Hätte ich nicht mein Wort gegeben, dass ich nicht allein ausgehen würde, hätte ich wohl einen interessanten Abend haben können, denn Stapleton schickte mir eine Einladung zu, ich möchte doch ein bisschen herüberkommen.«

»Ich zweifle nicht im Geringsten, dass Sie sogar einen sehr interessanten Abend gehabt haben würden«, sagte Holmes trocken. »Doch was ich sagen wollte – Sie haben wohl keine Ahnung, dass wir Sie bereits als Leiche mit gebrochenem Genick betrauerten?«

Sir Henry riss vor Erstaunen die Augen auf und rief:

»Wieso denn?«

»Der arme Kerl hatte Ihre Kleider an. Ich fürchte, Ihr Diener, der sie ihm geschenkt hat, kann deshalb Ungelegenheiten mit der Polizei kriegen.«

»Doch wohl kaum. Soviel ich weiß, war kein einziges von den Kleidungsstücken gezeichnet.«

»Das ist ein Glück für ihn – und nicht nur für ihn allein, sondern für Sie alle; denn Sie alle haben sich bei dieser Angelegenheit gegen Recht und Gesetz vergangen. Ich weiß nicht, ob ich nicht als gewissenhafter Detektiv vor allen Dingen die Pflicht hätte, sämtliche Hausbewohner zu verhaften. Watsons Berichte sind im höchsten Grad belastend.«

»Aber wie steht's denn mit unserem Fall?«, fragte Sir Henry. »Haben Sie die Fäden einigermaßen entwirren können? Watson und ich sind durch unseren Aufenthalt hier nicht viel klüger geworden.«

»Ich werde vermutlich binnen sehr kurzer Zeit imstande sein, Ihnen die Situation ziemlich klar zu machen. Der Fall war außerordentlich schwierig und sehr verwickelt. Auch jetzt noch sind verschiedene Punkte da, die der Aufklärung bedürfen – indessen auch diese werden wir erhalten.«

»Wie Watson Ihnen ohne Zweifel mitgeteilt hat, hatten wir zum mindesten ein sehr wichtiges Erlebnis. Wir hörten den Hund auf dem Moor; ich kann also darauf schwören, dass nicht alles leere Einbildung ist. Na, ich habe drüben im Wilden Westen ziemlich viel mit Hunden zu tun gehabt und kann einen beurteilen, wenn ich ihn bellen höre. Und wenn Sie dem da einen Maulkorb und eine Kette anlegen können, will ich vor aller Welt laut erklären, dass Sie der größte Detektiv aller Zeiten sind!«

»Nun, ich glaube, ich werde dem Hund nach allen Regeln der Kunst Maulkorb und Kette anlegen können, wenn Sie mir dabei helfen wollen.«

»Ich will alles tun, was Sie mir auch sagen mögen.«

»Vortrefflich! Und ich möchte Sie zugleich bitten, es blindlings zu tun, ohne auch nur eine Frage zu stellen.«

»Ganz, wie Sie wünschen.«

»Wenn Sie das tun wollen, haben wir, glaube ich, alle Aussicht, unser kleines Problem gelöst zu sehen. Ich zweifele keinen Augen…«

Plötzlich schwieg Holmes und starrte über mich hinweg vor sich hin. Das volle Lampenlicht fiel auf sein scharf geschnittenes Gesicht, dessen zu höchster Aufmerksamkeit angespannte Züge an ein klassisches Bildwerk, eine Verkörperung wachsamer Erwartung erinnerten.

»Was gibt's?«, riefen Sir Henry und ich wie aus einem Mund.

Ich konnte sehen, dass Holmes, als er seine Augen wieder senkte, eine innere Aufregung niederkämpfte. Seine Züge behielten ihren ruhigen Ausdruck, aber aus seinen Augen funkelte eine wilde Freude.

»Entschuldigen Sie, wenn ein Kunstliebhaber sich von seiner Bewunderung hinreißen ließ«, sagte er, mit einer Handbewegung auf die an der gegenüberliegenden Wand hängende Reihe von Bildnissen hindeutend. »Watson behauptet allerdings, ich verstände von Kunst nicht das Allergeringste, aber das ist die reine Eifersucht, weil meine Ansichten darüber von den seinigen abweichen. Dies hier ist aber wirklich eine ganze Sammlung von sehr schönen Bildnissen.«

»So? Na, das höre ich mit Vergnügen«, sagte Sir Henry, indem er meinen Freund mit einiger Überraschung ansah. »Ich kann mich nicht für einen großen Kenner in diesen Dingen ausgeben und verstehe jedenfalls mehr von einem Pferd oder Stier als von einem Gemälde. Ich dachte nicht, dass Sie auch für die Beschäftigung mit Kunstsachen Zeit gefunden hätten!«

»Wenn ich ein Bild sehe, weiß ich, ob es gut ist oder nicht, und diese hier sind gut! Ich will wetten, die Dame da in der Ecke in dem blauen Seidenkleid ist ein Kneller und der dicke Herr mit der Perücke muss von Reynolds gemalt sein. Es sind wohl lauter Familienbilder?«

»Ohne Ausnahme.«

»Wissen Sie die Namen der gemalten Personen?«

»Barrymore hat mich darauf eingepaukt, und ich glaube, ich kann meine Lektion ziemlich gut hersagen.«

»Wer ist der alte Herr mit dem Fernrohr?«

»Das ist Kontreadmiral Baskerville, der unter Nodney in Westindien diente. Der Mann im blauen Frack mit der Papierrolle ist Sir William Baskerville, zu Pitts Zeiten eines der hervorragendsten Mitglieder des Unterhauses.«

»Und der Kavalier gerade meinem Platz gegenüber – der in dem schwarzen Sammetrock mit Spitzenkragen?«

»Ah! Ich glaube wohl, dass der Sie interessiert! Das ist der Urheber alles Unheils, der verruchte Hugo, dem die Baskervilles ihren Geisterhund verdanken. Den Mann werden wir wohl schwerlich je wieder vergessen.«

Ich drehte mich neugierig und ziemlich überrascht nach dem Bild um.

»Ei, sehen Sie!«, rief Holmes. »Er sieht ja ganz ruhig und sanftmütig aus, aber in den Augen scheint allerdings etwas Teuflisches zu lauern. Ich hatte mir unter Sir Hugo einen kräftigeren Mann und wilderen Burschen vorgestellt!«

»Dass das Bild ihn wirklich darstellt, unterliegt keinem Zweifel, denn die Rückseite der Leinwand trägt seinen vollen Namen und die Jahreszahl 1647.«

Holmes sagte nicht viel mehr während des Essens, aber das Bild des Wüstlings schien eine merkwürdige Anziehungskraft auf ihn auszuüben, und er hielt beständig seine Augen darauf geheftet. Erst später, nachdem Sir Henry sich auf sein Zimmer begeben hatte, wurde meines Freundes Gedankengang mir klar. Er führte mich, die Kerze in der Hand haltend, noch einmal in den Speisesaal zurück und beleuchtete das vom Alter dunkel gewordene Porträt an der Wand.

»Sehen Sie sich mal das Bild an. Fällt Ihnen nicht etwas daran auf?«

Ich betrachtete genau den breitkrempigen Federhut, die langen Locken, den Spitzenkragen und das dazwischen eingeschlossene, langgezogene ernste Antlitz. Der Gesichtsausdruck war nicht brutal, aber spöttisch, hart und grausam; die dünnen Lippen waren fest aufeinandergepresst, die Augen blickten kalt und herrschsüchtig.

»Erinnert das Bild Sie an einen, den Sie kennen?«, fragte Holmes mich.

»Die Kinnlade erinnert etwas an Sir Henry.«

»Hm – ein ganz kleines bisschen vielleicht. Aber warten Sie mal einen Augenblick.« Er stieg auf einen Stuhl und verdeckte mit dem gekrümmten rechten Arm den Schlapphut und die Ringellocken, während er mit der Linken die Kerze näher an das Bild hielt.

»Himmlische Güte!«, rief ich erstaunt. Aus der Leinwand starrte mir Stapletons Antlitz entgegen!

»Aha, jetzt sehen Sie es auch! Ich habe meine Augen darauf geübt, bei einem Gesicht die Züge zu sehen und nicht das Drum und Dran. Wer Verbrechen aufspüren will, muss vor allen Dingen eine Verkleidung durchschauen können.«

»Aber dies ist ja eine geradezu wunderbare Ähnlichkeit! Man könnte meinen, es sei Stapletons Porträt!«

»Ja, es ist ein interessantes Beispiel der Wiederholungen, die die Natur zuweilen liebt – und in diesem Fall scheinen nicht nur die körperlichen, sondern auch die Charaktereigenschaften jenes alten Baskerville wiedererstanden zu sein. Man braucht nur eine Sammlung von Familienbildnissen zu studieren, um sich sofort zur Vererbungstheorie zu bekehren. Der Bursche ist ein Baskerville – so viel ist klar und deutlich!«

»Und hat Absichten auf die Erbschaft?«

»Natürlich. Der zufällige Anblick dieses Bildes hat mir eines der wichtigsten, in der Kette meiner Beweise noch fehlenden Glieder geliefert. Wir haben ihn, Watson, wir haben ihn – und ich kann darauf schwören, dass er vor morgen Abend so hilflos in unserem Netz zappeln wird, wie einer von seinen geliebten Schmetterlingen! Eine Nadel, ein Stück Kork, ein Zettelchen – und da haben wir ihn in unserer Sammlung in der Baker Street!«

Mit diesen Worten wandte Holmes dem Bild den Rücken und brach in ein Gelächter aus; ich habe ihn selten laut lachen hören – und wenn er's tat, bedeutete es für den, welchem sein Lachen galt, nichts Gutes. ...

Am anderen Morgen stand ich früh auf, aber Holmes war doch noch zeitiger auf gewesen, denn als ich mich ankleidete, sah ich ihn den Fahrweg entlang auf das Schloss zukommen.

»Ja, ja, wir werden ein tüchtiges Tagewerk vor uns haben«, bemerkte er und rieb sich dabei voll Entzücken über diese Aussicht die Hände.

»Die Netze sind alle aufgespannt – der letzte Akt kann beginnen. Ehe der Tag zu Ende ist, werden wir wissen, ob wir unseren großen spitzschnäuzigen Hecht gefangen haben oder ob er uns durch die Maschen gegangen ist.«

»Sind Sie schon draußen auf dem Moor gewesen?«

»Ich habe von Grimpen einen Bericht über Seldens Tod nach Princetown geschickt. Ich glaube versprechen zu können, dass keiner von Ihnen in dieser Angelegenheit behelligt werden wird. Auch habe ich meinem treuen Cartwright Bescheid gegeben; der gute Junge hätte sich sonst gewiss auf die Schwelle meiner leeren Hütte gelegt, wie ein Hund, der auf dem Grab seines Herrn den Tod erwartet; deshalb musste ich ihn darüber beruhigen, dass ich gesund und munter bin.«

»Was haben wir jetzt zunächst zu tun?«

»Sir Henry aufzusuchen – ah, da ist er ja.«

»Guten Morgen, Holmes!«, rief der Baronet. »Sie sehen ja aus wie ein General, der mit seinem Generalstabschef den Plan einer Schlacht bespricht.«

»Der Vergleich ist sehr richtig. Watson wollte meine Befehle einholen.«

»Ich auch.«

»Sehr angenehm. Wenn ich Sie recht verstanden habe, sind Sie für heute Abend bei Ihren Freunden!, den Stapletons, zu Tisch geladen?«

»Ich hoffe, Sie kommen auch mit. Es sind sehr nette Leute, und ich weiß bestimmt, dass es ihnen sehr lieb wäre, Sie ebenfalls zu sehen.«

»Ich fürchte, Watson und ich müssen nach London fahren.«

»Nach London?«

»Ja; ich glaube, so wie die Sachen jetzt liegen, können wir dort mehr von Nutzen sein.«

Des Baronets Gesicht wurde merklich länger.

»Ich hoffte«, sagte er nach einer kleinen Pause, »Sie würden mir zur Seite bleiben, bis der ganze Fall aufgeklärt ist. Baskerville Hall und das Moor sind nicht gerade ein angenehmer Aufenthalt, wenn man allein ist.«

»Mein lieber junger Freund, Sie müssen mir ohne Bedenken Vertrauen schenken und genau tun, was ich Ihnen sage. Erzählen Sie nur Ihren Freunden, wir wären sehr glücklich gewesen, wenn wir hätten mitkommen können, aber eine dringliche Angelegenheit hätte unsere Anwesenheit in der Stadt erfordert. Wir hofften sehr bald nach Devonshire zurückzukehren. Wollen Sie nicht vergessen, dies auszurichten?«

»Wenn Sie es durchaus wünschen …«

»Ich versichere Ihnen, es ist unbedingt notwendig.«

Ich sah an des Baronets finster zusammengezogenen Brauen, dass er unsere Abreise als Desertion ansah und dass ihn dies tief verletzte.

»Wann gedenken Sie zu reisen?«, fragte er endlich in kaltem Ton.

»Unmittelbar nach dem Frühstück. Wir fahren nach Coombe Tracey, aber Watson lässt seine Sachen hier; da haben Sie ein Pfand, dass er wiederkommt! Watson, Sie werden Stapleton eine Zeile schreiben, dass Sie zu Ihrem Bedauern nicht kommen können.«

»Ich habe große Lust, mit Ihnen nach London zu fahren«, sagte der Baronet. »Warum sollte ich eigentlich hier bleiben?«

»Weil hier Ihr Posten ist! Weil Sie mir Ihr Wort gaben, Sie würden tun, was ich Ihnen sagte. Und ich sage Ihnen, Sie müssen hier bleiben.«

»Also gut, ich bleibe.«

»Noch eins. Ich wünsche, dass Sie nach Merripit House fahren. Schicken Sie aber Ihr Wägelchen zurück, und sagen Sie den Stapletons, dass Sie beabsichtigen, zu Fuß nach Hause zu gehen.«

»Zu Fuß über das Moor?«

»Ja.«

»Aber gerade davor warnten Sie mich ja so oft!«

»Diesmal können Sie es in aller Sicherheit tun. Wenn ich nicht volles Vertrauen zu Ihren Nerven und zu Ihrem Mut hätte, würde ich Ihnen den Vorschlag nicht machen; aber es kommt alles darauf an, dass Sie zu Fuß übers Moor gehen.«

»Dann will ich's tun!«

»Und wenn Ihnen Ihr Leben lieb ist – gehen Sie keinen anderen Weg als den Fußpfad, der von Merripit House zur Grimpener Landstraße führt. Übrigens ist das der nächste Weg nach Baskerville Hall und darum auch der natürlichste.«

»Ich werde genau tun, was Sie mir sagen.«

»Sehr gut! Es wäre mir angenehm, so bald wie möglich nach dem Frühstück abzufahren, damit ich am Nachmittag in London sein kann.«

Ich war über Holmes Anordnungen sehr erstaunt, obwohl ich mich erinnerte, dass er am Abend vorher zu Stapleton gesagt hatte, sein Besuch würde nur bis zum Morgen dauern. Ich hatte aber nicht gedacht, dass er mich mit nach London nehmen würde, und vor allen Dingen konnte ich nicht begreifen, dass gerade in diesem Augenblick – dem kritischen, wie er selber sagte – wir uns alle beide entfernen sollten! Natürlich war aber nichts anderes zu tun, als ihm blindlings zu gehorchen; wir verabschiedeten uns also von unserem sehr verstimmten Freund, Sir Henry, und waren ein paar Stunden später auf dem Bahnhof von Coombe Tracey, von wo wir den Wagen nach Baskerville Hall zurückschickten. Ein kleiner Junge stand wartend auf dem Bahnhof und kam sofort auf Holmes zu, als er uns erblickte.

»Haben Sie was zu befehlen, Herr?«

»Du nimmst diesen Zug, Cartwright, und fährst nach London. Unmittelbar nach der Ankunft schickst du vom Bahnhof aus ein mit meinem Namen unterzeichnetes Telegramm an Sir Henry Baskerville: Wenn er das von mir verlorene Taschenbuch fände, möchte er es mit der Post eingeschrieben in meine Wohnung in der Baker Street schicken.«

»Jawohl, Herr!«

»Und frage hier auf dem Stationsbüro, ob nichts für mich angekommen sei.«

Der Junge kam mit einem Telegramm zurück, das Holmes mir hinreichte. Es lautete:

»Telegramm erhalten. Komme mit unausgefülltem Haftbefehl; treffe 4.45 Uhr ein. Lestrade.«

»Das ist die Antwort auf mein Telegramm von heute früh«, sagte Holmes. »Lestrade ist meiner Meinung nach der Beste von den Beamten der Geheimpolizei, und wir werden vielleicht seinen Beistand nötig haben. Und nun, Watson, können wir unsere Zeit wohl nicht besser anwenden, als wenn wir bei Ihrer Bekannten, Mrs Laura Lyons, einen Besuch machen.«

Sein Feldzugsplan begann mir jetzt klar zu werden. Durch den Baronet wollte er die Stapletons überzeugen, dass wir abgereist wären; in Wirklichkeit dagegen würden wir im Augenblick, wo unsere Anwesenheit notwendig wäre, zur Hand sein. Wenn Sir Henry den Stapletons gegenüber das aus London erhaltene Telegramm erwähnte, musste ihnen das den letzten etwa noch vorhandenen Verdacht benehmen. Mir war's, als sähe ich bereits unsere Netze sich immer dichter um den spitzköpfigen Hecht zusammenschließen! …

Mrs Laura Lyons war in ihrem Arbeitszimmer, und Sherlock Holmes eröffnete das Gespräch mit einer Geradheit und Freimütigkeit, die sie ganz verblüfft machte.

»Ich beschäftige mich«, sagte er, »mit einer Untersuchung der Umstände, unter denen der Tod des seligen Sir Charles Baskerville erfolgt ist. Mein Freund hier, Herr Doktor Watson, hat mir mitgeteilt, welche Umstände Sie ihm erzählten und welche Sie ihm verschwiegen haben.«

»Was soll ich ihm verschwiegen haben?«, fragte sie herausfordernd.

»Sie haben eingeräumt, Sir Charles gebeten zu haben, er möchte Sie um zehn Uhr an der Pforte erwarten. Wir wissen, dass er um diese Stunde und an diesem Ort den Tod fand. Sie haben verschwiegen, welche Verbindung zwischen den beiden Umständen besteht.«

»Es besteht gar keine Verbindung.«

»In diesem Fall muss allerdings das Zusammentreffen ein ganz außerordentliches genannt werden. Aber ich glaube, wir werden den Zusammenhang doch noch feststellen. Ich möchte ganz offen gegen Sie sein, Mrs Lyons. Nach unserer Ansicht handelt es sich um einen Mord, und in die Untersuchung wird wahrscheinlich nicht nur Ihr Freund Mr Stapleton verwickelt werden, sondern vielleicht auch seine Frau.«

Die Dame sprang von ihrem Stuhl auf und rief:

»Seine Frau?«

»Diese Tatsache ist kein Geheimnis mehr. Die Person, die für seine Schwester galt, ist in Wirklichkeit seine Frau.«

Mrs Lyons hatte sich wieder gesetzt. Ihre Hände umfassten krampfhaft die Armlehnen des Stuhls – so krampfhaft, dass von dem Druck die rosigen Fingernägel weiß wurden.

»Seine Frau!«, wiederholte sie. »Seine Frau! Er war ja niemals verheiratet!«

Sherlock Holmes zuckte nur stumm die Achseln.

»Beweisen Sie's mir! Beweisen Sie's mir! Und wenn Sie das können ...«

Der Blitz, der aus ihren Augen sprühte, sprach deutlicher als Worte.

»Ich war auf Ihr Verlangen gefasst und hatte mich deshalb auf diesen Besuch vorbereitet«, sagte Holmes. Dabei zog er mehrere Papiere aus der Tasche. »Hier ist eine Fotografie des Paares; sie ist vor vier Jahren in York aufgenommen worden. Auf der Rückseite steht: ›Mr und Mrs Vandeleur‹, aber Sie werden ihn ohne Schwierigkeiten erkennen und sie ebenfalls, wenn Sie sie von Ansehen kennen. Hier sind als Aussagen glaubwürdiger Zeugen die Beschreibungen des Aussehens von Mr und Mrs Vandeleur, die damals die Privatschule von St. Oliver leiteten. Lesen Sie sie und sagen Sie mir dann, ob Sie noch die Identität des Paares bezweifeln.«

Sie überflog die Schriftstücke und sah uns dann mit dem starren Gesicht eines verzweifelten Weibes an.

»Mr Holmes!«, rief sie endlich. »Dieser Mann hatte mir die Ehe versprochen, unter der Bedingung, dass ich meine Scheidung durchsetzen könnte. Er hat mich belogen, der Schurke – hat mich auf jede erdenkliche Weise belogen! Kein wahres Wort hat er mir gesagt. Und warum – warum? Ich bildete mir ein, alles geschehe um meinetwillen. Und nun sehe ich, dass ich immer nur ein Werkzeug in seiner Hand war. Warum sollte ich ihm Treue bewahren – er hat mich stets betrogen! Warum sollte ich von ihm die Folgen seiner verruchten Taten abzuwenden suchen? Fragen Sie mich nach allem, was Sie zu wissen wünschen – ich werde nichts, gar nichts verschweigen. Und eins schwöre ich Ihnen: Als ich jenen Brief schrieb, dachte ich nicht daran, dem alten Herrn, der stets mein großmütigster Freund gewesen war, irgendetwas zuleide tun zu wollen!«

»Davon bin ich vollkommen überzeugt, Madame«, antwortete Sherlock Holmes. »Die Erzählung der ganzen Vorgänge möchte sehr peinlich für Sie sein; vielleicht ist es Ihnen angenehmer, wenn ich die verschiedenen Punkte angebe. Wenn ich dabei einen Irrtum begehe, können Sie mich berichtigen. Die Absendung des Briefes war Ihnen von Stapleton vorgeschlagen?«

»Er diktierte ihn mir.«

»Als Grund gab er vermutlich an, Sir Charles würde Ihnen mit einem Darlehen beistehen, um die Gerichtskosten Ihres Scheidungsprozesses decken zu können.«

»Ganz recht.«

»Als Sie dann den Brief abgesandt hatten, redete er Ihnen zu, Sie sollten lieber nicht hingehen?«

»Er sagte mir, es verwunde seinen Stolz, dass ein anderer das Geld zu einem solchen Zweck hergebe; er sei zwar selber ein armer Mann, aber er wolle den letzten Schilling hergeben, um die Hindernisse zu beseitigen, die uns trennten.«

»Er ist augenscheinlich ein sehr zielbewusster Charakter ... Und dann hörten Sie nichts mehr, als bis Sie den Bericht über Sir Charles' Tod in der Zeitung lasen?«

»Nein.«

»Und er ließ Sie schwören, dass Sie nichts von Ihrer Verabredung mit Sir Charles sagen wollten?«

»Ja. Er sagte, der Tod sei ein sehr geheimnisvoller, und ich würde sicherlich in Verdacht geraten, wenn von der Verabredung etwas bekannt würde. Er machte mir furchtbar bange – und ich blieb still.«

»So dachte ich's mir. Aber Sie hatten einen gewissen Verdacht?«

Sie zögerte und schlug die Augen nieder. Nach einer Pause aber antwortete sie:

»Ich kannte ihn. Aber wenn er mir sein Wort gehalten hätte, würde ich ihm das meinige nie und nimmer gebrochen haben.«

»Ich glaube, Sie können von Glück sagen, dass Sie so davongekommen sind!«, rief Sherlock Holmes. »Sie haben ihn in Ihrer Gewalt gehabt; er wusste das – und Sie sind trotzdem noch am Leben. Sie sind monatelang dicht am Rande des Abgrundes entlang gegangen ... Wir müssen nun gehen, Mrs Lyons. Wahrscheinlich werden Sie binnen ganz kurzer Zeit wieder von uns hören. Guten Morgen …«

»Unser Fall rundet sich immer mehr ab, und eine Schwierigkeit nach der anderen verschwindet vor uns«, sagte Holmes, als wir auf dem Bahnhof standen und den von London kommenden Schnellzug erwarteten. »Bald werde ich in der Lage sein, eine einfache, zusammenhängende Darstellung eines der seltsamsten und sensationellsten Verbrechen der Gegenwart zu geben. Wer sich speziell für Kriminalistik interessiert, wird sich des ähnlichen Falles erinnern, der sich im Jahr 1866 in Grodno in Klein-Russland zutrug. Außerdem natürlich der Anderson'schen Mordtaten in Nord-Carolina; aber unser Fall hier weist einige Züge auf, die in ihrer Art ganz einzig dastehen. Selbst jetzt haben wir noch keinen ganz klaren Beweis gegen diesen überaus verschlagenen Mann. Aber es sollte mich außerordentlich wundern, wenn nicht alles vollkommen aufgeklärt wäre, ehe wir heute Nacht zu Bett gehen.«

In diesem Augenblick kam der Londoner Schnellzug mit betäubendem Lärm herangebraust. Er hielt, und ein kleiner, stämmiger Mann mit einem Bulldoggengesicht sprang aus einem Abteil erster Klasse auf den Bahnsteig. Wir schüttelten uns alle drei die Hand, und ich sah sofort an der ehrerbietigen Art, wie Lestrade meinen Freund ansah, dass er seit unserem ersten Zusammenarbeiten mancherlei gelernt hatte. Ich erinnerte mich noch sehr gut des verächtlichen Spottes, womit der Mann der Praxis die Theorien des Grüblers abgetan hatte.

»Haben Sie was Gutes für mich?«, fragte der Beamte.

»Den großartigsten Fall, der seit Jahren vorgekommen ist!«, antwortete Holmes. »Wir haben zwei Stunden zu unserer freien Verfügung. Ich glaube, wir können sie nicht besser anwenden, als indem wir einen Bissen essen; und dann, Lestrade, sollen Sie den Londoner Nebel aus Ihrer Kehle los werden und dafür ein bisschen reine Nachtluft von Dartmoor einatmen. Sie waren noch niemals hier? Na, ich denke, Sie werden Ihren ersten Besuch schwerlich vergessen.«

Vierzehntes Kapitel

Zu Sherlock Holmes' Fehlern – vorausgesetzt, dass es überhaupt ein Fehler genannt werden kann – gehörte es, dass er eine große Abneigung dagegen hatte, von seinen Plänen etwas mitzuteilen, bevor der Augenblick der Ausführung dazu da war. Zum Teil beruhte dies unzweifelhaft auf der Überlegenheit seiner Natur: er liebte es, sich als Herrn und Meister zu zeigen und seine Umgebung zu überraschen. Zum anderen Teil aber lag es in der ihm angeborenen und in seinem Beruf noch mehr ausgebildeten Vorsicht; er wollte nichts auf unvorhergesehene Zufälle ankommen lassen. Sei dem wie ihm wolle – das Ergebnis war eine harte Geduldsprobe für seine Helfer und Mitarbeiter. Ich hatte schon oft darunter gelitten, aber niemals so sehr wie während unserer langen Fahrt in der Dunkelheit. Der große Schlag stand unmittelbar bevor, endlich sollte die Entscheidung fallen – und doch hatte Holmes noch kein Wort gesagt, und ich konnte mich nur in Vermutungen über das von uns einzuschlagende Verfahren ergehen. Meine Nerven waren fast bis zur Unerträglichkeit angespannt, als ich rechts und links von unserem schmalen Landweg düstere weite Flächen bemerkte und an dem mir ins Gesicht schlagenden kalten Wind erkannte, dass wir wieder auf dem Moor angelangt waren. Jeder Sprung der Pferde, jede Umdrehung der Räder brachte uns dem Ende unseres Abenteuers näher.

Da der Kutscher auf dem Bock unseres Mietwagens jedes Wort hören konnte, mussten wir uns in unserem Gespräch großen Zwang antun und durften uns nur über gleichgültige Gegenstände unterhalten; das fiel uns in unserer begreiflichen Aufregung nicht leicht. Ich atmete daher erleichtert auf, als wir bei Franklands Haus vorbeikamen; endlich näherten wir uns Baskerville Hall und damit dem Schauplatz der Handlung. Wir fuhren nicht beim Haupteingang vor, sondern ließen den Wagen in der Allee halten und stiegen aus. Der Kutscher wurde abgelohnt, und wir machten uns zu Fuß auf den Weg nach Merripit House.

»Sind Sie bewaffnet, Lestrade?«

Lächelnd antwortete der Detektiv:

»Solange ich meine Hosen anhabe, habe ich eine Hüfttasche, und solange ich meine Hüfttasche habe, ist auch was drin.«

»Gut! Mein Freund und ich haben uns ebenfalls für alle Eventualitäten vorgesehen.«

»Sie sind sehr verschlossen, Mr Holmes. Mit was für 'ner Art von Spiel haben wir's denn eigentlich zu tun?«

»Mit einem Geduldsspiel.«

»Wahrhaftig, das scheint hier keine sehr nette Gegend zu sein!«, bemerkte der Detektiv, indem er fröstelnd seinen Überrock dichter zuzog und dabei einen Blick auf die düstere Hügelkette warf und auf den riesigen Nebelsee, der über dem Grimpener Moor lag. »Gerade vor uns sehe ich die Lichter eines Hauses.«

»Das ist Merripit House, das Ziel unserer Wanderung. Ich muss Sie jetzt ersuchen, auf den Fußspitzen zu gehen und im Flüsterton zu sprechen, wenn Sie etwas zu sagen haben.«

Vorsichtig gingen wir den Fußweg entlang auf das Haus zu, aber als wir noch ungefähr zweihundert Schritte davon entfernt waren, ließ Holmes uns Halt machen und sagte:

»Weiter brauchen wir nicht zu gehen. Die Felsen hier zur Rechten geben ein ausgezeichnetes Versteck ab.«

»Müssen wir hier warten?«

»Ja, hier wollen wir uns in Hinterhalt legen. Gehen Sie in diese Höhlung hinein, Lestrade! Sie waren drinnen im Haus, nicht wahr, Watson? Können Sie die Lage der verschiedenen Zimmer angeben? Was sind das für Gitterfenster an unserem Ende hier?«

»Ich glaube, es sind die Küchenfenster.«

»Und das Fenster weiter weg, aus dem der helle Lichtschein herausfällt?«

»Das gehört ganz bestimmt zum Speisezimmer.«

»Die Vorhänge sind zurückgezogen. Sie wissen am besten hier Bescheid. Kriechen Sie sachte heran und sehen Sie mal zu, was drinnen vorgeht – aber lassen Sie sie um Gottes willen nicht merken, dass sie beobachtet werden!«

Ich ging auf den Zehen den Fußpfad entlang und duckte mich dann hinter die niedrige Mauer, die den verwahrlosten Obstgarten umgab. An dieser entlangkriechend, kam ich zu einer Stelle, von der aus ich ungehindert in das gardinenlose Fenster hineinsehen konnte.

In dem Zimmer befanden sich nur Sir Henry und Stapleton. Sie saßen an dem runden Tisch einander so gegenüber, dass ich ihre Gesichter von der Seite sehen konnte. Beide rauchten; vor ihnen auf dem Tisch standen Kaffeetassen und Weingläser. Stapleton sprach lebhaft, aber der Baronet sah bleich und zerstreut aus. Vielleicht lag der Gedanke an den ihm bevorstehenden Gang über das einsame, übelberufene Moor ihm schwer auf der Seele.

Nachdem ich sie eine Weile beobachtet hatte, stand Stapleton auf und verließ das Zimmer; Sir Henry schenkte sich sein Glas voll, lehnte sich in seinen Stuhl zurück und blies den Zigarrendampf in dicken Wolken von sich. Ich hörte eine Tür knarren; dann knirschten Schritte auf dem Kies an der anderen Seite der Mauer, hinter der ich mich zusammengekauert hatte. Als sie bei mir vorbei waren, blickte ich vorsichtig über die Mauer hinweg und sah den Naturforscher vor der Tür eines Nebengebäudes stehen, das sich in der Ecke des Baumgartens befand. Er öffnete die Tür mit einem

Schlüssel, und als er eingetreten war, hörte ich ein eigentümlich raschelndes Geräusch in dem Gebäude. Er verweilte höchstens ein paar Minuten, dann hörte ich den Schlüssel sich abermals im Schloss drehen, die knirschenden Schritte kamen wieder bei mir vorüber, und Stapleton betrat sein Haus. Ich sah noch, wie er im Zimmer erschien, wo Sir Henry auf ihn wartete, dann kroch ich vorsichtig zum Versteck meiner Freunde zurück und berichtete, was ich gesehen hatte.

»Und sagen Sie, Watson, die Dame saß nicht bei ihnen?«, fragte Holmes, als ich mit meiner Erzählung fertig war.

»Nein.«

»Wo kann sie denn nur sein! Es ist ja in keinem anderen Raum Licht als nur im Speisezimmer und in der Küche!«

»Ich habe keine Ahnung!«

Über dem großen Grimpener Sumpf lagerte, wie ich vorhin bereits erwähnte, ein dichter, weißer Nebel. Er wälzte sich langsam auf uns zu und stand jetzt in einiger Entfernung wie eine niedrige, scharf abgeschnittene Wand vor uns. Der Mond beschien sie, und sie glich einer weiten schimmernden Eisfläche; die Felsspitzen, die daraus hervorragten, sahen aus wie riesige Granitblöcke, die von diesem Eis getragen wurden. Holmes beobachtete unverwandt diese Nebelfläche, und ich hörte ihn unwillig brummen, als sie allmählich sich immer näher an uns heranschob.

»Es kommt auf uns zu, Watson!«

»Ist das von irgendwelcher Bedeutung?«

»Von sehr großer Bedeutung sogar! Es ist die einzige Möglichkeit, die auf meine Pläne irgendwelchen Einfluss haben könnte! Er kann jetzt nicht lange mehr bleiben, denn es ist bereits zehn Uhr. Unser Erfolg und vielleicht sogar sein Leben hängt möglicherweise davon ab, dass er das Haus verlässt, ehe der Nebel den Weg bedeckt.«

Der Nachthimmel stand in klarer Schönheit über uns; die Sterne funkelten in der Kälte mit hellem Schein, und der Halbmond übergoss die Landschaft mit einem sanften ungewissen Licht. Vor uns lag die dunkle Masse des Hauses, das Giebeldach und die hohen Kamine scharf vom silberbestreuten Nachthimmel sich abhebend. Breite Lichtstreifen ergossen sich goldig aus den Fenstern des Erdgeschosses über den Garten und das Moor. Mit einem Mal verschwand einer von diesen Streifen – die Dienstboten hatten die Küche verlassen. Nur noch das Speisezimmer blieb hell; dort saßen die beiden Männer, der mordsinnende Wirt und der ahnungslose Gast, und plauderten bei Wein und Zigarren.

Mit jeder Minute schob die weiße, wolkige Fläche, die bereits die Hälfte des Moores bedeckte, sich näher und näher an das Haus heran. Schon kräuselten sich die ersten feinen Ausläufer des Nebels vor dem goldenen Viereck des erleuchteten Fensters. Die rückseitige Mauer des Baumgartens war bereits unsichtbar, und die Bäume erhoben sich aus einem brodelnden weißen Dampf in die Luft. Und schon wälzten sich Nebelstreifen um die Ecke des Hauses herum und vereinigten sich allmählich zu einer dichten, glatt abgeschnittenen Wolke, über welcher das obere Stockwerk und das Dach des Hauses wie ein Gespensterschiff auf seltsamem Meer schwammen. Holmes schlug aufgeregt mit der Faust auf den Felsen, hinter welchem wir uns versteckt hatten und stampfte vor Ungeduld mit dem Fuß.

»Wenn er nicht binnen einer Viertelstunde draußen ist, wird der Fußweg bedeckt sein. In einer halben Stunde können wir keine Hand mehr vor Augen sehen.«

»Sollen wir uns nicht ein Stück Weges zurückziehen? Hinter uns steigt der Grund an.«

»Ja, das wird wohl das Beste sein.«

Wir gingen also, vor der Nebelbank allmählich zurückweichend, weiter aufs Moor hinaus, bis wir etwa tausend Schritte vom Haus entfernt waren – und immer noch kroch die weiße Masse mit der mondbeglänzten Oberfläche näher an uns heran, unerbittlich immer näher!

»Wir gehen zu weit!«, sagte Holmes. »Wir dürfen es nicht darauf ankommen lassen, dass er eingeholt wird, bevor er unser Versteck erreicht hat. Hier, wo wir jetzt sind, müssen wir auf alle Fälle bleiben.« Er ließ sich auf die Knie nieder und hielt das eine Ohr an den Erdboden. »Gott sei Dank! Ich glaube, ich höre ihn kommen!«

Wirklich wurden jetzt schnelle Schritte in der Stille des Moors hörbar. Uns an die Felsblöcke anschmiegend, beobachteten wir mit gespanntester Erwartung die schimmernde Nebelbank, die vor uns lag. Und jetzt trat, wie wenn er einen Vorhang zerteilte, aus dem weißen Nebel heraus der Mann, auf den wir warteten. Er blickte sich überrascht um, als er plötzlich die klare, sternenbeglänzte Nachtlandschaft vor sich sah. Dann eilte er schnellen Schrittes auf dem Pfad dahin, an unserem Versteck vorbei und den Hügel hinauf, der sich sanft ansteigend hinter uns erstreckte. Während er vorwärts eilte, sah er beständig bald über die eine, bald über die andere Schulter nach hinten. Augenscheinlich war ihm unbehaglich zu Mute.

»Sst!«, rief plötzlich Holmes, und ich hörte ein scharfes Knacken; er hatte den Hahn seines Revolvers gespannt. »Aufgepasst! Es kommt!«

Mitten in der heranschleichenden Nebelmasse hörten wir ein scharfes, schnelles Getrappel. Die Wolke lag fünfzig Schritte vor uns und wir starrten alle drei auf die weiße Fläche. Was für ein Gräuel würde aus ihr hervorbrechen? Ich lag an Holmes' Ellbogen und warf einen schnellen Blick auf sein Gesicht. Er war bleich, aber offenbar frohlockte er innerlich; seine Augen funkelten hell im Mondschein. Plötzlich aber stierte er entsetzt vorwärts und seine Lippen öffneten sich in maßlosem Erstaunen. Im selben Augenblick stieß Lestrade einen Schrei des Entsetzens aus und fiel mit dem Gesicht auf die Erde. Ich sprang auf; meine zitternde Hand umklammerte den Revolver, aber ich konnte nicht schießen, mein Geist war gelähmt von dem Anblick des grausigen Geschöpfes, das aus dem Nebel hervorgesprungen kam.

Es war ein Hund, ein riesiger kohlschwarzer Hund, aber ein Hund, wie keines Menschen Augen ihn jemals gesehen haben. Feuer sprühte aus dem offenen Rachen hervor, die Augen glühten, Lefzen und Wampe waren von hellem Glanz umloht. Ein Wahnsinniger könnte in seinen Fieberträumen kein wilderes, grausigeres Ungeheuer sich vorstellen; wie ein Geschöpf der Hölle brach die schwarze Bestie aus dem weißen Dampf hervor.

In langen Sätzen sprang der riesige schwarze Hund den schmalen Weg entlang; die Nase dicht über dem Erdboden haltend, folgte er den Fußspuren unseres Freundes. Wir waren durch diese Erscheinung wie gelähmt, und ehe wir unsere Besinnung wiedererlangt hatten, war die Bestie schon an unserem Versteck vorübergesprungen. Dann feuerten Holmes und ich gleichzeitig, und ein schauerliches Geheul bewies uns, dass wenigstens einer von uns getroffen haben musste. Doch ließ der Hund sich durch die Verwundung nicht aufhalten, sondern jagte mit unverminderter Schnelligkeit weiter. In ziemlich weiter Entfernung sahen wir Sir Henry auf dem Weg stehen; er sah mit kreideweißem Antlitz, dessen Blässe durch den voll darauf fallenden Mondschein noch mehr hervorgehoben wurde, sich um; die Hände hatte er voller Entsetzen emporgeworfen und hilflos starrte er auf das grausige Ungeheuer, das auf ihn losgesprungen kam.

Aber das Schmerzgeheul des Hundes benahm uns alle Furcht. Wenn er verwundbar war, dann war er ein Erdengeschöpf, und wenn wir ihn verwunden konnten, dann konnten wir ihn auch töten. Niemals habe ich einen Menschen rennen sehen, wie Sherlock Holmes in diesem entscheidenden Augenblick rannte. Ich gelte für einen schnellen Läufer, aber ich blieb weit hinter meinem Freund zurück, und in gleicher Entfernung hinter mir folgte erst der kleine Londoner Detektiv. Vor uns hörten wir Schrei auf Schrei, die gellenden Angstrufe des Baronets und dazwischen das tiefe Gebell des Hundes. Ich sah, wie die Bestie auf ihr Opfer lossprang, Sir Henry zu Boden warf und ihm an die Kehle fuhr. Im nächsten Augenblick aber hatte Holmes fünf Kugeln seines Revolvers dem Tier in die Flanke gejagt. Mit einem letzten Todesgeheul und noch einmal wild um sich beißend rollte der Hund auf den Rücken; die vier Beine fuhren noch ein paar Mal durch die Luft, dann fiel er auf die Seite und lag regungslos da. Keuchend sprang ich an das Tier heran und hielt den Lauf meines Revolvers an den fürchterlichen feuerumlohten Kopf; aber ich brauchte nicht mehr abzudrücken. Der Riesenhund war tot.

Sir Henry lag bewusstlos auf der Stelle, wo er umgesunken war. Wir rissen ihm den Kragen auf, und Holmes gab ein Stoßgebet der Dankbarkeit von sich, als wir sahen, dass keine Wunde vorhanden und dass unsere Hilfe noch zur rechten Zeit gekommen war. Bald bewegten sich zuckend die Augenlider unseres Freundes, und er machte einen schwachen Versuch, sich zu bewegen. Lestrade schob dem Baronet seine Branntweinflasche zwischen die Zähne – und dann sahen zwei ängstliche Augen uns an.

»Mein Gott!«, flüsterte Sir Henry. »Was war das? Um des Himmels willen – was war es?«

»Was es auch gewesen sein mag, es ist tot«, antwortete Holmes. »Wir haben dem Familiengespenst für ewige Zeiten den Garaus gemacht!«

Das Tier, das da zu unseren Füßen hingestreckt lag, war schon durch seine Größe und Stärke eine fürchterliche Bestie. Es war kein reinrassiger Bluthund und auch keine reine Dogge, sondern schien aus einer Kreuzung hervorgegangen zu sein – ein zottiges, dürres Geschöpf von der Größe einer kleinen Löwin. Noch jetzt, wo es tot war, schien von den gewaltigen Kinnladen ein bläuliches Feuer zu triefen, und die tiefliegenden, grausamen kleinen Augen waren von Flammenringen umgeben. Und als ich mit meinen Händen das furchtbare Maul auseinanderriss, da schimmerten auch meine Finger feurig in der Dunkelheit.

»Phosphor!«, rief ich.

»Ja, ein Phosphorpräparat – und ein sehr geschickt hergerichtetes!«, sagte Holmes, der sich niedergebeugt hatte und den Kopf des toten Tieres beroch. »Es ist eine geruchlose Lösung, durch die der Spürsinn des Tieres nicht beeinträchtigt werden konnte. – Wir müssen Sie von ganzem Herzen um Verzeihung bitten, Sir Henry, dass wir Sie der Gefahr eines so furchtbaren Schrecks ausgesetzt haben. Ich war auf einen Hund gefasst –

aber nicht auf eine Bestie wie diese hier. Und infolge des Nebels hatten wir nur einen ganz geringen Augenblick Zeit, um sie mit mehreren Schüssen zu empfangen.«

»Sie haben mir das Leben gerettet!«

»Nachdem ich es erst in Gefahr gebracht hatte. Sind Sie kräftig genug, um sich auf Ihren Füßen halten zu können?«

»Lassen Sie mich noch einen Schluck Branntwein zu mir nehmen, und ich bin zu allem bereit. – So! Wollen Sie mir jetzt bitte aufhelfen? Was gedenken Sie jetzt zunächst zu tun?«

»Sie hier zu lassen. Sie sind nicht imstande, in dieser Nacht noch mehr Abenteuer durchzumachen. Wenn Sie auf unsere Rückkunft warten wollen, kann einer von uns Sie zum Schloss bringen.«

Sir Henry versuchte sich aufrecht zu halten; aber er war noch immer leichenblass und zitterte an allen Gliedern. Wir führten ihn zu einem Granitblock; auf diesen setzte er sich und vergrub zusammenschauernd das Gesicht in seine Hände.

»Wir müssen Sie jetzt hier allein lassen«, sagte Holmes. »Es bleibt uns noch anderes zu tun, und jeder Augenblick ist von Wichtigkeit. Das Verbrechen ist völlig aufgeklärt – jetzt brauchen wir nur noch den Verbrecher!«

»Es ist tausend gegen eins zu wetten, dass wir ihn nicht in seinem Haus finden«, fuhr Holmes fort, als wir schnell den Fußweg entlang auf Merripit House zueilten. »Die Schüsse müssen ihm gesagt haben, dass er die Partie verloren hat.«

»Wir waren ein ziemliches Stück vom Haus entfernt, und der Nebel hat vielleicht den Schall gedämpft«, bemerkte Lestrade.

»Er folgte dem Hund auf dem Fuß, um ihn sofort abzurufen – darauf können Sie sich verlassen! Nein, nein – er ist jetzt längst fort. Aber wir wollen zur Sicherheit das Haus durchsuchen.«

Die Haustür stand offen; wir stürmten daher hinein und eilten von Zimmer zu Zimmer, zum größten Erstaunen des vor Angst an allen Gliedern bebenden alten Dieners, der uns im Flur entgegenkam. Nur im Speisezimmer brannte Licht, aber Holmes nahm die Lampe vom Tisch und ließ keinen Winkel des Hauses undurchsucht. Nirgends war von dem Mann, den wir verfolgten, auch nur das geringste Zeichen zu sehen. Im obersten Stock jedoch war die Tür zu einem der Zimmer verschlossen.

»Es ist jemand drinnen!«, rief Lestrade. »Ich höre etwas sich bewegen. Machen Sie die Tür auf!«

Wir hörten drinnen ein schwaches Stöhnen und ein Rauschen wie von Kleidern. Holmes sprengte die Tür mit einem Fußtritt, und mit dem Revolver in der Hand stürzten wir alle drei ins Zimmer.

Aber wir fanden keine Spur von dem verzweifelten Schurken, den wir zu sehen erwarteten. Statt dessen aber hatten wir einen so seltsamen und unerwarteten Anblick, dass wir zuerst sprachlos und wie an den Fleck gebannt dastanden.

Das Zimmer war zu einer Art von kleinem Museum hergerichtet; an den Wänden hingen eine Anzahl Glaskästen, deren Anfüllung mit Schmetterlingen und Käfern der gefährlichste Verbrecher der Gegenwart zu seiner Erholung betrieben hatte. Mitten im Raum stand ein Holzpfeiler, der den alten wurmzerfressenen Deckbalken stützen musste. An diesen Pfeiler war eine menschliche Gestalt festgebunden, aber ob es ein Mann oder ein Weib war, konnten wir für den Augenblick nicht sagen, denn diese Gestalt war vollständig von Bett- und Handtüchern vermummt. Ein Handtuch war um die Kehle geschlungen und hinter dem Pfosten zusammengeknotet; ein zweites bedeckte den unteren Teil des Gesichtes und über diesem starrten zwei dunkle Augen uns entgegen – Augen voll Schmerz und Scham und Angst. In einem Augenblick hatten wir den Knebel hinweggerissen, die Bande gelöst – und Beryl Stapleton sank vor uns ohnmächtig auf den Fußboden nieder. Ihr schönes Haupt neigte sich auf ihre Brust, und da sah ich auf ihrem Hals klar und scharf die rote Strieme vom Hieb einer Reitpeitsche.

»Der rohe Schuft!«, rief Holmes. »Hier, Lestrade, geben Sie schnell Ihre Whiskyflasche! Helfen Sie mir, sie auf einen Stuhl setzen. Die erlittenen Misshandlungen und die Erschöpfung haben sie ohnmächtig gemacht.«

Nach einer kurzen Weile schlug sie die Augen wieder auf und fragte: »Ist er gerettet? Hat er sich in Sicherheit bringen können?«

»Er kann uns nicht entkommen.«

»Nein, nein – ich meinte nicht meinen Mann! Aber Sir Henry – ist er in Sicherheit?«

»Ja.«

»Und der Hund?«

»Der ist tot.«

»Gott sei Dank! Gott sei Dank!«, rief sie nach einem tiefen Seufzer der Erleichterung. »Oh, dieser Schurke! Sehen Sie, wie er mich behandelt hat!«

Sie streifte ihre Ärmel zurück, und wir sahen voll Entsetzen, dass beide Arme mit blutigen Striemen bedeckt waren.

»Aber das ist nichts – gar nichts!«, fuhr sie fort. »Wie hat er erst meine Seele gequält und gefoltert! Und das alles habe ich ertragen können – Misshandlungen, Einsamkeit, ein Leben voller Enttäuschung, alles! –, solange ich mich noch an die Hoffnung anklammern durfte, dass seine Liebe mir gehörte. Aber jetzt weiß ich, dass er auch hierin mich hintergangen hat, dass ich nur sein Werkzeug war!«

Bei diesen Worten brach sie in ein leidenschaftliches Schluchzen aus.

»Sie sind ihm nicht freundlich gesinnt, gnädige Frau!«, sagte Holmes. »Nun, so sagen Sie uns, wo wir ihn finden werden. Wenn Sie ihm je bei seinem bösen Werk beigestanden haben, helfen Sie dafür jetzt uns, und machen Sie damit alles wett.«

»Es gibt nur einen Platz, wohin er geflohen sein kann«, antwortete sie. »Auf einer Insel mitten im großen Sumpf ist eine alte Zinngrube. Dort hielt er seinen Hund und dort hatte er auch allerhand Vorkehrungen getroffen, um für alle Fälle eine Zuflucht zu haben. Dorthin muss er geflohen sein.«

Der Nebel lag dick wie weiße Wolle an den Fensterscheiben. Holmes streckte die Lampe in Richtung Fenster aus und sagte:

»Sehen Sie! Niemand könnte in dieser Nacht einen Weg durch den Grimpener Sumpf finden.«

Sie schlug lachend die Hände zusammen; ihre weißen Zähne blitzten und ihre Augen funkelten in wilder Freude, als sie rief:

»Den Weg hinein findet er vielleicht, aber nie und nimmer den Weg heraus! Wie kann er heute Nacht die Stecken finden, die wir beide, er und ich, zusammen einpflanzten, um den schmalen Fußpfad durch den Morast zu bezeichnen! Oh, hätte ich sie nur heute herausreißen können! Dann allerdings hätte er rettungslos in Ihre Hände fallen müssen.«

Wir sahen ein, dass an eine Verfolgung nicht zu denken war, solange der Nebel über dem Moor lag. Wir ließen daher Lestrade in Merripit House zurück und Holmes und ich gingen mit dem Baronet nach Baskerville Hall. Wir konnten ihm die Wahrheit über die Stapletons nicht länger verschweigen, aber er benahm sich tapfer wie ein Mann, als er erfuhr, dass das Weib, das er geliebt, die Gattin eines Mörders war.

Die Abenteuer dieser Nacht waren jedoch zu viel für seine Nerven gewesen, und ehe der Morgen anbrach, lag er im Delirium eines hohen Fiebers und wir mussten ihn der Pflege des Dr. Mortimer anvertrauen.

Und nun komme ich schnell zum Schluss dieser gewiss nicht alltäglichen Geschichte.

Die Morgensonne des nächsten Tages hatte den dichten Nebel aufgesogen und Mrs Stapleton führte uns zu der Stelle, wo der vom Naturforscher entdeckte schmale Fußweg durch den Sumpf begann. Was für ein Höllenleben die Frau an der Seite des Verbrechers geführt haben musste, das erkannten wir an der freudigen Bereitwilligkeit, womit sie uns auf ihres Gatten Spur brachte. Sie brachte uns bis an den letzten Ausläufer festen Bodens, der sich in Gestalt einer schmalen Halbinsel in den Sumpf hinein erstreckte; von dieser Stelle aus gingen wir allein weiter. Von Zeit zu Zeit bezeichnete ein dünnes Stöckchen die Zickzack-Windungen des Pfades. Nur ein einziges Mal bemerkten wir eine Spur, dass vor uns ein Mensch den gefährlichen Weg gegangen war. Auf einem Büschel Riedgras, der das Untersinken verhindert hatte, lag ein dunkler Gegenstand. Holmes sank bis an den Leib in den Morast, als er, um sich des Gegenstandes zu bemächtigen, abseits des Weges trat; und wären wir nicht da gewesen, hätte sein Fuß niemals wieder festen Grund betreten. Er hielt einen alten schwarzen Schuh empor. Auf dem Innenleder desselben fanden wir den Stempel: ›Meyers, Toronto, Kanada.‹

»Der Fund ist schon ein Moorbad wert!«, rief Holmes. »Es ist der abhanden gekommene Schuh unseres Freundes Sir Henry.«

»Und Stapleton hat ihn auf seiner Flucht an dieser Stelle weggeworfen!«

»Ganz recht. Er behielt ihn in der Hand, nachdem er ihn benutzt hatte, den Hund auf die Fährte zu bringen. Auf der Flucht, als er wusste, dass das Spiel verloren war, hielt er unbewusst den Schuh noch immer in der Hand. Und an dieser Stelle warf er ihn von sich. Wir wissen also wenigstens so viel, dass er bis hierher gekommen ist.«

Aber mehr sollten wir über Stapletons Schicksal überhaupt nicht erfahren; wir waren nur auf Vermutungen angewiesen – Gewissheit erlangten wir nicht. Wir konnten nicht erwarten, Fußspuren im Sumpf zu finden, denn jede Höhlung wurde sofort von dem aus der Tiefe aufsteigenden Morastwasser ausgefüllt und war in wenigen Augenblicken wieder der Oberfläche gleichgemacht. Aber als wir endlich auf festeren Grund kamen, sahen wir uns alle drei eifrig suchend und erwartungsvoll nach Spuren um. Wir fanden keine. Wenn der spurenlose Erdboden uns die Wahrheit sagte, hat Stapleton niemals die Rettungsinsel im Sumpf erreicht, nach der er sich durch Nacht und Nebel hinzutasten versuchte. Irgendwo mitten im großen Grimpener Sumpf, tief in den Morast hinuntergezogen, liegt für immer der Mann mit dem kältesten Mörderherzen begraben.

Dass er auf dem morastumgürteten Eiland oft geweilt haben musste, ergab sich aus mancherlei Anzeichen. Von der verlassenen Zinngrube war noch ein großes Triebrad und ein halbzugeschütteter Schacht übrig; daneben standen verfallende Mauerreste von den Hütten der Bergleute, die ohne Zweifel von den Fieberdünsten des Sumpfes vertrieben worden waren. In einer dieser Hütten hatte das wilde Tier gehaust, das Stapleton zu seinem Verbündeten ausersehen hatte; wir fanden seine Kette und einen großen Haufen abgenagter Knochen. In einer Ecke lag eine Dose, die eine leuchtende Masse enthielt – ohne Zweifel das Phosphorpräparat, das dem schlauen Schurken dazu gedient hatte, aus seinem Hund einen Höllenhund zu machen.

»Und nun«, sagte Holmes, »wo wir alle Ecken und Winkel durchsucht haben, können wir sagen, dass der Fall kaum noch ein unaufgeklärtes Geheimnis enthält.«

»Hm«, antwortete ich, »immerhin haben wir über Stapletons Persönlichkeit doch nur Vermutungen. War er wirklich ein Baskerville? Das wird wohl kein Mensch je erfahren, und damit bleibt auch der Beweggrund des Verbrechens für immer im Bereich der bloßen Mutmaßungen.«

»O nein, mein lieber Watson. Der Beweggrund ist völlig klar: Stapleton war ein Baskerville. Sie wissen, ich hatte heute früh eine kleine Unterredung mit seiner armen Frau, und wenige Fragen genügten, um in dieser Hinsicht alles aufzuklären. Er war ein Sohn des jüngeren Bruders von Sir Charles, Rodger Baskerville, der infolge anrüchiger Geschichten nach Südamerika hatte fliehen müssen. Es hieß, er sei dort unverheiratet gestorben. Das war aber ein Irrtum. Er hatte geheiratet, und dieser Ehe entstammte ein Sohn, der, wie sein Vater, Rodger hieß. Es ist unser Verbrecher. Dieser heiratete eines der schönsten Mädchen von Costa Rica, Beryl Garcia. Nachdem er eine bedeutende Summe Geldes veruntreut hatte, floh er mit seiner Frau nach England, wo er unter dem Namen Vandeleur eine Schule in Yorkshire hielt. Bald fand er es aber angezeigt, seinen Namen abermals zu ändern, und er kam als Stapleton mit den Resten seines Vermögens und mit seinen Zukunftsplänen nach Südengland.

Offenbar hatte er sich nach den Verhältnissen seiner Familie erkundigt und natürlich bald herausgefunden, dass nur zwei Männer zwischen ihm und einer großen Erbschaft standen; vielleicht hat er sogar im Anfang von dem Vorhandensein des jetzigen Baronets gar nichts gewusst, sondern geglaubt, er habe es nur mit Sir Charles zu tun. Als er nach Devonshire kam, waren überhaupt seine Pläne, glaube ich, noch außerordentlich unbestimmt. Aber dass er von Anfang an auf Böses sann, geht daraus hervor, dass er seine Frau für seine Schwester ausgab. Offenbar gedachte er sie als Lockvogel zu benutzen, wenn er auch noch nicht wusste, in welcher Weise dies geschehen könnte. Zunächst ließ er sich möglichst nahe bei dem Haus seiner Väter nieder, alsdann trug er Sorge, mit Sir Charles und den anderen Nachbarn in ein freundschaftliches Verhältnis zu treten. Der Baronet erzählte ihm von dem Familienhund und sprach sich damit selber das Todesurteil.

Nachdem Stapleton einmal seinen bestimmten Plan gefasst hatte, führte er ihn mit außerordentlicher Schlauheit durch. Auf den zur Bereicherung seiner Schmetterlingssammlung unternommenen Streifzügen hatte er das Moor in allen Richtungen kennengelernt; er hatte den Weg nach dieser alten Zinngrube gefunden und hatte damit das unumgänglich nötige Versteck für seinen grimmigen Hund, den er sich in London gekauft und in dunkler Nacht von einer entfernten Bahnstation hierher gebracht hatte. Er wartete nun seine Gelegenheit ab. Aber diese wollte nicht kommen. Er hatte gehofft, seine Frau würde bereit sein, Sir Charles ins Verderben zu locken, aber hier stieß er auf einen unerwarteten Widerstand. Wie er schließlich durch Benutzung seiner Freundin, Mrs Laura Lyons, seinen Zweck erreichte, wissen Sie bereits. Aber beide Frauen, die er in sein Spiel gezogen hatte, Mrs Stapleton und Mrs Lyons, hatten einen bösen Verdacht gegen ihn gefasst. Seine Frau kannte seine Zukunftspläne und wusste außerdem um die Anwesenheit des Hundes. Mrs Lyons wusste von diesen beiden Umständen nichts, aber es hatte einen starken Eindruck auf sie gemacht, dass der Baronet gerade zu der Stunde gestorben war, wo sie eine Zusammenkunft mit ihm haben sollte, und dass sie auf Stapletons ausdrücklichen Wunsch dieser Zusammenkunft hatte fern bleiben müssen. Indessen beide Frauen standen unter dem Einfluss seines starken Willens, und er hatte von ihnen nichts zu fürchten. Die erste Hälfte seiner Aufgabe war erfüllt, aber der schwierigere zweite Teil blieb noch zu tun.

Wenn Stapleton von dem Vorhandensein des in Kanada lebenden Erben nichts gewusst hatte, musste er es jedenfalls sehr bald von Doktor Mortimer erfahren, und von diesem hörte er denn auch jede Einzelheit über die bevorstehende Ankunft Sir Henrys. Zunächst dachte er nun, der junge Fremde aus Kanada könnte vielleicht in London ins Jenseits befördert werden, ehe er überhaupt nach Devonshire käme. Gegen seine Frau hegte er Misstrauen, seitdem sie sich geweigert hatte, ihm in seinem Anschlag gegen den alten Baronet beizustehen; er wagte deshalb nicht, sie für längere Zeit aus den Augen zu lassen, weil er seinen Einfluss auf sie zu verlieren fürchtete.

Deshalb nahm er sie mit nach London. Sie wohnten dort im Mexborough-Hotel in Craven Street – einem von den Gasthöfen, deren Papierkörbe ich durch Cartwright durchsuchen ließ. Wie Sie wissen, war die Nachforschung vergeblich. Hier schloss er seine Frau in ihr Zimmer ein, während er selbst, unter der Verkleidung eines falschen Bartes, dem Dr. Mortimer auf seinen Gängen zu meiner Wohnung und später zum Bahnhof und dem Northumberland-Hotel unbemerkt folgte.

Seine Frau hatte eine ziemlich bestimmte Ahnung, mit welchen Plänen er sich trüge, aber sie hatte zugleich auch – und zwar infolge brutaler Misshandlungen – eine solche Angst vor ihrem Mann, dass sie es nicht wagte, dem in Gefahr schwebenden, ahnungslosen Baronet ein Warnungszeichen zu geben. Wäre der Brief in Stapletons Hände gefallen, wäre sie selber ihres Lebens nicht mehr sicher gewesen. Schließlich fiel ihr, wie wir wissen, ein Aushilfsmittel ein: Sie schnitt die Worte ihrer Warnung aus einer Zeitung aus und adressierte den Brief mit verstellter Handschrift. Der Baronet erhielt ihn und damit zugleich die erste Warnung vor der Gefahr.

Von Stapletons Gewandtheit erhielten wir selber an jenem Morgen einen Begriff, als er uns so plötzlich entkam. Er wusste von dem Augenblick an, dass ich den Fall in meine Hände genommen hatte, dass also in London sich schwerlich für ihn eine Gelegenheit ergeben würde, seine Mordpläne zur Ausführung zu bringen. Er kehrte daher nach Devonshire zurück und wartete des Baronets Ankunft ab.«

»Einen Augenblick, bitte!«, rief ich. »Sie haben ohne Zweifel die Reihenfolge der Ereignisse richtig angegeben, aber es bleibt noch ein Punkt unaufgeklärt: Was wurde aus dem Hund, während der Herr in London war?«

»Ich habe mich selbst ernstlich mit diesem ohne Frage wichtigen Punkt beschäftigt. Es unterliegt für mich keinem Zweifel, dass Stapleton einen Vertrauten hatte, obwohl er ihn wahrscheinlich nicht so weit ins Geheimnis zog, dass seine eigene Sicherheit dadurch gefährdet werden konnte. In Merripit House war ein alter Diener namens Anton. Er ist mit den Stapletons hierhergekommen und soll schon früher bei ihnen gewesen sein. Dann müsste er aber auch gewusst haben, dass die Stapletons nicht Bruder und Schwester, sondern Mann und Frau waren. Der Mann ist heute Nacht verschwunden und nicht wiedergekommen. Auffällig ist auch sein Name: Anton heißen in England nur wenig Leute, dagegen ist Antonio in Spanien und im spanischen Amerika ein sehr gewöhnlicher Name. Er sprach, wie auch Mrs Stapleton, gut englisch, aber mit einem etwas lispelnden Akzent.

Ich selbst habe den alten Mann über den Grimpener Morast gehen sehen; er benutzte diesen von Stapleton kenntlich gemachten Pfad. Höchstwahrscheinlich also hat er in Abwesenheit seines Herrn den Hund gefüttert, obwohl er vielleicht den Zweck, zu welchem die Bestie gehalten wurde, nicht gekannt hat.

Ich selbst hatte vom ersten Anfang an Stapleton in Verdacht. Und das kam so: Vielleicht erinnern Sie sich, dass ich das Papier des Warnungsbriefes genau untersuchte, um eine Wassermarke zu entdecken. Als ich es nun ein paar Zoll weit von meinen Augen entfernt hielt, bemerkte ich den schwachen Duft eines Parfüms. Es war weißer Jasmin. Es gibt fünfundsiebzig verschiedene Parfüms, und wer sich berufsmäßig mit der Entdeckung von Verbrechen beschäftigt, der muss sie alle voneinander unterscheiden können; mehr als einmal ist es mir passiert, ein scheinbar unerklärliches Rätsel mit Hilfe des Geruchssinnes sofort zu lösen. Das Parfüm brachte mich darauf, dass eine Dame im Spiel sein müsste, und so war es ganz natürlich, dass ich meine Aufmerksamkeit dem Ehepaar Stapleton zuwandte. Ich wusste also, dass ein Hund benutzt wurde, und ich hatte erraten, wer der Verbrecher war, ehe ich London verlassen hatte.

Was ich hier tat, während Sie mich zu Hause in der Baker Street wähnten, das ist Ihnen ja bekannt. Es bleibt nur noch die Rolle näher zu bestimmen, die die Dame gespielt hat. Ohne Zweifel übte Stapleton eine ungeheure Macht über sie aus. Beruhte diese auf Liebe, beruhte sie auf Furcht? Das weiß ich nicht. Vielleicht war es beides; denn diese beiden Gefühle sind durchaus nicht unvereinbar miteinander. Jedenfalls war die Macht vorhanden und wirksam. Auf seinen Befehl willigte sie ein, für seine Schwester zu gelten; nur als er sie zu unmittelbarer Mitwirkung an einem Mord heranziehen wollte, da fand er die Grenzen seiner Macht. Sie versuchte Sir Henry zu warnen, so weit es geschehen konnte, ohne ihren Gatten zu gefährden; sie versuchte es nicht nur das eine Mal, sondern wiederholt. Stapleton selbst scheint eifersüchtig gewesen zu sein; denn als er sah, wie der Baronet der Dame den Hof machte, da brach seine Leidenschaft wild hervor, obwohl doch Sir Henrys Liebe zu den Faktoren des Mordplanes gehörte. Indem er später das Verhältnis guthieß, erlangte er die Gewissheit, dass Sir Henry häufig nach Merripit House zu Besuch kommen und dass er selbst dadurch früher oder später die Gelegenheit erhalten würde, auf die er es abgesehen hatte.

Am Entscheidungstag jedoch erklärte seine Frau sich plötzlich gegen ihn. Sie hatte etwas von dem Tod des entsprungenen Sträflings gehört und sie erfuhr, dass an demselben Tag, wo Sir Henry zu Tisch kommen sollte, der Hund in das Nebengebäude von Merripit House gebracht worden war. Sie sagte ihrem Mann das beabsichtigte Verbrechen gerade auf den Kopf zu, und es folgte ein heftiger Auftritt, wobei Stapleton in seiner Wut ihr verriet, dass sie eine Nebenbuhlerin hatte. Augenblicklich schlug ihre treue Liebe in bittern Hass um, und er sah, dass sie ihn verraten würde. Deshalb fesselte und knebelte er sie, damit sie nicht imstande wäre, den Baron zu warnen. Ohne Zweifel hoffte er, wenn die ganze Gegend den Tod des Baronets dem Familienfluch zuschreiben würde – und daran brauchte er nicht zu zweifeln –, so würde sie sich ihm wieder zuwenden, mit der vollendeten Tatsache sich abfinden und über das, was sie wusste, Stillschweigen bewahren. Hierin hatte er sich allerdings meiner Meinung nach auf jeden Fall verrechnet; er wäre verloren gewesen, selbst wenn wir nicht dazwischen gekommen wären. Ein Weib, in dessen Adern spanisches Blut glüht, vergibt nicht so leicht eine so grausame Beschimpfung ... Und das wäre wohl alles, was über den Fall zu sagen ist.«

»Aber Stapleton konnte doch nicht erwarten, dass der junge, kräftige Sir Henry aus reiner Angst vor dem Hund sterben würde, wie es ihm bei dem alten, herzkranken Baronet geglückt war?«

»Nein, das nicht. Aber die Bestie war blutgierig und halb verhungert. Und der Anblick des wilden Tieres mit dem feurigen Schlund musste jedenfalls dazu beitragen, die Widerstandskraft zu lähmen. Übrigens war ja die Wirkung auf Sir Henrys Nerven schwer genug. Doktor Mortimer sagte mir, es sei ein wahres Wunder, dass Sir Henry die Nacht so gut überstanden habe. Er habe anfangs Schlimmeres befürchtet. Es würden Monate nötig sein, um ihm die volle Gesundheit wiederzugeben. Sir Henry hat, um die grauenhaften Eindrücke los zu werden, beschlossen, eine Reise um die Welt zu machen, und Doktor Mortimer wird ihn begleiten.«

»Noch eins. Wenn Stapleton die Erbschaft antrat – wie konnte er's glaubhaft machen, dass er, der Erbe, jahrelang unter angenommenem Namen hier in unmittelbarer Nähe seines Eigentums gelebt hatte? Musste das nicht Verdacht erregen und dadurch Nachforschungen veranlassen?«

»Diese Schwierigkeit ist allerdings sehr beträchtlich und ich fürchte, ich kann sie Ihnen nicht erklären. Vergangenheit und Gegenwart sind das Gebiet meiner Berufstätigkeit – aber was jemand in Zukunft tun wird, diese Frage lässt sich schwer beantworten. Mrs Stapleton – die ich natürlich darüber befragt habe – hat ihren Mann zu verschiedenen Malen diese Frage diskutieren hören. Es waren drei Möglichkeiten vorhanden: Er konnte seine Ansprüche von Südamerika aus geltend machen, seine Identität vor einem britischen Konsul nachweisen und auf diese Weise sich in Besitz des Vermögens setzen, ohne überhaupt nach England zu kommen. Oder er konnte für die kurze Zeit, die er zur Erledigung des Geschäftes in London hätte sein müssen, sich einer geschickten Verkleidung bedienen. Oder er konnte einem Helfershelfer die nötigen Dokumente und Papiere ausliefern; dieser hätte die Erbschaft angetreten und ihm natürlich den größeren Teil des Einkommens überlassen müssen. Nach dem, was wir von ihm gesehen haben, können wir wohl annehmen, dass er schon einen Ausweg aus der Schwierigkeit gefunden haben würde. Denn, mein lieber Watson, ich sagte es schon in London und wiederhole es hier: Niemals haben wir einen gefährlicheren Verbrecher zu verfolgen gehabt als den Mann, der jetzt hier unter der trügerischen grünen Decke des Sumpfes liegt.«

Und damit deutete Sherlock Holmes' langer Arm auf die Miasmen aushauchende weite Fläche des Morastes, der sich in der Ferne in dem melancholischen Braun des Heidemoors verlor.

Im leeren Haus

Im Frühling des Jahres 1894 war ganz London in Aufregung. Besonders die vornehme Welt war durch die Ermordung von Ronald Adair tief erschüttert. Dieser junge Baron hatte unter höchst eigentümlichen Umständen und auf ganz unerklärliche Weise das Leben verloren. Das Publikum hat von diesem Verbrechen seinerzeit nur wenig Näheres erfahren, weil die polizeilichen Nachforschungen keinen Erfolg gehabt hatten, und überdies das meiste im Interesse der weiteren Verfolgung des an und für sich schon außerordentlich schwierigen Falles geheim gehalten werden musste. Erst jetzt nach Verlauf von zehn Jahren bin ich in der Lage, die fehlenden Glieder der Kette sowie den Schluss der Untersuchung bekannt zu geben. Aber trotz dieser langen Zeit empfinde ich noch ein Schaudern, wenn ich an das Verbrechen und seine tragische Aufdeckung denke, fühle aber auch von Neuem jene Freude und jene Bewunderung, die mich damals erfüllte, als es endlich gesühnt war. Die Öffentlichkeit möge mir's zu gut halten, dass ich ihr nicht gleich alles, was ich wusste, mitgeteilt habe, nachdem sie bereits meinen früheren Erzählungen über das Tun und Denken eines merkwürdigen Mannes ein lebhaftes Interesse geschenkt hatte. Ich würde es sicherlich nicht verabsäumt haben, denn ich hielt es für meine vornehmste Pflicht; aber eine Bitte aus dem eigenen Mund eben dieses Mannes verhinderte mich daran, und erst vor ein paar Monaten bin ich von meinem Versprechen entbunden worden.

Wie man sich leicht denken kann, hatte ich infolge meiner intimen Freundschaft mit Sherlock Holmes an dem Verbrechen ein hervorragendes Interesse, und habe, weil er selbst nicht mehr da war, die verschiedenen Fragen, die daran geknüpft wurden, genau verfolgt und geprüft. Zu meiner Beruhigung habe ich sogar seine eigenen Methoden zur Aufklärung angewandt, freilich mit nur geringem Erfolge. Als ich las, dass in dem wegen der Ermordung des Ronald Adair eingeleiteten Verfahren aufgrund der Voruntersuchung die Anklage wegen vorsätzlichen Mordes gegen Unbekannt erhoben worden war, kam es mir wieder deutlicher als je zuvor zum Bewusstsein, was die Gesellschaft an Sherlock Holmes verloren hatte. In dieser dunkeln Angelegenheit gab es Punkte klarzustellen, die gerade etwas für ihn gewesen wären, und die Anstrengungen der Polizei würden durch die Beobachtungen, die Gewandtheit und den Scharfsinn dieses ersten Detektivs Europas wesentlich ergänzt und in die richtigen Bahnen gelenkt worden sein. Jeden Tag, wenn ich meine Runde machte, überlegte ich mir den Fall von Neuem, ohne jedoch zu einer ausreichenden und vollkommen befriedigenden Erklärung gelangen zu können.

Auf die Gefahr hin, einigen Lesern eine bekannte Geschichte zu erzählen, will ich hier doch die Tatsachen rekapitulieren, soweit sie am Schluss der Vorverhandlung bekannt waren:

Ronald Adair war der zweite Sohn des Grafen Maynooth, des damaligen Gouverneurs in einer australischen Kolonie. Adairs Mutter war von Australien nach England gekommen, um sich hier einer Augenoperation zu unterziehen; sie bewohnte mit ihrem Sohn Adair und ihrer Tochter Hilda das Haus Park Street 427 in London. Der junge Mann verkehrte in der besten Gesellschaft und hatte, soviel man wusste, keine Feinde und auch keine besonderen Laster. Er war mit einem Miss Edith Woodley aus Carstairs verlobt gewesen; dieses Verhältnis war einige Monate vor seinem Tod mit beiderseitiger Einwilligung gelöst worden, und nichts hatte darauf hingedeutet, dass dadurch ein tieferes Gefühl verletzt worden wäre. Im Übrigen spielte sich das Leben des jungen Herrn in einem vornehmen kleinen Kreis ab, denn er war von ruhiger Natur und kein Freund von Extravaganzen. Trotzdem wurde dieser friedliche junge Edelmann in der Nacht des 30. März 1894 zwischen zehn und elf Uhr zwanzig Minuten auf eine höchst merkwürdige Weise und gänzlich unerwartet vom Tod ereilt.

Ronald Adair spielte gerne Karten, aber nie so hoch, dass ihn Verluste geschmerzt hätten. Er war Mitglied des Baldwin-, des Cavendish- und des Bagatelle-Kartenklubs. Nach dem Abendessen hatte er an jenem Tag nachgewiesenermaßen in dem letztgenannten Klub eine Partie Whist gespielt. Er hatte auch bereits am Nachmittag dort gespielt. Nach Aussage seiner Mitspieler – des Mr Murray, des Barons Hardy und des Obersten Moran – hatte es sich ebenfalls um Whist gehandelt, und waren die Karten ziemlich gleichmäßig gefallen. Adair konnte höchstens fünf Pfund verloren haben. Er besaß ein beträchtliches Vermögen, sodass ihn ein derartiger Verlust nicht weiter rühren konnte. Er hatte fast jeden Tag in dem einen oder anderen Klub gespielt, aber er war ein vorsichtiger Spieler und gewann gewöhnlich. Es wurde durch Zeugen festgestellt, dass er einige Wochen vorher an einem einzigen Abend in Gemeinschaft mit dem Obersten Moran tatsächlich gegen 420 Pfund von Godfrey Milner und Lord Balmoral gewonnen hatte. Diese Angaben, die im Laufe der Untersuchung über sein Vorleben gemacht wurden, mögen genügen.

Am Abend des Verbrechens kehrte er Punkt zehn Uhr aus dem Klub zurück. Seine Mutter und Schwester waren zu Besuch bei einer Verwandten. Das Dienstmädchen hat unter Eid ausgesagt, dass sie ihn in das Vorderzimmer im zweiten Stock, wo er sich gewöhnlich aufhielt, hat eintreten hören. Sie hatte dort Feuer angemacht und, weil es rauchte, die Fenster geöffnet. Kein Laut war aus dem Zimmer an ihr Ohr gedrungen. Als um elf Uhr zwanzig Minuten die Gräfin mit ihrer Tochter zurückkehrte, wollte sie ihrem Sohn Gute Nacht sagen. Sie fand jedoch die Tür seines Zimmers von innen verschlossen, und bekam keine Antwort auf ihr Rufen und Klopfen. Sie holte Hilfe und ließ die Tür aufbrechen. Der unglückliche junge Mann lag in der Nähe des Tisches auf dem Boden. Sein Kopf war von einer Revolverkugel zerschmettert, aber in dem ganzen Raum war keine Waffe zu sehen. Auf dem Tisch lagen zwei Zehnpfundscheine und siebzehn Pfund zehn Schilling in Gold und Silber; das Geld war in kleine Häufchen von verschiedenen Beträgen abgezählt. Daneben befand sich ein Blatt Papier, worauf einige seiner Klubfreunde gezeichnet waren. Unter jedem Bild stand der Name des Betreffenden; daraus wurde geschlossen, dass er vor seinem Ende die Verluste und Gewinne beim Kartenspiel hatte regeln wollen.

Die genauere Prüfung aller obwaltenden Umstände ließ die Sache nur immer rätselhafter erscheinen. In erster Linie war kein Grund einzusehen, warum der junge Mann von innen abgeriegelt haben sollte. Zwar war die Möglichkeit nicht ausgeschlossen, dass es der Mörder getan hatte, und dann durch das Fenster entflohen war. Doch war dieses mindestens zwanzig Fuß über dem Boden, und das Beet mit blühenden Blumen unter dem Fenster zeigte keinerlei Fußspuren; die Blüten, wie der Erdboden selbst waren vollkommen unversehrt. Auch der schmale Rasenstreifen zwischen dem Haus und der Straße wies keine Fährte auf. Demnach musste der junge Herr selbst die Tür abgeschlossen haben. Wie hatte er aber den Tod gefunden? Kein Mensch konnte durch das Fenster ein- oder ausgestiegen sein, ohne Spuren zu hinterlassen. Angenommen, es habe jemand durch das Fenster geschossen, so musste es wahrhaftig mit merkwürdigen Dingen zugegangen sein, dass eine Revolverkugel so sicher getroffen hatte. Außerdem ist die Park Street sehr belebt, und kaum hundert Meter vom Haus befindet sich ein Droschkenhalteplatz, aber kein Mensch hatte einen Schuss gehört.

Und doch war die Leiche mit der Schusswunde ein untrügliches Zeichen, dass geschossen worden war, und zwar war die Verwundung derart, dass der. Tod augenblicklich eingetreten sein musste. – So lagen die Verhältnisse; sie wurden dadurch noch verwickelter, dass jeder ersichtliche Beweggrund zur Tat fehlte, denn, wie ich erwähnt habe, war der junge Adair ein Mann, der keinen Feind hatte, und außerdem war noch nicht einmal der Versuch gemacht worden, Geld oder Wertgegenstände im Zimmer zu entwenden.

Ich ließ mir den Tatbestand häufiger durch den Kopf gehen und bemühte mich immer wieder, eine Erklärung zu finden, unter welche man alle diese verschiedenen Tatsachen zusammenreimen, und von der aus man einen Ausgangspunkt finden könnte, was nach dem Ausspruch meines armen Freundes die Vorbedingung jeder weiteren Nachforschung bilden musste. Ich machte jedoch, offen gestanden, nur sehr geringe Fortschritte in der Sache. Eines Abends wanderte ich durch die Park Street und befand mich gegen sechs Uhr an der Ecke der Oxford Street. Vor dem Haus, das ich mir ansehen wollte, war eine große Menschenmenge versammelt und richtete ihre Blicke auf ein bestimmtes Fenster desselben. Ein schlanker, hagerer Mann mit blauer Brille, in dem ich stark einen Geheimpolizisten vermutete, gab seine Ansicht über den Vorfall zum Besten, während die Übrigen um ihn herumstanden und seinen Ausführungen lauschten. Ich drängte mich möglichst nahe an den Sprecher heran, aber seine Ausführungen erschienen mir so unsinnig, dass ich bald verstimmt von dannen ging. Dabei stieß ich einen ältlichen Mann an, der hinter mir gestanden hatte, und eine Anzahl Bücher, die er unter dem Arm trug, fielen zu Boden. Ich half sie ihm schnell aufheben, erinnere mich aber trotzdem noch genau eines seltsamen Titels auf einem derselben: ›Der Ursprung der Baum-Verehrung‹. Ich schloss daraus, dass der Mann irgendein armer Bücherfreund wäre, der entweder gewerbsmäßig oder aus Liebhaberei alte Druckwerke sammelte. Ich stammelte eine Entschuldigung; die Bücher, die ich unglücklicherweise so übel behandelt hatte, waren aber offenbar in den Augen ihres Eigentümers unschätzbare Wertobjekte, denn er knurrte nur ein paar unverständliche Worte und drehte mir verächtlich den Rücken zu; und ich sah seinen Buckel und den weißen Backenbart in der Menge verschwinden.

Meine Wahrnehmungen in der Park Street 427 waren wenig dazu angetan, in das dunkle Problem, das mich beschäftigte, Licht zu bringen. Das

Haus war durch eine niedrige Mauer mit einem Zaun von der Straße getrennt; beide zusammen konnten etwa fünf Fuß hoch sein. Es fiel also nicht besonders schwer, darüber hinweg in den Garten zu steigen, aber das Fenster war vollkommen unerreichbar: es führte weder eine Dachrinne noch sonst etwas hinauf, woran auch der gewandteste Kletterer hätte emporklimmen können. Ratloser als je zuvor, lenkte ich meine Schritte nach Kensington zurück. Ich hatte kaum fünf Minuten in meinem Arbeitszimmer gesessen, als das Dienstmädchen hereintrat und meldete, dass mich jemand zu sprechen wünsche. Zu meinem Erstaunen war es kein anderer als mein merkwürdiger alter Büchersammler. Er hatte ein scharf geschnittenes, hageres Gesicht, von weißem Haar umrahmt, unter dem rechten Arm trug er seine kostbaren Bände, mindestens ein Dutzend an der Zahl.

»Sie werden sich wundern, mich hier zu sehen, mein Herr«, sagte er mit eigentümlicher, krächzender Stimme.

Ich gab das ohne Weiteres zu.

»Nun«, fuhr er fort, »als ich hinter Ihnen her humpelte und Sie in dieses Haus gehen sah, dachte ich als pflichtschuldiger Mann, Sie wollen gleich mal diesen freundlichen Herrn aufsuchen und ihm sagen, dass, wenn Sie vorhin ein bisschen schroff gewesen sind, es nicht so gemeint war, und ihm für seine Liebenswürdigkeit, dass er die Bücher wieder aufgehoben hat, Ihren Dank abstatten.«

»Sie machen zu viel Aufhebens von dieser Kleinigkeit«, antwortete ich ihm. »Darf ich vielleicht fragen, woher Sie mich kennen?«

»Ich bin so frei, Ihnen zu sagen, dass ich Ihr Nachbar bin, mein kleiner Bücherladen liegt an der Ecke der Cathedral Street, und es würde mir eine große Ehre sein, wenn Sie mich mal besuchten. Vielleicht sind Sie auch ein Liebhaber interessanter Bücher. Ich habe die ›Britischen Vögel‹, den ›Catullus‹ und den ›Heiligen Krieg‹, Werke, von denen jedes einzelne ein kostbarer Schatz ist. Mit fünf solchen Bänden würden Sie jenes leere Fach dort in Ihrem Bücherschrank gerade ausfüllen können. Es sieht so nicht hübsch aus, nicht wahr?«

Ich drehte mich nach dem Bücherspind um. Als ich mich wieder zurückwandte, stand am Schreibtisch mir gegenüber mit lächelnder Miene Sherlock Holmes. Ich sprang auf, sah ihm ein paar Sekunden verwundert ins Gesicht, und bin dann allem Anschein nach zum ersten und letzten Mal in meinem Leben in Ohnmacht gefallen. Ich weiß nur noch so viel, dass mein Auge umnebelt wurde, und ich beim Erwachen meinen Kragen aufgeknöpft fand, und den brennenden Nachgeschmack von Branntwein auf den Lippen spürte. Holmes war über meinen Stuhl gebeugt und hielt das Fläschchen noch in der Hand.

»Mein lieber Watson«, erklang die wohlbekannte Stimme, »ich bitte Sie tausendmal um Entschuldigung. Ich hatte keine Ahnung, dass Sie so nervenschwach geworden sind.«

Ich ergriff seine Hand.

»Holmes!«, rief ich. »Sind Sie's wirklich? Ist's möglich, dass Sie noch leben? Ist's möglich, dass Sie aus jenem fürchterlichen Abgrund herausgeklettert sind?«*

»Einen Augenblick«, sagte er. »Fühlen Sie sich auch tatsächlich kräftig genug, um meiner Erzählung folgen zu können? Ich habe Sie durch mein überflüssiges dramatisches Auftreten ernstlich erschreckt.«

»Ich bin wieder ganz auf dem Damm, aber wahrhaftig, Holmes, ich kann kaum meinen Augen trauen. Weiß Gott, ich kann mir gar nicht vorstellen, dass Sie – Sie in aller Welt – in meinem Studierzimmer stehen sollen!« Ich erfasste wiederum den Ärmel seines Rockes und fühlte den mageren sehnigen Arm hindurch. »Wirklich, Sie sind kein Geist«, sagte ich. »Lieber Junge, ich freue mich über alle Maßen, Sie wiederzusehen. Setzen Sie sich und erzählen Sie mir, wie Sie aus dem schrecklichen Abgrund lebend herausgekommen sind.«

Er nahm mir gegenüber Platz und zündete sich mit der ihm eigenen Gemütsruhe eine Zigarre an. Den langen Gehrock des Buchhändlers hatte er anbehalten, dagegen die übrige Kostümierung, das weiße Haar, den Bart und auch die Bücher auf den Tisch gelegt. Er sah noch hagerer und scharfsinniger aus als ehedem, aber sein Adlergesicht war so leichenblass, als ob er in der letzten Zeit eine Krankheit durchgemacht hätte.

»Ich bin froh, dass ich mich wieder ordentlich ausstrecken kann«, begann er dann. »Für einen großen Mann ist es kein Vergnügen, wenn er stundenlang seine Körperlänge um einen Fuß verkürzen muss. Im Übrigen, mein Lieber, müssen Sie mir zuerst sagen, ob Sie bei meiner Sache heute Nacht mitwirken wollen; es handelt sich um eine harte und gefährliche Arbeit. Es würde überhaupt am besten sein, wenn ich Ihnen erst nach getaner Arbeit alles auseinandersetzte.«

»Ich bin äußerst gespannt und möchte es lieber jetzt gleich erfahren.«

»Sie wollen also heute Nacht mitkommen?«

»Wann und wohin Sie wollen.«

---

* Vgl. »Das letzte Problem«.

»Sie sind wahrhaftig noch der Alte. Ehe wir gehen müssen, können wir einen kleinen Imbiss nehmen. Also, was den Abgrund betrifft, war es nicht allzu schwer, herauszukommen, aus dem einfachen Grund, weil ich gar nie drin war.«

»Sie waren nie drin?«

»Nein, Watson, ich war niemals drin. Mein Schreiben an Sie beruhte zwar vollständig auf Wahrheit. Ich zweifelte selbst nicht im Geringsten daran, dass ich bald aufgehoben sein würde, als ich in einiger Entfernung die verdächtige Gestalt des ehemaligen Professors Moriarty auftauchen sah. Ich las in seinen grauen Augen einen unabänderlichen Entschluss. Ich wechselte ein paar Worte mit ihm und erhielt die gütige Erlaubnis, Ihnen jene kurze Notiz zukommen zu lassen, die Sie später gefunden haben. Ich legte sie samt Zigarettentasche und Spazierstock auf den schmalen Pfad und wanderte weiter, während mir Moriarty immer auf den Fersen folgte. Als ich am Ende des engen und steilen Weges angelangt war, blieb ich stehen und leistete ihm Widerstand. Da er keine Waffe bei sich hatte, stürzte er einfach auf mich los und umschlang mich mit seinen langen Armen. Er war sich bewusst, was für ihn auf dem Spiel stand, und versuchte mit aller Gewalt, an mir Rache zu nehmen. Wir gerieten zusammen an den Rand des Wasserfalls. Ich besitze jedoch einige Kenntnis von dem Varitsu, dem japanischen Ringen, welche mir schon häufiger zustattengekommen ist. Ich riss mich los und versetzte ihm einen Stoß, sodass er einen Augenblick taumelte und mit beiden Händen in der Luft herumfuchtelte; er verlor aber trotz aller Anstrengungen das Gleichgewicht und stürzte unter einem entsetzlichen Aufschrei hintenüber. Ich sah, wie er in die Tiefe fiel, an einem Felsenvorsprung aufschlug und unten ins Wasser plumpste.«

Staunend hörte ich Holmes' Schilderung, er selbst rauchte gemächlich seine Zigarre dabei.

»Aber zum Teufel!«, warf ich ein. »Ich habe doch mit eigenen Augen gesehen, dass zwei Fußspuren hinführten, aber keine zurück.«

»Das ging so zu: Im selben Moment, als der Professor verschwand, kam mir meine eigene Lage klar zum Bewusstsein. Sie war nicht ungünstig. Einerseits wusste ich allerdings, dass nicht Moriarty allein mir den Tod geschworen hatte; es blieben wenigstens noch drei andere, deren Rachebedürfnis nach dem Tod ihres Anführers sicher nicht abnehmen würde; lauter gefährliche Kunden, von denen mich der eine oder der andere gewiss einmal erwischen würde. Andererseits unterlag es für mich keinem Zweifel, dass sie freier und offener auftreten würden, wenn mich alle Welt für tot hielt. Sobald sich dann eine günstige Gelegenheit bieten würde, sie unschädlich zu machen, wollte ich wieder auftauchen und der Menschheit zeigen, dass ich doch noch am Leben wäre. Dies alles hatte ich, glaube ich, eher überdacht, als der Professor auf dem Grund des Reichenbachfalles angekommen war; so schnell arbeitete damals mein Gehirn.

Ich stand auf und prüfte die Felswand hinter mir. In Ihrem malerischen Bericht, den ich einige Monate danach mit großem Interesse gelesen habe, geben Sie an, dass sie ganz glatt sei. Das stimmt nicht genau. Sie hat ein paar vorspringende Stellen, wo die Gesteinsschichten sich voneinander absetzen, und worauf man mit dem Fuß haften kann. Sie ist aber so hoch, dass mir ein Emporklettern bis zur Spitze der Klippe unmöglich schien. Aber ich durfte auch nicht auf dem feuchten Pfad hinansteigen, denn ich würde Fußspuren darauf zurückgelassen haben. Ich hätte zwar die Schuhe verstellen können, wie ich das in ähnlichen Fällen öfter getan habe, aber das Vorhandensein dreier verschiedener Fußstapfen würde die Annahme einer absichtlichen Irreführung zu nahe gelegt haben. So musste ich mich denn doch für das Kletterkunststück entschließen. Es war keine beneidenswerte Tätigkeit, mein lieber Watson. Ich leide wahrhaftig nicht an Einbildungen, aber ich gebe Ihnen mein Wort, ich glaubte, aus dem Abgrund die Stimme des Professors zu vernehmen. Unter mir toste der Wasserfall. Jeder Fehltritt konnte verhängnisvoll werden. Mehr als einmal, wenn die Grasbüschel in meiner Hand abrissen, oder wenn meine Füße auf den schlüpfrigen Felsrändern ausglitten, hielt ich mich für verloren. Ich arbeitete mich jedoch allmählich in die Höhe, und gelangte endlich auf einen mehrere Fuß breiten, mit Moos bewachsenen Vorsprung, wo ich mich bequem verbergen konnte. Dort lag ich ganz behaglich ausgestreckt, lieber Watson, als ihr herbeikamt, um die näheren Umstände meines Todes festzustellen.

Nachdem ihr endlich die unvermeidlichen, aber sehr irrigen Schlüsse gezogen hattet, begabt ihr euch ins Hotel zurück, während ich in meinem Versteck blieb. Ich hatte mir eingebildet, am Ende meiner Fährnisse angekommen zu sein, aber ein gänzlich unerwartetes Ereignis machte mir klar, dass mir noch mancherlei Überraschungen bevorstanden. Ein riesiger Felsblock kam plötzlich von oben herunter, sauste an mir vorüber und fiel donnernd hinab in die Tiefe. Im ersten Augenblick wähnte ich, es wäre ein Zufall, aber im nächsten erkannte ich bereits den wahren Sachverhalt. Als ich aufblickte, gewahrte ich nämlich das Gesicht eines Mannes, und ein zweiter Stein traf gerade meine Lagerstätte, kaum einen Fuß von meinem Kopf entfernt. Ich wusste nun, woran ich war. Moriarty hatte Helfershelfer gehabt, von denen einer – ich hatte auf einen Blick erkannt, was für ein gefährlicher Bursche es war – Wache gestanden hatte, während der Professor den Angriff ausgeführt hatte. Aus einer gewissen Entfernung, ohne dass ich ihn hatte sehen können, war er Zeuge vom Tod seines Freundes und von meiner Rettung gewesen. Er hatte gewartet, bis ihr weg wäret, Watson, und war dann auf die Felswand geklettert, um womöglich das zu vollbringen, was seinem Gefährten nicht gelungen war.

Es blieb mir nicht viel Zeit zum Besinnen, mein Lieber. Ich sah das grimmige Gesicht wieder über die Klippe lugen und merkte daraus, dass bald noch mehr Steinblöcke folgen würden. Ich kroch rückwärts die steile Wand hinunter. Ich glaube kaum, dass ich mit kühler Überlegung die Rückreise angetreten habe, denn sie war tausendmal schwieriger, als das Hinaufklettern. Doch hatte ich keine Muße, lange über die Gefahr nachzudenken, ein neuer Stein rollte an mir vorbei, als ich an der Kante des Vorsprungs hing. In der Mitte des Weges rutschte ich aus und kam durch ein gnädiges Geschick, wenn auch zerschunden und blutend, glücklich unten auf dem Pfad an. Ich machte mich gleich auf die Beine, marschierte in der Nacht noch zehn Meilen weit durch das Gebirge und befand mich eine Woche später, in dem sicheren Bewusstsein, dass kein Mensch in der Welt wisse, was aus mir geworden sei, in Florenz.

Ich hatte nur einen einzigen Vertrauten – meinen Bruder Mycroft. Ich bitte Sie vielmals um Verzeihung, lieber Watson, aber es war unbedingt notwendig, dass ich für tot gehalten wurde, und Sie würden keine so überzeugende Schilderung meines unglücklichen Endes geschrieben haben, wenn Sie nicht selbst daran geglaubt hätten. Verschiedene Male in den letzten drei Jahren war ich im Begriff, Ihnen Nachricht zukommen zu lassen, aber immer wieder hielt mich die Furcht davon ab, Ihre Zuneigung zu mir könnte Sie zu einer Unvorsichtigkeit verleiten und mein Geheimnis an den Tag bringen. Aus diesem Grund drehte ich mich auch heute Abend um, als Sie die Bücher aufhoben, denn jedes Zeichen der Überraschung und Erregung Ihrerseits hätte die Aufmerksamkeit auf meine Person gelenkt, und sehr unerwünschte und nie wiedergutzumachende Folgen haben können. Mycroft musste ich mich anvertrauen, um die nötigen Geldmittel zu erhalten. Die Ereignisse in London nahmen nicht den gewünschten Verlauf, denn von der Moriartyschen Bande befanden sich noch zwei Mitglieder, und gerade meine erbittertsten Feinde, auf freiem Fuß. Ich bereiste daher zwei Jahre lang Tibet, besuchte Lhasa und hielt mich mehrere Tage beim Lama auf. Sie haben gewiss die aufsehenerregenden Forschungen eines Norwegers namens Sigerson gelesen, aber wohl nie geahnt, dass Sie damit Nachrichten von Ihrem Freund erhielten. Danach wanderte ich durch Persien, machte einen Abstecher nach Mekka und stattete in Khartoum dem Kalifen einen kurzen, aber interessanten Besuch ab, dessen Ergebnisse ich im ›Foreign Office‹ veröffentlicht habe. Nach meiner Rückkehr nach Frankreich verbrachte ich einige Monate im Süden dieses Landes, in Montpellier, wo ich in einem chemischen Laboratorium dem Studium der Steinkohlenteerverbindungen oblag. Nachdem ich meine Untersuchungen zu einem befriedigenden Abschluss gebracht und erfahren hatte, dass nur noch einer meiner Feinde in London sei, wollte ich zurückkommen. Das mysteriöse Verbrechen in der Park Street hat meine Rückkehr noch beschleunigt. Es interessierte mich nicht nur an sich, sondern schien mir auch eine günstige Gelegenheit zur Ausführung meines Vorhabens zu sein. Ich fuhr also schleunigst nach London, begab mich in die Baker Street, versetzte Mrs Hudson in heftige Krämpfe und fand, dass Mycroft meine Zimmer und meine Sachen genau in derselben Ordnung gelassen hatte, wie ich sie verlassen. So saß ich denn, mein lieber Watson, heute Nachmittag um zwei Uhr in meinem alten Lehnstuhl, in meinem alten Zimmer, und hatte weiter keinen Wunsch, als meinen alten Freund Watson in dem anderen Stuhl zu sehen, den er so oft geziert hatte.«

Das war die merkwürdige Erzählung, die ich an jenem April-Abend zu hören bekam – eine Erzählung, die ich nie geglaubt haben würde, wenn ich nicht die lange, hagere Gestalt und das scharfe, lebhafte Gesicht vor mir gesehen hätte, das ich nie wiederzuschauen gemeint hatte. Auf irgendeine Weise musste mein Freund auch von meinem eigenen Missgeschick gehört haben. Sein Mitleid zeigte sich mehr in seinem Benehmen als in Worten. »Arbeit ist das beste Mittel gegen Kummer und Verdruss«, sagte er nur, »und ich habe für heute Nacht ein Stück Arbeit, das allein, wenn wir's glücklich vollenden, für einen Mann das Leben wertvoll macht.« Meine Bitte um näheren Aufschluss darüber war vergeblich. »Bis morgen werden Sie genug erfahren«, antwortete er. »Jetzt haben wir uns noch über die letzten drei Jahre zu unterhalten. Dieser Gesprächsstoff wird bis halb zehn genügen und dann wird's Zeit, dass wir zu unserem vielverheißenden Abenteuer zum leeren Haus aufbrechen.«

Es war tatsächlich wieder wie in den alten Zeiten, als ich um die angegebene Zeit neben ihm in der Droschke saß, den Revolver in der Tasche und gespannt auf die kommenden Dinge. Holmes war ernst und schweigsam. Im Schein der Straßenlaternen sah ich, wie er nachdenklich die Stirn in Falten gelegt und die Lippen fest aufeinandergepresst hatte. Ich wusste nicht, was für Wild wir in den dunkeln Revieren des Londoner Verbrecherviertels jagen wollten, aber an dem Gesicht dieses ausgezeichneten Jägers erkannte ich wohl, dass es sich um eine sehr gefährliche Art handeln müsse, und das gelegentliche Lächeln auf seinem sonst unbeweglichen, finsteren Antlitz war wenig glückverheißend für unsere Feinde.

Ich glaubte, wir würden zur Baker Street fahren, aber an der Ecke des Cavendish Place ließ Holmes halten. Ich bemerkte, wie er sich beim Aussteigen nach allen Seiten umschaute, und auch ferner an jeder Straßenecke vergewisserte, dass ihm niemand folgte. Wir schritten durch die dunkelsten Straßen und Gassen. Holmes hatte eine erstaunliche Ortskenntnis, und er führte mich mit größter Sicherheit und in eiligem Tempo durch ein wahres Labyrinth von Remisen, Ställen und Lagerräumen, von deren Existenz ich noch nicht einmal eine Ahnung hatte. Endlich gelangten wir durch eine enge Gasse, die von alten düsteren Gebäuden eingeschlossen war, in die Manchester- und in die Blandford Street. Hier bog er rasch in einen schmalen Gang ein, ging durch ein großes hölzernes Tor über einen öden Hof und schloss dann mit einem Schlüssel die hintere Tür eines Hauses auf. Wir traten zusammen ein, und hinter uns schloss er wieder zu.

Obwohl es stockdunkel war, merkte ich doch gleich, dass das Haus leer war. Der Fußboden knarrte, und an der Wand fühlte ich mit meiner tastenden Hand herabhängende Tapetenfetzen. Holmes fasste mich mit seinen kalten dünnen Fingern bei der Hand und führte mich in dem langen Gang weiter, bis ich den trüben Lichtschimmer von einem Fenster über einer Tür gewahrte. In dieser Ecke wandte er sich nach rechts, und wir kamen in einen großen leeren Raum. Es war ganz dunkel darin, nur in der Mitte war ein matter Lichtschein, der von der Straße her kam. Die Laterne war aber so weit entfernt und das Fenster so verstaubt und schmutzig, dass wir mit knapper Not gerade erkennen konnten, wo wir standen. Mein Gefährte klopfte mich leise auf die Schulter und flüsterte mir ins Ohr:

»Wissen Sie, wo wir sind, Watson?«

»Das ist sicher die Baker Street«, antwortete ich, während ich durch das matte Fenster blickte.

»Allerdings. Wir sind im Camden House, unserer alten Wohnung gegenüber.«

»Aber was wollen wir hier?«

»Wir haben von hier eine ausgezeichnete Aussicht auf jenen malerischen Pfeiler dort drüben. Kommen Sie bitte etwas näher ans Fenster, lieber Watson, nehmen Sie sich aber in Acht, dass Sie nicht gesehen werden, und gucken Sie mal nach unserem alten Heim hinüber – dem Ausgangspunkt von so manchem unserer kleinen Erlebnisse. Ich will sehen, ob ich Sie nach dreijähriger Abwesenheit noch überraschen kann.«

Ich schlich mich vor und sah zu dem wohlbekannten Fenster. Ein Ausruf der Verwunderung und des Erstaunens entfuhr meinen Lippen. Die Rolljalousien waren heruntergelassen, das Zimmer war hell erleuchtet und auf dem Fenstervorhang war der Schatten eines Mannes auf einem Stuhl in scharfen Umrissen deutlich wahrnehmbar. Man konnte den eckigen Kopf, die breiten Schultern und das scharfgeschnittene Gesicht genau erkennen. Das Bild sah wie eine große schwarze Silhouette aus der Zeit unserer Großeltern aus. Es war ein getreues Konterfei von Holmes. Ich war dermaßen erstaunt, dass ich meine Hand ausstreckte, um mich zu überzeugen, ob er selbst wirklich noch neben mir stände. Er barst bald vor verhaltenem Lachen.

»Gut so?«, fragte er.

»Bei Gott!«, rief ich aus. »Wunderbar!«

»Ich hoffe, dass ich in der Zwischenzeit meine Erfindungskraft nicht eingebüßt habe«, sagte er in jenem Ton der Freude und des Stolzes, den der Künstler beim Anblick seiner eigenen Schöpfung empfindet. »Es sieht mir tatsächlich ähnlich, nicht wahr?«

»Ich hätte geschworen, Sie wären's.«

»Das Verdienst der Ausführung gebührt Mr Oskar Meunier in Grenoble, der ein paar Tage auf die Anfertigung des Modells verwandt hat. Es ist eine Wachsbüste. Die Aufstellung und alles Übrige habe ich heute Nachmittag während meines Aufenthaltes in der Baker Street selbst besorgt.«

»Aber wozu das alles?«

»Aus sehr gewichtigen Gründen, lieber Watson, weil ich gewisse Leute glauben machen will, ich sei zu Hause, während ich in Wirklichkeit anderswo bin.«

»Sie denken also, die Zimmer werden beobachtet?«

»Ich weiß, dass sie beobachtet werden.«

»Von wem?«

»Von meinen alten Feinden, Watson, von der reizenden Gesellschaft, deren Vorstand im Reichenbachfall ruht. Sie müssen bedenken, dass ihnen, und nur ihnen allein, bekannt ist, dass ich noch lebe. Sie haben vermutet, dass ich früher oder später doch wieder in meine Wohnung zurückkehren würde, sie daher fortwährend beobachten lassen und meine Ankunft heute früh erfahren.«

»Woher wissen Sie das?«

»Weil ich ihre Wache wiedererkannte, als ich zum Fenster hinaussah. Es ist ein ungefährlicher Mensch namens Parker, ein armer Drehorgelspieler. Ich schere mich den Teufel um ihn, kümmere mich aber umso mehr um seinen gefährlichen Auftraggeber, den Busenfreund Moriartys, den Mann, der die Steine geschleudert hat, den schlauesten und verwegensten Verbrecher Londons. Dieser Bursche ist heute Nacht hinter mir, Watson, und hat keine Ahnung, dass wir hinter ihm sind.«

Auf diese Weise erfuhr ich allmählich, was mein Freund vorhatte. Von diesem stillen Platz aus sollte den Aufpassern aufgepasst und sollten die Verfolger verfolgt werden. Jener Schatten drüben war der Köder, und wir waren die Jäger. Lautlos standen wir in der Dunkelheit und beobachteten die Vorübergehenden. Holmes rührte und regte sich nicht, aber er war zweifellos auf seiner Hut und richtete ein wachsames Auge auf alle Passanten. Es war kaltes, stürmisches Wetter, der Wind pfiff durch die lange Straße. Die meisten Leute trugen Überzieher und hatten den Kragen in die Höhe geschlagen. Ein paar Mal hatte ich den Eindruck, als ob dieselbe Person wiederholt vorbeikäme, und besonders fielen mir zwei Männer auf, die vor dem Sturm im Torweg eines ein paar Häuser weiter oben liegenden Gebäudes Zuflucht zu suchen schienen. Ich machte meinen Freund darauf aufmerksam. Er zeigte jedoch nur einen gewissen Unwillen und blickte unausgesetzt auf die Straße hinaus. Er stampfte zuweilen mit den Füßen auf den Boden und trommelte mit den Händen an die Wand, ein Zeichen, dass er ungehalten war, weil seine Voraussetzungen nicht so ganz in der gehofften Weise eintrafen. Als die Straße allmählich leer geworden war, ging er unruhig auf und ab. Ich wollte gerade eine Bemerkung machen, als mein Blick zufällig auf das bekannte Fenster hinüberfiel und ich eine fast ebenso große Überraschung sah wie vorher.

»Der Schatten hat sich bewegt!«, rief ich ihm zu. In der Tat war uns nicht mehr das Profil, sondern der Rücken zugekehrt.

»Natürlich hat er sich bewegt«, antwortete Holmes. »Halten Sie mich für einen solchen Stümper, Watson, dass ich eine offenkundige Vogelscheuche aufstelle und damit die geriebensten Verbrecher Europas täuschen will? Wir sind seit zwei Stunden hier und Mrs Hudson hat die Figur alle Viertelstunde etwas gedreht, also in der ganzen Zeit vielleicht achtmal. Sie macht es selbstverständlich so, dass ihr eigener Schatten nicht gesehen werden kann. »Ha!«, stieß er aus und hielt dann den Atem an. In dem trüben Licht sah ich, wie er den Kopf in die Höhe richtete und sich in der stärksten Spannung befand. Die Straße war jedoch vollkommen menschenleer. Jene beiden Männer mochten sich noch in dem Torweg verborgen halten, ich konnte sie jedenfalls nicht mehr sehen. Alles war ruhig und dunkel. Nur der Fenstervorhang mit dem schwarzen Schatten in der Mitte war noch erleuchtet. In dem tiefen Schweigen vernahm ich wieder Laute von Holmes, aus denen ich seine furchtbare, unterdrückte Erregung hörte. Im nächsten Augenblick zog er mich in die finsterste Ecke des Zimmers und hielt mir warnend die Hand auf den Mund. Ich fühlte, wie seine Finger zitterten. Ich hatte meinen Freund niemals in einer solchen Aufregung gesehen, und doch konnte ich auf der Straße durchaus nichts Verdächtiges entdecken.

Aber auf einmal merkte ich, was er mit seinen schärferen Sinnen wohl schon früher gehört hatte. Ein schwaches, unheimliches Geräusch drang an mein Ohr, freilich nicht von der Baker Street, sondern von der Hofseite des Hauses her, in dem wir uns verborgen hielten. Eine Tür wurde auf- und wieder zugemacht. Kurz darauf wurden leise Schritte hörbar – Schritte, die man nicht hören sollte, die aber in den leeren Räumen doch stark widerhallten. Holmes drückte sich an die dunkle Wand, und ich tat dasselbe, indem ich meinen Revolver in die Hand nahm. In der Tür gewahrte ich die undeutlichen Umrisse eines Mannes. Er stand einen Moment still, dann kroch er vorwärts. Die schwarze Gestalt war kaum drei Meter von uns entfernt; ich war schussbereit. Da wurde mir plötzlich klar, dass sie keine Ahnung von unserer Anwesenheit hatte. Sie schlich dicht an uns vorbei; hinüber zum Fenster. Sie öffnete es leise, etwa einen halben Fuß weit. Das Licht von der Straße wurde nun nicht mehr durch die schmutzigen Scheiben abgeschwächt, es fiel jetzt direkt auf das Gesicht des Mannes. Er schien sich in der furchtbarsten Aufregung zu befinden. Seine Augen funkelten, seine Gesichtszüge zeigten krampfhafte Zuckungen. Er war nicht mehr jung, hatte eine schmale vorspringende Nase, eine glatte, hohe Stirn und einen starken graumelierten Schnurrbart. Sein Gesicht war hager, von wilden Furchen durchzogen und von bräunlicher Farbe. In der Hand hatte er ein stockähnliches Instrument. Als er es auf den Boden legte, gab es aber einen metallischen Klang. Dann zog er etwas aus der Überziehertasche. Er hantierte längere Zeit daran herum, endlich gab es einen lauten Knacks, als wenn eine Feder oder ein Schloss einspringt. Er kniete noch immer auf dem Fußboden und mühte sich mit aller Kraft an irgendeinem Hebel oder dergleichen ab, bis man wieder ein ähnliches, aber stärkeres Einschnappen hörte, wie vorher. Nun richtete er sich auf, und ich sah, dass das Werkzeug in seiner Hand eine besondere Art Schießgewehr vorstellte. Er öffnete es hinten, steckte etwas hinein und ließ den Bolzen wieder einschlagen. Dann kauerte er sich nieder, legte den Lauf auf die Fensterbrüstung und nahm, indem sein mächtiger Schnurrbart auf den Schaft herunterhing, mit blitzenden Augen das Visier. Er atmete tief auf, als er angelegt hatte. Einen Augenblick war er mäuschenstill und zuckte mit keiner Wimper. Endlich drückte er ab. Ein eigentümliches ›Ptsch‹ und der charakteristische Ton beim Aufschlagen eines Geschosses! Im selben Moment sprang ihm Holmes in den Nacken und warf ihn flach auf den Boden, mit dem Gesicht nach unten. Doch mit übermenschlicher Kraft arbeitete sich der Schurke herum und erwischte Holmes an der Kehle. Da schlug ich ihn mit dem Revolvergriff auf den Schädel, warf mich auf ihn und hielt ihn fest. Mein Gefährte ließ einen schrillen Pfiff ertönen. Gleich wurden Schritte auf dem Pflaster draußen hörbar, und zwei Schutzleute und ein Geheimpolizist stürzten durch den Vordereingang ins Zimmer.

»Sind Sie's, Mr Lestrade?«, sagte Holmes.

»Jawohl, Mr Holmes. Ich habe diese Arbeit selbst übernommen. Es ist gut, dass Sie wieder in London sind.«

»Ich glaube wohl, dass Ihnen ein bisschen Mithilfe nicht unwillkommen sein wird. Drei unaufgeklärte Morde in einem Jahr ist des Guten etwas zu viel, Lestrade. Aber in der Moleseyschen Sache sind Sie geschickter zu Werke gegangen als sonst – ich meine, die haben Sie wirklich gut gemacht.«

Wir waren alle auf den Beinen. Unser Gefangener befand sich wutschnaubend zwischen zwei handfesten Polizisten. Auf der Straße hatten sich natürlich einige Gaffer versammelt. Holmes schloss das Fenster und ließ die Rolladen herunter. Lestrade zündete zwei Kerzen an, und die Schutzleute machten ihre verhängten Laternen frei. Endlich konnte ich mir unseren Mann genauer bei Licht betrachten.

Ich sah ein sehr männliches, aber auch sehr bösartiges Gesicht. Die Stirn war diejenige des Philosophen, die Kiefer verrieten den Genussmenschen; dieser Mann war mit großen Anlagen ausgestattet, zum Guten wie zum Bösen. Die trotzigen blauen Augen mit den hündischen Brauen und Wimpern, die starke gebogene Nase und die drohende tiefgefurchte Stirn zeigten den geborenen Verbrecher an. Er nahm von niemandem Notiz, sondern starrte unausgesetzt auf Holmes. Hass und Bewunderung lagen in seinem Ausdruck. »Sie Teufelskerl! Sie ganz geriebener Teufel!«, knirschte er immer wieder zwischen den Zähnen.

»Ja, ja, Herr Oberst«, sagte Holmes, während er seinen Kragen in Ordnung brachte, »der Krug geht so lange zum Brunnen, bis er bricht. Ich glaube, seitdem Sie mir am Reichenbachfall jene Aufmerksamkeit erwiesen, habe ich nicht wieder das Vergnügen gehabt, Sie zu sehen.«

Der Oberst stierte meinen Freund noch immer mit hasserfüllten Blicken an. »Sie verfluchter, ganz verfluchter Teufel!« war alles, was er herausbringen konnte.

»Ich habe Sie noch nicht miteinander bekannt gemacht«, sagte Holmes. »Dies, meine Herren, ist der Oberst Sebastian Moran, ehemaliger Offizier Ihrer Majestät im britischen Heer in Indien und der beste Schütze, den es je dort gegeben hat. Ich glaube, die Behauptung ist nicht übertrieben, Herr Oberst, dass Sie als Tigerjäger unerreicht waren.«

Der wütende Graubart erwiderte kein Wort, sondern blickte meinen Gefährten noch immer unverwandt an. Mit den leuchtenden Augen und dem sich sträubenden Schnurrbart sah er selbst wie ein Tiger aus.

»Es wundert mich eigentlich«, fuhr Holmes fort, »dass ein so alter Schikari auf meinen einfachen Trick hineingefallen ist. Er musste Ihnen doch bekannt sein. Sie haben doch schon selbst, mit einem Zicklein als Köder und das Gewehr in der Hand, unter einem Baum gelegen und auf den Tiger gelauert? Nun, dieses leere Haus ist mein Baum, und Sie sind mein Tiger. Sie haben wohl auch Reservegewehre mitgenommen für den Fall, dass mehrere Tiger kommen, oder, was kaum anzunehmen war, dass Sie fehlschießen sollten? Diese hier«, er zeigte auf die Umstehenden, »sind meine Reservegewehre. Passt der Vergleich nicht sehr schön?«

Oberst Moran tat einen Satz nach vorne, auf Holmes zu, und knurrte wie ein wildes Tier, aber die Polizisten rissen ihn wieder zurück. Sein wütendes Gesicht war schrecklich anzusehen, es war ganz verzerrt.

»Ich gebe allerdings zu, dass Sie mir eine kleine Überraschung bereitet haben«, sagte Holmes weiter. »Ich hatte nicht damit gerechnet, dass Sie selbst auch dieses Haus und dieses Fenster zu Ihrer Operation ausersehen hätten. Ich hatte geglaubt, Sie würden von der Straße aus vorgehen. Deshalb ließ ich meinen Freund Lestrade mit seinen Leuten dort Wache halten. Aber von dieser Kleinigkeit abgesehen, ist alles meinen Erwartungen entsprechend eingetroffen.«

Jetzt wandte sich der Oberst an den offiziellen Detektiv.

»Sie mögen mich nun zu recht oder unrecht verhaftet haben«, sagte er, »jedenfalls habe ich keine Lust, mir die Sticheleien dieses Menschen länger gefallen zu lassen. Ich befinde mich in der Gewalt der Justiz und kann verlangen, dass die Dinge ihren gesetzlichen Verlauf nehmen.«

»Dagegen lässt sich nichts einwenden«, antwortete Lestrade. »Haben Sie noch etwas zu sagen, Mr Holmes, ehe wir aufbrechen?«

Holmes hatte die mächtige Windbüchse vom Boden aufgehoben und prüfte ihren Mechanismus.

»Eine wunderbare und eigenartige Waffe«, sagte er, »schießt geräuschlos und hat eine furchtbare Durchschlagskraft. Ich habe Herder, den blinden deutschen Mechaniker, der sie auf Bestellung des seligen Professors Moriarty konstruiert hat, persönlich gekannt. Ihre Existenz war mir schon jahrelang kein Geheimnis mehr, aber ich hatte noch nie die Gelegenheit, sie in die Hand zu bekommen. Ich empfehle sie Ihrer besonderen Beachtung, Mr Lestrade, und die zugehörigen Kugeln ebenfalls.«

»Sie können sich darauf verlassen, Mr Holmes, dass wir beiden unsere Aufmerksamkeit schenken werden«, erwiderte Lestrade, als wir alle zusammen zur Tür gingen. »Noch etwas?«

»Ich möchte Sie noch fragen, was Sie als Grund zur Festnahme angeben wollen?«

»Was? Nun selbstverständlich den Mordanschlag auf Sherlock Holmes.«

»Ach nein, Lestrade. Ich möchte mit meiner Person ganz aus dem Spiel bleiben. Ihnen, und Ihnen ganz allein, soll das Verdienst der denkwürdigen Verhaftung zugeschrieben werden, die Sie eben ausgeführt haben. Jawohl, Mr Lestrade, ich gratuliere Ihnen! Mit Ihrer gewohnten glücklichen Mischung von Schlauheit und Kühnheit haben Sie ihn gefangen.«

»Ihn gefangen! Wen gefangen, Mr Holmes?«

»Den Mann, den die ganze Polizei vergeblich gesucht hat – den Oberst Sebastian Moran, der den Baron Ronald Adair im zweiten Stock des Hauses Park Street 427 am 30. des vergangenen Monats durch das offene Fenster mit einer Büchsenkugel erschossen hat. Um dieses Verbrechen handelt es sich, Mr Lestrade. Und nun, mein lieber Watson, können wir uns in meinem Arbeitszimmer bei einer Zigarre noch ein Plauderstündchen gönnen.«

Unsere alten Räumlichkeiten waren dank der Aufsicht Mycrofts und der Fürsorglichkeit von Mrs Hudson vollkommen unverändert geblieben. Beim Eintreten fiel mir zwar die ungewohnte Ordnung auf, aber es stand noch alles an seinem alten Platz. Die chemische Ecke mit dem Tisch aus Tannenholz und den Säureflecken war noch vorhanden. Das Regal mit den Büchern, worin sich viele Aufzeichnungen befanden, die wohl viele unserer Mitbürger gerne in Flammen hätten aufgehen sehen, stand noch auf dem alten Fleck. Die Pläne und Karten, den Geigenkasten und den Pfeifenhalter – ja selbst den persischen Pantoffel mit dem Tabak – alles sah ich wieder, als ich mich umschaute. Neu im Zimmer war nur die merkwürdige Figur, die eine so bedeutende Rolle bei unserem nächtlichen Abenteuer gespielt hatte. Es war eine Nachbildung meines Freundes aus Wachs, so wunderbar ausgeführt, dass sie ihm täuschend ähnlich sah. Sie stand auf einem Tischchen und war mit einem alten Arbeitsrock von Holmes so angetan, dass die Täuschung von der Straße aus vollkommen sein musste.

Mrs Hudson war uns freudestrahlend entgegengeeilt, als wir eingetreten waren.

»Ich hoffe, Sie haben keine Vorsichtsmaßregel außer Acht gelassen, Mrs Hudson?«, fragte Holmes.

»Ich bin auf den Knien hingerutscht, genau wie Sie mir befohlen hatten, Mr Holmes.«

»Ausgezeichnet. Sie haben Ihre Sache vorzüglich gemacht. Haben Sie gesehen, wo die Kugel hingeflogen ist?«

»Jawohl. Ich fürchte, sie hat die schöne Büste verdorben; sie ist nämlich gerade durch den Kopf gegangen und an der Wand abgeprallt. Ich hab sie vom Teppich aufgehoben. Hier ist sie.«

Holmes reichte sie mir hin. »Eine richtige Revolverkugel, wie Sie sehen. In dieser Sache steckt eine feine Überlegung, Watson, denn kein Mensch konnte glauben, dass ein solches Ding aus einer Büchse kommt. Ich danke Ihnen schön, Mrs Hudson, für Ihre freundliche Mitwirkung. Und nun setzen Sie sich wieder auf Ihren alten Stuhl, Watson, ich muss Ihnen noch manches erzählen.«

Er hatte den langen Schoßrock ausgezogen und war in seinem mausgrauen Schlafrock wieder der alte Holmes von ehedem.

»Des alten Schikaris Nerven sind noch gut und ruhig«, sagte er lachend, als er den zerschmetterten Schädel seiner Büste in Augenschein nahm.

»Gerade mitten durchs Gehirn. Er war der beste Schütze in Indien, und er wird auch in London schwerlich seinesgleichen haben. Ist er Ihnen dem Namen nach bekannt?«

»Nein, ich kenne ihn nicht.«

»Ei, ei, das ist merkwürdig! Aber, wenn ich nicht irre, hatten Sie ja auch den Namen des Professors Moriarty, eines der feinsten Köpfe des Jahrhunderts, vorher nicht gehört. Sie können mir mal das Buch mit den Biografien herreichen.«

Er blätterte gemächlich, während er in seinen Stuhl zurückgelehnt lag und riesige Rauchwolken aus der Zigarre von sich blies.

»Ich habe eine niedliche Sammlung von Namen, die mit ›M‹ anfangen«, sagte er endlich. »Da ist Moriarty selbst, ein Mann, über den man ein ganzes Buch schreiben könnte, ferner Morgan, der Giftmischer, dann kommt Merridew schrecklichen Angedenkens und mein Freund Mathews vom Wartesaal in Charing Cross und hier endlich Mr Moran.« Er gab mir das Buch, und ich las:

»Moran, Sebastian, Oberst a. D. Früherer Offizier beim ersten Pionierregiment in Bengalore. Im Jahre 1840 in London geboren, als Sohn des Abgeordneten und ehemaligen britischen Gesandten in Persien, August Moran. Besuchte die Hochschulen in Eton und Oxford. Machte die Feldzüge in Jowaki und Afghanistan mit und stand in Charasiab, Scherpur und Kabul. Verfasser von: ›Hochjagden im westlichen Himalaja‹, 1881; ›Drei Monate im Dschungel‹, 1884. Adresse: Conduit Street. Mitglied des Anglo-indischen, des Tankerville- und des Bagatellespielklubs.«

Am Rande hatte Holmes selbst bemerkt: »Der zweitgefährlichste Mann in London.«

»Sonderbar!«, sagte ich, als ich ihm den Band zurückgab. »Der Mann hat eine sehr achtbare Soldatenlaufbahn hinter sich.«

»Das ist richtig«, versetzte Holmes. »Bis zu einem gewissen Zeitpunkt war er anständig. Er hatte stets eiserne Nerven. Man erzählt jetzt noch die Geschichte, wie er in Indien in einem Graben sich an einen Tiger heranschlich, der einen Menschen verzehrte, und ihm die Beute abjagte. Es gibt Wesen, Watson, die sich bis zu einem bestimmten Punkt normal entwickeln und sich dann mit einem Mal vollkommen verändern. Man kann das öfter beobachten. Meiner Ansicht nach spiegelt sich in der Entwicklung jedes Einzelwesens diejenige der ganzen Vorfahrenkette wider, und ein plötzlicher Umschlag zum Guten oder zum Bösen stellt den Ausfluss aus der Reihe seiner Ahnen dar. Das Individuum wiederholt gewissermaßen die Geschichte seiner Familie.«

»Diese Theorie erscheint mir etwas fantastisch.«

»Nun, ich will nicht näher darauf eingehen, wie ihm aber auch sei, Oberst Moran geriet allmählich auf Abwege. Wenn es auch nicht zum öffentlichen Skandal gekommen ist, in Indien wurde ihm der Boden doch zu heiß unter den Füßen, er konnte sich nicht mehr länger dort halten. Er kam also nach London und erfreute sich auch hier nicht lange eines guten Rufes. Damals nahm sich Professor Moriarty seiner an, er war eine

Zeit lang seine rechte Hand. Moriarty unterstützte ihn reichlich mit Geldmitteln und verwandte ihn nur ein oder zwei Mal bei ganz großen Sachen, die kein gewöhnlicher Verbrecher hätte durchführen können. Können Sie sich vielleicht noch auf den Tod der Mrs Stewart in Lander im Jahre 1887 besinnen? Ich bin fest überzeugt, dass Moran der Hauptbeteiligte dabei war, wenn ihm auch nichts nachgewiesen werden konnte. Auch als die Moriartysche Bande ergriffen wurde, verstand er sich so geschickt aus der Schlinge zu ziehen, dass wir ihm nichts ans Zeug flicken konnten. Erinnern Sie sich noch, wie ich dazumal, als ich in Ihrer Wohnung war, aus Furcht vor der Windbüchse die Fensterladen schloss? Sie hielten mich sicher für krankhaft erregt und übermäßig ängstlich. Ich wusste jedoch wohl, was ich tat, denn ich kannte die Existenz dieses eigentümlichen Gewehrs und wusste auch, dass einer der besten Schützen dahinter stand. Als wir in die Schweiz gingen, folgte er uns mit Moriarty, und es war kein anderer als er, der mich am Reichenbachfall fünf Minuten lang bombardierte.

Sie können sich vorstellen, dass ich während meines Aufenthaltes in Frankreich die Zeitungen sehr aufmerksam studierte, um ihn bei irgendeiner Gelegenheit fassen zu können. So lange er sich auf freiem Fuß befand, würde ich in London keinen Augenblick meines Lebens sicher gewesen sein. Tag und Nacht hätte ich keine Ruhe gehabt, und früher oder später wäre ich ihm doch zum Opfer gefallen. Was hätte ich dagegen tun können? Ich konnte ihn nicht erschießen, wollte ich mich nicht selbst in Ungelegenheiten bringen. Mich an die Behörde zu wenden, hätte keinen Zweck gehabt, denn auf bloßen Verdacht hin darf sie nicht einschreiten. Ich war also vollständig machtlos. Ich verfolgte daher die Kriminalnachrichten, weil ich überzeugt war, ihn doch einmal erwischen zu können. Da kam die Meldung von der Ermordung des jungen Adair. Meine Stunde war endlich gekommen! Nach dem, was ich wusste, war es da nicht sicher, dass Moran der Mörder sein musste? Er hatte mit dem jungen Mann Karten gespielt, er war ihm vom Klub nach Hause gefolgt und hatte ihn durch das offene Fenster erschossen. Das unterlag für mich keinem Zweifel. Die Kugeln allein werden zu seiner Überführung genügen. Ich kehrte rasch zurück. Seine Wache sah mich und setzte ihn selbstverständlich sofort von meiner Anwesenheit in Kenntnis. Er musste meine schleunige Rückkehr unbedingt mit seinem Verbrechen in Zusammenhang bringen und darüber stark beunruhigt sein. Es war mir daher klar, dass er sofort mich aus dem Weg zu schaffen versuchen, und zu diesem Zweck sein Mordgewehr mitbringen würde. Ich hinterließ ihm am Fenster ein ausgezeichnetes Ziel. Ich unterrichtete die Polizei – Sie werden, nebenbei bemerkt, ihre Anwesenheit in jenem Torweg gewiss nicht vermutet haben – und nahm jenen Beobachtungsposten ein, der mir dazu besonders geeignet erschien; freilich ließ ich mir nicht träumen, dass er denselben Fleck zu seinem Angriff wählen würde. Ist Ihnen die Sache nun klar, mein Lieber?«

»Nicht ganz«, antwortete ich.

»Sie haben mir nicht erklärt, warum er den jungen Ronald Adair getötet hat.«

»Ach so! Damit kommen wir auf das Gebiet, wo auch ein streng logisch denkender Mensch irren kann. Darüber mag sich jeder aufgrund der Tatsachen seine eigene Meinung bilden, und dabei gilt die eine so viel wie die andere.«

»Haben Sie sich Ihre schon gebildet?«

»Mir erscheint es nicht allzu schwer, ein Motiv zu finden. Es ist nachgewiesen, dass Moran und Adair nicht unbedeutende Summen im Spiel umgesetzt haben. Nun hat Moran zweifellos falsch gespielt – davon war ich schon lange überzeugt. Ich glaube, dass Adair am Tag der Ermordung den Betrug entdeckt und ihm höchstwahrscheinlich die vertrauliche Mitteilung gemacht hatte, dass er seine Ausschließung aus dem Klub veranlassen würde, wenn er nicht freiwillig austräte und vom Kartenspiel wegbliebe. Es ist kaum anzunehmen, dass ein junger Mann wie Adair sofort einen riesigen Skandal machen und einen bekannten und viel älteren Herrn in dieser Weise bloßstellen wollte. Meine Vermutung hat insofern viel für sich. Die Ausstoßung aus dem Klub bedeutete aber für Moran, der von den Erträgnissen des falschen Spielens lebte, zugleich den materiellen Ruin. Aus diesem Grund ermordete er Adair, als dieser gerade ausrechnete, wie viel Geld er selbst zurückzahlen müsste, um an dem Falschspiel seines Partners keinen Anteil zu haben. Er verschloss die Tür, um von den Damen nicht überrascht und gefragt zu werden, was alle die Namen und Geldhäufchen bedeuten sollten. Leuchtet es Ihnen ein?«

»Ich zweifle nicht, dass Sie das Richtige getroffen haben.«

»Bei der Verhandlung wird sich herausstellen, ob ich recht habe oder nicht. Im Übrigen, es mag damit werden wie's will, Oberst Moran wird uns nicht mehr beunruhigen, die berühmte Büchse, System Herder, wird das Kriminalmuseum zieren, und Mr Sherlock Holmes kann sich wieder frei und ungestört dem Studium jener interessanten kleinen Probleme widmen, an denen im Londoner Leben wahrhaftig kein Mangel ist.«

Der Baumeister von Norwood

»Vom Standpunkt des Kriminalisten«, sagte Sherlock Holmes eines Tages, »ist London seit dem Tod des Professors Moriarty seligen Angedenkens die uninteressanteste Stadt geworden.«

»Ich kann mir kaum denken, dass viele ehrbare Bürger Ihre Ansicht teilen«, gab ich ihm zur Antwort.

»Nun – ja, ich will nicht selbstsüchtig sein«, sagte er lächelnd und schob seinen Stuhl vom Tisch zurück, an dem wir eben gefrühstückt hatten. »Die Allgemeinheit hat immerhin den Vorteil, nur der arme Fachmann ist zu bedauern, weil er Beschäftigung und Brot verliert. Dem Mann von Beruf brachte oft die Zeitung eines Morgens alle möglichen guten Aussichten. Oft war es nur eine ganz schwache Spur, Watson, eine ganz zarte Andeutung, und doch zeigte sie mir, dass etwas für den Detektiv im Anzug war, ebenso wie die leiseste Schwingung am Rand des Netzes die in der Mitte lauernde Spinne auf die nahende Beute aufmerksam macht. Unbedeutende Diebstähle, leichte Überfälle, kleinliche Beleidigungen – alle diese Vergehen konnten von einem Mann, der die Fäden in der Hand hatte, in Zusammenhang gebracht und auf einen gemeinsamen Ursprung zurückgeführt werden. Für das Studium der feineren Verbrecherwelt bot keine Stadt Europas ein solch gutes Material wie das damalige London. Aber jetzt …«, er zuckte mit den Achseln, betrübt über den Stand der Dinge, an dem er selbst treulich mitgearbeitet hatte.

Zu der in Rede stehenden Zeit war Holmes einige Monate von seiner Reise zurück, und ich hatte auf sein Anraten meine Praxis verkauft und wohnte wieder mit ihm zusammen in unserem alten Heim in der Baker Street. Meine kleine Kundschaft hatte ein junger Arzt namens Verner für einen so auffallend hohen Preis übernommen, wie ich ihn kaum zu fordern gewagt hätte – ein Umstand, der mir erst nach Jahren klar wurde, als ich erfuhr, dass Verner ein entfernter Verwandter von Holmes und mein Freund der Vermittler war.

Diese Monate unserer Partnerschaft waren jedoch nicht so ereignislos, wie er gesagt hatte. Nach meinen Notizen fällt in diese Zeit der Fall des Präsidenten Murillo und der erschütternde Vorgang auf dem holländischen Dampfer ›Friesland‹, wobei wir beide beinahe das Leben verloren hätten. Seine kalte, stolze Natur war aber jeglichem öffentlichem Beifall abhold, und darum bat er mich dringend, nichts darüber zu veröffentlichen – dieses Hindernis ist, wie ich bereits in einer früheren Erzählung erwähnt habe, erst jetzt beseitigt.

Holmes saß nach seinem sonderbaren Protest behaglich in seinen Stuhl zurückgelehnt und las die Morgenblätter, als es plötzlich heftig klingelte und ungestüm an der Haustür pochte. Nachdem aufgemacht worden war, kam jemand rasch die Treppe heraufgestürzt und stand im nächsten Augenblick in unserem Zimmer. Es war ein junger Mann in der höchsten Erregung, mit verstörten Blicken und zerzaustem Haar, bleich und zitternd. Er sah uns, einen nach dem anderen, verdutzt an und musste aus unseren fragenden Gesichtern entnehmen, dass wir auf eine Entschuldigung wegen seines taktlosen Eintretens warteten.

»Es tut mir leid, Mr Holmes«, sagte er hastig. »Nehmen Sie mir's nicht übel. Ich bin fast von Sinnen. Ich bin der unglückliche John Hector Farlane.«

Er brachte das so heraus, als ob der Name allein seinen Besuch und sein Benehmen erklären müsste; aber aus meines Freundes Gesicht konnte ich ersehen, dass er so wenig damit anzufangen vermochte wie ich.

»Nehmen Sie eine Zigarette, Mr Farlane«, sagte er und schob ihm feine Schachtel hinüber. »Bei Ihrem Zustand würde Ihnen mein Freund Dr. Watson hier ein Beruhigungsmittel verordnen. Es war in den letzten Tagen außergewöhnlich heiß. Nun, wenn Sie sich etwas beruhigt haben, nehmen Sie auf jenem Stuhl dort Platz und erzählen Sie uns langsam und ruhig, wer Sie sind und was Sie wünschen. Sie nannten Ihren Namen, als ob ich Sie kennen müsste, ich kann Ihnen jedoch versichern, dass ich aus den Umständen nur schließe, dass Sie Junggeselle, Anwalt, Freimaurer und Asthmatiker sind, weiter weiß ich nichts.«

Bei meiner Bekanntschaft mit der Art, wie mein Freund seine Schlüsse zog, war es für mich nicht schwer, zu erkennen, woraus er gefolgert hatte. Ich bemerkte eine gewisse Nachlässigkeit in der Kleidung, ein Aktenbündel, das aus der Tasche herausguckte, einen Schmuckgegenstand an der Uhrkette und das beschwerliche Atmen. Unser Klient war jedoch sehr erstaunt.

»Jawohl, Mr Holmes, das stimmt alles, und außerdem bin ich in dieser Stunde der unglücklichste Mensch in ganz London. Versagen Sie mir um Gottes willen Ihre Hilfe nicht, Mr Holmes! Wenn man, ehe ich mit meiner Erzählung fertig bin, kommt, um mich zu verhaften, so sorgen Sie dafür, dass man mir Zeit lässt, bis ich zu Ende bin und Ihnen die volle Wahrheit gesagt habe. Ich würde mich glücklich schätzen, wenn ich das Bewusstsein mit ins Gefängnis nehmen könnte, dass Sie draußen für mich tätig wären.«

»Sie verhaften!«, warf Holmes hier ein. »Das klingt ja gefährlich – äußerst interessant. Auf welchen Verdacht hin fürchten Sie denn, verhaftet zu werden?«

»Auf den Verdacht, den Mr Jonas Oldacre in Lower Norwood ermordet zu haben.«

Das Gesicht meines Freundes zeigte ein gewisses Mitleid, das mir jedoch, wie ich nicht verschweigen will, nicht ganz frei von einer Beimischung der Befriedigung zu sein schien.

»Alle Wetter!«, meinte er. »Erst jetzt beim Frühstück klagte ich meinem Freund Dr. Watson, dass die Zeitungen gar keine interessanten Kriminalfälle mehr brächten.«

Unser Besucher hob mit zitternder Hand von Holmes Knien den noch ungelesenen ›Daily Telegraph‹ auf.

»Sie haben noch nicht hineingesehen, sonst würden Sie auf den ersten Blick gefunden haben, was mich zu Ihnen führt. Es ist mir, als ob mein Name und mein Missgeschick schon in aller Munde sein müsste.« Er blätterte in der Zeitung, um uns die Seite zu zeigen. »Hier steht's. Wenn Sie erlauben, will ich's Ihnen vorlesen. Hören Sie zu, Mr Holmes. Die fettgedruckte Überschrift lautet: ›Das Geheimnis in Lower Norwood. Verschwinden eines bekannten Bauunternehmers. Mordverdacht und Brandstiftung. Dem Verbrecher ist man auf der Spur.‹ Diese Spur hat man bereits, Mr Holmes, sie führt mit großer Bestimmtheit zu mir. Von der Station London Bridge hat man mich schon verfolgt, und man wartet nur auf die richterliche Vollmacht, um mich festnehmen zu können. Es wird meiner Mutter das Herz brechen – es wird ihr das Herz brechen!« Er rang vor Verzweiflung die Hände und rutschte entsetzt auf seinem Stuhl hin und her.

Ich betrachtete den Mann, der einen solchen Gewaltakt ausgeführt haben sollte, mit lebhaftem Interesse. Er hatte kein unschönes Gesicht, flachsfarbiges Haar, blaue Augen, und war bartlos; der Mund war klein und sinnlich. Er mochte ungefähr siebenundzwanzig Jahre alt sein. Anzug und Manieren zeugten davon, dass er ein gebildeter Mann war.

»Wir haben keine Zeit zu verlieren«, sagte Holmes. »Wollen Sie so gut sein, Watson, und mir den fraglichen Bericht aus der Zeitung vorlesen?«

Unter der Überschrift, die unser Klient vorgelesen hatte, standen folgende näheren Angaben:

> »In der vergangenen Nacht hat sich in Lower Norwood in später Nacht – oder in früher Morgenstunde – ein Ereignis zugetragen, das auf ein schreckliches Verbrechen schließen lässt. Mr Jonas Oldacre ist ein allgemein bekannter Bürger in dem genannten Vorort, wo er lange Jahre als Bauherr tätig gewesen ist. Mr Oldacre ist Junggeselle, zweiundfünfzig Jahre alt, und bewohnt ein eigenes Haus in Deep Dene am Ende der Sydenham Street. Seit ein paar Jahren hatte er seine Tätigkeit, die ihm ein ansehnliches Vermögen eingebracht haben soll, aufgegeben. Er galt als exzentrischer Mann und lebte ganz zurückgezogen. Hinter dem Wohnhaus im Hof befindet sich noch Holz aufgestapelt, und in der vergangenen Nacht entstand plötzlich Lärm, weil einer der Haufen in Flammen stand. Die Feuerwehr war bald zur Stelle, aber das dürre Holz bot dem Feuer eine so vorzügliche Nahrung, dass es nicht bewältigt werden konnte, bis der ganze Stoß niedergebrannt war. Bis dahin schien es sich nur um einen gewöhnlichen Brand zu handeln, aber die späteren Nachforschungen deuten auf ein furchtbares Verbrechen hin. Es fiel auf, dass der Besitzer des Grundstücks nicht aufzufinden und aus dem Haus verschwunden war. Die Untersuchung seines Schlafzimmers ergab, dass sein Bett unbenutzt, dass der hier stehende Geldschrank geöffnet war und zahlreiche Papiere auf dem Fußboden umherlagen, außerdem wiesen Blutspuren im Zimmer und ein mit Blut befleckter eichener Stock auf einen Kampf mit einem Mörder hin. Ferner weiß man, dass Mr Oldacre spät in der Nacht einen Besucher im Schlafzimmer hatte, und der Stock hat sich nachträglich als dieser Person gehörig herausgestellt: Es ist ein junger Londoner Advokat namens John Hector Farlane, Gresham Street 426. Die Polizei erblickt darin einen wichtigen Anhaltspunkt, und man kann auf sensationelle Enthüllungen gefasst sein.
>
> Nachtrag. – Während des Drucks geht uns die Nachricht zu, dass Mr Hector Farlane eben wegen Verdachts der Täterschaft verhaftet werden soll. Der Verhaftungsbefehl ist bereits ergangen. Die Polizei

hat weitere Nachforschungen über den traurigen Fall am Tatort angestellt. Außer den Anzeichen des blutigen Ringens im Schlafzimmer, hat man jetzt auch gefunden, dass das Balkonfenster offen war, und auch eine Fährte, als ob ein schwerer Gegenstand nach dem Holzhaufen geschleift worden wäre; endlich ist in letzter Stunde festgestellt worden, dass die Asche verkohlte Leichenteile enthält. Die Polizei neigt zu der Ansicht, dass man es mit einem außergewöhnlichen Verbrechen zu tun hat, dass das Opfer in seinem Schlafzimmer ermordet, die Wertpapiere geraubt und die Leiche dann zu dem Holzstoß geschleppt worden ist, den der Mörder in Brand gesteckt hat, um auf diese Weise jede Spur seines Verbrechens zu verwischen. Die Leitung der polizeilichen Untersuchungen ist dem erfahrenen Inspektor Lestrade von Scotland Yard übertragen worden, der die Spuren mit der bekannten Energie und dem ihm eigenen Scharfsinn verfolgen wird.«

Holmes hatte diesen merkwürdigen Bericht mit geschlossenen Augen angehört.
»Der Fall bietet entschieden einige interessante Punkte«, sagte er in seinem gleichgültigen, geschäftsmäßigen Ton. »Darf ich vielleicht fragen, Mr Farlane, wieso Sie sich noch auf freiem Fuß befinden, obwohl scheinbar triftige Gründe zu Ihrer Verhaftung vorliegen?«
»Ich wohne in Blackheath bei meinen Eltern, Mr Holmes, da ich aber gestern Abend sehr spät bei Mr Oldacre zu tun hatte, übernachtete ich in einem Hotel in Norwood und wollte von dort ins Büro fahren. Ich habe den Vorfall erst im Zug erfahren, als ich die Zeitung las. Ich erkannte sofort die schreckliche Gefahr, in der ich schwebte, und beeilte mich, Ihnen die Sache vorzutragen. Ich zweifle keinen Augenblick, dass man mich zu Hause oder im Büro schon arretiert haben würde. Vom Bahnhof London Bridge ist ein Mann hinter mir hergegangen und würde mich sicher – Herr des Himmels, jetzt kommen sie …«
Es klingelte, und auf der Treppe wurden alsbald schwere Tritte hörbar. Im nächsten Augenblick machte unser alter Freund Lestrade die Tür auf. Hinter ihm erblickte ich die Uniformen zweier Schutzleute, die draußen blieben und warteten.
»Mr John Hector Farlane?«, fragte Lestrade.
Unser unglücklicher Schützling fuhr entsetzt von seinem Stuhl auf.
»Ich verhafte Sie wegen der Ermordung des Mr Jonas Oldacre in Lower Norwood.«

Farlane warf uns verzweifelte Blicke zu und sank, wie vom Schlag getroffen, wieder auf seinen Stuhl nieder.

»Einen Augenblick, Mr Lestrade«, sagte Holmes. »Eine halbe Stunde früher oder später macht keinen Unterschied. Der Herr war gerade dabei, uns eine Darstellung seiner höchst interessanten Angelegenheit zu geben. Sie kann uns bei ihrer Aufklärung vielleicht viel nützen.«

»Diese Aufklärung wird, glaube ich, nicht sehr schwierig werden«, antwortete Lestrade ironisch.

»Immerhin möchte ich, wenn Sie nichts dagegen haben, seine Aussagen gerne hören.«

»Ich schlage Ihnen ungern etwas ab, Mr Holmes, denn Sie haben der Polizei schon verschiedentlich gute Dienste geleistet, und wir verdanken Ihnen manches in Scotland Yard«, erwiderte Lestrade. »Trotzdem muss ich meinen Gefangenen festhalten, und ich bin verpflichtet, ihn vor offenbar unwahren Angaben zu warnen.«

»Ich wünsche nur die Wahrheit zu sagen«, fiel unser Klient ein: »Ich bitte nur, mich anzuhören, damit Sie die reine Wahrheit erfahren.«

Lestrade sah nach der Uhr. »Ich will Ihnen eine halbe Stunde Zeit lassen.«

»Ich muss vorausschicken«, begann Farlane, »dass ich Mr Oldacres Verhältnisse absolut nicht gekannt habe. Sein Name war mir allerdings bekannt, weil meine Eltern vor vielen Jahren mit ihm verkehrt hatten, sich später aber von ihm zurückgezogen haben. Ich war daher gestern Nachmittag nicht wenig überrascht, als er in meinem Büro erschien. Aber ich war noch mehr überrascht, als er mir den Grund seines Besuches mitteilte. Er hatte mehrere beschriebene Blätter aus einem Notizbuch in der Hand – hier sind sie.« Er legte sie vor uns auf den Tisch.

»›Das ist mein Testament‹, sagte er. ›Ich bedarf Ihrer Hilfe, Mr Farlane, damit es in die vorschriftsmäßige gesetzliche Form gebracht wird. Ich will mich unterdessen setzen!‹

Ich nahm die Abschrift vor, und Sie können sich mein Erstaunen vorstellen, als ich merkte, dass er mir unter einigen Vorbehalten sein ganzes Vermögen vermachte. Er war ein eigenartiger, kleiner, zappeliger Mann mit grauem Haar und weißen Augenwimpern, und als ich zu ihm aufblickte, sah er mich vergnügt an. Ich traute meinen Sinnen kaum, als ich seine Bestimmungen las. Auf meine verwunderten Fragen antwortete er mir jedoch, er sei Junggeselle und habe keine lebenden Verwandten, er habe in seiner Jugend meine Eltern sehr gut gekannt und von mir stets als von einem ordentlichen jungen Mann gehört, sodass er versichert sein könne, dass sein Geld in gute Hände käme. Ich konnte nur ein paar Worte des Dankes stammeln. Das Testament wurde gesetzmäßig geschlossen und unterzeichnet, und mein Schreiber fungierte als Zeuge. Es steckt in diesem blauen Umschlag hier in meiner Tasche. Die Zettel enthalten, wie ich schon gesagt habe, nur den Entwurf des Mr Oldacre. Er teilte mir dann weiter mit, dass er noch verschiedene Schriftstücke – Mietkontrakte, Eigentumsurkunden, Hypotheken und sonstige Papiere, in die ich Einsicht nehmen müsse, zu Hause in seiner Wohnung habe. Er bat mich, zu diesem Zweck gleich am Abend zu ihm nach Norwood hinauszukommen und das Testament mitzubringen, damit alles geordnet würde; er könnte eher keine Ruhe finden. ›Sagen Sie Ihren Eltern kein Wort, mein Lieber, bis die Angelegenheit ganz geregelt ist. Wir wollen ihnen dann eine kleine Überraschung bereiten.‹ Auf dieser Forderung bestand er sehr hartnäckig und nahm mir mein Wort ab.

Sie können sich denken, Mr Holmes, dass ich keine Lust hatte, ihm seine Bitten abzuschlagen. Er wollte mir wohl, und ich hatte daher nur das Bestreben, seinen Wünschen bis ins Kleinste zu entsprechen. Ich telegrafierte nach Hause, dass ich am Abend ein wichtiges Geschäft vorhabe und nicht wüsste, ob ich kommen könnte. Mr Oldacre hatte mich für neun Uhr zum Essen eingeladen, weil er kaum vor dieser Stunde zu Hause sein würde. Es war nicht ganz leicht, seine Wohnung zu finden, sodass es gegen halb zehn wurde, ehe ich sie erreichte. Ich traf …«

»Einen Augenblick!«, unterbrach ihn Holmes. »Wer öffnete Ihnen die Tür?«

»Eine Frau in mittleren Jahren, vermutlich seine Haushälterin.«

»Dieselbe hat wahrscheinlich der Polizei auch Ihren Namen angegeben?«

»Doch wohl«, antwortete Farlane.

»Bitte weiter.«

Unser Klient wischte sich den Schweiß von der Stirn und fuhr dann fort: »Diese Frauensperson führte mich in ein Empfangszimmer, wo ein frugales Abendbrot aufgetragen war. Nach dem Essen nahm mich Mr Oldacre mit in sein Schlafzimmer, wo ein schwerer Geldschrank stand. Er schloss auf und nahm eine Menge Papiere heraus, die wir zusammen durchgingen. Es dauerte bis zwischen elf und zwölf Uhr, ehe wir fertig wurden. Er sagte dann zu mir, wir dürften die Wirtschafterin nicht stören, und geleitete mich an das Balkonfenster, das während der ganzen Zeit offen gestanden hatte.«

»War die Jalousie heruntergelassen?«, fragte Holmes.

»Ich bin nicht ganz sicher, glaube aber, dass sie nur halb unten war. Jawohl, ich entsinne mich, wie er sie aufzog, um das Fenster aufmachen zu können. Ich hatte meinen Stock noch nicht. Er sagte jedoch: ›Schadet nicht, mein Lieber; ich werde Sie hoffentlich in der nächsten Zeit häufiger bei mir sehen, ich heb ihn auf, bis Sie wiederkommen.‹ Ich ließ ihn also zurück. Der Schrank stand noch offen und die Papiere lagen, in Bündel zusammengeschnürt, auf dem Tisch, als ich das Zimmer verließ. Es war so spät, dass ich nicht mehr nach Blackheath zurück konnte. Ich blieb daher die Nacht in einem nahen Hotel und ahnte nichts Böses, bis ich heute früh die schreckliche Geschichte in der Zeitung las.«

»Wollen Sie noch einige Fragen stellen, Mr Holmes?«, sagte Lestrade, der während der merkwürdigen Erzählung ein paar Mal den Kopf geschüttelt hatte.

»Eher nicht, bis ich in Blackheath gewesen bin.«

»Sie meinen in Norwood«, verbesserte Lestrade.

»Jawohl; das meinte ich«, erwiderte Holmes mit seinem rätselhaften Lächeln. Lestrade hatte schon häufiger erfahren müssen, als ihm lieb sein mochte, dass dieser scharfe Verstand noch vieles zu durchschauen vermochte, was ihm undurchdringlich erschienen war. Er sah meinen Gefährten neugierig an.

»Ich möchte gleich noch ein paar Worte mit Ihnen sprechen, Mr Holmes«, sagte er. »Nun, Mr Farlane, vor der Tür stehen zwei von meinen Leuten und warten auf Sie, der Wagen ist draußen vor dem Haus.« Der unglückliche junge Mensch erhob sich und ging mit einem letzten flehentlichen Blick zur Tür hinaus. Die Schutzleute stiegen mit ihm in die Droschke, während der Inspektor zurückblieb.

Holmes hob die losen Blätter, die den Entwurf des Testaments enthielten, vom Tisch auf und betrachtete sie mit zunehmendem Interesse.

»Dieses Schriftstück gibt uns einige Anhaltspunkte, Mr Lestrade«, sagte er endlich. »Sehen Sie es sich einmal genauer an.« Er schob ihm die Blätter hinüber.

Der also Angeredete sah ihn erstaunt an.

»Ich kann nur die ersten Zeilen, die in der Mitte der zweiten Seite und ein paar am Schluss lesen; die sind ganz deutlich geschrieben«, sagte er, »aber sonst ist die Schrift sehr schlecht und an drei Stellen vollständig unleserlich.«

»Was schließen Sie daraus?«, sagte Holmes.

»Ja, was schließen Sie denn daraus?«

»Dass es in einem Eisenbahnzug geschrieben ist; die gute Schrift bedeutet die Stationen, die schlechte die Fahrt und die sehr schlechte die Durchfahrt durch Kreuzungsstellen. Ein gewandter Sachverständiger würde sofort erkennen, dass der Schreiber auf einer Vorortlinie gefahren ist, weil nur in der unmittelbaren Nähe einer Großstadt die Haltestellen so schnell aufeinanderfolgen. Wenn man annimmt, dass er auf der ganzen Strecke geschrieben hat, muss er einen Schnellzug benutzt haben, der zwischen Norwood und London Bridge nur einmal hält.«

Lestrade fing an zu lachen.

»Sie gehen mir zu weit zurück, wenn Sie Ihre Theorien entwickeln, Mr Holmes. Was hat das mit der Sache zu tun?«

»Nun, es bestätigt und ergänzt die Aussage des jungen Herrn, dass Oldacre das Testament gestern unterwegs aufgesetzt hat. Es ist immerhin auffallend – nicht wahr? –, dass jemand ein so wichtiges Schriftstück im Eisenbahncoupé niederschreibt. Es geht daraus hervor, dass er der Sache keinen besonderen praktischen Wert beilegt. Das kann nur ein Mann tun, der nicht daran denkt, diesen Willen jemals zu verwirklichen.«

»Und doch hat er zu gleicher Zeit damit sein eigenes Todesurteil niedergeschrieben«, versetzte Lestrade.

»Aha, das ist Ihre Ansicht?«

»Meinen Sie das denn nicht auch?«

»Es ist nicht unmöglich; mir ist der ganze Fall aber noch nicht klar.«

»Nicht klar? Na, aber wenn das nicht klar ist, was ist dann überhaupt klar? Hier ist ein junger Mensch, der plötzlich erfährt, dass ihm ein großes Vermögen zufällt, wenn ein bejahrter Mann mit dem Tod abgeht. Was tut er? Er sagt keinem Menschen was, sondern begibt sich eines schönen Abends unter irgendeinem Vorwand zu seinem Gönner. Er wartet, bis die einzige Person, die noch im Haus wohnt, zu Bett gegangen ist, ermordet den alten Mann in seinem einsamen Schlafzimmer, verbrennt die Leiche in einem Holzhaufen und geht dann in ein nahegelegenes Hotel. Die Blutspuren im Zimmer und auch am Stock sind nur unbedeutend. Er hat also vielleicht gar nicht gemerkt, dass Blut geflossen ist, und gehofft, dass nach der Einäscherung des Leichnams jede Spur von der Art des Todes verwischt wäre – Spuren, die aus sprechenden Gründen auf ihn führen mussten. Ist das nicht alles sonnenklar?«

»Ihre Beweisführung, mein lieber Lestrade, kommt mir etwas zu klar vor«, erwiderte Holmes. »Bei Ihren sonstigen vorzüglichen Eigenschaften vermisse ich die nötige Einbildungskraft. Wenn Sie sich nur einen Augenblick in die Lage dieses jungen Mannes versetzen wollten! Würden Sie gerade die Nacht nach der Aufstellung des Testaments wählen, um das Verbrechen zu begehen? Würde es Ihnen nicht gefährlich erscheinen, eine so enge Verbindung zwischen diesen beiden Ereignissen herzustellen? Ferner, würden Sie das Verbrechen in der Nacht ausführen, wo Ihre Anwesenheit im Haus bekannt ist, wo Ihnen eine Bedienstete die Tür aufgemacht hat? Und endlich, würden Sie, nachdem Sie sich der schweren Mühe unterzogen hätten, den Leichnam durch Feuer zu zerstören, dann so unvorsichtig sein und Ihren eigenen Stock zum Zeichen, dass Sie der Täter sind, im Haus zurücklassen? Geben Sie nicht zu, Lestrade, dass dies alles recht unwahrscheinlich ist?«

»Was den Stock betrifft, Mr Holmes, so wissen Sie so gut wie ich, dass Verbrecher oft bestürzt sind und Handlungen begehen, die ein besonnener Mensch nicht unternehmen würde. Er fürchtete sich wahrscheinlich, wieder umzukehren, um ihn zu holen. – Geben Sie mir eine andere plausible Erklärung.«

»Ich könnte Ihnen leicht ein halbes Dutzend geben«, sagte Holmes. »Wie denken Sie z. B. über folgende, die wohl möglich, ja gar nicht unwahrscheinlich ist? – Ich stelle Ihnen gern anheim, davon Gebrauch zu machen. Der alte Baumeister zeigte seinem Besucher wertvolle Papiere. Ein Landstreicher geht draußen vorbei und sieht es; die Jalousie war ja nur halb heruntergelassen. Der Anwalt geht dann fort. Der Landstreicher steigt ein! Er ergreift einen Stock, den er gerade stehen sieht, schlägt Oldacre tot und verschwindet, nachdem er die Leiche auf den Holzhaufen geschleppt und ihn angezündet hat.«

»Warum sollte der Landstreicher die Leiche verbrennen?«

»Aus demselben Grund, aus dem es Farlane getan haben soll.«

»Und warum hat der Kerl nichts mitgenommen?«

»Weil es Papiere waren, die er nicht verwerten konnte.«

Lestrade schüttelte den Kopf. Es schien mir aber doch, als ob er von der Richtigkeit seiner eigenen Theorie schon nicht mehr so fest überzeugt wäre wie vorher.

»Nun, Mr Holmes, suchen Sie Ihren Landstreicher, aber solange Sie ihn nicht gefunden haben, will ich mich an meinen Gefangenen halten. Die Zukunft wird ja zeigen, wer Recht behält. Bedenken Sie besonders den Umstand, dass nach unserer bisherigen Kenntnis keinerlei Papiere entwendet sind, und Farlane der einzige Mensch auf Gottes Erde ist, der an ihrer Entfernung kein Interesse hatte, weil er gesetzlicher Erbe war, und sie ihm also unter allen Umständen später zufallen mussten.«

Gegen diese Bemerkung konnte mein Freund nichts einwenden.

»Ich will nicht leugnen, dass Ihre Beweisführung in verschiedener Hinsicht glaubwürdig klingt«, antwortete er. »Ich behaupte nur, dass es auch andere Erklärungen gibt. Wie Sie selbst sagen, wird die Zukunft entscheiden. Guten Morgen! Ich werde übrigens im Laufe des Tages nach Norwood hinunterkommen und sehen, wie weit Sie sind.«

Als der Detektiv hinaus war, stand mein Freund auf und traf seine Vorbereitungen für die nächsten Unternehmungen: Er zeigte die frohe Miene eines Mannes, der sich einer seinen feinen Fähigkeiten entsprechenden Aufgabe gegenübergestellt sieht.

»Mein erster Gang, Watson«, sagte er, indem er in seinen Rock schlüpfte, »ist, wie erwähnt, nach Blackheath.«

»Und warum nicht nach Norwood?«

»Weil in diesem Fall zwei eigentümliche Ereignisse kurz aufeinander gefolgt sind. Die Polizei begeht den Irrtum, ihre ganze Aufmerksamkeit auf das zweite zu lenken, weil dieses zufällig das Verbrechen vorstellt. Mir ist es jedoch klar, dass der richtige Weg zum Verständnis der zweiten Begebenheit, des Verbrechens, von der ersten, dem auffallenden Testament, seinen Ausgang nehmen muss. Ich will also versuchen, zunächst etwas Licht in den ersten Teil zu bringen, in das so urplötzlich und zugunsten eines so eigentümlichen Erben gemachte Testament. Danach werden wir den zweiten Teil leichter verstehen.«

»Soll ich mitkommen?«

»Nein, guter Feund, ich glaube Ihre Begleitung heute nicht nötig zu haben. Diese Untersuchung ist gewiss nicht gefährlich, sonst würde ich mich wohl hüten, allein zu gehen. Ich hoffe, Ihnen bei meiner Rückkehr heute Abend die frohe Botschaft bringen zu können, dass ich für den unglücklichen jungen Herrn, der sich meinem Schutz anvertraut hat, etwas ausgerichtet habe.«

Es war spät, als mein Freund wiederkam, und ein einziger Blick auf sein bekümmertes Gesicht zeigte mir, dass die Hoffnungen, mit denen er weggegangen war, sich nicht erfüllt hatten. Ziemlich eine Stunde lang beschäftigte er sich mit seiner Geige, um sein unruhiges Gemüt zu besänftigen. Endlich warf er das Instrument beiseite und gab mir einen ausführlichen Bericht über seine Misserfolge.

»Es geht alles schief, Watson – so schief, wie's nur gehen kann. Ich habe mir zwar Lestrade gegenüber keine Schwäche anmerken lassen, aber, meiner Seele, ich glaube, diesmal hat er recht, und wir sind auf dem Holzweg.

Die Tatsachen widersprechen meinem Gedankengang und meinen Ahnungen vollständig, und ich fürchte stark, dass sich die englischen Gerichte noch nicht zu der idealen Auffassung emporgeschwungen haben, dass sie meinen Theorien den Vorzug vor Lestrades Tatsachenmaterial geben.«

»Waren Sie in Blackheath?«

»Jawohl, ich war dort und überzeugte mich bald, dass der selige Oldacre ein ziemlich gemeiner Charakter war. Farlanes Vater war auf der Suche nach seinem Sohn. Die Mutter traf ich zu Hause. Sie ist eine kleine, leicht erregbare Frau mit blauen Augen; sie zitterte vor Schrecken und Entrüstung. Selbstverständlich gab sie nicht einmal die Möglichkeit der Schuld ihres Sohnes zu. Aber über das Schicksal des alten Oldacre drückte sie weder Überraschung noch Bedauern aus. Im Gegenteil, sie sprach mit einer solchen Bitterkeit von ihm, dass sie, ohne es zu wissen, die Annahme der Polizei förderte. Denn natürlich musste der Sohn, wenn er solche Sprache über den Mann gehört hatte, von Hass und Widerwillen gegen ihn erfüllt sein. ›Er glich einem bösartigen, hinterlistigen Affen mehr als einem Menschen‹, sagte sie, ›und das war von jeher so, schon als junger Mensch war er so.‹

›Haben Sie ihn denn damals schon gekannt?‹, fragte ich sie.

›Jawohl, sehr gut; er war ja ein alter Freier von mir. Gott sei Dank, dass ich so vernünftig war, mich von ihm loszusagen und einen besseren, wenn auch ärmeren Mann zu heiraten. Ich war mit ihm verlobt, Mr Holmes, als ich erfuhr, wie er eine Katze in ein Vogelbauer gesperrt hatte, und ich war so empört über diese Grausamkeit, dass ich nichts mehr mit ihm zu tun haben wollte.‹ Sie suchte in einer Schublade herum und brachte die Fotografie einer jungen Dame zum Vorschein. Das Bild war furchtbar verunstaltet und mit einem Messer zerschnitten. ›Das ist meine eigene Fotografie‹, sagte sie. ›In diesem Zustand hat er sie mir mit einem Fluch am Morgen meines Hochzeitstages zugeschickt.‹

›Nun‹, sagte ich, ›er scheint sich doch allmählich mit Ihnen ausgesöhnt zu haben, sofern er Ihrem Sohn sein ganzes Vermögen vermacht hat.‹

›Weder mein Sohn noch ich brauchen etwas von Jonas Oldacre, weder zu seinen Lebzeiten noch nach seinem Tod‹, rief sie ganz erregt. ›Es lebt ein Gott im Himmel, Mr Holmes, und dieser Gott, der den Bösen gestraft hat, wird auch offenbaren, dass die Hände meines Sohnes unschuldig sind an diesem Blut.‹

Ich versuchte noch durch List, etwas Bestimmtes aus ihr herauszubringen, das unsere Annahme hätte stützen können, bekam aber nur solche

Dinge zu hören, die eher das Gegenteil bewiesen hätten. So gab ich es schließlich auf und ging nach Norwood.

Das Deep Dene House ist ein großer Backsteinbau in modernem Villenstil. Es steht etwas zurück, und davor ist ein Garten mit Lorbeergebüsch. Hinter dem Haus befindet sich der Hof, wo das Holz liegt, der Schauplatz des Schadenfeuers. Ich habe hier in meinem Notizbuch eine flüchtige Skizze. Das Fenster links ist das einzige in Oldacres Schlafzimmer. Man kann von der Straße aus hineinsehen, wie Sie erkennen werden – das ist ungefähr der einzige Trost, der mir geblieben ist. Lestrade war nicht da, er wurde durch seinen Wachtmeister vertreten. Sie hatten gerade einen wichtigen Fund gemacht. Beim Durchsuchen der Asche des verbrannten Holzhaufens hatten sie verkohlte Knochenreste und ein paar Metallstückchen zutage gefördert. Ich habe die letzteren sorgfältig untersucht und zweifellos festgestellt, dass es Hosenknöpfe waren. Ich habe an einem derselben sogar den Namen ›Hyams‹ erkennen können, der Firma von Oldacres Schneider. Ich habe dann den Garten und den Rasen um das Haus herum genau nach irgendwelchen Spuren und Fährten durchforscht. Es war aber infolge der großen Trockenheit weiter nichts zu sehen, als dass ein größerer Gegenstand durch eine niedrige, in der Richtung nach dem Holzhaufen liegende Rainweidenhecke geschleift worden war. Dies alles bestätigt natürlich nur die Auffassung der Polizei! Ich bin lange trotz der brennenden Augustsonne auf dem Rasen umhergekrochen: Ich war aber am Ende nicht schlauer als am Anfang.

Nach diesem Fiasko begab ich mich ins Schlafzimmer und unterwarf es einer ebenso gründlichen Untersuchung wie den Hof und den Garten. Die Blutspuren waren äußerst geringfügig, fast farblos und wie umhergeschmiert, aber sicher frisch. Den Stock hatte die Polizei schon in Beschlag genommen, aber auch diese Blutflecken waren nur unbedeutend. Dass der Stock unserem Klienten gehört, unterliegt keinem Zweifel, er gibt es selbst zu. Die Fußspuren der beiden Männer waren auf dem Teppich zu erkennen, aber keine einer dritten Person, was wieder Wasser auf die Mühle der Gegenpartei ist, die ihrerseits die Verdachtsmomente zusammenreiht, während wir auf dem toten Punkt sind.

Nur ein Hoffnungsschimmer dämmerte in mir auf – aber auch er ist nur sehr, sehr schwach. Ich prüfte den Schrank; sein Inhalt war größtenteils herausgenommen und lag auf dem Tisch. Die Papiere waren geordnet und in große Kuverts gesteckt, die dann zugesiegelt worden waren. Die Polizei hatte einige geöffnet. Soweit ich es beurteilen kann, hatten die darin befindlichen Papiere keinen großen Wert, auch das Bankbuch des Mr Oldacre ließ die Vermögensverhältnisse nicht sehr glänzend erscheinen. Es kam mir aber vor, als ob Papiere fehlen müssten – vielleicht waren das gerade die wichtigsten –, aber ich konnte sie, trotzdem ich alles danach durchsuchte, nicht finden. Dieser Umstand würde natürlich, wenn uns der Nachweis wirklich gelänge, von der größten Bedeutung sein, indem er Lestrades Begründung direkt widerspräche; denn wer wird Wertpapiere stehlen, die er bald erbt?

Am Ende, nachdem ich alles vergeblich durchgesehen hatte, versuchte ich mein Glück mit der Haushälterin. Ihr Name ist Lexington, sie ist ein kleines, dunkles Weib, verschwiegen und argwöhnisch. Sie könnte uns manches sagen, wenn sie wollte, davon bin ich fest überzeugt. Aber sie war stumm wie eine Wachsfigur. Sie habe Mr Farlane um halb zehn die Tür geöffnet. Sie wünsche, dass ihr lieber vorher die Hand verdorrt wäre. Sie sei um halb elf zu Bett gegangen. Ihr Zimmer liege nach der entgegengesetzten Seite, sodass sie nichts hätte hören können. Erst vom Feuerlärm wäre sie munter geworden. Mr Farlane habe Hut und Stock im Hausflur gelassen, dessen erinnere sie sich ganz bestimmt. Ihr armer guter Herr wäre sicherlich ermordet worden. ›Hatte er Feinde?‹ Nun, jeder Mensch habe Feinde, aber Mr Oldacre habe sehr zurückgezogen gelebt und nur geschäftlich mit den Leuten verkehrt. Sie habe die Knöpfe gesehen und genau erkannt, dass sie von dem Anzug seien, den er den letzten Abend angehabt habe. Das Holz sei, weil es vier Wochen nicht geregnet habe, sehr dürr gewesen und habe gebrannt wie Zunder. Als sie dazugekommen wäre, sei alles ein Feuermeer gewesen, man habe nichts mehr unterscheiden können. Sie hätte aber das verbrennende Fleisch gerochen; nicht nur sie, die Löschmannschaft ebenfalls. Von den Papieren, wie von den Privatangelegenheiten des Mr Oldacre überhaupt, hätte sie keinerlei Kenntnis.

So, mein lieber Watson, das ist der erschöpfende Bericht meines Misserfolges. Und doch – und doch …«, er rang die mageren Hände in voller Überzeugung, »ich weiß, dass alles erlogen und falsch ist, ich fühl's in allen Knochen. Es steckt etwas dahinter, was noch nicht ans Licht gekommen ist und was diese Wirtschafterin weiß. Es lag ein gewisser Trotz in ihrem Auge, wie man ihn nur bei Leuten findet, die eine tiefere Kenntnis von einer Sache haben, die sie aber verschweigen. Aber all dies Denken und Fühlen hilft nichts, Watson; wenn wir nicht noch besonderes Glück haben, befürchte ich, wird der Fall Norwood im Tagebuch unserer Erfolge, dessen Inhalt, wie ich voraussehe, ein geduldiges Publikum früher oder später doch vorgesetzt bekommen wird, keine Stätte haben.«

»Der Mann sieht aber keinesfalls wie ein Verbrecher aus«, bemerkte ich.
»Das ist ein bedenkliches Beweismittel, lieber Watson. Erinnern Sie sich noch an den gefährlichen Mörder Bernt Steven, der unsere Hilfe in Anspruch nahm? Gab es einen kindlicher und harmloser aussehenden Menschen als den?«
»Das stimmt.«
»Wenn es uns nicht gelingt, seine Unschuld durch triftigere Beweise darzutun, ist unser Mann verloren. Die Lestrade'sche Argumentation ist durch alle späteren Nachforschungen gestützt worden, keine einzige Tatsache steht mit ihr in Widerspruch. Nur die fehlenden Papiere würden dagegensprechen. Das ist der einzige wunde Punkt, und von dem aus muss eine neue Untersuchung von unserer Seite ihren Ausgang nehmen. Bei Durchsicht des Bankbuches habe ich gefunden, dass der ungünstige Stand am Schluss hauptsächlich von großen Wechselforderungen herrührt, die im letzten Jahr an einen Mr Cornelius ausgezahlt worden sind. Ich möchte nun zu gern wissen, wer dieser Mr Cornelius ist, mit dem ein Architekt, der sich zur Ruhe gesetzt hat, so große Geldgeschäfte treibt. Es ist nicht unmöglich, dass er bei der ganzen Sache die Hand im Spiel hat. Er ist vielleicht ein Agent oder Kommissionär, aber wir haben keine Spur von einer Korrespondenz über diese großen Zahlungen gefunden. Aus Mangel an besseren Angriffspunkten müssen meine Nachforschungen zunächst mit einer Nachfrage an der Bank nach jenem Herrn beginnen, der die Wechsel einkassiert hat. Immerhin glaube ich eher, mein lieber Freund, dass dieser Fall unseren Ruhm nicht erhöhen wird. Lestrade wird wohl unseren Klienten aufknüpfen lassen, und Scotland Yard wird triumphieren.«

Ich weiß nicht, ob und wie Holmes in jener Nacht geschlafen hat, aber als ich zum Frühstück kam, fand ich ihn blass und müde aussehend; seine klaren Augen erschienen infolge der dunklen Ringe noch klarer als sonst. Auf dem Teppich unter seinem Stuhl lagen Zigarettenstummel und die ersten Ausgaben der Morgenblätter. Auf dem Tisch lag ein geöffnetes Telegramm.

»Was sagen Sie dazu, Watson?«, fragte er, indem er mir die Depesche zuwarf.

Sie kam aus Norwood und lautete folgendermaßen:

»Wichtigen neuen Beweis gefunden. Farlanes Schuld endgültig festgestellt. Rate Ihnen, den Fall aufzugeben. –
Lestrade.«

»Das klingt ernst«, sagte ich.

»Es ist Lestrades Siegesnachricht«, meinte Holmes, bitter lächelnd. »Und doch würde es zu früh sein, die Sache verloren zu geben. Ein frischer Beweis ist wie ein zweischneidiges Schwert; er kann leicht das Gegenteil dessen beweisen, was Lestrade denkt. Frühstücken Sie rasch; wir wollen dann zusammen hinausfahren und sehen, was sich tun lässt. Ich habe das Gefühl, als ob ich heute Ihre Gesellschaft und Ihre moralische Unterstützung brauchte.«

Mein Freund hatte nichts gegessen. Es war eine seiner Eigenarten, in besonderen Momenten keine Nahrung zu sich zu nehmen, und ich habe Fälle mitgemacht, wo er sich auf seine eiserne Natur verließ, bis er vor Hunger ohnmächtig wurde. »Gegenwärtig habe ich keine Kraft zum Verdauen übrig«, pflegte er mir auf meine ärztlichen Vorhaltungen zu antworten. Es fiel mir daher nicht weiter auf, als er auch heute das Frühstück nicht anrührte und nüchtern mit mir nach Norwood aufbrach.

Um Deep Dene House waren noch eine Menge Neugieriger versammelt. Das Haus und seine Lage hatte ich mir ganz richtig vorgestellt. In der Tür kam uns Lestrade mit der Miene des Siegers entgegen.

»Nun, Mr Holmes, wer hat recht? Haben Sie Ihren Landstreicher schon?«, rief er uns zu.

»Ich habe mir noch kein endgültiges Urteil gebildet«, erwiderte mein Freund.

»Aber wir haben uns gestern unseres schon gebildet und heute hat es sich als richtig erwiesen. Sie müssen also zugeben, dass wir Ihnen diesmal etwas voraus sind, Mr Holmes.«

»Sie tun so, als ob Sie etwas Besonderes gefunden hätten, als ob ein unerwartetes Moment eingetreten wäre«, sagte Holmes.

Lestrade lachte laut auf.

»Ich glaub Ihnen schon, dass Sie sich ebenso ungern schlagen lassen, wie die meisten von uns auch. Man kann jedoch nicht erwarten, dass man stets Recht behält, nicht wahr, Herr Doktor? Kommen Sie mit mir, meine Herren, ich glaube, Sie jetzt von der Schuld des jungen Farlane definitiv überzeugen zu können.«

Er führte uns durch einen Gang in einen ziemlich dunklen Vorsaal.

»Hier muss Farlane nach Verübung des Verbrechens durchgekommen sein und seinen Hut geholt haben«, sagte er weiter. »Nun, sehen Sie hier.« Mit theatralischem Gebahren zündete er ein Streichholz an und zeigte uns einen Blutflecken an der weißgetünchten Wand. Als er das Streichholz näher hielt, sah ich, dass es kein bloßer Spritzer, sondern ein deutlicher Daumenabdruck war.

»Nehmen Sie mal die Lupe, Mr Holmes.«

»Jawohl, ich bin schon im Begriff.«

»Es ist Ihnen wohl bekannt, dass zwei Daumen niemals denselben Abdruck geben?«

»Ich habe schon davon gehört.«

»Dann vergleichen Sie ihn bitte mit diesem Wachsabdruck hier, den ich heute morgen vom Daumen des jungen Farlane habe nehmen lassen.«

Als er den Wachsabdruck neben den Blutflecken hielt, bedurfte es keines Vergrößerungsglases, um zweifellos zu erkennen, dass beide von demselben Daumen herrührten. Ich sah ein, dass unser unglücklicher Klient verloren war.

»Das ist das Schlussglied der Beweiskette«, sagte Lestrade.

»Ja, das ist das Schlussglied«, wiederholte ich mechanisch.

»Das ist die Entscheidung«, sagte Holmes.

In seiner Stimme fiel mir etwas auf. Ich drehte mich um und sah ihn an. Sein Ausdruck war vollständig verändert. Er verriet innere Freude. Die Augen glänzten wie Sterne. Mir schien es, als ob er gewaltsam das Lachen unterdrücken müsste.

»Herr des Himmels!«, rief er endlich aus. »Wer hätte so was gedacht? Wie einen das Aussehen eines Menschen doch täuschen kann, wahrhaftig! Allem Anschein nach war er so ein netter Mann! Es wird eine Lehre für uns sein, unserem eigenen Urteil nicht allzu sehr zu vertrauen, nicht wahr Lestrade?«

»Allerdings, Mr Holmes; es gibt Leute, die ein bisschen zu selbstbewusst, von der Richtigkeit ihrer Auffassung zu sehr eingenommen sind«, antwortete Lestrade. »Der trat so unverfroren und scheinheilig auf, dass man's ihm wirklich nicht zugetraut hätte.«

»Und wie fürsorglich er gehandelt hat, indem er seinen rechten Daumen an die Wand drückte, als er den Hut vom Haken nahm! Und wie natürlich das außerdem ist, wenn man genauer darüber nachdenkt!« Holmes war äußerlich ruhig, während er so sprach, aber einem genauen Kenner wie mir konnte die unterdrückte Erregung nicht verborgen bleiben. »Übrigens, Mr Lestrade, wer hat denn diese großartige Entdeckung eigentlich gemacht?«

»Die Haushälterin hat den Polizisten, der die Nachtwache hatte, darauf aufmerksam gemacht.«

»Wo befand er sich während der Nacht?«

»Er wachte im Schlafzimmer, wo das Verbrechen begangen worden ist, und passte auf, dass alles unberührt liegen blieb.«

»Aber warum ist dieses Zeichen nicht schon gestern bemerkt worden?«

»Weil wir keinen besonderen Grund hatten, dieses Vorzimmer eingehender zu untersuchen. Außerdem ist es an keiner auffallenden Stelle, wie Sie sehen.«

»Nein, nein, allerdings nicht. Und es besteht vermutlich doch kein Zweifel, dass es gestern schon dort war?«

Lestrade sah Holmes an, als ob er ihn für nicht ganz zurechnungsfähig hielt. Ich muss gestehen, dass ich selbst über seinen guten Mut und über seine Bemerkungen erstaunt war.

»Es scheint mir beinahe, als ob Sie glaubten, dass Farlane im Dunkel der Nacht aus dem Gefängnis hierher geeilt sei, um sich selbst zu bezichtigen«, antwortete Lestrade nach einiger Zeit auf Holmes' merkwürdige Frage. »Ich überlasse jedem Sachverständigen die Entscheidung, ob das sein Daumenabdruck ist oder nicht.«

»Zweifelsohne ist es sein Daumenabdruck.«

»Nun, das genügt mir«, sagte Lestrade. »Ich bin kein Theoretiker, Mr Holmes, ich bin ein Praktiker, und wenn ich die Beweismittel habe, ziehe ich meine Schlüsse daraus. Sollten Sie mir später noch etwas mitzuteilen haben, so finden Sie mich im Empfangszimmer; ich will dort meinen Bericht niederschreiben.«

Holmes hatte seinen seelischen Gleichmut wiedergefunden, aber ich sah ihm an, dass ihm immer noch der Schalk im Nacken saß.

»In der Tat, die Sache hat eine sehr schlimme Wendung genommen, nicht wahr, Watson?«, sagte er zu mir, als wir allein waren. »Und doch gibt es einzelne Punkte, von denen noch Hoffnungsstrahlen für unseren Klienten ausgehen.«

»Das freut mich ungemein«, antwortete ich von Herzensgrund. »Ich fürchtete, es sei ganz aus mit ihm.«

»Das möchte ich noch nicht sagen, mein lieber Watson, denn Lestrades Beweis hat tatsächlich eine Lücke, die für unseren Freund von größter Wichtigkeit ist.«

»Wirklich, Holmes?! Die wäre?«

»Das ist der Umstand, dass ich weiß, dass dieser Flecken noch nicht dort war, als ich gestern diesen Vorraum untersuchte – kommen Sie, Watson, wir wollen jetzt einen kleinen Spaziergang draußen in der Sonne machen.«

Ich begleitete ihn. Im Kopf war ich ziemlich wirr, aber im Herzen hatte ich neue Hoffnung. Wir gingen im Garten umher. Holmes nahm das Haus von allen Seiten genau in Augenschein und zeigte ein auffallendes Interesse an der Bauart. Dann ging er hinein und untersuchte das ganze Gebäude vom Grund bis zum Dach. Die meisten Räume waren unmöbliert, aber Holmes besah sie sich doch. Endlich auf dem obersten Treppenflur, auf den drei unbenutzte Zimmer mündeten, zeigte er eine grenzenlose Freude.

»Dieser Fall ist wirklich einzig in seiner Art, Watson«, sagte er. »Ich glaube, es ist nun an der Zeit, dass wir den guten Lestrade ins Vertrauen ziehen. Er hat sich auf unsere Kosten ein bisschen lustig gemacht, nun, wenn meine Ansicht sich als richtig erweist, können wir's ihm jetzt heimzahlen. Oh ja, ich sehe, wir kommen der Sache auf den Grund.«

Der Polizeiinspektor saß noch im Empfangszimmer und schrieb.

»Sie machen Ihren Bericht?«, unterbrach ihn Holmes.

»Jawohl, das tue ich.«

»Meiner Meinung nach ist es noch etwas zu früh; ich kann mir nicht helfen, aber ich glaube, Ihr Beweis hat eine Lücke.«

Lestrade kannte meinen Freund zu gut, um seine Worte nicht zu beachten. Er legte die Feder beiseite und blickte ihn gespannt an.

»Was wollen Sie damit sagen, Mr Holmes?«

»Ich meine nur, dass Sie einen wichtigen Zeugen noch nicht vernommen haben.«

»Können Sie ihn beibringen?«

»Ich glaube, ich kann's.«

»Dann tun Sie's doch!«

»Ich will's versuchen. Wie viele Polizisten haben Sie hier?«

»Drei stehen Ihnen zur Verfügung.«

»Schön«, sagte Holmes. »Darf ich fragen, ob es kräftige Männer mit guten Lungen sind?«

»Ich zweifle nicht daran; aber ich sehe vorläufig nicht ein, was die Beschaffenheit ihrer Lungen mit der Sache zu tun hat.«

»Das werden Sie bald erfahren, und hoffentlich noch viel mehr«, antwortete Holmes.

»Rufen Sie bitte Ihre Leute. Ich will das Experiment beginnen.«

Nach fünf Minuten waren die drei Schutzleute zur Stelle.

»Im Nebengebäude werden Sie eine größere Menge Stroh vorfinden. Wollen Sie bitte zwei Bund davon hierherbringen«, sagte Holmes. »Ich glaube, es wird uns zur Herbeischaffung des fehlenden Zeugen vortreffliche Dienste leisten. – Recht so. Ich danke Ihnen bestens. Haben Sie Streichhölzer, Watson? Nun, Mr Lestrade, bitte ich Sie und Ihre Leute, mit mir auf den oberen Korridor zu kommen.«

Wie ich erwähnt habe, mündeten auf diesen geräumigen Vorplatz drei leere Kammern. Holmes gebot uns, recht still zu sein, und dirigierte uns alle an das eine Ende. Die Polizisten grinsten, und Lestrade starrte meinen Freund erstaunt an. In seinem Gesicht wechselten der Ausdruck der Verwunderung, der Erwartung und des Spottes miteinander ab. Holmes stand vor uns wie ein Zauberer, der ein Kunststück zeigen will.

»Wollen Sie so gut sein und einen Mann zwei Gießkannen voll Wasser holen lassen? Legen Sie das Stroh hier mitten auf den Boden, sodass es die Wand nicht berührt. Nun sind wir mit den Vorbereitungen wohl fertig.«

Lestrade fing an, ärgerlich zu werden.

»Ich weiß nicht, ob Sie sich einen Scherz mit mir erlauben wollen, Mr Holmes«, sagte er. »Wenn Sie etwas wissen, so können Sie es auch ohne diesen Hokuspokus sagen.«

»Ich kann Ihnen die Versicherung geben, mein lieber Lestrade, dass ich für alles, was ich tue, meine guten Gründe habe. Sie können sich vielleicht entsinnen, dass Sie mich vor ein paar Stunden, als Ihnen das Glück zu lächeln schien, auch ein wenig neckten, nun dürfen Sie mir das bisschen Zeremoniell aber auch nicht gleich übelnehmen. Wollen Sie nun das Fenster dort aufmachen, Watson, und das Stroh anzünden?«

Ich tat, was er mich geheißen hatte. Infolge des Zuges erhob sich bald eine dicke graue Rauchwolke, das trockene Stroh prasselte, und die hellen Flammen schlugen empor.

»Nun müssen wir sehen, ob Ihr Zeuge herauskommt, Lestrade. Darf ich Sie bitten, gleichzeitig mit mir in den Ruf ›Feuer!‹ auszubrechen? Also: eins, zwei, drei ...«

»Feuer!«, schrien wir alle.

»Danke Ihnen. Ich muss Sie noch einmal bemühen.«

»Feuer!«

»Nun zum dritten Mal, meine Herren, so laut Sie können ...«

»Feuer!« Ganz Norwood muss es gehört haben.

Der Ruf war kaum verhallt, als etwas Ungeahntes eintrat. An der scheinbar soliden Wand am Ende des Korridors tat sich plötzlich eine Tür auf, und hervor stürzte, wie ein Kaninchen aus seinem Loch, ein kleines, schmächtiges Männlein mit grauem Haar und weißen Wimpern.

»Ausgezeichnet!«, rief Holmes. »Watson, einen Eimer Wasser aufs Stroh! Gut so! – Mr Lestrade, erlauben Sie, dass ich Ihnen den fehlenden Hauptzeugen vorstelle, Mr Jonas Oldacre.«

Das kleine Männchen blinzelte, geblendet von dem hellen Tageslicht, unaufhörlich mit den Augen, und guckte bald uns an, bald das qualmende Stroh. Er hatte ein widerwärtiges Gesicht – verschmitzt und bösartig – und hellgraue, listige Augen.

Der Inspektor starrte die geisterhafte Erscheinung sprachlos an. Nach einer Weile fand er endlich wieder Worte.

»Was soll denn das heißen?«, sagte er. »Wo haben Sie denn die ganze Zeit gesteckt, he?«

Oldacre fuhr zurück vor dem zorngeröteten Gesicht des Inspektors und erwiderte dann mit erzwungenem Lächeln:

»Ich hab nichts Böses getan.«

»Nichts Böses? Sie wollten einen unschuldigen Mann an den Galgen bringen. Wenn dieser Herr nicht gewesen wäre, würde es Ihnen wahrscheinlich auch gelungen sein.«

Das traurige Geschöpf fing an zu winseln.

»Sicher, Herr, es war nur ein Spaß.«

»Ein eigentümlicher Spaß! Sie sollen nicht darüber zu lachen haben, dafür bin ich Ihnen gut. Nehmt ihn mit hinunter und haltet ihn im Wohnzimmer fest, bis ich komme. – Mr Holmes«, fuhr er fort, als die Schutzleute hinuntergegangen waren, »ich konnte in Gegenwart der Leute nicht sprechen, aber im Beisein des Dr. Watson erkläre ich frei heraus: Das ist der feinste Streich, den Sie je ausgeführt haben – es ist mir freilich noch ein Rätsel, wie Sie's angefangen haben – Sie haben einen Unschuldigen gerettet und einen großen Skandal verhütet, der meinen Ruf bei der Polizei untergraben haben würde.«

Holmes lächelte und klopfte Lestrade auf die Schulter.

»Ihr Renommee in Scotland Yard soll durch diesen Fall bedeutend gehoben werden, mein guter Herr. Sie brauchen nur ein paar Stellen in Ihrem Bericht zu ändern, und alle Welt wird sagen, dass es schier unmöglich ist, dem Inspektor Lestrade Sand in die Augen zu streuen.«

»Wünschen Sie denn gar nicht, dass Ihr Name erwähnt wird?«, fragte Lestrade verwundert.

»Durchaus nicht. Diese Tat birgt ihren Lohn in sich selbst. Vielleicht werde ich eines Tages, wenn ich meinem eifrigen Geschichtsschreiber die Erlaubnis erteile, die Genugtuung haben, sie gedruckt zu sehen – wie,

Watson? Nun wollen wir uns mal das Nest ansehen, in dem die Ratte gesteckt hat.«

Es war ein sechs Fuß langer Bretterverschlag, von der Breite des Flurs; er war genau wie die übrigen Wände tapeziert und hatte einen unsichtbaren Zugang. Durch einige Ritze unter der Dachrinne drang spärliches Licht hinein. Darin befanden sich ein paar kümmerliche Möbelstücke, eine Anzahl Bücher und Papiere und ein Vorrat von Nahrungsmitteln und Wasser.

»Das ist der Vorteil, wenn man Baumeister ist«, sagte Holmes beim Heraustreten. »Er war imstande, sein Versteck ohne fremde Beihilfe herzurichten – natürlich abgesehen von der prächtigen Wirtschafterin, die ich gleichfalls Ihrer Obhut anempfehlen möchte, Lestrade.«

»Sie soll entschieden ihrem Herrn das Geleit geben, Mr Holmes. Aber vor allen Dingen sagen Sie mir: Wie haben Sie Kenntnis von diesem Raum erlangt?«

»Ich kam zu dem Schluss, dass der Besitzer noch im Haus sein müsste. Als ich nun die Korridore abschritt und fand, dass der obere sechs Fuß kürzer war als der entsprechende untere, war es mir ganz klar, wo er steckte. Wir hätten natürlich ebenso gut gleich hineingehen und ihn festnehmen können, aber es machte mir mehr Vergnügen, ihn selbst herauskommen zu lassen; außerdem wollte ich mich durch die Geheimnistuerei für Ihre Spöttelei von heute morgen etwas entschädigen, Mr Lestrade.«

»Na, die haben Sie redlich wettgemacht. Aber wie in aller Welt kamen Sie auf den Gedanken, dass er überhaupt im Haus verborgen sei?«

»Der Daumenabdruck sagte mir's, Lestrade. Sie meinten, er wäre das Endglied der Kette; das war er auch, nur in einem ganz anderen Sinn. Ich wusste nämlich, dass er am Tag vorher noch nicht dort gewesen war. Ich schenke allen Einzelheiten eine weitgehende Beachtung, wie Sie wohl schon bemerkt haben werden, und ich hatte den Vorraum gründlich besichtigt und keinen Flecken an der Wand gefunden. Er musste also ohne Zweifel erst während der Nacht hingekommen sein.«

»Aber wie?«

»Sehr einfach. Als die Briefschaften versiegelt wurden, hat der junge Farlane einmal seinen Daumen als Petschaft benutzt. Es ist vielleicht in der Eile und ganz zufällig geschehen, sodass sich der junge Herr wohl selbst nicht mehr daran erinnern kann. Sehr wahrscheinlich ist es so unabsichtlich gewesen, dass auch Oldacre nicht gleich bedacht hat, wozu es ihm später nützen sollte. Als er in seinem Bau den Fall genauer überlegt hat, wird ihm erst eingefallen sein, was für ein absolut zuverlässiges Beweismittel er durch Benutzung dieses Abdrucks der Polizei liefern könnte. Auf die einfachste Art der Welt konnte er einen Wachsabdruck davon machen, ihn mit einem Tropfen Blut von einem Stecknadelstich benetzen und über Nacht den Flecken an der Wand erzeugen. Ob er es nun selbst getan hat oder die Haushälterin, das weiß ich nicht, ist auch ziemlich gleichgültig. Dagegen gehe ich jede Wette mit Ihnen ein, dass Sie das Siegel mit dem Daumen finden, wenn Sie die Briefschaften durchsehen, die er in sein Versteck mitgenommen hatte.«

»Großartig!«, rief Lestrade. »Großartig! Wie Sie es auseinandersetzen, ist alles klar wie Kristall. Was aber ist der Grund dieses ganzen Betrugs?«

Es amüsierte mich, wie das hochmütige Verhalten des Inspektors von heute früh sich so sehr geändert hatte und wie er sich nun gleich einem Kind gebärdete, das Fragen an seinen Lehrer stellt.

»Ich halte es für nicht sehr schwer, diese Handlungsweise zu erklären. Der Herr, der jetzt unten wartet, ist eine sehr tiefgründige, bösartige und rachsüchtige Natur. Sie wissen doch, dass er einst von Farlanes Mutter den Laufpass bekommen hat? Sie wissen's nicht! Ich sagte Ihnen gleich, dass man zuerst nach Blackheath und dann nach Norwood gehen müsste. Also, diese Kränkung, wie er es auffasste, hat ihm sein ganzes Leben lang keine Ruhe gelassen, er hat stets auf Rache gesonnen, ohne je eine günstige Gelegenheit zu finden. In den letzten ein oder zwei Jahren hat er Geldverluste gehabt – ich denke mir, durch heimliche Spekulationen – und es geht rückwärts mit ihm. Er sucht seine Gläubiger zu beschwindeln und stellt hohe Wechsel aus, zahlbar an einen gewissen Cornelius, was meiner Meinung nach nur ein falscher Name seiner eigenen Person ist. Wenn ich die Spur dieser Wechsel auch noch nicht verfolgt habe, so unterliegt es für mich doch schon jetzt keinem Zweifel, dass sie nach einer Provinzialbank führt, wo Oldacre von Zeit zu Zeit unter diesem Namen aufgetaucht ist. Er hat die Absicht gehabt, dann überhaupt seinen Namen zu wechseln, das Geld einzuziehen und irgendwo ein neues Leben zu beginnen.«

»Das klingt nicht unwahrscheinlich.«

»Durch sein Verschwinden glaubte er, seine Spur vollkommen zu verwischen und gleichzeitig an seiner ehemaligen Braut die schwerste Rache nehmen zu können, indem er auf ihr einziges Kind den Verdacht lenkte, ihn ermordet zu haben. Es war ein Meisterstück der Schurkerei, und er hatte es meisterhaft ausgeführt. Die Geschichte mit dem Testament, das ein treffliches Motiv zur Tat abgeben musste, der heimliche nächtliche Besuch ohne Wissen der eigenen Eltern, die Zurückbehaltung des Stockes, das

Blut, die tierischen Überreste und die Knöpfe in der Asche, alles war erstaunlich geschickt gemacht. Es war ein Netzwerk, aus dem zu entschlüpfen ich für das unschuldige Opfer noch vor ein paar Stunden keine Möglichkeit sah. Aber es fehlte ihm die höchste Gabe des Künstlers, die Mäßigung, die Beschränkung. Er wollte, was schon vollkommen war, noch vollkommener machen – den Strick am Hals seines Opfers noch fester ziehen –, und dadurch verdarb er das Ganze. Wir wollen nun zu ihm hinuntergehen, Lestrade. Ich möchte noch ein paar Fragen an ihn richten.«

Die elende Kreatur saß im eigenen Empfangszimmer, mit einem Schutzmann an jeder Seite.

»Es war nur ein Scherz, mein guter Herr, weiter nichts als ein Scherz«, winselte er unaufhörlich. »Ich versichere Ihnen, mein Herr, dass ich mich nur verborgen hatte, um die Wirkung meines Verschwindens zu beobachten. Sie werden doch nicht so unrecht von mir denken und glauben, dass ich dem jungen Mr Farlane auch nur das geringste Leid hätte antun lassen.«

»Darüber hat das Gericht zu entscheiden«, antwortete Lestrade. »Vorläufig werden Sie sich wegen Verschwörung, wenn nicht wegen versuchten Mordes zu verantworten haben.«

»Und außerdem werden Sie die schmerzliche Erfahrung machen müssen, dass Ihre Gläubiger das Bankguthaben des Mr Cornelius mit Beschlag belegen«, sagte Holmes.

Das schmächtige Männchen sprang vom Stuhl auf und warf meinem Freund wütende Blicke zu.

»Ihnen habe ich das meiste zu danken«, erwiderte er hasserfüllt; »vielleicht kann ich Ihnen meine Schuld eines Tages heimzahlen.«

Holmes lächelte nachsichtig.

»Die nächsten paar Jahre werden Sie, glaube ich, kaum die nötige Zeit dazu finden«, erwiderte er ruhig. »Aber vielleicht beantworten Sie mir jetzt noch eine Frage: Was haben Sie außer Ihren alten Hosen noch in den Holzhaufen geworfen? Einen toten Hund, ein paar Kaninchen oder was sonst? Sie wollen mir's nicht sagen? Ei, ei, sind Sie unhöflich! Nun, ein paar Kaninchen genügten, um das Blut zu liefern und die verkohlten Knochenreste. – Falls Sie jemals diese Geschichte niederschreiben sollten, Watson, denken Sie an die Kaninchen!«

Die tanzenden Männchen

Sherlock Holmes hatte stundenlang über eine Porzellanschale gebeugt gesessen, in der er ein besonders übelriechendes chemisches Erzeugnis braute. Sein Kopf war auf die Brust herabgesunken, und der lange, schmale Rücken war so gekrümmt, dass die Gestalt meines Freundes einem schlanken Vogel mit grauem Gefieder und schwarzer Haube glich.

»Sie wollen also keine südafrikanischen Papiere kaufen, Watson?«, sagte er urplötzlich.

Ich konnte mein Erstaunen über diese Frage nicht unterdrücken. Obgleich er mir schon häufig Beweise bewundernswerter Fähigkeiten gegeben hatte, war mir doch dieses Erraten meiner innersten Gedanken gänzlich unfassbar.

»Woher in aller Welt wissen Sie das?«, fragte ich ihn.

Holmes drehte sich auf seinem Stuhl um. Er hatte ein rauchendes Reagenzröhrchen in der Hand, und seine tiefliegenden Augen zeigten eine vergnügte Stimmung an.

»Nun, Watson, Sie sind überrascht?«, sagte er.

»Das bin ich allerdings.«

»Dieses Zugeständnis sollte ich mir eigentlich schriftlich von Ihnen geben lassen.«

»Warum?«

»Weil Sie in fünf Minuten sagen werden, auf diesen Gedanken zu kommen, sei ungeheuer einfach gewesen.«

»Das werde ich sicher nicht sagen.«

»Passen Sie mal auf, mein lieber Watson«, er steckte das Probierröhrchen in das Gestell und begann mit der Miene eines Lehrers zu reden, der zu seinen Schülern spricht, »es ist tatsächlich nicht so schwer, eine Reihe von Schlüssen zu ziehen, von denen jeder aus dem vorhergehenden folgt und von denen jeder einzelne sehr leicht ist. Wenn man das tut und dann die mittleren weglässt und seinen Zuhörern nur den ersten und letzten sagt, so kann man eine verblüffende, mitunter eine geradezu wunderbare Wirkung erzielen. So war es wahrhaftig keine Kunst, an Ihrem linken Zeigefinger und Daumen zu erkennen, dass Sie die Absicht, Ihr kleines Vermögen in afrikanischen Minenwerten anzulegen, aufgegeben haben.«

»Hier sehe ich keinerlei Verbindung.«

»Das ist wohl möglich, aber ich kann Ihnen schnell die einzelnen Glieder der Kette der Reihe nach zeigen. Erstens: Als Sie gestern Abend aus dem Klub kamen, hatten Sie Kreidespuren an Daumen und Zeigefinger der linken Hand. Zweitens: Das ist nur der Fall, wenn Sie Billard gespielt und den Stock mit Kreide bestrichen haben. Drittens: Sie spielen nur mit Thurston Billard. Viertens: Sie erzählten mir vor vier Wochen, dass Thurston südafrikanische Aktien, die nach einem Monat ausgegeben würden, zu kaufen gedenke und Sie sich daran beteiligen wollten. Fünftens: Ihr Scheckbuch ist in meinem Schrank eingeschlossen, und Sie haben bis heute noch nicht nach dem Schlüssel gefragt. Sechstens: Sie haben also die Absicht aufgegeben, Ihr Geld in diesen Werten anzulegen.«

»Wie ungeheuer einfach!«, rief ich unwillkürlich aus.

»Genau, wie ich gesagt hatte«, fuhr mein Freund etwas ärgerlich fort. »Jedes Problem erscheint Ihnen kinderleicht, nachdem man es Ihnen erklärt hat. Hier habe ich aber eins, das noch nicht erklärt ist. Sehen Sie, was Sie damit machen können, alter Freund.« Er warf mir ein Blatt Papier auf den Tisch und wandte sich wieder seiner chemischen Analyse zu.

Ich betrachtete erstaunt die merkwürdigen Hieroglyphen auf dem Papier.

»Ach, Holmes«, rief ich, »das hat ein Kind gemacht!«

»Das ist Ihre Ansicht!«

»Was soll es denn sonst sein?«

»Ja, das möchte Mr Hilton Cubitt aus Riding in Norfolk auch gerne wissen. Das kleine Rätsel ist mit der ersten Post eingelaufen, und der Absender selbst will mit dem nächsten Zug kommen … Es klingelt, Watson, und es sollte mich gar nicht überraschen, wenn er es schon wäre.«

Auf der Treppe wurden schwere Tritte hörbar, und im nächsten Augenblick machte ein großer, frisch aussehender Herr mit glattrasiertem Gesicht unsere Stubentür auf. Seine klaren Augen und seine blühende Gesichtsfarbe sagten uns, dass er gewiss keinen Beruf habe, der ihn an die Stadt fessele. Er schien bei seinem Eintritt einen Hauch der kräftigen, nervenstärkenden Seeluft seiner Heimat mitzubringen. Als er jedem von uns die Hand geschüttelt hatte und Platz nehmen wollte, fiel sein Blick auf das Papier mit den sonderbaren Zeichen, das ich eben in der Hand gehabt und wieder auf den Tisch gelegt hatte.

»Nun, Mr Holmes, was meinen Sie dazu?«, rief er mit markiger Stimme aus. »Man hat mir erzählt, dass Ihnen solche rätselhaften Sachen Spaß machen, und ich glaube kaum, dass es eine rätselhaftere gibt als diese. Ich habe den Zettel vorausgeschickt, damit Sie ihn vor meiner Ankunft studieren könnten.«

»Es ist wirklich eine seltsame Schreiberei«, erwiderte Holmes. »Auf den ersten Blick könnte man es für das Gekritzel eines Kindes halten. Es besteht aus einer Anzahl kleiner Figuren, die über das Papier tanzen. Warum legen Sie diesem dummen Zeug überhaupt eine besondere Bedeutung und so große Wichtigkeit bei?«

»Mir würde es gar nicht einfallen, aber meine Frau tut's. Sie ist darüber zu Tod erschrocken. Sie sagt zwar nichts, ich kann ihr aber die Furcht aus den Augen ablesen, und darum möchte ich der Sache auf den Grund gehen.«

Holmes nahm den Zettel und hielt ihn gegen das helle Tageslicht. Es war ein Blatt aus einem Notizbuch. Die Zeichen waren mit Bleistift gemacht und sahen ungefähr so aus:

Holmes prüfte das Blatt eine Zeitlang, faltete es dann sorgfältig zusammen und legte es in ein Notizbuch.

»Es verspricht ein äußerst interessanter und ungewöhnlicher Fall zu werden«, sagte er. »Sie haben mir in Ihrem Brief bereits einige nähere Angaben gemacht, es würde mir aber angenehm sein, wenn Sie im Interesse meines Freundes Doktor Watson hier das Ganze noch einmal im Zusammenhang erzählen wollten.«

»Ich bin durchaus kein glänzender Erzähler«, sagte unser Besucher und rieb sich nervös die großen, kräftigen Hände; »Sie müssen mich fragen, wenn ich die Sache nicht ordentlich klar mache. Ich muss mit meiner Verehelichung im vorigen Jahr anfangen. Ich will nur vorausschicken, dass, wenn ich auch kein reicher Mann bin, meine Vorfahren doch seit fünfhundert Jahren in Riding ansässig sind und meine Familie die bekannteste in der ganzen Grafschaft ist. Vergangenes Jahr kam ich zum Jubiläum nach London herauf und logierte in einem Haus am Russell Square, weil der

Geistliche unserer Gemeinde, Pastor Parker, auch da wohnte. Dort war auch eine junge Amerikanerin – namens Patrick – Elsie Patrick. Wir befreundeten uns, und ehe ein Monat um war, war ich so in sie verliebt, wie es ein Mann nur sein kann. Wir ließen uns in aller Stille trauen und kehrten als junges Ehepaar nach Norfolk zurück. Es wird Ihnen als recht leichtsinnig erscheinen, Mr Holmes, dass ein Mann aus einer guten, alten Familie sich in dieser Weise eine Frau nimmt, das heißt, ohne etwas über ihre Herkunft und ihre Vergangenheit zu wissen; wenn Sie sie aber sähen und näher kennen würden, würden Sie es begreiflich finden.

Sie war sehr offen in dieser Beziehung, die Elsie. Sie hielt wahrhaftig nicht damit hinterm Berg, als ich sie fragte. ›Ich habe sehr unangenehme Verhältnisse in meinem Leben durchgemacht‹, antwortete sie, ›ich suche sie zu vergessen. Ich spreche nicht gerne davon, denn es ruft stets peinliche Erinnerungen in mir wach. Wenn du mich zur Frau nimmst, bekommst du eine, die nichts auf dem Gewissen hat, dessen sie sich persönlich zu schämen braucht; aber du musst dich mit meinem Wort zufrieden geben und mir versichern, dass du mich über das, was bis zu meiner Verheiratung vorgefallen ist, nicht fragen wirst. Wenn du diese Bedingungen nicht einhalten zu können glaubst, so gehst du lieber allein nach Norfolk und lässt mich das einsame Leben weiterführen, das ich bisher geführt habe.‹ Erst am Tag vor der Hochzeit sprach sie in dieser Weise zu mir. Ich antwortete darauf, dass ich sie unter der von ihr gestellten Bedingung nehmen wollte und habe mein Wort seither gehalten.

Wir sind nun ein Jahr verheiratet und haben sehr glücklich miteinander gelebt. Doch vor etwa einem Monat, Ende Juni, bemerkte ich die ersten Anzeichen einer Veränderung in unserem Verhältnis. Eines Tages bekam meine Frau aus Amerika einen Brief. Ich erkannte die amerikanische Marke. Elsie wurde leichenblass, las das Schreiben und warf es ins Feuer. Sie erwähnte die Sache später mit keinem Wort, und ich fing auch nicht davon an, denn versprochen bleibt versprochen; aber sie hat seit jener Zeit keine vergnügte Stunde mehr gehabt. Ihr Gesicht verrät stets eine gewisse Angst, sie sieht aus, als ob sie etwas Schlimmes befürchte. Es wäre besser, wenn sie sich mir anvertraute. Sie würde in mir ihren besten Freund finden. Aber wenn sie sich nicht selbst zu reden entschließt – ich darf den Anfang nicht machen. Wohlverstanden, sie ist ein treues Weib, Mr Holmes, und was auch früher vorgefallen sein mag, sie trägt sicher nicht die Schuld daran. Ich bin ein einfacher Gutsbesitzer in Norfolk, aber in ganz England hält niemand seine Familie höher als ich. Das weiß sie sehr genau, und sie wusste es auch bereits vor unserer Heirat. Sie würde nie einen Makel darauf geladen haben – dessen bin ich sicher.

Ich komme nun erst auf den Kern der ganzen beunruhigenden Angelegenheit, auf den Teil, zu dessen Lösung ich Ihre Hilfe in Anspruch nehmen möchte. Vor ungefähr acht Tagen – es war am Dienstag voriger Woche – entdeckte ich auf einer Fensterschwelle eine Anzahl kleiner tanzender Figuren, wie die hier auf dem Papier. Sie waren mit Kreide drauf gekritzelt. Ich dachte, der Stalljunge wäre es gewesen, er schwor jedoch, nichts davon zu wissen. Wie dem auch sein mochte, sie waren während der Nacht dahingekommen. Ich wischte sie aus und erwähnte es meiner Frau gegenüber erst später. Zu meiner Überraschung nahm sie die Sache sehr ernst und bat mich, wenn ich wieder welche fände, sie ihr gleich zu zeigen. Eine Woche lang erschien kein neues Männchen, aber gestern Morgen lag dieses Papier hier auf der Sonnenuhr im Garten. Ich gab es Elsie, und sie fiel in Ohnmacht. Seitdem trägt sie ein ganz träumerisches Wesen zur Schau, ist vollkommen verstört, und die Furcht guckt ihr aus beiden Augen. Ich schrieb sofort an Sie, Mr Holmes, und legte den Zettel bei. Ich konnte die Sache nicht der Polizei übergeben, denn sie würde mich ausgelacht haben, aber Sie werden mir raten können, was ich tun soll. Ich bin kein reicher Mann; aber wenn meiner Frau Unheil droht, bin ich bereit, den letzten Heller zu opfern.«

Er war eine sympathische Erscheinung, dieser Mann von altem Schrot und Korn, einfach, gerade und edel, mit treuen, blauen Augen und einem offenen, hübschen Gesicht. Die Liebe und das Vertrauen zu seiner Frau sprachen aus seinen Zügen und aus seinen Äußerungen. Holmes hatte der Erzählung aufmerksam zugehört und saß, in Nachdenken versunken, schweigend auf seinem Stuhl.

»Meinen Sie nicht, Mr Cubitt«, sagte er nach einiger Zeit, »dass es die beste Lösung wäre, wenn Sie sich direkt mit Ihrer Frau verständigen und sie bäten, Ihnen ihr Geheimnis anzuvertrauen?«

Hilton Cubitt schüttelte sein Haupt.

»Versprechen bleibt Versprechen, Mr Holmes. Wenn mir's Elsie mitteilen wollte, würde sie es freiwillig tun. Wenn sie es nicht will, kann ich sie nicht zwingen. Aber das Recht habe ich, anderweitig die nötigen Schritte zur Aufklärung der Sache zu tun – und das will ich.«

»Dann will ich Ihnen mit allen Kräften beistehen. Also vor allen Dingen, haben Sie etwas von Fremden in Ihrer Nachbarschaft gesehen oder gehört?«

»Nein.«

»In Ihrer Heimat ist doch wohl wenig Verkehr, sodass jedes fremde Gesicht auffallen würde?«

»In der unmittelbaren Umgebung, ja. Aber etwas weiter ab liegen kleine Badeorte, deren Bewohner im Sommer Gäste aufnehmen.«

»Diese Hieroglyphen sind sicher nicht ohne Bedeutung. Wenn sie rein willkürlich gewählt sind, wird es kaum möglich sein, sie zu entziffern. Liegt dagegen ein System darin, so zweifle ich nicht, dass wir eine Lösung finden werden. Das vorliegende Muster ist jedoch zu klein, um etwas damit anfangen zu können, und die Tatsachen, die Sie uns erzählt haben, sind zu unbestimmt, um eine sichere Unterlage für die weitere Untersuchung abgeben zu können. Ich möchte Ihnen daher vorschlagen, jetzt nach Norfolk zurückzukehren, genau auf alles aufzupassen und irgendwelche neuen tanzenden Männchen getreu nachzuzeichnen. Es ist außerordentlich schade dass wir keine Abschrift der ersten Zeichen haben, die mit Kreide auf das Fenster geschrieben waren. Erkundigen Sie sich auch vorsichtig nach etwaigen Fremden in der Umgebung. Sobald Sie etwas Neues in Erfahrung gebracht haben, kommen Sie gleich wieder zu mir. Einen anderen Rat kann ich Ihnen vorläufig nicht geben, Mr Cubitt. In dringenden Fällen bin ich stets bereit, hinunterzufahren und Sie aufzusuchen.«

Nach diesem Interview war mein Freund sehr nachdenklich, und im Laufe der nächsten Tage sah ich ihn wiederholt das Blättchen Papier aus dem Notizbuch nehmen und lange und ernst die merkwürdigen Zeichen betrachten. Er sprach jedoch nie wieder von dieser Angelegenheit, bis ich, nach vierzehn Tagen oder noch später, ausgehen wollte und er mir plötzlich zurief:

»Sie würden besser hier bleiben, Watson.«

»Warum?«

»Weil ich heute morgen von Cubitt – Sie erinnern sich doch noch des Mannes mit den tanzenden Figuren? – ein Telegramm erhalten habe. Er will ein Uhr zwanzig auf der Station Liverpool Street ankommen und muss also jeden Augenblick hier sein. Ich schließe aus der Depesche, dass er wichtige Nachrichten mitbringen wird.«

Es dauerte gar nicht lange, als unser Norfolker Kunde auch schon im schnellsten Tempo in einer Droschke vorgefahren kam. Er sah niedergeschlagen und abgespannt aus, die klaren Augen waren trübe, und die heitere Stirn war in Falten gezogen.

»Die Geschichte fällt mir allmählich an die Nerven, Mr Holmes«, begann er und ließ sich ermattet in einen Lehnstuhl sinken. »Es ist schon ein ziemlich unbehagliches Gefühl, sich heimlich von unbekannten Menschen umgeben zu wissen, die etwas gegen einen im Schilde führen; wenn man aber zudem mitansehen muss, wie die eigene Frau dabei zugrunde geht, wird die Sache nachgerade unerträglich. Sie wird immer siecher, zusehends siecher.«

»Hat sie noch nichts geäußert?«

»Nein, Mr Holmes, kein Wort. Und doch hat das arme Weib manchmal das Bedürfnis gehabt zu sprechen – ich hab's ihr angesehen –, aber sie hat's nicht über sich gebracht. Ich hab's ihr erleichtern wollen, aber ich muss sagen, ich hab's so ungeschickt angefangen, dass ich's ihr vielmehr erschwert und sie davon abgebracht habe. Sie redete von meiner alten Familie, von unserem guten Ruf in der Grafschaft und von unserem Stolz auf unsere unbefleckte Ehre. Ich merkte, dass sie etwas auf dem Herzen hatte, aber auf einmal sprang sie von diesem Thema ab, ohne zu Ende gekommen zu sein.«

»Aber Sie haben für sich neue Entdeckungen gemacht?«

»Mancherlei, Mr Holmes. Ich bringe Ihnen hier verschiedene tanzende Männchen zur Prüfung mit, und, was das Wichtigste ist, ich habe den Kerl gesehen!«

»Was, den Schreiber der Figuren?«

»Jawohl, ich habe ihn bei der Arbeit beobachtet. Aber ich will Ihnen alles in der richtigen Reihenfolge berichten. Als ich nach dem Besuch bei Ihnen nach Hause zurückgekehrt war, fand ich gleich am nächsten Morgen wieder neue tanzende Männchen. Sie waren mit Kreide an das schwarze hölzerne Tor des Wagenschuppens gezeichnet, die man von den vorderen Fenstern unseres Wohnhauses gerade vor Augen hat. Ich habe sie genau nachgemacht, hier ist die Kopie.« Er faltete einen Zettel auseinander und legte ihn auf den Tisch. Die Zeichen sahen folgendermaßen aus:

𝄌𝄌 𝄌𝄌 𝄌𝄌 𝄌

»Ausgezeichnet!«, sagte Holmes. »Ausgezeichnet! Bitte fahren Sie fort.«

»Nachdem ich die Abschrift genommen hatte, löschte ich die Dinger aus; am übernächsten Morgen war jedoch wieder eine neue Serie dort, deren Kopie ich hier habe.«

Holmes rieb sich die Hände und lachte vor Vergnügen über die günstige Weiterentwicklung.

»Unser Material mehrt sich erfreulich schnell«, sagte er.

»Drei Tage darauf fand ich wieder ein Blatt Papier mit den rätselhaften Figuren an der Sonnenuhr. Ich habe es hier. Es sind, wie Sie sehen, genau dieselben Zeichen darauf, wie auf dem letzten. Nun entschloss ich mich endlich, dem Schreiber aufzulauern. Ich nahm meinen Revolver und setzte mich in mein Zimmer, von dem aus ich den Hof auf den Garten überblicken kann. Im Zimmer hatte ich kein Licht, draußen war es mondhell. Als ich so gegen zwei Uhr nachts am Fenster saß, hörte ich Schritte; es war meine Frau im Schlafgewand. Sie bat mich inständig, zu Bett zu gehen. Ich erklärte ihr frei heraus, dass ich den Menschen sehen wollte, der ein so eigentümliches Spiel mit uns trieb. Sie antwortete, es handle sich nur um einen schlechten Scherz, und ich solle gar keine Notiz davon nehmen.

›Wenn es dich beunruhigt, Hilton, können wir ja zusammen verreisen und uns so dieser Störung entziehen.‹

›Was, uns von einem üblen Witzbold aus unserem eigenen Haus treiben lassen?‹, erwiderte ich. ›Die ganze Nachbarschaft würde uns ja auslachen.‹

›Wir können morgen früh weiter darüber reden, komm jetzt bitte zu Bett‹, versetzte sie zärtlich.

Während sie noch sprach, sah ich im Mondschein ihr bleiches Gesicht plötzlich noch bleicher werden. Im Schatten des Schuppens bewegte sich etwas. Eine dunkle Gestalt kroch um die Ecke und kauerte vor dem Tor nieder. Ich ergriff meine Waffe und wollte hinausstürzen. Aber meine Frau schlang die Arme um mich und hielt mich krampfhaft fest. Ich versuchte, sie abzuschütteln, sie ließ aber nicht los. Endlich machte ich mich frei, aber ehe ich zur Tür hinauskam und das Gebäude erreichte, war der Kerl verschwunden. Er hatte jedoch eine Spur hinterlassen; an dem Tor befand sich wieder dieselbe Reihe tanzender Figuren wie die beiden vorhergehenden Male und wie ich sie auf jenem Blatt nachgezeichnet habe. Sonst war nichts von ihm zu sehen, obwohl ich das ganze Gelände absuchte. Das ist um so auffallender, als er sich auch später noch in der Nähe aufgehalten haben muss, denn als ich am Morgen das Tor wieder untersuchte, hatte er unter die Zeile, die ich bereits gesehen hatte, neue Zeichen gesetzt.«

»Haben Sie diese frischen Figuren auch kopiert?«

»Ja, es sind nur wenige; hier sind sie.«

Er zog abermals ein Papier aus der Tasche, das folgende Zeichen enthielt:

𝄞𝄞𝄞𝄞𝄞

»Sagen Sie mal«, fragte Holmes, dem ich die starke Erregung an den Augen ansehen konnte, »war dies ein bloßer Zusatz zu der ersten Reihe, oder machte es den Eindruck, als ob es gar nicht dazugehörte?«

»Es stand auf einem ganz anderen Teil des Tores.«

»Großartig! Das ist von der größten Bedeutung zur Erreichung unseres Zweckes. Es erfüllt mich mit neuen Hoffnungen. Nun erzählen Sie weiter, Mr Cubitt.«

»Ich kann nur noch hinzufügen, Mr Holmes, dass ich auf meine Frau sehr böse war, weil sie mich in jener Nacht daran gehindert hatte, den heimtückischen Burschen womöglich in meine Gewalt zu bekommen. Sie sagte zwar, sie hätte sich gefürchtet, es möchte mir ein Leid geschehen, aber einen Augenblick kam mir der Gedanke, dass sie in Wirklichkeit gefürchtet haben möchte, dass er Schaden nehme, denn ich konnte nicht daran zweifeln, dass sie den Mann und auch die Bedeutung dieser Zeichen kannte. Doch in der Stimme meiner Frau lag ein Klang und in ihren Augen ein Ausdruck, der alle Zweifel verscheuchte, und ich bin jetzt wieder der festen Überzeugung, Mr Holmes, dass sie tatsächlich um mein eigenes Wohl besorgt war. – Ich habe Ihnen hiermit den ganzen Fall genau dargestellt und bitte Sie nun um Ihren Rat, was zu tun ist. Ich selbst möchte am liebsten ein halbes Dutzend meiner Leute aufstellen und dem Kerl, wenn er wiederkommt, eine so derbe Lektion erteilen lassen, dass er uns in Zukunft in Frieden lässt.«

»Ich fürchte, dieser Fall ist schon zu weit vorgeschritten und nicht mehr durch eine so einfache Kur zu heilen«, sagte Holmes. »Wie lange können Sie in London bleiben?«

»Ich muss heute wieder zurück, unbedingt. Ich möchte meine Frau um alles in der Welt nicht allein lassen während der Nacht. Sie ist sehr nervös und bat mich dringend zurückzukehren.«

»Wenn's so steht, kann ich Ihnen nur recht geben. Aber wenn Sie einen oder zwei Tage Zeit gehabt hätten, wäre ich vielleicht mit Ihnen nach Hause gefahren. Lassen Sie mir alle diese Zettel unterdessen hier. Ich denke, ich werde Ihnen höchstwahrscheinlich in Kürze einen Besuch machen und einiges Licht in diese dunkle Sache bringen können.«

Holmes bewahrte während der Anwesenheit unseres Besuchers seine geschäftliche Ruhe, obgleich er stark erregt war, wie ich wohl merkte. Sobald aber Hilton Cubitts breiter Rücken in der Tür verschwunden war, schritt er schnell zum Schreibtisch, breitete die sämtlichen Papierzettel darauf vor sich aus und begann eine schwierige und mühsame Berechnung. Zwei Stunden lang beobachtete ich ihn, wie er ein Blatt nach dem anderen mit Figuren und Zeichen beschrieb und so sehr in die Arbeit vertieft war, dass er meine Gegenwart augenscheinlich ganz vergessen hatte. Manchmal, wenn es mit seiner Lösung vorwärts ging, fing er an zu pfeifen und zu singen, manchmal, wenn er in Verlegenheit kam, sah er längere Zeit mit gerunzelter Stirn starr vor sich hin. Endlich sprang er mit einem Ausruf der Befriedigung vom Stuhl auf und ging, sich die Hände reibend, im Zimmer auf und ab. Dann nahm er ein Depeschenformular und setzte ein langes Telegramm auf. »Wenn ich darauf die gewünschte Antwort erhalte, werden Sie einen sehr hübschen Fall für Ihre Sammlung bekommen, Watson«, sagte er dann zu mir. »Ich hoffe, dass wir morgen nach Norfolk hinunterfahren können, um unserem Freund endgültig Bescheid bezüglich seiner Kümmernis zu bringen.«

Ich muss gestehen, dass ich neugierig war. Da ich aber wusste, dass Holmes seine Enthüllungen zu seiner Zeit und auf seine eigene Weise bekannt zu geben pflegte, wartete ich geduldig, bis es ihm passen würde, mich ins Vertrauen zu ziehen.

In der Beantwortung des Telegramms trat jedoch eine Verzögerung ein. Es folgten zwei Tage, in denen Holmes sehr ungeduldig war und bei jedem Klingeln emporfuhr. Am Abend des zweiten Tages traf dagegen wieder eine Nachricht von Cubitt ein. Es sei alles ruhig geworden, nur heute Morgen habe er an der Sonnenuhr eine lange Reihe tanzender Männchen gefunden. Er legte eine Abschrift davon bei. Sie sah folgendermaßen aus:

Holmes beugte sich einige Minuten über diese seltsamen Zeichen, dann stieß er plötzlich einen Schrei der Überraschung und des Entsetzens aus. Sein Gesicht war ganz entstellt vor Schrecken.

»Wir haben der Sache nun lange genug ihren Lauf gelassen«, sagte er, »es ist höchste Zeit, dass wir einschreiten. Geht heute Nacht noch ein Zug nach North Walsham?«

Ich sah sofort auf dem Fahrplan nach. Der letzte war gerade abgegangen.

»Dann müssen wir morgen bald frühstücken und gleich den ersten Zug benutzen. Unsere Anwesenheit ist dringend nötig. Aha, hier kommt auch die erwartete Depesche. Einen Augenblick, Mrs Hudson, vielleicht muss ich darauf antworten. Nein, es ist gut so. Diese Nachricht zeigt noch deutlicher, dass wir keine Minute Zeit verlieren dürfen, um Cubitt vom Stand der Dinge in Kenntnis zu setzen. Der gute Mann ist in ein gefährliches Netz geraten.«

Tatsächlich erwies es sich so. Und auch jetzt, wo ich nun das Ende dieser tragischen Geschichte erzählen muss, die mir anfangs kindisch und töricht erschienen war, empfinde ich wieder von neuem jenen Schauder und Schrecken, der mir damals durch die Glieder ging. Ich wünschte, meinen Lesern einen glücklichen Ausgang berichten zu können. Ich muss jedoch den Vorgang so schildern, wie er sich wirklich zugetragen hat, und darf auch das schreckliche Ende nicht verschweigen, das Riding eine Zeitlang zu einer traurigen Berühmtheit verholfen hat.

Wir waren kaum in North Walsham ausgestiegen und hatten einen Wagen zu unserer Weiterreise bestellt, als der Stationsvorstand auf uns zueilte und uns anredete:

»Ich vermute, dass Sie die Londoner Geheimpolizisten sind?«

Holmes war durch diese Frage unangenehm berührt.

»Woraus schließen Sie das?«

»Weil Inspektor Martin aus Norwich auch eben durchgekommen ist. Vielleicht sind Sie auch die Ärzte. Sie ist nicht tot – wenigstens nach den letzten Nachrichten noch nicht. Möglicherweise treffen Sie noch rechtzeitig ein, um sie vom Tod zu retten – wenn's auch nur für den Galgen ist.«

Holmes' Antlitz verfinsterte sich.

»Wir wollen allerdings nach Riding«, sagte er, »aber von dem, was sich nach Ihren Reden dort zugetragen hat, haben wir noch nichts gehört.«

»Ein furchtbares Blutbad«, fuhr der Bahnhofsvorsteher fort, »sie sind beide erschossen, Mr Cubitt und seine Frau. Sie hat ihn erschossen und dann sich selbst – wenigstens sagt das Personal so aus. Er ist bereits gestorben, und sie schwebt in Lebensgefahr. Heiliger Herr! Eine der ältesten und geachtetsten Familien in der ganzen Grafschaft.«

Ohne ein Wort zu verlieren sprang Holmes in den Wagen. Er sprach während der ganzen Fahrt kein Wort. Ich habe ihn selten in einer so verzweifelten Stimmung gesehen. Er war schon von Anfang an unruhig gewesen, und hatte, wie mir nicht entgangen war, die Morgenzeitungen ängstlich durchblättert; aber diese plötzliche Verwirklichung seiner schlimmsten Befürchtungen hatte ihn vollends niedergedrückt. Er saß zurückgelehnt in seiner Ecke und war in düsteres Nachdenken versunken, obgleich es vielerlei Interessantes zu sehen gab, denn wir fuhren durch eine der schönsten und eigenartigsten Gegenden in ganz England. Kleine, zerstreut liegende Häuschen waren aus der heutigen Zeit, während die gewaltigen Kirchen mit den viereckigen Türmen, die sich zu beiden Seiten des Weges aus der flachen, grünen Landschaft hervorhoben, von dem Reichtum und der Macht Alt-Englands Zeugnis ablegten. Endlich sah man hinter der grünen Küste von Norfolk die blauen Fluten der Nordsee auftauchen, und der Kutscher zeigte mit der Peitsche auf zwei alte Giebel aus Stein- und Holzfachwerk, die hinter einem Hain hervorlugten. »Das ist Riding«, sagte er.

Als wir durch das Parktor die Allee entlangfuhren, erblickte ich gerade vor uns den alten Wagenschuppen und die Sonnenuhr, an die sich so merkwürdige Beziehungen knüpften. Aus einem Jagdwagen war eben ein flinker, kleiner Mann mit einem großen, gewichsten Schnurrbart gestiegen. Er stellte sich uns selbst als Inspektor Martin von der Norfolker Kriminalpolizei vor und zeigte sich nicht wenig erstaunt, als er den Namen meines Gefährten hörte.

»Ei, Mr Holmes, das Verbrechen ist erst heute Nacht um drei Uhr verübt worden, wie konnten Sie das schon in London wissen und ebenso früh am Tatort eintreffen wie ich?«

»Ich ahnte es. Ich kam in der Absicht, es zu verhüten.«

»Dann müssen Sie Material haben, das wir nicht kennen; denn soviel uns gesagt worden ist, hat das Ehepaar sehr einig gelebt.«

»Ich kenne nur die Geschichte von den tanzenden Männchen«, erwiderte Holmes. »Ich werde Ihnen das später auseinandersetzen. Zunächst will ich, da ich das Unglück nicht habe verhüten können, diese meine Kenntnis benutzen, um den Täter zu ermitteln. Wollen Sie mich bei diesen Nachforschungen unterstützen, oder wollen Sie lieber unabhängig von mir vorgehen?«

»Es würde mich außerordentlich freuen, wenn ich mit Ihnen zusammenarbeiten dürfte, Mr Holmes«, antwortete der Inspektor ernst.

»Dann wollen wir unverzüglich den Tatbestand aufnehmen und danach gleich mit den Vorarbeiten anfangen.«

Inspektor Martin war so vernünftig, meinen Freund allein gewähren zu lassen und sich damit zu begnügen, die Ergebnisse sorgfältig aufzuzeichnen.

Der Arzt des Ortes, ein älterer Herr mit weißem Haar und Bart, kam gerade aus dem Zimmer der Mrs Cubitt. Er teilte uns mit, dass ihre Verletzungen zwar schwer, aber nicht unbedingt tödlich seien. Die Kugel sei durch das Stirnbein ins Gehirn gedrungen und es würde voraussichtlich längere Zeit dauern, bis sie das Bewusstsein wiedererlangte. Auf die Frage, ob sie erschossen worden sei oder sich selbst erschossen habe, wagte er keine bindende Antwort zu geben. Es sei nur so viel sicher, dass die Kugel aus unmittelbarer Nähe gekommen sei. Im Zimmer sei nur ein Revolver gefunden worden, aus dem zwei Kugeln abgefeuert worden seien. Mr Cubitt sei mitten ins Herz getroffen. Es wäre ebenso gut denkbar, dass er sie zuerst und dann sich selbst getötet habe, denn die Schusswaffe läge auf dem Boden in der Mitte zwischen beiden.

»Ist die Leiche schon von der Stelle geschafft worden?«, fragte Holmes.

»Nur die schwerverwundete Frau wurde weggetragen, denn man konnte sie unmöglich auf dem Boden liegen lassen.«

»Wie lange sind Sie schon hier, Herr Doktor?«

»Seit vier Uhr.«

»Ist sonst noch jemand hier?«

»Ja, der Polizeidiener.«

»Und Sie haben nichts angefasst?«

»Gar nichts.«

»Dann sind Sie sehr vernünftig gewesen. Wer hat Sie holen lassen?«

»Das Hausmädchen Saunders.«

»Hat sie Lärm geschlagen?«

»Sie und die Köchin, Miss King.«

»Wo sind die Mädchen jetzt?«

»Ich glaube, in der Küche.«

»Dann wollen wir sie sofort verhören.«

Die alte Vorhalle mit Eichenholztäfelung und den hohen Fenstern wurde in einen Gerichtssaal verwandelt. Holmes nahm auf einem großen altmodischen Lehnstuhl Platz. Er war ernst und niedergeschlagen, aber in seinem Blick lag Trotz und Unerbittlichkeit. Ich konnte in seinen Augen den festen Vorsatz lesen, dass er seinen Kunden, den er leider nicht gerettet hatte, wenigstens unter allen Umständen rächen wollte. Der Inspektor, der alte grauhaarige Landdoktor, ein Ortspolizist und ich bildeten die Beisitzer dieses eigenartigen Gerichtshofes.

Die beiden Mädchen gaben eine ziemlich klare Darstellung des Vorfalls. Sie waren durch einen lauten Knall aus dem Schlaf aufgeweckt worden;

kurz darauf hatten sie einen zweiten gehört. Sie schliefen in zwei aneinanderstoßenden Kammern. Miss King war zur Saunders gestürzt und sie waren zusammen die Treppe hinuntergelaufen. Die Tür des Arbeitszimmers stand offen, und auf dem Tisch brannte eine Kerze. Ihr Herr lag mitten im Zimmer auf dem Fußboden, das Gesicht nach unten gekehrt. Er war tot. In der Nähe des Fensters lag seine Frau, mit dem Kopf an die Wand gelehnt. Sie hatte eine furchtbare Verwundung, und ihre eine Seite war ganz von Blut überströmt. Sie gab noch Lebenszeichen von sich, konnte aber nicht sprechen. Das Fenster war zu und von innen geschlossen. In diesem Punkt stimmten die Aussagen beider Mädchen vollständig überein. Sie hatten sofort zum Arzt und zur Polizei geschickt. Dann hatten sie mit Hilfe des Dieners und des Stallburschen ihre verwundete Herrin in ihr Zimmer gebracht. Beide Ehegatten hatten vorher das Bett benutzt. Die Frau war angekleidet, der Mann hatte über den Unterkleidern seinen Schlafrock an. Im Arbeitszimmer war nichts angerührt, es stand noch jedes Ding an seinem Platz. Soweit die Mädchen wussten, hatten die Eheleute im besten Einvernehmen gelebt und allgemein als ein sehr glückliches Paar gegolten.

Das waren die hauptsächlichsten Angaben. Auf eine Frage des Inspektors Martin konnten sie bestimmt behaupten, dass alle Haustüren von innen geschlossen gewesen waren und niemand aus dem Haus entwischt sein konnte. Holmes antworteten sie, dass ihnen, sobald sie aus ihren Zimmern auf den Flur gestürzt seien, augenblicklich ein starker Pulvergeruch aufgefallen sei. »Auf diesen Punkt mache ich Sie ganz besonders aufmerksam«, sagte Holmes zu seinem Berufsgenossen Martin. »Und nun können wir uns, glaube ich, an die Untersuchung des Zimmers begeben.«

Das Arbeitszimmer des Mr Cubitt war nicht allzu groß; an drei Wänden standen Bücherregale, an einem gewöhnlichen Fenster stand ein Schreibtisch. Von hier aus konnte man den Hof und den Garten überschauen. Unsere erste Aufmerksamkeit galt der Leiche des unglücklichen Besitzers, dessen Körper ausgestreckt am Boden lag. Daraus, dass seine Kleidung nicht ganz geordnet war, konnte man entnehmen, dass er Eile gehabt hatte. Die Kugel war von vorne gekommen und, nachdem sie das Herz durchbohrt hatte, im Körper stecken geblieben. Der Tod musste augenblicklich und schmerzlos eingetreten sein. Weder sein Schlafrock noch seine Hände zeigten irgendwelche Pulverspuren. Nach Aussage des Arztes waren dagegen im Gesicht der Frau solche Flecken wahrnehmbar, an ihren Händen dagegen nicht.

»Das Fehlen dieser Flecken beweist nichts, wenn auch ihr Vorhandensein sehr vielsagend ist«, bemerkte Holmes. »Ich glaube, wir können Mr Cubitts

Leiche wegtragen lassen. Die Kugel, welche die Frau getroffen hat, haben Sie wohl nicht gefunden, Herr Doktor?«

»Dazu ist eine schwierige Operation nötig. Aber im Revolver stecken noch vier Kugeln. Zwei Schüsse sind abgegeben, und zwei Verwundungen sind zu konstatieren; es muss also jede Kugel getroffen haben.«

»So könnte es scheinen«, sagte Holmes. »Aber welche Kugel hat denn den Fensterrahmen durchschlagen?«

Er drehte sich rasch um und zeigte mit seinen langen, dünnen Fingern auf ein Loch im unteren Fensterrahmen, ungefähr einen Zoll über dem Fensterbrett.

»Weiß Gott!«, rief der Inspektor. »Wie haben Sie das nur sehen können?«

»Weil ich danach gesucht habe.«

»Wunderbar!«, sagte der Arzt. »Sie haben sicher recht. Dann muss ein dritter Schuss gefallen und auch eine dritte Person zugegen gewesen sein. Aber wer mag dies gewesen, und wie mag sie hinausgekommen sein?«

»Diese Frage müssen wir uns zu beantworten suchen«, sagte Holmes. »Sie erinnern sich noch, Mr Martin, dass ich Ihnen den Umstand, dass die beiden Mädchen beim Verlassen ihrer Kammern sofort Pulvergeruch wahrgenommen haben, als außerordentlich wichtig bezeichnete?«

»Jawohl; aber ich muss offen gestehen, dass ich Ihnen nicht ganz zu folgen vermochte.«

»Im Augenblick, als die Schüsse fielen, hat wahrscheinlich sowohl die Tür wie das Fenster offengestanden. Wenn es nicht gezogen hätte, würde sich der Pulverdampf nicht so schnell durch das ganze Haus verbreitet haben. Aber Tür und Fenster sind bald wieder zugemacht worden.«

»Woraus schließen Sie das?«

»Daraus, dass das Licht nicht ausgeblasen worden ist.«

»Großartig!«, rief der Inspektor. »Großartig!«

»Ich hatte die feste Überzeugung, dass das Fenster, während das Unheil passiert ist, offen war. Daraus schloss ich weiter, dass eine dritte Person ihre Hand im Spiel gehabt habe. Diese muss draußen gestanden und geschossen haben. Ein Schuss hinwieder auf diese Person konnte leicht den Fensterrahmen getroffen haben. Ich sah nach und fand denn auch das Loch.«

»Aber wer soll das Fenster zugemacht und von innen verriegelt haben?«

»Das hat sicher gleich die Frau getan. Aber hallo! Was seh ich hier?«

Auf dem Schreibtisch lag das Handtäschchen einer Dame, ein niedliches, kleines Täschchen aus Krokodilleder und mit Silber beschlagen. Holmes öffnete es und stülpte es um. Was kam zum Vorschein? – Ein Bündel von zwanzig Fünfzigpfundscheinen der Bank von England, die mit einem roten Bändchen zusammengebunden waren – weiter nichts.

»Das muss aufgehoben werden, denn es wird in der Verhandlung eine Rolle spielen«, sagte Holmes und händigte das Täschchen nebst Inhalt dem Polizeiinspektor ein. »Wir müssen uns zunächst nun mit dieser dritten Kugel etwas eingehender beschäftigen. Wie sich an den Splittern im Holz erkennen lässt, ist sie vom Zimmer aus gekommen. Ich möchte die Köchin gerne noch etwas fragen. – Sie sagten vorhin, Miss King, dass Sie durch einen lauten Knall geweckt worden seien. Wollten Sie mit diesem Beiwort sagen, dass Ihnen der erste Schuss lauter vorgekommen ist als der zweite?«

»Nun, ich erwachte gerade aus dem Schlaf und kann daher nicht allzu genau urteilen, mein Herr; er erschien mir allerdings sehr laut.«

»Glauben Sie nicht, dass vielleicht im selben Augenblick zwei Schüsse gefallen sind?«

»Das kann ich nicht mit Bestimmtheit sagen, Herr.«

»Ich glaube das ganz sicher. Im Übrigen, Mr Martin, bin ich der Meinung, dass wir hier in diesem Zimmer nichts mehr zu suchen haben. Wir wollen nun lieber einen Rundgang durch den Garten machen und sehen, was wir dort für neues Beweismaterial finden.«

Vor dem Fenster von Mr Cubitts Arbeitszimmer war ein Blumenbeet. Als wir in dessen Nähe kamen, sahen wir zu unserer größten Überraschung, dass die Blumen zusammengetreten waren. Der weiche Erdboden zeigte noch zahlreiche Spuren von großen Mannsfüßen mit auffallend langen, spitzen Schuhen. Holmes spürte wie ein Jagdhund, der ein verwundetes Stück Wild sucht, in dem Gras und den Blättern herum. Plötzlich stieß er einen Ruf der Befriedigung aus, bückte sich und hob eine kleine Metallhülse auf.

»Das dachte ich mir gleich«, sagte er, »der Revolver hat einen Auswerfer gehabt, das ist also die dritte Patrone. Ich glaube wahrhaftig, Mr Martin, unsere Untersuchung ist schon ziemlich beendigt.«

Der Inspektor war über die raschen Fortschritte, die seines Kollegen Nachforschungen machten, ganz erstaunt. Er war verwundert über die meisterhafte Leistung und folgte ihr, ohne selbst einzugreifen.

»Wen haben Sie in Verdacht?«, fragte er.

»Darauf werde ich erst später eingehen, ich muss Ihnen dann überhaupt noch Verschiedenes erklären. Vorläufig aber muss ich diesen Weg weiter verfolgen und ihnen dann alles auf einmal und im Zusammenhang auseinandersetzen.«

»Ganz wie Sie meinen, Mr Holmes. Wenn wir nur unseren Mann bekommen.«

»Ich bin sonst kein Freund von Geheimtuerei, aber jetzt in dem Augenblick, wo wir handeln müssen, fehlt mir die Zeit zu langen und schwierigen Erörterungen, ich habe jetzt alle Fäden in meiner Hand. Selbst wenn die Frau das Bewusstsein nie wiedererlangen sollte, können wir doch das Drama der vergangenen Nacht aufklären und die gerichtliche Bestrafung des Schuldigen herbeiführen. Zunächst möchte ich nun wissen, ob in der Nachbarschaft eine Örtlichkeit, ein Gutshof oder dergleichen, unter dem Namen ›Elriges‹ bekannt ist.«

Die Bediensteten wurden in ein Kreuzverhör genommen, aber keiner hatte von einer solchen gehört. Endlich fiel dem Stalljungen ein, dass ein Landwirt einige Meilen von hier nach East Ruston zu, ein Besitztum dieses Namens habe.

»Ist es abgelegen?«

»Ganz abgelegen, Herr.«

»Man wird also dort von dem hiesigen Unglück wahrscheinlich noch keine Nachricht haben?«

»Das kann sein.«

Holmes überlegte einige Sekunden, dann spielte ein zufriedenes Lächeln um seinen Mund.

»Sattle ein Pferd, mein Junge«, sagte er zu dem Burschen. »Du sollst einen Brief nach Elriges Hof bringen.«

Er nahm die verschiedenen Blätter mit den tanzenden Männchen aus der Tasche, breitete sie vor sich auf dem Schreibtisch aus und schrieb eine Zeitlang. Endlich übergab er dem Jungen ein Schreiben mit der Anweisung, es dem Adressaten persönlich auszuhändigen und auf keinerlei Fragen, die man etwa an ihn richten sollte, Aufschluss zu geben.

Ich bemerkte, dass die Adresse auf dem Umschlag nicht Holmes' gewöhnliche feste Handschrift zeigte, sondern weitläufige, unzusammenhängende, ungleichmäßige Schriftzüge; sie lautete:

Mr Abe Slaney
Elriges Hof
East Ruston, Norfolk.

»Ich halte es für ratsam, sofort um Verstärkung zu telegrafieren, Herr Inspektor, denn wenn sich meine Berechnung als richtig erweist, werden Sie einen besonders gefährlichen Gefangenen zu transportieren haben. Der Junge, der den Brief besorgt, könnte gleich das Telegramm aufgeben. – Wenn nachmittags ein Zug nach London abgeht, wollen wir zurückfahren, Watson, ich habe nämlich eine interessante chemische Analyse fertig zu machen, und diese Untersuchung hier wird bald zum Abschluss kommen.«

Als der Junge mit dem Brief fort war, gab Holmes der Dienerschaft die nötigen Anweisungen. Wenn irgendjemand nach Mrs Cubitt fragen sollte, dürfte ihm nichts über ihr Befinden gesagt werden, sondern er müsse sofort ins Empfangszimmer geführt werden. Er schärfte ihnen das sehr ernstlich ein. Darauf ging er selbst mit uns ins Empfangszimmer und sagte uns, dass wir einstweilen in der Sache nichts mehr tun könnten. Wir sollten ruhig abwarten, wie sich die Angelegenheit weiter entwickeln würde, und uns unterdessen nach Belieben die Zeit vertreiben. Der Arzt ging auf seine Praxis, und nur der Inspektor und ich blieben bei Holmes zurück.

»Ich glaube, wir können diese Wartezeit ganz angenehm und nützlich ausfüllen«, sagte er, indem er seinen Stuhl an den Tisch rückte und die verschiedenen Papiere mit den rätselhaften, tanzenden Figuren vor sich ausbreitete. »Ihnen, mein Freund Watson, zolle ich die größte Hochachtung dafür, dass Sie Ihre natürliche Neugier so lange gemeistert haben. Ihnen, Inspektor Martin, mag der Fall als eine interessante Fachstudie dienen. Ich muss Ihnen vor allen Dingen das mitteilen, was ich durch Mr Cubitt erfahren habe; er hat mich zweimal in der Baker Street aufgesucht.« Holmes wiederholte dann kurz die Tatsachen, die oben bereits erzählt wurden. »Ich habe hier diese eigentümlichen Erzeugnisse vor mir liegen; wenn sie nicht die Vorläufer einer so furchtbaren Tragödie gewesen wären, möchte man darüber lachen. Ich bin mit allen Arten von Geheimschriften ziemlich vertraut, ich habe sogar eine kleine Abhandlung darüber veröffentlicht und darin hundertundsechzig verschiedene Chiffren nachgewiesen. Doch muss ich gestehen, dass mir diese Form vollkommen neu ist. Der Erfinder dieses Systems hat offenbar den Glauben erwecken wollen, als ob diese Figuren gar nicht zur Übermittlung irgendwelcher Nachrichten dienten, sondern das zufällige Gekritzel von Kinderhand wären.

Nachdem ich aber einmal erkannt hatte, dass die Zeichen an Stelle von Buchstaben standen, und gefunden hatte, dass dieselben Regeln wie bei allen übrigen Geheimschriften befolgt waren, machte mir ihre Lösung keine allzu großen Schwierigkeiten mehr. Die erste Probe, die mir übermittelt wurde, war zu kurz, um mehr herauszubringen, als dass dieses Zeichen ein e vorstellen müsste:

Wie sie wissen, ist e der häufigste Buchstabe im Englischen; er ist so vorherrschend, dass man das schon in einem kurzen Satz bestätigt findet. Von fünfzehn Zeichen in der ersten Nachricht waren vier gleich, was meine Annahme also ziemlich rechtfertigte. Nun trug diese Figur manchmal eine Flagge und manchmal nicht, aber aus der Art ihrer Verteilung ging mit einiger Wahrscheinlichkeit hervor, dass diese Fähnchen dazu dienen sollten, den Satz in einzelne Worte zu zergliedern. Ich legte diese Annahme zugrunde und setzte für dieses

ein e.

Die weitere Untersuchung gestaltete sich jedoch nicht so einfach. Die Häufigkeit der übrigen Buchstaben im Englischen steht durchaus nicht fest. Die Reihenfolge auf einer Druckseite ergab ungefähr folgendes: t, a, o, i, n, s, h, r, d, l. Nun sind aber die Unterschiede in der Häufigkeit des Vorkommens zwischen t, a, o und i sehr gering, und es war unmöglich, alle Verbindungen zu versuchen, bis sich aus dem Satz ein Sinn ergab. Ich wartete also auf neues Material. Bei seinem zweiten Besuch konnte mir Mr Cubitt zwei andere kurze Sätze und ein einzelnes Wort übergeben. Dass das letztere kein Satz war, sondern nur ein Wort, schien daraus hervorzugehen, dass kein Fähnchen dabei war. Da habe ich diese Zeichen. In diesem einzelnen Wort kannte ich nun die beiden e; das eine steht an zweiter, das andere an vierter Stelle bei fünf Buchstaben. Es konnte also sever, lever oder never (niemals) heißen. Es unterliegt nun keinem Zweifel, dass die letzte Bedeutung als Antwort auf eine Aufforderung die wahrscheinlichste war, und aus diesen Umständen ging hervor, dass es eine Erwiderung auf einen Vorschlag der Mrs Cubitt war. Nehmen wir diese Vermutung als richtig an, so können wir bereits sagen, dass die Zeichen

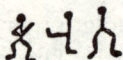

den Buchstaben n, v, r entsprechen.

Aber auch jetzt waren noch nicht alle Schwierigkeiten überwunden; doch ein glücklicher Zufall ließ mich mehrere andere Zeichen enträtseln. Ich kam auf den Gedanken, dass, wenn diese Zuschrift meiner Vermutung entsprechend von jemand herrührte, der früher in näheren Beziehungen zu der Dame gestanden hatte, ein Wort mit je einem e am Anfang und Ende und mit drei andern Buchstaben dazwischen wohl den Namen Elsie bedeuten könnte. Bei genauer Prüfung fand ich denn auch, dass diese Zeichenverbindung in drei aufeinanderfolgenden Fällen den Schluss der Mitteilung bildete. Es war also sicher eine Aufforderung an Elsie. Auf diese Weise kannte ich l, s und i. Aber was war der Inhalt dieser vorausgehenden Mitteilung? Das Wort vor Elsie bestand aus vier Buchstaben, deren letzter ein e war. Es musste wohl come (komm!) heißen. Ich probierte alle anderen Wörter mit vier Buchstaben und einem e am Schluss durch, aber kein anderes passte in diesen Zusammenhang. So hatte ich denn auch c, o und m herausgebracht und konnte nunmehr die Auflösung der ersten Zuschrift wieder von neuem in Angriff nehmen. Ich teilte sie in Worte ab und ersetzte die bekannten Zeichen durch entsprechende Buchstaben und die unbekannten durch Punkte. Auf diese Weise erhielt ich Folgendes:

.m .ere ..e sl.ne.

Der erste Buchstabe kann nur ein a sein. Diese Entdeckung war sehr wichtig, weil dasselbe Zeichen in dem kurzen Satz dreimal vorkommt. Im zweiten Wort fehlte vorne offenbar ein h; setzen wir das ein, so ergibt sich:

am here a.e slane.

und wenn man die leeren Stellen im dritten und vierten Wort, was sicher der Name ist, noch durch die offenbar fehlenden Buchstaben ergänzt:

am here abe slaney
(Bin hier Abe Slaney).

Ich hatte nun so viele Buchstaben gefunden, dass ich zuversichtlich an die Entzifferung der zweiten Nachricht gehen konnte, die vorläufig folgende Gestalt annahm:

a. elri.es

Das ergab nur einen Sinn, wenn ich an die Stelle der Punkte ein t beziehungsweise ein g setzte, sodass die Botschaft heißt: at elriges (in Elriges), und annahm, dass es der Name irgendeines Wirtshauses oder Hofes sei, wo der Schreiber wohnte.«

Inspektor Martin und ich hatten mit größtem Interesse den klaren und ausführlichen Auseinandersetzungen meines Freundes zugehört, wodurch er alle Schwierigkeiten dieses verzwickten Falles aus dem Weg geräumt hatte.

»Was taten Sie dann weiter?«, fragte der Inspektor.

»Ich vermutete mit gutem Grund, dass dieser Abe Slaney ein Amerikaner sei, weil Abe eine amerikanische Zusammenziehung ist und weil mit einem Brief aus Amerika die ganze Geschichte ihren Anfang genommen hatte. Ich hatte ferner alle Ursache, anzunehmen, dass irgendein heimliches Verbrechen dahintersteckte. Die Anspielungen der Dame auf ihre Vergangenheit und ihre Weigerung, ihrem Gatten das Geheimnis anzuvertrauen, wiesen stark darauf hin. Ich telegrafierte daher an meinen Freund Wilson Hargreave von der New Yorker Polizei, dem ich auch schon verschiedentlich Dienste erwiesen hatte, und fragte an, ob ihm der Name Abe Slaney bekannt sei. Hier habe ich seine Antwort: ›Ist der gefährlichste Bursche in Chicago‹. An demselben Abend, kurz bevor ich diese Nachricht erhielt, bekam ich auch einen Brief von Mr Cubitt, worin er mir die letzte Nachricht Slaneys zusandte. Mit Hilfe meiner mittlerweile erlangten Kenntnisse konnte ich sie folgendermaßen entziffern:

elsie .re.are to meet thy go.

Durch Hinzufügung zweier p und eines d am Ende erhielt ich den Satz: elsie prepare to meet thy god (Elsie, mache dich bereit, deinem Gott gegenüberzutreten). Aus dieser Mitteilung konnte ich entnehmen, dass der Kerl von Überredungen zu Drohungen übergegangen war, und soweit ich die Chicagoer Verbrecher kannte, ließen sie den Worten rasch die Tat folgen. Ich eilte also sobald wie möglich mit meinem Freund und Kollegen Doktor Watson nach Norfolk, wo ich leider schon zu spät eintraf und das Unglück bereits geschehen war.«

»Es ist ein großer Vorzug, mit Ihnen gemeinsam einen Fall behandeln zu können«, sagte der Inspektor. »Sie werden jedoch entschuldigen, wenn ich so frei bin, Ihnen zu sagen, dass Sie nur sich selbst Rechenschaft zu geben brauchen, während ich mich aber vor meinen Vorgesetzten zu verantworten habe. Wenn dieser Abe Slaney in Elriges wirklich der Mörder ist, und, während ich untätig hier sitze, die Flucht ergreift, würde ich große Unannehmlichkeiten bekommen.«

»Sie brauchen sich in keiner Weise zu beunruhigen. Er wird noch nicht einmal den Versuch machen, zu entfliehen.«

»Woher wissen Sie das?«

»Durch die Flucht würde er sich ja schuldig bekennen.«

»Dann wollen wir ihn in seiner Wohnung festnehmen?«

»Ich erwarte ihn jeden Augenblick hier.«

»Aber warum sollte er hierher kommen?«

»Weil ich ihm geschrieben und ihn darum gebeten habe.«

»Das ist doch nicht sehr glaubwürdig, Mr Holmes! Warum sollte er kommen, wenn Sie ihn darum ersucht haben? Sollte ihm diese Bitte nicht eher verdächtig vorkommen und ihn zur Flucht veranlassen?«

»Sie können mir wohl zutrauen, dass ich den Brief danach abgefasst habe«, erwiderte Holmes. »Übrigens, wenn ich nicht irre, kommt er dort schon den Weg herauf.«

Auf dem Gartenweg kam nach der Haustür zu ein Mann einhergeschritten. Es war ein großer, stattlicher Kerl mit sonnenverbranntem Gesicht. Er trug einen grauen Sommeranzug und einen Panamahut, hatte einen struppigen, schwarzen Bart, eine starke, gebogene Nase und schwang einen Spazierstock in der Hand. Er kam an wie der Herr des Hauses und klingelte laut und zuversichtlich.

»Ich glaube, meine Herren«, sagte Holmes in aller Ruhe, »es ist am besten, wenn wir uns hinter der Tür aufstellen. Wenn man mit einem solchen Burschen zu tun hat, ist die größte Vorsicht am Platz. Sie werden die Handschellen anwenden müssen, Mr Martin; die mündliche Unterhaltung können Sie mir überlassen.«

Wir warteten schweigend eine Minute – eine jener Minuten, die ich nie vergessen werde. Da ging die Tür auf und herein trat unser Mann. Im Nu setzte ihm Holmes die Pistole auf die Brust, und Martin und ich legten ihm die Handschellen an. Es geschah dies so plötzlich und rasch, dass er bereits überwältigt war, ehe er seine Lage richtig erkannte. Er starrte uns mit seinen flammenden, schwarzen Augen nacheinander an und begann dann bitter zu lachen.

»Nun, meine Herren, diesmal haben Sie mich allerdings überrumpelt. Ich scheine an die verkehrte Adresse gekommen zu sein. Ich folgte einer Einladung der Mrs Cubitt. Ich hoffe nicht, dass sie an diesem Anschlag beteiligt ist, nein, ich glaube nicht, dass sie dazu geholfen hat, mich in die Falle zu locken.«

»Mrs Cubitt ist schwer verwundet und kann jeden Augenblick sterben.« Als er das hörte, stieß der Mann einen Schmerzensschrei aus, der durch das ganze Haus drang.

»Sie sind nicht recht bei Trost!«, schrie er wütend. »Er wurde verletzt, nicht sie. Wer könnte der kleinen Elsie ein Leid antun? Ich mag ihr gedroht haben, Gott verzeih mir's, aber ich könnte ihr nicht einmal ein Haar krümmen. Nehmen Sie dies Wort zurück! Sagen Sie, dass sie nicht verletzt ist!«

»Sie wurde schwer verwundet neben der Leiche ihres Gatten gefunden.«

Da sank der Mann stöhnend auf einen Lehnstuhl und verbarg das Gesicht in seinen gefesselten Händen. Einige Minuten saß er ganz regungslos und gab keinen Laut von sich. Dann hob er den Kopf in die Höhe und sprach mit der kalten Ruhe der Verzweiflung:

»Ich brauche Ihnen nichts mehr zu verheimlichen, meine Herren«, begann er. »Wenn ich den Mann getötet habe, so geschah es, nachdem er auf mich einen Schuss abgegeben hatte; das ist kein Mord. Wenn Sie aber glauben, ich hätte die Frau verwundet, kennen Sie weder mich noch sie. Ich schwöre Ihnen, noch kein Mann auf Erden hat ein Weib mehr geliebt als ich sie geliebt habe. Ich hatte ein Anrecht auf sie. Sie war vor Jahren meine Braut. Warum musste dieser Engländer dazwischentreten? Ich versichere Ihnen nochmals, ich hatte das erste Recht an ihr, und nur das beanspruchte ich.«

»Sie entzog sich aber Ihrem Einfluss, als sie merkte, was für ein Mensch Sie sind«, erwiderte Holmes. »Sie floh aus Amerika, um Sie loszuwerden, und heiratete in England einen ehrbaren Mann. Sie spürten sie auf und verfolgten sie und verbitterten ihr das Leben, indem Sie sie aufforderten, ihren Gatten zu verlassen, den sie liebte und achtete, und mit Ihnen zu fliehen, den sie fürchtete und hasste. Sie haben schließlich einen braven Mann erschossen und seiner Frau den Revolver in die Hand gedrückt, um sich selbst zu töten. Das haben Sie erreicht, Mr Abe Slaney, und vor Gericht zu verantworten.«

»Wenn Elsie stirbt, ist mir's gleichgültig, was aus mir wird«, sagte der Amerikaner. Er machte die eine Hand auf und starrte lange auf ein zerknittertes Papier, das er darin hielt. »Sehen Sie hier, Herr«, rief er, und Verdacht leuchtete aus seinen Augen. »Das schafft mir schlimmen Argwohn und schwere Sorge. Wie soll ich mir das erklären? Wenn diese Dame so schwer verwundet ist, wie Sie behaupten, wer hat dann diese Notiz geschrieben? Sagen Sie mir das!« Und damit warf er den Zettel auf den Tisch.

»Die habe ich geschrieben, um Sie hierher zu bringen.«

»Das haben Sie geschrieben? Kein Mensch auf der Welt außer unserer Gesellschaft kannte das Geheimnis der tanzenden Männchen. Wie konnten Sie in dieser Schrift schreiben?«

»Was ein Mensch erfindet, kann ein anderer aufdecken«, antwortete Holmes. »Es ist übrigens ein Wagen unterwegs, der Sie nach Norwich bringen wird, Mr Slaney. Die Zeit bis zu seiner Ankunft können Sie noch benutzen, um das begangene Unrecht wenigstens einigermaßen gutzumachen. Wissen Sie, dass Mrs Cubitt stark im Verdacht stand, ihren Mann ermordet zu haben, und dass sie es nur meiner Gegenwart und meiner zufälligen Kenntnis des ganzen Falles verdankt, dass sie nicht unter Anklage gestellt wird? Zum wenigsten sind Sie ihr schuldig, vor aller Welt offen auszusprechen, dass sie in keiner Weise, weder direkt noch indirekt, an dem tragischen Ende ihres Gatten eine Schuld trifft.«

»Nichts tue ich lieber als das«, versetzte der Amerikaner. »Ich halte es für das beste, was ich tun kann, die volle Wahrheit zu sagen.«

»Ich habe die Pflicht, Sie darauf aufmerksam zu machen, dass Sie nichts Belastendes gegen sich selbst auszusagen brauchen«, rief der Inspektor dazwischen – der bekannte Paragraf des englischen Strafgesetzbuches.

Slaney zuckte mit der Schulter.

»Ich werde mich danach richten«, sagte er. »Vor allem, meine Herren, muss ich Ihnen mitteilen, dass ich die Dame von Kindheit an kenne. Wir waren sieben Mann in Chicago, und Elsies Vater war die Stütze unseres Bundes. Er war ein feiner Kerl, der alte Patrick. Er hat auch diese Schrift erfunden, die für das Gekritzel von Kindern gehalten worden wäre, wenn Sie nicht jetzt die Lösung gefunden hätten. Auch Elsie lernte einige unserer Schliche, aber ihr sagte diese Tätigkeit nicht zu; sie nahm ihr bisschen ehrlich erworbenes Vermögen, verließ uns und ging nach London. Sie war mit mir verlobt und würde mich, glaube ich, auch geheiratet haben, wenn ich eine andere Laufbahn eingeschlagen hätte; aber von einem solchen Leben wollte sie nichts wissen. Erst nach ihrer Verheiratung mit dem Engländer gelang es mir, ihren Aufenthaltsort ausfindig zu machen. Ich schrieb ihr, erhielt jedoch keine Antwort. Dann kam ich selbst herüber, und da Briefe nichts nützten, schrieb ich meine Mitteilungen dahin, wo sie sie sehen und lesen musste.

Ich bin nun einen Monat hier. Ich wohnte auf jenem Hof, wo ich im Erdgeschoss ein Zimmer innehatte und alle Nacht nach Belieben ein- und ausgehen konnte. Ich kam aber nicht weiter. Ich versuchte alles, um Elsie zur Trennung von ihrem Mann zu bewegen. Ich wandte zuerst Schmeicheleien an, später ging ich zu Drohungen über. Dass sie meine Nachrichten las, wusste ich, denn sie hatte einmal eine Antwort darunter geschrieben. Zuletzt schickte sie mir einen Brief, worin sie mich inständig bat fortzugehen; es würde ihr das Herz brechen, wenn ihr Mann einen Skandal erleben müsste. Sie schrieb, dass sie um drei Uhr morgens, während ihr Mann schliefe, ans Fenster herunterkommen und mit mir sprechen wolle. Sie erschien und brachte Geld mit, um mich dadurch zur Abreise zu bewegen. Das machte mich wahnsinnig. Ich ergriff ihren Arm und suchte sie durchs Fenster zu ziehen. In diesem Augenblick stürzte der Mann ins Zimmer. Er hatte einen Revolver in der Hand. Elsie war zu Boden gesunken, und wir Männer standen uns gegenüber, von Angesicht zu Angesicht. Ich war ebenfalls bewaffnet und hielt ihm den Revolver entgegen. Er schoss und ich beinahe zugleich mit ihm; er aber fehlte, während mein Schuss tödlich war. Ich machte mich sofort durch den Garten aus dem Staub; ich hörte nur noch, wie hinter mir das Fenster geschlossen wurde. So, bei Gott, ist es gewesen, das ist die volle Wahrheit, meine Herren. Ich habe dann weiter nichts mehr über die Sache erfahren, bis vorhin der Junge zu mir geritten kam und mir die Botschaft brachte, die mich veranlasste, hierher zu kommen und wie ein Vogel ins Garn zu gehen.«

Während der Amerikaner dieses Geständnis abgelegt hatte, war der Wagen mit zwei uniformierten Schutzleuten vorgefahren. Inspektor Martin stand auf und klopfte seinem Gefangenen auf die Schulter:

»Wir müssen gehen.«

»Kann ich sie erst noch mal sehen?«

»Nein, sie ist bewusstlos. – Mr Holmes, ich hoffe weiter nichts, als dass mir in schwierigen Fällen stets das Glück zuteil wird, Sie an der Seite zu haben.«

Wir standen am Fenster und sahen dem davonfahrenden Wagen nach. Als ich mich umwandte, fiel mein Blick auf das zerknitterte Papier, das der Gefangene auf den Tisch geworfen hatte. Es enthielt die Notiz, womit ihn Holmes hinters Licht geführt hatte.

»Sehen Sie mal, ob Sie es lesen können, Watson«, sagte er lächelnd.

Es stand weiter nichts darauf als folgende Reihe tanzender Männchen:

»Wenn Sie meine Ausführungen von vorhin begriffen haben, werden Sie leicht finden, dass es einfach heißt: come here at once (komm sofort hierher). Ich war überzeugt, dass er diese Einladung nicht ausschlagen würde, weil er sich nicht denken konnte, dass sie von einem anderen Menschen als von ihr käme. Auf diese Weise, mein lieber Watson, haben wir die tanzenden Männchen auch einmal in den Dienst des Guten gestellt, nachdem sie so oft bösem Zweck gedient haben, und ich glaube, mein Versprechen, Ihnen etwas Ungewöhnliches für Ihr Buch zu liefern, gehalten zu haben. Drei Uhr vierzig geht unser Zug, sodass wir zum Essen wieder in der Stadt sein können.«

Noch ein paar Worte zum Schluss! Der Amerikaner Abe Slaney wurde zum Tode verurteilt, aber in Anbetracht der mildernden Umstände und weil feststand, dass Hilton Cubitt zuerst geschossen hatte, zu lebenslänglicher Zuchthausstrafe begnadigt. Von Mrs Cubitt habe ich nur gehört, dass sie noch Witwe ist. Sie ist vollständig wiederhergestellt und widmet ihr Leben der Fürsorge für die Armen und der Verwaltung des Gutes ihres Gatten.

Die einsame Radfahrerin

Von 1894–1901 einschließlich war Sherlock Holmes ein außerordentlich beschäftigter Mann. Man kann ohne Übertreibung sagen, dass es kaum einen irgendwie schwierigen Fall von öffentlichem Interesse gab, zu dem er während dieses Zeitraums nicht zugezogen worden wäre, außerdem spielte er auch noch in Hunderten von oft sehr verzwickten und außergewöhnlichen privaten Angelegenheiten eine hervorragende Rolle. Viele überraschende Erfolge und nur einige wenige unvermeidliche Misserfolge waren das Resultat dieser langen Periode mühseliger, unablässiger Tätigkeit. Da ich sämtliche Fälle notiert und bei vielen selbst mitgewirkt habe, fällt es mir natürlich nicht leicht, eine richtige Auswahl zur Veröffentlichung zu treffen. Ich will jedoch meinem alten Grundsatz treu bleiben und solchen Fällen den Vorzug geben, die mehr infolge der scharfsinnigen und dramatischen Lösung als durch die Schwere des Verbrechens selbst ein weiteres Interesse beanspruchen können. Von diesem Gesichtspunkt ausgehend, will ich jetzt die Geschichte der Miss Violet Smith, der einsamen Radfahrerin von Charlington, erzählen. In dieser Angelegenheit wurden durch unsere Untersuchung eigentümliche begleitende Umstände ans Licht gebracht, welche zu einem ganz unerwarteten tragischen Ende führten. Wenn auch in Anbetracht der Verhältnisse mein Freund gerade diejenigen Fähigkeiten, derentwegen er berühmt wurde, nicht voll zur Geltung bringen konnte, gehört doch dieser Fall infolge der begleitenden Nebenumstände mit zu den bemerkenswertesten.

Aus meinem Tagebuch geht hervor, dass wir am Sonnabend, den 23. April 1895, zum ersten Mal den Besuch der Miss Smith erhielten. Holmes war er, wie ich mich erinnere, äußerst unangenehm, weil er damals in ein sehr dunkles Problem, die absonderliche Verfolgung des bekannten Tabakkönigs John Vincent Harden, vertieft war. Mein Freund, der Konzentration der Gedanken über alles schätzte, war stets ungehalten, wenn seine Aufmerksamkeit von dem Gegenstand, der ihn gerade beschäftigte, durch irgendetwas anderes abgelenkt wurde. Und doch musste er, wenn er nicht unhöflich werden wollte, was seiner Natur zuwider war, die Erzählung des jungen hübschen Mädchens ruhig anhören, das noch in später Abendstunde zu uns in die Baker Street kam und uns um Rat und Beistand bat. Es war vergeblich, die junge Dame darauf aufmerksam zu machen, dass seine Zeit bereits voll und ganz in Anspruch genommen sei; sie war mit dem festen Entschluss gekommen, uns ihre Geschichte vorzutragen, und würde, bevor sie das getan hätte, nur mit Gewalt zu entfernen gewesen sein. So sah sich Holmes denn gezwungen, unserem schönen Eindringling einen Stuhl anzubieten und ihn zu ersuchen, uns zu erzählen, was ihn bedrücke.

»Wenigstens kann es sich bei Ihnen um keine Gesundheitsstörung handeln«, sagte er, nachdem er sie scharf betrachtet hatte; »bei einer so kühnen Radfahrerin gibt's keine Körperschwäche.«

Sie sah erstaunt auf ihre Füße, und ich konnte an ihren Schuhen sehen, dass sie an einer Stelle durch die Reibung am Pedal etwas abgeschabt waren.

»Allerdings radle ich ziemlich viel, Mr Holmes, und das steht auch in einem gewissen Zusammenhang mit meinem heutigen Besuch bei Ihnen.«

Mein Freund nahm die bloße Hand der Dame in die seinige und untersuchte sie mit so viel Aufmerksamkeit und so wenig Gefühl wie ein Kenner eine Warenprobe.

»Sie werden entschuldigen«, sagte er, indem er sie losließ, »aber in meinem Beruf darf man nichts außer Acht lassen. Ich war beinahe versucht, anzunehmen, dass Sie Schreibmaschine schreiben, aber es kommt offenbar vom Klavierspielen. Sehen Sie die plattgedrückten Fingerspitzen, Watson, die bei beiden Berufsarten charakteristisch sind? Aber das Gesicht zeigt einen geistigen Zug«, er drehte es zart gegen das Licht, »den Maschinenschreiberinnen gewöhnlich nicht haben. Diese Dame ist also wohl Musiklehrerin.«

»Jawohl, Mr Holmes, ich gebe Klavierunterricht.«

»Auf dem Land, soviel aus Ihrer Gesichtsfarbe hervorgeht.«

»Jawohl, mein Herr; in der Nähe von Farnham, an der Grenze von Surrey.«

»Eine schöne Gegend, die interessante Erinnerungen in mir wachruft. Watson, entsinnen Sie sich noch, dass wir dort in der Nähe den Schmied Stamford gefasst haben? Nun, Miss Violet, was ist Ihnen bei Farnham denn passiert?«

Die junge Dame gab folgende klare und ruhige Schilderung:

»Mein Vater lebt nicht mehr, Mr Holmes. Er hieß James Smith und war Kapellmeister am alten Königlichen Theater. Meine Mutter und ich hatten weiter keine Verwandte als einen Onkel Ralph Smith. Dieser ist vor fünfundzwanzig Jahren nach Afrika ausgewandert, und wir haben seit jener Zeit kein Wort von ihm gehört. Unser Vater ließ uns in großer Armut zurück, aber eines Tages erfuhren wir, dass in der ›Times‹ ein uns betreffender Aufruf gestanden habe. Sie können sich unsere Aufregung denken, denn wir glaubten, es habe uns jemand ein Vermögen ausgesetzt. Wir gingen sofort zu dem in der Zeitung namhaft gemachten Vertreter. Dort trafen wir zwei Herren, Mr Carruther und Mr Woodley, die zu Besuch aus Südafrika in der Heimat weilten. Sie sagten uns, mein Onkel sei ein Freund von ihnen gewesen und vor einigen Monaten ganz arm in Johannesburg gestorben; er hätte sie noch kurz vor seinem Tod beauftragt, sich nach seinen Verwandten umzusehen und sie vor Not zu schützen. Es kam uns sonderbar vor, dass sich Onkel Ralph, der sich zu seinen Lebzeiten nie um uns gekümmert hatte, noch um unser Wohlergehen nach seinem Tod solche Sorge machen sollte. Mr Carruther klärte jedoch die Sache dahin auf, dass mein Onkel damals erst den Tod meines Vaters in Erfahrung gebracht und dadurch nun ein gewisses Verantwortlichkeitsgefühl gehabt hätte.«

»Entschuldigen Sie«, sagte Holmes; »wann fand diese Unterredung statt?«

»Vergangenen Dezember – vor vier Monaten.«

»Bitte, fahren Sie fort.«

»Mr Woodley machte auf mich einen höchst unangenehmen Eindruck. Er hatte ein gemeines, pausbäckiges Gesicht mit rotem Schnurrbart und glattgescheiteltem Haupthaar und warf mir die ganze Zeit über freche Blicke zu. Er kam mir vollkommen hässlich und widerwärtig vor – und ich fühlte bestimmt, dass Cyril von einer solchen Bekanntschaft nichts würde wissen wollen.«

»Aha, Cyril heißt er!«, sagte Holmes lächelnd.

Die junge Dame errötete und lachte.

»Ja, Mr Holmes; Cyril Morton ist sein Name, er ist Ingenieur, und wir wollen uns Ende des Sommers verheiraten. Ach Gott, wie bin ich nur auf ihn zu sprechen gekommen? Was ich sagen wollte, Mr Woodley erschien mir äußerst hassenswert, dagegen war mir Mr Carruther, obwohl viel älter, nicht unsympathisch. Er war ein dunkler, blasser Mann mit glattrasiertem Gesicht und von ruhigem Temperament; er hatte gute Manieren und ein angenehmes Lächeln. Er erkundigte sich nach unseren Verhältnissen, und als er erfuhr, dass wir arm seien, machte er mir den Vorschlag, seiner einzigen, zehnjährigen Tochter Musikunterricht zu erteilen. Ich sagte ihm, dass ich meine Mutter nicht gerne allein lassen möchte. Darauf erwiderte er, dass ich sie alle Sonnabende besuchen könnte. Er bot mir hundert Pfund für's Jahr, gewiss eine noble Bezahlung. Ich willigte schließlich ein und ging hinunter nach Chiltern Orange, ungefähr sechs Meilen von Farnham entfernt. Mr Carruther war Witwer und hatte zur Führung des Haushalts eine sehr achtbare ältere Dame, Mrs Dixon, in seine Dienste genommen. Die Tochter war ein recht liebenswürdiges Kind, und alles schien gut zu gehen. Mr Carruther war sehr gut gegen mich, er war selbst auch musikalisch, und wir haben sehr schöne Abende zusammen verlebt. Jeden Sonnabend ging ich nach Hause zu meiner Mutter in die Stadt.

Die erste Trübung erfuhr mein Glück durch die Ankunft des Mr Woodley. Er kam zu Besuch auf eine Woche, aber ach! Mir wurde sie länger als drei Monate. Er war ein schrecklicher Mensch, ein furchtbarer Prahlhans bei allen Leuten, aber bei mir am allermeisten. Er machte mir hässliche Liebeserklärungen, renommierte mit seinem Reichtum, wenn ich ihn heiratete, würde ich die herrlichsten Diamanten in ganz London bekommen, und eines Tages endlich, als ich ihm sagte, dass ich nichts mit ihm zu schaffen haben wollte, nahm er mich in seine Arme – er war riesig stark – und schwor, dass er mich nicht eher loslassen würde, bis ich ihm einen Kuss gegeben hätte. Als Mr Carruther ins Zimmer trat und ihn von mir losriss, wandte er sich gegen seinen eigenen Gastgeber, indem er ihn zu Boden schlug und misshandelte. Wie Sie sich denken können, war damit der Besuch zu Ende. Mr Carruther entschuldigte sich am folgenden Tag bei mir und versicherte mir, dass ich nie wieder einer derartigen Beschimpfung ausgesetzt sein würde. Seit damals habe ich Mr Woodley nicht wieder gesehen.

Nun kommt erst die eigentliche Veranlassung zu meinem heutigen Besuch bei Ihnen, Mr Holmes. Ich fahre nämlich jeden Sonnabendvormittag mit dem Rad zur Station Farnham, um den Stadtzug 12 Uhr 22 zu erreichen. Der Weg von Chiltern Orange ist sehr einsam, besonders ein Teil, der über eine Meile zwischen der Charlingtoner Heide auf der einen und den großen Wäldern von Charlington Hall auf der anderen Seite hindurchführt. Hier ist es eine wahre Seltenheit, wenn man einem Fuhrwerk oder einem Menschen begegnet; erst wenn man auf die Höhe von Crooksbury kommt, wird die Straße etwas lebhafter. Vor zwei Wochen passierte ich diese Strecke, und als ich mich zufällig umdrehte, erblickte ich hinter mir einen Mann, der auch auf einem Rad saß. Er schien in mittleren Jahren zu sein und hatte einen kurzgeschnittenen schwarzen Bart. Vor Farnham schaute ich mich noch einmal um, der Mann war jedoch verschwunden, und so dachte ich später gar nicht mehr an die Geschichte. Zu meiner größten Überraschung sah ich jedoch auf der Rückfahrt am Montag den Mann wieder und zwar genau an derselben Stelle, und ebenso wieder am folgenden Sonnabend und Montag. Er blieb immer in derselben Entfernung und belästigte mich in keiner Weise, aber die Sache kam mir doch eigentümlich und unheimlich vor. Ich erzählte es Mr Carruther; es schien ihm auch auffallend, und er tröstete mich damit, dass er Pferd und Wagen bereits bestellt hätte, sodass ich künftighin diese einsamen Wege nicht mehr allein zu machen brauchte.

Der Wagen sollte diese Woche kommen, aber aus irgendeinem Grund wurde er nicht geliefert, und ich musste wieder zur Station radeln. Das war heute Morgen. Wie Sie sich denken können, hielt ich auf der Charlingtoner Heide Umschau und wahrhaftig, der Mann war wieder da, genau wie die vorhergehenden Male. Er kam mir nie so nahe, dass ich sein Gesicht deutlich sehen konnte, aber sicher war es ein Unbekannter. Er trug einen dunklen Anzug und eine Tuchmütze. Das einzige, was ich richtig sehen konnte, war sein dunkler Bart. Ich hatte heute weniger Angst, war vielmehr neugierig und fest entschlossen, herauszukriegen, wer er sei und was er wolle. Ich fuhr ganz langsam, da fuhr er auch so langsam. Ich hielt ganz an, er ebenfalls. Nun wollte ich ihm eine Falle stellen. Der Weg macht eine scharfe Biegung, ich fuhr rasch um die Ecke herum, sprang ab und wartete. Er sollte nun schnell ebenfalls herumsausen und an mir vorüberkommen, ohne vorher halten zu können. Aber er ließ sich nicht sehen. Ich fuhr zurück und guckte um die Ecke. Ich konnte die Straße eine Meile weit überblicken, er war jedoch nirgends zu entdecken. Das plötzliche Verschwinden wurde dadurch noch rätselhafter, dass an dieser Stelle kein Seitenweg abging, den er benutzt haben könnte.«

Holmes rieb sich vergnügt die Hände.

»Der Fall ist von ganz besonderer Art«, sagte er. »Wie viel Zeit lag wohl dazwischen – ich meine zwischen Ihrer Fahrt um die Ecke und Ihrer Umkehr, wo niemand mehr zu sehen war?«

»Zwei oder drei Minuten.«

»In dieser Zeit kann er also nicht auf der Straße außer Sehweite gekommen sein, und Seitenwege, sagen Sie, gibt's dort nicht?«

»Nein.«

»Dann muss er auf einem Fußpfad nach der einen oder anderen Seite entkommen sein.«

»Nach der Seite der Heide ist es ausgeschlossen, denn da müsste ich ihn gesehen haben.«

»Wenn das alles unmöglich ist, bleibt nur der eine Ausweg nach Charlington Hall. – Haben Sie noch weitere Angaben zu machen?«

»Nein, Mr Holmes. Ich möchte nur noch bemerken, dass ich sehr bestürzt war und mich nicht eher beruhigen werde, bis ich Ihren erfahrenen Rat und Ihren Beistand habe.«

Holmes verharrte eine Zeitlang in Schweigen.

»Wo wohnt Ihr Bräutigam?«, fragte er endlich.

»In Coventry, er ist bei der Midland-Elektrizitätsgesellschaft in Stellung.«

»Sollte er nicht vielleicht Sie haben überraschen wollen?«

»Oh, Mr Holmes. Und ob ich den nicht erkannt hätte!«

»Haben Sie sonst noch Verehrer gehabt?«

»Ja, einige – ehe ich Cyril kennenlernte.«

»Und seitdem weiter keinen?«

»Wenn Sie den schrecklichen Woodley nicht so nennen wollen, nein.«

»Sonst wissen Sie von keinem?«

Unsere hübsche Klientin wurde etwas verlegen.

»Gestehen Sie's nur, Miss Smith«, sagte Holmes, »wer hat Sie außerdem noch verehrt?«

»Ach, es ist vielleicht bloß Einbildung von mir; aber manchmal schien mir's, als ob mein Prinzipal, Mr Carruther, sich stärker für mich interessiere. Wir sind ziemlich viel zusammen, ich begleite ihn abends immer auf dem Klavier. Er hat zwar nie etwas geäußert, er ist ein gebildeter Mann – aber ein Mädchen fühlt's schon heraus.«

»Aha!«, rief Holmes und machte ein ernstes Gesicht. »Was führt er für ein Leben?«

»Er ist reich.«

»Und hat keine Wagen und Pferde?«

»Wenigstens gibt er sich den Anstrich größerer Wohlhabenheit. Er geht wöchentlich zwei bis drei Mal zur Stadt. Er ist an südafrikanischen Minenwerten stark interessiert.«

»Setzen Sie mich sofort in Kenntnis, wenn sich die Angelegenheit weiter entwickelt, Miss Smith. Ich habe gegenwärtig sehr viel zu tun, werde mir jedoch die Zeit nehmen, in Ihrer Sache Nachforschungen anzustellen. Tun Sie aber inzwischen keinen Schritt, ohne mich vorher zu benachrichtigen. Adieu, hoffentlich haben Sie uns nur Gutes zu berichten.«

»Es ist ganz natürlich, dass ein solches Mädchen umworben wird«, sagte Holmes und tat nachdenklich einen Zug aus der Pfeife, »dass es aber auf dem Rad und auf einsamen Landstraßen geschieht, ist doch auffallend.

Zweifellos ist's ein stiller Liebhaber. Der ganze Fall scheint mir an sich weniger interessant, Watson, er bietet aber eigentümliche Begleitumstände, die allerhand Anregung zum Nachdenken geben.«

»Das Merkwürdigste ist, dass sich der Mann nur an der einzigen Stelle gezeigt hat, nicht wahr?«

»Gewiss. Wir müssen damit beginnen, die Pächter von Charlington Hall ausfindig zu machen. Dann müssen wir auskundschaften, woher die Freundschaft zwischen Carruther und Woodley stammt, sie scheinen doch grundverschiedene Charaktere zu sein. Wie kamen sie beide dazu, sich so sehr um Ralph Smiths Verwandte zu kümmern? Noch eins. Was ist das für ein sonderbarer Hausherr, der für eine Erzieherin das doppelte des üblichen Gehaltes zahlt und sich kein Pferd hält, obwohl er sechs Meilen vom Bahnhof wohnt? Das ist sonderbar, Watson – höchst sonderbar!«

»Sie wollen also hinuntergehen?«

»Nein, mein Lieber, das können Sie tun. Vielleicht ist es doch nur eine unwichtige Sache, und ich kann meine bedeutungsvolle Untersuchung deswegen jetzt nicht unterbrechen. Montag in der Frühe können Sie in Farnham sein. Sie müssen sich dann in der Nähe der Charlingtoner Heide verbergen, aufpassen, was sich ereignet, und nach eigenem Ermessen vorgehen. Wenn Sie dann noch über die Inhaber von Charlington Erkundigungen eingezogen haben, fahren Sie zurück und erstatten mir Bericht. Und nun eher kein Wort mehr über die Sache, bis wir einen soliden Untergrund gefunden haben, auf dem wir weiter bauen können.«

Wir wussten, dass die Dame Montagmorgen mit dem Zug 9 Uhr 50 von der Waterloo Bridge abfahren würde; ich nahm also den früheren Zug um 9 Uhr 13 Minuten. Von Farnham gelangte ich ohne Schwierigkeiten nach der Charlingtoner Heide. Der Schauplatz des Abenteuers der jungen Dame war gar nicht zu verfehlen. Auf der einen Seite des Weges breitete sich weithin die Heide aus, auf der anderen zog sich ein Wäldchen mit stattlichen Bäumen hin, welches von alten Taxussträuchern umgeben war. In diesen großen Park führte ein Haupteingang aus Stein. Die Steine waren von Moos überzogen, und die Pfeiler zeigten noch verwitterten heraldischen Schmuck. Außer dieser Einfahrt bemerkte ich noch mehrere Lücken in dem Heckenzaun und schmale Pfade, auf denen man den Wald erreichen konnte. Die Gebäude selbst waren von der Straße aus nicht zu sehen, aber die ganze Umgebung zeugte von dem Verfall dieses Besitztums.

Das weite Heideland war mit goldenen Ginsterblüten übersät, die in dem herrlichen Frühlingssonnenschein erglänzten. Hinter einem dieser

Büsche stellte ich mich so auf, dass ich den Eingang zum Schloss und ein gutes Stück der Landstraße nach beiden Richtungen übersehen konnte. Sie war anfangs vollkommen menschenleer, aber bald gewahrte ich einen Radfahrer. Er fuhr zu der Seite, von der ich gekommen war. Er hatte einen dunklen Anzug an, und ich konnte auch den schwarzen Bart unterscheiden. Als er auf Charlingtoner Gebiet kam, sprang er von seiner Maschine ab, schob sie durch eine Lücke im Zaun und entschwand meinen Blicken.

Nach einer Viertelstunde tauchte wieder ein Radfahrer auf. Ich merkte bald, dass es unsere junge Dame war, die vom Bahnhof kam. Ich sah, wie sie sich umschaute, als sie den Wald erreichte. Im nächsten Moment stürzte der Mann aus seinem Versteck hervor, schwang sich aufs Rad und fuhr hinter ihr her. Weit und breit waren die beiden die einzigen Lebewesen. Das anmutige Weib saß kerzengerade auf ihrem Zweirad, während der Mann hinter ihr sich tief auf die Lenkstange herunterbeugte und sehr unsicher fuhr. Plötzlich machte sie unvermutet kehrt und fuhr beherzt auf ihn los! Er drehte sein Rad jedoch ebenso rasch herum und raste in eiliger Flucht davon. Sofort wandte sie sich wieder um und kam stolz erhobenen Hauptes wieder die Straße herauf, ohne sich weiter um ihren stillen Trabanten zu kümmern. Auch er fuhr wieder zurück und in angemessener Entfernung hinter ihr her. Als sie um die Krümmung herum waren, verlor ich sie aus dem Gesicht.

Ich blieb noch in meinem Versteck, und das war sehr gut, denn kurz darauf fuhr der Mann wieder langsam zurück. Er bog in das Eingangstor ein und stieg dann ab. Ein paar Minuten konnte ich ihn noch sehen. Er hatte die Hände in der Höhe und schien seine Krawatte in Ordnung zu bringen. Alsdann setzte er sich wieder auf, fuhr auf dem Parkweg weiter zum Schloss zu und entschwand in dem dichten Unterholz meinen Blicken. Ganz hinten in der Ferne konnte ich die altersgrauen Gebäude mit den schwarzgeräucherten Schornsteinen sehen.

Immerhin glaubte ich, ein ganz gutes Tagewerk getan zu haben und wanderte wohlgemut nach Farnham. Ein Agent am Ort vermochte mir über Charlington Hall keine Auskunft zu geben, sondern verwies mich an eine bekannte Adresse in Pall Mall. Dort sprach ich auf dem Heimweg vor und wurde von dem Vertreter der Firma höflich empfangen. Ich könne Charlington Hall für diesen Sommer leider nicht mehr vermietet bekommen. Es sei vor ungefähr einem Monat einem gewissen Mr Williamson überlassen worden, einem ehrwürdigen älteren Herrn. Über die Verhältnisse desselben könne er mir zu seinem Bedauern keine nähere Auskunft geben, weil er über die Privatangelegenheiten seiner Kunden nicht sprechen dürfe.

Holmes hörte den langen Bericht, den ich ihm an jenem Abend abstattete, aufmerksam an. Das erwartete Lob blieb indessen aus. Im Gegenteil, sein strenges Gesicht nahm einen noch strengeren Ausdruck an, als er Punkt für Punkt mit mir durchging, was ich getan hatte und was ich nicht getan hatte.

»Ihr Versteck, mein lieber Watson, war schlecht gewählt, Sie hätten sich hinter den Taxuszaun stellen müssen, dann würden Sie diese interessante Persönlichkeit aus der Nähe gesehen haben! Aber so haben Sie einige hundert Meter entfernt gestanden und können mir nun weniger sagen als Miss Smith. Sie glaubt, es ist ein Unbekannter; ich bin fest überzeugt, dass es ein Bekannter ist. Warum sollte er denn sonst so ängstlich darauf bedacht sein, von ihr ja nicht gesehen zu werden? Sie sagen, er beugte sich auffallend tief auf die Lenkstange herunter. Das hatte doch auch nur den Zweck, sich nicht erkennen zu lassen. Sie haben Ihre Sache wirklich merkwürdig schlecht gemacht. Sie wollen ausfindig machen, wer er ist, und lassen ihn ruhig in seine Wohnung zurückkehren und gehen zu einem Häuseragenten in London!«

»Was sollte ich denn tun?«, rief ich ziemlich erregt.

»Ins erste beste Wirtshaus gehen. Da erfährt man solche Sachen. Da hätten Sie alle Namen vom Herrn bis zum Spülmädchen herunter erfahren. Williamson! Das sagt mir gar nichts. Wenn er ein älterer Mann ist, kann er nicht so gewandt vom Rad auf- und abspringen und diesem kräftigen Mädchen entfliehen. Was haben wir nun durch Ihre Expedition eigentlich gewonnen? Die Überzeugung, dass die Erzählung der Dame auf der Wahrheit beruht. Die hatte ich auch vorher. Dass zwischen dem Radfahrer und dem Schloss eine Verbindung besteht. Daran habe ich ebenso wenig gezweifelt. Dass der Mieter Williamson heißt. Wozu soll uns das nützen? Nun, nun, mein lieber Herr, tun Sie nicht so beleidigt. Bis zum nächsten Sonnabend können wir nicht viel unternehmen, und inzwischen kann ich selbst ein paar Recherchen anstellen.«

Am nächsten Morgen bekamen wir einen Brief von Miss Smith, worin sie kurz und klar angab, was ich gesehen hatte. Die Hauptsache war jedoch die Nachschrift: –

»Ich glaube sicher, dass Sie mein Vertrauen rechtfertigen, Mr Holmes. Ich muss Ihnen mitteilen, dass meine Stellung hier sehr schwierig geworden ist. Mein Herr hat mir nämlich tatsächlich einen Heiratsantrag gemacht. Ich bin überzeugt, dass seine Neigung tief und echt ist. Meine Antwort können Sie sich denken. Er nahm meine Weigerung sehr ernst, aber doch auch sehr artig auf. Sie werden sich vorstellen können, dass unser Verhältnis etwas gespannt ist.«

»Unsere junge Freundin befindet sich in einer nicht beneidenswerten Lage«, fügte Holmes, als er den Brief zu Ende gelesen hatte, an. »Ihr Fall zeigt sich bereits von einer interessanteren Seite und entwickelt sich womöglich noch weiter, als ich ursprünglich annahm. Ich wäre daher nicht abgeneigt, einen gemütlichen Tag auf dem Land zu verleben. Ich will also gleich heute Nachmittag hinunterfahren und sehen, ob die eine oder andere meiner Vermutungen sich bestätigt.«

Holmes' gemütlicher Tag hatte einen merkwürdigen Abschluss. Er kam spät in der Nacht in der Baker Street an und hatte eine geschwollene Lippe und eine blaue Beule auf der Stirn; er war überhaupt so übel zugerichtet, dass sein eigener Zustand eines polizeilichen Eingreifens bedurft hätte. Seine Erlebnisse machten ihm jedoch ungeheuren Spaß, und er lachte herzlich, als er sie erzählte.

»So 'ne kleine körperliche Übung ist für mich immer ein Hochgenuss«, fing er an. »Sie wissen, dass ich eine gewisse Kenntnis des guten alten englischen Sports, des Boxens besitze. Manchmal kommt sie einem zustatten. Zum Beispiel heute. Ohne sie würde ich eine sehr kümmerliche Rolle gespielt haben.«

Ich bat ihn, mir zu erzählen, was vorgefallen sei.

»Ich suchte jene Kneipe auf, die ich Ihrer Beachtung schon empfohlen hatte, und zog dort vorsichtig Erkundigungen ein. Ich saß am Schanktisch, und der Wirt war sehr mitteilsam und gab mir jede gewünschte Auskunft. Williamson ist ein Mann mit weißem Bart und lebt allein mit kleiner Dienerschaft. Es geht das Gerücht, dass er Geistlicher ist oder doch gewesen ist. Aber ein paar Vorfälle während seines kurzen Aufenthalts im Schloss erscheinen mir sehr wenig geistlich. Ich habe schon in einem Büro für Kirchensachen nachgefragt und die Auskunft erhalten, dass ein Mann dieses Namens im Amt gewesen ist, aber eine äußerst dunkle Karriere hinter sich hat. Der Wirt sagte mir ferner, dass am Ende der Woche gewöhnlich Besucher nach dem Schloss kommen – ›eine feine Gesellschaft, Herr‹ – und ein Herr mit rotem Schnurrbart namens Woodley sei stets dort. Wir waren in unserer Unterhaltung gerade so weit gediehen, als dieser Herr selbst eintrat; er hatte nebenan in der Schenkstube gesessen und Bier getrunken und die ganze Unterredung mit angehört. Wer ich wäre, was ich wünschte? Was ich mit diesen Fragen bezweckte? Die Worte quollen nur so aus seinem Mund, und seine Ausdrücke waren ziemlich kräftig. Sie endigten in einer wüsten Schimpferei, und zum Schluss versetzte er mir einen Faustschlag, den ich nicht mehr ganz parieren konnte. Die paar nächsten Minuten waren köstlich. Ich hatte einen regelrechten Kampf gegen einen wüsten Raufbold. Sie sehen, wie ich daraus hervorgegangen bin. Mr Woodley musste in einem Wagen nach Hause gefahren werden. Damit endete meine Landpartie, und ich muss zugeben, dass dieser Tag, so erfreulich er auch sonst für mich war, nicht viel mehr Zweck gehabt hat als der Ihrige.«

Der Donnerstag brachte uns einen zweiten Brief unseres Schützlings.

»Sie werden nicht weiter überrascht sein, Mr Holmes«, schrieb sie, »wenn ich Ihnen mitteile, dass ich die Stelle bei Mr Carruther verlasse. Selbst das hohe Gehalt kann mich für meine Leiden nicht entschädigen. Am Sonnabend komme ich hinauf nach London und werde nicht wieder zurückkehren. Mr Carruther hat sein Gefährt bekommen, und somit sind die Gefahren des einsamen Weges, wenn überhaupt je welche bestanden haben, nun vorüber.

Die besondere Veranlassung zum Aufgeben meines Dienstes ist nicht nur das gespannte Verhältnis mit Mr Carruther, sondern die Wiederankunft jenes verhassten Mannes, des Mr Woodley. Er war immer hässlich, jetzt sieht er aber noch schrecklicher aus als je, er scheint einen Unfall erlitten zu haben, er ist ganz entstellt. Ich sah ihn am Fenster, glücklicherweise bin ich ihm nicht begegnet. Er hat lange mit Mr Carruther verhandelt, der danach einen sehr erregten Eindruck machte. Woodley muss sich in der Nachbarschaft aufhalten, denn er hat nicht hier geschlafen, und trotzdem sah ich ihn heute Morgen bereits im Garten umherschleichen. Er ist mir widerwärtiger als ein wildes Tier. Ich verabscheue und fürchte ihn mehr, als ich es in Worten ausdrücken kann. Wie kann Mr Carruther einen solchen Menschen nur eine Minute dulden? Nun, alle meine Bekümmernis wird am Sonnabend aufhören.«

»Ich will's hoffen, Watson«, sagte Holmes in ernstem Ton. »Das arme Weib wird von Gaunern umlauert, und wir haben die Pflicht, dafür zu sorgen, dass ihr auf ihrer letzten Reise nichts passiert. Wir müssen uns, glaube ich, die Zeit nehmen und Sonnabendmorgen zusammen hinunterfahren, damit diese merkwürdige Angelegenheit am Ende nicht noch schiefgeht.«

Ich muss zugeben, dass ich der Sache bis jetzt kein großes Gewicht beigelegt hatte, sie war mir mehr komisch und töricht als gefährlich vorgekommen. Dass ein Mann auf ein schönes Mädchen wartet und es verfolgt, ist nichts Unerhörtes, und wenn er so wenig Mut hatte, dass er es nicht einmal anzureden wagte, sondern bei seiner Annäherung floh, so war er kein sehr zu fürchtender Angreifer. Der scheußliche Woodley war freilich ein anderer Kerl, immerhin jedoch hatte auch er sie, mit Ausnahme des einen Mals, nicht belästigt und bei seinem zweiten Besuch im Hause Carruthers ihr gar keine Beachtung geschenkt. Der Radfahrer gehörte zweifelsohne zu jener Gesellschaft, von der der Wirt gesprochen hatte, aber über seine Persönlichkeit und seine Beziehungen wussten wir noch so wenig wie vorher. Erst der Ernst in Holmes' Benehmen und die Tatsache, dass er einen Revolver einsteckte, als wir weggingen, rief in mir das Gefühl wach, dass hinter diesen eigentümlichen Vorgängen doch eine Gefahr lauern könnte.

Einer regnerischen Nacht folgte ein heiterer Morgen. Die Heidelandschaft mit dem blühenden Ginster tat unseren Augen, die der grauen schmutzigen Straßen und Häuser Londons müde waren, außerordentlich wohl. Holmes und ich marschierten die breite, sandige Landstraße entlang und schlürften die frische Morgenluft und freuten uns an dem Gesang der Vögel und dem Duft des Frühlings. Von einer Anhöhe aus konnten wir das verfallene Schloss erblicken, das über die alten Eichen hervorragte, die aber trotz ihres hohen Alters noch jünger waren als das Gebäude, welches sie umgaben. Holmes deutete den langen Weg hinunter, der sich wie ein rötlichgelbes Band zwischen der braunen Heide und dem jungen Grün des Waldes dahinschlängelte. Ganz in der Ferne bemerkten wir einen dunklen Fleck, es war ein Fuhrwerk, das sich in der Richtung auf uns zu bewegte. Holmes war sehr unwillig.

»Ich wollte eine halbe Stunde vor ihr ankommen«, rief er aus. »Wenn das ihr Wagen ist, muss sie mit einem früheren Zug fahren wollen. Ich fürchte, Watson, sie wird eher an Charlington vorbeikommen, ehe wir dort sein können.«

Sobald wir den Hügel überschritten hatten, konnten wir das Gefährt nicht mehr sehen. Wir beschleunigten unsere Schritte dermaßen, dass meine sitzende Lebensweise bald dagegen protestierte und mich nötigte zurückzubleiben. Holmes lief jedoch immer voran, er hatte unerschöpfliche Kraftvorräte, von denen er zehren konnte. Seine elastischen Beine machten nicht eher Halt, bis er plötzlich, ungefähr hundert Meter vor mir, stehen blieb und verzweifelt die Hände emporrang. Im selben Augenblick kam ein leerer Wagen um die Krümmung des Weges und rasselte uns entgegen; das Pferd lief einen leichten Galopp, und die Zügel schleiften auf dem Boden.

»Zu spät, Watson; zu spät!«, rief Holmes, als ich keuchend an ihn herankam. »'n Esel war ich, dass ich nicht mit dem früheren Zug rechnete! 's ist Entführung, Watson – Entführung! Mord! Gott weiß was noch! Versperren Sie den Weg! Halten Sie das Pferd auf! So ist's recht. Nun springen Sie rein, wir wollen sehen, ob ich die Folgen meiner eigenen Dummheit noch gutmachen kann.«

Als wir im Wagen saßen, drehte Holmes um, gab dem Pferd einen Schlag mit der Peitsche, und wir sausten zurück. Als wir um die Kurve herum waren, lag die ganze Strecke offen vor uns. Ich ergriff Holmes beim Arm.

»Dort ist der Mann!«, rief ich.

Ein einsamer Radfahrer kam auf uns zu. Der Kopf hing vorn herunter, und der Rücken war so stark gekrümmt, als ob er seine ganze Kraft zum Treten brauchte. Er raste wie ein Rennfahrer. Plötzlich erhob er sein bärtiges Gesicht, erblickte uns in ziemlicher Nähe, sprang vom Rad und blieb stehen. Der pechschwarze Bart stand in eigentümlichem Kontrast zu der Blässe seines Gesichts, und seine Augen leuchteten wie bei einem Fieberkranken. Er starrte bald uns an, bald den Wagen. Dann zeigte sich ein Staunen in seinen Zügen.

»He du! Halt!«, rief er uns zu und wollte uns mit dem Fahrrad den Weg versperren. »Wo haben Sie den Wagen her? Halten Sie still!«, schrie er und zog eine Pistole hervor. »Halten Sie still, oder, bei Gott, ich schieß Ihr Pferd zusammen.«

Holmes warf mir die Zügel in den Schoß und sprang herunter.

»Sie sind der Mann, den wir suchen. Wo ist Miss Violet Smith?«, fragte er ruhig und bestimmt.

»Das frage ich Sie auch. Sie sind in ihrem Wagen. Sie müssten wissen, wo sie ist.«

»Der Wagen begegnete uns unterwegs. Es saß aber niemand drin. Wir fuhren zurück, um der jungen Dame Hilfe zu bringen.«

»Barmherziger Himmel! Barmherziger Himmel! Was soll ich anfangen?«, schrie der Fremde verzweiflungsvoll. »Sie haben sie geraubt, der verdammte Woodley und der elende Pfaffe. Kommen Sie, lieber Mann, kommen Sie mit, wenn Sie wirklich ihr Freund sind. Helfen Sie mir, wir wollen sie retten und wenn mich's das Leben kosten sollte.«

Er lief wie wahnsinnig, die Pistole in der Hand, nach einer Lücke in dem lebenden Zaun. Holmes rannte hinter ihm her und ich hinter Holmes – das Pferd ließ ich am Weg grasen.

»Hier sind sie durchgekommen«, sagte mein Freund, indem er auf verschiedene Fußspuren auf dem feuchten Pfad deutete. »Hallo! Halt! Wer liegt dort im Gebüsch?«

Es war ein junger Bursche von ungefähr siebzehn Jahren in der Kleidung eines Stallknechts mit ledernen Hosen und Gamaschen. Er lag auf dem Rücken mit angezogenen Knien und einer klaffenden Kopfwunde. Er war besinnungslos, gab aber noch Lebenszeichen von sich. Ein Blick auf seine Wunde sagte mir, dass der Knochen nicht getroffen war.

»Das ist Peter, mein Stallknecht«, rief der Fremde. »Er hat sie gefahren. Die Halunken haben ihn vom Wagen heruntergerissen und niedergeschlagen. Lasst ihn liegen, ihm können wir doch nicht mehr helfen, aber vielleicht können wir sie noch vor dem Schlimmsten bewahren, was einem Weib passieren kann.«

Wir rasten den Waldpfad hinunter und hatten das Strauchwerk vor dem Haus erreicht, als Holmes anhielt.

»Sie sind nicht ins Haus gegangen. Hier ist ihre Fährte, links hier – an den Lorbeerbüschen entlang! Ich hab mir's gleich gedacht!«

Während er sprach, drangen aus dem dichten grünen Buschwerk vor uns gellende Angstschreie eines Weibes an unser Ohr – Schreie, aus denen Wut und Schrecken zu hören war. Sie endigten plötzlich auf ihrem Höhepunkt in gurgelnden Lauten, wie wenn jemand gewürgt wird.

»Hierher! Hierher!«, rief uns der Fremde zu. »Sie sind in der Kegelbahn!« Er stürzte durch die Büsche. »Ah, die feigen Hunde! Folgen Sie mir! Zu spät! Zu spät! Bei Gott, zu spät!«

Wir standen plötzlich auf einem hübschen grünen Rasenplatz, der von ehrwürdigen Bäumen eingefasst war. Am anderen Ende desselben, unter einer mächtigen Eiche, erblickten wir eine eigentümliche Gruppe von drei Menschen: ein taumelndes, fast ohnmächtiges Weib mit einem Taschentuch um den Mund gebunden. Ihr gegenüber stand ein brutal aussehender junger Kerl mit rotem Schnurrbart, breitspurig, den einen Arm in die Seite gestemmt, mit dem anderen eine Reitpeitsche schwingend; seine ganze Haltung zeigte Triumphieren. Dazwischen stand ein älterer Herr mit grauem Bart. Er trug einen schwarzen Priesterrock über einem hellen Sommeranzug und hatte offenbar eben die Trauung vollendet, denn als wir auf der Bildfläche erschienen, klappte er gerade sein Gebetbuch zu, klopfte den Bräutigam kräftig auf die Schulter und gratulierte ihm in jovialer Weise.

»Sie sind getraut worden!«, rief ich.

»Kommen Sie!«, schrie unser Führer. »Kommen Sie!« Er stürzte über den Rasen, Holmes und ich hinter ihm her. Als wir näherkamen, wankte die Dame an den Baumstamm, um sich daran festzuhalten. Der Ex-Priester Williamson machte eine höhnische Verbeugung, und der Renommist Woodley schritt uns frohlockend entgegen.

»Du kannst deinen Bart abnehmen, Bob«, sagte er zu unserem Verbündeten. »Ich kenne dich zur Genüge. Nun, du und deine Genossen, ihr kommt gerade recht; darf ich euch Mrs Woodley vorstellen?«

Die Antwort unseres Führers war sehr merkwürdig. Er riss den schwarzen Bart, womit er sich unkenntlich gemacht hatte, herunter und warf ihn zur Erde. Darunter kam ein langes, bleiches, glattrasiertes Gesicht zum Vorschein. Dann zog er seinen Revolver hervor und hielt ihn auf den jugendlichen Schurken, der auf ihn zukam und drohend die Reitpeitsche schwang.

»Jawohl«, sagte er, »ich bin Bob Carruther und werde diesem Weib Recht verschaffen, und wenn ich dafür an den Galgen kommen sollte. Ich hab dir gesagt, was ich tun würde, wenn du Gewalt anwendetest, und, bei Gott, ich halte mein Wort!«

»Du kommst zu spät. Sie ist meine Frau!«

»Nein, deine Witwe.«

Ein Schuss krachte, und durch Woodleys Weste spritzte das Blut hervor. Er drehte sich im Kreis herum und fiel mit einem lauten Aufschrei zur Erde; sein ekelhaftes rotes Gesicht wurde schrecklich blass. Der Alte im Talar brach in eine Flut von Schimpfreden und Flüchen aus, wie ich sie noch nie gehört hatte. Er zog ebenfalls einen Revolver, aber bevor er ihn in Schusshöhe brachte, sah er Holmes Waffe auf sich gerichtet.

»Genug«, sagte mein Freund, ganz kaltblütig. »Legen Sie das Ding fort! Heben Sie's auf, Watson! Setzen Sie es ihm auf die Stirn! Danke Ihnen. Sie, Carruther, geben Sie Ihren Revolver auch her. Wir wollen keine Gewalttätigkeiten weiter. Kommen Sie, geben Sie ihn mir!«

»Wer sind Sie denn?«

»Mein Name ist Sherlock Holmes.«

»Heiliger Himmel!«

»Sie haben schon von mir gehört, wie ich merke. Ich will die offizielle Polizei vertreten, bis sie selbst hier ist. Hier, Sie!«, rief er einem Knecht zu, der erschreckt auf den Platz geeilt war. »Kommen Sie her, und reiten Sie so schnell wie möglich mit diesem Zettel nach Farnham.« Er kritzelte rasch einige Worte auf ein Blatt aus seinem Notizbuch. »Dieses Papier geben Sie dem Polizeiinspektor. Bis zu seinem Eintreffen bleiben Sie alle unter meiner Bewachung.«

Mit seinem entschlossenen und energischen Auftreten beherrschte Holmes die ganze Szene, und die Menschen waren alle Puppen in seiner Hand. Williamson und Carruther mussten den verwundeten Woodley ins Haus schaffen, und ich reichte dem erschreckten Weib den Arm. Der Verletzte wurde auf sein Bett gelegt, und ich untersuchte ihn auf Holmes' Bitte. Als ich ihm darüber berichten wollte, fand ich ihn in dem alten Speisezimmer, seine beiden Gefangenen saßen vor ihm.

»Er wird durchkommen«, sagte ich.

»Was!«, schrie Carruther und sprang vom Stuhl auf. »Dann will ich erst hinauf und ihm den Rest geben. Soll dieses Mädchen, dieser Engel, sein Lebtag an diesen rohen Woodley gekettet sein?«

»Darüber brauchen Sie sich nicht aufzuregen«, sagte Holmes. »Aus zwei gewichtigen Gründen ist diese Ehe unter allen Umständen ungültig. Erstens dürfen wir wohl die gesetzliche Berechtigung des Mr Williamson anzweifeln.«

»Ich bin ordiniert«, schrie der alte Schurke.

»Aber auch wieder abgesetzt.«

»Einmal Priester, immer Priester.«

»Ich glaube kaum. Wie steht's mit der Lizenz?«

»Die hatten wir. Ich habe sie hier in der Tasche.«

»Dann haben Sie sie durch List bekommen. Aber auf jeden Fall, eine erzwungene Heirat ist keine Heirat; übrigens ist es ein sehr schweres Verbrechen, wie Sie einsehen werden. Wenn ich nicht irre, werden Sie ungefähr zehn Jahre Zeit haben, über die Sache nachzudenken. Was Sie anbelangt, Carruther, so hätten Sie Ihren Revolver besser in der Tasche gelassen.«

»Das wird mir allmählich auch klar, Mr Holmes, als ich mir aber überlegte, was ich all für Vorsichtsmaßregeln angewandt hatte, um dieses Mädchen zu beschirmen – ich liebte sie, Mr Holmes, und habe erst dieses einzige Mal erfahren, was Liebe ist –, brachte mich der Gedanke, sie in der Gewalt dieses Mannes zu wissen, ganz von Sinnen, denn er ist der roheste und großsprecherischste Patron in ganz Südafrika, ein Mensch, dessen Name von Kimberley bis nach Johannesburg einen schrecklichen Klang hat. Ja, Mr Holmes, Sie werden es kaum glauben, aber vom ersten Augenblick an, wo diese Dame in meinen Diensten stand, habe ich sie nicht ein einziges Mal dieses Haus, wo diese Schurken auf der Lauer lagen, passieren lassen, ohne ihr auf meinem Rad zu folgen und zu sehen, dass ihr kein Leid

geschehe. Ich hielt mich stets in einiger Entfernung und trug einen Bart, damit sie mich nicht erkennen sollte, denn sie ist ein gutes und wohlanständiges Mädchen, das nicht bei mir in Stellung geblieben sein würde, wenn sie gewusst hätte, dass ich ihr auf der Landstraße nachfuhr.«
»Warum sagten Sie ihr nichts von der Gefahr?«
»Weil sie mich dann verlassen haben würde und ich das nicht ertragen zu können glaubte. Wenn sie mich auch nicht lieben konnte, so gereichte es mir doch zur Beruhigung, ihre liebliche Gestalt zu sehen und ihre wohlklingende Stimme zu hören.«
»Sie nennen das Liebe, Mr Carruther«, sagte ich, »ich möchte es Selbstsucht nennen.«
»Mag sein, die beiden Begriffe gehen ineinander über. Wie dem auch sei, ich konnte sie nicht fortlassen. Außerdem war es bei einer solchen Nachbarschaft gut für sie, dass sie einen Menschen hatte, der sich um sie kümmerte. Als dann das Telegramm kam, wusste ich, dass sie nun energisch vorgehen würden.«
»Was für ein Telegramm?«
Carruther zog eine Depesche aus der Tasche.
»Dieses hier«, sagte er.
Es lautete kurz und bündig: ›Der Alte ist tot.‹
»Hm! Jetzt sehe ich«, sagte Holmes, »wie die Gurken hängen, und verstehe, warum sie diese Botschaft zu raschem Handeln anspornte. Aber während wir warten, erzählen Sie mir, was Sie noch wissen.«
Der alte Kujon im Priesterrock fing wieder furchtbar zu schimpfen an.
»Bei Gott!«, rief er. »Wenn du uns verrätst, Carruther, werde ich dir dasselbe tun, was du Woodley getan hast. Über das Weib kannst du winseln, soviel du willst, das ist deine Sache, wenn du aber gegenüber deinen Helfershelfern hier zu offen wirst, dann kann dir's sehr übel bekommen.«
»Ehrwürden brauchen sich nicht so aufzuregen«, sagte Holmes und zündete sich eine Zigarette an. »Der Fall liegt ganz klar, und ich frage Sie nur aus privater Neugier nach einigen Einzelheiten. Sollte es Ihnen aber unangenehm sein, mir zu antworten, so will ich Ihnen die Sache aufdecken, und Sie können dann sehen, was Sie von Ihren Geheimnissen noch übrig behalten. Erstens, Sie drei – Sie, Carruther und Woodley – sind zusammen aus Afrika gekommen.«
»Das ist die erste Lüge«, rief der Alte; »ich habe bis vor zwei Monaten keinen von diesen beiden gekannt und bin nie im Leben in Afrika gewesen. Die Einleitung ist also schon falsch, Sie überschlauer Herr!«

»Er sagt die Wahrheit«, bemerkte Carruther.
»Also gut, zwei von Ihnen sind herübergekommen. Seine Ehrwürden ist auf heimatlichem Boden gewachsen. Sie zwei kannten Ralph Smith. Sie wussten, dass er nicht mehr lange leben würde. Sie kundschafteten aus, dass seine Nichte die Erbin seines Vermögens war. Ist's so – he?«
Carruther nickte und Williamson fluchte.
»Sie war zweifellos die nächste Anverwandte, und Sie wussten, dass er kein Testament machen würde.«
»Er konnte ja weder lesen noch schreiben«, warf Carruther dazwischen.
»Sie reisten also beide herüber und spürten das Mädchen auf. Sie kamen dahin überein, dass sie einer heiraten und der andere einen Anteil von der Beute bekommen sollte. Auf irgendeine Weise wurde Woodley zu ihrem Gatten bestimmt. Wie geschah das?«
»Wir spielten auf der Reise Karten um sie, und er gewann.«
»Ich verstehe. Sie nahmen die junge Dame in Ihre Dienste, und Woodley sollte ihr da den Hof machen. Sie erkannte, dass er ein gemeiner Trunkenbold war und wollte nichts mit ihm zu tun haben. Mittlerweile verliebten Sie sich selbst in das Mädchen, und ihre Abmachung wurde dadurch über den Haufen geworfen. Sie konnten den Gedanken, dass sie dieser rohe Kerl zur Frau bekommen sollte, nicht länger ertragen.«
»Nein, bei Gott, das konnte ich nicht mehr!«
»Sie gerieten in Streit. Er ging wütend aus Ihrem Haus und beschloss, auf eigene Faust vorzugehen.«
»Es ist verblüffend, Williamson«, rief Carruther bitter lachend aus, »wir brauchen dem Herrn nicht mehr viel zu erzählen. Jawohl, wir zankten uns, und er schlug mich nieder. Das beruht jedoch auf Gegenseitigkeit. Darauf verlor ich ihn aus den Augen. Damals hat er dann diesen ausgestoßenen Pater hier aufgegabelt. Ich erfuhr, dass sie hier an der Straße, wo das Mädchen nach der Station vorbeimusste, gemeinschaftlich ein Haus bewohnten. Ich bewachte sie daher, denn ich wusste, wo der Wind herkam. Von Zeit zu Zeit besuchte ich sie, denn ich wollte gerne wissen, was sie zu machen gedachten. Vor zwei Tagen brachte mir Woodley das Telegramm, worin uns der Tod von Ralph Smith mitgeteilt wurde. Er fragte mich, ob ich mich noch an unserem Geschäft beteiligen wollte. Ich sagte nein. Er fragte dann weiter, ob ich das Mädchen heiraten und ihm seinen Anteil geben wollte. Ich antwortete ihm, dass ich das herzlich gern tun würde, dass sie mich aber nicht haben wollte. Er erwiderte darauf: ›Lass uns sie nur erst heiraten, nach Verlauf von ein paar Wochen wird sie die

Sache schon mit anderen Augen ansehen.‹ Ich entgegnete ihm, dass ich von Gewalt nichts wissen möchte. Darauf ging er fort, der elende Bube, fluchend und schwörend, dass er sie doch bekommen würde. Sie verließ mein Haus Ende dieser Woche und ich ließ sie mit dem Wagen nach der Bahn bringen. Ich fühlte aber dennoch eine solche innere Unruhe, dass ich auf dem Rad dahinter herfuhr. Sie hatte jedoch einen großen Vorsprung, und ehe ich sie einholen konnte, war das Unglück bereits geschehen. Ich merkte es erst, als ich Sie beide Herren in ihrem Wagen zurückfahren sah.«

Holmes stand von seinem Stuhl auf und warf den Stummel seiner Zigarette in den Kamin. »Ich bin ganz vernagelt gewesen, Watson«, sagte er dann. »Sie berichteten mir damals, dass Sie den Radfahrer gesehen hätten, wie er Ihrer Ansicht nach in dem Gebüsch seine Krawatte in Ordnung gebracht hatte; das allein hätte mir alles sagen müssen. Immerhin können wir uns zu dem merkwürdigen und in mancher Hinsicht einzigartigen Fall gratulieren. Dort kommen drei Gendarmen, und der kleine Kutscher ist zu meiner Freude auch dabei; es ist also zu erwarten, dass er sowohl wie der interessierte Bräutigam von den heutigen Abenteuern keinen dauernden Schaden haben wird. Ich denke, Watson, Sie gehen in Ihrer Eigenschaft als Arzt zu Miss Smith und sagen ihr, dass wir ihr, wenn sie sich soweit erholt hat, gerne das Geleit zu ihrer Mutter geben. Wenn sie sich noch nicht kräftig genug fühlt, wollen wir an den jungen Elektrotechniker bei Midland depeschieren, und Sie werden sehen, dass sie dann bald vollständig gesund sein wird. Was Sie betrifft, Mr Carruther, so glaube ich, dass Sie Ihr Mögliches getan haben, um Ihre Schuld zu sühnen, die Sie durch Teilnahme an diesem bösen Plan auf sich geladen hatten. Hier haben Sie meine Karte, wenn Ihnen mein Zeugnis bei Gericht von Nutzen sein kann, stehe ich Ihnen gern zur Verfügung.«

Im Strudel unseres bewegten Lebens ist es mir oft schwer gefallen – der Leser wird es wahrscheinlich schon bemerkt haben –, meine Erzählungen gut abzurunden und am Schluss die nötigen Mitteilungen nicht zu vergessen, die man erwarten kann. Bei der Fülle unserer Fälle sind jedoch bei jedem einzelnen die handelnden Personen, sobald die Entscheidung vorüber ist, schnell aus meinem Gedächtnis entschwunden. Am Ende meiner Aufzeichnungen über diesen Fall finde ich jedoch folgenden Nachtrag: Miss Smith hat tatsächlich ein großes Vermögen geerbt und ist jetzt die Gattin Cyril Mortons, des älteren Teilhabers von Norton und Kennedy, der bekannten Elektrizitätsgesellschaft in Westminster. Williamson und Woodley sind wegen Körperverletzung und Entführung angeklagt worden, dieser hat zehn, jener sieben Jahre bekommen. Über das Schicksal Carruthers habe ich keine Notiz, aber ich glaube sicher, weil Woodley als gewalttätiger Mensch bekannt war, hat der Gerichtshof sein Vergehen mild beurteilt und einige Monate Gefängnis als ausreichende Sühne angesehen.

Die Entführung
aus der Klosterschule

Obwohl wir in unserem bescheidenen Heim in der Baker Street schon manchen Besucher in recht dramatischer Weise hatten kommen und gehen sehen, kann ich mich an kein plötzlicheres und merkwürdigeres Auftreten erinnern als es das des Herrn Dr. Torneycroft Huxtable war, da er zum ersten Mal bei uns erschien. Zuerst kam seine Visitenkarte, die zu klein erschien, um alle seine akademischen Grade und Würden fassen zu können, nach wenigen Sekunden trat er selbst ein – so fest, pomphaft und würdevoll, als ob er die verkörperte Kraft und Selbstzucht wäre. Und doch war, als er kaum die Tür hinter sich geschlossen hatte, seine erste Tat die, dass er gegen den Tisch taumelte und umfiel. So lag denn seine majestätische Gestalt regungslos der Länge nach auf unserem Zimmerteppich.

Wir sprangen auf und starrten einen Moment, sprachlos vor Überraschung, auf dieses gewaltige Wrack, das einem unvorhergesehenen, plötzlichen Sturm weit draußen auf dem Ozean des Lebens zum Opfer gefallen zu sein schien. Dann holte Holmes rasch ein Kissen, um es ihm unter den Kopf zu legen, und ich brachte Branntwein, womit ich seine Lippen benetzte. Das totenblasse Gesicht zeigte die Spuren schwerer Sorge, die dicken Wassersäcke unter den geschlossenen Augen waren schwarzblau wie Blei, um den offenen Mund spielten schmerzliche Züge. Er war nicht rasiert und nicht gekämmt. Kragen und Hemd deuteten darauf hin, dass der arme Mann, der vor uns gebrochen am Boden lag, eine lange Reise hinter sich hatte.

»Was ist's, Watson?«, fragte mich Holmes.

»Vollkommene Erschöpfung – möglicherweise bloß Hunger und Müdigkeit«, antwortete ich, während ich den schwachen Puls fühlte.

»Er hat eine Rückfahrkarte von Mackleton in Nord-England«, sagte Holmes, indem er sie aus der Westentasche herauszog. »Es ist jetzt noch nicht ganz zwölf Uhr. Er muss sehr früh aufgebrochen sein.«

Die faltigen Augenlider fingen zu zucken an, und bald blickte ein Paar offener, grauer Augen zu uns empor. Im nächsten Augenblick war der

Mann wieder auf den Beinen, und die starke Röte in seinem Gesicht verriet seine Scham.

»Verzeihen Sie diese Schwäche, Mr Holmes, ich bin etwas übermüdet. – Danke Ihnen. Wenn ich ein Glas Milch und ein Stückchen Zwieback bekommen könnte, würde ich rasch wieder wohl sein. Ich bin persönlich gekommen, um Sie dazu zu bewegen, mit mir zurückzufahren. Ich befürchtete, dass Sie ein Telegramm von der Dringlichkeit meines Falles nicht hinreichend überzeugen würde.«

»Wenn Sie sich ganz erholt haben …«

»Ich fühle mich wieder vollkommen wohl. Ich begreife gar nicht, wie ich so schwach sein konnte. Ich bitte Sie, Mr Holmes, mit dem nächsten Zug mit mir nach Mackleton zu kommen.«

Mein Freund schüttelte den Kopf.

»Mein Kollege Dr. Watson wird mir bestätigen, dass wir gegenwärtig sehr stark beschäftigt sind. Ich habe noch mit den Ferrersschen Dokumenten zu tun, außerdem steht in Kürze die Abergavennyer Mordaffäre zur Verhandlung; es könnte mich also nur eine außergewöhnlich wichtige Angelegenheit zu einer Reise veranlassen.«

»Wichtig!«, rief unser Besucher und schlug die Hände überm Kopf zusammen. »Haben Sie denn noch nichts von der Entführung des einzigen Sohnes des Herzogs von Holdernesse gehört?«

»Was! Des ehemaligen Ministerpräsidenten?«

»Gewiss. Wir hatten versucht, es totzuschweigen, aber der ›Globe‹ hat in der gestrigen Abendnummer Andeutungen gebracht. Ich glaubte, es wäre Ihnen schon zu Ohren gekommen.«

Holmes streckte seinen langen dünnen Arm aus und nahm den Band mit ›H‹ aus seiner Enzyklopädie vom Bücherbrett.

»›Holdernesse, sechster Herzog, Dr. juris, Dr. philosophiae usw., Professor, Staatsrat, Baron Beverley, Graf von Carston‹ – um Gottes willen – was für eine Menge Titel! – ›Lord Hallamshire seit 1900. Verheiratet mit Edith, der Tochter des Freiherrn von Appledore 1888. Erbe und einziges Kind Lord Saltire. Grundbesitz ungefähr zweihundertfünfzigtausend Morgen groß. Bergwerke in Lancashire und Wales. Adressen: Carlton House Terrace; Holdernesse Hall, Hallamshire; Carston Castle, Bangor, Wales. Lord der Admiralität, 1872; Staatssekretär –‹ Das genügt, der Mann ist sicher einer der hervorragendsten Bürger!«

»Der hervorragendste und vielleicht auch der reichste. Ich weiß wohl, Mr Holmes, dass Sie nicht um des Geldes, sondern um der Sache willen arbeiten, aber ich will Ihnen doch sagen, dass Seine Hoheit mir schon angedeutet hat, demjenigen, der den Aufenthaltsort seines Sohnes ausfindig macht, fünftausend Pfund, und demjenigen, der ihm die Räuber seines Kindes namhaft machen kann, weitere tausend Pfund auszahlen zu wollen.«

»Das ist ein fürstliches Angebot«, sagte Holmes. »Ich denke, Watson, wir begleiten Herrn Direktor Huxtable nach Norden zurück. Und nun, Herr Doktor, können Sie mir, wenn Sie Ihre Milch verzehrt haben, gütigst erzählen, wann und wie sich die Sache zugetragen hat, und schließlich auch, was Dr. Huxtable von der Klosterschule in Mackleton mit der Sache zu tun hat, und warum er erst nach drei Tagen – so lange haben Sie sich nicht rasiert – kommt, um meine Dienste in Anspruch zu nehmen.«

Unser Besucher bekam nach dem kleinen Imbiss wieder glänzende Augen und rote Wangen. Nachdem er sich in Positur gesetzt hatte, begann er seine Schilderung des Vorfalls.

»Zuerst muss ich Ihnen mitteilen, meine Herren, dass die Klosterschule eine Vorbereitungsanstalt ist, die ich gegründet habe, und der ich nun vorstehe. ›Huxtables Kommentar des Horaz‹ wird Ihnen von früher vielleicht noch bekannt sein. Die Klosterschule ist bei Weitem das beste und vornehmste Vorbereitungsinstitut in England. Lord Leverstoke, der Graf von Blackwater, der Baron Soames haben mir alle ihre Söhne anvertraut. Aber als mir vor drei Wochen der Herzog von Holdernesse seinen Sekretär Mr James Wilder schickte, um mit mir über die Aufnahme des jungen zehnjährigen Lord Saltire, seines einzigen Sohnes und Erben, verhandeln zu lassen, glaubte ich mit meiner Schule auf der Höhe des Ruhmes angelangt zu sein. Ich ahnte nicht, dass es das Vorspiel zu meinem größten Unheil sein sollte.

Am ersten Mai, dem Anfang des Sommerhalbjahrs, kam der Knabe an. Er war ein reizender Junge und gewöhnte sich schnell ein. Ich will Ihnen nicht verschweigen – ich glaube mich dadurch keiner Indiskretion schuldig zu machen, und Mangel an Zutrauen ist in einem solchen Fall sehr verkehrt – dass er sich zu Hause nicht recht wohlfühlte. Es ist ein offenes Geheimnis, dass der Herzog mit seiner Gemahlin nicht glücklich gelebt hat und die Ehe mit beiderseitiger Einwilligung geschieden worden ist, worauf die Herzogin in Südfrankreich ihren Wohnsitz genommen hat. Diese Trennung ist vor noch nicht langer Zeit erfolgt, und der Junge hing sehr an seiner Mutter. Er wurde nach ihrer Abreise ganz melancholisch und träumerisch, und aus diesem Grund wünschte der Herzog, sein Kind in meine Obhut zu geben. Nach vierzehn Tagen war der Junge bei uns denn auch schon wie zu Hause und augenscheinlich vollkommen zufrieden.

Zum letzten Mal sahen wir ihn in der Nacht zum dreizehnten Mai – also in der vergangenen Montagsnacht. Sein Zimmer lag im zweiten Stock und grenzte an ein anderes größeres Zimmer, wo zwei Jungen schliefen. Dieselben haben jedoch nichts gehört und gesehen. Daraus geht sicher hervor, dass der junge Saltire nicht auf dem richtigen Weg an jener Kammer vorbeigekommen ist. In seinem Schlafzimmer stand aber das Fenster offen, und darunter ist ein starker Efeustamm. Wenn wir auch am Boden keine Fußspuren finden konnten, ist doch klar, dass er nur auf diesem Weg ins Freie gelangt sein kann.

Sein Fehlen wurde am Dienstagmorgen um sieben Uhr bemerkt. Sein Bett war benutzt worden. Er hatte sich vor dem Gehen vollständig angezogen, und zwar seine gewöhnlichen Schulkleider, eine blaue Jacke und dunkelgraue Hosen. Im Zimmer war keine Spur von einer zweiten Person zu finden, außerdem würde Schreien, wie überhaupt jeder stärkere Lärm in dem Nebenzimmer gehört worden sein, denn der Ältere der beiden darin schlafenden Knaben schläft nur sehr leicht.

Als mir das Verschwinden des jungen Lords gemeldet worden war, versammelte ich sofort sämtliche Schüler, Lehrer und Diener, um über die Sache zu beraten. Wir kamen dabei zu dem Schluss, dass Lord Saltire nicht allein geflohen sein könne. Mr Heidegger, der den Unterricht im Deutschen erteilte, wurde gleichfalls vermisst. Sein Zimmer lag ebenfalls in der ersten Etage, am Ende des Hauses, und mündete auf denselben Flur. Er hatte auch im Bett gelegen, war aber offenbar nur notdürftig bekleidet weggegangen, weil sein Hemd und seine Strümpfe noch auf dem Boden lagen. Er hatte sich zweifellos an dem Efeu hinuntergelassen, denn wir konnten unten auf dem Rasen seine Spuren sehen. Sein Rad, das er in einem kleinen Schuppen in der Nähe aufbewahrte, war auch fort.

Er war zwei Jahre bei mir in Stellung und mit den besten Empfehlungen gekommen; aber er war ein mürrischer, verschlossener Mann, weder bei seinen Kollegen noch bei seinen Schülern sehr beliebt. Von den Flüchtlingen war keine Spur zu sehen, und heute am Donnerstagmorgen wissen wir noch ebenso wenig wie wir am Dienstag wussten. In Holdernesse Hall wurde natürlich sofort angefragt. Es liegt nur wenige Meilen von Mackleton entfernt, und wir glaubten, dass der Junge in einer plötzlichen Anwandlung von Heimweh nach Hause zu seinem Vater gelaufen wäre; aber kein Mensch hatte dort etwas von ihm gesehen oder gehört. Der Herzog ist aufs Höchste erregt – und was mich anbelangt, so sind Sie ja eben selbst Zeuge meines Zustandes gewesen und haben gesehen, wie nervös und hinfällig ich infolge der

Aufregung und der schweren Verantwortung geworden bin. Wenn Sie je Ihre ganze Kraft einsetzen, flehe ich Sie an, es jetzt zu tun, denn einen lohnenderen Fall werden Sie kaum im Leben wieder bekommen.«

Holmes hatte den Bericht des unglücklichen Schulmannes mit äußerster Spannung angehört. Die tiefen Falten auf seiner Stirn zeigten, dass es keiner besonderen Mahnung bedurfte, um seine ganze Aufmerksamkeit auf ein Problem zu konzentrieren, das, abgesehen von dem großen materiellen Interesse, so recht seiner Vorliebe für das Verwickelte und Außergewöhnliche entsprach. Er nahm sein Taschenbuch heraus und machte sich ein paar Notizen.

»Es war ein großer Fehler, dass Sie nicht eher zu mir gekommen sind«, sagte er dann in strengem Ton. »Die Aufklärung wird dadurch bedeutend schwieriger für mich. Es müsste zum Beispiel sonderbar zugehen, wenn der Efeu und der Rasenplatz einem erfahrenen Beobachter keinen Anhaltspunkt liefern sollte.«

»Mich trifft keine Schuld, Mr Holmes. Seine Hoheit wünschte durchaus, jeden öffentlichen Skandal zu vermeiden. Er fürchtete, dass seine unglücklichen Familienverhältnisse dadurch an den Tag kämen; und davor hatte er eine große Scheu.«

»Aber offiziell ist doch wohl eine Untersuchung eingeleitet?«

»Allerdings. Sie hat aber zu keinem Ergebnis geführt. Es fand sich gleich eine Spur. Wir erhielten alsbald die Nachricht, dass auf einer benachbarten Bahnstation ein Knabe und ein jüngerer Herr, die einen Frühzug benützt hätten, gesehen worden seien. Und vergangene Nacht wurde gemeldet, dass die beiden in Liverpool aufgetaucht seien, aber mit unserer Sache gar nicht in Beziehung ständen. Nach einer schlaflosen Nacht bin ich in meiner Verzweiflung und Bedrängnis mit dem ersten Zug schnurstracks zu Ihnen gefahren.«

»Ich vermute, dass man die falsche Spur verfolgt und darüber die örtliche Untersuchung vernachlässigt hat?«

»Ja, diese hat man vollständig außer Acht gelassen.«

»Auf diese Weise hat man drei Tage verloren. Die ganze Sache ist furchtbar verkehrt angefasst worden.«

»Das fühle ich auch und gebe es unumwunden zu.«

»Und doch müsste sich das Problem lösen lassen. Ich freue mich, bald einen näheren Einblick in die Angelegenheit tun zu können. Haben Sie irgendeinen Zusammenhang zwischen dem fehlenden Schüler und dem deutschen Lehrer herstellen können?«

»Absolut nicht.«

»War der Junge in der Klasse dieses Lehrers?«

»Nein; meines Wissens haben die beiden kein Wort miteinander gewechselt.«

»Das ist allerdings sehr sonderbar. Hatte der Knabe ein Fahrrad?«

»Nein.«

»Fehlte sonst irgendein Rad?«

»Nein.«

»Wissen Sie das genau?«

»Jawohl.«

»Nun, Sie glauben doch wohl nicht im Ernst, dass der deutsche Lehrer im Dunkel der Nacht davongefahren ist und den Jungen im Arm gehabt hat?«

»Gewiss nicht.«

»Wie denken Sie sich denn die ganze Sache?«

»Vielleicht hat er das Rad nur zum Schein mit weggenommen, es dann irgendwo verborgen und ist doch mit dem Knaben zu Fuß fortgegangen.«

»Das ist nicht unmöglich; freilich wäre es immerhin eine eigentümliche Art der Täuschung, nicht wahr? Standen noch mehr Fahrräder in dem Schuppen?«

»Verschiedene.«

»Sollte er dann nicht lieber zwei versteckt haben, wenn er glauben machen wollte, sie seien per Rad entflohen?«

»Man sollte es wohl annehmen.«

»Natürlich würde er das getan haben. Die Theorie, dass er dadurch eine Irreführung beabsichtigt habe, stimmt also nicht. Außerdem ist ein Rad kein Gegenstand, der sich so leicht verbergen oder vernichten lässt. Nun noch eine Frage. Hat der Junge am Tag vor seinem Verschwinden Besuch gehabt?«

»Nein.«

»Hat er auch keine Briefe bekommen?«

»Ja, einen.«

»Von wem?«

»Von seinem Vater.«

»Pflegen Sie die Briefe an Ihre Zöglinge zu öffnen?«

»Nein.«

»Woher wissen Sie dann, dass der Brief von seinem Vater war?«

»Weil der Umschlag das Wappen des Herzogs trug, und weil die Adresse, wie ich an der Handschrift sah, von ihm selbst geschrieben war.«

»Wie lange vorher hatte er keine Briefe erhalten?«

»Mehrere Tage nicht.«

»Ist je ein Brief aus Frankreich an ihn gekommen?«

»Nein, niemals.«

»Sie werden an meinen Fragen merken, worauf ich hinauswill. Entweder ist der Junge mit Gewalt entführt worden, oder er ist freiwillig gegangen. Im letzteren Fall muss von außen auf ihn eingewirkt worden sein, denn ein Knabe von zehn Jahren tut so etwas nicht aus eigenem Antrieb. Wenn er nun keinen Besuch gehabt hat, muss diese Einwirkung schriftlich ausgeübt worden sein. Aus diesem Grund erkundige ich mich nach seinem Briefwechsel.«

»Ich fürchte, dass ich Ihnen darüber wenig sagen kann. Soviel mir bekannt ist, war der Vater sein einziger Korrespondent.«

»War das Verhältnis zwischen Vater und Sohn ein herzliches?«

»Seine Hoheit ist gegen niemanden besonders freundlich. Er wird vollständig von den großen politischen Fragen in Anspruch genommen und hat für die gewöhnlichen menschlichen Regungen nichts übrig. Aber in seiner Art war er gegen den Knaben immer gut.«

»Trotzdem waren die Sympathien des Kindes aufseiten der Mutter?«

»Ja.«

»Sagte er das selbst?«

»Nein.«

»Der Herzog doch nicht?«

»Gott behüte, auf keinen Fall.«

»Woher wissen Sie's dann?«

»Ich habe ein paar vertrauliche Unterredungen mit dem Sekretär des Herzogs, Mr Wilder, gehabt und in deren Verlauf über die Herzensneigung des jungen Lords Aufschluss bekommen.«

»Ich verstehe. Ist übrigens der letzte Brief des Herzogs, nachdem der Junge fort war, in seinem Zimmer gefunden worden?«

»Nein; er hatte ihn mitgenommen. – Ich glaube, Mr Holmes, es ist Zeit, dass wir aufbrechen.«

»Ich will einen Wagen bestellen. In einer Viertelstunde werden wir Ihnen zu Diensten sein. Falls Sie nach Hause telegrafieren, Herr Direktor, tun Sie nur so, als ob wir noch die Spur in Liverpool weiter verfolgen wollten. Unterdessen werde ich in aller Stille ganz in Ihrer Nähe arbeiten, und möglicherweise gelingt es zwei so alten Spürhunden wie Dr. Watson und mir, die Fährte Ihrer zwei Flüchtlinge doch noch auszuschnüffeln.«

Gegen Abend erreichten wir das Heim des Mr Huxtable; es war schon dunkel, als wir die berühmte Anstalt betraten. Im Hausflur auf einem Tisch lag eine Visitenkarte, und der Diener flüsterte seinem Herrn etwas ins Ohr, worauf uns dieser sehr erregt mitteilte, dass der Herzog und sein Sekretär, Mr Wilder, im Sprechzimmer warteten.

»Kommen Sie mit, meine Herren«, fuhr er dann fort, »ich werde Sie sogleich vorstellen.«

Ich kannte natürlich die Bilder des berühmten Staatsmannes sehr wohl, aber er sah in Wirklichkeit ganz anders aus. Er war ein schlanker, stattlicher Herr mit langem, aristokratischem Gesicht und einer Nase von seltener Krümmung und Länge; seine Kleidung war sehr sorgfältig. Die kreideweiße Gesichtsfarbe trat durch den langen, hellroten Vollbart noch stärker hervor. Er sah uns streng an. Neben ihm stand sein Privatsekretär, ein blutjunger Mann, klein und gewandt, mit klugen hellblauen Augen und lebhaftem Gesichtsausdruck. Er eröffnete auch sofort die Unterhaltung; sein Ton war schneidend und bestimmt.

»Ich kam bereits heute früh in Ihre Wohnung, Herr Direktor, leider zu spät, um Ihre Reise nach London zu verhindern. Ich hörte, dass der Zweck derselben war, Mr Sherlock Holmes den Fall zu übergeben. Seine Hoheit ist ungehalten darüber, dass Sie diesen Schritt getan haben, ohne vorher seine Einwilligung einzuholen.«

»Als ich erfuhr, dass die Polizei eine falsche Fährte verfolgte …«

»Seine Hoheit ist durchaus nicht der Ansicht, dass die polizeiliche Spur falsch ist.«

»Aber sicher, Mr Wilder …«

»Sie wissen sehr wohl, Herr Direktor, dass Seine Hoheit in erster Linie jeden öffentlichen Skandal vermieden haben will. Er wünscht, so wenig Menschen wie möglich ins Vertrauen zu ziehen.«

»Die Sache ist ja leicht wieder gutzumachen«, antwortete schüchtern Mr Huxtable, »Mr Holmes kann morgen mit dem ersten Zug gleich wieder nach London zurückkehren.«

»Das werde ich schwerlich tun, Herr Direktor«, versetzte Holmes ganz sanftmütig. »Die nordische Bergluft ist sehr kräftigend und angenehm, und ich beabsichtige daher, einige Tage auf dem Moor zu verleben und mir nach meinem Belieben die Zeit zu vertreiben. Ob ich freilich bei Ihnen wohne oder im Gasthaus, darüber haben Sie natürlich zu entscheiden.«

Ich merkte, dass sich der unglückliche Direktor in der größten Verlegenheit befand. Zum Glück kam ihm der Herzog selbst zu Hilfe. Mit tiefer, starker Stimme sagte er:

»Ich muss Mr Wilder beistimmen, dass es besser gewesen wäre, Herr Direktor Huxtable, wenn Sie mich vorher gefragt hätten. Da Mr Holmes jedoch bereits ins Vertrauen gezogen ist, würde es töricht sein, wenn wir seine Dienste nicht benutzen wollten. Sie brauchen nicht ins Gasthaus zu gehen, Mr Holmes, ich würde mich vielmehr freuen, wenn Sie mit mir nach Holdernesse Hall kommen und dort mein Gast sein wollten.«

»Ich danke Eurer Hoheit. Im Interesse meiner Nachforschungen halte ich es aber für zweckmäßiger, hierzubleiben, wo die Sache passiert ist.«

»Ganz wie Sie wollen, Mr Holmes. Mr Wilder und ich sind selbstverständlich gerne bereit, Ihnen jede gewünschte Auskunft zu erteilen.«

»Ich werde Sie wahrscheinlich später im Schloss besuchen müssen«, erwiderte Holmes. »Jetzt möchte ich Sie nur noch fragen, ob Sie sich selbst bereits eine Meinung darüber gebildet haben, wie das plötzliche geheimnisvolle Verschwinden Ihres Sohnes wohl zu erklären ist?«

»Nein, ich habe noch keine.«

»Entschuldigen Sie, wenn ich einen für Sie peinlichen Punkt berühre, ich kann jedoch nicht umhin. Glauben Sie, dass die Herzogin ihre Hand dabei im Spiel hat?«

Der Minister zögerte begreiflicherweise etwas.

»Ich glaube nicht«, sagte er endlich.

»Die andere einleuchtende Erklärung würde dann sein, dass das Kind geraubt oder entführt ist, um ein Lösegeld zu erpressen. Ist noch keine derartige Aufforderung an Sie ergangen?«

»Nein.«

»Noch eine Frage, Euere Hoheit. Soviel ich verstanden habe, haben Sie Ihrem Sohn am Tag vor der unheilvollen Nacht einen Brief geschrieben.«

»Nein, am Tag vorher.«

»Jawohl, aber der Brief ist an diesem Tag angekommen?«

»Ja.«

»Stand vielleicht irgendetwas darin, was den Jungen zu einem solchen Schritt veranlasst haben könnte?«

»Nein, durchaus nicht.«

»Haben Sie den Brief persönlich zur Post gegeben?«

Anstelle des Herzogs erwiderte sein Sekretär, indem er erregt ins Wort fiel:

»Seine Hoheit pflegt überhaupt keine Briefschaften persönlich aufzugeben. Der Brief lag mit anderen auf seinem Arbeitstisch, und ich habe die Sachen selbst befördert.«

»Wissen Sie genau, dass dieser Brief dabei war?«
»Jawohl; ich habe ihn bemerkt.«
»Wieviele Briefe haben Euere Hoheit an jenem Tag geschrieben?«
»Zwanzig bis dreißig; ich habe eine sehr umfangreiche Korrespondenz. Doch, ist das nicht nebensächlich?«
»Nicht ganz«, sagte Holmes.

»Ich habe aus eigenem Antrieb«, fuhr der Herzog fort, »der Polizei geraten, ihre Aufmerksamkeit nach Südfrankreich zu richten. Ich habe schon erwähnt, dass ich zwar nicht glaube, dass die Herzogin eine solche Tat unterstützt, aber der Junge hatte die absonderlichsten Ideen, sodass es nicht ausgeschlossen erscheint, dass er auf Anstiftung und mithilfe dieses Deutschen zu ihr geflohen ist. Ich glaube, Herr Direktor, dass wir nun ins Schloss zurückkehren können.«

Ich konnte Holmes ansehen, dass er gerne noch mehr Fragen gestellt hätte, aber der Herzog hatte auf diese unerwartete Art das Gespräch plötzlich abgebrochen. Ich fand es begreiflich, dass seiner hoch aristokratischen Natur die Erörterung seiner intimsten Familienverhältnisse mit einem Fremden sehr unangenehm war, und dass er fürchtete, jede neue Frage könnte neues Licht in die dunklen Schatten seiner sorgfältig verheimlichten persönlichen Angelegenheiten bringen.

Als der Herzog und sein Sekretär abgefahren waren, machte sich mein Freund sofort mit dem ihm eigenen Eifer an die Arbeit.

Zunächst wurde eine gründliche Untersuchung der Schlafkammer des Jungen vorgenommen; sie hatte jedoch weiter kein Ergebnis, als die Überzeugung in uns zu festigen, dass er nur durch das Fenster entkommen sein konnte. Auch die Besichtigung des Zimmers des deutschen Lehrers lieferte keine neuen Anhaltspunkte. Er war ebenfalls an dem starken Efeugeranke durch das Fenster hinuntergeklettert, denn wir sahen einen Zweig, der unter seinem Gewicht abgebrochen war, und als wir mit der Laterne den Boden absuchten, fanden wir einen Eindruck auf dem Rasen, wo der Lehrer niedergesprungen war. Das war aber auch die einzige sichtbare Spur dieser rätselhaften nächtlichen Flucht.

Holmes ging dann allein weg und kam erst um elf Uhr wieder. Er hatte sich eine genaue Generalstabskarte von der Gegend verschafft und brachte sie mit in mein Zimmer, wo er sie auf meinem Bett ausbreitete. Nachdem er dann das Licht zurechtgestellt hatte, beugte er sich mit der Pfeife darüber und bezeichnete mir gelegentlich interessante Punkte mit der rauchenden Bernsteinspitze.

»Dieser Fall übersteigt die Grenzen meiner Leistungsfähigkeit, Watson«, sagte er. »Er hat entschieden eigentümliche begleitende Umstände. Wir müssen zuerst die Örtlichkeit genau studieren, das ist für unsere späteren Nachforschungen von größter Wichtigkeit.

Sehen Sie mal hierher. Dieses dunkle Viereck ist die Klosterschule. Ich will eine Stecknadel dahin stecken. Diese Linie hier bedeutet die Hauptstraße. Sie läuft, wie Sie sehen, von Westen nach Osten und lässt die Schule links liegen, und ungefähr eine Meile weit zweigt sich kein Seitenweg oder Pfad davon ab. Wenn die zwei Leute überhaupt eine Straße benutzt haben, muss es unbedingt diese gewesen sein.«

»Allerdings.«

»Infolge eines günstigen Zufalls sind wir nun über die Vorgänge auf dem in Betracht kommenden Teil dieser Straße während der fraglichen Nacht ziemlich genau unterrichtet. An der Stelle, wo ich mit der Pfeife hindeute, stand von zwölf bis sechs ein Gendarm Wache. Es ist, wie Sie sehen können, der erste Kreuzweg nach Osten. Der Mann erklärt nun, dass er seinen Posten keinen Augenblick verlassen hat und mit Bestimmtheit weiß, dass weder ein Knabe noch ein Mann vorbeigekommen ist; er hätte sie unbedingt sehen müssen. Ich habe heute Abend selbst mit ihm gesprochen, und er hat einen durchaus glaubwürdigen Eindruck auf mich gemacht. Sie könnten sich nun westwärts gewandt haben. An diesem Teil des Weges befindet sich ein Wirtshaus, der ›Rote Ochse‹, dessen Besitzerin krank zu Bett lag. Diese hatte nach Mackleton zum Arzt geschickt, der aber zu einem anderen Fall über Land geholt war und darum erst am Morgen ankam. Die Familie war die ganze Nacht auf und wartete, und es hat stets jemand am Fenster gestanden und die Straße entlang nach dem Doktor geguckt. Die Leute behaupten ebenfalls, keinen Menschen gesehen zu haben. Wenn ihre Aussage richtig ist, können wir auch die Flucht nach dieser Richtung ausschalten und überhaupt konstatieren, dass die Flüchtlinge gar keine Straße benutzt haben.«

»Aber sie hatten doch ein Rad«, warf ich ein.

»Ganz recht. Wir werden gleich darauf zu sprechen kommen. Fahren wir nur in unserem Gedankengang fort. Wenn die beiden die Landstraße vermieden haben, müssen sie sich nach Norden oder Süden gewandt haben. Soviel steht fest. Wir wollen diese zwei Möglichkeiten gegeneinander abwägen. Südlich von hier erstreckt sich eine weite Fläche urbaren Landes. Diese Felder sind durch Mauern voneinander abgegrenzt, die den Gebrauch eines Fahrrads ziemlich unmöglich machen. Diese Annahme können wir also auch fallen lassen. Es bleibt nun bloß noch die nördliche Richtung zu berücksichtigen. Nach dieser Seite zieht sich ein kleiner Hain hin, und jenseits desselben breitet sich ein großes Moor aus, das Lower Gill Moor, das allmählich nach Norden ansteigt. Hier, an der einen Seite dieses öden Landstrichs, liegt Holdernesse Hall, der Straße nach zehn Meilen von hier entfernt, aber über das Moor sind es nur sechs. Dieses Moorland ist sehr unfruchtbar, und nur einige wenige Bauern leben hier von der Schaf- und Rindviehzucht. Bis hinauf auf die Chesterfielder Chaussee bilden diese wenigen Säugetiere und größere Mengen Flugwildes die gesamte Bewohnerschaft dieser Einöde. Dort befindet sich neben ein paar Häuschen und einer Wirtschaft eine Kirche. Unsere Nachforschungen müssen sich zweifellos in dieser Richtung, nach Norden hin bewegen.«

»Aber das Rad?«, warf ich wieder ein.

»Nun«, sagte Holmes etwas pikiert, »ein guter Radfahrer braucht nicht absolut eine Landstraße. Im Moor gibt es viele Pfade, und außerdem war Vollmond. Halt! Was soll das bedeuten?«

Es klopfte heftig an die Tür, und im nächsten Moment stand Direktor Huxtable in unserem Zimmer. Er hielt eine blaue Mütze in der Hand.

»Endlich haben wir eine Spur!«, rief er. »Gott sei Dank! Endlich haben wir seine Fährte gefunden! Das ist seine Mütze.«

»Wo ist sie gefunden worden?«

»In einem Zigeunerwagen. Die Zigeuner sind am Dienstag hier durchgekommen und kampierten im Moor. Die Polizei hat sie aufgespürt und die Karawane durchsucht, wobei man dies gefunden hat.«

»Wie haben sie sich über diesen Besitz ausgewiesen?«

»Sie haben Ausflüchte gemacht und gelogen – gesagt, sie hätten sie Dienstagmorgen im Moor gefunden. Die Schurken wissen, wo er ist! Sie sitzen glücklicherweise sicher hinter Schloss und Riegel. Die Furcht vor Strafe oder das Geld des Herzogs wird schon alles aus ihnen herausbringen, was sie wissen.«

Als Huxtable hinaus war, sagte Holmes: »Dieser Umstand beweist wenigstens die Richtigkeit unserer Theorie, dass wir nur in der Richtung des Lower Gill Moors Erfolge zu erwarten haben. Die Polizei hat weiter nichts getan, als diese Zigeuner verhaftet. Sehen Sie, Watson! Hier läuft ein Wassergraben durch das Moor; er ist hier auf der Karte eingezeichnet. An einigen Stellen erweitert er sich zu Morästen, hauptsächlich zwischen Holdernesse Hall und der Schule. Bei dieser trockenen Witterung ist es nutzlos, sonst nach Fußspuren zu suchen, aber dort ist es durchaus nicht aussichtslos. Ich werde Sie morgen ziemlich früh wecken, und dann wollen wir zusammen versuchen, ein bisschen Licht in diese geheimnisvolle Sache zu bringen.«

Der Tag brach gerade an, als ich die lange, hagere Gestalt meines Freundes an meinem Bett erblickte. Er war vollständig angekleidet und offenbar schon draußen gewesen.

»Ich habe mir bereits den Rasenplatz und den Fahrradschuppen angesehen und auch schon einen Spaziergang durch das kleine Wäldchen gemacht. Im Zimmer nebenan steht eine Tasse Kakao für Sie bereit, Watson. Ich bitte Sie, sich zu beeilen, denn wir haben heute viel vor.«

Seine Wangen waren gerötet und seine Augen glänzten vor Freude, wie sie der Meister empfindet, der sich seiner Aufgabe gewachsen fühlt. Dieser tatkräftige, muntere Mann schien ein ganz anderer zu sein als der in sich gekehrte Träumer in der Baker Street. Als ich seine geschmeidige Erscheinung betrachtete, die Lebhaftigkeit und die Energie seines Ausdrucks sah, fühlte ich, dass wirklich eine schwere Arbeit unserer harrte.

Und doch fing unser Werk gleich sehr unglücklich an. Mit den schönsten Hoffnungen wanderten wir über das schmutzigbraune Moor mit den unzähligen Pfaden, bis wir an den Rand des breiten, hellgrünen Sumpfes kamen, der zwischen uns und Holdernesse Hall lag. Wenn der Knabe sich heimwärts gewandt hatte, musste er hier durchgekommen sein und Spuren hinterlassen haben. Wir konnten aber weder von ihm noch von dem deutschen Lehrer die geringste Fährte entdecken. Verstimmt ging mein Freund am Rand des Sumpfes hin und prüfte aufmerksam jeden Eindruck auf dem mit Moos bewachsenen Boden. Aber nur Schafe und einige Rinder hatten hier ihre Hufe abgedrückt, von menschlichen Spuren war nichts zu sehen.

»Das ist die erste Enttäuschung«, sagte Holmes, indem er missmutig über das weite Moor schaute. »Dort drüben liegt noch ein anderer Morast. Hallo! Was ist das?«

Wir waren auf einen schmalen, schwarzen Pfad gekommen, auf dem wir deutlich die Fährte eines Fahrrades sahen.

»Hurra!«, rief ich. »Wir haben's.«

Doch Holmes schüttelte den Kopf und machte eher ein verwundertes als ein erfreutes Gesicht.

»Ein Rad sicherlich, aber nicht das Rad«, sagte er. »Ich kenne zweiundvierzig verschiedene Radspuren. Diese ist von einem Dunlopreifen, der an zwei Stellen geflickt ist. Heidegger hatte aber eine Palmer-Pneumatik, die parallele Rinnen hinterlässt. Es kann also nicht Heideggers Fährte sein.«

»Vielleicht die des Jungen?«

»Das wäre nicht unmöglich. Wir haben aber bis jetzt noch gar nicht nachweisen können, dass der Junge ein Rad mitgenommen hat. Diese Spur führt allerdings, wie Sie sehen werden, von der Schule herwärts.«

»Ich glaube eigentlich eher, nach ihr hin.«

»Nein, nein, mein lieber Watson. Den tiefsten Eindruck macht immer das Hinterrad, auf dem das Gewicht des Fahrers ruht. An verschiedenen Stellen, wo das Hinterrad die Spur des Vorderrads durchkreuzt hat, lässt sich nun beobachten, dass die eine Spur tiefer ist als die andere. Der Radfahrer ist zweifellos in der Richtung von der Schule hergekommen. Es mag nun mit unseren Nachforschungen in Zusammenhang stehen oder nicht, jedenfalls wollen wir die Spur rückwärts verfolgen, ehe wir weitergehen.

Als wir ein paar hundert Meter zurückgewandert waren, wurde der Pfad trocken, und unsere Spur hörte natürlich auf. Wir gingen trotzdem auf demselben Pfad noch ein Stück weiter zurück und kamen an eine feuchte Stelle, wo ein Wässerchen lief. Hier fanden wir wieder die alte Fährte, wenn auch durch eine große Menge Hufspuren von Kühen beinahe verwischt. Dann hörte sie wieder auf. Der Pfad führte direkt zu dem kleinen Wald vor der Schule. Das Fahrrad musste entschieden dorther gekommen sein. Holmes setzte sich auf einen Stein und versank, das Kinn auf die Hand gestützt, in tiefes Nachdenken. Ich hatte zwei Zigaretten aufgeraucht, ehe er sich erhob. Dann sagte er endlich:

»Allerdings kann ein geriebener Kerl die Spur seines Rads verändern, um die Polizei zu täuschen. Mit einem solchen Verbrecher zu tun zu haben, würde ich stolz sein. Doch darauf wollen wir jetzt nicht weiter eingehen, sondern wieder nach unserem Sumpf zurückkehren, denn wir haben dort noch viel zu untersuchen.«

Wir fuhren mit unserer systematischen Besichtigung fort und wurden für unsere Ausdauer bald belohnt. Rechts durch den höher gelegenen Teil des Moors schlängelte sich ein feuchter Pfad. Als wir in dessen Nähe kamen, stieß Holmes einen Freudenschrei aus. Mittendurch lief die gerifte Fährte eines Palmerreifens.

»Hier ist Mr Heidegger durchgefahren!«, rief er frohlockend. »Meine Berechnung scheint doch richtig zu sein, Watson.«

»Ich gratuliere.«

»Wir sind aber noch lange nicht am Ziel. Lassen Sie uns nun dieser Spur nachgehen. Sie wird, fürchte ich, nicht sehr weit führen.«

Dieser Teil des Moors war jedoch von schwachen, feuchten Vertiefungen durchzogen, sodass wir die Fährte, obgleich wir sie häufig verloren, doch immer wiederfanden.

»Sehen Sie«, sagte Holmes, »dass der Mann hier zweifellos sein Tempo beschleunigt hat? Das steht sicher fest. Betrachte Sie mal diesen Eindruck, wo man beide Räder unterscheiden kann. Das eine hat genauso tief eingeschnitten wie das andere. Das ist nur dann der Fall, wenn jemand sich stark auf die Lenkstange beugt, wie es bei rascher Fahrt geschieht. Bei Gott! Er muss gestürzt sein.«

Wir sahen eine breite, unregelmäßige Fährte, die ein paar Meter lang die Spur verdeckte, einige Fußstapfen, und dann tauchte die alte Radfährte wieder auf.

»Er scheint ausgerutscht zu sein«, sagte ich.

Holmes hielt mir einen abgebrochenen Zweig blühenden Stechginsters hin. Zu meinem Schrecken bemerkte ich, dass die gelben Blüten rote Blutflecken zeigten. Auch auf dem Weg und an dem Heidekraut waren schwarze Flecken von geronnenem Blut.

»Schlimm!«, rief Holmes. »Schlimm! Bleiben Sie stehen, Watson! Keinen unbedachten Schritt! Was muss ich daraus entnehmen? Er wurde verwundet und fiel zu Boden, stand wieder auf, sprang wieder aufs Rad und fuhr weiter. Aber von anderen Personen sind keine Spuren da, nur von einigem Vieh hier neben dem Pfad. Er wird doch nicht etwa von einem Bullen aufgespießt worden sein? Nein, das ist nicht möglich! Aber das Fehlen von menschlichen Fußspuren kann ich mir nicht erklären. Wir müssen weiter, Watson. Da wir zwei Fährten haben, können wir nicht mehr fehlgehen.«

Unsere Suche dauerte nicht lange. Die Radspur zeigte allmählich sehr eigentümliche Biegungen und Krümmungen. Plötzlich, als ich nach vorne sah, fiel mein Auge auf einen glänzenden Gegenstand in den dicken Ginsterbüschen. Es war ein Fahrrad, das eine Pedal war verbogen, und vorne war die ganze Maschine schrecklich mit Blut besudelt. Zur Seite des Rades lag der unglückliche Radler. Er war ein großer Mann mit einem Vollbart und einer Brille, deren eines Glas herausgeschlagen war. Die Todesursache war ein furchtbarer Schlag auf den Kopf gewesen, wodurch die Schädeldecke teilweise zertrümmert war. Dass er sich mit einer solchen Wunde noch hatte fortbewegen können, sprach für seine Zähigkeit und Manneskraft. Er hatte Schuhe an, aber keine Strümpfe, und unter dem offenen Rock guckte das Nachthemd hervor. Es war ohne Zweifel der deutsche Lehrer. Holmes drehte die Leiche behutsam herum und untersuchte sie aufmerksam. Dann setzte er sich daneben nieder und dachte eine Zeit lang angestrengt nach. Ich konnte aber an den Falten seiner Stirn erkennen, dass diese fürchterliche Entdeckung seiner Meinung nach unsere Nachforschung nicht besonders förderte.

»Es ist wahrhaftig schwer zu sagen, was man nun tun soll, Watson«, sagte er endlich. »Ich selbst neige dazu, unsere Untersuchung fortzusetzen, denn wir haben schon so viel Zeit verloren, dass wir jede Stunde ausnützen müssen. Andererseits haben wir die Pflicht, die Polizei von unserem Fund in Kenntnis zu setzen und dafür zu sorgen, dass man sich der Leiche dieses unglücklichen Mannes annimmt.«

»Diese Nachricht könnte ich ja übermitteln.«

»Aber ich brauche Ihre Gesellschaft und Ihre Hilfe. Warten Sie mal. Dort drüben sticht jemand Torf. Holen Sie ihn her, er kann dann die Polizei hierher führen.«

Ich brachte den Bauern herüber, und Holmes händigte ihm eine Notiz an Direktor Huxtable ein.

»Nun, Watson«, fuhr er dann fort, »wir haben heute Morgen zwei Spuren aufgefunden; eine von einer Palmer- und eine von einer Dunlop-Pneumatik. Die erste Fährte ist für uns erledigt, und, ehe wir die zweite weiter verfolgen, wollen wir uns erst einmal richtig klarzumachen suchen, was wir wirklich wissen, und das Wesentliche vom Nebensächlichen und Zufälligen trennen.«

»In erster Linie muss ich Ihnen sagen, dass der Junge ganz sicher freiwillig gegangen ist. Er ist durchs Fenster entflohen, entweder allein oder in Begleitung einer zweiten Person. Daran ist nicht zu zweifeln.«

Ich stimmte ihm bei.

»Gut, nun wollen wir uns zu dem unglücklichen Lehrer und seinem Schicksal wenden. Der Knabe war vollständig angekleidet, als er floh. Er hat also vorher gewusst, was er wollte. Der Lehrer dagegen ist ohne Strümpfe fortgeeilt, hat also keine Zeit gehabt und kurz entschlossen gehandelt.«

»Zweifellos.«

»Warum ist er fortgegangen? Weil er vom Schlafzimmerfenster aus den Schüler hat fliehen sehen, weil er ihn einholen und zurückbringen wollte. Er nahm sein Rad, fuhr hinter dem Jungen her und fand bei dieser Verfolgung den Tod.«

»So könnte es scheinen.«

»Nun komme ich zum wichtigsten Punkt. Am natürlichsten würde es sein, dass ein Mann, der einen kleinen Jungen verfolgt, hinter ihm herläuft, weil er weiß, dass er ihn so bald einholen kann. Der Deutsche tut das nicht; er bedient sich des Rads. Ich habe erfahren, dass er ein ausgezeichneter Radler war. Er würde nicht zu diesem Mittel gegriffen haben, wenn er nicht gesehen hätte, dass auch der Junge schnellgehende Hilfsmittel auf seiner Flucht zur Verfügung hatte.«

»Das andere Rad.«

»Lassen Sie uns erst weiter schließen. Die Leiche liegt fünf Meilen von der Schule – der Tod ist, wohlgemerkt, nicht durch eine Kugel herbeigeführt worden, die möglicherweise ja auch ein Junge abschießen kann, sondern durch einen wuchtigen Schlag von einem starken Mannesarm. Der Knabe muss also einen Gefährten auf seiner Flucht gehabt haben. Diese Flucht ist eine sehr eilige gewesen, denn ein guter Radfahrer hat fünf Meilen gebraucht, ehe er die Flüchtlinge eingeholt hat. Wir untersuchen das Gelände am Tatort. Was finden wir? Nur ein paar Hufspuren von Rindern, sonst nichts. Ich habe die ganze Umgegend in einem weiten Umkreis durchforscht, aber innerhalb fünfzig Metern ist kein Weg. Irgendein anderer Radfahrer konnte kein Interesse an der Ermordung haben. Übrigens waren auch keine Spuren eines Menschen zu sehen.«

»Holmes«, rief ich, »so ist's unmöglich!«

»Wunderbar!«, antwortete er. »Eine sehr richtige Bemerkung. Es ist unmöglich, wie ich es darstelle, also muss meine Beweisführung in irgendeiner Hinsicht nicht ganz richtig sein. Nun denken Sie selbst mal darüber nach. Können Sie mir einen falschen Punkt darin angeben?«

»Könnte er sich nicht durch einen Sturz die Verletzung zugezogen haben?«

»Auf weichem Sumpfboden, Watson?«

»Dann weiß ich auch nicht.«

»Nur nicht gleich den Mut verloren! Wir haben schon schwierigere Probleme gelöst. Wir haben wenigstens genug Material, wir müssen's nur richtig verwerten. Kommen Sie! Jetzt, nachdem die Palmerspur abgetan ist, wollen wir uns nach der anderen von dem Rad der Firma Dunlop umschauen und sehen, was wir dabei für ein Resultat finden.«

Wir nahmen jene Spur wieder auf und verfolgten sie vorwärts. Aber nach kurzer Zeit kamen wir an einen Graben, jenseits dessen das Moor allmählich in eine sanft ansteigende Heidelandschaft überging, wo wir keine Spuren mehr erwarten konnten. Von der Stelle, wo wir zum letzten Mal die Fährte des geflickten Dunlopreifens sahen, konnte sie ebenso wohl nach Holdernesse Hall hinüberführen, dessen stattliche Türme wir einige Meilen links emporragen sahen, wie hinauf zu dem kleinen Dörfchen an der Chesterfielder Chaussee.

Als wir in die Nähe des verheißungsvollen Wirtshauses mit einem Kampfhahn über dem Eingang kamen, stieß Holmes plötzlich einen Schrei aus und erfasste meine Schulter, um nicht hinzufallen. Er hatte sich den Fuß vertreten. Er humpelte beschwerlich zur Tür, in der ein stämmiger, dunkler Mann stand und eine Tonpfeife rauchte.

»Wie geht's, Mr Hayes?«, redete ihn Holmes an.

»Wer sind Sie denn, und woher wissen Sie meinen Namen?«, antwortete der Wirt, indem Argwohn aus seinen listigen Augen blitzte.

»Ei! Er steht ja über Ihrer Tür. Und den Besitzer eines Hauses zu erkennen, ist nicht schwer. Haben Sie nicht irgendein Fuhrwerk?«

»Nein, das hab ich nicht.«

»Ich kann kaum mit dem Fuß auftreten.«

»Dann lassen Sie's doch bleiben.«

»Aber ich kann nicht richtig gehen.«

»Dann hüpfen Sie doch.«

Mr Hayes Benehmen war nicht gerade entgegenkommend und höflich, aber Holmes nahm es merkwürdig gut hin.

»Schauen Sie her, lieber Mann«, sagte er. »Die Geschichte kommt mir jetzt wahrhaftig sehr ungelegen. Ich muh weiter und weiß nicht, wie ich fortkommen soll.«

»Ich weiß auch nicht«, erwiderte der grobe Wirt.

»Die Sache ist sehr dringend. Ich gebe Ihnen einen Sovereign, wenn Sie mir ein Rad verschaffen; wenn ich auch nur mit dem einen Bein treten kann, komme ich doch noch rascher und bequemer weiter als zu Fuß.«

Der Wirt spitzte die Ohren.

»Wo woll'n S'e denn hin?«

»Nach Holdernesse Hall.«

»Wohl zum Herzog selbst?«, sagte der Wirt, indem er höhnisch auf unsere mit Dreck bespritzten Hosen blickte.

»Er wird denn doch froh sein, wenn wir kommen.«

»Warum?«

»Weil wir ihm Nachricht von seinem Sohn bringen.«

Der Wirt fuhr sichtlich zusammen.

»Was, Sie sind ihm auf der Spur?«

»Er ist in Liverpool gesehen worden. Man hofft, ihn jede Stunde wiederzubekommen.«

Da veränderte sich das Gesicht des Wirtes wieder und er wurde rasch vergnügt.

»Ich hab ebenso wenig Grund, dem Herzog wohlgesinnt zu sein, wie die meisten anderen Leute«, sagte er. »Ich war früher sein Leibkutscher, aber er hat mich furchtbar schlecht behandelt. Auf die Verdächtigung eines verlogenen Getreidehändlers hin hat er mich gleich 'nausgeworfen. Aber ich freue mich doch, dass der junge Lord in Liverpool gesehen worden ist, und will Ihnen behilflich sein, diese Botschaft zu übermitteln.«

»Ich danke Ihnen«, sagte Holmes. »Wir wollen aber erst etwas essen. Dann können Sie das Rad herbringen.«

»Ich hab kein Rad.«

Holmes zeigte ihm das Goldstück.

»Mann, ich sage Ihnen doch, dass ich keins hab. Ich will Ihnen aber ein Paar Pferde geben.«

»Schön«, antwortete Holmes. »Wir wollen die Sache nach dem Essen abmachen.«

Als wir allein in der Küche waren, bemerkte ich, wie erstaunlich schnell meines Freundes Fußverstauchung geheilt war. Es war im Dunkelwerden, und wir hatten seit dem frühen Morgen nichts gegessen; brauchten aber trotzdem ziemlich viel Zeit, ehe wir mit unserem Mahl fertig waren. Holmes war in Gedanken versunken und ging ein paar Mal ans Fenster und sah sich um. Man blickte in einen schmutzigen Hof. In der gegenüberliegenden Ecke befand sich eine Schmiede, worin ein Geselle an der Arbeit war. Auf der anderen Seite befanden sich die Ställe. Holmes hatte sich nach seinen Exkursionen wieder auf seinen Platz gesetzt, aber plötzlich sprang er auf und rief mit lauter Stimme:

»Wahrhaftig, Watson, ich glaub, ich hab's raus! Ja, ja, so ist's. Erinnern Sie sich noch, Watson, dass Sie heute Spuren von Kühen gesehen haben?«

»Jawohl, mehrere.«

»Wo?«

»Nun, allenthalben. Im Sumpf und auf dem Pfad und auch in der Nähe der Stelle, wo der arme Heidegger den Tod gefunden hat.«

»Allerdings. Nun sagen Sie mir mal, Watson, wie viel Kühe haben Sie eigentlich auf dem Moor gesehen?«

»Nicht eine einzige, soweit ich mich entsinnen kann.«

»Sonderbar, Watson, dass man überall Rinderspuren sieht und keine Kühe, sehr sonderbar, Watson, wie?«

»O ja, das ist freilich merkwürdig.«

»Nun, denken Sie mal nach, mein Lieber! Können Sie sich diese Spuren noch richtig vorstellen?«

»Jawohl.«

»Können Sie sich noch erinnern, dass diese Fährten zuweilen dieses Bild zeigten« – er legte eine Anzahl Brotkrumen in folgender Weise zusammen – : : : : : – »und manchmal so aussahen – : ·: ·: und verschiedentlich wieder so – .· .· .· . – können Sie sich noch darauf besinnen?«

»Nein, so genau habe ich sie nicht beobachtet.«

»Aber ich. Ich könnte darauf schwören. Wir können jedoch zurückgehen und nachsehen, wenn Sie wollen. Wie verblendet bin ich doch gewesen, dass ich daraus keine Schlüsse gezogen habe!«

»Ja, was wollen Sie denn daraus folgern?«

»Weiter nichts, als dass es eine komische Kuh gewesen sein muss, die Schritt geht, Trab läuft und Galopp rennt. Bei Gott, Watson, das war kein dummer Bauer, der eine solche Täuschung ausgedacht hat! Die Luft scheint rein zu sein, wenn wir von dem Burschen in der Schmiede absehen. Wir wollen uns hinausschleichen und sehen, was wir entdecken können.«

In dem baufälligen Stall standen zwei struppige Pferde. Holmes hob bei dem einen den Hinterhuf auf und musste laut lachen.

»Alte Eisen, aber frisch aufgelegt – alte Eisen und neue Nägel. Dieser Fall ist einzig. Lassen Sie uns hinübergehen in die Schmiede.«

Der Geselle arbeitete weiter, ohne uns zu beachten. Ich sah, wie Holmes mit seinen Blicken auf dem Boden unter den umherliegenden Eisen- und Holzstücken eifrig suchte. Plötzlich hörten wir einen schweren Schritt, und hinter uns stand der Wirt. Er schaute uns wütend an, in seinem finsteren Gesicht zuckte es vor Zorn, und in der Hand hatte er ein kurzes Stück Eisen mit einem schweren Knopf. Er kam in einer Weise auf uns zu, dass ich recht froh war, meinen Revolver in der Tasche zu haben.

»Ihr verfluchten Spione!«, schrie er uns an. »Was macht ihr hier?«

»Ei, Mr Hayes«, antwortete Holmes kaltblütig, »man möchte fast glauben, Sie fürchteten, dass wir etwas finden könnten.«

Mit großer Anstrengung bezwang der Mann seine Wut und zeigte ein erzwungenes Lachen. Er sah dabei jedoch noch gefährlicher aus als vorher.

»In meiner Schmiede werden Sie nichts Verdächtiges finden«, sagte er. »Aber trotzdem bin ich kein Freund von Leuten, die ohne meine Erlaubnis alles durchstöbern, und es ist mir am liebsten, wenn Sie möglichst bald Ihre Rechnung bezahlen und machen, dass Sie fortkommen.«

»Schön, Mr Hayes – nichts für ungut«, erwiderte Holmes. »Wir haben uns nur Ihre Pferde angesehen, aber ich hoffe, dass ich wieder gehen kann. Es ist wohl nicht zu weit.«

»Nur zwei Meilen. Den Weg rechts.« Er guckte mit finsteren Blicken hinter uns her, bis wir sein Gehöft verlassen hatten.

Wir gingen aber nicht weit auf der bezeichneten Straße. Sobald wir um die Ecke herum waren, sodass uns der Wirt nicht mehr sehen konnte, blieb Holmes stehen.

»In diesem Wirtshaus hat man uns warm gemacht«, sagte er dann. »Jeden Schritt weiter werde ich kühler. Nein, nein; ich muss noch einmal dahin zurück.«

»Ich bin fest überzeugt«, antwortete ich, »dass dieser Hayes alles weiß. Ich habe im Leben keinen Kerl gesehen, der sich so verraten hätte.«

»Ah! Einen solchen Eindruck hat er auf Sie gemacht, wirklich? Die Pferde, die Schmiede. Es ist sicher ein interessanter Ort dieser ›Kampfhahn‹. Ich hoffe, dass wir ihn ein anderes Mal in einer weniger aufdringlichen Weise besichtigen können.«

Hinter uns zog sich eine lange Straße am Fuß eines Hügels hin. Wir waren vom Weg abgegangen und wanderten querfeldein nach Holdernesse Hall zu. Als ich zufällig emporblickte, sah ich einen Radfahrer rasch die Landstraße herunterkommen.

»Bücken Sie sich, Watson!«, rief Holmes und drückte mich gleichzeitig nieder. Wir hatten uns kaum so verborgen, dass er uns nicht erkennen konnte, als er an uns vorbeisauste. In einer Staubwolke bemerkte ich für einen Moment ein blasses, erregtes Gesicht – ein Gesicht, in dem jeder einzelne Zug Schrecken und Furcht verriet: der Mund stand weit offen und die vorgetretenen Augen stierten geradeaus. Es erschien mir wie eine Karikatur des flinken kleinen Wilder, den wir am gestrigen Abend gesehen hatten.

»Der Sekretär des Herzogs!«, rief Holmes. »Kommen Sie, Watson, wir wollen hinter ihm her und sehen, was er macht.« Wir kletterten von Fels zu Fels, bis wir nach ein paar Augenblicken einen Punkt gefunden hatten, von dem aus wir den Eingang zum Wirtshaus überblicken konnten. Wilders Fahrrad war an die Mauer daneben gelehnt. Um das Haus herum war kein Mensch zu sehen, auch an den Fenstern zeigte sich kein Gesicht. Langsam sank die Dämmerung hernieder, und nachdem es dunkel geworden war, bemerkten wir im Hof des Wirtshauses die Lichter zweier Wagenlaternen, und kurz danach hörten wir den Hufschlag der Pferde. In rasendem Tempo fuhr ein Geschirr nach Chesterfield zu.

»Was halten Sie davon, Watson?«, flüsterte mir Holmes zu.

»Es macht den Eindruck einer Flucht.«

»In dem Fuhrwerk saß, soweit ich sehen konnte, nur ein einzelner Mann. Noch war es sicher nicht Mr Wilder, denn er steht ja dort im Eingang.«

In der Mitte eines hellen Lichtscheins, der durch die Haustür fiel, konnte man die dunkle Gestalt des Sekretärs erkennen; er steckte den Kopf hinaus und starrte in die Nacht. Er wartete offenbar auf jemanden. Dann hörte man Tritte auf der Straße, sah eine zweite Person in dem Lichtschein; die Tür wurde zugemacht, und alles war wieder finster. Nach etwa fünf Minuten wurde in einem Zimmer des ersten Stockwerks eine Lampe angezündet.

»Der ›Kampfhahn‹ scheint eigentümliche Gäste zu haben«, meinte Holmes.

»Das Schanklokal liegt auf der anderen Seite.«

»Ganz recht. Das sind sogenannte Logiergäste. Was in aller Welt mag dieser Wilder um diese späte Stunde in einer solchen Kneipe zu schaffen haben, und wer mag sein Gefährte sein, der mit ihm dort zusammentrifft? Kommen Sie, Watson, wir müssen's wirklich wagen und uns die Geschichte etwas in der Nähe betrachten.«

Wir schlichen uns zusammen auf die Straße und krochen hinüber zum Eingang des Wirtshauses. Das Rad stand noch an der Mauer. Holmes steckte ein Streichholz an und hielt es an das Hinterrad; und ich hörte ihn leise lachen, als er die Reparatur und den Reifen von Dunlop gewahr wurde. Gerade über uns befand sich das erleuchtete Fenster.

»Ich muss entschieden einen Blick durch die Scheiben werfen, Watson. Wenn Sie sich bücken und an der Mauer festhalten, glaube ich's fertigzubringen.«

Im nächsten Moment stand er auf meinen Schultern. Er war jedoch kaum oben, als er auch schon wieder unten war.

»Kommen Sie, mein Lieber«, sagte er. »Wir haben heute lange genug gearbeitet, und ich glaube, auch genug erreicht. Es ist noch ein tüchtiger Marsch zur Schule, und je früher wir uns auf den Weg machen, umso besser.«

Während unserer mühseligen Wanderung über das Moor sprach er kein Wort, er ging auch nicht in die Klosterschule, als wir ankamen, sondern zunächst zur Station Mackleton, wo er einige Depeschen aufgeben konnte. Spät in der Nacht hörte ich ihn noch den Direktor Huxtable trösten, der durch das traurige Ende seines Lehrers tief erschüttert worden war, und noch später kam er ebenso munter und kräftig in mein Zimmer, wie er am Morgen beim Aufbruch gewesen war. »Es geht alles gut, lieber Freund«, sagte er zu mir. »Ich verspreche Ihnen, dass wir vor morgen Abend das Geheimnis aufgedeckt haben.«

Am nächsten Morgen um elf Uhr wandelten wir durch die berühmte Taxusallee von Holdernesse Hall. Wir wurden durch den prächtigen Elisabetheingang in das Arbeitszimmer des Herzogs geführt.

Dort fanden wir Mr Wilder. Er war bescheiden und höflich, aber in seinen Augen und Zügen lag noch eine Spur des Schreckens von der vorhergehenden Nacht.

»Sie wünschen Seine Hoheit zu sprechen? Es tut mir leid; aber der Herzog ist tatsächlich durchaus nicht wohl. Er ist durch die tragische Neuigkeit von gestern sehr aufgeregt worden. Wir erhielten am Nachmittag ein Telegramm von Direktor Huxtable, worin er uns Ihre Entdeckung mitteilte.«

»Ich muss aber den Herzog sehen, Mr Wilder.«

»Er ist noch in seinem Schlafzimmer.«

»Dann will ich ihn dort sprechen.«

»Ich glaube, er liegt sogar noch zu Bett.«

»So will ich ihn dort sprechen.«

Das kalte und unerschütterliche Wesen meines Freundes mochte dem Sekretär wohl sagen, dass es nutzlos sei, weitere Einwendungen zu machen.

»Also gut, Mr Holmes; ich werde ihm sagen, dass Sie hier sind.«

Nach etwa einer halben Stunde trat der Minister herein. Sein Gesicht war leichenähnlicher als je zuvor, er ging niedergebeugt und machte mir einen viel älteren Eindruck als am ersten Tag. Er begrüßte uns höflich und setzte sich an seinen Schreibtisch, sodass sein roter Bart auf die Tischplatte herabhing.

»Nun, Mr Holmes?«, begann er.

Mein Freund fasste jedoch den Sekretär scharf ins Auge, welcher neben dem Stuhl seines Herrn stand.

»Ich würde in der Abwesenheit des Mr Wilder freier sprechen können, Hoheit.«

Der Sekretär wurde noch einen Ton weißer und warf meinem Freund einen bösartigen Blick zu.

»Wenn Eure Hoheit wünschen …«

»Ja, ja; es ist besser, wenn Sie gehen. Nun, Mr Holmes, was haben Sie mir mitzuteilen?«

Mein Freund wartete, bis sich hinter dem abtretenden Sekretär die Tür geschlossen hatte, dann antwortete er:

»Mr Huxtable hat meinem Kollegen Doktor Watson und mir die Mitteilung gemacht, dass Euere Hoheit eine Belohnung in diesem Fall ausgesetzt hätten. Ich möchte das von Ihnen selbst bestätigt haben.«

»Gewiss, Mr Holmes.«

»Sie belief sich, wenn ich recht unterrichtet bin, auf fünftausend Pfund für denjenigen, der Ihnen angeben kann, wo sich Ihr Sohn aufhält?«

»Sehr richtig.«

»Und weitere tausend Pfund demjenigen, der Ihnen die Person oder die Personen namhaft macht, die ihn verborgen halten?«

»Jawohl.«

»Darunter sind doch sicher nicht nur diejenigen verstanden, die ihn entführt haben, sondern auch diejenigen, die ihn jetzt eventuell festhalten?«

»Allerdings, natürlich«, rief der Herzog ungeduldig. »Wenn Sie Ihre Sache gut machen, werden Sie sich bei mir nicht über Knauserei zu beklagen haben.«

Mein Freund rieb sich die mageren Hände und zeigte eine Begehrlichkeit, die mich überraschte, weil ich seine Anspruchslosigkeit kannte.

»Ich glaube, Ihrer Hoheit Scheckbuch liegt dort auf dem Tisch«, sagte er weiter. »Es würde mich freuen, wenn Sie mir einen Wechsel auf sechstausend Pfund ausstellten. Sie können das Geld der Länder-Bank in der Oxford Street in London überweisen, wo ich mein Konto habe.«

»Soll das ein Scherz sein?«, antwortete der Herzog, der sich in seinem Stuhl in die Höhe gerichtet hatte und Holmes streng und starr ansah. »Die Sache ist kaum zu einem Ulk geeignet.«

»Allerdings nicht, Hoheit. Ich bin nie im Leben ernster gewesen als jetzt.«

»Was wollen Sie denn also damit sagen?«

»Ich will damit sagen, dass ich die Belohnung verdient habe. Ich kenne den Aufenthaltsort Ihres Sohnes und kenne auch, wenigstens teilweise, die Leute, die ihn festhalten.«

Des Herzogs Bart erschien noch röter und sein Gesicht noch bleicher.

»Wo ist er?«, fragte er mit zitternder Stimme.

»Er ist oder war wenigstens vergangene Nacht im Wirtshaus zum Kampfhahn, ungefähr zwei Meilen von Ihren Toren entfernt.«

Der Herzog sank in seinen Stuhl zurück.

»Und wen beschuldigen Sie? – Wer hält ihn versteckt?«

Holmes' Antwort auf diese Frage lautete ganz überraschend. Er ging rasch ein paar Schritte nach vorne und klopfte den Herzog leicht auf die Schulter.

»Sie«, sagte er dann. »Und nun darf ich Euere Hoheit wohl um den Scheck bitten.«

Nimmermehr werde ich die Erscheinung des Herzogs vergessen, als er aufsprang und um sich griff wie jemand, der in einem Abgrund versinkt. Dann setzte er sich mit großer Selbstbeherrschung wieder nieder und verbarg das Gesicht mit seinen Händen. Es dauerte verschiedene Minuten, ehe er sprechen konnte.

»Wieviel wissen Sie?«, fragte er endlich, ohne den Kopf emporzuheben.

»Ich habe Sie gestern Abend zusammen gesehen.«

»Weiß es noch jemand außer Ihrem Freund?«

»Ich habe es niemandem gesagt.«

Der Herzog ergriff mit zitternder Hand eine Feder und schlug das Scheckbuch auf.

»Ich werde mein Wort halten, Mr Holmes. Ich bin im Begriff Ihre Anweisung auszuschreiben, wenn mir auch Ihre Auskunft nicht sehr angenehm klingt. Als ich die Belohnung aussetzte, dachte ich nicht im entferntesten daran, dass die Sache eine derartige Wendung nehmen sollte. Aber Sie und Ihr Freund sind doch verschwiegene Leute, Mr Holmes?«

»Ich verstehe Euere Hoheit nicht recht.«

»Dann will ich's Ihnen deutlicher sagen, Mr Holmes. Wenn Sie beide allein den Vorfall kennen, liegt kein Grund vor, dass ihn andere erfahren. Zwölftausend Pfund bin ich Ihnen schuldig, nicht?«

Holmes lächelte und schüttelte den Kopf.

»Euere Hoheit, ich habe die Befürchtung, dass sich die Angelegenheit schwerlich so leicht regeln lässt. Wir müssen den Tod des Lehrers noch in Berücksichtigung ziehen.«

»Davon hat James nichts gewusst. Dafür können Sie ihn nicht verantwortlich machen. Das ist die Tat des rohen Gesellen, den er unglücklicherweise in seinen Dienst genommen hatte.«

»Ich stehe auf dem Standpunkt, Euere Hoheit, dass jemand, der sich eines Verbrechens schuldig macht, moralisch auch die Schuld an einem anderen trägt, das sich aus dem ersten entwickelt.«

»Moralisch, Mr Holmes. Insofern haben Sie zweifellos recht. Aber sicherlich nicht in den Augen des Richters. Ein Mann kann nicht verurteilt werden wegen eines Mordes, bei dem er nicht zugegen war, und den er ebenso sehr missbilligt und verabscheut wie Sie selbst. Gleich, nachdem er die Untat erfahren hatte, hat er mir ein volles Geständnis abgelegt, einen solchen Schauder und solche Gewissensbisse empfand er darüber. Er hat keine Minute verloren, um mit dem Mörder vollständig zu brechen. Oh, Mr Holmes, Sie müssen ihn retten – müssen ihn retten! Ich beschwöre Sie, retten Sie ihn!« Der Herzog hatte alle Herrschaft über sich verloren. Er lief wie wahnsinnig im Zimmer umher und rang verzweifelt die Hände. Endlich wurde er wieder Herr seiner selbst und setzte sich zum zweiten Mal an den Schreibtisch. »Ich rechne es Ihnen hoch an, dass Sie hierhergekommen sind, ehe Sie irgendeinem anderen etwas gesagt haben«, fuhr er fort. »So können wir wenigstens miteinander beraten, auf welche Weise wir diesen schrecklichen Skandal am besten unterdrücken.«

»Allerdings«, antwortete Holmes. »Dazu gehört jedoch, dass wir ganz offen zueinander sprechen, Hoheit. Ich habe die Absicht, Ihnen nach besten Kräften zu helfen; um das jedoch zu können, muss ich alle Verhältnisse bis ins Kleinste kennen. Ich weiß, dass Sie Mr Wilder in Schutz nehmen wollen, und dass er nicht der Mörder ist.«

»Nein; der Mörder ist entkommen.«

Holmes lächelte.

»Euere Hoheit haben wahrscheinlich noch nichts von dem bescheidenen Ruf gehört, dessen ich mich erfreue, sonst würden Sie nicht glauben, dass man mir so leicht entschlüpft. Mr Hayes ist auf meine Veranlassung gestern Abend um elf Uhr in Chesterfield verhaftet worden. Ich habe von dem Ortspolizeiinspektor, ehe ich heute Morgen die Klosterschule verließ, ein diesbezügliches Telegramm bekommen.«

Der Herzog lehnte sich auf seinem Stuhl zurück und sah meinen Freund starr vor Erstaunen an.

»Sie scheinen fast übermenschliche Fähigkeiten zu besitzen«, sagte er nach einer Weile. »Hayes ist also wirklich festgenommen? Ich bin sehr froh, das zu hören, falls es nicht auf James' Schicksal einen ungünstigen Einfluss ausübt.«

»Ihres Sekretärs?«

»Nein, Herr; meines Sohnes.«

Darüber musste nun Holmes staunen.

»Ich gestehe, dass mir diese Enthüllung vollkommen neu ist, Hoheit. Ich muss Sie ersuchen, sich näher darüber auszusprechen.«

»Ich will Ihnen nichts verheimlichen. Ich stimme mit Ihnen darin überein, dass absolute Offenheit in der verzweifelten Lage, in die wir durch

James' Torheit und Neid geraten sind, noch das Beste und Klügste ist. Als blutjunger Mensch, Mr Holmes, liebte ich, wie man nur einmal im Leben lieben kann. Ich bot der Dame die Heirat an, sie schlug es aber aus, weil eine solche Verbindung mich in meiner Karriere schädigen könnte. Wenn sie am Leben geblieben wäre, würde ich nie eine andere zur Frau genommen haben. Sie starb jedoch und hinterließ mir dieses einzige Kind, das ich aus Liebe zu ihr gepflegt und versorgt habe. Der Welt gegenüber konnte ich die Vaterschaft nicht anerkennen; ich gab ihm aber eine sehr gute Erziehung, und als er herangewachsen war, habe ich ihn zu mir genommen. Er erfuhr mein Geheimnis und hat seitdem stets auf seine Ansprüche an mich und auf seine Gewalt gepocht, dass er einen Skandal provozieren könne, der mir furchtbar sein würde. Seine Gegenwart war auch an dem Unglück meiner Ehe mit schuld. Einen besonderen Hass hatte er vom ersten Augenblick an gegen meinen jüngeren Sohn und rechtmäßigen Erben. Sie werden mich vielleicht fragen, warum ich James unter diesen Umständen zu Hause behalten habe. Das geschah nur darum, weil ich seiner Mutter Gesicht in ihm wiedersah, und dieser teuren Erinnerung zuliebe duldete ich alles. Ich fand nicht die Kraft, ihn fortzuschicken. Aber ich fürchtete, er möchte Artur – das ist Lord Saltire – ein Leid antun, und deshalb brachte ich den Kleinen zu seiner eigenen Sicherheit zu Huxtable auf die Schule.

James kam mit diesem verruchten Hayes, einem meiner Bauern, in Berührung, weil er die Verwaltung führte. Dieser Kerl war ein Schurke von Anfang an, aber merkwürdigerweise wurde James doch vertraut mit ihm. Er hatte immer eine Vorliebe für schlechten Umgang. Als James entschlossen war, Lord Saltire zu entführen, bediente er sich dieses Menschen zur Ausführung seines Plans. Sie werden sich erinnern, dass ich an jenem letzten Tag an Artur geschrieben hatte. Nun, James öffnete den Brief und legte einen Zettel bei, worauf er Artur bat, in einem nahegelegenen Wäldchen mit ihm zusammenzutreffen. Er missbrauchte den Namen der Herzogin, und veranlasste auf diese Weise das Kind, zu kommen. An jenem Abend radelte James hinunter – ich erzähle Ihnen alles so, wie er mir's selbst eingestanden hat – und sagte zu Artur, der sich wirklich eingefunden hatte, dass seine Mutter Sehnsucht nach ihm hätte und auf dem Moor auf ihn wartete; wenn er um Mitternacht wieder in den Wald ginge, würde er einen Mann mit einem Pferd bereit finden, der ihn zu ihr bringen wollte. Der arme Junge fiel darauf herein. Er stellte sich an dem bestimmten Ort ein und traf diesen elenden Hayes mit einem Ponny. Artur stieg auf, und sie ritten zusammen los. Sie scheinen nun, wie James erst gestern erfahren hat, verfolgt worden zu sein, wobei Hayes den Verfolger mit dem Stock so wuchtig über den Kopf geschlagen hat, dass der Mann infolge der Verletzung gestorben ist. Hayes brachte Artur dann in sein Logierhaus, den ›Kampfhahn‹, wo er im oberen Stock in ein Zimmer eingeschlossen wurde, und sich Mrs Hayes seiner annahm; sie ist eine gute Frau, muss sich aber ihrem brutalen Mann vollkommen fügen.

So, Mr Holmes, stand die Sache, als ich Sie vor zwei Tagen zum ersten Mal sah. Sie werden mich hier fragen, was für einen Beweggrund James zu dieser Handlungsweise hatte. In dem Hass gegen meinen Erben war viel Unvernunft und Fanatismus. In seinem Sinn sollte er selbst der Erbe meiner Besitzungen sein, und er empfand die gesetzlichen Bestimmungen, die es unmöglich machen, als sehr ungerecht. Er hatte aber auch noch ein bestimmtes Motiv. Er bestand darauf, dass ich das Testament umstoßen sollte, was seiner Ansicht nach wohl in meiner Macht stände. Er wollte einen Druck auf mich ausüben – Artur mir wiederbringen, wenn ich das Testament änderte und ihm dadurch die Möglichkeit gäbe, seine Erbschaft antreten zu können. Er wusste genau, dass ich nie und nimmer die Hilfe der Polizei gegen ihn in Anspruch nehmen würde. Ich muss hervorheben, dass er mir das zumuten wollte, in Wirklichkeit ist er nicht dazu gekommen, denn es ging zu schnell, und er fand nicht die Zeit, seine Pläne in die Tat umzusetzen.

Was alle seine bösen Absichten zum Scheitern brachte, war Ihre Auffindung von Heideggers Leiche. Bei dieser Kunde wurde James von Schrecken erfüllt. Sie erreichte uns, als wir gestern in diesem Zimmer zusammensaßen. Direktor Huxtable hatte telegrafiert. James war so von Sorge und Aufregung überwältigt, dass mir mein Verdacht, den ich immer gehabt hatte, augenblicklich zur Gewissheit wurde und ich ihn zur Rede stellte. Er legte freiwillig ein volles Geständnis ab und bat mich nachher, sein Geheimnis nur noch drei Tage zu bewahren, um seinem elenden Genossen Gelegenheit zu geben, seine Person in Sicherheit zu bringen. Ich gab seinen Bitten nach, wie ich immer nachgegeben habe. James fuhr sofort zum Wirtshaus, um Hayes zu warnen und ihm die Mittel zur Flucht zu geben. Ich konnte bei Tag nicht hingehen, ohne zu Redereien Veranlassung zu geben, aber sobald es Nacht geworden war, eilte ich hin, um meinen lieben Jungen zu sehen. Ich traf ihn wohl und munter, aber über alle Maßen entsetzt über die Bluttat, deren Zeuge er gewesen war. In Anbetracht meines Versprechens, wenn auch gegen meinen Willen, gab ich meine Einwilligung, den Jungen noch drei Tage unter der Obhut der Mrs Hayes zu lassen, denn es war unmöglich, die Polizei von seinem Aufenthalt zu benachrichtigen, ohne gleichzeitig den Mörder zu verraten, und dieser konnte nicht bestraft werden, ohne meinen unglücklichen James mit ins Verderben zu ziehen.

Sie baten mich um Offenheit, Mr Holmes, und ich habe Ihren Wunsch erfüllt und Ihnen alles ohne Umschweife und Heimlichkeit erzählt. Nun seien Sie Ihrerseits ebenso freimütig gegen mich.«

»Das will ich«, sagte Holmes. »In erster Linie fühle ich mich verpflichtet, Euere Hoheit darauf aufmerksam zu machen, dass Sie sich selbst in eine recht üble Lage gebracht haben. Vom gesetzlichen Standpunkt aus betrachtet, haben Sie sich eines schweren Verbrechens schuldig gemacht, indem Sie einem Mörder mit zur Flucht verholfen haben, denn es unterliegt wohl keinem Zweifel, dass das Geld, welches James Wilder seinem Komplizen zur Flucht übergeben hat, aus Ihrer Tasche gekommen ist.«

Der Herzog nickte zustimmend.

»Dieser Punkt ist nicht leichtzunehmen. Aber eine noch schwerere Schuld haben Sie durch das Benehmen Ihrem jüngeren Sohn gegenüber meiner Meinung nach auf sich geladen. Sie lassen ihn drei Tage in einer solchen Räuberhöhle.«

»Nach feierlichen Versprechungen …«

»Was für einen Wert haben Versprechungen bei solchem Volk wie dieses? Wer bürgt Ihnen dafür, dass er nicht wieder weggelockt wird? Um Ihrem schuldigen älteren Sohn einen Gefallen zu tun, haben Sie Ihren unschuldigen jüngeren Sohn einer ungeheueren und unnötigen Gefahr ausgesetzt. Das war sehr unrecht von Ihnen.«

An eine solche Tonart, noch dazu in seinen eigenen Gemächern, war der stolze Lord von Holdernesse nicht gewöhnt.

Seine hohe Stirn wurde rot vor Zorn, aber sein Gewissen hieß ihn schweigen.

»Ich will Ihnen beistehen, aber nur unter einer Bedingung. Sie müssen Ihrem Diener klingeln und mich ihm die Befehle geben lassen, die ich für gut halte.«

Ohne ein Wort zu sagen, drückte der Herzog auf den Knopf der elektrischen Klingel. Ein Lakai trat ein.

»Sie werden sich freuen, zu hören, dass Ihr junger Herr wiedergefunden ist«, sagte Holmes zu ihm. »Seine Hoheit wünscht, dass sofort ein Wagen zum ›Kampfhahn‹ abgeht, um den Lord Saltire nach Hause zurückzubringen.«

Als der Diener hocherfreut hinausgegangen war, fuhr Holmes fort: »Nachdem wir nun die Zukunft sichergestellt haben, können wir das Vergangene in Ruhe erörtern. Ich bin kein Beamter und habe also keine Veranlassung, alles, was ich weiß, aufzudecken. Was Hayes betrifft, kann ich weiter nichts tun. Er gehört an den Galgen, und ich würde keine Hand rühren, ihn zu retten. Was er offenbaren wird, kann ich nicht sagen. Ich bin aber überzeugt, dass Euere Hoheit ihm zu verstehen geben könnte, dass Schweigen auch in seinem eigensten Interesse liegt. Nach Ansicht der Polizei hat er den Knaben entführt, um ein Lösegeld zu erpressen. Wenn sie selbst nichts weiter herausbringt, habe ich keinen Grund, ihren Gesichtskreis zu erweitern. Ich möchte Euere Hoheit nur noch darauf aufmerksam machen, dass die weitere Anwesenheit des Mr Wilder in Ihrer Familie nur Unglück über Sie bringen kann.«

»Das begreife ich, Mr Holmes, und es ist schon abgemacht, dass er mich für immer verlassen und in Australien sein Glück versuchen soll.«

»Wenn das der Fall ist, würde ich Ihnen raten, da Sie ja selbst die Schuld an Ihrem ehelichen Unglück seiner Gegenwart zugeschrieben haben, soweit es möglich ist, der Herzogin entgegenzukommen und sie wieder in die früheren Rechte einzusetzen und die alten Beziehungen, die so unglücklich unterbrochen waren, wieder herzustellen.«

»Auch dies habe ich schon in die Wege geleitet, Mr Holmes. Ich habe heute Morgen bereits an die Herzogin geschrieben.«

»Dann können wir Ihnen, glaube ich, gratulieren. Wir können uns aber gleichzeitig auch selbst beglückwünschen, dass unsere kleine Reise nach Norden so schöne Erfolge gezeigt hat. Über etwas möchte ich gerne noch Aufschluss haben. Dieser Hayes hatte seine Pferde mit Eisen beschlagen, die die Abdrücke von Rinderhufen gaben. Hat er diesen ausgezeichneten Kniff von Mr Wilder gelernt?«

Der Herzog besann sich einen Augenblick und machte ein ganz erstauntes Gesicht. Dann öffnete er eine Tür und führte uns in ein großes Zimmer, das wie ein Museum eingerichtet war. Er zeigte uns einen Glasschrank in einer Ecke und deutete auf einen beschriebenen Zettel, dessen Inhalt lautete:

»Diese Eisen wurden beim Umgraben in der Nähe von Holdernesse Hall gefunden. Sie sind für Pferde gemacht, haben auf der unteren Seite aber einen gespaltenen Eisenbeschlag, wie ihn Rinder tragen, um Verfolger in der Fährte zu täuschen. Sie haben wahrscheinlich einem der plündernden Raubritter des Mittelalters gute Dienste geleistet.«

Holmes machte die Glastür auf und strich mit dem feuchten Finger über die Eisen. Der Finger zeigte Spuren von frischem Schmutz.

»Ich danke Ihnen«, sagte er, als er den Vorhang wieder vorschob und die Glastür des Schrankes schloss. »Das ist der zweite, höchst interessante Gegenstand, den ich hier im Norden gesehen habe.«

»Und der erste?«

Holmes faltete als Antwort seinen Scheck zusammen und legte ihn sorgfältig in sein Notizbuch. »Ich bin kein reicher Mann«, sagte er, während er das Buch zärtlich in der Hand hielt und dann in der Tiefe seiner inneren Tasche verschwinden ließ.

Der schwarze Peter

Ich habe meinen Freund Sherlock Holmes nie in einer besseren Verfassung des Körpers und Geistes gesehen als im Jahre 1895. Seine zunehmende Berühmtheit brachte ihm eine ungeheure Kundschaft. Ich kann jedoch, ohne indiskret zu werden, die Persönlichkeiten aus den höchsten Kreisen, welche unser bescheidenes Heim in der Baker Street aufsuchten, nicht einmal andeutungsweise bezeichnen. Holmes lebte aber, wie alle großen Künstler, nur seiner Kunst, und, abgesehen vom Fall des Herzogs von Holdernesse, habe ich ihn selten eine größere Summe für seine unschätzbaren Dienste verlangen hören. Er war so wenig materiell veranlagt – oder vielmehr, er war so eigensinnig – dass er häufig Mächtigen und Reichen seinen Beistand versagte, wenn ihm ihre Fälle nicht passten, während er für die Angelegenheiten irgendeines armen Klienten oft wochenlang angestrengt arbeitete, wenn sie jene eigenen Umstände und Verwicklungen zeigten, die seine Einbildungskraft reizten und seinen Scharfsinn anspornten.

In diesem denkwürdigen Jahr 1895 hatten eine Menge der eigentümlichsten und absonderlichsten Fälle seine Aufmerksamkeit in Anspruch genommen, von der berühmten Aufklärung des plötzlichen Todes des Kardinals Tosca – eine Untersuchung, die er auf ausdrücklichen Wunsch des Papstes betrieben hatte – bis hinunter zu der Festnahme Wilsons, des bekannten Kanarienzüchters, wodurch aus dem Osten Londons ein wahrer Schandfleck beseitigt wurde. Auf diese beiden Fälle folgte die Tragödie von Woodmans Lee, jene dunkle Geschichte vom Tod des Kapitäns Peter Carey. Eine Niederschrift der Taten Sherlock Holmes', die gerade diese ungewöhnliche und auffallende Begebenheit nicht enthielte, würde nicht vollständig sein.

Während der ersten Juliwoche war mein Freund so häufig und so lange von zu Hause weg gewesen, dass ich merkte, er müsse etwas Wichtiges vorhaben. Aus der Tatsache, dass in dieser Zeit mehrere handfeste Kerle ankamen und nach Kapitän Basil fragten, entnahm ich, dass Holmes irgendwo in einer seiner zahlreichen Verkleidungen und unter einem falschen Namen arbeitete. Er hatte nämlich in den verschiedenen Teilen Londons mindestens fünf kleine Schlupfwinkel, wo er sich umkleiden und seine gefürchtete Persönlichkeit verheimlichen konnte. Er hatte mir nichts von seinem Vorhaben gesagt, und ich pflegte nicht, Vertrauen zu erzwingen. Das erste Anzeichen, aus dem ich auf seine Tätigkeit schließen konnte, war ganz ungewöhnlicher Art. Er war vor dem Frühstück fortgegangen, und als ich am Tisch saß, trat er ins Zimmer, den Hut auf dem Kopf und einen riesigen Speer wie einen Regenschirm unter dem Arm.

»Heiliger Himmel, Holmes!«, rief ich. »Sie sind doch nicht etwa mit diesem Ding in London umherspaziert?«

»Ich bin damit zu einem Schlachter gefahren und wieder zurück.«

»Zu einem Schlachter?«

»Ja, und ich bringe einen guten Appetit mit. Körperliche Übungen vor dem Frühstück sind zweifellos sehr wertvoll. Aber ich wette mit Ihnen, dass Sie nicht raten werden, worin meine Übung bestanden hat.«

»Das will ich lieber gar nicht versuchen.«

Er schüttelte sich vor Lachen, als er sich den Kaffee eingoss.

»Wenn Sie in Allardyces Metzgerladen einen Blick hätten werfen können, würden Sie dem Hof zu ein totes Schwein an einem Haken an der Decke haben hängen sehen, das fortwährend hin- und herpendelte, und dazu einen Herrn in Hemdärmeln, der mit diesem Instrument wütend darauf losstach. Diese energische Person war ich. Und ich habe zu meiner Befriedigung festgestellt, dass ich auch bei der äußersten Kraftanstrengung das Schwein nicht mit einem einzigen Stich durchbohren kann. Vielleicht versuchen Sie es auch mal?«

»Um alles in der Welt nicht. Aber wozu haben Sie das getan?«

»Weil es mir indirekt mit dem Geheimnis von Woodmans Lee in Zusammenhang zu stehen schien. – Ah, Mr Hopkins, ich erhielt gestern Abend Ihre Drahtnachricht und erwartete Sie. Kommen Sie her und frühstücken Sie mit uns.«

Unser Besucher war ein ungeheuer lebhafter Mann von etwa dreißig Jahren. Er trug einen einfachen Anzug, man konnte an seiner strammen Haltung aber doch sehen, dass er an Uniformen gewöhnt war. Ich erkannte in ihm sofort den jungen Polizeiinspektor Stanley Hopkins wieder, auf dessen Zukunft Holmes große Hoffnungen setzte, und der seinerseits wie ein Schüler die wissenschaftlichen Methoden des berühmten Dilettanten mit Bewunderung und Hochachtung hörte und verfolgte. Hopkins hatte die Stirn in Falten gezogen und zeigte sich sehr niedergeschlagen.

»Nein, danke, Mr Holmes. Ich habe schon gefrühstückt, ehe ich herkam. Ich bin die Nacht in der Stadt geblieben, nachdem ich gestern Abend bei Ihnen war, um Ihnen Bericht zu erstatten.«

»Und was hatten Sie mir zu berichten?«

»Fehlschläge, lauter Fehlschläge.«

»Sie haben keine Fortschritte gemacht?«

»Gar keinen.«

»Ei, ei! Da muss ich mir die Sache mal ansehen.«

»Ich wünschte bei Gott, dass Sie's täten, Mr Holmes. Es ist meine erste größere und aussichtsreichere Sache, und ich komme nicht weiter. Seien Sie so gut und helfen Sie mir.«

»Glücklicherweise kenne ich schon den Tatbestand und habe auch den Bericht über die erste Untersuchung ziemlich sorgfältig studiert. Nebenbei bemerkt, was haben Sie aus dem Tabaksbeutel gemacht, den man auf dem Schauplatz des Verbrechens gefunden hat? Bietet der keinen Anhaltspunkt?«

Hopkins sah meinen Freund überrascht an.

»Er gehörte doch dem Ermordeten, die Anfangsbuchstaben seines Namens standen innen drin. Er ist aus Seehundsfell – und sein Besitzer ein alter Seemann.«

»Er hatte aber selbst keine Pfeife.«

»Allerdings nicht; eine Pfeife haben wir nicht gefunden; er war auch nur ein ganz schwacher Raucher und hat den Tabak nur für seine Freunde gehabt.«

»Ohne Zweifel. Ich erwähne es auch nur, weil ich ihn zum Ausgangspunkt meiner Untersuchung gemacht haben würde, wenn ich den Fall aufzuklären gehabt hätte. Jedoch, mein Freund Dr. Watson kennt die Sache noch gar nicht, und auch ich würde die Ereignisse gerne noch einmal in der richtigen Folge und im Zusammenhang hören. Erzählen Sie uns also die Geschichte kurz noch einmal.«

Hopkins nahm ein Blatt Papier aus der Tasche.

»Ich habe mir hier ein paar Daten notiert, aus denen Sie die Laufbahn des Ermordeten ersehen können. Peter Carey wurde 1845 geboren – stand also im Alter von fünfzig Jahren. Er war ein äußerst verwegener Robben- und Walfischjäger. Im Jahre 1883 war er Kapitän des Walfischdampfers ›Sea Unicorn‹ aus Dundee. Auf diesem hat er mehrere erfolgreiche Reisen gemacht und sich im folgenden Jahr, 1884, zurückgezogen. Dann hat er ein paar Jahre größere Landreisen unternommen, und schließlich ein kleines Grundstück: Woodmanns Lee bei Forest Row in Sussex gekauft. Dort hat er sechs Jahre gelebt, und dort ist er gerade heute vor acht Tagen gestorben.

Es war ein sonderbarer Mann, dieser Kapitän. Gewöhnlich war er ein strenger Puritaner – ein wortkarger, finsterer Mensch. Sein Haushalt bestand aus seiner Frau und einer Tochter von zwanzig Jahren und zwei Dienstmädchen, die sehr häufig wechselten, denn ihre Stellung war nie sehr angenehm und zuweilen unerträglich. Er war ein periodischer Säufer, und wenn er in seinem Stadium war, gebärdete er sich wie der leibhaftige Teufel. Er hat dann öfter mitten in der Nacht Frau und Tochter zum Haus hinausgejagt und sie im Garten geschlagen, sodass durch ihr Schreien die ganze Nachbarschaft aufgeweckt worden ist.

Er war einmal wegen eines Angriffs auf den alten Ortsgeistlichen angeklagt, der gerufen worden war, um ihm wegen seines Benehmens Vorstellungen zu machen. Kurzum, Mr Holmes, im ganzen Umkreis existierte kein gefährlicherer Kerl als Peter Carey, und ich habe mir sagen lassen, dass er schon ebenso gewesen ist, als er sein Schiff befehligte. Er war in der Handelsflotte unter dem Namen ›Der schwarze Peter‹ bekannt, der ihm nicht nur wegen seiner dunkelbraunen Gesichtsfarbe und wegen seines riesigen schwarzen Bartes beigelegt worden war, sondern auch wegen seiner wilden Sinnesart, die ihn zum Schrecken seiner Umgebung machte. Ich brauche kaum zu sagen, dass er von allen seinen Nachbarn verwünscht und gemieden wurde, und dass ich kein einziges Wort des Mitleids für ihn aus Anlass seines schrecklichen Todes gehört habe.

Sie werden auch von der Kajüte gelesen haben, Mr Holmes, aber Ihr Freund wird es nicht wissen. Der Kapitän hatte sich nämlich, ein paar hundert Meter vom Wohnhaus entfernt, eine kleine hölzerne Hütte hergestellt, die er stets als seine Kajüte bezeichnete und worin er zu schlafen pflegte. Das kleine Häuschen bestand aus einem einzigen Raum, der nur sechzehn Fuß lang und zehn Fuß breit war. Den Schlüssel dazu hatte er immer in der Tasche; er machte das Bett selbst, machte selbst rein, und es durfte ihm niemand über die Schwelle kommen. An zwei Seiten sind kleine Fensterchen, die verhängt waren und nie geöffnet wurden. Eins lag der Straße zu, und wann die Leute des Nachts Licht im Zimmer sahen, machte einer den anderen darauf aufmerksam, und man wunderte sich, was der schwarze Peter wohl drin machte. Dieses Fenster, Mr Holmes, ist, wie sich aus der Beweisaufnahme ergeben hat, auch der einzige schwache Anhalt, den wir haben.

Sie werden sich erinnern, dass zwei Tage vor dem Mord in der Nacht um zwei Uhr ein Steinmetz namens Slater, der von Forest Row kam, stehen geblieben ist, als er an dem Grundstück vorüberging und noch Licht sah. Er schwört, dass der Schatten eines Männerkopfes deutlich an dem Fenstervorhang zu erkennen war, dass es aber keinesfalls der Peter Careys war, den er gut kannte. Es war zwar auch ein bärtiger Kopf, aber dieser Bart war kurz und ganz anders als derjenige des Kapitäns. Das ist seine bestimmte Angabe, aber der Mann hatte vorher zwei Stunden im Wirtshaus gesessen, und außerdem ist die Entfernung von der Straße bis zum Fenster ziemlich groß. Im Übrigen war das am Montag, und das Verbrechen ist am Mittwoch passiert.

Am Dienstag befand sich Peter Carey in einer der furchtbarsten Stimmungen, er trank schrecklich und war wie ein wildes Tier. Er strich um das Haus herum, und die Weiber flüchteten, als sie ihn kommen hörten. Spät am Abend ging er hinunter in seine Kajüte. Um zwei Uhr nachts hörte seine Tochter, die bei offenem Fenster schlief, einen entsetzlichen Schrei aus dieser Richtung. Da es jedoch nichts Ungewöhnliches war, dass er in seinem Rausch schrie und lärmte, achtete sie nicht weiter darauf. Am Morgen sah eines der Mädchen, dass die Tür seiner Kajüte offen stand; es hatten aber alle eine so fürchterliche Angst vor dem Mann, dass es bis zum Mittag dauerte, ehe sich jemand hinunter wagte, um nachzusehen. Als sie durch die offene Tür guckten, bot sich ihnen ein Anblick, dass sie schreckensbleich ins Dorf flohen. In einer Stunde war ich zur Stelle, um den Tatbestand aufzunehmen.

Nun, wie Sie wissen, Mr Holmes, habe ich leidlich starke Nerven, aber ich gebe Ihnen mein Wort, dass ich zusammenfuhr als ich in die Hütte trat. Ein Schwarm grauer Stubenfliegen und blauer Schmeißfliegen summte, als ob ein Harmonium gespielt würde, und Fußboden und Wände sahen aus wie in einem Schlachthaus. Er hatte das Ding Kajüte genannt, es machte auch wirklich den Eindruck einer Kajüte, denn man konnte sich recht gut auf ein Schiff versetzt fühlen. Sie war tatsächlich so ausgestattet wie ein Kapitänszimmer, an den Wänden standen Bänke und Koffer, hingen Land- und Seekarten und ein Bild der ›Sea Unicorn‹, und auf einem Wandbrett stand eine Reihe gebundener Schiffsjournale. Mitten zwischen all diesen Sachen hing an einer Wand der Kapitän selbst. Das Gesicht war furchtbar verzerrt und entstellt, und sein mächtiger struppiger Bart starrte steif in die Höhe. Durch seine breite Brust war eine eiserne Harpune gejagt und steckte noch tief in der Wand. Er war aufgespießt wie ein Käfer auf einem

Karton. Selbstverständlich war er vollkommen tot, und war es schon von dem Augenblick an gewesen, wo er jenen gellenden Schrei ausgestoßen hatte.

Ich kenne Ihre Methoden, Mr Holmes, und brachte sie zur Anwendung. Ehe ich irgendetwas anrühren ließ, untersuchte ich sehr sorgfältig den Boden draußen und im Zimmer, fand aber keine Fußspuren.«

»Das heißt, Sie sahen keine?«

»Ich versichere Ihnen, es waren keine da.«

»Mein lieber Hopkins, ich habe schon manches Verbrechen untersucht, aber noch nie gefunden, dass eins von einem fliegenden Wesen verübt worden ist. So lange die Verbrecher sich noch auf zwei Beinen bewegen, müssen sie auch irgendwelche Abdrücke, Kritze, kleine Abschabungen oder sonstige winzige Spuren hinterlassen, die ein erfahrener, scharfer Beobachter entdecken kann. Ich kann nicht glauben, dass dieser blutbefleckte Raum keinerlei Fährte aufweisen soll, die uns weiterhelfen könnte. Wenn ich den Untersuchungsbericht verstanden habe, haben Sie freilich verschiedene Sachen übersehen.«

Der junge Inspektor suchte den ironischen Ausführungen meines Freundes auszuweichen.

»Es war allerdings töricht von mir, Sie nicht gleich zuzuziehen, Mr Holmes. Das lässt sich jetzt aber nicht mehr ändern. Jawohl, es war noch manches im Zimmer, was eine spezielle Beachtung erfordert hätte. Erstens die Harpune, womit der tödliche Stoß ausgeführt worden ist. Sie ist von der Wand heruntergerissen worden. Zwei andere hingen noch dran, und für die dritte war die leere Stelle zu sehen. Der Schaft trug die eingebrannte Aufschrift: ›Sea Unicorn, Dundee‹. Daraus war zu entnehmen, dass der Mörder in der Wut gehandelt und die erste beste Waffe ergriffen hatte, die ihm in die Hand gekommen war. Der Umstand, dass das Verbrechen um zwei Uhr nachts begangen worden ist und Peter Carey noch vollständig angezogen war, ließ darauf schließen, dass der Mörder zu Besuch bei ihm gewesen ist, was auch mit Bestimmtheit daraus hervorgeht, dass eine Flasche mit Rum und zwei gebrauchte Gläser auf dem Tisch standen.«

»Gewiss«, sagte Holmes. »Ich halte beide Folgerungen für zulässig. Waren außer dem Rum noch andere Spirituosen im Zimmer?«

»Jawohl; auf einem Schiffskoffer stand ein Krug mit Kornbranntwein und Whisky. Dies kommt aber für uns nicht weiter in Betracht, weil er noch voll und nicht gebraucht war.«

»Immerhin ist es nicht ohne Bedeutung«, bemerkte Holmes. »Erzählen Sie aber nur erst weiter von solchen Dingen, die Ihnen für die Untersuchung des Falles von größerer Wichtigkeit zu sein scheinen.«

»Auf dem Tisch lag dieser Tabaksbeutel.«

»An welcher Stelle?«

»In der Mitte. Er war von grobem Seehundsfell und wurde mit einem Lederriemen zugebunden. Innen stand P. C., und es war ungefähr eine halbe Unze starker Schiffstabak drin.«

»Ausgezeichnet! Wissen Sie noch mehr?«

Stanley zog ein schmutziggraues Notizbuch aus der Tasche. Der Einband war sehr abgenützt und das Papier vergilbt. Auf der ersten Seite standen die Anfangsbuchstaben J. H. N. und die Jahreszahl 1883. Holmes nahm es in die Hand und prüfte es in seiner Weise, während ihm Hopkins und ich über die Schultern guckten. Auf der zweiten Seite stand gedruckt: C. P. R., und dann folgten mehrere Blätter mit Zahlen. Es kamen noch Überschriften wie Argentinien, Costa Rica, Sao Paulo, und unter jeder derselben befanden sich Schriftzeichen und Ziffern.

»Was fangen Sie damit an?«, fragte Holmes.

»Es scheinen Listen von Börsenpapieren zu sein. Ich dachte mir, das J. H. N. seien die Anfangsbuchstaben des Namens eines Maklers, und das C. P. R. diejenigen des Kunden.«

»Versuchen Sie's mal mit Canadian Pacific Railway (Kanadische Pazifik-Bahn).«

Hopkins fluchte leise und schlug sich aufs Bein.

»Was für ein Tor bin ich gewesen!«, rief er. »Natürlich heißt's so. Dann haben wir also nur noch die Bedeutung des J. H. N. herauszubringen. Ich habe schon die alten Maklerverzeichnisse nachgesehen, kann aber aus dem Jahre 1883 keinen Namen finden, dessen Initialen diesen entsprechen. Aber ich fühle doch, dass das die wichtigste Spur ist, die ich habe. Diese Buchstaben könnten auch den Namen des Mörders bedeuten, halten Sie das nicht auch für möglich, Mr Holmes? Überdies würde die Einsichtnahme in ein solches Dokument, das ein Verzeichnis so vieler Wertpapiere enthält, auch, vorläufig wenigstens, die Mordtat überhaupt erklärlich machen.«

Holmes konnte man am Gesicht ablesen, dass er durch diese neue Wendung der Dinge vollständig aus dem Geleise gekommen war.

»Ich muss Ihre beiden Vermutungen zugeben«, sagte er nach einer Weile. »Ich muss eingestehen, dass dieses Notizbuch, das im Protokoll nicht erwähnt ist, meine Annahmen etwas beeinträchtigt. Ich hatte mir eine Theorie gebildet, in die das Buch nicht hineinpasst. Haben Sie schon Schritte getan, um eines der hier notierten Papiere ausfindig zu machen?«

»Es wird jetzt gerade an den Banken Nachfrage darüber gehalten; ich fürchte freilich, dass das vollständige Register der Aktionäre dieser südamerikanischen Werte sich in Amerika befindet und einige Wochen hingehen, ehe wir Nachricht bekommen.«

Holmes hatte die Einbanddecke des Notizbuches mit der Lupe betrachtet.

»Hier ist irgendein Flecken«, sagte er.

»Gewiss, ein Blutflecken. Ich erzählte Ihnen doch, dass ich das Buch vom Boden aufgehoben habe.«

»War der Blutflecken oben oder unten?«

»Auf der Seite, die den Boden berührte.«

»Daraus geht natürlich hervor, dass das Buch heruntergefallen ist, nachdem das Verbrechen geschehen war.«

»Allerdings, Mr Holmes. Ich habe diesen Umstand auch berücksichtigt und vermutet, dass es der Mörder bei der eiligen Flucht verloren hat. Es lag nahe an der Tür.«

»Von den Papieren selbst ist wohl keins im Besitz des Ermordeten gefunden worden?«

»Nein.«

»Glauben Sie aus irgendeinem Grund, dass Raub vorliegen könnte?«

»Nein, Mr Holmes. Es schien nichts berührt zu sein.«

»Weiß der Himmel! Es ist ein interessanter Fall. Da war doch auch noch ein Messer, nicht wahr?«

»Ja, ein Dolchmesser, das noch in der Scheide steckte. Es lag zu seinen Füßen, und Mrs Carey hat es als ihres Mannes Eigentum erkannt.«

Holmes überlegte einen Augenblick.

»Gut«, sagte er schließlich, »ich muss doch mitkommen und mir alles selbst einmal ansehen.«

Hopkins stieß einen Freudenschrei aus.

»Ich danke Ihnen, Mr Holmes. Sie nehmen mir wirklich einen Stein vom Herzen.«

»Vor acht Tagen würde ich's leichter gehabt haben«, antwortete Holmes. »Aber auch jetzt dürfte mein Besuch noch nicht ganz fruchtlos sein. Watson, falls Sie Zeit haben, würde es mir recht sein, wenn Sie mich begleiteten. Wenn Sie einen Wagen bestellen wollen, Mr Hopkins – in einer Viertelstunde werden wir fertig sein zur Abfahrt nach Forest Row.«

Einige Meilen fuhren wir durch die Überreste einst gewaltiger Wälder, einen Teil des großen Sachsenwalds, der diese Eroberer so lange aufgehalten und den Briten sechzig Jahre als Bollwerk gedient hatte. Weite Strecken desselben sind abgeschlagen, und hier sind die ersten Eisenwerke entstanden, und mit dem Holz der Bäume ist das erste Erz geschmolzen worden. Diese Lager wurden infolge der Ausbeutung der reicheren Felder des Nordens stillgelegt und jetzt zeigen nur noch die verwüsteten Waldungen und die großen Löcher in der Erde die Arbeit vergangener Zeiten. Hier stand auf einer Lichtung am Fuß eines grünen Hügels ein langes, niedriges, steinernes Haus in der Nähe eines Feldwegs. Näher am Weg und auf drei Seiten von Bäumen und Buschwerk umgeben war ein kleines Häuschen, dessen Tür und eines der Fenster wir von dem Weg aus sehen konnten. Es war der Schauplatz des Mordes!

Hopkins führte uns zunächst ins Wohnhaus, wo er uns einer Frau mit grauem Haar, der Witwe Carey, vorstellte. Ihr abgehärmtes Gesicht mit tiefen Furchen und die rotgeränderten Augen, in deren Tiefen noch der Schrecken zu erkennen war, erzählten von den Jahren der Misshandlung und des Kummers, die sie erduldet hatte. Neben ihr stand die Tochter, ein blasses, blondes Mädchen, das uns trotzig anblickte, während sie sagte, dass sie über den Tod ihres Vaters froh sei und die Hand segne, die ihn durchbohrt habe. Es waren schreckliche Familienverhältnisse, in die wir einen Einblick erhielten, und wir fühlten eine wahre Erleichterung, als wir wieder draußen im Sonnenschein waren und auf dem Pfad, den der Ermordete getreten hatte, nach seiner Kajüte zu schritten.

Diese Hütte war eine der einfachsten Behausungen. Die Wände waren von Holz, das Dach war bloß geschindelt, neben der Tür war ein Fensterchen und ihr gegenüber noch eins. Hopkins zog den Schlüssel aus der Tasche und wollte aufschließen, als er plötzlich innehielt und eine gewisse Spannung und Überraschung zeigte.

»Es ist jemand an der Tür gewesen«, sagte er.

Das war allerdings eine unbestreitbare Tatsache. Im Holz zeigten sich Einschnitte, Schrammen und Kritze, die noch so neu aussahen, als ob sie eben erst gemacht worden wären. Holmes hatte das Fenster untersucht.

»Es hat auch jemand hier einzudringen versucht. Wer es auch gewesen sein mag, es ist ihm jedenfalls nicht gelungen, einen Eingang zu finden. Es muss ein trauriger Einbrecher gewesen sein.«

»Die Sache ist von größter Wichtigkeit«, sagte der Inspektor, »ich möchte beschwören, dass diese Spuren gestern Abend noch nicht da waren.«

»Vielleicht ein neugieriger Einwohner aus dem Dorf«, bemerkte ich.

»Sehr unwahrscheinlich. Die wagen meistenteils nicht einmal das Grundstück zu betreten, geschweige denn sich einen Weg in die Kajüte zu erzwingen. Wie denken Sie darüber, Mr Holmes?«

»Ich denke, dass uns Fortuna sehr hold ist.«

»Meinen Sie, dass der Betreffende wiederkommen wird?«

»Das ist wahrscheinlich. Er erwartete, die Tür offen zu finden. Er versuchte, das Schloss mit einer Federmesserklinge aufzubringen, was aber nicht ging. Was wird er nun machen?«

»Nächste Nacht mit einem passenderen Werkzeug wiederkommen.«

»Das glaube ich auch. Es wird also unsere Schuld sein, wenn wir ihn nicht in Empfang nehmen. Einstweilen will ich mir die Kajüte von innen betrachten.«

Die Blutspuren waren aufgewischt, aber die Einrichtung des kleinen Raumes stand noch genauso wie in der Nacht, als das Verbrechen geschehen war. Zwei Stunden lang untersuchte Holmes jedes Ding mit größter Aufmerksamkeit, aber ich sah an seinem Gesicht, dass er trotzdem keinen Erfolg hatte. Nur ein einziges Mal unterbrach er seine mühevolle Arbeit.

»Haben Sie von diesem Wandbrett etwas fortgenommen, Hopkins?«

»Nein, absolut nichts.«

»Aber es ist etwas weggenommen. In der Ecke hier ist weniger Staub als sonst. Es hat vielleicht ein Buch an dieser Stelle gelegen, es kann auch eine Schachtel gewesen sein. Ich kann hier übrigens weiter nichts ausrichten. Wir wollen ein paar Stunden im Wald spazieren gehen, Watson, und die Blumen betrachten und dem Gesang der Vögel lauschen. Wir werden Sie später wieder hier treffen, Mr Hopkins, und dann zusammen abwarten, ob wir mit dem Herrn, der in der vergangenen Nacht hier gewesen ist, nicht in engere Fühlung treten können.«

Es war elf Uhr vorbei, als wir unsere Empfangsvorbereitungen trafen. Hopkins war dafür, die Tür offen zu lassen, aber Holmes war der Meinung, dass dies bei dem Fremden Verdacht erregen würde. Das Schloss war ganz einfach, und man brauchte nur ein starkes Messer, um den Riegel zurückzuschieben. Holmes schlug auch vor, nicht drinnen zu warten, sondern draußen in den Büschen vor dem hinteren Fenster. Auf diese Weise könnten wir unseren Mann beobachten und sehen, ob er Licht machen würde, und was er bei seinem heimlichen nächtlichen Besuch eigentlich suchte.

Es war ein langes, trübsinniges Warten, aber wir fühlten doch etwas von der Spannung, die der Jäger empfindet, wenn er in der Nähe der Quelle liegt und auf das durstige Wild lauert. Was für ein wildes Wesen mochte es sein, das im Dunkel der Nacht herbeischleichen würde? Sollte es ein schrecklicher Tiger sein mit furchtbaren Zähnen und Krallen, der nur nach hartem Kampf zu überwältigen wäre, oder ein harmloser Schakal, der nur Schwachen und Wehrlosen gefährlich werden konnte?

Schweigend und auf alles gefasst steckten wir unter den Büschen. Anfangs brachten uns die Schritte vereinzelter Dorfbewohner und der Schall von Stimmen aus dem Örtchen ein wenig Zerstreuung. Allmählich blieben aber auch diese kleinen Unterbrechungen aus und es trat vollkommene Stille ein. Nur der Schlag der Turmuhr von der Kirche des Dörfchens verriet uns, dass die Zeit verging. Und durch das Blätterwerk, das uns bedachte, rieselte ein feiner Regen auf uns nieder. Es hatte halb drei geschlagen, als wir vom Gartentor her einen scharfen Laut hörten. Es musste jemand die Tür zugeschlagen haben. Dann war längere Zeit wieder alles ruhig, sodass ich schon fürchtete, es wäre ein trügerisches Geräusch gewesen. Da vernahmen wir auf der anderen Seite des Häuschens Fußtritte und kurz darauf ein metallisches Kratzen und Klingen. Der Mann versuchte das Schloss zu erbrechen! Diesmal war er geschickter oder sein Instrument besser, eine Feder schnappte ein, und die Tür knarrte. Es wurde ein Streichholz angezündet, und im nächsten Augenblick sahen wir ein stetes Licht im Innern der Hütte. Durch den dünnen Vorhang konnten wir alles beobachten, was in der Kajüte vorging.

Der nächtliche Besucher war ein junger, dünner, schwächlicher Mensch mit einem schwarzen Schnurrbärtchen, das seine blasse Gesichtsfarbe noch stärker hervortreten ließ. Er konnte nicht viel über zwanzig Jahre zählen. Ich habe nie jemanden gesehen, der solche Furcht und solchen Schrecken ausstand; er klapperte mit den Zähnen und zitterte am ganzen Leib. Er war gut gekleidet und trug eine Joppe, Kniehosen und eine Tuchmütze. Wir sahen, wie er sich ängstlich umschaute. Dann steckte er die Kerze in eine Flasche, stellte sie auf den Tisch und verschwand in einer Ecke des Zimmers. Als er wieder auftauchte, hatte er ein großes Buch, einen Band aus der Reihe der Schiffsjournale, die auf dem Wandbrett standen. Er lehnte sich auf den Tisch und blätterte hastig in dem Band, bis er die Stelle fand, die er suchte. Dann erhob er die zorngeballte Faust, machte das Buch wieder zu, stellte es an seinen Platz zurück und löschte das Licht aus. Als er sich kaum zum Gehen gewandt hatte, erwischte ihn Hopkins an der Schulter. Er stieß einen Schrei des Entsetzens aus, als er merkte, dass er verhaftet war. Die Kerze wurde wieder angezündet, und wir konnten unseren erbarmungswürdigen Gefangenen nun zitternd und bebend in der Gewalt des Polizeibeamten sehen. Er sank auf einen Koffer nieder und blickte uns hilflos an.

»Nun, Sie sauberer Bursche«, sagte Hopkins, »wer sind Sie, und was suchen Sie hier?«

Der Mann knickte zusammen. Als er sich endlich von seinem Schrecken erholt hatte und gefasst genug war, um sprechen zu können, antwortete er:

»Sie sind vermutlich Geheimpolizisten? Sie glauben, ich stehe in Beziehung zu dem an Peter Carey begangenen Mord? Ich versichere Ihnen, dass ich unschuldig bin.«

»Darüber sprechen wir später«, erwiderte Hopkins. »Vorerst, wie heißen Sie?«

»John Hopley Neligan.«

Ich bemerkte, wie Holmes und Hopkins rasche Blicke wechselten.

»Was tun Sie hier?«

»Kann ich privatim und im Vertrauen zu Ihnen sprechen?«

»Nein, ganz gewiss nicht.«

»Warum sollte ich Ihnen dann überhaupt etwas sagen?«

»Wenn Sie keine Antwort geben, wird's Ihnen vor Gericht schlecht bekommen.«

Der junge Mann suchte erst auszuweichen, aber bald bequemte er sich zu einer Aussage.

»Nun gut, ich will's Ihnen erzählen«, begann er. »Warum sollte ich's nicht? Freilich ist mir der Gedanke widerwärtig, dass dieser alte Skandal wieder aufgerührt werden soll. Haben Sie je von Dawson und Neligan gehört?«

An Hopkins' Gesicht konnte ich sehen, dass es seinerseits nicht der Fall war; dagegen zeigte mein Freund Holmes ein lebhaftes Interesse.

»Sie meinen die Bankfirma«, sagte er. »Sie machten mit einer halben Million Pfund Bankrott, ruinierten die meisten Familien in der ganzen Grafschaft Cornwall, und Neligan wurde flüchtig und verschwand.«

»Jawohl, und dieser Neligan war mein Vater.«

Endlich erfuhren wir etwas Positives. Freilich bestand noch eine große Kluft zwischen einem durchgebrannten Bankier und dem mit seiner eigenen Harpune aufgespießten Kapitän. Wir lauschten alle gespannt den Worten des jungen Mannes.

»Der Hauptbeteiligte war mein Vater. Dawson hatte sich zurückgezogen. Ich zählte damals erst zehn Jahre, war aber doch alt genug, um all die Schande und den Schrecken zu empfinden. Es wurde stets behauptet, mein Vater hätte die sämtlichen Papiere gestohlen und dann die Flucht ergriffen. Das ist nicht wahr. Er glaubte, wenn ihm die nötige Zeit gelassen würde, sie zu verwerten, würde noch alles gut gehen und jeder Gläubiger voll befriedigt werden können. Ehe der Verhaftungsbefehl erlassen wurde, fuhr er in seiner kleinen Jacht nach Norwegen ab. Ich erinnere mich noch sehr wohl jener letzten Nacht, als er von meiner Mutter Abschied nahm. Er ließ uns ein Verzeichnis der Papiere, die er mitnahm, zurück und schwor, dass er bei seiner Rückkehr seine Ehre gerettet haben würde, und dass niemand, der ihm Vertrauen geschenkt hätte, geschädigt werden sollte. Aber wir haben kein Wort wieder von ihm gehört. Die Jacht und er selbst waren verschollen. Meine Mutter und ich glaubten, dass sie am Meeresgrunde lägen, samt allen Papieren, die er mitgenommen hatte. Wir hatten aber einen vertrauten Freund, einen Geschäftsmann, und dieser entdeckte vor einiger Zeit, dass einige dieser Papiere meines Vaters auf dem Londoner Geldmarkt auftauchten. Sie können sich unser Erstaunen denken. Ich verwendete Monate darauf, ihre Spur zurückzuverfolgen; endlich nach vielen Mühen machte ich ausfindig, dass der Besitzer dieser Hütte, Kapitän Peter Carey, der ursprüngliche Verkäufer war.

Ich zog natürlich Erkundigungen nach dem Mann ein und fand, dass er Kommandeur eines Walfischfängers gewesen, welcher gerade um dieselbe Zeit, wo mein Vater nach Norwegen gefahren war, aus den arktischen Gewässern zurückkommen musste. In jenem Herbst war es sehr stürmisch, und lange Zeit wehten Südwinde. Meines Vaters Jacht kann also sehr leicht nach Norden verschlagen worden und dort mit Kapitän Careys Schiff zusammengetroffen sein. Wenn sich das so verhielt, was war aus meinem Vater geworden? Auf jeden Fall würde ich von Kapitän Carey erfahren können, wie die Papiere auf den Markt gekommen waren, und dadurch nachzuweisen imstande sein, dass sie mein Vater nicht veräußert, und also keinen persönlichen Vorteil bei ihrer Mitnahme im Auge gehabt hatte.

Ich kam mit der Absicht hierher, den Kapitän aufzusuchen, aber um dieselbe Stunde fand er gerade sein grauenvolles Ende. Ich las dann eine Beschreibung seiner Kajüte, woraus ich erfuhr, dass die alten Schiffsbücher darin aufbewahrt seien. Da kam mir der Gedanke, dass ich nur in dem Bericht über die Ereignisse auf der ›Sea Unicorn‹ im Monat August 1883 nachzulesen brauchte, um vielleicht das Geheimnis meines Vaters zu enthüllen. Ich versuchte vorige Nacht, die Journale in die Hand zu bekommen, brachte aber die Tür nicht auf. Heute Nacht versuchte ich's nochmals, und es gelang mir; aber die Blätter, die über jenen Monat Auskunft geben müssten, sind aus dem Buch herausgerissen. Im Augenblick, als ich gehen wollte, haben Sie mich dann festgenommen.«

»Ist das alles?«, fragte Hopkins.

»Jawohl, das ist alles.« Er schlug die Augen nieder, als er antwortete.

»Sie haben gar nichts mehr zu sagen?«

Er zögerte.

»Nein; nichts weiter.«

»Vor der gestrigen Nacht sind Sie nicht hier gewesen?«

»Nein.«

»Wie stellen Sie sich dann dazu?«, schrie Hopkins unseren Gefangenen an und hielt ihm das verräterische Notizbuch mit seinen Initialen auf der ersten Seite und dem Blutflecken auf dem Einband unter die Nase.

Der unglückliche Mann brach ganz zusammen. Er verbarg das Gesicht in seinen Händen und zitterte entsetzlich.

»Wo haben Sie das her?«, stöhnte er. »Ich wusste nicht, wo es geblieben war. Ich dachte, ich hätt's im Gasthaus verloren.«

»Das genügt«, sagte Hopkins streng. »Was Sie etwa sonst noch zu sagen haben, können Sie vor Gericht sagen. Sie gehen jetzt mit mir zur Polizeiwache. Mr Holmes, ich danke Ihnen und Ihrem Freund bestens, dass Sie mit mir heruntergekommen sind, um mir zu helfen. Wie sich's nun herausgestellt hat, würde Ihre Gegenwart nicht nötig gewesen sein, und ich würde den Fall auch ohne Sie zu diesem gedeihlichen Ende geführt haben; aber nichtsdestoweniger bin ich Ihnen dankbar. Im Hotel Brambletye habe ich für die Nacht Zimmer für Sie reservieren lassen; wir wollen nun zusammen hinuntergehen ins Dorf.«

»Nun, Watson, wie denken Sie über den Fall?«, fragte mich Holmes, als wir nach kurzem Nachtschlaf zurückfuhren.

»Ich sehe, dass Sie nicht befriedigt sind.«

»O ja, mein lieber Watson, ich bin vollkommen befriedigt. Trotzdem will mir die Hopkinssche Methode nicht gefallen. Ich habe mich in ihm getäuscht. Ich hätte Besseres von ihm erwartet. Man muss sich immer nach einer anderen Möglichkeit umsehen und die eine gegen die andere abwägen. Das ist die erste Regel bei jeder kriminellen Untersuchung.«

»Und welches ist die andere Möglichkeit in diesem Fall?«

»Die Spur, die ich verfolgt habe. Es kommt vielleicht nichts dabei raus. Das kann ich vorläufig nicht wissen. Aber ich werde trotzdem in dieser Richtung weitergehen bis zum Schluss.«

In der Baker Street fanden wir mehrere Briefe vor. Er nahm einen davon, öffnete ihn rasch und fing befriedigt zu lächeln an.

»Fein, Watson. Die andere Möglichkeit entwickelt sich schon weiter. Haben Sie Depeschenformulare? Sie können gleich ein paar Telegramme für mich schreiben ›Summer, Schiffsagent, Ratcliff Highway. Schicken Sie mir drei Mann, müssen morgen vormittag um zehn hier sein. – Basil.‹ So heiße ich in jener Gegend. Nun die nächste: ›Inspektor Hopkins, 46 Lord Street, Brixton. Kommen Sie morgen zum Frühstück um halb zehn. Wichtig. Erbitte telegrafische Rückantwort, wenn unmöglich. – Holmes.‹ Ja, Watson, dieser verfluchte Fall hat mir schon zehn Tage keine Ruhe gelassen. Hiermit ist er nun für mich erledigt, und morgen werden wir voraussichtlich das letzte Mal von ihm hören.«

Genau um die angegebene Zeit erschien Inspektor Hopkins. Dann setzten wir uns zu dem ausgezeichneten Frühstück nieder, das uns Mrs Hudson zurecht gemacht hatte. Der junge Beamte war in guter Stimmung ob seines Erfolgs.

»Glauben Sie wirklich, dass Ihre Lösung richtig ist?«, fragte ihn Holmes.

»Ich könnte mir gar keine vollständigere Lösung denken.«

»Auf mich hat sie diesen Eindruck nicht gemacht.«

»Das wundert mich, Mr Holmes. Wie soll man sich's besser wünschen?«

»Deckt Ihre Erklärung tatsächlich jeden Punkt in dieser Mordaffäre?«

»Zweifellos. Der junge Neligan ist gerade am Tag des Verbrechens im Brambletye-Hotel angekommen. Er gab an, Golf spielen zu wollen. Er mietete ein Parterrezimmer, wo er beliebig ein- und ausgehen konnte. In jener Nacht begab er sich nach Woodmans Lee, suchte Peter Carey in seiner Kajüte auf, fing Streit mit ihm an und tötete ihn mit der Harpune. Dann floh er, entsetzt über seine Tat, eiligst hinaus, verlor das Notizbuch, das er mitgebracht hatte, um den Kapitän über die verschiedenen Papiere zu befragen. Sie haben vielleicht bemerkt, dass einige der Nummern des Verzeichnisses angestrichen waren. Die bezeichneten Papiere sind in London ausfindig gemacht worden, während sich alle übrigen vermutlich noch im Besitz des Kapitäns befanden; diese wollte sich der junge Neligan, wie er selbst sagt, aneignen, um seines Vaters Gläubiger zu befriedigen. Nach seiner Flucht wagte er sich nicht gleich wieder an die Hütte heran, endlich aber fasste er den Entschluss dazu, um sich die nötige Einsicht zu verschaffen. Das ist doch alles sicherlich sehr einfach und klar.«

Holmes lächelte und schüttelte den Kopf.

»Die Sache scheint mir nur einen Haken zu haben, Hopkins, sie ist nämlich schlechterdings unmöglich. Haben Sie mal versucht, einen Körper mit einer Harpune zu durchbohren? Nein? Ja, ja, mein lieber Herr, das ist aber gerade sehr wichtig. Mein Freund Watson wird Ihnen sagen können, dass ich einen ganzen Morgen auf diese Übung verwandt habe. Es ist keine leichte Sache und erfordert einen starken und erfahrenen Arm. Dieser Stoß ist jedoch mit solcher Gewalt ausgeführt worden, dass die Spitze des Instruments sogar noch tief in die Wand gedrungen ist. Glauben Sie, dass dieser bleiche Jüngling einer solchen Tat fähig ist? Halten Sie ihn für den Mann, der bis tief in die Nacht mit dem schwarzen Peter Rum zechen kann? Waren es seine Umrisse, die zwei Nächte vorher auf dem Vorhang gesehen worden sind? Nein, nein, Hopkins; wir müssen uns nach einem anderen, gefährlicheren Mann umsehen.«

Das Gesicht des Inspektors war während dieser Ausführungen meines Freundes länger und immer länger geworden. Alle seine ehrgeizigen Hoffnungen sanken dahin. Aber er wollte seine Stellung wenigstens nicht ohne Kampf aufgeben.

»Sie können aber nicht leugnen, Mr Holmes, dass Neligan in jener Nacht dort gewesen ist. Das beweist doch das Notizbuch. Ich glaube immerhin, zu einer Anklage genug Beweismaterial zu haben, selbst wenn Sie eine Lücke in die Kette reißen können. Außerdem habe ich meinen Mann in der Hand, wo haben Sie aber Ihren gefährlicheren Kerl?«

»Ich glaube, er kommt eben die Treppe herauf«, erwiderte Holmes. »Ich denke, Watson, Sie tun gut, Ihren Revolver in greifbare Nähe zu legen.« Er stand auf und legte ein beschriebenes Papier auf einen Seitentisch. »Nun kann's losgehen«, sagte er.

Wir hörten raue Männerstimmen draußen, und gleich machte auch Mrs Hudson die Tür auf und meldete, dass drei Männer nach Kapitän Basil fragten.

»Lassen Sie sie, einen nach dem anderen, hereinkommen«, sagte Holmes.

Zuerst trat ein kleiner Mann mit roten Backen und blondem Bart herein. Holmes nahm einen Brief aus der Tasche.

»Wie heißen Sie?«, fragte er.

»James Lancaster.«

»Es tut mir leid, Lancaster, aber der Posten ist besetzt. Hier haben Sie zehn Schilling für Ihre Bemühung. Gehen Sie dort ins Nebenzimmer und warten Sie ein paar Minuten.«

Der Zweite war ein langer, ausgemergelter Mann mit spärlichem Haarwuchs und von fahler Gesichtsfarbe. Sein Name war Hugh Pattins. Er wurde gleichfalls abgewiesen, bekam seinen halben Sovereign und den Befehl zu warten.

Der dritte Bewerber war eine auffallende Erscheinung. Er hatte ein wildes Bulldoggesicht, wüstes Kopf- und Barthaar und unter einem Paar dichter, vorstehender, buschiger Brauen dunkle, funkelnde Augen. Er grüßte und hielt nach Seemannsart die Mütze in der Hand.

»Ihr Name?«, fragte Holmes.

»Patrick Cairns.«

»Harpunierer?«

»Jawohl, Herr. Sechsundzwanzig Reisen.«

»Dundee, vermutlich?«

»Jawohl, Herr.«

»Und bereit, eine Entdeckungsreise mitzumachen?«

»Jawohl.«

»Wie viel Löhnung?«

»Acht Pfund den Monat.«

»Könnten Sie gleich eintreten?«

»Jawohl; jederzeit.«

»Haben Sie Ihre Papiere bei sich?«

»Jawohl, Herr.« Er zog ein Bündel zerrissener und fettiger Briefschaften aus der Tasche. Holmes warf einen flüchtigen Blick hinein und gab sie ihm zurück.

»Sie sind der richtige Mann, den ich brauche«, sagte er dann. »Dort auf dem kleinen Tisch liegt Ihr Vertrag. Unterzeichnen Sie, und die Sache ist abgemacht.«

Der Seemann stapfte durchs Zimmer und nahm die Feder in die Hand.

»Soll ich meinen Namen hierhin setzen?«, fragte er, als er sich über den Tisch beugte.

Holmes beugte sich über seine breiten Schultern und legte beide Hände auf den gewaltigen Nacken.

»So ist's gut«, sagte er.

Ich hörte Eisen klirren und ein Gebrüll wie das eines wütenden Bullen. Holmes fasste den Seemann von hinten um den Leib; im nächsten Moment wälzten sich beide auf dem Fußboden herum. Er hatte so riesige Körperkräfte, dass er trotz der Handschellen, womit ihm Holmes so geschickt die Fäuste zusammengebunden hatte, meinen Freund sehr schnell überwältigt haben würde, wenn ihm Hopkins und ich nicht zu Hilfe gekommen wären. Erst als ich ihm die Mündung des Revolvers an die Schläfe drückte, merkte er endlich, dass weiterer Widerstand vergeblich sei. Wir banden ihm noch die Füße mit einem Strick zusammen und erhoben uns dann atemlos vom Kampfplatz.

»Ich muss Sie wirklich um Entschuldigung bitten, Hopkins«, begann Holmes, »das Rührei wird unterdessen kalt geworden sein. Na, das Übrige wird Ihnen umso besser schmecken, schon bei dem Gedanken, dass Sie Ihren Fall zu einem so triumphierenden Ende gebracht haben.«

Hopkins war sprachlos vor Staunen.

»Ich weiß nicht, was ich dazu sagen soll, Mr Holmes«, platzte er endlich heraus, ganz rot im Gesicht. »Mir scheint, ich habe mir vom Anfang an Schwachheiten eingebildet. Ich sehe ein, ich hätte nie vergessen sollen, dass ich der Schüler bin und Sie der Meister. Denn selbst jetzt noch, wo ich sehe, was Sie getan haben, verstehe ich nicht, wie Sie es angefangen haben, und was es bedeuten soll.«

»Nun ja«, meinte Holmes gutmütig, »wir werden alle erst durch Erfahrung klug, und Sie können aus diesem Fall die Lehre für sich ziehen, dass man nie die andere Möglichkeit aus dem Auge verlieren darf. Sie waren so von der Schuld des jungen Neligan überzeugt, dass Sie an Patrick Cairns, den wirklichen Mörder Peter Careys, nicht denken konnten.«

Hier fiel ihm der Seemann mit seiner rauen Stimme ins Wort.

»Herr«, rief er, »ich will mich nicht beklagen, dass Sie mich in dieser Weise behandelt haben, aber ich verlange, dass Sie die Dinge beim rechten Namen nennen. Sie haben gesagt, dass ich Peter Carey ermordet hätte, das ist nicht wahr, ich habe ihn totgeschlagen. Das ist 'n Unterschied. Sie glauben mir vielleicht nicht, denken vielleicht, ich will Ihnen was weismachen, aber …«

»Durchaus nicht«, versetzte Holmes. »Erzählen Sie nur, was Sie zu sagen haben.«

»Es ist bald erzählt, und, bei Gott, wahr. Ich kannte den ›Schwarzen Peter‹, und als er das Messer hervorholte, stieß ich ihm eine Harpune durch den Leib, denn ich wusste, dass es galt: er oder ich. So war's. Sie nennen's Mord; meinetwegen, ob ich mit dem Strick um den Hals sterbe, oder mit dem Messer des ›Schwarzen Peter‹ im Leib, ist einerlei.«

»Wie sind Sie denn zusammengekommen?«, fragte Holmes.

»Ich will's Ihnen vom Anfang an erzählen. Richten Sie mich aber erst ein bisschen in die Höhe, damit ich leichter sprechen kann. Es war 1883 im August. Peter Carey war Kapitän der ›Sea Unicorn‹, und ich war Harpunierer. Als wir aus dem Eis heraus und heimwärts fuhren, stießen wir auf ein kleines Boot, das von den starken Südwinden nach Norden getrieben war. Es war nur noch ein Mann drin – 'n Landbewohner. Die Mannschaft hatte gefürchtet, es würde scheitern, und war in Richtung norwegische Küste geflohen. Ich glaube, sie sind alle untergegangen. Also, wir nahmen den Mann an Bord, und der Kapitän verhandelte lange mit ihm in der Kajüte. Sein ganzes Gepäck war ein kleines Kistchen gewesen. Soviel ich weiß, ist sein Name nie genannt worden, und in der zweiten Nacht war er schon für ewig verschwunden. Es wurde bekannt gemacht, dass er entweder selbst über Bord gegangen, oder in dem schweren Wetter, das wir hatten, über Bord gespült worden wäre. Nur einer wusste, wie's zugegangen war, und das war ich, denn ich hatte mit eigenen Augen gesehen, wie ihn der Kapitän in einer finstern Nacht, zwei Tage bevor wir die Feuer der Shetlandinseln sichteten, an den Beinen gepackt und über die Reling geworfen hatte.

Nun, ich war ruhig und wartete, was kommen würde. Als wir in Schottland landeten, wurde die Sache einfach vertuscht; kein Mensch fragte genauer nach. Ein Fremder war infolge eines Unfalls umgekommen, wer hatte ein Interesse daran? Kurz danach gab Peter Carey das Seeleben auf, und es hat lange Jahre gedauert, ehe ich seinen Aufenthaltsort ausfindig machen konnte. Ich vermutete, dass er die Tat des kleinen Kistchens halber begangen hätte, um den Inhalt an sich zu bringen, und wünschte nun eine Entschädigung für mein Schweigen.

Durch einen Seemann, der ihn in London getroffen hatte, erfuhr ich, wo er war. Ich ging hinunter, um Druck auf ihn auszuüben. Die erste Nacht war er ziemlich vernünftig und bereit, mir soviel zu geben, dass ich nicht mehr zur See zu fahren brauchte. Wir kamen überein, am übernächsten Abend alles fertig zu machen. Als ich wiederkam, war er aber dreiviertel betrunken und hatte sehr schlechte Laune. Wir saßen zusammen und tranken und erzählten lange Geschichten und Heldentaten aus alten Zeiten. Aber je mehr er trank, desto weniger gefiel mir sein Gesicht. Ich ersah mir jene Harpune an der Wand als Waffe aus und nahm mir vor, sie zu gebrauchen, ehe ich mich von ihm niederstechen ließe. Endlich fuhr er auf mich los, scheltend und fluchend, mit wildfunkelnden Augen und griff nach einem großen Messer. Bevor er's aber aus der Scheide gezogen hatte, steckte schon die Harpune in seinem Leib. Himmel! Was stieß er für'n Schrei aus! Und sein Gesicht werde ich noch im Traum sehen! Das Blut spritzte um mich herum.

Ich lauschte einen Moment. Alles war ruhig. Ich fasste mir noch mal ein Herz. Ich schaute mich um. Das Kistchen, das ich sofort erkannte, stand auf dem Wandbrett. Ich hatte genau soviel Anrecht drauf als Peter Carey. Ich nahm's also mit und verließ das Häuschen. In meiner Dummheit ließ ich meinen Tabaksbeutel auf dem Tisch liegen.

Nun kommt das Merkwürdigste an der ganzen Geschichte. Ich war kaum draußen, als ich Schritte hörte. Ich verbarg mich im Gebüsch. Es schlich sich jemand an die Hütte, ging hinein, stieß einen Schrei aus, als wenn er einen Geist gesehen hätte, und lief fort, so rasch ihn seine Beine trugen. Wer er war und was er wollte, weiß ich nicht. Ich meinesteils wanderte zehn Meilen zu Fuß, erreichte in Tunbridge Wells den Zug und fuhr nach London.

Sobald ich dann Gelegenheit hatte, untersuchte ich das Kistchen, es war aber kein Geld drin, sondern nur Papiere, die ich nicht zu verkaufen wagen durfte. Ich hatte nun meine Stütze am schwarzen Peter verloren und stand ohne einen Pfennig in London. Es blieb mir also nichts weiter übrig, als wieder in meinem Beruf ein Unterkommen zu suchen. Ich las die Anzeige, dass Harpunierer gesucht würden, und zwar gegen hohen Lohn. Ich ging zum Agenten, der mich hierher schickte. Das ist alles, was ich aussagen kann, und ich wiederhole, dass ich den schwarzen Peter getötet habe, und dafür kann mir die Behörde dankbar sein, weil ich ihr dadurch das Geld für'n Strick gespart habe.«

»Ein recht klarer Tatbestand«, sagte Holmes und zündete sich seine Pfeife an. »Ich halte es nun fürs Beste, Mr Hopkins, wenn Sie Ihren Gefangenen möglichst bald an einen sicheren Ort bringen. Dieses Zimmer ist nicht als Zelle eingerichtet, und Mr Patrick Cairns nimmt einen verhältnismäßig zu großen Teil des Teppichs für sich in Anspruch.«

»Ich weiß nicht, wie ich Ihnen danken soll, Mr Holmes«, antwortete Hopkins. »Aber ich habe auch jetzt noch nicht begriffen, wie Sie zu diesem Resultat gekommen sind.«

»Einfach dadurch, dass ich von Anfang an das Glück hatte, die richtige Spur zu finden. Es ist leicht möglich, dass mich das Notizbuch, wenn ich etwas davon gewusst hätte, ebenso wie Sie abgelenkt und auf eine falsche Fährte geführt haben würde. Aber alles, was ich erfahren hatte, wies in die eine Richtung: die bewunderungswerte Kraft, die Geschicklichkeit im Gebrauch einer Harpune, der Rum, der seehundslederne Tabaksbeutel mit dem schweren Tabak – das alles deutete auf einen Seemann hin, und zwar auf einen alten Walfischfänger. Ich war überzeugt, dass die Buchstaben P. C. in dem Beutel nur auf einer zufälligen Übereinstimmung beruhten, aber nicht Peter Carey bedeuteten, weil er nur selten rauchte, und keine Pfeife in seiner Kajüte gefunden wurde. Erinnern Sie sich noch, dass ich fragte, ob außerdem Whisky und Kornbranntwein im Zimmer gewesen sei? Sie antworteten, ja. Welcher Landbewohner würde Rum trinken, wenn er diese letzteren Spirituosen haben könnte? Das konnte nur ein Seemann tun.«

»Und wie haben Sie ihn gefunden?«

»Lieber Herr, dieses Problem war sehr einfach geworden. Wenn es ein Seemann war, konnte es nur einer sein, der mit Peter Carey auf der ›Sea Unicorn‹ gewesen war. Soviel ich in Erfahrung bringen konnte, war er auf keinem anderen Schiff gefahren. Ich zog drei Tage lang telegrafisch in Dundee Erkundigungen ein und stellte die Namen der Besatzung der ›Sea Unicorn‹ im Jahre 1883 fest. Als ich unter den Harpunierern den Namen Patrick Cairns fand, war meine Untersuchung nahezu vollendet. Ich dachte mir, dass der Mann in London sein und gerne eine Zeit lang außer Landes gehen würde. Ich hielt mich dann einige Tage in Westend auf, ersann eine arktische Expedition, suchte unter günstigen Bedingungen Harpunierer, die unter Kapitän Basil dienen wollten – und hatte das Ergebnis, das Sie ja kennen.«

»Wunderbar!«, rief Hopkins. »Wunderbar!«

»Sie müssen nun sobald als möglich die Freilassung des jungen Neligan erwirken«, sagte Holmes. »Ich glaube, Sie dürfen sich ruhig bei ihm entschuldigen. Das Kistchen muss ihm ausgeliefert werden; freilich sind die Papiere, die Peter Carey veräußert hat, für immer verloren. Draußen steht die Droschke, Mr Hopkins; Sie können Ihren Mann nun fortschaffen. Wenn Sie meiner zur Gerichtsverhandlung bedürfen, meine und Dr. Watsons Adresse wird irgendwo in Norwegen sein – ich werde sie Ihnen später genauer mitteilen.«

SHERLOCK HOLMES ALS EINBRECHER

Obwohl die Vorgänge, von denen ich sprechen will, Jahre zurückliegen, kostet es mich doch eine gewisse Überwindung, sie jetzt dem Publikum zu erzählen. Vorher freilich würde es auch bei der größten Diskretion und Zurückhaltung einfach unmöglich gewesen sein, sie der Öffentlichkeit zu übergeben. Aber jetzt, wo sich die Hauptpersönlichkeit außerhalb der Reichweite des irdischen Gerichtes befindet, darf ich es bei der nötigen Vorsicht wagen, die Geschichte mitzuteilen, ohne dass sich jemand verletzt fühlen wird. Sie behandelt ein ganz eigenartiges Erlebnis meines Freundes Sherlock Holmes und meiner selbst. Der Leser wird wohl entschuldigen, dass ich das Datum, die Namen und alle sonstigen Angaben weglasse beziehungsweise abändere, sodass niemand der wirklichen Begebenheit auf die Spur kommen könnte.

Holmes und ich hatten unseren üblichen Abendspaziergang gemacht und waren um sechs Uhr in die Baker Street zurückgekehrt; es war ein kalter Wintertag, trüb und neblig. Als Holmes Licht machte, sahen wir eine Visitenkarte auf dem Tisch liegen. Mein Freund warf einen flüchtigen Blick darauf und schleuderte sie verächtlich und unwillig auf den Fußboden. Ich hob sie auf und las:

>   Charles Augustus Milverton
>   Agent
>   Appledore Towers.   Hampstead

»Wer ist das?«, fragte ich.

»Der schlechteste Kerl in ganz London«, antwortete Holmes, als er sich an den Kamin setzte und seine Füße am Feuer wärmte. »Steht etwas auf der Rückseite der Karte?«

Ich wandte sie um und las:

»Werde um 6 Uhr 30 vorsprechen – C. A. M.«

»Hm! Dann muss er ja gleich kommen. Kennen Sie das schleichende, zusammenziehende Gefühl, Watson, wenn man im Zoologischen Garten vor dem Schlangenkäfig steht und die glatten, glänzenden, giftigen Geschöpfe mit den stechenden Augen und den bösartigen, breiten Gesichtern völlig lautlos umhergleiten sieht? Das ist ungefähr der Eindruck, den dieser Milverton auf mich macht. Ich habe in meinem Beruf mit etwa fünfzig Mördern zu tun gehabt, aber auch der schlimmste von ihnen war mir nicht so widerwärtig wie dieser eklige Mensch. Und doch muss ich leider geschäftlich mit ihm verhandeln – er kommt tatsächlich auf meine Einladung hierher.«

»Was ist denn der Mensch?«

»Das will ich Ihnen sagen, Watson, er ist der erste aller Erpresser. Gott sei dem oder noch mehr der Ärmsten gnädig, wenn Milverton ihre Geheimnisse in Erfahrung bringt. Mit lächelndem Mund und steinernem Herzen quetscht er sie aus wie eine Zitrone. Der Kerl ist genial in seiner Art und würde sich eine geachtete Stellung im Leben errungen haben, wenn er weniger anrüchige Geschäfte machte. Er geht in folgender Weise vor: Er lässt durchblicken, dass er für Briefe, die für reiche und hochgestellte Persönlichkeiten kompromittierend sind, hohe Summen zu zahlen bereit ist. Er bekommt dieses Material an Schriftstücken nicht nur von verräterischen Dienern und Dienstmädchen, sondern häufig auch von vornehmen Schurken, die in den Salons der feinen Welt verkehren und sich dort die Gunst und Zuneigung vertrauensseliger Weiber erworben haben. Dabei zahlt er nicht knauserig. Mir ist zufällig ein Fall bekannt, wo er einem Diener für bloße zwei Zeilen siebenhundert Pfund Sterling gegeben hat. Jener Fall endigte daraufhin natürlich mit dem Ruin einer hochangesehenen altenglischen Familie. Alles, was in dieser Beziehung vorkommt, gelangt zur Kenntnis von Milverton, und es gibt Hunderte auf dieser Insel, die bei der Nennung seines Namens erblassen. Kein Mensch weiß, was ihm noch für Gefahren von diesem Mann drohen, keine unüberlegte Jugendtorheit ist mehr harmlos und vergessen, wenn Milverton davon weiß, denn er ist so reich und so schlau, dass er nicht von der Hand in den Mund arbeitet. Ich sagte bereits, er sei der schlechteste Kerl in ganz London, und ich möchte Sie fragen, ob er nicht auch nach Ihrer Ansicht wirklich viel schlimmer ist als einer, der in der Leidenschaft seinen Gefährten niederschlägt; er, der planmäßig und zum Vergnügen seine Mitmenschen quält und martert, nur, um seine sowieso schon dicken Geldsäcke noch mehr zu füllen?«

Ich hatte selten meinen Freund so tiefempfunden sprechen hören.

»Aber der Kerl muss doch strafrechtlich irgendwie zu fassen sein«, sagte ich.

»Theoretisch, gewiss; aber praktisch nicht. Was würde es einer Frau zum Beispiel nützen, wenn sie den Vampir ein paar Monate hinter Schloss und Riegel brächte und sich selbst dabei zugrunde richtete? Seine Opfer können nicht gegen ihn vorgehen. Wenn er jemals einen Unschuldigen bedrückte, dann wollten wir ihn wahrhaftig bald kriegen, aber er ist schlau wie der Teufel. Nein, nein, wir müssen auf andere Mittel und Wege sinnen, um ihm das Handwerk zu legen.«

»Und weshalb kommt er her?«

»Weil eine hochstehende Klientin mir ihren bedauerlichen Fall zu regeln übertragen hat. Es ist dies Miss Eva Brackwell, die gefeierte, schöne Debütantin der vergangenen Theatersaison. Sie will sich in ungefähr vierzehn Tagen mit dem Grafen von Dovercourt verheiraten. Dieser elende Milverton hat nun einige ziemlich unbesonnene Briefe von ihr in Händen – unbesonnene, Watson, durchaus keine schlimmen – die sie früher an einen armen Verehrer geschrieben hat. Sie würden aber in den Händen Milvertons genügen, um das Verhältnis zu lösen. Milverton will nun diese Schriftstücke dem Grafen zuschicken, wenn ihm nicht alsbald ein hoher Geldbetrag ausgezahlt wird. Ich habe jetzt den Auftrag, mich mit ihm in Verbindung zu setzen und mit ihm eine möglichst günstige Vereinbarung zu treffen.«

In diesem Augenblick hörte ich vor unserem Haus auf der Straße den Hufschlag von Pferden und das Rasseln eines Wagens. Ich ging ans Fenster und sah einen eleganten Wagen mit zwei dampfenden Rappen unten halten. Ein Diener öffnete den Wagenschlag, und ein kleiner, dicker Mann in einem schweren Pelzmantel trat heraus auf den Fußsteig. In der nächsten Minute stand er uns in unserm Zimmer gegenüber.

Charles Augustus Milverton war ein Mann von etwa fünfzig Jahren. Er hatte einen großen, klugen Kopf, ein rundes, bartloses Gesicht, ein stetes, eisiges Lächeln und zwei kühne, graue Augen, die hinter einer großen goldenen Brille hervorleuchteten. In seiner ganzen Erscheinung lag ein gewisses Wohlwollen, das nur durch das erzwungene Lächeln und das Funkeln der unruhigen, durchbohrenden Augen beeinträchtigt wurde. Seine Stimme war ebenso sanft und süß wie sein Gesicht, als er uns seine kleine fleischige Hand reichte und seinem Bedauern darüber Ausdruck gab, dass er uns bei seinem ersten Besuch nicht getroffen habe. Holmes tat, als ob er die ausgestreckte Hand nicht sähe, und blickte ihm mit eisiger Kälte ins

Gesicht. Milvertons Lächeln wurde noch breiter; er zuckte mit der Schulter, zog seinen Pelzmantel aus, legte ihn, sorgfältig zusammengeschlagen, auf eine Stuhllehne und nahm dann Platz.

»Wer ist dieser Herr hier?«, sagte er auf mich zeigend. »Ist er diskret? Ist er zuverlässig?«

»Doktor Watson, mein Freund und Teilhaber.«

»Schon gut, Mr Holmes. Ich fragte ja nur im Interesse unserer Klientin. Die Angelegenheit ist sehr delikat …«

»Doktor Watson kennt sie bereits.«

»Ah so! Nun, dann können wir gleich miteinander verhandeln. Wie Sie sagen, sind Sie der Vertreter von Miss Eva. Haben Sie von ihr die Ermächtigung, meine Bedingungen anzunehmen?«

»Welches sind Ihre Bedingungen?«

»Siebentausend Pfund.«

»Und sonst?«

»Mein verehrter Herr, es ist mir peinlich, mich darüber auszulassen; wenn aber das Geld bis zum vierzehnten nicht ausgezahlt ist, wird am achtzehnten die Hochzeit nicht stattfinden.«

Sein unleidliches Lächeln war noch höflicher als gewöhnlich. Holmes überlegte einen Moment. Dann sagte er schließlich: »Sie scheinen mir dieses Geschäft doch als etwas zu sicher zu betrachten. Ich bin selbstverständlich über den Inhalt der fraglichen Briefe genau unterrichtet, und meine Klientin wird gewiss tun, was ich ihr rate. Ich werde ihr den Vorschlag machen, die ganze Sache ihrem zukünftigen Gatten vorzustellen und seiner Großmut zu vertrauen.«

Milverton fing laut zu lachen an.

»Sie kennen den Grafen offenbar nicht«, sagte er.

An meines Freundes fast unmerklich enttäuschtem Gesicht konnte ich sehen, dass er ihn wohl kannte.

»Was steht denn überhaupt Schlimmes in diesen Briefen drin?«, fragte er.

»Sie sind launig, diese Briefe – sehr launig«, versetzte Milverton. »Die Dame war eine reizende Korrespondentin. Aber ich kann Ihnen versichern, dass der Graf sehr wenig Verständnis dafür zeigen würde. Doch, wenn Sie anderer Meinung sind, haben wir ja nichts mehr miteinander zu tun. Es ist eine rein geschäftliche Angelegenheit. Wenn Sie wirklich glauben, dass es Ihrer Schutzbefohlenen weiter nichts schadet, wenn die Briefe dem Grafen ausgehändigt werden, so würde es natürlich töricht sein, so viel Geld für ihre Rückgabe zu zahlen.«

Er stand auf und nahm seinen Mantel. Holmes war grau und grün vor Ärger und Entrüstung.

»Warten Sie noch ein bisschen«, sagte er, »Sie haben es wohl nicht so eilig. Wir würden sicher gerne alles Mögliche tun, um jeden Skandal in einer so persönlichen Sache zu vermeiden.«

Milverton setzte sich wieder in seinen Stuhl.

»Ich nahm bestimmt an, dass Sie es von dieser Seite betrachten würden«, sagte er gedehnt.

»Immerhin müssen Sie aber bedenken, dass Miss Brackwell über keine großen Mittel verfügt«, fuhr Holmes fort. »Ich gebe Ihnen die Versicherung, dass ihr zweitausend Pfund zu zahlen schon schwer fallen würde und dass die Summe, die Sie fordern, ihre Kräfte bei Weitem übersteigt. Ich bitte Sie also, Ihre Forderung zu mäßigen und die Briefe für den Betrag, den ich genannt habe, zurückzugeben. Es ist, wie ich Ihnen nochmals versichere, das Höchste, was Sie bekommen können.«

Milvertons Mund verzog sich zu einem breiteren Lächeln, und er zwinkerte vergnügt mit den Augen.

»Ich weiß wohl, dass das, was Sie über die Vermögensverhältnisse der Dame sagen, auf Wahrheit beruht«, antwortete er. »Sie müssen aber auch zugeben, dass sich bei einer solchen Gelegenheit, wie es die Verheiratung einer Dame ist, auch ihre Freunde und Verwandten etwas zu ihren Gunsten anstrengen dürfen. Sie können's ihr als passendes Hochzeitsgeschenk verehren. Ich bin fest überzeugt, dass ihr dieses kleine Bündelchen Briefe mehr Freude bereiten würde als sämtliche Armleuchter und Butterdosen in ganz London.«

»Es geht nicht«, sagte Holmes.

»Je nun«, rief Milverton und nahm eine umfangreiche Brieftasche heraus. »Das ist natürlich schlimm, wenn es nicht geht. Ich finde nur, dass Damen in solchen Fällen sehr verkehrt beraten sind, wenn sie nicht alles aufbieten. Sehen Sie hier!« – ein kleines Briefchen emporhaltend, mit einem Wappen auf dem Umschlag. »Das ist von – nun, vielleicht ist's nicht schön, den Namen vor morgen früh zu verraten. Aber um diese Zeit wird der kleine Brief in den Händen des Gemahls der Dame sein. Und warum? Nur weil sie den armseligen Betrag nicht aufbringen können will, den sie innerhalb einer Stunde für ihre Diamanten haben könnte. Es ist ein Jammer, so etwas. Ferner: Erinnern Sie sich noch der plötzlichen Aufhebung der Verlobung zwischen Miss Miles und dem Obersten Dorking? Nur zwei Tage vor der Hochzeit stand in der ›Morning Post‹ die Anzeige, dass alles aus sei. Und warum? Es klingt fast unglaublich; aber die lächerliche Summe von zwölfhundert Pfund würde die ganze Geschichte in Ordnung gebracht haben. Ist das nicht traurig? Und jetzt wollen nun Sie, ein vernünftiger Mann, über die Höhe des Preises feilschen, wo doch die Zukunft und die Ehre Ihrer Klientin auf dem Spiel stehen? Das wundert mich von Ihnen, Mr Holmes.«

»Ich sage die Wahrheit«, antwortete Holmes. »Das Geld kann nicht beschafft werden. Und es ist für Sie entschieden besser, die angebotene Summe zu nehmen als diesem Weib die ganze Zukunft zu verderben, wovon Sie rein gar nichts haben.«

»Da irren Sie sich, Mr Holmes. Eine solche Bloßstellung würde mir indirekt sehr viel nützen. Unendlich viel! Ich habe acht oder zehn ähnliche Fälle in Händen. Wenn die Beteiligten erführen, dass ich an Miss Brackwell ein Beispiel statuiert hätte, würden sie alle eher geneigt sein, Vernunft anzunehmen. Verstehen Sie meinen Standpunkt?«

Holmes sprang vom Stuhl auf.

»Hinter ihn, Watson! Lassen Sie ihn nicht zur Tür raus! Nun, Herr, jetzt wollen wir den Inhalt dieser Brieftasche sehen.«

Milverton war geschwind wie eine Maus von seinem Platz fortgehuscht und stand mit dem Rücken an der Wand.

»Mr Holmes, Mr Holmes«, sagte er, indem er seinen Rock aufmachte und den Lauf eines großen Revolvers sehen ließ, der aus der inneren Tasche herausguckte. »Ich hatte erwartet, dass Sie etwas Besonderes versuchen würden. Aber das ist schon so häufig geschehen, und was hat's bisher genützt? Ich bin bis an die Zähne bewaffnet und auch vollkommen entschlossen, meine Waffen zu gebrauchen, weil ich weiß, dass ich's gesetzlich darf. Übrigens ist Ihre Vermutung, dass ich die Briefe in meinem Notizbuch hierher bringen würde, sehr irrig. So töricht bin ich nicht. Und nun, meine Herren, ich habe heute Abend noch ein paar Zusammenkünfte, und es ist eine lange Fahrt bis Hampstead.«

Er trat wieder vor, nahm seinen Mantel, legte die Hand an den Revolver und wandte sich der Tür zu. Ich erfasste einen Stuhl, aber Holmes schüttelte abwehrend den Kopf, sodass ich ihn enttäuscht wieder hinsetzte. Mit einer eleganten Verbeugung, lächelnd und mit den Augen blinzelnd, verließ Milverton unser Zimmer, und eine Minute danach hörten wir die Wagentür zuschlagen und ihn davonfahren.

Holmes saß regungslos am Kamin; die Hände tief in den Hosentaschen vergraben, das Kinn auf die Brust gesunken, blickte er in die Glut. Eine halbe Stunde lang saß er so, still und stumm. Dann stand er schnell auf, wie jemand, der einen plötzlichen Entschluss gefasst hat, und ging in sein Schlafzimmer. Kurz darauf kam ein großtuerischer, junger Arbeiter heraus mit Kinnbart und Spazierstock und zündete sich seine alte Tonpfeife über der Gaslampe an, bevor er auf die Straße hinunterging.

»Ich werde einige Zeit wegbleiben, Watson«, sagte er und verschwand.

Ich merkte, dass mein Freund seinen Feldzug gegen Charles Augustus Milverton eröffnet hatte, war aber selber ohne die geringste Ahnung, wie sich dieser Feldzug gestalten sollte.

Einige Tage ging Holmes zu jeder Stunde in diesem Aufzug ein und aus, aber außer einer gelegentlichen Bemerkung, dass er den größten Teil seiner Zeit in Hampstead verbringe und zwar nicht vergeblich, äußerte er kein Wort. Endlich an einem stürmischen Abend, als der Wind heulend durch den Kamin fuhr und an den Fenstern rüttelte, kehrte er von seinem letzten Ausflug zurück und setzte sich, nachdem er seine Arbeiterverkleidung abgelegt hatte, vor das Feuer und fing in seiner stillen, in sich gekehrten Weise herzlich an zu lachen.

»Ich sehe wohl nicht aus wie ein Ehemann, Watson?«

»Nein, wahrhaftig nicht!«

»Es wird Sie interessieren zu hören, dass ich verlobt bin.«

»Lieber Junge! Ich gratu...«

»Mit Milvertons Zimmermädchen.«

»Holmes!«

»Ich musste Auskunft haben.«

»Sie sind entschieden zu weit gegangen!«

»Ich musste unbedingt diesen Schritt tun. Ich bin ein Klempner mit einem in die Höhe gehenden Geschäft und heiße Escott. Ich bin alle Abende mit ihr spazieren gegangen und habe mit ihr geplaudert. Lieber Himmel, diese Unterhaltung! Doch ich habe alles erfahren, was ich wollte. Ich kenne Milvertons Haus wie mein Taschenmesser.«

»Aber das Mädchen, Holmes!«

Er zuckte die Achseln.

»Es blieb nichts anderes übrig, Watson. Man muss alles riskieren, wenn so viel auf dem Spiel steht wie in diesem Fall. Doch ich bin froh, dass ich einen eifersüchtigen Nebenbuhler habe, der sicher meine Stelle einnehmen wird, sobald ich ihr den Rücken kehre. – Was für eine prächtige Nacht wir haben!«

»Haben Sie denn solches Wetter gern?«

»Jawohl, denn es passt für meine Zwecke. Heute Nacht beabsichtige ich, bei dem Gauner einzubrechen, Watson.«

Ich rang nach Atem und wurde eiskalt bei diesen Worten, die mein Freund langsam und im Ton fester Entschlossenheit gesprochen hatte. Wie ein Blitzstrahl in tiefdunkler Nacht für einen Augenblick alle Einzelheiten einer weiten Landschaft zeigt, so sah ich bereits alle Folgen einer solchen Handlung vor mir – die Entdeckung, die Gefangennahme, das schmachvolle Ende einer ehrenvollen Laufbahn und meinen Freund selbst von der Gnade dieses verhassten Milverton abhängig.

»Um Himmels willen, Holmes, bedenken Sie, was Sie tun!«, rief ich.

»Mein lieber Watson, ich habe mir die Sache nach allen Seiten hin wohl überlegt. Solange Sie mich jetzt kennen, hatten Sie Gelegenheit zu beobachten, dass ich nie überstürzt handle. Ich würde auch jetzt keinen so gefährlichen Weg wählen, wenn mir ein anderer übrig bliebe. Wir wollen uns die Sache noch mal in aller Ruhe klarmachen. Ich nehme natürlich an, dass Sie meine Handlungsweise moralisch gerechtfertigt finden, wenn sie auch geeignet ist, mich mit dem Strafgesetz in Konflikt zu bringen. Der Einbruch in seine Wohnung hat keinen anderen Zweck, als ihm mit Gewalt seine Brieftasche abzunehmen, eine Handlung, bei der Sie mir noch vor Kurzem zu helfen bereit waren.«

Ich überlegte sorgfältig.

»Jawohl«, antwortete ich, »es ist zweifellos moralisch zu rechtfertigen, solange wir weiter keinen Zweck verfolgen, als Dinge zu entwenden, die Milverton in gesetzwidriger Weise zu verwerten sucht.«

»Sehr richtig. Da es moralisch einwandfrei ist, habe ich nur noch das persönliche Risiko zu erwägen. Sicherlich würde ein Gentleman kein großes Gewicht darauf legen, wenn eine Dame sich in äußerster Not befindet und seiner Hilfe bedarf?«

»Sie befinden sich tatsächlich in einer solch verzwickten Lage, Holmes.«

»Gut, dann darf ich die Gefahr nicht scheuen. Es gibt keine andere Möglichkeit, die gefährlichen Briefe zu bekommen. Die unglückliche Dame hat das Geld nicht und auch keine Bekannten, denen sie sich anvertrauen könnte. Morgen verstreicht ihre Galgenfrist, und wenn wir nicht in dieser Nacht die Briefe in unseren Besitz bringen können, wird dieser Schurke ohne Frage Miss Brackwell ins Unglück stürzen. Ich muss also meine Klientin ihrem Schicksal überlassen oder diesen letzten Streich wagen. Unter uns gesagt, Watson, ist es auch noch ein Entscheidungskampf zwischen diesem elenden Milverton und mir. Er hat, wie Sie gesehen haben, den Anfang gemacht, und meine Achtung vor mir selbst und mein Ruf verlangen nun, dass ich den Kampf zu Ende kämpfe.«

»Nun, ich finde es nicht gerade schön, aber ich gebe zu, dass es sein muss«, erwiderte ich. »Wann brechen wir auf?«

»Sie sollen nicht mit.«

»Dann gehen Sie auch nicht«, versetzte ich bestimmt. »Ich gebe Ihnen mein Ehrenwort – ich habe es noch nie gebrochen –, dass ich einen Wagen nehme und direkt die Polizei in Kenntnis setze, wenn Sie mich heute Nacht nicht mitkommen lassen.«

»Sie können mir nicht helfen.«

»Wie wollen Sie das wissen? Sie können nicht voraussehen, wie es geht. Jedenfalls mein Entschluss steht fest. Andere Menschen haben auch ihre Selbstachtung und sogar mehr.«

Holmes blickte anfangs ärgerlich und missmutig drein, aber sein Gesicht klärte sich bald wieder auf, und er klopfte mir auf die Schulter.

»Gut, gut, mein Lieber, Sie haben Recht. Wir haben jahrelang dasselbe Zimmer geteilt, und es würde spaßig sein, wenn wir am Ende auch in derselben Zelle zusammensäßen. Wissen Sie, Watson, ich geniere mich Ihnen gegenüber nicht, zu gestehen, dass ich stets den Gedanken hatte, dass aus mir ein recht rühriger Verbrecher hätte werden können. Diese Aussicht habe ich immer noch. Sehen Sie her!«

Holmes ging an eine Schublade und entnahm ihr ein niedliches kleines Ledertäschchen. Als er es aufmachte, kamen eine Anzahl glänzender Instrumente zum Vorschein.

»Das ist eine Auswahl erstklassigen, zeitgemäßen Diebeswerkzeugs: eine Reihe vernickelter Dietriche, ein Diamantglasschneider, Normalschlüssel, Stahlschrauben und alle sonstigen Instrumente, die der Fortschritt der Zivilisation erforderlich macht. Hier habe ich auch eine Blendlaterne. Es ist alles instand. Haben Sie ein Paar Schuhe, die nicht knarren?«

»Ich habe ein Paar Tennisschuhe mit Gummisohlen.«

»Ausgezeichnet. Und eine Maske?«

»Ich kann uns welche aus schwarzer Seide machen.«

»Sie scheinen eine gute Naturanlage zu solchen Sachen zu haben. Sehr gut, machen Sie die Masken. Wir werden noch etwas Kaltes essen, ehe wir aufbrechen. Es ist jetzt halb zehn. Um elf Uhr müssen wir in Church Row sein. Von dort ist es noch eine Viertelstunde zu Fuß nach Appledore Towers. Wir werden vor Mitternacht anfangen. Milverton hat einen guten Schlaf und geht jeden Abend pünktlich um halb elf zu Bett. Wenn wir

Glück haben, können wir um zwei Uhr wieder hier sein und die Briefe von Miss Brackwell in der Tasche haben.«

Holmes und ich zogen unsere Gesellschaftsanzüge an, sodass wir aussahen wie ein paar Theaterbesucher, die heimgehen. In der Oxford Street nahmen wir eine Droschke und fuhren nach einer Adresse in Hampstead. Hier bezahlten wir den Wagen und wanderten mit unseren zugeknöpften Gehröcken über die Heide. Es war bitter kalt, und der schneidende Ostwind ging uns durch und durch.

»Es ist ein Geschäft, das die größte Vorsicht verlangt«, sagte Holmes. »Diese Briefschaften befinden sich in einem eisernen Schrank in dem Arbeitszimmer von Milverton, und dieses Arbeitszimmer liegt direkt vor seinem Schlafzimmer. Glücklicherweise ist er, wie alle diese kleinen starken Leute, die gut leben, ein sehr fester Schläfer. Agathe – so heißt meine Braut – hat mir gesagt, dass die Dienerschaft scherzhaft behauptet, der Herr sei überhaupt nicht wach zu kriegen. Er hat einen sehr diensteifrigen Sekretär, der den ganzen Tag das Zimmer nicht verlässt. Darum müssen wir nachts gehen. Außerdem hat er einen bissigen Hund, der frei im Garten umherläuft. Ich besuchte Agathe die beiden letzten Abende ziemlich spät, sie sperrt daher das Vieh ein, damit ich ungehindert passieren kann. Das ist das Haus, das große dort. Durchs Tor – nun rechts zwischen den Büschen durch. Ich glaube, wir setzen jetzt besser unsere Masken auf. Sie sehen, an keinem Fenster ist mehr Licht, es geht wie gewünscht.«

Mit unseren schwarzen seidenen Binden, wodurch wir wie ein paar der schrecklichsten Londoner Verbrecher aussahen, schlichen wir uns an das ruhige, dunkle Haus heran. Auf der einen Seite zog sich eine Art Veranda hin, an der sich mehrere Fenster und zwei Türen befanden.

»Das ist sein Schlafzimmer«, flüsterte Holmes. »Diese Tür geht direkt ins Arbeitszimmer. Die würden wir am besten benutzen, aber sie ist nicht nur verschlossen, sondern auch verriegelt, und wir müssten zu viel Geräusch machen, um sie aufzubrechen. Kommen Sie hier 'rum. Da ist ein Gewächshaus, durch das man ins Empfangszimmer gelangt.«

Es war verschlossen. Aber Holmes schnitt ein Stück der Scheibe an der Tür heraus und drehte von innen den Schlüssel herum. Es dauerte kaum einen Augenblick, und wir waren im Sinn des Gesetzes zu Verbrechern geworden. Der süße betäubende Duft der exotischen Pflanzen und die dicke warme Treibhausluft nahmen uns den Atem. Er fasste mich im Dunkel bei der Hand und führte mich schnell an Reihen von Blattgewächsen vorbei, die uns über's Gesicht strichen. Holmes besaß in hohem Maß die Fähigkeit, im Dunkeln zu sehen, und hatte sie auch besonders sorgfältig gepflegt. Während er mich noch immer an der Hand hielt, öffnete er eine Tür, und ich hatte das unbestimmte Gefühl, als ob wir uns in einem großen Raum befänden, in dem vor nicht langer Zeit eine Zigarre geraucht worden sei. Er tastete sich an den Möbeln vorbei, öffnete eine zweite Tür und schloss sie hinter uns zu. Als ich die Hand ausstreckte, fühlte ich mehrere Röcke an der Wand; ich merkte, dass wir in einem Gang waren. Wir gingen darin lautlos weiter, und Holmes öffnete eine Tür rechts. Es huschte etwas auf uns zu, mir fiel das Herz schon in die Kniekehle, aber ich musste gleich wieder innerlich lachen, als ich gewahr wurde, dass es die Katze war. In diesem Zimmer brannte noch Feuer im Kamin, und ich roch wieder Tabaksrauch. Holmes ging auf den Zehen hinein, wartete, bis ich auch drin war und schloss dann die Tür wieder leise zu. Wir waren in Milvertons Arbeitszimmer. Durch die Portiere an der gegenüberliegenden Wand ging's in sein Schlafzimmer.

Holmes legte ein wenig Holz in das Feuer, das bald hell aufbrannte, sodass wir gut dabei sehen konnten. In der Nähe der Tür erblickte ich den Drücker für das elektrische Licht, aber es wäre überflüssig gewesen, es anzudrehen, selbst wenn dies sicher gewesen wäre. An der einen Seite vom Kamin hing ein schwerer Vorhang vor dem gewölbten Fenster, das uns daher von außen her dunkel erschienen war. An der anderen Seite befand sich die Tür, die zur Veranda führte. In der Mitte stand ein moderner Schreibpult mit einem rotgepolsterten Drehsessel. Gegenüber befand sich ein Bücherschrank und oben darauf eine Marmorbüste der Athene. In der Ecke sahen wir die blitzenden Schlösser eines großen, grünlackierten Geldschranks. Holmes schlich sich hin und nahm ihn in Augenschein. Dann kroch er an die Schlafzimmertür und horchte. Es war kein Laut zu hören. Währenddessen war mir eingefallen, dass es für alle Fälle klug sein würde, uns den Rückzug durch die äußere Tür zu sichern. Ich untersuchte sie also. Zu meiner Überraschung war sie weder zugeschlossen, noch zugeriegelt! Ich zupfte Holmes am Ärmel; er schaute nach der Tür und stutzte. Offenbar war er ebenso erstaunt wie ich auch.

»Das gefällt mir gar nicht«, flüsterte er mir ins Ohr. »Das versteh ich nicht recht. Doch wir haben keine Zeit zu verlieren.«

»Kann ich was helfen?«

»Ja, stellen Sie sich an die Tür. Wenn Sie jemanden kommen hören, riegeln Sie von innen zu, wir können dann auf dem nämlichen Weg verschwinden, auf dem wir gekommen sind. Falls sie von der anderen Seite kommen, können wir durch diese Tür entwischen, wenn wir unseren Zweck erreicht haben, oder wenn nicht, uns hinter diesem Fenstervorhang verstecken. Verstanden?«

Ich nickte und stellte mich an die Tür. Mein anfängliches Bangigkeitsgefühl war schon längst geschwunden, und ich empfand als Übertreter des Gesetzes eine viel intensivere Lust als in unseren früheren Fällen als Hüter desselben. Das hohe Ziel unserer Mission, das Bewusstsein, selbstlos und ritterlich zu handeln, der scheußliche Charakter unseres Feindes, alles trug dazu bei, das Interesse am Gelingen unseres Abenteuers zu erhöhen. Ich dachte gar nicht mehr an eine Schuld, sondern war trotz der Gefahr froh und guten Mutes. Voll Bewunderung sah ich Holmes zu, wie er sein Diebeswerkzeug auseinanderbreitete und mit der Ruhe und wissenschaftlichen Sorgfalt eines Operateurs das passende Instrument aussuchte. Ich wusste, dass das Öffnen von Schränken sein Steckenpferd war, und ich begriff die offensichtliche Freude, die es ihm machte, sich diesem stählernen grünen Ungeheuer gegenüberzubefinden, dessen Magen verfängliche Briefschaften so mancher schönen Dame enthielt. Mit aufgekrempelten Ärmeln legte er zwei Drillbohrer, ein kleines Brecheisen und mehrere Dietriche heraus. Ich stand an der Haupttür und beobachtete mit meinen Blicken zugleich auch die anderen, auf alles gefasst, wenn auch meine Pläne für den Fall, dass wir gestört werden sollten, wirklich recht unbestimmter Natur waren. Holmes arbeitete eine halbe Stunde unter Anspannung aller Kräfte. Er legte ein Instrument hin, nahm ein anderes, und handhabte jedes mit der Gewandtheit und Fertigkeit des gelernten Mechanikers. Endlich hörte ich einen Knacks, und die große grüne Tür sprang auf, sodass ich eine große Menge Paketchen liegen sehen konnte. Sie waren alle verschnürt, versiegelt und mit einer Aufschrift versehen. Holmes nahm eins in die Hand. Bei dem flackernden Lichtschein vom Kamin her konnte man aber kaum lesen; er zog daher, weil es neben Milvertons Schlafzimmer doch gewagt gewesen wäre, das elektrische Licht anzudrehen, seine Blendlaterne hervor. Mit einem Mal hielt er inne, horchte gespannt, machte geschwind die Schranktür zu, steckte sein Handwerkszeug in die Taschen, schloss seine Blendlaterne und huschte hinter den Fenstervorhang. Mir winkte er rasch, ihm zu folgen.

Ich stand kaum neben ihm, da hörte ich auch, was seine schärferen Ohren schon eher vernommen hatten. Es war irgendwo ein Geräusch im Haus. In einiger Entfernung wurde eine Tür zugeschlagen. Ein undeutliches, dumpfes Geräusch drang an unser Ohr und gleich danach der gleichmäßige Ton von schweren Tritten, die schnell näherkamen. Es ging jemand in dem Gang draußen auf uns zu. Die Tür wurde aufgemacht und das elektrische Licht angedreht. Die Tür ging zu, und wir rochen sofort den scharfen Geruch einer starken Zigarre. Nur wenige Meter von uns entfernt marschierte jemand auf und ab. Endlich krachte ein Stuhl, und die Schritte hörten auf. Dann wurde ein Schlüssel in einem Schloss herumgedreht, und bald hörte man das Knittern von Papieren.

Bis dahin hatte ich noch nicht gewagt, hinauszulugen, aber nun nahm ich den Vorhang vorsichtig auseinander und warf einen Blick durch den unmerklichen Spalt. Dass Holmes die Gelegenheit ebenfalls benutzte, sagte mir der Druck seiner Schulter auf die meinige. Gerade vor uns und beinahe in erreichbarer Nähe erblickten wir den breiten, gekrümmten Rücken von Milverton. Wir hatten uns offenbar stark verrechnet, denn er war gar nicht in der Schlafstube gewesen, sondern hatte in einem abgelegenen Flügel des Hauses, dessen Fenster wir nicht gesehen hatten, in irgendeinem Rauch- oder Billardsalon gesessen. Die Glatze an seinem Hinterkopf leuchtete uns geradezu entgegen. Er hatte sich in seinem rotledernen Stuhl weit zurückgelehnt, die Beine lang ausgestreckt und eine lange, dunkle Zigarre im Mund. Er trug einen rötlichen Smoking mit schwarzem, schmalem Samtkragen und hielt ein großes Aktenstück in der Hand, dessen Inhalt er behaglich studierte, während er gleichzeitig große, blaue Rauchwolken in die Luft blies. Sein gelassenes Benehmen und seine gemütliche Haltung ließen nicht auf baldigen Aufbruch schließen.

Ich fühlte, wie Holmes meine Hand suchte und sie zuversichtlich drückte, als ob er sagen wollte, dass er sich der Situation gewachsen fühle und noch immer gute Hoffnung habe. Ich wusste nicht genau, ob er bemerkt hatte, was ich von meinem Standpunkt aus nur zu deutlich sehen konnte, dass nämlich die Schranktür nur unvollkommen geschlossen war, was Milverton jeden Augenblick gewahr werden konnte. Ich hatte mir fest vorgenommen, wenn ich an seinem Blick merken würde, dass es ihm aufgefallen sei, sofort hervorzuspringen, ihm die Portiere zur Schlafzimmertür über den Kopf zu werfen, ihn so festzuhalten und das übrige Holmes zu überlassen. Aber Milverton sah gar nicht auf. Er war ganz in seine Papiere vertieft und wandte Blatt um Blatt um. Endlich, dachte ich, wenn er mit dem Schriftstück und der Zigarre zu Ende ist, wird er sich doch in sein Schlafgemach zurückziehen. Aber ehe er noch mit dem einen oder dem anderen fertig war, nahm die Sache eine ganz unvorhergesehene Wendung, wodurch unsere Gedanken in eine vollkommen andere Bahn gelenkt wurden.

Es war mir aufgefallen, dass Milverton schon mehrere Male nach der Uhr gesehen hatte, und einmal war er auch aufgestanden, war ein paar Schritte auf und ab gegangen und hatte sich ungeduldig wieder gesetzt. Ich ahnte jedoch nicht, dass er um diese Stunde der Nacht noch ein Stelldichein hatte, bis draußen von der Veranda her ein schwaches Geräusch an mein Ohr drang. Milverton ließ sein Schriftstück auf den Tisch sinken und setzte sich auf seinem Stuhl in Positur. Es klopfte leise an die Verandatür, und Milverton erhob sich und öffnete sie.

»Nun«, sagte er barsch, »Sie kommen nahezu eine halbe Stunde zu spät.«

Das war also die Erklärung dafür, dass die Tür nicht verschlossen und Milverton noch so spät auf war. Wir hörten das Rauschen eines Frauenkleides. Ich hatte vorhin, als Milverton sich umgedreht hatte, den Vorhang fest geschlossen, aber jetzt wagte ich wieder, ihn behutsam ein wenig auseinanderzunehmen. Er saß noch auf seinem Stuhl vor dem Schreibtisch und hielt die Zigarre taktlos im linken Mundwinkel. Vor ihm stand im hellen Schein des elektrischen Lichtes ein großes, schlankes, dunkles Weib; sie hatte einen dichten schwarzen Schleier vor und einen bis zum Boden reichenden Mantel um. Sie atmete rasch und stark, und jeder Zoll ihrer geschmeidigen Gestalt zitterte vor heftiger Erregung.

»Nun«, sagte Milverton, »Sie haben mich um ein gutes Stück Nachtruhe gebracht, meine Teure. Ich hoffe, dass Sie das zu schätzen wissen. Konnten Sie nicht zu einer anderen Zeit kommen – he?«

Die Dame schüttelte mit dem Kopf.

»Na, wenn's nicht ging, ging's eben nicht. Wenn Sie von der Gräfin schlecht behandelt werden, können Sie sich jetzt dafür rächen. Zum Teufel, warum zittern Sie denn so? Das ist recht! Nehmen Sie sich zusammen! Nun wollen wir das Geschäft abmachen.«

Er wandte sich wieder dem Schreibtisch zu und nahm ein Blatt Papier aus der Schublade.

»Sie sagen, dass Sie fünf Briefe in Ihrem Besitz haben, welche die Gräfin Albert kompromittieren. Die wollen Sie verkaufen. Ich bin ein Abnehmer dafür. Gut, so bleibt nur der Preis noch festzusetzen. Ich muss natürlich erst einen Einblick in die Schreiben nehmen, bevor ich sie Ihnen abkaufe. Wenn sie wirklich von Wert sind – heiliger Himmel, Sie sind's?«

Das Weib hatte den Schleier vom Gesicht genommen und ihren Umhang zurückgeschlagen. Sie hatte ein dunkles, hübsches, scharfgeschnittenes Gesicht, eine feingebogene Nase, ein Paar blitzende Augen unter starken, schwarzen Brauen und einen geraden, dünnen Mund, um den ein gefährliches, grimmes Lächeln spielte.

»Jawohl, ich bin's«, antwortete sie; »das Weib, dessen Dasein Sie ruiniert haben.«

Milverton lachte, aber der Klang seiner Stimme verriet seine Furcht.

»Sie waren zu eigensinnig«, versetzte er, »warum haben Sie mich bis zum Äußersten getrieben? Ich versichere Ihnen, dass ich aus eigenem Antrieb keiner Fliege ein Leid antun kann, aber jeder Mann hat sein Geschäft, und was sollte ich machen? Ich habe den Preis durchaus Ihren Verhältnissen entsprechend festgesetzt. Sie blieben aber hartnäckig und wollten nicht bezahlen.«

»So sandten Sie also die Briefe an meinen Gatten und brachen ihm – dem edelsten Mann, der je gelebt hat und dessen Schuhriemen zu lösen ich nicht würdig war – sein edles Herz und trieben ihn in den Tod! Sie werden noch nicht vergessen haben, dass ich Sie vorgestern Nacht an dieser Stelle anflehte und auf den Knien um Barmherzigkeit bat und dass Sie mir ins Gesicht lachten, wie Sie's eben wieder zu tun versuchen. Nur dass Ihre zuckenden Lippen jetzt die erbärmliche Feigheit Ihres Herzens verraten. Ja, Sie haben nicht geglaubt, mich hier wiederzusehen, aber von jener Nacht her wusste ich, wie ich Sie wieder treffen würde, von Angesicht zu Angesicht und unter vier Augen. Nun, Charles Milverton, was haben Sie zu erwidern?«

»Bilden Sie sich nicht ein, dass Sie mich ins Bockshorn jagen können«, antwortete er und erhob sich. »Ich brauche nur den Mund aufzutun und meine Diener zu rufen und Sie fortbringen zu lassen. Ich will jedoch Ihrem erklärlichen Zorn Rechnung tragen und Sie schonen. Verlassen Sie sofort dieses Zimmer auf demselben Weg, auf dem Sie gekommen sind, weiter sage ich nichts mehr.«

Das Weib blieb stehen, sie hatte die Hand in ihrem Busen vergraben, und ihre dünnen Lippen zeigten wieder dasselbe unheilvolle Lächeln.

»Sie sollen in Zukunft kein Leben mehr zugrunde richten, wie Sie meines zugrunde gerichtet haben. Sie sollen keine Herzen mehr zerfleischen, wie Sie meines zerfleischt haben. Ich will die Welt von einem giftigen Geschwür befreien. Hier haben Sie Ihren Lohn, Sie Hund, hier! – hier! – hier! – hier!«

Sie hatte einen kleinen blitzenden Revolver hervorgezogen und ungefähr einen Fuß vor Milvertons Brust vier Schüsse auf ihn abgefeuert. Er fuhr zurück und fiel über den Schreibtisch, furchtbar keuchend und in den Papieren herumkratzend. Dann richtete er sich in die Höhe, erhielt noch zwei Schüsse und sank zu Boden. »Ich bin getroffen«, rief er. Dann regte er sich nicht mehr. Das Weib sah ihn starr an und versetzte ihm noch einen Fußtritt ins Gesicht. Sie sah ihn wieder an, er gab aber kein Lebenszeichen mehr von sich. Wir hörten eine Tür aufreißen, die kalte Nachtluft wehte in das heiße Zimmer, und die Rächerin war fort.

Wir hätten den Mann durch unser Eingreifen nicht von seinem Geschick erretten können. Aber als das Weib Kugel auf Kugel auf den sich zusammenkrampfenden Körper Milvertons abfeuerte, wollte ich doch hinausspringen. Da fühlte ich meines Freundes starken Arm. Ich verstand, warum er mich mit fester Hand zurückhielt – dass es uns nichts angehe; dass einen Schurken die gerechte Strafe getroffen habe; dass wir uns und unsere eigenen Pflichten und Ziele im Auge behalten mussten. Kaum war die Frau hinaus, als Holmes geschwind an die andere Tür eilte und leise den Schlüssel herumdrehte. Sofort wurden auch Stimmen laut und rasche Schritte hörbar. Der Knall der Schüsse hatte die Dienerschaft des Hauses munter gemacht. In aller Eile ging Holmes an den Schrank, nahm einen ganzen Arm voll Bündel mit Briefschaften heraus und warf sie ins Feuer. Dies wiederholte er, bis der Schrank leer war. Draußen arbeitete inzwischen jemand an der Klinke und schlug gegen die Tür. Holmes warf einen flüchtigen Blick im Zimmer umher. Der Brief, der Milvertons Todesbote gewesen war, lag mit Blut besudelt auf dem Tisch. Er warf ihn schnell in das knisternde Feuer und goss rasch das Öl aus seiner Laterne darüber, sodass die Flammen hoch aufschlugen. Dann öffnete er die äußere Tür, und nachdem wir draußen waren, schloss er sie von außen zu. »Hierher, Watson«, sagte er zu mir; »hier können wir über die Gartenmauer klettern.«

Man hätte es nicht glauben sollen, wie schnell der Lärm sich verbreitete. Als wir uns umblickten, war bereits das ganze mächtige Gebäude erleuchtet. Der Haupteingang war offen, und dunkle Gestalten liefen den Weg hinunter. Der ganze Garten stand voll Menschen, und ein Kerl erhob ein Mordsgeschrei, als er uns aus der Veranda kommen sah und war uns eng auf den Fersen. Holmes schien die Wege genau zu kennen, er lief geschwind durch eine Anpflanzung von jungen Bäumchen, ich folgte ihm auf dem Fuß, und hinter uns her keuchte unser vorderster Verfolger. Eine sechs Fuß hohe Mauer versperrte uns den Weg, aber Holmes setzte mit einem Sprung darüber hinweg. Als ich darüberkletterte, bemerkte ich, dass mich der Bursche hinten am Fuß fasste. Ich machte mich aber durch einige Fußtritte wieder frei und fiel auf der anderen Seite mit dem Oberkörper in die Hecke. Holmes brachte mich rasch wieder auf die Beine, und weiter ging's im Galopp über die weite Hampsteader Heide, unser Verfolger hinter uns her. Als wir wenigstens zwei Meilen gelaufen waren, machte Holmes endlich Halt und horchte. Hinter uns war alles ganz still. Wir hatten unsere Verfolger abgeschüttelt und befanden uns in Sicherheit.

Am Morgen nach dieser denkwürdigen Nacht saßen wir am Frühstückstisch und rauchten unsere Pfeife, als Mr Lestrade von Scotland Yard mit feierlicher, ernster Miene unser bescheidenes Wohnzimmer betrat.

»Guten Morgen, Mr Holmes«, sagte er; »guten Morgen. Darf ich Sie vielleicht fragen, ob Sie augenblicklich sehr beschäftigt sind?«

»Nicht so, dass ich keine Zeit hätte, Sie zu hören.«

»Ich möchte Sie nämlich, wenn Sie nichts Besonderes vorhaben, bitten, uns Ihre Hilfe in einem äußerst merkwürdigen Fall, der sich erst vergangene Nacht in Hampstead ereignet hat, angedeihen zu lassen.«

»Nanu!«, sagte Holmes. »Was war denn da wieder los?«

»Ein Mord – ein höchst theatralischer und eigenartiger Mord. Ich weiß, wie gerne und wie scharfsichtig Sie solche Fälle untersuchen, und Sie würden mir eine große Gunst erweisen, wenn Sie mit hinunter nach Appledore Towers fahren und uns beraten wollten. Es handelt sich um kein gewöhnliches Verbrechen. Wir haben schon eine ganze Zeit lang ein wachsames Auge auf den Ermordeten – Milverton heißt er – geworfen, und, unter uns gesagt, er war eine Art Gauner. Er verschaffte sich, wie die Polizei bestimmt weiß, Papiere und übte dann Erpressungen damit aus. Diese Briefschaften sind sämtlich von den Mördern verbrannt worden. Wertgegenstände sind nicht entwendet worden; daraus geht hervor, dass die Verbrecher den besseren Ständen angehört und nur den Zweck verfolgt haben, gesellschaftliche Bloßstellungen zu verhüten.«

»Die Verbrecher?«, sagte Holmes. »Mehrere?«

»Ja, es sind ihrer zwei gewesen. Sie wären beinahe ergriffen worden. Wir haben ihre Fußabdrücke, wir haben auch eine Beschreibung von ihnen; und es ist zehn gegen eins zu wetten, dass wir sie aufspüren. Der erste Bursche war etwas zu flink, aber den zweiten hat ein Gärtnergehilfe erwischt, und er ist erst nach heftiger Gegenwehr entkommen. Es war ein mittelgroßer, kräftig gebauter Mann – mit starken Kiefern, festem Nacken, Schnurrbart und einer schwarzen Maske vor dem oberen Teil des Gesichts.«

»Das ist eine ziemlich unbestimmte Beschreibung«, sagte mein Freund Holmes. »Ei der Daus, die könnte ja beinahe auf Watson passen.«

»Das ist wahr«, meinte der Inspektor belustigt. »Es könnte eine Beschreibung des Herrn Doktor sein.«

»Ich muss Ihnen leider meine Hilfe in diesem Fall versagen, Lestrade«, bemerkte Holmes. »Ich habe diesen Milverton gründlich gekannt, ihn als einen der gefährlichsten Gauner in ganz London angesehen, und meiner Meinung nach gibt es gewisse Verbrechen, gegen welche das Gesetz nicht ankommen kann und gegen die daher, innerhalb gewisser Grenzen, die private Rache gerechtfertigt ist. Alles Überreden ist zwecklos. Meine Sympathien in diesem Fall sind mehr auf Seiten der Verbrecher als auf Seiten des Opfers, und ich lehne es darum ab, hier irgendwie handelnd einzugreifen.«

Holmes hatte über die tragische Szene, der wir beigewohnt hatten, noch kein Wort zu mir geäußert, aber ich bemerkte jeden Morgen an ihm, dass er sehr nachdenklich war, und aus seinem Blick und seinem Benehmen war zu schließen, dass er sich bemühte, sich irgendeine Erinnerung ins Gedächtnis zurückzurufen. Mitten im Frühstück sprang er eines Tages plötzlich vom Stuhl auf und rief: »Bei Gott, Watson; ich hab's! Nehmen Sie Ihren Hut und kommen Sie mit!« In größter Eile ging's die Baker Street hinunter und die Oxford Street entlang bis fast an den Regent's Circus. Hier befand sich links ein Schaufenster, in dem Fotografien berühmter Männer und schöner Frauen ausgestellt waren. Holmes fasste eines dieser Bilder scharf ins Auge. Ich folgte seinem Blick und sah das Bildnis einer fürstlichen, stattlichen Dame in Hofkostüm und mit einer diamantenen Krone auf dem fein geschnittenen Kopf. Ich betrachtete die fein gebogene Nase, die charakteristischen Augenbrauen, den geraden Mund und das energische kleine Kinn. Als ich dann darunter den Namen des bedeutenden und hochangesehenen Staatsmannes von altem Adel las, dessen Gemahlin sie war, blieb mir vor Staunen fast der Atem stehen. Mein Blick begegnete dem meines Freundes.

Sherlock Holmes legte, als wir von dem Fenster weggingen, statt eine Antwort zu geben, den Finger vor den Mund.

Die sechs Napoleonbüsten

Es war nichts Ungewöhnliches, wenn Inspektor Lestrade von Scotland Yard sich des Abends bei uns einfand. Seine Besuche waren Holmes schon aus dem Grund nicht unangenehm, weil er dadurch mit den Vorgängen im Hauptpolizeiamt in Fühlung blieb. Er hörte die Erzählungen Lestrades aufmerksam an und gab ihm aus seinem reichen Schatz von Kenntnissen und Erfahrungen gerne einen Wink oder eine Andeutung, ohne selbst handelnd einzugreifen.

Eines Abends nun war Lestrade, nachdem er die üblichen Bemerkungen über die Witterung und die letzten Zeitungsneuigkeiten gemacht hatte, auffallend still und beschränkte sich darauf, nachdenklich an seiner Zigarre zu ziehen. Holmes sah ihn scharf an.

»Sonst nichts los?«, fragte er nach einer Weile.

»Nichts von Bedeutung, Mr Holmes.«

»Nur raus mit der Sprache!«

Lestrade lachte.

»Nun, Mr Holmes, leugnen hat Ihnen gegenüber ja doch keinen Zweck; ich habe tatsächlich etwas auf dem Herzen, aber 's ist 'ne so dumme Geschichte, dass ich Sie eigentlich nicht damit belästigen wollte. Auf der anderen Seite ist die Sache doch wieder merkwürdig, und meines Wissens haben Sie ja gerade für das Außergewöhnliche eine besondere Vorliebe. Freilich schlägt es nach meinem Dafürhalten mehr in Dr. Watsons Fach als in unseres.«

»Also was Krankhaftes?«, fragte ich.

»Ja, was Verrücktes«, antwortete er, »sogar was besonders Verrücktes. Können Sie sich vorstellen, dass es heute noch einen Menschen gibt, der von einem solchen Hass gegen Napoleon I. erfüllt ist, dass er alle Büsten von ihm, deren er habhaft werden kann, in Stücke zerschlägt?«

Holmes sank teilnahmslos in seinen Stuhl zurück.

»Das ist nichts für mich«, sagte er.

»Das hab ich mir auch gedacht. Aber immerhin, wenn jemand nachts einbricht und fremde Büsten stiehlt und vernichtet, so muss sich außer dem Arzt auch die Polizei mit ihm beschäftigen.«

Holmes setzte sich wieder aufrecht.

»Einbruch! Das klingt schon interessanter. Erzählen Sie weiter.«

Lestrade zog sein amtliches Notizbuch aus der Tasche, um anhand seiner Aufzeichnungen die Einzelheiten in sein Gedächtnis zurückzurufen.

»Der erste Fall hat sich vor vier Tagen ereignet«, fuhr er fort. »Es war bei Morse Hudson, der einen Verkaufsladen für Bilder und Büsten in der Kennington Street hat. Der Verkäufer hatte den vorderen Verkaufsraum einen Augenblick verlassen, als er plötzlich einen starken Krach hörte. Er stürzte rasch herbei und fand eine Gipsfigur Napoleons, die mit mehreren anderen Kunstwerken auf dem Ladentisch gestanden hatte, zertrümmert am Boden liegen. Er lief schnell hinaus auf die Straße, konnte aber, trotzdem ihm verschiedene Leute erklärten, sie hätten einen Mann aus dem Laden herauskommen sehen, weder diesen Menschen selbst erblicken noch einen Anhaltspunkt zu seiner Ermittlung finden. Es schien sich um einen jener sinnlosen Akte von Zerstörungswut zu handeln, wie sie von Zeit zu Zeit vorkommen; und als solcher wurde er auch dem diensttuenden Polizisten gemeldet. Der Wert der Figur betrug nur wenige Schillinge, und die ganze Sache erschien zu unbedeutend, um eine eingehendere Untersuchung einzuleiten. Der zweite Fall war jedoch schon ernster und auch eigentümlicher. Er hat sich erst vergangene Nacht zugetragen.

In der Kennington Street, nur ein paar Hundert Meter von Hudsons Geschäft entfernt, wohnt ein sehr bekannter praktischer Arzt namens Barnicot, der eine ausgedehnte Praxis südlich der Themse hat. Seine Wohnung und sein Hauptsprechzimmer befinden sich in der Kennington Street, außerdem hält er aber noch in einem Haus der Lower Brixton Street, zwei Meilen entfernt, Sprechstunden ab. Dieser Dr. Barnicot ist ein begeisterter Verehrer Napoleons und besitzt eine Menge Bilder, Bücher und sonstige Andenken von dem französischen Kaiser. Vor Kurzem hat er auch bei Hudson zwei Gipsbüsten des berühmten Napoleonkopfes von dem französischen Bildhauer Devine gekauft. Die eine derselben stellte er im Eingang seines Hauses in der Kennington Street auf, die andere auf dem Kaminsims seines Sprechzimmers in der Lower Brixton Street. Als Dr. Barnicot heute früh nun herunterkam, fand er zu seiner Überraschung, dass während der Nacht in seiner Wohnung eingebrochen, aber weiter nichts gestohlen worden war als die Napoleonbüste in der Vorhalle. Sie war hinausgetragen und mit Gewalt gegen die Gartenmauer geworfen worden, wo man die Bruchstücke noch liegen sehen konnte.«

Holmes rieb sich die Hände.

»Das ist entschieden merkwürdig«, sagte er.

»Ich dachte mir, dass Sie's interessieren würde. So lassen Sie mich weitererzählen, die Sache ist noch nicht zu Ende. Mittags ging Dr. Barnicot in sein zweites Sprechzimmer, und, siehe da, dort war das Fenster geöffnet und die Trümmer der zweiten Büste lagen am Boden umher; sie war an ihrem Standort vollständig in Stücke zerschlagen worden. In beiden Fällen hat der Verbrecher oder Geisteskranke keine Spur zurückgelassen, die uns auch nur den geringsten Anhaltspunkt zu seiner Ergreifung liefern könnte. Das sind die Tatsachen, Mr Holmes.«

»Sie sind eigenartig, ganz seltsam«, sagte Holmes. »Können Sie mir vielleicht angeben, ob die beiden Büsten des Dr. Barnicot genau ebenso waren wie die bei Hudson zerschlagene?«

»Es waren ganz gleiche Nachbildungen desselben Modells.«

»Dieser Umstand spricht gegen die Annahme, dass der Täter von einem allgemeinen Hass gegen Napoleon geleitet worden sei. Denn wenn man bedenkt, wie viel hundert Statuen des großen Kaisers in London stehen, ist es äußerst unwahrscheinlich, dass ein wahnsinniger Bilderstürmer zufällig gerade hintereinander drei Stück von demselben Modell erwischen sollte.«

»Das habe ich mir auch gesagt«, antwortete Lestrade. »Andererseits ist Hudson der Büstenlieferant für diesen ganzen Stadtteil, und diese drei Köpfe waren die einzigen dieser Art und hatten schon jahrelang in seinem Laden gestanden. Daher ist es, obwohl es, wie Sie ganz richtig bemerken, in London Hunderte von Napoleonbüsten gibt, doch nicht unwahrscheinlich, dass in diesem Bezirk nur diese drei existierten. Ein Fanatiker aus jener Gegend könnte also sehr wohl damit sein allgemeines Zerstörungswerk angefangen haben. Wie denken Sie darüber, Dr. Watson?«

»Bei dieser Krankheitsform ist alles möglich«, erklärte ich. »Es handelt sich offenbar um jene geistige Störung, die die neuere Psychopathie als ›fixe Idee‹ bezeichnet. Dieselbe äußert sich oft nur in unmerklichen Anzeichen, und der Kranke kann sonst vollkommen normal sein. Bei einem Mann, der sich stark in die Lektüre Napoleonischer Geschichte vertieft oder dessen Familie womöglich infolge der Kriege Unbill erlitten hat, könnte sich leicht eine solche ›fixe Idee‹ gebildet haben, unter deren Einfluss er zu jeder Gewalttat in dieser Richtung fähig wäre.«

»Ihre medizinischen Ausführungen vermögen meinem Laienverstand nicht recht einzuleuchten, mein lieber Watson«, sagte Holmes kopfschüttelnd. »Ich kann mir nicht vorstellen, wie auch die stärkste ›fixe Idee‹ Ihren interessanten Kranken in den Stand setzen sollte, die zwei Büsten des Dr. Barnicot ausfindig zu machen.«

»Nun, wie erklären Sie es sich dann?«

»Ich kann die Sache überhaupt noch nicht ganz durchschauen. Ich wollte vorläufig nur soviel bemerken, dass dieser exzentrische Herr nach einer ganz bestimmten Methode vorgeht und mit Überlegung handelt. So hat er zum Beispiel im Wohnhaus des Dr. Barnicot, wo ein Geräusch die Familie hätte wecken können, die Büste mit hinausgenommen und erst draußen zerschlagen, wohingegen er sie in dem anderen Sprechzimmer, wo diese Gefahr geringer war, gleich an Ort und Stelle zertrümmert hat. Die ganze Sache ist scheinbar sehr geringfügig, wenn ich aber bedenke, dass meine berühmtesten Fälle immer einen wenig versprechenden Anfang hatten, so wage ich nichts mehr als unbedeutend anzusehen. Erinnern Sie sich noch, Watson, wie die furchtbare Tragödie der Familie Abernetty zuerst in Gestalt eines kaum wahrnehmbaren Eindrucks, den an einem heißen Sommertag ein Stängelchen Petersilie auf der Butter hinterlassen hatte, zu meiner Kenntnis gelangte? Ich kann mich also einstweilen nicht mit einem erhabenen Lächeln über die Sache hinwegsetzen, Lestrade, und ich wäre Ihnen sehr verbunden, wenn Sie mir von irgendwelchen neuen Vorfällen in dieser sonderbaren Angelegenheit sofort Mitteilung machen.«

Diese Nachricht traf rascher ein und lautete ernster, als sich mein Freund gedacht haben mochte. Als ich am nächsten Morgen noch mit Ankleiden beschäftigt war, klopfte es an die Tür meines Schlafzimmers und herein trat Holmes mit einem Telegramm in der Hand. Er las es laut vor:

»Sofort kommen, Pitt Street 131, Kensington –   Lestrade.«

»Was mag denn los sein?«, fragte ich.

»Weiß auch nicht – irgendwas. Aber ich vermute, es ist die Fortsetzung der Geschichte von den Statuen. In diesem Fall würde unser Freund Bilderstürmer den Schauplatz seiner Tätigkeit in ein anderes Viertel verlegt haben. Das Frühstück steht schon auf dem Tisch, Watson, und die Droschke vor der Tür.«

Nach einer halben Stunde waren wir bereits in der Pitt Street, einer kleinen, ruhigen Straße, ganz in der Nähe der belebtesten Londoner Geschäftsgegend. Nr. 131 war eins der schmucklosen, alten Häuser, wo man gänzlich unromantisch wohnt. Als wir vorfuhren, fanden wir das Gitter vor dem Haus von einer neugierigen Menge umlagert. Holmes gab ein Zeichen mit der Pfeife.

»Wahrhaftig, Watson, es ist zumindest ein Mordversuch gemacht worden, sonst würde kein Berichterstatter hier sein; sehen Sie mal, wie er sich vorbeugt und beinahe den Hals ausrenkt! Es deutet alles auf eine Gewalttat hin. Und was soll das heißen? Die oberen Treppenstufen sind nass und die unteren trocken. Ah, dort am Fenster sehe ich Lestrade, er wird uns bald den nötigen Aufschluss geben können.«

Er empfing uns mit ernster Miene und geleitete uns in ein Empfangszimmer, in dem ein unsauber aussehender älterer Herr in einem Schlafrock aufgeregt auf- und abging. Lestrade stellte ihn uns als den Eigentümer des Hauses vor – Mr Horace Harker vom ›Central Press Syndicate‹.

Dann sagte er: »Es handelt sich um die alte Geschichte von den Napoleonbüsten. Sie schienen sich gestern Abend dafür zu interessieren, Mr Holmes, und daher glaubte ich, es würde Ihnen nicht unangenehm sein, die Fortsetzung zu erfahren. Die Sache hat schon eine ernstere Wendung genommen.«

»Wie weit hat sie sich denn entwickelt?«

»Bis zum Mord. – Mr Harker, wollen Sie diesen Herren den Vorgang genau erzählen?«

Der Mann im Schlafrock wandte sich uns zu. Er war gänzlich niedergeschlagen.

»Es ist eine der eigentümlichsten Begebenheiten«, begann er. »Ich habe mich mein Lebtag damit beschäftigt, alle möglichen Neuigkeiten zu erfahren und journalistisch zu verwerten, und jetzt, wo sich bei mir selbst ein Aufsehen erregender Fall ereignet hat, bin ich derartig verwirrt, dass ich keinen Satz ordentlich zusammenbringen kann. Wenn das in einem fremden Haus passiert wäre, würde ich im Abendblatt zwei Spalten darüber gebracht haben. Aber so bin ich ganz unfähig, erzähle die Sache anderen und muss untätig zusehen, wie sie sie ausschlachten. Wenn Sie aber diese rätselhafte Angelegenheit aufklären, Mr Holmes – ich kenne Ihren Namen –, habe ich eine hinreichende Entschädigung für meinen Bericht.«

Holmes setzte sich und hörte zu.

»Der springende Punkt bei der ganzen Sache scheint mir die Napoleonbüste zu sein, die ich vor etwa vier Monaten für dieses Zimmer angeschafft habe. Ich erstand sie für billiges Geld bei den Gebrüdern Harding, die zwei

Häuser von der Station High Street ihr Geschäft haben. Meine journalistische Tätigkeit nötigt mich, vielfach die Nacht über aufzubleiben, und ich schreibe häufig bis zum frühen Morgen. Das war auch vergangene Nacht wieder der Fall. Ich saß wie gewöhnlich in meinem Studierzimmer hinten im obersten Stock; es mochte gegen drei Uhr sein, da hörte ich von unten ein Geräusch. Ich horchte auf, aber es regte sich nichts weiter, und ich dachte daher, der Lärm wäre von außen gekommen. Doch kaum fünf Minuten später, Mr Holmes, drang ein schreckliches Geschrei an mein Ohr – das furchtbarste, das ich je gehört habe. Es wird mir mein Leben lang in den Ohren gellen. Eine oder zwei Minuten saß ich, vom Schreck wie angenagelt, auf meinem Stuhl, dann ergriff ich den Ofenhaken und lief die Treppe hinunter. Als ich in dieses Zimmer hier trat, stand das Fenster weit offen, und meine Büste war verschwunden. Wie ein Dieb sich an einem solchen Ding vergreifen konnte, war mir unverständlich, denn es war ein einfacher Gipsabguss ohne besonderen Wert.

Wie Sie selbst sehen können, war nur ein Mann mit sehr langen Beinen imstande, durch einen Sprung durch das offene Fenster die obere Treppenstufe zu erreichen. Als ich nun die Haustür öffnete und hinaustrat, fiel ich in der Dunkelheit beinahe über eine Leiche. Ich lief zurück und holte ein Licht. Auf dem obersten Treppenstein lag ein Mann mit angezogenen Knien und weit geöffnetem Mund, er hatte eine klaffende Wunde am Hals und schwamm in seinem Blut – sein Bild wird mir noch im Traum erscheinen. Ich gab schnell einen Notpfiff und muss dann in Ohnmacht gefallen sein, denn ich kann mich auf nichts mehr besinnen, bis ich die Schutzleute erblickte, die mir zu Hilfe geeilt und über mich gebeugt waren.«

»Und wer war der Ermordete?«, fragte Holmes.

»Wir haben noch keine Zeit gehabt, seine Persönlichkeit festzustellen«, antwortete Lestrade. »Sie werden ihn in der Leichenhalle sehen. Er ist ein großer, kräftiger Mann mit sonnengebräuntem Gesicht und kann höchstens dreißig Jahre alt sein. Er ist zwar ärmlich gekleidet, macht aber doch nicht den Eindruck, als ob er dem Arbeiterstand angehöre. Neben ihm in einer Blutlache lag ein schwedisches Messer mit Horngriff. Ob der Mord damit ausgeführt ist, weiß ich nicht. Die Kleidungsstücke des Toten zeigten keinen Namenszug, und in den Taschen fanden wir weiter nichts als einen Apfel, einen Strick, einen Plan von London und eine Fotografie. Ich habe sie hier.«

Es war allem Anschein nach eine Momentaufnahme. Sie stellte einen lebhaften, flinken Mann dar mit affenartigen Zügen und tierischen Augenbrauen, sodass die untere Gesichtspartie wie bei einem Pavian aussah.

»Und was ist aus der Büste geworden?«, fragte Holmes, nachdem er die Fotografie genau betrachtet hatte.

»Darüber haben wir erst kurz vor Ihrer Ankunft Mitteilung bekommen, Sie ist in dem Vorgarten eines unbewohnten Hauses in der Campdon Street gefunden worden. Sie ist in Stücke zerschlagen. Ich will eben hingehen und sie in Augenschein nehmen. Wenn Sie mitkommen wollen –?«

»Gewiss. Ich will mich nur erst hier einen Augenblick umsehen.« Er untersuchte das Fenster und das Gärtchen. »Der Kerl hat entweder außergewöhnlich lange Beine oder ist ein ausgezeichneter Springer«, sagte er. »Vom Garten aus war es sehr schwer, das Fenster zu erreichen und zu öffnen. Der Rückweg war verhältnismäßig einfach. Wollen Sie auch mitkommen, Mr Harker, um die Überreste der Büste zu sehen?«

Der untröstliche Journalist hatte sich mittlerweile an den Schreibtisch gesetzt.

»Ich muss doch noch versuchen, die Sache auszunutzen«, erwiderte er, »wenn auch jedenfalls die ersten Ausgaben der Abendblätter schon ausführliche Berichte bringen werden. Es ist eben mein gewohntes Pech! Wissen Sie noch, wie der Posten in Doncaster erschossen wurde? Damals war ich der einzige Zeitungsmann am Tatort und meine Zeitung die einzige, in der nichts über den Vorfall stand, weil ich auch zu erschüttert war, um schreiben zu können. Und jetzt werde ich sogar mit der Meldung eines Mordes, der vor meiner eigenen Haustür passiert ist, zu spät herauskommen.«

Als wir hinausgingen, hörten wir seine Feder kratzend über das Papier fahren.

Die Stelle, wo die Bruchstücke der Büste gefunden worden waren, war nur ein paar hundert Meter entfernt. Hier sahen wir zum ersten Mal die Scherben der Büste des großen Kaisers, der einen so furchtbaren Hass in der Seele des Unbekannten erregt zu haben schien. Holmes hob einige auf und unterwarf sie einer genauen Untersuchung. Die Spannung auf seinem Gesicht und sein ganzes Benehmen verrieten mir, dass sie nicht ganz ergebnislos gewesen war, dass er wenigstens eine Spur gefunden haben musste.

»Nun?«, fragte Lestrade.

Holmes zuckte die Achseln.

»Wir sind noch weit vom Ziel«, sagte er. »Immerhin – nun, immerhin haben wir einige Hinweise, denen wir folgen können. Der Besitz dieser Gipsbrocken war dem merkwürdigen Verbrecher mehr wert als ein Menschenleben. Das ist ein Punkt. Weiter besteht die auffällige Tatsache, dass er die Büste nicht im Haus oder unmittelbar davor zertrümmert hat, wenn es ihm überhaupt lediglich auf ihre Vernichtung angekommen ist.«

»Er ist wahrscheinlich von dem anderen Burschen überrascht worden und wusste kaum, was er tat.«

»Jawohl, das ist nicht unmöglich. Ich möchte aber doch nicht verfehlen, Ihr Augenmerk besonders auf die Lage dieses Grundstücks zu richten.«

Lestrade sah meinen Freund an.

»Das Haus ist nicht bewohnt; er wusste also, dass er in diesem Garten nicht gestört würde.«

»Allerdings, aber in dieser selben Straße liegt noch ein leeres Haus, an dem er vorbeimusste, um hierher zu kommen. Warum hat er die Büste nicht in jenem Vorgarten zerbrochen, musste doch jeder Schritt weiter die Gefahr, gesehen zu werden, erhöhen?«

»Ich bin am Ende meiner Weisheit«, antwortete Lestrade.

Holmes deutete auf die Straßenlaterne über uns.

»Hier konnte er sehen, dort nicht. Das wird wohl der Grund gewesen sein.«

»Wirklich! Das ist richtig«, sagte Lestrade. »Nun fällt mir auch wieder ein, dass Dr. Barnicots Büste in der Nähe der Lampe zerschlagen worden ist. Aber was schließen Sie aus diesem Umstand, Mr Holmes?«

»Man darf ihn nicht vergessen – muss ihn stets im Auge behalten. Vielleicht werden wir im späteren Verlauf der Sache darauf zurückkommen müssen. Welche Schritte beabsichtigen Sie nun weiter zu tun, Mr Lestrade?«

»Am besten wird es meiner Ansicht nach sein, zunächst die Leiche zu identifizieren. Das wird keine Schwierigkeiten machen. Wenn wir dann wissen, wer er ist und wer seine Genossen sind, werden wir auch leicht herausbekommen, was er vergangene Nacht in der Pitt Street getan hat, mit wem er hier zusammengestoßen ist und wer ihn auf der Treppe des Mr Harker erstochen hat. Meinen Sie das nicht auch?«

»Das hört sich nicht übel an; aber doch ist es nicht genau der Weg, den ich einschlagen würde, um der Sache auf den Grund zu kommen.«

»Wie würden Sie's denn machen?«

»Oh, lassen Sie sich durch mich in keiner Weise beeinflussen! Es ist besser, wenn jeder von uns seinen eigenen Weg geht. Wir können dann hinterher vergleichen und einander ergänzen.«

»Gut«, sagte Lestrade.

»Wenn Sie in die Pitt Street zurückgehen und Mr Harker sehen, können Sie ihm sagen, ich wäre zu dem sicheren Schluss gelangt, dass ein gefährlicher, blutdürstiger Irrsinniger mit Napoleon-Wahnvorstellungen ihm nachts einen Besuch abgestattet hätte. Er kann dieses Urteil in seinem Artikel gut verwerten.«

Lestrade sah Holmes erstaunt an.

»Das ist doch nicht Ihre ernstliche Überzeugung?«

Mein Freund lächelte.

»Vielleicht, vielleicht auch nicht. Auf alle Fälle wird sie für Mr Harker und die Abonnenten des ›Central Press Syndicate‹ interessant sein. Nun, lieber Watson, wir wollen aufbrechen. Wir haben heute ein langes und ziemlich anstrengendes Tagewerk vor uns. Sie, Mr Lestrade, würde ich gerne, wenn Sie's irgendwie möglich machen können, heute Abend um sechs Uhr in der Baker Street wieder sprechen. Bis dorthin möchte ich die Fotografie, die bei dem Toten gefunden worden ist, bei mir behalten. Möglicherweise muss ich Sie um Ihr Geleit zu einer kleinen Expedition in der kommenden Nacht ersuchen. Wenn sich meine Vermutungen als richtig erweisen, wird es sich nicht umgehen lassen. Bis dahin, adieu und viel Glück!«

Sherlock Holmes und ich wanderten zusammen in die High Street, wo wir den Laden der Gebrüder Harding besuchten, von denen die Büste gekauft worden war. Ein junger Mann erklärte uns, dass Mr Harding erst am Nachmittag wieder ins Geschäft zurückkehren würde und er selbst nicht in der Lage sei, uns Aufschluss zu geben, weil er erst vor Kurzem eingetreten sei. Holmes war anfangs etwas verstimmt, dann sagte er aber:

»Nun ja, Watson, wir können nicht erwarten, dass alles gleich nach Wunsch geht. Wir müssen eben am Nachmittag wieder nachfragen. Wie Sie ohne Zweifel bereits geahnt haben werden, bin ich im Begriff, den Ursprung dieser Büsten zu ermitteln. Auf diese Weise könnte man womöglich herausbekommen, ob es eine besondere Bewandtnis damit hat und daraus vielleicht ihr merkwürdiges Geschick erklären. Wir wollen deshalb jetzt zu Hudson in der Kennington Street fahren und sehen, ob wir dort irgendwelchen Bescheid bekommen.«

Nach einer Stunde befanden wir uns in jenem Geschäft dem Besitzer gegenüber. Er war ein kleiner, dicker Mann mit rotem Gesicht und von hitzigem Temperament.

»Jawohl, mein Herr. Auf meinem Ladentisch«, antwortete er eifrig auf Holmes' Frage. »Ich weiß wirklich nicht, wozu wir Steuern und Abgaben zahlen, wenn jeder Schurke eindringen und unentdeckt und ungestraft einem die Waren zerstören darf. Allerdings, Dr. Barnicot hat die beiden Statuen bei mir gekauft. Es ist 'ne Schande! 'ne Nihilistentat, denk ich mir. Nur ein Anarchist kann solche Statuen vernichten! Rote Republikaner! Von wem ich die Büsten bezogen habe? Ich seh zwar nicht ein, was das mit der Sache zu tun hat, wenn Sie's aber durchaus wissen wollen: Ich hab sie von Gelder & Co. in Church Street, Stepney. Es ist 'ne bekannte Firma, schon seit zwanzig Jahren. Wie viel ich hatte? Drei – eins und zwei ist drei – die eine, die in meinem eigenen Laden am helllichten Tag zerschlagen worden ist, und die zwei, die ich an Dr. Barnicot verkauft hatte. Ob ich die Fotografie kenne? Nein, die kenn ich nicht. Ja, ich kenn sie doch. Ei, 's ist Beppo! Er war 'n Italiener, der sich im Geschäft nützlich machte. Er konnte anstreichen, vergolden, einrahmen und dergleichen mehr. Er ist vorige Woche von mir fortgegangen, und ich hab seitdem nichts wieder von ihm gehört. Nein, ich weiß weder, wo er hergekommen noch, wo er hingegangen ist. Ich war nicht unzufrieden mit ihm, solange er hier war. Als die Büste heruntergeworfen wurde, war er zwei Tage von mir weg.«

»Mehr konnten wir vernünftigerweise nicht verlangen, von Mr Hudson zu hören«, sagte mein Freund zu mir, als wir hinaustraten. »Dieser Beppo spielt sowohl in Kennington wie in Kensington eine gewisse Rolle, es dürfte sich also eine Fahrt von zehn Meilen wohl lohnen. Wir wollen nun ohne Verzug nach Stepney zu Gelder fahren, wo die Büsten fabriziert worden sind. Es sollte mich sehr wundern, wenn wir dort keinen nennenswerten Aufschluss bekämen.«

Unser Weg führte durch das vornehme London, durch die Hotel- und Theatergegend, durch das Zeitungs- und Geschäftsviertel und endlich durch das Hafenviertel, bis wir in einem Themse-Stadtteil von ungefähr 100 000 Einwohnern ankamen, wo in schwarzgeräucherten Mietskasernen die Ausgestoßenen Europas hausen. Hier fanden wir in einer breiten Nebenstraße, wo einst reiche Kaufleute gewohnt hatten, die Bildhauerei, die wir suchten. Draußen im Hof befanden sich viele Denkmäler und Statuen, im Innern des Gebäudes waren in einem großen Saal etwa fünfzig Arbeiter mit Aushauen und Formen beschäftigt. Der Werkmeister, ein großer, blonder Deutscher, empfing uns höflich und gab Holmes auf alle Fragen klare Antworten. Aus seinen Büchern ging hervor, dass von einer Marmorkopie des Devine'schen Napoleonkopfes Hunderte von Gipsnachbildungen angefertigt worden waren, dass aber die drei, die vor etwa einem Jahr an Morse Hudson gegangen waren, aus einem gemeinschaftlichen Teig für sechs Abgüsse stammten, von denen die anderen drei die Gebrüder Harding in Kensington geliefert erhielten. Es lag kein Grund vor, dass diese sechs von denen irgendeiner anderen Serie verschieden sein sollten. Er konnte auch nicht einsehen, weshalb sie jemand gerne vernichten möchte – er musste bei dem Gedanken wirklich lachen. Der Fabrikpreis betrug sechs Schilling, der Händler nehme zwölf und darüber. Die Herstellung geschah so, dass von dem Modell von jeder Gesichtshälfte ein Abguss gemacht und dann diese beiden Profile zusammengesetzt wurden, womit die Büste fertig war. Dann kamen die nassen Büsten zum Trocknen auf einen Tisch im Flur und endlich ins Magazin. Die Hauptarbeit wurde von Italienern verrichtet. Soweit setzte er uns alles ganz ruhig auseinander.

Als er aber die Fotografie sah, ging eine plötzliche Veränderung mit ihm vor, er zog die Stirn in Falten und wurde rot vor Wut und Zorn.

»Ah, dieser Schurke!«, rief er. »Ja, in der Tat, ich erkenne ihn wieder. Wir waren immer eine geachtete Firma, und das einzige Mal, wo die Polizei bei uns war, war es auch wegen dieses Schufts. Es ist jetzt ein Jahr her. Er hatte auf der Straße einen Landsmann mit dem Messer gestochen, kam dann zur Arbeit hierher, die Polizei folgte ihm auf den Fersen und nahm ihn fort. Beppo hieß er – den Zunamen habe ich nie gekannt. Gott behüte mich davor, dass ich je wieder 'nen Menschen mit 'nem solchen Affengesicht einstelle. Aber er war 'n tüchtiger Arbeiter, einer von den besten.«

»Wie viel Strafe hat er damals bekommen?«

»Der Verletzte ist nicht gestorben, und so ist er mit einem Jahr davongekommen. Ich glaube, dass er jetzt wieder 'raus ist; er hat sich aber noch nicht wieder hier sehen lassen. Ein Vetter von ihm steht noch in unseren Diensten, ich nehme an, dass der Ihnen Näheres sagen kann.«

»Nein, nein«, rief Holmes. »Sagen Sie seinem Vetter um Gottes willen kein Wort – kein Wort, ich bitte Sie darum. Die Sache ist von größter Wichtigkeit, und je weiter ich sie verfolge und je mehr ich darüber nachdenke, umso wichtiger erscheint sie mir. – Als Sie im Buch nachsahen, wann diese Büsten verkauft worden sind, bemerkte ich, dass es am dritten Juni vergangenen Jahres gewesen ist. Wissen Sie vielleicht noch das Datum von Beppos Verhaftung?«

»Aus der Lohnliste lässt es sich ungefähr ersehen«, antwortete der Werkmeister. »Jawohl«, fuhr er fort, nachdem er eine Zeit lang nachgeblättert hatte, »zum letzten Mal hat er am zwanzigsten Mai Lohn bekommen.«

»Ich danke Ihnen«, sagte Holmes. »Ich glaube nicht, dass ich Sie noch weiter zu bemühen brauche.« Nachdem er der Vorsicht halber nochmals gebeten hatte, über unsere Nachforschungen strengstes Schweigen zu bewahren, entfernten wir uns und lenkten unsere Schritte nach Westen zurück.

Es war bereits am späten Nachmittag, als wir endlich Zeit fanden, in einem Restaurant einen Imbiss zu nehmen. Am Eingang desselben erblickten wir ein Extrablatt mit der Überschrift: ›Schreckenstat in Kensington. Mord eines Irrsinnigen.‹ Holmes ließ sich eines geben, um es beim Essen zu lesen. In zwei Spalten war in höchst sensationeller Weise das ganze Ereignis in den grellsten Farben geschildert. Ein paarmal musste Holmes lachen. »Unser Freund Harker hat seine Sache noch gut gemacht – sehr gut, Watson; hören Sie mal folgende Stelle:

›Zu unserer Befriedigung können wir feststellen, dass in diesem Fall keinerlei Meinungsverschiedenheit besteht, denn Mr Lestrade, einer der erfahrensten Beamten von Scotland Yard, und der bekannte Privatdetektiv Sherlock Holmes sind ganz unabhängig voneinander zu dem übereinstimmenden Ergebnis gelangt, dass die verschiedenen auffälligen Vorkommnisse der letzten Tage, die nun ein so tragisches Ende genommen haben, eher die Tat eines Irrsinnigen als eines überlegenden Verbrechers sind. Den Umständen nach kann nur ein Geisteskranker der Täter sein.‹«

»Die Presse«, fügte er dann selbst hinzu, »ist eine sehr schätzenswerte Einrichtung, wenn man sie zu benutzen versteht. – Und nun wollen wir, sobald Sie mit dem Essen fertig sind, wieder nach Kensington zurück und sehen, was wir bei den Gebrüdern Harding über die Sache in Erfahrung bringen können.«

Der Gründer dieses großen Kaufhauses war ein lebhafter kleiner Herr, körperlich und geistig gewandt.

»Jawohl, mein Herr, ich habe den Bericht schon in den Abendblättern gelesen. Mr Harker ist ein Kunde von mir. Wir haben ihm den Kopf vor einigen Monaten geliefert. Wir hatten drei von Gelder & Co., sie sind alle verkauft. An wen? Das können wir Ihnen anhand unserer Bücher ganz leicht sagen. Jawohl, hier habe ich's schon: eine an Mr Harker, eine an Mr Josiah Brown in Chiswick und eine an Mr Sandeford in Reading – wollen Sie sich bitte selbst überzeugen? Nein, das Gesicht auf der Fotografie habe ich nie gesehen. Man würde es wegen seiner auffallenden Hässlichkeit schwerlich vergessen, ich habe kaum jemals ein hässlicheres Bild gesehen. Ob bei uns irgendwelche Italiener in Diensten stehen? Ja, wir haben einige als Arbeiter und als Putzer. Dieselben konnten gut einen Einblick in das Verkaufsbuch nehmen, wenn sie Lust dazu hatten. Wir haben keinen Grund, es unter Verschluss zu halten. Ja, ja, es ist allerdings eine eigentümliche, verzwickte Sache. Ich will hoffen, dass Ihre Nachforschungen von Erfolg sind und dass Sie mir dann mal Nachricht geben.«

Holmes hatte sich, während Mr Harding mit ihm sprach, einige Notizen gemacht, und ich konnte ihm ansehen, dass ihn der Verlauf der Angelegenheit vollauf befriedigte. Er sagte freilich nichts, sondern bemerkte nur, dass wir zu unserer Verabredung mit Lestrade zu spät kommen würden, wenn wir uns nicht sehr beeilten. Als wir in der Baker Street ankamen, war der Inspektor denn auch schon da und schritt ungeduldig in unserem Zimmer auf und ab. An seiner wichtigen Miene war zu erkennen, dass seine Arbeit an diesem Tag nicht vergeblich gewesen war.

»Nun?«, fragte er. »Glück gehabt, Mr Holmes?«

»Wir haben heute ein gutes Stück Arbeit hinter uns und zwar erfolgreiche«, antwortete mein Freund. »Wir haben sowohl die Verkäufer wie die Fabrikanten der Büsten aufgesucht. Ich kann ihre Spuren nun von Anfang an verfolgen.«

»Der Büsten!«, rief Lestrade. »Ja, ja. Sie haben Ihre eigenen Methoden, und es kommt mir nicht zu, etwas dagegen zu sagen, doch glaube ich, ein besseres Tagewerk verrichtet zu haben als Sie. Ich habe die Leiche identifiziert.«

»Was Sie sagen!?«

»Und den Grund zum Verbrechen gefunden.«

»Ausgezeichnet!«

»Wir haben nämlich einen Inspektor Saffron Hill, einen genauen Kenner des italienischen Viertels. Aus einem Wahrzeichen der katholischen Kirche, das der Ermordete um den Hals trug und aus seiner braunen Gesichtsfarbe schloss ich, dass er ein Italiener sei; und Hill, den ich hinzuzog, erkannte die Leiche sofort wieder. Er heißt Pietro Venucci, stammt aus Neapel und ist einer der gefährlichsten Burschen in London. Er ist Mitglied der Mafia, wie Sie wissen ein Geheimbund, der den Mord auf sein Banner geschrieben hat. Die Sache klärt sich nun folgendermaßen auf: Sein Mörder ist auch ein Italiener und gehört ebenfalls der Mafia an. Dieser hat sich aber gegen die Vorschriften vergangen, und Pietro ist mit seiner Verfolgung betraut worden. Die Fotografie, die wir bei der Leiche gefunden haben, ist wahrscheinlich die des Mörders; Pietro hat sie bekommen, um keinen Falschen niederzustechen. Er hat ihn nun verfolgt, in ein Haus einbrechen sehen, ihm draußen aufgelauert und in dem entstandenen Handgemenge selbst den Todesstoß bekommen. Was sagen Sie dazu, Mr Holmes?«

Holmes klatschte beifällig in die Hände.

»Großartig, Mr Lestrade, großartig!«, rief er. »Aber ich habe Ihre Erklärung von der Zerstörung der Büsten nicht recht verstanden.«

»Der Büsten?! Spuken Ihnen die Büsten immer noch im Kopf 'rum? Das ist ganz nebensächlich; gewöhnlicher Diebstahl, sechs Monate Gefängnis im höchsten Fall. In erster Linie müssen wir doch den Mörder suchen, und ich kann Ihnen sagen, dass ich alle Fäden bereits in der Hand halte.«

»Und was gedenken Sie nun zunächst zu tun?«

»Das ist sehr einfach. Ich werde mit Hill ins italienische Viertel gehen, den Mann mithilfe unserer Fotografie ausfindig machen und ihn wegen Mordes verhaften. Wollen Sie mitkommen?«

»Ich denke nicht. Ich glaube, wir können unser Ziel auf noch einfachere Weise erreichen. Ich kann's zwar nicht mit Bestimmtheit sagen, weil alles davon abhängt – nun, weil alles von einem Punkt abhängt, der sich unserer Kontrolle vollständig entzieht. Aber ich hege große Hoffnung – in der Tat, ich möchte zwei gegen eins wetten – dass, wenn Sie sich heute Nacht uns anschließen, ich Ihnen behilflich sein kann, ihn dingfest zu machen.«

»Im italienischen Viertel?«

»Nein; in Chiswick ist eine Adresse, wo wir ihn, glaube ich, eher finden werden. Wenn Sie heute Nacht mit mir nach Chiswick kommen wollen, Lestrade, verspreche ich Ihnen, Sie morgen ins italienische Viertel zu begleiten; die Verzögerung kann ja nichts schaden. Nun werden uns allen ein paar Stunden Schlaf gut tun, und ich schlage vor, nicht vor elf Uhr aufzubrechen, denn wir werden aller Voraussicht nach vor Tagesanbruch nicht zurückkommen. Sie können mit uns essen, Lestrade, und sich dann auf dem Sofa etwas ausruhen. Sie können einstweilen nach einem Extraboten klingeln, Watson, denn ich muss vorher noch einen sehr wichtigen Brief wegschicken.«

Holmes durchstöberte den ganzen Abend die alten Zeitungen in unserer Rumpelkammer. Als er endlich herunterkam, machte er ein triumphierendes Gesicht, sagte aber keinem von uns beiden ein Wort über das Ergebnis seiner Tätigkeit. Ich für meinen Teil, der ich den Methoden, womit er die verschiedenen Irrwege dieses verwickelten Falles aufgespürt hatte, genau gefolgt war, verstand sehr wohl, wenn ich auch das Endziel seines Strebens noch nicht erkennen konnte, dass er diesen eigenartigen Verbrecher bei dem Diebstahl der zwei übrig gebliebenen Büsten abfassen wollte, von denen sich die eine, wie ich mich erinnerte, in Chiswick befand. Zweifellos sollte er von uns auf frischer Tat ertappt werden, und ich wunderte mich über die Schlauheit, womit mein Freund eine falsche Fährte in die Abendblätter lanciert hatte, um den Kerl in dem Wahn zu lassen, dass er sein Handwerk ruhig fortsetzen könnte. Es überraschte mich daher auch nicht, als mir Holmes den guten Rat gab, mich mit einem Revolver zu versehen. Er selbst hatte seine geladene Pistole, seine Lieblingswaffe, zu sich gesteckt.

Um elf stand ein Wagen vor unserem Haus. Wir fuhren in demselben bis zur Hammersmith Bridge, wo der Kutscher halten musste. Wir gingen von hier noch eine kurze Strecke zu Fuß und kamen dann in eine Straße von niedlichen Häusern mit hübschen Vorgärten. Am Eingang eines derselben konnten wir im Schein einer Straßenlaterne den Namen ›Laburnum Villa‹ lesen. Die Bewohner waren offenbar schon zu Bett gegangen, denn es war alles dunkel, nur durch ein kleines rundes Fenster über der Haustür fiel schwaches Licht auf den Gartenweg. Ein dichter hölzerner Zaun, der das Grundstück von der Straße trennte, warf seinen schwarzen Schatten nach innen. Hier versteckten wir uns.

»Ich fürchte, wir müssen lange warten«, flüsterte Holmes. »Wir können froh sein, dass es nicht regnet. Ich glaube, wir dürfen nicht einmal rauchen, um uns die Zeit zu vertreiben. Aber wir haben die doppelte Aussicht, unsere Mühe belohnt zu sehen.«

Unsere Wache war jedoch nicht von so langer Dauer, wie Holmes vermutet hatte. Nach gar nicht langer Zeit, ohne dass wir vorher auch nur einen Laut gehört hatten, ging plötzlich die Gartentür auf und eine geschmeidige dunkle Gestalt bewegte sich so gewandt und flink wie ein Affe auf dem Gartenpfad auf das Haus zu. Wir sahen sie durch den Lichtschein huschen und im Schatten des Hauses verschwinden. Es trat eine längere Pause ein, und es war so still, dass wir den Atem anhalten mussten, dann drang ein knarrendes Geräusch an unsere Ohren. Das Fenster wurde aufgemacht. Eine neue Ruhepause – und der Kerl stieg ein. Wir sahen einen Moment den Schein einer Laterne. Was der Einbrecher suchte, schien er nicht gefunden zu haben, denn bald darauf bemerkten wir denselben Lichtschein durch ein anderes Fenster und noch durch ein drittes.

»Jetzt müssen wir uns an das offene Fenster schleichen«, flüsterte uns Lestrade zu. »Wir wollen ihn packen, wenn er rausklettert.«

Ehe wir aber seiner Aufforderung nachkommen konnten, war der Kerl schon wieder herausgesprungen. Als er in den Lichtschein des Haustürfensters kam, sahen wir, dass er etwas Weißes unter dem Arm hatte. Er blickte sich verstohlen um. Die Ruhe auf der leblosen Straße machte ihn sicher. Er legte seinen Raub auf die Erde, und im nächsten Augenblick hörten wir einen scharfen Schlag, dem ein Klirren und Rasseln folgte. Der Mann hatte uns den Rücken zugekehrt und war derart in seine Arbeit vertieft, dass er nicht merkte, wie wir über den Rasen krochen. Wie ein Tiger sprang ihm Holmes mit einem gewaltigen Satz in den Nacken, und im Nu hatten Lestrade und ich seine Hände erfasst und ihm die Schellen angelegt. Als wir ihn auf den Rücken legten, stierte uns ein hässliches, fahles Gesicht mit verzerrten, wütenden Zügen entgegen. Ich erkannte an der affenartigen Bildung desselben sofort den Mann auf der Fotografie.

Holmes kümmerte sich weiter nicht um unseren Gefangenen. Er hockte auf der Haustreppe und prüfte in der sorgfältigsten Weise die Trümmer des weißen Gegenstandes, den der Dieb gestohlen und zerschlagen hatte. Es war eine ebensolche Büste Napoleons gewesen, wie wir bereits am Morgen eine gesehen hatten, und sie war in gleicher Weise in Stücke zerbrochen. Holmes hielt jeden Teil einzeln gegen das Licht, aber keiner unterschied sich irgendwie von einem beliebigen anderen Stück Gips. Er war gerade mit seiner Untersuchung fertig, als im Hausflur ein neues Licht auftauchte und gleich darauf die Haustür geöffnet wurde. Es schien der Eigentümer des Grundstückes, ein jovialer, wohlbeleibter Herr, in Hemd und Hosen.

»Mr Josiah Brown?«, sagte Holmes.

»Zu Diensten, mein Herr; und Sie sind gewiss Mr Sherlock Holmes? Ich empfing Ihrem Brief, den Sie mir durch einen Sonderboten zusandten und handelte genau nach Ihren Empfehlungen. Wir verschlossen sämtliche Türen im Innern des Hauses und warteten ruhig der Dinge, die da kommen sollten. Nun, es freut mich, dass Sie den Kunden erwischt haben. Ich darf Sie wohl einladen, hereinzukommen und eine kleine Stärkung zu sich zu nehmen.«

Lestrade wollte jedoch seinen Mann möglichst schnell in Sicherheit bringen. Daher wurde unser Aufenthalt nicht lange ausgedehnt. Als nach einigen Minuten unser Wagen kam, stiegen wir alsbald ein und fuhren zusammen nach London. Unser Gefangener gab keinen Ton von sich; er stierte uns unheimlich an, und als ich zufällig einmal mit der Hand in den Bereich seiner Zähne kam, schnappte er danach wie ein wildes Tier. Die Untersuchung auf der Polizeiwache nahm ziemlich viel Zeit in Anspruch, sie förderte aber weiter nichts zutage als ein paar Schilling Geld und ein langes, dolchartiges Messer mit Scheide, was allerdings insofern von Bedeutung war, als sich noch frische Blutspuren daran befanden.

»Alles Weitere wird sich schon finden«, sagte Lestrade, als wir uns trennten. »Hill kennt die ganze Gesellschaft, er wird auch diesen kennen. Sie werden sehen, dass meine Theorie von der Mafia richtig ist und die ganze Sache erklärt. Vorläufig spreche ich Ihnen meinen besten Dank aus für die rasche und kunstgerechte Ergreifung des Mordgesellen. Ganz klar ist mir die Geschichte übrigens augenblicklich doch noch nicht.«

»Zu längeren Auseinandersetzungen ist es etwas zu spät geworden«, erwiderte Holmes. »Außerdem ist ein Punkt auch für mich noch nicht vollständig aufgeklärt. Der Fall scheint es jedoch zu lohnen, dass man ihn bis zum letzten Ende verfolgt. Wenn Sie morgen Abend um sechs Uhr wieder in meine Wohnung kommen wollen, glaube ich, Ihnen zeigen zu können, dass Sie die Sache auch jetzt noch nicht begriffen haben; sie ist in mancher Beziehung ohne Beispiel in der Kriminalgeschichte. Wenn ich Ihnen je die Erlaubnis erteile, meine kleinen Erlebnisse weiter zu veröffentlichen, wird voraussichtlich die Erzählung von den sechs Napoleonbüsten ein besonders interessantes Kapitel in Ihrem Buch bilden, lieber Watson.«

Als Lestrade am Abend zu uns kam, war er in der Lage, über unseren Gefangenen viele Angaben zu machen. Sein Vorname sei wahrscheinlich Beppo, der Zuname sei noch nicht bekannt. Er sei ein bekannter Taugenichts in der italienischen Kolonie, aber vordem ein geschickter und fleißiger Bildhauer gewesen. Er sei eben auf Abwege geraten und schon zweimal mit Gefängnis vorbestraft – einmal wegen Diebstahls und einmal wegen einer Stecherei. Er könne perfekt Englisch. Seine Gründe zur Vernichtung der Büsten seien noch unbekannt, und er verweigere jede Auskunft darüber. Die Polizei habe jedoch ermittelt, dass er diese Büsten sehr wohl selbst angefertigt haben könne, weil er solche Arbeiten bei Gelder & Co. ausgeführt habe. Holmes hörte diese Mitteilungen, obwohl sie uns meistenteils bekannt waren, freundlich an, aber ich kannte ihn zu gut, um nicht deutlich zu sehen, dass er mit seinen Gedanken anderswo war. Trotzdem er seine gewöhnliche Miene zur Schau trug, merkte ich ihm eine gewisse Ungeduld und Erwartung an. Endlich sprang er vom Stuhl auf, seine Augen glänzten. Es hatte geklingelt. Gleich darauf vernahmen wir Schritte, und ein ältlicher Herr mit gerötetem Gesicht und grauem Backenbart wurde hereingeführt. Er hatte in der rechten Hand eine große, altmodische Reisetasche, die er vorsichtig auf den Tisch setzte.

»Bin ich hier richtig bei Mr Sherlock Holmes?«

Mein Freund verbeugte sich lächelnd und sagte: »Sie sind gewiss Mr Sandeford aus Reading?«

»Jawohl, mein Herr; ich habe mich leider etwas verspätet, aber die Züge lagen ungünstig. Sie schrieben mir wegen einer Büste, die sich in meinem Besitz befindet.«

»Gewiss.«

»Ich habe Ihren Brief mitgebracht. Sie schreiben: ›Ich beabsichtige, eine Kopie von Devines Napoleon zu kaufen und würde Ihnen für die Ihrige zehn Pfund zahlen.‹ Stimmt das?«

»Allerdings.«

»Ihr Brief hat mich etwas überrascht. Ich konnte mir nicht denken, woher Sie wissen sollten, dass ich ein solches Ding hatte.«

»Natürlich müssen Sie darüber erstaunt gewesen sein. Die Erklärung ist jedoch sehr einfach. Mr Harding, der Inhaber der Firma Gebrüder Harding, teilte mir mit, dass Sie die letzte derartige Büste bekommen hätten und gab mir gleichzeitig Ihre Adresse.«

»So verhält sich also die Sache! Hat er Ihnen auch den Preis gesagt?«

»Nein; das hat er nicht getan.«

»Nun, ich bin ein ehrlicher, wenn auch kein reicher Mann. Ich habe fünfzehn Schilling bezahlt; ich will Ihnen das nicht verheimlichen, ehe ich die zehn Pfund annehme.«

»Ihre Rechtschaffenheit macht Ihnen alle Ehre, Mr Sandeford, aber nachdem ich Ihnen nun mal diese Summe geboten habe, will ich auch dabei bleiben.«

»Gut, Sie sind sehr nobel. Ich habe den Kopf Ihrem Wunsch gemäß gleich mitgebracht. Hier ist er!« Er machte die Reisetasche auf, und heraus kam eine getreue Nachbildung des Devine'schen Napoleon aus Gips, wie wir sie in ihren Stücken schon ein paarmal gesehen hatten.

Holmes zog ein Papier aus der Tasche und legte eine Zehnpfundnote auf den Tisch.

»Wollen Sie, bitte, dieses Schreiben in Gegenwart dieser Zeugen unterzeichnen, Mr Sandeford? Es besagt nur, dass Sie jedwedes Recht, das Sie an der Büste haben, auf mich übertragen. Ich bin ein vorsichtiger Mann, wie Sie sehen; und man weiß nie, was sich später aus einer Sache entspinnt. – Danke, Mr Sandeford; hier ist Ihr Geld. Ich wünsche Ihnen einen schönen guten Abend.«

Sobald unser Besucher hinaus war, zeigte mein Freund ein eigentümliches Verhalten. Er nahm aus einer Schublade ein reines Tuch und breitete es auf dem Tisch aus. Dann stellte er seine eben erworbene Büste darauf. Zum Schluss nahm er seine Pistole und gab einen scharfen Schuss auf das Haupt Napoleons ab. Die Figur zerbrach in Stücke, die Holmes begierig betrachtete. Im nächsten Moment stieß er einen Freudenschrei aus und hob ein Stück in die Höhe, in dem ein runder, dunkler Gegenstand steckte, wie eine Rosine in einem Kuchen.

»Meine Herren!«, rief er triumphierend, »darf ich Ihnen die berühmte schwarze Perle der Borgia zeigen?«

Lestrade und ich waren eine Weile sprachlos, dann aber brachen wir ganz unwillkürlich in lautes Beifallklatschen aus, wie ein Theaterpublikum, wenn die Lösung des Stückes kommt. Eine flüchtige Röte überflog meines Freundes bleiche Wangen, und er verbeugte sich wie der dramatische Künstler, der für den Beifall des Auditoriums dankt. In solchen Augenblicken war er nicht mehr die denkende, fühllose Maschine, sondern verriet die allgemein menschliche Liebe für Bewunderung und Beifall. Wenn er auch als stolzer und zurückhaltender Mann öffentliches Lob verabscheute, so konnte er doch durch die unwillkürliche Beifallskundgebung eines Freundes tief berührt werden.

»Ja, meine Herren«, sagte er, »es ist die berühmteste Perle der Welt, und ich habe Glück gehabt, ihre Spur durch eine Reihe logischer Schlüsse vom Schlafzimmer des Fürsten Calonna im Dacre Hotel, wo sie abhanden kam, bis in das Innere dieser letzten von sechs Napoleonbüsten von Gelder & Co. in Stepney verfolgt zu haben. Sie werden sich noch des Aufsehens erinnern, Lestrade, welches das Verschwinden dieses kostbaren Kleinods damals erregte, und wie die Londoner Polizei sich vergeblich bemühte, es wiederzufinden. Ich wurde auch zurate gezogen, vermochte aber damals ebenso wenig Licht in das Dunkel zu bringen wie die übrigen. Der Verdacht fiel auf die Zofe der Gräfin, eine junge Italienerin. Es konnte ihr aber nur nachgewiesen werden, dass ein Bruder von ihr in London lebte; ein engerer Zusammenhang war jedoch nicht zu finden. Das Mädchen hieß Lucretia Venucci, und dieser Pietro, der in der vorgestrigen Nacht ermordet worden ist, ist kein anderer als ihr Bruder. Ich habe in den alten Zeitungen nach den Daten gesucht und daraus ersehen, dass die Perle gerade zwei Tage vor Beppos Verhaftung verschwunden war – er wurde damals wegen einer Messeraffäre verfolgt und in der Werkstatt bei Gelder & Co. im selben Moment ergriffen, als diese Büsten hergestellt wurden. Sie werden nun das Folgende, wenn auch in anderer Reihenfolge als ich, ohne Schwierigkeiten begreifen können. Beppo hatte die Perle in seinem Besitz, vielleicht hatte er sie von Pietro gestohlen, vielleicht war er auch sein Komplize, womöglich gar der Zwischenträger zwischen Pietro und seiner Schwester. Ob die eine oder die andere Annahme richtig ist, tut nichts zur Sache.

Es kommt nur darauf an, dass er die Perle hatte und zur Zeit, als ihn die Polizei verfolgte, bei sich trug. Er lief in die Werkstatt, er wusste, dass er in etlichen Minuten eine Durchsuchung zu gewärtigen hatte, bei der man die Perle finden würde, da sah er sechs Napoleonbüsten im Gang zum Trocknen stehen. Eine derselben war noch weich. Ohne Besinnen machte Beppo, ein geschickter Arbeiter, ein kleines Loch in die feuchte Gipsmasse, steckte rasch die Perle hinein und machte die Öffnung durch ein paar kunstgerechte Fingerbewegungen wieder zu. Es war ein vortreffliches Versteck. Kein Mensch konnte die Perle an dieser Stelle vermuten und finden. Beppo musste nun ein Jahr ins Gefängnis, währenddessen die sechs Büsten über ganz London zerstreut wurden. Er wusste selbstverständlich nicht, in welcher der Schatz verborgen war. Er konnte ihn nur finden, wenn er sie nacheinander zerschlug, denn einfaches Schütteln half nichts, weil die Perle in dem nassen Gips wahrscheinlich festgeklebt war – wie es tatsächlich auch der Fall ist. Beppo begab sich mit anerkennenswertem Eifer und der nötigen Zähigkeit auf die Suche. Durch einen Vetter, der bei Gelder arbeitet, erfuhr er die Namen der Käufer jener Büsten. Es gelang ihm, bei Morse Hudson Beschäftigung zu finden, wo er drei davon auskundschaftete. Die Perle war nicht drin. Mithilfe eines italienischen Angestellten von Harding brachte er in Erfahrung, wo die drei anderen hingekommen waren. Die eine hatte Harker bekommen. Dorthin folgte ihm sein Genosse Pietro, um ihn wegen des Verlustes der Perle zur Rechenschaft zu ziehen, wurde aber im Verlauf des darüber entbrannten Streites erstochen.«

»Wenn Beppo sein Genosse war, warum hatte Pietro dann seine Fotografie in der Tasche?«, warf ich ein.

»Um ihn aufzufinden, wenn er sich bei dritten Personen nach ihm erkundigen wollte. Einen anderen Grund kann es wohl kaum gehabt haben. Nach dieser Tat musste Beppo meiner Berechnung nach seine Nachforschungen eher beschleunigen als verzögern, denn er hatte zu befürchten, dass die Polizei das Geheimnis durchschaue, und er musste deshalb die Perle auf jeden Fall eher wiederzuerlangen suchen, als die Polizei seiner habhaft werden konnte. Selbstverständlich wusste ich nicht, ob er sie nicht schon in der Harker'schen Büste gefunden hatte, ja ich wusste nicht einmal genau, ob es sich um diese Perle handelte; nur soviel war mir klar, dass er etwas in der Büste gesucht hatte, denn sonst würde er sie nicht an verschiedenen Häusern vorbei gerade in den Garten getragen haben, wo eine Laterne Licht verbreitete. Da Harkers Büste eine von dreien war, so standen meine Chancen wie zwei zu eins, wie ich gestern Abend schon sagte. Es waren noch zwei Büsten übrig, und es war anzunehmen, dass er zuerst die in der Stadt befindliche holen würde.

Ich schickte daher an die Bewohner dieses Hauses einen Brief, worin ich sie auf das Bevorstehende aufmerksam machte, und wir begaben uns dann selbst dorthin und hatten das beste Resultat. Nun wurde es mir natürlich zur Gewissheit, dass es sich um die Borgia-Perle handelte. Der Name des Ermordeten bildete das Verbindungsglied zwischen den zwei Fällen. Es war nun nur noch eine einzige Gipsfigur vorhanden – die in Reading – in dieser musste die Perle sein. Ich habe diese letzte Büste in Ihrer Gegenwart ihrem Besitzer abgekauft – und hier ist die Perle.«

Wir waren eine Weile stumm.

»Ich habe Sie schon viele Fälle behandeln sehen, Mr Holmes«, sagte dann Lestrade, »mehr Scharfsinn und Umsicht haben Sie aber, so viel ich mich entsinnen kann, noch bei keinem an den Tag gelegt. Wir sind nicht eifersüchtig auf Sie in Scotland Yard. Nein, im Gegenteil, wir sind stolz auf Sie, und wenn Sie morgen zu uns hinunterkommen, wird Ihnen jeder, vom ältesten Inspektor bis zum jüngsten Schutzmann, mit Freuden die Hand schütteln und gratulieren.«

»Ich danke Ihnen«, sagte Holmes, »ich danke Ihnen!« Er drehte sich um und schien mir stärker gerührt zu sein als je zuvor. Einen Augenblick später war er aber schon wieder der kalte, geschäftsmäßige Denker. »Legen Sie die Perle in den Schrank, Watson«, sagte er, »und nehmen Sie die Akten über den Conk-Singleton-Münzprozess heraus. Adieu, Mr Lestrade! Wenn Sie wieder mal eine kleine Aufgabe haben, bin ich gern bereit, soweit es in meinen Kräften steht, Ihnen bei der Lösung behilflich zu sein.«

Die drei Studenten

Es war im Jahre 1895, als uns der Gang von Ereignissen, auf die ich hier nicht näher eingehen will, veranlasste, ein paar Wochen in einer unserer bedeutendsten und ältesten Universitätsstädte zuzubringen. In dieser Zeit passierte aber nebenbei eine kleine eigenartige Geschichte, die ich jetzt erzählen will. Ich brauche dabei wohl kaum besonders zu bemerken, dass ich irgendwelche Angaben, aus denen der Leser auf die wirkliche Begebenheit schließen könnte, vermeiden muss, denn es würde sonst ungerecht und beleidigend sein, und es ist besser, wenn man über einen so peinlichen Vorfall Gras wachsen lässt. Bei der nötigen Diskretion kann man jedoch das Vorkommnis selbst wohl mitteilen, und ich möchte dies daher nicht unterlassen, besonders auch, weil sich dabei die hervorragendsten Fähigkeiten meines Freundes Sherlock Holmes wieder einmal in glänzender Weise zeigten.

Wir bewohnten damals ein paar möblierte Zimmer in der Nähe einer Bibliothek, wo Holmes eifrig alte englische Schriften studierte und ein dermaßen überraschendes Resultat hatte, dass ich dieser Sache gewiss später noch einmal ein besonderes Kapitel widmen werde.

Eines Abends, als wir von einem Spaziergang am Flussufer heimgekehrt waren und rauchend auf unserem Zimmer saßen, klopfte es plötzlich an der Tür, und herein trat ein bekannter, wegen seines wissenschaftlichen Rufs hoch angesehener Professor vom St. Lucas College.

Er war ein großer, magerer Mann von nervösem, leicht erregbarem Temperament; sein glattrasiertes Gesicht trug alle Spuren einer äußerst regen geistigen Tätigkeit. Ich hatte ihn nie anders als unruhig gesehen, aber diesmal befand er sich doch in einem solch hohen Grad der Erregung, dass entschieden etwas Außergewöhnliches geschehen sein musste.

Er nahm sich gar nicht die Zeit, uns zu begrüßen, sondern platzte sofort los:

»Sie müssen mir ein paar Stunden Ihrer kostbaren Zeit opfern, Mr Holmes. In meinem College ist uns etwas sehr Unangenehmes passiert, und ich wüsste, wenn Sie nicht zufällig hier wären, wahrhaftig nicht, was ich anfangen sollte. Sie allein, Mr Holmes, können mir helfen.«

»Ich bin gerade in diesen Tagen sehr beschäftigt und kann keine Ablenkung brauchen«, erwiderte mein Freund, der sich nicht von seinem Stuhl erhoben hatte. »Ich rate ihnen daher, lieber polizeiliche Hilfe in Anspruch zu nehmen.«

Holmes hatte noch nicht zu Ende gesprochen, als ihm der Professor in sichtlicher Erregung entgegnete:

»Nein, nein, mein lieber Herr; das ist vollständig unmöglich. Sobald man eine Sache der Polizei übergeben hat, kann man sie nicht mehr zurückziehen, und hier liegt gerade ein Fall vor, wo im Interesse der Anstalt in erster Linie jeder Skandal vermieden werden muss. Von Ihnen weiß ich nun, dass Sie verschwiegen sind, und kenne auch Ihre Fähigkeiten. Sie sind der einzige Mann auf Erden, der mir helfen kann. Ich bitte Sie inständig, Mr Holmes, alles zu tun, was in Ihren Kräften steht.«

Meines Freundes Laune war nie sehr rosig, wenn er für längere Zeit die ihm lieb gewordene Baker Street missen musste. Ohne seine Bücher, seine Chemikalien und seine heimische Unordnung fühlte er sich nicht behaglich. Er zuckte ungnädig die Schultern, aber unser Besucher ließ sich dadurch nicht abhalten, in fließenden Worten und mit lebhaften Gebärden seine Geschichte vorzubringen.

»Morgen ist der erste Tag der Abgangsprüfung, Mr Holmes. Ich bin einer der Examinatoren. Mein Fach ist Griechisch, und eine der ersten Aufgaben besteht in der Übersetzung eines größeren Abschnitts aus einem griechischen Werk, welchen der Kandidat nicht kennen darf. Diese Stelle lasse ich drucken, um sie unmittelbar vor der Prüfung auszugeben, und es würde natürlich eine ungeheure Erleichterung für den Prüfling sein, wenn er sich vorbereiten könnte. Deshalb muss dieser Text streng geheim gehalten werden.

Heute Nachmittag gegen drei Uhr erhielt ich die Abzüge aus der Druckerei. Es ist ein halbes Kapitel aus dem Thukydides. Ich musste es sehr sorgfältig durchlesen, weil der Text selbstverständlich durchaus fehlerfrei sein muss. Ich war um halb fünf noch nicht ganz fertig. Da ich aber einem Freund versprochen hatte, bei ihm den Tee einzunehmen, ließ ich die Korrektur auf meinem Schreibtisch liegen und ging fort. Ich mag etwas über eine Stunde ausgeblieben sein.

Sie wissen ja, Mr Holmes, dass bei uns im College überall Doppeltüren sind – innen eine mit grünem Stoff überzogene und außen eine schwere eichene. Als ich an die äußere Tür kam, war ich starr, einen Schlüssel darin stecken zu sehen. Im ersten Augenblick glaubte ich, ich hätte meinen eigenen abzuziehen vergessen, aber ein Griff in die Tasche belehrte mich, dass dies nicht der Fall war. Der einzige zweite Schlüssel, der meines Wissens existiert, befand sich im Besitz meines Dieners Bannister. Dieser Mann ist seit zehn Jahren bei mir in Stellung und dessen Ehrlichkeit über jeden Zweifel erhaben. Es stellte sich heraus, dass der Schlüssel wirklich ihm gehörte, dass er in meinem Zimmer gewesen war, um mich zu fragen, ob ich Tee haben wollte, und dass er beim Hinausgehen in sträflicher Sorglosigkeit den Schlüssel hatte stecken lassen. Er muss kurz nachdem ich weggegangen war, in meinem Zimmer gewesen sein. Seine Vergesslichkeit würde sonst nur wenig geschadet haben, aber gerade heute hat sie die schlimmsten Folgen gehabt.

Sobald ich auf meinen Schreibtisch blickte, merkte ich, dass jemand meine Papiere durchstöbert hatte. Der Korrekturbogen bestand aus drei Stücken, die ich beisammen gelassen hatte. Eins davon lag nun am Boden, eins auf einem Tischchen am Fenster und das dritte da, wo ich den Abzug durchgesehen hatte.«

Holmes regte sich jetzt zum ersten Mal.

»Der Anfang am Boden, die Fortsetzung am Fenster und der Schluss, wo Sie gesessen hatten«, sagte er.

»Ganz genau, Mr Holmes. Ich staune über Sie. Wie können Sie das wissen?«

Holmes machte eine nervöse, abwehrende Bewegung.

»Bitte fahren Sie mit Ihrem interessanten Bericht fort, Herr Professor!«

»Im ersten Moment dachte ich, Bannister hätte sich die unverzeihliche Freiheit genommen, meine Papiere zu durchsuchen. Er stellte dies jedoch mit größter Entschiedenheit in Abrede, und ich bin auch fest überzeugt, dass er die Wahrheit gesagt hat. Es blieb also nur die Möglichkeit übrig, dass jemand im Vorbeigehen den Schlüssel bemerkt und gewusst hatte, dass ich ausgegangen war, und dann mein Zimmer betreten hatte, um sich einen Einblick in meine Papiere zu verschaffen. Es steht nämlich überdies eine große Summe Geldes auf dem Spiel, denn auf die beste Arbeit ist ein hoher Preis gesetzt, und ein gewissenloser Mensch kann daher sehr wohl gewagt haben, das Risiko auf sich zu nehmen, um auf diese Weise einen Vorsprung vor seinen Kameraden zu gewinnen.

Mein alter Diener war infolge dieses Vorfalls äußerst aufgeregt. Er fiel beinahe in Ohnmacht, als wir fanden, dass jemand sich Einblick in den

Examenstext verschafft haben musste. Ich holte ihm ein bisschen Branntwein, und er setzte sich in einen Stuhl, worauf ich eine genaue Untersuchung des Zimmers vornahm. Ich wurde bald gewahr, dass der Eindringling außer den zerknitterten Papieren auch noch andere Spuren seiner Anwesenheit hinterlassen hatte. Auf dem kleinen Tischchen am Fenster waren verschiedene Schnitzelchen von einem Bleistift, der offenbar dort gespitzt worden war. Es lag auch eine abgebrochene Spitze dort. Der Kerl hatte das Kapitel aller Wahrscheinlichkeit nach in größter Eile abgeschrieben, den Bleistift dabei abgebrochen, und ihn wieder frisch gespitzt.«

»Ausgezeichnet!«, rief Holmes, der wieder bessere Laune bekommen hatte, weil der Fall seine Aufmerksamkeit mehr und mehr gefesselt hatte. »Das Glück ist Ihnen günstig gewesen.«

»Das war noch nicht alles. Ich habe einen neuen Schreibtisch mit einem feinen Überzug von rotem Leder. Ich könnte darauf schwören, und Bannister ebenfalls, dass er vollkommen unversehrt war. Und nun bemerkte ich einen richtigen drei Zoll langen Schnitt darin – keinen oberflächlichen Kritz, sondern einen wirklichen Einschnitt. Aber das war's nicht allein, ich fand auch noch einen kleinen Klumpen von schwärzlichem tonigem oder lehmigem Schmutz, in dem etwas wie Sägemehl zu stecken scheint. Ich glaube bestimmt, dass diese Spuren von dem Mann stammen, der die Papiere missbraucht hat. Fußabdrücke und sonstige Zeichen, wodurch man seine Persönlichkeit feststellen könnte, waren aber nicht zu sehen. Ich war mit meinem Witz zu Ende, als mir plötzlich einfiel, dass Sie ja glücklicherweise in unserer Stadt seien, und ich bin schnurstracks hierher geeilt, um die Sache in Ihre erfahrenen Hände zu legen. Helfen Sie mir also, Mr Holmes! Sie sehen, wie ich in der Klemme stecke. Entweder muss ich den Dieb ausfindig machen, oder die Prüfung muss verschoben werden, bis ich einen neuen Text für die griechische Übersetzung habe drucken lassen. Das kann jedoch nicht ohne die Angabe der Gründe geschehen und wird einen furchtbaren Skandal hervorrufen, wodurch nicht nur der Ruf der Fakultät, sondern der ganzen Universität geschädigt wird. Vor allen Dingen möchte ich daher, dass die Angelegenheit nicht an die Öffentlichkeit dringt.«

»Ich bin gerne bereit, mich der Sache anzunehmen und Ihnen zu raten, so gut ich es vermag«, sagte Holmes, indem er aufstand und seinen Überzieher anzog. »Der Fall ist gar nicht uninteressant. Hatte Sie irgendjemand in Ihrem Zimmer besucht, als Sie die Korrektur bereits bekommen hatten?«

»Ja; der junge Daulat Ras, ein indischer Student, der in demselben Flügel wohnt; er wollte mich über einige Einzelheiten des Examens fragen.«

»An dem er selbst auch beteiligt ist?«

»Jawohl.«

»Und der Abzug lag auf dem Tisch?«

»Soviel ich weiß, ja, jedoch war er noch zusammengerollt, so wie ich ihn mir aus der Druckerei geholt hatte.«

»Er konnte aber als Korrekturbogen erkannt werden? Wenigstens wenn man wusste, dass Sie einen solchen heute Vormittag erhielten.«

»Das ist nicht unmöglich.«

»Sonst war niemand drin?«

»Nein.«

»Wusste jemand, dass der Abzug in Ihrem Zimmer sein würde?«

»Kein Mensch außer dem Drucker.«

»Kennt dieser den Diener?«

»Nein, sicherlich nicht. Niemand hat's sonst noch gewusst.«

»Wo ist Bannister jetzt?«

»Er befand sich in einem sehr elenden Zustand, als ich wegging, der arme Kerl. Er lag ganz gebrochen im Stuhl, aber ich kümmerte mich weiter nicht um ihn; ich hatte zu große Eile, zu Ihnen zu kommen, Mr Holmes.«

»Sie haben jetzt die Tür zu Ihrem Zimmer offen gelassen?«

»Nur die Papiere habe ich rasch erst eingeschlossen.«

»Dann, Herr Professor, muss, falls der Inder bei seinem Besuch die Rolle nicht als den Abzug erkannt hat, der Mann, der ihn abgeschrieben hat, eben ganz zufällig vorbei- und hineingegangen sein, ohne überhaupt von der Existenz dieses wichtigen Papiers Kenntnis gehabt zu haben.«

»Das glaube ich auch.«

Holmes lächelte in seiner rätselhaften Weise.

»Nun«, sagte er, »wollen wir zusammen hingehen.«

Holmes griff nach seinem Hut, und ich tat dasselbe.

»Nichts für Sie, Watson.«

Als er aber mein enttäuschtes Gesicht bemerkte, sagte er gutmütig lächelnd:

»Gut, kommen Sie mit, wenn Sie wollen. – Herr Professor, wir stehen zu Ihrer Verfügung.«

Von dem alten moosbewachsenen Hof des Kollegienhauses führte ein gotischer Toreingang zu einer steinernen Wendeltreppe. Das Zimmer unseres Klienten lag im Erdgeschoss und hatte ein großes vergittertes Fenster; darüber wohnten im ersten, zweiten und dritten Stockwerk je ein Student. Es war bereits im Dunkelwerden, als wir anlangten. Holmes blieb stehen und guckte nach dem Fenster im Erdgeschoss. Dann ging er näher darauf zu, stellte sich auf die Zehen, machte einen langen Hals und schaute hindurch ins Zimmer des Professors.

»Er muss durch die Tür hereingekommen sein«, sagte unser kundiger Führer, »es ist weiter kein Fenster da als dieses vergitterte hier.«

»Wenn wir hier nichts weiter sehen können«, meinte Holmes, in seiner eigentümlichen Weise lächelnd, »dann wollen wir lieber hineingehen.«

Wir betraten einen Korridor. Der Professor schloss die äußere Tür zu seinem Zimmer auf und führte uns hinein. Holmes begann sogleich eine genaue Untersuchung des Teppichs, während der Professor und ich, um ihn nicht zu stören, in einer Ecke stehen blieben.

»Hier finden sich leider keine Spuren«, sagte er dann. »Bei so trockenem Wetter kann man auch kaum welche erwarten. Ihr Diener scheint sich übrigens wieder ganz erholt zu haben. Sie sagten, dass Sie ihn in einem Stuhl hätten liegen lassen; in welchem denn?«

»In dem dort am Fenster.«

»Ach so, dort neben dem kleinen Tisch. Nun können Sie näherkommen. Ich bin mit der Untersuchung des Teppichs fertig. Wir wollen jetzt zunächst das Tischchen hier vornehmen. Wie der Mann vorgegangen ist, kann nicht zweifelhaft sein. Er ist in das Zimmer getreten und hat die Papiere Stück für Stück vom Schreibtisch an das Fenstertischchen gebracht, weil er Sie von hier aus über den Hof zurückkommen sehen und sich dann rechtzeitig aus dem Staub machen konnte.«

»Aber tatsächlich konnte er's nicht«, warf der Professor ein, »denn ich bin durch einen Seiteneingang zurückgekehrt, und nicht über den Hof.«

»Aha! Aber immerhin hat er sich's so gedacht, denn er konnte damit rechnen, dass Sie über den Hof kämen. Zeigen Sie mir bitte nun die drei Papierbogen.«

Der Professor übergab sie meinem Freund, worauf dieser sie lange mit der Lupe untersuchte.

»Keine Fingerabdrücke! Ich hatte vermutet, dass der Eindringling sich beim Spitzen des Bleistifts den Daumen der rechten Hand mit dem Grafit geschwärzt hätte, und dass wir auf einem der Papiere einen genauen Daumenabdruck fänden. Aber ich kann absolut nichts entdecken.«

»Nun, diesen Bogen mit dem Anfang hat er zuerst genommen und abgeschrieben. Wie lange mag er bei höchster Anstrengung dazu gebraucht haben. Doch mindestens eine Viertelstunde. Dann hat er ihn weggeworfen und den zweiten geholt. Er war bis zur Mitte gekommen, als er infolge Ihrer Rückkehr sehr rasch fliehen musste – sehr rasch, denn er hatte nicht so viel Zeit, die Papiere wieder an ihren alten Platz zurückzulegen, wodurch Sie doch aufmerksam werden mussten. Sie haben keine eiligen Schritte gehört, Herr Professor, als Sie die äußere Tür aufmachten?«

»Nein, ich habe nichts gehört.«

Holmes untersuchte nun die Holzschnitzel, die auf dem Tischchen lagen.

»Gut; er hat so fürchterlich drauf los geschrieben, dass er seinen Bleistift abgebrochen und ihn wieder gespitzt hat. Das ist interessant, Watson; der Bleistift war kein gewöhnlicher. Er war dicker als sonstige Bleistifte, sehr weich und aus der Fabrik von Johann Faber. Das Holz war dunkelblau gefärbt, und der Name des Fabrikanten war in silbernen Buchstaben eingedruckt. Das übrig gebliebene Stück ist höchstens noch anderthalb Zoll lang. Suchen Sie diesen Bleistift, Herr Professor, und Sie haben Ihren Mann. Zu Ihrer Erleichterung will ich Ihnen noch hinzufügen, dass er ein großes und sehr stumpfes Messer hat.«

Der Gelehrte zeigte ein Gesicht, auf dem sich die Überraschung über diese vielen Auskünfte in fast komischer Weise malte.

»Die anderen Punkte verstehe ich zur Not«, sagte er endlich, »aber die Sache von der Länge will mir nicht recht ...«

Holmes hielt ihm ein kurzes Stückchen von dem Bleistiftholz hin, das der Unbekannte beim Spitzen auf den Tisch hatte fallen lassen. Man sah darauf die Buchstaben NN und noch einen kleinen freien Raum dahinter.

»Begreifen Sie's nun?«

»Nein, auch jetzt noch fürchte ich ...«

»Watson, wofür halten Sie diese NN? Sie bilden den Schluss eines Wortes. Es wird Ihnen bekannt sein, dass Johann Faber die bekannteste Bleistiftfirma ist. Ist es also nicht klar, dass von dem Bleistift noch so viel übrig ist, als gewöhnlich noch vor dem ›Johann‹ freier Platz ist, plus derjenigen Länge, die die Buchstaben JOHA einnehmen? Mehr auf keinen Fall, denn die beiden N sind ja weggeschnitten, wie Sie sehen.«

Dann hielt er das kleine Tischchen gegen das elektrische Licht.

»Ich hoffte, falls er auf dünnes Papier geschrieben hätte, auf der polierten Platte eine Spur zu entdecken, ich kann jedoch nichts sehen. Wir können hier weiter nichts erfahren. Betrachten wir nun den Schreibtisch. Dieses Klümpchen ist vermutlich die schwarze lehmige Schmutzmasse, wovon Sie sprachen, Herr Professor. Es ist außen formlos, aber innen ungefähr wie eine Pyramide geformt und hohl, wie ich sehe. Wie Sie richtig bemerkten, scheinen Spuren von Sägemehl oder etwas Ähnlichem drin zu sein. Wahrhaftig, das ist interessant. Und dazu der Riss auf Ihrem Schreibtisch – ein wirklicher Riss. Er fängt mit einem Kritzer an und endigt mit einem Loch. Ich bin Ihnen zu großem Dank verpflichtet, Herr Professor, dass Sie mir diesen interessanten Fall übertragen haben. Das ewige Studieren auf der Bibliothek und das Herumstöbern in alten Handschriften haben meinen Geist ganz abgestumpft. Da kommt mir solch ein anregender Fall gerade recht. Ich werde morgen mit frischen Kräften zur Bibliothek gehen. Wohin führt diese Tür dort?«

»In mein Schlafzimmer.«

»Sind Sie, seitdem die Sache passiert ist, schon einmal drin gewesen?«

»Nein; ich kam nur in dieses Zimmer und bin dann direkt zu Ihnen gelaufen.«

»Ich würde gern einen Blick in Ihr Schlafzimmer werfen.«

Der Professor öffnete uns die Tür, und wir betraten einen jener Räume aus der höchsten Blütezeit der englischen Gotik, ehe dieser Stil noch in die unnatürlichen Formen der späteren Zeit ausartete. Die Wände waren getäfelt, und die Holzdecke war eine Sehenswürdigkeit, selbst in jener Stadt, wo das Auge durch Ähnliches verwöhnt ist.

»Was für ein reizendes, altertümliches Zimmer! Wollen Sie bitte einen Augenblick warten, bis ich den Fußboden untersucht habe. Nein, es ist nichts zu sehen. Wozu dient dieser Vorhang? Sie hängen Ihre Kleider dahinter auf. Wenn sich jemand in diesem Zimmer verbergen müsste, könnte er's nur hier hinten tun, denn das Bett ist zu niedrig und der Kleiderschrank zu klein. Es steckt vermutlich keiner dahinter?«

Als Holmes den Vorhang zurückzog, merkte ich ihm an, dass er auf eine Überraschung gefasst war. Aber in der Tat barg der Vorhang nur drei oder vier Anzüge, die an einer Kleiderleiste hingen. Holmes wandte sich zurück und beugte sich plötzlich tief hinab auf den Boden.

»Hallo! Was ist das hier?«, rief er.

Er hatte einen kleinen tonartigen Schmutzklumpen gefunden, der innen pyramidenförmig hohl war, und hielt ihn in der flachen Hand unter eine elektrische Lampe.

»Ihr Besucher scheint nicht nur in Ihrem Studier-, sondern auch in Ihrem Schlafzimmer gewesen zu sein, Herr Professor!«

»Was kann er hier nur gewollt haben?«

»Das scheint mir nicht allzu schwer erklärlich. Sie kamen auf einem unerwarteten Weg zurück, sodass er Sie nicht eher bemerkte, bis Sie bereits an der äußeren Tür waren. Was blieb ihm übrig? Er raffte alles auf, was ihn direkt hätte verraten können, und stürzte in Ihr Schlafzimmer, um sich dort zu verbergen.«

»Heiliger Himmel, Mr Holmes, Sie meinen, dass wir während der ganzen Zeit, die ich mit Bannister verhandelte, den Kerl nebenan gefangen hatten, wenn wir's nur gewusst hätten?«

»So denke ich mir's.«

»Dann besteht noch eine andere Möglichkeit, Mr Holmes. Ich weiß nicht, ob Sie mein Schlafzimmerfenster betrachtet haben?«

»Es ist ein Gitterfenster mit drei Eisenstäben, die weit genug auseinander stehen, um einen Mann zur Not durchzulassen.«

»Ganz recht. Und es mündet auf eine Ecke des Hofes, die ziemlich verdeckt liegt. Der Mann kann also auch hier eingestiegen sein, die Fährte in der Kammer zurückgelassen haben und dann, als er die Tür offen fand, auf dem natürlichen Weg hinausgeschlüpft sein.«

Holmes schüttelte ungeduldig den Kopf.

»Wir wollen nicht so unpraktisch denken«, antwortete er. »Wenn ich Sie richtig verstanden habe, benutzen drei Studenten die Haustreppe und gehen täglich mehrmals an Ihrer Tür vorbei?«

»Jawohl, das ist so.«

»Und sie stehen alle drei vor dem Examen?«

»Ja.«

»Haben Sie auf einen stärkeren Verdacht als etwa auf die anderen?«

Der Professor zögerte mit der Antwort.

»Das ist eine delikate Frage«, sagte er dann. »Man spricht nicht gerne einen Verdacht aus, für den man keine Beweise hat.«

»Lassen Sie uns nur den Verdacht hören. Wenn er begründet ist – für den Beweis will ich schon sorgen.«

»Ich will Ihnen dann die Charaktere dieser drei Mitbewohner kurz schildern. Der unterste derselben heißt Gilchrist, er ist ein fleißiger Student und ein tüchtiger Turner; er gehört dem studentischen Reit- und Cricket-Klub an und hat schon einen Preis im Hürdenrennen und im Weitsprung bekommen. Er ist ein schöner, stattlicher junger Mann. Sein Vater war der bekannte Baron Jabez Gilchrist, der sich durch den Sport finanziell ruiniert hat. Mein Zögling ist in verhältnismäßiger Armut hinterlassen worden, aber er arbeitet sehr fleißig, sodass etwas Tüchtiges aus ihm werden wird.

Im zweiten Stock wohnt der Inder Daulat Ras. Er ist ein ruhiger, tief angelegter Mensch, wie die meisten seines Stammes. Er ist einer der Ersten in seinen Leistungen, freilich ist Griechisch seine schwache Seite. Er arbeitet sicher und methodisch.

Im obersten Stock liegt das Zimmer von Miles Laren. Er macht glänzende Arbeiten – wenn er überhaupt welche macht. Er ist entschieden einer der intelligentesten Studenten an der ganzen Universität, aber er ist launenhaft, zerstreut und haltlos. Er wurde wegen einer Spielsache gleich im ersten Jahr beinahe entlassen. Er ist die ganze Zeit über faul gewesen und muss der Prüfung trotz seiner unbestreitbaren Begabung mit Besorgnis entgegensehen.«

»Dann trauen Sie's diesem wohl zu?«

Der Professor sah verlegen auf den Boden.

»So weit möchte ich nicht gleich gehen. Doch von den Dreien ist's bei ihm nach meiner Ansicht am wenigsten unwahrscheinlich.«

»Gut. Nun möchte ich gerne Ihren Diener sprechen, Herr Professor.«

Dieser drückte auf den Knopf einer elektrischen Klingel, worauf Bannister erschien.

Er war ein kleiner Mann von etwa fünfzig Jahren, mit blassem, glattrasiertem Gesicht. Er litt noch unter der plötzlichen Störung, die den gewohnten ruhigen Gang seines Lebens unterbrochen hatte. Seine Gesichtsmuskeln zuckten noch, auch die Finger zitterten noch vor Aufregung, und sein Blick schweifte unstet von einem zum andern.

»Wir wollen jetzt die unglückliche Geschichte genauestens untersuchen«, sagte der Professor in väterlichem Ton zu ihm.

»Jawohl, Herr Professor.«

»Soviel mir gesagt worden ist, haben Sie den Schlüssel in der Tür stecken lassen?«, fragte Holmes.

»Jawohl, Herr.«

»War es nicht sehr auffallend, dass Ihnen das gerade an dem Tag passierte, als diese wichtigen Papiere hier offen auf dem Tisch lagen?«

»Es war ein höchst unglückliches Zusammentreffen, Herr. Aber auch sonst ist schon so was vorgekommen.«

»Um welche Zeit haben Sie das Zimmer betreten?«

»Gegen halb fünf, wenn Herr Professor seinen Tee einzunehmen pflegt.«

»Wie lange haben Sie sich in dem Zimmer aufgehalten?«

»Sobald ich bemerkte, dass er nicht da war, bin ich wieder rausgegangen.«

»An was merken Sie für gewöhnlich, ob Ihr Herr ausgegangen ist?«

»Die Tür zu seinem Zimmer ist dann verschlossen.«

»Warum sind Sie dann nicht sogleich umgedreht, als Sie merkten, dass die Tür verschlossen war? Sie brauchten doch unter diesen Umständen das Zimmer gar nicht zu betreten.«

Bannisters Blicke glitten unruhig an der Wand hin und her, als suchten sie dort etwas.

»Wenn der Herr Professor mir nicht besonders sagte, er sei ausgegangen, stellte ich ihm den Tee einfach in sein Zimmer. Er kam dann in solchen Fällen stets bald nachher.«

Auf Holmes' fragenden Blick nickte der Professor bestätigend.

»Wie oft waren Sie denn heute Nachmittag in dem Zimmer?«

»Zweimal. Als ich glaubte, meinen Herrn zum Tee nicht mehr erwarten zu dürfen, ging ich hinein und räumte die Sachen wieder ab.«

»Haben Sie in irgendetwas eine Veränderung bemerkt, als Sie zum zweiten Mal das Zimmer betraten?«

»Nein, ich konnte nichts bemerken.«

»Haben Sie sich die Papiere auf dem Tisch näher angesehen?«

»Nein, Herr; gewiss nicht.«

»Wie kam es, dass Sie den Schlüssel abzuziehen vergaßen?«

»Ich hatte den Präsentierteller mit dem Teegeschirr in der Hand. Ich wollte gleich wiederkommen und den Schlüssel holen; hab's dann aber vergessen.«

»Hat die Tür ein gewöhnliches oder ein Springschloss?«

»Nein, Herr, ein gewöhnliches.«

»Dann hat die äußere Tür also die ganze Zeit offen gestanden, solange der Schlüssel steckte?«

»Jawohl, Herr.«

»Und wenn jemand im Zimmer war, konnte er zu dieser Tür heraus?«

»Jawohl, Herr.«

»Als der Herr Professor zurückkehrte und Sie herbeirief, waren Sie sehr bestürzt?«

»Ja, mein Herr. So was Unglückliches ist mir nicht passiert während der ganzen langen Zeit, die ich schon hier bin. Ich wurde fast ohnmächtig, Herr.«

»Das habe ich gehört. Wo standen Sie, als Sie sich unwohl fühlten?«

»Wo ich stand, Herr? Ei, richtig, hier in der Nähe der Tür.«

»Das ist merkwürdig, weil Sie sich in jenen Stuhl dort drüben in der Ecke gesetzt haben. In solchen Fällen pflegt man sich auf den nächsten besten Stuhl zu setzen, ohne noch lange durchs Zimmer zu laufen. Warum sind Sie an den anderen Stühlen vorbeigegangen?«

»Ich weiß 's nicht, Herr. Ich hab mich nicht drum gekümmert, wo ich mich hinsetzte.«

»Ich glaube wirklich auch nicht, dass er's mit Absicht getan hat, Mr Holmes. Er sah sehr schlecht aus – ganz fahl, warf der Professor ein.«

»Und als ihr Herr hinaus war, sind Sie noch hiergeblieben?«

»Ja.«

»Und wie lange noch?«

»Höchstens noch eine Minute – bis ich mich wieder besser fühlte. Dann hab ich die Tür zugeschlossen und bin in mein Zimmer gegangen.«

»Haben Sie irgendeinen Verdacht und gegen wen?«

»Oh, ich wage nichts darüber zu sagen. Ich glaube nicht, dass irgendein Herr von der ganzen Universität einer solchen Tat fähig ist. Nein, ich kann mir's ja gar nicht vorstellen.«

»Ich danke Ihnen, es genügt mir«, sagte Holmes.

Der durch das Verhör ganz verwirrte Diener atmete erleichtert auf und war schon an der Tür, als ihm Holmes plötzlich zurief:

»Oh, noch eine Frage! Sie haben doch bei den drei Studenten, die Sie bedienen, nichts davon erwähnt, dass hier etwas passiert ist?«

»Nein, Herr: kein Wort.«

»Sie haben inzwischen überhaupt noch keinen getroffen?«

»Nein, mein Herr.«

»Gut. Nun wollen wir einen Schritt weitergehen, Herr Professor, wenn es Ihnen gefällig ist.«

Wir gingen hinaus in den Hof und sahen von dort aus, dass die drei übereinanderliegenden Fenster erleuchtet waren.

»Ihre drei Vögel sind in ihren Nestern«, sagte Holmes. »Hallo! Was ist das? Der eine scheint ziemlich unruhig zu sein.«

Es war der Inder. Sein dunkler Schatten zeigte sich plötzlich am Vorhang. Er schritt schnell im Zimmer auf und ab.

»Ich möchte gerne einen Blick in die drei Zimmer werfen und die Bewohner etwas kennenlernen«, sagte mein Freund. »Lässt sich's möglich machen?«

»Ohne besondere Schwierigkeiten«, erwiderte der Gelehrte. »Da dieser Teil des Gebäudes sehr alt ist und eine Sehenswürdigkeit, ist es gar nicht auffällig, wenn Besucher durchgehen und sich die Räumlichkeiten ansehen. Kommen Sie mit, ich werde Sie persönlich einführen.«

»Aber bitte keine Namen nennen!«, sagte Holmes, als wir bei Gilchrist anklopften.

Ein hochgewachsener, blondhaariger, schlanker junger Mann öffnete die Tür und hieß uns willkommen, als wir ihm den Zweck unseres Besuches gesagt hatten. Das Zimmer enthielt wirklich einige besonders schöne Stücke mittelalterlicher Architektur. Holmes war über eins derselben so entzückt, dass er darauf bestand, es in sein Notizbuch einzuzeichnen. Er brach dabei seinen Bleistift ab, sodass er sich von Mr Gilchrist einen leihen musste, und schließlich borgte er sich auch noch ein Messer von ihm, um seinen eigenen wieder zu spitzen. Dasselbe Pech hatte er auch wieder, als er in der Wohnung des Inders eine Skizze in sein Buch zeichnete. Ras war ein ruhiger, junger Mensch von kleiner Gestalt und mit einer krummen Nase; er sah uns etwas schief an und war offenbar froh, als mein Freund seine Architekturstudien beendigt hatte. Ich konnte nicht bemerken, dass Holmes in dem einen oder anderen Fall auf die Spur gekommen war, die er suchte. Dem dritten Studenten erschien unser Besuch sehr ungelegen. Als wir anklopften, fragte er, statt zu öffnen, was wir wollten, und auf unsere Antwort erwiderte er nur mit einem lauten mächtigen Fluchen. »Mir egal, wer Sie sind. Gehn Sie zum Kuckuck!«, brüllte drin eine Stimme. »Morgen ist Examen, ich kann keine Störung brauchen.«

»Ein roher Kerl«, sagte unser Führer, rot vor Ärger, als wir die Treppe hinunterstiegen. »Natürlich hat er nicht gewusst, dass ich's war, aber nichtsdestoweniger war sein Benehmen sehr unhöflich und, in Anbetracht der Umstände, tatsächlich verdächtig.«

Holmes' Erwiderung lautete sehr merkwürdig.

»Können Sie mir die genaue Größe dieses Mannes angeben?«, fragte er.

»Das kann ich wirklich nicht sagen, Mr Holmes. Er ist größer als der Inder, aber kleiner als Gilchrist. Er wird ungefähr fünfeinhalb Fuß haben.«

»Das ist sehr richtig«, sagte Holmes. »Und nun wünsche ich Ihnen Gute Nacht, Herr Professor!«

Dieser stieß einen lauten Ruf des Erstaunens und Schreckens aus.

»Gütiger Gott, Mr Holmes, Sie werden mich doch nicht so kurz abfertigen! Sie scheinen sich meine Lage gar nicht klarzumachen. Morgen ist die Prüfung. Ich muss unbedingt heute Abend noch handeln. Ich kann das Examen nicht vor sich gehen lassen, nachdem eins dieser Papiere abgeschrieben ist. Bekannt soll der Vorfall aber auch nicht werden. Denken Sie bloß an den Skandal! Sie müssen sich an meine Stelle versetzen, um meine peinliche Situation ganz zu erfassen.«

»Sie können nichts daran ändern. Ich werde morgen früh zu Ihnen herumkommen und die Sache weiter besprechen. Möglicherweise bin ich dann schon in der Lage, Ihnen einen bestimmten Bescheid zu geben, der Sie instand setzt, Maßnahmen zu ergreifen. Unterdessen lassen Sie alles, wie's ist – ganz genau.«

»Jawohl, Mr Holmes.«

Der Gelehrte machte ein so unglückliches Gesicht, dass ein leichtes Lächeln um Holmes' Lippen spielte.

»Seien Sie vollkommen beruhigt. Wir werden sicher einen Ausweg finden. Ich will die schwarzen Schmutzklümpchen und auch die Bleistiftschnitzel mitnehmen. Adieu.«

Als wir wieder in dem dunkeln Hof standen, blickten wir nochmals nach den Fenstern hinauf. Der Inder spazierte noch immer ruhelos in seinem Zimmer auf und ab. Die anderen waren nicht zu sehen.

»Nun, Watson, wie denken Sie darüber?«, fragte mich Holmes, als wir auf der Straße waren. »Ganz wie ein kleines Kartenkunststück, nicht wahr? Sie haben drei Buben. Einer davon ist's gewesen. Nun raten Sie! Welchen halten Sie für den richtigen?«

»Den Burschen in der obersten Etage, der so fluchte. Ihm hat zudem der Professor das schlechteste Zeugnis ausgestellt. Aber der Inder machte auch ein merkwürdiges Gesicht. Warum geht er die ganze Zeit im Zimmer auf und ab?«

»Da ist nichts weiter dabei. Das tun viele Menschen, wenn sie zum Beispiel etwas auswendig lernen wollen.«

»Er sah uns aber so feindselig von der Seite an.«

»Das würden Sie wohl auch tun, wenn Sie unvermutet eine Anzahl fremder Menschen überfiele und Sie sich auf die am nächsten Tag stattfindende Prüfung vorbereiten wollten und Ihnen daher jede Minute kostbar wäre. Nein, dabei kann ich nichts finden. Sein Bleistift und sein Messer waren auch nicht verdächtig. Aber mit jenem Burschen ist's nicht in der Ordnung.«

Holmes nickte unbestimmt gegen das Haus.

»Mit welchem?«

»Ei, mit Bannister, dem Diener. Er hat die Hand dabei im Spiel. Ganz gewiss, Watson.«

»Er hat auf mich den Eindruck eines durchaus ehrlichen Mannes gemacht.«

»Auf mich auch. Das ist mir eben auffallend, dass ein durchaus ehrlicher Mann – hier ist übrigens eine große Schreibmaterialienhandlung. Hier wollen wir unsere Nachforschungen beginnen.«

Es gab in der ganzen Stadt nur vier derartige Geschäfte von irgendwelcher Bedeutung, und in jedem zeigte Holmes seine Bleistiftabfälle, und bot einen hohen Preis für einen Bleistift, wie er ihn beschrieb. Alle Verkäufer stimmten darin überein, dass sie einen solchen Bleistift bestellen könnten, dass diese Sorte aber von ungewöhnlicher Dicke sei und daher selten auf Lager gehalten werde. Mein Freund schien durch seine Misserfolge nicht sonderlich betrübt, er zuckte nur in beinahe komischer Weise entsagungsvoll mit der Schulter.

»Das sieht nicht sehr tröstlich aus, mein lieber Watson. Die beste Spur hat zu nichts geführt, und ich hege wahrhaftig etwas Zweifel, ob wir nun ohne sie zum Ziel kommen werden. Weiß Gott, mein Lieber, es ist fast neun Uhr, und die Wirtin sprach von grünen Erbsen, und wir sollten bestimmt um halb acht zum Essen da sein. Nun, die wird ihre helle Freude haben, wenn wir jetzt endlich anrücken. Passen Sie auf, so was schlägt dem Fass noch mal den Boden aus. Sie kommen stets unpünktlich zu Tisch und verqualmen der Frau ihre Zimmer – da wird sie Ihnen nächstens kündigen, und ich fliege natürlich mit hinaus, d. h. aber nicht eher, bis wir das Problem von dem nervösen Professor, dem nachlässigen Diener und den drei unternehmenden Studenten gelöst haben.«

Holmes sprach an jenem Abend kein Wort mehr über die Sache, obwohl er nach unserem verspäteten Abendbrot lange Zeit in Gedanken versunken dasaß.

Am anderen Morgen um acht Uhr, als ich gerade mit meiner Toilette fertig war, kam er in mein Zimmer.

»Nun, Watson«, sagte er, »es ist Zeit, dass wir nach St. Lucas hinuntergehen. Können Sie mit dem Frühstück warten?«

»Gewiss.«

»Der Professor wird in größter Unruhe sein, bis wir ihm einen positiven Bescheid bringen.«

»Das glaube ich auch! Können Sie ihm denn etwas Bestimmtes mitteilen?«

»Ich glaube, ja.«

»Sie haben sich ein Urteil gebildet?«

»Jawohl, mein lieber Watson; ich habe das ganze Geheimnis aufgedeckt.«

»Aber was haben Sie denn in der Nacht für Beweismaterial sammeln können?«

»Oho! Ich bin nicht umsonst zu so ungewohnter Stunde, um sechs Uhr, aufgestanden. Ich habe bereits zwei Stunden angestrengt gearbeitet und wenigstens fünf Meilen zurückgelegt, mein Lieber, um etwas zu finden. Sehen Sie hier!«

Er hielt mir die flache Hand hin, in der er drei kleine Klumpen von schwarzem, lehmigem Ton hatte.

»Ei, Holmes, Sie hatten gestern Abend doch nur zwei solche Dinger!«

»Und eins habe ich heute Morgen gefunden. Es ist ein schlagendes Beweismittel. Wo Nummer drei hergekommen ist, werden wohl auch Nummer eins und zwei herstammen. He, Watson? Also kommen Sie, wir wollen unseren Freund nicht länger die Pein des Zweifels ausstehen lassen.«

Der unglückliche Hochschullehrer befand sich ohne Frage in einem bejammernswerten Zustand, als wir ihn in seiner Wohnung aufsuchten. In ein paar Stunden sollte die Prüfung anfangen, und er wusste immer noch nicht, ob er den Vorfall bekannt geben, oder den Schuldigen die Früchte seiner unlauteren Handlungsweise genießen lassen sollte. Er konnte vor Aufregung kaum auf den Beinen stehen und lief Holmes mit ausgestreckten Armen entgegen.

»Gott sei Dank, Mr Holmes, dass Sie kommen! Ich fürchtete schon, Sie hätten's aus Verzweiflung aufgegeben. Was soll ich tun? Kann die Prüfung ihren Verlauf nehmen?«

»Ja; lassen Sie sie auf jeden Fall beginnen!«

»Aber dieser Schurke …?«

»Den will ich Ihnen sogleich vorführen!«

»Sie kennen ihn?«

»Ich glaube, ja. Wenn die Sache nicht an die Öffentlichkeit dringen soll, müssen wir uns selbst gewisse Rechte nehmen und einen kleinen Gerichtshof bilden. Setzen Sie sich dorthin bitte, Herr Professor. Sie hierher, Watson! So! Ich will in dem Sessel in der Mitte Platz nehmen. So, jetzt, denke ich, sitzen wir alle in der nötigen Positur, um einem Schuldigen Schrecken einzujagen. Klingeln Sie, bitte!«

Bannister trat ein, prallte jedoch in sichtlicher Überraschung und Furcht vor unseren richterlichen Mienen wieder zurück.

»Wollen Sie bitte die Tür zumachen«, sagte Holmes. »So, Bannister, nun erzählen Sie uns mal der Wahrheit gemäß, wie sich der Fall von gestern zugetragen hat.«

Der Mann wurde im ganzen Gesicht totenbleich.

»Ich hab Ihnen alles gesagt, Herr.«

»Nichts hinzuzufügen?«

»Gar nichts, Herr.«

»Dann muss ich ein paar Fragen an Sie richten. Als Sie sich gestern auf jenen Stuhl setzten, taten Sie das, um einen Gegenstand zu verbergen, der verraten haben würde, wer im Zimmer gewesen sei?«

Bannister wurde ganz fahl.

»Nein, Herr; sicher nicht.«

»Es ist ja nur eine Frage«, sagte Holmes sanft. »Ich gestehe freimütig ein, dass ich es nicht beweisen kann. Aber es ist nicht allzu unwahrscheinlich, weil Sie im Augenblick, als der Herr Professor den Rücken der Tür zugewandt hatte, den Mann hinausgelassen haben, der sich dort im Schlafzimmer verborgen hatte. Denselben Mann, der sich Einblick in die Korrekturabzüge verschaffte.«

Bannister leckte an seinen trockenen Lippen.

»Da war kein Mann drin, mein Herr.«

»Ach, das ist schade, Bannister. Bis jetzt haben Sie die Wahrheit gesprochen, aber nun weiß ich, Sie haben gelogen.«

Das Gesicht des Dieners zeigte jetzt dumpfen Trotz.

»Es war kein Mann drin, Herr.«

»Gestehen Sie's doch, Bannister, gestehen Sie's!«

»Nein, Herr, es war keiner drin.«

»Dann können wir von Ihnen keine weitere Auskunft erwarten. Wollen Sie bitte einstweilen hierbleiben? Stellen Sie sich dort drüben neben die Kammertür. Nun muss ich Sie bitten, Herr Professor, die Güte zu haben, zu Mr Gilchrist hinaufzugehen und ihn zu ersuchen, hierherzukommen.«

In der nächsten Minute kam der Lehrer zurück und brachte den Studenten mit. Er war eine stattliche männliche Erscheinung, ein schlanker, geschmeidiger, behänder Mensch mit elastischem Schritt und hübschem, offenem Gesicht. Seine unruhigen blauen Augen musterten uns der Reihe nach, bis er endlich in der Ecke den Diener gewahr wurde. Da trat die blasse Furcht auf seine Züge.

»Erst die Tür zumachen!«

Holmes setzte eine ernste, feierliche Miene auf.

»Nun, Mr Gilchrist, wir sind hier ganz allein, und niemand braucht je zu erfahren, was wir hier unter uns verhandeln. Wir können ganz offen zueinander sprechen. Wir wollen wissen, wie Sie, Mr Gilchrist, ein ehrenhafter Mann, in aller Welt dazu gekommen sind, gestern eine solche Handlung zu begehen?«

Der unglückliche junge Mann taumelte rückwärts und warf Bannister einen entsetzten und vorwurfsvollen Blick zu.

»Nein, nein, Mr Gilchrist, ich habe kein Wort gesagt – nicht ein einziges Wort!«, rief der Diener.

»Nein«, sagte Holmes, »aber eben haben Sie's getan. Nun, Mr Gilchrist, Sie werden wohl selbst einsehen, dass nach diesen Worten Bannisters Ihre Lage hoffnungslos ist und dass Ihnen jetzt nur noch ein offenes Bekenntnis nützen kann.«

Einen Augenblick fuhr sich der junge Mann mit der Hand über das Gesicht, als ob er seine verzerrten Züge befühlen wollte. Im nächsten warf er sich neben dem Tisch auf seine Knie, verbarg sein Gesicht mit den Händen und fing heftig zu schluchzen an.

»Kommen Sie, stehen Sie auf«, sagte Holmes begütigend, »irren ist menschlich, und es kann Ihnen wenigstens niemand den Vorwurf der Verstocktheit machen. Es wird Ihnen wahrscheinlich schwerfallen, jetzt den Vorgang zu erzählen; so will ich's lieber dem Herrn Professor sagen, wie sich alles zugetragen hat, und Sie können mich verbessern, wo ich irre. Ist's Ihnen recht so? Nun, nun, antworten Sie nur. Hören Sie zu, und Sie werden sehen, dass ich Ihnen kein Unrecht tue.

Von dem Augenblick an, Herr Professor, als Sie mir sagten, dass kein Mensch, selbst nicht einmal Bannister, gewusst habe, dass sich dieses wichtige Papier in Ihrem Zimmer befand, begann der Fall in meinem Geist eine bestimmte Gestalt anzunehmen. Den Drucker konnte man von vornherein aus dem Spiel lassen, denn er hätte den Inhalt ja in seinem eigenen Zimmer studieren können. Der Inder kam mir auch nicht verdächtig vor. Wenn der Abzug zusammengerollt war, konnte er kaum wissen, was es war, als er Sie besuchte. Andererseits schien es mir auch kaum denkbar, dass jemand in Ihrer Abwesenheit zufällig ins Zimmer treten sollte, gerade an dem Tag, wo der Korrekturbogen auf dem Tisch lag. Ich ließ also auch diese letzte Möglichkeit außer Acht. Der Mann wusste, dass die Papiere drin waren, ehe er hineinging. Wie hat er's aber erfahren?

Als ich in den Hof trat, betrachtete ich mir Ihr Fenster etwas genauer. Es belustigte mich, dass Sie vermuteten, ich erwöge die Möglichkeit, dass jemand am hellen Tag und bei so vielen Nachbarn sich durchs Fenstergitter gezwängt hätte. Ein solcher Gedanke würde sehr töricht gewesen sein. Ich maß aus, wie groß ein Mann sein müsste, um im Vorbeigehen sehen zu können, was für Papiere auf dem Schreibtisch liegen. Ich bin sechs Fuß hoch und konnte es mit einiger Anstrengung. Ein kleinerer Mann würde es nicht mehr gekonnt haben. Sie werden bereits sehen, dass ich Grund hatte, zu glauben, dass der Student von ungewöhnlicher Größe am meisten unsere Beachtung verdiente.

Ich trat dann ins Zimmer und sagte Ihnen meine Ansicht bezüglich des Seitentischchens. Aus dem Haupttisch in der Mitte war nichts zu entnehmen, bis Sie in Ihrer Beschreibung des Mr Gilchrist erwähnten, dass er ein bedeutender Weitspringer sei. Da wurde mir sofort alles ganz klar, und es fehlten mir zum vollen Beweis nur noch einige unbeträchtliche Stützpunkte, welche ich dann bald erhielt.

Die Sache trug sich folgendermaßen zu. Dieser junge Herr hatte seinen Nachmittag auf dem Spielplatz zugebracht und sich im Springen geübt. Bei seiner Rückkehr hatte er die Sprungschuhe unter dem Arm; dieselben sind, wie Sie wissen, mit mehreren scharfen Nägeln versehen, um ein Ausgleiten beim Absprung sowohl wie auch beim Aufsprung auf dem Boden zu verhüten. Als er an Ihrem Fenster vorbeiging, sah er infolge seiner Länge diesen Druckbogen auf dem Tisch offen daliegen. Er mutmaßte, dass es der für das Examen wichtige Abzug sei. Es würde nichts Böses passiert sein, wenn er nicht auf dem Weg zu seinem Zimmer in der Tür den durch die Nachlässigkeit Ihres Dieners stecken gebliebenen Schlüssel gesehen hätte. Es kam ihm plötzlich der Gedanke, hineinzugehen und sich zu überzeugen, ob es auch wirklich diese Abzüge seien. Es war kein gefährlicher Schritt, denn er konnte immer behaupten, dass er nur hineingeschaut hätte, um eine Frage an Sie zu stellen.

Als er nun sah, dass es tatsächlich die vermuteten Papiere waren, trat die Versuchung an ihn heran, der er leider nicht zu widerstehen vermochte. Er stellte die Schuhe auf den Tisch …

Was legten Sie auf den Stuhl dort am Fenster?

»Meine Handschuhe«, antwortete der junge Mann.

Holmes warf dem Diener einen triumphierenden Blick zu.

»Er legte die Handschuhe auf den Stuhl und nahm die Korrekturbogen Blatt für Blatt, um sie abzuschreiben. Er glaubte, der Professor würde durch den Haupteingang zurückkommen, sodass er ihn vom Fenster aus sehen musste. Wie wir wissen, kam er aber durch eine Seitentür und wurde von Mr Gilchrist erst bemerkt, als er schon an der Tür war. Ein Entrinnen war also nicht möglich. Er vergaß die Handschuhe, nahm nur die Schuhe und stürzte ins Schlafzimmer. Sie können sehen, dass der Riss auf jenem Tischchen anfangs nur flach ist, aber nach der Kammertür zu tiefer wird. Das genügt schon, um zu beweisen, dass der Schuh rasch nach dieser Richtung gezogen worden und der Eindringling hierhin geflohen ist. Die inzwischen etwas getrocknete Erde um einen der Nägel war bei der hastigen Bewegung auf den Tisch gefallen und liegen geblieben, und ein zweites Bröckchen hatte sich gelockert und fiel in der Schlafstube herunter. Ich will hier noch bemerken, dass ich heute Morgen an dem Sprungplatz war. Dort fand ich jenen dunkeln Ton, mit dem man die Stelle des Niedersprungs bedeckt, und die mit feiner Lohe oder Sägespänen überstreut wird, um das Ausgleiten der Springer zu verhindern. Ich habe eine Probe davon mitgebracht. Habe ich die Wahrheit gesagt, Mr Gilchrist?«

Der Student hatte sich hoch aufgerichtet.

»Ja, mein Herr, es ist wahr«, antwortete er.

»Heiliger Himmel!«, rief der Professor. »Und weiter sagen Sie gar nichts, fügen keinerlei Entschuldigung hinzu?«

»O ja, ich habe noch etwas zu sagen, aber der Schrecken über diesen Schimpf hat mich befangen gemacht und gelähmt. Ich habe einen Brief hier, Herr Professor, den ich heute in aller Frühe nach einer ruhelosen Nacht geschrieben habe. Es war lange, bevor ich wusste, dass mein Vergehen ans Licht gekommen war. Hier ist er. Sie werden daraus ersehen, dass ich entschlossen war, nicht ins Examen zu gehen. Ich habe eine Stellung bei der Polizei in Rhodesien angeboten bekommen und werde unverzüglich nach Südafrika abreisen.«

»Es freut mich wirklich, zu hören, dass Sie aus Ihrer unsauberen Handlungsweise keinen Vorteil zu ziehen beabsichtigten«, erwiderte der Professor, sichtlich erleichtert. »Aber warum haben Sie Ihre Pläne gänzlich geändert?«

Gilchrist deutete auf Bannister.

»Dort steht der Mann, der mich auf den rechten Weg gebracht hat«, antwortete er.

»Nun, Bannister, jetzt ist es an Ihnen, ein Geständnis abzulegen«, sagte Holmes. »Sie werden jetzt verstehen, warum ich Ihnen auf den Kopf zusagte, dass es kein anderer als Sie gewesen sein könnte, der diesen jungen Herrn hinausgelassen hatte, als Sie allein im Zimmer zurückgeblieben waren. Die Flucht durch jenes Fenster war mir gleich unglaubhaft. Können Sie uns nun nicht den letzten Punkt dieser Angelegenheit erklären, und uns den Grund zu Ihrem Handeln angeben?«

Der Diener richtete sich aus seiner zusammengesunkenen Stellung auf.

»Es war sehr einfach, Herr, wenn Sie die Verhältnisse gekannt hätten; aber bei all Ihrer Berühmtheit konnten Sie sie nicht kennen. Vor Zeiten war ich erster Diener beim alten Baron Gilchrist, dem Vater dieses jungen Herrn. Nach dem Zusammenbruch seines Vermögens kam ich hierher als

Diener an die Universität, aber ich habe meinen alten Brotherrn nie vergessen, wenn er auch in der Welt vergessen war. In Erinnerung an die alten Tage bewachte ich seinen Sohn, so gut ich nur konnte. Als ich nun gestern in dieses Zimmer trat, nachdem Lärm geschlagen war, fiel mein Blick sofort auf jene Handschuhe, die Mr Gilchrist auf dem Stuhl hatte liegen lassen. Ich erkannte sie gleich und durchschaute, was los war. Wenn sie der Herr Professor sah, war das Spiel aus. Ich ließ mich in den Stuhl sinken und regte kein Glied, bis der Herr Professor zu Ihnen fortgegangen war. Dann kam mein armer junger Herr, der als Kind auf meinem Schoß gespielt hatte, aus der Kammer heraus und gestand mir alles. War es nicht natürlich, meine Herren, dass ich ihn zu retten suchte, und war es nicht ebenso natürlich, dass ich zu ihm redete, wie es sein verstorbener Vater getan haben würde, und ihm vorstellte, dass er aus einer solchen Tat keinen Nutzen ziehen dürfe? Können Sie mich dafür tadeln? Ich glaube nicht!«

»Nein, in der Tat nicht«, versetzte Holmes herzlich und stand von seinem Stuhl auf. »Nun, Herr Professor, ich denke, wir haben Ihr kleines Rätsel gelöst, unser Frühstück wartet zu Hause auf uns. Kommen Sie, Watson! Und Ihnen, junger Herr, wünsche ich, dass eine glänzende Zukunft Ihrer in Rhodesien wartet. Eben sind Sie gesunken. Lassen Sie uns in Zukunft sehen, wie hoch Sie steigen können.«

Eine glühende Röte brannte auf den Wangen des Studenten, als wir durch die Tür schritten.

Der goldene Klemmer

Wenn ich die drei dicken Bände Manuskript vor mir sehe, welche die Aufzeichnungen über unsere Erlebnisse im Jahre 1894 enthalten, dann muss ich gestehen, dass es mir wirklich schwerfällt, aus dieser Fülle von Stoff gerade die Fälle herauszuziehen, die an sich am interessantesten sind, und bei denen zugleich diejenigen Fähigkeiten meines Freundes Sherlock Holmes am deutlichsten hervortreten, derentwegen er weithin bekannt ist. Beim Durchblättern sehe ich meine Notizen über die abstoßende Geschichte des roten Tierarztes und den schrecklichen Tod des Bankiers Crosby. Weiter finde ich einen Bericht über die Tragödie von Addleton; auch die berüchtigte Smith-Mortimersche Erbschaftsangelegenheit fällt in diese Periode, und ebenso die Aufspürung und Verhaftung des Straßenmörders Hurot – eine Tat, die Holmes einen eigenhändigen Dankesbrief des französischen Präsidenten und den Orden der Ehrenlegion einbrachte. Jeder dieser Fälle würde das Material zu einer spannenden Erzählung liefern, aber im Großen und Ganzen bin ich doch der Überzeugung, dass keiner so viele eigenartige und interessante Punkte bietet wie die Episode von Yoxley Place, die nicht nur das beklagenswerte Ende des jungen William Smith in sich schließt, sondern auch die nachfolgenden Verwicklungen beleuchtet, die ein so merkwürdiges Licht auf die Ursachen dieses Verbrechens warfen.

Es war an einem rauen, stürmischen Abend gegen Ende des Monats November. Holmes und ich saßen schweigend in unserem Zimmer nebeneinander. Er war damit beschäftigt, mithilfe einer starken Lupe die Schrift auf einem alten Pergament zu entziffern, und ich hatte mich in eine medizinische Abhandlung vertieft. Draußen heulte der Wind, und der Regen klatschte gegen die Fensterscheiben. Es war ein sonderbares Gefühl, wenn man mitten in der gewaltigen Stadt, im Umkreis von zehn Meilen von menschlichen Wohnungen umgeben, die elementare Gewalt der Natur verspürte, und sich bewusst wurde, dass den furchtbaren Naturkräften ganz London weiter nichts war als ein winziger Hügel, wie ihn draußen auf dem Feld ein Maulwurf aufwirft. Ich ging ans Fenster und blickte hinunter auf die menschenleere Straße. Von der Ecke der Oxford Street kam eine einzelne Droschke durch den Schmutz und die Pfützen der Baker Street gefahren.

»Nun, Watson, heute Nacht ist's gut, dass wir nicht hinaus brauchen«, sagte Holmes, als er sein Vergrößerungsglas beiseitelegte und das Pergament zusammenrollte. »Ich habe für eine Sitzung genug getan. Es ist eine anstrengende Arbeit für die Augen. Es gibt kaum was Aufregenderes als den Bericht eines Abtes aus der zweiten Hälfte des fünfzehnten Jahrhunderts. Hallo! Was ist da los?«

Durch das Pfeifen des Windes drang der Hufschlag eines Pferdes und das knirschende Geräusch eines Wagenrades an unser Ohr, das gegen die Kante des Fußsteigs fuhr. Die Droschke, die ich gesehen hatte, machte vor unserer Tür halt.

»Was mag er wollen?«, rief ich aus, als ich einen Mann aussteigen sah.

»Was! Uns will er. Und wir, mein armer Watson, wollen unsere Überzieher, Halsbinden und sonstigen Schutzmittel hervorsuchen, die der menschliche Geist gegen die Unbilden der Witterung erfunden hat. Warten Sie noch einen Moment! Das Vehikel ist wieder weg! Noch ist Hoffnung vorhanden. Er würde es haben warten lassen, wenn er uns mithaben wollte. Laufen Sie hinunter, mein Lieber, und machen Sie die Haustür auf, denn alle ehrsamen Bürger liegen längst im Bett.«

Als das Licht unserer Hausflurlampe auf unseren mitternächtigen Besucher fiel, erkannte ich ihn gleich wieder. Es war der junge Stanley Hopkins, ein vielversprechender Beamter der Geheimpolizei, an dessen Laufbahn Holmes verschiedentlich ein lebhaftes Interesse genommen hatte.

»Ist er zu Hause?«, fragte er hastig.

»Kommen Sie nur herauf, mein Lieber«, rief ihm Holmes von oben zu. »Hoffentlich haben Sie keine bösen Absichten auf uns in einer solchen Nacht wie der heutigen.«

Der Detektiv stieg die Treppe hinauf, während von seinem glänzenden Wassermantel die Tropfen herunterliefen. Ich half ihm ihn auszuziehen, und Holmes entfachte das Feuer in unserem Ofen zu neuer Glut.

»Nun, mein lieber Hopkins, setzen Sie sich an den Ofen und wärmen Sie sich die Beine«, sagte er dann. »Hier haben Sie eine Zigarre, und Dr. Watson hat ein Rezept, heißes Wasser mit Zitronensaft, das ist eine ausgezeichnete Arznei in einer solchen Nacht. Es muss schon etwas Wichtiges sein, was Sie bei solchem Wetter hierher führt.«

»Das ist es tatsächlich auch, Mr Holmes. Ich habe schon einen anstrengenden Nachmittag hinter mir, das kann ich Ihnen versichern. Haben Sie in den letzten Abendzeitungen etwas von dem Fall in Yoxley gelesen?«

»Das Neueste, was ich heute gelesen habe, ist ein Bericht aus dem fünfzehnten Jahrhundert.«

»Es war nur eine kurze Notiz in den Zeitungen, und da sie auch noch vollkommen falsch war, haben Sie nichts eingebüßt. Ich bin keine Minute zur Ruhe gekommen. Es liegt unten in Kent, sieben Meilen von Chatham und drei von der Eisenbahn. Ich bekam um drei Uhr fünfzehn ein Telegramm, war um fünf Uhr in Yoxley Place, nahm die Untersuchung vor, fuhr mit dem letzten Zug nach Charing Cross und direkt in einer Droschke zu Ihnen.«

»Was vermutlich bedeutet, dass Sie über Ihren Fall nicht ganz im Klaren sind?«

»Es bedeutet, dass ich überhaupt nicht klug daraus werde. So weit ich bis jetzt sehen kann, ist es die verzwickteste Sache, die mir je vorgekommen ist; und doch schien sie anfangs so einfach, dass man glaubte, man könne gar nicht fehlgehen. Es fehlt jeder Beweggrund, Mr Holmes. Das macht mich stutzig – ich sehe keinerlei Motiv. Es ist ein Mann getötet – das lässt sich nicht wegleugnen – aber es lässt sich auch nicht mal der leiseste Grund dafür finden, dass ihm jemand das geringste Leid hätte antun sollen.«

Holmes zündete sich eine Zigarre an und lehnte sich in seinem Stuhl zurück.

»Lassen Sie uns Näheres hören«, sagte er.

»Die Tatsachen sind alle wunderschön klar«, begann Hopkins. »Ich kann sie mir nur nicht erklären. Die Sache verhält sich folgendermaßen. Vor mehreren Jahren ist das Landhaus Yoxley Place von einem älteren Herrn erworben worden, welcher sich Professor Coram nannte. Es war ein kränklicher Mann, der die Hälfte seines Lebens im Bett zubrachte, und während der anderen an einem Stock umherhumpelte, oder sich von seinem Gärtner in einem Stuhl auf seinem Besitztum herumfahren ließ. Er war von seinen wenigen Nachbarn, die ihn besuchten, wohlgelitten, und stand dort unten im Ruf eines sehr gelehrten Mannes. Sein Haushalt bestand für gewöhnlich aus einer ältlichen Wirtschafterin, Miss Marker, und aus dem Zimmermädchen Susan Tarlton. Diese beiden Dienstboten hat er schon mitgebracht, und sie scheinen beide einen vorzüglichen Charakter zu haben. Der Professor schreibt ein wissenschaftliches Buch und hat zu diesem Zweck vor ungefähr einem Jahr einen Sekretär engagiert. Die ersten beiden, die er angenommen hatte, waren nicht nach seinem Sinn, aber der Dritte, Mr William Smith, ein junger Mann, der gerade von der Universität kam, scheint den Wünschen des Professors voll und ganz entsprochen zu haben. Seine Tätigkeit bestand darin, dass er alle Vormittage nach seines Herrn Diktat schrieb, während er in der übrigen Zeit in Büchern Stellen suchte, die sich auf die Arbeit des nächsten Tages bezogen. Dieser William Smith hat sich sowohl als Schüler in Uppingham wie als Student in Cambridge ausgezeichnet geführt. Ich habe seine Zeugnisse gesehen, er ist von Jugend auf ein anständiger, ruhiger, fleißiger Mensch gewesen und hat keine einzige schwache Seite gehabt. Und doch hat dieser junge Herr heute Morgen im Arbeitszimmer des Professors unter solchen Umständen den Tod gefunden, dass man nur auf Mord schließen kann.«

An den Fenstern heulte und rüttelte der Sturm. Holmes und ich schoben unsere Stühle näher an den Kamin, während der junge Inspektor langsam und Schritt für Schritt seine Erzählung weiter spann.

»Ich glaube, in ganz England könnte man keine zweite Haushaltung finden, die so zurückgezogen und frei von äußeren Einflüssen wäre. Es vergingen ganze Wochen, ohne dass irgendein Glied dieser Familie auch nur die Straße betrat. Der Professor war in seine Bücher vergraben und existierte für nichts sonst. Der junge Smith kannte keinen Menschen in der Nachbarschaft und lebte fast ebenso wie sein Chef. Die beiden Mädchen hatten ebenfalls nichts außer Haus zu tun. Mortimer, der Gärtner, der den Fahrstuhl fährt, ist ein alter Militärinvalide aus dem Krimkrieg, ein Mann von ausgezeichnetem Charakter. Er wohnt nicht im Herrschaftshaus, sondern in einem kleinen Häuschen von drei Zimmern an der anderen Seite des Grundstücks. Das sind die einzigen menschlichen Wesen weit und breit im Umkreis von Yoxley Place. Das Gartentor ist nur etwa hundert Meter von der London-Chathamer Chaussee entfernt. Es hat eine einfache Klinke, sodass jedermann ungehindert eintreten kann.

Nun will ich Ihnen die Aussage der Susan Tarlton mitteilen, der einzigen Person, die etwas Positives über die Sache weiß. Es war vormittags zwischen elf und zwölf Uhr. Sie hing gerade in einer Kammer im ersten Stock Vorhänge auf. Professor Coram lag noch im Bett, denn bei ungünstiger Witterung steht er selten vor Mittag auf. Die Haushälterin war mit irgendeiner Arbeit im Hinterhaus beschäftigt. William Smith war in seinem Schlafzimmer gewesen, das ihm zugleich als Wohnzimmer dient; aber das Mädchen hatte ihn im Augenblick vorbei- und in das unmittelbar darunter gelegene Studierzimmer gehen hören. Sie hatte ihn zwar nicht gesehen, aber sie behauptet, dass sie ihn an seinem schnellen, festen Schritt bestimmt erkannt habe, darüber sei nicht der geringste Zweifel. Sie hat die Tür des Arbeitszimmers nicht zugehen hören, aber nach ungefähr einer Minute ist ein furchtbarer Schrei an ihr Ohr gedrungen, ein schrecklicher, rauer Schrei, ganz auffallend und unnatürlich, der ebenso wohl von einem Mann wie von einem Weib hätte herrühren können. Im selben Moment habe noch ein entsetzlicher gurgelnder Laut das ganze Haus durchschüttert, und dann sei vollkommene Ruhe eingetreten. Das Mädchen stand einen Augenblick wie versteinert, fasste sich dann aber ein Herz und lief die Treppe hinunter. Die Tür zum Studierzimmer war zu. Als sie dieselbe aufmachte, sah sie den jungen Mr Smith ausgestreckt am Boden liegen. Anfänglich konnte sie keine Verletzung sehen, als sie ihn aber aufzurichten versuchte, bemerkte sie, dass aus einer Halswunde Blut floss. Er hatte eine kleine, aber sehr tiefe Verletzung, und die Halsschlagader war getroffen. Das Werkzeug, womit die Tat ausgeführt worden war, lag neben ihm auf dem Teppich. Es war eines jener kleinen Siegellackmesser, wie man sie auf altmodischen Schreibtischen noch zuweilen findet, mit einem Elfenbeingriff und einer steifen Klinge ohne Feder. Es war Eigentum des Professors und gehörte auf seinen eigenen Schreibtisch.

Erst glaubte das Mädchen, der junge Smith wäre schon tot, als sie ihm aber etwas Wasser auf die Stirn goss, schlug er noch einen Moment die Augen auf und murmelte: ›Professor – sie war's!‹ Das Mädchen ist bereit, zu beschwören, dass er genau diese Worte ausgesprochen hat. Er machte noch verzweifelte Anstrengungen, mehr zu sagen, und deutete mit der rechten Hand in die Höhe. Dann sank er tot zurück.

Inzwischen war auch die Wirtschafterin auf dem Schauplatz der Tat erschienen, aber zu spät, um noch die letzten Worte des sterbenden jungen Mannes hören zu können. Sie ließ Susan mit der Leiche allein und eilte durch den Korridor über eine kleine Treppe in das im Erdgeschoss, etwas erhöht liegende Schlafzimmer des Professors. Er saß aufrecht im Bett und war schrecklich aufgeregt, denn er hatte genug gehört, um zu ahnen, dass etwas Furchtbares vorgefallen sein musste. Miss Marker ist in der Lage, zu beeidigen, dass der Professor noch die Nachtkleider anhatte, und er konnte sich ja auch tatsächlich ohne die Hilfe des Gärtners nicht anziehen; Mortimer war aber erst auf zwölf Uhr bestellt. Der Professor selbst erklärt, den fernen Schrei gehört zu haben, aber weiter nichts zu wissen. Er kann die Worte des Sterbenden: ›Professor – sie war's‹ nicht deuten, er hält sie vielmehr für die Äußerung einer Geistesverwirrung vor dem Tod. Er meint auch, dass Smith keinen einzigen Feind gehabt habe, und kann keinen mutmaßlichen Grund zu dem Verbrechen angeben. Er entsandte zuerst den Gärtner Mortimer zur Ortspolizei, deren Vorsteher dann an mich depeschierte. Vor meiner Ankunft war nichts angerührt worden und sogar strenger Befehl erteilt, dass niemand die Wege, die zum Haus zu führten, betreten sollte. Es bot sich also eine feine Gelegenheit, Ihre Theorien, Mr Holmes, in die Praxis zu übertragen. Es fehlte wirklich keine Bedingung mehr dazu.«

»Außer Mr Sherlock Holmes«, warf mein Freund bitter lächelnd ein. »Nun lassen Sie uns weiter hören. Was haben Sie denn also zunächst getan?«

»Ich muss Sie zuerst bitten, Mr Holmes, einen Blick auf diese flüchtige Skizze zu werfen, die Ihnen ein allgemeines Bild von der Örtlichkeit geben wird. Sie werden dadurch meiner Schilderung leichter folgen können.«

Er breitete folgenden oberflächlichen Riss aus und legte ihn auf Holmes' Knie. Ich stand auf und stellte mich hinter meinen Freund und sah ihm über die Schulter.

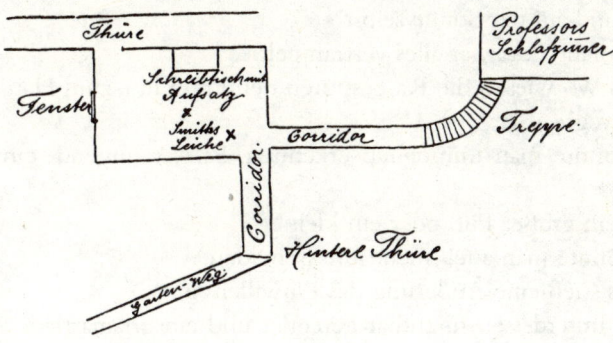

»Er ist ganz roh natürlich und enthält nur die wesentlichsten Punkte. Das Übrige werden Sie später ja selbst sehen. Nun, zuallererst, wenn wir den Fall setzen, dass der Mörder von außen gekommen ist, wie ist er oder sie ins Haus gelangt? Doch zweifellos auf dem Gartenweg und durch die hintere Tür, von der ein Gang direkt ins Studierzimmer führt. Jeder andere Weg würde sehr verzwickt und daher gefährlich gewesen sein. Zur Flucht muss der Verbrecher den gleichen Weg benutzt haben, denn die beiden anderen Ausgänge waren ihm versperrt, der eine von Susan, als sie die Treppe herunterlief, und der andere mündet in das Schlafzimmer des Professors. Ich richtete daher mein Augenmerk sofort auf den Gartenpfad. Da frischer Regen gefallen war, würde er sicher irgendwelche Fußspuren aufweisen.

Die Untersuchung zeigte mir, dass ich's mit einem vorsichtigen und erfahrenen Verbrecher zu tun hatte. Der Kiesweg zeigte keinerlei Fußstapfen, aber ohne Zweifel war jemand auf dem Rasenstreifen längs des Pfades hingegangen und hatte auf diese Weise Fußabdrücke vermeiden wollen. Ich konnte keinen bestimmten Eindruck finden, es hatte eben nur jemand das Gras niedergetreten; soviel stand für mich fest. Es konnte nur der Mörder gewesen sein, weil weder der Gärtner noch sonst jemand an diesem Vormittag dort gewesen war, und der Regen erst während der Nacht begonnen hatte.«

»Einen Moment«, sagte Holmes. »Wohin geht dieser Pfad?«

»Auf die Landstraße.«

»Wie lang ist er?«

»Gegen hundert Meter.«

»An der Stelle, wo die Gartentür ist, konnten Sie aber doch gewiss Fußabdrücke finden?«

»Da ist der Pfad unglücklicherweise gerade gepflastert.«

»Nun, und auf der Straße selbst?«

»Auch nicht; dort war alles vertrampelt.«

»Babab! Wo wiesen die Rasenspuren denn nun hin, zum Haus hin oder von ihm weg?«

»Das konnte man unmöglich erkennen. Es war nirgends ein richtiger Umriss da.«

»War's ein großer Fuß oder ein kleiner?«

»Das konnte man auch nicht unterscheiden.«

Holmes stieß eine Äußerung des Unwillens aus.

»Es hat unterdessen furchtbar geregnet und ein orkanartiger Sturm gewebt«, sagte er. »Es wird sich jetzt schwerer dort etwas herausholen lassen als aus diesem Pergament hier. Aber das alles kann nun nichts helfen. Was haben Sie dann getan, Hopkins, nachdem Sie sich klargemacht hatten, dass Sie nichts klargemacht hatten?«

»Ich denke doch, mancherlei klargemacht zu haben, Mr Holmes. Ich wusste, dass jemand vorsichtig von außen ins Haus getreten war. Ich untersuchte also zunächst den Hausflur. Er ist mit Kokosmatten belegt und wies keinerlei Spuren auf. Von da aus gelangte ich in das Studierzimmer selbst. Es ist ziemlich dürftig möbliert. Den Hauptteil der Einrichtung bildet ein großer Schreibtisch mit einem festen Aufsatz. Dieser besteht aus einer doppelten Reihe Schubkasten an den Seiten und einem schmalen Schränkchen in der Mitte. Dieses Schränkchen war verschlossen, die Schubfächer dagegen nicht. Dieselben scheinen stets offen zu sein und enthielten auch nichts von besonderem Wert. In dem Schränkchen dagegen lagen wichtige Papiere, aber nichts deutete darauf hin, dass es geöffnet gewesen war, und der Professor versicherte mir auch, dass nichts fehlte. Daraus geht mit Bestimmtheit hervor, dass kein Raubmord vorliegt.

Ich komme nun auf die Leiche des jungen Mannes zu sprechen. Sie wurde in der Nähe des Schreibtisches gefunden, und zwar links davon, wie auf der Skizze zu sehen ist. Der Stich war rechts am Hals und ging von hinten nach vorn, sodass Selbstmord so gut wie ausgeschlossen ist.«

»Wenn er nicht in das Messer gefallen ist«, bemerkte Holmes.

»Jawohl. Dieser Gedanke kam mir auch. Aber das Messer lag ein paar Fuß von der Leiche entfernt, sodass diese Annahme auch unmöglich erscheint. Dazu kommen noch die eigenen Worte des Sterbenden in Betracht. Und endlich fand ich noch dieses äußerst wichtige Beweisstück, das der Tote in der rechten Hand gehabt hatte.«

Hopkins zog ein zusammengefaltetes Papier aus der Tasche. Er wickelte es auf und brachte einen goldenen Klemmer zum Vorschein mit einer zerrissenen schwarzen Seidenschnur daran. »Der Sekretär selbst hatte sehr gute Augen«, fügte er hinzu. »Ohne Frage hat er das seinem Mörder abgenommen.«

Holmes nahm das Glas in seine Hand und prüfte es mit höchster Aufmerksamkeit und lebhaftem Interesse. Er setzte den Kneifer auf und bemühte sich zu lesen, er ging damit ans Fenster und sah auf die Straße, er betrachtete ihn im vollen Lampenlicht und setzte sich schließlich an den Tisch und schrieb einige Zeilen auf ein Blatt Papier, das er dann dem Inspektor Hopkins reichte.

»Das ist das Beste, was ich Ihnen raten kann«, sagte er. »Es wird Ihnen vielleicht von einigem Nutzen sein.«

Der erstaunte Detektiv las die Notiz vor. Sie hatte folgenden Inhalt:

> Gesucht wird eine Frauensperson, die gutes Benehmen hat und wie eine Dame gekleidet ist. Sie hat eine auffallend dicke Nase und eng aneinander liegende Augen. Die Stirn ist runzelig, der Gesichtsausdruck stechend, und die Schultern sind wahrscheinlich gekrümmt. Es sind Anzeichen vorhanden, dass sie in den letzten paar Monaten zweimal bei einem Optiker gewesen ist. Da sie sehr starke Gläser trägt, und es nicht viele Optiker gibt, dürfte es nicht schwer sein, ihr auf die Spur zu kommen.

Holmes lächelte über das Erstaunen von Hopkins, das sich wohl auch auf mich übertragen haben musste.

»Meine Schlüsse sind doch so klar, wie nur was«, sagte er. »Ich kann mir kaum einen Gegenstand vorstellen, aus dem man leichter folgern kann als aus einer Brille, zumal, wenn sie von so besonderer Art ist wie diese. Dass der Klemmer einer Dame gehört, geht aus seiner feinen Beschaffenheit hervor, und natürlich auch aus den letzten Worten des sterbenden Sekretärs. Dass sie eine Frau von guten Manieren und gut gekleidet ist, schließe ich daraus, dass die Gläser eine starke goldene Einfassung haben, denn es ist kaum anzunehmen, dass jemand, der darauf Wert legt, sonst nachlässig ist. Sie werden finden, dass die Bügel für Ihre Nase zu weit auseinander stehen, woraus zu entnehmen ist, dass ihre Nase an der Basis sehr breit ist. Derartige Nasen sind gewöhnlich kurz und unfein, es gibt dabei aber Ausnahmen, sodass ich mich nicht auf diesen Punkt in meiner Beschreibung besonders versteifen will. Ich selbst habe ein schmales Gesicht, und doch stehen die Gläser für mich zu eng. Die Augen der Dame müssen also sehr nahe aneinander stehen. Sie können sich überzeugen, Watson, dass es konkave und außergewöhnlich starke Gläser sind. Ein Weib, das Zeit seines Lebens so kurzsichtig gewesen ist, muss sicher die körperlichen Merkmale dieses Fehlers haben, die sich auf der Stirn, den Augenlidern und in der Schulterhaltung ausprägen.«

»Jawohl«, sagte ich, »ich kann allen Ihren Schlüssen wohl folgen. Ich muss aber eingestehen, dass ich nicht begreife, wie Sie zu dem doppelten Besuch beim Optiker kommen.«

Holmes nahm den Klemmer wieder in die Hand.

»Wie Sie bemerken werden«, erläuterte er, »sind die Bügel mit dünnen Korkstreifchen gefüttert, um den Druck auf die Nase abzuschwächen. Das eine ist missfarbig und etwas verfettet, dagegen ist das andere noch neu. Offenbar ist eins abgegangen und ersetzt worden. Soviel ich es beurteilen kann, ist auch das ältere erst vor wenigen Monaten aufgelegt worden. Sie passen genau zueinander, woraus ich entnehme, dass die Dame wieder in demselben Geschäft die Reparatur hat machen lassen.«

»Bei Gott, es ist wunderbar!«, rief Hopkins in höchster Begeisterung. »Wenn ich bedenke, dass ich all diese Beweise in der Hand gehabt habe, ohne eine Ahnung davon zu haben! Immerhin hatte ich die Absicht, bei den Londoner Optikern die Runde zu machen.«

»Natürlich würden Sie das getan haben. Übrigens, haben Sie uns noch etwas über den Fall zu erzählen?«

»Weiter nichts, Mr Holmes. Ich glaube, Sie wissen jetzt so viel wie ich – wahrscheinlich noch mehr. Wir haben noch nachgeforscht, ob irgendeine fremde Person auf der Landstraße oder am Bahnhof gesehen worden ist. Wir haben jedoch von keiner gehört. Was mich bekümmert, ist eben der vollkommene Mangel irgendeiner ersichtlichen Veranlassung zu dem Verbrechen. Auch keinen Schimmer eines Motivs kann man angeben.«

»In dieser Beziehung kann ich Ihnen leider auch nicht helfen. Aber ich vermute, dass wir morgen mit Ihnen hinausfahren sollen?«

»Wenn meine Bitte nicht zu unbescheiden ist, Mr Holmes. Von Charing Cross geht um sechs Uhr früh ein Zug nach Chatham, mit dem wir zwischen acht und neun in Yoxley Place eintreffen würden.«

»Dann wollen wir diesen benutzen. Ihr Fall hat gewiss einige sehr interessante Punkte, und ich werde mit Freuden einen tieferen Einblick in die Angelegenheit tun. Nun, es ist gleich eins, und wir können ein paar Stunden Schlaf vertragen. Sie können sich's auf dem Sofa vor dem Kamin bequem machen. Ich werde Ihnen auf meinem Spirituskocher vor dem Aufbruch eine Tasse Kaffee machen.«

Der Sturm hatte sich am nächsten Morgen gelegt, aber es war sehr rau, als wir unsere Tour antraten. Über den düsteren Morästen der Themse ging die kalte Wintersonne auf, und wir sahen wieder die langen eintönigen Kanäle, bei deren Anblick ich stets unwillkürlich an unsere Verfolgung des Andamaniers in früheren Zeiten unserer Tätigkeit denken muss. Nach einer beschwerlichen Fahrt stiegen wir auf einer kleinen Station, einige Meilen von Chatham entfernt, aus. Während ein Gefährt besorgt wurde, nahmen wir im Dorfwirtshaus schnell einen Imbiss, sodass wir bei unserer Ankunft in Yoxley Place gleich mit der Untersuchung beginnen konnten. Am Gartentor empfing uns ein Polizist.

»Nun, Wilson, etwas Neues?«

»Nein, Herr, nichts.«

»Keine Nachricht, dass ein Fremder gesehen worden ist?«

»Nein, Herr. Drunten an der Station wissen sie bestimmt, dass gestern weder ein Fremder angekommen noch abgefahren ist.«

»Haben Sie in den Wirts- und Logierhäusern Erkundigungen einziehen lassen?«

»Jawohl. Da ist auch niemand, der in Betracht kommen könnte.«

»Gut. – Das ist der Gartenweg, von dem ich gesprochen habe, Mr Holmes. Ich gebe Ihnen mein Wort, dass gestern keine Fährte darauf war.«

»An welcher Seite war die Spur im Gras?«

»An dieser, auf diesem schmalen Rasenstreifen zwischen dem Pfad und dem Blumenbeet. Ich kann die Spuren jetzt nicht sehen, aber gestern waren sie ganz deutlich.«

»Ja, ja; da ist jemand hergegangen«, sagte Holmes, als er sich niederbückte. »Unsere Dame muss sehr vorsichtig marschiert sein, nicht wahr? Weil sie sonst auf der einen Seite auf den Pfad und auf der anderen auf das nasse Beet getreten wäre und deutliche Abdrücke hinterlassen hätte.«

»Allerdings; sie hat mit kalter Überlegung gehandelt.«

Ich bemerkte einen vielsagenden Gesichtsausdruck bei meinem Freund.

»Sie meinen, dass sie auf diesem Weg zurückgekommen sein muss?«

»Gewiss; es gibt keinen anderen.«

»Auf diesem schmalen Rasenstreifchen?«

»Allerdings, Mr Holmes.«

»Hm! Eine ganz besondere Leistung – wirklich, eine ganz besondere. Nun, ich glaube, hier können wir nichts mehr lernen. Wir wollen weitergehen. Das Gartentor ist gewöhnlich offen, nicht wahr? Dann brauchte der Besuch also nur einfach hereinzuspazieren. An Mord dachte die Person nicht, sonst würde sie sich selbst mit irgendeiner Waffe versehen und nicht das Messer auf dem Schreibtisch erwischt haben. Sie benutzte dann diesen Korridor, wo sie auf dem Kokosnussmattenwerk keine Fährte hinterlassen hat. Dann trat sie ins Studierzimmer. Wie lange mag sie sich hier aufgehalten haben? Dafür haben wir keinen Anhaltspunkt.«

»Nur wenige Minuten, Mr Holmes. Ich habe vergessen, Ihnen zu sagen, dass Miss Marker, die Haushälterin, nicht lange vorher hier gewesen war und Staub gewischt hatte – ungefähr eine Viertelstunde vorher.«

»Schön, das gibt uns eine zeitliche Grenze. Unsere Dame kommt herein, und was tut sie? Sie geht an den Schreibtisch. Wozu? Nicht um etwas aus den Schubladen zu nehmen, denn Wichtiges würde sicher eingeschlossen gewesen sein. Nein, sie wollte etwas aus dem Schränkchen holen. Haha! Was ist das für ein Kritz? Zünden Sie ein Streichholz an, Watson. Warum haben Sie mir davon nichts gesagt, Hopkins?«

Der Kritzer, den er untersuchte, fing am Messingbeschlag rechts vom Schlüsselloch an, war gegen vier Zoll lang und hatte am Holz die Politur beschädigt.

»Ich hab's gesehen, Mr Holmes. Aber um ein Schlüsselloch herum gibt's stets solche Kritzer.«

»Dieser ist aber neu, ganz neu. Sehen Sie, wie das Messing an der Schnittfläche glänzt. Ein alter Riss würde ebenso aussehen wie seine Umgebung. Gucken Sie mal durch meine Lupe. An der Politur ist's auch noch wahrzunehmen, sie ist an beiden Seiten aufgelockert wie die Erde bei einer Furche. Ist Miss Marker da?«

Ein ältliches Weib mit niedergeschlagenem Gesicht trat ins Zimmer.

»Haben Sie dieses Schränkchen gestern abgestaubt?«

»Jawohl, Herr.«

»Haben Sie diesen Kritzer bemerkt?«

»Nein, er ist mir nicht aufgefallen.«

»Ich bin überzeugt, dass Sie ihn nicht gesehen haben, denn sonst würden Sie diese abgelösten Anstrichteilchen weggewischt haben. Wer hat den Schlüssel zu diesem Schränkchen?«

»Der Professor bewahrt ihn an der Uhrkette auf.«

»Ist es ein gewöhnlicher Schlüssel?«

»Nein, Herr; er hat eine besondere Konstruktion.«

»Gut. Sie können wieder gehen, Miss Marker. Nun wissen wir schon etwas mehr. Unsere Dame kommt herein, geht an das Schränkchen auf dem Schreibtisch und öffnet es, oder versucht es zu öffnen. Während sie dabei ist, tritt der Sekretär herein. In der Eile, den Schlüssel herauszuziehen, macht sie diesen Kritzer. Er hält sie fest, und sie ergreift den ersten besten Gegenstand auf dem Tisch – zufällig dieses Messer – und schlägt nach ihm, damit er sie loslassen soll. Der Schlag stellt sich als verhängnisvoll heraus. Der Getroffene sinkt nieder, und sie flieht, sei es nun nach Erreichung ihres Zweckes oder ohne dies. Ist das Mädchen hier? Susan, könnte jemand, nachdem Sie den Schrei gehört hatten, noch durch jenen Ausgang entkommen sein?«

»Nein, Herr; das ist unmöglich. Ehe ich die Treppe hinunterlief, hätte ich jemanden im Gang sehen müssen. Außerdem ist die Tür nicht aufgemacht worden, denn ich müsste es sonst gehört haben.«

»Also kommt dieser Ausgang nicht in Betracht. Dann muss die Dame zweifellos rückwärts denselben Weg eingeschlagen haben wie herwärts. Der andere Gang führt, wenn ich recht verstehe, nur nach des Professors Schlafzimmer. Er hat keinen Ausgang ins Freie?«

»Nein, Herr.«

»Wir wollen ihn jetzt entlang gehen und die Bekanntschaft des Professors machen. Holla, Hopkins! Das ist sehr wichtig, äußerst wichtig, wahrhaftig. Dieser Korridor ist mit ebensolchem Mattenwerk belegt.«

»Was meinen Sie damit?«

»Finden Sie den Zusammenhang nicht heraus? Nun, nun, ich will nicht gerade darauf bestehen. Ich kann mich irren. Aber es regt mich an, erscheint mir als eine gewisse Andeutung. Kommen Sie und stellen Sie mich vor.«

Wir schritten den Gang entlang; er war ebenso lang wie der zum Garten. Am Ende waren einige Stufen, und dann kam eine Tür. Unser Führer klopfte an und führte uns in das Zimmer des Professors.

Es war ein sehr großer Raum. An den Wänden standen mächtige Büchergestelle mit unzähligen Bänden, auch in den Ecken und auf dem Boden lagen noch Haufen von Büchern, für die in den Schränken und auf den Brettern kein Platz mehr war. In der Mitte des Zimmers stand das Bett, und darin saß, auf Kissen gestützt, der Eigentümer des Hauses. Ich habe selten einen charakteristischer aussehenden Mann kennengelernt. Er hatte ein langes, hageres Gesicht mit einer Adlernase, und aus tiefen Höhlen unter überhängenden, buschigen Brauen blickten uns ein Paar durchdringende Augen entgegen. Haar und Bart waren weiß, nur um den Mund herum hatten die Barthaare merkwürdige gelbe Flecken. Zwischen dem wirren weißen Barthaar glühte eine Zigarette, und das ganze Zimmer war von Tabaksrauch erfüllt. Als er Holmes die Hand reichte, bemerkte ich, dass auch sie gelbe Nikotinflecken hatte.

»Raucher, Mr Holmes?«, fragte er in gewähltem Englisch mit einem ganz unmerklichen Akzent. »Bitte nehmen Sie eine Zigarette. Und Sie, mein Herr? Ich kann sie empfehlen, ich habe sie bei Jonides in Alexandria besonders anfertigen lassen. Er schickt mir jedes Mal eintausend, und ich muss leider gestehen, dass ich alle vierzehn Tage eine neue Sendung bestellen muss. Das ist bös, sehr bös, aber ein alter Mann hat nur noch wenig Vergnügungen. Der Tabak und meine Arbeit – das ist alles, was ich noch habe.«

Holmes zündete sich eine Zigarette an und warf unmerklich verstohlene Blicke überallhin.

»Tabak und meine Arbeit, aber jetzt nur noch Tabak«, rief der alte Mann aus. »Ach, was für eine fatale Unterbrechung! Wer hätte an eine solche Katastrophe gedacht? Ein so ehrenwerter junger Mann! Ich versichere Ihnen, nachdem er sich ein paar Monate eingearbeitet hatte, war er ein wunderbarer Assistent. Was halten Sie von dieser Sache, Mr Holmes?«

»Ich bin noch zu keinem Urteil gekommen.«

»Sie würden mich wirklich sehr zu Dank verpflichten, wenn Sie in diese für uns so dunkle Angelegenheit Licht bringen könnten. Auf einen armen Bücherwurm wie mich, der obendrein noch krank ist, wirkt ein solcher Schlag geradezu lähmend. Ich habe vollständig meine Gedanken verloren. Aber Sie sind ein Mann der Tat – ein Mann, der mitten im Leben steht. Ihnen kommen solche Fälle fast alle Tage vor. Sie können Ihr seelisches Gleichgewicht in allen Lebenslagen bewahren. Wir sind wirklich sehr froh, dass wir Sie auf unserer Seite haben.«

Holmes schritt, während der Professor sprach, an der einen Seite des Zimmers beständig auf und ab. Ich bemerkte, dass er außerordentlich rasch rauchte. Offenbar teilte er unseres Wirtes Vorliebe für frische alexandrinische Zigaretten.

»Ja, ja, es ist ein schwerer Schlag, Mr Holmes. Es ist mein größtes Werk – jener Stoß Manuskripte dort drüben auf dem Seitentisch. Es ist eine Analyse der in den koptischen Klöstern Syriens und Ägyptens gefundenen Urkunden, die bis in die frühesten Perioden vergangener Religionen zurückreichen und von einschneidendster Bedeutung für deren Auffassung sind. Bei meiner schwachen Gesundheit weiß ich nun nicht, ob ich's vollenden werde, nachdem ich meinen Assistenten verloren habe. Alle Wetter, Mr Holmes; ei, Sie rauchen ja noch schneller als ich.«

Holmes lächelte.

»Ich bin Kenner«, antwortete er und nahm sich eine neue Zigarette aus dem Kistchen – seine vierte – und zündete sie gleich wieder an dem Stummel der eben zu Ende gerauchten an. »Ich will Sie nicht mit vielem Hin- und Herfragen belästigen, Herr Professor, weil Sie ja, als das Verbrechen geschah, im Bett lagen und nichts davon wissen können. Ich möchte Sie nur um eine einzige Auskunft bitten. Was glauben Sie, dass der arme Kerl mit seinen letzten Worten: ›Professor – sie war's‹ gemeint hat?«

Der Professor schüttelte sein Haupt.

»Susan ist ein Landmädchen«, erwiderte er, »und Sie kennen ja die Beschränktheit dieser Leute. Ich stelle mir vor, dass der arme Mensch in seinem Wahn ein paar unzusammenhängende Worte gemurmelt hat, die sie nun zu diesem sinnlosen Ausruf verknüpft hat.«

»Ich verstehe. Sie haben selbst keine Erklärung für die Tat?«

»Möglicherweise ist's ein unglücklicher Zufall; möglicherweise – ich sage's nur unter uns – ein Selbstmord. Junge Leute haben oft verborgenen Kummer – irgendwelchen Liebesschmerz vielleicht, den wir nie bemerkt haben. Immerhin ist es eine noch wahrscheinlichere Annahme als Mord.«

»Aber der Klemmer?«

»Ach so! Ich bin nur ein Gelehrter – ein Träumer. Ich habe kein Verständnis für die Dinge des praktischen Lebens. Aber doch ist es bekannt, dass es gar sonderbare Liebespfänder gibt, mein Freund. Auf alle Fälle nehmen Sie sich noch eine Zigarette. Ich freue mich, dass Sie sie so zu schätzen wissen. Ein Fächer, ein Handschuh, ein Kneifer – wer weiß, was für Sachen einem Menschen, der sich das Leben nehmen will, als Andenken und teuere Schätze erscheinen? Dieser Herr spricht von Fußstapfen auf dem Rasen; aber, man kann sich dabei leicht irren. Das Messer kann der Unglückliche während des Fallens weit fortgeschleudert haben. Ich spreche vielleicht wie ein Kind, aber mir scheint's, als ob Smith seinem Dasein mit eigener Hand ein Ziel gesetzt habe.«

Holmes machte den Eindruck, als ob ihm diese Theorie einleuchtete, er setzte seinen Spaziergang im Zimmer noch eine Zeit lang fort und rauchte, in Gedanken versunken, immer noch eine Zigarette nach der anderen.

»Sagen Sie mir, Herr Professor«, fragte er endlich, »was ist in jenem Schränkchen auf dem Schreibtisch?«

»Durchaus nichts, was einem Dieb begehrenswert erscheinen könnte. Privatpapiere, Briefe von meiner Frau, Diplome von Universitäten, die mir Ehrungen haben zuteilwerden lassen. Hier haben Sie den Schlüssel, Sie können sich selbst überzeugen.«

Holmes nahm den Schlüssel und betrachtete ihn einen Moment; dann gab er ihn wieder zurück.

»Nein; ich glaube kaum, dass es einen Zweck haben würde«, sagte er. »Ich will lieber ruhig hinunter in Ihren Garten gehen und mir die ganze Sache richtig überlegen. Die Theorie vom Selbstmord, die Sie anführten, hat manches für sich. Wir müssen Sie um Entschuldigung bitten, dass wir Sie so überfallen haben, Mr Coram, ich verspreche Ihnen nun, dass wir Sie vor dem Essen nicht wieder stören werden. Um zwei Uhr werden wir noch einmal wiederkommen und Ihnen Bericht erstatten, ob wir in der Zwischenzeit irgendwie weitergekommen sind.«

Holmes war auffallend zerstreut, und wir spazierten eine Weile schweigend auf dem Gartenweg auf und ab.

»Haben Sie eine Spur?«, fragte ich ihn endlich.

»Das hängt von den Zigaretten ab, die ich geraucht habe«, erwiderte er. »Es ist möglich, dass ich stark auf dem Holzweg bin. Die Zigaretten werden's zeigen.«

»Mein lieber Holmes«, rief ich aus, »wie in aller Welt ...«

»Nun, Sie werden's ja selbst noch sehen. Ist's nichts, so schadet's auch nichts. Selbstverständlich bleibt uns immer noch übrig, auf den Optiker zurückzukommen, aber wenn ich's kann, wähle ich den kürzesten Weg.

Ah, hier ist die gute Miss Marker! Wir wollen uns ein paar Minuten mit ihr unterhalten.«

Wie ich an einer anderen Stelle schon hervorgehoben habe, konnte Holmes, wenn er wollte, gegen Frauen sehr liebenswürdig sein und sich sehr rasch ihr Vertrauen erwerben. Nach kurzer Zeit hatte er sich bei der Wirtschafterin eingeschmeichelt, und plauderte mit ihr, als ob er sie schon jahrelang kennte.

»Ja, Mr Holmes. Sie haben recht. Er raucht zu furchtbar. Den ganzen Tag und zuweilen auch die ganze Nacht. Ich hab das Zimmer eines Morgens mal gesehen – na, Herr, man hätte es für 'n Londoner Nebel halten können. Der arme Mr Smith, er war auch ein Raucher, aber nicht so schlimm wie der Professor. Seine Gesundheit – nun, ich weiß nicht, ob's gut oder nicht gut ist, das Rauchen.«

»Auf alle Fälle nimmt es den Appetit«, versetzte Holmes.

»Davon weiß ich nichts, Herr.«

»Ich vermute, dass der Professor kaum was isst?«

»Nun, 's ist verschieden bei ihm.«

»Ich möchte wetten, dass er heute Morgen kein Frühstück gegessen hat, und, nach all' den Zigaretten, die ich ihn schon wieder habe rauchen sehen, auch das Mittagessen stehen lassen wird.«

»Damit haben Sie aber zufällig daneben gehauen, denn er hat ein auffallend großes Frühstück verzehrt, und auch wieder eine tüchtige Portion Kotelettes zu Mittag bestellt. Ich wundere mich selbst, denn als ich gestern den jungen Mr Smith auf dem Boden liegen sah, konnte ich Essen nicht sehen. Nun, 's gibt allerlei Menschen auf der Welt, und dem Professor hat die Sache den Appetit nicht genommen.«

Wir schlenderten den ganzen Vormittag im Garten umher. Hopkins war ins Dorf hinuntergegangen, um das Gerücht von einem fremden Weib, das am vorhergehenden Morgen von Kindern auf der Chathamer Chaussee gesehen worden wäre, weiter zu verfolgen. Was meinen Freund anbetraf, so schien ihn seine gewohnte Tatkraft verlassen zu haben. Ich hatte ihn noch nie einen Fall so wenig energisch behandeln sehen. Selbst die Nachricht von Hopkins, dass er die Kinder gesprochen habe, und dass dieselben sich ganz genau darauf besinnen könnten, eine Frau, wie sie Holmes beschrieben habe, ohne Brille oder Klemmer, gesehen zu haben, schien ihn gar nicht besonders zu interessieren. Er achtete vielmehr darauf, als Susan, die mit dem Essen auf uns wartete, freiwillig erzählte, dass sie glaubte, Mr Smith sei gestern Morgen spazieren gewesen und erst eine halbe Stunde vor dem schrecklichen Ereignis zurückgekehrt. Ich selbst konnte die Bedeutung dieses Nebenumstandes nicht einsehen, aber gleichwohl bemerkte ich, dass ihn Holmes seinem Bild, das er sich von dem Fall gemacht hatte, einverleibte, und dass er auch in dieses Schema zu passen schien. Denn er sprang plötzlich vom Stuhl auf und sah nach der Uhr. »Zwei, meine Herren«, sagte er. »Wir müssen hinaufgehen und die Sache mit unserem Freund, dem Professor ins Reine bringen.«

Der alte Herr war gerade mit dem Essen fertig, und die leeren Schüsseln bewiesen, dass seine Haushälterin recht gehabt hatte mit ihrer Prophezeiung; er musste einen ordentlichen Hunger gehabt haben. Als er sein weißes Haupt emporhob und uns mit seinen durchbohrenden Augen ansah, machte er wirklich einen bezaubernden Eindruck. Die unvermeidliche Zigarette qualmte schon wieder in seinem Mund. Er war angezogen und saß in seinem Lehnstuhl am Kamin.

»Nun, Mr Holmes, haben Sie das Geheimnis schon aufgeklärt?« Er schob die große Schachtel Zigaretten, die neben ihm auf dem Tisch stand, meinem Gefährten hin. Holmes streckte gleichzeitig seine Hand aus, und das Kistchen kam zu weit über die Tischkante hinaus, verlor das Gleichgewicht und fiel zu Boden. Ein oder zwei Minuten lagen wir alle auf den Knien und lasen in alle Winkel zerstreute Zigaretten auf. Als wir aufstanden, bemerkte ich an Holmes, dass seine Augen glänzten und seine Wangen leicht gerötet waren. Nur in entscheidenden Augenblicken zeigten sich diese Kampfsignale.

»Jawohl«, versetzte er, »ich hab's aufgedeckt.«

Hopkins und ich starrten ihn erstaunt an. Über das hagere Gesicht des alten Professors zuckte es wie Hohnlachen und Spott.

»Tatsächlich! Im Garten?«

»Nein, hier.«

»Hier! Wann?«

»Eben.«

»Sie scherzen gewiss, Mr Holmes. Da muss ich Ihnen freilich sagen, dass die Sache doch zu ernst ist, um in dieser Weise verhandelt zu werden.«

»Ich habe jedes einzelne Glied meiner Kette sorgfältig geschmiedet und geprüft. Professor Coram, und ich weiß bestimmt, dass sie stark und fest ist. Ihre Motive und Ihre ganze Rolle, die Sie in diesem eigenartigen Fall spielen, durchschaue ich noch nicht ganz. In wenigen Minuten werde ich's wahrscheinlich aus Ihrem eigenen Mund hören. Ich will Ihnen daher, was vorgefallen ist, vorher noch einmal im Zusammenhang erzählen, damit Sie wissen, welcher Aufklärung ich noch bedarf.

Gestern kam eine Dame in Ihr Studierzimmer, mit der Absicht, sich gewisse Papiere anzueignen, die sich in dem Schränkchen befanden. Einen Schlüssel brachte sie selbst mit. Ich habe den Ihrigen betrachtet, wie Sie wissen, und jene leichte Spur nicht gefunden, welche der Kritzer hätte daran hervorbringen müssen. Sie haben also keine Schuld und, soweit ich es bis jetzt beurteilen kann, kam sie ohne Ihr Wissen.«

Der Professor blies eine dicke Rauchwolke von sich. »Das ist ja äußerst interessant und lehrreich«, sagte er dann. »Haben Sie nichts mehr hinzuzufügen? Da Sie die Spur dieser Dame so weit verfolgt haben, können Sie gewiss auch sagen, was weiter aus ihr geworden ist.«

»Ich will es versuchen. Zuerst wurde sie von Ihrem Sekretär ergriffen, den sie niederstach, um zu entkommen. Diesen tödlichen Ausgang bin ich geneigt, als einen unglücklichen Zufall anzusehen, denn ich bin überzeugt, dass die Dame nicht die Absicht gehabt hat, ein solches Verbrechen zu begehen. Ein Mörder kommt nicht unbewaffnet. Erschreckt über ihre Tat, verließ sie in wilder Flucht die Stätte des Unglücks. Zu ihrem Leidwesen hatte sie in dem Handgemenge ihren Klemmer eingebüßt, und bei ihrer starken Kurzsichtigkeit war sie ohne die Gläser vollkommen hilflos. Sie lief einen Korridor entlang, durch den sie hereingekommen zu sein glaubte – weil beide mit Strohmatten belegt waren – und als sie gewahr wurde, dass sie in den falschen Gang geraten war, war es zur Rückkehr schon zu spät, sie war ihr bereits abgeschnitten. Was sollte sie machen? Sie konnte nicht zurück, sie konnte aber auch nicht stehen bleiben. Sie musste vorwärts. Sie lief weiter. Sie kam an eine kleine Treppe, ging diese hinauf, stieß eine Tür auf und befand sich in Ihrer Kammer.«

Der Alte saß mit offenem Mund in seinem Stuhl und starrte meinen Freund groß an. Staunen und Furcht malten sich auf seinem ausdrucksvollen Gesicht. Dann zuckte er mit einiger Anstrengung die Schultern und brach in ein falsches Lachen aus.

»Das ist alles sehr schön, Mr Holmes«, erwiderte er dann. »Aber Ihr Beweis hat eine Lücke. Ich war selbst in meinem Zimmer hier und bin den ganzen Tag nicht hinausgekommen.«

»Das weiß ich wohl, Professor Coram.«

»Und Sie glauben wohl, dass ich hier im Bett liegen könnte, ohne gewahr zu werden, dass ein Weib in mein Zimmer tritt?«

»Das habe ich nicht gesagt. Sie wussten es. Sie haben mit ihr gesprochen. Sie haben sie gekannt, Sie wollen ihr zur Flucht verhelfen.«

Der Professor fing wieder laut zu lachen an. Er war aufgestanden, seine Augen funkelten wild vor Wut.

»Sie sind toll!«, schrie er. »Sie sprechen wie ein Verrückter. Ich hälfe ihr zur Flucht! Wo ist sie denn nun?«

»Dort«, sagte Holmes und zeigte auf einen hohen Bücherschrank in der Ecke.

Der Alte rang die Hände, ein krampfhaftes Zucken ging über sein grimmes Gesicht und er sank zurück in seinen Stuhl. Im selben Moment ging die Tür des bezeichneten Bücherschranks auf und ein Weib stand vor uns. »Sie haben recht!«, rief sie mit merkwürdigem, fremdländischem Klang. »Sie haben recht! Ich bin hier.«

Sie war mit Staub und Spinnengewebe bedeckt von den Wänden ihres Verstecks. Auch im Gesicht hatte sie Schmutzstreifen. Aber auch davon abgesehen, konnte sie nie hübsch gewesen sein. Sie zeigte genau die körperlichen Merkmale, die Holmes auf den Zettel geschrieben hatte, hinzu kam nur noch ein langes, vorstehendes Kinn. Teils wohl infolge ihrer Kurzsichtigkeit, teils infolge des jähen Wechsels zwischen Dunkelheit und Licht, stand sie wie geblendet und blinzelte unaufhörlich, um zu erkennen, wer und wo wir wären. Und doch, trotz all dieser körperlichen Nachteile lag eine gewisse Vornehmheit in dem Benehmen dieses Weibes, eine Hochherzigkeit in dem unschönen Kinn und dem erhobenen Kopf, der einem eine Art Achtung und Bewunderung abnötigte. Hopkins hatte sie am Arm gefasst und sie als seine Gefangene erklärt, aber sie schob ihn sanft zur Seite, und zwar mit einer überlegenen Würde, die Gehorsam erzwingt. Der Alte lag in den Stuhl zurückgelehnt, sein Gesicht zuckte, und die Augen waren starr auf die Frau gerichtet.

»Jawohl, ich bin Ihre Gefangene«, sagte sie. »Von meinem Platz aus konnte ich alles hören, und ich weiß, dass Sie die Wahrheit herausgebracht haben. Ich gestehe alles ein. Ich habe den jungen Mann getötet. Aber Sie haben recht, dass es ein Unglücksfall war. Ich wusste noch nicht einmal, dass es ein Messer war, was ich in meiner Hand hatte, denn in meiner Verzweiflung erwischte ich irgendetwas vom Tisch und schlug nach ihm, damit er mich gehen lassen sollte. Ich sage die Wahrheit, ich lüge nicht.«

»Gnädige Frau«, bemerkte Holmes, »ich zweifle nicht daran. Mir scheint, Sie werden unwohl.«

Sie hatte sich verfärbt, die Totenblässe trat durch die schwarzen Schmutzstriche auf ihrem Gesicht noch stärker hervor. Sie setzte sich auf den Bettrand und fuhr dann fort:

»Ich habe nur noch wenig Zeit hier, aber Sie sollen die volle Wahrheit von mir erfahren. Ich bin dieses Mannes Frau. Er ist kein Engländer. Er ist ein Russe. Seinen Namen will ich nicht nennen.«

Jetzt rührte sich der Greis zum ersten Mal. »Gott segne dich, Anna!«, rief er. »Gott segne dich!«

Sie warf ihm einen Blick größter Verachtung zu. »Warum klammerst du dich so krampfhaft an dein elendes Leben, Sergius?«, erwiderte sie. »Es hat so viele unglücklich gemacht und niemanden glücklich – dich selbst nicht mal. Doch ist es nicht meine Sache, dich zu veranlassen, den schwachen Lebensfaden vor dem normalen Ende durchzuschneiden. Ich habe schon genug auf mich geladen, seitdem ich diese verfluchte Schwelle übertreten habe. Aber ich muss reden, es wird sonst zu spät.

Ich habe Ihnen gesagt, meine Herren, dass ich die Frau dieses Mannes bin. Er war fünfzig und ich ein törichtes Mädchen von zwanzig, als wir heirateten. Es war in einer russischen Stadt, einer Universitätsstadt – den Namen will ich nicht nennen.«

»Gott vergelt dir's, Anna!«, murmelte wieder der Alte.

»Wir waren Reformisten – Revolutionäre – Nihilisten, Sie verstehen mich. Er und ich und viele andere. Dann kam eine Zeit der Verfolgung; ein Polizeibeamter wurde getötet, es fanden viele Verhaftungen statt, man suchte einen Zeugen, und um sein eigenes Leben zu retten und die ausgesetzte hohe Belohnung zu verdienen, verriet er seine Frau und seine Genossen. Auf seine Aussage hin wurden wir alle festgenommen. Einige kamen an den Galgen und einige nach Sibirien. Unter den Letzteren war ich, aber ich hatte nicht lebenslänglich. Mein Mann ging mit seinem unredlich erworbenen Vermögen nach England und hat hier stets zurückgezogen gelebt. Er weiß wohl, dass, wenn der Bund seinen Aufenthaltsort kennte, er schwerlich länger als eine Woche zu leben haben würde.«

Der Alte streckte die zitternde Hand aus, um sich eine Zigarette zu nehmen, dann sagte er: »Ich bin in deiner Hand, Anna. Du bist mir immer gut gewesen.«

»Aber seine größte Schurkerei habe ich noch nicht erzählt«, fuhr sie fort. »Unter unseren Genossen war einer, der meinem Herzen nahestand. Er war edel, selbstlos und liebreich – was mein Mann alles nicht war. Er hasste die Gewalttat. Wir waren alle schuldig – wenn man dabei von schuldig sprechen kann – nur er war's nicht. Er schrieb uns stets, dass wir diesen Weg nicht einschlagen sollten. Auf diese Briefe hin würde er freigesprochen worden sein. Ebenso würde ihn mein Tagebuch gerettet haben, worin ich täglich meine Gefühle gegen ihn sowie unseren politischen Standpunkt eingetragen hatte. Mein Mann machte Tagebuch und Briefe ausfindig und behielt sie. Er versteckte sie und hätte diesen Mann gerne durch seinen Eid an den Galgen gebracht. Das gelang ihm nicht, aber Alexis wurde in eine Zwangskolonie nach Sibirien gebracht, wo er noch jetzt, bis auf diesen Augenblick, in einem Salzbergwerk arbeitet. Bedenke das, du Schurke, du Elender; jetzt, jetzt, in diesem Augenblick muss Alexis, ein Mann, dessen Namen du nicht würdig bist, auf die Zunge zu nehmen, arbeiten und leben wie ein Sklave, und trotzdem ich dein Leben in meiner Hand habe, lass ich dich gehen.«

»Du warst immer ein edles Weib, Anna«, warf der Alte dazwischen und zog an seiner Zigarette.

Sie hatte sich erhoben, sank aber mit einem leisen Schrei des Schmerzes wieder nieder.

»Ich muss rasch zu Ende kommen«, sagte sie. »Als meine Zeit um war, nahm ich mir vor, mir das Tagebuch und meine Briefe wieder zu verschaffen, welche, an die russische Regierung gesandt, meines Freundes Freilassung bewirken würden. Ich wusste, dass sich mein Mann nach England gewandt hatte. Nach monatelangem Suchen entdeckte ich seinen Aufenthaltsort. Ich wusste, dass er das Tagebuch noch im Besitz hatte, denn nach Sibirien hat er mir einmal einen Brief geschrieben, worin er mir Vorwürfe machte und einige Stellen daraus anführte. Aber ich kannte seine rachsüchtige Natur zu gut, um zu wissen, dass er mir's nie freiwillig geben würde. Ich musste mir's selbst zu verschaffen suchen. Zu diesem Zweck nahm ich einen Agenten von einem Privatdetektivinstitut an, der als Sekretär bei meinem Mann eintrat – es war dein zweiter Sekretär, Sergius, derjenige, der dich so schnell verlassen hat. Er entdeckte, dass die Papiere in jenem Schränkchen eingeschlossen waren, und machte ein Modell vom Schloss. Weiter wollte er nicht gehen. Er versah mich mit einem Plan des Hauses und sagte mir, dass am Vormittag das Studierzimmer fast stets leer sei, weil der Sekretär hier hinten zu tun habe. So fasste ich endlich den Vorsatz und kam hierher, um die Briefschaften wiederzuerlangen. Es gelang mir, aber um welchen Preis!

Ich hatte gerade die Papiere herausgenommen und wollte das Schränkchen wieder zuschließen, als mich der junge Herr ergriff. Ich hatte ihn schon am Morgen gesehen. Ich traf ihn auf der Straße und fragte ihn, wo Professor Coram wohne; ich wusste nicht, dass er in seinen Diensten stand.«

»Richtig! Richtig!«, sagte Holmes. »Der Sekretär ist zurückgekommen und hat seinem Herrn von dem Weib erzählt, das er getroffen hatte. Dann wollte er in den letzten Sekunden kundtun, dass sie's war, sie, über die er eben mit dem Professor gesprochen hatte.«

»Sie müssen mich reden lassen«, sagte die Frau in befehlendem Ton, während sie das Gesicht vor Schmerzen verzog. »Als er zu Boden gefallen war, stürzte ich aus dem Zimmer, erwischte die verkehrte Tür und stand meinem Mann gegenüber. Er sagte, dass er mich der Polizei überliefern wolle. Ich bedeutete ihm, dass ich auch sein Leben in der Hand hätte. Wenn er mich der Behörde übergäbe, könnte ich ihn dem Bunde überantworten. Ich wollte nicht meinetwegen mein Leben retten, sondern ich wollte meinen Zweck erfüllen. Er wusste, dass ich Wort halten würde, und dass sein eigenes Schicksal mit meinem verquickt war. Aus diesem Grund, und nur aus diesem, beherbergte er mich. Er steckte mich in jenen dunkeln Schrank, ein Überbleibsel aus vergangenen Zeiten. Er allein kannte meinen Aufenthalt. Er aß in seinem Zimmer und konnte mich so mit einem Teil seiner Speise versehen. Es war abgemacht, dass ich, sobald die Polizei das Haus verlassen hätte, bei Nacht hinausschlüpfen und nie wiederkehren sollte. Aber Sie haben unsere Pläne bis zu einem gewissen Grad erraten und sie durchkreuzt.« Sie riss ein kleines Paketchen aus ihrem Busen. »Jetzt komme ich zum Schluss«, rief sie, »hier sind die Papiere, die Alexis retten werden. Ich vertraue sie Ihrer Ehre und Ihrer Gerechtigkeitsliebe an. Nehmen Sie sie hin! Übergeben Sie sie der russischen Botschaft. Nun habe ich meine Pflicht erfüllt, und ...«

»Haltet sie!«, rief Holmes. Er war mit einem Sprung bei ihr und entwand ihrer Hand ein kleines Fläschchen.

»Zu spät!«, sagte sie und sank zurück auf das Bett. »Zu spät! Ich habe das Gift genommen, eh' ich aus meinem Versteck heraustrat. Mir wird schwindlig! Ich sterbe! Vergessen Sie das Paketchen nicht!«

»Ein einfacher Fall, und in mancher Hinsicht doch ein recht lehrreicher«, bemerkte Holmes, als wir zur Stadt zurückfuhren. »Es drehte sich vom Anfang an um den Klemmer. Wenn der Sterbende dieses Glas nicht erfasst hätte, hätten wir womöglich nie die Lösung gefunden. Es war mir klar, dass die Trägerin einer so starken Nummer ohne Augengläser ganz hilflos gewesen sein musste. Als Sie mir zumuteten, zu glauben, dass sie auf einem so schmalen Rasenstreifchen hingegangen sein sollte, ohne einen einzigen Fehltritt zu tun, bemerkte ich, wie Sie sich noch erinnern werden, dass das eine besondere Leistung wäre. Innerlich hielt ich es für eine unmögliche Leistung; es hätte nur noch sein können, was aber kaum anzunehmen war, dass sie ein zweites Glas bei sich gehabt hätte. Ich musste also ernstlich damit rechnen, dass sie noch im Haus war. Als ich sah, wie ähnlich die beiden Korridore einander waren, zweifelte ich kaum noch, dass sie sie verwechselt habe. Dann musste sie aber in das Zimmer des Professors gekommen sein. Ich suchte also feste Beweise für meinen Verdacht und musterte das Zimmer ganz genau auf irgendwelche Verstecke hin. Der Teppich schien aus einem einzigen Stück zu bestehen und angenagelt zu sein; ich gab also den Gedanken an eine Falltür im Boden auf. Dagegen konnte hinter den Büchergestellen sehr wohl ein Schlupfwinkel sein. Wie Sie wissen, ist das in alten Bibliotheken gar nicht mal selten. Ich bemerkte, dass überall auf dem Boden Haufen von Büchern lagen, dass aber vor einem Schrank eine Stelle leer war. Hier musste also der Zugang sein. Ich konnte keine Fußspuren finden, aber der Teppich war von dunkler Farbe, die sich sehr gut zu einem Versuch eignete. Ich rauchte daher eine Menge von diesen ausgezeichneten Zigaretten und ließ die Asche auf den Platz vor dem verdächtigen Bücherschrank fallen. Es war eine einfache List, aber doch ganz wirkungsvoll. Ich ging dann hinunter und vergewisserte mich in Ihrer Gegenwart, Watson, ohne dass Sie freilich meine Absicht ganz verstanden, dass Professor Corams Nahrungsaufnahme zugenommen hatte – wie das ja zu erwarten war bei jemandem, der eine zweite Person mit ernährte. Dann gingen wir wieder hinauf, und durch das Umkippen des Zigarettenkistchens verschaffte ich mir eine günstige Gelegenheit, den Fußboden genau in Augenschein zu nehmen. Ich sah sehr deutlich an den Spuren auf der Zigarettenasche, dass die Gefangene in unserer Abwesenheit ihr Versteck verlassen hatte.

Nun, Mr Hopkins, hier ist Charing Cross. Ich gratuliere Ihnen, dass Sie Ihren Fall so glücklich zu Ende geführt haben. Sie werden doch wohl ins Hauptquartier gehen. Wir beide, Watson, wollen zusammen zur russischen Botschaft fahren.«

Der vermisste Fussballspieler

Wir waren ziemlich daran gewöhnt, rätselhafte Telegramme zu erhalten, aber besonders liegt mir noch eins im Sinn, das vor etwa acht Jahren an einem düsteren Februarmorgen ankam und Holmes einige Verlegenheit bereitete. Es trug seine Adresse und lautete:

> Bitte mich erwarten. Furchtbares Unglück. Wichtigster Mann fort; morgen unentbehrlich. – Overton.

»Es trägt die ordnungsmäßige Stempelmarke und ist um zehn Uhr sechsunddreißig Minuten aufgegeben worden«, sagte mein Freund, nachdem er es immer wieder gelesen hatte. »Mr Overton war augenscheinlich sehr aufgeregt, als er's abschickte, und daher etwas verwirrt. Nun, ich glaube, er wird gleich selbst ankommen und dann werden wir ja alles erfahren. Ich will einstweilen die ›Times‹ durchgucken. Selbst die unbedeutendste Aufgabe würde mir in dieser flauen Zeit willkommen sein.«

Wir hatten tatsächlich schon länger keine richtige Beschäftigung mehr gehabt, und ich hatte diese Perioden der Untätigkeit fürchten gelernt, denn mein Freund war eine so rührige Natur, dass es gefährlich für ihn war, wenn er nicht die nötige Arbeit hatte. Seit Jahren hatte ich ihm den Genuss narkotischer Mittel allmählich abgewöhnt, wodurch früher einmal seine ganze Laufbahn beinahe unterbrochen worden wäre. Nun wusste ich zwar, dass er unter gewöhnlichen Umständen nach diesen Reizmitteln kein Verlangen mehr trug, aber ich war mir ebenso klar darüber, dass der Feind nicht tot war, sondern nur schlief; und ich hatte die Erfahrung gemacht, dass dieser Schlaf nicht sehr fest und das Erwachen sehr nahe war, sobald Perioden der Untätigkeit kamen. Dann zeigte sein asketisches Gesicht große Niedergeschlagenheit, und seine tiefen, unergründlichen Augen nahmen den Ausdruck des dumpfen Dahinbrütens an. Ich segnete deshalb diesen Mr Overton, wer er auch sein mochte, weil er durch seine sonderbare

Botschaft diese unheimliche Ruhe unterbrochen hatte, welche für meinen Freund gefährlicher war als alle Stürme seines bewegten Lebens.

Wie wir erwartet hatten, blieb der Absender der Depesche nicht lange aus. Mr Cyril Overton vom Trinity College in Cambridge war ein riesenhafter junger Mann, er hatte einen enormen Knochenbau und eine entsprechende Muskulatur; seine breiten Schultern füllten unsere Tür vollkommen aus. Dabei hatte er ein ganz nettes, sympathisches Gesicht, dem man freilich die Unruhe auf den ersten Blick ansah.

»Mr Sherlock Holmes?«

Mein Freund verbeugte sich.

»Ich komme eben von Scotland Yard herauf, Mr Holmes. Ich sprach den Inspektor Hopkins. Er riet mir, mich an Sie zu wenden. Er sagte, der Fall sei, soweit er ihn beurteilen könne, eher etwas für Sie als für die reguläre Polizei. Wenn Sie mir helfen könnten, Mr Holmes ... Ich befinde mich in einer fatalen Lage ...«

»Bitte nehmen Sie Platz und erzählen Sie mir, was los ist.«

»Es ist schrecklich, Mr Holmes, einfach schrecklich! Ich wundere mich, dass ich noch keine grauen Haare habe. Godfrey Staunton – Sie haben von ihm gehört, selbstverständlich? Beim ganzen Spiel dreht sich alles um ihn. Lieber sollen mir drei andere fehlen als gerade er, keiner reicht ihm das Wasser. Er ist das Haupt und hält das ganze Spiel zusammen. Was soll ich nun anfangen? Das sollen Sie mir sagen, Mr Holmes. Da ist freilich noch Moorhouse, der erste Reservemann, er ist aber nur halb trainiert. Er hat ja 'nen guten Fuß, aber nicht die nötige Überlegung. Ei, Morton oder Johnson, die berühmten Oxforder Fußballspieler, würden ihn schön schlagen. Und Stevenson wäre ja fest genug, der ist aber auf seinem jetzigen Posten ganz unentbehrlich. Nein, Mr Holmes, wir sind verloren, wenn Sie mir nicht helfen können, Godfrey Staunton aufzufinden.«

Holmes hatte den Worten des Mr Overton mit Interesse zugehört. Der außerordentliche Eifer und Ernst, womit sie hervorgestoßen wurden, und der Nachdruck, den der Sprecher jedem einzelnen Punkt durch einen gewaltigen Schlag mit seiner muskulösen Hand auf seine Knie verlieh, schienen ihn zu amüsieren.

Als unser Besucher mit seiner Erklärung fertig war, holte Holmes den Band mit S seines selbstangelegten Lexikons vom Bücherregal herunter. Zum ersten Mal sah er vergeblich in diesem reichhaltigen Sammelwerk nach.

»Ich habe hier einen Arthur H. Staunton, einen vielversprechenden Falschmünzer«, sagte er, »und den Henry Staunton, dem ich zum Galgen verholfen habe, aber Godfrey Staunton ist mir ein unbekannter Name. Wer und was ist denn dieser Staunton?«

Nun machte unser Klient ein erstauntes Gesicht.

»Aber Mr Holmes, ich glaubte, Sie wüssten alles Mögliche«, sagte er. »Wenn Sie nie was von Godfrey Staunton gehört haben, dann kennen Sie womöglich auch Cyril Overton nicht?«

Holmes schüttelte lächelnd den Kopf.

»Unglaublich!«, rief der Athlet. »Ei, ich war der erste Sieger für England gegen Wales und habe schon ein Jahr an der Spitze des akademischen Fußballklubs gestanden. Aber das ist noch gar nichts gegen Godfrey Staunton, den Sieger von Cambridge, Blackheath und von fünf internationalen Fußballwettspielen. Gütiger Gott! Mr Holmes, wo sind Sie eigentlich auf der Welt gewesen?«

Holmes lachte über das kindliche Staunen des jungen Wettkämpfers.

»Sie leben in einer ganz anderen Welt als ich, Mr Overton, in einer angenehmeren und gesunderen Atmosphäre. Meine Beziehungen erstrecken sich auf viele Gesellschaftsschichten, aber, ich kann wohl sagen glücklicherweise, nicht in die Kreise des Liebhabersports, der ein gutes und gesundes Zeichen ist für die innere Kraft des englischen Volkes. Doch beweist mir Ihr unerwarteter Besuch, dass es auch in dieser frischen Welt für mich zu tun gibt; ich bitte Sie nun, mein lieber Herr, mir langsam und ganz ruhig den Sachverhalt genau anzugeben und mir zu sagen, in welcher Weise ich Ihnen behilflich sein kann. Ihre bisherigen Darstellungen machen einen etwas konfusen Eindruck.«

Der junge Mr Overton war ein Mann, der mehr an den Gebrauch seiner Muskeln als an den seines Gehirns gewöhnt war. Er machte ein ziemlich verlegenes Gesicht, aber nach und nach, mit vielen Wiederholungen und Unklarheiten, die ich hier weglassen will, brachte er Folgendes heraus.

»Die Sache ist, wie Sie sehen werden, die, Mr Holmes. Wie ich gesagt habe, bin ich Vorstand des Fußballklubs in der Universitätsstadt Cambridge, und Godfrey Staunton ist mein bester Mann. Morgen spielen wir gegen Oxford, und zwar hier in London. Gestern sind wir alle hierher gefahren und haben uns in Bentleys Privathotel einquartiert. Um zehn Uhr machte ich die Runde und sah nach, ob alle Mitglieder zur Ruhe gegangen waren, denn ich halte ausreichenden Schlaf für unerlässlich vor einem Wettspiel. Ich sprach mit Godfrey noch ein paar Worte, ehe er sich hinlegte. Er kam mir blass und aufgeregt vor. Ich fragte ihn, was er habe. Er antwortete, es sei weiter nichts – nur ein bisschen Kopfschmerzen. Ich wünschte ihm Gute

Nacht und ging hinaus. Aber Godfrey gefiel mir gar nicht, denn wenn man sich nicht wohlfühlt, und soll doch alle seine Kräfte zur Verfügung haben, vollends wenn einer die Hauptperson im Spiel ist – da konnte die ganze Sache für Cambridge recht brenzlig werden. Nach einer halben Stunde sagt mir der Portier, dass ein Mann mit einem wilden Bart mit einem Brief für Mr Staunton draußen sei. Da er noch auf war, wurde ihm das Schreiben auf sein Zimmer gebracht. Godfrey las es und sank, wie vom Schlag gerührt, auf einen Stuhl. Der Portier war so erschrocken, dass er mich holen wollte, aber Godfrey hielt ihn zurück, ließ sich einen Schluck Wasser geben und stand wieder auf. Dann ging er die Treppe hinunter, wechselte noch ein paar Worte mit dem Überbringer des Briefes, der im Hausflur wartete, und ging mit ihm zusammen weg. Als ihnen der Portier zum letzten Mal nachblickte, liefen sie schon die Straße hinunter. Heute Morgen war Godfreys Zimmer leer, sein Bett war unbenutzt, und auch sonst lag noch alles an derselben Stelle wie am Abend. Er war auf eine plötzliche Nachricht hin mit diesem Unbekannten weggegangen, und wir haben seitdem kein Wort von ihm gehört. Ich glaub' nicht, dass er je wiederkommt. Er war ein großer Sportsfreund, der Godfrey, mit Leib und Seele, und er würde sein Trainieren nicht unterbrochen und seinen Vorstand im Stich gelassen haben, wenn er nicht einen sehr triftigen Grund gehabt hätte. Nein, ich hab das Gefühl, als ob er für immer fort wäre und wir ihn nie wiedersehen würden.«

Holmes hatte dieser merkwürdigen Erzählung aufmerksam zugehört.

»Was haben Sie dann getan?«, fragte er am Ende.

»Ich telegrafierte nach Cambridge, um zu erfahren, ob man dort was von ihm gehört hätte. Ich bekam die Antwort, kein Mensch hätte ihn gesehen.«

»Konnte er am selben Abend noch nach Cambridge zurückfahren?«

»Ja, es fährt noch ein später Zug – um viertelzwölf.«

»Aber soweit Sie haben in Erfahrung bringen können, hat er ihn nicht benutzt?«

»Nein, es hat ihn niemand gesehen.«

»Was taten Sie nachher?«

»Ich depeschierte an Lord Mount-James.«

»Warum an Lord Mount-James?«

»Godfrey hat keine Eltern mehr, und Lord Mount-James ist sein nächster Verwandter – sein Onkel, glaube ich.«

»Wahrhaftig. Das lässt die Sache schon in einem neuen Licht erscheinen. Lord Mount-James ist einer der reichsten Männer in England.«

»Das hat mir Godfrey auch gesagt.«

»Und Ihr Freund war wirklich nahe verwandt mit ihm?«

»Jawohl, er war sein Erbe, und der alte Knabe ist nahe an die achtzig – und hat außerdem noch die Gicht. Man sagt, er könnte das Billardqueue an seinen Gelenken einkreiden. Er gab Godfrey keinen Heller, er ist 'n furchtbarer Geizkragen, aber immerhin muss es ihm nach dem Tod des Onkels zufallen.«

»Haben Sie von Lord Mount-James Antwort bekommen?«

»Nein.«

»Aus welchem Grund sollte Ihr Freund zu Lord Mount-James gegangen sein?«

»Nun, irgendwas drückte ihn, und wenn's Geldsorgen waren, ist's immerhin möglich, dass er seinen nächsten Verwandten drum angegangen hat, der so viel hat; obgleich er, nach allem, was ich weiß, keine großen Chancen hat, was zu bekommen. Godfrey mochte den Alten nicht. Er würde sich nicht an ihn wenden, wenn's nicht unbedingt nötig wäre.«

»Das lässt sich ja leicht feststellen. Wenn Ihr Freund zu seinem Verwandten, Lord Mount-James, gegangen ist, dann müssen Sie eine Erklärung für den Besuch dieses Mannes mit dem struppigen Bart finden, welcher in so später Stunde gekommen ist, und dessen Brief Ihren Freund so stark erregt hat.«

Overton presste die Hände gegen den Kopf und sagte dann: »Ich kann nicht klug draus werden, dies ganze Unglück bringt mich noch um den Verstand.«

»Nun, ich habe heute weiter nichts vor und will gerne die Sache in die Hand nehmen«, sagte Holmes beruhigend. »Ich rate Ihnen, auf alle Fälle, Ihr Wettspiel ohne Rücksicht auf diesen jungen Herrn zu arrangieren. Es muss, wie Sie selbst sagen, eine starke Notwendigkeit vorgelegen haben, dass er auf diese Weise und unter diesen Umständen fortgegangen ist, und dieselbe zwingende Notwendigkeit wird ihn auch wohl abhalten, rechtzeitig zurückzukommen. Wir wollen zusammen ins Hotel gehen und sehen, ob uns der Portier etwas Neues sagen kann.«

Holmes war ein hervorragender Meister darin, einen Zeugen aus dem niederen Volk sich gefügig zu machen, und so hatte er denn in ganz kurzer Zeit in Stauntons verlassenem Zimmer aus dem Portier alles herausgezogen, was er nur aussagen konnte. Der Besucher von der vorhergehenden Nacht war weder ein feiner Herr noch ein Arbeitsmann, er war, wie der Portier sich ausdrückte »so'n Mittelding«, ein Mann von etwa fünfzig Jahren, mit grau meliertem Barthaar, blassem Gesicht und in einfacher Kleidung. Er schien selbst erregt gewesen zu sein. Der Portier hatte gesehen, wie ihm die Hand gezittert hatte, als er ihm das Schreiben überreicht hatte. Staunton hatte den Brief in die Tasche gesteckt. Er hatte dem Mann im Hausflur nicht die Hand gegeben. Sie hatten nur wenige Worte ausgetauscht, von denen der Portier nur das eine – »Zeit« – verstanden hatte. Dann waren sie in der oben angegebenen Weise fortgeeilt. Es war an der Hoteluhr gerade halb elf gewesen.

»Lassen Sie mich mal überlegen«, sagte Holmes, als er sich auf Stauntons Bett setzte. »Sie haben nur am Tag Dienst, nicht wahr?«

»Jawohl, ich habe von elf ab frei.«

»Der Nachtportier hat vermutlich nichts mehr bemerkt?«

»Nein, Herr; spät ist noch 'ne Gesellschaft aus dem Theater gekommen, sonst niemand.«

»Haben Sie gestern den ganzen Tag Dienst gehabt?«

»Jawohl.«

»Haben Sie Mr Staunton sonst irgendwelche Briefschaften gebracht?«

»Jawohl; ein Telegramm.«

»Ah, das ist interessant. Um welche Zeit?«

»Gegen sechs Uhr.«

»Wo war Mr Staunton, als er es in Empfang nahm?«

»Hier in seinem Zimmer.«

»Waren Sie dabei, als er's aufmachte?«

»Jawohl; ich wartete, ob ich vielleicht Antwort mitnehmen sollte.«

»Nun, hat er geantwortet?«

»Ja. Er schrieb 'ne Antwort auf.«

»Brachten Sie sie zur Post?«

»Nein; er hat sie selbst fortgebracht.«

»Aber er schrieb sie in ihrer Gegenwart?«

»Ja. Ich stand wartend an der Tür, und er saß am Tisch. Als er fertig war, sagte er: ›'s ist gut; ich werde selbst zur Post gehen.‹«

»Womit schrieb er?«

»Mit 'ner Feder, Herr.«

»Benutzte er ein's von den Depeschen-Formularen hier auf dem Tisch?«

»Ja, natürlich.«

Holmes stand auf. Er nahm den Block mit den Formularen, ging damit ans Fenster und untersuchte das oberste genau.

»Es ist schade, dass er nicht mit dem Bleistift geschrieben hat«, sagte er dann; er zuckte die Achseln und warf die Formulare verstimmt beiseite.

»Wie Sie ohne Zweifel häufig beobachtet haben, Watson, drücken sich dabei die Schriftzüge gewöhnlich durch – ein Umstand, der schon manchen Gauner in die Hände der Polizei geliefert hat. Aber hier kann ich nichts finden. Ich freue mich aber, dass er eine breite weiche Feder benutzt hat, und ich glaube sicher, dass wir einen Abdruck auf diesem Löschblatt finden werden. Ah, da haben wir's ja schon!«

Er riss ein Stück vom Löschblatt ab, und zeigte es uns.

Overton war ganz aufgeregt.

»Halten Sie's gegen den Spiegel!«, rief er.

»Das ist gar nicht nötig«, antwortete Holmes. »Das Papier ist ziemlich dünn, und auf der Rückseite werden wir die Schrift lesen können.« Er drehte es um, und wir lasen: »Stehen Sie uns um Himmels willen bei!«

»So, das ist aber bloß der Schluss des Telegramms, das Godfrey Staunton wenige Stunden vor seinem Verschwinden abgesandt hat. Es fehlen uns noch wenigstens sechs Worte am Anfang, aber das Ende beweist schon, dass der junge Mann vor einer furchtbaren Gefahr stand, aus der ihn irgendjemand befreien sollte. Uns, wohlgemerkt! Es war also eine zweite Person mit hinein verwickelt. Wer sollte es sonst sein als dieser blasse, bärtige Mann, der sich selbst in so großer Aufregung befand? Welcher Art sind dann aber die Beziehungen zwischen Staunton und dem Mann? Und wer ist der Dritte, von dem sie Hilfe erwarteten gegen die dringende Gefahr? Unsere Nachforschung muss sich auf diese Hilfsquelle stützen.«

»Wir brauchen nur die Adresse dieses Dritten ausfindig zu machen«, warf Mr Overton ein.

»Gewiss, mein Verehrter. Dieser eminent tiefsinnige Gedanke war mir auch bereits gekommen. Aber Sie werden wohl auch schon erfahren haben, dass, wenn man auf dem Postamt nach der Adresse von anderer Leute Depeschen fragt, die Beamten wenig Entgegenkommen zeigen. Die Sache ist nicht so einfach! Immerhin bezweifle ich nicht, dass wir bei einiger Vorsicht und Schlauheit unseren Zweck erreichen können. Einstweilen möchte ich gerne in Ihrer Gegenwart, Mr Overton, diese Briefschaften hier auf dem Tisch durchsehen.«

Es waren eine Menge Briefe, Zettel und Notizen, die Holmes rasch mit scharfem Blick überflog. »'s ist nichts darunter«, sagte er endlich. »Beiläufig bemerkt, Ihr Freund war doch ein gesunder junger Mann – der keinerlei Krankheit an sich hatte?«

»So gesund wie 'n Fisch.«

»Wissen Sie, ob er schon jemals krank war?«

»Keine Stunde. Er hat sich einmal geschnitten, und einmal am Knie verletzt, 's war aber nicht der Rede wert.«

»Vielleicht war er doch nicht so gesund, wie Sie glauben. Ich bin entschieden der Meinung, dass er eine geheime Störung gehabt hat. Mit Ihrer Einwilligung will ich diese zwei Zettel einstecken, sie können uns bei unseren weiteren Nachforschungen möglicherweise noch zustattenkommen.«

»Einen Moment! Einen Moment!«, rief eine jammernde Stimme, und als wir uns umdrehten, sahen wir einen wunderlichen alten Mann, ruckend und zuckend in der Tür stehen. Er hatte einen alten schwarzen Anzug an, einen breitkrempigen Zylinderhut auf und ein weißes Halstuch um – die ganze Erscheinung war die eines alten Dorfpfarrers, wie sie auf alten englischen Bildern zu sehen sind. Aber trotz seines schäbigen und sonderbaren Aussehens hatte seine Stimme einen scharfen, bestimmten Klang, und sein ganzes Benehmen war so sicher, dass wir ihm unsere Beachtung nicht versagen konnten.

»Wer sind Sie, mein Herr, und mit welchem Recht nehmen Sie Einsicht in die Papiere dieses Herrn?«, fragte er meinen Freund.

»Ich bin Privatdetektiv und versuche auf Veranlassung eines Dritten das Verschwinden jenes Herrn aufzuklären.«

»So, Detektiv sind Sie, sind Sie wirklich? Und wer hat Sie beauftragt, he?«

»Dieser Herr hier, Mr Stauntons Freund; er ist von Scotland Yard an mich gewiesen worden.«

»Und wer sind Sie, mein Herr?«

»Ich bin Cyril Overton.«

»Dann sind Sie's also, der mir ein Telegramm geschickt hat. Ich heiße Lord Mount-James. Ich bin so rasch heruntergekommen, wie mich der Bayswaterzug nur herbringen konnte. Sie haben also einen Detektiv zugezogen, Mr Overton?«

»Jawohl, mein Herr.«

»Und Sie wollen auch die Kosten bezahlen?«

»Ich zweifle nicht, dass das mein Freund Godfrey tun wird, wenn wir ihn gefunden haben.«

»Wenn er aber nicht gefunden wird, wie ist's dann, he? Beantworten Sie mir diese Frage!«

»In diesem Fall zweifellos seine Familie.«

»Da gibt's nichts!«, jammerte der Alte. »Von mir bekommen Sie keinen Pfennig, nicht einen Pfennig! Haben Sie's gehört, Herr Detektiv? Ich bin die ganze Familie, die dieser junge Mann hat, und ich sage Ihnen, ich bin durchaus nicht verantwortlich. Wenn er was in Aussicht hat, hat er's dem Umstand zuzuschreiben, dass ich mein Geld stets zusammengehalten habe, und das werde ich auch in diesem Fall tun. Was diese Papiere betrifft, mit denen Sie so frei umgehen, so will ich Sie darauf aufmerksam machen, dass ich, wenn sich irgendeins von Wert darunter befindet, Sie dafür haftbar mache, und genaue Auskunft verlange, was Sie damit tun.«

»Schon gut«, antwortete Holmes. »Einstweilen möchte ich mir die Frage erlauben, ob Sie sich selbst vielleicht inzwischen eine Meinung gebildet haben, wie dieser junge Mann verschwunden ist?«

»Nein, das habe ich nicht. Er ist groß genug und auch alt genug, für sich selbst zu sorgen, und wenn er so dumm ist, sich selbst zu verlieren, weigere ich mich ganz entschieden, die Kosten für seine Wiederauffindung zu übernehmen.«

»Ich verstehe Ihren Standpunkt vollkommen«, erwiderte Holmes mit boshaftem Augenzwinkern. »Vielleicht aber verstehen Sie den meinen nicht ganz recht. Godfrey Staunton scheint ein armer Mann gewesen zu sein. Wenn er entführt worden ist, kann es nicht wegen seines eigenen Besitzes geschehen sein. Der Ruf von Ihrem Reichtum ist weit verbreitet, Lord Mount-James, und es ist wohl möglich, dass sich Einbrecher Ihres Neffen bemächtigt haben, um von ihm Aufschluss über Ihr Haus, Ihre Gewohnheiten und Ihren Geldaufbewahrungsort zu erlangen.«

Das Gesicht unseres kleinen, unliebsamen Besuchers wurde so weiß wie sein Halstuch.

»Himmel, was für ein Gedanke! An so was hab ich nie gedacht! Was für elende Schurken gibt's doch auf der Welt! Aber Godfrey ist 'n braver Junge – 'n standhafter Junge. Nichts könnte ihn dazu bringen, seinen alten Onkel zu verraten. Aber ich will das Silbergeschirr heute Abend zur Bank bringen lassen. Inzwischen sparen Sie keinen Fleiß, Herr Detektiv! Ich bitte Sie, lassen Sie keinen Stein auf seinem Platz, um ihn wiederaufzufinden. Was das Geld betrifft, nun, bis zu einer Fünf-, ja bis zu einer Zehnpfund-Note, können Sie immerhin auf mich rechnen.«

Aber auch jetzt, in seiner veränderten Gemütsverfassung vermochte uns der Alte keine Auskunft zu geben, die uns etwas hätte nützen können, denn über das Privatleben seines Neffen war er nur wenig unterrichtet. Unser einziger Anhaltspunkt lag in dem unvollständigen Telegramm, und damit versuchte Holmes, ein zweites Glied seiner Kette zu finden. Wir verabschiedeten uns von Lord Mount-James, und Overton ging zu seinen Klubmitgliedern, um mit ihnen über das Missgeschick zu beraten, von dem sie betroffen waren.

In der Nähe des Hotels war ein Telegrafenamt. Wir blieben davor stehen.

»Wir müssen's versuchen, Watson«, sagte Holmes. »Natürlich, aufgrund einer richterlichen Vollmacht könnten wir Einsicht in die Bücher verlangen, aber soweit ist's noch nicht gekommen. Ich glaube nicht, dass man sich an einem so verkehrsreichen Amt der einzelnen Gesichter erinnert. Wir wollen's wagen.«

Wir traten ein und mussten zunächst warten, bis zwei andere vor uns abgefertigt waren.

»Entschuldigen Sie, dass ich störe«, sagte Holmes in der liebenswürdigsten Weise zu der jungen Dame am Schalter, »da ist mir bei einem Telegramm, das ich gestern abgesandt habe, vermutlich ein kleines Versehen passiert. Ich habe noch keine Antwort darauf bekommen und ich befürchte stark, dass ich meine Hoteladresse darunterzusetzen vergessen habe. Vielleicht fehlt sogar mein Name. Würden Sie mir vielleicht sagen, ob dass wirklich der Fall ist?«

Das Fräulein blätterte in einem Bündel Papieren nach.

»Um wie viel Uhr war's?«

»Etwas nach sechs.«

»An wen war's adressiert?«

Holmes hielt den Finger an den Mund und sah das Schalterfräulein bittend an. »Die letzten Worte waren ›um Himmels willen‹«, flüsterte er leise in vertrauenerweckendem Ton, »ich bin sehr bekümmert, dass ich keine Antwort erhalten habe.«

Die Schalterdame fand endlich das gesuchte Formular.

»Hier ist's. Da fehlt die Unterschrift«, sagte sie und reichte es meinem Freund hin.

»Dann ist's freilich erklärlich, dass ich keine Nachricht erhalten habe«, sagte er. »Wahrhaftig, wie töricht ich doch war! Guten Morgen, Miss, besten Dank für Ihre Liebenswürdigkeit!« Er lachte und rieb sich vergnügt die Hände, als wir wieder draußen auf der Straße waren.

»Nun?«, fragte ich.

»Es geht vorwärts, mein lieber Watson, es geht vorwärts. Ich hatte mir bereits sieben verschiedene Möglichkeiten ausgedacht, wie ich mir einen Einblick in dieses Telegramm verschaffen könnte, aber ich erwartete wirklich kaum, dass gleich die erste zum Ziel führen würde.«

»Und was haben Sie nun damit gewonnen?«

»Einen Ausgangspunkt für die fernere Untersuchung.« Er winkte eine Droschke herbei und rief dem Kutscher zu: »Kings Cross Station.«

»Wir haben also eine Reise vor?«

»Ja, ich denke, wir fahren zusammen nach Cambridge. Alle Anzeichen weisen nach dieser Richtung hin.«

»Sagen Sie mal«, fragte ich ihn, als wir im Wagen saßen, »haben Sie schon eine Ahnung, warum dieser junge Mann verschwunden ist? Ich kann mich kaum an einen Fall erinnern, bei dem die Motive dunkler gewesen wären. Sie glauben doch sicher nicht im Ernst, dass er festgehalten wird, um über seinen reichen Oheim Auskunft zu geben?«

»Ich muss selbst gestehen, mein Lieber, dass mir diese Erklärung nicht allzu wahrscheinlich vorkommt. Ich hielt sie aber für besonders geeignet, um den unliebsamen Alten für die Sache ein wenig zu interessieren.«

»Das hat sie auch sicher getan. Aber was haben Sie sonst noch für Annahmen?«

»Ich könnte Ihnen verschiedene hernennen. Sie müssen zugeben, dass es merkwürdig und auffallend ist, dass die Sache gerade am Abend vor dem Wettspiel passiert und dass gerade der Mann verschwunden ist, dessen Mitwirkung ausschlaggebend zu sein scheint. Es kann selbstverständlich ein bloßer Zufall sein, aber immerhin ist es sonderbar. Beim Liebhabersport wird ja nicht gewettet, aber im Publikum draußen werden trotzdem Wetten abgeschlossen, und es ist nicht unmöglich, dass jemand einen Spieler entführt hat, wie die Schurken beim Pferderennen zuweilen Pferde stehlen. Das ist eine Erklärung. Eine andere, gar nicht unwahrscheinliche Möglichkeit ist die, dass wirklich ein Plan, diesen jungen Menschen in die Gewalt zu bekommen, ausgeheckt wurde, um dann ein Lösegeld zu erpressen, denn wenn er auch gegenwärtig über keine größeren Mittel verfügt, hat er doch ein großes Vermögen in Aussicht.«

»Aber mit diesen Theorien steht die Depesche in keinerlei Zusammenhang.«

»Sehr richtig, Watson. Das Telegramm ist und bleibt die einzige solide Grundlage, mit der wir rechnen können und von der wir nicht abgehen dürfen. Um Licht in die Sache zu bringen, fahren wir jetzt nach Cambridge. Wie sich unsere Nachforschung gestalten wird, ist mir vorläufig noch unklar, aber es sollte mich sehr wundern, wenn wir unser Ziel bis morgen Abend nicht erreicht hätten, oder ihm doch um ein gutes Stück näher gekommen wären.«

Es war schon dunkel, als wir in der alten Universitätsstadt ankamen. Holmes nahm am Bahnhof eine Droschke und befahl dem Kutscher, zur

Wohnung des Dr. Leslie Armstrong zu fahren. Nach einigen Minuten hielten wir vor einem großen Haus in einer belebten Straße. Wir wurden ins Wartezimmer geführt und nach längerem Warten endlich ins Sprechzimmer vorgelassen. Der Doktor saß hinter dem Schreibtisch.

Dass mir der Name Leslie Armstrong unbekannt war, beweist, wie sehr ich alle Fühlung mit meinem Beruf verloren hatte. Jetzt weiß ich, dass er nicht nur einer der bedeutendsten Professoren der medizinischen Fakultät der Universität Cambridge ist, sondern ein Gelehrter, der sich in mehr als einem Wissenschaftszweig eines Weltrufs erfreut. Aber auch auf denjenigen, der keine Ahnung von der Berühmtheit dieses Mannes hatte, musste sein außergewöhnlicher, viereckiger Kopf mit den klugen Augen und den energischen, harten Gesichtszügen einen bleibenden Eindruck machen. Er schien mir eine tiefangelegte Natur, streng, asketisch, verschlossen, unbeugsam und furchtbar – dieser Dr. Armstrong. Er hatte die Visitenkarte meines Freundes in der Hand und blickte uns nicht gerade allzu freundlich an.

»Ich kenne Sie dem Namen nach, Mr Holmes, und auch Ihre Tätigkeit, die ich keineswegs billige.«

»Diese Ansicht dürften wohl alle Verbrecher in England mit Ihnen teilen, Herr Professor«, antwortete Holmes ganz ruhig.

»Soweit sich Ihre Bemühungen darauf erstrecken, Verbrechen zu unterdrücken, müssen sie die Unterstützung jedes vernünftig denkenden Mitgliedes der menschlichen Gesellschaft finden, obgleich ich nicht bezweifle, dass die amtliche Polizei derartig organisiert ist, dass sie allein diesen Zweck erfüllen kann. Aber offenen Tadel verdient Ihre Tätigkeit, wenn Sie die Geheimnisse von Privatpersonen auskundschaften, wenn Sie Familienverhältnisse aufdecken, die besser verborgen blieben, und wenn Sie gelegentlich die Zeit von Männern in Anspruch nehmen, die mehr und vor allem Wichtigeres zu tun haben als Sie. Gegenwärtig sollte ich zum Beispiel eine wissenschaftliche Abhandlung schreiben, statt mich mit Ihnen zu unterhalten.«

»Ohne Zweifel, Herr Doktor; und doch erweist sich die Unterhaltung vielleicht als wichtiger denn die wissenschaftliche Abhandlung. Übrigens möchte ich Ihnen erwidern, dass wir genau das Gegenteil von dem tun, was Sie kritisieren, und dass wir gerade zu verhindern suchen, dass Privatangelegenheiten in die Öffentlichkeit dringen, was unbedingt der Fall ist, wenn eine Sache einmal in den Händen der offiziellen Polizei ist. Sie können mich also einfach als einen Vorkämpfer der regulären Polizei des Landes betrachten. Ich bin zu Ihnen gekommen, um Sie nach Mr Godfrey Staunton zu fragen.«

»Inwiefern?«

»Sie kennen ihn doch, nicht wahr?«

»Er ist ein Bekannter von mir.«

»Ah, wirklich!«

Der Professor verzog keine Miene bei diesen Worten.

»Er ist vergangene Nacht aus seinem Hotel fortgegangen, und man hat nichts wieder von ihm gehört.«

»Er wird sicher wiederkommen.«

»Morgen findet der Wettstreit der akademischen Fußballklubs statt.«

»Ich bringe diesen kindischen Spielen sehr wenig Sympathie entgegen. Das Geschick des jungen Mannes interessiert mich jedoch sehr, weil ich ihn kenne und gern habe. Von dem Fußballwettkampf weiß ich dagegen absolut nichts, er kümmert mich nicht im Geringsten.«

»Ich rechne dann darauf, dass Sie mir bei der Wiederauffindung des Mr Staunton Ihre Hilfe nicht versagen. Kennen Sie seinen Aufenthaltsort?«

»Durchaus nicht!«

»Sie haben ihn seit gestern nicht mehr gesehen?«

»Nein.«

»War Mr Staunton ein gesunder Mann?«

»Vollkommen.«

»Ist er Ihres Wissens jemals krank gewesen?«

»Nie.«

Holmes legte dem Professor ein Stück Papier vor. »Dann haben Sie wohl die Güte, sich über diese Quittung über acht Pfund zu äußern, die Mr Staunton im letzten Monat an Herrn Dr. Leslie Armstrong in Cambridge bezahlt hat. Ich fand sie unter den Briefschaften auf seinem Schreibtisch.«

Der Doktor wurde rot vor Zorn.

»Ich sehe keinerlei Grund, warum ich Ihnen eine Erklärung darüber schuldig wäre, Mr Holmes.«

Mein Freund legte den Zettel wieder in sein Notizbuch.

»Wenn Sie eine öffentliche Aufklärung vorziehen, gut! Sie wird früher oder später nicht zu vermeiden sein«, erwiderte er. »Ich habe Ihnen bereits gesagt, dass ich Dinge vertuschen kann, die andere an die Öffentlichkeit zu ziehen verpflichtet sind, und Sie würden wirklich klüger tun, mir volles Vertrauen entgegenzubringen.«

»Ich weiß nicht, was Sie von mir wollen? Habe aber auch gar keine Veranlassung.« –

»Haben Sie aus London keine Nachricht von Mr Staunton bekommen?«

»Sicher nicht.«

Holmes schlug ärgerlich mit der Hand auf den Tisch.

»Alle Wetter, wieder mal diese erzbummelige Post!«, rief er entrüstet. »Gestern Abend um sechs Uhr fünfzehn ist ein sehr dringendes Telegramm aus London von Mr Staunton an Sie aufgegeben worden – ein Telegramm, das ohne Zweifel mit seinem Verschwinden in Zusammenhang steht – und das Sie nicht erhalten haben. Das ist unverzeihlich. Ich werde entschieden zum Telegrafenamt gehen und Beschwerde führen.«

Dr. Armstrong sprang wütend auf.

»Ich muss Sie bitten, sofort mein Haus zu verlassen«, sagte er. »Sagen Sie Ihrem Auftraggeber, Lord Mount-James, dass ich weder mit ihm noch mit seinen Agenten etwas zu schaffen haben will. Nein, kein Wort mehr!« Er klingelte heftig. »Johann, leuchte diesen Herren hinaus!« Ein Diener wies uns die Tür, und wir standen draußen auf der Straße. Holmes fing laut zu lachen an.

»Dieser Dr. Armstrong ist ganz bestimmt ein energischer Charakter«, sagte er. »Ich habe noch keinen Mann kennengelernt, der, wenn er sich darauf verlegen wollte, geeigneter wäre, die Stelle des berühmten verstorbenen Professors Moriarty* auszufüllen. Und nun, mein lieber Watson, stehen wir hier, auf die Straße gesetzt und obdach- und freundlos in dieser ungastlichen Stadt; trotzdem können wir nicht fort, wenn wir unseren Fall nicht gänzlich aufgeben wollen. Das kleine Wirtshaus gegenüber Armstrongs Wohnung passt für unsere Zwecke ausgezeichnet. Wenn Sie ein Wohnzimmer mieten und die paar unentbehrlichen Kleinigkeiten für die Nacht einkaufen wollten, möchte ich die Zeit benutzen, einige Nachforschungen anzustellen.«

Diese Recherchen schienen jedoch zeitraubender zu sein, als sich Holmes eingebildet hatte, denn er kehrte erst kurz vor neun Uhr ins Gasthaus zurück. Er war blass und niedergeschlagen, mit Schmutz bespritzt und erschöpft vor Hunger und Ermüdung. Ein kaltes Abendbrot stand schon für ihn bereit, und als er seine Bedürfnisse befriedigt und seine Pfeife angezündet hatte, machte er jenes halb komische und ganz philosophische Gesicht, das ihm eigen war, wenn seine Sachen schiefgingen. Das Gerassel von Wagenrädern erregte plötzlich seine Aufmerksamkeit; er stand rasch auf und guckte zum Fenster hinaus. Vor dem Toreingang der Wohnung Armstrongs stand ein verdeckter Wagen, mit zwei Schimmeln bespannt.

---

* Vgl. »Das letzte Problem« und »Im leeren Haus«.

»Er ist drei Stunden unterwegs gewesen«, sagte Holmes; »um halb sieben abgefahren, jetzt kommt er erst zurück. Das entspricht ungefähr einer Strecke von zehn bis zwölf Meilen im Umkreis, und diese Tour macht er jeden Tag ein-, zuweilen auch zweimal.«

»Das ist nichts Auffallendes bei einem praktischen Arzt.«

»Aber Armstrong ist kein gewöhnlicher praktischer Arzt. Er ist Professor an der Universität und hält nur in der Wohnung Sprechstunde ab, kümmert sich aber um allgemeine Praxis gar nicht, um nicht von seinen wissenschaftlichen Arbeiten abgelenkt zu werden. Wozu unternimmt er dann diese langen Fahrten, die ihm doch ungeheuer lästig sein müssen, und wen besucht er?«

»Sein Kutscher …«

»Mein lieber Watson, können Sie darüber im Zweifel sein, dass er nicht der erste Mensch war, an den ich mich wandte? Ich weiß nicht, ob er's aus angeborener Rohheit oder auf Geheiß seines Herrn getan hat, aber er war niederträchtig genug, einen Hund auf mich zu hetzen. Aber Hund wie Kutscher trauten meinem Stock nicht, sodass ich mit heiler Haut davonkam. Bei derartig gespannten Beziehungen waren weitere Nachforschungen von dieser Seite unmöglich. Alles, was ich erfahren habe, verdanke ich einem freundlichen Mann hier unten in unserer Herberge. Er erzählte mir von den Gewohnheiten des Doktors und von seinen täglichen Ausfahrten. Wie um seine Aussagen zu bestätigen, kam auch gerade im selben Augenblick der Wagen aus dem Hof heraus.«

»Konnten Sie ihm nicht folgen?«

»Großartig, Watson! Sie sprühen heute Abend nur so Gedankenblitze aus. Diese Idee kam mir wahrhaftig auch in den Sinn. Wie Sie vielleicht gesehen haben, befindet sich ganz in der Nähe unseres Gasthauses ein Fahrradgeschäft. Ich lief schnell hinein, mietete mir ein Bycicle und fuhr, ehe es mir noch ganz außer Sicht gekommen war, hinter dem Gefährt her. Ich holte es rasch ein, hielt mich dann in einer achtbaren Entfernung von ungefähr hundert Metern und folgte seinen Laternen. Wir waren bereits außerhalb der Stadt und schon ein gutes Stück auf der Landstraße weiter gefahren, als mir ein trauriges Missgeschick passierte. Der Wagen hielt, der Professor stieg aus, ging geschwind zurück, wo ich auch angehalten hatte, und sagte mir hohnlachend, er fürchtete, der Weg, den er jetzt fahre, würde für mich zu schmal sein, um vorbeizukommen, er möchte mich jedoch durch seinen Wagen durchaus nicht hindern. Dieser Zwischenfall war mir sehr unangenehm und merkwürdig. Ich fuhr sofort an dem Wagen vorbei und die Hauptstraße entlang. Nach ein paar Meilen machte ich an einer passenden Stelle halt, um zu sehen, ob der Wagen vorbeifahren würde. Es zeigte sich jedoch keine Spur von ihm, er war offenbar in einen der verschiedenen Seitenwege eingebogen, die ich bemerkt hatte. Ich radelte zurück, konnte aber von dem Wagen nichts entdecken; nun ist er, wie Sie merken, eben zurückgekommen. Natürlich hatte ich anfangs nicht erwartet, dass diese Fahrten in direktem Zusammenhang mit dem Verschwinden des jungen Staunton ständen, ich fuhr nur dahinter her, weil mich augenblicklich alles interessiert, was Dr. Armstrong unternimmt; aber nun, wo ich weiß, dass er so genau aufpasst, ob nicht jemand hinter ihm ist, erscheint mir die Sache bedeutend wichtiger, und ich werde mich nicht eher zufriedengeben, bis ich mir volle Klarheit verschafft habe.«

»Dann können wir ihm ja morgen wieder folgen.«

»Können wir? Das ist nicht so leicht, wie Sie sich vorstellen. Sie kennen sicher die Landschaft hier nicht. Sie eignet sich schlecht zu Verstecken. Die ganze Gegend, durch die ich heute Abend gekommen bin, ist so flach und eben wie eine Tischplatte, und wir sind hinter keinem Dummen, das habe ich eben deutlich erfahren. Ich habe an Overton telegrafiert, mich von jeder etwaigen neuen Entwicklung in London sofort zu benachrichtigen. Einstweilen müssen wir unsere ganze Aufmerksamkeit dem Herrn Dr. Armstrong zuwenden, dessen Namen ich durch die Liebenswürdigkeit des jungen Schalterfräuleins kennengelernt habe. Er weiß, wo sich der junge Mann aufhält – darauf will ich schwören – und wenn er's weiß, liegt's an uns, wenn wir's nicht auch erfahren. Augenblicklich lässt sich nicht leugnen, dass er gegen uns im Vorteil ist, und, wie Ihnen bekannt ist, Watson, pflege ich eine Sache nicht in diesem Stadium aufzugeben.«

Aber der nächste Tag brachte uns der Lösung unseres Problems nicht näher. Während des Frühstücks erhielten wir ein Billett, das mir Holmes lächelnd über den Tisch warf.

Es lautete:

> Geehrter Herr, ich kann Ihnen versichern, dass es verlorene Mühe ist, wenn Sie meinem Wagen folgen. Wie Sie gestern Abend gemerkt haben werden, ist hinten ein Fensterchen drin, und wenn Sie zwanzig Meilen weit hinter mir herfahren, werden Sie doch nur wieder am Ausgangspunkt ankommen. Übrigens kann ich Ihnen die Mitteilung machen, dass alles Spionieren dem Mr Staunton in keiner Weise zustattenkommen wird, und ich bin überzeugt, dass Sie dem Herrn den besten Dienst erweisen, wenn Sie sofort nach London zurückreisen und

Ihrem Auftraggeber berichten, dass Sie ihn nicht aufzuspüren vermögen. Die Zeit, welche Sie in Cambridge verbringen, ist sicher verloren.
Ihr ergebener
Dr. Leslie Armstrong.

»Der Doktor ist wenigstens ein offener und ehrlicher Gegner«, sagte Holmes. »Er regt meine Neugierde an, und ich muss ihn wirklich näher kennenlernen, ehe ich mich von ihm trenne.«
»Sein Wagen steht eben wieder vor der Tür«, sagte ich. »Er steigt gerade ein. Ich bemerkte, wie er erst nach unserem Fenster heraufsah. Ich schlage vor, ich versuche mein Glück auf dem Rad.«
»Nein, nein, mein lieber Watson! Bei aller Achtung vor Ihrem natürlichen Scharfsinn, dem würdigen Doktor gegenüber würden Sie doch bald ins Hintertreffen geraten. Ich glaube, dass ich unseren Zweck auch auf andere Weise erreichen kann. Es tut mir leid, Sie heute Ihrem Schicksal überlassen zu müssen. Wenn wir uns aber beide auf den Weg machten, würde es zu sehr auffallen und zu mehr Gerede Veranlassung geben, als mir lieb wäre. Ich hoffe, dass Sie sich in dieser ehrwürdigen Stadt während meiner Abwesenheit gut unterhalten und dass ich Ihnen eine erfreulichere Kunde mitbringen kann als gestern Abend.«
Mein Freund sollte aber ein zweites Mal verstimmt heimkehren. Er kam in der Nacht zurück, verdrießlich und ohne etwas erreicht zu haben.
»Ich habe heute gar nichts bezweckt, Watson. Nachdem ich die Richtung herausgefunden hatte, die der Professor einschlug, habe ich den ganzen Tag damit verbracht, sämtliche Dörfer auf dieser Seite der Stadt zu besuchen und an allen möglichen Stellen Erkundigungen einzuziehen. Ich habe ein gutes Stück Wegs hinter mir: Chesterton, Histon, Waterbeach und Oakington habe ich durchgekundschaftet, aber nirgends etwas gehört. Ein Landauer mit zwei Schimmeln würde in solchen abgelegenen Nestern sicher nicht übersehen worden sein. Der Doktor ist immer noch im Vorteil. Ist ein Telegramm für mich angekommen?«
»Jawohl.« Ich öffnete es, und er las:

»»Erbitten Sie Pompey von Jeremy Dixon, Trinity College.««

»Ich kann mir nichts dabei denken«, sagte ich.
»O, mir ist's ziemlich klar. Es ist von unserem Freund Overton und enthält die Antwort auf eine Anfrage von mir. Ich will gleich ein paar Zeilen an Mr

Dixon schreiben, und dann darf ich wohl glauben, dass sich das Glück wenden wird. Nebenbei, haben Sie etwas von dem Wettspiel gehört?«

»Ja, die Lokalblätter haben einen längeren Bericht gebracht. Am Schluss steht:

›Die Niederlage der Hellblauen ist nur dem Fehlen des internationalen Siegers, Mr Godfrey Staunton, zuzuschreiben, dessen Abwesenheit sich jeden Augenblick beim Spiel bemerkbar machte. Diese Lücke vermochten auch die schwersten Anstrengungen der übrigen Mitglieder nicht auszugleichen.‹«

»Darum sind also die Befürchtungen Overtons gerechtfertigt gewesen«, antwortete Holmes. »Ich persönlich stehe übrigens auf dem Standpunkt des Dr. Armstrong, mich interessiert das Fußballspiel nicht, oder doch nur wenig. Heute geht's früh zu Bett, Watson, denn voraussichtlich haben wir morgen einen ereignisreichen Tag.«

Als ich Holmes am andern Morgen erblickte, bekam ich einen nicht gelinden Schrecken. Er saß am Kaminfeuer und hatte die Morphiumspritze in der Hand. Ich brachte dieses Instrument mit seiner bekannten schwachen Seite in Zusammenhang und fürchtete bereits das Schlimmste, als ich's in seiner Hand glitzern sah. In dem Zimmer herrschte ein eigener scharfer Geruch, der mich sofort an eine Spelunke erinnerte, die wir in London einmal aufgesucht hatten, um einem französischen Verbrecher auf die Spur zu kommen. Holmes lachte über meine Ängstlichkeit und legte das Instrument auf den Tisch.

»Nein, nein, mein Lieber, Sie brauchen sich nicht zu beunruhigen. In diesem Fall ist's kein Werkzeug des Bösen, vielmehr soll es den Schlüssel zur Auflösung unseres Geheimnisses bilden. Ich setze alle meine Hoffnungen auf diese Spritze. Ich bin gerade von einem kleinen Patrouillengang zurück; die Aussichten sind sehr günstig für uns. Nehmen Sie ein tüchtiges Frühstück, Watson, denn ich habe heute vor, Armstrongs Spur zu verfolgen, und, sobald ich einmal drauf bin, werde ich mir weder zum Ausruhen noch zum Essen Zeit nehmen, bis ich ihn aufgefunden habe.«

»In diesem Fall«, antwortete ich, »würden wir am besten unser Frühstück mitnehmen, denn er scheint früh aufzubrechen, sein Wagen steht schon vor der Tür.«

»Das schadet nichts. Lass ihn nur losfahren. Er soll sich wundern, ob ich ihm nicht überallhin folgen kann. Wenn Sie fertig gegessen haben, wollen wir zusammen hinuntergehen, und ich will Sie einem Detektiv vorstellen, der ein hervorragender Spezialist auf dem Gebiet ist, mit dem wir heute zu tun haben.«

Als wir unten im Hof waren, ging Holmes in einen Stall. Er machte den Deckel einer Kiste auf und heraus sprang ein kräftiger, weiß und braun gezeichneter Jagdhund mit langem Behang, eine Kreuzung von Schweiß- und Fuchshund.

»Darf ich Ihnen Pompey vorstellen?«, sagte mein Freund. »Er ist der Stolz der Cambridger Spürhunde; er läuft nicht übermäßig schnell, wie Sie aus seinem Bau erkennen werden, aber er hat eine ausgezeichnete Nase. Nun, Pompey, wenn du auch kein allzu guter Läufer bist, fürchte ich doch, dass du für ein paar Londoner Herren in mittleren Jahren noch ein zu rasches Tempo einschlägst, ich will daher so frei sein und diese lederne Leine an deinem Halsband festmachen. Nun komm, alter Freund, und zeig, was du kannst.«

Er führte ihn hinüber an die Toreinfahrt von Dr. Armstrongs Wohnhaus. Der Hund schnüffelte einen Augenblick, dann winselte er laut vor Begierde, und dann ging's die Straße hinunter. In einer halben Stunde waren wir draußen vor der Stadt und eilten eine Landstraße entlang.

»Was haben Sie getan, Holmes?«, fragte ich ihn.

»Ich habe zu einer altbekannten und ehrwürdigen List meine Zuflucht genommen, die manchmal recht nützlich ist. Ich bin heute früh beim Doktor im Hof gewesen und hatte die Spritze voll Anisöl in meiner Hosentasche. Die Spitze hatte ich nach außen ein ganz klein wenig durchgestochen, und im Vorbeigehen habe ich das aromatische Öl völlig unbemerkt an das hintere Wagenrad gespritzt. Ein Spürhund verfolgt diese Anisfährte von hier bis nach Buxtehude, und unser Freund Armstrong kann so weit fahren, wie er Lust hat, ohne den guten Pompey loszuwerden. Oh, der alte Schlaumeier! Er soll mir diesmal nicht wieder entwischen wie vorgestern und gestern.«

Nun erklärte sich auch, warum mich jener Geruch sofort an die Franzosenkneipe erinnerte. Es war der Anisgeruch, der dem bei den Franzosen so beliebten Anislikör und dem Absinth entströmt.

Der Hund war plötzlich von der Hauptstraße ab und in einen Feldweg eingebogen. Nach einer halben Stunde führte er wieder auf eine Chaussee und beinahe wieder direkt in Richtung Stadt, wo wir hergekommen waren. Diese Straße machte eine Biegung nach Süden, ging dann aber wieder in entgegengesetzter Richtung weiter.

»Diesen Umweg hat er nur uns zu Gefallen gemacht«, sagte Holmes. »Da ist's kein Wunder, dass meine Nachfragen in jenen Ortschaften resultatlos verlaufen sind. Der Doktor hat sich entschieden keine Mühe verdrießen lassen, uns hinter's Licht zu führen, und ich möchte zu gerne wissen, was er mit dieser Täuschung bezweckt hat. Das Dorf dort zur Rechten muss Trumpington sein. Wahrhaftig! Hier kommt sein Wagen um die Ecke. Rasch, Watson, rasch, oder wir haben verloren!«

Er sprang über den Graben ins Feld, den betrübten Pompey hinter sich herziehend. Wir hatten uns kaum hinter einer Hecke verborgen, als das Fuhrwerk vorbeisauste. Ich sah flüchtig, dass Dr. Armstrong drin saß, niedergebeugt, den Kopf auf die Hände gestützt, ein Bild äußerster Sorge und Bekümmernis. An dem ernsten Gesicht meines Gefährten bemerkte ich, dass ihm dieser Anblick auch nicht entgangen war.

»Ich fürchte, dass unsere Untersuchung ein schlimmes Ende nimmt«, sagte er zu mir. »Es wird nicht mehr lange dauern, so sind wir im Klaren. Komm, Pompey! Aha, es ist das Häuschen dort mitten im Feld!«

Es war nicht mehr zweifelhaft, dass wir am Ziel angelangt waren. Pompey sprang um den Eingang herum und winselte; die Spuren der Räder waren noch sichtbar. Ein Fußpfad führte zu der einsamen Hütte. Holmes band den Hund am Zaun fest, und wir eilten darauf zu. Mein Freund pochte an die niedrige Tür, er klopfte zum zweiten Mal, aber kein Mensch machte auf. Und doch war das Häuschen nicht unbewohnt, denn es drang ein leises Geräusch an unser Ohr, eine Art Stöhnen und Jammern – es klang unsäglich traurig. Holmes blieb unentschlossen stehen, dann schaute er sich um. Ein Wagen kam heran, und wir konnten die Schimmel wiedererkennen.

»Bei Gott, der Professor kehrt noch mal zurück!«, rief Holmes. »Das treibt uns zur Tat. Wir müssen sehen, was los ist, eh' er kommt.«

Er öffnete nun selbst die Tür, und wir traten in den Hausflur. Wir hörten das Wehklagen deutlicher. Es kam von oben. Holmes stürzte die Treppe hinauf, und ich folgte ihm. Er stieß eine halb offene Tür auf, und wir erblassten beide bei dem Anblick, der sich uns bot.

Auf einem Bett lag tot ein junges, hübsches Weib. Ihr friedliches, bleiches Gesicht mit den trüben, weitgeöffneten Augen war von goldenem Haar umrahmt. Am Bett hockte ein junger Mann, halb sitzend, halb kniend, das Gesicht in die Betttücher vergraben; sein Körper zuckte heftig vor Schluchzen. Er war so von seinem Schmerz überwältigt, dass er erst aufblickte, als ihm Holmes die Hand auf die Schulter legte.

»Sind Sie Mr Godfrey Staunton?«

»Ja, ja; ich bin's – aber Sie kommen zu spät: Sie ist tot.«

Der Mann war so verstört, dass er nicht begreifen konnte, dass wir nicht etwa Ärzte seien, die zu Hilfe gekommen wären. Als ihm Holmes einige Worte des Trostes sagte und ihm auseinanderzusetzen suchte, dass seine Freunde durch sein plötzliches Verschwinden in große Unruhe versetzt worden seien, hörten wir Tritte auf der Treppe; und in der Tür erschien das ernste, strenge, fragende Gesicht Doktor Armstrongs.

»So, meine Herren«, redete er uns an. »Sie haben Ihren Zweck erreicht und gewiss einen besonders passenden Moment gewählt, hier einzudringen. Ich will im Angesicht des Todes nicht laut werden, aber ich kann Ihnen die Versicherung geben, dass Sie, wenn ich noch jünger wäre, wegen Ihres geradezu unverantwortlichen Benehmens nicht ohne eine gehörige Züchtigung von mir davonkämen.«

»Entschuldigen Sie, Herr Doktor Armstrong«, erwiderte mein Freund würdig, »ich glaube wir verstehen uns gegenseitig nicht. Wenn Sie mit uns hinuntergehen wollten, könnten wir diese traurige Angelegenheit wohl gegenseitig aufklären.«

Nach etwa einer Minute befanden wir uns mit dem grimmigen Professor unten im Wohnzimmer.

»Nun?«, begann er.

»In erster Linie möchte ich Ihnen sagen, dass ich nicht im Auftrag des Lord Mount-James handle und dass meine Sympathien in diesem Fall durchaus nicht aufseiten dieses Mannes sind. Wenn jemand vermisst wird, ist es meine Pflicht, mich um sein Schicksal zu kümmern. Während ich das getan habe, hat die Sache ein so unglückseliges Ende genommen, das ich von Herzen bedauere. Im Übrigen bin ich nicht der Mann, der öffentliche Skandale wünscht, sondern vielmehr darauf bedacht, Privatsachen nicht so weit kommen zu lassen; wenn nicht etwa Verbrechen vorliegen. Wenn es sich hier, wie ich glaube, um keine Gesetzesverletzung handelt, können Sie vollkommen auf meine Verschwiegenheit rechnen und auf meine Mitwirkung, dass die Angelegenheit nicht in die Zeitungen kommt.«

Dr. Armstrong ging auf meinen Freund zu und schüttelte ihm die Hand.

»Sie sind ein wackerer Mann«, sagte er. »Ich hatte Sie falsch beurteilt. Ich freue mich, dass es mir mein Gewissen nicht erlaubte, den armen Staunton in diesem Zustand allein zu lassen, und dass ich dadurch Ihre Bekanntschaft gemacht habe. Da ich so gut unterrichtet bin wie Sie, ist die Situation leicht geklärt. Vor einem Jahr wohnte Staunton eine Zeit lang in London und verliebte sich leidenschaftlich in die Tochter seiner Wirtsleute und heiratete sie. Sie war ebenso gut, wie sie schön war, und ebenso intelligent, wie sie gut war. Kein Mann braucht sich einer solchen Frau zu schämen. Aber Godfrey war der Erbe dieses griesgrämigen alten Lords, und es unterlag keinem Zweifel, dass das Bekanntwerden dieser Heirat das Ende der Erbschaft bedeutet hätte. Ich kannte den Jungen sehr gut und liebte ihn wegen vieler vorzüglichen Eigenschaften. Ich tat alles, was in meinen Kräften stand, um ihn vor Schaden zu bewahren. Wir boten alles auf, um die Sache vor allen zu verheimlichen, denn wenn so etwas erst mal durchsickert, dauert es nicht lange, so weiß es alle Welt. Dank dieser abgelegenen Wohnung und seiner eigenen Verschwiegenheit ist es Godfrey bis jetzt gelungen, das Geheimnis zu bewahren. Es kannte niemand außer mir und einem zuverlässigen Diener, der gegenwärtig nach Trumpington gegangen ist, um noch Hilfe zu holen. Aber endlich traf den armen Ehemann ein schwerer Schlag, seine Frau befiel eine gefährliche Krankheit. Es war Schwindsucht der schlimmsten Art. Der arme Mensch wurde beinahe von Kummer verzehrt und musste trotzdem nach London zum Wettspiel gehen, weil er sich dessen nicht entziehen konnte, ohne sein Geheimnis zu verraten. Ich suchte ihn durch ein Telegramm zu ermutigen, worauf er an mich depeschierte, dass ich alles tun sollte, was ich vermöchte. Das war das Telegramm, das Ihnen auf irgendeine unerklärliche Weise zu Gesicht gekommen ist. Ich hatte ihm nicht mitgeteilt, wie groß die Gefahr eigentlich war, denn ich wusste, dass er hier nichts an der Sache ändern konnte, aber dem Vater des Mädchens schrieb ich die Wahrheit, und er hat es nun unverständigerweise Godfrey hinterbracht. Das Resultat davon war, dass er in einem an Wahnsinn grenzenden Zustand hierherkam, und auch darin geblieben ist. Heute Morgen hat der Tod nun ihren Leiden ein Ende gemacht. Das ist der volle und wahre Sachverhalt, Mr Holmes. Ich glaube, dass ich mich auf Ihre und Ihres Freundes Diskretion fest verlassen kann.«

Holmes reichte dem Arzt die Hand.

»Kommen Sie, Watson«, sagte er alsdann; und wir verließen zusammen das Haus des Jammers und traten hinaus in den matten Schein der Wintersonne.

Der Mord in Abbey Grange

Es war an einem bitterkalten Wintermorgen des Jahres 1897, als jemand meine Bettdecke wegzog und mich munter machte. Es war Holmes. Die Kerze in seiner Hand warf einen hellen Schein auf sein Gesicht, und ich merkte auf den ersten Blick, dass er etwas Wichtiges vorhatte.

»Kommen Sie, Watson, kommen Sie!«, rief er. »Die Jagd geht los. Keine Widerreden! In die Kleider und fort!«

Nach zehn Minuten saßen wir beide bereits in einer Droschke auf dem Weg zur Station Charing Cross. Die Straßen waren noch leer, nur hie und da sahen wir in dem dunklen Londoner Nebel, der von den ersten Strahlen der Morgendämmerung schwach erleuchtet wurde, die verschwommenen, unbestimmten Umrisse eines Arbeiters, der früh an sein Tagewerk ging. Holmes hüllte sich schweigend in seinen schweren Überzieher, und ich tat das Gleiche, denn die Luft war eisig und wir hatten beide noch nichts im Magen. Erst als wir am Bahnhof etwas heißen Tee genossen und in dem Zug nach Kent unsere Plätze eingenommen hatten, waren wir so weit aufgetaut, dass er sprechen und ich zuhören konnte. Er nahm einen Brief aus der Tasche und las ihn mir laut vor:

»›Abbey Grange, Marsham, Kent,
 3h 30m früh.

Lieber Mr Holmes – ich würde mich sehr freuen, wenn Sie sofort kommen wollten, um mir bei einem Fall, der außerordentlich merkwürdig zu werden verspricht, Ihre Hilfe zuteilwerden zu lassen. Es ist etwas nach Ihrem Geschmack. Außer der Befreiung der Dame will ich dafür sorgen, dass alles genauso bleibt, wie ich es angetroffen habe, aber ich bitte Sie, keinen Augenblick Zeit zu verlieren, weil es unmöglich ist, Mr Edward lange liegen zu lassen.

Ihr ergebener Stanley Hopkins.‹

Hopkins hat mich in sieben Fällen beigezogen, und jedes Mal war seine Aufforderung gerechtfertigt«, sagte Holmes. »Ich glaube, Sie haben jeden dieser Fälle in Ihre Sammlung aufgenommen, und ich muss gestehen, Watson, dass Sie eine glückliche Wahl zu treffen verstehen, die manches wiedergutmacht, was mir in Ihren Geschichten missfällt. Ihre leidige Gepflogenheit, alles vom Standpunkt des Erzählers statt von dem des Gelehrten zu betrachten, hat es verhindert, dass eine belehrende und vielleicht vorbildliche Serie klassischer Beweisfälle daraus geworden ist. Sie gehen über Stellen der schwierigsten und feinsten Geistesarbeit rasch hinweg, um bei sensationellen Einzelheiten desto länger zu verweilen, die ja den Leser fesseln mögen, aber sicher nicht belehren können.«

»Warum schreiben Sie sie denn nicht selbst?«, versetzte ich, etwas verletzt.

»Das beabsichtige ich jetzt auch, mein lieber Watson, das werde ich ganz gewiss noch tun. Augenblicklich bin ich jedoch, wie Sie wissen, stark beschäftigt, aber ich habe mir vorgenommen, meine späteren Jahre der Ausarbeitung eines Werkes zu widmen, welches die ganze Detektivkunst in einem einzigen Band zusammenfassend enthalten soll. Gegenwärtig scheint es sich um einen Mord zu handeln.«

»Sie meinen also, dass dieser Mr Edward tot ist?«

»Das ist allerdings meine Ansicht. Hopkins' Brief verrät eine starke Aufregung, und er ist nicht gerade ein Gemütsmensch. Ja, ich nehme an, dass ein Gewaltakt vorliegt und dass man die Leiche liegen gelassen hat, damit wir sie an Ort und Stelle in Augenschein nehmen können. Bei einem einfachen Selbstmord würde er mich nicht gerufen haben. Was die Befreiung der Dame anbelangt, will es mir scheinen, dass sie während der Ermordung in ihr Zimmer eingeschlossen gewesen ist. Wir haben's mit feinen Leuten zu tun, Watson; beste Briefbogen, Monogramm V. L., Wappen, künstlerisch ausgestattete Kuverts. Ich vermute, dass Freund Hopkins seinen Ruf erhöhen wird, und dass uns ein interessanter Vormittag bevorsteht. Das Verbrechen ist heute Nacht vor zwölf verübt worden.«

»Woher wissen Sie das?«

»Durch einen Blick ins Kursbuch und durch Berechnung der Zeit. Zuerst musste die Ortspolizei in Kenntnis gesetzt werden, diese musste sich mit der Londoner Polizei verbinden, Hopkins musste hinauffahren und seinerseits wieder nach mir schicken. Das alles zusammen kostet wohl eine Nacht Zeit. Nun, hier sind wir in Chislehurst, und bald werden unsere Zweifel behoben sein.«

Eine Fahrt von ein paar Meilen auf schmalen Feldwegen brachte uns an einen Park. Ein alter Pförtner, von dessen magerem Gesicht man ablesen konnte, dass ein großes Unglück passiert war, öffnete uns die breiten Tore. Wir befanden uns in einem herrlichen Park und schritten eine mit alten Ulmen bestandene Allee entlang, deren Abschluss ein weites, niedriges Gebäude in palladinischem Stil bildete. Der mittlere Teil war offenbar sehr alt und ganz mit Efeu überzogen, aber die großen Fenster wiesen auf moderne Veränderungen hin, und ein Flügel schien überhaupt ganz neu zu sein. Am Eingang kam uns Inspektor Hopkins entgegen.

»Ich bin sehr froh, dass Sie gekommen sind, Mr Holmes, und Sie auch, Dr. Watson! Aber trotzdem würde ich Sie, wenn ich's jetzt noch mal zu tun hätte, nicht belästigen, denn die Dame hat, sobald sie wieder zu sich gekommen war, einen so klaren Bericht des Hergangs gegeben, dass uns nicht viel zu tun übrig bleibt. Sie kennen doch die Lewishamer Einbrecherbande?«

»Was, die drei Randalls?«

»Jawohl; der Vater mit seinen zwei Söhnen. Die haben's verübt. Daran ist gar nicht zu zweifeln. Vor vierzehn Tagen haben sie in Sydenham einen großen Einbruchsdiebstahl ausgeführt und sind gesehen und beschrieben worden. Es ist zwar etwas frech, so kurz darauf und so nahe dabei einen zweiten zu wagen, aber sie sind's gewesen, das steht fest. Diesesmal geht's ihnen an den Kragen.«

»Dann ist der Baron Edward wohl tot?«

»Ja; man hat ihm mit seinem eigenen Schürhaken den Schädel eingeschlagen.«

»Wie mir der Kutscher sagte, handelt es sich um den Baron Alfred Brackenstall.«

»Ganz recht – einen der reichsten Männer in Kent. Die Baronin Brackenstall ist in ihrem Schlafzimmer. Die arme Frau hat Schreckliches durchgemacht. Sie schien halb tot, als ich sie zum ersten Mal sah. Es ist am besten, wenn Sie gleich zu ihr gehen und sich erzählen lassen, wie sich's zugetragen hat. Dann wollen wir gemeinsam das Speisezimmer besichtigen.«

Baronin Brackenstall war keine alltägliche Erscheinung. Ich habe selten eine so anmutige Gestalt, eine so echt weibliche Persönlichkeit und ein so schönes Gesicht gesehen. Sie war eine Blondine mit goldenem Haar und blauen Augen und würde zweifelsohne auch die sonstigen Eigentümlichkeiten dieses Typs gehabt haben, wenn sie nicht das Erlebnis der verflossenen Nacht verstört und bleich gemacht hätte. Sie litt sowohl körperlich wie seelisch. Über dem einen Auge hatte sie eine hässliche schwarzblaue Geschwulst, die ihre Dienerin, ein großes, ernstes Weib, unablässig mit Wasser und Essig badete. Die Baronin lag erschöpft auf einer Chaiselongue, aber ihr munterer Blick, mit dem sie uns sofort beim Eintreten bemerkte, und der lebhafte Ausdruck ihres hübschen Gesichts zeigte uns, dass weder ihr Bewusstsein getrübt noch ihr Lebensmut durch die vorhergegangenen Schrecken erschüttert war. Sie war in ein blau und weißes, loses Morgenkleid gehüllt, aber daneben auf einem Sofa lag ein schwarzes, goldbesetztes Gesellschaftskleid ausgebreitet.

»Ich habe Ihnen ja bereits alles erzählt, Mr Hopkins«, sagte sie müde, »könnten Sie's nicht für mich wiederholen? Doch, wenn Sie's für nötig halten, will ich's den Herren noch mal erzählen. Sind Sie schon im Speisesalon gewesen?«

»Ich dachte, es sei besser, wenn die Herren zuerst aus Ihrem Mund erführen, wie sich's zugetragen hat.«

»Es würde mir sehr angenehm sein, wenn Sie die Sache in Ordnung bringen könnten. Der Gedanke, dass er noch immer dort liegt, ist mir schrecklich.« Sie erschauderte und verbarg einen Augenblick das Gesicht mit den Händen. Bei dieser Bewegung fielen die weiten Ärmel zurück, und Holmes bemerkte zwei rote Stellen an dem einen der weißen, wohlgerundeten Arme.

»Sie haben noch andere Verletzungen, gnädige Frau!«, rief er aus. »Woher kommt das?«

Sie deckte sie rasch zu.

»Es ist nichts. Es hängt in keiner Weise mit der furchtbaren Begebenheit der vergangenen Nacht zusammen. Wenn Sie und Ihr Freund Platz nehmen wollen, will ich Ihnen alles erklären, soweit es mir möglich ist.

Ich bin die Frau des Barons Edward Brackenstall. Ich bin seit ungefähr einem Jahr verheiratet. Ich glaube, es ist zwecklos, Ihnen zu verheimlichen, dass unsere Ehe nicht sehr glücklich gewesen ist. Ich befürchte, selbst wenn ich's leugnen wollte, würden Sie's von allen unseren Nachbarn hören. Vielleicht mag die Schuld zum Teil an mir liegen. Ich bin in der freieren, weniger förmlichen Atmosphäre Südaustraliens erzogen, und dieses englische Leben mit seiner Etikette und Ziererei behagt mir nicht. Aber das Schlimmste war, dass, wie alle Welt weiß, mein Mann ein wirklicher Trinker war. Es ist nicht angenehm, mit einem solchen Menschen auch nur eine Stunde zusammen zu sein. Nun können Sie sich vorstellen, was es für ein empfindsames und stolzes Weib heißen will, an einen solchen Mann

Tag und Nacht gekettet zu sein. Es ist unerhört, es ist eine Schmach, von Gesetzes wegen eine solche Ehe für bindend zu erklären! Ich kann Ihnen nur sagen, dass solche ungeheuerlichen Gesetze einen Fluch über Ihr Land bringen – der Himmel will nicht, dass ein derartiges Verhältnis von Dauer sein soll!« Sie richtete sich einen Augenblick auf, ihre Wangen röteten sich und ihre Augen funkelten unter der furchtbaren Verletzung ihrer Stirn hervor. Dann drückte die starke Hand ihrer Zofe ihren Kopf wieder sanft auf das Kissen nieder, und der wilde Zorn ging in leidenschaftliches Schluchzen über. Endlich fuhr sie fort:

»Ich will Ihnen nun von der verflossenen Nacht erzählen. Es ist Ihnen vielleicht schon bekannt, dass in diesem Haus die gesamte Dienerschaft in dem neuen Flügel schläft. Dieses Mittelgebäude enthält vorne die Wohnräume und hinten die Küche und darüber unser Schlafzimmer. Über meinem Zimmer befindet sich die Schlafstube meiner Zofe Theresa. Außer ihr hält sich hier niemand auf, und die in dem anderen Flügel konnten den Lärm unmöglich hören. Das müssen die Räuber genau gewusst haben, denn sonst hätten sie nicht in der Weise vorgehen können, wie sie's getan haben.

Baron Edward zog sich gegen halb elf zurück. Das Personal war schon zu Bett gegangen. Nur meine Dienerin Theresa war noch auf. Sie hatte in ihrem Zimmer gewartet, bis ich ihre Dienste in Anspruch nehmen würde. Ich saß bis nach elf Uhr in diesem Zimmer, in die Lektüre eines Buches vertieft. Dann machte ich die Runde, um zu sehen, ob alles in Ordnung wäre. Ich pflegte das immer selbst zu tun, ehe ich hinaufging, denn, wie ich erwähnt habe, war Baron Alfred nicht immer zuverlässig. Ich ging in die Küche, ins Anrichtezimmer, in die Speisekammer, ins Billard- und Empfangszimmer und endlich in den Speisesalon. Als ich hier in die Nähe des Fensters kam, das mit schweren Vorhängen behängt ist, spürte ich, dass mir der Wind ins Gesicht blies; ich vergewisserte mich, dass es offen stand. Ich schlug die Vorhänge beiseite und fand mich einem breitschulterigen, älteren Mann gegenüber, der gerade hereingestiegen war. Es ist ein großes französisches Fenster, das in Wirklichkeit eine Tür bildet, die zum Garten führt. Ich hatte ein Licht in der Hand, und in seinem Schein sah ich hinter dem ersten Kerl noch zwei andere stehen, im Begriff, ebenfalls einzutreten. Ich lief zurück, aber der Bursche hatte mich gleich eingeholt. Er erwischte mich erst an den Händen und dann am Hals. Ich wollte schreien, aber er versetzte mir einen furchtbaren Faustschlag auf das Auge und warf mich zu Boden. Ich muss ein paar Minuten bewusstlos gewesen sein, denn als ich wieder zu mir kam, merkte ich, dass sie die Klingelschnur abgerissen und mich damit an den eichenen Stuhl, der am Kopf des Esstisches steht, festgebunden hatten, und zwar derart, dass ich mich nicht rühren konnte; und ein Tuch, das mir über den Mund geschnürt war, verhinderte mich, auch nur einen Ton herauszubringen. In diesem Augenblick trat mein unglücklicher Gatte ins Zimmer. Er hatte offenbar ein verdächtiges Geräusch gehört und war auf etwas Schlimmes gefasst. Er hatte nur Hemd und Hose an und in der Hand seinen gewöhnlichen schweren Schwarzdornstock. Er stürzte auf den einen Einbrecher los, aber ein anderer – es war der Ältere – bückte sich, ergriff den Schürhaken und versetzte ihm im Vorbeilaufen einen entsetzlichen Schlag. Er fiel lautlos um und zuckte mit keinem Glied mehr. Ich wurde wieder ohnmächtig, aber auch dieses Mal konnte ich nur ganz kurze Zeit bewusstlos gewesen sein. Als ich die Augen aufschlug, sah ich, dass sie vom Serviertisch das Silberzeug weggenommen und auch eine Flasche Wein, die dort gestanden hatte, aufgemacht hatten. Jeder von ihnen hielt ein Glas in der Hand. Ich habe Ihnen doch schon gesagt, dass einer älter war und einen Bart hatte, während die beiden anderen junge, bartlose Burschen waren. Es konnte ein Vater mit seinen zwei Söhnen sein. Sie flüsterten miteinander. Dann kamen sie an mich heran und überzeugten sich, dass ich noch festgebunden war. Endlich verließen sie das Zimmer wieder und machten das Fenster hinter sich zu. Es verging eine volle Viertelstunde, ehe ich den Mund frei bekam. Als ich dann schrie, kam meine Zofe herbeigeeilt. Bald waren auch die anderen Dienstboten alarmiert, und wir schickten zur Ortspolizei, die sich sofort mit der Londoner in Verbindung setzte. Das ist in der Tat alles, was ich Ihnen mitteilen kann, meine Herren, und ich hoffe, dass ich diese peinliche Geschichte nicht noch einmal erzählen muss.«

»Wollen Sie sonst noch eine Frage stellen, Mr Holmes?«, sagte Hopkins.

»Ich will die Geduld und die Zeit der gnädigen Frau nicht länger in Anspruch nehmen«, antwortete mein Freund. »Ehe ich ins Speisezimmer gehe, möchte ich nur noch gerne hören, was Sie über den Fall wissen.« Er sah die Dienerin an.

»Ich habe die Kerle gesehen, ehe sie ins Haus gekommen sind. Als ich an meinem Schlafkammerfenster saß, bemerkte ich im Mondschein drei Männer drüben am Portiershäuschen; ich dachte mir aber nichts weiter dabei. Über eine Stunde danach hörte ich meine Herrin jammern; als ich daraufhin hinunterlief, fand ich das arme Wesen, genau wie sie's geschildert hat, und ihn am Boden liegen; Blut und Hirn war umhergespritzt. Es war genug, um eine Frau von Sinnen zu bringen, festgebunden und ihr eigenes Kleid von seinem Blut besudelt! Aber sie war als Mädchen schon sehr mutig, die Miss Mary Fraser aus Adelaide, und ist es auch als Baronin Brackenstall von Abbey Grange geblieben. Sie haben sie nun lang genug ausgefragt, meine Herrn, sie will nun bei ihrer alten Theresa die nötige Ruhe haben.«

Mit mütterlicher Zärtlichkeit legte die schwerfällige Dienerin ihren Arm um ihre Herrin und führte sie zum Zimmer hinaus.

»Sie ist ihr Leben lang bei ihr gewesen«, bemerkte Hopkins. »Sie hat sie als Amme genährt und ist dann mit ihr nach England gegangen, als sie vor nun achtzehn Monaten Australien zum ersten Mal verließen. Sie heißt Theresa Wright, und solche Dienstboten gibt's heutzutage nicht mehr. Hierher, Mr Holmes, wenn ich bitten darf!«

Das lebhafte Interesse war aus Holmes' ausdrucksvollem Gesicht gewichen, und ich merkte, dass mit dem Geheimnis auch der ganze Reiz an dem Fall für ihn verschwunden war. Was blieb noch zu tun? Die Kunden festzunehmen; aber was sollte er sich mit so gewöhnlichen Verbrechern befassen? Als gewiegter, erfahrener Spezialist, der sich zu einem gewöhnlichen Fall geholt sah, musste er den Unwillen zeigen, den ich in meines Freundes Gesicht lesen konnte. Aber die Szene im Speisezimmer war merkwürdig genug, um seine Aufmerksamkeit zu fesseln und das schwindende Interesse zurückzurufen.

Es war ein sehr großes, hohes Zimmer. Die Decke war von Eichenholz, das prächtige Schnitzereien zeigte, und ebenso die Täfelung. An den Wänden befanden sich zahlreiche Hirschgeweihe und Rehgehörne und verschiedene alte Waffen. An der der Tür gegenüberliegenden Wand war das französische Fenster, von dem wir gehört hatten. Durch drei kleinere Fenster zur Rechten schien die Wintersonne. Zur Linken befand sich ein großer Kamin. Daneben stand ein schwerer eichener Armsessel, um den noch der rote Baumwollstrick geschlungen war. Beim Freimachen der Dame war das Seil nur heruntergezogen, die Knoten, mittels deren es festgebunden war, aber nicht gelöst worden, sodass man noch genau sehen konnte, in welcher Weise sie geschlungen waren. Doch diesen Einzelheiten widmeten wir erst später größere Aufmerksamkeit, vorläufig wurde unser ganzes Denken von dem schrecklichen Anblick des Leichnams eingenommen, der auf dem Teppich lag.

Es war die Leiche eines großen, gutgebauten Mannes im Alter von vierzig Jahren. Er lag auf dem Rücken, das Gesicht nach oben gewandt, und die weißen Zähne blinkten durch den kurzen, schwarzen Bart. Die zusammengekrampften Hände lagen über dem Kopf, und ein schwerer Schwarzdornstock quer darüber. Sein dunkles, hübsches Männergesicht war krampfhaft verzogen; Hass und Rache kamen darauf zum Ausdruck und gaben ihm ein teuflisches, wildes Aussehen. Er hatte offenbar im Bett gelegen, als er den Lärm gehört hatte, denn er war nur mit einem Nachthemd und einer Hose bekleidet, aus der die nackten Füße herausguckten. Der Kopf trug eine schreckliche Wunde, und überall im Zimmer konnte man die Spuren der Furchtbarkeit des Schlages erkennen, der ihn niedergeschmettert hatte. Neben ihm lag der eiserne Haken, der sich von der Wucht des Schlages gekrümmt hatte. Holmes untersuchte beide, das Werkzeug und die entsetzliche Verletzung, die es bewirkt hatte.

»Er muss ein kräftiger Kerl sein, dieser ältere Randall«, bemerkte er.

»Jawohl«, sagte Hopkins. »Ich kenne einige Streiche von ihm, er ist ein roher Bursche.«

»Es wird Ihnen keine Schwierigkeit machen, ihn zu bekommen.«

»Nicht die geringste. Wir hatten ihn schon auf dem Korn, und es schien beinahe, als ob er nach Amerika entkommen wäre. Nun, wo wir wissen, dass die Bande noch hier ist, sehe ich nicht ein, wie sie uns entschlüpfen sollte. Wir haben bereits an alle Häfen telegrafiert, und vor dem Abend wird auch noch eine Belohnung ausgesetzt werden. Was mich wundert, ist, dass sie so verrückt sein konnten, eine solche Tat zu begehen, wo sie doch wussten, dass die Dame sie beschreiben konnte, und dass wir sie aus dieser Beschreibung sofort erkennen würden.«

»Das ist wahr. Man hätte erwarten sollen, dass sie Mrs Brackenstall ebenfalls mundtot machen würden.«

»Sie haben vielleicht nicht gewusst, dass sie sich von ihrer Ohnmacht erholt hatte«, warf ich ein.

»Das klingt nicht unwahrscheinlich. Wenn sie sie für besinnungslos hielten, brauchten sie ihr nicht das Leben zu nehmen. Was ist eigentlich mit diesem armen Kerl hier am Boden, Hopkins? Ich glaube merkwürdige Geschichten von ihm gehört zu haben.«

»Er war ein ganz guter Kerl, wann er nüchtern war, aber ein vollkommenes Vieh, wann er betrunken war, oder vielmehr, wann er halb betrunken war, denn er wurde fast nie ganz betrunken. Dann schien der Teufel in ihm zu stecken, und er war zu allem fähig. Soviel ich gehört habe, wäre er trotz seines Reichtums und Standes ein paar Mal beinahe mit dem Strafgesetzbuch in Konflikt gekommen. Es war einmal ein furchtbarer Skandal, dass er einen

Hund mit Petroleum begossen und ins Feuer geworfen habe – und, was das Schlimmste war, den Hund seiner Frau – die Sache wurde damals noch mit vieler Mühe unterdrückt. Dann wieder einmal warf er einen Armleuchter nach der Dienerin, der Theresa Wright, was großes Aufsehen erregte. Im Großen und Ganzen, und unter uns gesagt, die Familie wird froh sein, dass er tot ist. – Was untersuchen Sie denn da?«

Holmes lag auf den Knien und betrachtete sehr eingehend die Knoten an dem roten Strick, womit die Frau festgebunden gewesen war. Dann prüfte er noch sorgfältig das abgerissene Ende und auch die entsprechende Stelle am Klingelzug.

»Als der Dieb dieses Stück heruntergerissen hat, muss es in der Küche doch laut geläutet haben«, bemerkte er dann.

»Das konnte kein Mensch hören. Die Küche befindet sich ganz hinten im Haus.«

»Woher wusste der Einbrecher, dass es niemand hören würde? Wie konnte er in so unsinniger Weise an einem Klingelzug zerren?«

»Gewiss, Mr Holmes, gewiss. Sie stellen dieselbe Frage, die ich mir auch schon immer und immer wieder vorgelegt habe. Es kann kein Zweifel darüber bestehen, dass der Kerl das Haus und die Gepflogenheiten in demselben gekannt hat. Er muss entschieden gewusst haben, dass die ganze Dienerschaft um diese verhältnismäßig frühe Stunde schon zu Bett war, und somit niemand das Klingeln in der Küche hören konnte. Er muss also mit einem der Bediensteten in naher Beziehung gestanden haben. Das ist ganz sicher. Aber alle acht sind zuverlässige Leute.«

»Unter sonst gleichen Umständen«, sagte Holmes, »sollte man es der Dienerin zutrauen, der der Herr einen Leuchter an den Kopf geworfen hat. Dies würde aber wiederum gleichzeitig einen Verrat an der Herrin vorstellen, und dieser scheint sie doch sehr ergeben zu sein. Nun, der Punkt ist ja ganz nebensächlich; wenn Sie Randall haben, werden Sie wahrscheinlich leicht herausbringen, was für Helfershelfer er gehabt hat. Die Aussagen der Frau werden allem Anschein nach durch den Tatbestand gestützt und bestätigt, wie wir ihn hier vor unseren Augen sehen.« Er ging an das französische Fenster und öffnete es. »Hier finden sich keinerlei Spuren, aber bei dem steinhart gefrorenen Boden konnte man auch keine erwarten. Wie ich sehe, sind diese Lichter auf dem Kaminsims gebrannt worden.«

»Jawohl; bei ihrem Schein und dem der Kerze, welche die gnädige Frau in der Hand hatte, haben die Diebe ja die Silbersachen gestohlen.«

»Was haben sie denn mitgenommen?«

»Nun, nicht gerade viel – nur ein halbes Dutzend silberner Gegenstände von dem Wandtisch. Die Baronin vermutet, dass sie über den unbeabsichtigten Mord selbst so bestürzt gewesen seien, dass sie das Haus nicht so durchsucht und ausgeplündert hätten, wie sie es sonst wohl getan haben würden.«

»Das ist zweifelsohne wahr. Und doch haben sie Wein getrunken, wenn ich richtig verstanden habe.«

»Um ihre Nerven zu stählen.«

»Richtig. Diese drei Gläser auf dem Seitentisch sind später hoffentlich nicht angerührt worden?«

»Nein; und die Flasche steht auch noch ebenso da, wie sie die Diebe verlassen haben.«

»Wir wollen sie uns mal näher betrachten. Holla, was ist das?«

Die drei Trinkgläser waren zusammengerückt und in jedem war Wein gewesen; in einem befand sich ein fester Rückstand. Daneben stand die Flasche. Sie war noch zwei Drittel voll und in der Nähe der Flasche lag ein langer, dunkler Korkstöpsel. Der Pfropfen und der Staub der Flasche bewiesen, dass die Mörder keinen schlechten Tropfen getrunken hatten.

Holmes' Wesen hatte sich verändert. Sein gleichgültiger Gesichtsausdruck war verschwunden und seine glänzenden, tiefliegenden Augen zeigten mir, dass sein Interesse wieder lebendig geworden war. Er nahm den Korken in die Hand und untersuchte ihn genau.

»Womit haben sie den rausgezogen?«, fragte er.

Hopkins deutete auf eine halb offene Schublade. Darin lag einiges Tischzeug und ein großer Korkenzieher.

»Hat Mrs Brackenstall gesagt, dass sie diesen Korkenzieher benutzt hätten?«

»Nein; Sie werden sich erinnern, dass sie in dem Augenblick, als die Flasche aufgemacht wurde, gerade besinnungslos war.«

»Ganz recht. In der Tat ist dieser Korkenzieher nicht benützt worden. Diese Flasche ist mit einem Taschenpfropfenzieher geöffnet worden, wie man sie an Taschenmessern hat, und er ist höchstens eineinhalb Zoll lang gewesen. Wenn Sie den Pfropfen genauer betrachten, werden Sie am oberen Ende sehen, dass der Korkenzieher dreimal angesetzt worden ist. Der Korken ist nicht ganz durchbohrt worden. Mit dem langen Pfropfenzieher würde er vollständig durchbohrt und auf einen einzigen Zug herausgekommen sein. Wenn Sie den Kunden fangen, werden Sie finden, dass er ein solches Messer bei sich hat.«

»Ausgezeichnet!«, sagte Hopkins.

»Auf jeden Fall, diese Gläser bringen mich in Verlegenheit, machen mich irre; ich kann mir nicht helfen. Die Baronin hat doch die drei Männer wirklich trinken sehen, nicht wahr?«

»Jawohl; darüber war sie sich vollkommen klar.«

»Dann begreif ich's nicht. Was soll ich weiter sagen? Und trotzdem müssen Sie doch selbst zugeben, Hopkins, dass es mit den drei Gläsern eine auffallende Sache ist. Wie, Sie bemerken nichts Auffallendes! Gut, dann wollen wir's lassen. Es ist möglich, dass ein Mann mit besonderen Kenntnissen und einer besonderen Beobachtungs- und Kombinationsgabe, wie ich sie besitze, eine verwickeltere Erklärung sucht, wo eine einfachere auf der Hand liegt. Es muss dann eben ein merkwürdiger Zufall sein mit den Gläsern. Also, Guten Morgen, Mr Hopkins. Ich sehe nicht ein, wozu ich Ihnen hier noch nützen sollte, Sie scheinen sich ja über den Fall ganz klar zu sein. Lassen Sie mich wissen, wann Sie den Randall festgenommen haben, und benachrichtigen Sie mich auch von eventuellen sonstigen Entwicklungen. Ich hoffe, Sie bald zu einem erfolgreichen Abschluss beglückwünschen zu können. Kommen Sie, Watson, ich glaube, wir können uns zu Hause nützlicher beschäftigen.«

Auf der Rückfahrt konnte ich meinem Freund anmerken, dass ihm noch irgendetwas, was er beobachtet hatte, Kopfschmerzen machte. Hie und da suchte er gewaltsam diesen Eindruck loszuwerden und so über die Angelegenheit zu sprechen, als ob sie ihm klar wäre, dann kamen ihm aber wieder seine Zweifel, und die Falten auf seiner Stirn und sein Blick verrieten, dass seine Gedanken wieder in dem großen Speisezimmer von Abbey Grange waren, in dem sich die mitternächtige Tragödie abgespielt hatte. Endlich, als unser Zug sich an einer Vorortstation gerade wieder in Bewegung setzen wollte, sprang er mit einem Mal hinaus auf den Bahnsteig und zog mich hinter sich her.

»Entschuldigen Sie, mein Lieber«, begann er, als wir die letzten Wagen unseres Zuges an einer Biegung verschwinden sahen, »es tut mir leid, Ihnen mit einer Sache kommen zu müssen, die Ihnen als ein bloßes Hirngespinst von mir erscheinen mag, aber, so wahr ich lebe, Watson, ich kann einfach den Fall nicht in diesem Stadium aufgeben. Mein innerstes Empfinden empört sich dagegen. Es ist falsch – es ist alles falsch – ich will drauf schwören, dass alles falsch ist. Und doch, die Erzählung der Dame war erschöpfend, die Bestätigung und Ergänzung durch die Dienerin ausreichend, es stimmte ganz genau. Was habe ich dem entgegenzusetzen? Weiter nichts als drei Weingläser. Aber, wenn ich die Dinge nicht von vornherein als wahr hingenommen, wenn ich alles mit der Sorgfalt untersucht hätte, die ich an den Tag gelegt haben würde, wenn wir vorurteilslos und ohne die schön zurechtgelegte Erzählung vorher gehört zu haben, an die Sache herangegangen wären, würde ich dann nicht eine festere Grundlage gefunden haben, worauf ich hätte weiter bauen können? Sicher würde ich das getan haben. Setzen Sie sich auf diese Bank, Watson, bis der Zug nach Chislehurst kommt. Ich will Ihnen die Sache mal klarlegen. Vorher muss ich Sie aber bitten, den Glauben aufzugeben, dass das, was das Mädchen und die Herrin ausgesagt haben, unbedingt wahr sein muss. Das reizende Äußere der Frau darf nicht unsere Urteilskraft beeinträchtigen.

Ihre Erzählung enthält entschieden einzelne Punkte, die uns bei einer kühlen Betrachtung verdächtig vorkommen würden. Die Einbrecher haben vor vierzehn Tagen in Sydenham einen guten Fang gemacht. Die Zeitungen brachten eingehende Beschreibungen von ihnen, die natürlich von jemandem benutzt werden konnten, der eine Geschichte erfinden wollte, worin Einbrecher eine Rolle spielen sollten. Tatsächlich pflegen Diebe, denen eine reichliche Beute in die Hände gefallen ist, das Gestohlene regelmäßig in Ruhe und Frieden zu verzehren, bevor sie auf ein gefährliches neues Unternehmen ausgehen. Auch ist es ungewöhnlich, dass Einbrecher so früh an die Arbeit gehen. Ferner ist es nicht ihre Art, eine Frau zu schlagen, um sie vom Schreien abzuhalten, denn man sollte meinen, das sei das beste Mittel, sie zum Schreien zu veranlassen. Sie ermorden auch kaum jemanden, wenn sie in der Überzahl sind und einen einzelnen Mann so überwältigen können. Sie geben sich auch nicht mit einer bescheidenen Beute zufrieden, wenn sie eine viel größere haben können, und endlich möchte ich auch noch sagen, dass solche Leute nicht die Gewohnheit haben, eine Flasche halb leer zu lassen. Was für einen Eindruck machen alle diese Unwahrscheinlichkeiten auf Sie, Watson?«

»Zusammen üben sie eine beträchtliche Wirkung aus; doch ist jeder einzelne Punkt, für sich allein, durchaus nicht unmöglich. Mir erscheint es am sonderbarsten, dass die Baronin an den Stuhl gebunden war.«

»Das will ich nicht gerade sagen, Watson; sie mussten die Frau entweder töten oder sie sonst derartig festmachen, dass sie nicht gleich die Verfolgung veranlassen konnte. Aber auf jeden Fall habe ich doch bewiesen, dass die Geschichte der Frau in mehr als einer Hinsicht unwahrscheinlich klingt; ist das nicht wahr, Watson? Und den Gipfelpunkt bildet der Umstand mit den Weingläsern.«

»Was ist denn mit den Weingläsern los?«
»Können Sie sie sich noch richtig vorstellen?«
»Ganz deutlich.«
»Man hat uns gesagt, es hätten drei Männer daraus getrunken. Halten Sie das für wahrscheinlich?«
»Warum nicht? Es war doch in jedem Wein gewesen.«
»Allerdings; aber nur in einem befand sich ein Rückstand. Diese Tatsache ist zu berücksichtigen. Was sagen Sie dazu?«
»Dass in dem Glas, das zuletzt gefüllt wurde, ein Bodensatz ist, ist doch sehr wahrscheinlich.«
»Durchaus nicht. In der ganzen Flasche schwammen feste Teilchen umher, und es ist unbegreiflich, dass die beiden ersten Gläser ziemlich rein sind, während das dritte einen ganz dicken Niederschlag enthält. Dafür gibt es zwei mögliche Erklärungen, aber auch nur zwei. Die eine ist die, dass, nachdem das zweite Glas eingeschenkt war, die Flasche stark geschüttelt worden ist und dadurch das dritte Glas sehr viel mehr abbekommen hat. Das ist nicht gut anzunehmen. Nein, nein; meine Vermutung ist sicher richtig.«
»Was vermuten Sie denn?«
»Dass nur zwei Gläser benutzt worden sind und dass der Satz aus diesen beiden in ein drittes gegossen worden ist, um den Anschein zu erwecken, dass drei Menschen da gewesen wären. Auf diese Weise würde das Ganze in das letzte Glas gekommen sein, nicht wahr? Ja, ich bin überzeugt, so ist es. Wenn sich aber dieser nebensächliche Umstand so verhält, wie ich bestimmt glaube, dann wird der Fall augenblicklich von einem gewöhnlichen zu einem außerordentlich merkwürdigen, denn dann haben Mrs Brackenstall und ihre Zofe absichtlich die Unwahrheit gesagt, und wir können ihnen ihre ganze Erzählung nicht mehr glauben; sie müssen dann sehr gewichtige Gründe haben, den wirklichen Verbrecher zu verheimlichen, und wir müssen dann ohne ihre Hilfe, den Fall von vorne und für uns allein zu ergründen suchen. Diese Aufgabe haben wir jetzt vor uns, Watson, und hier kommt der Chislehurster Zug.«

In Abbey Grange war man über unsere Rückkehr sehr überrascht. Aber Holmes nahm, als er sah, dass Hopkins ins Hauptpolizeiamt gegangen war, um Bericht zu erstatten, einfach von dem Eßzimmer Besitz, schloss die Tür von innen ab und verbrachte gegen zwei Stunden mit einer jener genauen und anstrengenden Untersuchungen, welche die feste Basis bildeten, worauf er seine glänzenden Beweisführungen gründete. Ich saß in einer Ecke und verfolgte wie ein aufmerksamer Student jeden Schritt dieser merkwürdigen Prüfung. Das Fenster, die Vorhänge, der Teppich, der Stuhl, der Strick – jedes Ding wurde wiederholt peinlich untersucht und alles genau erwogen. Die Leiche des unglücklichen Barons war fortgeschafft, aber sonst lag und stand noch alles, wie wir's am Vormittag vorgefunden hatten. Dann kletterte Holmes zu meiner Überraschung auf das Kaminsims. Hoch über seinem Kopf hing das nur wenige Zoll lange rote Strickende. Er blickte lange Zeit hinauf, endlich stützte er sich, um näher daran zu kommen, mit dem Knie auf einen Querbalken an der Wand. Dadurch konnte er bis auf ein paar Zoll an das übrig gebliebene Stück Schnur mit der Hand hinanreichen, aber dieses selbst schien seine Aufmerksamkeit weniger zu fesseln als der Querbalken selbst. Endlich sprang er mit einem Ausruf der Befriedigung herunter.

»Es ist schon recht, Watson«, sagte er. »Wir haben unseren Fall schon aufgeklärt – es ist einer der eigenartigsten in unserer Sammlung. Aber, wahrhaftig, wie wenig gewitzt bin ich doch vorhin gewesen, und wie leicht hätte ich nicht den gröbsten Schnitzer gemacht in meinem ganzen Leben! Nun denke ich, dass meine Kette, abgesehen von wenigen fehlenden Gliedern, beinahe vollständig ist.«

»Du weißt, wer die Mörder sind?«

»Der Mörder, Watson, der Mörder. Es ist nur einer, aber ein fürchterlicher Kerl. Stark wie ein Löwe – das bezeugt der Schlag, der den Schürhaken krumm gebogen hat; sechs Fuß drei Zoll hoch, gewandt wie ein Eichhörnchen, von großer Fingerfertigkeit, und auch nicht auf den Kopf gefallen, denn diese ganze Geschichte hat er ersonnen. Jawohl, Watson, wir sind der Arbeit eines ganz besonderen Verbrechers auf die Spur gekommen. Und doch hat er uns in diesem Klingelzug eine Fährte hinterlassen, die uns über alle Zweifel hätte erheben müssen.«

»Worin besteht diese Fährte?«

»Wenn du eine solche Schnur abreißen wolltest, Watson, wo würdest du erwarten, dass sie abreiße? Entschieden an der Stelle, wo sie an der Leitung befestigt ist. Warum sollte sie drei Zoll darunter abreißen, wie es hier geschehen ist?«

»Weil sie dort abgescheuert und dünner ist?«

»Sehr richtig. Das Ende, welches wir nachsehen können, ist abgerieben. Das hat er schlauerweise mit dem Messer gemacht. Aber das entsprechende andere ist nicht abgenutzt. Du konntest es von hier aus nicht sehen, wenn du aber auf dem Kaminsims ständest, würdest du bemerken, dass es glatt mit dem Messer abgeschnitten ist. Daraus ergibt sich Folgendes. Der Mann brauchte den Strick. Er wollte ihn nicht abreißen, aus Furcht, dass das Klingeln zu starken Lärm machen würde. Was tat er? Er sprang auf das Ofensims, konnte aber nicht ganz hinaufreichen, er stemmte sein Knie an den Querbalken – der Eindruck ist noch im Staub zu sehen – nahm das Messer heraus und schnitt das Seil durch. Ich konnte nur bis auf drei Zoll daran gelangen, woraus ich entnehme, dass er wenigstens drei Zoll größer ist als ich. Schau' den Flecken auf dem Stuhl da! Was ist das?«

»Blut.«

»Zweifellos ist's Blut. Das allein macht die Aussage der Baronin unglaubhaft. Wenn sie, als das Verbrechen begangen wurde, auf dem Stuhl gesessen hätte, wie könnte denn dieser Blutflecken drauf sein? Nein, nein; sie wurde erst draufgebunden, als ihr Mann schon ermordet war. Ich möchte wetten, dass das schwarze Kleid einen entsprechenden Flecken aufweist. Ich würde jetzt gerne ein paar Worte mit dieser Theresa sprechen. Wir müssen aber vorsichtig zu Werke gehen, um die nötige Information zu bekommen.«

Sie war eine interessante Person, diese kalte australische Amme, schweigsam, argwöhnisch, unfreundlich. Es dauerte längere Zeit, ehe sie meines Freundes Liebenswürdigkeit und Freimütigkeit erwiderte. Sie versuchte ihren Hass gegen ihren ermordeten Herrn in keiner Weise zu verbergen.

»Ja, mein Herr, es ist wahr, dass er den Leuchter nach mir geworfen hat. Ich hörte, wie er meiner Herrin ein Schimpfwort zurief, und ich sagte ihm, dass er in Gegenwart ihres Bruders nicht so zu sprechen wagen würde. Darauf schleuderte er mir den Leuchter an den Kopf. Mir hätte er ja ein Dutzend ins Gesicht werfen können, wenn er nur mein gutes Kind in Ruhe gelassen hätte. Er hat sie immer schlecht behandelt, und sie war zu stolz, um zu klagen. Sie will mir noch nicht mal alles sagen, was er ihr für Leid angetan hat. Die Flecken, die Sie heute Morgen bemerkten, kannte ich nicht, aber ich weiß sehr wohl, dass sie von einer Hutnadel sind. Der elende Kerl – Gott verzeih mir's, dass ich nach seinem Tod so von ihm spreche, aber er war einer der schlechtesten Kerle, die's je gegeben hat. Er zerfloss vor Süßigkeit, als wir ihn vor achtzehn Monaten zum ersten Mal kennenlernten, aber sie kommen uns jetzt wie achtzehn Jahre vor. Sie war gerade in London angekommen – vorher war sie nie von zu Hause weg gewesen. Er gewann sie durch seinen Titel und sein Geld und durch seine Falschheit. Wenn sie eine Schuld dabei trifft, hat sie die so schwer gesühnt wie nur je eine Frau. In welchem Monat trafen wir ihn? Richtig, ich erwähnte ja bereits, dass es gleich nach unserer Ankunft in London war. Wir kamen im

Juni an, es war also im Juli. Im Januar vorigen Jahres war die Hochzeit. Jawohl, sie ist unten in ihrem Zimmer, und ich glaube sicher, dass sie Sie empfangen wird, aber Sie dürfen sie nicht zu viel fragen, denn sie hat Dinge erlebt, die einem das Herz im Leib erschüttern.«

Die Baronin Brackenstall lag noch ebenso da wie am Morgen, nur ihre Augen waren wieder heller und lebhafter. Die Dienerin war mit uns eingetreten und begann wieder, die Wunde an ihrer Herrin Stirn zu kühlen.

»Ich hoffe«, sagte sie, »dass Sie nicht gekommen sind, ein zweites Verhör mit mir anzustellen?«

»Nein«, antwortete Holmes sehr sanft, »ich will Sie durchaus nicht unnötig belästigen, gnädige Frau, ich will Sie im Gegenteil beruhigen, denn ich weiß, dass Sie viel durchgemacht haben. Wenn Sie mich als Freund behandeln und mir Vertrauen schenken wollen, werden Sie sehen, dass Sie sich in mir nicht getäuscht haben.«

»Was wünschen Sie, dass ich tun soll?«

»Mir die Wahrheit sagen.«

»Mr Holmes!«

»Gnädige Frau! Es hilft Ihnen nichts. Sie haben vielleicht von meinem kleinen Ruf gehört. Ich setze ihn ganz zum Pfand, dass Ihre ganze Geschichte eitel Mache ist.«

Herrin und Dienerin starrten Holmes starr und erschrocken an.

»Sie unverschämter Mensch!«, schrie Theresa. »Meinen Sie damit, dass meine Herrin Lügen erzählt hat?«

Holmes stand von seinem Stuhl auf.

»Haben Sie mir weiter nichts mitzuteilen?«

»Ich habe Ihnen alles gesagt.«

»Überlegen Sie sich's noch mal, gnädige Frau. Sollte es nicht besser sein, wenn Sie offen wären?«

Sie besann sich einen Moment und zögerte, dann verzog sie eigensinnig ihr schönes Gesicht und sagte:

»Ich habe Ihnen alles mitgeteilt, was ich weiß.«

Holmes nahm den Hut und zuckte die Schultern. »Es tut mir leid«, sagte er, und ohne ein weiteres Wort verließen wir das Zimmer und das Haus. Im Park war ein Teich. Mein Freund lenkte seine Schritte darauf zu. Er war mit einer Eisdecke überzogen, nur für einen einsamen Schwan war eine freie Stelle gelassen. Holmes blickte hinein und ging dann weiter dem Tor zu. Hier schrieb er eine kurze Notiz für Hopkins und gab den Zettel dem Pförtner.

»Es mag nun zum Guten oder zum Bösen ausschlagen«, sagte er dann zu mir, »aber einen Wink müssen wir unserem Freund Hopkins schon geben, wir müssen unseren zweiten Besuch wenigstens rechtfertigen. Ich will ihn noch nicht ganz ins Vertrauen ziehen. Ich glaube, zunächst müssen wir uns nun zum Büro der Adelaide-Southampton-Linie begeben, das sich, wenn ich mich recht erinnere, am Ende der Pall Mall befindet. Es gibt noch eine zweite Dampferverbindung zwischen Südaustralien und England, aber wir wollen erst zu der größeren gehen.«

Als Holmes seine Karte abgegeben hatte, stellte sich uns der Geschäftsführer sofort zur Verfügung und gab uns bereitwilligst die verlangte Auskunft. Im Jahre 1895 war nur ein einziger Dampfer der Gesellschaft in London angekommen, der »Gibraltar«, ihr größtes und bestes Schiff. Die Passagierliste ergab, dass Miss Fraser aus Adelaide und ihre Dienerin die Reise darauf gemacht hatten. Das Schiff war jetzt auf der Ausreise nach Australien, südlich von Suez. Die Offiziere waren die nämlichen wie 1895, nur der erste Offizier, Mr Jack Croler, war zum Kapitän befördert worden und sollte einen neuen Dampfer, den »Bass Rock«, übernehmen, der in zwei Tagen von Southampton abfahren sollte. Der Kapitän Croler wohne in Sydenham, würde aber wahrscheinlich heute Vormittag hierherkommen, um seine Anweisungen für die Reise in Empfang zu nehmen; wenn wir wollten, könnten wir auf ihn warten.

Nein; Mr Holmes brauchte ihn nicht zu sprechen, er würde nur gerne etwas über seine Vergangenheit und seinen Charakter hören.

Die Gesellschaft stellte ihm ein glänzendes Zeugnis aus. In der ganzen Handelsflotte reiche kein zweiter Offizier an ihn heran. Als Mensch sei er sehr pflichtgetreu, an Bord ein strenger, energischer Mann, hitzig und leicht erregbar, aber im Übrigen ein ehrenwerter und gutmütiger Charakter. Mit dieser Information verließ Holmes das Büro der Adelaide-Southampton-Compagnie. Von hier fuhr er nach Scotland Yard, aber er ging nicht hinein, sondern blieb mit gefalteter Stirn und tief in Gedanken versunken im Wagen sitzen. Schließlich fuhr er zum Telegrafenamt in Charing Cross, gab eine Depesche auf, und danach begaben wir uns wieder in die Baker Street.

»Nein, ich konnte es nicht über mich gewinnen, Watson«, sagte er, als wir in unser Zimmer getreten waren. »Wenn der Befehl einmal ergangen war, konnte ihn kein Mensch auf der Welt mehr retten. Ich fühle, dass ich ein- oder zweimal in meiner Laufbahn durch meine Entdeckung mehr Unglück gestiftet habe, als der Verbrecher durch sein Verbrechen angerichtet hatte. Ich bin daher vorsichtig geworden, und ich will lieber den englischen Gesetzen ein Schnippchen schlagen als mein Gewissen beunruhigen. Wir wollen noch etwas mehr in Erfahrung zu bringen suchen, ehe wir handeln.«

Vor Eintritt der Nacht besuchte uns Inspektor Hopkins. Die Dinge nahmen keinen sehr günstigen Verlauf für ihn.

»Ich glaube, Sie sind ein Hexenmeister, Mr Holmes. Ich denke zuweilen wirklich, dass Sie übermenschliche Kräfte besitzen. Wie in aller Welt konnten Sie jetzt wieder wissen, dass die gestohlenen Silbersachen dort in jenem Teich lagen?«

»Ich wusste es nicht.«

»Aber Sie rieten mir, einmal dort nachzusehen.«

»Haben Sie sie denn gefunden?«

»Allerdings waren sie dort.«

»Es freut mich, wenn ich Ihnen geholfen habe.«

»Aber Sie haben mir damit nicht geholfen. Sie haben die Sache nur viel schwieriger gemacht. Was müssen das für sonderbare Einbrecher sein, die Silber stehlen und es dann in den nächsten Teich werfen?«

»Das ist allerdings ziemlich merkwürdig. Ich hatte nur den Gedanken, dass, falls solche Leute das Silberzeug weggenommen hätten, die es nicht brauchten, die es nur zum Schein gestohlen hätten, sie's natürlich möglichst schnell wieder los sein möchten.«

»Aber wie kamen Sie auf einen solchen Gedanken?«

»Nun, ich hielt es nicht für ausgeschlossen. Als sie durch das französische Fenster wieder ins Freie traten, lag ihnen der zugefrorene Teich mit der einzigen eisfreien Stelle ja gerade vor der Nase. Konnten sie sich einen besseren Platz zum Verstecken der Beute wünschen?«

»Aha, ein Versteck – das klingt schon glaubwürdiger!«, rief Hopkins. »Ja, ja, jetzt begreife ich die Sache vollkommen! Es war noch früh, es waren noch Leute auf den Wegen, sie fürchteten, mit dem Silber gesehen zu werden, und beabsichtigten, es abzuholen, wenn's sicherer wäre. Großartig! Das ist 'ne bessere Idee, Mr Holmes, als die, dass sie's nur auf 'ne Irreführung der Polizei abgesehen hätten.«

»Ganz recht so; Sie haben eine wunderbare Theorie. Zweifelsohne hatte ich nur ganz verschwommene Vorstellungen, aber immerhin müssen Sie zugeben, dass sie zur Entdeckung des Silberzeugs geführt haben.«

»Gewiss, Mr Holmes, natürlich. Es war nur Ihr Werk. Aber ich habe einen gehörigen Dämpfer bekommen.«

»Einen Dämpfer?«

»Jawohl, Mr Holmes. Die Randalls sind heute Morgen in New York festgenommen worden.«

»Teufel auch, Hopkins! Das spricht allerdings ziemlich deutlich gegen Ihre Annahme, dass sie vergangene Nacht in Kent einen Mord begangen haben sollen.«

»Das ist fatal, Mr Holmes, sehr fatal. Doch es gibt außer den Randalls auch noch andere Diebesbanden von drei Mann, vielleicht ist es auch eine neue Bande, von der die Polizei noch gar nichts gehört hat.«

»Gewiss; das ist leicht möglich. Was gedenken Sie nun zu tun?«

»Ja, Mr Holmes; ich werde nicht eher ruhen, bis ich dieser Sache auf den Grund gekommen bin. Sie können mir wohl keinen Wink geben?«

»Ich habe Ihnen ja einen gegeben.«

»Was denn für einen?«

»Nun, ich spielte auf eine Täuschung an.«

»Aber wieso, Mr Holmes, wozu?«

»Ja, das ist natürlich die Frage. Aber ich kann Ihnen nur empfehlen, auf diese Anregung näher einzugehen. Vielleicht finden Sie doch, dass sie nicht so ganz ohne ist. Wollen Sie nicht zum Essen hierbleiben? Nein? Dann Guten Abend, und lassen Sie uns Nachricht zukommen, wie's weitergeht.«

Wir waren mit der Abendmahlzeit fertig, und der Tisch war abgeräumt, bevor Holmes wieder auf die Angelegenheit zu sprechen kam. Er hatte seine Pfeife angezündet, die Schuhe ausgezogen und erfreute sich an dem prasselnden Feuer im Kamin. Plötzlich sah er auf die Uhr.

»Ich erwarte Enthüllungen, Watson.«

»Wann?«

»Nun – innerhalb der nächsten Minuten. Ich glaube, Sie dachten, ich handelte eben nicht schön an Hopkins?«

»Ich vertraue Ihrem Urteil.«

»Das ist sehr verständig, Watson. Sie müssen Folgendes beachten: Was ich weiß, ist nicht amtlich; was er weiß, ist amtlich. Ich kann tun und lassen, was ich will; er nicht. Er muss alles anzeigen, oder er vergeht sich gegen seine Stellung. In diesem Fall wollte ich ihn nicht in Verlegenheit bringen, deshalb behalte ich mein Wissen für mich und warte, bis ich selbst ganz im Klaren bin.«

»Aber wann wird das sein?«

»Die Zeit ist schon da. Sie werden jetzt der letzten Szene dieses kleinen Dramas beiwohnen.«

Ich hörte eine Stimme draußen, die Zimmertür tat sich auf und herein trat eine so stattliche Erscheinung von einem Mann, wie selten einer unsere Schwelle überschritten hatte. Es war ein sehr großer jüngerer Herr mit goldblondem Schnurrbart, blauen Augen und einer Gesichtsfarbe, welche die Spuren der tropischen Sonne erkennen ließ. Er hatte einen elastischen Schritt, der zeigte, dass sein mächtiger Körper ebenso gewandt wie kräftig war. Er machte die Tür hinter sich zu und blieb mit geballten Fäusten und heftig auf- und abgehender Brust vor uns stehen; er kämpfte offenbar eine gewaltige Erregung nieder.

»Setzen Sie sich, Herr Kapitän. Sie haben mein Telegramm erhalten?«

Unser Besucher ließ sich in einen Lehnstuhl niedersinken und sah uns nacheinander fragend an.

»Ich habe Ihre Depesche empfangen und bin um die angegebene Stunde hierhergekommen. Ich habe gehört, dass Sie drunten im Büro gewesen sind. Da gab's kein Entrinnen mehr. Sagen Sie nur gleich, was Sie mit mir machen wollen, und wenn's auch das Schlimmste ist. Wollen Sie mich verhaften? Reden Sie, Mann! Sie können nicht dasitzen und mit mir spielen wie die Katze mit der Maus.«

»Gib ihm 'ne Zigarre«, sagte Holmes. »Rauchen Sie, Herr Kapitän, und lassen Sie Ihre Nerven nicht mit sich durchgehen. Ich würde nicht so gemütlich hier meine Pfeife schmauchen, wenn ich Sie für einen gewöhnlichen Verbrecher hielte, dess' können Sie versichert sein. Seien Sie offen und frei gegen mich, dann werden wir's schon zu einem guten Ende bringen. Machen Sie aber Geschichten, dann vernichte ich Sie.«

»Was verlangen Sie von mir?«

»Einen wahren Bericht über die Vorgänge der letzten Nacht in Abbey Grange – einen wahren Bericht, wohlverstanden, ohne etwas hinzuzusetzen oder wegzulassen. Ich weiß schon so viel, dass, wenn Sie auch nur zollbreit von der Wahrheit abweichen, ich mit dieser Pfeife zum Fenster hinaus der Polizei ein Zeichen geben werde, wodurch die Sache dann für immer aus meiner Hand genommen sein wird.«

Der Seemann besann sich eine Weile. Dann schlug er sich mit seiner sonnengebräunten Hand auf den Schenkel.

»Ich werd's versuchen«, rief er aus. »Ich halte Sie für einen Mann von Wort, für einen anständigen Mann. Ich will Ihnen den ganzen Hergang der Sache erzählen. Aber eins will ich Ihnen gleich zuerst sagen. Was mich anbelangt, ich bedaure nichts und fürchte nichts, und ich würd's noch mal machen und stolz darauf sein. Dieser verdammte Schurke, und wenn er so viele Köpfe hätte wie die Hydra, ich würde sie ihm alle einschlagen! Aber die Frau, Mary – Mary Fraser – denn ich will sie nie bei diesem verfluchten Mannsnamen nennen. Wenn ich daran denke, dass ich sie in Unannehmlichkeiten bringen sollte, ich, der sein Leben hingeben würde, um ihrem teuren Gesicht ein Lächeln abzunötigen, das macht mich weich und traurig. Und doch – und doch – was könnte ich dagegen tun? Ich will Ihnen die Geschichte erzählen, meine Herren, und Sie dann fragen, Mann gegen Mann, was ich hätte tun sollen.

Ich muss etwas weit ausholen. Sie scheinen von allem unterrichtet zu sein, dann werden Sie wahrscheinlich auch wissen, dass sie als Reisende an Bord der ›Gibraltar‹ war, deren erster Offizier ich war. Vom ersten Tag an, als ich sie kennenlernte, existierten die anderen Damen für mich nicht mehr. Ich habe sie alle Tage während der Reise lieber gewonnen und manche Nacht auf den Knien gelegen und das Deck des Schiffes geküsst, das ihr teurer Fuß betreten hatte. Sie war nicht mit mir verlobt. Sie behandelte mich so artig, wie ein Weib einen Mann nur behandeln kann. Ich klage nicht. Die Liebe war nur auf meiner Seite, auf ihrer war's nur Kameradschaft und Freundschaft. Als wir uns trennten, war sie ein freies Weib, aber ich war kein freier Mann mehr.

Als ich das nächste Mal von der Reise zurückkam, hörte ich von ihrer Verheiratung. Gut, warum sollte sie nicht nehmen, wen sie wollte? Sie war zu allem Schönen und Feinen geboren. Ich nahm ihr's nicht übel. Ich war nicht so'n selbstsüchtiger Schuft. Ich freute mich vielmehr, dass sie Glück gehabt und ihr Ziel erreicht hatte, und dass sie sich nicht an einen armen Seemann weggeworfen hatte. So liebte ich Mary Fraser.

Nun, ich dachte nicht, dass ich sie je wiedersehen würde; aber nach der letzten Fahrt wurde ich befördert, und das neue Schiff war noch nicht vom Stapel gelassen; ich musste also ein paar Monate mit meinen Leuten in Sydenham warten. Eines Tages traf ich draußen auf einem Feldweg Theresa Wright, ihre alte Magd. Sie erzählte mir von ihr, von ihm, von allem. Ich kann Ihnen sagen, meine Herren, es brachte mich bald von Sinnen. Dieser versoffene Kerl, der sollte es wagen, die Hand gegen sie zu erheben, der er nicht würdig war, die Schuhriemen zu lösen! Ich traf Theresa wieder. Dann traf ich Mary selbst – und traf sie noch einmal. Dann wollte sie nicht mehr mit mir zusammenkommen. Aber neulich bekam ich die Nachricht, dass ich in einer Woche auslaufen müsste, und ich beschloss daher, sie vorher noch mal aufzusuchen. Theresa war mir immer zugetan gewesen, denn sie liebte Mary und hasste diesen Schuft fast ebenso sehr wie ich. Von ihr erfuhr ich die Gepflogenheiten des Hauses. Mary pflegte aufzubleiben und unten in ihrem Zimmer zu lesen. Ich schlich mich die vergangene Nacht heran und klopfte leise ans Fenster. Erst wollte sie mir nicht öffnen, aber dass sie mich jetzt herzlich liebt, weiß ich, und sie konnte mich nicht in der Frostnacht draußen stehen lassen. Sie flüsterte mir zu, an das große Fenster an der anderen Seite zu kommen, und ich fand es offen, um ins Speisezimmer zu treten. Wieder hörte ich von ihren eigenen Lippen Dinge, die mir das Blut in den Adern stocken ließen, und ich verwünschte diesen Unmenschen, der das Weib misshandelte, das ich liebte. Ich stand gerade mit ihr am Fenster, in aller Unschuld, der Himmel soll mein Zeuge sein, als er wie ein Wahnsinniger ins Zimmer stürzte, die hässlichsten Schimpfreden gegen sie ausstieß, die ein Mann einem Weib gegenüber nur anwenden kann, und sie mit dem Knüppel, den er in der Hand hielt, ins Gesicht schlug. Ich hatte den Schürhaken aufgehoben, und es war ein schöner Kampf zwischen uns. Sehen Sie hier auf meinen Arm, wo mich sein erster Schlag traf. Dann kam ich an die Reihe. Ich hieb auf ihn los wie auf einen verfaulten Kürbis. Glauben Sie, dass es mir leidtat? Durchaus nicht! Es handelte sich darum, ob er am Leben bleiben sollte oder ich, aber noch mehr darum, ob er am Leben bleiben sollte oder sie, denn wie hätte ich sie in der Gewalt dieses Wahnsinnigen lassen können? So ist er von mir getötet worden. Hatte ich unrecht? Was würde jeder von Ihnen getan haben, meine Herren, wenn Sie an meiner Stelle gewesen wären?

Sie hatte geschrien, als er sie geschlagen hatte, und dadurch kam die alte Theresa von oben runter. Auf dem Anrichtetisch an der Seite stand eine Flasche Wein, ich machte sie auf und goß etwas davon auf Marys Lippen, denn sie war halb tot vor Schrecken. Dann nahm ich selbst einen Schluck. Theresa war so kalt wie Eis, es war ja ebenso gut ihr Anschlag wie meiner. Wir mussten den Anschein erwecken, als ob's Einbrecher getan hätten. Theresa wiederholte unsere Geschichte ihrer Herrin immer wieder, während ich mich hinaufschwang und den Klingelzug abschnitt. Dann band ich sie auf dem Stuhl fest und franste das Ende des Taues etwas aus, damit es natürlich, d. h. wie abgerissen aussehen sollte, weil man sich sonst wundern würde, wie ein Dieb hätte dort hinaufkommen können, um es abzuschneiden. Darauf suchte ich ein paar silberne Schalen und Teller zusammen, um den Gedanken an einen Einbruch nahezulegen, und dann verließ ich die beiden mit dem Befehl, wenn ich eine Viertelstunde fort wäre, Lärm zu schlagen. Ich versenkte die Sachen im Teich und machte mich in der Richtung nach Sydenham aus dem Staub; ich hatte das Gefühl, dass ich wenigstens einmal in meinem Leben eine wahrhaft gute Nachtarbeit geleistet hätte. Das ist die Wahrheit, die volle Wahrheit, Mr Holmes, und wenn's den Kopf kostet.«

Holmes rauchte eine Zeit lang, ohne ein Wort zu äußern. Dann stand er auf, ging auf unseren Besucher zu und schüttelte ihm die Hand.

»Das ist meine Meinung auch«, sagte er zu ihm. »Ich weiß, dass jedes Wort wahr ist, denn Sie haben kaum ein Wort gesagt, das ich nicht wusste. Niemand außer einem Akrobaten oder einem Seemann konnte an den Klingelzug dort oben kommen, und auch nur ein Seemann konnte die Knoten gemacht haben, mit denen das Seil am Stuhl befestigt war. Die Dame war nur ein einziges Mal im Leben mit Seeleuten in Berührung gekommen, das war auf ihrer Reise gewesen, und der Täter musste ihrer eigenen Gesellschaftsklasse angehören, weil sie ihn hartnäckig zu decken suchte und dadurch ihre Liebe verriet. Sie sehen, wie leicht es für mich war, Sie ausfindig zu machen, nachdem ich einmal die Sache richtig angefasst hatte.«

»Ich glaubte, die Polizei würde niemals hinter unsere Schliche kommen.«

»Die Polizei ist ja auch nicht dahintergekommen und wird's auch nie, wie ich sicher glaube. Aber sehen Sie, Kapitän Croker, es ist eine sehr ernste Sache, wenn ich auch gerne zugebe, dass Sie so stark gereizt waren, wie ein Mann nur gereizt sein kann. Ich weiß nicht genau, ob Ihre Tat als Notwehr angesehen werden würde. Doch das ist vom Gericht zu entscheiden. Auf alle Fälle habe ich soviel Sympathie mit Ihnen, dass, wenn Sie innerhalb vierundzwanzig Stunden verschwinden wollen, Sie niemand daran hindern soll, das verspreche ich Ihnen.«

»Und dann soll alles an den Tag kommen?«

»Gewiss wird's bekannt werden.«

Der Kapitän wurde rot vor Wut.

»Was ist das für ein Vorschlag für einen Mann? Ich verstehe soviel vom Gesetz, um zu wissen, dass Mary der Beihilfe angeklagt werden würde. Glauben Sie von mir, dass ich sie allein hier im Gefängnis schmachten lassen würde, während ich mich dünn machte? Nein; sie mögen mit mir machen, was sie wollen, aber um Himmels willen, Mr Holmes, finden Sie einen Ausweg, dass meine arme Mary nichts mit dem Gericht zu tun bekommt.«

Holmes schüttelte zum zweiten Mal dem Seemann die Hand.

»Ich wollte Sie nur prüfen; aber Sie bleiben stets wahr. Ich nehme zwar eine große Verantwortung auf mich, doch ich habe Hopkins ja einen guten Wink gegeben, wenn er ihn nun nicht auszunützen versteht, kann ich ihm weiter nicht helfen. Nun, Herr Kapitän, um der Form des Gesetzes zu genügen, wollen wir Folgendes tun. Sie sind der Angeklagte. Watson, Sie sind ein britischer Geschworener, und ich kann mir übrigens keine passendere Persönlichkeit zu dieser Würde vorstellen. Ich selbst werde den Richter spielen. Nun, Herr Geschworener, Sie kennen die Beweisaufnahme. Halten Sie den Angeklagten für schuldig oder nichtschuldig?«

»Nicht schuldig!«, lautete mein Wahrspruch.

»Des Volkes Stimme, Gottes Stimme! Sie sind freigesprochen, Kapitän Croker. Solange das Gesetz in der Sache kein unschuldiges Opfer verurteilt, haben Sie von mir aus nichts zu befürchten. Kehren Sie in einem Jahr zu dieser Dame zurück, und möge uns Ihre beiderseitige Zukunft beweisen, dass wir heute Abend ein gutes und wahres Urteil gefällt haben.«

DER ZWEITE BLUTFLECKEN

Ich hatte die Absicht, mit dem »Mord in Abbey Grange« meine Veröffentlichung der Taten meines Freundes Sherlock Holmes endgültig zu beschließen. Dieser Entschluss entsprang nicht etwa dem Mangel an Stoff, denn ich habe noch Hunderte von Fällen in meinem Tagebuch aufnotiert, die ich noch nicht benutzt habe. Auch das Schwinden des Interesses aufseiten meiner Leser hat mich nicht dazu veranlasst, denn die eigenartige Persönlichkeit und die einzigartigen Methoden dieses merkwürdigen Mannes üben immer wieder neuen Reiz auf den Leser aus. Der wirkliche Grund war das Ärgernis, das Holmes selbst an dieser fortgesetzten Veröffentlichung nahm. So lange er seinen Beruf noch praktisch ausübte, war ihm die Bekanntgebung seiner Erfolge noch einigermaßen wertvoll; seitdem er sich aber definitiv von London zurückgezogen und sich in den freundlichen Niederungen von Sussex dem Studium und der Bienenzucht gewidmet hat, ist es ihm widerwärtig, noch bekannter zu werden, und er hat mich streng gebeten, seinen diesbezüglichen Wünschen ein für allemal entgegenzukommen. Erst auf meine dringende Vorstellung, dass ich einem mir bekannten Vertreter einer europäischen Großmacht das Versprechen gegeben hätte, die Geschichte von dem zweiten Blutflecken zu veröffentlichen, wann die Umstände es erlaubten, und auf meinen Hinweis, dass die lange Reihe von Erzählungen in diesem wichtigsten internationalen Fall, der ihm je übertragen sei, ihren Gipfelpunkt finden müsse, gelang es mir endlich, seine Einwilligung zu erhalten, dass ich zum Schluss diesen sehr sorgfältig durchgesehenen Aufsatz dem Publikum vorlegen darf. Wenn jemand hie und da einzelne Angaben zu unbestimmt finden sollte, möge er dabei bedenken, dass ich zu meiner Zurückhaltung gewichtige Gründe habe.

Es war also in einem gewissen Jahr und in einem gewissen Jahrzehnt, als sich eines Dienstagmorgens zwei Besucher von europäischem Ruf in unserem bescheidenen Heim in der Baker Street einfanden. Der eine, ein stolzer Mann mit vorstehender, gebogener Nase und Adleraugen, war kein anderer als der berühmte Lord Bellinger, der Premierminister von Großbritannien. Der andere, ein eleganter, dunkler Herr in kaum mittleren Jahren, war der Staatssekretär des Auswärtigen Amtes, Trelawney Hope, ein aufgehender Stern am politischen Himmel Europas. Sie saßen nebeneinander auf unserem Sofa, und man konnte ihnen von ihren erregten und bekümmerten Gesichtern ablesen, dass sie ein sehr dringendes Geschäft zu uns führte. Der Premier hatte seine dünnen, blaugeäderten Hände auf den Elfenbeingriff seines Regenschirms gelegt, und sein mageres, asketisches Gesicht blickte düster bald auf Holmes, bald auf mich. Der Sekretär drehte nervös an seinem Schnurrbart und spielte mit der anderen Hand aufgeregt an dem Behang seiner Uhrkette.

»Als ich heute Morgen meinen Verlust entdeckte, Mr Holmes – es war um acht Uhr – setzte ich sofort den Premierminister davon in Kenntnis. Auf sein Anraten sind wir beide zu Ihnen gekommen.«

»Haben Sie die Polizei benachrichtigt?«

»Nein«, antwortete der Premierminister in seiner raschen, entschiedenen Weise. »Das haben wir nicht getan und können es auch unmöglich tun. Die Polizei benachrichtigen, läuft am Ende darauf hinaus, das Publikum zu benachrichtigen. Und das wollten wir in erster Linie gerade vermeiden.«

»Und warum?«

»Weil das fragliche Schriftstück von so ungeheurer Bedeutung ist, dass sein Bekanntwerden sehr leicht – ich möchte fast sagen, sehr wahrscheinlich – die schwierigsten europäischen Verwicklungen zur Folge haben könnte. Es ist nicht zu viel gesagt, dass Krieg oder Frieden von dem Ausgang der Angelegenheit abhängen. Wenn seine Wiederbeschaffung nicht vollkommen geheim geschehen kann, braucht es ebenso gut überhaupt nicht wiedergefunden zu werden, denn die Diebe verfolgen auch nur den Zweck, seinen Inhalt in die große Öffentlichkeit zu bringen.«

»Ich verstehe. Nun, Herr Staatssekretär, ich würde Ihnen sehr verbunden sein, wenn Sie mir genau angeben wollten, unter welchen Umständen dieses Dokument verschwunden ist.«

»Das kann ich Ihnen in wenigen Worten mitteilen, Mr Holmes. Der Brief – es war nämlich ein Brief von einem fremden Potentaten – traf vor sechs Tagen bei uns ein. Er war von derartiger Bedeutung, dass ich ihn nie in meinem Büroschrank liegen ließ, sondern allabendlich in meine Privatwohnung in Whitehall Terrace mitnahm und ihn in meinem Schlafzimmer in meinem verschließbaren Briefbehälter aufbewahrte. Er war auch vergangene Nacht darin. Das weiß ich bestimmt. Ich schloss erst, während ich mich zum Essen umkleidete, das Kästchen auf und sah das Schriftstück noch drin. Heute Morgen war es fort. Das Kästchen hatte die ganze Nacht auf meinem Toilettetisch gestanden. Ich schlafe sehr leicht und meine Frau gleichfalls. Wir können beide beschwören, dass während der Nacht kein Mensch ins Zimmer gekommen sein kann. Und doch fehlt der Brief.«

»Um wie viel Uhr speisten Sie?«

»Um halb acht Uhr.«

»Wann gingen Sie zu Bett?«

»Meine Frau war im Theater. Ich wartete auf sie. Es war halb zwölf, als wir uns ins Schlafzimmer zurückzogen.«

»Dann hatte der Kasten mit dem Brief also vier Stunden unbewacht dort gestanden?«

»Es ist aber keinem Menschen gestattet, dieses Zimmer zu betreten, außer des Morgens dem Zimmermädchen und meinem Diener und der Zofe meiner Frau. Es sind lauter zuverlässige Leute, die schon lange im Haus sind. Außerdem konnte keines von ihnen wissen, dass sich etwas Wertvolleres als die gewöhnlichen geschäftlichen Schreiben in dem Kästchen befand.«

»Wer kannte das Vorhandensein dieses Briefes?«

»Niemand im Haus.«

»Ihre Gattin wusste es doch wohl?«

»Auch nicht; ich hatte meiner Frau nichts davon gesagt, erst heute früh habe ich ihr den Verlust mitgeteilt.«

Der Premier nickte zustimmend mit dem Kopf.

»Ich habe stets gewusst, wie hoch Sie Ihre amtlichen Pflichten einschätzen«, sagte er. »Ich bin überzeugt, dass sie Ihnen, wenn es sich um ein geheimes Aktenstück von solcher Wichtigkeit handelt, über Ihre Familienbande gehen.«

Der Sekretär verneigte sich tief.

»Sie lassen mir Gerechtigkeit widerfahren. Bis heute Morgen habe ich meiner Frau keine Silbe davon gesagt.«

»Könnte Sie's vermutet haben?«

»Nein, Mr Holmes, das konnte sie ebenso wenig wie sonst jemand.«

»Sind Ihnen früher schon Dokumente abhandengekommen?«

»Nein.«

»Wer in ganz England hat Kenntnis von der Existenz dieses Schriftstücks gehabt?«

»Sämtliche Kabinettsmitglieder sind gestern davon verständigt worden; aber das Gelöbnis der Verschwiegenheit, welches jeder Sitzung folgt, wurde durch eine besondere Warnung des Ministerpräsidenten in diesem Fall noch verschärft. Heiliger Himmel, wie hätte ich damals denken können, dass ich nach ein paar Stunden den ganzen Brief verlieren würde!« Aus seinen schönen Zügen sprach die Verzweiflung, er wollte sich das Haar ausraufen. Einen Augenblick zeigte sich die wahre Natur dieses Mannes, impulsiv, lebhaft, erregbar. Im nächsten Moment aber hatte er die aristokratische Maske wieder vor und die sanfte, glatte Sprache wiedergefunden. »Außer den Mitgliedern des Kabinetts sind es nur noch zwei oder drei Beamte meines Departements, die von dem Brief wissen. Sonst niemand in ganz England, Mr Holmes, ich versichere Sie dessen.«

»Aber außerhalb Englands?«

»Ich glaube, dass ihn außer dem Mann, der ihn geschrieben, kein Mensch zu Gesicht bekommen hat. Ich bin fest überzeugt, dass die Minister und die üblichen Instanzen umgangen worden sind.«

Holmes dachte eine Zeit lang nach.

»Nun, mein Herr, muss ich Sie um eingehendere Auskunft bitten. Was war es für ein Schreiben, und warum soll sein Verschwinden von so unermesslichen Folgen begleitet sein?«

Die beiden Staatsmänner tauschten rasch einen Blick miteinander aus und der Minister zog die finstere Stirn in schwere Falten.

»Mr Holmes, der Umschlag ist lang und schmal und von hellblauer Farbe. Er trägt ein rotes Siegel mit einem lauernden Löwen. Die Adresse ist in großen, markigen Zügen geschrieben und ...«

»Ich fürchte«, warf Holmes hier ein, »so interessant und auch wesentlich diese Angaben sind, dass ich doch mit meinen Fragen der Sache auf den Grund gehen muss. Was stand in dem Brief?«

»Das ist ein Staatsgeheimnis von höchster Bedeutung, welches ich Ihnen nicht sagen kann, und ich sehe auch nicht ein, dass es notwendig ist. Wenn Sie mithilfe der großen Fähigkeiten, die man Ihnen nachsagt, einen Umschlag, wie ich ihn Ihnen eben beschrieben habe, mit seinem Inhalt auffinden, haben Sie sich um Ihr Vaterland sehr verdient gemacht und werden einen Lohn erhalten, so hoch wir ihn nur bemessen können.«

Sherlock Holmes stand lächelnd vom Stuhl auf.

»Sie sind zwei der vielbeschäftigsten Männer im ganzen Land«, sagte er, »und ich habe in meiner bescheidenen Weise auch viel zu tun. Ich bedauere außerordentlich, Ihnen in dieser Angelegenheit nicht weiter dienen zu können, und jede Fortsetzung dieser Verhandlung würde also bloßer Zeitverlust sein.«

Der Premier sprang in die Höhe und warf meinem Freund jene scharfen grimmen Blicke aus den tiefliegenden Augen zu, vor denen ein ganzes Kabinett erzitterte. »Ich bin nicht gewöhnt, mein Herr …«, begann er, aber er mäßigte seinen Zorn und setzte sich wieder nieder. Eine Minute herrschte vollkommenes Schweigen, dann zuckte der alte Politiker die Achseln.

»Wir müssen Ihre Bedingungen annehmen, Mr Holmes, und es ist ja auch unvernünftig von uns, zu erwarten, dass Sie für uns tätig sein sollen, ohne dass wir Ihnen unser volles Vertrauen schenken.«

»Ich stimme mit Ihrer Ansicht überein«, fügte der Sekretär hinzu.

»Dann will ich's Ihnen, indem ich auf Ihre und Ihres Kollegen Dr. Watson Ehre rechne, also sagen. Ich appelliere auch noch an Ihre Vaterlandsliebe, denn ich vermag mir kein größeres Unheil für das Land vorzustellen, als wenn diese Sache an die Öffentlichkeit käme.«

»Sie dürfen uns ruhig vertrauen.«

»Der Brief stammt von einem fremden Herrscher, der durch einige neuerliche koloniale Verwicklungen aus der Fassung gebracht worden ist. Das Schreiben ist in großer Eile abgefasst und ein rein persönlicher Akt des Fürsten. Nachforschungen haben ergeben, dass die Minister keine Ahnung davon haben. Gleichzeitig ist es so unglücklich gehalten, und gewisse Sätze darin sind so verletzend, dass ihre Veröffentlichung die Bewohner dieses Landes in eine große Erregung versetzen und eine derartige Gärung zur Folge haben würde, dass ich mit gutem Grund glauben muss, jener Staat würde sich acht Tage nach dem Bekanntwerden dieses Schreibens im Kriegszustand befinden.«

Holmes schrieb auf einen Zettel einen Namen und reichte ihn dem Premier.

»Jawohl. Dieser war's. Und dessen Brief – der Brief, der eine Ausgabe von tausend Millionen und das Leben von hunderttausend Mann in sich schließt – ist auf eine so rätselhafte Art verloren gegangen.«

»Haben Sie den Absender davon unterrichtet?«

»Ja, wir haben ihm ein geheimes Telegramm geschickt.«

»Vielleicht wünscht er die Veröffentlichung des Briefes?«

»Nein, Mr Holmes; wir haben triftige Gründe, anzunehmen, dass er bereits einsieht, wie indiskret und voreilig er gehandelt hat. Für ihn und sein Volk würde es ein schwererer Schlag sein, wenn die Sache herauskäme, als für uns.«

»Wenn sich's so verhält, wer hat dann an der Bekanntgabe überhaupt ein Interesse? Warum sollte ihn denn jemand zu entwenden oder zu veröffentlichen suchen?«

»Mit dieser Frage bringen Sie mich auf das Gebiet der höheren internationalen Politik, Mr Holmes. Wenn Sie die allgemeine Lage Europas betrachten, werden Sie jedoch den Beweggrund ohne Schwierigkeiten einsehen. Ganz Europa ist ein einziges Kriegslager. Zwei große Bünde halten sich in militärischer Beziehung das Gleichgewicht. Großbritannien bildet das Zünglein der Waage. Wenn nun England zum Krieg mit dem einen Bund getrieben würde, würde sich der andere das Übergewicht sichern, ob er sich einmischte oder nicht. Folgen Sie meinen Ausführungen?«

»Sehr wohl. Dann haben eben die Feinde dieses Bundes ein Interesse an dem Brief und seiner Veröffentlichung, um zwischen ihm und uns einen Bruch herbeizuführen?«

»Ganz recht.«

»Und an wen würde dieses Dokument gesandt werden, wenn es in die Hände der Feinde fiele?«

»An eine der großen europäischen Kanzleien. Wahrscheinlich eilt er im gegenwärtigen Augenblick schon mit der ganzen Geschwindigkeit, welche die Dampfkraft gewähren kann, seinem Bestimmungsort entgegen.«

Mr Trelawney Hope ließ den Kopf auf die Brust sinken und stieß einen tiefen Seufzer aus. Der Minister legte ihm beruhigend die Hand auf die Schulter.

»Es ist ein unglücklicher Zufall, mein Lieber. Niemand kann Ihnen deshalb einen Vorwurf machen. Sie haben keine Vorsichtsmaßregel außer Acht gelassen. Nun, Mr Holmes, Sie haben den vollen Tatbestand gehört. Was empfehlen Sie zu tun?«

Holmes schüttelte traurig den Kopf.

»Sie meinen, dass, falls das Schriftstück nicht wieder beigeschafft wird, Krieg ausbrechen wird?«

»Ich halte es für sehr wahrscheinlich.«

»Dann rüsten Sie zum Krieg.«

»Das ist ein schlechter Trost, Mr Holmes.«

»Vergegenwärtigen Sie sich die Sachlage, Exzellenz. Dass der Brief nach halb zwölf Uhr weggekommen ist, scheint mir sehr fraglich, denn, soviel ich verstanden habe, hat Mr Hope und seine Gemahlin von dieser Zeit an bis zum Morgen, wo er vermisst wurde, das Zimmer nicht verlassen. Er muss also gestern Abend zwischen halb acht und halb zwölf fortgekommen sein, wahrscheinlich näher an dem früheren Zeitpunkt, weil, wer ihn auch entwendet haben mag, offenbar gewusst hat, dass er dort steckte und sich ihn möglichst bald anzueignen versucht hat. Wenn nun ein Dokument von solcher Wichtigkeit um diese Stunde gestohlen worden ist, wo mag es da jetzt schon sein? Niemand wird es behalten haben, sondern es wird möglichst rasch denen übermittelt worden sein, die es gebrauchen können. Welche Aussichten bestehen unter diesen Umständen für uns, es zu überholen oder überhaupt aufzuspüren? Es liegt außerhalb des Bereichs der Möglichkeit.«

Der Premierminister stand von seinem Sitz auf.

»Was Sie sagen, ist vollkommen logisch gedacht, Mr Holmes. Ich sehe ein, dass uns die Sache in der Tat aus der Hand genommen ist.«

»Wir wollen einmal, um nichts unversucht zu lassen, den Fall annehmen, dass ihn das Mädchen oder der Diener genommen hätte …«

»Es sind beide alte, erprobte Leute.«

»Ihr Schlafgemach liegt, wie Sie gesagt haben, im zweiten Stock, hat keinen Eingang von außen und von innen kann niemand hineingehen, ohne bemerkt zu werden. Es muss also jemand aus dem Haus gewesen sein. Wem würde es der Dieb überbringen? Einem der verschiedenen internationalen Spione und Geheimagenten, deren Namen ich so ziemlich kenne. Drei können als die Meister ihrer Zunft gelten. Ich werde meine Nachforschungen damit beginnen, dieselben aufzusuchen und nachzusehen, ob sie zu Hause sind. Ist einer fort – besonders seit der letzten Nacht – so werden wir einen Anhaltspunkt dafür haben, wo der Brief hingekommen ist.«

»Warum sollte er weg sein?«, fragte der Staatssekretär. »Er könnte das Schriftstück doch ebenso gut einer Gesandtschaft in London übergeben.«

»Das glaube ich nicht. Diese Agenten handeln unabhängig, und ihre Beziehungen zu den Botschaften sind oft gespannt.«

Der Minister nickte zustimmend.

»Ich glaube, Sie haben recht, Mr Holmes. Ein so wertvolles Stück würden sie persönlich und der betreffenden Regierung selbst überbringen. Ich bin der Ansicht, dass Sie in dieser Weise sehr geschickt vorgehen. Übrigens können wir nicht alle unsere übrigen Pflichten vernachlässigen, Mr Hope; dieses Missgeschick können wir doch nicht mehr ändern. Sollten im Laufe des Tages irgendwelche Wendungen eintreten, werden wir Sie's wissen lassen, Mr Holmes, und Sie werden uns umgekehrt auch die Ergebnisse Ihrer Untersuchungen mitteilen.«

Die beiden Staatsmänner verbeugten sich und gingen ernst zur Tür hinaus.

Als sie weg waren, zündete Holmes schweigend seine Pfeife an und saß längere Zeit tief in Gedanken versunken auf seinem Stuhl. Ich hatte die Morgenzeitung zur Hand genommen und las mit großem Interesse einen Artikel über ein sensationelles Verbrechen, das während der Nacht in London passiert war, als mein Freund plötzlich aufstand und die Pfeife beiseitelegte.

»Jawohl«, sagte er dann, »es gibt keinen anderen Weg, um einen Ausgangspunkt zu finden. Die Situation ist verzweifelt, aber nicht hoffnungslos. Wenn wir jetzt sicher feststellen könnten, welcher derselben es im Besitz hat, wäre es gerade noch möglich, die Weitergabe zu verhindern. Jedenfalls ist es bei diesen Gaunern nur eine Geldfrage, und ich habe die Staatskasse zur Verfügung. Wenn das Schriftstück noch auf dem Markt ist, werde ich's kaufen, es mag kosten was es will. Es ist anzunehmen, dass es der Kerl zurückhält, um zu sehen, was für Angebote ihm von dieser Seite gemacht werden, bevor er sein Glück anderswo versucht. Nur die drei sind imstande, ein so gewagtes Spiel zu spielen, Oberstein, La Rothière und Eduardo Lucas. Ich will jeden aufsuchen.«

Ich guckte auf mein Zeitungsblatt.

»Ist das der Eduardo Lucas aus der Godolphin Street?«

»Jawohl.«

»Den werden Sie nicht treffen.«

»Warum nicht?«

»Er ist die vorige Nacht in seiner Wohnung ermordet worden.«

Mein Freund hatte mich im Verlauf unserer Abenteuer so häufig in Erstaunen gesetzt, dass ich mit einer gewissen Genugtuung bemerkte, wie gewaltig ich ihn überrascht hatte. Er starrte mich verwundert an und riss mir dann die Zeitung aus der Hand. Der Bericht, in den ich vertieft gewesen war, als er vom Stuhl aufstand, lautete folgendermaßen:

Mord in Westminster.

Ein geheimnisvolles Verbrechen ist in der vergangenen Nacht in der Godolphin Street 16 verübt worden, deren altmodische Häuserreihen zwischen der Themse und der Abtei liegen, fast unmittelbar hinter dem Parlamentsgebäude. Das kleine, aber vornehme Haus ist seit einigen Jahren von Mr Eduardo Lucas bewohnt worden, einem wegen seiner reizenden Persönlichkeit und seiner musikalischen Begabung in den Kreisen der besseren Gesellschaft allgemein bekannten Herrn. Er ist unverheiratet, vierunddreißig Jahre alt, und sein Haushalt besteht aus einer älteren Wirtschafterin, Mrs Pringle, und seinem Diener Mitton. Jene geht früh zu Bett und schläft im obersten Stockwerk. Der Diener war am Abend bei einem Freund in Hammersmith zu Besuch. Von zehn Uhr an war Mr Lucas allein zu Hause. Was sich dann ereignet hat, ist noch nicht ermittelt, aber um dreiviertel zwölf bemerkte der Schutzmann Barrett, als er durch die Godolphin Street ging, dass in Nr. 16 die Haustür offen stand. Er klopfte, erhielt aber keine Antwort. Da er im Vorderzimmer Licht sah, ging er in den Hausflur und klopfte wieder, bekam aber wieder keine Antwort. Darauf öffnete er die Tür zu diesem Zimmer und trat ein. Hier herrschte eine wüste Unordnung, die sämtlichen Möbel waren auf eine Seite gerückt und ein Stuhl lag mitten auf dem Boden. Neben diesem Stuhl, ihn noch an einem Bein festhaltend, lag die Leiche des unglücklichen Hausherrn. Er war ins Herz gestochen und musste auf der Stelle tot gewesen sein. Das Messer, womit das Verbrechen ausgeführt worden, war ein krummer indischer Dolch, der aus einer Anzahl orientalischer Waffen, die als Wandschmuck dienten, genommen worden war. Raub scheint nicht das Motiv zur Tat gewesen zu sein, denn von den Wertgegenständen im Zimmer fehlte nichts. Mr Eduardo Lucas war sehr bekannt und überall beliebt, dass sein jähes und geheimnisvolles Ende in den Kreisen seiner zahlreichen Freunde großes Aufsehen und tiefes Mitleid erregen wird.

»Nun, Watson, was sagen Sie dazu?«, fragte Holmes nach einer langen Pause.
»Es ist ein wunderbares Zusammentreffen.«
»Ein Zusammentreffen! Denken Sie mal an, Watson, einer der drei Männer, die wir als mögliche Täter bezeichnet hatten, wird gerade um dieselbe Zeit, während der das Dokument gestohlen worden sein muss, auf gewaltsame Weise ermordet. Das spricht ganz entschieden gegen die Annahme eines blinden Zufalls. Nein, mein Lieber, die beiden Ereignisse stehen in Zusammenhang – müssen in Zusammenhang stehen. Und wir müssen den Zusammenhang herstellen.«
»Aber nun muss die offizielle Polizei alles erfahren.«
»Durchaus nicht. Sie erfährt nur das, was sie in der Godolphin Street vor Augen sieht. Von Whitehall Terrace erfährt sie nichts – und soll nichts erfahren. Nur wir kennen beide Vorfälle und sind imstande, eine Verbindung zwischen ihnen aufzuspüren. Ein naheliegender Punkt würde meinen Verdacht sowieso auf Lucas gelenkt haben. Von der Godolphin Street sind es

nämlich nur wenige Minuten zur Whitehall Terrace. Die anderen Geheimagenten, die ich genannt habe, wohnen weit draußen in Westend. Es war also für Lucas am leichtesten, mit der Haushaltung des Staatssekretärs Hope in Beziehung zu treten und Nachrichten von dort zu erlangen – ein geringfügiger Umstand zwar, der aber doch in diesem Fall, wo sich die beiden Ereignisse in ein paar Stunden abgespielt haben, sich als wesentlich erweisen kann. Na nun! Was bedeutet das?«

Mrs Hudson hatte die Visitenkarte einer Dame gebracht. Holmes warf einen Blick darauf, zog die Augenbrauen in die Höhe und reichte sie mir herüber.

»Bitten Sie Mrs Hilda Trelawney Hope, gütigst näherzutreten«, sagte Holmes.

Im nächsten Augenblick erschien in unserem bescheidenen Arbeitszimmer, das heute früh schon so hohen Besuch gehabt hatte, die schönste Frau in London. Ich hatte schon oft von der Schönheit der jüngsten Tochter des Herzogs von Belminster gehört, aber keine Beschreibung und keine Fotografie war auch nur annähernd imstande gewesen, die feinen, zarten Reize und die prächtige Farbe dieses vornehmen Gesichtes wiederzugeben. Und trotzdem fiel an diesem Herbstmorgen dem aufmerksamen Beobachter nicht in erster Linie die Schönheit dieses Gesichtes auf. Die Wangen waren wohl lieblich, aber bleich vor Erregung; die Augen glänzten zwar hell, aber es war der Glanz des Fiebers; der reizende Mund war wohl geschlossen und ruhig, aber man merkte die Selbstbeherrschung, die es kostete. Der Schrecken auf ihren Zügen – nicht die Schönheit – sprang einem in die Augen, als unsere Besucherin einen Moment in der offenen Tür stand.

»Ist mein Gatte hier gewesen, Mr Holmes?«

»Jawohl, gnädige Frau, er ist hier gewesen.«

»Ich bitte Sie, Mr Holmes, sagen Sie ihm nicht, dass ich auch hier war.«

Holmes verbeugte sich kühl und lud die Dame ein, Platz zu nehmen.

»Gnädige Frau bringen mich in eine sehr peinliche Lage. Ich bitte Sie, sich zu setzen und mir zu sagen, was Sie wünschen; freilich fürchte ich, Ihnen irgendein bindendes Versprechen nicht geben zu können.«

Sie schwebte durch das Zimmer und setzte sich dann mit dem Rücken gegen das Fenster. Sie war eine königliche Gestalt – hoch, anmutig und echt weiblich.

»Mr Holmes«, sagte sie, während sie die weißbehandschuhten Hände öffnete und schloss, »ich will offen zu Ihnen reden und hoffe, dass Sie dann auch frei zu mir sprechen. Zwischen meinem Gemahl und mir besteht volles Vertrauen in allen Dingen, außer einem. Dieses ist die Politik. Darüber äußert er mir gegenüber kein Wort. Nun hat sich vergangene Nacht ein höchst bedauernswerter Vorfall zugetragen. Wie er mir gesagt hat, ist ein Schriftstück aus unserem Haus verschwunden. Da es sich jedoch um eine politische Sache handelt, weigert er sich, mich ganz ins Vertrauen zu ziehen. Trotzdem ist es wesentlich – ich wiederhole es, wesentlich – dass ich voll und ganz Bescheid weiß. Sie sind nun, außer diesen Politikern, der einzige Mann, der den Tatbestand genau kennt. Ich bitte Sie daher, Mr Holmes, mir wahrheitsgetreu mitzuteilen, was passiert ist und wozu es führen wird. Verschweigen Sie mir nichts, Mr Holmes. Nehmen Sie keinerlei Rücksichten auf das Interesse Ihrer Klienten, denn ich versichere Ihnen, dass, wenn er's nur einsehen wollte, seinen Interessen am besten gedient sein würde, wenn er mir volles Vertrauen schenkte. Was enthielt dieses gestohlene Papier?«

»Gnädige Frau, ich kann Ihre Bitte wirklich nicht erfüllen.«

Sie seufzte und bedeckte das Gesicht mit ihren Händen.

»Sie müssen sich selbst sagen, dass ich nicht anders kann, gnädige Frau. Wenn Ihr Gemahl es nicht für gut hält, Sie in die Sache einzuweihen, wie soll ich's dann tun können, dem die Angelegenheit nur als Berufsgeheimnis unterbreitet ist? Es ist nicht vornehm, mich danach zu fragen. An ihn müssen Sie sich wenden.«

»Das habe ich getan. Ich komme zu Ihnen als letzte Zufluchtsstätte. Aber auch ohne mir etwas Bestimmtes zu sagen, könnten Sie mir einen großen Dienst erweisen, wenn Sie mich über einen Punkt aufklären wollten.«

»Der ist, gnädige Frau?«

»Ist es wahrscheinlich, dass meines Gatten politische Laufbahn durch diesen Vorfall beeinträchtigt wird?«

»Ja, gnädige Frau, wenn die Sache nicht wieder in Ordnung gebracht wird, wird sie wohl sicher einen sehr ungünstigen Einfluss darauf ausüben.«

»Ah!« Sie atmete auf, wie jemand, dessen Zweifel gelöst sind.

»Noch eine Frage, Mr Holmes. Aus einer Äußerung, die mein Mann im ersten Schrecken über dieses Unglück fallen ließ, habe ich entnommen, dass der Verlust dieses Schriftstücks furchtbare Folgen für die Allgemeinheit haben könnte.«

»Wenn er das gesagt hat, kann ich es sicherlich nicht in Abrede stellen.«

»Welcher Natur sind sie?«

»Da fragen Sie mich wieder mehr, gnädige Frau, als ich Ihnen beantworten kann.«

»Dann will ich Ihre Zeit nicht länger in Anspruch nehmen. Ich kann Ihnen keinen Vorwurf daraus machen, Mr Holmes, dass Sie sich nicht deutlicher ausgesprochen haben, und Sie Ihrerseits werden gewiss nicht geringer von mir denken, weil ich, selbst gegen seinen Willen, an den Bekümmernissen meines Gatten teilzunehmen wünsche. Ich ersuche Sie nochmals, ihm nichts von meinem Besuch zu sagen.« Sie warf uns von der Tür noch einen letzten Blick zu, und ich sah noch einmal das schöne, abgehärmte Gesicht, die geängstigten Augen und die zuckenden Lippen. Dann war sie verschwunden.

»Nun, Watson, das schöne Geschlecht ist Ihre Spezialität«, sagte Holmes lächelnd, als sich die Tür hinter den rauschenden seidenen Kleidern geschlossen hatte. »Welche Rolle mag sie in der Sache spielen? Was wollte sie eigentlich?«

»Ihre Angaben waren ganz klar und ihre Besorgnis ist sehr natürlich.«

»Hm! Bedenken Sie ihr Auftreten, Watson – ihr Wesen, ihre unterdrückte Erregung, ihre Unruhe, ihre Hartnäckigkeit, mit der sie immer wieder Fragen stellte. Bedenken Sie, dass sie einer Gesellschaftsklasse angehört, die nicht leicht Erregung verrät.«

»Sie war sicherlich sehr aufgeregt.«

»Bedenken Sie auch den auffallenden Ernst, mit dem sie versicherte, dass es für ihren Mann am besten sei, wenn sie vollständig unterrichtet würde. Was meinte sie damit? Außerdem müssen Sie auch bemerkt haben, Watson, wie sie sich bemühte, das Licht im Rücken zu haben. Sie wollte nicht, dass wir ihren Gesichtsausdruck sähen.«

»Jawohl; sie suchte sich den einzigen Stuhl aus, der so stand.«

»Und doch sind die Motive bei Frauen so unergründlich. Sie werden sich des Weibes in Margate entsinnen, die mir aus derselben Veranlassung verdächtig erschien. Dass sie nicht gepudert war, stellte sich schließlich als die wirkliche Ursache heraus. Was kann man aus einem solchen Nebenumstand für Schlüsse ziehen? Die kleinste Handlung kann ganze Bände bedeuten, wie auch das auffallendste Benehmen auf eine Haarnadel oder Lockenschere zurückzuführen sein kann. Guten Morgen, Watson.«

»Sie gehen weg?«

»Ja; ich will den Vormittag mit unseren Kollegen von der offiziellen Polizei in der Godolphin Street verbringen. Bei Eduardo Lucas liegt die Lösung unseres Problems; freilich muss ich gestehen, dass ich noch keine blasse Ahnung habe, wie sie sich gestalten wird. Es ist ein Hauptfehler, mit seinen theoretischen Überlegungen den Tatsachen vorauszueilen. Bleiben Sie hier auf Wache, mein lieber Watson, um etwaige neue Besucher zu empfangen. Ich werde zum Mittagessen wieder hier sein, wenn's möglich ist.«

Während dieses Tages und während des nächsten und auch noch am übernächsten war Holmes in einer Laune, die seine Freunde schweigsam und andere Leute mürrisch zu nennen pflegen. Er lief aus und ein, rauchte unaufhörlich, ergriff die Geige, versank in Träumereien, verschlang zu ungewohnten Stunden belegte Brötchen und gab auf meine gelegentlichen Fragen kaum eine Antwort. Es war mir klar, dass ihm die Sache nicht nach Wunsch ging. Er sagte mir kein Wort über den Verlauf des Falles, und ich erfuhr nur aus den Zeitungen Näheres über die Untersuchung und die Verhaftung John Mittons, des Dieners des Ermordeten, und die darauf erfolgte Freilassung desselben. Die gerichtliche Leichenschau und Vorverhandlung stellte ›vorsätzlichen Mord‹ fest, aber die Täter konnten nicht ermittelt werden. Auch kein Beweggrund war zu finden. Im Zimmer befanden sich eine Menge Wertgegenstände, aber es war keiner mitgenommen worden. Die Briefschaften des Verstorbenen waren nicht angerührt worden. Sie wurden sorgfältig geprüft und zeigten, dass er die internationalen politischen Beziehungen genau verfolgt hatte, dass er ein ausgezeichneter Sprachkenner und ein unermüdlicher Briefschreiber gewesen war. Mit den führenden Politikern mehrerer Staaten hatte er auf vertrautem Fuß gestanden. Aber Aufsehenerregendes wurde unter den Stößen von Briefschaften nicht gefunden. Mit Frauen schien er zahlreiche, aber nur oberflächliche Verhältnisse unterhalten zu haben. Er hatte viele Bekannte, aber wenige Freundinnen und keine Geliebte. Er hatte regelmäßig gelebt und niemandem ein Leid zugefügt. Sein gewaltsames Ende war ein vollkommenes Geheimnis und würde wohl auch eins bleiben.

Die Festnahme des Dieners Mitton war nur ein Schritt der Verzweiflung, weil sonst jede Verdachtsspur fehlte und doch etwas geschehen sollte. Es konnte nichts gegen ihn vorgebracht werden. Er hatte in Hammersmith an jenem Abend Freunde besucht. Sein Alibi war nicht anzuzweifeln. Er war zwar so frühzeitig dort aufgebrochen, dass er eher in Westminster hätte eintreffen können, als das Verbrechen entdeckt war, aber seine eigene Erklärung, dass er einen Teil des Weges zu Fuß zurückgelegt habe, erschien schon in Anbetracht des prächtigen Wetters in jener Nacht ziemlich glaubwürdig. Er war tatsächlich denn auch erst um zwölf Uhr heimgekehrt und durch das unvorhergesehene Unglück ganz erschüttert. Er hatte sich mit seinem Herrn stets sehr gut gestanden. Verschiedene Kleinigkeiten, die in den Koffern des Dieners gefunden wurden – besonders ein Besteck mit

Rasiermessern – stellten sich nach seiner eigenen und der Haushälterin Aussagen als Geschenke des Ermordeten heraus. Mitton hatte drei Jahre in den Diensten von Mr Lucas gestanden. Auf Reisen hatte Mitton seinen Herrn nicht begleitet. Während verschiedener monatelanger Reisen, die Lucas nach Paris gemacht hatte, war Mitton mit der Aufsicht über die Wohnung in der Godolphin Street betraut worden. Die Wirtschafterin hatte in der Nacht nichts von dem Verbrechen gehört. Wenn ihr Herr Besuch gehabt habe, müsse er ihn selbst eingelassen haben.

Soweit ich aus den Zeitungen ersehen konnte, machten die polizeilichen Nachforschungen tagelang keine Fortschritte. Wenn Holmes mehr wusste, behielt er's für sich. Als er mir mitteilte, dass ihn Inspektor Lestrade zurate gezogen hätte, wusste ich, dass er in enger Fühlung mit der Polizei stände und von jeder weiteren Entwicklung der Sache unterrichtet werden würde. Am vierten Tag kam ein längeres Telegramm aus Paris, welches die ganze Frage zu lösen schien:

»Die Pariser Polizei hat soeben eine Entdeckung gemacht«,
hieß es im »Daily Telegraph«, »welche den Schleier lüftet, der über dem tragischen Geschick des Mr Eduardo Lucas lag, der in der letzten Montagnacht in der Godolphin Street in Westminster einen gewaltsamen Tod gefunden hat. Unsere Leser werden sich erinnern, dass dieser Herr in seinem Zimmer erdolcht aufgefunden wurde. Die Verhaftung seines Dieners, auf den sich der Verdacht gelenkt hatte, musste aufgrund seines Alibis wieder aufgehoben werden. Gestern wurde nun eine Dame, die als Mrs Henri Fournaye bekannt ist und eine kleine Villa in der Austerlitz Street in Paris bewohnt, den Behörden als geistesgestört gemeldet. Die Untersuchung ergab, dass sie wirklich an gefährlichen und anhaltenden Wahnvorstellungen litt. Die Polizei hat festgestellt, dass diese Mrs Henri Fournaye vergangenen Dienstag von einer Reise aus London zurückgekehrt ist und offenbar zu dem Verbrechen in Westminster in Beziehung steht. Aus einem Vergleich der Fotografien geht bestimmt hervor, dass Mr Henri Fournaye und Eduardo Lucas in Wirklichkeit ein- und dieselbe Person sind, und dass der Verstorbene aus irgendwelchen Gründen in Paris und in London einen anderen Namen geführt hat. Mrs Fournaye, eine Kreolin von Geburt, ist eine äußerst reizbare Natur und hat schon lange Eifersuchtsanfälle gehabt, die sich nun zum Wahnsinn gesteigert haben. Es liegt daher die Vermutung nahe, dass sie in diesem Zustand das

schreckliche Verbrechen beging, das in London so furchtbares Aufsehen erregt hat. Ihrem Aufenthalt in der Montagnacht ist noch nicht nachgespürt worden, aber es ist nicht zu bezweifeln, dass die Beschreibung eines Weibes auf sie passt, das durch sein wildes Aussehen und seine fürchterlichen Gebärden am Dienstagmorgen auf der Station Charing Cross die allgemeine Aufmerksamkeit auf sich lenkte. Wahrscheinlich hat sie also den Mord im Wahnsinn begangen, oder die Geistesstörung ist die unmittelbare Folge ihrer Tat. Gegenwärtig ist sie nicht imstande, einen zusammenhängenden Bericht über ihre letzte Vergangenheit zu geben, und die Ärzte hegen keine große Hoffnung, dass sie geheilt werden wird. Zeugen bekunden, dass sich in der Montagnacht ein Weib mehrere Stunden vor dem Haus von Mr Lucas in der Godolphin Street aufgehalten habe, welches sehr gut diese Mrs Fournaye gewesen sein könne.«

»Was sagen Sie dazu, Holmes?« Ich hatte ihm den Artikel laut vorgelesen, während er frühstückte.

»Lieber Watson«, erwiderte er, als er vom Tisch aufstand und im Zimmer auf- und abschritt, »Sie sind ein sehr langmütiger Mensch, aber wenn ich Ihnen in den letzten drei Tagen nichts erzählt habe, hat es seinen Grund einzig und allein darin, dass ich nichts zu erzählen habe. Selbst diese Nachricht aus Paris wird uns nicht viel helfen.«

»Sie klärt wenigstens den Tod des Mannes endlich auf.«

»Der Tod des Mannes ist ein bloßer Nebenumstand – eine ganz gleichgültige Sache – im Vergleich mit unserer wirklichen Aufgabe, die darin besteht, diesem Dokument auf die Spur zu kommen und Europa vor einer Katastrophe zu bewahren. In den letzten drei Tagen ist nur ein wichtiges Ereignis zu verzeichnen, das ist das, dass sich nichts ereignet hat. Ich erhalte fast stündlich Nachricht von der Regierung, und soviel ist sicher, dass nirgends Anzeichen von Beunruhigung vorliegen. Wenn nun dieser Brief abgesandt wäre – nein, er kann nicht abgesandt sein! – aber, wenn er nicht abgesandt ist, wo mag er sein? Wer hat ihn? Warum wurde er zurückbehalten? Diese Fragen hämmern in meinem Gehirn. War es wirklich ein bloßer Zufall, dass Lucas in derselben Nacht vom Tod ereilt wurde, in welcher der Brief weggekommen ist? Hat ihn der Brief noch erreicht? Wenn es der Fall ist, warum befindet er sich dann nicht unter den anderen Papieren? Hat ihn dieses wahnsinnige Weib, seine Frau, mitgenommen? Wenn ja, liegt er in ihrer Wohnung in Paris? Wie könnte ich danach suchen, ohne die französische Polizei argwöhnisch zu machen? Es ist ein Fall, mein lieber Watson, wo die Gesetze uns so gefährlich sind wie die Verbrecher. Es ist alles gegen uns, und doch stehen kolossale Interessen auf dem Spiel. Sollte ich ihn zu einem glücklichen Ende bringen, wird er sicher den Gipfelpunkt meiner Laufbahn bilden. Ah, jetzt kommt meine letzte Rettung!« Er warf einen flüchtigen Blick auf einen Zettel, der hereingebracht wurde. »Hallo! Lestrade scheint eine interessante Entdeckung gemacht zu haben. Setzen Sie den Hut auf, Watson, wir wollen zusammen nach Westminster hinunterwandern.«

Für mich war es der erste Besuch des Schauplatzes des Verbrechens – es war ein hohes, dunkelgraues, schmales Gebäude im Stil des sechzehnten Jahrhunderts. Im vorderen Fenster hielt Lestrade Umschau nach uns und begrüßte uns herzlich, als uns ein dicker Polizist die Tür geöffnet und hineingeführt hatte. Es war das Zimmer, in dem das Verbrechen begangen worden war, aber jetzt war außer einem hässlichen, unregelmäßigen Blutflecken auf dem Teppich keine Spur mehr davon zu sehen. Es war ein kleiner quadratischer Droguetteppich, der mitten im Zimmer lag, an den vier Seiten war überall der blanke, schöne altmodische Holzfußboden zu sehen. Über dem Kamin befand sich eine stattliche Sammlung von Waffen, von denen eine in jener verhängnisvollen Nacht gebraucht worden war. Vor dem Fenster stand ein kostbarer Schreibtisch, und das ganze Mobiliar, die Gemälde, die Decken, die Vorhänge, alles zeigte auf einen fast weiblichen Hang zum Luxus hin.

»Haben Sie die Neuigkeit aus Paris gelesen?«, fragte Lestrade.

Holmes nickte.

»Unsere französischen Kollegen scheinen diesmal den Nagel auf den Kopf getroffen zu haben. Es ist zweifelsohne, wie sie sagen. Sie klopfte an die Tür – ein überraschender Besuch, das geb' ich zu, denn Lucas hing sehr am Leben. Er machte ihr auf – konnte er sie doch nicht auf der Straße stehen lassen. Sie sagte ihm, wie sie ihn endlich aufgespürt habe, machte ihm Vorwürfe, ein Wort gab das andere, und dann versetzte sie ihm mit dem Dolch, der ihr gerade zur Hand war, den Todesstoß. Es geschah nicht alles in wenigen Augenblicken, natürlich, denn diese Stühle waren alle auf eine Seite gestellt, und einen hielt er noch fest in der Hand, als ob er sie damit abhalten wollte. Uns ist der ganze Vorgang so klar, als ob wir dabei gewesen wären.«

Holmes zog die Augenbrauen hoch.

»Und trotzdem haben Sie nach mir geschickt?«

»Ach so, da ist noch 'ne Sache – ein unwesentlicher Nebenumstand nur, aber von der Sorte, für die Sie eine besondere Vorliebe haben – seltsam, wissen Sie, man könnte fast sagen, wunderbar. Er hat nichts mit der eigentlichen Tatsache zu tun – kann nichts damit zu tun haben.«

»Und was ist es?«

»Nun, wissen Sie, bei einem derartigen Verbrechen sorgen wir dafür, dass jedes Ding an seiner ursprünglichen Stelle liegen bleibt. Es ist nichts angerührt worden. Ein uniformierter Beamter war Tag und Nacht hier auf Wache. Heute Morgen, nachdem die Leiche beerdigt und die Untersuchung beendigt war – wenigstens soweit sie sich auf das Zimmer erstreckt – dachten wir, wir könnten etwas aufräumen. Dieser Teppich ist, wie Sie sehen, nicht besonders festgemacht, nur so hingelegt. Als wir ihn aufhoben, fanden wir …«

»Nun? Was denn?«

Holmes war ganz gespannt vor Neugierde und Besorgnis.

»Nun, Sie werden's in hundert Jahren nicht erraten, glaube ich, was wir fanden. Sehen Sie diesen Flecken auf dem Teppich? Gut, es muss viel eingedrungen sein, nicht wahr?«

»Zweifellos.«

»Nun, Sie werden erstaunt sein, zu hören, dass auf dem weißen Holzfußboden darunter kein entsprechender Flecken ist.«

»Kein Flecken! Aber der muss da sein …«

»Ja, so sagen Sie. Aber tatsächlich ist doch keiner da.«

Er hob den Teppich an der Ecke auf, legte ihn um und zeigte uns, dass es wirklich so war, wie er gesagt hatte.

»Aber die untere Seite ist ebenso von Blut durchtränkt wie die obere; sie muss einen Abdruck zurückgelassen haben.«

Lestrade freute sich unbändig, den berühmten Sachverständigen in Verlegenheit gebracht zu haben.

»Nun will ich Ihnen auch die Erklärung zeigen. Es ist ein zweiter Flecken da, aber nicht an der entsprechenden Stelle. Sehen Sie selbst her.«

Während er das sagte, nahm er einen anderen Teil des Teppichs auf, und da befand sich in der Tat ein großer roter Flecken darunter, der sich von dem weißen, altmodischen Holzboden deutlich abhob. »Wie erklären Sie das, Mr Holmes?«

»Ei, das ist ziemlich einfach. Die beiden Flecken entsprachen einander, aber der Teppich ist herumgedreht worden. Da er quadratisch und nicht festgemacht ist, war das sehr leicht.«

»Die Polizei braucht Sie nicht, Mr Holmes, um zu wissen, dass der Teppich rumgedreht worden sein muss. Das wissen wir allein, denn die Flecken passen aufeinander – wenn Sie den Teppich so legen. Was ich gerne wissen möchte, ist, wer den Teppich anders rumgelegt hat, und wozu?«

Ich konnte Holmes an seinem strengen Gesicht ablesen, dass er vor innerer Aufregung zitterte.

»Hören Sie, Mr Lestrade, ist dieser Schutzmann draußen während der ganzen Zeit hier in Dienst gewesen?«

»Jawohl.«

»Nun, dann befolgen Sie meinen Rat. Vernehmen Sie ihn vorsichtig und eindringlich. Tun Sie's aber nicht in unserer Gegenwart. Wir wollen hier warten. Gehen Sie mit ihm in das hintere Zimmer. Er wird dann eher ein Geständnis ablegen, wenn Sie allein sind. Fragen Sie ihn, wie er sich hätte unterstehen können, Leuten den Zutritt zu gestatten und sie allein im Zimmer zu lassen. Fragen Sie ihn nicht, ob er es getan hat. Sagen Sie's ihm auf den Kopf zu. Sagen Sie ihm, Sie wissen, dass jemand hier gewesen ist. Drücken Sie gehörig auf. Sagen Sie ihm, dass ihn nur ein volles Geständnis vor Strafe schützen kann. Machen Sie's genauso, wie ich Ihnen angebe!«

»Bei Gott, wenn er's weiß, will ich's schon aus ihm rauskriegen!«, rief Lestrade. Er stürzte hinaus auf den Flur, und ein paar Sekunden später hörten wir ihn im Hinterzimmer schreien.

»Jetzt, Watson, jetzt!«, rief Holmes in größter Aufregung. Die ganze dämonische Kraft des Mannes, die er hinter jener augenscheinlichen Gleichgültigkeit verborgen hatte, kam jetzt zum Ausdruck. Er riss den Teppich in die Höhe, und in einem Moment lag er auf den Knien, kratzte mit den Nägeln auf dem Boden herum und untersuchte die einzelnen Bodenbretter. Eines ließ sich am Rande fassen und in die Höhe klappen, wenn man einen besonderen Handgriff anwandte. Darunter befand sich eine kleine schwarze Vertiefung. Holmes tat einen raschen Griff hinein, zog aber die Hand wieder zurück, indem er ärgerlich und enttäuscht ein paar bittere Worte murmelte. Es war nichts drin.

»Rasch, Watson, rasch!« Eiligst wurde alles wieder in Ordnung gebracht, und der Teppich war kaum zurecht gelegt, als wir im Gang Lestrade zurückkommen hörten. Als er eintrat, stand Holmes nachlässig am Ofen, gleichgültig und gelangweilt, er bemühte sich, das Gähnen zu unterdrücken.

»Es tut mir leid, dass ich Sie so lange habe warten lassen müssen, Mr Holmes. Ich sehe Ihnen an, dass Ihnen die ganze Sache wenig Spaß macht.

Nun, er hat's eingestanden. Kommen Sie hier rein, Pherson. Erzählen Sie diesen Herren Ihr ganz unentschuldbares Benehmen.«

Der dicke Schutzmann kam mit rotem Kopf und zerknirschtem Gesicht ins Zimmer gewackelt.

»Ich ahnte nichts Böses, meine Herrn, sicher nicht. Die junge Dame kam gestern Abend hier an die Tür – sie irrte sich im Haus, wirklich. Wir kamen ins Gespräch. Es ist einsam, den ganzen Tag hier Wache zu stehen.«

»Was geschah dann also?«

»Sie wollte sehen, wo das Verbrechen verübt worden war – sie hatte es in der Zeitung gelesen, sagte sie. Sie war ein sehr anständiges, wohlerzogenes Weib, meine Herrn, sodass ich kein Bedenken trug, sie einen Blick ins Zimmer tun zu lassen. Als sie aber den Blutflecken sah, fiel sie um und lag wie tot am Fußboden. Ich lief hinaus und ließ mir etwas heißes Wasser geben, konnte sie damit aber nicht wieder zu sich bringen. Dann holte ich rasch im ›Grünen Baum‹, um die Ecke rum, ein bisschen Branntwein, aber als ich damit zurückkam, hatte sich die junge Dame bereits erholt und war wieder auf – sie schämte sich vor sich selbst, kann ich wohl sagen, und wagte nicht, mir ins Gesicht zu schauen.«

»Wie war das aber mit dem Teppich?«

»Nun, mein Herr, er hatte 'n paar Falten, jawohl, als ich zurückkehrte. Seh'n Sie, sie ist drauf gefallen, und er liegt nur so lose, er ist nicht festgemacht. Ich breitete ihn nachher wieder ordentlich aus.«

»Es ist eine Lehre für Sie, Pherson, Sie sehen, dass Sie mir nichts vormachen können«, sagte Lestrade mit großer Würde. »Sie glaubten sicher, dass Ihre Pflichtverletzung nie ans Licht kommen würde, und doch genügte für mich ein einziger Blick auf den Teppich, um zu wissen, dass Sie jemanden ins Zimmer gelassen hatten. Es ist ein Glück für Sie, lieber Mann, dass nichts fort ist, sonst würden Sie selbst ins Gefängnis marschieren. Es tut mir leid, Mr Holmes, dass ich Sie wegen einer solchen Lappalie hier herunter bemüht habe, aber ich dachte, der Umstand, dass der zweite Flecken nicht unter dem ersten war, würde Sie interessieren.«

»Allerdings, es war mir auch sehr interessant. Ist die Frau nur einmal hier gewesen, Schutzmann?«

»Jawohl, Herr.«

»Wer war sie?«

»Wie sie heißt, weiß ich nicht. Sie wollte auf ein Inserat wegen Schreibmaschinenschreiben anfragen, und hatte die Hausnummer verwechselt – sehr nett, 'n niedliches, junges Weib, Herr.«

»Groß? Hübsch?«

»Ja, Herr; 'n schön gewachsenes Weib. Ich glaube, Sie würden sie als hübsch bezeichnen. Mancher würde sie sogar sehr hübsch finden. ›Oh, Schutzmann, lassen Sie mich doch mal hineingucken!‹, sagte sie. Sie hatte 'ne angenehme, einschmeichelnde Art, und ich glaubte, es hätte keine Gefahr, sie den Kopf durch die Tür stecken zu lassen.«

»Wie war sie gekleidet?«

»Sehr einfach, Herr, sie hatte einen langen bis auf die Füße hängenden Mantel an.«

»Um welche Zeit war's?«

»Es war im Dunkelwerden, die Laternen wurden gerade angezündet, als ich mit dem Branntwein zurückkam.«

»Das genügt mir«, sagte Holmes. »Kommen Sie, Watson, ich glaube, wir haben anderswo Wichtigeres zu tun.«

Als wir hinausgingen, blieb Lestrade im Zimmer. Der reumütige Schutzmann begleitete uns an die Haustür und ließ uns hinaus. Auf der Treppe drehte sich Holmes um und hielt uns etwas hin. Der Polizist starrte ihn erstaunt an.

»Heiliger Herr!«, rief er. Holmes legte den Finger auf die Lippen, steckte das Ding wieder in die Brusttasche und fing laut zu lachen an, als wir die Straße hinunterschritten. »Großartig!«, sagte er dann. »Kommen Sie, lieber Freund, der Vorhang hebt sich vor dem letzten Akt. Sie werden erleichtert aufatmen, wenn ich Ihnen sage, dass es keinen Krieg geben, dass der Staatssekretär Trelawney Hope nicht in seiner Karriere behindert werden, dass jener impulsive indiskrete Monarch für seine Indiskretion nicht bestraft werden, dass der Premierminister keine europäische Komplikation zu zerstreuen haben wird, und dass bei etwas Takt und Geschicklichkeit auf unserer Seite niemand durch diese hässliche Geschichte zu leiden hat.«

Ich empfand von Neuem eine große Bewunderung für diesen außerordentlichen Mann.

»Sie haben das Rätsel also gelöst!«, rief ich aus.

»Das will ich noch nicht sagen, Watson. Einige Punkte sind noch so dunkel wie vorher. Aber wir haben so viel raus, dass es unsere eigene Schuld wäre, wenn wir das Übrige nicht auch noch fänden. Wir wollen direkt zur Whitehall Terrace gehen und die Sache zur Entscheidung bringen.«

Als wir im Haus des Staatssekretärs des Auswärtigen anlangten, fragte Holmes nach der Dame des Hauses. Wir wurden darauf in ihr Empfangszimmer geführt.

»Mr Holmes!«, sagte sie entrüstet. »Das ist sicher nicht schön und kavaliermäßig von Ihnen gehandelt. Ich bat Sie, wie Sie wissen, meinen Besuch bei Ihnen geheim zu halten, damit mein Gemahl nicht glauben sollte, dass ich mich in seine Angelegenheiten mischte. Und nun kommen Sie doch hierher und stellen mich bloß, zeigen, dass geschäftliche Verbindungen zwischen uns bestehen.«

»Leider hatte ich keine andere Wahl, gnädige Frau. Ich habe den Auftrag, dieses ungeheuer wichtige Schriftstück wieder zu beschaffen. Ich muss Sie daher ersuchen, gnädige Frau, mir es gütigst einzuhändigen.«

Die Dame sprang auf, jeder Blutstropfen war aus ihrem schönen Gesicht gewichen. Ihre Augen waren starr – sie wankte – ich glaubte, sie fiele in Ohnmacht. Dann gelang es ihr durch eine gewaltige Willensanstrengung, sich zu bemeistern, nur höchstes Erstaunen und höchste Entrüstung standen noch auf ihren Zügen.

»Sie – Sie beleidigen mich, Mr Holmes.«

»Machen Sie, machen Sie! Gnädige Frau, es ist zwecklos. Geben Sie den Brief heraus!«

Sie stürzte an die Klingel.

»Der Hausdiener soll Sie hinausweisen.«

»Läuten Sie nicht, gnädige Frau. Wenn Sie's tun, werden alle meine ernstlichen Bemühungen, einen Skandal zu vermeiden, vergeblich sein. Wenn Sie sich aber mit mir verständigen, kann ich noch alles zum Guten wenden. Arbeiten Sie mir jedoch entgegen, muss ich Sie kompromittieren. Geben Sie also den Brief her, und alles wird geregelt werden.«

Trotz bietend stand sie da, eine fürstliche Erscheinung, ihre Augen auf seine gerichtet, als ob sie ihm ins Herz sehen wollte. Die Hand hatte sie auf dem Knopf, aber sie hatte noch nicht gedrückt.

»Sie wollen mich ins Bockshorn jagen. Es ist eines Mannes nicht sehr würdig, Mr Holmes, hierherzukommen und eine Frau einzuschüchtern. Sie behaupten, etwas zu wissen. Was wissen Sie?«

»Bitte setzen Sie sich, gnädige Frau. Sie verletzen sich sonst, wenn Sie umsinken. Ich will nicht eher reden, bis Sie sitzen. Danke Ihnen.«

»Ich gebe Ihnen noch fünf Minuten, Mr Holmes.«

»Es genügt eine einzige, gnädige Frau. Ich weiß von Ihrem Besuch bei Eduardo Lucas, weiß, dass Sie ihm das Schriftstück gegeben haben, weiß, dass Sie gestern Abend wieder dort waren, und weiß, auf welche Weise Sie den Brief wieder von dem verborgenen Plätzchen unter dem Teppich hervorgeholt haben.«

Sie starrte meinen Freund entsetzt an, sie war aschfahl geworden, sie musste erst nach Worten ringen.

»Sie sind verrückt, Mr Holmes – Sie sind wahnsinnig!«, rief sie endlich.

Er zog ein kleines Stückchen Karton aus der Tasche. Es enthielt das Bild eines Weibes, das aus einer Fotografie herausgeschnitten war.

»Ich habe dies mitgebracht, weil ich glaubte, es könnte vielleicht von Nutzen sein«, sagte er. »Der Schutzmann hat es erkannt.«

Sie stieß einen tiefen Seufzer aus und ließ den Kopf in ihren Stuhl zurücksinken.

»Machen Sie rasch, gnädige Frau! Sie haben den Brief. Die Sache lässt sich noch in Ordnung bringen. Ich wünsche durchaus nicht, Ihnen Unannehmlichkeiten zu bereiten. Ich habe meine Pflicht erfüllt, sobald ich Ihrem Gemahl das vermisste Schreiben eingehändigt habe. Befolgen Sie meinen Rat und seien Sie offen gegen mich; es ist Ihre einzige Chance.«

Sie besaß einen bewundernswerten Mut. Selbst jetzt wollte sie sich noch nicht ergeben.

»Ich kann Ihnen nur erwidern, Mr Holmes, dass Sie in einem merkwürdigen Irrtum befangen sind.«

Holmes stand vom Stuhl auf.

»Es tut mir leid, gnädige Frau. Ich habe es gut mit Ihnen gemeint, ich sehe aber, dass alles nutzlos ist.«

Er klingelte. Ein Diener trat ein.

»Ist Mr Trelawney Hope zu sprechen?«

»Er will um dreiviertel eins wieder hier sein.«

Holmes sah auf die Uhr.

»Noch eine Viertelstunde«, sagte er. »Es ist gut, ich werde so lange warten.«

Der Diener hatte kaum die Tür hinter sich zugemacht, als Mrs Hilda Trelawney Hope meinem Freund zu Füßen lag. Sie hob die Hände empor und blickte ihn mit Tränen in den Augen flehentlich an.

»Oh, schonen Sie mich, Mr Holmes! Haben Sie Nachsicht mit einem Weib!«, bat sie inständig. »Um Himmels willen, sagen Sie ihm nichts! Ich liebe ihn so sehr! Ich will ihm keinen Kummer bereiten, denn das würde ihm sein edles Herz brechen.«

Holmes hob die Dame auf. »Ich freue mich, gnädige Frau, dass Sie noch im letzten Moment zur Besinnung gekommen sind! Wir haben keinen Augenblick mehr zu verlieren. Wo haben Sie den Brief?«

Sie lief rasch an den Schreibtisch hinüber, schloss ihn auf und zog einen langen, blauen Briefumschlag hervor.

»Hier ist er, Mr Holmes. Oh! Dass ich ihn nie gesehen hätte!«

»Wie können wir ihn nun zurückerstatten?«, murmelte Holmes leise vor sich hin. »Rasch, rasch, wir müssen einen Ausweg finden! Wo ist das Kästchen?«

»Noch im Schlafzimmer.«

»Was für 'n Glück! Geschwind, gnädige Frau, Bringen Sie's!«

Im nächsten Moment erschien sie mit dem Korrespondenzkästchen.

»Wie öffneten Sie es das erste Mal? Sie haben einen Nachschlüssel? Jawohl, gewiss haben Sie einen. Schließen Sie auf!«

Sie zog einen kleinen Schlüssel aus ihrem Busen. Der Kasten wurde schnell aufgeschlossen. Er war vollgestopft mit Briefen. Holmes steckte den blauen Umschlag ganz unten hin zwischen andere Briefschaften. Das Kästchen wurde zugemacht, verschlossen und wieder ins Schlafzimmer gebracht.

»Nun kann er kommen«, sagte Holmes, »wir haben noch immer zehn Minuten Zeit. Ich werde alles aufbieten, um Sie zu schützen. Ich bitte Sie nun, Ihrerseits diese Zeit dazu zu benutzen, mir frei und offen zu erzählen, wie sich diese außergewöhnliche Sache eigentlich verhält.«

»Ich will Ihnen alles mitteilen, Mr Holmes«, rief sie. »Oh, Mr Holmes, ich würde mir lieber die Hand abhacken, als ihm Kummer machen! In ganz London gibt's keine zweite Frau, die ihren Mann so liebt wie ich, und doch, wenn er wüsste, was ich getan habe – was ich zu tun gezwungen war – würde er mir nie verzeihen. Denn er steht selbst zu hoch, um einen Fehler eines anderen vergessen oder vergeben zu können. Helfen Sie, Mr Holmes! Mein Glück, sein Glück, ja unser Leben steht auf dem Spiel!«

»Schnell, gnädige Frau, die Zeit ist bald abgelaufen!«

»Es war ein Brief von mir, Mr Holmes, ein unvorsichtiger Brief, den ich vor der Ehe geschrieben hatte – ein törichter Brief, ein Brief eines impulsiven jungen Mädchens. Ich ahnte nichts Böses, aber er würde es doch für ein Verbrechen gehalten haben. Wenn er den Brief gelesen hätte, würde er sein Zutrauen für alle Zeit verloren haben. Es sind Jahre vergangen seitdem. Ich dachte, die ganze Sache wäre vergessen. Da erfuhr ich, dass er diesem Lucas in die Hände gefallen sei, und dass er ihn meinem Gatten geben würde. Ich bat ihn um Gnade. Er antwortete, dass er mir den Brief aushändigen wollte, wenn ich ihm dafür ein gewisses Schriftstück aus dem Briefkasten meines Mannes verschaffte; er beschrieb mir's. Er hatte Spione im Büro, die ihm dessen Existenz verraten hatten. Er versicherte mir, dass es meinem Gatten nichts schaden würde. Versetzen Sie sich in meine Lage, Mr Holmes! Was sollte ich tun?«

»Ihren Gemahl ins Vertrauen ziehen!«

»Das ging nicht, Mr Holmes, das konnte ich nicht! Auf der einen Seite war mir der Ruin sicher; auf der anderen konnte ich, so schrecklich mir's auch schien, meinem Mann einen Brief zu entwenden, die Folgen nicht übersehen, da es sich um politische Dinge handelte; aber in Bezug auf Liebe und Vertrauen waren sie mir nur zu klar. Ich tat's, Mr Holmes! Ich machte einen Abdruck von seinem Schlüssel, und dieser Lucas lieferte mir einen zweiten. Ich öffnete das Kästchen, nahm den Brief und brachte ihn in die Godolphin Street.«

»Was geschah dann weiter, gnädige Frau?«

»Ich klopfte der Verabredung gemäß an die Haustür, Lucas öffnete. Ich folgte ihm in sein Zimmer, ließ aber die Tür etwas offen, weil ich mich fürchtete, mit dem Mann allein zu sein. Ich erinnere mich noch, dass ein Weib draußen herumschlich, als ich hineinging. Unser Geschäft war bald erledigt. Er hatte meinen Brief im Schreibpult liegen; ich gab ihm das Dokument und er mir den Brief. In diesem Augenblick pochte es draußen heftig an die Tür. Im Flur wurden Schritte hörbar. Lucas hob rasch den Teppich auf, steckte das Schriftstück an irgendeinen verborgenen Platz und deckte ihn wieder drauf.

Was dann geschah, kommt mir vor wie ein schrecklicher Traum. Ich habe eine Vorstellung von einem dunklen, wütenden Gesicht, von einer Frauenstimme, die auf Französisch schrie: ›Mein Warten ist nicht umsonst. Endlich, endlich hab ich dich mit ihr erwischt!‹ Es entstand ein wilder Streit. Ich sah ihn mit einem Stuhl in der Hand, in ihrer blitzte ein Dolch. Ich stürzte hinweg von dem schrecklichen Schauplatz, hinaus aus dem Haus und erfuhr erst am nächsten Morgen durch die Zeitungen das grässliche Ende. Ich war glücklich in jener Nacht, hatte ich doch meinen Brief wieder, und was daraus folgen würde, wusste ich nicht.

Erst am Morgen wurde mir klar, dass ich eine Sorge gegen eine andere vertauscht hatte. Die Angst meines Mannes über seinen Verlust ging mir zu Herzen. Ich konnte kaum umhin, vor ihm niederzuknien und ihm meine Tat zu gestehen. Dadurch hätte ich aber auch das Vergangene beichten müssen. Ich lief zu Ihnen an jenem Morgen, um die ganze Größe meiner Sünde zu erfahren. Von dem Moment an, wo ich sie begriffen hatte, hatte ich nur noch den einen Gedanken, das Schriftstück wieder in meine Hände zu bekommen. Es musste noch dort liegen, wo es Lucas versteckt hatte, ehe das furchtbare Weib eintrat. Wenn sie nicht dazwischen gekommen wäre, würde ich nie seinen Aufbewahrungsort gekannt haben. Wie sollte ich aber hineinkommen? Zwei Tage lang hatte ich aufgepasst, doch die Tür war stets verschlossen. Gestern Abend machte ich einen letzten Versuch. Wie ich's anfing und wie mir's gelang, haben Sie bereits gehört. Ich brachte das Schreiben zurück. Ich wollte es vernichten, weil ich keinen Weg sah, es zurückzugeben, ohne meinem Mann meine Schuld zu gestehen. Himmel, ich höre seine Schritte auf der Treppe!«

Der Staatssekretär stürzte ins Zimmer.

»Nichts Neues, Mr Holmes, nichts gefunden?«, rief er meinem Freund entgegen.

»Ich habe Hoffnung.«

»Ah, Gott sei Dank!« Er strahlte vor Freude. »Der Premierminister wird bei mir speisen. Kann ich ihm die freudige Nachricht mitteilen? Er hat eiserne Nerven, aber ich weiß, dass er seit dem schrecklichen Vorfall kaum eine Stunde Schlaf gefunden hat. Jacobs, bitte den Premierminister heraufzukommen. Du, meine Liebe, kannst einstweilen ins Speisezimmer gehen. Es wird auf die Politik die Rede kommen. Wir werden dich in ein paar Minuten dort treffen.«

Der Premier beherrschte sich, aber am Glanz seiner Augen und am Zucken seiner mageren Hände konnte ich erkennen, dass er die Aufregung seines jüngeren Kollegen teilte.

»Ich vermute, Sie haben uns etwas zu berichten, Mr Holmes?«

»Bis jetzt nur Negatives«, antwortete mein Freund. »Ich habe überall nachgeforscht, wo der Brief sein könnte, und ich glaube sicher, dass keine Gefahr zu befürchten ist.«

»Das genügt aber nicht, Mr Holmes. Wir können nicht ewig in dieser Ungewissheit leben. Wir müssen etwas Bestimmtes wissen.«

»Ich hoffe das herauszubekommen. Deshalb bin ich hier. Je mehr ich über die Sache nachdenke, umso mehr gewinne ich die Überzeugung, dass der Brief nie aus diesem Haus hinausgekommen ist.«

»Mr Holmes!«

»Wenn es der Fall wäre, würde es nunmehr bekannt sein.«

»Aber warum sollte ihn jemand nehmen, um ihn hier im Haus zu behalten?«

»Ich bin überhaupt nicht der Ansicht, dass ihn jemand genommen hat.«

»Wie könnte er dann aber aus dem Kasten verschwunden sein?«

»Ich glaube gar nicht, dass er je daraus verschwunden ist.«

»Mr Holmes, Ihr Scherzen ist wahrhaftig nicht am Platz. Ich versichere Ihnen, dass er fort ist.«

»Haben Sie das Kästchen seit Dienstagmorgen wieder nachgesehen?«
»Nein; das war nicht nötig.«
»Sie könnten ihn doch übersehen haben.«
»Das ist unmöglich, sag ich Ihnen.«
»Aber ich bin doch nicht überzeugt davon; ich weiß, dass Derartiges schon vorgekommen ist. Ich vermute, dass noch andere Briefschaften drin sind. Er kann möglicherweise dazwischen geraten sein.«
»Er lag oben drauf.«
»Vielleicht hat jemand daran geschüttelt und die Sachen durcheinandergebracht.«
»Nein, nein; ich hatte alles ausgepackt.«
»Es lässt sich ja leicht feststellen«, fiel der Premier ein. »Lassen Sie doch den Kasten hereinbringen.«
Der Staatssekretär klingelte.
»Jacobs, bring' meinen Kasten mit den Briefschaften herunter. Es ist ein überflüssiger Zeitverlust, da Sie sich jedoch sonst nicht überzeugen lassen wollen, soll's geschehen. Danke, stell' ihn hierher, Jacobs. Ich habe den Schlüssel stets an der Uhrlette gehabt, hier sind die Briefschaften, sehen Sie. Brief von Lord Merrow, Bericht von Charles Hardy, Note aus Belgrad, Note über den russisch-deutschen Getreidezollvertrag, Brief von Madrid, Schreiben von Lord Flowers – heiliger Herr! Was ist das? Lord Bellinger! Lord Bellinger!«
Der Premier riss ihm das blaue Kuvert aus der Hand.
»Ja, er ist's – und vollkommen unversehrt. Mr Hope, ich gratuliere Ihnen.«
»Danke Ihnen! Danke! Was für ein Stein ist mir vom Herzen. Aber es ist unbegreiflich – unmöglich! Mr Holmes, Sie sind ein Hexenmeister, ein Zauberer! Woher wussten Sie, dass er drin war?«
»Weil er sonst nirgends war.«
»Ich kann meinen Augen nicht trauen!« Er rannte wie besessen zur Tür hinaus. »Wo ist meine Frau? Ich muss ihr sagen, dass wieder alles gut ist. Hilda! Hilda!«, hörten wir ihn auf der Treppe rufen.
Der Premier blinzelte Holmes mit den Augen zu.
»Kommen Sie mal her, mein lieber Herr«, sagte er. »Diese Sache liegt tiefer. Wie ist der Brief in den Kasten zurückgekommen?«
Holmes wich den tiefforschenden Blicken dieser wunderbaren Augen lächelnd aus.
»Wir haben auch unsere diplomatischen Geheimnisse«, versetzte er, nahm seinen Hut und ging zur Tür.

Die gestohlenen Unterseebootszeichnungen

In der dritten Woche des November, im Jahre 1895, senkte sich ein dichter, gelber Nebel auf London herunter. Vom Montag bis Donnerstag konnten wir nicht die Giebel der gegenüberliegenden Häuser in der Baker Street erkennen: Am ersten Tag verbrachte Holmes die Zeit mit dem Durchsehen seiner verschiedenen Notizen. Den zweiten und dritten Tag widmete er seinem neuesten Steckenpferd, der Musik des frühen Mittelalters. Aber als wir dann zum vierten Mal beim Frühstück jene schmierige, gelbbraune Masse vor dem Fenster sahen, die ölige Tropfen am Fensterglas bildete, konnte die ungeduldige aktive Natur meines Freundes dieses graue Dasein nicht länger mehr ertragen. In einem Fieber unterdrückter Energie lief er in unserem Wohnzimmer hin und her, biss sich in die Fingerknöchel, beklopfte die Möbel und stieß Verwünschungen aus gegen die Untätigkeit, zu der er verdammt sei.

»Nichts Interessantes in der Zeitung, Watson?«, fragte er.

Ich wusste, dass mit etwas »Interessantem« Holmes stets etwas kriminalistisch Interessantes meinte. In der Zeitung standen: eine Revolution, ein sehr wahrscheinlicher Krieg auf dem Balkan und ein Ministerwechsel. Aber dergleichen kam für meinen Freund nicht in Betracht. Etwas Kriminelles konnte ich aber in keiner Form entdecken, wenn ich von den üblichen Belanglosigkeiten des Polizeiberichts absah. Holmes seufzte laut und nahm seine ruhelose Wanderung wieder auf.

»Der Londoner Verbrecher ist nachgerade ein stumpfsinniger Bursche«, schalt er mit der verdrießlichen Stimme eines Sportsmannes, der das Spiel verloren hat. »Schauen Sie bloß aus dem Fenster, Watson. Wie hier die Gestalten aus dem Trüben auftauchen, vorüberhuschen und wieder untertauchen im Trüben. Der Dieb oder Mörder könnte an solch einem Tag in London herumschweifen wie der Tiger im Dschungel, unsichtbar, bis er springt, und auch dann nur wie ein Schatten sichtbar für sein Opfer.«

»Da sind zahlreiche kleine Diebstähle verübt worden, wie die Polizei berichtet.«

Holmes machte voller Verachtung »pah«.

»Diese großartige düstere Bühne verlangt nach etwas anderem als solch elendem Besitzwechsel. Es ist wahrhaftig ein Glück für diese Stadt, dass ich kein Verbrecher bin.«

»Da haben Sie recht!«, rief ich aufrichtig.

»Nehmen Sie an, ich wäre Brooks oder Woodhouse oder irgendeiner von den fünfzig Männern, die guten Grund haben, mir nach dem Leben zu trachten – wie lange könnte ich wohl gegen meine eigene Verfolgung am Leben bleiben? Eine Finte, eine Verabredung unter falschem Namen und Vorwand, und alles wäre zu Ende. Es ist gut, dass sie in den romanischen Ländern keinen solchen Nebel haben – in den Mordländern. Beim Himmel, hier kommt ja etwas, um endlich diese furchtbare Eintönigkeit zu unterbrechen.«

Es war das Mädchen mit einem Telegramm. Holmes riss es auf und brach in Lachen aus.

»Das ist ja – das ist ja – hahaha, das schlägt alles«, rief er belustigt. »Mein Bruder Mycroft kommt uns besuchen.«

»Warum nicht?«, fragte ich.

»Warum nicht? Das ist gerade so, wie wenn Sie auf einem Waldpfad einem Straßenbahnwagen begegneten. Mycroft hat seine Schienen, und in denen läuft er. Seine Wohnung in der Pall Mall, der Diogenes-Klub, Whitehall – das ist sein Kreislauf. Einmal, ein einziges Mal, ist er hier bei mir gewesen. Was für ein Erdbeben mag ihn aus dem Gleis geworfen haben?«

»Gibt er keinen Grund an?«

Holmes reichte mir seines Bruders Telegramm.

>Muss dich wegen Cadogan West sprechen. Komme sofort.
Mycroft.

»Cadogan West? Den Namen habe ich doch schon gehört?«

»Mir sagt er gar nichts. Keine Erinnerung. Aber dass Mycroft auf solch erratische Weise ausbrechen kann! Ein Planet könnte ebenso gut seine Bahn verlassen. Wissen Sie übrigens, was Mycroft ist?«

Ich hatte eine dürftige Erinnerung, dass Holmes mir aus Anlass des Abenteuers mit dem griechischen Dolmetscher davon gesprochen hatte.

»Sie sagten mir, er hätte, glaube ich, eine kleine Anstellung bei der englischen Regierung.«

Holmes lachte.

»Damals kannte ich Sie noch nicht so gut, mein lieber Watson, und man muss diskret sein, wenn es sich um hohe Staatsangelegenheiten handelt. Sie würden gelegentlich aber auch recht haben, wenn Sie sagten: Er ist die englische Regierung.«

»Mein bester Holmes!«

»Ich wusste, dass Sie das überraschen würde. Mycroft bezieht vierhundertfünfzig Pfund Sterling jährliches Gehalt, bleibt in abhängiger Stellung, hat keinerlei Ehrgeiz, will weder Titel noch Orden, aber er bleibt der unentbehrlichste Mann im Land.«

»Aber wie das?«

»Nun, seine Stellung ist einzigartig. Er hat sie sich extra geschaffen. Etwas Ähnliches hat es nie vorher gegeben, noch wird es das später je wieder geben. Er hat das bestgeordnete, übersichtlichste Hirn, das heutzutage existiert, mit der denkbar größten Aufnahmefähigkeit für Tatsachen, die es sauber registriert und aufbewahrt. Dieselben besonderen Eigenschaften, die mich zum erfolgreichsten Detektiv machten, haben ihn in seinem Amt zum unentbehrlichsten Mann gemacht. Die Entschließungen usw. jeder Abteilung gehen ihm zu, und er ist die Ausgleichsbörse, das Clearinghouse sozusagen, das den Saldo zieht. Alle anderen hohen Staatsbeamten sind Spezialisten, aber seine Spezialität ist Allwissenheit. Nehmen wir an, ein Minister benötigt eine Information in Bezug auf irgendetwas, das zugleich die Marine angeht, so wie Indien, Kanada und die Silberwährung. Er könnte von den einzelnen Abteilungen je einen Sonderbericht erhalten, aber nur Mycroft allein kann diese in seinem Hirn alle zusammenfassen, mit einem Blick überschauen und ohne Weiteres sagen, wie ein jeder Faktor den anderen beeinflussen würde. In seinem Hirn muss es aussehen wie in einer großen Kartothek; jede Einzelheit aller Regierungsfragen steht ihm sofort zur Verfügung. Oft und oft hat sein Wort unsere englische Politik entschieden. Er lebt in ihr und für sie. Er denkt nichts anderes, ausgenommen wenn er einmal ausspannt und als eine Art geistiger Gymnastik sich mit meinen Detektivproblemen befasst, worum ich ihn gelegentlich bitte. Aber Jupiter begibt sich heute zu den Sterblichen hernieder. Was mag da los sein? Wer ist Cadogan West und was bedeutet er meinem Bruder Mycroft?«

»Ich hab's«, rief ich und machte mich über einen Haufen Zeitungen auf dem Sofa her. – »Ja, hier steht es; ganz richtig, Cadogan West ist der Name des jungen Mannes, der am Dienstag früh tot auf der Untergrundbahn gefunden wurde.«

Holmes straffte sich wie ein Hühnerhund, der sein Wild wittert, und seine Hand hielt die Pfeife zwischen Tisch und Lippe, in ihrer Bewegung plötzlich erstarrt.

»Das muss etwas äußerst Ernstes sein, Watson. Ein Todesfall, der meinen Bruder veranlasst, aus seinem Geleise zu springen, muss etwas ganz Besonderes sein. Was in aller Welt kann er damit zu tun haben? Der Fall sah ganz nichtssagend aus, soweit ich mich erinnere. Der junge Mann ist anscheinend aus dem Zug gefallen und dabei ums Leben gekommen. Er ist nicht beraubt worden, und es lag keinerlei Anlass vor, ein Verbrechen in den Bereich der Erwägungen zu ziehen. So ungefähr war es doch?«

»Eine Untersuchung hat später noch stattgefunden«, sagte ich, »und dabei kam eine Menge neuer Tatsachen ans Licht. Aus der Nähe genau betrachtet hat der Fall doch ein sehr merkwürdiges Aussehen.«

»Nach der Wirkung auf meinen Bruder zu urteilen, allerdings! Mycroft ist aus seinem Geleise gesprungen – das bringt nur ein Erdbeben fertig!« Er machte es sich in seinem Lehnstuhl bequem. »Nun, alter Watson, lassen Sie die Tatsachen hören.«

»Der Name des Toten war Arthur Cadogan West. Er war siebenundzwanzig Jahre alt, ledig, und Büroangestellter im Arsenal von Woolwich.«

»Regierungsangestellter. Beachte das Bindeglied mit meinem Bruder!«

»Er verließ Woolwich plötzlich Montagabend. Zuletzt ist er gesehen worden von seiner Verlobten, Miss Violet Westbury, die er im Nebel ganz unvermittelt gegen sieben Uhr dreißig verließ. Sie hatten keinen Streit miteinander gehabt, und das Fräulein kann keinen Grund für sein Verhalten angeben. Das Nächste, was von ihm bekannt wurde, war die Nachricht, dass ein Schienenleger namens Mason seine Leiche dicht außerhalb der Aldgate Station der Untergrundbahn in London gefunden hatte.«

»Wann?«

»Die Leiche wurde um sechs Uhr früh am Dienstag entdeckt. Sie lag weitab von den Schienen, auf der linken Seite des Bahnkörpers (wenn man ostwärts schaut), nahe bei der Station, dort, wo die Bahn den Tunnel verlässt. Der Schädel war zerschmettert – eine Verletzung, die sehr wohl durch einen Sturz aus dem Zug verursacht sein konnte. Nur so konnte überhaupt die Leiche dahin gekommen sein. Wäre sie von einer der angrenzenden Straßen her an den Fundort gebracht worden, hätte sie die Stationsschranken passieren müssen, wo ständig ein Kontrolleur steht. In dieser Hinsicht scheint völlige Gewissheit zu herrschen.«

»Sehr gut. Die Grundlage ist einfach genug: Der Mann ist, entweder tot oder lebend, aus einem Zug entweder hinausgefallen oder hinausgeworfen worden. Soviel ist mir klar. Bitte weiter!«

»Die Züge, die auf den Schienensträngen verkehren, neben denen der Tote aufgefunden wurde, sind solche, die von Westen nach Osten fahren, teils reine Stadtzüge, teils solche von Willesden und außerhalb liegenden Knotenpunkten. Es kann als erwiesen gelten, dass dieser junge Mann, ehe er seinen Tod fand, in der angegebenen Richtung zu später Nachtzeit fuhr, dagegen ist es nicht möglich festzustellen, wo er den Zug bestiegen hat.«

»Seine Fahrkarte würde darüber Auskunft geben.«

»Man fand keine Fahrkarte bei ihm.«

»Keine Fahrkarte! Donnerwetter, Watson, das ist aber auffällig. Nach meinen Erfahrungen ist es nicht möglich, eine Untergrundbahn zu betreten, ohne seine Karte vorzuweisen. Ist ihm die seinige abgenommen worden, um die Station zu verheimlichen, von der er gekommen ist? Das ist möglich. Oder hat er sie im Zug verloren oder fortgeworfen? Auch das ist möglich. Aber dieser Punkt ist von besonderem Interesse. Nicht wahr, die Leiche war nicht beraubt?«

»Offenbar nicht. Hier ist ein Verzeichnis dessen, was man bei ihm fand. Seine Geldtasche enthielt zwei Pfund Sterling, fünfzehn Schilling. Er hatte auch ein Scheckheft der Woolwicher Zweigstelle der Stadt- und Landbank bei sich. Seine Identität wurde durch dieses Scheckheft festgestellt. Ferner zwei Karten für das Woolwicher Theater für denselben Abend. Schließlich ein kleines Paket technischer Papiere.«

Holmes tat einen Ausruf der Befriedigung.

»Hier haben wir es endlich, Watson! Englische Regierung – Woolwich – Arsenal – technische Papiere – Bruder Mycroft. Der Ring schließt sich. Aber da kommt er ja wohl.«

Einen Augenblick später wurde die große stattliche Erscheinung Mycroft Holmes' unter der Tür sichtbar. Schwer und massiv gebaut, lag eine merkwürdige körperliche Trägheit in der ganzen Figur des Mannes angedeutet. Aber über dem mächtigen Körperbau thronte ein so ausgeprägter Charakterkopf: stahlgraue, tiefliegende, scharfblickende Augen, schmale, gerade Lippen, hohe Stirn und ein äußerst lebhaftes Minenspiel, sodass man nach dem ersten Blick den massigen Körper ganz vergaß und nur noch den überlegenen Geist sah.

Gleich hinter Mycroft erschien unser alter Freund Lestrade von Scotland Yard – dünn und voller Erhabenheit. Der ernste Gesichtsausdruck beider

Männer verriet eine schwerwiegende Angelegenheit. Der Detektiv reichte uns stumm die Hand; Mycroft Holmes schälte sich aus seinem Mantel und ließ sich in einen Sessel fallen.

»Ein sehr unangenehmes Geschäft, Sherlock«, redete er seinen Bruder an. »Es ist mir äußerst unangenehm, meine Gewohnheiten nicht einhalten zu können, aber es handelt sich hier um Dinge, die es gebieterisch verlangen, und so muss ich eben. Leider! Bei der augenblicklichen Lage Siams ist es ganz ungeschickt, dass ich vom Büro fort bin. Aber es ist eine richtige Krisis. Unsern Premier habe ich noch nie so außer Fassung gesehen. Die Admiralität – da summt es, wie in einem umgestürzten Bienenkorb. Ist dir der Fall schon bekannt?«

»Wir haben uns eben aus der Zeitung darüber unterrichtet. Was sind das für technische Papiere?«

»Du triffst den Kernpunkt. Zum Glück ist noch nichts in die Öffentlichkeit gedrungen. Die Presse würde toben, sage ich dir. Die technischen Papiere, die man in den Taschen des Toten fand, sind die Zeichnungen zu dem Bruce-Partington-Unterseeboot.«

Mycroft Holmes sprach mit einer Feierlichkeit, die verriet, welche Bedeutung er dem Gegenstand beilegte. Sein Bruder und ich lauschten voller Spannung.

»Sicher hast du von ihm gehört? Ich dachte, jedermann hätte von ihm gehört.«

»Nur der Name ist mir bekannt.«

»Seine Bedeutung kann kaum übertrieben werden. Es ist das am eifersüchtigsten gehütete Geheimnis unserer Regierung. Du kannst es mir glauben, dass innerhalb des Aktionsradius eines Bruce Partington keine Seekriegsführung mehr denkbar ist. Vor zwei Jahren wurde eine sehr große Summe durch das Budget geschmuggelt und dafür verwendet, uns das Monopol der Erfindung zu sichern. Es geschah alles, um das Geheimnis zu wahren. Die Konstruktionspläne, die äußerst verwickelt sind, enthalten gegen dreißig einzelne Patente, jedes wesentlich für das Ganze, und werden in einem erstklassigen Stahlschrank in einem geheimen Büro neben dem Arsenal, mit einbruchssicheren Türen und Fenstern, aufbewahrt. Unter keinerlei Bedingungen durften die Zeichnungen aus dem Büro entfernt werden. Wenn der Erste Konstruktionsoffizier der Marine sie einsehen wollte, war selbst er genötigt, zu dem Zweck nach Woolwich zu gehen. Und trotz alledem finden wir die Pläne in den Taschen eines jüngeren Bürobeamten mitten in London. Vom amtlichen Standpunkt aus ist es einfach grässlich.«

»Aber du hast sie alle wieder?«

»Nein, Sherlock, nein! Da liegt ja der Hund begraben. Wir haben sie nicht. Zehn Pläne sind in Woolwich gestohlen worden. Sieben fand man in den Taschen von Cadogan West. Die wichtigsten drei ...« Mycroft Holmes blies sich über die leere Fläche seiner Rechten. »Weg! Sherlock, du musst alles andere liegen lassen. Vergiss deine üblichen kleinen Häkeleien mit der Polizei. Du hast eine Aufgabe von internationaler Bedeutung zu bewältigen. Warum hat Cadogan West die Papiere gestohlen, wo sind die drei fehlenden, wie ist er gestorben, wie kam seine Leiche an den Fundort, wie kann der Schaden wiedergutgemacht werden? Finde die richtige Antwort auf alle diese Fragen, und du wirst dem Vaterland einen großen Dienst erwiesen haben.«

»Warum löst du die Aufgabe nicht selbst, Mycroft? Du siehst so weit wie ich.«

»Möglich, Sherlock. Aber es handelt sich hier um die Feststellung von Einzelheiten. Gib mir deine Einzelheiten, und von diesem Sessel aus will ich dir ein ausgezeichnetes fachmännisches Exposé zu dem Fall diktieren. Aber hierhin laufen, dorthin rennen, Eisenbahner ausfragen, auf dem Bauch liegen mit einer Lupe vor dem Auge – das ist nichts für mich. Nein, du bist der einzige Mensch, der den Fall aufklären kann. Wenn du Wert darauf legst, deinen Namen unter den nächsten Ordensverleihungen ...«

Mein Freund lächelte und wehrte mit der Hand ab.

»Ich spiele das Spiel lediglich um des Spieles willen«, sagte er. »Aber der Fall scheint einige interessante Schwierigkeiten zu bieten, und es wird mir ein Vergnügen sein, sie anzupacken. Einige weitere Unterlagen, bitte.«

»Ich habe die wichtigsten Daten hier auf diesem Bogen aufgeschrieben, dazu einige Adressen, die dir nützlich sein können. Der gegenwärtige amtliche Hüter der Papiere ist der berühmte Marinefachmann Sir James Walter, dessen Orden und Titel mehrere Zeilen der Rangliste füllen. Er ist im königlichen Dienst ergraut, ist ein Gentleman, ein bevorzugter Gast in den ersten Häusern Englands und vor allem ein Mann, dessen Vaterlandsliebe über jeden Zweifel erhaben ist. Er ist einer von den zweien, die einen Schlüssel zu dem Stahlschrank haben. Ich will noch nachtragen, dass die Pläne am Montag während der Arbeitszeit unzweifelhaft da waren, und dass Sir James ungefähr um drei Uhr nach London fuhr und den Schlüssel mitnahm. Er war den ganzen Abend im Haus des Admirals Sinclair am Barclay Place, während das Unglück geschah.«

»Ist diese Tatsache bestätigt?«

»Ja, sein Bruder, Oberst Valentine Walter, hat seine Abfahrt von Woolwich bezeugt, und Admiral Sinclair seine Ankunft in London; also ist Sir James nicht länger mehr ein unsicherer Faktor in der Sache.«

»Wer ist der andere Mann mit dem anderen Schlüssel?«

»Der Bürovorsteher und Zeichner Mr Sidney Johnson. Er ist ein Mann von vierzig Jahren, verheiratet, mit fünf Kindern – ein stiller, übellauniger Mann, aber er genießt in Bezug auf Zuverlässigkeit den besten Ruf im öffentlichen Dienst. Er ist unbeliebt bei seinen Kollegen, aber ein tüchtiger Arbeiter. Nach seinen eigenen Angaben, die mir seine Frau bestätigt hat, war er den ganzen Montagabend nach Büroschluss zu Hause, und sein Schlüssel ist nicht von der Uhrkette gekommen, an der er hängt.«

»Erzähl mir noch von Cadogan West!«

»Er ist seit zehn Jahren im Dienst und hat sich bewährt. Er hat den Ruf, ein Heißsporn zu sein, aber ein ehrlicher, gerader Mann. Wir haben nichts gegen ihn. Er war nach Sidney Johnson der Zweite im Büro. Seine Obliegenheiten brachten ihn täglich in persönliche Berührung mit den Zeichnungen. Nur er allein nahm sie aus den Fächern und ordnete sie wieder ein.«

»Wer hat in jener Nacht die Pläne eingeschlossen?«

»Mr Sidney Johnson, der Bürovorsteher.«

»Nun, es ist doch vollständig klar, wer sie gestohlen hat. Man hat sie in den Taschen Cadogan Wests gefunden – das ist eine Tatsache, und die macht doch alle weiteren Erwägungen überflüssig, nicht?«

»So scheint es, Sherlock, und doch bleibt da noch so vieles unaufgeklärt. Zuallererst: Warum hat er sie gestohlen?«

»Ich nehme an, sie sind von Wert?«

»Er hätte sehr leicht viele Tausende dafür bekommen können.«

»Kannst du mir ein anderes Motiv dafür angeben, dass er die Zeichnungen nach London brachte – außer, um sie zu verkaufen?«

»Nein, das kann ich nicht.«

»Dann müssen wir das zu unserer Grundlage machen. Der junge West hat die Papiere entwendet. Das konnte aber nur geschehen unter Verwendung eines falschen Schlüssels …«

»Verschiedener falscher Schlüssel«, unterbrach Mycroft. »Er musste außer dem Stahlschrank das Zimmer und das Haus aufschließen.«

»Gut, dann hatte er also verschiedene falsche Schlüssel. Er nahm die Papiere mit nach London, um das Geheimnis zu verkaufen und hatte vermutlich die Absicht, die Zeichnungen bis zum nächsten Morgen wieder in den Schrank zu legen, ehe sie vermisst wurden. Während er in London mit dieser lukrativen Aufgabe beschäftigt war, ereilte ihn der Tod.«

»Wie?«

»Wir wollen annehmen, dass er zurück nach Woolwich fuhr, als er getötet und aus dem Wagenabteil geworfen wurde.«

»Aldgate, wo die Leiche gefunden wurde, ist beträchtlich jenseits London Bridge Station, wo seine Linie nach Woolwich abzweigt«, bemerkte Mycroft.

»Man kann sich viele Umstände ausdenken, die ihn hätten veranlassen können, über London Bridge hinaus zu fahren. Da saß einer im Wagen, mit dem er eine zu wichtige Verhandlung führte, um auf die Stationen zu achten; hm, und diese Verhandlung endigte in einer heftigen Szene, bei der er sein Leben verlor. Möglicherweise wollte er den Wagen verlassen, er fiel auf den Bahnkörper und zerschmetterte sich den Schädel. Der andere schloss die Tür hinter ihm. Es war bekanntlich ein dicker Nebel, und niemand konnte etwas deutlich sehen.«

»Mit unserer augenblicklichen Kenntnis der Tatsachen können wir auf keine bessere Erklärung kommen. Und doch bitte ich dich zu bedenken, wie vieles du dabei außer Acht lässt. Bleiben wir zum Beispiel einmal dabei, dass der junge West beschlossen hatte, die Pläne nach London zu bringen. Natürlich hat er sich da vorher mit dem fremden Spionageagenten verabredet und sich diesen Abend freigehalten. Stattdessen nahm er zwei Karten fürs Theater, brachte seine Verlobte halbwegs dorthin und verschwand dann plötzlich.«

»Eine Finte«, sagte Lestrade, der nicht ohne Ungeduld das Zwiegespräch mit angehört hatte.

»Eine sehr merkwürdige Finte«, sagte Sherlock Holmes. »Das ist Einwurf Nummer eins. Einwurf Nummer zwei: Wir wollen annehmen, er fährt nach London und trifft sich mit dem fremden Agenten. Er muss die Pläne bis zum anderen Morgen wieder zurückschaffen oder ihr Fehlen wird entdeckt werden. Er nahm zehn mit sich von Woolwich; nur sieben hat man bei ihm gefunden. Was ist mit den übrigen drei geschehen? Sicher würde er sie nicht freiwillig aus der Hand gegeben haben, denn das bedeutete ja Entdeckung mit allen unheilvollen Folgen. Schließlich, wo ist der Preis für seinen Verrat? Man hätte doch eigentlich eine große Summe bei ihm finden müssen.«

»Mir scheint das völlig klar«, sagte Lestrade. »Ich habe keinen Zweifel, wie die Dinge sich abspielten. Er nahm die Papiere weg, um sie zu verkaufen. Er traf sich mit dem Agenten. Sie konnten sich über den Preis nicht einig werden. West fuhr wieder nach Hause, aber der Agent fuhr mit. Im Zug ermordete ihn der Agent, nahm die drei wichtigsten Pläne an sich und warf die Leiche aus dem Wagen. Das würde sich mit allen Tatsachen decken, nicht?«

»Warum hatte er keine Fahrkarte?«

»Die Karte würde gezeigt haben, welche Station dem Haus des Agenten am nächsten gelegen ist. Deshalb nahm er sie aus der Tasche des Ermordeten.«

»Gut, Lestrade, sehr gut«, meinte Holmes. »Ihre Theorie hält zusammen. Aber wenn sie richtig ist, dann ist der Fall zu Ende. Auf der einen Seite ist der Hochverräter tot, auf der anderen sind die wichtigsten Zeichnungen im Besitz eines Spions und wahrscheinlich schon längst auf dem Festland. Was bleibt uns da noch zu tun übrig?«

»An die Arbeit, Sherlock!«, rief Mycroft und sprang auf die Füße. »An die Arbeit! Alle meine Instinkte sind gegen diese Erklärung. Lass deine Fähigkeiten spielen! Geh an den Ort des Verbrechens, sprich mit den Leuten, die davon berührt wurden, lass keinen Stein ununtersucht. In deinem ganzen Leben hast du noch keine so glänzende Gelegenheit gehabt, deinem Vaterland zu dienen.«

»Schön, schön«, sagte Holmes und zuckte die Achseln. »Kommen Sie, Watson! Und Sie, Lestrade, würden Sie uns gütigst eine Stunde oder zwei schenken? Wir wollen unsere Nachforschungen mit einem Besuch der Aldgate Station beginnen. Leb wohl, Mycroft. Noch vor Abend werde ich dir einen Bericht senden, aber ich mache dich im Voraus darauf aufmerksam, dass du nur wenig zu erwarten hast.«

Eine Stunde später standen wir drei auf der Untergrundbahnstrecke dort, wo sie den Tunnel bei Aldgate Station verlässt. Ein freundlicher alter Herr mit rotem Gesicht vertrat bei uns die Bahngesellschaft.

»Dort ist die Leiche des jungen Mannes gefunden worden«, sagte er und wies auf einen Fleck ungefähr einen Meter von der Beschotterung. »Von oben her konnte sie nicht gefallen sein, denn wie Sie sehen, ist da alles lückenlose Mauer. Also konnte sie nur aus einem Zug kommen, und dieser Zug lief, soweit wir feststellen konnten, am Montag um Mitternacht hier durch.«

»Sind die Wagen auf irgendwelche Anzeichen eines Kampfes untersucht worden?«

»Wir konnten keinerlei Anzeichen dafür finden, ebenso wenig die Fahrkarte.«

»Keine Meldung, dass eine Tür offen stehen gefunden wurde?«

»Nein.«

»Wir haben heute Morgen neue Tatsachen festgestellt«, sagte Lestrade. »Ein Herr, der Aldgate in einem gewöhnlichen Stadtzug ungefähr um elf Uhr vierzig Montagnacht passierte, sagt aus, dass er einen starken dumpfen Schlag hörte, als ob ein Körper auf den Boden aufschlüge, gerade ehe der Zug die Station erreicht hatte. Bei dem dicken Nebel konnte er leider nichts sehen. Er machte damals keine Anzeige. Ha, was ist mit Mr Holmes?«

Mein Freund stand da mit einem Ausdruck angespanntesten Nachdenkens auf dem Gesicht und starrte auf die Eisenbahnschienen, wo sie im Bogen aus dem Tunnel herauskamen. Aldgate ist ein Knotenpunkt, und da war also ein ganzes Netzwerk von Weichen. Auf diese waren seine starren Augen gerichtet, und ich bemerkte auf seinem belebten, gespannten Gesichte die zusammengekniffenen Lippen, das Beben seiner Nasenflügel und das mir so wohlbekannte Stirnrunzeln.

»Die Weichen«, sagte er halblaut vor sich hin, »die Weichen.«

»Was ist mit ihnen? Was meinen Sie?«

»Ich nehme an, dass nur wenige Ihrer Stationen ein solches System von Weichen haben.«

»Nur ganz wenige, Mr Holmes.«

»Und eine Kurve auch noch. Weichen und eine Kurve. Bei Gott, wenn es nur so wäre!«

»Was überlegen Sie, Mr Holmes? Haben Sie etwas entdeckt?«

»Eine Idee – eine Ahnung, nicht mehr. Aber der Fall wird immer interessanter. Einzigartig, völlig einzigartig und doch, warum nicht? Ich sehe keinerlei Anzeichen von Blut hier an der Fundstelle.«

»Es werden auch kaum welche vorhanden sein.«

»Aber der Kopf war doch zerschmettert.«

»Die Schädelknochen ja, aber äußerlich waren die Verletzungen nicht schwer.«

»Und doch hätte man etwas Blut finden müssen. Könnten Sie es mir ermöglichen, den Zug zu besichtigen, mit dem der Herr fuhr, der den Fall eines Körpers im Nebel gehört hat?«

»Leider ist das nicht möglich, Mr Holmes. Der Zug ist schon längst ausgelöst und die Wagen sind neu verteilt.«

»Ich kann Sie versichern, Mr Holmes«, sagte Lestrade, »dass jedes Abteil aufs Genaueste untersucht worden ist. Es geschah unter meiner Aufsicht.«

Eine der hervorstechendsten Schwächen meines Freundes war es, dass er oft ungeduldig mit solchen war, die einen weniger scharfen Geist hatten als er.

»Ach ja«, seufzte er laut und wandte sich ab. »Natürlich wollte ich nicht die Abteile untersuchen. Watson, kommen Sie, wir haben hier alles getan, was hier zu tun ist. Mr Lestrade, wir brauchen Sie nicht mehr zu bemühen. Unsere Nachforschungen müssen wir jetzt in Woolwich fortsetzen.«

Auf dem London Bridge Bahnhof schrieb Holmes ein Telegramm an seinen Bruder, das er mir zu lesen gab, ehe er es abschickte. Es lautete:

> Sehe etwas Licht in dem Dunkel, aber es kann wieder verlöschen. Schicket mit Boten Baker Street wartend vollständige Liste aller fremden Spione, Agenten usw., die gewöhnlich in England arbeiten, mit genauer Adresse. Sherlock.

»Solch eine Liste wäre uns von Vorteil, Watson«, sagte Holmes, als wir in den Zug nach Woolwich stiegen. »Meinem Bruder sind wir Dank schuldig, dass er uns mit einer Staatsangelegenheit bekannt gemacht hat, die ein ganz hervorragend interessanter Kriminalfall zu sein scheint.«

Sein eifriges Gesicht zeigte noch immer die angespannte lebhafte Energie, die mir offenbarte, dass irgendein neuer und bedeutungsvoller Umstand eine Kette anregender Gedanken in ihm ausgelöst hatte. Schau einen Fuchshund an, wie er mit gesenktem Schweif und hängenden Ohren im Rinnstein herumlungert, und vergleiche ihn mit demselben Hund, wenn er mit glitzernden Augen und straffesten Muskeln hinter dem Fuchs her ist – so war die Veränderung in Holmes seit dem Morgen. Er war völlig verschieden von dem schlappen, indolenten Mann im mausgrauen Schlafrock, der noch wenige Stunden vorher so verdrossen in dem von Nebel verhüllten Zimmer herumgelaufen war.

»Hier ist Material. Hier sind Aussichten«, sagte er. »Mir saß noch der Nebel im Kopf, dass ich diese Möglichkeiten nicht früher erblickte.«

»Mir sind sie auch jetzt noch dunkel.«

»Das Ende ist mir ebenfalls dunkel, aber ich habe da einen Gedanken, der uns weit bis ans Ende führen kann. Cadogan West hat seinen Tod ganz woanders gefunden, und seine Leiche war auf dem Dach eines Wagens.«

»Auf dem Dach?«

»Sonderbar, was? Aber lass die Tatsachen sprechen: Ist es ein Zufall, dass die Leiche gerade da gefunden wurde, wo der Zug in der Kurve schleudert und in den Weichen hin- und hergeworfen wird? Ist nicht das der Ort, wo ein Gegenstand vom Dach eines Wagens herunterfallen muss? Entweder der Leichnam ist vom Dach gefallen, oder es ist eine ganz merkwürdige Zufälligkeit. Aber nun betrachte die Frage der Blutspuren, die nicht vorhanden sind. Sie können natürlich nicht da sein, wenn der Tote sich vorher schon anderswo ausgeblutet hat. Jede Tatsache ist für sich bedeutungsvoll. Zusammen haben sie eine durchschlagende Beweiskraft.«

»Und die Fahrkarte, Holmes!«, rief ich.

»Ja, das ist auch wichtig. Wir konnten uns das Fehlen der Karte nicht erklären. Aber meine Annahme erklärt sie ganz zwanglos: Der Tote war gar kein Passagier, hatte also auch keine Fahrkarte. Es passt alles zusammen, Watson.«

»Aber angenommen, es wäre alles so, sind wir doch noch ebenso weit wie früher von der Lösung des Rätsels entfernt: Wie hat West seinen Tod gefunden? Das Rätsel wird in der Tat nicht leichter, sondern immer schwieriger.«

»Vielleicht«, sagte Holmes gedankenvoll, »vielleicht.« Er verfiel in eine stille Träumerei, die ihn gefangen hielt, bis der langsame Zug endlich in Woolwich Station einfuhr. Hier rief er eine Droschke heran und zog Mycrofts Notizen aus der Tasche.

»Wir haben eine ganz nette Runde von Nachmittagsbesuchen zu machen«, sagte er. »Ich denke, Sir James Walter gebührt an erster Stelle die Ehre.«

Das Haus des berühmten Beamten war eine schöne Villa, umgeben von Rasen und Park, die sich auf einer Seite bis an das Themse-Ufer hinunterstreckten. Als wir ankamen, begann der Nebel sich zu verziehen, und ein dünner wässeriger Sonnenschein brach hervor. Ein Diener empfing uns.

»Sir James«, sagte er mit feierlicher Miene. »Ich bitte sehr, Sir James ist heute früh gestorben.«

»Um Himmels willen!«, rief Holmes in entsetztem Erstaunen. »Woran ist er gestorben?«

»Vielleicht darf ich die Herrschaften bitten, einzutreten? Der Bruder Sir James', Herr Oberst Valentine, ist zugegen.«

»Jawohl, ich möchte den Herrn Oberst sprechen.«

Wir wurden in ein dämmeriges Zimmer geführt, wo uns gleich darauf ein sehr großer, schön gewachsener Mann von etwa fünfzig Jahren, der jüngere Bruder des Marinefachmannes, begrüßte. Seine wilden Augen, die fleckigen Backen und das verwirrte Haar verrieten uns deutlich, wie schwer der plötzliche Schlag die Familie getroffen hatte. Er musste mit den Worten ringen, als er uns davon berichtete.

»Es war dieser grässliche Skandal«, sagte er. »Mein Bruder, Sir James, war ein Mann von höchstem Ehrgefühl, und er konnte solch eine Geschichte einfach nicht überleben. Sie hat ihm das Herz gebrochen. Er war stets so stolz auf die tadellose Leistungsfähigkeit seiner Abteilung, und dieser Hochverrat hat ihn zu schwer getroffen.«

»Wir hatten gehofft, er würde uns einige Angaben machen können, die es uns ermöglicht hätten, die geheimnisvolle Angelegenheit aufzuklären.«

»Ich versichere Sie, die ganze Sache war für ihn ein vollständiges Rätsel, wie für Sie und uns alle. Alles, was er zur Aufklärung beitragen konnte, hat er bereits der Polizei gegenüber getan. Natürlich, auch er zweifelte nicht daran, dass Cadogan West der Schuldige war. Aber alles Übrige war ihm unfassbar und unbegreiflich.«

»Auch Sie selbst können kein neues Licht auf den Fall werfen?«

»Ich selbst weiß nichts außer dem, was ich gelesen und gehört habe. Ich möchte nicht für unhöflich gehalten werden, aber Sie werden es mir glauben, Mr Holmes, dass wir augenblicklich sehr der Ruhe bedürfen, und ich muss Sie daher bitten, diese Unterredung bald zu einem Ende zu bringen.«

»Das ist wahrhaftig eine sehr unerwartete Entwicklung«, sagte mein Freund, als wir wieder im Wagen saßen.

»Ich muss nicht fragen, ob dieser Tod seine natürlichen Ursachen hat, oder ob der arme alte Beamte sich selbst das Leben nahm! Wenn das Letztere der Fall sein sollte, dürfen wir es dann als ein Zeichen von Selbstvorwurf wegen versäumter oder vernachlässigter Pflicht auffassen? Wir müssen diese Frage der Zukunft überlassen. Jetzt wollen wir die Cadogan Wests aufsuchen.«

Ein kleines, aber gut aussehendes Haus in einem Außenviertel der Stadt beherbergte die niedergebeugte Mutter. Die alte Dame war zu sehr von ihrem Schmerz erfüllt, als dass sie uns irgendwie hätte von Nutzen sein können; aber ihr zur Seite fanden wir eine bleiche junge Dame, die sich selbst als Miss Violet Westbury, die Verlobte des Toten, vorstellte. Sie betonte, dass sie in der verhängnisvollen Nacht ihn zuletzt gesehen hätte.

»Ich kann es nicht erklären, Mr Holmes«, sagte sie. »Ich habe seit dem schrecklichen Ereignis kein Auge geschlossen, Tag und Nacht muss ich denken, denken und denken, was das in Wahrheit bedeuten soll. Arthur war der anständigste, ritterlichste, patriotischste Mann auf Erden. Er würde sich lieber die rechte Hand abgehackt haben, ehe er ein Staatsgeheimnis, das seiner Obhut anvertraut war, verkauft hätte. Es ist einfach absurd, unmöglich, es ist verrückt, für jeden, der ihn gekannt hat.«

»Aber die Tatsachen, Miss Westbury?«

»Ja, ja, ich gebe zu, sie sprechen gegen ihn, und ich kann sie nicht erklären.«

»War er in Geldverlegenheit?«

»Nein, seine Bedürfnisse waren sehr bescheiden, und sein Gehalt reichlich. Er hatte sich einige hundert Pfund erspart, und wir wollten zu Neujahr heiraten.«

»Keinerlei Anzeichen seelischer Erregung? Bitte, Miss Westbury, seien Sie ganz offen mit uns.«

Der rasche Blick meines Freundes hatte sogleich eine Veränderung in ihrer Haltung festgestellt. Sie errötete und zögerte mit der Antwort.

»Ja«, sagte sie schließlich. »Ich hatte das Gefühl, als mache ihm etwas Sorge.«

»Seit langer Zeit?«

»Erst seit der letzten Woche ungefähr. Er schien mir oft geistesabwesend und bedrückt. Einmal drang ich deswegen in ihn. Er gab zu, es sei da etwas, und das hinge mit seinem Dienst zusammen. ›Es ist viel zu ernst, als dass ich darüber sprechen könnte, sogar dir gegenüber‹, sagte er. Ich konnte nichts weiter aus ihm herausbekommen.«

Holmes machte ein ernstes Gesicht.

»Bitte fahren Sie fort, Miss Westbury. Selbst wenn es ihn bloßzustellen scheint, bitte verschweigen Sie uns nichts. Wir können noch nicht übersehen, zu was es am Ende führen wird.«

»Ich kann Ihnen wirklich nichts mehr sagen. Ein- oder zweimal schien es mir so, als wolle er mir etwas anvertrauen. Er sprach eines Abends von dem Unterseebootsgeheimnis, und ich erinnere mich, dass er sagte, fremde Spione würden ohne Zweifel große Summen dafür bezahlen.«

Das Gesicht meines Freundes wurde noch ernster.

»Noch etwas?«

»Er sagte, wir wären etwas nachlässig in solchen Dingen, und es würde für einen Verräter leicht sein, sich die Zeichnungen zu beschaffen.«

»War das erst kürzlich, dass er solche Bemerkungen machte?«

»Jawohl, erst ganz in letzter Zeit.«

»Nun erzählen Sie uns bitte von dem letzten Abend.«

»Wir waren im Begriff, ins Theater zu gehen. Der Nebel war so dick, dass eine Droschke nutzlos war. Wir gingen daher zu Fuß, und unser Weg führte uns dicht an seinem Büro vorüber. Plötzlich lief er in den Nebel hinein von mir weg.«

»Ohne ein Wort zu sagen?«

»Er tat einen Ausruf, das war alles. Ich wartete, aber er kehrte nicht zurück. Dann ging ich nach Hause. Am anderen Morgen, nach Beginn der Bürostunden, kam man zu mir und verhörte mich. Ungefähr um zwölf Uhr erfuhren wir die schreckliche Nachricht. Oh, Mr Holmes, er ist tot, aber wenn Sie nun doch wenigstens seine Ehre retten könnten! Seine Ehre ging ihm über alles.«

Holmes schüttelte traurig den Kopf.

»Kommen Sie, Watson«, sagte er. »Unsere Aufgabe liegt anderswo. Unsere nächste Station ist jetzt das Büro, aus dem die Zeichnungen entwendet worden sind.«

»Es sah vorher schon schlimm genug aus für den jungen Mann, aber was wir inzwischen gehört haben, macht es noch schlimmer«, bemerkte er, als die Droschke mit uns fortrollte. »Seine beabsichtigte Verheiratung gibt ein Motiv für das Verbrechen. Er brauchte natürlich Geld. Der Gedanke saß ihm im Kopf, seit er davon sprach. Er machte das Mädchen beinahe zu seiner Helfershelferin bei dem schlechten Streich, indem er ihr von seinem Plan sprach. Es sieht alles sehr übel aus.«

»Gewiss, Holmes, aber Charakter zähle ich auch unter die Tatsachen, und zwar unter die sichersten. Dann bitte, weshalb sollte er das Mädchen auf der Straße stehen lassen, von ihr weglaufen, um ein solches Verbrechen zu begehen?«

»Ganz richtig! Man kann gewiss allerlei Einwendungen machen, aber sie wiegen leicht gegen die schweren Verdachtsmomente.«

Mr Sidney Johnson, der Bürovorsteher, empfing uns mit jener Ehrerbietung, die meines Freundes Besuchskarte überall auslöste. Er war ein magerer, kurzangebundener Mann von mittlerem Alter mit einer goldenen Brille und etwas eingefallenen Backen. Seine Hände zuckten vor Erregung; dass der Vorfall gerade in seinem Büro passierte, hatte ihn sehr nahe berührt.

»Eine schlimme Geschichte, Mr Holmes, eine ganz schlimme Geschichte! Haben Sie schon den Tod unseres Chefs vernommen?«

»Wir kommen eben von seinem Haus.«

»Das ganze Büro ist aus dem Leim. Der Chef tot, Cadogan West tot, irgendwo sind Nachschlüssel vorhanden, und unsere Zeichnungen sind gestohlen. Als wir unsere Türen am Montagabend schlossen, waren wir noch ein so tadelloses Büro, wie irgendeines im königlichen Dienst. O Gott, es ist so schrecklich, daran zu denken. Und dass gerade West von allen Menschen solch eine Tat begangen haben soll!«

»Sie sind also auch überzeugt von seiner Schuld?«

»Ich kann nicht anders, es spricht ja alles gegen ihn. Und doch würde ich ihm ebenso vertraut haben wie mir selbst.«

»Wann wurde das Büro am Montag geschlossen?«

»Um fünf Uhr.«

»Haben Sie es geschlossen?«

»Ich gehe immer als Letzter fort.«

»Wo waren die Zeichnungen?«

»In diesem Stahlschrank. Ich habe sie selbst dort eingeschlossen.«

»Haben Sie keinen Nachtwächter im Haus?«

»Doch, natürlich, aber er hat das ganze Gebäude und nicht nur unsere Abteilung zu überwachen. Er ist ein alter Soldat und ein absolut zuverlässiger Mann. Er hat nichts Verdächtiges in der bewussten Zeit bemerkt. Aber freilich – der Nebel war sehr dick.«

»Angenommen, Cadogan West wollte nach Büroschluss in das Gebäude eindringen, würde er also drei Schlüssel benötigt haben, ehe er die Zeichnungen greifen konnte?«

»Jawohl, den Schlüssel zu der äußeren Tür, den Schlüssel zum Büro und den Schlüssel zu dem Stahlschrank.«

»Nur Sir James Walter und Sie besaßen diese drei Schlüssel? War Sir James ein Mann von Ordnung und Pünktlichkeit?«

»Meines Wissens ja. Ich habe es nie anders gesehen, als dass er diese drei Schlüssel an einem Ring beisammen hatte.«

»Und diesen Ring trug er stets bei sich?«

»So sagte er wenigstens.«

»Und Ihr Schlüssel kam nie aus Ihrer Hand?«

»Niemals!«

»Dann muss West, wenn er der Schuldige ist, einen Nachschlüssel gehabt haben. Man hat aber keinen bei ihm gefunden. Noch eine andere Frage: Wenn ein Beamter in diesem Büro die Absicht hatte, die Pläne zu verkaufen, wäre es da nicht einfacher gewesen, die Zeichnungen heimlich zu kopieren, statt die Originale mitzunehmen, wie das tatsächlich geschah?«

»Man brauchte weitgehende technische Kenntnisse, um die Zeichnungen genau zu kopieren.«

»Aber ich darf wohl annehmen, dass entweder Sir James oder Sie oder West über die technischen Kenntnisse verfügten.«

»Allerdings, das ist richtig, aber ich bitte Sie sehr, Mr Holmes, unterlassen Sie es, mich in diese Sache hineinzuziehen. Was soll es für einen Zweck haben, solch theoretische Spekulationen anzustellen, wenn die Originalzeichnungen in Wests Taschen gefunden wurden?«

»Nun, es ist jedenfalls eigentümlich, dass er es gewagt haben sollte, die Originale mitzunehmen, wenn er ebenso gut und viel gefahrloser seinen Zweck mit Kopien erreicht haben würde.«

»Das ist freilich eigentümlich – und doch hat er es so gemacht.«

»Jede neue Feststellung in diesem Fall enthüllt etwas Unerklärliches. Es fehlen drei Zeichnungen; es sind gerade die allerwichtigsten, wie mir gesagt wurde.«

»Jawohl, das stimmt.«

»Kann jemand, wenn er diese drei Zeichnungen besitzt, aber ohne die sieben anderen, nach Ihrer Ansicht ein Bruce-Partington-Unterseeboot bauen?«

»In diesem Sinne habe ich zunächst an die Admiralität berichtet, aber heute habe ich mir die Pläne noch einmal angesehen, und es sind mir da verschiedene Zweifel gekommen. Die doppelte Steuerung mit den automatisch wirkenden Nuten – das ist auf einem der Pläne, die wir wiederhaben. Solange einer diese wesentlichen Teile nicht selbst erfindet, könnte er aufgrund der übrigen Pläne das Unterseeboot nicht bauen. Aber natürlich, das ist eine Schwierigkeit, die zu überwinden wäre.«

»Aber die drei fehlenden Zeichnungen sind doch die allerwichtigsten?«

»Zweifelsohne!«

»Ich denke, mit Ihrer gütigen Erlaubnis werde ich mir jetzt einmal die Örtlichkeiten hier näher ansehen. Ich habe im Augenblick keine weiteren Fragen an Sie zu stellen.« Holmes prüfte das Schloss des Stahlschranks, die Tür zum Büro und die eisernen Läden am Fenster. Aber erst draußen auf dem Rasen wurde sein Interesse lebendig. Da stand ein Lorbeerbusch in der Nähe des Fensters und verschiedene Zweige waren geknickt oder abgebrochen. Er prüfte sie sorgfältig mit seiner Lupe und dann einige kaum wahrnehmbare Spuren auf der Erde. Schließlich bat er Mr Johnson, die eisernen Läden zu schließen, und Holmes machte mich darauf aufmerksam, dass sie in der Mitte nicht ganz zusammenstießen und es also möglich war, von außen zu beobachten, was in dem Büro vorging.

»Die drei Tage Verzug haben die geringen Spuren fast wertlos gemacht. Sie können etwas bedeuten oder auch nicht. Nun, Watson, ich glaube, Woolwich hat uns nichts mehr zu sagen. Wir haben nur eine dürftige Ernte hereingebracht. Wir wollen es jetzt in London versuchen, dort erreichen wir vielleicht mehr.«

Und doch bereicherten wir unsere Ernte noch um einen Scheffel, ehe wir in den Zug stiegen. Der Angestellte im Schalterraum versicherte uns aufs Bestimmteste, er hätte Cadogan West – den er vom Sehen kannte – am Montagabend gesehen, und zwar sei er mit dem Zug acht Uhr fünfzehn nach London Bridge gefahren. Er war allein und löste eine einfache Karte dritter Klasse. Dem Angestellten war damals das aufgeregte und nervöse Wesen Wests aufgefallen. Seine Hand zitterte so, dass er kaum die Münzen fassen konnte, die er herausbekam, und der Angestellte half ihm, sie in seine Geldtasche zu stecken, genau wie einer Dame mit Handschuhen. Mit dem Fahrplan stellten wir fest, dass der Zug um acht Uhr fünfzehn für West die erste Möglichkeit war, nachdem er Miss Westbury um sieben Uhr dreißig so plötzlich verlassen hatte.

Nach einer halben Stunde stillen Nachdenkens sagte Holmes: »Wir wollen alles einmal rekonstruieren, Watson. Ich kann mich nicht erinnern, dass wir unter allen unseren gemeinsam erlebten Fällen je einen so schwierigen gehabt hätten. Jeder Schritt nach vorwärts, den wir tun, wirft uns eigentlich einen Schritt wieder zurück. Und doch scheint es mir, wir hätten schon recht Wertvolles erreicht.

Unsere Nachforschungen in Woolwich haben in der Hauptsache Cadogan West bloßgestellt; aber die Spuren bei dem Fenster gestatten eine andere Auffassung. Wir wollen zum Beispiel annehmen, ein Spionageagent hat sich an ihn herangemacht. Das kann ja unter solchen Vorkehrungen geschehen sein, dass es ihm unmöglich wurde, darüber zu sprechen, und konnte doch seine Gedanken in der Richtung beeinflusst haben, wie das seine Bemerkung zu seiner Verlobten andeutet. Schön! Wir wollen weiter annehmen, dass, als er mit der jungen Dame zum Theater ging, er plötzlich im Nebel denselben Agenten erblickte, wie er in Richtung Büro eilte. West war ein impulsiver Mann, rasch in seinen Entschlüssen. Seiner Pflicht ordnete er alles andere unter. Er folgte dem Agenten, kam vor das Fenster, sah, wie die Dokumente entwendet wurden und verfolgte den Dieb. Mit dieser Theorie kommen wir über den Einwand hinweg, dass niemand die Originale nehmen würde, der imstande war, sich Kopien anzufertigen. Der Agent konnte das nicht, er musste die Originale selbst haben. So weit hält alles zusammen.«

»Was ist nun der nächste Schritt?«

»Da geraten wir in Schwierigkeiten. Die natürliche Annahme wäre, dass unter solchen Umständen der junge Cadogan West den Schurken ergreifen und Alarm schlagen würde. Warum hat er das nicht getan? Könnte einer seiner Vorgesetzten die Papiere entwendet haben? Nur so kann ich mir Wests Verhalten erklären. Oder war ihm der Vorgesetzte im Nebel entschlüpft, und West eilte sofort nach London, um ihm in seiner Wohnung zuvorzukommen, vorausgesetzt, dass ihm diese bekannt war? Jedenfalls muss ihn eine innere Stimme sehr dringend angetrieben haben, da er seine Verlobte im Nebel stehen ließ und er keinen Versuch machte, ihr sein Verhalten zu erklären. Hier verliert sich unsere Spur, und eine tiefe Kluft tut sich auf zwischen diesen beiden Annahmen und dem Leichnam Wests mit sieben Zeichnungen in der Tasche, den wir auf dem Dach eines Untergrundbahnzuges liegend annehmen müssen. Nach meinem Instinkt muss ich die Geschichte jetzt vom anderen Ende her anfassen. Wenn Mycroft uns die verlangten Adressen geschickt hat, werden wir in der Lage sein, unsern Mann ausfindig zu machen und zwei Spuren statt nur einer zu verfolgen.«

In der Baker Street wartete ein Bote auf uns mit der Adressenliste. Holmes überflog sie und warf sie mir über den Tisch zu. Ich las:

> Es gibt da zahlreiches kleines Gelichter, aber nur wenige, die eine so große Sache fingern können. Die Einzigen, die in Betracht kommen, sind Adolf Meyer, Great George Street Nr. 13, Westminster; Louis La Rothière, Campden Mansions, Notting Hill; und Hugo Oberstein, Caulfield Estates Nr. 13, Kensington. Der Letztere war nach unserer Kenntnis am Montag in der Stadt; inzwischen bekamen wir Meldung, dass er London verlassen hat. – Sehr erfreut, dass Du einen Lichtschimmer siehst. Das Kabinett erwartet Deinen abschließenden Bericht in der größten Unruhe. Dringende Vorstellungen sind uns von der höchsten Stelle zugegangen. Alle Sicherheitsbehörden stehen Dir zur Verfügung, wenn Du sie benötigen solltest. – Mycroft.

»Ich fürchte«, sagte Holmes lächelnd, »dass der Königin sämtliche Pferde und der Königin sämtliche Soldaten uns in dieser Sache nichts nützen könnten.«

Er hatte seine große Karte von London auf dem Tisch ausgebreitet und beugte sich eifrig darüber. »Aha, gut«, sagte er jetzt mit einem Ausdruck der Befriedigung, »endlich zieht sich die Sache ein wenig günstig für uns zusammen. Ja, Watson, ich bin jetzt ehrlich davon überzeugt, dass wir bald ans Ziel kommen werden.«

Er schlug mich in einem plötzlichen Fröhlichkeitsausbruch auf die Schulter. »Ich gehe jetzt aus. Es ist nur eine Erkundung. Ich werde nichts Ernsthaftes unternehmen, ohne meinen alten Kriminalkameraden und Biografen zur Seite zu haben. Bitte warten Sie hier, wahrscheinlich werde ich in ein bis zwei Stunden zurück sein. Wenn Ihnen die Zeit lang wird, dann nehmen Sie Tinte, tauchen Sie Ihre berühmte Feder ein und fangen Sie an, die Geschichte zu Papier zu bringen, wie Sherlock Holmes und sein Freund Doktor Watson das englische Reich gerettet haben.«

Ich fügte mich, von Holmes' guter Laune angesteckt, denn ich wusste gut, dass er nicht ohne die besten Gründe sich so weit von seiner üblichen reservierten und verschlossenen Art entfernen würde. Ich wartete den ganzen langen Novemberabend und konnte meine Ungeduld kaum beherrschen. Endlich, kurz nach neun Uhr, erschien ein Bote mit einem Billett:

> Esse bei Goldino, Gloucester Road, Kensington, zu Nacht. Bitte kommen Sie sofort. Es gibt Hummer. Bringen Sie ein Stemmeisen mit, eine Blendlaterne, einen Revolver und einen Schraubenzieher. S. H.

Das war eine nette Ausrüstung, die ein ehrbarer Bürger durch die düsteren nebelverhüllten Straßen zu tragen hatte. Ich steckte alles in die Taschen meines Mantels und fuhr direkt zum angegebenen Restaurant. Dort saß mein Freund an einem kleinen runden Tisch nahe der Tür dieses beliebten italienischen Hauses. Wir aßen zusammen, und bei Kaffee und Curaçao fragte mich mein Freund:

»Haben Sie alles mitgebracht?«

»Ich habe alles in meinem Überzieher.«

»Ausgezeichnet. Ich will Ihnen kurz sagen, was ich inzwischen getan habe und was uns jetzt zu tun noch übrig bleibt. Vor allem, Watson, der Leichnam des jungen Mannes ist auf das Dach des Wagens gelegt worden. Das war mir schon in dem Augenblick klar geworden, wo ich zu der Überzeugung kam, dass er vom Dach und nicht vom Innern eines Wagens heraus auf den Bahnkörper gelangt war.«

»Konnte er nicht auch von einem der vielen Brückenstege auf den Zug gefallen sein?«

»Nach meiner Ansicht ist das unmöglich. Wenn Sie sich solch ein Wagendach ansehen, werden Sie finden, dass es leicht gewölbt ist. Wäre der

Leichnam von einem Brückensteg auf das Dach gefallen, wäre er mit tausend Wahrscheinlichkeiten gegen eine sofort abgerutscht und zu Boden gefallen, deshalb können wir als sicher annehmen, dass irgendjemand Cadogan West tot auf das Dach gelegt hat.«

»Aber wie soll das vor sich gegangen sein?«

»Das ist natürlich die Frage, die ich mir zuerst zu beantworten hatte. Es gibt da nur eine Möglichkeit. Die Untergrundbahn fährt meistens in Tunneln mit Ausnahme von einigen Strecken im Westend. Ich erinnerte mich dunkel, dass ich bei gelegentlichen Fahrten schon beobachtet hatte, dass die Fenster der Häuser dort sich fast in der Höhe der Wagendächer befanden. Nun stellen Sie sich vor, ein Zug hält unter einem solchen Fenster – wäre es da nicht ganz einfach und leicht, den toten Mann auf ein Wagendach zu schieben?«

»Die Einfachheit leuchtet mir nicht ohne Weiteres ein.«

»Wir müssen auf den alten Lehrsatz zurückkommen, dass, wenn alle anderen Möglichkeiten erschöpft sind, diejenigen, die bei aller Unwahrscheinlichkeit noch übrig bleiben, die Wahrheit enthalten. Hier sind alle anderen Möglichkeiten erschöpft. Als ich nun herausfand, dass einer der Spione, der eben erst London verlassen hat, in einer Straße wohnte, die hart an der Untergrundbahn liegt, war ich so erfreut darüber, dass Sie über meine plötzliche Lustigkeit erstaunten.«

»Oh, deshalb waren Sie so ausgelassen!«

»Ja, mein Lieber! Mr Hugo Oberstein, Caulfield Estates Nr. 13, war mein Mann. Ich begann meine Operationen in Gloucester Street Station, wo ein sehr hilfsbeflissener Beamter mit mir die Strecke ablief und mir nicht nur die Feststellung gestattete, dass die Rückfenster der Häuser in den Caulfield Estates auf die Bahnlinie hinausgehen, sondern mir auch noch die wichtige Tatsache mitteilte, dass infolge einer Kreuzung mit einer Hauptlinie hier die Untergrundzüge häufig für mehrere Minuten festgehalten werden.«

»Glänzend, Holmes, Sie haben die Lösung des Rätsels gefunden.«

»Noch nicht ganz, Watson, noch nicht ganz. Wir kommen vorwärts, aber das Ziel ist noch weit. Gut, nachdem ich also die Rückseite der Caulfield-Häuser gesehen hatte, besah ich sie mir auch von der Vorderseite und stellte fest, dass der Vogel in der Tat ausgeflogen war. Nummer 13 ist ein ziemlich großes Haus, die oberen Zimmer unmöbliert, soweit ich beurteilen kann. Oberstein lebte dort nur mit einem alten Diener, der wahrscheinlich ein vertrauter Helfershelfer war. Wir müssen im Auge behalten, dass Oberstein nur deshalb England verlassen hat, um seine Beute in Sicherheit zu bringen, aber keineswegs, um London für immer zu verlassen, zu einer Flucht lag für ihn keinerlei Anlass vor, und der Gedanke eines Amateureinbruchs in sein Haus ist ihm wahrscheinlich nie gekommen. Und gerade das ist es, was wir jetzt ins Werk setzen werden.«

»Könnten wir nicht einen Haftbefehl erwirken und unser Vorgehen mit dem Gesetz in Einklang bringen?«

»Das dürfte kaum möglich sein auf meine schwer zu beweisenden Angaben hin.«

»Was versprechen Sie sich denn von dem Einbruch?«

»Wir können gar nicht wissen, was für einen aufschlussreichen, wichtigen Briefwechsel wir dort zum Beispiel finden können.«

»Die Sache gefällt mir nicht recht, Holmes.«

»Mein bester Watson, Sie sollen ja auch nur Schmiere stehen, das eigentlich kriminelle Handwerk mit Stemmeisen und Schraubenzieher besorge ich. Denken Sie auch bitte an Mycrofts Brief, an die Admiralität, an das Kabinett, an die aufgeregte hochstehende Person, die auf Nachrichten von uns warten. Es ist jetzt wirklich nicht an der Zeit, sich durch legale Zwirnsfäden aufhalten zu lassen. Wir müssen auf unser eigenes Risiko und unsere guten Gewissen hin handeln.«

Statt einer Antwort erhob ich mich.

»Sie haben recht, Holmes, verzeihen Sie mir meine kleinen Bedenklichkeiten, wo es sich um eine so große Sache handelt.«

Wortlos drückte mir Holmes die Hand.

»Ich wusste, Sie würden nicht kneifen, wenn es darauf ankommt«, sagte er auf der Straße, und in seinen Augen sah ich etwas, das nur ganz selten dort zu sehen war: den Ausdruck eines herzlichen Gefühls. Im nächsten Augenblick aber schon war er wieder ganz der gewohnte nur aus Intellekt und Energie bestehende Mann.

»Es ist fast eine halbe Meile, aber wir haben Zeit und können zu Fuß gehen. Verlieren Sie mir nur ja nichts aus Ihren Taschen! Wenn Sie als ein verdächtiges Individuum verhaftet würden, wäre das in diesem Augenblick geradezu verhängnisvoll – für mich.«

Die Caulfield-Anlagen waren typisch für die Westend-Entwicklung Londons in den siebziger Jahren. Säulen, Karyatiden, Pfeiler, schwere Sandsteinfriese und dergleichen. Neben Nummer 13 schien eine Kindergesellschaft zu sein; man hörte viele helle Stimmen, Kreischen, Lachen und ein kindliches Geklimper auf dem Klavier. Nacht und Nebel schützten uns freundlich, wie schwere Vorhänge hing es um uns von allen Seiten. Holmes hatte die Blendlaterne angesteckt und beleuchtete die schwere Eingangstür.

»Das ist keine leichte Arbeit«, sagte er. »Nicht nur verschlossen, sondern auch von innen verriegelt, nehme ich an. Versuchen wir es besser von der Hintertür. Hier ist ein ausgezeichneter Schlupf dort in dem Torbogen, für den Fall, dass ein übereifriger Schutzmann Interesse an uns nähme. Lassen Sie mich auf Ihre Hand treten, damit ich das Gitter oben fassen kann; ich ziehe Sie dann nach.«

Eine Minute später standen wir beide im Hof. Kaum hatten wir das Gitter überklettert, als der regelmäßige Schritt eines Schutzmanns hörbar wurde. Er kam näher, ging vorüber, verhallte. Holmes nahm die Tür in Angriff. Ich sah ihn sich beugen, stemmen, und mit einem scharfen Krach sprang sie auf. Holmes trat sofort ein, ich folgte; wir stiegen eine enge Treppe hinauf. Holmes' gelber Lichtkegel beleuchtete ein niedriges Fenster.

»Hier, Watson, das muss es sein.«

Er öffnete es, und im selben Augenblick vernahmen wir ein dumpfes, rollendes Geräusch, das näher kam und immer stärker wurde. Ein Zug rasselte vorüber. Holmes beleuchtete das Fenstergesims. Es war dick mit Ruß überzogen von den Lokomotiven, aber an einigen Stellen war der gleichförmig schwarze Belag zerkratzt und abgeschabt.

»Hier können Sie sehen, wo sie den Leichnam hinausgeschoben haben. Holla, Watson! Was ist das? Kein Zweifel, das sind Blutspuren.« Er wies auf dunkle Flecken am untern Fensterrahmen. »Auch hier, auf dem Gesims, Watson. Der Beweis ist erbracht, es stimmt alles. Nun wollen wir hier warten, bis ein Zug hält.«

Lange hatten wir nicht zu warten. Der übernächste Zug schon rasselte noch mit voller Fahrt aus dem Tunnel hervor, verlangsamte die Fahrt aber im Freien und dann, mit Knirschen und Schleifen hielt er unmittelbar unter uns. Es waren keine vier Fuß vom Fenstersims zum nächsten Wagendach. Leise schloss Holmes das Fenster.

»Soweit bestätigt sich alles. Was meinen Sie Watson?«

»Einfach wundervoll! Ein Meisterstück, Holmes, Sie haben sich selbst übertroffen.«

»Darin kann ich Ihnen nicht beipflichten. Von dem Augenblick an, wo ich entschieden hatte, dass die Leiche auf dem Wagendach gelegen habe, war alles Folgende nur die logische Fortsetzung. Wären nicht so ungeheure Staatsinteressen mit dem Fall verknüpft, wäre er bis zu seiner jetzigen

Entwicklung unbedeutend. Die eigentlichen Schwierigkeiten liegen noch vor uns. Aber vielleicht finden wir hier etwas, das uns hilft.«

Wir waren die Hintertreppe hinaufgestiegen und betraten die Zimmer des ersten Stocks. Eines war ein Eßzimmer mit massiven Renaissancemöbeln; es bot nichts von Interesse. Das nächste war ein Schlafzimmer – ebenfalls eine Niete. Das dritte Zimmer dagegen versprach etwas, und mein Freund machte sich an eine methodische Untersuchung, überall lagen Bücher und Papiere umher, es schien eine Art Studierzimmer. Rasch und mit System durchging Holmes den Inhalt einer Schublade nach der anderen, und eines Schrankfaches nach dem anderen. Aber kein Aufleuchten seiner Züge verriet, dass er etwas Wichtiges gefunden habe. Nach einer guten Stunde peinlichst genauer Arbeit war er noch genauso weit wie am Anfang.

»Der schlaue Fuchs hat alle Spuren hinter sich verwischt«, sagte er fast bewundernd. »Er hat nichts zurückgelassen, was ihn verdächtigen könnte. Sein gefährlicher Briefwechsel, auf den ich gerechnet hatte, ist entweder entfernt oder vernichtet worden. Das hier ist unsere letzte Hoffnung.«

Er wies auf eine kleine Kassette, die auf dem Schreibtisch stand. Holmes zwängte den Deckel auf. Mehrere Rollen Papier, bedeckt mit Ziffern und Berechnungen, lagen darin, ohne jeden Hinweis, was sie zu bedeuten hatten. Nur die Worte »Wasserdruck« und »Druck auf den Quadratzoll« deuteten an, dass es sich um Unterseeboote handeln könne. Holmes warf alles unwillig beiseite. Am Boden fand sich noch ein Umschlag mit kleinen Zeitungsausschnitten. Er breitete sie auf der Tischplatte aus, und sofort sah ich an meines Freundes veränderten Zügen, dass ihn eine neue Hoffnung belebte.

»Was ist das, Watson? He, was ist das? Eine Reihe von Botschaften in Form von Zeitungsanzeigen. ›Daily Telegraph‹, Seufzerecke, nach allem zu urteilen. Rechte Ecke oben auf der Seite. Keine Daten – aber solche Mitteilungen ordnen sich von selbst. Die da wird wohl die Erste sein:

›Hoffte früher zu hören. Bedingungen einverstanden. Schreiben Sie an die Adresse auf der überreichten Karte. – Pierrot.‹«

Holmes griff nach einem zweiten Ausschnitt.

»Zu verwickelt für Beschreibung. Brauche Besseres. Entlohnung Zug um Zug. – Pierrot.«

Ein Dritter lautete:

»Es wird dringend. Muss Angebot zurücknehmen, falls Vertrag unerfüllt bleibt. Verabredet Zusammenkunft schriftlich. Werde hier bestätigen. – Pierrot.«

Schließlich noch:

»Montagnacht neun Uhr. Zwei Schläge. Nur Sie selbst. Seien Sie nicht misstrauisch. Bargeld für gute Bedienung. – Pierrot.«

»Das ist vollständig genug, Watson. Wenn wir nur den Mann am anderen Ende der Geschichte erst hätten!« Er saß in Gedanken da und trommelte mit den Fingern auf den Tisch. Endlich sprang er auf.

»Nun, vielleicht ist es doch nicht so schwierig, wie es scheinen könnte. Hier haben wir nichts mehr zu tun, Watson. Ich denke, wir fahren zuerst einmal zur Expedition des ›Daily Telegraph‹ und bringen so ein gutes Tagewerk zum guten Abschluss.«

Mycroft Holmes und Lestrade waren auf Holmes' Ersuchen am anderen Morgen in der Baker Street bei uns erschienen, und Sherlock Holmes hatte ihnen Bericht über die Ergebnisse des vergangenen Tages erstattet. Mr Lestrade, der Londoner Sicherheitsbeamte, schüttelte missbilligend den Kopf, als er von unserem Einbruch hörte.

»Wir von der Polizei können uns so etwas nicht leisten, Mr Holmes«, sagte er. »Es ist daher kein Wunder, dass Sie Erfolge erzielen, die uns schon durch die Umstände verwehrt sind. Aber eines Tages gehen Sie einmal zu weit, und Sie und Ihr Freund haben sich etwas Böses eingebrockt und müssen es auslöffeln.«

»Für Vaterland, Ehre, Schönheit – he, Watson, das wäre ein nettes Motto für unser Märtyrertum, was? Aber Scherz beiseite, wie denkst du über die Sache Mycroft?«

»Ausgezeichnet, Sherlock, ganz wundervoll! Aber wie willst du nun weitergehen?«

Holmes nahm die Nummer des Daily Telegraph auf, die auf dem Tisch lag.

»Hast du Pierrots Anzeige heute schon gesehen?«

»Was? Noch eine?«

»Ja, hier steht sie: ›Heute Nacht. Selbe Stunde. Selber Ort. Zwei Schläge. Lebenswichtig für Sie. Ihre Sicherheit gebietet Zusammenkunft. – Pierrot.‹«

»Bei Gott«, rief Lestrade. »Wenn er daraufhin kommt, dann haben wir ihn!«

»Das war mein Gedanke, als ich die Anzeige aufgab. Ich glaube, wenn Sie es ermöglichen können, mit uns gegen acht Uhr zu Obersteins Wohnung zu kommen, dass Sie dann die Lösung des letzten Rätsels sich vollziehen sehen.«

Eine der bemerkenswertesten Eigenschaften meines Freundes war seine Fähigkeit, seine Gedanken von einer Aufgabe völlig zurückzuziehen, sein Hirn sozusagen umzuschalten und es mit Kleinigkeiten zu beschäftigen, sobald er die Einsicht gewonnen hatte, dass ein längeres Verweilen bei dem Hauptgegenstand nutzlos sei. Ich entsinne mich, dass er den ganzen langen Tag über einer Monografie zubrachte, die er über gewisse Motetten Lassus' geschrieben hatte. Ich für meinen Teil besaß nichts von der Kunst, Gedanken aus- und umzuschalten, und der Tag erschien mir unerträglich lang. Die schwerwiegenden nationalen Interessen, die Ungeduld, den Hochverräter zu erblicken, alles zog und zerrte an meinen Nerven. Es war wie eine Befreiung für mich, als wir nach einem leichten Abendessen uns endlich auf den Weg machten. Da Mycroft Holmes es mit Entrüstung ablehnte, über das Hofgitter zu steigen, musste ich voraus, von hinten durch das Haus und die Vordertür öffnen. Um neun Uhr saßen wir alle im Studierzimmer und lauerten auf unser Opfer.

Eine Stunde verrann und nochmals eine. Als es elf Uhr schlug, schien die große Kirchenglocke unsere Hoffnung zu Grabe zu läuten. Lestrade und Mycroft rutschten unruhevoll auf ihren Sitzen hin und her und schauten fast jede Minute auf die Uhr. Holmes saß still und regungslos da, die Augen halb geschlossen, aber mit allen Sinnen wach. Mit einer ruckartigen Bewegung hob er plötzlich den Kopf.

»Er kommt«, sagte er leise.

Ein verstohlener Schritt ging an der Haustür vorüber. Nun kam er zurück. Wir hörten zwei laute Schläge mit dem Türklopfer. Holmes stand auf und machte uns ein Zeichen, sitzen zu bleiben. Die Gasflamme im Flur war heruntergedreht und brannte fast nur wie ein Pünktchen. Er öffnete die Haustür, ließ den Fremden eintreten und schloss die Tür hinter ihm gleich wieder ab. »Hier, bitte«, hörten wir ihn sagen, und einen Augenblick später stand der Mann vor uns. Holmes war ihm dicht gefolgt, und als der andere mit einem Schrei des Staunens und Schreckens kehrtmachen wollte, fasste Holmes ihn am Kragen und stieß ihn wieder in das Zimmer hinein. Noch ehe unser Gefangener sein Gleichgewicht wieder hatte, hatte Holmes auch diese Tür abgeschlossen. Jetzt stand er mit dem Rücken vor ihr. Der Fremde sah verwirrt um sich, wankte und fiel bewusstlos zu Boden. Sein breitrandiger Hut, den er aufbehalten hatte, fiel ihm bei dem Fall vom Kopf, seine Krawatte rutschte ihm von den Lippen herunter, und da wurden die hübschen Gesichtszüge des Oberst Valentine Walter sichtbar.

Holmes pfiff durch die Zähne vor Erstaunen.

»Watson, diesmal können Sie mich in Ihrer Geschichte als einen Esel darstellen«, sagte er. »Das ist nicht der Vogel, den ich erwartet hatte.«

»Wer ist es?«, fragte Mycroft gespannt.

»Der jüngere Bruder des verstorbenen Sir James Walter, des Vorstehers der Unterseebootsabteilung. Ja, ja, nun ist mir alles klar. Da kommt er zu sich! Am besten beginne ich gleich mit dem Verhör.«

Wir hatten die leblose Gestalt auf das Sofa gelegt. Jetzt setzte unser Gefangener sich müde in eine Ecke, sah sich mit schreckerfüllten Augen um und strich sich mit der Hand über die Stirn, wie jemand, der seinen Augen nicht traut.

»Was ist das?«, fragte er. »Ich bin hergekommen, um einen Mr Oberstein zu besuchen.«

»Wir wissen alles, Herr Oberst Walter«, sagte Holmes. »Wie ein englischer Gentleman eine solche Handlung begehen konnte, ist mir nicht verständlich. Aber Ihre Beziehungen zu Oberstein sind uns bekannt – und auch die Art dieser Beziehungen. Ebenso wissen wir die näheren Umstände, die Cadogan Wests Tod herbeigeführt haben. Ich gebe Ihnen den guten Rat, durch ein offenes Geständnis Ihre Seele zu erleichtern und Ihr großes Unrecht nicht durch das Gegenteil zu vergrößern. Einige Einzelheiten können wir nur aus Ihrem Mund erfahren.«

Der Oberst stöhnte und vergrub sein Gesicht in seine Hände. Wir warteten, aber er blieb stumm.

»Ich kann Sie versichern«, sagte endlich Holmes, »dass alles Wichtige uns bereits bekannt ist. Wir wissen, dass Sie dringend Geld nötig hatten. Dass Sie einen Abdruck von den Schlüsseln nahmen, die Ihr Bruder in Verwahrung hatte, und dass Sie in Beziehungen zu Oberstein traten, der Ihre Briefe mit Anzeigen im Daily Telegraph beantwortete. Es ist uns bekannt, dass Sie am Montagabend im Nebel zu dem Büro gingen, dass Cadogan West Sie sah und er Ihnen nachfolgte, weil er vermutlich schon von früher her

Ursache hatte, Ihnen zu misstrauen. Er sah Sie die Pläne entwenden, konnte aber keinen Alarm schlagen, weil es immerhin möglich schien, dass Sie die Zeichnungen im Auftrag Ihres Bruders in London herausnahmen. Hinter Hintansetzung aller persönlichen Interessen folgte West Ihnen nach und blieb Ihnen im Nebel auf den Fersen bis zu diesem Haus hier. Da suchte er Ihr Verbrechen noch zu verhindern, aber Sie fügten zu dem des Hochverrats noch das schrecklichere des Mordes.«

»Nein, nein, das habe ich nicht getan. Ich schwöre es vor Gott, das habe ich nicht getan!«, schrie der Elende.

»Dann enthüllen Sie uns doch, wie Cadogan West seinen Tod fand, ehe Sie ihn auf das Dach eines Untergrundbahnwagens legten!«

»Das will ich Ihnen sagen. Ich schwöre Ihnen, ich sage die lautere Wahrheit. Alles andere habe ich getan, wie Sie es sagten, das gestehe ich. Ich hatte Börsenschulden zu bezahlen; sie waren dringend, ich brauche das Geld so bitter notwendig. Oberstein bot mir fünftausend Pfund; die konnten mich vor dem Untergang retten. Aber was den Mord anbetrifft, an dem bin ich genauso unschuldig wie Sie!«

»Das sollen Sie uns beweisen! Bitte fahren Sie fort.«

»West misstraute mir und ist mir nachgefolgt, wie Sie es gesagt haben. Ich merkte das nicht früher, als bis ich hier unten vor der Tür stand. Es war ein dicker Nebel, und man konnte kaum einige Schritte weit sehen. Ich hatte zweimal geklopft, und Oberstein kam, die Tür aufzuschließen. Der junge Mann drang mit mir ins Haus und verlangte zu wissen, was wir mit den Plänen beabsichtigten. Oberstein hatte einen kurzen Totschläger; den hatte er immer bei sich. Als West neben mir stand und seine Frage stellte, schlug Oberstein ihn nieder. Es war ein verhängnisvoller Schlag, denn in wenigen Minuten war West tot. Da lag er nun vor uns, und wir wussten nicht, was wir mit ihm tun sollten. Da kam Oberstein auf den Gedanken, ihn auf das Dach eines Wagens zu legen, denn die Untergrundbahnzüge hielten oftmals gerade unter dem Fenster auf der Rückseite des Hauses. Zuerst aber prüfte er die Zeichnungen, die ich mitgebracht hatte. Drei davon hielt er für besonders wichtig, und die wollte er behalten. ›Sie können sie nicht behalten‹, sagte ich. ›Es wird einen fürchterlichen Aufruhr in Woolwich geben, wenn man sie vermisst.‹ – ›Ich muss sie trotzdem behalten‹, sagte er, ›denn sie sind technisch so kompliziert, dass ich sie nicht kopieren kann; jedenfalls nicht bis morgen früh.‹ ›Dann muss ich alle Pläne wieder heute Nacht zurückbringen‹, erwiderte ich. Er dachte eine Weile nach und rief dann auf einmal erfreut, er hätte einen glücklichen Gedanken. ›Die übrigen sieben stecken wir dem Toten in die Taschen‹, rief er. ›Wenn man die Leiche mit den Zeichnungen findet, dann wird man die ganze Geschichte diesem Beamten in die Schuhe schieben.‹ Ich wusste mir keinen anderen Ausweg, und so schritten wir zur Ausführung seines Gedankens. Eine halbe Stunde hatten wir zu warten, bis ein Zug hielt. Es war so ein dichter Nebel, dass wir ohne Gefahr den Leichnam aus dem Fenster auf ein Wagendach legen konnten. Soweit es mich betrifft, war die Sache damit erledigt.«

»Und ihr Bruder?«

»Er sagte nichts; aber er hatte mich einmal überrascht, als ich die Schlüssel in der Hand hielt, und ich glaube, er fasste damals einen Verdacht. Ich konnte es in seinen Augen lesen. Sie wissen, dass er es nicht hat überleben können.«

Eine drückende, peinliche Stille trat ein. Mycroft Holmes unterbrach sie.

»Können Sie den Schaden nicht wiedergutmachen? Das würde Ihr Gewissen erleichtern und Ihre Strafe mildern.«

»Wie könnte ich den Schaden wiedergutmachen?«

»Wo ist Oberstein mit den Plänen?«

»Ich weiß es nicht.«

»Hat er Ihnen keine Adresse angegeben?«

»Er sagte, Briefe würden ihn wahrscheinlich in Paris, Hotel du Louvre, erreichen.«

»Dann steht es noch in Ihrer Macht, alles wiedergutzumachen«, sagte Sherlock Holmes.

»Ich werde gern alles tun, was ich kann, ich brauche Oberstein nicht zu schonen. Er ist die Ursache meiner Erniedrigung und meines Untergangs.«

»Hier sind Feder und Papier. Setzen Sie sich da an den Schreibtisch und schreiben Sie, was ich diktiere. Den Umschlag adressieren Sie an das Hotel du Louvre. So! Und nun den Brief:

›Sehr geehrter Herr! In Bezug auf das kürzlich mit Ihnen abgeschlossene Geschäft werden Sie wohl selbst schon bemerkt haben, dass eine sehr wichtige Zeichnung fehlt. Ich habe eine Kopie derselben. Ich habe mich müssen in besondere Unkosten deswegen stürzen und muss Sie deshalb um einen Betrag von fünfhundert Pfund bitten. Der Postweg ist ausgeschlossen, ich nehme nur Gold oder Banknoten von Hand zu Hand. Ich würde zu Ihnen kommen, aber es würde sehr auffallen, wenn ich jetzt verreise. Ich schlage Ihnen daher eine Zusammenkunft im Rauchsalon des Hotels Charing Cross für Samstagmittag vor. Beachten Sie bitte, dass nur Gold oder englische Banknoten in Betracht kommen.‹

Das wird seinen Zweck erfüllen. Es müsste sonderbar zugehen, wenn wir damit unseren Mann nicht fingen.«

Und wir fingen ihn. Es ist eine geschichtliche Tatsache – aus der geheimen Geschichte einer Nation, die oft so viel fesselnder und lehrreicher ist als die offizielle Geschichte –, dass Oberstein, in seiner Begierde, den größten Coup seines Lebens vollständig zu machen, auf den Köder ging und für fünfzehn Jahre in einem englischen Gefängnis verschwand. In seinem Koffer wurden die unersetzlichen Pläne gefunden, die er, um den höchsten Preis zu erzielen, bei allen Flottengroßmächten zugleich zum Kauf angeboten hatte.

Oberst Walter starb nach zwei Jahren im Gefängnis. Und Sherlock Holmes kehrte erfrischt zu seinen Motetten des Lassus zurück. Seine Monografie ist seitdem als Privatdruck erschienen, und die Fachleute sagen, es sei das abschließende Werk über den behandelten Stoff. Einige Wochen später hörte ich zufällig, dass Holmes einen Tag auf Schloss Windsor verbrachte und von dort mit einer wundervollen Smaragdnadel in der Krawatte zurückkehrte. Als ich ihn fragte, ob er sie gekauft habe, antwortete er mir, es sei das Geschenk einer hochstehenden alten Dame, in deren Interesse er einen gewissen Kriminalfall aufgeklärt habe.

Mehr sagte er nicht.

Der sterbende Sherlock Holmes

Mrs Hudson, unsere Hauswirtin in der Baker Street, war eine geduldige Frau und von großer Langmut. Nicht nur wurde ihr erstes Stockwerk zu allen Stunden des Tages und der Nacht von den zahlreichsten und oft auch zweifelhaftesten Menschen überflutet, sondern ihr Mieter Sherlock Holmes zeigte in seiner Lebensführung eine Unregelmäßigkeit und Absonderlichkeit, die ihre Geduld oft hart auf die Probe gestellt haben müssen. Seine unglaubliche Unordentlichkeit, seine Vorliebe, zu den ungewöhnlichsten Stunden »Musik« zu machen, sein gelegentliches Pistolenschießen im Flur, seine qualmigen und oft recht übelriechenden wissenschaftlichen Versuche und schließlich die ganze Atmosphäre von Gefahr und Verbrechen, die ihn umgab, machten ihn sicher zu einem der unbequemsten Mieter in ganz London. Andererseits bezahlte er wie ein Fürst. Ich bezweifele kaum, dass das ganze Haus um den Preis hätte gekauft werden können, den Holmes für seine Zimmer während der Jahre bezahlte, die ich mit ihm zusammenwohnte.

Die Hauswirtin hatte den denkbar größten Respekt vor ihm und wagte nie, Einwendungen zu erheben, mochte das Benehmen meines Freundes auch mehr als nur ungewöhnlich sein. Auf ihre Art liebte sie ihn sogar, denn er war im Verkehr mit Frauen von einer merkwürdigen Höflichkeit und Liebenswürdigkeit. Er verachtete das ganze Geschlecht und misstraute ihm, aber er war stets ein ritterlicher Gegner.

Da ich wusste, wie sehr mein Freund bei Mrs Hudson in Ansehen und Achtung stand, so folgte ich sehr ernsthaft ihrer Erzählung, als sie im zweiten Jahr nach meiner Verheiratung zu mir kam und mir den traurigen Zustand Holmes' offenbarte, in dem er sich seit Kurzem befand.

»Er stirbt, Doktor Watson«, sagte sie. »Seit drei Tagen sieht man ihn dahinsiechen, und es scheint mir fraglich, ob er den heutigen Tag überleben wird. Er wollte nicht, dass ich einen Doktor hole, aber heute Morgen, als ich sah, wie ihm die Knochen aus dem Gesicht stehen, und er mich mit fiebrigen Augen anstierte, konnte ich es nicht länger aushalten. ›Mit Ihrer Einwilligung oder gegen Ihren Willen, Mr Holmes, gehe ich jetzt augenblicklich einen Arzt rufen‹, sagte ich. ›Dann holen Sie mir wenigstens Watson‹, sagte er. An Ihrer Stelle würde ich keinen Augenblick säumen, Herr Doktor, wenn Sie ihn noch lebend antreffen wollen.«

Ich war entsetzt, denn ich hatte keine Ahnung von seiner Krankheit. Überflüssig, zu bemerken, dass ich sofort nach Überrock und Hut griff und mich auf den Weg machte. Als ich mit ihr zurückfuhr, fragte ich sie nach Einzelheiten.

»Da kann ich Ihnen nur wenig sagen, Herr Doktor; er arbeitete an einem Fall drunten in Rotherhite, in einer Gasse nahe an der Themse, und von dort hat er die Krankheit mitgebracht. Er legte sich am Donnerstagnachmittag zu Bett und hat es seitdem nicht mehr verlassen. Diese drei ganzen Tage hat er weder Nahrung zu sich genommen noch irgendetwas getrunken.«

»Um Gottes willen! Warum haben Sie nicht früher einen Arzt geholt?«

»Er hatte es ja verboten, Herr Doktor. Sie wissen ja, wie streng er ist. Ich wagte nicht, seinen Befehl zu missachten, aber er weilt nicht mehr lange unter uns, das werden Sie selber im gleichen Augenblick schon merken, wo Sie ihn erblicken. Es ist schrecklich.«

Er bot in der Tat einen kläglichen Anblick. In dem dämmerigen Licht eines nebeligen Novembertages war das Krankenzimmer ein düsteres Loch, aber was einen Kälteschauer in mein Herz dringen ließ, war dies geisterhafte, verwüstete Antlitz, das mich vom Bett aus anstierte. Seine Augen glitzerten vor Fieber, hektische Röte lag auf beiden Backen, und dunkle Krusten klebten an seinen Lippen; die skelettshaft mageren Hände zuckten unausgesetzt, seine Stimme war heiser und halb erstickt. Er lag gänzlich leblos da, als ich ins Zimmer trat, aber mein Anblick zauberte einen flüchtigen Freudenschimmer in seine Augen.

»Ah, Watson, es scheint, es kommen jetzt die Tage, die uns nicht gefallen«, sagte er mit matter Stimme, aber wie mir schien, mit seiner früheren Sorglosigkeit.

»Mein lieber Holmes!«, rief ich und trat zu ihm ans Bett.

»Zurück! Zurück da!«, sagte er mit dem scharf befehlenden Klang, den seine Stimme nur in Augenblicken der Gefahr annahm. »Wenn Sie näher kommen, Watson, dann schicke ich Sie wieder nach Hause.«

»Aber warum denn?«

»Weil ich es will. Genügt Ihnen das nicht?«

Ja, Mrs Hudson hatte recht, er war herrischer denn je. Indes war es herzbrechend, seine Erschöpfung zu sehen.

»Ich kam ja nur, um Ihnen zu helfen«, erklärte ich.

»Gewiss, Sie helfen mir am Besten, wenn Sie das tun, was ich Ihnen sage.«

»Wie es Sie gut dünkt, Holmes.«

Er verzichtete auf den befehlenden Ton.

»Sie sind doch nicht ärgerlich?«, fragte er und rang nach Atem.

Armer Kerl, wie konnte ich ärgerlich sein, wenn ich ihn in diesem Zustand der Auflösung vor mir sah?

»Es ist zu Ihrem eigenen Besten, Watson«, sprach seine raue Stimme.

»Zu meinem Besten?«

»Ich weiß, was mit mir los ist. Es ist eine Kulikrankheit von Sumatra – eine Infektion, von der die Holländer mehr verstehen als wir, obwohl sie bis jetzt medizinisch noch nicht viel darüber gearbeitet haben. Eines nur steht fest: Die Krankheit ist absolut tödlich und in erschreckendem Maße ansteckend.«

Er sprach jetzt mit fieberhafter Erregung, seine Hände zuckten und sprangen, als er mich abwehrte.

»Ansteckend durch Berührung, Watson – das ist es: durch Berührung! Bleiben Sie mir vom Leib, und Sie sind nicht gefährdet.«

»Beim Himmel, Holmes, glauben Sie denn, dass eine solche Sicherheitserwägung mich auch nur einen Augenblick zurückhalten könnte? Nicht einmal, wenn der Patient ein Fremder wäre. Glauben Sie, das könnte mich abhalten, meine ärztliche Pflicht gegen einen so alten Freund zu erfüllen?«

Abermals trat ich an sein Bett, aber er trieb mich mit einem Blick voll wilden Ärgers zurück.

»Wenn Sie dort stehenbleiben wollen, dann werde ich sprechen. Wenn nicht – da ist die Tür!«

Ich hatte eine so große Hochachtung vor den außerordentlichen Fähigkeiten meines Freundes, dass ich mich seinen Wünschen stets gefügt habe, auch dann, wenn sie mir völlig unbegreiflich waren. Aber jetzt waren alle meine medizinischen Instinkte wach geworden. Mochte er unter anderen Umständen mir befehlen – ich befand mich jetzt als Arzt in einem Krankenzimmer.

»Holmes«, sagte ich, »ich darf Sie nicht ernst nehmen. Ein kranker Mann ist bloß ein Kind, und so muss ich Sie behandeln. Ob es Ihnen gefällt oder nicht, ich werde Sie untersuchen und dem Befund gemäß ärztlich behandeln.«

Er sah mich mit geradezu giftigen Augen an.

»Wenn ich einen Doktor haben soll, einerlei ob ich mag oder nicht, dann möchte ich wenigstens einen haben, der mein Vertrauen verdient«, sagte er.

»Also ich verdiene Ihr Vertrauen nicht?«

»Als Freund restlos. Aber Tatsachen sind Tatsachen, Watson, und alles in allem sind Sie nur ein durchschnittlicher praktischer Arzt von mittelmäßiger Begabung und mit sehr begrenzter Erfahrung. Es ist schmerzlich, Ihnen so etwas sagen zu müssen, aber Sie lassen mir ja keine andere Wahl.«

Das war bitter.

»Solche Worte sind Ihrer unwürdig, Holmes. Sie zeigen mir aber mit aller Deutlichkeit Ihren wahren Nervenzustand. Jedoch, wenn Sie kein Vertrauen zu mir haben, so werde ich Ihnen meine Dienste nicht aufdrängen. Ich will gehen und Sir Jasper Meek oder Penrose Fisher oder einen der besten Ärzte Londons holen. Sie müssen ärztliche Hilfe haben, und dabei bleibe ich. Wenn Sie glauben, ich würde hier stehen bleiben und zuschauen, wie Sie sterben, ohne dass ich Ihnen helfe oder fremde ärztliche Hilfe bringe, dann haben Sie meine Freundschaft unterschätzt!«

»Sie meinen es ja gut, Watson«, sagte der kranke Mann mit einem Seufzer. »Soll ich Ihnen Ihre Unwissenheit nachweisen? Was wissen Sie denn vom Tapanuli-Fieber? Was wissen Sie denn von der schwarzen Formosa-Eiterung?«

»Ich habe weder vom einen noch vom anderen gehört.«

»Es gibt noch so manche unerforschte Krankheiten, so viele seltsame, pathologische Möglichkeiten im fernen Osten, Watson.«

Er setzte nach beinahe jedem Wort aus, um Atem zu holen. »Ich habe so viel gelernt bei meinen kürzlichen Untersuchungen auf medizinisch-kriminellem Gebiet. Bei diesen Forschungen habe ich mir die Krankheit zugezogen. Sie sind machtlos dagegen.«

»Sie mögen recht haben. Zufällig aber weiß ich, dass Dr. Airstree, die größte lebende Autorität für tropische Krankheiten, augenblicklich in London weilt. Alle Ihre Einwände nützen nichts, Holmes, ich gehe jetzt, den berühmten Arzt zu holen.«

Nie erlitt ich solch einen Schock! In einem Augenblick, mit einem wahren Tigersprung, war mir der sterbende Mann zuvorgekommen. Ich hörte das scharfe Schnappen eines Schlosses. Im nächsten Augenblick war er zu seinem Bett zurückgetaumelt; dort lag er erschöpft und schwer atmend nach diesem einen fürchterlichen Energieausbruch.

»Sie werden mir den Schlüssel nicht mit Gewalt abnehmen, Watson. Nun habe ich Sie, Freundchen. Sie haben zu mir kommen wollen, und nun sollen Sie hier bleiben, solange es mir gefällt, aber ich werde Sie unterhalten.« Er sagte das alles in abgerissenen Worten mit schrecklichen Atemkämpfen in den Pausen. »Sie meinen es von Herzen gut mit mir. Das weiß ich natürlich sehr wohl. Sie sollen auch Ihren Willen haben, nur lassen Sie mir erst Zeit, wieder zu Kräften zu kommen. Nicht jetzt, Watson, nicht jetzt. Es ist vier Uhr. Um sechs Uhr können Sie gehen.«

»Das ist ja Wahnsinn, Holmes.«

»Nur noch zwei Stunden, Watson, ich verspreche Ihnen, um sechs Uhr dürfen Sie gehen. Willigen Sie ein, so lange zu warten?«

»Ich habe ja keine andere Wahl.«

»Gut, dass Sie es einsehen, Watson. Danke, danke, ich kann mir das Bettzeug allein zurechtrichten. Bleiben Sie mir bitte ja vom Leib! So, Watson, nun habe ich noch eine weitere Bedingung zu stellen. Sie werden nicht den Arzt heranziehen, den Sie genannt haben, sondern den Mann, den ich mir wähle.«

»Ganz wie Sie wollen.«

»Die ersten vier vernünftigen Worte, die Sie heute hier gesprochen haben. Dort drüben finden Sie einige Bücher, ah, ich bin etwas matt; ich frage mich, was wohl eine Batterie fühlen mag, wenn sie ihre Elektrizität in einen Nichtleiter ausströmt. Um sechs Uhr, Watson, nehmen wir unsere Unterhaltung wieder auf.«

Aber es war bestimmt, dass wir sie lange vor dieser Zeit wieder aufnehmen sollten und unter Umständen, die mir einen zweiten Schock gaben, der an Heftigkeit dem ersten, als er mir vor die Tür sprang, kaum nachstand. Ich hatte einige Minuten dagestanden, die Augen auf die stumme Gestalt in dem Bett gerichtet. Das Gesicht war beinahe ganz verhüllt von der Bettdecke, er schien zu schlafen. Ich fühlte mich unfähig, etwas zu lesen und ging daher im Zimmer auf und ab und besah mir die Bilder der berühmten Verbrecher, mit denen die Wände vollbehängt waren. Schließlich trat ich in meiner Unrast an den Kaminsims. Tabaksbeutel, Pfeifen, Injektionsspritzen, Federmesser, Revolverpatronen und dergleichen lagen dort umher. In der Mitte stand eine kleine schwarz-weiße Elfenbeindose mit Schraubdeckel. Es war ein nettes kleines Ding, und ich hatte meine Hand ausgestreckt, um es näher zu betrachten, als – –

Es war der fürchterlichste Schrei, den ich je gehört habe – so durchdringend, dass man ihn gewiss am Ende der Straße hören konnte. Es lief mir kalt über die Haut, und das Haar stand mir zu Berge. Als ich mich umwandte, sah ich ein verzerrtes Gesicht und wahnsinnige Augen. Ich stand völlig gelähmt da mit der kleinen Dose in meiner Hand.

»Stellen Sie es weg! Augenblicklich weg damit, Watson – augenblicklich sage ich!« Sein Kopf sank auf das Kissen zurück, und er stieß einen Seufzer der Erleichterung aus, als ich die Dose wieder auf den Kaminsims stellte.

»Es macht mich wild, wenn man meine Sachen anfasst, Watson. Sie wissen doch, dass ich das hasse. Sie quälen mich hier mehr als erträglich ist. Sie, ein Arzt – Sie haben das Zeug, um einen Patienten ins Irrenhaus zu treiben. Setzen Sie sich irgendwo hin, Mensch, und lassen Sie mir meine Ruhe!«

Der Zwischenfall machte einen höchst unangenehmen Eindruck auf mich. Die heftige, unbegründete Erregung, gefolgt von diesen brutalen Worten, so ganz abseits von seiner üblichen Freundlichkeit, zeigte mir, wie schwer sein Geist bereits zerrüttet war. Von allen Zerstörungen ist die eines vormals stolzen Geistes die ergreifendste. Ich saß in stummer Ergebenheit auf meinem Stuhl und wartete, bis es sechs Uhr schlug. Auch Holmes schien die Zeit genau verfolgt zu haben, denn kaum war es sechs Uhr, als er mit derselben fieberhaften Lebhaftigkeit wie zuvor begann:

»Nun, Watson, haben Sie Kleingeld in der Tasche?«

»Ja.«

»Silber darunter?«

»Ein paar Stücke.«

»Wie viele halbe Kronen?«

»Ich habe fünf.«

»Ah, das ist zu wenig! Zu wenig! Das trifft sich sehr unglücklich, Watson! Immerhin, Sie können sie ja einmal in Ihre Uhrentasche stecken. Und den ganzen Rest Ihres Geldes in die linke Hosentasche. Ich danke Ihnen. Das wird Ihnen das richtige Gleichgewicht geben.«

Das war vollendeter Wahnsinn. Ein Schauer durchlief ihn, und er stieß einen Laut aus, halb Husten, halb Seufzer.

»Zünden Sie jetzt bitte das Gas an, Watson, aber ich mache Sie dafür verantwortlich, dass die Flamme höchstens halb angedreht brennt. Ich habe mein Gründe und flehe Sie an, genau aufzupassen. Danke schön, so, so ist es gut, ausgezeichnet. Nein, nicht nötig, die Vorhänge herunterzulassen. Nun bitte legen Sie mir einige Briefe und Papiere auf diesen Tisch, sodass ich sie zur Hand habe. Danke schön. Nun einiges von dem Zeugs da auf dem Kaminsims. Ausgezeichnet, Watson! Dort muss eine Zuckerzange liegen. Bitte ergreifen Sie mit der Zange die Elfenbeindose. Stellen Sie sie hier zwischen die Papiere auf den Tisch. Gut! Jetzt können Sie gehen und Mr Culverton Smith, Lower Burke Street Nr. 13 holen.«

Die Wahrheit zu sagen, war mein Wunsch, einen Arzt zu holen, nicht mehr so lebhaft, denn mein armer Freund delirierte offenbar so stark, dass es gefährlich schien, ihn allein zu lassen. Indessen war er jetzt ebenso darauf versessen, den genannten Smith zu konsultieren, als er vorhin hartnäckig alle ärztliche Hilfe abgelehnt hatte.

»Den Namen habe ich nie gehört«, sagte ich.

»Wahrscheinlich nicht, mein guter Watson. Es wird Sie überraschen, dass der Mann, der auf der ganzen Welt am meisten von dieser Krankheit versteht, nicht ein Mediziner ist, sondern ein Pflanzer. Mr Culverton Smith ist ein bekannter Pflanzer von Sumatra und zur Zeit in London. Eine Epidemie dieser Krankheit auf seiner Pflanzung, die weitab von jeder ärztlichen Hilfe gelegen ist, gab ihm Anlass, sie selbst zu studieren, und dabei kam er auf einige sehr weitreichende Entdeckungen. Er ist ein sehr methodischer Mann, und ich wollte nicht, dass Sie vor sechs Uhr zu ihm gingen, da ich wusste, dass Sie ihn zu Hause nicht anträfen. Wenn Sie ihn überreden könnten, hierher zu kommen, und mir die Vorteile seiner einzigartigen Erfahrungen mit dieser Krankheit, deren Erforschung sein liebstes Steckenpferd ist, zukommen zu lassen, so zweifle ich nicht daran, dass ich noch zu retten wäre.«

Ich gebe hier als ein zusammenhängendes Ganzes wieder, was Holmes mir sagte, und unterlasse den Versuch zu schildern, wie seine Worte durch Atemnot, Husten und das wilde Zucken seiner Hände unterbrochen wurden, die seinen schmerzhaften Zustand verrieten. Sein Aussehen war während der wenigen Stunden, die ich mit ihm zusammen war, noch schlechter geworden. Die hektische Röte war ausgesprochener, die Augen lagen noch tiefer in ihren Höhlungen und funkelten noch fiebriger, und kalter Schweiß stand in dicken Tropfen auf seiner blassen Stirn. Er hatte sich jedoch die ruhige Sicherheit seiner Sprache bewahrt. Ich wusste, bis zum letzten Atemzug würde er der Herr und Meister bleiben.

»Sie werden ihm genau schildern, in welchem Zustand Sie mich verlassen haben«, sagte er. »Sie werden ihm Ihren Eindruck von mir wiedergeben – ein sterbender Mann – ein sterbender Mann in Delirien. In der Tat, ich kann mir nicht erklären, weshalb der ganze Boden des Ozeans nicht eine einzige kompakte Masse von Austern ist, so rasch vermehren sich diese Schalentiere. Ah, ich rede irre! Sonderbar, wie das Gehirn das Gehirn kontrolliert! – – Von was wollte ich eben sprechen, Watson?«

»Meine Anweisungen für Culverton Smith.«

»Ach ja, ich entsinne mich. Mein Leben hängt davon ab. Sie müssen ihm zureden, Watson. Wir haben keine Liebe zueinander, im Gegenteil. Sein Neffe, Watson – ich hatte Smith im Verdacht eines Verbrechens und ließ es ihn merken. Der Junge ist scheußlich gestorben. Er hat einen Hass auf mich. Aber Sie werden ihn besänftigen, Watson. Bitten Sie ihn, flehen Sie ihn an, schaffen Sie ihn mir mit allen Mitteln hierher. Er kann mich retten – nur er allein!«

»Ich werde ihn in einer Droschke herfahren, und wenn ich ihn mit Gewalt entführen müsste.«

»Nein, bitte nichts dergleichen. Sie werden ihn überreden herzukommen, und dann werden Sie ihm vorauseilen zu mir. Erfinden Sie irgendeine Ausrede, um nicht mit ihm zusammen herzukommen. Vergessen Sie das nicht, Watson. Sie dürfen hier nicht versagen. Sie haben sich noch immer bewährt als Freund. Ohne Zweifel gibt es natürliche Gegner, die das Oberhandnehmen der Schalentiere verhindern. Sie und ich Watson, wir haben unsere Pflicht getan. Soll trotzdem die Welt von Austern überflutet werden? Nein, nein, grässlich! Nun gehen Sie und berichten Mr Smith getreulich, wie es hier steht.«

Ich verließ ihn, erfüllt von dem Eindruck dieses großartigen Intellekts, der jetzt kindisch vor sich hin redete. Er hatte mir den Schlüssel gegeben und ich kam auf den guten Gedanken ihn einzustecken, damit er sich nicht etwa einschlösse. Draußen fand ich Mrs Hudson zitternd und weinend. Als ich die Treppe hinunterging, hörte ich Holmes' hohe dünne Stimme unmelodisch singen. Unten auf der Straße, als ich eine Droschke herbeipfiff, kam ein Mann zu mir durch den Nebel.

»Wie geht es Mr Holmes?«, fragte er.

Es war ein alter Bekannter, Inspektor Morton von Scotland Yard, in Zivilkleidung.

»Es geht ihm sehr schlecht«, antwortete ich.

Er sah mich auf eine sehr eigentümliche Art an. Es schien mir fast, als leuchte das Gesicht vor Schadenfreude auf.

»Ich hatte etwas davon gehört«, sagte er.

Die Droschke fuhr heran, und ich verließ ihn.

Lower Burke Street erwies sich als eine Zeile feiner Häuser in der ansprechenden Gegend zwischen Notting Hill und Kensington. Das gesuchte Haus, vor dem der Kutscher mich absetzte, war von ernstem, aber nicht unschönem Aussehen, mit altmodischem eisernen Gitterwerk, einer schweren Doppeltür und blankgeputztem Messing. Auf mein Klingeln erschien ein feierlicher Diener.

»Jawohl, Mr Smith ist zu Hause.« Er las meine Karte. »Herr Doktor Watson! Ich bitte, sich einen Augenblick zu gedulden, ich werde Sie anmelden.«

Mein bescheidener Name und Titel schienen auf Mr Culverton Smith keinen Eindruck zu machen. Durch die halboffene Tür vernahm ich eine hohe, ärgerliche, durchdringende Stimme.

»Wer ist das? Was will er? Mein Gott, Staples, wie oft habe ich Ihnen schon gesagt, dass ich zu meinen Studierzeiten nicht gestört sein will!«

Ich hörte den Diener ein paar besänftigende Entschuldigungen sprechen.

»Schon gut, aber ich empfange jetzt niemand. Ich kann meine Arbeit nicht einfach im Stich lassen. Ich bin nicht zu Hause. Sagen Sie ihm das. Er soll morgen früh wieder kommen, wenn er mich wirklich so dringend sprechen muss.«

Wieder hörte ich die leise Stimme des Dieners.

»Alles schön und gut, aber ich lasse mich nicht in meiner Arbeit stören. Sagen Sie ihm das! Er kann ja morgen früh kommen oder meinetwegen lieber wegbleiben.«

Ich dachte an Holmes, wie er in seinem Bett nach Atem rang und wahrscheinlich die Minuten zählte, bis die erhoffte Hilfe erscheine. Hier musste alle zeremonielle Höflichkeit weichen. Sein Leben hing von meinem Erfolg ab. Ehe mir noch der Diener den ablehnenden Bescheid seines Herrn überbracht hatte, war ich an ihm vorbei in das Zimmer getreten.

Mit einem ärgerlichen Ausruf erhob sich ein Mann von einem Stuhl neben dem Kaminfeuer. Ich sah ein großes gelbes Gesicht, grob geschnitten, mit starkem Doppelkinn und zwei drohend blickenden grauen Augen, die unter buschigen, gelben Brauen hervor Blitze nach mir schossen. Auf dem kahlen Schädel saß, beinahe kokett zur Seite geschoben, eine kleine Samtmütze. Dieser Schädel musste ein ungewöhnlich großes Gehirn bergen, und doch, als ich die ganze Gestalt ins Auge fasste, erschien mir der Körper des Mannes klein und schwächlich, mit vorgebeugten Schultern, wie bei jemand, der als Kind an Rachitis gelitten hat.

»Was soll das?«, schrie er mit hoher Stimme. »Was erlauben Sie sich, hier einzudringen? Habe ich Ihnen nicht sagen lassen, ich sei morgen früh für Sie zu sprechen?«

»Es tut mir leid, aber die Sache duldet keinen Aufschub. Mein Freund Sherlock Holmes ...«

Die Erwähnung dieses Namens war von außerordentlicher Wirkung auf diesen kleinen Mann. Der Ärger verschwand sogleich aus seinem Blick. Sein Gesicht verriet gespannte Neugier.

»Sie kommen von Sherlock Holmes?«, fragte er.

»Ich habe ihn soeben erst verlassen.«

»Was macht Mr Holmes, wie geht es ihm?«

»Es geht verzweifelt schlecht. Deshalb bin ich zu Ihnen gekommen.«

Der Mann bot mir einen Stuhl an, und wir setzten uns. Bei dieser Gelegenheit sah ich einen Augenblick lang sein Gesicht in dem Spiegel über dem Kaminsims. Ein boshaftes, gemeines Lächeln schien sich darüber zu breiten. Aber ich überredete mich, es müsse ein nervöses Zucken gewesen sein, das ich zufällig gewahrte, denn im nächsten Augenblick wandte er sich mir zu mit vollendeter Liebenswürdigkeit in seiner Miene.

»Es tut mir sehr leid, das zu hören«, sagte er. »Ich kenne Mr Holmes lediglich durch einige geschäftliche Beziehungen, die wir miteinander hatten, aber ich schätze seine Talente und seinen Charakter überaus hoch. Er ist ein Liebhaber auf dem Gebiet der Verbrechen, wie ich auf dem der Infektionen. Was für ihn der schwere Junge, ist für mich der Bazillus. Das da sind meine Zuchthäuser«, fuhr er fort, indem er auf eine Reihe von Gläsern und Röhrchen wies, die auf einem kleinen Tische standen.

»Unter diesen Gelatinekulturen sind einige mit den schlimmsten Übeltätern der Welt, die jetzt hier ihre Zeit absitzen.«

»Eben wegen Ihrer besonderen Kenntnisse wünschte Mr Holmes, Sie zu sehen. Er hat eine hohe Meinung von Ihnen und glaubt, dass Sie der einzige Mensch in London sind, der ihm helfen kann.«

Der kleine Mann sprang auf, so heftig, dass das Samtkäppchen ihm übers Ohr rutschte und zu Boden fiel.

»Wieso?«, fragte er. »Wieso kommt Mr Holmes auf den Gedanken, dass ich ihm helfen könnte?«

»Wegen Ihrer Erfahrung mit tropischen Krankheiten, besonders denen des fernen Ostens.«

»Aber was berechtigt ihn zu der Annahme, dass die Krankheit, die er sich zugezogen hat, in mein Spezialfach schlägt?«

»Weil er beruflich in letzter Zeit mit chinesischen Seeleuten in den Docks zu tun hatte.«

Mr Culverton Smith lächelte wohlgefällig und hob sein Samtkäppchen wieder auf.

»Oh, ich verstehe, ich verstehe«, sagte er. »Ich glaube aber, seine Krankheit ist nicht so schlimm, wie Sie annehmen. Wie lange ist Ihr Freund schon krank?«

»Seit drei Tagen.«

»Hat er Fieberdelirien?«

»Ja, zwischendurch.«

»Tja, tja, das klingt doch bedenklich. Es wäre unmenschlich, wenn ich nicht zu ihm eilte. Ich kann Störungen bei meiner Arbeit nicht vertragen, Herr Doktor, aber hier mache ich selbstverständlich gern eine Ausnahme. Ich komme sogleich mit.«

Ich erinnerte mich an Holmes' strenge Weisung.

»Ich habe noch eine andere Verabredung«, erwiderte ich.

»Schön, dann gehe ich eben allein. Die Adresse des Mr Holmes ist mir bekannt. Sie können sich bestimmt darauf verlassen, dass ich in längstens einer halben Stunde an seinem Krankenlager stehen werde.«

Mit einem bedrückten Herzen trat ich wieder bei meinem Freund ein. So wie ich ihn verlassen hatte, konnte das Schlimmste während meiner Abwesenheit eingetreten sein. Zu meiner ungeheuren Erleichterung aber fand ich, dass sein Zustand sich in der Zwischenzeit sehr gebessert hatte. Sein Aussehen freilich war so geisterhaft wie vorher, aber er war völlig klar im Kopf und sprach mit zwar schwacher Stimme, aber mit größerer Bestimmtheit und Lebhaftigkeit als selbst in seinen gesunden Tagen.

»Nun, Watson, haben Sie mit ihm gesprochen?«

»Ja, er kommt.«

»Ausgezeichnet, Watson! Ausgezeichnet! Sie sind doch der beste Freund.«

»Er wollte mit mir herkommen.«

»Das würde alles vereitelt haben. Das durfte unter keinen Umständen geschehen. Hat er Sie gefragt, was mir fehlt?«

»Ich sprach ihm von der Krankheit und von den Chinesen in den Docks.«

»Gut! Watson, Sie haben alles für mich getan, was ein guter Freund für mich tun konnte. Sie können jetzt von der Bühne abtreten.«

»Ich muss doch warten, bis er kommt und seine Ansicht hören, Holmes.«

»Natürlich müssen Sie, aber ich habe Grund zu der Annahme, dass er seine Meinung viel offener aussprechen wird, wenn er glaubt, mit mir allein zu sein, und dass dies für Sie wesentlich aufschlussreicher sein wird. Da hinter dem Kopfende meines Bettes wird gerade Platz genug für Sie sein, Watson.«

»Aber Holmes!«

»Ich fürchte nur, Ihnen bleibt keine andere Wahl. Das Zimmer bietet sonst keine Gelegenheit, sich zu verstecken, und das ist auch sehr gut so, denn er wird dann umso weniger Verdacht schöpfen. Hier hinter dem Bett, das wird gerade noch gehen.« Plötzlich richtete er sich auf mit vorgebeugtem Kopf. »Ich höre schon die Droschke. Schnell, Watson, wenn Sie meines ewigen Dankes sicher sein wollen! Und rühren Sie sich nicht, was auch geschehen mag – rühren Sie sich unter gar keinen Umständen. Verstanden? Aber merken Sie sich genau jedes Wort, das gesprochen wird.« Dann sank er wieder todmatt in seine Kissen zurück, und seinen im Befehlston gesprochenen Worten folgte das sinnlose Gemurmel eines im Fieber liegenden Sterbenden.

Von meinem Versteck aus, in das ich so plötzlich genötigt worden war, hörte ich Schritte auf der Treppe, dann das Öffnen und Schließen der Zimmertür. Zu meiner Überraschung folgte eine lange dauernde Stille, die nur von den schweren, röchelnden, unregelmäßigen Atemzügen des Kranken unterbrochen wurde. Ich stellte mir vor, dass Mr Smith neben dem Bett stand und den kranken Dulder betrachtete. Endlich wurde diese unheimliche Stille unterbrochen.

»Holmes!«, rief er. »Holmes!«

Der Kranke rührte sich offenbar nicht.

»Hallo, können Sie mich hören, Holmes?«, rief er von Neuem, in dem scharfen Ton jemandes, der einen Schlafenden aufwecken will. Zugleich vernahm ich ein Geräusch, als schüttele er den Kranken heftig an der Schulter.

»Sind Sie das, Mr Smith?«, flüsterte Holmes. »Ich durfte ja kaum hoffen, dass Sie zu mir kämen.«

Der andere lachte.

»Allerdings! Und dennoch, wie Sie sehen, bin ich sofort gekommen. Feurige Kohlen, Holmes – feurige Kohlen!«

»Es ist sehr gütig von Ihnen – das ist edel gehandelt. Ich schätze Ihre besonderen Kenntnisse von gewissen Krankheiten.«

Mr Smith lachte wieder.

»Ja, das tun Sie. Zum Glück sind Sie der einzige in London, der das tut. Wissen Sie, was Ihnen fehlt?«

»Dasselbe«, antwortete Holmes.

»Aha, Sie erkennen die Symptome wieder?«

»Nur zu gut!«

»Tja, Holmes, es überraschte mich nicht, wenn es wirklich ›dasselbe‹ wäre. Es steht schlimm mit Ihnen, wenn es wirklich so ist. Der arme Victor war binnen vier Tagen tot – ein kräftiger, gesunder junger Mensch. Wie Sie ganz richtig damals sagten, war es auffallend, dass er sich eine so entlegene ostasiatische Krankheit im Herzen Londons zuzog. Ausgerechnet die Krankheit, deren Erforschung mich so lange beschäftigte. Das ist ein merkwürdiger Zufall, Holmes. Es war in der Tat meisterhaft von Ihnen, dass Sie darauf kamen, aber sehr unfreundlich, dass Sie da von Ursache und Wirkung sprachen.«

»Ich weiß, dass Sie es getan haben!«

»Oh, Sie wissen es, so? Aber beweisen konnten Sie es doch nicht. Was halten Sie eigentlich von sich selbst, wenn Sie erst solche Gerüchte ausstreuen und dann bei mir um Hilfe winseln, sobald Sie in Not sind? Was ist das für ein Spiel, he?«

Ich hörte das stoßweise Röcheln und Luftholen des Kranken. »Das Wasser«, bat er.

»Sie sind Ihrem Ende schon recht nahe, Holmes, aber ich möchte nicht, dass Sie sterben, ehe ich nicht noch ein Wort mit Ihnen gesprochen habe. Deshalb gebe ich Ihnen das Wasser. Da, verschütten Sie es nicht. So ist's recht! Können Sie verstehen, was ich sage?«

Holmes stöhnte.

»Tun Sie für mich, was Sie können. Lassen Sie Vergangenes vergangen sein«, flüsterte er fast tonlos. »Ich will mich an nichts mehr erinnern – ich schwöre es. Machen Sie mich gesund, und ich will's vergessen.«

»Was vergessen?«

»Victor Savages Tod meine ich. Sie haben eben so gut wie eingestanden, dass Sie es getan haben. Ich will's vergessen.«

»Sie mögen es vergessen oder nicht, ganz wie es Ihnen beliebt. Sie sehe ich nicht mehr auf der Zeugenbank! Kein Gericht, außer dem Nachlassgericht, wird sich mehr mit Ihnen beschäftigen, das versichere ich Ihnen. Es ist mir ganz gleichgültig, ob Sie wissen, wie mein Neffe starb. Auch bin ich nicht hergekommen, um über ihn zu reden, sondern über Sie.«

»Ja, ja.«

»Der Mensch, den Sie zu mir um Hilfe schickten – wie heißt er doch? – sagte, Sie hätten sich die Infektion in den Docks bei den chinesischen Seeleuten geholt.«

»Ich wüsste keine andere Möglichkeit.«

»Sie sind so stolz auf Ihren überlegenen Verstand, Holmes. Sie halten sich für so klug, nicht wahr? Aber diesmal sind Sie an einen Klügeren geraten. Jetzt denken Sie einmal nach, Holmes. Können Sie sich keine andere Möglichkeit denken, wie Sie zu der Krankheit kommen konnten?«

»Ich kann nicht nachdenken. Mein Kopf ist so müde. Um Himmels willen, helfen Sie mir!«

»Ja, ich will Ihnen helfen. Nämlich zu verstehen, weshalb Sie krank sind. Das sollen Sie noch erfahren, ehe Sie sterben.«

»Geben Sie mir etwas, um diese Schmerzen zu mildern!«

»Schmerzen haben Sie? Stimmt! Die Kulis fingen auch allemal an zu wimmern, wenn es gegen das Ende ging. Es ist so ein Krampf da drinnen in der Brust, nicht?«

»Ja, ja, wie ein Krampf. Oh!«

»Also passen Sie auf! Können Sie sich nicht ein ungewöhnliches Vorkommnis denken, vor drei Tagen etwa, kurz bevor Sie krank wurden?«

»Nein, nein, nichts.«

»Denken Sie gut nach!«

»Ich bin zu krank zum Denken.«

»Nun, so will ich Ihnen helfen. Kam da nicht etwas mit der Post?«

»Mit der Post?«

»Ja, eine Dose zum Beispiel.«

»Oh, ich kann nicht mehr …«

Holmes murmelte noch wenige zusammenhanglose Worte, dann war es still. Er schien in Ohnmacht gesunken. Nach einer kleinen Weile rief Mr Smith: »Holmes, Holmes!«, und es hörte sich wieder so an, als schüttele er den Sterbenden. Ich musste mit aller Gewalt an mich halten, um nicht aus meinem Versteck hervor und dem Rohling an den Hals zu springen.

»Sie müssen mich hören!«, schrie er. »Erinnern Sie sich an die Dose? Eine Elfenbeindose? Sie kam am Donnerstag. Sie haben Sie aufgemacht, entsinnen Sie sich?«

»Ja, ja – aufgemacht. Da war eine Sprungfeder drin. Ein Scherz …«

»Alles andere als ein Scherz! Verlassen Sie sich darauf. Sie Narr, Sie wollten es ja nicht anders. Nun haben Sie es. Wer hat Ihnen befohlen, meine Wege zu kreuzen? Hätten Sie mich in Ruhe gelassen, dann hätte ich Ihnen nichts getan.«

»Ich erinnere mich«, stöhnte Holmes. »Die Feder, sie hat mich in den Finger gestochen. Die Dose – da steht sie auf dem Tisch!«

»Da ist sie ja; wahrhaftig, meine Dose. Ich werde sie mitnehmen, Sie wäre Ihr einziges Beweisstück. Aber Sie kennen jetzt die Wahrheit, Holmes, und Sie sterben mit dem Wissen, dass ich Sie töte. Sie wussten zu viel vom Schicksal Victor Savages, also müssen Sie es jetzt mit ihm teilen. Sie sind Ihrem Ende sehr nahe, Holmes. Ich will hier Platz nehmen und vollends zusehen, wie Sie sterben.«

Ich hörte einen Stuhl rücken. Dann nach einer Weile ein leises Flüstern von Holmes.

»Was soll ich tun?«, fragte Smith. »Das Gas aufdrehen? Aha, Sie sehen schon die Schatten sich herniedersenken. Ja, ich will Licht machen, damit ich Sie besser sehen kann.« Er schritt durch das Zimmer, und plötzlich wurde es hell. »Kann ich Ihnen irgend sonst noch einen kleinen Dienst erweisen, Holmes?«

»Eine Zigarette und ein Streichholz.«

Ich hätte hinter dem Bett beinahe aufgeschrien vor Freude und vor Staunen: Holmes sprach mit seiner gewöhnlichen Stimme. Vielleicht etwas leiser, aber es war die alte, mir so gut bekannte Stimme wieder. Eine lange Pause trat ein und ich fühlte, dass Culverton Smith in stummem Staunen dastand und auf meinen Freund hernieder sah.

»Was soll das bedeuten?«, hörte ich ihn endlich fragen, mit trockener, harter Stimme.

»Die beste Methode, eine Rolle zu spielen«, sagte Holmes, »ist die, die Rolle zu leben. Ich gebe Ihnen mein Wort, dass ich seit drei Tagen weder Speise noch Trank angerührt habe, bis Sie mir vorhin das Glas Wasser gereicht haben. Das war gütig von Ihnen. Aber den Tabak vermisste ich am meisten. Ah, da sind ja wahrhaftig Zigaretten.« Ich hörte wie ein Zündholz angestrichen wurde. »Jetzt ist mir schon viel besser. Hallo – hallo! Höre ich nicht den Schritt eines Freundes?«

Draußen wurden in der Tat Schritte vernehmbar, die Tür ging auf, und herein trat Inspektor Morton.

»Es hat alles geklappt, und das hier ist Ihr Mann«, sprach Holmes.

Der Beamte erfüllte die vom Gesetz verlangte Förmlichkeit. »Ich verhafte Sie, Culverton Smith«, sagte er, »unter Anklage des Mordes an einem gewissen Victor Savage.«

»Und Sie können hinzufügen des versuchten Mordes an einem gewissen Sherlock Holmes«, setzte mein Freund hinzu. »Um mir krankem Mann die Mühe zu ersparen, hatte Mr Smith die Liebenswürdigkeit, selbst das verabredete Zeichen zu geben und das Gas voll aufzudrehen. Ihr Gefangener hat übrigens in der rechten Tasche seines Überziehers eine kleine Dose, die Sie ihm besser abnehmen. Danke Ihnen. Seien Sie vorsichtig mit dem Ding, da sitzt der Teufel drin. Stellen Sie's dort auf den Tisch. Das ist ein wichtiges Beweisstück, Inspektor.«

Ich hörte plötzlich Lärm und Durcheinander, dann das scharfe Klicken von Stahl und einen Schmerzensschrei.

»Sie tun sich nur unnötig weh«, sagte der Inspektor. »Am besten für Sie, wenn Sie ganz ruhig bleiben und hier keine Scherereien machen.«

»Das ist eine nette Falle«, schrie Smith voll Wut. »Das wird Sie vors Gericht bringen, Holmes, und nicht mich. Er hat mich bitten lassen, hierher zu kommen, um ihn zu heilen. Er tat mir leid und ich kam sofort. Jetzt wird er wahrscheinlich behaupten, ich hätte hier Dinge gesagt, die seinen irrsinnigen Verdacht bestätigen. Sie mögen lügen, so viel Sie wollen, Holmes – mein Wort wiegt genau so schwer wie das Ihrige!«

»Donnerwetter!«, rief Holmes. »Den armen Teufel habe ich ja ganz vergessen. Watson, kommen Sie hervor, ich bitte tausend Mal um Entschuldigung. Dass ich Sie so ganz vergessen konnte! Mr Smith brauche ich Ihnen nicht erst vorzustellen, da Sie ihn ja erst vor kurzem selber kennenlernten. Haben Sie eine Droschke unten, Inspektor? Sobald ich mich angezogen habe, möchte ich Ihnen folgen, denn ich kann Ihnen noch einiges Wichtige sagen, wenn wir auf Ihrer Station sind.«

Während Holmes sich ankleidete, reichte ich ihm Biskuits mit Rotwein. »Nie im Leben habe ich so etwas nötiger gehabt«, sagte er und aß gierig. »Aber Sie wissen ja, ich bin keine Regelmäßigkeit gewohnt, und so eine Hungerkur bedeutet für mich weniger als für die meisten anderen. Es war besonders wichtig, dass ich Mrs Hudson meinen kranken Zustand überzeugend vortäuschte, denn die sollte Ihnen davon erzählen und Sie wiederum ihm. Sie dürfen nicht verletzt sein, Watson. Unter Ihren vielen Fähigkeiten fehlt die Kunst der Verstellung völlig, und wenn Sie an meine Krankheit nicht geglaubt hätten, dann wäre es Ihnen nie gelungen, Mr Smith hierher zu locken. Davon aber hing alles ab. Mir war sein rachsüchtiger Charakter bekannt, und dass es ihm eine Befriedigung sein würde, zu beobachten, wie ich an seiner Bazilleninfektion sterbe.«

»Aber Ihr geisterhaftes Aussehen, Holmes! Man kann Delirium vortäuschen, aber doch nicht ...«

»Wissen Sie, drei Tage fasten, das heißt also nahezu verschmachten, verschönert niemanden. Im Übrigen habe ich ja einiges schon mit dem Schwamm abgewaschen. Mit Vaseline auf die Stirn geschmiert, Belladonna in die Augen geträufelt, Schminke auf den Backen und Wachs an den Lippenrändern kann man einen ganz netten Eindruck erzielen. Mit der Kunst der Simulation habe ich mich viel beschäftigt und schreibe vielleicht noch einmal eine Monografie darüber. Ein paar unsinnige gelegentliche Worte über halbe Kronen, Austern oder sonst etwas Verrücktes täuschen selbst dem Arzt Delirium vor.«

»Aber weshalb wollten Sie nicht, dass ich Ihnen nahe käme, wo doch keine Ansteckung zu fürchten war?«

»Können Sie das fragen, Watson? Glauben Sie, ich hätte so wenig Achtung vor Ihren medizinischen Kenntnissen? Ihnen wäre es doch sofort aufgefallen, dass ein Sterbender keine normale Temperatur und keinen normalen Puls haben kann. So schwach ich auch war, Sie wollten mich doch untersuchen, und beides hätten Sie zu Ihrer Überraschung festgestellt. Auf vier Schritte Entfernung konnte ich Sie täuschen. Auf die Nähe aber nicht. Und wer hätte mir dann meinen Smith herbeigeholt? – Nein, Watson, ich würde die Dose lieber stehen lassen. Unter dem Deckel an der Seite sehen Sie ein kleines Loch. Wenn Sie den Deckel abschrauben, fährt da eine Nadelspitze heraus. Auf solch eine Art muss er seinen Neffen umgebracht haben, der zwischen ihm und seiner Erbschaft stand. Ich bin aber berufsmäßig misstrauisch, und als die Dose mit der Post ankam, roch ich Lunte. Der Trick ist nicht neu genug. Aber nun kam mir sofort der Gedanke, dass, wenn ich mich so stellte, als sei sein Anschlag gelungen, ich ihn fangen könne und er ein Geständnis von sich gebe. Es hat wunderbar geklappt, Watson. Aber bitte, geben Sie mir noch einmal die Biskuits her! Ich habe ja drei Tage Essen gut!«

Quellenverzeichnis

Die Erzählungen dieses Bandes wurden nachfolgenden Ausgaben entnommen. Die Reihenfolge entspricht jener der jeweils genannten englischen Originalausgaben. Orthographie und Interpunktion wurden den Regeln der neuen deutschen Rechtschreibung angepasst. Die Einrichtung und behutsame Überarbeitung des Textes übernahmen Waltraud John, Regina Louis und Karola Neutze.

Eine Skandalgeschichte im Fürstentum O. Aus: *Der Bund der Rothaarigen.* Stuttgart 1906, S. 54–98. (Engl. A Scandal in Bohemia. Aus: *The Adventures of Sherlock Holmes.* London 1892.)

Der Bund der Rothaarigen. Aus: *Der Bund der Rothaarigen.* Stuttgart 1906, S. 7–53. (Engl. The Adventure of the Red-Headed League. Aus: *The Adventures of Sherlock Holmes.* London 1892.)

Ein Fall geschickter Täuschung. Aus: *Der Bund der Rothaarigen.* Stuttgart 1906, S. 99–134. (Engl. A Case of Identity. Aus: *The Adventures of Sherlock Holmes.* London 1892.)

Der geheimnisvolle Mord im Tal von Boscombe. Aus: *Der Bund der Rothaarigen.* Stuttgart 1906, S. 135–185. (Engl. The Boscombe Valley Mystery. Aus: *The Adventures of Sherlock Holmes.* London 1892.)

Fünf Apfelsinenkerne. Aus: *Fünf Apfelsinenkerne.* Stuttgart 1907, S. 7–42. (Engl. The Five Orange Pips. Aus: *The Adventures of Sherlock Holmes.* London 1892.)

Der Mann mit der Schramme. Aus: *Der Bund der Rothaarigen.* Stuttgart 1906, S. 224–275. (Engl. The Man with the Twisted Lip. Aus: *The Adventures of Sherlock Holmes.* London 1892.)

Die Geschichte des blauen Karfunkels. Aus: *Der Bund der Rothaarigen.* Stuttgart 1906, S. 276–319. (Engl. The Adventure of the Blue Carbuncle. Aus: *The Adventures of Sherlock Holmes.* London 1892.)

Das getupfte Band. Aus: *Das getupfte Band*. Stuttgart 1907, S. 7–62. (Engl. The Adventure of the Speckled Band. Aus: *The Adventures of Sherlock Holmes*. London 1892.)

Der Daumen des Ingenieurs. Aus: *Das getupfte Band*. Stuttgart 1907, S. 63–105. (Engl. The Adventure of the Engineer's Thumb. Aus: *The Adventures of Sherlock Holmes*. London 1892.)

Die verschwundene Braut. Aus: *Das getupfte Band*. Stuttgart 1907, S. 106–150. (Engl. The Adventure of the Noble Bachelor. Aus: *The Adventures of Sherlock Holmes*. London 1892.)

Die Geschichte des Beryll-Kopfschmuckes. Aus: *Das getupfte Band*. Stuttgart 1907, S. 151–204. (Engl. The Adventure of the Beryl Coronet. Aus: *The Adventures of Sherlock Holmes*. London 1892.)

Das Landhaus in Hampshire. Aus: *Das getupfte Band*. Stuttgart 1907, S. 205–258. (Engl. The Adventure of the Copper Beeches. Aus: *The Adventures of Sherlock Holmes*. London 1892.)

Silberstrahl. Aus: *Das getupfte Band*. Stuttgart 1907, S. 259–314. (Engl. Silver Blaze. Aus: *The Memoirs of Sherlock Holmes*. London 1894.)

Das gelbe Gesicht. Aus: *Als Sherlock Holmes aus Lhassa kam*. Stuttgart 1907, S. 103–139. (Engl. The Adventure of the Yellow Face. Aus: *The Memoirs of Sherlock Holmes*. London 1894.)

Eine sonderbare Anstellung. Aus: *Der Bund der Rothaarigen*. Stuttgart 1906, S. 186–223. (Engl. The Stock-Broker's Clerk. Aus: *The Memoirs of Sherlock Holmes*. London 1894.)

Holmes' erstes Abenteuer. Aus: *Als Sherlock Holmes aus Lhassa kam*. Stuttgart 1907, S. 183–221. (Engl. The ›Gloria Scott‹. Aus: *The Memoirs of Sherlock Holmes*. London 1894.)

Der Katechismus der Familie Musgrave. Aus: *Fünf Apfelsinenkerne*. Stuttgart 1907, S. 43–83. (Engl. The Musgrave Ritual. Aus: *The Memoirs of Sherlock Holmes*. London 1894.)

Die Gutsherren von Reigate. Aus: *Fünf Apfelsinenkerne*. Stuttgart 1907, S. 84–123. (Engl. The Adventure of the Reigate Squire. Aus: *The Memoirs of Sherlock Holmes*. London 1894.)

Der Krüppel. Aus: *Fünf Apfelsinenkerne*. Stuttgart 1907, S. 124–161. (Engl. The Adventure of the Crooked Man. Aus: *The Memoirs of Sherlock Holmes*. London 1894.)

Der Doktor und sein Patient. Aus: *Fünf Apfelsinenkerne*. Stuttgart 1907, S. 162–201. (Engl. The Resident Patient. Aus: *The Memoirs of Sherlock Holmes*. London 1894.)

Der griechische Dolmetscher. Aus: *Als Sherlock Holmes aus Lhassa kam.* Stuttgart 1907, S. 143–179. (Engl. The Greek Interpreter. Aus: *The Memoirs of Sherlock Holmes.* London 1894.)

Der Marinevertrag. Aus: *Fünf Apfelsinenkerne.* Stuttgart 1907, S. 202–270. (Engl. The Adventure of the Naval Treaty. Aus: *The Memoirs of Sherlock Holmes.* London 1894.)

Das letzte Problem. Aus: *Fünf Apfelsinenkerne.* Stuttgart 1907, S. 271–312. (Engl. The Final Problem. Aus: *The Memoirs of Sherlock Holmes.* London 1894.)

Der Hund der Baskervilles. OT: *Der Hund von Baskerville.* Stuttgart 1903. (Engl. *The Hound of the Baskervilles.* London 1902.)

Im leeren Haus. Aus: *Als Sherlock Holmes aus Lhassa kam.* Stuttgart 1907, S. 7–51. (Engl. The Adventure of the Empty House. Aus: *The Return of Sherlock Holmes.* London 1905.)

Der Baumeister von Norwood. Aus: *Als Sherlock Holmes aus Lhassa kam.* Stuttgart 1907, S. 55–100. (Engl. The Adventure of the Norwood Builder. Aus: *The Return of Sherlock Holmes.* London 1905.)

Die tanzenden Männchen. Aus: *Die tanzenden Männchen.* Stuttgart 1906, S. 7–58. (Engl. The Dancing Men. Aus: *The Return of Sherlock Holmes.* London 1905.)

Die einsame Radfahrerin. Aus: *Als Sherlock Holmes aus Lhassa kam.* Stuttgart 1907, S. 273–310. (Engl. The Adventure of the Solitary Cyclist. Aus: *The Return of Sherlock Holmes.* London 1905.)

Die Entführung aus der Klosterschule. Aus: *Die tanzenden Männchen.* Stuttgart 1906, S. 61–120. (Engl. The Adventure of the Priory School. Aus: *The Return of Sherlock Holmes.* London 1905.)

Der schwarze Peter. Aus: *Die tanzenden Männchen.* Stuttgart 1906, S. 123–164. (Engl. The Adventure of Black Peter. Aus: *The Return of Sherlock Holmes.* London 1905.)

Sherlock Holmes als Einbrecher. Aus: *Sherlock Holmes und die Ohren.* Stuttgart 1908, S. 61–98. (Engl. The Adventure of Charles Augustus Milverton. Aus: *The Return of Sherlock Holmes.* London 1905.)

Die sechs Napoleonbüsten. Aus: *Die tanzenden Männchen.* Stuttgart 1906, S. 167–208. (Engl. The Six Napoleons. Aus: *The Return of Sherlock Holmes.* London 1905.)

Die drei Studenten. Aus: *Sherlock Holmes und die Ohren.* Stuttgart 1908, S. 101–139. (Engl. The Adventure of the Three Students. Aus: *The Return of Sherlock Holmes.* London 1905.)

Der goldene Klemmer. Aus: *Als Sherlock Holmes aus Lhassa kam.* Stuttgart 1907, S. 225–269. (Engl. The Adventure of the Golden Pince-Nez. Aus: *The Return of Sherlock Holmes.* London 1905.)

Der vermisste Fußballspieler. Aus: *Sherlock Holmes und die Ohren.* Stuttgart 1908, S. 143–186. (Engl. The Adventure of the Missing Three-Quarter. Aus: *The Return of Sherlock Holmes.* London 1905.)

Der Mord in Abbey Grange. Aus: *Die tanzenden Männchen.* Stuttgart 1906, S. 211–257. (Engl. The Adventure of the Abbey Grange. Aus: *The Return of Sherlock Holmes.* London 1905.)

Der zweite Blutflecken. Aus: *Die tanzenden Männchen.* Stuttgart 1906, S. 261–311. (Engl. The Adventure of the Second Stain. Aus: *The Return of Sherlock Holmes.* London 1905.)

Die gestohlenen Unterseebootszeichnungen. Aus: *Der blaue Karfunkel.* München 1949, S. 289–321. (Engl. The Adventure of the Bruce-Partington Plans. Aus: *His Last Bow.* London 1917.)

Der sterbende Sherlock Holmes. Aus: *Der blaue Karfunkel.* München 1949, S. 227–244. (Engl. The Adventure of the Dying Detective. Aus: *His Last Bow.* London 1917.)